Larry McMurtry　　[美] 拉里·麦克默特里 著　王约西 袁凤珠 译

Lonesome Dove

孤独鸽

1

北京联合出版公司
Beijing United Publishing Co.,Ltd.

图书在版编目（CIP）数据

孤独鸽：全三册 /（美）拉里·麦克默特里著；王约西，袁凤珠译. — 北京：北京联合出版公司，2024.3

ISBN 978-7-5596-7308-4

Ⅰ. ①孤… Ⅱ. ①拉… ②王… ③袁… Ⅲ. ①长篇小说—美国—现代 Ⅳ. ①I712.45

中国国家版本馆CIP数据核字(2023)第241391号

北京市版权局著作权合同登记　图字：01-2023-3298号

孤独鸽（全三册）

作　　者：（美）拉里·麦克默特里
译　　者：王约西　袁凤珠
出 品 人：赵红仕
出版监制：辛海峰　陈　江
责任编辑：龚　将
特约编辑：王世琛
产品经理：魏　傩　艾　格
版权支持：张　婧
装帧设计：熊　琼
内文制作：任尚洁

北京联合出版公司出版
（北京市西城区德外大街83号楼9层　100088）
北京联合天畅文化传播公司发行
天津中印联印务有限公司印刷　新华书店经销
字数 790千字　880毫米×1230毫米　1/32　36.75印张
2024年3月第1版　2024年3月第1次印刷
ISBN 978-7-5596-7308-4
定价：180.00元（全三册）

整个美国都沉睡在这荒野之路的尽头，我们的过去没有完全消逝，依然活在我们心中。我们的祖辈外表野蛮，内心文明。我们生活在他们建设的文明中，内心却仍有荒蛮。他们曾梦想的世界，我们正在经历；他们曾经历的世界，我们在梦想。

——T.K. 威普尔《设计这块土地》

Preface

作者序

虚构作品——就我而言，只有长篇小说，大约有30部——的写作开始于触觉，始于在打字机上逐字敲出的几个句子。这些句子可能支撑我写下去，也可能让我潜在的读者决定读下去。

1975年，在得克萨斯州的家中，我敲出了这句话：

> 奥古斯塔斯来到前廊时，那两头灰毛猪正在美餐一条响尾蛇。蛇不算大……

等灰毛猪和响尾蛇的事翻了篇，我用了几句话来描述奥古斯塔斯的伙伴伍德罗·考尔队长。他在附近的马厩里，试图打倒一匹叫“母夜叉”的桀骜不驯的年轻母马，后者让他有点儿措手不及，咬了他的肩膀一口。

斯多葛学派的考尔队长对这桩意外只字不提，但伊壁鸠鲁学派的奥古斯塔斯对此发表了几句议论，没一句是考尔队长听着受用的。《孤独鸽》就这么漫不经心地开始了。这是我迄今为止最受欢迎的一部小说，它让我得以跻身于描写美国西部题材的少数“知名作家”之列，得以与科马克·麦卡锡、沃尔特·范蒂尔堡·克拉克、汤姆·李等人相提并论。而这之下则是一片由通俗小说家组成的茫茫大漠，是马克斯·布兰德（原名弗雷德里克·福斯特）影响下出世的男男女女，是路易斯·拉摩，还有千百位与之相似的作家。

当我写下关于奥古斯塔斯、灰毛猪和很快被吃光的响尾蛇的第一句话时，我压根儿没有考虑什么文坛排名，甚至是文学价值。我只是在打字机上随手敲着，希望找到一个可能引起我兴趣的主题或人物。

然而，在之后的几年时间里，《孤独鸽》都没有下文，另外两本书（《凯迪拉克·杰克》和《沙漠玫瑰》）排在它前头。我为这两个前得克萨斯保安队队员编写故事的冲动不甚强烈，甚至书名都没想好。

直到有一天，奇迹出现了——我得到了一个书名。那天，我开车经过的一条得克萨斯州公路旁，有一辆似乎早已废弃的教会巴士，巴士上写着“孤独鸽浸礼会教堂”。我当下就知道，我走了狗屎运。我径直开车回家，开始写作这部小说。

一个好的书名可以拯救一本书，那辆废弃的巴士拯救了我的故事，虽然它自己的命运着实不幸。

小说里的“孤独鸽”是得克萨斯州边境灌木丛林里一个小镇的名字，退役的得克萨斯保安队队员奥古斯塔斯和考尔，还有他们的

III

帽子溪牧牛公司的全体人马，正是从这里赶着牛群出发，开始了他们史诗般的赶牛之旅，前往当时人迹罕至的蒙大拿州。

如果我们剖析得更深入一点儿，这只“孤独鸽”也是纽特——一个孤独的少年。他是考尔从未公开承认的儿子，他的母亲玛吉——一位亲切、随和的妓女——早已过世。所以，这本小说的核心主题并不是前往蒙大拿的迁移，而是从未得到承认的父子关系。帽子溪牧牛公司的全体成员——尤其是奥古斯塔斯——都希望考尔能承认这个孩子。

事实上，在写作这本很长的小说的过程中，就连我自己都希望考尔在这件事上能体面一点儿，我以为他最终会认下纽特。我一直期待有一天我的打字机里出现父子相认的场景。

但它就是没有出现。考尔最接近承认的时候，是把他的马，也就是大名鼎鼎的“母夜叉”送给纽特。而在这之后的另一个故事里，这匹马最终要了这孩子的命，让他再也没有被承认的机会，让《孤独鸽》终究成了一个悲剧。

不少懂马的观众都因根据本书改编的系列电视剧中的“母夜叉”其实是一匹骟马深感困扰，我自己也为此跟导演西蒙 · 温瑟（他自己也是一名骑手）对峙，他说那是因为管理马群的牧马人不允许母马进入他们的马场。

还有那几头灰毛猪，它们一路走到蒙大拿州，就是为了被吃掉。“生活不是给软蛋预备的。”奥古斯塔斯大概会这么说吧。

拉里·麦克默特里

夏高娃/译

Contents

目录

1

卷一

第 1—25 **章**

1—278

奥古斯塔斯来到前廊时，那两头灰毛猪正在美餐一条响尾蛇。蛇不算大，大概是正在找阴凉时，碰巧爬到了猪的脚下。它们像拔河似的，母猪咬住蛇的七寸，小猪叼住蛇尾，费了好一番工夫，把它拽来拉去的。这样一来，响尾蛇的末日也就到了。

2

卷二

第 26—74 **章**

279—758

从小到大，七月约翰逊所受的教育都是不要抱怨，他也的确不抱怨，可他面临的事实是，今年是他有生以来最艰难的时候。这一年，许多事情都被搅得乱七八糟的，他简直不知道同一时期到底该关注哪一件事。

3

卷三

第 75—102 **章**

759—1130

年轻的母马由于早产，生下的小雄驹弱得站不起来，所以克拉拉要挤奶喂小马。小马驹要从一块布上吸奶汁，但是克拉拉决心尽力养活它。莎莉跑过来时母马惊了一下，马奶溅了克拉拉一胳膊。

Lonesome Dove

孤独鸽·卷一

第1章

奥古斯塔斯来到前廊时，那两头灰毛猪正在美餐一条响尾蛇。蛇不算大，大概是正在找阴凉时，碰巧爬到了猪的脚下。它们像拔河似的，母猪咬住蛇的七寸，小猪叼住蛇尾，费了好一番工夫，把它拽来拉去的。这样一来，响尾蛇的末日也就到了。

“你们算捞着了，”奥古斯塔斯说着，踢了小猪一脚，“要想吃，到小河边吃去。”他不是因为它们吃蛇而恼火，而是讨厌它们在前廊吃。前廊本来就热得够呛，猪再过来瞎闹腾，更是火上浇油。他走下台阶，来到满是尘土的院子里，绕到冷房去取酒罐。太阳像头固执的骡子，懒洋洋地高挂在天空中。奥古斯塔斯观察太阳很有一套，他看得出，西边越来越倾斜的太阳光线预示黄昏将近。

孤鸽镇的傍晚总是姗姗来迟，不过，它一旦到来，就会令人感到舒适、惬意。在一年的大多数月份中、在一天的大部分时间里，这座骄阳下的偏僻小镇都笼罩在浓重的尘土里。小镇四周是查帕拉尔树丛。这些灌木丛是蛇、癞蛤蟆、长尾鸟和蜥蜴的天堂，却是猪和田纳西人的地狱——方圆三四十公里内连棵能遮阳的像样的树都没有。近处称得上阴凉的地方到底在哪儿？这始终是人们在办公室里争论不休的一个热门话题——如果你认为帽子溪牧牛公司的无顶马厩和几个简陋围栏也算得上是办公室。这个公司的一半归奥古斯塔斯所有。

他那位固执的合伙人保安队长伍德罗·考尔坚持认为近处有个阴凉地，就像酸菜沟，只有二十公里远，可奥古斯塔斯不承认。比起孤鸽镇，酸菜沟根本不值一提。酸菜沟之所以发展起来，是因为一个从北佐治亚来的名叫酸菜韦斯理的傻瓜和他的家人在那片灌木丛里迷路了，转悠了十来天，最后找到了一片空地，再也没有离开，酸菜沟也因此而得名。它只能吸引像它的创始人一样的人物——意志薄弱到连几百公里的牧豆荆棘丛都闯不出去。

冷房是一间粗陋的小泥坯屋，屋里倒是挺凉快，要不是爬满了黑寡妇蜘蛛、马蜂和蜈蚣，奥古斯塔斯还真想在里面住下来呢。他把门打开，还没看见蜈蚣，就听见一条响尾蛇发出的不安的咝咝声。显然，这条蛇可比刚才猪吃的那条狡猾得多。奥古斯塔斯完全可以把它挑起来，扔到墙角给它一枪，但他不打算开枪，因为在孤鸽镇静静的黄昏中，一声枪响会引起一场混乱。镇上的每个人都会听到枪声，并且以为是印第安科曼切人从北边平原过来了，或者是墨西哥人越过了南边那条河。镇上独一家干豆酒吧的顾客中要是有人恰好喝醉了或正没好气儿——这是很有可能的——他们就会为了自身的安全朝墨西哥人开枪。

至少考尔会大步流星地从牧场赶回来。一旦他发现只不过是为了一条蛇，肯定会大发雷霆。考尔对蛇没有一丝畏惧之意，更瞧不起任何见到蛇就躲得远远的人。他对付响尾蛇就像对付蚊蚋一样，抄起什么算什么，一下子便能结果它。他常说：“一个人要是怕蛇，什么也甭干。”对一个受过教育的人来说，理解了这句话的含义，便能理解考尔发表的大部分宏论。

奥古斯塔斯的处世哲学则是不慌不忙。他认为应该给小生命们一点儿思考的时间，于是在太阳底下站了几分钟，直到响尾蛇镇静下来，从一个洞口爬了出去。然后，他才进去把酒罐从泥里取出来。即便按孤鸽镇的标准来衡量，这一年也算是个干旱的年份。冷房里的溪水只够勉强维持一个不错的泥坑而已。猪总要花一半的时间在冷房周围拱来拱去，希冀钻进泥坑里。然而，坯墙上没有一个洞大到能容一头猪钻过。

蜈蚣自然很喜欢待在包酒罐的湿麻布里，所以奥古斯塔斯先确认了麻布下面确实没藏着蜈蚣，才拔出塞子，不多不少地喝了一口。孤鸽镇的白人理发匠——那个名叫狄拉德·布罗利的田纳西人——就是因为对蜈蚣太大意了，现在不得不只靠一条腿谋生。一天夜里，两条倒霉的红腿蜈蚣钻进了狄拉德的裤腿，他起床时太着急了，来不及好好地抖一抖裤子，被蜈蚣咬了的那条腿虽然没有完全烂掉，但也烂得够呛。他家里人怕他中毒，就让奥古斯塔斯和考尔锯掉了他的那条腿。

有那么一两年，孤鸽镇曾有过一位真正的医生，但那位年轻人缺少点儿机灵劲儿。当时，一个墨西哥牧民行为放荡，人们看不惯他的浪荡样，想找个理由吊死他。一天晚上，他喝醉了，一只小虫爬进了他的耳朵，在里面乱钻。那牧民火冒三丈，让医生用水把小虫冲出来。那位医生尽心尽力地用温盐水给他冲洗，可他大发脾气，一枪打死了医生。那牧民就此闯下了杀身大祸。在他仓皇出逃时，有人炸飞了他胯下的马，怒气冲冲的镇民大部分都在干豆酒吧附近消磨时光，便抓住时机把他吊死了。

可惜从此再也没有医生愿意来这座小镇行医了。奥古斯塔斯和考尔常常为人治疗创伤，如果有非做不可的手术，人们便请他们俩来操刀。狄拉德剩余的那条腿没留下后遗症，可当时他号叫得太凶，把声带撕裂了。用一条腿行动倒也还好，受伤的声带却再也无法复原，影响了他的生意。狄拉德过去总爱大声说一些不值得听的废话，蜈蚣事件后，他更是念叨个没完。顾客脸上敷着热毛巾，还得设法弄明白他到底在嘟囔些什么，搞得自己很紧张，所以许多老顾客都改去墨西哥人开的理发店了。连从不信任墨西哥人和墨西哥理发匠的考尔都去找墨西哥人理发了。

奥古斯塔斯把酒罐拎到前廊，将那把棕绳椅搬到一片小小的阴凉地里，坐着喝酒。夕阳西下，阴凉逐渐笼罩了整个前廊、马车场、帽子溪、孤鸽镇，最后，连格兰德河也进入了阴凉之中。当阴凉扩散到河边时，奥古斯塔斯已经为黄昏所陶醉，并为俏皮的谈话做好了准备，包括自言自语。只要有活儿干，考尔总要干到伸手不见五指的时候；即便没有活儿了，也硬要找点儿事干。豌豆眼是考尔的忠实随从，总是陪着考尔干到底，即使考尔让他收工，他也不肯。

那两头猪对奥古斯塔斯叫它们去河边的命令不理不睬，悄悄地躲到一辆大篷车底下，继续美美地吃那条蛇。这倒是个好主意，因为那条河干涸得与马车场差不多，何况又那么远。那里一年有五十个星期是条干沙沟，那两头猪清楚那不是个打滚儿的好地方，这足以证明它们的智慧。奥古斯塔斯总夸奖那两头猪聪明，并为此在这些年里不断地和考尔抬杠。奥古斯塔斯坚持说猪比所有的马和大多数人都机灵得多，这一观点使考尔气恼万分。

“好吃懒做的猪绝对没有马聪明。”在骂出脏话之前，考尔这样说道。

奥古斯塔斯有个习惯，他总是一边大量啜饮烈酒，一边观看落日西沉。饮酒的时候，他不是把酒罐弄翻就是把椅子碰倒。当孤鸽镇烈日炎炎，干燥得像石灰一样时，只有烈酒可以消除燥热，使奥古斯塔斯感觉身体里边湿乎乎的，很好受。那种感觉犹如田纳西小山中的清晨，雾蒙蒙的，沁人心脾。他很少烂醉如泥，但他喜欢在夕阳西下时享受这种湿润感。在晚霞出现时，喝上几口美酒使他心旷神怡。烈酒丝毫不影响他的理智，反而使他更有耐心，和考尔、豌豆眼、狄兹、小纽特以及伙夫老博利瓦这伙粗俗的人共同生活。

西部平原上空呈现一片粉红色时，奥古斯塔斯绕到房后，踢了几下厨房门。“最好把腌猪肉热一热，把豆子煮烂点儿。”他说。老博利瓦不搭腔。奥古斯塔斯又朝厨房门踢了两脚，借以强调自己的意思，然后回到了前廊。那头小猪正在屋角等着他，文静得像只猫。兴许它在等着吃他可能掉的什么东西——一条皮带、一把小刀或者一顶帽子什么的。

“滚一边儿去，小蠢猪。”奥古斯塔斯说，“要是饿成这样，就再去逮条蛇。”他心想，皮带也许并不比博利瓦每周做个三四次的烤山羊难吃。这个老家伙从前是个挺能干的墨西哥土匪，后来年纪大了，就过河来安安生生地过日子了。不过，自那以后，烤山羊便接连不断地出现在餐桌上。帽子溪牧牛公司的经营范围不包括山羊，博利瓦也不可能自己掏腰包买羊，偷羊也许是他让手艺不至于荒废的方式。只是他的老手艺可不包括做饭。山羊肉像涂了沥青再烤的，奥古斯塔斯是全体伙伴中唯一憋不住要发点儿牢骚的人。“博利瓦，烤羊肉的沥青是从哪儿弄来的？”他每次都要这样问。但他的这点儿小聪明每次都会碰钉子。不管是明问还是暗示，博利瓦对他的问题一概不予理睬。

奥古斯塔斯正想和那两头猪聊聊天，就见到考尔和豌豆眼从牧场回来了。豌豆眼又高又瘦，一直没有发育好，一副笨拙的模样，好像站着不动也要摔倒似的。单看长相，他就像个废物，但是，如果以貌取人就错了，其实他是奥古斯塔斯认识的最能干的人中的一个。他算不上对付印第安人的勇士，不过要是给他一些活儿，让他从从容容地干，他能干得相当出色，比如木活儿、铁活儿、挖井或修理马具等。要是他干活儿马虎，考尔早就打发他走了。

奥古斯塔斯走下台阶，来到大篷车旁的人们跟前。“你们俩收工早了点儿，不是吗，姑娘们？”他说，“过圣诞节还是怎么的？”

由于白天干活儿，他们俩的衬衫已经全变黑了。奥古斯塔斯把酒罐递给考尔，考尔一只脚踩在车帮上，喝了一口，润润冒烟的嗓子。他把满满的一口好酒全吐在地上，把酒罐递给了豌豆眼。

“你才是大姑娘呢。”他说，“不是圣诞节。”说着，他径直走进屋里。对于他这突兀的行动，连奥古斯塔斯都有点儿愕然。考尔一向不注意行为举止，但是，如果这一天的工作干得令他满意，他还是会停下来待一两分钟的。

伍德罗·考尔的个头儿到底有多高，让人很难捉摸透，这倒是件怪事。他不是大个子，实际上充其量只能算是中等身材。可是当你向他走过去并且瞧着他的眼睛时，你就不那样想了。奥古斯塔斯比他的伙伴高十厘米，豌豆眼又比奥古斯塔斯高八厘米，可是你根本无法使豌豆眼相信考尔队长是矮个子。考尔把他给镇住了。被考尔镇住的可不光豌豆眼一个。谁要是不愿被考尔镇住，就必须时常记住考尔并不像看上去那么魁梧。在南得克萨斯一带，奥古斯塔斯是唯一记得住考尔个头儿的人，而且随时都可以利用自己的个头儿占上风。他经常在一天伊始，一边扔给考尔一块刚烤的热饼，一边直截了当地对考尔说："你知道吗？考尔，你并不是个大块头。"

像豌豆眼这样头脑简单的人对奥古斯塔斯的举动全然不理解。奥古斯塔斯却时常为此事感到可笑——考尔居然能把一个差不多比他高一头的男人给糊弄住，使豌豆眼无法辨明他的外表抑或他的内心。为人耿直的考尔当然意识不到自己在糊弄别人，他只是那样做了而已，妙就妙在考尔绝对没有料到自己在糊弄人。此人从不肯花上五分钟来认识一下自己，因为那就等于把事先安排好这一天用来干活儿的时间给挤掉了五分钟。

"我不怕闲着，这是好事。"奥古斯塔斯说。

"你可以这么想，我可以这么看。"考尔说。

"得了吧，考尔，我要是和你一样地拼命干活儿，就没有人考虑咱们公司的事情了。你一天十五个小时泡在汗里。一个整天泡在汗里的人什么问题也考虑不了。"

"我倒想让你把马厩的顶棚给考虑回来。"考尔说。

三年前，从墨西哥刮来一阵怪风，风势不大，但是把顶棚整个掀跑了。幸亏孤鸽镇一年只下一两次雨，所以马厩没了顶关系也不大，即便里面有牲口，损失也不会太大。倒霉的是在怪风把厩顶刮进帽子溪一个星期后，下了一场罕见的瓢泼大雨，连马粪带顶棚一股脑儿冲进了格兰德河。这下可苦了考尔，他找不全像样的木材做个新顶棚。

“既然你考虑得这么多，干吗不考虑考虑那场雨呢？”考尔问道。从那以后，他时常用那场大雨反击奥古斯塔斯。要是让考尔受了点儿委屈，不管多么不值得，他都能像攒钱一样攒起来。

豌豆眼一滴酒都没往地上吐。他的脖子精瘦，喝酒时喉结一鼓一鼓的，使奥古斯塔斯想起蛇吞青蛙时喉咙凸起的样子。

“考尔气得快踢树桩子了。”奥古斯塔斯在豌豆眼停下来喘气时说道。

“是因为马咬下他一块肉来，就为这个。”豌豆眼说，“我也不明白队长为什么要留着它。”

“养母马是他干的唯一一件蠢事。”奥古斯塔斯说，“他干什么啦？怎么会让马给咬着呢？我还以为你们正在挖那口新井呢。”

“碰上石头了。”豌豆眼说，“下面地方太小，只能一个人使镐头，所以纽特挖的时候我给马钉掌。队长骑了会儿马，我猜他是想让它出出汗。他转过身背朝马时，它就咬掉了他一块肉。”

现在提到的这匹马在这一带是出了名的母夜叉。它是考尔在墨西哥从一些西班牙人手中买过来的。他们说，为了得到它，还杀死了一个科曼切人呢。奥古斯塔斯对这一说法很怀疑：一个科曼切人不会单独在墨西哥的那个地区转悠；而若是两个科曼切人在一起的话，那些西班牙人就不可能活着干买卖马匹的生意。母马的皮毛呈带花斑的灰色，从额头向下为白色。说它是匹印第安马，个子太高；说它是英国纯种马，又过于矮小。它的习性表明它曾在印第安人那里待过，但究竟是哪个印第安部落，待过多久，则是个谜。它是匹骏马，凡是见到它的人没有不想买的。然而考尔连别人给的价都不屑一听，豌豆眼和纽特却迫不及待地希望把它卖掉。他俩整天在它身边干活儿，自然难逃噩运。有一次，它把纽特一脚踢进铁匠铺，差点儿栽进熔炉里。豌豆眼则把它看得与科曼切人一样可怖。这些足以证明它是一匹什么样的马。

“什么活儿把纽特拖住了？”奥古斯塔斯问道。

“他也许在井底睡着了。”豌豆眼说。

正说着，奥古斯塔斯看见那孩子从牧场走了回来，累得几乎迈不动步。待纽特慢慢挪到大篷车跟前时，豌豆眼已经半醉了。

“我的上帝，纽特，你可算在立秋以前回来了。”奥古斯塔斯说，“不然的话，整个夏天我们都该想念你了。”

“我用石头打那匹马来着。”纽特微微咧嘴，笑了笑，“它咬掉了队长一块肉，你看到了吗？”

纽特抬起一只脚，认真地把粘在靴底的井底泥巴刮掉，豌豆眼则继续往嗓子眼儿里灌酒。

奥古斯塔斯一向很赞赏纽特用一条腿站着，同时擦拭另一条腿上的靴子的本领。“你瞧，豌豆眼，”他说，“我敢打赌你做不到。”

纽特只用一条腿站着清理皮靴，豌豆眼见的次数太多了，他弄不明白奥古斯塔斯说他做不到究竟是什么意思。几口酒落肚，他的思维有时就像糨糊一团，转不过弯来。这种情形往往发生在黄昏时分，挖了一天井，或者钉了一天马蹄，累得筋疲力尽。每逢这种情况，豌豆眼会加倍庆幸自己是和队长一道干活儿，而不是和奥古斯塔斯在一起。考尔听别人说话越少，情绪就越好；奥古斯塔斯则恰恰相反，可以一口气叨叨出五六个不同的问题和看法，把它们搅和在一起，像是尚未打烙印的牛群，不容你从容不迫、仔仔细细地就一个问题思考一下——这正是豌豆眼思考问题的唯一方法。每逢这时，他就假装这些话是对着他那只聋了的左耳说的。自和印第安基切人打仗之日起，他的左耳再也没好起来。他们把那一仗叫作石头房子战役。那纯粹是一场混战，印第安人异常狡猾，放火烧了草原，浓烟弥漫，两米外就一片混沌。他们在烟雾中接二连三与印第安人遭遇，不得不瞄准了进行点射。紧挨着豌豆眼的一名保安队员发现一个印第安人，打了一枪，枪离豌豆眼的耳朵太近了。

正是那天，印第安人抢走了他们的马，这把考尔队长给气疯了，豌豆眼还从未见过他如此狂怒的样子。这意味着他们将被迫沿布拉索斯河步行近三百公里，还得时刻担心会被科曼切人发现他们在徒步行走。直到他们几乎走完了全部路程，豌豆眼才发现自己成了半个聋子。

很幸运，正在他为弄清楚自己到底做不到什么事情而伤脑筋时，老博利瓦敲响了吃饭钟，讨论也就到此为止。那口钟的钟舌已经丢了，博利瓦找来一根被人折断了的铁橇杠，狠命地用它敲钟。这时即使钟舌还在里边，恐怕也没人能听见它发出的声音。

夕阳完全沉了下去。河边万籁俱寂，连远处牧场上马尾巴发出的瑟瑟声都清晰可辨——博利瓦不敲钟的话。博利瓦明明知道人们就站在大篷车四周，听见钟声并不难，他还是没完没了地敲了有五分钟。钟声吞没了黄昏的宁静，奥古斯塔斯对此十分恼火。好几次他都想过去给那老家伙一枪，教训教训他。

“我敢说，他是想把土匪招来。”钟声停了，奥古斯塔斯说道。

“如果土匪真的来了，队长也许就会答应让我也带上枪。”纽特迫切地说。虽说他已经十七岁了，但好像永远到不了带枪的年龄似的。

“你带上枪，别人就会把你当成枪手，朝你开枪。”奥古斯塔斯看出了这孩子的愿望，对他说，“这可就划不来了。如果老博利瓦真的把土匪招来了，我就把我的那把枪借给你。”

“那老家伙连饭都做不好，”豌豆眼接过话茬儿，“他上哪儿招土匪去？”

“怎么，你不记得那帮滑头了？”奥古斯塔斯说，“我们过去常买他们的马。就为这个，考尔才雇他来做饭的。认识几个偷马贼没坏处，只要他们是墨西哥人就行。我想博利瓦是在耗时间，等到他完全取得了我们的信任，那帮人就会在哪天夜里偷偷摸过来，把我们全宰了。”

他并不认为真的会发生此类事情。他这么说只不过是为了刺激刺激纽特那个孩子，豌豆眼也在内，虽说豌豆眼对刺激根本没有反应。他对可怖的事情反应迟钝，顶多知道科曼切人可怕，但这不需要多少见识，他对墨西哥土匪则无动于衷。

纽特的想象力要丰富得多。他转过身去看了看河对岸，夜晚即将在那里降临。每隔一段时间，队长就和奥古斯塔斯、豌豆眼及狄兹在天黑时背好枪，骑上马，钻进茫茫的黑夜，进入墨西哥境内，天快亮时赶着三四十匹马或者百十来头瘦牛返回。边境地带的畜牧业都是这么干的——墨西哥牧场主偷袭北方，得克萨斯人则偷袭南方。有些瘦牛一生都在格兰德河两岸被赶来赶去。纽特最大的愿望就是快快长大，好跟他们一起参加偷袭活动。多少个夜晚，他躺在狭窄、燥热的双层床上铺，一边听着老博利瓦在下铺打鼾、说梦话，一边透过窗子向墨西哥的方向望去，想象着刺激的行动正在那里进行。他偶然还能听到从河上游或下游传来的一两声枪响，这使他的想象更加停不下来。

“你长大了就可以去。”队长说。这是他唯一的回答。没什么可争辩的，他是被雇来当帮工的，与队长争辩是古斯先生的特权。

他们刚刚进屋，奥古斯塔斯就开始行使他的特权了。队长脱下衬衫，让博利瓦给他往母马咬的伤口处敷药。被咬的部位刚好在皮带以上的地方，流了不少血。博利瓦正要往伤口敷他常用的润滑黄油和松节油混合油膏，奥古斯塔斯让他停一下，要亲眼看看考尔的伤势。

“老天，伍德罗，”奥古斯塔斯说，“你整天在马群里干活儿，按理说该知道干什么都比背对一匹印第安基奥瓦人的母马强呀。”

考尔正在想别的事，没有立刻回答。他在想，今晚是镰刀月夜——他们管镰刀月叫“偷马贼的月亮”。满月时，月光照在苍茫的草原上，墨西哥人便可以借光瞄准。和他共事多年的几个骑手就为在一个满月之夜过河而死的死，埋的埋。没有月光也同样糟糕——一团漆黑，看不见牲口群，即便看见了也无法赶走它们。镰刀月夜最适合到边境南边走一趟。北边丛林地区已聚集大批来购买牛群、征雇牛仔的牛贩子，用不了一星期，他们就会到孤鸽镇来买牛。该去弄些牛了。

“谁说它是基奥瓦马？”他瞧着奥古斯塔斯，说道。

“我推断出来的。”奥古斯塔斯说，“你如果能搁下活儿好好思考一下，也能推断出来。”

“我能边干边想，”考尔说，“我认识的人里就你不一样，不在阴凉里就不会思考。”

奥古斯塔斯只装作没听见他的话。“那匹母马是基奥瓦人在偷女人的路上丢的。”他说，“那些科曼切人对墨西哥姑娘不感兴趣，白种女人更容易偷，再说吃得也少。基奥瓦人可不一样，他们喜欢墨西哥姑娘。”

“我们可以吃饭了吗？还是要等你们吵完了再吃？”豌豆眼问道。

“等他们吵完，我们就该饿死了。”博利瓦说着，砰的一声把满满一锅腌猪肉和豆子放到粗糙的餐桌上。奥古斯塔斯又是头一个将自己的盘子盛满，这没什么可奇怪的。

“真弄不明白你是从哪儿弄来的这些墨西哥‘草莓’？”他指的是豆子。博利瓦一年里有三百六十五天都能弄到这些豆子，还拌上那么多红辣椒，吃一勺豆子能把人辣得跟吃一勺红蚂蚁一样。纽特越来越明白，帽子溪牧牛公司有两件事是一成不变的——一件是考尔队长安排的活计总是超过他和豌豆眼还有狄兹能完成的量，另一件则是顿顿饭吃豆子。他们的牧场里只有老博利瓦不经常放屁——他自己碰都不碰那些豆子，靠酸发面饼和菊苣咖啡过日子，或者喝几杯飘着几颗咖啡粒的红糖水。糖是要花钱的，队长很不愿意把钱花在这上面，可又没法儿让博利瓦改变习惯。奥古斯塔斯说这老家伙的粪便都含有大量糖。

14

考尔穿好衬衫，来到餐桌旁时，奥古斯塔斯已经开始吃第二盘了。豌豆眼和纽特贪婪地盯着锅，希望自己也能吃到第二盘。但出于礼貌，有人还没吃饭时，他们就不好意思动手。奥古斯塔斯的胃口近乎天灾。三十年来，考尔一直对奥古斯塔斯的食量之大感到震惊，现在依然如此。除了非干活儿不可的时候，奥古斯塔斯从来是什么都不干，但他每天晚上坐下来吃得比三个整天干活儿的人还多。

放牧的时候，每当有点儿空闲，牛仔们便坐在一起，聊奥古斯塔斯吃饭的故事。他不光吃得多，而且吃得特别快。哪位厨子要想让奥古斯塔斯连续吃上十几分钟，他的手边必须备好半头牛。

考尔拉过一把椅子坐下了。在奥古斯塔斯又为自己舀起一大勺豆子时，考尔迅即把盘子递到奥古斯塔斯的勺子底下。他的动作如此敏捷，纽特忍不住大笑起来。

“太谢谢了，”考尔说，“我看你要是闲得难受，不如去找个跑堂儿的差事干干。”

“你还别说，我还真干过跑堂儿的哩。”奥古斯塔斯说，假装这勺豆子本来就是替考尔舀的，“在一条河轮上。干那个活儿的时候，我还没纽特大呢。厨子头上还戴着一顶白帽子。”

“戴白帽子干吗？”豌豆眼问。

“因为真正的厨子必须戴。”奥古斯塔斯说着，瞅了瞅博利瓦，他正往红糖水里掺咖啡，“跟普通的大白帽子不一样，看上去就像是用床单做的。”

“我要是戴那玩意儿就不是人。”考尔说。

“才没有人蠢到雇你去做饭呢，伍德罗。”奥古斯塔斯说，“戴那种帽子是为了不让腻乎乎的头发掉进饭锅里。要是在这黑不溜秋的猪肚子里找不着博利瓦的头发，那才叫怪呢。”

纽特看了看披着脏毛毯坐在炉旁的博利瓦。他的头发就像被泼了一罐陈猪油。博利瓦隔几个月就换身衣服回去看望妻子一次。他经常不断地往小胡子上涂油膏之类的东西，努力使自己面目一新，但对胡子以上的部位从来不下功夫。

“你干吗辞掉河轮上的工作？”豌豆眼问。

“我又年轻，长得又漂亮，”奥古斯塔斯说，“娼姐儿们不让我安生。”

话题又扯到这个方面，考尔感到遗憾。他不愿意谈论妓女——倒不是什么时候都不谈，只是不愿意纽特这孩子在跟前时谈论。奥古斯塔斯要是还有丁点儿羞耻心的话，就不该又扯到妓女，这是他们俩之间的老矛盾。

“我巴不得那时他们把你给淹死。”考尔生气地说。餐桌上的谈话很少善始善终。

像往常一样，队长一生气，纽特便死死地盯住自己的盘子。

“淹死我？”奥古斯塔斯说，“谁愿意试一试的话，那些女孩子非把他撕碎了不可。”他明知考尔都快气疯了，也不肯让步。这是考尔的饭桌，也是他的饭桌，考尔不爱听他讲话就睡觉去好了。

考尔清楚，和他争论没有价值。奥古斯塔斯盼的就是争论。他压根儿不管争论的要点是什么，赞成哪一边他都无所谓。奥古斯塔斯最爱争论，而考尔则最讨厌争论。多年的经验业已告诉他，与奥古斯塔斯争论，哪怕是极明显的是非问题，也永远别想取胜。甚至在逝去的年月，那常为印第安人和各种困扰而担惊受怕的时刻，奥古斯塔斯也从不放弃任何抬杠的机会。有一次，他们俩和六名保安队员在雷德河上游一个叫野狗福克的地方遭到科曼切人的突然袭击，便在岸边挖掩体。若不是幸运地赶上浓雾降临，趁机逃掉了，掩体也许早已成了他们的坟墓。那是他们侥幸脱险的一次。就在那个时刻，奥古斯塔斯一直和一个名叫丑博比的保安队员争吵不休。大部分人吓得连尿都尿不出来，奥古斯塔斯却为一种猎狗争论了一整夜。

纽特当然喜欢听奥古斯塔斯在河轮上和妓女们来往的事。他还哪儿都没去过，所以对他来说，这些事听起来浪漫极了。

“听你谈论女人，一点儿也不会让我觉得饭更香些。”考尔终于说道。

“考尔，你想吃香的，最好先给博利瓦来一枪。”奥古斯塔斯说。他又记起了自己对厨子的不满和怨恨。

“博利瓦，我看你别再用那根破棍子敲钟了。”他说，“想敲就中午敲，晚上别敲。凡是有头脑的人都知道什么时候天黑。总敲那口钟，你毁了我多少美好的黄昏。”

博利瓦默默地搅着甜咖啡。他敲饭钟是因为他喜欢那声音，又不是为了叫人来吃饭。谁喜欢吃就吃，他喜欢敲就敲。他愿意当厨子——比当土匪自在多了——但这不等于他愿意俯首听命。

“李将军解放了奴隶。”他很有把握地说。

纽特大笑起来。博利瓦从来就搞不清那场战争是怎么回事，但他对战争的结束感到非常遗憾。如果战争不结束，他兴许还会继续当土匪——那时期大多数得克萨斯人都跑了，当起土匪来又安全又有利可图。后来返回的那些人也都是土匪，而且他们都有更好使的枪。干土匪这一行大有人满之患。博利瓦明白他该退出了，可有时他总是想放几枪过过瘾。

“那不是李将军，是亚伯拉罕·林肯解放了奴隶。”奥古斯塔斯纠正道。

博利瓦耸了耸肩：“反正都一样。”

“太不一样了。”考尔说。

有那么一会儿，豌豆眼的劲头也来了。豆子和腌肉使他恢复了精力。他一直对解放这一概念感兴趣，并在工作中认真地研究过。他不是奴隶，这显然是他运气好，可是如果他不幸地成了奴隶，林肯也会解放他。这使他在很大程度上崇拜那个人。

“他解放的只是美国人。”他向博利瓦指出。

奥古斯塔斯不屑一顾地哼了一声。“你什么都不懂，豌豆眼。”他说，“亚伯拉罕·林肯解放的是一伙非洲人，他们和考尔一样，根本不是美国人。”

考尔推开了身后的椅子。他没有心思在一天结束之时争论什么黑奴。

“我和我旁边的这位一样，是美国人。”他说着，拿起了帽子和长枪。

“你是在苏格兰出生的。”奥古斯塔斯提醒他，“我知道你还在吃奶时就被带过来了，可这也不能证明你不是苏格兰人。”

考尔没有回答他。纽特抬起头，看见队长站在门口，头上戴着帽子，臂弯里托着那支亨利枪。两只大蛾子飞过他的头顶，朝煤油灯扑来。他一言不发，转身走了出去。

第2章

考尔沿河岸走了一小时，他明知这样做是多余的。这是他在战乱时期养成的习惯——察看情况、搜寻各种踪迹、磨砺自己的直觉等。在当保安队长的日子里，他习惯于夜间离开帐篷，离开高谈阔论或吵吵嚷嚷的人群，独自一人出去。他很早就发现，他的直觉只有在独自一人时才最灵敏。大家围坐在篝火四周，打着哈欠聊聊天固然是件美事，但只能在安全的地方进行，在不安全的地方则会带来危险。他宁愿一个人待在离帐篷差不多两公里远的地方，细听周围的动静，而不愿听人们瞎扯。

说实在的，在孤鸽镇这样平静的地方，侦察员的本领毫无施展的余地，但是考尔仍喜欢夜间出去，吹吹野外的习习微风，聆听大地的悄声细语。

奥古斯塔斯的大嗓门儿早已闻名得克萨斯，在寂静的夜里，即使他小声讲话，两公里以外也能听到。考尔尽量避开奥古斯塔斯的声音，以便使自己放松，好注意其他声音。如果没听到什么，他就观测天气的变化——这并不是说孤鸽镇一带的天气有什么奥秘。

这里很少发生能构成威胁的事件，最坏的可能是土狼偶尔来偷只鸡。他和奥古斯塔斯住在这儿，便足以使这一带的偷马贼望而却步。

考尔朝小镇西边拐去，来到河的渡口。早先科曼切人袭击墨西哥，总要使用这个渡口。它靠近一片盐渍地。考尔几乎每天晚上都散步到这里，坐在岸边的岩石上静静观望，这已成为习惯。如果月亮高到可在地上投下阴影，他就挨近矮荆丛，把自己藏起来。科曼切人再来光顾的话，理所当然地还会利用这个老渡口，不过考尔深知他们绝不会再来了。他们都逃走了，即便剩下几个不怕死的，对布拉索斯河上游也构不成威胁，更不用说格兰德河了。

他和科曼切人打交道的经历真是又长又险恶，几乎占了他整个成年时期。那段历史确确实实已成过去。其实，他已经很久没再见到真正令人生畏的印第安人，假如有那么一个突然骑马朝渡口跑来，他一定会惊愕得忘了开枪——这类麻痹大意恰是他要提防的。虽说大部分科曼切人都已逃遁，但只要还有一个仍在骑马持枪，就绝不可掉以轻心。

他始终保持着高度警惕，不过，在河边守了六个月，他只吓跑了一个土匪。其实，那人可能只不过是来河边饮马的墨西哥牧人。那次，考尔只是拉动了那支亨利枪的枪栓——万籁俱寂时，拉枪栓的效果无异于开枪——那个人便仓皇逃回了墨西哥。此后再也没有人来打扰渡口，只是偶尔跑过几只到盐渍地去舔盐的长癣山羊。

尽管他依旧每天晚上到河边来，但孤鸽镇需要警卫的日子早已结束。关于博利瓦想招引土匪的说法，仅仅是奥古斯塔斯老掉牙的玩笑而已。他喜欢一个人待上一小时，不愿意总待在人堆里，所以才来河边。他感觉好像从早到晚都被沉重的担子压着，又说不清楚是为什么。作为保安队长，他负有做出决断的重任，他的决断与他手下的人生死攸关。这是天然的重担，是工作需要。保安队员们都望着他，想知道他确在他们身旁，并随时准备与他们一道突破可能遇到的任何艰难险阻。奥古斯塔斯也同样能干，他不光会大喊大叫，必要时也会带领队员征服各种困难。可是，除非万不得已，奥古斯塔斯是不会自找麻烦的。他把担子推给考尔——无怪乎保安队员们都从考尔那里接受命令，而与奥古斯塔斯一起只是喝个烂醉。

不知怎的，除了危险给他带来过压力，他还从未尝到过近来所感受到的压力的滋味，即他总被人们没完没了的要求所缠绕。干活儿倒无所谓，他可不是整天坐在前廊上玩牌和嚼舌根的人。干活儿是他的本分，只是对事事都要带头厌倦了。他仍是队长，可是现在一无军队，二无战争，对这一点人们好像视而不见。他当队长太久了，以至于每个人都认为想法、问题、需求和愿望都必须托付给他，无论有时这些多么简单。

人们一直尊他为队长，他也不得不一直尽队长的职责。可他们现在连社会治安员都不是，仅仅开了一家车马店，找到买主时就做些牛马买卖。因此，他明白，这个队长再当下去就不合适了。这一想法在他脑子里存在已久。那些活儿他闭着眼睛都能干。然而，虽说十年来他的责任一天天地在减轻，可是生活并没有过得更从容些，只是范围越来越窄，越来越枯燥无味罢了。

考尔不是靠白日做梦过日子的人，那是奥古斯塔斯的专长。此时此刻，他独坐在河边的岩石上，也不是在做梦。他只是在追忆那逝去的岁月。那时候，他一个人单枪匹马去监视科曼切人的行踪，并随时做好了射击准备。但是追忆往事也令他苦恼，他不愿意像老年人那样陷入回忆中。有时他迫使自己站起来，向河的上游走上四五公里再返回，为的是摆脱往事的纠缠，直到他重新振作起来，确信必要时仍能当个好指挥，他才会返回孤鸽镇。

晚饭后，考尔去河边了，奥古斯塔斯、豌豆眼、纽特、博利瓦和那两头猪便都聚到前廊。猪在院子里拱来拱去，偶尔捉住一只蜥蜴或一只蚱蜢，要么是一条食鼠蛇。博利瓦取来磨刀石，花了二十多分钟磨他那把时常挎在皮带上的精致的骨柄刀。刀柄是黑尾鹿角做的。博利瓦认真地将刀在磨刀石上蹭来蹭去，不时地往石面上吐口唾沫，以保持滑润，刀刃在月光下闪着寒光。

虽说纽特很喜欢博利瓦并把他当作朋友，可是他每天晚上磨刀，弄得纽特有点儿神经紧张。奥古斯塔斯先生关于土匪的玩笑——纽特明知只是玩笑而已——也起了作用。博利瓦从不用这把刀削任何东西，可他还是坚持每天晚上磨它，纽特觉得十分神秘。当他问博利瓦时，博利瓦只是微微一笑，并用拇指轻轻地试试刀刃的锋芒。

“它就像人的老婆，”他说，“最好每天晚上都敲打敲打。”

对纽特这么说犹如对牛弹琴，却使奥古斯塔斯捧腹大笑。

“这么说，你老婆现在可就锈得一塌糊涂了，博利瓦，”他说，“你一年只磨她一两次。”

“她老了。”博利瓦说。

“琴越老，音越好。”奥古斯塔斯说，“咱们这些老家伙也和年轻人一样喜欢磨一磨，没准儿更喜欢呢。你该把她带来，博利瓦，这样你就可以把买磨刀石的钱省下了。”

“用那把刀割人的脖子就跟切黄油一样利索。”豌豆眼说。他自己也有一把好猎刀，所以对刀的事知道得一清二楚。他那把刀的刀刃长三十五厘米，是从一个士兵手里买来的。那个士兵亲自向著名刀匠鲍伊定制了这把刀。他不像博利瓦那样天天磨它，而是隔一段时间就把刀从鞘中抽出，看看是否还锋利。这是他的圣刀，他从不用它干宰牲口或切皮子一类的普通活计。博利瓦也不肯用他的刀干下等活儿，只在他情绪好时偶尔当飞刀扔出去，戳在车帮上，或是把生牛皮细细地切下几条来。纽特就用切下的细牛皮条喂猪。

奥古斯塔斯一向不重视刀的作用，对那些精巧别致的刀也不屑一顾。他口袋里装着一把旧折刀，主要用来削脚指甲。过去他们主要靠猎取野物生活，那时他有一把很实用的好刀，但他从不把刀看作正经的战斗武器。依他之见，柯尔特左轮手枪的发明已将所有其他的短武器淘汰了。每天晚上不得不听博利瓦的霍霍磨刀声，不能不说是个小小的刺激。

“要是非听点儿什么不可的话，我倒更愿意听你磨老婆。”他说。

“我才不带她来呢。”博利瓦说，“我了解你，你肯定会把她糟蹋了。”

奥古斯塔斯哈哈大笑：“才不会呢，我才不想糟蹋老婆子哩。你有女儿吗？”

“只有九个。”博利瓦说着，也没站起身，嗖地把手中的刀朝最近的一辆车甩去，刀子飞出后插在车帮上，颤了一会儿。车离他只有六米远，根本不需要用那么大的力气，他这样做只是为了显示对女儿的疼爱。六个女儿已经结婚了，三个未婚的女儿是他生存的支柱。

“但愿她们长得像妈妈。”奥古斯塔斯说，“要是像你，那你可就得抚养一群老处女了。”他把手伸到椅子后，将挂在那里的左轮手枪拿过来，一边慢条斯理地转了一两下弹膛，一边听它发出清脆悦耳的咔咔声。

博利瓦后悔不该把刀子扔出去，现在他不得不站起身去把刀子拔下来。这会儿他的胯骨和其他几处痛得厉害，是五年前马失前蹄，把他扔到地上造成的。

“我长得比你小子好看多了。”他说着，站了起来。

纽特明知博利瓦和古斯先生对骂是为了消磨时间，但仍惴惴不安，尤其是天色已晚，他俩又各守着一个酒罐喝了几个小时。夜静得出奇，有时还能听到从干豆酒吧传来的钢琴声。这架钢琴是酒吧的骄傲，也是全镇的骄傲。连教堂的教友们星期日也要借它一用。幸运的是，教堂就在酒吧旁边，钢琴本身又带轱辘。几个教会执事在酒吧后面修了个斜坡，上面搭了一块板子直通教堂，这样一来，他们就可以把钢琴直接推到教堂里。即便如此，一些尚未喝醉的执事仍感觉不安全，坚持要在晚上到酒吧去“保护”钢琴。

有个星期六晚上，他们对钢琴的“保护”可谓尽心尽力，使得星期日早晨把它推出了轨道，摔断了它的两条腿。那天早晨，教堂里没有几个没醉的汉子，因而无法把钢琴抬进教堂，弹琴的平克·希金斯夫人只好坐在大街上，叮叮咚咚地弹起圣歌，牧师和十位太太则在教堂内引吭高歌。这时，几乎一丝不挂的罗丽娜·伍德偏偏也跟到酒吧后台阶上来听圣歌，使得已经很窘迫的场面更加尴尬。

虽然纽特至今都没有找到和罗丽娜说话的机会，可他已深深地爱上了她。他明知即便有了说话的机会，他也不知从何说起，为此他大为苦恼。有时被派到酒吧去办事，他也总是惶惶不安，唯恐发生什么情况，使他非和她说话不可。他渴望和她说话，真的——这是他的终生夙愿——可是他不愿意在想好说什么最好之前就与她说话。罗丽娜来到镇上已经好几个月了，他从看见她的第一眼起就堕入了情网，可是他至今仍没找到最佳话题。

平日不论纽特手中干着什么活儿，思绪至少有八个小时为罗丽娜所占据。他是个直爽的年轻人，只要心中有事就找人谈谈——至少可以和豌豆眼和狄兹谈——可他连罗丽娜的名字都没有大声地说过。他明白，只要她的名字从他口中吐出，他就会遭到轮番嘲弄。为别的事情取笑他，他从不在乎，可是如果拿他对罗丽娜的感情开玩笑，他断难忍受，因为他对她的感情太真挚，容忍不得讽刺与挖苦。帽子溪牧牛公司的创业者们不懂得尊重感情，尤其不尊重爱情。

另一种危险是，人们或许会玷污她的名声。队长不会这么做，他从不拿女人寻开心，甚至连提都不提她们。对罗丽娜的侮辱引起了纽特复杂的想法。他除了在冥想中享受爱情的欢乐，还没真正尝试过。而对罗丽娜的玷污，则可能远在他真正领略爱情的欢乐之前，就使他的心灵饱尝爱的苦果。

纽特当然知道罗丽娜是妓女，这一事实令人为难，可丝毫不会削弱他对她的感情。一个赌徒在孤鸽镇遗弃了她，说她败了他的赌运。她住在干豆酒吧，接待形形色色的男人。但纽特不是爱在这些细节上刨根问底的年轻人。他对妓女是干什么的不甚了了，但他估计罗丽娜以此为职业和他到这里干活儿一样，完全出于偶然。他到帽子溪牧牛公司照管马纯属巧合，罗丽娜当妓女同样也纯属意外。纽特爱的是她那表露在脸上的品性，显而易见，这是人们在孤鸽镇见到的最漂亮的脸蛋，于是他相信她的性情也是最好的。他做好打算，一旦有机会和她交谈，就围绕这个想法谈。晚饭后在前廊的大部分时间，他都用来琢磨用什么言辞才能充分表达他的脉脉温情。

正因如此，每当博利瓦和古斯先生像互相扔烤饼一样互相骂脏话时，他就有些气恼。他们几乎每天晚上都这样吵来骂去的，而且很快就会发展到飞刀子和咔咔地转动枪膛，弄得他无法集中精神思考首次与罗丽娜相会时该说些什么。古斯先生和博利瓦都不是好欺负的，两人都好像心里发痒，准备一决雌雄。纽特确信，要是他们真的打起来了，古斯先生定是赢家。豌豆眼说古斯先生使手枪比考尔技高一筹，尽管纽特简直不能想象还会有什么人比考尔队长更能干。他可不希望他俩真的干起来，因为那意味着博利瓦必死无疑。尽管他对博利瓦的土匪朋友总有些放心不下，但他的确喜欢博利瓦。这个老人曾把自己的披身毛毯给他盖，在他患黄疸病时，还把下铺让给他睡。如果古斯先生打死了他，纽特就少了一个朋友。由于纽特没有家，这样的事就不能太小看了。

“天这么黑了，你说队长出去干什么啦？”他问道。

奥古斯塔斯冲他笑了笑。这孩子弓着腰坐在下面的台阶上，像只激动的小狗崽儿。每天晚上，当他感觉他们快要斗起来时，就问这个同样的问题。他希望考尔就在附近，万一他们打起来，考尔就可以阻止他们。

“他在玩印第安勇士游戏呢。”他说。

纽特不相信。队长可不是爱玩的人。若他认为有必要每天晚上出去坐在黑暗之中，那一定是至关重要的。

一听说印第安人，豌豆眼便从醉醺醺的瞌睡中醒过来了。他憎恨印第安人，部分原因是三十年来他们一直让他担惊受怕，连个安稳觉都不曾睡过。当保安队员的那些年里，他一合上眼就觉得，好像一睁眼就会发现大块头的印第安人正用某种削尖的东西朝他捅来。他见到的大部分印第安人都精瘦、矮小，可这不代表没有像他梦中所见的那种大个子印第安人在外面恭候着他。

“噢，印第安人也许会来。”他说，“队长正放哨呢。我要不是太懒惰，也会去帮帮他。”

“他才不用你帮忙呢。”奥古斯塔斯故意激他。豌豆眼对考尔盲目的忠诚有时让他讨厌。奥古斯塔斯很清楚，考尔每天晚上去河边与印第安人的威胁毫不相干。虽然这话他说过好多次了，可他还要重复。

“他去河边是因为不爱听我们瞎扯。”奥古斯塔斯说，“他不合群，永远也改不了。只要吃完饭，就别想让他在帐篷里待着。他宁愿坐在黑洞洞的外面给枪装火药。就是真有印第安人，我都怀疑他能不能发现。”

“他过去常发现他们，”豌豆眼说，“在鬼怪堡山他就发现过一大帮印第安人。”

“天啊，豌豆眼，”奥古斯塔斯说，“零零散散的，他当然能找到那么几个了。那时候，印第安人多得就像地里的牛蒡草，你应该记得。我敢说今天晚上他一个也抓不着。考尔是注定比别人都受累的人，这才是问题的核心。他才不是我知道的那种追求荣誉的人呢。荣誉引不起考尔的兴趣。他干的事必须超过他任务的九倍，不然他就睡不好觉。”

大家一时沉默不语。豌豆眼听到奥古斯塔斯贬低队长，总感到不自在，可又不知该如何予以反驳。倘若要回敬奥古斯塔斯，他也只会搬用队长自己的话。

“那重担总得有人挑啊。”他说。

“我就爱听这个。”奥古斯塔斯说，“考尔能替你、我、纽特、狄兹、每一个不愿干分内活儿的人去干。这么多年来，有他在大家身边，把重担都挑了起来，真是再省心不过了。可是你要是以为他这么干是为了我们，而不是碰巧他自己乐意那么干，那你就是个大傻瓜。他出去坐在灌木丛边，正暗自庆幸不必在这儿听博利瓦夸老婆呢。他和我一样，知道一千公里之内没有敌人。”

博利瓦站在大篷车旁边小便，纽特估计他用了差不多十到十五分钟。每当博利瓦开始小便，奥古斯塔斯常常掏出那只旧银怀表算时间，直到撒尿声打住。有时他甚至从黑坎肩兜里掏出铅笔头儿和小记事簿，把博利瓦小便花的时间记下来。

“这样就能知道他的体力衰退得有多快。”奥古斯塔斯指出，“老年人撒起尿来像小牛一样，慢慢地往外滴。我最好坚持记下去，就能知道什么时候该换位新厨子了。”

不过这一次，对于博利瓦的举动，猪比奥古斯塔斯更感兴趣，奥古斯塔斯仅仅是多喝了些酒而已。博利瓦从车帮上拔下刀，进屋去了，猪便来到纽特跟前，让他给搔耳朵。豌豆眼又靠在门廊柱子上打起呼噜来。

“豌豆眼，醒一醒，上床睡去。”奥古斯塔斯说着，用脚踢他的小腿肚子，直到把他踢醒，“纽特和我会把你忘了的。你要是留在这里，那两个家伙能把你连骨头带肉给活吞了。”

豌豆眼睡眼惺忪地站了起来，踉踉跄跄地走进屋去。

“它们不会吃他的。”纽特说。小黑猪在下面的台阶上卧着，老实得像条小狗。

“当然不会。只是吓唬吓唬他，这是让他挪窝的最好的办法。”奥古斯塔斯说。

纽特看见队长正抱着枪往回走。他马上就像以往一样把心放下了。队长一回来，他的心里感到快慰，睡觉也就容易些。在内心深处，他有一种顾虑，担心队长某天晚上离开后也许再不会回来了。他不担心队长遭遇意外，也不担心他会被杀死，只担心队长就这么走了。纽特觉得队长可能讨厌大伙儿，而且讨厌得有道理。他和豌豆眼还有狄兹拼命地干重活儿，可是古斯先生对重活儿连碰都不碰。博利瓦则大部分时间坐在那里喝龙舌兰酒。也许有那么一个晚上，队长会跨上他的母夜叉，悄悄离去。

“怎么没见你带回来印第安人的头皮呀？”考尔走过来时，奥古斯塔斯说道。

考尔没搭理他。他把枪靠在门廊柱子上，点上一支烟。

“今天晚上最适合去弄牲口了。”他说。

“弄回来又怎么办？”奥古斯塔斯问道，“我还没见买主的影儿呢。”

“咱们把牛赶到他们那儿去。”考尔说，“以前也这么干过，这又不是犯法的事。”

“可犯了我的法。”奥古斯塔斯说，“那些买主又不会死待在一个地方，他们自己会找来的。到时候咱们再去找牛也不迟。”

“队长，下次我可以去吗？”纽特问道，“我敢说我已经够岁数了。”

考尔犹豫了一下。用不了多久就得说“行”了，但现在还不准备说。不让这孩子去是不公平的——他毕竟需要学习——可是考尔现在还不能这么说。他曾经带领这么年轻的孩子干过，并亲眼看见他们被杀死，正因如此，他总是把纽特留在家里。

“你要是整夜坐着不睡觉就长得快了。”他说，“明天还要干活儿，去睡吧。”

纽特立刻沮丧地走了。

“晚安，孩子。”奥古斯塔斯说着，看了看考尔。考尔没说话。

“你应该让他再坐一会儿。”奥古斯塔斯停了一会儿，说，“总而言之，这孩子受教育的唯一机会是听我谈话。”

考尔对他的话置若罔闻。奥古斯塔斯曾在弗吉尼亚的什么地方念过一年大学，还声称学过希腊语和一些拉丁语，他经常对人们提起这些。

他们能听见从干豆酒吧传来的钢琴声。大嘴唇琼斯是酒吧唯一的钢琴手，有丰富的西部生活经验。他的难处是肚子上有个痊愈不了的伤口，和山姆·休斯顿的一样。他被人用大口径枪打中，死里逃生，但肚子上留下了个窟窿。他成了残废还能弹琴，总算走运。

奥古斯塔斯站起来伸了个懒腰，把柯尔特枪和枪套从椅背上摘下来。对他来说，夜还不深。他跨过小猪，走出前廊。

“你对那孩子可不该这么固执，伍德罗。”他说，“他铲马粪的日子够长了。”

“我比他年纪大多了，可我还在铲马粪呢。”考尔说道。

“那是你自找的。”奥古斯塔斯说，“依我看，有不少吃香得多的办法让你发财，比如说玩纸牌吧，我这就去那家酒吧玩一局。”

考尔的烟快抽完了。“要是你的吃香办法就是打牌，我倒不在乎。”他说。

奥古斯塔斯咧嘴一乐。考尔还是老脾气呀。“不是打牌是什么？”他问道。

“你过去可从不这么按时去打牌。”考尔说，“对那个姑娘最好提防着点儿。”

“干吗要提防她？”

“当心她想法子让你娶她。”考尔说，“你正是干那种蠢事的老傻瓜。我可不让她到咱们这儿转悠。”

奥古斯塔斯笑得喘不过气来。考尔有很多想法十分滑稽，这个想法则是最可笑的了，居然认为有他这把年纪和经历的人会娶一个妓女。

“明天早饭时见。”他说。

考尔在台阶上又坐了一会儿，听着猪打呼噜。

第3章

罗丽娜一直盼望能住在凉爽的地方，可她从来没有在那样的地方住过。她好像在学会呼吸的同时便学会了出汗。听人们谈论各个地方的情况，旧金山想必是最凉快、最理想的地方，因此她就盯住了那儿。

光阴有时好像过得很慢。她都快二十四岁了，可是连比孤鸽镇再远两公里的地方都没到过。十二岁那年，父母因害怕北方佬而带她离开莫比尔，这十二年的进步不算大。

大多数妇女的意志会被如此缓慢的进步削弱，但是罗丽娜不允许自己的思想滞留在这上头。她的日子确实过得很平淡，但这主要是因为孤鸽镇本身平淡无奇。一天到晚从窗口朝外望，看来看去依旧是棕色的土地和灰色的查帕拉尔树丛，她对此感到厌倦。中午的太阳毒得把大地灼烤成一片白色。她从窗口能看到那条河和墨西哥。大嘴唇告诉她，如果去墨西哥开业，她就可以发大财，但罗丽娜不以为意。她看到的墨西哥和得克萨斯一样没意思。那些讨厌的男人不说比得克萨斯男人更坏，至少也不是什么好东西。

奥古斯塔斯·麦克克里声称他去过旧金山，并给她讲述那里海湾的水有多么蓝，帆船如何从各处驶进海湾，一说就是几小时。末了他就大吹大擂起来，这吹劲儿不亚于吹嘘他干的别的事情。有那么一两次，她听奥古斯塔斯讲时，眼前呈现出清晰的画面。等奥古斯塔斯不讲了，画面也就消失了。她仍旧躺在那里，盼着天快快凉爽下来。

在那种时刻，大多数男人是不爱开口的，可奥古斯塔斯不同，他能一直不停地说到那一刻。一旦结束，便又开始喋喋不休起来。按照当地的价码，他够慷慨的——每次付给她五块钱的金币——罗丽娜仍觉得少了点儿。五块钱应当只是和她睡觉的钱，听他唠叨应让他再付五块钱才对。有些话倒是挺有意思的，但是罗丽娜可没有那份耐心听他说个没完。奥古斯塔斯却不在乎，不管罗丽娜爱不爱听，他只管兴致勃勃地说下去，而且并不是像其他年轻人一样，想通过谈话激起她的热情，从而达到付一次钱能捞上两次的目的。

奇怪的是，他既是她接待次数最多的客人，也是年纪最大的客人。她坚持不让男人的所作所为使自己惊讶，可是像奥古斯塔斯这么大岁数的人居然还如此热衷于干这种事，不能不使她暗暗感到吃惊。莫斯比·马丁在得克萨斯东部曾占有她两年。比起奥古斯塔斯，莫斯比简直算不上什么，尽管他那么无能，还为此感到自豪。

她初次遇到莫斯比时刚刚十七岁，父母双亡。她爸爸在维克斯堡离开人间，妈妈在巴吞鲁日与世永别。正当她在巴吞鲁日进退两难之时，遇到了莫斯比。她早熟，曾与她爸爸不清不白，她爸爸与她发生关系时正发着高烧，神志不清，不久便死去了。尽管如此，在遇到莫斯比之前她还没卖过身。打第一次见到莫斯比，她就知道他是个酒鬼，可是他骗她，说他是个南方绅士，有一辆昂贵的轻便马车和一对好马，她便相信了。

莫斯比还说要娶她，罗丽娜也信了。在靠近一个名叫格莱德沃特的地方，任他把她拽进一间四面透风的破房子里。房子特别大，窗户上连块玻璃都没有，也没有破布片之类的东西。为了不让蚊子把他们活吃了，他们不得不用盆子沤烟熏蚊子，但蚊子还是照样咬他们。莫斯比没有钱，却有母亲和两个阴险的妹妹。他不打算娶罗丽娜，嘴上却不断地说不久便和她结婚。

那几个女人对待黑人已经够坏了，但她们对待罗丽娜更坏些。她们待莫斯比也不好，互相之间也是这样。在这所房子里，唯一表现出一点儿友善的活物是莫斯比的几条狗。莫斯比吓唬她，如果胆敢逃跑，就放狗追她。

夜间她躺着，被烟盆里冒出的团团烟雾熏得喘不过气来。蚊子多得和烟雾一样，莫斯比又不断地搅扰她，她感到极度颓丧，连话都不想说了。她变成了一个沉默寡言的女人。不久，一天夜里，莫斯比输钱太多，把两个朋友带来与罗丽娜过夜，以抵偿欠他们的债，她的卖身生涯从此开始。罗丽娜大为震惊，还来不及防卫，那两个人已经扑了上来。第二天，那两个人离去后，她拿起莫斯比的短柄马鞭狠狠地抽他的脸，结果他们把她关在地窖里两天两夜，连吃的东西都不给她。

两三个月后，他又带来了更多的朋友，这一次她没有反抗。她已经厌倦了莫斯比和那几个烟盆子，决心另谋出路。他母亲和两个阴险的妹妹想把她撵出这所房子，她自己也正想离开，但莫斯比气得暴跳如雷，反倒把他的一个妹妹吓得跑到姨妈家去住了。

后来，一天晚上，莫斯比把她卖给一个像是路过的人，并像是要长期这么下去。碰巧，他第二次带来的人对罗丽娜产生了好感。那人名叫约翰·汀克斯利，是罗丽娜见过的个子最高、长得最漂亮的男子。他问她是否真的嫁给了莫斯比，她告诉他没有。汀克斯利当时就劝她与他同去圣安东尼奥，罗丽娜高兴地答应了。莫斯比被她的决定吓了一跳，马上建议去找个牧师为他俩举行婚礼。可是罗丽娜已经看透了，结婚以后会比以前更糟。有那么一会儿，莫斯比真想和汀克斯利干一架，但他明白自己不是汀克斯利的对手。现在他唯一的补救办法是卖给汀克斯利一匹马，让罗丽娜骑，另加那副他逃跑的妹妹的马鞍。

单就蚊子不多又不用点烟盆子这一点而言，圣安东尼奥就比格莱德沃特进步得多。他们在旅店里租了两间房——虽不是城里最好的旅店，但也算得上是很不错的了——汀克斯利还给罗丽娜买来一些漂亮衣服。这些花销当然是他卖掉那匹马和马鞍换来的，这使罗丽娜有点儿不愉快。她很喜欢骑马，甚至希望能骑马去旧金山，可是汀克斯利对旧金山不感兴趣。他虽然又整洁又高大，还很漂亮，但她终于看出来，这个主儿并不比莫斯比好多少。假如他表现出来一点儿柔情，那也是为他自己，而不是为她。他甚至花钱让人替他修剪指甲，罗丽娜做梦都没想到一个男人会干出这种事来。不仅如此，他还是一个铁石心肠的人。罗丽娜和莫斯比打架就像和小孩子打架一样，但她第一次和汀克斯利顶嘴，就被他狠击一拳，她的头把身后桌子上的洗脸盆都撞碎了，耳朵一直嗡嗡响了三天。他威胁她，说他会比这更凶狠。她相信了，他可不是在随随便便地吓唬她。从此，在汀克斯利面前她再也不随便开口了。他明确表示，从带她离开莫斯比时起，他就没打算和她结婚。其实不结婚也没什么关系，她早已不再想结婚的事了。

这不代表她已习惯于视自己为娼妓，而汀克斯利恰恰希望她养成这一习惯。

“我说，你已经训练好了，不是吗？”他说。罗丽娜从不认为她在格莱德沃特的经历是什么训练，可是，她显然没有接受过从事高尚工作的任何训练，即使她能够活着逃离汀克斯利，情况也不会有所改变。有几天她曾以为他还是爱她的，可是不久他便表明，她对他来说就如同一副好马鞍。她明白了卖身是她近期内唯一的出路。至少旅店的房间还不错，又没有莫斯比阴险的妹妹。来找她的人大部分是和汀克斯利在下边酒吧里赌博的人。偶尔，一个好人会偷偷地给她点儿钱，而不是把钱交给汀克斯利。但汀克斯利对这类事情精得很，他很快就找到了她藏钱的地方，在他们出发去马塔莫罗斯的那天，他把她的钱洗劫一空。要不是他接二连三地输钱，他也不至于这么做。好几个赌徒都对罗丽娜说，他长得漂亮不等于赌博时干得也漂亮。他的赌技很一般。由于在圣安东尼奥屡遭失败，他决定到边境地带——竞争对手少的地方——去碰碰运气。

他们走到半路就真的打了起来。罗丽娜为钱的事愤怒至极，愤怒之火越烧越旺，终于使她忘掉了害怕。她决心杀死他，因为他什么东西都不给她。她只要稍微懂得一点儿如何使枪，就肯定会打死他。罗丽娜本以为，只要扣动扳机，枪就会响，却不知他的枪需要先打开保险。汀克斯利喝醉了，正在床上躺着，但还没有醉到连她把枪口顶在自己肚子上都感觉不出来的程度。一看枪没有响，她只来得及用枪朝他的脸狠狠地砸去。这一下显然使她赢了这场架，尽管当时他没有立即丢下她去找医生缝合皮开肉绽的下巴，而是在与她扭打滚斗时把她的上嘴唇咬了一口。不过，罗丽娜还是觉得枪能响就好了。

她上唇被咬破的地方留下了一块浅浅的疤。使罗丽娜感到滑稽的是，有一段时间男人们都为她这块浅疤所倾倒。其实也不单纯是她的疤令人着迷——随着年龄的增长，她出落得愈加丰满、漂亮了。可是毋庸置疑，这一小块疤确实起了一定的作用。汀克斯利把她抛弃在孤鸽镇。那天他喝醉了，对干豆酒吧里所有的人说，她是个凶悍的娘儿们，所以她还没来得及打开衣服包裹，名声就传开了。汀克斯利一分钱没给她留下就走了，幸亏她还会做饭。干豆酒吧是孤鸽镇唯一提供饭食的酒吧，罗丽娜找到酒吧老板夏威尔·万莰，设法说服他给她当厨娘的工作，一直干到那些放牧的人不再害怕她，而是来找她为止。

奥古斯塔斯是首先来找她的人。他第一次在她那里脱靴子时，朝她笑了笑。

“那块疤是怎么来的？”他问道。

“有人咬了我一口。”罗丽娜说。

虽然夏季牧人们差不多都赶着牲口去外地卖，她的买卖少了，但是奥古斯塔斯一旦成了常客，她就不愁在镇上生活不下去。她早已不再轻信男人，但她很快就发现奥古斯塔斯与众不同，至少在孤鸽镇是这样的。他不是卑鄙小人，也不像大多数男人对待妓女那样对待她。她甚至相信，如果她真的需要他帮助，他准会帮助她。他好像已经摆脱了一般男人还没有摆脱的东西——某种鄙俗与贪婪。她除了和大嘴唇说话，只和他这个男人说话——很少的一点儿谈话。对大多数嫖客她则无话可说。

她的沉默寡言很快便成了人们议论的话题。沉默就像那块疤一样成了她的一部分，并且像那块疤一样把男人们吸引到她身边来，尽管她的沉默使他们感到局促不安。她明白她的沉默使那些嫖客神经紧张，因而那档子事结束得就快些，但这并不是她故意耍手腕，而是她和他们在一起时的情绪造成的。

奥古斯塔斯·麦克克里对待她的沉默同样持与众不同的态度。开始时他好像根本就没有注意——他绝不愿意让自己的情绪受影响。后来他竟觉得很有意思，这种情况倒是罗丽娜从未遇到过的。大多数男人和她在一起时像松鼠似的叨叨个没完，无非是希望她也能说点儿什么。奥古斯塔斯更是个爱说话的人，可是他和别的嫖客说的都不一样。他所谈的净是他对事物的看法和观点，说得那么自然，好像只是为了自娱。罗丽娜还从来没有把人生当作乐事看待过，但奥古斯塔斯就这样看待人生。就连她的沉默也能使他觉得有乐趣。

这天他走进来，脸上带着常有的快活表情，坐到椅子上。罗丽娜以为他是在脱靴子，于是就先上了床，可当她回头时，看见他仍坐在那里，一只脚放在另一条腿的膝盖上，转动着马刺上的齿轮。他靴子上常穿戴着马刺，可她不常见他骑马。每隔一段时间，她会在凌晨被牛哞或马嘶吵醒，此时从窗口向外望，她便能看到奥古斯塔斯和他的合伙人与一群牛仔赶着牲口，穿过矮树丛朝镇东方向骑去。她一眼就能认出奥古斯塔斯，因为他骑着一匹大黑马，那匹马似乎能单独拉动三辆马车。他不骑马时也穿戴着马刺，为的是想听响声时，随时都可以摆弄它们。

“这是我学过的唯一一种乐器。”有一次，他这样告诉她。

他只管坐在椅子上转动马刺齿轮，并对着她笑。罗丽娜弄不清她到底该脱衣服还是该干什么。时值七月，天气热得要命，她试过往床单上泼水，可不等她上床就干了。

“天啊，太热了。”奥古斯塔斯说，“反正花同样的钱，咱们干吗不去加拿大住呢？我怀疑连干那事的力气都没了。”

“那你还来我这儿干吗？”罗丽娜心想。

奥古斯塔斯还有个绝招，他能准确无误地说出她正在想什么。这时候，他局促地从兜里掏出一块十块钱的金币扔给了她。罗丽娜则十分谨慎，即便他要干那事，也多了五块钱呢。上了年纪的人有时很古怪，常想出一些怪主意来。大嘴唇就总找麻烦，他肚子上有个洞，只能守在钢琴边弹弹琴。其实，事实证明，她不必担心奥古斯塔斯。

“我琢磨出了一个理儿，罗丽娜，”他说，“我琢磨清楚了为什么你和我这么合得来。你知道的比你说出来的多；我呢，说出来的比我知道的多。只要咱俩每次待在一起不超过一小时，咱俩就是一对好搭档。”

这番话对罗丽娜来说没什么意思，不过她总算放心了。看来他并没打算在她身上使什么怪招儿。

“这是十块钱。”她说。她还以为他没注意扔给她的是多大的金币呢。

“要知道，价钱这东西怪有意思的。”他说，“我认识不少娼姐儿，她们就不知道讨价要灵活些。我要是你，得跟着那些臭气熏天的老家伙上楼的话，我就高高地要价；要是碰上那些头发理得整整齐齐的小伙子，给一个子儿也就够了。”

罗丽娜想起了汀克斯利，他霸占了她两年，不但把她带来的东西全拿走，丢下她时还分文没给她留。

“一个子儿可不够。”她说，“不理发的我也照样接待。”

奥古斯塔斯一心想接着讨论。“这么说吧，最低两块钱，”他说，“这是向那些头发理得挺漂亮的小伙子要的价。对于那些连字都不认识的臭放牛的，你最多要多少钱？我的意思是，男人并不都一样，所以要价也不应该一样。我说得不对吗？可能从你的位置看，男人都是一个样的。”

罗丽娜仔细想了想，领会了他的意思。男人并不都一样。有些男人很好，能引起她的注意；也有那么一小撮卑鄙透顶的家伙，使她无法不注意。但是大多数男人既不好也不坏。他们不过是男人而已，给她留下的是钱，而不是记忆。到目前为止，留在她记忆中的只有坏人。

“你为什么给我十块钱？”她装出好奇的样子问他。

“想让你说说话。”奥古斯塔斯笑着说。她见过的男人中，他的白头发最多。他曾对她说，他三十岁就开始有白发，从而给他这一生增添了许多危险，因为印第安人把长着白发的连发头皮看作上品。

“我结过两次婚，你知道。”他说，“本来要结第三次婚了，可是那个女人犯了个错误，没有嫁给我。”

“那和这钱有什么关系？”罗丽娜问道。

“我的意思是，我可不是个从来没结过婚的大光棍儿。”奥古斯塔斯说，“我也有过金钱难买的与女人谈心的好日子。我猜你不肯讲话是因为还没碰到愿意听女人讲话的男人。这一带不时兴听女人讲话。可是我想你和每个人一样有自己的生活经历。你要是愿意说说，我就是那个愿意听的人。”

罗丽娜思忖了一会儿。奥古斯塔斯并不介意，仍坐在那里转动马刺齿轮。

“在我们这儿，人们找女人只是想找个伴儿。”他说，“天气凉快的地方就不同了，凉爽的气候连小孩子的情欲都能挑起来。可是这里天气这么热，人们只想找个做伴的。”

这些话不无道理。有时男人瞅着她，好像想把她当作自己的情人——年轻人尤其如此，有些年纪大的人也这样。还有那么一两个人，甚至想长期占有她，也不知道他们究竟想把她安置在哪里。她住的这间房已经是孤鸽镇唯一的一间空房了。人们只想短期结婚——到他们再次赶牲口离开为止。在圣安东尼奥，她认识的一些姑娘就是这么干的——和牛仔结婚一个月或六个星期，得到一点儿礼品，出出风头。令她惊讶的是，那些姑娘居然和那些牛仔一般见识。要是小伙子们没来求婚，她们就互相忌妒，整天闷闷不乐，简直和那些出了风头的姑娘一样傻。罗丽娜可没打算那样做，来求婚的小伙子们必将明白，她对儿戏式的婚姻不感兴趣。

她思索了一会儿，决定对奥古斯塔斯也不讲自己的身世。她把裙扣系好，把那十块钱还给他。

“我的身世不值十块钱，”她说，“即便我记得清清楚楚的，它也不值。”

奥古斯塔斯把钱装回口袋里。“我早该明白，别打算用钱来买你说话。”他仍咧嘴笑着说，“咱们下楼去打牌吧。”

第4章

考尔坐在台阶上，奥古斯塔斯离开他，慢慢地穿过停马车的大院，朝大街走去。他在帽子溪的沙质河床上停了一下，把枪背带系好。夜，寂静无声，他无意在这样的夜晚开枪，但还是机警地把枪准备好，以备万不得已时用它敲击醉鬼。这是一把老式柯尔特枪，他把枪挎在大腿上边。它和他的那条腿一样重，敲一下足够酒鬼们受的，若他有意使劲，两下便可敲垮一头公牛。

奥古斯塔斯非常欣赏这边境之夜，它和田纳西的夜晚大不相同。他记得，每当夜幕降临，田纳西就被浓雾笼罩，到处湿漉漉的，一片模糊。边境的夜晚空气十分干燥，像露水般清澈，人们还可以闻到泥土的气味。正因如此，事情反倒更难办——即便没有月亮，天上的星星也亮得足以使树丛和篱笆在地上投下影子。豌豆眼恨透了阴影，一见就心惊肉跳。有时他甚至把灌木丛当成土匪，狠命地朝那些无辜的树丛开枪。

虽说奥古斯塔斯并不感到十分紧张，但没等他走上大街，还是让紧跟在脚后的一团黑东西吓了一跳。他唯恐被蛇咬，急忙跳到一边，脑子里却在想，蛇是不会像球一样滚动的。这时他才看清，是一只犰狳从他脚边爬过。他想踢它一脚，教训教训它，让它以后别再爬到街上吓唬人。可是犰狳继续匆匆朝前赶路，它似乎和银行经理一样有权在街上行走。

镇上人丁并不兴旺，街上没有路灯，只有潘弗利家外边亮着灯。潘弗利开了家小店，他的女儿快要生孩子了。那个即将出世的孩子没有父亲，去年秋天潘弗利的女儿刚刚怀孕，娶她的那小伙子就在里帕布利肯河里淹死了。

奥古斯塔斯来到干豆酒吧。酒吧外面只拴着一匹高大精瘦的栗色马，他一眼就认出了这是牛仔盘子波吉特的马。人们这么称呼他，是因为有一次他忍着干渴赶牲口，回来后冲进帐篷，等不及排队喝桶里的水，就把厨子要倒掉的洗盘子水喝了个饱。看到这匹栗色马，奥古斯塔斯的情绪马上好起来了，因为盘子波吉特喜欢玩牌，尽管他的技术很差。当然，他可能缺钱下赌注，可是不会因为这个就不玩牌。盘子是把干活儿的好手，他总能找到工作。奥古斯塔斯和这样的人玩牌，不愁他将来还不起钱。

他进屋时看到里边每个人都气呼呼的，也许是因为大嘴唇又在咚咚地弹他特别喜爱的歌《我海上的美人儿》了。他使劲地弹，恨不得让墨西哥首都的人都能听到。酒吧老板夏威尔·万茨是个法国人，个子不高，正紧张地用一块湿布擦桌子，似乎把擦桌子当成买卖成功的首要因素。奥古斯塔斯不得不时常提醒他，他那种观点纯属瞎胡闹，因为干豆酒吧的大多数主顾都不是讲究的人，就算桌子上放只死臭鼬，恐怕都不会有人注意到，更甭说面包屑和几滴酒了。

夏威尔是孤鸽镇独一无二的讲究人。他一年到头穿白衬衫，一个星期修剪一次胡子，还总戴个领结——至少要用黑鞋带打成领结的样子。有个牛仔偷走了他最后一个真领结，可能是想戴着它，好在赶牛的路上吸引姑娘吧。鞋带太软，不像领结挺括，本来就萎靡不振的夏威尔戴上它就更加显得死气沉沉了。他出生在新奥尔良，后来到了孤鸽镇，因为有人曾使他确信得克萨斯处处有发财的良机。虽然他很快就发现根本不是那么回事，可是他生性孤傲，或许认为命该如此，或许是不肯认输。他一天天地耐着性子在干豆酒吧挨日子，不过有时候他也会按捺不住，发一通脾气。

“晚上好，我的好朋友。”奥古斯塔斯说。因为夏威尔喜欢客套，所以他尽量装出一副庄重的样子，对他打了个招呼。

夏威尔不自然地点了点头作为回答。大嘴唇的表演正在高潮，他很难在这个时候打招呼。

盘子波吉特正和罗丽娜坐在同一张桌子旁边，他试图说服她同意让他赊账与她睡觉。盘子只有二十二岁，可是他的胡子如同海象的胡须一样，使他看上去比实际年龄大得多，也稳重得多。胡子的颜色在黄色和棕色之间——奥古斯塔斯认为很像一种野狗毛的颜色。他多次向盘子建议，他要是想吃野狗肉的话，可别忘了剔剔自己的牙。盘子则不理解对他胡子的这一微妙影射。

罗丽娜还是那副模样，总像是心不在焉的。她那一头柔软的金色秀发使她有别于本地女人——这儿的娘儿们的头发比拴马鞍的绳子软不了多少。她稍微凹陷的双颊使她具有销魂的魅力。凭奥古斯塔斯的经验，这种双颊凹陷的美人儿属于危险类型。他的两任妻子都有着丰满的面颊，因而诚实可靠，只是受不了这地方的气候。一个妻子在结婚的第二年因患胸膜炎离开了人世，另一个婚后第七年死于猩红热。罗丽娜使他联想得最多的女人是克拉拉·艾伦。她是他爱得最深沉、最执着的女人，他至今仍爱着她。克拉拉爱直视别人，明亮的双眸俏皮地闪动着，而罗丽娜则喜欢旁视。尽管如此，这个姑娘身上的某些东西总让他想起克拉拉来。克拉拉选中了一个傻里傻气的马贩子，和他结了婚。

“天哪，盘子。”他朝他们的桌子走过去，“你怎么在这个季节跑到南方闲逛来了，可真没想到。”

“借我两块钱，古斯。”盘子说。

“我才不借呢。”奥古斯塔斯说，“我为什么要把钱借给游手好闲的人？这个时候你应该赶着牲口上路了。”

“我就要去了，下星期走。”盘子说，“借两块钱给我吧，秋天还你。”

“那不行，也许你会淹死，或者被踩死，或者杀了人被绞死。”奥古斯塔斯说，“不行，先生。谁知你能不能活到秋天。反正我知道你小子挺滑头。也许你身上有两块钱却舍不得花呢。”

大嘴唇结束了他的演奏，过来凑热闹。他头戴一顶棕色圆礼帽，那是他几年前去圣安东尼奥时半路上捡的。它也许是被风从篷车上吹掉的，或许是印第安人抢了个买卖人而懒得去捡他掉的帽子。不管怎样，大嘴唇用这两个理由解释帽子的来历，是为了证明他运气好。大嘴唇只在弹琴时才戴它，赌钱或者坐着摆弄肚子上的窟窿时，就把帽子当成烟灰缸，有时忘记把烟灰倒掉就把帽子扣在头上。他的头顶耷拉着几撮麻线似的灰发，沾上点儿烟灰也看不出来，烟灰只是揭开了这顶帽子遭的罪的冰山一角。大嘴唇还常拿帽子当枕头。帽子里里外外都是脏东西，奥古斯塔斯一看见它就想吐。

“你那顶帽子简直像个牛肚子。”奥古斯塔斯说，“帽子不是尿盆。我要是你，早把它扔了。”

大嘴唇这名字的由来是因为他的下唇大得像个马褡裢盖，他一次用下嘴唇包住的烟草足够别人用一个月。总之，大嘴唇从他脸的底部垂下来，好像不是脸的一部分似的。

罗丽娜对各式各样令人难忍的行为都看惯了，可是对大嘴唇吃饭时吧嗒嘴这件事久久习惯不了。她还曾梦见一个牛仔走过大嘴唇身边，伸手把他的下嘴唇像扣口袋盖一样扣在他的鼻子上。然而比她更厌恶大嘴唇的是夏威尔，他猛地停止擦桌子，走到大嘴唇跟前，一把将他的帽子揪了下来。夏威尔气急败坏，脸上的肌肉颤抖得像落网的兔子一样。

“丢人现眼！我见不得这顶帽子。谁还吃得下饭？”夏威尔说。其实当时并没有人在吃饭。他捏着帽子绕过柜台，把它从后门扔了出去。他还是孩子时就在新奥尔良的大饭店里穿上了工作服，饭店的桌上还铺着桌布，那气派直到现在仍使他留恋。他一看到这里光秃秃的桌面，就感觉到了自己的失败。不仅没有桌布，桌面还粗糙得用手一蹭就会扎上刺。再说桌子还不圆，牛仔们一坐下就用刀削桌子边，这些年来，桌子已被削去许多，大多数桌子都不成形了。

他自己有一块亚麻桌布，每年在妻子忌日用一次。他妻子是个泼妇，他并不思念她，但要想在孤鸽镇用桌布，这是他能找到的唯一充足的理由。他的妻子叫苔丽丝，一次，她残暴地鞭打那几匹拉车的马，马惊后，连车带马翻到沟里，车身正好砸在她身上。在一年一度以苔丽丝的名义举办的晚宴上，夏威尔直到喝醉也不会往他那块好桌布上洒一滴酒，足以证明他不愧是位训练有素的酒吧老板。奥古斯塔斯是唯一受到邀请的人，可他每隔三四年才出于礼貌参加一次。他之所以不愿意去，并不是因为这种场合令人悲哀与无聊——孤鸽镇的人都对苔丽丝的死感到高兴——

实在是因为这种场合潜伏着危险。奥古斯塔斯既不是夏威尔那样受过训练的酗酒者，又对桌布没什么特殊的好感，他若不小心把酒滴到了这块宝贝亚麻桌布上，后果将不堪设想。他当然不想打死夏威尔，但必要时也许不得不用手枪敲击他的脑袋，而奥古斯塔斯又不愿意用这把大手枪去敲击那么一颗小脑袋。

在夏威尔看来，大嘴唇的帽子是最令人恼火的东西，凡是有尊严的人都不会允许有人在自己的店里戴这种破帽子，更不用说让它出现在职员头上。因此他一次次地抓起它，扔到门外，恨不得过来一只羊把它吃掉。据说比它更脏、更臭的东西羊都吃，然而对这顶帽子，它们从不瞧上一眼。于是，大嘴唇想要用它当烟灰缸时，就总能出去把它捡回来。

“真是丢人现眼！”夏威尔用带点儿高兴的口气又说了一遍。

“我的帽子怎么了？”大嘴唇不慌不忙地说，“这是费城货。帽子里面写着呢。”

帽子上的确写着“费城”等字样，但不是大嘴唇发现的，而是奥古斯塔斯先看到的。大嘴唇可认不得费城的“费”字，连那座城市在哪里都不太清楚。他只知道既然那里的人有时间生产帽子，而不是和科曼切人搏斗，就一定是个安全、文明的地方。

“夏威尔，我和你谈一笔交易。”奥古斯塔斯说，“你借两块钱给盘子，咱们就可以接着玩牌了。我把那顶帽子装进麻袋，带回去喂猪，这是处理掉帽子的一劳永逸的好办法。”

“你要是再戴，我就把它烧了，”夏威尔仍很生气地说道，“我还要把这块地方都烧掉，看你去哪儿待着！”

“你要是也想烧钢琴的话，最好事先预备一头快腿骡子。”大嘴唇说话时，下嘴唇起伏着，“那些教友可不爱看你烧钢琴。”

盘子对他们的谈话感到头疼。他刚刚把一群马送到马塔莫罗斯，因为心中想着罗丽娜，就沿河骑了一百六十公里赶了回来。事情很怪，他一想起她心中就发怵，可还是一口气往回骑，现在他终于到了这里。他通常去找棕色皮肤的小个子墨西哥女人，最近他时常想换一换，罗丽娜是最合适的。他一想起罗丽娜，嗓子里就像塞了棉花，连话都不会说了。他一共和她睡过四次，清清楚楚地记得她是那样白皙，如同皎月，抚摸时都能照见影子，就像外面皓月当空的夜。可又不完全一样——在月夜行路，他平静、安详，与罗丽娜在一起他却不得安宁。她用的是廉价扑粉，那是她城市生活的纪念，扑粉的香味跟着他，一连几个星期都没消散。他觉得光付她钱还不够，若能送给她一些从阿比林或道奇[1]带回来的精巧礼品似乎更好。他可以用这个办法代替付钱——西班牙女孩子们都盼望能得到些小礼物。盘子又时刻挂在心上，从不食言。他从道奇回来时常带回些丝带和梳子之类的东西。

可不知怎的，他连向罗丽娜提出这个想法的勇气都没有，把这作为交换条件提出来太困难了。通常对她提要求，她连听都不听，让她明白对她的特殊感情同样困难。然而，他即将去放牧，一去就是几个月见不到她，而她根本不希望他有这种感情，带着这种想法去生活就更困难了。

---

1. 美国堪萨斯州福特县的县城，以作为旧西部荒野边境小镇的历史而闻名。19世纪70年代，随着铁路的到来和堪萨斯州隔离线的改变，道奇很快成了牲畜贸易的中枢，被称为“牛仔之城”。——编注

这种感情本来已很复杂，当盘子想到自己连她索要的价钱都付不起时，情绪就更坏了。在马塔莫罗斯，他输掉了整整一个月的工资，只剩下二角五分钱。没有钱，又没有说服罗丽娜的口才，但他有一股犟劲儿。他打算在干豆酒吧坐上一宿，希望用他的行动打动罗丽娜的心。

在这种情况下，奥古斯塔斯的到来对盘子来说是一场痛苦的磨难。盘子觉得罗丽娜对他的态度刚刚好转，如果没有别的事情打扰，他也许很快就会赢得她。至少他独自和她坐在一张桌子边也使他感到惬意。可是现在围在桌边的有他和她，还有奥古斯塔斯和大嘴唇，他再乞求她答应的话，即便不是完全不可能，也会相当困难——虽然他乞求的方式仅仅是用他充满期望的大眼睛不停地望着她而已。

大嘴唇的帽子被夏威尔扔了，他心中很不痛快。奥古斯塔斯刚才提到了猪，这是个不祥之兆。猪很可能走来吃掉他的帽子，而这顶帽子对他来说却是最实在的慰藉。他真想趁猪还没来吃帽子之前就去把它捡回来，但是他明白在夏威尔情绪不好时惹他生气是不明智的。柜台挡住了他的视线，使他看不到后门外边——他深信帽子已经不在那里了。

“我希望能回圣路易斯去，”他说，“听说那里现在是个真正的繁忙城市。”他是在那儿长大的，所以每当心情沉重就会想起那个地方。

“就是啊，妈的，你去呀。”奥古斯塔斯说，“生命短促，为什么非要死守在这儿？”

“是呀，你不也死守在这儿嘛。”盘子气冲冲地说，他想暗示奥古斯塔斯立即离开这里。

“盘子，你是不是肚子疼？”奥古斯塔斯说，“打会儿牌就好了。”

“没那回事。”盘子说着，大胆而焦虑地朝罗丽娜瞥了一眼。

可是看她如同看一座山。山不会动，你若有意，可以朝它走过去，但它不会对你表示欢迎。

夏威尔站在门口凝视着黑暗。抹布滴下的水弄湿了他的裤腿，他都一无所知。

“镇上也没有人死，真可惜。”奥古斯塔斯说道，“这一屋子人正好组织一次顶呱呱的追悼会。怎么样，万茨？咱们打牌吧。”

夏威尔默然同意了——这总比什么都不干强。另外，他是个“牌油子”，是附近一带能和奥古斯塔斯较量的为数不多的牌手之一。罗丽娜也会玩牌——汀克斯利教过她一点儿打牌的技巧。干豆酒吧里牛仔多的时候，不许她坐下来玩牌，可是只要有奥古斯塔斯在场，她就可以玩。

打起牌来她完全变成了另一个人，特别是在她赢钱的时候。奥古斯塔斯总想方设法帮她赢一点儿，只是为了看她赢牌时的样子——她的天真会短暂地回到她身上；她不说话，但不时会发出开心的笑声；她忧郁的眼睛也变得明亮了。偶尔赢得多了，她还会给奥古斯塔斯一拳头。这一切都使他感到愉快——他喜欢让这姑娘快活起来。

他们一直玩到偷马贼月亮转到了镇子另一边。罗丽娜容光焕发，盘子波吉特更爱她了。他被她折磨得十分痛苦，以至对夏威尔赢去他下个月的一半工资也不在乎。眼见已经没有什么希望，他便走出酒吧，走到月光下去解马缰绳。这时，痛苦越发加剧了。

奥古斯塔斯和他一起出来，大嘴唇从后门溜出去找他的帽子。他俩站在那里，这时罗丽娜屋里亮起了灯光。盘子抬头朝灯光望去，却只看见了罗丽娜映在窗户上的影子。

“喂，盘子，你真的要离开我们了？”奥古斯塔斯说，“哪一家这么走运，能雇你去走一趟？”

对罗丽娜急促的一瞥使他心乱如麻，根本无法集中精力思考奥古斯塔斯的问题。

“跟着UU公司的牛群走。”他说着，眼睛仍然盯着窗户。

盘子情绪低落的原因没能瞒过奥古斯塔斯。

“嘿，那不是上海皮尔斯一伙吗？”他说。

“不错。”盘子说着，抬脚去够马镫。

“等一下，盘子。”奥古斯塔斯说。他从兜里摸出两块钱，给了这个吃惊的孩子。

“你要是跟着老上海去北边，咱们这辈子可能就再也见不着面了。”奥古斯塔斯故意用一种伤感的口吻说，“至少你的耳朵会聋——那老家伙的声音都能把石头震聋。”

盘子不得不笑了笑。奥古斯塔斯好像还不知道，在得克萨斯一带，人们争论最多的问题之一就是究竟是他的嗓门儿大还是上海皮尔斯嗓门儿大。人们普遍的看法是，说到把别人的耳朵震聋，他们两个无人匹敌。

“你干吗要给我钱？”盘子问道。他从来就没猜透过奥古斯塔斯的心思。

“你刚才跟我借钱来着，不是吗？”奥古斯塔斯说，“倘若在打牌以前给了你，等于给了万茨，可他并不缺我这两块钱花。”

盘子没说话。他捉摸不透奥古斯塔斯的动机到底是什么。

“我不愿意让别人以为我连这么点儿钱都不肯借给朋友，”奥古斯塔斯说，“特别是一个就要跟着上海皮尔斯出发的朋友。”

“噢，皮尔斯先生不和我们一同去，”盘子说，“他到新奥尔良去坐火车。”

奥古斯塔斯没说什么。盘子马上决定接受这两块钱，不管是不是因为提到了皮尔斯的公司奥古斯塔斯才给他这两块钱的。

“好吧，多谢。”盘子说，“秋天见，如果不可能再早点儿。”

“你今天晚上不必赶路了，”奥古斯塔斯说，“愿意的话，带上你的毯子到我的门廊来睡一宿吧。”

“好吧。”盘子说。他不好意思地重新把马拴好，朝干豆酒吧走去，想赶在罗丽娜关灯之前上楼。

“我忘了点儿东西。”他在酒吧门口结结巴巴地说。

“那我就不等你了，盘子。”奥古斯塔斯说，“你要是愿意留下来，我们欢迎你一起吃早饭。”

奥古斯塔斯骑马往回走时，听见那小伙子跑上酒吧后楼梯的声音。盘子是个好小伙子，和纽特一样单纯，但干活儿的经验更多些。趁着人生的折磨还没有将他俘虏，最好成全他去享受一下生活的欢乐。

他站在昏暗的街上，看见远处罗丽娜房间透出黄光的窗户上映出两个人的影子。在他看来，她好像不那么讨厌盘子，何况打牌时她的情绪又好起来了。恐怕罗丽娜自己也会感到吃惊，并且很可能喜欢上这个小伙子。他偶尔也听到过妓女从良并且过得很好之类的事情，罗丽娜要有此心的话，盘子波吉特不能说不是个过日子的好男人。

潘弗利家门口的灯灭了，连犰狳的影子也见不着了。那两头猪四平八稳地躺在门廊上，一声接一声地打着呼噜。奥古斯塔斯本想把它们踢开，替那个他心中多少有点儿盼望的客人腾地方，但看到猪睡得那么香甜，就改变了主意，朝后门走去。如果长着野狗色胡子的盘子波吉特觉得把铺盖卷儿放在猪旁边太不像话，那他自己会撵它们的。

第5章

奥古斯塔斯躺下时脑子里想着什么，醒来时睡前想的事情还在脑子里。他睡觉的时间太短，脑子里想的事情还没来得及溜掉，人就醒了。

他最多睡五小时，不过平均只睡四小时。

他常说："一个人整夜睡觉就等于浪费生命。依我看，白天是让人看东西的，而夜里就是给女人的。"

昨天晚上他回来时想着女人，所以起床时脑子里还在想同样的事。大约四点，他起床去准备早饭。早饭对他来说至关重要，绝对不能交给墨西哥土匪去做。他用放在后院的荷兰烤箱烤出大量发面烤饼，这是早饭的主要食物。十年来，他的面团总是发得相当好，他起床的第一件事总是先去看看面团。其他食物都是次要的，只是切上几块熏肉，炒一锅鸡蛋，咖啡则可以放手让博利瓦去准备。

奥古斯塔斯在室外做烤饼原因有三：第一，这所房子白天被太阳烤得相当热，所以不能在室内多生一处火，除非煎熏肉和鸡蛋；第二，荷兰烤箱烤出的饼比用室内炉子做的饼好吃；第三，他喜欢在室外观察新的一天的第一缕阳光。在室内做饭看不见日出，而在孤鸽镇失去看日出的机会，意味着连这么美好的景致都没看到就要白白地等着忍受这一天的酷热和尘沙。

天还挺黑。奥古斯塔斯用模子把饼准备好，便到院子里将烤箱点着——只要把箱里的木炭点着即可。当他判定烤箱已经准备就绪，便去取来生饼和一本《圣经》。他把生饼在烤箱里摆好，然后坐到一口大黑锅上。这口锅只有在炼猪油时才用。锅大得很，在里面煮头小骡子都不成问题，不过已经好几年没用它了，一直扣在那里，倒是个挺理想的座位。

东方的天空红得像锻炉里的火，照亮了沿河的一派平川。露水浸湿了查帕拉尔树丛的千万簇针叶，阳光从地平线平射过来，树丛立刻闪闪发光，像是用无数颗宝石镶嵌而成的。阳光洒在后院一片灌木丛的露珠上，小树丛马上被无数道彩虹包围了。

“日出竟有这般大的魔力，荆棘丛也能被它装点得如此华丽。”奥古斯塔斯一边想，一边仔细地观察这一过程。他知道这一动人景象只能持续数分钟。橘红色的阳光穿透树丛，射了过来，几只山羊在树丛中徜徉。太阳已升到南边低矮的峭岩上，而它围绕着荆棘丛的光芒仍暂留不散，好像它与太阳毫不相干似的。接着，太阳跳离了地面，冉冉而升，像枚巨大的金币。露水瞬即消失，荆棘丛中的光线像红土一样散开，剩下了薄纱般轻盈的蓝雾。

这时正是读书的大好时光，因此奥古斯塔斯专心致志地读了几分钟《先知书》。他不是个狂热的教徒，但自信是个极好的预言家，并喜欢研究先辈预言家们的风范。在他看来，那些诗句都太冗长，所以他不想费力气逐行地读，只能趁着饼还没熟，这儿看一眼，那儿翻一下。

他正读着《阿摩司书》的一两句诗，那两头猪从房角拐了过来。几乎同时，考尔一边穿上衣一边从后门走出来。猪径直走到奥古斯塔斯面前，它们身上的黑皮都被露水打湿了。

“它们知道我心肠好，”他对考尔说，“想让我把《圣经》喂给它们吃。”

“蠢猪，别把盘子弄醒了。”他加了一句。他早查看过了，盘子头枕马鞍，帽子遮着眼睛，只露出他的大胡子，睡得挺舒服。

考尔从来不能痛痛快快地醒来，为此感到很懊丧。他浑身的关节总像被胶水粘在一起似的。看到奥古斯塔斯坐在黑锅上神采奕奕，就像睡足了一夜才醒来一样，他心中十分恼火。其实奥古斯塔斯说不定一直打牌到深夜一两点呢。起得早、脑筋好是他始终没能掌握的一门技巧——毫无疑问，他能早起，但总感到不舒服。

奥古斯塔斯放下《圣经》，过来看考尔的伤口。

“我应该再给你敷点儿油膏，”他说，“咬得还不轻呢。”

“去管你的烤饼吧。”考尔说，“盘子波吉特来这儿干什么？”

“我没问他的事。”奥古斯塔斯说，“要是死于坏疽，你就该后悔没有让我给你包扎伤口了。”

“不是伤口，是咬的。”考尔说，“那一回在萨尔蒂约，臭虫咬得比这厉害多了。你恐怕整夜都在读《圣经》吧。”

“没有，”奥古斯塔斯说，“我只在早晨和晚上读一读，只有那两个时候我才会想起上帝的荣耀。其他时间我只能想到我们是在一个糟透了的地方挣扎。这种地方难得有什么乐事，可我尽量使自己高兴。”

他过去把手放到荷兰烤箱上试了试，觉着饼可能烤好了，就把它们拿了出来。饼都发起来了，烤得焦黄。他连忙把它们端进屋去，考尔也跟了进去。纽特直挺挺地坐在桌旁，一手拿刀，一手拿叉，睡得正香。

“咱们到这儿来为的是赚钱。”考尔说，“找高兴可不在计划之内。”

“考尔，你甚至连钱财也不喜欢。”奥古斯塔斯说，“你一看见有钱人就朝他们吐唾沫。如果有可能，你喜欢钱还不如喜欢高兴事呢。”

考尔叹了口气，坐到桌子旁边。博利瓦已经起床了，正踉踉跄跄地围着炉子忙活。他的手抖得太厉害，把咖啡粒撒到了地上。

“醒一醒，纽特。”奥古斯塔斯说，“再睡就要摔倒了，叉子会扎瞎你的眼睛。”

考尔摇了摇那孩子，他的眼睛猛地睁开了。

“我正在做梦。”纽特孩子气地说。

“你好运气呀，孩子。”奥古斯塔斯说，“这里的早晨更像一场噩梦。嘿，快看那是怎么回事！”

博利瓦正一心想把咖啡做好，却把一小撮咖啡粒掉进了煎熏肉和鸡蛋的油锅里。他认为这不过是小事一桩，却惹火了奥古斯塔斯。奥古斯塔斯希望早饭能吃得顺顺当当的，哪怕每周只有一次也行。

“但愿鸡蛋别成了咖啡味儿的。”他生气地说，“你煎的鸡蛋可大部分都是咖啡味儿的。”

“我才不管呢，”博利瓦说，“我病了。”

正在这个时候，豌豆眼一边跌跌撞撞地穿过厨房，一边使劲地试图不把尿尿在裤子里。这是老毛病了，他的裤子有十五颗小纽扣，每天一起床，他就把它们一颗颗扣好。等他想起要撒尿时，又赶紧边解裤扣边穿过厨房往后门跑，跑与尿互不相让。但大多数情况下，就在他要尿出来的一刹那，他刚好跑到后台阶上，于是就站在那里冲着院子撒上五分钟左右。奥古斯塔斯一只耳朵听着煎鸡蛋的嘶嘶声，另一只耳朵听着豌豆眼撒尿的哗哗声，心想：“清晨的宁静又完蛋了。”

“要是赶巧有个女人这时候闯到这帮人这儿来，准会吱哇乱叫，连眼珠子都会蹦出来。”奥古斯塔斯说。

正说着，真有一个人摇摇晃晃地闯了进来，不过不是别人，而是盘子波吉特。他总是一闻见煎熏肉味就马上找来。

纽特大吃一惊，立刻清醒了。他把那撮翘着的头发用手压了压。盘子波吉特是他心目中的英雄之一，是一个真正的牛仔，去北边卖牲口时不止一次到过道奇。纽特最大的愿望是能赶上一群牛到北边去。盘子的到来使他有了希望，因为盘子不像队长那么高不可攀。纽特不敢想象自己将来成为队长那样的人，可是盘子和他差别不大。盘子是干活儿的好手，纽特喜欢研究盘子干活儿的架势，一有机会就围着他转。

“早上好，盘子。”他说。

“嘿，你好。”盘子说着，就站到豌豆眼旁边干同样的事去了。

盘子没把他当孩子看待，使他精神大振。也许将来有一天他有幸能和盘子一起当牛仔。纽特实在想不出比这更好的事情了。

奥古斯塔斯把鸡蛋煎得像大理石一样硬，以便把咖啡味儿去掉。他认为煎好了，就把油倒回一个用来装油的大糖浆罐里。

“让饭桌上的人听你们撒尿，成什么体统？”他冲着门廊上的先生们说道，“你们都是男子汉了，你们的妈妈会怎么想？”

盘子有些不好意思，可豌豆眼被这个问题闹蒙了。他六岁时妈妈就死在佐治亚了。她死之前没有多少时间对他进行管教，所以他没法儿知道对这种做法她会怎么想，不过他敢肯定，她不希望他尿裤子。

“我憋得慌。”他说。

“你好，队长。”盘子说。

考尔点点头。早晨他比奥古斯塔斯清闲，因为奥古斯塔斯得做早饭。在他忙活的时候，考尔给自己盛了份鸡蛋和熏肉，只要有食物他就能恢复精神，从而考虑这一天应该干的事情。帽子溪牧牛公司经营规模很小，租赁的土地只够喂养一小群尚未找到买主的牛马。考尔一直觉得奇怪，这么一个小公司居然能使三个男子汉和一个孩子日复一日、从早到晚地干个不停，然而这是事实。他和奥古斯塔斯刚买下这块地时，马厩和畜栏破旧不堪，为了不让它们倒塌，他俩不停地修啊补的，虽说孤鸽镇没有什么特别重大的事情要干，但这并不意味着有充裕的时间花在目前需要做的这些琐碎事情上。他们挖那口新井就花了六个星期，可是深度还远远不够。

考尔往自己的饭盆里拨鸡蛋和熏肉时，要干的事成堆地涌入脑海，所以他停了一会儿才回答盘子的问候。

“噢，你好，盘子。”他终于说道，“来点儿熏肉？”

“盘子打算吃完早饭就把胡子刮掉。”奥古斯塔斯说，“他过厌了没有女人的日子。”

事实上，盘子有了奥古斯塔斯的两块钱才赢得了罗丽娜。他在门廊上醒来时头脑很清醒，可是当奥古斯塔斯提到女人时，他想起了发生的一切，突然感到了做爱后的虚弱。一坐到桌边，他便饥肠辘辘，看见鸡蛋和熏肉时口水都流了出来。可是一想起罗丽娜白皙的身体或她撩起睡衣时他看到的景象，有那么一会儿他几乎要昏倒。虽然他接着吃下去，可是吃的东西已什么味道也没了。

小黑猪来到门口，瞧着屋里的人们，引起了奥古斯塔斯的兴趣。“看啊，”他说，“一只四脚猪瞅着一伙两脚猪。”尽管他在煎锅前煎鸡蛋、熏肉，仍可以保住他那份烤饼，有半打饼被他抹上蜂蜜下了肚。

“去把蛋壳扔给猪吃，”他对博利瓦说，“它饿了。”

“我不管，”博利瓦说着，咂了一大口勺子里黑咖啡色的糖，“我病了。”

“你又说你病了，博利瓦。”奥古斯塔斯说，“要是想今天死，最好先给你自己挖好墓坑。”

博利瓦痛苦地看着他。他一直在发抖，大清早的谈话使他的头也痛了起来。他只说了一句：“要是我挖好墓坑，那可是给你预备的。”

“打算去北边卖牛吗，盘子？”纽特问道，他希望找点儿轻松的话题，把他们的谈话岔开。

“我希望能去。”盘子说。

“真想找把钢锯来锯鸡蛋。”考尔说，“我可见过比这还软的砖头。”

“可不，博利瓦把咖啡粒撒在上面了，”奥古斯塔斯说，“撒的是硬咖啡粒。”

考尔把硬得像石头一样的鸡蛋吃完，很快地瞥了盘子一眼。盘子又高又瘦，四肢不匀称，但是个好骑手。他们的队伍中如果有五六个像他这样的人，就可以赶上自己的牲畜群北上。他有这个想法已经一年多了，并曾对奥古斯塔斯谈过，可是奥古斯塔斯一笑置之。

“我们年纪太大了，考尔。”他说，“应该记住的事都记不住了。”

“那是你，”考尔说，“我年纪不大。”

一见到盘子，他就又想起了那个主意。他不希望把余生用来挖井和修补畜栏。如果能够弄到一大群牲畜并把它们养好，他们就有条件在丛林地带以北买一大片好地。

“你和什么人签合同了吗？”他问盘子。

“啊，不，我还没签呢。”盘子说，“我想皮尔斯先生会再雇我的，他要是不雇我，别人也会的。”

“我们这儿能给你活儿干。”考尔说。

他的话引起了奥古斯塔斯的注意。“让他干什么？”他问道，“盘子是这一带排名第一的好骑手，他不会乐意在地上干活儿的。你乐意干吗，盘子？”

“老实说，不乐意。”盘子回答道，他眼瞅着队长，看见的却是罗丽娜，“我干活儿一团糟。你有什么打算？”

“听我说，今天夜里我们要去趟墨西哥。”考尔说，“看我们能弄到些什么。我们可以给自己弄一批牲畜，你先等一两天，我们盘算一下。”

“你让马咬疯了。”奥古斯塔斯说，“养一大群牲畜干什么？”

“赶上它们走。”考尔说。

“嘿嘿，也许可以赶上它们去酸菜沟，对吧？”奥古斯塔斯说，“这点儿活儿可不够盘子这样的人干一夏天。”

考尔站起来，把他用过的碟子放到洗碗池里。博利瓦疲倦地离开凳子，拎起水桶。

“狄兹回来就好了。”他说。

狄兹是个黑人，他跟着考尔和奥古斯塔斯的时间与豌豆眼一样长。三天前，他被指派带着一笔存款去圣安东尼奥。这是考尔的惯用战术，因为土匪很少想到黑人身上会有大量钱财。

博利瓦想念狄兹是因为提水是狄兹的活儿。

“他今天上午就回来，你对好表等着他吧。”考尔说道。

“你去对表吧，”奥古斯塔斯说，“我反正不对表。老狄兹也是个人。要是他碰上个黑皮肤女人，他回来之前你的表需要重新拨两三次。他跟我一样，知道有些事情比干活儿重要得多。”

博利瓦瞧着水桶，满肚子的牢骚："我恨不得用枪把这倒霉的桶打成筛子。"

"你就是坐在桶上都打不着它。"奥古斯塔斯说，"我可见过你开枪。你的枪法还算不上是最坏的——你比杰克·詹尼尔稍强点儿。杰克比任何一个猎牛人破产都快。他就是被牛吞了也打不着牛。"

博利瓦拎着水桶走了，看样子不会马上回来。

这时候盘子正在苦苦思索。他原打算吃过早饭就回马塔戈达[1]，他肯定能够在那儿找到工作。很难相信帽子溪牧牛公司会赶牛北上，但是从另一方面说，考尔从不轻易开玩笑。他如果真有这个打算，就一定会干成的。再说还有罗丽娜，要是能和她在一起多待几天，她一定会对他另眼相看。和她在一起确实要花很多钱，而他现在囊空如洗。可是如果他为帽子溪牧牛公司工作的事传出去，也许就能借到些钱。

盘子引以为傲的本领之一是赶马车的技术。他想，罗丽娜整天困在干豆酒吧，假如在孤鸽镇能找到一辆像样的马车，带着她沿河转一转，她一定很高兴。他站起来，把碟子放到洗碗池里。

"队长，你当真打算那么干，我就在这儿等一两天。"盘子说。

考尔已经走到屋后的门廊上，正朝北面的大道望去。这条路穿过丛林区，直通圣安东尼奥。道路笔直，延伸到远方，直至一个溪谷。考尔两眼紧盯着这条路。尽管他离盘子只有几步远，可是好像根本没听见盘子的问话。盘子走了过去，想看看到底是什

---

1. 美国岛屿，位于得克萨斯州上游海岸的科罗拉多河河口附近。——编注

么分散了考尔的注意力。路尽头出现了两个骑马的人，但距离太远，无法辨认他们究竟是谁。有时路上腾升的热浪把两个骑马人的影子晃动成一个。盘子眯起眼睛瞧，仍看不出这两个人有什么特殊之处。然而队长从他们出现起就不再扭头。

“古斯，快来。”考尔说。

奥古斯塔斯正忙着擦碟子上的蜂蜜，这又得多吃上几个烤饼。

“我正吃着呢。”他说，其实不说大家也知道。

“快看看谁来了。”考尔说道，盘子觉得那声音非常柔和。

“要是狄兹回来了，我的表早已对好了等着呢。”奥古斯塔斯说，“反正他准没有换衣裳，一看见他裤子破口子底下露着的黑膝盖，就让我倒胃口。”

“狄兹回来了，不错。”考尔说，“但他不是一个人回来的。”

“是呀，这老光棍儿总想结婚。”奥古斯塔斯说，“我猜他一定碰上我刚才说的黑皮肤女人了。”

“他压根儿没碰见什么女人。”考尔说着，不耐烦起来。

“他碰见的是咱们的一个老朋友。你再不过来，我就去拽你了。”

奥古斯塔斯的饼快吃完了，他不得不用食指把最后一点儿蜂蜜刮起来，反正从手指头滴下来的蜂蜜和抹在发面饼上的一样甜。

“纽特，你知不知道蜂蜜是世界上最纯正的食物？”他说着，站了起来。

关于蜂蜜的价值，纽特听他讲得太多了，因此有关蜂蜜的特点忘掉的也比一般人知道的多。他急急忙忙把碟子放进洗碗池。

他比奥古斯塔斯更想知道狄兹到底碰见谁了。

“是的，先生，我也很喜欢蜂蜜。”他赶紧结束了关于蜂蜜的谈话。

奥古斯塔斯跟在这孩子后边，懒洋洋地吸吮着食指。他朝大路看去，想知道考尔到底为什么如此兴奋。两个骑马人更近了，左边那个显然是狄兹，正骑在他们叫作如愿骨的大白马上。另一个骑的是一匹栗色快马，他停了一会儿才认出那个人。那个人好像有点儿歪向马鞍一侧，这个姿势只有一个老相识才有。奥古斯塔斯惊得目瞪口呆，连自己把黏糊糊的手指插进头发里都没有觉察到。

“天啊，伍德罗，”他说，“那不是杰克·斯普恩嘛！”

第6章

听到杰克·斯普恩这个名字，纽特像重重地挨了一棒，这个名字对他来说含义太多了。在他妈妈还活着的时候，最常来看她的男人是杰克。后来他才弄清楚，他妈妈和罗丽娜一样，也是个妓女。但谁也没有杰克和善，不论对他还是对他妈妈玛吉。杰克给他糖果、硬币，把他放到马背上，让他生平第一次骑马，甚至让靴匠老耶稣给他做了第一双靴子。有一次，他把打牌赢的一副女人用的马鞍送给了纽特，并把马镫带剪得适合他用。

这一切都发生在孤鸽镇安定之前。当时，考尔队长和奥古斯塔斯还是保安队的，负责边境一带的治安工作。杰克·斯普恩也是保安队员，在纽特眼里他最威风。他总是手握一把柄镶珍珠的手枪，跨一匹快马——杰克说快马骑着舒服。对于职业的危险性，他处之泰然。

后来，战斗逐渐沉寂了，于是队长、古斯先生、杰克、豌豆眼和狄兹都辞去了保安队的工作，开办了帽子溪牧牛公司。安家落户的工作好像与杰克无缘，有一天他说走就走了。对他的离开，谁也不感到奇怪，纽特的母亲却为此心烦意乱。有一段时间，他一问杰克什么时候回来，就会挨一顿鞭打。

于是纽特不再问杰克的事，虽然他不断地想念他。就在一年以后，他母亲得热病死了。队长和奥古斯塔斯把他领了过来，尽管他们开始时为此事有过争吵。起初纽特过于想念妈妈，对他们的争吵并不注意。反正妈妈和杰克都已离去，吵架又不能使他们回来。

然而，当他度过了最痛苦的时期，并开始干队长交给他的所有杂活儿，以换取在帽子溪牧牛公司住下去的权利时，他的思想便时常追忆杰克·斯普恩来看他妈妈的日子。他想，也许杰克就是他的父亲，但人们都说他叫纽特·多布斯，不叫纽特·斯普恩。为什么叫多布斯，为什么人们对此坚信不疑，这使他迷惑不解——在孤鸽镇好像没有人了解有那么一位多布斯先生的情况。母亲在世时他没有想到问一问。在孤鸽镇人们不常用姓，再说他并不知道姓是从父亲那儿来的。连什么都谈的古斯先生也好像对多布斯先生一无所知。他对此人唯一的评论就是——“他在不该走的时候走了。”

纽特从未找考尔队长证实过此事——队长总是把他认为你该知道的事主动告诉你。可是，纽特内心深处并不相信有个多布斯先生。他有一小包妈妈的遗物，只是几串珠子、几把梳子、一个小杂记本和从杂志上剪下来的画片。那些东西是古斯先生好心好意替他留下来的。本子里没有记载关于多布斯先生的任何事情，画片上也没有他，但有一张他外祖父的模糊的照片。外祖父住在亚拉巴马。

纽特猜测，如果没有多布斯先生这个人，或者有过这么一位先生，他在他们那间宽敞的屋子里住过一两天——玛吉活着的时候他们在那间大屋子里住——那么杰克·斯普恩就真是他的生父。他们谁也不告诉他这一点，也许是因为他们认为等杰克回来后亲自告诉他更礼貌些。

纽特还猜测，杰克会回来的。沿赶牛人走的小路传来的零星消息说，他在奥加拉拉当文职官员，也有的说他在黑山淘金。纽特不知道黑山在哪里，也不知道如何在山里淘金，但他急于随牛群北上的原因之一就是盼望在路上碰见杰克。他当然希望成为一名好骑手，跟着牛群去冒险。然而在一切盼望之中，他长久以来最渴望的是见到杰克·斯普恩。这一思想可以被掩盖几个月乃至几年，但正如牙痛一样，就算平时被掩盖住，他仍能敏锐地感觉到。

现在，就是这个人正朝着他们骑马过来。他就在狄兹旁边，骑的那匹马和他十年前骑走的那匹一样漂亮。纽特一直在学盘子波吉特的一举一动，但此刻已全然忘记了他。那两个骑手还没走近，纽特就看见了狄兹乌黑的脸上那雪白闪亮的牙齿，因为狄兹虽是去办公事的，但这次他不只办成了公事，为此他感到很自豪。虽然离得那么远，也能清楚地看出他是个乐天派，但他绝不干骑着马闯前廊一类的蠢事。

说话间，停马车的院子已被两匹马踢得尘土飞扬，那两个人到了。杰克身穿一件棕色背心，头戴棕色帽子，用的还是那把柄镶珍珠的手枪。狄兹咧着嘴不停地笑。他们一直骑到后廊前才停下。杰克显然经过长途跋涉，因为那匹棕红马浑身精瘦。

杰克的眼珠呈咖啡色，蓄着小胡子。他看了一会儿周围的人，慢慢地笑了。

“啊哈，伙计们，”他说，“早饭吃什么？”

“嘿嘿，烤饼和熏肉，杰克。”奥古斯塔斯说，“老样子。只是我们不每天二十四小时供应。但愿你有块野牛肝或一大块鹿肉过日子。”

“古斯，别对我说你已经吃过了。”杰克说着，翻身下马。

“我们骑了一整夜，狄兹想不起来该说些什么，只知道讲你的烤饼的味道。”

“就在你们说话的时候，古斯正吃他的烤饼呢。”考尔说。他与杰克握了握手，互相上下打量着。

杰克看了看狄兹：“我就知道，咱们该从酸菜沟往回打个电报的。”说完，他转身笑着去握奥古斯塔斯的手。

“你总是像猪一样，古斯。”杰克说。

“你可总误了吃饭。”奥古斯塔斯提醒道。

豌豆眼坚持要和杰克握手，虽然他对豌豆眼从来都不热情。“天哪，你走的时间可不短。”豌豆眼说。

他们握手时，杰克发现了那孩子。他就站在一个下巴上长满了胡须的牛仔身边。“上帝啊，”他说，“你就是小纽特吗？可真长个儿了。谁教你长的？”

纽特情绪激动，竟不知说什么才好。“是我，杰克，”他说，“我还在这儿。”

“怎么样，队长？”狄兹边问边将银行收据交给考尔，“我不是把浪子找回来了吗？”

“是你找到的，”考尔说，“我打赌他准不在教堂里。”

狄兹听了哈哈大笑。“对极了，先生。”他说，“没在教堂里。”

他们把盘子波吉特介绍给杰克，可握手的时候他又转身看了看纽特，好像纽特几乎长大成人的事实比孤鸽镇上任何别的事情都更使他惊愕。

“我敢说，杰克，”奥古斯塔斯看着那匹棕红马说，“你把马骑得只剩下一把骨头了。”

“好好喂喂它，狄兹，”考尔说，“我看它可有日子没好好吃东西了。”

狄兹牵着两匹马朝露天马厩走去。谁也无法解释他为什么用旧棉被做裤子。裤子虽然花花绿绿的，但骑马过牧豆树林和查帕拉尔树丛时，被面毕竟不是理想的布料。芒刺把裤子刮破了好几处，棉絮也露了出来。他那顶旧骑兵帽子是在某个地方捡的，和大嘴唇的高圆顶帽一样破旧不堪。

“我离开的时候他戴的不就是这顶帽子吗？”杰克问道。他把帽子摘下，拍打着裤腿上的土。他有一头黑卷发，可纽特惊奇地发现，他的头顶秃了相当大的一片。

“我仔细回想，他是五十年代捡到那顶帽子的。”奥古斯塔斯说，“你知道，狄兹和我一样，可不是衣服旧了就扔掉的人。我们可不能像你那样讲究衣着，杰克。”

杰克用那双咖啡色的眼睛看着奥古斯塔斯，又慢慢地笑了。“再烤一摞饼怎么样？”他说，“从阿肯色到这儿，一路上连一口面包也没吃呢。”

“从那匹马看，你们这一路走得够快的。”考尔说。他这句话几乎回答了他原想问的问题。他与杰克·斯普恩在一起断断续续近二十年，很喜欢他，但心里对他总有些担心。在西部，再没有比他更令人喜欢的人了，也没有比他更好的骑手。但会骑马并不能说明什么问题，讨人喜欢也不能代替一切。杰克的性格有点儿飘忽不定，忽冷忽热的。在这次战斗中他可以是全队人马中头脑最冷静的人，而下次战斗他就可能是个十足的废物。

奥古斯塔斯也了解他这一点。他是杰克的主要担保人，一直待他很好，尽管在争取得到克拉拉·艾伦时他俩曾是情敌。最后她将他俩均拒之门外。奥古斯塔斯和考尔都感觉杰克干事情没有常性。他离开保安队时，奥古斯塔斯不止一次地说他到头来会被吊死的。到目前为止，这种事尚未发生，但他在早饭时间骑匹瘦马跑来，暗示着他遇到了麻烦。杰克一向以骑骏马为荣，若不是遇到了麻烦事，他是不会把马骑成这个样子的。

杰克看见博利瓦拎着满满一桶水从旧水槽那边过来。博利瓦是个陌生人，只有他对杰克的归来无动于衷。一些凉水从桶口溅了出来，让杰克这样满嘴尘土的人看了心里真痛快。

“伙计们，我真想喝点儿水，甚至还想洗个澡——如果你们答应。”他说，“我最近运气不佳，可我得先喝足了水，有了唾沫才能给你们细说。”

“当然可以，”奥古斯塔斯说，“把勺子舀满。你想让我们守在这儿防警察吗？”

“没有警察。”杰克说着，走进了屋子。

盘子波吉特感到有些茫然。他已经准备好受雇，但这个新来者一到，人们好像把他给忘了，连考尔队长这个被认为是工作狂的人，也有些心不在焉了。他和奥古斯塔斯就这么站着，好像在等警察来，虽然杰克说过没有什么警察。

纽特也注意到了这一点。古斯先生本该去给杰克烤些饼，可他只是站着不动，显然在考虑什么事情。狄兹从木材堆那里走了回来。

盘子终于开口了。“队长，你要是打算弄一批牛，我愿意等着。”他说。

队长看着他，神情有些古怪，似乎已经忘了他的名字，更不用说他来这里干什么了。其实并非如此。

“可不，盘子。”他说，“是的，我们也许要用人，如果你不在意，不妨一边干点儿挖井的活计，一边等着。豌豆眼，你最好带着这些伙计开始干吧。”

盘子几乎就要拒绝。过去两年里他拿的工资最高，从未干过骑着马不能干的活儿。队长以为可以指派他去跟一个小孩子和一个像豌豆眼那样的白痴一起，整天要弄铁锹和撬杠，太不明智了。他的自尊心受了伤。他想去牵马，让他们去挖井吧。但队长正严厉地盯着他。盘子正抬头要说他改变了主意，这时他们的目光碰到了一起，盘子便什么也不说了。队长盯着他的眼睛，好像要看看他是信守自己的诺言，还是像条来回摆动的鱼一样轻易改变主意。盘子只是为了罗丽娜才留下的，但转眼间，事情超出了这个范围。豌豆眼和纽特已经朝马厩走去了。队长的态度很清楚——除非他想毁掉自己的声誉，否则他就得陷入自设的陷阱，至少干上一天挖井的活儿。

看来他应该说点儿什么，以挽救自己的声誉，但他还未想好说什么。奥古斯塔斯过来拍了拍他的肩膀。“你本该昨天晚上继续骑马赶路的。”他脸上带着令人恼火的奸笑，“这下可好，来了就走不了啦！”

“对了，是你把我请来的。”盘子气急败坏地说。由于除了丢脸，没有别的办法可想，他只好朝木材堆走去。

“挖到中国就别再挖了，”奥古斯塔斯在他后面喊道，“就是男人们也留长辫子的地方。”

“我要是你，就不嘲弄他。”考尔说，“咱们可能用得着他。”

“我又没叫他去挖井。”奥古斯塔斯说，“你难道不知道伤了他的自尊心？没想到他还是去了。盘子比一般人有勇气。”

“他说过要留下，”考尔说，“我不想一天三顿饭养着他，让他要么这儿坐坐那儿走走，要么跟你打牌。”

“现在没必要了。”奥古斯塔斯说，“我叫杰克跟我打牌。我打赌你不会让杰克下井。”

就在这时，杰克从后廊走了过来，衣袖高卷，满脸通红，因为他刚用那块当毛巾用的旧麻布擦过脸。

“哪个老枪手用这块毛巾擦枪？”杰克说，“脏透了。”

“如果只是用它擦擦那支左轮手枪，你可不该抱怨。”奥古斯塔斯说，“他还用它擦更脏的东西呢。”

“妈的，你们这伙人从来不洗脸吗？”杰克说，“那个老墨西哥连一碗水都不愿意给我。”

考尔对这类谈话从来没有耐心听，但说话的是杰克，他对奇谈怪论比对重大事情更感兴趣。

“你一离开，我们的标准就降低了，”奥古斯塔斯说，“这伙人大多数对讲卫生不感兴趣。”

“这倒是句实话。”杰克说，“后廊那边还有他妈的一头猪。烤饼呢？”

“没烤饼给你吃，我不想因为你和狄兹没按时回来就把面团弄坏。”奥古斯塔斯说，“我给你们煎点儿肉算了。”

他煎了些肉，杰克和狄兹吃着，博利瓦坐在屋角，想到又要多刷两套餐具，窝了一肚子火。奥古斯塔斯觉得看杰克吃饭挺有意思——他对吃的东西这么挑剔——考尔则烦躁不已。两个鸡蛋和一点儿熏肉杰克能吃上二十分钟。奥古斯塔斯很清楚，考尔在竭力显得有礼貌些，让杰克往肚子里装些东西再讲他的故事。但考尔不是个有耐心的人，他急于去工作，但还是压着火，比以往耐心得多。

“你上哪儿去了，杰克？”奥古斯塔斯问道，想催他快点儿说。

杰克还是那副深思熟虑的样子，和过去几乎一模一样。他那双咖啡色眼睛的眼神，总像在追忆往事，给人一个多愁善感男子的印象——这一形象能拨动许多女人的心。女人们为杰克那双大眼睛如此倾倒，这使奥古斯塔斯觉得有点儿讨厌。事实上，杰克·斯普恩的日子过得极为安逸，他干的事都是他愿意干的，皮靴总是干干净净的。被那双大眼睛所掩盖的则是那个迟钝的大脑。

“啊，我可开了眼界了。”他说，“两年前我去了蒙大拿，我想这就是我决定回来的原因。当然，这几年我一直想顺着这条路回来看看老伙计们。”

考尔回到屋里，跨坐在一把椅子上，盘算着还是听听吧。

“蒙大拿和我们有什么关系？”他问。

“嘿，考尔，你一定要去看看那个地方，”杰克说，“比任何地方都好。”

“你走了多远？”奥古斯塔斯问。

“一直往北走，过了黄石河。”杰克说，“我都快到米尔克河了。你能从那儿看到加拿大。”

“我打赌你还能闻到印第安人的气味呢。”考尔说，“你是怎么穿过印第安夏安族地区的？”

“白人把大部分印第安人赶走了，”杰克说，“有些印第安黑脚人还在惹麻烦。我跟军队一起去的，干侦察工作来着。”

这简直不可思议。杰克·斯普恩在牌桌上侦察也许还可以，蒙大拿可不是闹着玩的。

“你什么时候开始干侦察的？”考尔冷冷地问道。

“啊，我只是和一个家伙卖牛肉给黑脚人。”杰克说，“有军队跟着帮忙。”

“运牛肉的时候军队真他妈能帮大忙的。”奥古斯塔斯说。

“他们帮我们保持镇定。”杰克说完，把刀叉整整齐齐地交叉着放在盘子上，似乎他是在宴会上吃饭，“我的主要工作是把野牛从路上吓跑。”

“野牛？”奥古斯塔斯说，“我还以为都绝迹了呢。”

“得了吧，”杰克说，“我在黄石河以北见过的野牛有五万头。那些混账的猎牛人没有胆子打印第安人。哦，一旦印第安夏安人和苏族人让步，猎人就会消灭他们。我离开那里以后，印第安人也许已经投降了。那些他妈的印第安人把蒙大拿全部的草地都给占了。遍地都是草。考尔，你真该去看看。”

“我要是会飞，今天就去。”考尔说。

“还是走着安全。”奥古斯塔斯说，“等咱们走到那儿，他们也许把印第安人都杀光了。”

“就是这么回事，伙计们。印第安人一完蛋，就能在蒙大拿发财了。嘿，那可是块你从来没有见过的好牧场，考尔。高高的草，足够的水。”

“可能很冷吧，是吗？”奥古斯塔斯问。

“嗯，天气是不大好。”杰克说，“见鬼，可以穿大衣嘛。”

“更好的办法是待在屋子里。”奥古斯塔斯说。

“我还没见过在屋子里能发财的，”考尔说，“除非是个银行家，可我们不是银行家。你是怎么想的，杰克？”

“先着手干起来，”杰克说，“收集一些没主儿的牛，赶到那儿去，打垮那些狗娘养的，咱们很快就能富起来。”

奥古斯塔斯和考尔交换了一下眼色。听杰克·斯普恩讲这种话可真稀罕，人们从没听说他有什么豪情壮志，更甭说喜欢牛了。美貌的妓女、快马、大批干净的衬衫，才是他生活中的头等需要。

“怎么回事？杰克，是什么把你改造了？”奥古斯塔斯问道，

“你可从来不是渴望发财的人啊。”

“如果我没记错，人们是这么说的：‘从这里去蒙大拿，一路和牛待在一起，就能改变一个人的习惯。’”考尔说。

杰克不慌不忙地咧嘴一乐。“伙计们，”他说，“你们太小看我了，把我想得那么懒。我承认我不喜欢牛粪和路上的尘土，可我见过你们没见过的地方——蒙大拿。我喜欢打牌，并不等于鼻子底下有发财的机会我也嗅不出来。瞧，你们这伙人连个有顶的马厩都没有。我看这破落的家业该让你们挪挪地方了。”

“可真有你的，杰克。”奥古斯塔斯说，“你十年无踪无影，现在骑着马跑回来，就想叫我们卷起铺盖去北方，让他们剥我们的头皮。”

“怎么说呢，古斯，我和考尔反正快成秃头了。”杰克说。

“他们要的只是你一个人的头发。”

“那就更有理由不去那个杀气腾腾的地方了。”奥古斯塔斯说，“你为什么不静下心来和我玩几天牌？等我把你的钱赢光，再说去别处的事。”

杰克削了一根火柴，仔仔细细地剔起牙来。

“等你把我的钱赢光，蒙大拿也就住满人了。”他说，“赢我可不那么容易。”

“你那匹马是怎么回事？”考尔说，“总不是因为要来告诉我们去蒙大拿，才把它骑成那个样子的吧？这和你运气不佳有什么关系？”

杰克剔着牙，脸上浮现出愁容。“打死了一个牙医。”他说，“纯粹是偶然，可我把他打死了。”

“在哪儿出的事？”考尔问道。

“阿肯色的史密斯堡。”杰克说，“还不到三个星期。”

“是呀，我总觉着牙医是个危险的职业。”奥古斯塔斯说，“靠拔人家嘴里的牙过日子，简直是自找麻烦。”

“他根本就没有拔我的牙，”杰克说，“我也压根儿不知道城里有牙医。我在一家酒吧跟人斗嘴，一个他妈的骡贩子扑到了我身上。一支猎野牛的旧枪就靠在我身边的墙上，我就把它拿了过来。妈的，我的手枪压在屁股底下——我从来就不能及时把枪拔出来。当时甚至连牌也没跟他打。”

“怎么惹他了？”奥古斯塔斯问道。

“酒呗。”杰克说，“他喝多了。我还没注意，他就冲我这身衣裳看了一眼，把枪拔了出来。”

“你真是，我简直不明白当初你去阿肯色干什么，杰克。”奥古斯塔斯说，“像你这样爱穿的人在那些地方肯定太惹人注意了。”

在以往岁月里考尔就知道，对杰克的话只能信一半。杰克并不是爱撒谎的人，可是一旦想起些什么事，他的想象力就起了作用，并且总是拣对自己有利的方面说。

“如果那个人用枪对着你，而你开枪打了他，那么你是自卫。”考尔说，“可我还不明白从哪儿冒出来个牙医。”

“全怪我运气不好，”杰克说，“我根本没打那个骡贩子。我是开枪了，虽说没打着他，也足以把他吓跑。我当然是用那支猎野牛的枪打的。那是一家小木屋酒吧，木板挡不住子弹。”

“牙医也挡不住它。”奥古斯塔斯说，“除非你从他头顶往下打，即便是这么个打法，我想子弹也会从脚底钻出来的。”

考尔摇摇头——奥古斯塔斯总能琢磨出最古怪的事来。

“那么，牙医在哪儿？”他问。

“在街道那边走着。”杰克说，“那个城里街还挺宽。”

“我看还是不够宽。”考尔说。

“可不，”杰克说，“我们出门去看骡贩子逃跑，却看见五十米外那个牙医倒在那儿死了。他偏偏就到了那个最倒霉的地点。”

“豌豆眼也干过一次同样的事。”奥古斯塔斯说，“还记得吗，伍德罗？在威奇托那个地方，豌豆眼朝狼开枪却没打着，子弹飞过山头把咱们的一匹马打死了。”

“我忘不了那件事。”考尔说，“打死的是小比利。我真不愿意失去那匹马。”

“我们当然没法儿让豌豆眼相信那是他干的，”奥古斯塔斯说，“他不懂弹道学。”

“可是我懂。”杰克说，“全城的人都喜欢那个牙医。”

“嘿，杰克，那可不一定。”奥古斯塔斯说，“没有人会真喜欢牙医。”

“这个牙医是市长。”杰克说。

“这是事故死亡。”考尔说。

“不错，但是我不过是个赌徒。”杰克说，“那里的人都以为他们应该在阿肯色受到尊敬。再说，那个牙医的弟弟是个地方司法官。有人对他说我是个枪手，他在事故发生前一个星期就已请我离开那里。”

考尔叹了口气。这使他回想起杰克刚开始在保安队当枪手时开的那一枪。当时他不过是个孩子，那一枪打得巧极了。一枪就能使一个人获得那样的威望，真可笑。那一枪是杰克在惊恐中朝后打的，打死了一个拼命追赶他的墨西哥土匪。考尔和奥古斯塔斯都认为他也许根本就没朝那土匪开枪，而是朝那匹马开了一枪，希望把马打死，这样马就会压倒那个土匪，至少把他压瘸。可是，由于杰克是朝后开枪，太阳又晃眼，那一枪恰好打中了土匪的喉结。这种事再巧，恐怕一辈子也不会出现两次。

但是杰克的运气就在于大多数见他打那一枪的人都是初出茅庐的孩子，没有能力判断事情的巧合性，那些活下来的人长大后便在西部传播这段故事。于是，从南部墨西哥边境到北部加拿大边境，没有人不曾听说杰克·斯普恩是位怎样百发百中的神枪手。其实，这些年来凡是和他一起打过仗的人都知道，他用步枪还凑合，用手枪则根本射不准。

考尔与奥古斯塔斯总为杰克那轻易得来的声誉担心，但他是个幸运儿，加上这一带的人谁也没有蠢到用手枪打着玩儿的地步，所以杰克也就这么过来了。具有讽刺意味的是，最终给他带来麻烦的这一枪与最初给他带来荣誉的那一枪，同样纯属偶然。

“你是怎么从司法官手里逃出来的？”考尔问。

“事情发生的时候他不在家。”杰克说，“他在密苏里，为一些抢驿站的强盗当人证。我甚至不知道他现在是不是已经回到了史密斯堡。”

“即使是在阿肯色，他们也不会因为事故把你吊死的。”考尔说。

“我是个赌徒，但我没打算在那个人身上打赌。”杰克说，“我就这么从后门溜走了，心里希望七月忙得顾不上来追我。”

“七月就是那个司法官吗？”奥古斯塔斯问他。

“是他，七月约翰逊。”杰克说，“他年轻，魄力很大。但愿他忙不过来。”

“我不明白一个执法人为什么要找个牙医当哥哥。”奥古斯塔斯心不在焉地说。

“如果他警告了你，叫你离开那里，你就该早点儿离开。”考尔说，“除了史密斯堡，还有那么多城市呢。”

“没准杰克有个娼妞儿。”奥古斯塔斯说，“他常有。”

“就你会胡说八道。”杰克说。

大家都沉默了片刻。杰克若有所思地用尖火柴棒剔着牙，博利瓦则坐在凳子上睡着了。

“我本该早点儿离开的，考尔。”杰克抱歉地说，“可是史密斯堡是座美丽的城市，坐落在一条河上，我就喜欢附近有河的地方。那儿有鲇鱼吃。我在那里是因为鱼对我的牙齿有好处。”

“我倒是愿意看看能让我待在一个不被追捕的地方的鱼呢。”考尔说。

“等司法官来带你走的时候，我们就把你的话告诉他。”奥古斯塔斯说，“在你等着被吊死的时候，他也许会带你去钓鱼呢。”

杰克没理睬他。奥古斯塔斯自然有玩笑可开，在他倒霉时，奥古斯塔斯和考尔必然会难为他。他们常常这样。然而，不管他打死多少名牙医，他们三人仍旧是伙伴。他们自己就曾是执法人，但并不屈就于法纪。他们不会让司法官因为偶然事故把他带去吊死的。他甘愿忍受些耻笑。如果事情真的发生了，伙计们定会出面制止，七月约翰逊就不得不两手空空地骑马归去。

他站起来，走到门口，朝那个炎热的灰色小镇望去。

“我根本没想到还能在这里找到你们。”他说，“我还以为你们现在已经到别的什么地方办大牧场去了呢。咱们刚来的时候，这个镇值两毛五分钱，现在看上去好像比那时少了一毛五。咱们认识的人还有谁在这儿？”

“夏威尔和大嘴唇，”奥古斯塔斯说，“苔丽丝死了，谢天谢地。有几个伙计也留下来了，可我忘了是谁。汤姆·拜南也在。”

“他会留下来的。”杰克说，“老天乐意照顾汤姆那样的笨蛋。”

“听到克拉拉的什么消息没有？”奥古斯塔斯问，“我想，你周游世界以来，一定见过她。去她那里规规矩矩地吃了顿晚饭，对吧？”

考尔站起来走了。他对杰克为什么回来已了解得一清二楚，不想浪费一整天听他唠叨旅行的事，尤其是听他们谈克拉拉·艾伦。当年奥古斯塔斯和杰克都在追求克拉拉时，他就听够了她的事。她结婚时他曾感到庆幸，以为一切都结束了。其实，事情并没有结束，听奥古斯塔斯为她长吁短叹同看他与杰克为她打架，同样令人讨厌。尽管克拉拉·艾伦结婚了，并且过了十五个春秋，但是现在杰克回来了，一切又要重新开始。

看见考尔站起身，狄兹也站了起来，准备去干活儿。整顿饭他没说一句话，但很明显，他为能首先遇到杰克而自豪。

“算了，又不是过节。”考尔说，“还有活儿要干。我和狄兹去看看能不能帮帮那些孩子。”

“那个纽特真叫我没想到。”杰克说，“在我心里，他还是个小娃娃呢。玛吉还在吗？”

“玛吉死了九年了。”奥古斯塔斯说，“你前脚走，后脚她就死了。”

“天哪，”杰克说，“你的意思是你们照顾小纽特九年了？”

长时间的沉寂。在这沉寂中只有奥古斯塔斯感到安然。狄兹非常难过，便抢先一步赶在队长之前走出门去。

“啊，是的，杰克。”奥古斯塔斯说，“玛吉一死，我们就把他带来了。”

“天哪！”杰克又说。

“这不过是基督徒的做法。”奥古斯塔斯说，“我是指把他带来。不管怎么说，你们中的一个很有可能是他爸。”

考尔戴上帽子，拿起枪走了，留下他们在那里谈话。

第7章

杰克·斯普恩站在那所低矮的房子门口，看着考尔和狄兹朝马厩走去。在史密斯堡，当他从那家酒吧门口往外看，瞧见那具尸体躺在宽阔的主要街道对面的泥土上时，便盼望着回家。而他现在已到家，才想起考尔情绪不好时多么令人惴惴不安。

“狄兹的裤子可真够呛，不是吗？”他平静地说，“他从前似乎穿得好些。”

奥古斯塔斯咯咯地笑了起来。“他从前穿得更不像样子。”他说，“嘿，那件老羊皮袄他一直穿了十五年。离他三米远，跳蚤都能蹦到你身上来。就是因为那件皮袄，我才叫他在马厩里睡的。除了跳蚤，我什么都不讲究。”

“那件袄呢？”杰克问。

“我把它烧了。”奥古斯塔斯说，“那年夏天趁狄兹和队长出门时烧的。我对他说让一个野牛猎人偷了。狄兹准备去追回那件皮袄，被我拦住了。”

“是啊，是他的皮袄嘛。”杰克说，“这不怪他。”

“得了吧，狄兹用不着它，”奥古斯塔斯说，“这里又不冷。狄兹舍不得它的原因是他穿的时间很长。咱们什么时候找到那件皮袄的，你还记得吗？那次你去了吗？”

“也许去了，可记不清了。”杰克说着，点上了烟。

“是在布拉索斯河边的一间房子里发现的。”奥古斯塔斯说。“我猜皮袄的主人逃跑时嫌它太重才丢下的。它重得像一只大绵羊，所以考尔才把它给了狄兹。咱们中间只有他才壮得能整天穿着它。你不记得了，杰克？就是那次在鬼怪堡山打仗的时候。”

“我只记得打仗，其余的事都有些模糊了。”杰克说，“坐在那里谈论过去，就是你们干的全部事情，可我还年轻，我需要谋生。”

其实，他真正记得的是每次过布拉索斯河时他都战战兢兢的，因为他们总共十一二个人，不能不想着可能会遇见上百个科曼切人或者基奥瓦人。要是他能想个不太丢脸的办法辞去保安队的工作，他当然愿意，但是他毫无办法。他经历了与印第安人的十二次战斗、与土匪的无数次交锋，末了却在安全无比的史密斯堡遇到了麻烦。

既然他回来了，想起玛吉就很自然。她常威胁说他要是离去，她就去死。当然，他认为这不过是说说而已，和所有的女人一样，她们想抓住一个男人不放时就这么说。杰克一路上不断地听到这种话，在圣安东尼奥，在沃斯堡、阿比林、道奇，在奥加拉拉和迈尔斯城……他都听妓女们说过这种假装爱他的话。但是玛吉真的死了，就在他只估计她可能会搬到另一个城市去住的时候死了。

回来后忆起这件事，实在令人伤心，尽管据他所知，比起他来，考尔与她来往更多些。

“杰克，你还没有回答我关于克拉拉的问题呢。”奥古斯塔斯说，“如果你见过她，我很想听听她的情况，虽说我每分钟都会忌妒你。”

“你没必要忌妒。”杰克说，“我只见了她一面，在奥加拉拉的一个铺子外边。浑蛋鲍勃跟她在一起，所以我只是摘了摘帽子，说了声早安。”

“杰克，我敢说你干的肯定要比摘摘帽子大胆得多，也成功得多。”奥古斯塔斯说，“他们在内布拉斯加住，是吗？”

“不错，在北普拉特。”杰克说，“嘿，他是那个地方最大的马贩子，军队的马大部分是从他那里买的。甭管它是什么部队，反正部队需要大批马。我看他快成富翁了。”

“有孩子吗？”奥古斯塔斯问。

“两个姑娘，我想是的。”杰克说，“我听说她的儿子都死了。鲍勃真不够朋友——没请我吃晚饭。”

“连老鲍勃这样的蠢货也知道不让你这号人接近克拉拉。”奥古斯塔斯说，“她好吗？”

“你问克拉拉？”杰克说，“没有从前好看了。”

“我想内布拉斯加的生活一定很苦。”奥古斯塔斯说。

此后有几分钟谁也没有说话。杰克认为奥古斯塔斯提到克拉拉是不怀好意。自从她向他下逐客令并与一个从肯塔基来的蠢马贩子结婚了，他便不再同情她，就连她被奥古斯塔斯夺去也没有给他以任何打击，因为在他与她邂逅之前，奥古斯塔斯已经是她的情人了。

奥古斯塔斯感受到了自己的痛楚——主要是烦恼，因为杰克还能看一眼克拉拉，而他只能靠闲言碎语来了解她。她十六岁时就长得如花似月，令人垂涎，而且精明能干，是一位相当有胆量的姑娘。她的勇气很快就显露出来。一八五六年，那个地区发生了有史以来最严重的印第安人袭击事件，她的父母均遭杀害。当时她正在圣安东尼奥上学，大袭击一发生，她马上回到奥斯汀，经营父母创办的那间商店。印第安人曾放火烧店，由于某种原因，大火竟没有烧起来。

奥古斯塔斯认为，那年他很可能得到她，但是运气不佳，他已与第二个妻子结婚。等那个妻子死去时，克拉拉已经成长为一个独立意识极强的人，要得到她已非易事。

结果，一件令人无法忍受的事发生了。她不要他，也不要杰克，嫁给了鲍勃·艾伦——一个连进门也要碰脑袋的蠢货。不久他们便北上了，从此以后，奥古斯塔斯一直注意打听她守寡没有——他并不希望克拉拉遇到不幸，但是在印第安人地区贩马是极危险的营生。假如鲍勃突然死去——多数男人都这样死去——他愿成为首先帮助这位寡妇的人。

“那个鲍勃·艾伦真幸运。”他说，“我知道有的马贩子连一年都活不了。”

“得了吧，你自己就是个马贩子。”杰克说，“你们这帮人把自己陷在这儿了。你们早就应该到北方去。北方的机会很多。”

“那倒可能，杰克，可你在北方就只落了个打死一个牙医的结局。”奥古斯塔斯说，“我们至少没有犯这种荒唐罪。”

杰克笑了笑。“有什么喝的吗？”他问道，“你每天只这么干着嗓子坐着吗？”

“他天天都喝醉。”博利瓦突然醒了过来，说道。

奥古斯塔斯站起身来：“咱们出去遛遛。这个人到了一定的时候就不喜欢人们在他的厨房里闲待着了。”

他们出来，投身于这炎热的早晨。天已大亮。博利瓦尾随他们出来，顺手捡走一根他放在走廊后面柴堆上的牛皮绳。他俩看着他拿着那根绳子到荆棘丛里去了。

“那个老枪手不够礼貌。”杰克说，“他拿绳子去哪儿？”

“我没问他。”奥古斯塔斯说。他们绕到了冷房，这次没有遇上响尾蛇。一想到中午考尔回来看见他们俩都喝得烂醉会多生气，便心里发笑。他把罐子递给杰克，因为他是客人。杰克拔出塞子，喝了一小口。

“要是能找个阴凉地儿喝酒，可就妙啦！”杰克说，“我看镇上不会有接客女人的，是吧？”

“真是个二流子。”奥古斯塔斯说着，拿起酒罐，“你真那么富有，不想别的，只想干这种事？”

“不管是穷是富，我都想这种事。”杰克说。

他们在冷房的阴凉里背靠土坯蹲了下来，冷房的阴面还挺凉快。奥古斯塔斯觉得没有必要对他提罗丽娜，因为他知道杰克很快就会发现她的，而且也许一周内就能使她爱上他。想到盘子波吉特挑选的时间如此糟糕，他乐了，因为毫无疑问，杰克的回来将使盘子可能得到的机会彻底消失。在赢得女人欢心方面，杰克·斯普恩所向无敌。他那双大眼睛使女人们确信，没有她们他便会丧魂落魄——没有哪个女人舍得让他丧魂落魄。

他俩在冷房旁边蹲着时，那两头猪在房子周围拱来拱去找吃的，然而院子里连只蚱蜢也没有，它们便停下来瞅着奥古斯塔斯。

“到酒吧去。”他说，“没准儿你们会找到大嘴唇的帽子。”

“养猪佬比农民强不到哪儿去。”杰克说，“你和考尔真叫我莫名其妙。我想你们不干保安工作了，至少也得当上个牧牛人。”

“照这么说，我想你现在该经营铁路了。”奥古斯塔斯说，“或者至少开了个窑子。生活无论对你还是对我都够令人失望的。”

“我也许没有发财的命，可我还从来没有和猪猡说过话。”杰克说。他回到了朋友们中间，便开始感到困乏。加上痛痛快快地喝了几口，斗了几句嘴，他便躺了下去，身体尽可能靠冷房近些，以便在阴凉里多待些时候。他抬起罐子又喝了几口。

“考尔怎么会让你这样整天坐着喝个没完？”他问道。

“考尔又不是我的老板，”奥古斯塔斯说，“我喝酒关他什么事？”

杰克朝远处杂草丛生的草场望去。草场上草丛稀落，整块地看上去硬如燧石。热浪腾升如同煤油挥发。他看到有什么东西在蠕动，以为是荆棘丛里某种奇怪的褐色动物。仔细一看，原来是那个老墨西哥的光脊背。

“见鬼，不就是拉屎嘛，拿根绳子干什么？”他问，“你们在哪儿找到这个老脏鬼的？”

“我们办了一个福利院，专门收容退休的罪犯。”奥古斯塔斯说，“你如果退休了，就够条件了。”

“妈的，我忘了这个地方这么倒霉。”杰克说，“我敢说要是开蛇肉市场，这里准是发财的好地方。”

说完，他用帽子把脸盖住，没过两分钟便轻轻地打起鼾来。奥古斯塔斯把酒罐送回冷房去。他想，不如趁杰克睡觉时找一趟罗丽娜，一旦她被杰克迷住，他也许会要她停止干那个行当一段时间。

奥古斯塔斯哲理性地审视了眼下的境况——根据经验，一个男人和女人们交往总要受到别人干扰，这是人的一种永存的本性。与之相比，杰克的干扰也就算不了什么了。

他撇下熟睡的杰克，从帽子溪牧牛公司中央走了过去。路过畜栏时，他看见盘子正在辘轳旁往上提刚从新井底下挖的土。考尔在畜群里护理母夜叉。他把它拴到一根木桩上，用鞍毯给它扇风。盘子湿得像刚从饮马槽里爬出来一样。汗水湿透了他的帽圈，甚至把皮带都弄得湿透了。

“盘子，全湿了。”奥古斯塔斯说，“要是那口井挖好了，我就该猜想你准是刚刚掉进去了呢。”

“如果人能喝汗，你就用不着井了。”盘子说。奥古斯塔斯觉得他的口气略带敌意。

“应当这么看，盘子，”奥古斯塔斯说，“你这么干是在天堂里储存食物。”

“天堂个屁。”盘子说。

奥古斯塔斯笑了笑。“瞧，《圣经》上只要求人汗湿到眼眉。”他说，“可你连皮带扣都湿了，足以使你和天使在一起了。”

盘子对此典故置若罔闻。他痛悔自己的愚蠢，竟让自己被拉来干如此不体面的活计。奥古斯塔斯站在一边对他龇牙咧嘴地笑，仿佛世界上再也没有比看见一个人大汗淋漓更可笑的了。

“我该一脚把你踢进那个洞去。”盘子说，“要不是你借给我那两块钱，我现在已经离马塔戈达只剩一半路了。”

奥古斯塔斯走向围栏，去看考尔调理那匹母马。他正要把马鞍装上去。那马已被拴牢，可它仍把眼睛转过来，以便抓住他疏忽的时机。

“你应该把它的眼睛蒙上。”奥古斯塔斯说，“我想你非常明白这一点。”

“我不想把它的眼蒙住。”考尔说。

“蒙上它的眼睛，下次就不咬你，而咬木桩了。”奥古斯塔斯说。

考尔把鞍垫给它盖上，拾起了马鞍。因被拴着，它无法咬他，但它的后腿并没有拴住。他紧靠它的前肩，准备装上马鞍。母马用后腿踢了一下，没踢着他，却差点儿把他手中的马鞍踢飞。他再次紧靠它的前肩，把马鞍装好。

“还记得那匹马吗？它把那老家伙的脚指头咬掉了——我是说左脚的全部指头。”奥古斯塔斯说，“那个老家伙叫哈威尔。他参军后死在维克斯堡。没了脚指头，他什么都干不成了。当然啦，咬他脚指头的那匹马头大得像个南瓜。我不信这么匹小母马能一口把五个脚指头全咬掉。”

考尔把马鞍放好，但是马鞍一碰马肚子，它便猛地高高蹿起，把马鞍抛到十米外，掉在地上。奥古斯塔斯见状大笑不止。考尔走进马厩，拿来一根生牛皮绳。

“要帮忙就说一声。”奥古斯塔斯说。

“用不着。”考尔说，“用不着你帮忙。”

“考尔，你从来就不肯学着点儿。”奥古斯塔斯说，“世上有的是驯服了的马，像你这种肩挑重担的人为什么偏愿意在这匹小母马上浪费时间？连上马鞍都必须事先把它捆好，还得蒙上眼睛。”

考尔没理睬他。不一会儿，母马又试着抬后腿再踢一下，心想踢着什么算什么。趁着这一踢，考尔用绳子把它的腿套住了。他把绳子拴到木桩上。母马靠三条腿站着，便不能再踢了，否则就要摔倒。它用眼角瞧着他，气得有点儿哆嗦，但还是让考尔装好了马鞍。

“你为什么不把它卖给杰克呢？”奥古斯塔斯说，“他们要是不吊死他，也许他能把它驯好。”

考尔装好马鞍，就让它三条腿着地在那里拴着，自己走到围栏那边吸烟，给母马一点儿时间审度一下形势。

“杰克呢？”他问道。

“睡了。”奥古斯塔斯说，“我看他焦虑得筋疲力尽了。”

“他一点儿也没变，”考尔说，“他妈的半点儿也没变。”

奥古斯塔斯笑了。“你真会说话。”他说，“你最后的改变是什么时候？肯定在咱们见面以前，那可是三十年前的事了。”

“瞧它看咱们呢。”考尔说。母马确实在看他们——连耳朵都竖起来冲着他们。

“我可不认为它在向你表示敬意。”奥古斯塔斯说，“它可不是因为爱你才瞧你的。”

“不管你怎么说，”考尔说，“我从没见过比它更聪明的母马。”

奥古斯塔斯又笑了。“哈哈，原来是为了这个呀。聪明，是吗？”他说，“你和我对问题的看法正好相反。你需要提防的正是聪明的活东西，不管是马、女人、印第安人还是其他什么玩意儿。我早就知道笨有笨的好处，一匹笨马可能会偶尔踩到坑里，但至少你能背对着它而不至于被咬掉一块肉。”

“我宁愿我的马不往坑里踩。”考尔说，“你真的相信有人在追捕杰克吗？”

“难说，”奥古斯塔斯说，“杰克一贯精神紧张。他比我认识的任何人见的印第安人都多，但那不过是因为他草木皆兵，把一动不动的树丛也当成印第安人。”

“死了的牙医可不是‘一动不动的树丛’。”考尔说。

“对。这么说，那个司法官倒成了不可知的因素。”奥古斯塔斯说，“也许他并不喜欢他哥哥；也许他来抓杰克之前就让土匪打死了；也许他迷了路，到华盛顿特区去了；也没准儿他明天就来把咱们都干掉。我可不下这个赌注。”

两人沉默了片刻，只听见盘子的辘轳又绞起了一桶土。

“为什么不到北边去？”考尔说。他的话使奥古斯塔斯猝不及防。

“嗯，我不知道。”奥古斯塔斯说，“我从来没考虑过这件事。据我所知，你也没有。我倒是想过再去和印第安人打仗，但你我年纪有些大了。”

“不会有什么仗可打的。”考尔说，“你也听杰克说了，北边跟这里差不多，印第安人马上就要被消灭了。杰克对他见过的地方能分得出好坏。那里好像是牧人的天堂。”

“不，不，倒像是他妈的荒野。”奥古斯塔斯说，“那儿连房子都没有。我这辈子在地上睡觉睡够了。现在我想过过文明生活。我不一定要看歌剧、坐电车，但我得好好享受享受像样的床和能遮风避雨的屋子的乐趣。”

“他说那儿能赚钱，”考尔说，“他的话有点儿道理。总会有人到那儿落户，把那块土地弄到手的。咱们为什么不能头一个去？我可以给你买四十张床。”

令奥古斯塔斯惊讶的不是考尔所说的话，而是他的弦外之音。多年来，考尔一直认为生活基本上结束了。考尔一向不是找理由寻欢作乐的人，而是一个对自己的目的十分清楚的人。得克萨斯的开拓者需要保护，以防北部印第安人和南边土匪的侵扰。作为一名保安队员，考尔热爱这一工作，并且一直精力充沛地干着。如果换个人，也许会把充沛的精力用来寻欢作乐。

然而，那种工作没有了。在南部，那种工作的内容成了主要保护像金队长和上海皮尔斯这样的富人。这两个人拥有的牛比任何人需要的都多。在北方，军队最终取代了保安队，与科曼切人打仗，并且几乎将他们消灭。他和考尔一无军衔，二无职位，在军队里不受欢迎。西北边境沿线都是碉堡，行动自由的保安队发现，要么他们时常干涉军队的行动，要么就让军队干涉他们。内战开始时，总督亲自召见他们，要求他们不要离开——离开的人太多了，他们至少需要一支可以信赖的保安队维持南部边境的平静。

正是这一任务使他们来到了孤鸽镇。战后有了牛市，得克萨斯南部的大地主都开始饲养牛，并且赶到北方去卖，或者赶往堪萨斯铁路始发站。一时间，牧牛成了人们经营的中心，这块未开垦的地区到处都是牧牛人和牛贩子。他和考尔结束保安工作后，常过河去带回几百头牛，卖给懒得亲自去墨西哥的牛贩子。这工作并不难，他们的事业渐渐地发展起来。在圣安东尼奥的银行里，他们存的钱足以使他们自认为富有——如果这一想法能引起他们的兴趣。可是并没有。奥古斯塔斯知道，他们的生活对考尔来说尤其没有意思。他们有足够的钱置地产，即使在现在，仍有大量的土地可以用极便宜的价钱买到，但是他们没有买。

每当想到这件事，奥古斯塔斯都得出这样的结论——他们漂泊的时间太长了。他们是马背上的人，而不是镇子上的人。在这方面，他们更像科曼切人，尽管考尔不肯承认。在孤鸽镇落脚已近十年，但是他们积攒的财产少得可怜，以至他俩若拍拍屁股骑马离开，谁也不会感到心疼。

说实在的，奥古斯塔斯心里明白，他俩一直预料要发生的事即将发生。他与考尔都不是安于定居的人。他们常谈及要到西边的佩科斯去，也许还去干保安工作。但是现在已经没有什么定居者对打印第安阿帕切人表示关心了，因而他们不再需要保安人员。

奥古斯塔斯从不相信考尔会永远满足于偷墨西哥人的牛，但同样没有料到他会突然决定离开这里，到蒙大拿去。然而，很明显，这个念头已经占据了他的心。

“我对你说，考尔，”奥古斯塔斯说，“你、狄兹和豌豆眼先去蒙大拿，盖一间带壁炉的漂亮舒适的小房子，至少准备一张床。这样一来，等我到了，那里的一切都已准备好。然后你们把印第安夏安人、黑脚人和剩下的那些咋咋呼呼的苏族人都清除干净。把这一切干完，杰克、我和纽特就集中一批牛，在保德河与你们会师。”

考尔差点儿乐了。“我倒想看看你和杰克带去的那群牛。”他说，“没准儿赶去的是群妓女呢。”

“要是真能赶上几个去就谢天谢地了。”奥古斯塔斯说，“我不知道整块大地上还有没有干净女子。”

这时，他想到去蒙大拿必然要经过普拉特，克拉拉就住在那里。不管有没有鲍勃·艾伦，她都会请他去吃晚饭，哪怕仅仅是为了炫耀一下她的女儿们。杰克的消息可能过时了。也许在杰克路过那里之后，她已经把她丈夫轰走了。不管怎么说，在世界历史上，丈夫们总要被欺骗几次的——只要不是非在晚饭桌上给情夫个座位不可。这一想法为前景增添了更加吸引人的色彩。

“到蒙大拿有多远，你知道吗，考尔？”他问道。

考尔朝北方尘沙蒙蒙的平川望去，似乎在用心灵的眼睛估量那高高隆起的平原。它延伸得比传说的还要远，远在人们的谈论之外。杰克早晨提到了他从未听说过的米尔克河。他对他知道的地方了如指掌，从不会在那些地方迷路，但他知道的最北的地方就是阿肯色河。他听人说过黄石河，听起来好像在世界的尽头，甚至连他见过两次的基特·卡森也没说过再往北都有些什么地方。

然而，他想起了许多年前他们与一个陆军上尉在布拉索斯的一次野营。有一个从特拉华来的侦察兵与上尉同行，他比他们知道的任何人到过的地方都多——他到过密苏里河的源头。

“记得布莱克·比弗吗？”他问，“他知道有多远。”

“我记得他，”奥古斯塔斯说，“真叫人猜不透，一个那样的短腿印第安人怎么会到过那么多地方。”

“他声称从哥伦比亚河到格兰德河，他都到过。”考尔说，“我说，这才叫了解这块土地呢。”

“是呀，他是个印第安人。”奥古斯塔斯说，“他不用像咱们那样，每到一处都建立法律和秩序，以保证银行家和主日学校老师的安全。这正是你准备去蒙大拿的原因吧——帮着多建几家银行。”

“这就太过分了，”考尔说，“我又不是开银行的。”

“对，不过你也没少帮那些银行家的忙。咱们把他妈的印第安人杀光，就不会有人骚扰那些银行家了。这就是咱们过去的所作所为。”

“他们骚扰的不光是开银行的。”考尔说。

“对了，还有律师、医生、报人和各行各业的旅行推销员。”奥古斯塔斯说。

“更不用说女人和孩子，”考尔说，“还有在平原上落户的人们。”

“得了吧，女人、孩子和落户的人只不过是律师和银行家的炮灰，”奥古斯塔斯说，“他们是整个阴谋的一部分。当印第安人把他们杀得差不多了，公众舆论就出来说话，咱们就去为那些人驱逐印第安人。如果印第安人不断地回来，军队就会接管，并更凶残地对待他们。末了军队便把印第安人统统赶到一个可以把他们都塞进去的保留地，于是律师和银行家就可以进来开创文明了。得克萨斯的每个银行家都该为我们的工作缴纳劳务费。没有我们那么干，所有的银行家就都还在佐治亚待着，靠吃沙拉和萝卜缨子过日子呢。”

“如果你是这么想的，我就不知道为什么你还要在这儿干。”考尔说，“你早该回老家去教书了。”

“妈的，不。”奥古斯塔斯说，“我想在银行家和律师到达那块土地之前先看看它。”

“啊，他们还没去蒙大拿呢。”考尔说。

“如果咱们去，他们也就不远了。”奥古斯塔斯说，“先到达的人就会雇你把那些盗马贼都吊死，引来那些从历次战斗中活下来的印第安人。你去把他们打败，那个地方就文明了。然后呢，你就不知道下一步该干什么，和你过去这十年一模一样。”

“我又不是个孩子，”考尔说。“还没等这些事发生，我早就死了。反正我又不去搞治安，我是去养牛的。杰克说那儿是牧牛人的天堂。”

“你不是牧牛人，考尔。”奥古斯塔斯说，“并不比我内行。咱们要是有了牧场，我可不知道该由谁来管理。”

考尔感觉那匹母马用三条腿站得够久了，他与奥古斯塔斯谈话的时间显然也长了些。奥古斯塔斯有时就爱唱怪调。他看够了印第安人的残暴，他杀的印第安人不比任何一个保安队员少，因而你还以为他很清楚他为什么杀他们呢。可是他开口说话时，又好像是站在他们一边的。

“牧场嘛，”他说，“那孩子会管起来的。他快成人了。”

奥古斯塔斯好一阵子没揣摸透考尔说的是什么，好像他从未想过这件事。“啊，也许是的，考尔，”他说，“我想只要他有这份心思，你也让他去干，他会干成的。”

“我看不出他为什么没有这份心思。”考尔说完，便向母马走去。

第8章

下午三四点，人们热得连脑筋都转不动了。至少纽特是不会动脑筋了，别的伙计脑子也同样转不快。他们唯一想得出结论的问题是在井下干活儿热，还是在太阳底下绞辘轳热。在井下干活儿时大家离得太近，出的汗形成一片雾气，在太阳底下干活儿则不会形成雾。纽特在井下干活儿时觉得非常紧张，尤其是和豌豆眼一起时。豌豆眼不管三七二十一，用撬杠瞎戳一气，有一次差点儿把纽特的脚戳个透。从此以后，纽特干活时总叉着腿，好让脚躲远些。

他们干得正带劲，队长骑着那匹母马回来了。他让马沿河跑了三十公里，一身汗将它洗得透彻。他一直朝井边骑过来。

“喂，孩子们，”他说，“出水了吗？”

“出啦，”盘子说，“我身上出了一两升水。”

“谢天谢地，你身体很好。”考尔说，“这大热天人要不出汗非死不可。”

“我想你不会卖这匹马吧？”盘子说，“我挺喜欢它那样子。”

“你可不是头一个喜欢它的。”考尔说，“我要留着它。伙计们，别干了，休息一会儿。今天夜里咱们要去趟墨西哥。”

他们都坐到马厩的过道里，那儿有一点儿阴凉。刚坐下，狄兹就开始补裤子。他在马鞍袋里放了一个烟盒，里边有一根大针和一些粗线——只要有机会，他就取出来缝缝补补。他满头羊毛卷似的头发已经开始变灰了。

“我要是你，就把那条裤子扔了。”盘子说，“你要是愿意穿裤子，最好换一条新的。”

“不，先生。”狄兹和蔼地说，“这条裤子还能穿。”

纽特有点儿激动。队长让大家休息时没有把他排除。这也许意味着，他终于得到了去墨西哥的机会。另一种可能是，他一直在井下干活儿，队长把他忘了。

“我真喜欢那匹马。”盘子边说边瞅着队长卸马鞍。

“我看不出它好在哪儿，”豌豆眼说，“就在昨天，它差点儿把队长咬死呢。咬下来一大块肉，跟我的脚一样大的一块。”

大家看了看豌豆眼的脚，它大得像把大铁锹。

“我才不信呢，”盘子说，“它整个头也没有你的脚大。”

“我看那一大块肉要是从你身上掉下来，你就觉得有那么大了。”豌豆眼不紧不慢地说。

盘子歇息好了，从口袋里取出一把餐刀，问大家谁愿意玩拔桩子游戏。纽特也有一把小刀，立即同意和他玩。玩法是把刀子用不同的办法抛出去，使它插到地上。盘子赢了，纽特得用牙齿把一个埋在地下的桩子拔出来。盘子把桩子楔得太深，纽特把桩子拔出后，弄了一鼻子泥。

豌豆眼可乐坏了：“哎呀，纽特，要是咱们的撬杠折了，你就用鼻子挖井算了。”

他们正坐在那儿懒洋洋地试着各种扔刀法时，听见马蹄声由远而近，接着看见两个人骑着马从东边一路小跑，朝他们驰来。

“他们是谁？”豌豆眼说，“这会儿可不是来客人的时候。”

“嗯，如果不是老胡安・考第那斯，便是两个抢银行的。”盘子说，他指的是河南边的一个墨西哥盗牛贼，因进犯得克萨斯屡屡得逞，被视为一位了不起的英雄。

“不对，不是考第那斯，”豌豆眼眯起眼睛瞧那两个骑马人，“他总骑一匹灰马。”

盘子简直不相信谁会傻到这种地步，居然以为胡安・考第那斯只带一个人就敢闯到孤鸽镇来。

那两个人停了马，读围栏上那块牌子的内容。这块牌子是帽子溪牧牛公司刚开业时，奥古斯塔斯竖在那儿的。考尔只想在牌子上简单地写上“帽子溪车马店”字样，可是奥古斯塔斯无论如何都不同意只写这么几个字。他灵机一动，想把他们的身份都写上去。考尔当初想的是钉上一块板子，让人们知道这里有个车马店就行了，奥古斯塔斯却认为那太简陋了。他费尽周折，终于找到一块不知谁家被风吹落的门板——说不准恰好是掀掉他们房顶的那场大风吹落的。他把门板钉在拦挡牲口的围栏角上，面朝大道，凡是进城的过路人，都会首先看到它。究竟往牌子上写些什么，他和考尔争吵了许久，最后考尔感到厌烦，便甩手不管了。

这正中奥古斯塔斯下怀，他自诩是孤鸽镇唯一有文化素养、会写招牌的人。每逢天气不错，他就坐在门板的阴凉里反复思忖怎样修改上面的内容。两三年的工夫，他在原来的基础上补充了许多东西，直到门板写不下为止。

开始他只是对公司的名字进行补充——“帽子溪牧牛公司暨车马出租贸易中心”，结果引起了争论。考尔表示，包括他本人在内，没人懂得“贸易中心”是什么意思。而且，尽管奥古斯塔斯拐弯抹角地向他做了许多解释，他还是不得要领。

奥古斯塔斯毕竟有自己的主意，还是把“贸易中心”写到了招牌上。他主要是为了让过路人知道，孤鸽镇至少还有一个人会拼写这么重要的词。

接下来，他把自己和考尔的名字写在招牌上，他的名字在考尔上面，因为他比考尔大两岁，在他看来，年纪大就应该被尊重。考尔根本不在乎——他的骄傲表现在其他方面。但是他很快就讨厌这块招牌了，很快就希望招牌上干脆没有他的名字。

豌豆眼想把自己的名字写上去，简直想坏了。于是有一年，奥古斯塔斯就把他的名字写上去了，作为送给他的圣诞礼物。豌豆眼不识字，可是他会看，招牌上一有了他的名字，他马上就对任何一个可能感兴趣的人指出来。他曾指给盘子看，其实盘子对他的名字并不很感兴趣。三十年来，人们只叫他豌豆眼，没叫过他别的名字，可真不幸。连把他纳入保安队的队长考尔也不记得他的名字，只知道他姓帕克。

奥古斯塔斯不想使他难堪，就把他的名字写成“骑马牧者

P.E. 帕克”。他曾希望把他写成铁匠——豌豆眼的确是个好铁匠，而作为骑马放牧者，他技术平平。

纽特明白，他太年轻了，没有资格把名字写在牌子上，也从未向任何人提过要求。要是有人能替他提出来，他当然求之不得，但没有人替他说话。要知道，狄兹足足等了两年才把名字列到招牌上，因此纽特就知趣地耐心等待着。

狄兹是个黑人，奥古斯塔斯自然没有想过把他的名字写上。豌豆眼的名字出现后，引起了轩然大波。自那以后，狄兹变得极度郁郁不乐，前后判若两人，使考尔困惑不解。狄兹跟他在马背上一同战斗多年，经历了无数个冬寒夏暑，出生入死。他们在那赤地千里的荒漠上不止一次地被迫杀马吃肉，而就在那些岁月里，狄兹一直毫无怨言。现在因为这么块牌子，他却长期耿耿于怀，直至一次奥古斯塔斯发现他忧心忡忡地望着那块招牌，才弄清了缘由。奥古斯塔斯把他的发现告诉了考尔，考尔更加怒不可遏：“那块倒霉招牌把牧场给毁了！”说完，他也到一边生闷气去了。他早就知道奥古斯塔斯虚荣心强，但万万没有料到狄兹和豌豆眼也有这毛病。

奥古斯塔斯当然乐意将狄兹的名字写上去，但是像写豌豆眼的名字时一样，有个填写职务的问题。只写“狄兹”吧，说明不了什么。狄兹虽然也不识字，但迟早会知道的。比起别人的名字，他的要短得多，至少比招牌上的其他名字短一大截，那他就要追究为什么了。

“我说，狄兹，你只有一个名字，”奥古斯塔斯说，“大多数人都有两个名字。你是不是也有两个名字，只是忘了其中的一个？”

狄兹坐在那儿冥思苦想了整整两天，也记不起有过两个名字。在考尔的记忆里，他也只有一个名字。此刻连奥古斯塔斯也感觉设那块牌子真有点儿得不偿失，因为它无法使每个人都满意。唯一的出路是为狄兹再想出个名字来，而就在他们为取什么名字而争论不休时，狄兹的记忆力突然起了作用。

"乔希。"一天晚饭后，他突然说道。众人一听，都吃了一惊。"可不，我叫乔希。会写吗，古斯先生？"

"乔希是乔舒亚的简称，"奥古斯塔斯说，"两个我都会写。乔舒亚字长些。"

"写长的，"狄兹说，"像我这样的大忙人，短名字配不上我。"

即便这样，这个名字也说明不了什么，就像去问狄兹怎么突然想起乔希这个名字一样，没什么意义。奥古斯塔斯便在招牌上写下"狄兹，乔舒亚"，因为他已经先把"狄兹"写上了。值得庆幸的是，狄兹的虚荣心还没有达到非要个什么头衔的地步。奥古斯塔斯脑海里曾闪过给他安个"先知"头衔的想法——《圣经》中的乔舒亚是位先知。但他把想法告诉考尔，考尔大发雷霆。

"你简直是要让咱们成为这个地方的笑柄。"考尔说，"有人来找狄兹预言未来怎么办？"

可狄兹本人感觉这是件逗乐的差事。"怎么？我干得了，队长。"他说，"我会预言天热、干旱，每次要他们一角钱。"

一旦将牌子上的人名写好，剩下的事情便易如反掌了。两大业务内容：租赁和出售。马和马车可供出租——一辆没有弹簧的弹簧四轮马车（夏威尔·万茨的老婆被这辆车砸死后，考尔从夏威尔手里买了它）。至于出售什么，奥古斯塔斯列上了牛和马。

经过一番斟酌，他又加上了“山羊及驴概不买卖”，这是因为他对山羊缺乏耐心，考尔对驴则更甚。接着，再经过一番斟酌，又加上了“我们不出租猪”。这句话又惹来考尔和他的一番争吵。

“嘿，人家看见了准以为咱们全疯了。”他说，“哪个正常人都不会来租猪。人家租猪干什么？”

“嘿，猪的用处可大啦！”奥古斯塔斯说，“谁家有个地窖的话，猪能清除地窖里的蛇。猪还能把泥坑弄干。往泥坑里扔几头猪，不大会儿工夫泥坑就没了。”

天气燥热，考尔大汗淋漓。“要是能找到和泥坑一样凉快的地方，我自己还要去把它弄干呢。”他说。

“说正经的，考尔，招牌只不过是个玩笑。”奥古斯塔斯说，“我是想叫人们停下来考虑一下，今后几天他想从生活里得到些什么。”

“我可不想要租猪的人当我的顾客。”考尔说。

结尾部分关于猪的注意事项使奥古斯塔斯心满意足——至少有一段时间是这样。过了一两年，他又感觉如在末尾加上一句拉丁文箴言，那将给招牌增添庄严的气氛。他有一本他父亲的旧拉丁语教科书，由于长年放在鞍袋里，已经破散了。书后有几页箴言。奥古斯塔斯花了几个小时，乐滋滋地试图找一条最好看的写在招牌上。麻烦的是，这些箴言没有译文，也许是因为等学生学到末了几页时，他们就该会拉丁文了。奥古斯塔斯呢，只是粗浅地学过一点儿，没有机会提高。有一次，他在草原上遇到了暴风雪，竟从语法部分撕下了几页用来生火。他没被冻僵，而付出的代价是把大部分语法和词汇部分烧了个精光，残余部分又无助于他理解书末的箴言。然而，在他看来，反正拉丁文主要是为了好看，于是便专心地挑选一句模样好看些的。他终于找到了这么一句——UVA UVAM VIVENDO VARIA FIT（一棵葡萄藤会让另一棵葡萄藤也跟着成熟）。这一句看上去挺漂亮，管它什么意思呢。一天，他趁周围没有人时，出去把这句话漆在招牌末尾，就在“我们不出租猪”下面。这样一来，他才感觉他的这件手工艺品臻于完美。整个招牌上写的是：

帽子溪牧牛公司

暨车马出租贸易中心

奥古斯塔斯·麦克克里　队长
伍德罗·考尔　队长 } 老板

骑马牧者　P.E.帕克

狄兹，乔舒亚

出租：马、马车

出售：牛、马

山羊及驴概不买卖

我们不出租猪

UVA UVAM VIVENDO VARIA FIT

对那句箴言，奥古斯塔斯守口如瓶，过了整整两个月才有人注意到它，这足以证明孤鸽镇公民的观察力有多弱。他苦思冥想，才记起这句拉丁文箴言，并写到牌子上，却没有人欣赏，使奥古斯塔斯恼恨不已。凡是骑马进镇的人都能看见这块招牌，但事实上，和已经进入镇里的人一样，那些路过招牌的人也没注意到它——也许上孤鸽镇是件又热又累的差事吧。就算有那么几位见到了它，也无心停步研究这块学问深奥的招牌。

更令他恼火的是，连他自己公司的成员也没注意到这句箴言，连纽特也没有，奥古斯塔斯真盼望他能机灵些。当然啦，公司里有两个人是全文盲——如果把博利瓦也算在内就是三个——他们根本分不清拉丁文与英文。他们随随便便地把招牌当成周围景观的一部分，奥古斯塔斯对他们的熟视无睹感到十分沮丧。

一天，考尔终于发现了那句箴言，因为那天他的马刚巧在招牌对面的路上掉了一块马蹄铁。他下马去捡它时，一眼发现有关猪的事项后有行古怪的文字。他明白这是拉丁文，但不清楚这行拉丁文在招牌上有何意义。这时，奥古斯塔斯正待在前廊，一则免得碍别人的事，二则可以向酒罐“讨教”。

“你又他妈的干什么了？”考尔问道，“猪的那一条你认为还不够糟吗？最后那部分说的是什么？”

“说了点儿拉丁语。”奥古斯塔斯说，一点儿也不为他这位伙伴不礼貌的语气所动。

“什么，拉丁语？”考尔说，“我还以为你懂希腊语呢。”

“我的确认过几个字。”他已经醉醺醺的了，正在总结他在世界上干过的所有失败的事，因而情绪低落。在那些艰苦卓绝的年代，他认识的那几个希腊字母早已一次丢一个地丢光了。

“它说的什么，那句拉丁文？”考尔问。

“是句箴言，”奥古斯塔斯说，“说的就是那句话。”他决心尽量掩饰连他自己也不懂那句话的事实，反正这与他人不相干。他在招牌上写了，让别人去念吧。

考尔立即看出了他葫芦里卖的什么药。“连你自己也不懂。”他说，“它要是有点儿用处，那就是请人家来抢咱们。”

奥古斯塔斯哈哈大笑。“依我看，就该请第一个来的懂拉丁文的土匪抢咱们。”他说，“我宁愿用几匹马换个打死读书人的机会。”

从此以后，只要大家没有什么可争吵的，便就那句箴言，或者那块招牌是否恰当展开争论。在那些不得不住得离那块牌子最近的人当中，狄兹最喜欢它，因为当招牌的那块门板为他提供了一小片休息和落落汗的阴凉。

除了狄兹，再没有人利用它。不同寻常的是，现在居然有两个骑马人在如此酷热的下午不但不抓紧到孤鸽镇去润润嗓子，反而在此却步，看这块招牌。

“他们准是教授。”盘子说，“他们肯定爱读书。”

这两个人最后骑马绕到了马厩前。其中一个脸红红的，身材敦实，年纪与队长相仿；另一个则像只瘦小的狗，脸上坑坑洼洼的，一把大手枪套在腿上。红脸人准是老板，他那匹黑马无疑会使许多人羡慕。小个子骑的那匹褐色马的脊背实际上已经凹陷。

“伙计们，我叫威尔巴杰。”年长者说，“这块招牌可真他妈好笑。”

“噢，是古斯先生写的。”纽特极其友好地说。一个对招牌感兴趣的人终于降临，古斯先生该满足了。

“话又说回来，我要是想租猪，那我准疯了。”威尔巴杰说，

“想租猪的人是不会在这儿停留的。”

“他要是想在这儿露露脸，自己就会停下来。”纽特等了一会儿，说道。别人没开口，可他想，对威尔巴杰的话应当给予回答。

“我说，这是个牧牛场呢，还是一伙从马戏团跑出来的人？”威尔巴杰问道。

“噢，我们卖牛。”豌豆眼说，“你想买几头？”

“我要四十匹马，你们的招牌上说卖马。”威尔巴杰说。

“两天前，一帮混账墨西哥人抢走了我们所有的马。我在努埃塞斯河那边有一群牛，可不打算徒步赶它们去堪萨斯。有个伙计告诉我你们卖马，是真的吗？”

“是的。”豌豆眼说，“另外，我们还能赶走墨西哥人。”

“我没工夫说墨西哥人。”威尔巴杰说，“如果各位先生能赶来四十匹马——哪怕是劣马——我也付钱，买了就走。”

纽特感到很狼狈。他明知根本不可能有四十匹马，但不想将事实和盘托出。再说，他是这儿年纪最小的成员，不肩负发言人的责任。

“你还是找队长去吧，”他出了个主意，“队长负责一切买卖。”

“啊，”威尔巴杰边说边用手臂抹去眼眉上的汗水，“要是我见着的是队长，我一开始就跟他谈了，用不着和你们这些马戏团小丑废话。他住这儿吗？”

豌豆眼指了指五十米外树丛中的那幢房子。

“我想他在家。”他说。

“你们几个真该出份报纸。”威尔巴杰说，“消息真多。”

他那个满脸坑洼的伙计准是觉得这句话滑稽得很，出人意料地咯咯笑了起来，声音和一只母鸡对什么着迷时的叫声一模一样。

“去妓院走哪条路？”咯咯地笑完了，他问道。

“鸡仔，你可真露脸。”威尔巴杰说完便拨马朝那幢房子骑去。

“哪条路通妓院？”鸡仔又问。

他看着盘子，而盘子无意将罗丽娜的处所泄露给这么个丑牛仔，连他骑的马都是凹脊梁的。

“在萨维纳斯[1]。”盘子有板有眼地说。

“哪儿？”鸡仔又问了一声，他没提防有这一手。

“萨维纳斯。”盘子重复了一遍，“蹚过河，朝东南骑上一天，你会找到的。”

纽特想，盘子真聪明，居然能说出这样的话来。但鸡仔显然不欣赏他的聪明。他皱起眉头，那张小脸都拉长了，脸上的坑清晰可辨地布满两颊。

“我没问你要墨西哥地图。”他说，“我听说这个镇上就有个黄头发姑娘。”

盘子慢慢地站了起来：“她吗？是我姐姐。”

这当然是弥天大谎，但了却了这桩事。鸡仔并不相信这是真的，无奈威尔巴杰已骑马走远，剩下了他。他体会到自己不仅只身一人，而且不受欢迎。要知道，暗示一个牛仔的姐姐是妓女，至少会引起无休止的拳斗，盘子波吉特又健壮如牛。

“这么说，那些傻瓜告诉我的是错的。”说完，鸡仔掉转方

1. 墨西哥北部科阿韦拉州的一座城市。——编注

向，朝那幢房子骑去。

豌豆眼是个反应迟钝的人，没有理解刚才那局势微妙之所在。

“你从哪儿弄了个姐姐，盘子？”他问道。豌豆眼的生活方式是队长生活方式的翻版——他一年去不了两次干豆酒吧；他习惯于在前廊那里润嗓子，这可以保证他喝醉后几步便可到床上去；他一见女人就不自在，见到她们后一举一动都有可能出差错，这太危险了。一般说来，他若在附近碰到女性，就采取最简单易行的办法——两眼看地。即便这样，有一天上午在赶一群墨西哥牛经过孤鸽镇时，他偶然抬头看见一个黄头发姑娘在一扇开着的窗户后看着他们。她双臂裸露，使他惊愕得马缰都脱了手。他没有忘记那姑娘，若是偶尔骑马走过那里，便会偷偷看上一两眼。想到她可能就是盘子的姐姐，他惊诧异常。

“豌豆眼，你是什么时候生的？”盘子边问边冲纽特咧嘴乐。

这个问题简直把豌豆眼推进了云里雾中。他一直在想那位他见过的姑娘，现在问他的生日等于让他从一条思路换到另一条思路上去，还是一条更难的思路。

“我看你最好去问队长，盘子。”他不紧不慢地说，“我从来就记不清。”

“嘿，既然今天下午放假，那我就去走一走。”说完，盘子步履轻松地朝镇上走去。

纽特满脑子都是当天晚上要和其他人一起去墨西哥的事。

“你们往南走，都去哪儿？”他问豌豆眼。豌豆眼这时仍在苦苦思索他的生日呢。

“啊，我们就是到处转转，碰到牲口群为止。”豌豆眼说。

“队长知道上哪儿找。”

“我想马上就去。”纽特说。

狄兹用一只黑色的大手拍了拍他的肩膀。

“想早点儿挨枪子儿呀，老天爷。”他说。然后过去看那口还没打好的井。

狄兹的话不多，但眼睛好使。纽特总认为狄兹是所有人中唯一了解他的希望与需要的人。博利瓦对他挺和气，古斯先生通常也挺和善，但他的和善总显得那么心不在焉。他有大量的事情要讨论和争辩，大多数情况下只在他没有别的事情可以思考时，才有时间来关心纽特。

狄兹注意到了他的失望情绪，并尽力使他振作起来。有些工作对纽特来说太重了，他就帮一手；只要纽特的工作值得称赞，他就称赞他。这对纽特虽有些好处，但无法弥补纽特的感情损失——他总觉得队长有意跟他过不去。除了他自己，狄兹是唯一了解此事的人，但他从来没有勇气就这一问题直接去问狄兹——他知道狄兹不会说。狄兹很少说话，他更愿意用两眼和双手表达自己的意思。

纽特正憧憬当天晚上去墨西哥，此时盘子波吉特心中想着罗丽娜，乐颠颠地朝干豆酒吧走去。整整一天，在辘轳旁或井下卖力气时，他想的都是她。黑夜并没有像他盼望的那样过去——罗丽娜尚未给他任何可以视为鼓励的暗示，但盘子认为这只是因为她需要一段时间来习惯他对她的爱。如果他在她周围待上一两周，也许她会习惯，甚至会喜欢他这样做。

一个老墨西哥鞍匠正在杂货店后面把鹿皮割成绳子。盘子心想，如果他到河里洗洗白天的汗渍，会更体面些。但他又想，去河里很费时间，便放弃了这一打算。他径直走到干豆酒吧后门，停下来把衬衣下摆塞好，掸了掸裤子上的尘土。

就在塞衬衣后摆时，他猛然大吃一惊。他是在房子后面七米处停下来的，房子只是一个两层的木架结构。下午炎热、安静，没有一丝风。远处的一声响屁都能听到，但盘子听到的不是放屁声。他听到咯吱咯吱的声响时，没有在意，接着又听到一两声，他像是悟出了什么，几乎晕了过去。他不由自主地挪动着靠近房子，要弄明白使他丧魂落魄的到底是什么声音。

在他头顶上的房角处，就是罗丽娜的房间，咯咯吱吱的声音就是从那里传出来的。那声音就像两个人在一张玉米皮垫子和弹性不好的弹簧床上发出的声音一样。罗丽娜有这么一张床，就在昨天晚上，他还听见床这么响过，声音很大，使得盘子在快感到来之前，担心别人会听见。

现在他正听着这声音，呆站着，衬衣的下摆也只塞了一半，而别人已经和罗丽娜睡上了。对她身体的回忆夹杂着这种声音，使他胸部隐隐作痛，一时间竟动弹不得。他站在那间他一直渴望进去的屋子下面的热浪中，都快瘫了。她是这声音的一部分——他了解她在这可怕的乐曲中充当了哪几根弦。他怒火中烧，有一阵子竟把火气集中到夏威尔·万莰身上，觉得他至少应当看得出来，罗丽娜需要有张棉花褥垫，而不是这么一张连睡在上面都难受的粗糙玉米皮垫子。

但是，顷刻间，盘子的怒气绕过夏威尔·万莰，冲着房里那个男人烧了起来。这个男人在罗丽娜身上，用她的身体来制造这咯咯吱吱的声响。他断定就是那个骑凹背马、满脸坑洼的贱种。他佯装向牧场的那幢房子骑去，而后抄小道从小溪的干河床过来，直接到了酒吧附近。这么干，他很快就会后悔的。

盘子系好裤子，怒气冲冲地绕到酒吧北面——一直要绕到那边才能不再听见那声音。他执意等那个贱种出来时将其打死。盘子不是个枪手，但干什么都不是生来就会的。他掏出手枪检查了一下子弹，心中暗暗吃惊："生活牵着你走得多快啊！早晨醒来时还一心想当个牛仔呢，眼下却将成为杀人犯，这会使我前途难料。"这个人可能有些有权势的朋友，他们会来抓他，但他一心只想这么办，别无他路可走。

他把枪装进枪套，走过房角，打算站到那匹凹背灰马旁边。一旦那个牛仔露面，他便可亮相。

但是一绕过房角，又使他大吃一惊。酒吧前的拴马处没有那匹凹背马——事实上，酒吧前根本就没有马。远处，潘弗利商店前，两个魁梧的小伙子正往一辆马车上装成捆的铁蒺藜。其他地方则空无一人。

盘子大大为难起来。他已决定杀人，现在却无可杀的牺牲品。他试图使自己相信，他并没有听见刚才他听到的声音。也许罗丽娜只是想在玉米皮垫子上来回折腾折腾而已。但这一想法站不住脚，连无忧无虑的姑娘都不会挑这么热的下午在那垫子上折腾，何况罗丽娜并不是个无忧无虑的姑娘。这一切肯定是个男人引起的，问题是他是谁?

盘子往干豆酒吧里望了望，只见里面空得像星期六晚上的教堂。看不见夏威尔，也没有大嘴唇的影子。更糟糕的是，那声音还在继续，他到了前门还能听见。对盘子来说，这太过分了。他从门廊里匆匆走到大街上，但马上发现他无处可去——除非牵马直奔马塔戈达，考尔队长愿意怎么着都行。

盘子不打算马上就走——至少在查出谁是情敌之前先不离开这里。于是，他就在街上走来走去。可又觉得这样做太蠢，便一口气跑到了河边。除去一小摊黄泥水和一只正在浅滩上吃青蛙的土狼，那里什么也没有。

盘子在河边坐了一小时。待他返回干豆酒吧，一切已恢复成老样子。夏威尔·万茨手拿湿抹布站在门口，大嘴唇坐在柜台里用一把长剃须刀刮拇指上的大腊子[1]。盘子根本没把他俩放在眼里。

他关注的是罗丽娜。她的脸红彤彤的，正和杰克·斯普恩——就是那个咖啡色眼睛、带着一把柄镶珍珠的手枪的人——坐在一张桌子旁边。杰克把帽子推到后脑勺，正和她聊天——至少是在用眼睛说话，好像和她是老相识似的。桌上只有一杯威士忌。盘子在门边看见罗丽娜呷了一口后亲切地把酒杯递给杰克，他接过杯子，喝了一大口。

这情景使盘子十分尴尬，直刺他的心窝，和他第一次听见床的咯吱声一样。他从来没有看见过他的爹妈使用同一只杯子喝酒，他们还是结了婚的人呢。然而，昨天他都没办法使罗丽娜看他一眼，尽管他是干活儿的好手，而不是流浪汉。

就在穿过弹簧门的瞬间，盘子对女人的看法突然改变了，如

1. 茧子。——编注

同被闪电所击，他的旧观念迅即被击得粉碎。一切都不像他想象的那样，也许永远也不再会是那样。他往门外退去，这样他就可以离开，重新安排他的生活。但是，他犹豫的时间太长了。杰克和罗丽娜从对望中抬起头来，看见盘子站在门口。罗丽娜的表情没有变化，杰克却十分友好地看了看他，并且举起了一只手。

“嘿，孩子，”他说，“过来。真希望你能招一伙人来。要说什么是我最受不了的，那就是死气沉沉的酒吧。”

大嘴唇顶着那破帽子，一副自鸣得意的样子。他扭过头来，冲着盘子扇动了一会儿大嘴唇，然后将切下的腿子屑从柜台上吹掉。

“盘子可不是一伙人。”他说。

盘子走了进去，他再一次希望自己从来不曾听说过孤鸽镇这个地方。

杰克·斯普恩对夏威尔招了招手：“达维，把你的‘毒药’拿来。”他不肯称呼夏威尔的名字，只叫他达维。

“这么热的天，挖那口倒霉井的人就该喝不花钱的酒。酒钱我付了。”杰克说。

他指指椅子，盘子坐了下来，觉得脸上红一阵白一阵的。他很想知道罗丽娜是怎么想的，于是趁杰克回头的工夫扫了她一眼。她的双眸格外明亮，但她看的并不是他，而是目不转睛地盯着并不十分把她放在心上的杰克。她有点儿心不在焉，用手指在桌面上轻轻地敲了三四下，好像在想心事，接着又用杰克的杯子呷了两口酒。

她的上嘴唇渗着小小的汗珠，有一颗恰好在那块浅疤旁边，但她似乎并不为这酷热的天气或别的什么而感到烦恼。

盘子的目光简直无法从她身上移开，她实在太美了。当他移开目光，发现杰克·斯普恩正瞧着他。但是杰克的眼神很亲切，他好像对有人做伴感到高兴。

“我要是干挖井的活儿，真不知能不能活上一小时。”他说，“你们这些伙计应该和考尔对着干，让他自己去挖。”

这时，夏威尔拿来一瓶酒和一只玻璃杯。杰克拿起酒瓶给自己倒了满满一杯。“这酒比阿肯色的强多了。”他说。

“阿肯色。”夏威尔轻蔑地哼出这几个字，好像它们是自己从他嘴里蹦出来似的。

此时此刻，盘子对眼前发生的一切感到难以置信。他宁可待在任何一个地方，也不愿意与罗丽娜和另一个男人待在同一张桌子旁边，可他偏偏正待在这儿。他待在这儿，罗丽娜一点儿也不在乎。可话又说回来，他就是离她两千公里远，她也毫不在意。夏威尔用胳膊肘支撑着身体，任凭抹布的水滴湿裤腿。杰克·斯普恩喝着酒，样子十分和蔼。因杰克的帽子推在脑后，前额上部露出了一小条阳光晒不着的白头皮。

有那么一会儿，盘子全然忘却了生活的含义，甚至忘了自己是个牛仔——这一直是他思想中最强烈的意识。他仅仅是一个手中拿着酒杯的男人，他的生活突然陷进了泥淖。昨天他还是干活儿的好手，可这又能顶什么用呢?

尽管天气炎热，阳光明亮，盘子却觉得阴森森、凉飕飕的。他对于叫作生活的东西这么不理解，连该往哪儿瞧都不知道了，更想不出该说些什么。他喝了一杯又一杯，虽说生活仍是那么阴沉，但他内心开始暖和起来。第二瓶喝了一半时，他已不再因罗丽娜和杰克·斯普恩而烦恼了。他坐到钢琴旁，由大嘴唇伴奏，唱起了《我海上的美人儿》。

第9章

威尔巴杰骑马过来时，奥古斯塔斯正在前廊上坐等良机。等待时机是他对杰克的友好表示，因为杰克·斯普恩经过长途跋涉，而且在路上担惊受怕，不敢去找女人。杰克是那种性欲冲动整年不衰的人，考尔非常讨厌这种事，他从来没有表现出性欲冲动过。奥古斯塔斯虽然也性欲旺盛，但正如他常说的那样，他可不打算把自己变成牲畜。

威尔巴杰的到来确实出人意料。他的那匹黑马一路快跑到前廊，把两头猪也惊醒了，对着马直哼哼。

威尔巴杰羡慕地看着奥古斯塔斯的酒罐。“天哪，我敢打赌你喝的不是柿子汁。”他说，“但愿我也能过清闲日子。”

“如果你打算下马，又不吓着我的猪，就欢迎你来喝点儿。”奥古斯塔斯说，“别忙着自我介绍。”

那头小猪站起来，从累得连动也不愿动的黑马肚子底下钻了过去。这使威尔巴杰大吃一惊。事实上，连奥古斯塔斯自己也感到愕然。虽然小猪的行动一向难以预料，但还从未有过这种举动。

“我猜这就是你们不肯出租的那头猪吧。”威尔巴杰说。

“要是我把那匹母马骑来，它准会把它踢出去老远，你就得到处去寻找腌肉了。”

“那头猪一直在睡觉。”奥古斯塔斯说，“我想它醒着的时候一定没有料到那儿会站着一匹马。”

“你是谁，考尔还是麦克克里？”威尔巴杰问道。他不想再谈论猪的事了。

“我是麦克克里。”奥古斯塔斯说，“考尔可受不了这么多无聊话。”

“不能怪他。”威尔巴杰说，“我叫威尔巴杰。”

这时，考尔从屋里走了出来。那块咬伤已使他疼了一整天，他正用仙人掌汁液为自己炮制膏药。这颇费时间，所以他回来得早了些。

他到走廊时，一个小个子骑着匹灰马从房后绕了过来。

“嘿，不知不觉你们就把我们包围了。”奥古斯塔斯说，“衬衣后摆还在外边露着的那位就是考尔队长。”

“我叫威尔巴杰，”威尔巴杰说，“这是我的手下人鸡仔。”

“请下马吧。”考尔说。

“好哇，可是，”威尔巴杰说，“如果马上就要再爬上来，下去干吗？白费劲。听说你们卖马。”

“卖。”考尔说，“也卖牛。”

“别跟我提牛，”威尔巴杰说，“我有三千头牛，这就准备上路。我需要的是能骑的马。”

“牛不能驯来当马骑，真是一大憾事。”奥古斯塔斯说。

他刚想到这一点，于是便习惯性地脱口而出。

考尔和威尔巴杰看着他，以为他犯了精神病。

“你觉得遗憾，”威尔巴杰说，“可我说这是恩典。是你写的那块牌子吧？”

“正是。”奥古斯塔斯说，“想让我给你写一块吗？”

“不。我还没打算办疗养院呢。”威尔巴杰说，“我可从来没想到，在得克萨斯的这个地方能读到拉丁文，想必教育是大普及了。”

“没有马，你怎么弄到那么一大群牛的？”考尔问，他想把话题拉回买卖上来。

“啊，这个嘛，我只是驯了一帮长腿兔子，叫它们把牛从树丛里轰出来。”威尔巴杰有些烦躁地说。

“我实话实说吧，一帮浑蛋墨西哥人偷了我们的马。”他补充说，“听说你们这些人当保安队员的时候把所有的墨西哥盗马贼都吊死了，看来你们漏掉了几个。”

“哈，对啦，我们把他们统统吊死了，一个不剩。”奥古斯塔斯说。他发现这位来访者也是个好抬杠的人，心里很高兴。“偷你马的那些人肯定是新的一代，我们概不负责。”

“扯淡。”威尔巴杰说，“我现在偏偏要负责这三千头牛和十一个人。要是能买到四十匹好马，那我就高兴了。能卖给我吗？”

“明天日出时我们会有一百匹。”考尔说。奥古斯塔斯的健谈有一个好处——常常能为考尔制订计划提供一点儿时间。

“我可没打算在这儿过夜。”威尔巴杰说，“反正我要不了一百匹，连五十匹也不要。今天下午我能买几匹？”

奥古斯塔斯从衣兜里摸出那块怀表，眯着眼瞧了瞧。

“啊，我们不卖马了。”他说，“下班了。”

威尔巴杰猛地跳下马，机械地把马肚带松开一两扣，让马呼吸放松些。

“我压根儿没想到会听见这种话。”他说，“从没听说一个车马出租店大白天就关门。”

“啊，车马店并不关门，”奥古斯塔斯说，“住人住马都可以。下班的只是卖马这部分。”

威尔巴杰走上前廊。“那个酒罐要是出租的话，我想租来喝一点儿。”他说，“恐怕这个罐子是这个镇上唯一还开着门的东西了。”

“不仅开着，还不要钱。”奥古斯塔斯说着，把酒罐递了过去。

威尔巴杰喝酒时，奥古斯塔斯望着考尔。即使他们有了上墨西哥去的计划，考尔说出一百匹马那句话，在他看来胆子也够大的。他们最近几趟主要是偷牛，有时遇上几匹马就混到牛群里一同赶回来，但每次也多不过十一二匹。到什么地方去弄那九十匹？奥古斯塔斯不得而知。

“镇上有妓女吗？”鸡仔骑在马上问。这句话使所有人都大感意外，威尔巴杰对此极为不满。

“放规矩点儿，鸡仔。”他说，“在自己人中间说是一回事，在我正跟这些先生谈买卖时说，可是另一回事。”

“可是那些人不告诉我。”鸡仔有点儿抱怨地说。

“那是因为他们怕上帝。”奥古斯塔斯说，“你永远不会看见他们和耶洗别[1]在一起的。”

1.《圣经》故事中古以色列国王亚哈之妻，是淫荡坏女人的代名词。——编注

“她叫那个名字吗？”鸡仔问，“不像是我听说的那个名字。”

“他从来就不会克制自己。”威尔巴杰说，“请多多原谅。”

“管不住嘴可不行。”奥古斯塔斯和气地说。

“马——”威尔巴杰回到更重要的事情上，“这个买卖要吹了，真让人丧气。我希望天亮前赶回去。牛群待的地方不好，如果不快点儿回去，蚊子就会把我吃了。如果你能卖给我一些马，让我勉强上路，我往北去，沿路可以再买些。”

“太冒险了。”考尔说。

“我知道冒险——不冒险又怎么办？”威尔巴杰说，“今天下午能卖给我几匹？”

考尔对这种旁敲侧击的打探厌倦了。“三匹。”他说。

“今天下午三匹，明天一百匹。”威尔巴杰说，“你肯定知道谁有大批马卖。但愿我也知道。”

“他主要卖给我们，”奥古斯塔斯说，“我们不在乎钱。”

威尔巴杰把酒罐递了回去。“你们还不在乎时间。”他说。

“可我在乎。咱们现在去找那个人，行吗？”

考尔摇摇头：“得明天。”

威尔巴杰点了点头，好像他已料到这一回答。“那好，”他说，“只要你给我留有余地，怎么着都好说。”

他朝黑马走去，紧了紧马肚带，翻身上了马。

“你们总不至于让我失望吧？”他说，“我要是失望了，就会像公火鸡一样什么都干得出来。”

“我们从不食言。”考尔说，“日出的时候有你的四十匹马，三十五块钱一匹。”

“我们到时就来取。”威尔巴杰说，“你们不用去找我们。”

“等等，”考尔说，“你的马有什么记号？有记号吗？”

“有。”威尔巴杰说，“左屁股上烙着‘HIC’。”

“你的马全都上掌了吗？”考尔问。

“全有掌。”威尔巴杰说，“碰到就带回来。”

“‘HIC’代表什么？”奥古斯塔斯问。

“嘿，是拉丁文，”威尔巴杰说，“比你那块牌子上的还容易呢。”

“啊，”奥古斯塔斯说，“在哪儿学的拉丁文？”

“耶鲁大学。”说完，威尔巴杰便与鸡仔催马离去了。

“我看他在撒谎，”奥古斯塔斯说，“一个上过耶鲁大学的人没有必要靠贩牛过日子。”

“那可说不准，”考尔说，“也许家里破产了，也许想过过户外生活。”

奥古斯塔斯将信将疑。镇上有人比他受的教育还高，他感到不可思议。

“他难住你了，是吗？”考尔说，“连那么个短词都不知道是什么意思。”

“哈哈，是‘打嗝儿’的缩写。”奥古斯塔斯大大咧咧地说，“你要是问我，我就对你说，把那个词烙在马身上最荒唐不过了。”

“你看杰克醉了没？”考尔问。

“嗯，没有。”奥古斯塔斯说，“我看他比今天早晨高兴多了。问这个干什么？”

“因为我希望他今天晚上能清醒些，”考尔说，“我想让你们俩都清醒些。”

“我能像我生下来那天一样清醒，可是弄不到一百匹马。”奥古斯塔斯说，“一百匹，扯淡。威尔巴杰只要四十匹，连这个数咱们也弄不来。就是找到了另外六十匹，又怎么处置它们？”

“如果去蒙大拿，咱们自己也需要有坐骑。”考尔说。

奥古斯塔斯放下酒罐，叹了口气：“我非踢杰克两脚不可。”

“为什么？”

“为他给你脑袋里灌了这么个馊主意。”奥古斯塔斯说，“杰克头脑简单，这种主意在他脑袋里这边进那边出，可任何馊主意一钻进你的脑袋就出不来了。你的脑子能陷住一头骡子。我在这暖和地方过了大半辈子，可你想让我去挨冻。”

“如果是块好地方，为什么不去？”考尔问。

奥古斯塔斯半天没说话。“我现在不想跟你争论蒙大拿。”他说，“还是说说今天晚上吧，咱们去哪儿弄一百匹马？”

“弗罗斯牧场。”考尔说。

“我就知道是去那儿。”奥古斯塔斯说，“咱们不是去偷牛，是去偷袭。”

弗罗斯牧场是科阿韦拉[1]最大的牧场，在格兰德河成为边界线之前就有了。那时，墨西哥牧人过那条河就像过任何一条小溪一样随便。曾属于那个牧场的几百万公顷土地现在成了得克萨斯的一部分，但是墨西哥人还是过河来抢牛抢马。他们认为这只不过是把自己的牲口赶回去罢了。牧场总部距此只有五十公里远，

---

1. 墨西哥北部的一个州，北临美国得克萨斯州。——编注

就在那里，他们养着几百匹马，大部分带着得克萨斯的烙印。

“我要是不了解情况，准以为你要发动一场战争呢。”奥古斯塔斯说，“老皮德罗·弗罗斯不会把一百匹马当礼物送给咱们的，就算这些马真是他亲自偷的。”

“干什么都得冒险。”考尔说。

“可不是嘛，你喜欢冒险，就像杰克喜欢女人一样。”奥古斯塔斯说，“咱们果真把马弄来了，那下一步怎么走？”

“卖给威尔巴杰四十匹，其余的留下。”考尔说，“再弄些牛，北上。”

“跟谁北上？”奥古斯塔斯问道，“咱们连个牛仔队伍都凑不齐。”

“咱们可以雇，”考尔说，“这一带有的是牛仔。”

一声长叹后，奥古斯塔斯站了起来。看来安逸的日子要中断一些时候了。考尔闲散的时间太久了，现在准备以六倍于常人的努力来弥补一下。

另一方面，把皮德罗的马弄来一些也是一种满足。皮德罗是老对手，与他对着干这件事仍有吸引力。

“让杰克干活儿还不如让人把他吊死呢。”他说，“你知道，叫他干活儿他有多委屈。”

“你去哪儿？”考尔见奥古斯塔斯走开，便问道。

“把这件事告诉杰克，”奥古斯塔斯说，“他也许想给枪上上油呢。”

“我看咱们把孩子带上吧。”考尔说。他一直在考虑这一问题。去偷一百匹马，每个人手脚都得用上。

“那当然好啦！”奥古斯塔斯说，“我对纽特一说，他准会高兴得从栏杆上掉下来。”

可是纽特听到这个消息时并没有坐在栏杆上，他正站在帽子溪的沙河床上，听盘子波吉特呕吐呢。盘子待在溪上游不远处，一副病态。他刚与杰克·斯普恩、古斯先生一同从酒吧回来，虽然跌跌撞撞的，总算走回来了。他被河边的一块石头绊了一下，便吐了起来。这阵子正趴在河床上吐个不停。纽特听他那声音，就像一头牛从泥窝里往外拔腿的声音一样。

纽特也恶心过几次，可从来没有这么严重，他有些担心了。盘子发出的声音像是快要死了。纽特根本想象不到一个人会在这么短的时间内病到这般地步，但杰克先生和古斯先生似乎并不担心。他俩在小河岸上站着，心平气和地聊天。

盘子病成这样，纽特无心享受古斯先生告诉他的好消息，尽管这是他多年来所盼望的。他不仅没有为这一好消息欣喜若狂，反而为盘子忧心忡忡，无暇顾及其他。

“我去叫博利瓦好吗？”他问。博利瓦是他们的私人大夫。

奥古斯塔斯摇了摇头。“博利瓦不能让一个醉汉醒过来。”他说，“考尔应该让你们这帮孩子干活儿。如果盘子在井下面，根本就不会去喝酒。”

“连鱼都没他喝得快——”杰克说，“如果鱼会喝酒。”

“鱼可不喝他喝的东西。”奥古斯塔斯说。他十分清楚，盘子是因为爱情受了挫折，醉酒是他的一种解脱。

“但愿队长别看见他。”纽特说。队长不能容忍酗酒，除非晚上少量喝些。

刚说完这句话，他们便看见队长出了屋子，朝他们走过来。盘子还在地上趴着。也就在这工夫，博利瓦用那根撬杠砸响了吃饭钟，比通常的晚饭时间早了些。队长恼火地往回看了看——显然他没有事先告诉队长这是为什么。铁碰铁的声音没有使盘子的状况好转。

杰克看了看奥古斯塔斯。“考尔会开除他的，”他说，“咱们能给他找个什么借口吗？”

“盘子波吉特是个好手。”奥古斯塔斯说，“他知道怎么找借口。”

考尔走上前去，看了看那个肚子一鼓一鼓的病牛仔。“他怎么了？”他皱起眉头问道。

“不知道，”奥古斯塔斯说，“我想他可能是咽了一团铁蒺藜。”

这时，盘子听见上面添了个新声音。他扭过头，看见队长加入了旁观者的队伍。显而易见，即使他病着，也最怕被队长撞见。他想不起在干豆酒吧都干了些什么，只记得他唱了不少支歌。可即使在这烂醉如泥的时刻，他也意识到必须向考尔队长解释这一切。有一阵他忘掉了罗丽娜，忘记了他爱着她，甚至忘记了她正和杰克在酒吧那边坐着，但是他始终没有完全忘记他今天晚上要与考尔队长骑马外出。就连在喝酒唱歌的当儿，他也想象着他们在马上。现在队长来了，说明出发时间到了。盘子没有把握他是否有力量站起来，更不用说上马、骑在马上圈牲口。但他意识到自己的声誉正濒临险境，若不试一试，他将忍辱终生。他的胃还没有完全停止抽搐，但他设法深深吸了口气，站了起来。

他佯装要上岸去，似乎什么也没有发生，但他的腿不争气。他被迫跪倒在地，爬上岸来。

考尔走近这位年轻牛仔，闻到了酒气，明白他只是喝醉了。他万没料到这一手，他的第一反应是开除他，让他回到上海皮尔斯那里去——据说那个人不在乎喝酒。就在他张口之前，恰巧看见奥古斯塔斯与杰克两人在偷着乐，好像这一切不过是场闹剧。对他们来说，确实是闹剧一场，他们对恶作剧比对事业更感兴趣。不过，他们对这场玩笑格外兴致勃勃，却促使考尔想到，或许是他们要手腕故意把盘子灌醉的，如果是这样，就不全是这孩子的过错。那两只老狐狸凑在一起开起玩笑来就更离谱了。在最不合适的时候搞这种鬼把戏，完全像他们的杰作——他们当保安队员的那些年没少干这类事。

此时，盘子已爬上岸，站了起来。站起来后，头脑清醒了片刻，他感到万分乐观，也许就此便能醒过来，可紧接着希望便成了泡影。他朝牲口群走去，想骑上他那匹马，但脚在从土里冒出来的牧豆树根上绊了一下，摔了个嘴啃泥。

看到盘子站了起来，纽特也觉得有了希望。紧跟着，他的朋友绊了个大马趴，纽特又直替他难为情。

杰克·斯普恩不适应博利瓦的习惯，听着钟声，他扮了个难看的鬼脸。

“谁叫那老家伙这么吵人的？”他问，“怎么没人给他一枪？”

“打死了他，就得让古斯当大师傅。”考尔说，“到那时候，就只得靠说话活命，要不就得饿着肚子听他叨叨到死。”

“你不听我的，就更糟了。”奥古斯塔斯说。

盘子波吉特又站了起来，双眼睁得溜圆，像一对玻璃球。他小心翼翼地保持着平衡，好像害怕再摔一次就会像玻璃一样摔碎似的。

“你怎么了？”考尔问。

“怎么，队长？”盘子说，“但愿我能告诉你。”

“为什么不能？”

“因为我记不得了。”盘子说。

“他没事儿。”奥古斯塔斯说，“他只是想试试喝两瓶酒最快要用多少时间。”

“谁把他灌醉的？”考尔问。

“不是我。”奥古斯塔斯说。

“也不是我。”杰克咧嘴笑着说，“我只是给他找了个漏斗。我相信有个漏斗他能喝得更快些。”

“我能骑马，队长。”盘子说，“一上马就什么事都没了。”

“但愿如此。”考尔说，“我的队伍里可不要不能干活儿的人。”

博利瓦仍然在敲钟，杰克气得火冒三丈。

“妈的，今天要是国庆日，那我自己会放炮的。”他说着，掏出手枪。人们还来不及说话，他已朝着房子的方向一连开了三枪。钟声依旧，好像没有人开过枪一样，但至少纽特被吓坏了。即便博利瓦的钟声令人心烦，这么干也太莽撞了。

“你那么好打枪，难怪你得东躲西藏的。”奥古斯塔斯说，“要想止住这声音，就去用块砖砸他脑袋。”

“能开枪干吗走路？”杰克再次咧嘴笑着说。

考尔一言不发。他注意到杰克实际上把枪口抬高了许多，避免伤害他们的厨子。这是杰克的典型作风——他总喜欢表现得更蛮横无理些。

“你们这伙人要想吃饭就快点儿去。”他说，“太阳一下山就该出发了。”

晚饭后，杰克与奥古斯塔斯到外边吸烟、漱口去了。盘子坐在荷兰烤炉上边呷咖啡边用手按太阳穴，两个太阳穴都像被人用小斧子狠狠敲了一下似的。狄兹和纽特去牲口圈牵马。纽特敏感地意识到，在全体人员中，他是唯一没有随身武器的。狄兹有一把大得像火腿似的左轮手枪。他只在外出时才带着，因为连他都不够强壮，带上一整天就要累垮。

队长赶在他们前头到了牲口圈，因为给母夜叉备鞍要费点儿事。狄兹和纽特来时，他已经把它拴到木桩上了。纽特到马厩取绳子时，队长转身交给他一把放在枪套里的手枪和一条皮带。

“备而不用比用时没有强。”他加了一句，神情有点儿严肃。

纽特把枪从枪套里抽出来。它略带油味——队长白天肯定给枪上了油。这当然不是他头一次拿枪，古斯先生对他进行过全面的手枪射击训练，甚至还夸奖过他的枪法。但是，拿过枪和自己有一把枪完全是两码事。他转动左轮手枪的旋转弹膛，听它发出清脆的咔咔声。枪柄是木制的，枪筒冰凉，呈黑蓝色。枪套则略带马鞍的气味。他把枪放回套里，系好皮带，感觉屁股上沉甸甸的。当他走到牲口圈里牵马时，他生平第一次感觉自己是大人了，也第一次感到心满意足。太阳慢慢接近地平线，小夜莺频频飞到狄兹与队长很早以前建成的石头水槽喝水。狄兹已经逮住了古斯先生的马——那是一匹壮实的栗色马，名叫泥馅饼——现在正在逮自己的那匹。纽特把套索扔出去，一下便套住了他心爱的那匹阉过的黄褐色马，他叫它耗子。他觉得屁股那儿有把枪，套起马来也更顺手。

“嗬，天哪，他们可不是真给了你一把枪嘛。”狄兹咧嘴笑着说，“我琢磨着下一步你就该成我们的老板了。”

纽特心里可从来没有产生过这么雄心勃勃的念头。他的最高希望就是当一名队员——允许他跟着出去，需要干什么就能干什么。狄兹刚才是当笑话说的，而纽特心情很好，也就当笑话听了。

“错不了。”他说，“我想有朝一日，他们会让我当老板的。我要做的头一件事就是给你加工资。”

狄兹拍着大腿高声大笑，这一想法太有意思了。别人在离开房子时，看见这二位还在那里前仰后合地互相打哈哈呢。

“瞧这两个人，”奥古斯塔斯说，“让人以为他们才发现自己长着牙呢。”

当白昼消逝，落日的余晖在广袤柔媚的天空向上伸延时，帽子溪的人们——一行足足七人——渡过了河。他们打马向东南，直奔弗罗斯牧场而去。

第10章

纽特觉察到长大成人的第一个变化是，时间过得不那么慢了。他们一过河，队长就催马一路小跑，奔东南而去。没过多久，暮色降临，他们仍一路小跑着，在月光下行进。过去，除了他们偶尔合法地到河下游的小村子里买些牲畜，队长从不准他到墨西哥来，所以他并不知道前面等待着他的是什么。不过，他没有料到，这里竟会是如此漆黑一团，如此空空荡荡。虽说豌豆眼和古斯先生常唠叨这儿的土匪多如牛毛，但他们七个人在这块土地上骑马走了两个多小时，除了土地，什么也没有发现。看不到灯光，听不见声音，只是走啊，走啊，蹚过一条条溪流，穿过渐渐稀疏的灌木丛，离那条河越来越远。每隔一段时间，队长还要加快速度，大伙儿便催马快跑一程。然而他总保持着小跑，因为耗子擅长小跑，不善于大步跑。纽特对它的这种步伐感到高兴。

他处在全队人马中部，殿后是豌豆眼的老差事，纽特和盘子波吉特并排。盘子自上路以来一言不发，纽特不知道他现在感觉怎么样，但至少知道他还没有从马背上摔下去。淡淡的月光照亮了天空，却不能给大地照明。憧憧影子便成了唯一的路标，多数是查帕拉尔树丛与牧豆树丛投下的影子。他们越过一道山脊，惊奇地发现了一群相当大的长角牛。这时，队长才勒住马。牛群已被骑手们惊动，并向远处奔跑。

此时，繁星灿灿，银河宛如一条长长的色彩斑驳的云。队长默默地下了马，用脚踩住缰绳梢，开始小便。其他人也都一一下马撒尿。他们稍稍扭转身体，免得面对别人。纽特想，最好与大家一致行动，可他怎么也尿不出来。他很不好意思，只好系上扣子，并希望没有人注意到他。

小便之后，一切又静了下来，他们除了能听到马匹的呼吸声和偶尔发出的马刺碰击声，唯一还能听到的便是牛群奔跑的声音。队长觉得也该让马歇歇了，他仍站着不上马，朝牛群逃离的方向望去。

“咱们倒可以弄走那些牛。”他说，“谁点数来着？”

“我可没数。”奥古斯塔斯说，好像只有他才有可能去数似的。

“哟，那是牛吗？”杰克说，“我还以为是他妈的羚羊呢。我还没来得及看一眼，它们就跑过山梁了。”

“它们朝西跑就好了。”考尔说。

“对谁好？”奥古斯塔斯问。

“对咱们。”考尔说。“咱们明天晚上再来赶它们。我敢说，四百头，只多不少。”

“我看，咱们谁想来谁来。”奥古斯塔斯说，“我还不记得我两个晚上连轴转过呢。”

“你从来不连着干两个晚上，”杰克跨上马时说，“除非和女人睡觉。”

“咱们走了多远，狄兹？”考尔问。狄兹有一个惊人的绝招——在考尔认识的人里，在旅途中判断距离这一点上，谁也比不上狄兹。他判定距离白天行，晚上也行；好天气行，坏天气也行；连在丛林中都行。

“离他们的大本营还有七公里。”狄兹说，“有点儿偏北。”

“咱们可要注意了。”考尔说。

奥古斯塔斯认为他过度小心。“老天，”他说，“离营地还有他妈的七公里呢。咱们可以溜过去，用不着转悠到墨西哥城，就可以利利索索地绕过去。”

“即便是这样，小心点儿也没有坏处。”考尔说，“咱们会惊动更多的牛。我知道有些人很远就能听到牛群奔跑的声音。”

“我连七公里外耶和华的号声都听不见。”奥古斯塔斯说，“不管怎么说，在这儿能惊动牛群的又不光是咱们。一只灰狼都能惊动它们，一头狮子也能。”

“我没请你演讲。”考尔说，“冒险就不明智。”

“还有人认为想在墨西哥北部从武装得最好的牧场里偷牛是不明智的呢。”奥古斯塔斯说，“皮德罗手下可能有上百人。”

“对，可他们都分散在各处。再说，他们大都不会使枪。”考尔说。

“咱们大部分人也不会，”奥古斯塔斯说，“盘子和纽特从来没见过流血，两人中还有一个喝醉了。”

“古斯，你最好冲着负鼠去叨叨。”杰克说。

“但愿咱们带着一只。”奥古斯塔斯说，“我见过比咱们这帮人更聪明的负鼠。”

奥古斯塔斯说完，谈话便停了下来。他们又开始有节奏地行进。纽特挣扎着保持清醒，可是因为他们的速度太均匀，不一会儿，他的思维便停止了，只是机械地骑马赶路。狄兹在他前面，盘子在旁边，豌豆眼在后面。纽特若是瞌睡了，他能在马跑着的时候睡着，因为节奏太均匀了。

盘子波吉特还不时感到有点儿恶心，但最难熬的时刻已经过去了。盘子的大部分日子是在马背上度过的，他能在任何情况下不停地骑马，所以竟能毫不费力地跟上这队人马。他骑着骑着，头就不再有节奏地摆动。他感觉良好，并对要干的工作产生了兴趣。他可不担心迷路，也不担心墨西哥土匪。他对自己的坐骑充满信心，并准备克服别人克服不了的任何困难。他最大的烦恼是现在他正走在杰克·斯普恩后面，一抬头就会想起酒吧里发生的事。他知道在争取罗丽娜的温情方面，他敌不过前面这个人，只能屈居可怜的第二位。这一认识使他满腹怨恨。唯一使他得到安慰的想法是，天亮前可能会发生枪战。盘子从未经历过枪战，可他琢磨着要是子弹又多、飞得又快，杰克没准儿会截住一颗，这么一来情况便会彻底改变。其实，盘子并不真的希望杰克被打死——也许只是受伤，那样他们就不得不把他留在河下游，那儿可能有医生。

他们不止一次发现长角牛群，它们都在骑手们过来时逃走了。

“妈的，看来咱们要是赶这样的牛去蒙大拿，用不了一星期就到那儿了。”奥古斯塔斯说，“马都追不上它们，蒸汽火车头怕也撵不上。”

“队长，”狄兹说，“他们的大营就在山梁那边。”

“咱们不需要那个营地，咱们要的是那群马。”奥古斯塔斯大声说道。

“别说了，古斯。”杰克说，“你声音再大点儿，他们就会把马群给咱们送来的，不过他们会骑着那些马过来。”

“得了吧，他们只不过是群饭桶。”奥古斯塔斯说，“只要他们不拦老子的马，我根本不操那份心。”

考尔朝南骑去。越是接近行动的时刻，他越讨厌开玩笑。他认为，一个经历过艰苦战斗，目睹过伤亡的人，理应对自己行动的危险性有所重视。在这种时候谈话是他最不喜欢的事——一个人说着话就不能在荒野里耳听八方，这么一来，也许就会漏掉某些声响，而这声响又可能导致关键性的变化。

狄兹在这伙人里有着最敏锐的听觉，虽然狄兹说过他既靠耳朵听，也靠鼻子闻。奥古斯塔斯则总拿他的这一说法寻开心。

“那么，麻烦是什么味儿的？”奥古斯塔斯问道，“我可从来没有注意到麻烦还有气味呢。你敢肯定不是在闻你自己的气味吗？”

然而狄兹从不解释，也不让奥古斯塔斯把他牵进争论之中。“土狼是怎么知道有麻烦了的？”他有时这样反问。

他们朝南走了四五公里，考尔勒住了马。“这一带他们还有个营地。”他说，“他们的牧人在里面住。我看他们至多不过一两个人，可咱们不能让任何人溜到大本营去报信，最好偷偷进去把他们抓住。我和狄兹就够了。”

“那些放马的这会儿可能都醉了，”奥古斯塔斯说，“又醉又困。”

“咱们分头行动。”考尔说，“你、杰克、豌豆眼和盘子去弄马，我们去抓放马的。”

他说完了才想起那个孩子。他完全忘记孩子也跟来了。让他跟他们去偷马自然会安全些，但他的命令已经下达，而命令一旦下达，他是从不更改的。

奥古斯塔斯翻身下马，紧了紧马肚带，在马肚子上勒出了一道沟。“但愿别碰到太多河沟，”他说，“我可不喜欢摸黑跳河沟。”

纽特意识到队长要把他留在身边时，心里微微颤动了一下。这肯定说明队长终于认为他能有所作为了，虽然他对抓牧人一无所知，不管是墨西哥人还是别的什么人。

一旦分手，考尔便慢了下来。他暗自生气，埋怨自己没有让孩子跟奥古斯塔斯一道去。他与狄兹合作有很长时间了，他们俩配合默契。狄兹干活儿闷声不响，只干需要干的，这孩子却不知道该做什么，甚至会碍手碍脚。

“你说，他们带狗了吗？”考尔问道。狗对什么都吠，而机警的牧马人一听到狗叫，就会警觉起来，进而采取防范措施。

狄兹摇了摇头。“要是有狗，它早就叫了。”他说，“没准儿狗被蛇咬了。”

纽特死死攥住马缰，每隔几分钟便往下压一压帽子——他不想丢失这顶帽子。他脑子里有两件焦心事交替着出现：一是他也许会被打死；二是他也许会造成不该有的失误，惹队长不满。没有一件事令他高兴得起来。

考尔估计离营地不远时，收住缰绳下了马，那孩子也照样行事。但狄兹出于某种原因，还留在马背上。考尔看了看他，正想说什么，狄兹突然伸出了一只大手——他显然听到了他们没有听到的什么声音。

“什么声音？”考尔悄声问道。

狄兹从马上下来后还在听。“不清楚，”他说，“听起来像是唱歌的声音。”

“那些放马的这么晚了还唱歌？”考尔问。

“不，是白人在唱。”狄兹说。

这就更叫人莫名其妙了。“也许是古斯在唱。”考尔说，“可他绝不会蠢到现在还唱歌。”

“我要走近些。”狄兹说着，把缰绳交给纽特。

狄兹一走开，纽特便感到别扭。他不敢说话，只是手抓两根缰绳站在那儿。

考尔有点儿难为情，因为他的听力并不如他想象的那样灵敏。他听了听，什么也没听见。这时他注意到了那孩子，他像一根绷紧了的弦。

“你听到什么了吗？”考尔问。

若是在别的什么时候问这个问题，纽特不会感到难以回答。要么他听见了，要么什么也没听见。但在这次行动和责任的压力下，他过去把握事物的能力都烟消云散了。他确信他听到了某种声音，但说不清到底是什么声音。它是那么遥远、那么含混不清，他甚至怀疑那是不是声音。他越是全神贯注地听，对所听到的声音就越没有把握。他从来没有想过，连声音这么一种简单的事也会弄得人如此狼狈。

“我可能听到了。”纽特说完，又深深感觉这句话太模棱两可，“真是声音。”他补充道，“他们在那儿养鸟了吗？可能是鸟叫。”

考尔从马鞍上的枪袋里取出步枪。纽特也去取枪，考尔制止了他。

“你用不着它。再说你会把它弄丢的。”他说，“有一次我把枪给弄丢了，不得不空手回去。”

狄兹突然回来了，他轻步来到队长身边。“他们确实在唱，没错。”他说。

“什么人？”

“白人。”狄兹说，“有两个人，带着一头骡子和一头驴。”

“活见鬼，”考尔说，“两个白人到皮德罗·弗罗斯的营地来干什么？”

“咱们看看去。”狄兹说。

他们一前一后跟着狄兹，越过一座低矮的山包，停了下来。数百米外有火光跳动。一停下来，狄兹的判断便马上得到了证实。歌声听得清清楚楚，甚至挺熟悉。

“嘿，这不是《玛利·麦克克里》嘛。”纽特说，“大嘴唇常弹的。”

考尔几乎不知道想什么好了。他们偷偷走近了些，来到一个废弃的大畜栏拐角处。栏杆年久失修，遍地都是木头。这个营地显然荒废已久，牧人原来住的棚子连顶都没有了。从唱歌人的火堆上冒出的烟袅袅上升，比月光还白。

“这个营地被火烧过。”考尔说。

他已能清晰地听见他们在唱歌了，这更使他迷惑不解。不是墨西哥人的歌声，也不是得克萨斯人的，听来像是爱尔兰人在唱。可是，爱尔兰人为什么要到皮德罗·弗罗斯的旧牛栏来举行歌会？这一回他可真遇到怪事了。

“我看最好把他们抓起来。”他说，“咱们从三面进去。要是看见有人逃走，就把马打死。”

“没有马，”狄兹提醒他，“只有一头骡子和一头驴。”

“不管是什么，开枪就是了。”考尔说。

“我打着人怎么办？”纽特问。

“那是他的事，”考尔说，“不让他溜掉是你的事。”

他们把马拴到一棵粗矮的树上，朝小棚走去。歌声停了下来，还能听到声音，是吵架声。

就在这个时候，队长和狄兹走开了，剩下纽特一个人，陪伴他的只有高度的紧张和重大的责任。骤然间，他发现他离他们的那几匹马最近。那些人如果是训练有素的土匪，他们当然会先来抢夺这儿的三匹马。唱歌也许只是个计谋，为的是麻痹队长的思想，也许不止两个人，其他人在黑暗里藏着呢。

他刚一想到或许不止两个人，便后悔不该这么想。这种想法简直令人毛骨悚然。在他和棚子之间有不少矮树丛，大多是查帕拉尔灌木，其中任何一丛后面都可能藏着手持鲍伊猎刀的土匪。豌豆眼常给他讲述，在一个懂得如何操刀的人手里，这种单刃猎刀何等方便、有效。他缓慢地向前挪着步子，那些用刀捅人的描述历历在目。还没走出十步远，他便断定自己的末日已到。他明白，连最没有经验的土匪也能轻而易举地把他干掉。他从来没开枪打过人，何况一到晚上他的眼神又不好。他清楚地意识到了自己的无能，当即被吓蒙了，虽说不至于对将要发生的事情连害怕都不知道，但已无力想出抵抗的办法了。

他心里甚至闪过对队长不满的念头。队长真不该如此粗心大意地把他甩在房子这边，离他们的马这么近。他压根儿没有得到考尔队长信赖的奢望，队长此刻的信赖反成多余的了。他对队长留给他的重任感到无能为力。

时间在不停地流逝，他自己也握着手枪慢慢地朝棚子走去。队长与狄兹在身边时，这个棚子显得那么近。一旦他们离开了他，棚子又显得那么远，他还不得不应付那么多包藏杀机的黑影。叫他放心的是，黑影里的人们在大声谈话，或许听不见他的到来，除非他自己完全失控地把枪弄响。

来到离棚子不到三十米的地方时，他停了下来，蹲到一个树丛后面。这棚子只能算是一个单面斜顶棚，四周用泥坯垒起，墙壁上尽是窟窿，要看里面很容易。纽特看见吵架的两个人都长得矮墩墩的。他们都没有带枪，也不像有枪的样子。两人都穿着脏汗衫，那个年纪大点儿的几乎没有头发，另一个看起来很年轻，也许并不比自己大。他们手中有一个瓶子，里面的东西肯定不多了，因为年纪大的那个不肯把它递给年轻的那个。

他们的谈话内容也听得清清楚楚——他们在为下顿饭争吵。

“我说咱们把骡子吃了。”年轻人说。

“没门儿。”另一个说。

“那让我喝一口。”年轻人说。

“一边儿待着去。”年纪大的说，“你不配喝我的酒，也不许吃我的骡子。我全靠这头骡子，你也一样。它驮你这一路抱怨过吗？”

“你是指把我带到这沙漠里来送死吗？”年轻人说，“为这个，我还得去谢谢一头骡子？”

纽特这才看清，在棚子入口处的火堆旁边，有一头瘦骡子和一头小驴。

“不得已时，咱们把驴吃了。”秃头说，“你留头驴干什么？”

“训练它坐着吃棒棒糖呗。”年轻人说完便为自己的机智咯咯地笑了起来。

纽特靠近了些，恐惧感很快消失了。说这种话的人不像是危险人物。他刚要松口气，一只手突然抓住了他的肩膀。有那么几秒钟，他都快要吓昏了，心想下一步就该挨猎刀扎了。这时，他发现是狄兹。狄兹暗示他跟着走，他便朝棚子走去，一点儿不显得紧张。他们离破坯墙有一米时，纽特见考尔队长从另一边走进了火堆映照的亮圈。

“都别动。”他用平和的、近乎友好的声音说。

显然这句话对火堆旁的两个人来说并不那么友好。

“杀手！”年轻的那个大叫一声，蹦了起来，迅即从队长旁边一蹿而过，队长甚至来不及抓他或用枪筒给他一下。对一个胖子来说，这个人的动作真够敏捷的。狄兹和纽特还没来得及行动，他已跳上了那头骡子。纽特等着队长开枪，或者至少过去把他从骡子上揪下来，可没想到队长只是抱着枪站着看他。那孩子——顶多是个孩子——拼命地用脚后跟踢骡子，而骡子只蹦了一下便趴倒在地，把那孩子头朝下地扔回了原地。纽特仔细一瞧，才明白队长为什么不去费那份心——那是头瘸骡子。

见这个糊涂虫企图骑一头瘸骡子逃跑，狄兹忍俊不禁。他把枪搁在矮坯墙头上，用一只大手拍着腿大笑起来。

“你瞧，是头瘸骡子，”那孩子爬起来，气鼓鼓地说，“它的腿都不会迈步了。”

狄兹笑得更厉害了。秃头叹了口气，很高兴地看着队长。

“他是我兄弟，没什么能耐。”他平静地说，“上帝赐给他一副男中音嗓子，我猜想，他准以为对一个爱尔兰穷小子来说这就足够了。”

“我至少比你能耐。”那孩子边说边朝他哥哥身上踢土，像是要让这场争吵继续下去，可他哥哥仅仅一笑置之。

“要让骡子走路，就得把瘸腿治好。”他说，“这一类的小事你老是记不住，肖恩。”

骡子挣扎着站了起来，在队长身边一动不动。“我又没把它弄瘸，”肖恩说，“我骑的是驴。”

秃头好客地把酒瓶递给队长。

“只有一口了，”他说，“你要是渴了就请。”

“谢谢，我不喝。”队长说，“知道你们这是在哪儿待着吗？”

“反正没在爱尔兰，”那孩子说，“这我很清楚。”

“你们身边没带袋土豆吧，先生？”年纪大的说，“我们真想我们的土豆啊。”

考尔示意狄兹和纽特进来。见他们往里走，秃头站了起来。

“看来你们并不想杀我们。那么我来介绍一下。我叫艾伦·奥布赖恩，这是小肖恩。”

“你们只有一头驴和一头骡子？”考尔问。

“出发时有三头骡子，”艾伦说，“可我们太渴了，卖了两头骡子，换了一头驴和一瓶酒。”

“还有点儿豆子。”肖恩说，“豆子可不好吃。我才吃了一颗就把牙硌坏了。”

这回轮到考尔叹气了。他一直以为是墨西哥牧人，却不期邂逅了两个一筹莫展的爱尔兰人，而且连一匹像样的马都没有。就连这骡子和驴也像是在挨饿。

“你们是怎么到这儿来的？”他问道。

“说来话长。”艾伦说，“这儿离加尔维斯顿远吗？那是我们的目的地。”

“那你们可走过头了。”队长说，“你们待的这个棚子是皮德罗·弗罗斯的。他可不是个绅士，明天他要是发现了你们，准把你们吊死。”

“他肯定会，”狄兹随声附和，“他明天准会发疯。”

“那好，我们跟你们走。”艾伦说。他谦恭地将酒瓶递给狄兹和纽特。两人拒绝后，他便一口把酒喝干，将瓶子扔进黑暗里。“现在我们整装待发。”他说。

“把马牵来。”考尔对瞧着那两个爱尔兰人的纽特说。这两个人与他一不沾亲，二不带故，他完全可以把他们撂下不管。然而他即将完成的盗马行动会把这兄弟俩置于极度危险之中——皮德罗·弗罗斯将会在任何一个落到他们手中的白人身上泄愤。

“我没时间给你们详细解释了。”他说，“在南边我们有些马，我会叫人尽快送两匹来。准备好，我们可不能等。”

“你是说今天晚上就走？”那个孩子说，“那怎么睡觉？”

“必须做好准备。”考尔说，“我们一行动就是快速的，靠你们那头骡子和那头驴永远也跟不上我们。”

纽特很可怜这两个人。他们看来还挺和气。年轻的那个拎着一袋豆子。纽特觉得他走之前不能不说说干豆子。“你必须先把豆子泡一泡，”他说，“泡一会儿，豆子就软了。”

队长已经打马离开，纽特不敢久留。

“没水泡豆子。”肖恩说。他饿极了，每逢这种时候他总会绝望。

狄兹最后一个离开。他上马时艾伦·奥布赖恩走了过来。“希望你们别把我们忘了。”他说，“我真怕迷路。”

“队长说了来接你们，我们就会来的。”狄兹说。

“他们没准儿会弄辆篷车来，”肖恩说，“我最喜欢篷车。”

“你最喜欢摇篮。”他哥哥说。

他们一直听着马蹄声，直至那声音消失在茫茫黑夜里。

第11章

奥古斯塔斯很快在边境线营地南边的一个山谷里找到了那群马。考尔准确地预见了马群的位置，却过高地估计了这群马的数量。有几匹马见到骑马人过来便叫了起来，但并不显得有多惊恐。

“兴许是群得克萨斯马呢，”奥古斯塔斯说，“兴许在墨西哥待腻了。”

“我刚到这儿就腻了。”杰克说着，点燃了烟，“我从来就不喜欢上这儿来找这帮辣椒肚子的墨西哥人。”

“其实，杰克，你倒是应当留在这儿安家的。”奥古斯塔斯说，“那位司法官不会跟到这儿的。再说，想想女人。”

“我有了个女人。”杰克说，“孤鸽镇的那位就够我受用一阵子的。”

“她会的，那不假。”奥古斯塔斯说，“那个妞的瘾头比你还大。”

“你怎么知道，古斯？”杰克问，“看你这把年纪，总不至于和她有什么瓜葛吧？”

“琴古曲妙，人老是宝啊。”奥古斯塔斯说，“女人的心永远是猜不透的谜。”

杰克没有搭腔。他刚才把奥古斯塔斯好斗嘴的毛病给忘了。

“你以为所有的女人都愿意让你娶她，给她盖房子，再下五六个崽儿？”奥古斯塔斯说，“可依我看，女人里傻瓜并不多，杰克，只有傻瓜才找你干那些家务活儿。你跳方块舞、步态舞或者去野餐，兴许是块好料，盖房、生孩子可不是你干的行当。”

杰克依然一言不发。他知道一旦奥古斯塔斯来劲了，对付他的最好办法就是沉默。如果让他一个人说，过一阵子就会停下来，而任何回应都将打开他的话匣子。

“这些马可不够一百匹。”过了一会儿，他说，“咱们可能找错马群了。”

“没错，对着呢。”奥古斯塔斯说，“皮德罗才学会不把他的坐骑集中在一个地方呢。这里大概总共有四十匹，不会使伍德罗满意的。其实什么也不能叫他满意。”

他刚说完，便看见三匹马从北边跑了过来。

“不是他们来了，就是我们遭到了攻击。”杰克说。

“是他们。”奥古斯塔斯说，“像你这样逛过蒙大拿的侦察员，该能认出自己人来。”

“古斯，你简直能把牧师气死。”杰克说，“我根本不知道你那些混账马跑起来的声音。”

想方设法使对方显得没什么能耐，是他们的惯技，诸如黑夜看不远、分辨不清自己人的马奔跑时的马蹄声等。

“天哪，你生气了，杰克。”奥古斯塔斯在考尔骑马过来时说。

“就这么多？还是你们过来的时候把它们吓跑了？”他问道。

“这些马像害怕的样子吗？”奥古斯塔斯说。

“妈的，”考尔说，“上次路过这儿时，有二三百匹呢。”

“没准儿皮德罗破产了。”奥古斯塔斯说，“墨西哥人也会破产的，和得克萨斯人一样。你是怎么处理那些墨西哥牧人的？”

“没发现墨西哥人。只找到两个爱尔兰人。”

“爱尔兰人？”奥古斯塔斯问道。

“他们迷路了。”狄兹说。

“奶奶的，我就知道他们是迷路了。”杰克说。

“他们要去加尔维斯顿。”纽特说。他以为这样说可能会把情况介绍得清楚些。

奥古斯塔斯大笑起来。“我看从爱尔兰出发来找加尔维斯顿，迷路并不难。”他说，“可是，把他妈的整个美国都错过了，偏偏找到皮德罗·弗罗斯的牧场上，可得有点儿本事呢。我倒想见见能办出这种事的人。”

“你会见到他们的。”考尔说，“他们没有坐骑——除非把骡子和驴也当作坐骑。我看咱们最好帮帮他们。”

“他们没光着身子就够了不起的。”奥古斯塔斯说，“我还以为土匪早把他们的衣服都偷光了呢。”

“你是数了马呢，还是一直坐在这儿嚼舌根？”考尔冷不防地说。这一夜比预想的复杂得多，而收获比期望的要少。

“我让盘子波吉特数了，”奥古斯塔斯说，“四十匹左右。”

“不够。”考尔说，“你带两匹去接爱尔兰人。”

他取下马鞍上的绳子，递给纽特。

“去提两匹马来。”他说，“这个最好做成套马索。”

这一任务使纽特毫无准备，险些把手里的绳子弄掉了。他从没在黑夜里套过马，不过，这回他非试试不可了。他骑着马朝马群跑过去，心想，那些马肯定会慌忙跑掉。但他运气还好，有七八匹马跑了过来，嗅他骑的那匹马，他轻而易举地捉住了一匹。当他做第二个套马索并把捉到的那匹带给豌豆眼时，盘子波吉特主动骑马跑过去，轻松地套住了一匹。

“套它们干什么，打烙印吗？”他问道。

纽特生气了。他本想一个人完成这项任务，但他见是盘子，也就不再说什么了。

“借给我们找到的人，”他说，“那两个爱尔兰人。”

“啊，”盘子说，“我可不愿意把我的绳子借给爱尔兰人。借给他们，我就得少一根好绳子。”

纽特用自己的绳子换下盘子的那一根，解决了问题。他把马牵到队长那里，队长正在等他。

他这么做的时候，奥古斯塔斯笑了起来。纽特担心自己终于干出了什么不妥当的事，只是想象不出是什么事。

这时，他见他们正在看烙在马左臀上的印记——HIC。

“这说明罪人也能干出圣徒之举来。”奥古斯塔斯说，“咱们在这儿抢一个人的马，同时，又只能将这笔财富归还给另一个被抢掠的人。这可真是少有的正义，不是吗？”

“这一夜算是白干了。真的白干了。”考尔说。

“要是我，就叫那个人付感谢费。”杰克说，“要不是我们，他永远也别想再看见他的这些马。”

考尔一言不发。他们当然不能让马的主人为自己的马付什么钱。

“这没什么，考尔。”奥古斯塔斯说，“咱们从那两个爱尔兰人身上捞回本来。他们也许有当财主的舅舅——银行总裁啦、铁路大王啦，或者别的什么。看到他们的孩子们又活了，就会情愿让咱们入伙的。”

考尔没搭理他。他试图想个什么办法，好让这趟不白跑。他虽然一贯老谋深算，但边境生活早就使他深信不疑，任何计划都有可能被轻易地打乱。事实上，大多数计划都由于不同的原因而不同程度地失败了。作为一名保安队员，他的成功并非因为他的计划万无一失，而是因为他发现问题后能果断地做出反应。

眼下的情况是，他找到了两个身无分文的赶路人和一群前不久被盗来的马。现在离日出还有四个小时，他不甘心放弃带一百匹墨西哥马回去的野心勃勃的计划。如果他果断行事，仍有可能实现。

“好啦，”他说着，迅速思考每个人应该干什么事，“这些马大多是威尔巴杰的。它们这么老实，是因为跑得筋疲力尽了，再说它们也已经见惯了得克萨斯人。”

“我要是能找到一匹快马，就捉住骑回家去。”杰克说，“骑你们给我的这匹老掉牙的马，都快把我颠散了。”

“杰克只习惯羽绒枕头和阿肯色娼姐儿。”奥古斯塔斯说，“只可惜他现在不得不跟咱们这样的老土打交道。”

“你留些话，明天再胡说吧。”考尔说，“皮德罗的马总会在什么地方。罢手之前，我想再找一下。这样一来，咱们就要兵分三路了。”

“把我分到离家最近的那一路。”杰克说，他向来把抱怨当作光荣，“倒霉的墨西哥把我的屁股都颠翻个儿了。”

“可以。”考尔说，“你、狄兹和盘子赶着马群回去。”

他当然想把狄兹留下，但他只相信狄兹能把威尔巴杰的马群带回孤鸽镇去。盘子波吉特虽说是个好手，但还没有考验过，至于杰克，他也许会把自己都丢了。

“古斯，爱尔兰人交给你了。”他说，“他们要是会骑马，你们一定要在河这边追上这一群。可别跟他们留下来打扑克。”

奥古斯塔斯思考了一下。

“这就是你的战略，是吗？”他说，“你、纽特和豌豆眼去干有趣的事，让我们来干杂活儿。”

“怎么这么想呢？我是想让你轻松点儿。”考尔说，“瞧你这副德行，老朽不堪。”

“那么，早饭时见。”奥古斯塔斯说着，从纽特手里接过缰绳，“但愿那两个爱尔兰人别盼着坐车。”

说完，他便策马疾驰而去。其余的人则骑到豌豆眼和盘子那边等着。

“豌豆眼，你跟我去。”考尔说，“还有你——”他看着纽特。尽管这样做会使纽特遇到更多的危险，他还是决定把孩子带在身边，这样他不至于学坏——跟着奥古斯塔斯非学坏不可。

“你们三个的任务是日出前把马群带回镇上。”他补充了一句，“我们要是回不去，你们把威尔巴杰的马还给他。”

“你打算在这儿干什么？留下来结婚吗？”杰克问。

“我还没算计好呢。”他说，“你别为我们操心了。把马带走就是了。”

他说的时候看了看狄兹。他不能正式任命他当两个白人的领导，但想让他明白，把马带回去是他的责任。狄兹没说什么，但当他打马准备领马群离去时，一马当先，好像群首理应是他站的位置。

盘子波吉特骑到马群另一边，让杰克照顾后面。

杰克好像对这一切丝毫不感兴趣，他向来就是这么个人。“考尔，你可真够朋友。”他说，“我回家还不到一天，你就叫我来偷马。”

但他还是跟着马群走了，不久便消失在黑暗里。豌豆眼打着哈欠看着他走远。

“我敢说，杰克还是老样子。”豌豆眼说。

一小时后，他们在北边数公里外的一个狭窄山谷里找到了马群。考尔估算了一下，有一百多匹。这一情况也有难处——马群离弗罗斯的大本营只有一公里多远，而且方向也不好。要想把马带走，或者路过牧场，或者向北过河，那要多走很多路。如果皮德罗·弗罗斯及其手下人真的追过来，天亮之后就能在这里轻而易举地捉住他们。他们连个能躲藏的隐蔽处都没有，而且孤立无援，只有豌豆眼、那个孩子和他自己来对付一支墨西哥牧人队伍。

他既然找到了马群，就绝不肯空手而归。他决定把马群从牧场中带过去，寄希望于那里的人都已酒后酣睡。

“终于找到了，”他说，“把它们带走。”

“好大一群呀。”豌豆眼说，“短时间内咱们用不着再来了。”

“咱们永远不来了。”考尔说，“卖掉一些，其余的跟咱们去蒙大拿。”

生活终于开始了，纽特想。此刻他在边境线以南，正准备把一大群马赶回去。过不了几天，他将沿着赶牲畜的路到一个他闻所未闻的地方去。大多数从孤鸽镇北上的牛仔只不过是去堪萨斯，还以为那已经够远的了。蒙大拿肯定比那里远一倍还多。他想象不出那个地方是什么样子。杰克说那里有野牛和群山，野牛、群山他都没见过，还有雪，这是最难以想象的。他见过土和山包，所以群山是个什么样子，他多少有点儿谱。他还见过报纸上的野牛图片，那报纸是驿车夫偶然留给古斯先生的。

雪嘛，神秘得很。长这么大，他只在孤鸽镇见过走廊上水桶里的薄冰。然而冰不是雪。据说雪能在地上堆积很厚的一层，在雪上走路很费力气。他虽然见过人们乘雪橇在雪上滑行的图片，但仍想象不出在雪里到底感觉如何。

“我看咱们得马上回去。”考尔说，“要是能把他们吵醒，他们早就该醒了。”

他看了看那孩子。“你到左边去，”他说，“豌豆眼在右边，我在最后。倘若出事，我能最先发现。他们如果穷追不舍，咱们总能给他们扔下三四十匹，他们也许就知足了。”

他们把马群拢在一起，静静地向西北方向赶去。他们偶尔挥动一下绳索，赶马前进，尽可能少讲几句话。纽特感到有点儿蹊跷，他一度以为他们是来墨西哥买马的，而不是偷马。他简直不理解，像格兰德河这样一条小泥沟，竟使合法与非法的概念变得如此不同。在得克萨斯那边，偷马是要判绞刑的。许多墨西哥牧人因过河到那边去干他们现在干的勾当而被绞死了。队长一向因对盗马贼从不手软而闻名，他们却在这儿偷了整整一群马。显而易见，到河这边来干这种事，就不是犯罪，而变成围猎了。

纽特的确不认为他们在干坏事——如果是坏事，队长是不会干的。但是他突然想到，也许按照墨西哥的法律，他们这样做也是犯死罪的。这么一想，围猎就不那么对劲了。当初想象来墨西哥会是怎样的情景时，他一直以为最主要的危险准是枪弹，现在他不那么确信无疑了。来这儿的途中他不曾担忧，因为身边有大队人马。

他们动身返回，旁边没有了大队人马，他感觉周围好像一个人也没有了。豌豆眼已经到了山谷那一头，队长在后边，离他一公里远。假如突然冲出一批杀气腾腾的墨西哥牧人，恐怕他都不能马上找到他们俩。即便不马上被抓住，他也很容易迷路，尤其是在被人追赶时。弄清孤鸽镇的方向可太难了。

假如被抓住，那就别盼望得到怜悯，唯一能安慰他的是四周好像没有可以用来把他吊死的树。奥古斯塔斯先生曾讲过一则故事，说因为没有树，人们不得不将一个盗马贼吊死在马厩的大梁上。可是据纽特所知，墨西哥连马厩也没有。只有一件事他了解得最清楚，那就是他害怕了。他心神不安地走了几公里，关于被吊死的新想法一直缠着他。有时，这一想法变得十分强烈，他甚至用一只手去掐自己的脖子，以感受一下不能呼吸的滋味。用手掐的感觉并不那么糟，可他明白，用一根绳子肯定糟糕多了。

他们走了好久，还没有发现墨西哥牧人。马群在月光下走成长长的一条线，轻松地一路小跑着。他们早已越过牧场，夜晚安谧、宁静，纽特稍微放松了些。这种行为队长、豌豆眼和其他人毕竟干过多次了，只不过是一夜的工作，而且马上就要结束了。

纽特一点儿也不累。他的心神安定下来后，便开始想象赶着这么一大群马进孤鸽镇该是何等神气。凡是瞧见他们骑马进镇的人，都会意识到他现在已经是大人了。如果罗丽娜碰巧在那个时候从窗口往外看，她也将这么认为。他、队长和豌豆眼正干着一件非凡的事情。狄兹将以他为傲，连博利瓦也会注意到他。

一路顺风，万事如意，弯月明亮地挂在西天。对纽特来说，这似乎是一年里最长的一夜。他不停地朝东方看，希望在地平线上看到一丝亮光，但地平线仍漆黑如故。

他憧憬着清晨把马群赶过河并穿镇而过，那该有多惬意啊！然而，就在此时，宁静的夜刹那间消失了。他们正走在河南边不远处的平原上，这里长满了矮查帕拉尔树丛。当他们引导马群绕过最密的树丛时，意外发生了。纽特正离开他的位置一小段距离，好让马群绕过灌木丛。就在这时，他身后传来了枪声。他还来不及看看周围，甚至连枪都没摸到，马群就炸了窝，四散狂奔。他看到一半的马从后面冲过来，离他最近的几匹猛然转身，冲进了查帕拉尔树丛。接着，他听到在树丛另一边的豌豆眼的枪响了。他现在全然丧失了思考能力，搞不清到底出了什么事。马群刚开始乱跑时，大部分在他身后，在他前面的马行进的方向仍和他保持一致。可是，转眼间，正当整群马在这片不熟悉的土地上狂奔起来时，他突然发现另一群马潮水般地从右边向他直奔而来。这个新马群从北面绕过查帕拉尔树丛，跑过来与原来的那一群会合。纽特还来不及考虑是怎么回事，就被裹进了马匹的海洋里。两群马会合时，有几匹失蹄倒在地上。像有几百匹马在嘶鸣，在一片混乱声中，他突然听到了吆喝声和咒骂声——墨西哥人的咒骂声。令他大吃一惊的是，有一个人像他一样被夹在马群中间，但既不是队长，也不是豌豆眼。这时他才明白，是两群马跑到一起了。他们的那群是去得克萨斯的，另一群则从得克萨斯来。两群马来自相反的方向，都想绕过同一片灌木丛。

即便明白了也无济于事，因为他身后的马追了上来，都在争着寻找奔跑的空间。他一度想挤到马群外边去，但那里已经有了两个人，拼命地把马群往相反方向赶。他们不是自己人，也控制不了马群。这时他反而感觉在马群中间至少要安全一些。

情况很快便清楚了：他们的马比刚来的这一群多得多，并正在逼这群马汇入。顷刻间，所有的马便都朝西北奔去，纽特仍待在马群中间。一匹阉过的大眼马几乎要把耗子撞倒了。纽特听到左边响了几枪，忙猫了猫腰，心想这几枪准是朝他打的。就在他低头的当儿，耗子跳过了一片相当大的查帕拉尔树丛。纽特因一直盯着枪响的方向，对耗子的这一跳猝不及防，松脱了一只马镫和一根缰绳。他用手扶着马鞍角，才得以留在马背上。在这之后，他便专心致志地骑马，虽然间或仍听得到枪声。他把身体俯在马背上。其实，他实在是过于谨慎，因为马群奔跑扬起的尘土使他在白天也很难看出三米远。他打心眼儿里感激尘土，虽然尘土呛着他了，但能保护他免遭枪击，后一点更重要。

跑出几公里后，马群不再像刚才那样挤在一起了。纽特忽然感觉他必须设法绕出马群，不能让自己像河上漂的牛粪一样，被马群拥着走。但是他不知道这么做的后果会怎样。如果墨西哥人还在那儿，他开不开枪？他不敢把手枪从枪套里抽出来，万一耗子再跃过灌木丛，可能会把枪甩掉。

他一路跑着，设法不从马背上掉下去，并希望他和马群不要突然碰上陡岸或者挤进一条深沟什么的。这时，他听到了一个声响，他深信那是队长的枪声——那支大亨利枪的声音。纽特一共听见了两声枪响，毫无疑问是队长的枪，因为边境一带只有他还在用大亨利枪，别人都换成较轻的枪了。

那枪声说明队长安然无恙。奇怪的是枪声从前边过来，队长却一直是在后边的。他又一想，那些墨西哥人不也在前边吗？队长可能是设法在马群中奔跑时，赶到前头对付那些人去了。

纽特朝身后望去，见东方已泛红，虽只是一条红线，就像有人用红蜡笔在黑暗的大地上抹了一笔似的，但这意味着黑夜即将过去。他不知道他们现在在什么地方，但他们仍控制着大群的马。马群已散开，他慢慢地骑出了马群。虽然东边的天空已呈红色，但大地似乎更黑了。他什么也看不见，只是全神贯注地跟上马群，希望它们在朝正确的方向走着。经过那一阵心惊肉跳，他还活着，也没受伤，他感到有点儿奇怪。他不停地看东方，盼望天快点儿亮，使他能瞭望四周，确认是否安全了，是否可以放松一下。他总觉得手持枪械的墨西哥人就在他身后百米远的地方。

纽特希望队长再开枪。他还从来没有遇到过这种使他如此手足无措的境况。无论他怎么眨眼，看到的只是黑乎乎的大地和白蒙蒙的尘土。太阳很快就会解开这个谜，他将看到什么呢？也许队长和豌豆眼在十六公里之外，而他自己可能正和皮德罗·弗罗斯的牧人一起朝墨西哥走去。

这时，他来到了一片高地，在西北方向看到了一条“银带”，那只能是那条河。淡淡的月亮高悬在河上空，他精神大振。一过河就是得克萨斯了。虽说与墨西哥一样黑，但毕竟到了。看见河的欣慰驱散了他心中的恐惧。他甚至认出了孤鸽镇上游两公里远的那个河湾——老科曼切渡口。不管跟着谁，反正他到家了。

见到这么熟悉、安全的地方，他竟想大哭一场，这真叫他丧气。对他来说，这一夜好像延续了好多天——在这些天里，他无时无刻不在担心，担心会做错事，会因一件事做错而永远无法返回孤鸽镇，或者即使回来了也不光彩。现在这一切都结束了，他就要回家了。这莫大的慰藉如同一股温泉流遍全身，也从他的眼中流了出来。他很高兴天还黑着，要是别人看见他这副样子，会怎么想呢？他迅即用手擦去这快慰的泪水。因脸上尘土太厚，他抹去的仅是潮乎乎的泥土而已。

又过了片刻，马群靠近河边时，天色已从黑暗转为灰白了。东方地平线的红色不再是一条线，而是像抖开的扇子一样向上伸展开去。纽特很快就看清了在第一缕暗灰色的光线中挪动的马群。好大的一群啊！就在他感觉自己已控制住内心洪水般的冲动时，黑暗基本消失了，第一道阳光划过草原，透过飞扬的尘土抚摸着疲惫不堪的马匹。大多数马匹已经慢了下来，小步朝前跑着。前边，考尔队长怀抱着那支大亨利枪，正在岸上等候。母夜叉已被汗水浸透，马群过来时，它高高地抬起了头，并且不安地摆来摆去，甚至还竖起耳朵听了一会儿耗子的动静。

队长和他的马好像一点儿也没有受长夜奔波的影响。见到队长和他的坐骑，纽特太激动了，不得不再次抹掉眼泪，结果把他的脏脸越抹越花。

在河下游的远处，他看见豌豆眼坐在那匹四肢瘦长的棕红马上。他们管那匹马叫沙丁鱼。那几个墨西哥牧人已经无影无踪。纽特有问不完的问题，他想知道他们都做了些什么，他们都到过哪儿，但不知从何问起。他走到队长那里，让耗子离母夜叉远远的，免得被它咬了。见到队长，他什么也没问。如果是古斯先生、狄兹或者豌豆眼，他会把全部问题一股脑儿倒出来。但眼前这位是队长，所以他的问题都原封不动地存了起来。在他有生以来最激动人心、最重要的一夜结束之时，他只简单地说了声“早安”。

“的确是一个令人高兴的早晨，不是吗？”考尔说着，朝这一大群马看去。这群马的数量远远超过一百匹。马群分散在河岸低处，一字排开喝着水。豌豆眼把沙丁鱼骑到河里，水齐马镫深，他不让马群再往南散去。

考尔知道，这是一次百年不遇的好运气，因为正好碰上四个墨西哥盗马贼，他们从得克萨斯偷来的马被带回了大部分。那几个墨西哥人还以为遇上了大部队——倘若不是大部队，怎么会有那么多马？——所以他们无心恋战。但他不得不数次开枪，将企图把马群赶走的墨西哥人吓跑。

至于那孩子，除了脸上脏些，他经历的一切使他得到了一点儿经验，是件好事。

他们默默地一同坐着，太阳已露出半张脸，将四射的光芒洒在绿色的河流和正在饮水的马群身上。有些马躺在浅滩上，在凉泥里打滚儿。当马群开始三三两两登上北岸时，考尔拍了拍胯下的马，便和那孩子向河里骑去。考尔还松开了缰绳，让马喝水。他对自己的这匹马极为满意，就像对这次收获感到满意一样。它步履轻稳如猫，也显不出疲倦。但那孩子的马已经累垮了，一周内难以恢复元气。豌豆眼的那匹棕红马也好不了多少。考尔让母马尽情喝了个够，才收紧缰绳。大部分马匹已经上了北岸，太阳也离开了地平线。

“咱们慢慢往回走吧。”他对孩子说，“但愿威尔巴杰口袋装满了钱。咱们有马卖了。”

第12章

即使威尔巴杰看见这么多马有所触动，他也无所表示。那一小群马已经圈起来了，他和狄兹还有那个叫鸡仔的人正一声不吭地把烙有HIC标记的马分开。盘子波吉特在两个围栏间的出口处，把威尔巴杰的马放过去，对不属于他的马，则挥动绳索赶回原处。到处都没有杰克·斯普恩的影子，也看不见奥古斯塔斯和那两个爱尔兰人。

新来的这群马多得无法入圈。考尔曾有意把一块草地围起来，以备这一天使用，但始终没动手。眼下这一需要倒也并不怎么紧急，马群经过长途奔跑，体力都耗尽了，可以放心让它们休息、吃草，早饭后派那孩子去看管就行了。

威尔巴杰看着这一大群马徐徐而过，停了一下手中的工作，接着又开始分那群快分好了的马。圈马栏处人手已够，纽特无事可干，站在一边观看。豌豆眼已经爬上围栏最顶部的那根横木——他们称那为“包厢”——观看分马。他的棕红马和纽特的耗子刚刚卸了鞍，在离他们几步远的尘土里打滚儿。

考尔还没打算马上让他的马休息。威尔巴杰分完马便走到栏杆这边来。他先注意到的不是队长，而是他的那匹母马。

“早上好。”他说，“讲个价吧。你把我分出来的那三十八匹好马留下，我只要你现在骑的这匹贱货。三十八匹换一匹，这在我的账上可够大方的了。”

“收起你的账吧。”考尔对他出的价无动于衷。

豌豆眼听到他们的谈话，惊得差点儿从围栏上掉下来。

“你打算用所有的马换一个被这匹马咬一口的机会吗？”他问道。他知道人们羡慕队长那匹母马，可万万没想到会羡慕到他连想都不敢想的程度。

盘子波吉特用盘起来的绳子刮着脸上的土，走了过来。

“这就是你最后要说的吗？”威尔巴杰说，“我可是用三十八匹换一匹。这样的机会你这辈子可不是天天都能碰上的。”

盘子哼了一声。他自己也特别喜爱这匹灰色的母马。“简直是用三十八个五分钱的钢镚儿换一枚五十块钱的金币。”他说。他现在正心情不好。他们刚把马圈好，杰克·斯普恩就下马直奔干豆酒吧去了，好像那儿是他的家一样。

威尔巴杰没理睬他。他看着考尔说：“这个公司里的看法还不少呢。要是看法值钱，你们可都成富翁了。”

“我不会换这匹马的。”考尔说，“这可不是什么看法。”

“不错，这更像他妈的事实。”威尔巴杰说，“我生活在马背上，可这辈子还没骑过好马呢。”

“这是我骑的第三匹了。”考尔说。

威尔巴杰点了点头。“那好吧，先生。”他说，“谢谢你按时把马赶到。现在和你打交道的人显然已经知道哪儿有一窝贼了。”

“一大窝。”考尔说。

“好了，咱们走吧，鸡仔。”威尔巴杰说，“不走的话，我们永远也到不了家。”

“其实你可以留下吃早饭。”考尔说，“还有你的两匹马在路上呢。”

“它们在干什么？用三条腿走路吗？”威尔巴杰问。

“在麦克克里先生那儿。”考尔说，“他按他的速度赶路。”

“还要说个不停。”威尔巴杰说，“我看我们不等了。劳驾你留下那两匹吧。”

“我们又弄来了一群好马。”考尔说，“要是不够，欢迎你去看看。”

“不感兴趣。”威尔巴杰说，“你们既不出租猪又不肯换那匹母马，我还是上路吧。”

然后他转身向着盘子波吉特。“想找个工作吗，孩子？”他问，“我看你挺顺眼。”

“我有工作。”盘子说。

“到墨西哥弄马可不是什么工作，”威尔巴杰说，“只能算赌博。你的样子像个牛仔，我这就要赶着三千头牲口上路呢。”

“我们也一样。”考尔说。这个人竟当着他的面雇他手下的人，他感到挺可笑。

“去哪儿？”威尔巴杰问。

“蒙大拿。”考尔说。

“我可不去。”说完，威尔巴杰骑到围栏大门处，把门打开，骑了出去，让鸡仔在后面关门。鸡仔弯腰关门时，帽子掉了。谁也不过去替他捡，他只得被迫下马，显得十分尴尬。威尔巴杰不耐烦地等着他。

“这么说，咱们也许会在路上见面。”他对考尔说，“我不想去蒙大拿。太远了，也太冷了，到处是熊。再说我对印第安人一无所知。也许能打败他们，但是我不能靠也许。到头来没准儿你得把牛送给他们当礼物呢。”

“我们争取不那么干。”考尔说。

威尔巴杰骑马走了，鸡仔跟在那一小群马后边。鸡仔骑过盘子波吉特身边时，盘子真想把鸡仔打下马，再抽上几耳光，以解他对罗丽娜和杰克·斯普恩的怨恨。可是队长正坐在那儿，所以他只是狠狠地瞪了鸡仔一眼，让他走了。

“天哪，我该吃饭了。”豌豆眼说，“我衷心希望古斯没迷路。”

“他要是走丢了，我可不知道谁会做烤饼。”见没有人接他的话茬儿，他又加了一句。

“你随时都可以结婚嘛。”盘子在一旁瞧着，冷冷地说，“会做烤饼的女人有的是。”

这不是豌豆眼第一次听别人向他指出这条真理。“我知道，”他说，“可这并不说明她们有人愿意要我。”

狄兹咯咯地笑了起来。“嘿，寡妇科尔就想要你，”他说，

“她很愿意要你。”他明知寡妇科尔最讨厌豌豆眼。说完，他便朝房子走去。

提到玛丽·科尔，豌豆眼很不自在。在他的一生中，人们不断地向他指出他可以结婚，实际上奥古斯塔斯·麦克克里先生就很喜欢指出这一点。

即便有一段时间没人提这件事，他也会想起女人，而且一想就是几小时，对女人的思念就像一团小虫子一样塞满脑袋。当然，一团小虫子无法与一团墨西哥蚊子相比，同样，想女人也不是那么叫人心烦，然而豌豆眼宁愿不让这种思念钻进脑袋。

他从来就不知道想女人究竟应想些什么，现在仍然不清楚。至于实际行动，他满足于听队长的指令。队长的指令很明了，当他离开他们时，严格限制他们的行动。在过去的年月里，队长总把豌豆眼带在身边，只有一次例外。那次奇怪的例外发生在多年以前，豌豆眼每一两年都会想起一次，通常是在梦中回忆。那天，有人借了斧子没还，他就去酒吧要斧子。取斧子的时候，他听见一个年轻女人在她房里对一个男人痛苦地喊叫着。那女人是妓女玛吉——纽特的母亲，后来杰克·斯普恩对她有着无限的爱慕。豌豆眼找到斧子便往回走，到半路才发觉玛吉是在和队长谈话。她甚至直接称呼他的教名，豌豆眼跟着队长干了这么多年，还从来没有这么称呼过他呢。

队长跟一个妓女在一起，这件事给了豌豆眼沉重的一击，就像在鬼怪堡山扫荡印第安人时他肩胛骨挨的那一枪一样。子弹打中他时，他感到沉闷的一击，继而头脑发麻。而这次他拿了斧子从酒吧回来时，发现队长和玛吉在她的房里谈话，使他产生了同样麻木的感觉。据他所知，人们只知道队长在街上遇到女人时不过偶尔举举帽子而已。

豌豆眼久久不能忘记那次偷听到的简短谈话。在后来的一两个月里，他神经紧张，若有所失，期待着生活会发生什么大的变化，但一切依旧。不久，他们便都去了河的上游，试图消灭在奇瓦瓦[1]外抢掠的土匪。在他看来，队长还是老样子。他们回来时，玛吉已经有了个孩子。不久，杰克·斯普恩搬到她那儿住了一段时间。后来，杰克走了，玛吉死了。一天，奥古斯塔斯到南方去，从一户墨西哥人家里把纽特带了回来——他是在玛吉去世时被他们领走的。

他虽然愿意跟着队长和奥古斯塔斯干他每天的活计，但他发觉关于女人的问题并没有完全消失。总是让狄兹咯咯发笑的结婚问题便是经常出现的问题之一，奥古斯塔斯则是使这一问题经常出现的主要原因。他曾两次结婚，并且只要能找到妓女，他准去找。结婚是奥古斯塔斯的热门话题。每当他谈起来，队长便拿起枪去散步，而到了这个时候，豌豆眼则舒舒坦坦地待在走廊上，加上醉酒，有点儿困意。所以只有他才是奥古斯塔斯的看法的全部"受益者"。奥古斯塔斯的看法之一便是：豌豆眼没能和寡妇科尔结婚，实在是白白地活在世界上。

豌豆眼其实只与玛丽·科尔谈过五六次话，而且大部分是在她还是乔希·科尔的妻子的时候。可在奥古斯塔斯这样的旁观者，甚至还有狄兹这样的旁观者看来，这一事实说明不了什

1. 墨西哥北部边境州，位于墨西哥西北内陆，北靠美国新墨西哥州和得克萨斯州。——编注

么。他们俩都认为，玛丽视他为乔希的合适继承人是理所当然的事情，理由是玛丽是个不寻常的高个子女人，但还是不如豌豆眼高。她比乔希足足高出三十厘米。乔希是个温顺的人，一次，他去酸菜沟买奶牛，突然遇上暴风雨，一个霹雳下来，把他和奶牛一块儿烧了——奶牛虽只烧焦了皮毛，但至今产奶还受影响。奥古斯塔斯认为，玛丽·科尔守寡至今，是因为豌豆眼没有勇气前去求婚。

“要知道，乔希是个小矬子。”奥古斯塔斯不断地说，“那个女人需要个高个子。要是她身边有个够得着厨柜顶层的男人，那才是她的福气呢。”

豌豆眼还从来不曾想过身高在结婚这类事上会起什么作用。经过几个月的反复思考，他忽然想起，奥古斯塔斯个子也很高，而且还受过教育。

“嘿，你个子也高啊。”一天晚上，他说，“你自己可以跟她结婚。你们俩都识字。”

他知道玛丽识字是因为有一两次他在教堂里见到牧师让她读《诗篇》。她的声音不同于一般女人，有些低沉，而且听起来有那么股劲儿。有一两次她的声音使豌豆眼觉得古怪，听起来总感觉有人在轻轻搔他的后脖颈。

奥古斯塔斯断然否认他适合做玛丽·科尔的丈夫这件事。“什么？不行，豌豆眼，根本不可能。”他说，“我已经受了两次婚姻的折磨。一个寡妇要的是没结过婚的。所有的女人都一样，不管是不是寡妇。如果一个男人有了经验，肯定是从别的女人那里学来的，这么一来事情就不好办了。像玛丽这样的女人也许认为，只需要十来天就能教会你今后所需要的一切经验。”

对豌豆眼来说，这简直是个不解之谜。他根本记不清这个问题最初是怎么提出来的，因为他从没说过一句他想结婚的话。结婚意味着他得离开队长——不管还意味着别的什么——而他根本没有离开队长的打算。虽说玛丽住得并不远，但队长一向喜欢他的人都在他身边，以应付突然发生的情况，他无法知道队长对他试图结婚有何想法。一天，他对奥古斯塔斯指出，他并不是孤鸽镇唯一的人选。夏威尔·万茨可以算是合适的人选，更不用说大嘴唇了。不少从这儿经过的过路人一定也没结过婚。当他提出这一观点时，奥古斯塔斯只当作耳边风。

有些夜晚，他躺在走廊上，感觉自己想这类事情再蠢不过了，但他还是要想。他这辈子都是在男人中间度过的，执勤保卫或干活儿都是如此，想不起成人后什么时候曾单独和一个女人在一起待过十分钟。他对奥古斯塔斯的猪比对玛丽·科尔更熟悉，和猪待在一起也更自在。明智的做法是不去理睬奥古斯塔斯和狄兹，思考对白天的工作有益的事，比如如何不让那只旧皮靴把左脚大脚趾磨出泡来。七年前，一头军用骡子踩了他的左脚大脚趾，后来那根脚趾就长歪了，恰好被靴子磨出了个泡。解决问题的唯一办法是在靴子上挖个窟窿。不下雨时，这个办法行之有效，但下雨或天冷时就不那么有利了。奥古斯塔斯曾建议把那根脚趾弄断，再重新接上，但豌豆眼对此还没有憎恶到那种程度。在他看来，疼痛的脚趾给他生活带来的影响，要大于一个他极少与之谈话的女人所造成的影响。对此，人们有目共睹，可是他内心不这么看。有些晚上，他因过于劳累而不愿为那根脚趾担心，这时，寡妇科尔就会突然浮现在他意识表面，像一只乌龟浮到水池表面一样。每当这种时候，他就佯装已经睡着。如果不这样做，让奥古斯塔斯看出他在想玛丽和她那令人发痒的声音，肯定会讥笑他。奥古斯塔斯诡计多端，简直能看透一个人的心。

比她读《诗篇》更使他难以忘怀的是另一件往事。一天，他路过她的房子，一场小雷雨即将来临，弄得鸡飞狗跳，团团杂草被吹得在街中心乱滚。玛丽晾了一绳衣物，她正往后院走去，打算在雨落之前把东西收回去。但雷雨使她措手不及。豆大的雨点儿拍打在尘土上，越来越强的风刮得绳上的床单啪啪直响，如同打枪一样。豌豆眼生来是干活儿的命，现在玛丽收床单显然遇到了麻烦，他马上过去帮忙。

但是雷雨对他们来说都太突然，他还没来得及到跟前，大雨就倾盆而下，灰白色的尘土顷刻间成了黄泥浆。多数女人在这种时刻会立即跑回屋去，只当床单白洗了，但玛丽没跑。她的裙子湿透了，贴在腿上，可她仍在拼命收一条床单。这时，她收下的两三件衣服又让风刮走了，飞到已经像个浅水湖的院子里。豌豆眼连忙过去拾回衣服，然后帮玛丽把湿床单从绳子上摘下来。她这么干纯粹是出于倔强，因为云层西边已露出了明亮的太阳，用不了几分钟，太阳便会出来把床单晒干。

奥古斯塔斯时常谈论女人的癖好——她们极易丧失理性。这次豌豆眼亲自体验了女人的这种癖好。玛丽浑身上下湿了个透，飘动的床单打掉了她头上的一个发卡，她的头发散开了。晒的东西就像她刚洗好时一样湿，但她不肯作罢。她现在把衣物从绳上收下来，过不了十五分钟就又要搭上去。豌豆眼也忙前忙后，好像他这样做能起什么作用似的。他抓稳晒衣绳时，猛然发现他拾回的衣服是她的打底裤——一条白色女灯笼裤，就像她现在穿在裙子里面，湿得紧贴在腿上的那条一样。这一发现简直像晴天霹雳，绝不亚于劈死乔希·科尔的那个炸雷。豌豆眼大吃一惊，差点儿把打底裤掉进泥水里。她肯定会想，他好大胆，竟然捡她的打底裤。然而她执意要收床单，他只好窘迫、麻木地站在那里。幸亏老天有眼，大雨很快就在他的帽檐形成了一道水帘，使他得以躲在水帘后面，直至痛苦的考验结束。雨水从他的帽檐往下流时，他只能隐隐约约地看见眼前的一切——他无法判断玛丽对他粗心大意的帮助有多惊讶。

他没料到，什么可怕的事也没发生。玛丽终于将床单收了下来，从他手中坦然地接过打底裤，就像接过手帕或餐巾什么的一样。更使他惊奇的是，她好像对他这副模样饶有兴趣。他站在那儿，雨水从帽檐往下淌，恰巧浇到他的鼻子上。

“豌豆眼，真不简单，你还知道把嘴闭上。”她说，“你现在要是张着嘴，没准儿会淹死。谢谢你帮忙。”

她是个心直口快的女人，叫别人名字时喜欢直来直去。大家都知道她讲话吹毛求疵，但饶有风趣。

“应该感谢上帝给咱们洗了个澡。”她说，“我个人倒不需要洗，但不能不说这帮了你的忙。你洗干净后并不像我想象的那么难看。”

她回到门廊时雨已经变小了，阳光透过闪烁的雨滴形成许多道小彩虹。豌豆眼回家时，帽子上的水滴得慢多了。他没向任何人透露这件事。他知道，一旦透露出去，他将遭到无情的嘲讽。

但他牢记这次经历。当他半醉半醒地躺在走廊里，这件事便在心中突然浮现。记忆中的事情混杂在一块儿，有些事他甚至不知道当时是怎么注意到的，比如玛丽那湿皮肤的气味。他并没有要闻她气味的打算，连试都不曾试过，但是事情发生的当晚，他记起的第一件事便是玛丽的气味。这气味和他闻过的任何湿东西的气味都不同。他找不到恰当的词来形容玛丽的气味如何不同，也许只能说，作为一个女人，玛丽身上的气味比他接触过的任何活的湿东西都清爽些。这阵雷雨过去了一年多，玛丽的气味仍是他对此事记忆的一部分。他还记得她看上去像是从紧身胸衣的上下两头膨胀出来的。

但是他并非每天晚上都想着玛丽，更多的时候他是在推敲婚姻的一般概念。最令他困惑的是，婚姻要求男人和女人住在一起。他时常琢磨，晚上单独和一个女人住在同一间屋子里，或者与一个女人共同吃早餐和晚饭是怎么一回事。女人喜欢谈什么？喜欢什么样的行为？这可使他发了愁，他连猜都猜不出。有一段时间，他想他可以告诉玛丽，他愿意和她结婚。但他自惭形秽，觉得与她同居一室不够格。如果他把话挑明了，她也许会采取开明的态度，允许他回街那头，与他的伙伴们住在一起，因为他已习惯如此。自然，他将安排好，当她需要他干家务活儿时，他会随叫随到。除此以外，生活方式仍将照旧。

他甚至打算把这一计划告诉奥古斯塔斯——他比其他人都更了解结婚的事——可是每当他要提起时，不是瞌睡在先，就是最后一秒钟决定缄口不语。假如这一计划在行家眼里也显得荒唐，豌豆眼将不知该想些什么好了，再说，奥古斯塔斯也绝不会放过讥笑他的机会。

他们零散地坐在饭桌周围，吃着博利瓦准备的油腻的早饭。这时，他们听到院子里有马蹄声。紧接着，奥古斯塔斯骑过来，下了马，两个爱尔兰人在他身后几米远的地方。这两个爱尔兰人非但没有骑裸背马，反而坐在银光闪闪的墨西哥马鞍上，还赶着十来匹瘦骨嶙峋的马。他们来到走廊时仍坐在马上，看样子不太高兴。

盘子波吉特始终不信墨西哥会有爱尔兰人，他从后廊走出来见到这两个人时，立刻笑了起来。

纽特有些可怜这两个人，但他也承认他们的样子实在可笑。墨西哥马鞍显然是腿长的人用的。这两个人的脚无论如何也够不着马镫。即使能够着，这两个爱尔兰人也无意下马。

奥古斯塔斯从困倦的马背上猛地取下马鞍，给它松了马具，放它吃草去了。

“下来吧，孩子们。”他对爱尔兰人说，“现在你们安全了——只要别吃这儿的饭。我们管这儿就叫家。”

艾伦·奥布赖恩双手紧握马鞍角。最后两小时，他一直紧紧地攥着马鞍角，连能不能松手都不清楚。他忧心忡忡地朝下看着。

“我就没想过马到底比骡子高多少。”他说，“看来且够不着地呢。”

盘子觉得他的话简直可笑到极点。一个成人竟不会下马，他从未想过居然会有这样的事。这两个人被困在马背上，四条短腿吊在马肚子两旁，这一景象太有趣了，盘子笑得直不起腰来。

“天哪，我看咱们非得好好教教他们不可了。”他喘过气来，说道。

奥古斯塔斯也被这两个爱尔兰人无知的举动逗乐了。“喂，伙计，只要翻个身，往下跳就行了。”他说。

艾伦·奥布赖恩照着奥古斯塔斯说的做，没费什么劲便下来了，但肖恩翻过身，不愿往下跳。他在马鞍角上吊了几秒钟，那匹马不知是怎么回事，前腿离地，试图跃起。但它太瘦、太疲劳了，没能跃起多高，肖恩可实实在在被颠了一下。这场面把考尔都逗笑了。艾伦·奥布赖恩一安全落地，马上松了口气，并加入了笑他的行列。肖恩终于掉下来了，站在那里直瞪他哥哥。

“怎么没见杰克？——当然啦。”奥古斯塔斯说着，拿过一勺水，咕噜咕噜地漱口，清洗一下喉咙，把水吐到地上，然后把水勺递给艾伦·奥布赖恩。他依样画葫芦地漱了口，也把水吐到地上，心想，这一定是他刚来到的这个新国度的一种习俗。

“看来你倒是不慌不忙的。”考尔说，“我可正要带个殡仪队返回去呢。”

“算了吧。”奥古斯塔斯说，“带这两个孩子回来的活儿太轻松了，所以我转到萨维纳斯，在一家妓院歇了歇脚。”

“这就知道马鞍是怎么来的了。”考尔说。

“对了，还有这些马呢。”奥古斯塔斯说，“我们到那儿的时候，土匪们都醉了。这两个孩子骑着裸背马没办法走快，所以我们自己找了几副马鞍和几匹最好的马。”

“这些马值不了几个钱。”盘子看着奥古斯塔斯带回来的那些马说。

“我要不是饿了，非和你争到底。”奥古斯塔斯说，“好好调整一下，一两个星期就值大钱了。”

肖恩无法掩饰他对美国的失望情绪。

“要是这里是美国，雪在哪儿呢？”他冷不丁地问道。他对这个新国度的印象受一份旧杂志上的图片的强烈影响，那张图片是波士顿港冬景，画面中大雪覆盖了一切。而他来到的这个炎热的后院，与他所期望的大相径庭。这里没有桅杆高高的船只，只有一间低矮的砖坯房，角落里那间小棚下面堆着七零八碎、破破烂烂的马具。更糟的是，哪儿也见不到一点儿绿。丛林是灰色的，还带着刺，连一棵树也没有。

“没有雪，孩子，你已经错过了有雪的地方。”奥古斯塔斯说，“我们这儿只有沙子。”

考尔开始不耐烦了。这一夜比他期望的要成功得多。他们可以把好马留下，卖掉其余的，得来的钱足够雇一班人，备一辆车北上。下一步他们该干的便是弄牛和给它们打上烙印。如果每个人都能像他们该干的那样工作，一切准备工作可在三周内就绪，四月一日便可启程——考虑到要走的路途，动身日期并不算早。难的是让每个人都全力以赴。杰克已经找妓女去了，奥古斯塔斯还没吃早饭。

“你们吃饭去。”考尔对两个爱尔兰人说。既然救了他们，管饭就不在话下了。

艾伦·奥布赖恩沮丧地望着构成孤鸽镇的那几栋房子。“那就是整个镇子吗？”他问。

“是的，比看上去还糟。”奥古斯塔斯说。

肖恩·奥布赖恩哭了起来，弄得大家都很尴尬。这一夜太紧张了，他没料到还能活下来。在马上，他一路都在想，他准会摔下马变成瘫子。因为他的表弟就是在给一间小房子刷屋顶时掉下来而瘫痪至今的。在他看来，他骑的那匹马至少跟那间小房子一样高，所以他完全有理由担心。他在船上度过了很长时间，越来越想家，想念他离开的那片绿油油的大地。在韦拉克鲁斯[1]上岸时，他还不那么失望，因为那是墨西哥，不曾有人对他说过墨西哥是绿色的。

但是，现在他在美国，而他见到的一切只是尘土和带刺的矮树丛，几乎没有草。他本期望这里气候凉爽，能在带着露珠的绿草地上躺下来美美地睡一觉，但这个闷热的简陋院子无情地使他的希望成了泡影，加上他是个爱哭鼻子的孩子，只要想到什么不高兴的事，眼泪就会流出来。

肖恩的眼泪使他哥哥艾伦大为尴尬。艾伦径直走进屋里，坐到饭桌旁。既然已经请他们去吃饭了，如果肖恩愿意站在院子里哭，就随他去吧。

盘子的结论是，这个年轻的爱尔兰人可能有些傻颠颠的，只有颠傻的人才会当着这么多大人的面哭鼻子。

为了使这一天过得愉快些，奥古斯塔斯走过去拉着肖恩的胳膊。他慈祥地跟他说话，领他进了屋。“咱们吃饭去，孩子。”他说，“吃了饭就不这么难看了。”

“可是草在哪儿呢？”肖恩边吸鼻涕边说。

1. 位于墨西哥湾西南侧，是墨西哥东岸最大的港口，素有墨西哥“东方门户”之美称。——编注盘子波吉特乐得又是喊又是叫。“我看他是想吃草了吧。”他说。

“不，盘子，”奥古斯塔斯说，“他是在绿草遍地的地方长大的，不像你，长在沙漠里。”

“我是在马塔戈达长大的，”盘子说，“那儿的草齐膝深。”

“古斯，咱们有必要谈谈。”考尔说。

奥古斯塔斯已经把那孩子带进了屋子，考尔不得不跟了进去。博利瓦目瞪口呆地看着爱尔兰人狼吞虎咽，大嚼腌肉和豆子。他们的样子也使他震惊，甚至让他拎起他那支放在炉旁的长枪，横放在腿上。这是一支老掉牙的生锈猎枪。他总喜欢把它放在手边，以防不测。

“但愿你不打算在这儿开枪。”奥古斯塔斯说，“一枪就能打倒整堵墙，更别说我们了。”

“我没开枪啊！”博利瓦没好气地说。他给自己留有余地。

考尔等着奥古斯塔斯把盘子盛满，在准备好吃的东西之前，他是没有心思顾及其他的。年轻的爱尔兰人不再哭了，吃起豆子来比奥古斯塔斯还快——刚才的种种表现可能是饿了的缘故。

“我去试试看能不能雇几个人来。”考尔说，“你最好今天下午就把马赶走。”

“往哪儿赶？”奥古斯塔斯问。

“往河上游，想赶多远赶多远。”考尔说。

“这两个爱尔兰人有副好嗓子。”奥古斯塔斯说，“可惜没有两对他们这样的人，要不咱们可以来个男声四重唱了。”

“我去雇人时，你要把马丢了就太可惜了。”考尔向他指出。

“你是说让我在野地里睡几个晚上，仅仅为了不让皮德罗把马再偷回去吗？”奥古斯塔斯问，“我早就不再睡野外了。”

“去蒙大拿的路上怎么办？”考尔反问道，“我们总不能把房子带上吧，再说一路上也没那么多旅馆。”

“我并没打算去蒙大拿。”奥古斯塔斯说，“那是你的计划。我愿意去的话就去，要么你改变主意。我知道你从来没有改变过主意，但什么事都有头一回。”

“你跟树桩子吵去吧。”考尔说，“看好马就得了。咱们也许不会再有这么好的运气了。”

考尔觉得不必再浪费时间。假如奥古斯塔斯不打算认真，再说什么也无济于事。

“杰克没回来吗？”奥古斯塔斯问。

“他的马在这儿呢，”考尔说，“我想他和马一块儿回来了。你认为咱们启程后他会干活儿吗？”

“他当然不会干，我也不会。”奥古斯塔斯说，“你最好雇这两个爱尔兰人，这是个机会。”

“我们就是要找活儿干。”艾伦说，“我们要是不会，愿意跟着学。”

考尔未置可否。连上下马都不会的人，在牧场里是不会有什么用的。

“你去哪儿雇人？”奥古斯塔斯问。

“可能去瑞尼家。”考尔说，“他家那么多男孩子，肯定会来几个的。”

“有一阵子我对莫德·瑞尼十分倾心。”奥古斯塔斯说着，把椅子往后稍稍仰起，“要不是科曼切人老来骚扰，我想没准儿娶了她呢。结婚前她姓格鲁夫。她生孩子就像母鸡下蛋一样，不是吗？”

考尔离开了，免得他一说就是一整天。狄兹正在后廊上抢时间睡觉，考尔一出去，他便坐了起来。盘子波吉特和纽特在用绳子套一丛小树——盘子在教纽特学点儿套马技术。这倒不错，在帽子溪的一伙人里，没人比盘子更有资格教人套马。考尔自己在紧急情况下能套，豌豆眼也还行，但他们俩谁也不是一流套马手。

“好好练，孩子们。”他说，“咱们一有了牛，就得经常用套索了。”

说完，他牵过来一匹栗色马，这是他的二等好马，人们叫它日出。他跨上马背，直奔东北丛林地带而去。

第13章

什么事情都不再能引起罗丽娜的好奇心，更别说男人了。但杰克·斯普恩进来时出现了意外——他还没开口说话，罗丽娜已感到十分诧异，部分原因是，杰克好像从见到她那一刻就很熟悉她。

她一直坐在一张桌子旁边，等待盘子波吉特从什么地方再借两块钱来。这种等待不可能给她带来任何兴趣。显然，盘子期望得到的与他那两块钱能买到的截然不同，这也是为什么在一般情况下，较之年轻人，她更喜欢年纪大些的男人的缘故。年纪大些的男人容易满足于花钱买到的东西，而年轻人几乎总是对她产生爱情，而且希望爱能结出蜜果。正因如此，她几乎从不与年轻人说话。她想，她的话越少，他们期望的也就越少。他们当然继续抱着希望，但她至少可以节省许多话语。她知道，只要盘子波吉特付得起钱，就会来纠缠不休。一听到走廊上传来靴子踏地声和马刺撞击声，她就猜想，准是他第二次来找她了。

然而，进来的是杰克。大嘴唇欢叫一声，夏威尔激动得从柜台后面走出来与杰克握手。杰克彬彬有礼，见到他们显得很高兴，不厌其烦地询问他们的健康状况，还开了几句玩笑。在他喝夏威尔白送他的酒之前，她就觉察出这个人与众不同。他有一双土棕色的大眼睛，整齐的小胡子在嘴角处向下弯着。当然，她以前也见过大眼睛和小胡子，不同的是杰克在见到她坐在那里之后，仍如此潇洒自如，无拘无束。大多数男人一见她就紧张，或许是由于他们深知妻子不喜欢他们和她待在一间屋子里；或许是他们想到了将从她那里得到的东西，而要得到它，又不得不经历令人为难的某种方式，而这种方式几乎没有人能应付自如。

杰克却一点儿也不紧张。在与她说话之前，他已对她轻松地微笑过几次——不是汀克斯利那种自负的笑。汀克斯利的笑明明白白地表示，她理应对他感恩戴德，他让她怎样她就得怎样。她的确为他将她从莫斯比的烟盆子那里带走而感激过他，可是离开那里一段时间之后，她便开始讨厌汀克斯利的笑了。

罗丽娜有那么一会儿感到莫名其妙。她并没有不理睬来干豆酒吧的男人们。不理睬也无用。他们中的大多数都对她无害，最糟糕的只是难得冲动——他们不如沙蚤，不过比臭虫要强些。然而，毫无疑问，卑鄙的男人是有的，他们显然要对女人使坏，所以最好能识破这些人，并采取预防措施。至于一般男人，那也没有必要信赖，因为她已不再期望从他们中的任何人那里得到任何东西。她不反对偶尔坐下来玩玩牌，甚至很欣赏玩牌，因为玩牌挣钱比起其他方法要简单、有趣得多。她所期待的也只是偶尔痛痛快快地玩一会儿牌罢了。

杰克·斯普恩使她的思想发生了突变。在他拿着酒瓶来到她的桌子之前，她就在盼望他能坐到她这儿来。倘若他拿着酒瓶独自一人坐下，她将会很失望。当然，他没那样做。他坐下来问她是否想喝点儿什么，并友好、轻松地直视她的脸。

“天哪，”他说，“我可没想到能在这里见到像你这样的人。我在这一带住的时候可没见过你这么漂亮的。要是在旧金山，我也许不会这么大惊小怪，我看那儿才是你该待的地方。”

一个男人刚进来，这么快就能悟出这一点，对罗丽娜来说简直是奇迹。去年她就开始怀疑自己是否有能力到旧金山去，也开始怀疑旧金山是否真像她想象的那么凉爽、舒适。可即使这样，她仍不愿放弃原来的想法，因为除此之外，她再没有别的想法了。这样想也许是很蠢的，但是她唯一的希望。

现在，杰克来了，直截了当，一言中的。下午尚未过完，她已将戒心与沉默置之一旁，对杰克谈起了自己。她还从来没有对任何人谈过这么多。大嘴唇和夏威尔默默地在远处听着，惊讶不已。杰克很少说话，只是间或轻轻拍一下她的手，她的杯子空了，就给她满上。他偶尔说声“天哪”或者“那个狗杂种，我非要找到他，把他打死不可”，更多的时候他只是自信地坐在那里，友好地看着她，帽子扣在后脑勺上。

她讲完自己的经历之后，杰克说他在阿肯色的史密斯堡杀了一个牙医，正遭通缉，但他有逃脱法网的希望，如果他办到了，他肯定将满足她去旧金山的欲望——她本该属于那里。他的这番话给罗丽娜留下了深刻的印象。他的声音偶尔显得悲怆，似乎是说，死亡将使他无法送她去旧金山，因而他很痛苦。他的话让人听起来像是他正等待死亡，而且为时不远。

杰克的这番谈话使罗丽娜不寒而栗，她觉得她要为救他的性命贡献一份力量。过去，她已经习惯了男人们向她表示他们是多么地需要她，但他们只是想和她同床，或者想让她当他们的女伴，一起过上一两天或一两个星期而已。但是杰克没有提任何类似的要求。他只是让她知道，他感到末日将临，可能无法实现他的全部愿望。罗丽娜想帮助他。她对这一想法感到吃惊，但这种感情如此强烈，使她无法否认。她对此不能理解，但深感它的存在。她知道她内心有股力量，但她在实际生活中将这股力量全部用在了自己身上。男人们总期望她奉献给他们一点儿，但她向来都不肯。现在她正急切地开始奉献给杰克。杰克是个很奇特的人。他从不请求帮助，却知道如何欣然接受帮助。

她建议他们到楼上去，主要是因为她讨厌大嘴唇和夏威尔听他们讲的这些事。上楼时，她发现杰克的一只脚走起来有点儿异样。原来，早几年一匹马把他的一只脚腕压折了，他若骑马走远路，脚腕就会肿胀，像现在这样。她帮他脱下那只靴子，打来热水，在水里放了些泻盐。他泡了一会儿脚，笑了起来，好像他刚想起了什么有趣的事。

“你瞧，这里如果有个澡盆，我就能洗个澡，把胡子也修一修。”他说。

后廊上放着个澡盆，能盛六七桶水。罗丽娜用的时候就拿到楼上来。夏威尔用它的次数比她多。他能忍受顾客身上的脏污，但不能忍受自己身上的脏污。大嘴唇呢，尽人皆知，连想都没想过要洗澡。

杰克的一只靴子已经脱了下来，所以罗丽娜说她去拿澡盆。但杰克不让。他把另一只靴子也脱掉，一瘸一拐地到楼下去拿澡盆。他贿赂大嘴唇给他烧水。因为不得不用做饭的炉子烧水，所以费了些时间。

“我说，杰克，你可以花一角钱在墨西哥人的理发店洗个澡。”大嘴唇告诉他。

“就算你说对了，可我更喜欢在这个店里洗有伴儿的澡。”杰克说。

罗丽娜想，到目前为止，杰克一直对她很有礼貌，所以他洗澡时也许会叫她出去，但他好像丝毫没有这个意思。他闩上她的房门，这样大嘴唇就不能突然闯进来看到与他不相干的事了。

“大嘴唇爱看女人洗澡。”杰克说。其实对罗丽娜来说，这不是什么新闻。

“这个盆大一些就好了，”杰克说，“那咱们就可以一起洗了。”

罗丽娜从来没听说过这种事。杰克这么坦然地脱了衣服洗澡，是她始料不及的。和其他非职业赌徒一样，他的脸、脖子和手臂都晒黑了，其他部位却异常白皙。她的大多数顾客都是黑到脖颈处，以下部位是白的。多数人不亮出他们的身体，尽管他们是为满足身体需要而来。有的甚至连皮带都不愿解。罗丽娜常让他们等着她脱衣服——不这样的话，就会穿什么脏什么。另外，她喜欢当着男人的面脱衣服，因为这样会把他们吓住。有些人吓得不行了，但照样慷慨地付给她钱，然后向她道歉，并找个理由离开。他们进来时想着如何设法让她脱去衣服，而她如实做了时，往往会产生相反的效果。

奥古斯塔斯当然是个例外。他喜欢她赤身裸体，也喜欢她穿着衣服。看见一具躯体就会使他想起其他那些躯体，他就坐在床上边搔痒边谈论女人的各个方面，比如各种类型的乳房。在这方面他可是有话可说。

杰克·斯普恩不如奥古斯塔斯爱说话，但同样放肆。他美滋滋地在澡盆里一直坐到水变凉。他甚至还问她能不能给他理发。她倒不在乎试试看，但很快就发现剪糟了——她把他又弯曲又黑的头发剪下了一小撮——于是赶紧停了下来。

他刚把身上擦干就把她往床边带。还没到床跟前，他停了下来，好像要给她钱。罗丽娜曾怀疑他会不会给钱。他一停下，她马上转过身去，让他替她解背上长长的一排衣扣。她有点儿不耐烦，并非因为他的这一举动，而是因为杰克抢先一步动了手，并且认为对她负有责任。她从没想过会这样要求一个男人，但在过去的一小时里她改变了看法，或者说她改变看法是因为稍有醉意，不过她并不讨厌这一改变。她对杰克能把她带出孤鸽镇抱有信心，同时她不希望他们之间有金钱往来，或者有任何会导致他离开她的事发生。

杰克立刻上前帮她解扣子。她显然不是他帮着解扣子的第一个女人，因为他连如何把脖子那里的衣钩解开都知道，而她的大部分顾客对这个衣钩一无所知。

他把她的衣服脱下来，相当挑剔地说："这件衣服你穿的时间不短了吧？"

杰克这样说，又是她没有料到的。还没有人评论过她的衣服呢，不论是褒是贬——连汀克斯利都没有。杰克手里的这件衣服还是用汀克斯利给的钱买的。这是条便宜的棉布裙子，领子磨损严重。让一个男人注意到磨损的地方，罗丽娜感到有些丢脸。她不止一次想做一两件新衣服——在孤鸽镇只能自己做——但她不善于做针线活儿，所以至今还穿着这件在圣安东尼奥买的衣服。

她到这里来的几个月中，有好几个男人愿意带她去圣安东尼奥，并给她买衣服，她都拒绝了。一则圣安东尼奥的方向不对头，二则她对那些男人一个也不中意，更何况她并不怎么需要新衣服，穿着旧衣服吸引的顾客已经够多了。

虽然杰克的评论很温和，仍使罗丽娜感到有些困惑。她意识到他是个极挑剔的人，她再也无法掩盖自己的懒惰了。一个男人面前站着一个几乎赤裸的女人时，他还会注意到她衣服磨损的地方，罗丽娜觉得这种男人非同一般——他很快就会注意到其他事情，甚至是比破衣服更严重的事。她泄气了，希望也消失了。动身去旧金山的时刻到来时，他可能不愿意带上个穿着如此破旧的衣服的女人，他实在没有必要找这个麻烦。他闯进她生活这一突然的惊喜也许照样会消散而去。

然而，她的信心只消失了一瞬间。杰克把那条连衣裙放在一边，看着她将内衣脱掉。等她躺下，他极其从容地坐在了她旁边。

“嘿，罗丽娜，你真美。”他说，“我回来时可没想到有这么幸运。你美得像朵花。”

两人交谈时，她注意到他有一双女人般的手，手指纤细，指甲干净。汀克斯利的指甲也干净，但杰克不像汀克斯利那么傲慢。同时，杰克给她的印象是他有的是时间。多数男人总是迫不及待，而杰克只坐在床边冲着她微笑。他的笑使她恢复了信心。多数男人在一定的时刻就把视线移开了，而杰克一直看着她的眼睛，看的时间那么长，把她都看羞了。她感到自己比以往任何时候都更加赤身裸体。他弯下身吻她时，她躲开了。她不喜欢吻，但杰克对此只是咧嘴一笑，好像她的羞涩挺可笑似的。他的呼吸如同他的手一样干净。很多酸臭的呼吸曾熏染过她的头发，冲击过她的鼻孔，但杰克的呼吸既不酸也不臭，带着柏树的清香。

云雨结束，杰克睡了一觉。她不但不起来穿衣服，反而与他躺在一起，想着心事。她想到了旧金山，一想到旧金山她就觉得什么事情都愿意干。

杰克醒来后，咧嘴笑着瞅她，热乎乎的手又开始忙个不停。

罗丽娜想问问为什么他的嘴闻起来有柏树味，可又不知道该不该问，因为他刚回到镇上。后来她还是问了。她听到自己的声音在问这个问题，大吃一惊。

“啊，我路过一片柏树林的时候，折了几枝当牙签。”杰克说，“没有什么比柏树更能清洁呼吸的了，除非用薄荷，可这一带不长薄荷。”

他再次吻了她，似乎要将他那带香味的呼吸当作礼物送给她。在吻她的间隙，他给她讲旧金山的事，还告诉她去旧金山的最好路线。

他终于起来伸了伸懒腰，并建议到楼下去。这时，罗丽娜感受到了多年不曾有过的快乐。夏威尔和大嘴唇已习惯了她长期以来的愠怒，这时他们简直不知道该想些什么才好。连恰在此时走进酒吧的盘子波吉特也感到莫名其妙。盘子坐下来，人们还没注意到，他就喝下去一瓶威士忌。不久他便唱起歌来，别人都大笑不已。罗丽娜的笑声和大嘴唇的一样大，大嘴唇高兴起来，嘴唇就像一面大旗一样来回飘动。

直到杰克要与考尔队长一起往南边去时，罗丽娜才不耐烦起来。她希望杰克回来。与他在一起的时光是那么轻松愉快，如同梦境一般，她想再次进入这一梦境。

当天晚上，有个名叫杰斯帕·范特的瘦骨嶙峋的牛仔从河那边来找罗丽娜，她一句话也不说，只是用眼睛死死地瞪着他，直到他尴尬地离去。她只要用眼睛瞪就足够了。杰斯帕请教了大嘴唇和夏威尔，周末时，沿河的牛仔们便都已知道，孤鸽镇唯一的妓女突然洗手不干了。

第14章

杰克把一天里的那段好时光全在罗丽娜床上打发掉了。他不慌不忙地骑马回来时，奥古斯塔斯已经在断断续续地喝酒了。他坐在前廊上，边用手赶苍蝇，边看着那两个爱尔兰人。他们俩像死人似的睡在一辆篷车下面。原先他们睡在车下那块不大的阴凉里，后来阴凉移开了，他们却没动。那孩子没戴帽子，两臂交叉放在脸上。奥古斯塔斯注意到，杰克走过他们身边时连看都不看他们一眼。杰克不爱理人已出了名，对妓女则例外。

“考尔呢？”杰克迈上前廊时问道。

“你总不能希望看见考尔在阴凉里闲坐吧？”奥古斯塔斯问，“那家伙天生就是干活儿的种。”

“没错。你天生就是说个没完的种。”杰克说，“我要借十块钱。”

“噢，”奥古斯塔斯说，“罗丽娜提价了？”

杰克知道奥古斯塔斯存心惹他生气，便没理他，伸手去拿酒罐。

“没有。那姑娘大方得像牧师家的寡妇。”杰克说，“像我这样的绅士，她是不会要钱的。我倒希望她要了你不少钱，我知道你早就去过她那儿。”

“我总比你早走一步棋哇，杰克。”奥古斯塔斯说，“告诉你吧，考尔去雇他妈的牛仔了，这样咱们就能赶上他妈的一群牛去蒙大拿。后半辈子我可有罪受了。”

“真他妈的，”杰克说，“我承认我提蒙大拿的事太蠢了。”

他坐在下一级台阶上，把酒罐放在两人中间，这样，他们俩都能够得着。他有些懊恼没在考尔离开前跟他借点儿钱——从奥古斯塔斯那儿借钱总要花极大的精力，耗费许多时间。在钱财上，考尔要简单得多——他不喜欢把钱借出去，但他宁可借出去也不愿谈论钱；奥古斯塔斯则宁可大谈特谈，也不愿借出一分钱。

杰克一向知道，一旦给考尔出个好主意，他就会不失时机地去实现并捞上一笔，还会与出主意的人分享所得利益。但考尔如此迅速地实施去蒙大拿的计划，使他烦躁不安起来。

他既然回来了，不妨在孤鸽镇安逸舒适地住上几个月。遇到罗丽娜这个美人儿纯属意料之外。她那间酒吧楼上的小屋虽其貌不扬，但设备比去蒙大拿的路上所能得到的好得多。

生活的节奏与以往一样，比他期望的要快得多。如果考尔带回来一伙牛仔，那他将不得不与罗丽娜结婚，以免北上。但是，如果他当真在孤鸽镇安下个家，谁知道哪天史密斯堡的警方人员会不会冒出来把他抓回去吊死？他的情绪刚要平静下来，他那张不把门的嘴又给他带来了麻烦。

“也许他找不到牛群，也找不到帮手。”他心里明白，这只不过是空想。

“他会找到牛群的。如果找不到帮手，他就会自己干，”奥古斯塔斯说，“并且让咱们帮他。”

杰克把帽子向后推了推，没说话。在墙角处转悠的那头小猪停下来瞧着他，激起他不可名状的恼怒。奥古斯塔斯和他的猪是一伙恼人的家伙。

“真该朝那头猪的脑门儿正中打一枪。”他说。他坐的时间越长越烦躁。一切都不妙，不论是去蒙大拿还是留在得克萨斯——回去可能会被剥去头皮，留下则可能被吊死。他若不小心行事，那姑娘就会坐卧不安，真的盼望他带她去旧金山。与女人打交道的麻烦是，她们总在盼着类似旧金山的事，而一旦她们想起什么事，一时又干不成，就会变得脾气暴躁。她们总是弄不明白，他讲高兴的事也罢，提到遥远的地方也罢，只是为了创造一种他们在短时间内能有所向往的好气氛，并没有打算真正实行，可是女人似乎从来就看不透这个理儿。不止一次，她们因失望而愤怒，使他手足无措。女人发起脾气来，简直疯得不可收拾。

“你受过女人的威胁吗，古斯？”他边想边问。

“没有，没有遇到过你说的威胁。”奥古斯塔斯说，“有一两次我被她们用炉盖打过。”

“为什么？”杰克问。

“为什么？不为什么。”奥古斯塔斯说，“你要是和墨西哥人住一块儿，迟早要吃豆子。”

“谁和你说墨西哥人了？”杰克有点儿恼了，奥古斯塔斯讲话最混账了。

奥古斯塔斯咯咯笑了起来。“你总不能很快地抓住问题的实质，杰克。”他说，“一个蠢货和女人在一起迟早要挨一炉盖，就像你和墨西哥人住在一起迟早要吃豆子一样。”

“我倒想见识一下用炉盖打我的女人。”杰克说，“偶尔挨两句骂我还受得了，让我受炉盖打，我就不是人。”

“你要是变着法儿不带罗丽娜去旧金山，她会用比炉盖更糟的东西打你。”奥古斯塔斯说。他很高兴，因为杰克刚回来就被他抓住了把柄。

杰克假装没听见他说什么。奥古斯塔斯对那姑娘想必了如指掌。罗丽娜当然愿意去旧金山，那是公认的西部最美的城市。

奥古斯塔斯从椅背上摘下手枪，站起身来：“我看该叫醒这两个爱尔兰人了，不然就该烤熟了。”他说着，走过去踢他们的脚，踢了好一会儿他们才开始动弹。艾伦·奥布赖恩终于坐了起来，一副无精打采的样子。

“天哪，真够热的，不是吗？”他说。

“怎么，这还是春天，孩子。”奥古斯塔斯说，“想要热，你七月四号再来。到那时节，咱们都能烤化了。”

两个爱尔兰人都醒过来之后，他便回屋去把他的步枪拿了出来。“喂，咱们走吧。”他对杰克说。

“去哪儿？”杰克问，“我可是刚回来。”

“去把那些马藏起来。”奥古斯塔斯说，“皮德罗·弗罗斯可不肯罢休，他会追来的。”

杰克很不高兴。他真希望促使他回来的那件事情没有发生。他在马背上已经过了整整一夜，眼下，这帮牛仔又想让他为了他一开始就毫无兴趣的牲口，再在马背上过一夜。

“我不知怎的就回来了。”他说，“就这么回来了。早知道你们除了整夜追马，别的什么也不干，我还不一定回来呢。”

“算了吧，杰克，你这懒家伙。”奥古斯塔斯说着，走开了。杰克有股犟劲，一旦倔起来，连考尔也束手无策。两个爱尔兰年轻人站起身来，正设法睁开惺忪的睡眼。

“走哇，孩子们，”奥古斯塔斯说，“该骑马到河边去了。”

“你还想叫我们骑马呀？”肖恩问。他睡觉翻身时把碎草弄到衬衫里了。

“你们很快就会习惯骑马的。”奥古斯塔斯说，“比你们想象的要容易得多。”

“你有骡子吗？”肖恩问，“最好让我骑骡子。”

“我们最近才没了骡子的。”奥古斯塔斯说，“你们俩会打枪吗？”

“不会，可我们会挖土豆。”艾伦说——他不想让这个人以为他们俩是十足的饭桶。

“你们上错船了，”奥古斯塔斯说，“这一带只怕连十个土豆都难找到。”

他从一小群没入圈的马里给他们牵来两匹最老实的，教他们如何调整马镫，以免两脚悬空。在萨维纳斯时他没有时间这样耐心地教他们。这时，杰克走了过来，臂弯处架着一支枪。毫无疑问，他已盘算过，一夜不睡也比向考尔解释为什么不去要容易得多。

没过多久，两个爱尔兰人都上了马，小心翼翼地绕着围栏走。

“骑马对他们来说是陌生的事，但他们都挺聪明。”奥古斯塔斯说，“练上一星期，就能骑得跟科曼切人一样好了。”

“说不定我连一星期都待不住，”杰克说，“你们有的是罪受。我可能带上那个黄头发姑娘溜达到加利福尼亚去。”

“杰克，你真他妈是个没个准头的人。”奥古斯塔斯说，“昨天你回来时还说要去蒙大拿，今天又要去加利福尼亚。”

两个爱尔兰人学会了上下马，奥古斯塔斯便给他们每人一支温彻斯特枪，让他们对着一棵仙人掌打了一两枪。

“抽时间学学。”他说，“要是在考尔队长回来之前学会了骑马和打枪，他就会雇你们。”

奥布赖恩兄弟俩看见手里能置人于死地的武器，吃惊得顿时忘记了骑马时的紧张。肖恩从没摸过枪，他朝仙人掌射击时子弹发出的声响令他毛骨悚然，他突然闪出一个念头——一个叫人不愉快的念头——要是让他们开枪打别人，他们也会被别人击中。

“开枪以前要问问他们叫什么名字吗？”他问道。

“没有必要。”奥古斯塔斯肯定地说，“反正他们大多数人都叫耶稣。”

“我可不叫耶稣。”杰克说，“你们这些孩子可不要冲着我练枪。人人都知道，冲着我开枪会惹我生气的。”

两个爱尔兰人骑马跟在奥古斯塔斯和杰克后面，小跑到马群前时，盘子波吉特简直不相信自己的眼睛。他常听说帽子溪的人很特殊，但把连马都不会下的人武装起来，则无异于精神错乱。

奥古斯塔斯跨上一匹叫布丁蹄的白马，走在最前边，后面是杰克·斯普恩。杰克满脸沮丧，十分不悦。这正中盘子的意，说不定归根到底，罗丽娜并不怎么爱他。

纽特正在马上打瞌睡，盘子过去捅了捅他。天气炎热，马群又没什么动静，盘子自己也睡了片刻。

“你该瞧瞧出什么事了，”他说，“古斯把那两个小不点儿弄到马上去啦！”

纽特好不容易才把眼睁开。昨晚的奔波一过，瞌睡就使他浑身酸懒。假使皮德罗·弗罗斯这时骑马过来开枪打他，他也不会在意，因为那至少意味着可以多睡些时候。他知道牛仔需要有在马上一连两三天不合眼的本领，但他还没有学会这一招，感到很内疚。盘子捅他时，他的帽子掉了。他下马捡帽子，两条腿沉得像有人在他的靴子里灌了铅。他想对与他一样困乏的肖恩·奥布赖恩说点儿什么，但一句话也想不起来。

奥古斯塔斯还没有机会察看考尔弄回来的这一大群马。他骑马从马群中穿过，到了另一边。狄兹和豌豆眼正在那里等着。他不慌不忙，挑剔地边走边看。他认为能当坐骑的好马不超过四十匹。很多马个子不够大，有的还有鞍伤。整群马都皮包骨头，或许是太疲劳，或许是喂养不足，或许是从来没有被正经喂过。除了一两匹种马，皮德罗·弗罗斯也许一辈子没在别的马身上浪费过一颗燕麦。

“这些马还不值一夜的瞌睡呢。”他对狄兹和豌豆眼说，“要是开肥皂厂，它们兴许还有点儿用。可据我所知，咱们并不打算开肥皂厂。我看哪，留下五十匹最好的，其余的都赶跑算了。”

“老天爷，”听到奥古斯塔斯的建议，豌豆眼吓得目瞪口呆，“无论赶走哪一匹，队长都会把我们枪毙的。”

“对这一点，我也不怀疑。”奥古斯塔斯说，“你说呢，狄兹？”

“它们是挺瘦的。”狄兹说，“要是给时间，它们会肥起来。”

“要是给你时间，你还会长出翅膀来呢。”奥古斯塔斯说。他们朝河对岸望去。太阳正在迅速下沉——过不了一两个小时，会有人大喊大叫着光顾此地。

“听听我的计划。”他说，“皮德罗对咱们了如指掌，他不会到镇上来。咱们把好马圈起来，把这些瘦兔子藏到树丛稠密的地方。咱们如果不愿见那伙人，就溜之大吉，让皮德罗把他的‘肥皂厂’赶回去算了。”

豌豆眼听到这个计划后很不安。队长在时，一切事情都安排得清清楚楚，而奥古斯塔斯总叫人猜不透。没有人来问问他的想法，他在一边看着奥古斯塔斯和狄兹把马群分开。盘子波吉特马上琢磨出要干什么，便骑马过去帮忙。除了挖井，盘子什么都愿意干。

杰克坐在纽特和两个爱尔兰人旁边，漫不经心地看着这一切。他自己吸起烟来，也不请旁人吸。

纽特也在一边看着，拿不定主意是否应该前去帮忙。古斯先生和狄兹还有盘子干得非常利落，他若前去，只会碍手碍脚，所以他在原地不动，盼着杰克会对他说点儿什么。杰克回来后，还没有机会与他重温友情呢。

夕阳西下，纽特越来越感到不安。队长一不在身边，他的情绪就受影响。他明知古斯先生是边境一带最能干的牧人，还深信一旦有情况发生，杰克也能妥善处理。尽管如此，队长不在时他还是不由自主地不安起来。

肖恩·奥布赖恩也感到不安，只不过内容不同。枪击别人和被别人枪击的想法在他脑子里转悠的时间越来越长，到后来干脆就不会想别的事情了。由于纽特显得挺友好，他决定就此事向他讨教。

"用枪打人时打哪儿最好？"他问纽特。

杰克·斯普恩咯咯笑了起来。"他的马，"他说，"瞄准他的马就行。没有几个辣椒肚子肯步行找你的麻烦。"

说完，他动了动马刺，马便朝马群另一边跑去。

"是吗？"肖恩问，"是应该打马吗？"

"杰克说是就是。"纽特忠诚地说。虽说这一劝告也使他很吃惊。

“你打死过很多人吗？”肖恩问。

纽特摇了摇头。“没有，”他说，“昨天晚上我才第一次去。从没打过人，也没打过马。”

“你得打马。”艾伦骑马过来时，肖恩对他哥哥说。艾伦什么也没说。他正在想念留在爱尔兰的娇小的妻子莎莉。他动身前，她哭了几个星期，说他不该离开她。当时他怒气冲冲，无论如何也要离开。而现在每想到她便泪如泉涌，和她的泪水一样多。一般说来，艾伦是个乐天派，但莎莉不在身边，比任何事情对他的影响都大。他用心灵的眼睛看着她娇小的身影在每天的家务事中团团转，时而煮土豆，时而从他们那头老奶牛疲软的乳头上挤奶。一想到莎莉，他就会终止一切交谈，以免分心。她要是知道他现在的境况——骑在高高的马背上，腿下压着沉甸甸的枪——会怎么想呢？

那边奥古斯塔斯已经将好马分了出来，正准备把人手也分开。狄兹和盘子带着分出的马群，它们之间有一小段距离。

“好啦，姑娘们，”奥古斯塔斯说，“你们干脆把这些马带回去睡觉。我和剩下的高手慢慢把其他的赶到河上游去。”

盘子波吉特简直不相信自己的好运气。他本已打算强打精神再驯一夜马，看来老奥古斯塔斯有意饶过他。

“好的。”他说。“对我说你晚饭想吃什么吧，古斯，我圈好马就替你去吃。”

奥古斯塔斯没理他这句俏皮话。“狄兹，你看紧点儿。”他说，“这位浪荡公子没准儿会去喝个酩酊大醉，或者明儿天不亮就结婚了。”

盘子挥了挥手，打马而去。就在这时，杰克骑马走了过来。

“他们上哪儿去？”他问。

“回镇上。”奥古斯塔斯说，“好马留在镇上最安全，我想。”

“怎么？奶奶的，”杰克说，他显然很懊丧，“你完全可以派我回去。精疲力竭的是我。”

“得有人帮我保护这些孩子。”奥古斯塔斯说，“我记得你在枪杀墨西哥土匪方面颇有名气——我看你一定喜欢能有个机会发扬光大。”

“我宁可先把你打死。”杰克气冲冲地说，“你给我带来的苦难比所有墨西哥土匪带给我的还多呢。”

“嘿，杰克，你可得公平些。”奥古斯塔斯说，“你是想回去再找那个姑娘。我看在你把她整个毁掉之前，该让盘子去一次。”

杰克轻蔑地哼了两声。他根本没把那个年轻牛仔放在眼里。

“你要是喜欢这些爱尔兰人，你守着他们。”他说，“把小纽特派给我，我们照看一边。咱们是不是要去什么特定的地方？”

“不，”奥古斯塔斯说，“只要不让它们跑到墨西哥去就行。”他向纽特招了招手，纽特立即催马过来。

“孩子，杰克·斯普恩要你当助手。”他说，“要是你和他照看东边，我和豌豆眼就跟那两块‘酥油糕点’去照管西边。”

那孩子容光焕发，像得了副新马鞍一样高兴。他确实真心实意地崇拜过杰克·斯普恩，恨不得还像从前那样崇拜他——如果他有勇气。奥古斯塔斯感到一阵痛楚，他喜欢杰克，但感觉他太不成器，不能寄予太大的希望。然而，话又说回来，人人都有自己不成器的方面。

“咱们是不停地骑呢，还是停下来等墨西哥人？”纽特问。他迫切地想知道怎么干才对。

“不停地骑。”奥古斯塔斯说，“他们要是有种，就让他们追好了。他们追来时，别把子弹都打光。咱们明天还要用。”

说完，他便骑马动身了。在没有经验的爱尔兰人的帮助下，他赶着上百匹马，在徐徐降下的夜幕中向北而去。

第15章

他们刚将马群圈好，盘子立刻坐卧不安起来。他靠在畜栏入口处点燃一支烟，深知他负有与马匹待在一起的责任。尽管那个黑鬼无疑是把好手，但也不能指望在那帮土匪到来时，他一个人能守住这个地方。

问题是，盘子并不十分相信那帮土匪会来。整个镇子在红霞里安静得像一座教堂，只是偶尔有一两声山羊或者巨型蝙蝠的叫声，仅此而已。此刻是如此宁静，盘子很快就坚信不疑，无须两个人整个晚上都在这个遍地尘土的畜栏里浪费光阴。土匪是理论上的，罗丽娜却是实实在在的，而且离这儿就两百米远。

盘子靠在入口处，很容易地想象着对他有利的一面——杰克·斯普恩也是个人，何况他在哪方面都过于自信。他可能已经匆匆向她求过婚，盘子对此能够理解，他自己若知道怎么做，也已经这么办了。或许罗丽娜并不喜欢那样的鲁莽，或许她已经认识到杰克这个人不可靠。

盘子就这样冥思苦想了半小时。他极度兴奋，觉得必须找她一次，否则上路后会后悔莫及。也许有人认为这样做不负责任——考尔队长就是一个，他肯定会这样看——但盘子绝不会在离罗丽娜近在咫尺的地方站上整整一夜而不去看她。

“好了，看来一切正常。”他对狄兹说。狄兹背靠大水槽坐着，枪放在腿上。

“到目前为止，平安无事。”狄兹同意地说。

“就是真要出事，我看短时间内也出不了。”他说，“我只是去酒吧润润嗓子。”

“是的，先生，你去吧。”狄兹说，“我能照管这群马。”

“要帮忙的话就开枪，”盘子说，“就算真出了事，我也能马上赶回来。”

他牵上马，以免出事后只能步行回来。他跨上马，一溜小跑而去。

狄兹巴不得他离开，因为和这个心烦意乱的年轻人做伴并不舒服。这种心烦意乱的毛病不是别人用谈话就能治好的，只有女人能够医治。

狄兹也有过心烦意乱的时候，而且没有女人来医治它。但是，光阴和繁重的劳动已将它的棱角磨光，所以，只剩下他单独一人时，他便能自在地享受夜的恬静。他喜欢背靠水槽坐着，听着马匹渐渐安静下来。偶尔会有一匹马过来大口大口地喝水。围栏那边有两匹马紧张地蹬着蹄子，打着响鼻，但狄兹并没有起身过去查看。也许是一条蛇离围栏太近了。除了不得已，蛇总是尽可能不去找马的麻烦。

对可能发生的攻击，他不感到担心。即使确实有几个墨西哥人从镇上过，他们也会高度紧张，因为他们的武装处于劣势。狄兹很会睡觉——他具有睡得快、醒得快的本领。可是，尽管已一天一夜没睡，他并不觉得瞌睡。有时，放松一下和睡觉的效果是一样的。睡着的人将失去夜间最美好的时光和月出的景象。

狄兹偏爱月亮，他常观赏它，对着它思考许多问题。对他来说，月亮比太阳更动人。太阳以不变的方式照耀着大地，天天如此。月亮则总是在变化，它爬过天穹，有圆有缺。月圆之夜，当它升上苍天，将金黄的月光洒向孤鸽镇周围的原野时，显得那么近，好像踩着梯子就可以爬到它上面去似的。有几次，狄兹曾想过要这么做——把梯子靠在圆圆的月亮上，顺梯子爬上去。他如果真的那么做了，有一件事可以肯定——奥古斯塔斯先生在很长一段时间内就有话可说了。想到倘若他当真到了月亮上，奥古斯塔斯先生该兴奋到何种程度，他不由得笑了。在他看来，上月亮如同骑马，在活计不忙时，不妨上去过一两个晚上。尔后，当月亮离孤鸽镇又近了时，他就下来回家。那将使所有的人为之惊叹。

但在其他的日子里，当月亮高高地在天空中遨游时，狄兹就恢复了正常思维，承认没有人能够到月亮上去。他一想到自己被挂在那高悬于空中的惨白的钩子上，就头晕目眩，从而需要加倍集中精神，注意周围可能发生的情况。

即使周围除了几匹马喝水就没什么可看的，他仍可以凭借瞭望月亮与星空使自己得到休息。他热爱晴朗的夜，讨厌乌云——阴天使他感觉他的半个世界都被夺走了。

他确信，印第安人了解月亮。他虽然没有和印第安人讨论过月亮，但他知道他们给月亮取的名字比白人取的多，这就意味着了解。印第安人不那么忙，自然有时间探讨这类问题。狄兹一向觉得，印第安人始终未能完全控制月亮，对白人来说当然是幸运事。鬼怪堡山那次可怕的战斗过后，他有一次梦见印第安人设法将月亮从西得克萨斯的一群小山包间挪动了一个山头之远。他们让它停在一枕山梁上，让他们的马跃了上去。他还不时感觉这种事也许已经发生，月亮上面有科曼切人或者基奥瓦人在骑马走动。当金黄的满月离地面近了时，他常强烈地感觉印第安人就在那上面。这种感觉非常可怕，可他没与任何人讨论过。印第安人痛恨白人。假如他们控制了月亮——据说月亮能控制潮水——那么极其可怖的事情就会发生。印第安人可以让月亮把所有井里和河里的水都吸走，要么把各处的水都变得像海水一样咸。那样便是末日来临了，而且是可怖的末日。

当月亮只是一弯白钩子时，狄兹就不担心了。水毕竟还是甜的，一两条像佩科斯河那样的咸水河除外。或许，印第安人即便到了月亮上边，也已经掉下来了。

古斯先生能没完没了地谈论大自然的运动，或者谈论你愿意听的各方面的事情，但印第安人好像比他懂得的还要多，虽然他们连普通的语言都不会讲。古斯先生甚至曾试图告诉他地球是圆的，狄兹只把这话看作玩笑一段。然而，正是古斯先生把他的名字写在了那块招牌上。这样一来，凡是识字的人都知道他是这伙牧人中的一个成员——就为这件事，还闹了不少笑话呢。

狄兹愉快地在水槽边歇着，时不时地看看月亮。他整个人都隐在水槽的影子里，任何一个企图偷偷进来的蠢笨的墨西哥牧人都会猝不及防。

盘子走进干豆酒吧时着实吃了一惊。他原以为罗丽娜会一个人待着，进来后发现她并不孤独，正和夏威尔还有从河上游来的小瘦个儿杰斯帕·范特坐在同一张桌子旁边。盘子见过杰斯帕一两次，挺喜欢他的。可是这一次，他如果待在他应该待的河上游，盘子会更喜欢他。杰斯帕看上去像是有病，其实他和他旁边的那个人一样健康，胃口也与奥古斯塔斯·麦克克里不相上下。

“盘子来啦！”他从门口进来时，罗丽娜说，“咱们可以玩牌了。”

大嘴唇像往常一样在背后看打牌。他下了两分钱的注，也不管别人愿不愿意。

“除非他去过银行，要不咱们还是玩不了。”他说，“夏威尔昨天晚上赢他个底朝天，他又没那本事一夜之间再次发财。”

“这不等于他不能算一个。”杰斯帕说着，友好地向盘子点了点头，“夏威尔把我也刮空了，可我还在玩。”

“咱们都有嗜好。”大嘴唇评论说，“万茨的嗜好是靠记账打扑克，怪不得连他钢琴手的那点儿工资都没法儿付清呢。”

夏威尔默不作声地咽下了这句带刺的话。他的脾气比平常坏，他知道这是为什么。杰克·斯普恩到了镇上，顷刻间使他失去了一个妓女。而在孤鸽镇这样偏僻的地方，她的存在，对诸如酒吧一类的行业来说是生死攸关的。许多过路人在通常情况下也许不会到这么远的地方来，但为了罗丽娜，他们会来。边境线一带还没有像她这样的女人。她并不友好，正因如此，人们来了以后不停地喝酒，以打发长夜。他不可能再找到这样的妓女了。有些墨西哥女人长得同样漂亮，但是没有几个牛仔会为个墨西哥女人而骑马多走几公里路。在南得克萨斯的大部分地方，这样的墨西哥女人比比皆是。

此外，他自己每星期也至少睡罗丽娜一次。有一段时间他格外兴奋，五天里睡了她六次。打那以后，他停了两个星期，因为他不仅为自己的肉欲而害臊，也为自己的挥霍无度而羞愧。有罗丽娜在这个地方，又方便又令人愉快，而且比起他老婆苔丽丝来，罗丽娜是那么美好。苔丽丝十分吝惜她的身子，不光如此，她还是只母老虎。一次，苔丽丝一连四个月不让他碰，这对一个具有夏威尔这种气质的男人来说，是件极痛苦的事。在那段时间里，有人建议他去找墨西哥女人，他切身体会到了某些墨西哥丈夫的苦楚。

相比之下，罗丽娜恬静得多，他爱上了她。她对他可没有任何好感，但他找她时，她也不表示反感，这是最让大嘴唇气愤的事。无论大嘴唇出什么价，她都一概拒绝。

现在，杰克·斯普恩把一切都毁了。夏威尔只能靠从杰斯帕·范特手中赢钱来解心头之恨，但他赢范特的赌账大部分都收不回。

“杰克在哪儿？”罗丽娜问道，盘子为之一惊。刚才他从黑暗中走进酒吧时那高涨的情绪瞬间跌入谷底。她问起那个人时一点儿也不害羞，表明她的感情之深，远不是盘子所能想象得到的。倘若他出门了，哪怕一年不露面，恐怕她也不会对他的情况问上一个字。

“嗯，杰克和古斯跟那些孩子在一起。”他说着，坐了下来，尽量使自己的脸色好看些。

但他难以平静下来，在他看来，罗丽娜从没像此时这么美过。她把衣袖高高挽起，该她发牌时，她那雪白的手臂使他着迷。他几乎不敢看她的双臂和她那倔强的双唇。她滚圆的手臂是盘子见过的手臂中最丰满的。他一心想着她，连自己在干什么都不知道。他的牌打得糟透了，一小时内就输掉了三个月的工资。

杰斯帕·范特的牌也好不了多少，至于是因为他爱罗丽娜还是牌技欠佳，盘子无从得知，也不想知道。他只知道他无论如何要胜过杰克，因为除了桌子对面这个女人，再没有别的女人了。她对他那仅有的一点儿友好态度像蝎子一样蜇着他，因为它不包含任何特殊意义，她对大嘴唇也同样友好，而大嘴唇是个彻头彻尾的笨蛋，只有肚子上的那个窟窿还值得吹嘘一下。

不久，玩牌对每个人来说都成了一种折磨——罗丽娜除外，她一把接一把地赢钱。一想到杰克回来后见她赢了这么多，会有多吃惊，她就美滋滋的。他至少会知道她不是个无用的人。夏威尔没输多少——他从来就输得不多——但他没有平常玩牌时那么专心。罗丽娜知道可能是因为她，但她一点儿也不在乎。她一向喜欢玩牌，而现在，在杰克回来之前，她无事可干，只有打牌，因而她更加喜欢了。她甚至有点儿喜欢盘子和杰斯帕了。她感到很安心，因为她不必应他们的要求而中断自己取乐。她知道他们很失望，但她自己失望的次数已经够多了——要么等着他们的劲头起来，要么等着他们去借两块钱。让他们也尝尝失望的滋味吧。

“盘子，咱们停了吧，”杰斯帕说，“今年背这些债就够了。”

“我来打吧。”大嘴唇说，“虽说打得不好，但我愿意打。”

“让他打吧。”夏威尔突然说。按照店规，大嘴唇不准赌博。他玩起牌来毫无节制，又无力支付。有好几次，外地人发现他输了钱又无法偿还，差点儿要了他的命。

然而，夏威尔对店规已失去信心，因为按照店规，罗丽娜是个妓女，而现在她不再是了。如果一个妓女可以说不干就不干，那么大嘴唇也可以打牌。

“我要是赢了，他拿什么给我？”罗丽娜问。

“美妙的音乐，”大嘴唇兴高采烈地说，“我弹你最喜欢的歌。”

罗丽娜想，这算不上什么吸引人的诱惑，因为她每次到这间屋子里来，他都弹她最喜欢的歌，还企图用琴键上的技巧最终打动她的心，使她准许他睡一次。

她并没有打算那么干，不过还是与他玩了几把。牛仔们十分泄气，连酒都不想喝了。小伙子们毕恭毕敬地祝她晚安，希望她对他们有个好印象，但她不领情。牛仔可不比扑克牌有意思。

酒吧外面，杰斯帕在街上停了一会儿，与盘子一块儿吸了口烟。

“有工作了吗？”杰斯帕问。他的小胡子比鞋带粗不了多少，而他的马也并不比他的小胡子粗多少。

“有了，”盘子说，“给帽子溪的人干活儿。他们想弄一批牲口。”

“你是说他们雇你玩牌来了？”杰斯帕说。他还以为自己是个会说笑话的人呢。

“啊，我在休息。”盘子说，“我正帮那个黑人看马。”

“防什么？”

“防被我们盗了马的墨西哥人。”盘子说，“队长雇人去了。”

“妈的，”杰斯帕说，“要是墨西哥人知道队长不在，他们准会回来把马赶回墨西哥。”

“我看不会。”盘子说。他觉得杰斯帕有点儿瞧不起人。得克萨斯会打仗的人可不止队长一个。

“他回来后要是愿意，可以雇我。”杰斯帕说。

“他也许会雇你。”盘子说。杰斯帕有为人可靠的名声，虽说不算精明能干。

杰斯帕明知盘子对罗丽娜的事很敏感，可还是想知道什么原因使她改变了主意。他痴迷地望着她窗口的灯光。

“那姑娘是结婚了，还是怎么啦？”他问，“每次让她看我的钱时，她就好像准备要挖掉我的肝似的，好凶。”

盘子不喜欢这个问题。他还没有粗俗到乐于与一个偶然问起罗丽娜的人一起谈论她。可他又不忍把杰斯帕·范特当成对手。他像是在挨饿，没准儿是真的。

“是那个叫杰克·斯普恩的混账。”盘子说，“我猜他把她迷住了。”

“哦，是这么回事。”杰斯帕说，“我想我听说过这个名字。是个枪手，对吗？”

“我根本不知道他是干什么的。”盘子说。他的声调使杰斯帕明白，他不想再讨论这件事了。杰斯帕领会了他的暗示，两人便默默地骑马向帽子溪畜栏走去，思想都还停留在酒吧那个有白皙手臂的女人那里。她不再是不友好的了，但在他俩看来，发生这一变化之前反倒更好些。

第16章

考尔头一天雇了四个小伙子，都不满十八岁。那个人们叫他“快腿比尔”的比尔·斯佩特尔，比纽特大不了多少，他的哥哥皮特也只大比尔一岁。他们的家境十分困难，考尔几乎不打算要他们。

寡妇斯佩特尔生了八个孩子，皮特和比尔是老大和老二。他们的父亲内德·斯佩特尔两年前酗酒死去了。考尔看这家人都快饿死了。他们在酸菜沟北部不远处有一小块河滩地，土质很差，全家人没有什么吃的，只靠腌肉和豆子过日子。

寡妇斯佩特尔一心希望考尔把这两个孩子带走，不想竟遭到他的拒绝。她是个瘦弱女人，两眼带着凄苦的神情。考尔曾听人说她是在东部一户有钱人家长大的，起床后有用人给她梳头、穿鞋。这可能是虚构的——他无法想象一个成人还要别人帮着穿鞋——但是这个故事哪怕只有部分可靠，那她现在实在太潦倒了。内德·斯佩特尔始终没能为他盖的这间简陋的房子铺上地板，他的老婆就在这泥土地上养活了八个孩子。他听说内德在南北战争后没能翻过身来，这也许能解释这一切。有很多人没能翻身。那场战争导致这个年龄段的成人人数短缺。考尔为自己失去参战的机会而感到内疚，虽说他和奥古斯塔斯在边境的工作同样危险，同样必要。

“带他们去吧。”寡妇斯佩特尔说。她看着这些孩子，似乎不明白为什么要生他们。“我敢说他们和别人一样肯干。”

考尔知道这两个孩子曾帮着把一小群牲口赶到阿肯色。他知道她需要钱，就把两个孩子一个月的工资给了这个寡妇。显然，他们全家人连一双鞋都没有，连当母亲的也光着脚。如果有关用人的传说是真的，那她一定为此感到害臊。

他没有多余的马，所以没有带这两个孩子走。但这两个孩子每人拿了条毯子，立即步行去孤鸽镇。他们两人合用一支手枪——一支撞针缺了一半的海军柯尔特手枪。尽管考尔保证，他们一到孤鸽镇就能装备起来，他们还是不肯放下那支枪。

“我们从来没有用别的枪朝天打过。”快腿比尔这么一说，好像就证明了他们不会使别的枪。

告别时，寡妇斯佩特尔和剩下的六个孩子根本没有注意考尔。他们站在灼热的院子里，看着那两个孩子，哭着，一两只精瘦的小鸡在他们光着的脚旁觅食。这位母亲在她的孩子离开之前连碰都没碰他们一下，现在直挺挺地站在那里号啕大哭。六个孩子中三个是女孩，三个是男孩，虽然都才十几岁，但至少能帮母亲一把了。

“我们会照顾他们的。”考尔说，但没有人听他的。小女孩们抓着寡妇磨坏了的裙子哭着。考尔骑马走的时候感觉喉咙里很不好受。两个孩子还是走了好，家里没有足够的活儿让他们干，虽然他们是全家的骄傲。他将尽力照看他们俩。但是，想到长驱四千公里，那又意味着什么呢?

日落时分，他到了瑞尼牧场，这里比斯佩特尔家令人愉快多了。乔·瑞尼长着一条歪腿，是篷车事故留下的残疾，但他用那条腿走路，几乎和健康的人一样快。考尔不像奥古斯塔斯那样喜欢乔的红脸胖老婆莫德，可他不得不承认，他对任何女人的兴趣都不如奥古斯塔斯。

莫德·瑞尼的身体像个酒桶，那对乳房大如戽斗[1]，有人说她的声音能把人的头发震落。在孤鸽镇一带，人们公认，如果她和奥古斯塔斯结婚，他们俩的声音加到一起，能把他们可能生下的孩子震聋。她在饭桌旁讲话就像男人骑着骡子说话一样。

到目前为止，她与乔竟然生了整整一打孩子，其中有八个男孩，个个人高马大。这几个孩子一顿吃的比斯佩特尔全家一星期买的东西都多。据考尔判断，除了睡觉，他们大部分时间都用来长个子、捕捉可吃的东西和宰杀它们。奥古斯塔斯那两头黑猪就是从瑞尼家买的，它们也是考尔骑到这里时，莫德想要询问的第一件事。

“你们把那头小黑猪吃了吗？”他还未下马，莫德便开口问道。

“还没呢。”考尔说，“我想古斯要把它留到圣诞节再说，要不就是他喜欢和它谈话。”

“噢。下马吧，在水桶里洗洗。”莫德说，“我正在煮那头小猪的一个堂兄弟呢。”

他不得不承认，莫德准备的这桌饭菜确实不错。考尔挽起袖子洗了手，就开始吃晚饭了。乔·瑞尼一嘟囔完饭前祈祷，莫德

1. 一种取水灌田用的旧式农具。——编注

便开始发玉米饼。考尔不记得见过一张饭桌上摆着如此丰盛的肉食——有牛排、猪排、鸡肉和鹿肉，还有一种像是炖松鼠肉，另外几种肉则不大熟悉。莫德和桌旁其他人一样被罩在汤盘冒出的热气里，吃得满脸通红。

“这是我做的炖害虫肉，队长。”莫德说。

“啊，”他有礼貌地问，“什么害虫？”

“狗捉到什么算什么。”莫德说，“要是狗什么也抓不着，就把它吃了，我可不养懒狗。”

“它捉到了一只负鼠。”一个小女孩说。她好像和她妈妈一样调皮。她妈妈的胖瘦先不说，在她和乔过日子以前，可没少跟这一带的男人恶作剧。

“喂，玛吉，别泄露我的食谱。”莫德说，“反正队长从前喜欢吃负鼠。”

“至少它不是山羊。”考尔想把谈话继续下去。干起这事来他可不在行，因为在他自己的饭桌旁，他总是竭力避免谈话，可他知道女人喜欢和客人交谈，便努力使自己入乡随俗。

“我们听见谣传，说杰克是逃回来的。”乔·瑞尼说。他那把大胡须上，滴滴猪肉汤正闪烁着。乔有眼睛死盯人看的习惯。尽管考尔相信他也长着和平常人一样的脖颈，但从未见他用过。你若恰好正对着乔，那他就直愣愣地看着你的眼睛；如果你稍稍偏他一点儿，他的视线就会从你脸旁飘过。

“是的，杰克回来了。”考尔说，“他去过蒙大拿，说那里是天下最美的地方。”

“这么说，那里可能到处都是女人。”莫德说，“我记得杰克。

他要是找不到女人，就急得乱抓乱搔。”

考尔认为没有必要评论杰克的犯罪史，即使的确有这种历史。幸好瑞尼一家正忙于吃饭，好奇心不那么强烈。这群孩子长得不错。他们不动那些好肉，只吃那盘鸡、油煎排骨和玉米饼。那个小不点儿虽然是小儿子，可他吃不到别的，只好吃鸡胗。这也比光抱怨强，有十一个比他大的哥哥姐姐，抱怨是很危险的。

“噢，古斯在干什么呢？”莫德问，“我一直坐等他来把我从乔身边带走呢，我看他不会来了。他还那么喜欢喝不带奶油的酸奶吗？”

“喜欢，他成罐地喝。”考尔说，“我也喜欢，所以我们赛着喝。”

他觉得莫德的话不大中听，可乔·瑞尼只顾两眼朝前看和往胡子上滴汤水。

考尔终于问了她，能不能雇用他们家的两个男孩子。莫德叹了口气，看了看她那两排孩子。“我宁可卖猪也不想把孩子雇出去。”她说，“可我想他们总该出去见见世面的。”

“多少钱？”乔一向是讲究实际的。

“啊，我计划给四十块钱，管饭。”考尔说，“当然，我们备马。”

当天晚上，他就睡在瑞尼家院子里的一辆马车上。他们叫他去阁楼上睡，但是里面的孩子挤成了垛，他可不敢插足。反正他喜欢在外面睡，虽然瑞尼家屋外比他过去在外面睡过的地方吵闹些。猪整夜不停地哼哼着，找蜥蜴什么的吃，马厩里的一只猫头鹰没完没了地嘶叫，他花了好长时间才睡着。

第二天早晨，莫德向他保证，她最大的两个孩子周末会自己到孤鸽镇去。这两个孩子——本·瑞尼和吉米·瑞尼——一句话也没说。考尔骑上马，满意地走了。他相信照管牛群的人手够了。消息传出去后，一定还会有人找来的。

他们必须把牛弄来烙上印记。如果奥古斯塔斯和杰克没有变着法子胡来而把马丢了，那他们就够阔气的，拥有一群多余的马。

他一路上都为有可能丢马而担心。倒不是说奥古斯塔斯无能——论能力，奥古斯塔斯跟他知道的能干人相比，一点儿不差。有很多时候，他怀疑如果奥古斯塔斯愿意比试，自己是否比得上他。这件事始终没能得到验证，因为奥古斯塔斯就没有和他比过。这两个人在同一个队里保持了绝对的平衡；他干的比他应该干的多些，而奥古斯塔斯干的则比该干的少些。

考尔一分钟也不耽误地往回赶，心想，倘若骑的是那匹母马就好了。它把他惯坏了，使他过于注意其他马匹的缺点。它越危险，他就越喜欢它。它使得他格外小心，这是好事。

离孤鸽镇二十五公里时，他向西拐去，心想，他们也许在那个方向赶着马群。他绕着荆棘丛生的丛林南端骑过去，发现了那群马走过的痕迹。他们沿着来时的路返回南边去了，这倒有些蹊跷。奥古斯塔斯把它们赶回镇上了。这或许有他的道理，但考尔猜不透，只好催马往回赶。

离镇上近了，他发现马群正在河上游不远的地方吃草，看守它们的是狄兹、纽特和两个爱尔兰人。连人带马都在那儿，显然没有出事。

奥古斯塔斯的一个特点是很容易被找到。一到下午三点，他准坐在走廊上断断续续地抱着酒罐喝酒。考尔骑马过来时，他正坐在那里打盹儿。没有杰克的影子。

“你可是个好哨兵。”他说着，下了马。

奥古斯塔斯正用帽子盖着眼睛。他拿开帽子，看着考尔。

“莫德·瑞尼好吗？”他问。

“健康得很。”考尔说，“她管了我两顿饭。”

“幸亏就两顿。”奥古斯塔斯说，“你要是待上一个星期，就不得不雇头牛回来了。”

“她还想再卖给你几头猪呢。”考尔边说边拎起酒罐，用威士忌漱了漱口。

“乔要是死了，我就去向她求婚。”奥古斯塔斯沉思着说道。

“但愿你能去，”考尔说，“那十二个孩子应该有个好爸爸。——为什么马群回来得这么早？”

“啊，像是要吃草呢。”奥古斯塔斯说。

“皮德罗没来冒险吗？”

“没有，这自有道理。”奥古斯塔斯说。

“什么道理？”

“因为他死了。”奥古斯塔斯说。

“啊，老天爷，”考尔大吃一惊，“真的吗？”

“我没见着尸体，”奥古斯塔斯说，“可我猜这是真的。杰斯帕·范特来找工作时带来的消息。那浑小子没对我说，我浪费了大半夜时间才知道。”

“不知他是怎么死的。”考尔说。虽说他们顶多见过皮德罗六七次，可他在他们的生活中时隐时现，达三十年之久。一听到他已死去，确实感到愕然。虽说这应是一种宽慰，可实际上并不使人感到慰藉。这个消息实在太令人震惊了。

“杰斯帕不了解详细情况，”奥古斯塔斯说，“他也只是从一个墨西哥牧人那里听说的。可我相信是真的，因为这才解释得清，为什么你能够和一个孩子加一个白痴不慌不忙地骑马进入他的牧场，把他的一群马弄到手。”

“是呀，老天爷。”考尔又说了一遍，“我可从没有这么想过。”

“是呀。”奥古斯塔斯说，“我也从没想过，可不知道为什么不想想呢。上苍又没给墨西哥人什么特殊照顾，他们和咱们一样会死。我看博利瓦过不了几天就要死了，那就没有人用棍子敲吃饭钟了。”

“可皮德罗硬朗得多。”考尔说。

此人毕竟在边境拥有上百公里宽的土地，而且持续了近三十年。考尔知道的人死去的不少，不知怎的，竟没想到皮德罗会死，尽管自己就对他射过几发子弹。

“不知道他是怎么死的。”考尔说。

“许是叫辣椒呛死的。”奥古斯塔斯说，“那些刀枪不入的人常常会从走廊或别的什么地方掉下来把脖子摔断。记得约翰尼·诺卫尔吗？他是叫蜜蜂蜇死的。约翰尼少说也挨过二十枪，可他妈一只蜜蜂要了他的命。”

这倒是真的。那个人曾与他们一同当保安队员，让蜜蜂蜇了一下，得了一种病，没人能把他治好。

“是结束‘弗罗斯行动’的时候了。”奥古斯塔斯说，“他只有三个儿子，我们吊死了唯一能干的那个。”

出乎奥古斯塔斯的意料，考尔在走廊上坐了下来，拿起罐子喝了一大口酒。他感到不自在——不是恶心，而是突然的空虚——是一种肚子上被踢了一脚的感觉。一个敌人的死和一个朋友的死带来的影响几乎一模一样，虽说很奇怪，但千真万确。踢腿狼死的消息传来时他有过这种感受。踢腿狼曾使两个保安队二十年不得安宁。在布拉索斯的清水河支流，一个交了好运的年轻保安队员在第二次巡逻时把他打死了。他被一个普通队员打死了。豌豆眼把这消息告诉他时，他正在给马钉掌。他听到后，感到好一阵茫然，不得不放下手中还没干完的活儿。

那是十年前的事了。不久，他和奥古斯塔斯便离开了保安队。对考尔来说，踢腿狼之死意味着科曼切人的末日，也代表着他们的工作真正结束了。别的头儿还在——真的，决战尚未进行——可他没有某些保安队员那种强烈的复仇心，也没有兴趣再花十年工夫去消灭叛徒和剩下的散兵游勇。

较之踢腿狼这位战将，皮德罗·弗罗斯可差远了。皮德罗外出总要带上二三十个帮手，而个头儿比孩子高不了多少的踢腿狼袭击圣安东尼奥时，只带上五六条汉子还能抢走三个女人。沿途七八个县的白人，只要听说他骑马经过，就被吓得屁滚尿流。但皮德罗也是那个时期的人，耗去他们同样长的时间。

“我可不知道你那么喜欢那个老贼。”奥古斯塔斯说。

“我不是喜欢他，”考尔说，“只是没有想到他会死。”

“恐怕他也没想过会死呢。”奥古斯塔斯说，“他是个又老又野的家伙。”

过了一会儿，那种空虚感没有了，但考尔没有站起来。伴随他大半生的那种紧迫感已经烟消云散。

“咱们还是要去蒙大拿，”他说，“在这儿已经没有乐趣了。”

奥古斯塔斯哼了一声。他被他朋友的心思逗乐了。

“考尔，这里从来就没有什么乐趣。”他说，“再说，你这一辈子也没有过什么乐趣。你根本不是会找乐趣的人。找乐趣是我的本事。”

“看来我用错了词。”考尔说。

“是的，可你为什么会用错词呢？”奥古斯塔斯说，“这才真正有趣呢。”

考尔不想被扯入争论，所以保持着沉默。

“早先你没了印第安人，现在你又没了土匪，这才是关键。”奥古斯塔斯说，“你必须要有什么可以超过的人，不是吗？”

“我也不知道有了你，我还要别人干什么。”考尔说。

“我不懂，既然皮德罗死了，咱们干吗不把北墨西哥拿过来。”奥古斯塔斯说，“就在倒霉的街那头。我敢说那儿准还有几个人想和你打一仗呢。”

“我不需要打仗，”考尔说，“可弄些钱来并不吃亏。”

“可能吧。”奥古斯塔斯说，“我没准儿会像潘弗利家的男孩一样，在里帕布利肯河里淹死。那你就可以得到全部的钱。有了钱你也不知道怎么找乐趣。你兴许用那些钱给那些让你喜欢上的老土匪买石碑呢。”

“你要是在里帕布利肯河里淹死，我就把你那份给杰克。”考尔说，“我想他知道怎么花。”

说完，他上马走了，准备去找杰斯帕·范特，问问他是否真的想找活儿干。

第17章

杰克·斯普恩在孤鸽镇待到第十天时，罗丽娜知道有件事她应该办——让他信守诺言，按他保证过的那样带她去旧金山。

杰克当然不直接表示他不办。他很快便搬到她这儿住，对每件事都像头一天那样感兴趣。他从未从她那里拿过一分钱，而且，只要他们俩在一起，他时刻都在夸奖她——通常是她的嗓音，或者她的长相、她的发式、她文雅的举止。他总有办法使自己对她的魅力显出适度的惊喜，这样一来，他们俩越是互相了解，他们的感情就越热烈。他曾多次表示，她已在孤鸽镇这个凄凉的洞里过了这么久，他对此感到不安。

但是，一周后，罗丽娜意识到了一种怪现象——他对她的依恋胜过她对他的依恋。她是在一天后半晌，看着他睡觉时发现这个现象的。他睡前坚持要同她交欢，事后马上就睡着了。他们身上的汗凉下来时，她发觉她已不像头一天与他接触时那样兴奋了。那头一天是她一生中极重要的日子，因为那一天杰克温文尔雅的举止使她倾倒，消除了她长期以来的紧张与不安。

与他在一起，她仍感到安定。他们没发生过口角，他也从来没流露出一丝下流迹象。她已经看出来，他是需要别人照顾的男人。有几天，他装出他将照顾她的假象，事实上不是。他是玩牌的好手，也能赢钱，这只是他的一方面。杰克必须有人陪伴。无论是睡觉时、高兴时，还是仅仅懒洋洋地讲故事时，他的孩子气都会表现出来，这是他的主要方面。一周还没过完，她就发觉他好像只知道玩。

虽说是这样，但这一发现并没有扰乱她的镇定。这意味着他对她的需要大于他所承认的。她已看出了他的这一需要，并不关心他是否承认。假如杰克真如他佯装的那样坚强，那她反倒觉得不安全——他完全有可能甩手而去。

可他没有。他喜欢谈话——和女人谈话，喜欢床上的舒适。他甚至喜欢她住在酒吧楼上，这样一来，他想打牌的话，下楼就行。

由于帽子溪的牛仔们一直在收集牛群，为北上做准备，这段时间打牌就更方便了。有几个牛仔来孤鸽镇找工作，有些人精力充沛，到了晚上就逛进来打牌。从圣安东尼奥以北来了一个高个子牛仔，叫织针纳尔逊，还有一个从布朗斯维尔[1]来的，叫伯特·博罗姆。

起初，夏威尔看见这些新来的客人感到十分高兴，一旦了解到他们只在这儿住一两个星期，就变得愁眉不展。这样一来，用不了多久，这家酒吧就会变得门庭冷落。他整夜站在门口，任抹布上的水滴到腿上。

大嘴唇一直忙个不停，因为牛仔们总要听歌。大嘴唇喜欢人群。他为自己在琴键上的才能自豪，愿意为任何一个提出要求的

1. 美国得克萨斯州最南部的城市，位于格兰德河北岸，对岸为墨西哥马塔莫罗斯。——编注

人弹奏。

杰克苦苦地教罗丽娜她不会的打牌招数。她好奇杰斯帕、伯特和织针纳尔逊怎么睡得那么少，因为考尔队长整天让他们卖力干活儿，而他们打牌又一直打到深夜。唯一见她坐下打牌就脸色难看的牛仔是盘子波吉特，他无法摆脱对她的爱。看见他蓄着浓浓的小胡子，神态严肃地坐在那里，她觉得很有意思。杰克似乎没注意到这个人爱上了她。她很想逗一逗杰克，可是他已经明确地告诉过她，他是个忌妒心很强的人——她知道他会打死盘子，真是这样的话就太可惜了。盘子也够不错的，只是无法与杰克·斯普恩相媲美。

收集牛群、烙印记的工作进行了十天左右，罗丽娜开始感觉危机来临。她听牛仔们说再有一个星期就可以完成，这么说，他们动身的日子已近，但牛仔们说他们已经晚了。

“真见鬼，要是我们不早点儿动身，就要在他妈的冰上过黄石河了。”织针纳尔逊说。他样子长得古怪，身体瘦如铁丝，喉结则大如火鸡蛋。

“嘿，我都怀疑咱们能不能到黄石河。”杰斯帕·范特说，“走不到那么远，大部分人就都淹死了。”

“织针不会，”盘子波吉特说，“路上没有哪条河深到他会走不过去，他连帽子都湿不了。”

“不管怎么说，我会游泳。”织针说。

“我想看你驮着五六十头牛或者背着你的马游泳。”杰斯帕说。

“我的头顶不会有五六十头牛，”织针心平气和地回答，“也没有他妈的马。”

伯特·博罗姆认为织针这个人妙不可言——什么事一经他的口就变得可笑了。他就是那种人，说出话来叫人爱听。

“我正在给自己准备过河用的漂子。”伯特说。

“什么样的漂子？”盘子问他。

“还没决定呢，”伯特说，“可能在我那匹马身上绑些罐子。罐子就是好漂子。”

“赶着牛，上哪儿去找他妈的罐子？”杰斯帕问，“要是队长见你抱个罐子，他非问你是谁把酒喝干的不可。”

杰克对牛仔们很宽容，并且小心翼翼地与他们保持一定距离。在他们谈论北上的路上会过什么样的日子时，他绝不插嘴，也从不告诉罗丽娜再有十天牛群就要动身了。给牛烙印记的活儿他干得也不多，虽说有时他也会花上一个晚上帮忙收集牛。更多的时候，他表现出一副与赶牛北上一事无关的样子。

罗丽娜不催他，但她留神着他。他如果想留下，那另当别论；如果他计划离开，那他就必须考虑如何把她带上。不管他对此事作何想法，他不能不带着她走。

可是，就在罗丽娜决定摊牌之前，发生了一件使她措手不及的事情。那天酷热难挨，酒吧里除了大嘴唇别无他人。夏威尔喜欢吃鱼，去河里捉鱼了。罗丽娜正坐在桌旁练习杰克教她的扑克牌游戏，奥古斯塔斯从外面进来了。他的衬衫被汗水浸透了，像是在水里泡了一个星期，他的帽圈也湿透了。他绕到柜台后面，给自己弄了一瓶酒，举着酒杯来到桌旁，也不管天气有多热，只顾冲她咧开嘴笑。

她注意到他也给她捎来了一个杯子，心想，他真够大胆的。可是，正像杰克常说的那样，奥古斯塔斯什么事都干得出来。

“我不懂，这酒吧里为什么只有两个罪人。”奥古斯塔斯说。

罗丽娜没吱声，可大嘴唇插嘴了。

“我这一辈子都想着犯罪——你没算我一个吗？”他问。

“你不算，你肚子上有个窟窿。”奥古斯塔斯说，“你已经偿还了你的债，可我和罗丽娜到目前为止还逍遥法外。”

奥古斯塔斯往她的杯子里斟了一点儿酒，将自己的倒满至杯沿。

“我想和你睡一次。”他漫不经心地说，就像在跟她借两个小钢镚儿。

罗丽娜惊慌失措，不知道该说什么。她看看大嘴唇，他正坐在那里听，似乎这是他的权利。

奥古斯塔斯当然对他的这一建议一点儿也不感到难堪，他摘下帽子挂到椅背上，愉快地看着她。

罗丽娜很痛苦，感到束手无策。她没想到奥古斯塔斯会犯这么大的错误，因为众人皆知他和杰克是好朋友。杰克与她同居，奥古斯塔斯肯定知道，可他照样走来提出要求，似乎与从前没什么两样。

她默默地坐着，显得很为难，奥古斯塔斯反倒更高兴。

“我看你别想了，”他说，“就和我睡一次，一劳永逸。我可不喜欢干坐在这儿，瞧你们女人想来想去的。”

“怎么？”她终于开口了，同时感到有些气愤，“要是我愿意考虑，就有权利考虑。”

奥古斯塔斯只是咧着嘴笑。“好，你有权利。”他说，“只是一个男人对面有个女人在考虑，这事挺可怕，常惹起麻烦。”

他停顿了一下，喝了一大口酒。

“我现在和杰克同居。”罗丽娜说，只是为了把这明显的事实再申明一下。

“我知道，亲爱的。”奥古斯塔斯说，“我从抬头看大路，瞧见杰克回来的那一刻起，就知道你和他会住在一起的。我承认，杰克是同居的好伙伴，比我稍强点儿。但现在的情况是，考尔叫住他干活儿了。考尔可不喜欢杰克也跟你我一样悠闲。因为杰克不干活儿，考尔整个星期都烦躁不安，这回抓住了他，你放心，考尔肯定会让他一两天闲不住的。”

罗丽娜看了看大嘴唇，希望他不在这里。可大嘴唇坐在那儿，被他听到的事吓呆了。他的嘴唇垂下来，像个什么东西的翅膀。每当他的思想被别的事情占据时，他就是这副模样。

“杰克可斗不过考尔，”奥古斯塔斯说，“他肯定要待在那儿给牛烙印。因此，你没有理由不和我睡一次。”

“我给你讲过理由了，”罗丽娜说，“现在杰克在照顾我。”

“不，他没有，”奥古斯塔斯说，“是你照顾他。”

这正是罗丽娜自己发现的那个真理。令她难以理解的是，奥古斯塔斯不仅了解这一点，而且这么容易地脱口而出，似乎这是个很普通的事实。

“杰克·斯普恩从来没有照顾过任何人，”奥古斯塔斯说，“连他自己也没有照顾过。他是整个世界的孩子。主要是他总能找到照顾他的人。从前是我和考尔，现在是你。这没有什么不好，但这不能作为你应该完全放弃的理由。你和我睡一次，也还可以照顾杰克嘛。”

罗丽娜明白，到目前为止，他的话说对了。照顾杰克并不难，也许愚弄他一下也不难。可现在她有了他，卖身的想法已不复存在。他很骄傲，但不自负。这是她喜欢他的原因之一。杰克认为自己长得好看，他不像汀克斯利那样讲究衣着，但很注意自己的风度。他心里清楚，正因如此，女人才迷恋他。她没见过他发火，可是知道他不喜欢别人看轻他。

“我相信他会把碰我的人打死。”她说。

“我也相信。”大嘴唇说，“杰克对罗丽娜格外偏爱。”

“妈的，你自己也偏爱她，”奥古斯塔斯说，“咱们都偏爱她。杰克并不是真正的杀人凶手。”

“在堪萨斯，他把那个人杀了。”罗丽娜说。

奥古斯塔斯耸了耸肩膀。“他用的是猎野牛的枪，子弹碰巧打中了一个牙医。”他说，“我可不把那看作有动机地杀人。”

奥古斯塔斯不把杰克放在眼里，罗丽娜很不高兴。杰克打架时是条硬汉子，这是出了名的。

“他杀了那个土匪，”大嘴唇说，“我听说他射中了那个人的喉咙。”

“事情的真相是，那个土匪骑马过来，正碰上那颗子弹。”奥古斯塔斯说，“该他倒霉，跟那个牙医一样。”

罗丽娜坐着不动。事情太突然了，她无法理出个头绪来。她当然无意与奥古斯塔斯上楼，可也不想像对待别的牛仔那样，用眼睛把他瞪走。奥古斯塔斯不怕瞪眼，好像也不怕杰克。

“我给你五十块钱。”奥古斯塔斯笑着说。

大嘴唇差点儿从凳子上掉下去。这么轻率的举动他闻所未闻，甚至连想都不敢想。与女人睡一觉花五十块钱？但他转念一想，如果他有五十块钱，也乐意给她，以便爬上她的床。男人总还可以挣更多的钱，但是罗丽娜只有一个——至少在边境这一带是这样的。

“嘿，我也给五十块。”他这么说只是想先登个记。

“看不出来你这么阔。”奥古斯塔斯被逗乐了。

“嗯，我现在不阔，以后也许会的。”大嘴唇说，“生意正在好起来。”

“啐！”奥古斯塔斯说，“我们赶牛上路之后，你每个月能挣到五分钱就算运气好了。”

尽管罗丽娜经过一番考虑，觉得奥古斯塔斯说得不错——她曾遇到两个真正的杀人凶手，杰克的举止与他们根本不同。可罗丽娜还是觉得，最好的办法是假装害怕杰克报复。

“我不干。”她说，“他知道后会打死咱们的。”

“他怎么能知道？”奥古斯塔斯说。

“大嘴唇会告诉他。”她说。

奥古斯塔斯看了看大嘴唇。这是真的，大嘴唇是个可怕的饶舌精，而且最会添枝加叶。像这种花五十块钱与女人睡觉的事，他是很难不说出去的。

“我给你十块钱？买你个守口如瓶。”奥古斯塔斯说，“你要是背叛我，我就在你肚子上再穿个窟窿。”

“给我十块钱。”大嘴唇说。他更吃惊了，这么一来，奥古斯斯塔斯就要花六十块钱。他还没听说过为了一时高兴花这么多钱的呢。不过据他所知，哪儿也找不到一个像奥古斯塔斯的人，他好像对钱毫不吝惜。

奥古斯塔斯把钱交给大嘴唇。他把钱装起来，心想，既然已经讲了价钱，最好还是信守诺言——至少到奥古斯塔斯死后。奥古斯塔斯绝非容易欺骗的人。不少人曾试图欺骗他——通常是在打牌时——都被他用那支大枪砸了头。不到万不得已，奥古斯塔斯不会开枪，但用枪砸人他从不犹豫。大嘴唇极想把夏威尔钓鱼时错过的情景告诉他，只是心里明白，还是将这一快活时刻推迟几年为好。肚子上有一个窟窿已经够受的了。

罗丽娜越来越愤懑。她感到为难，真没想到她还会有发愁的事。杰克本应该结束这一切，然而他没有。他自然没有想到他的朋友会背着他干这种事，可这是他的大意，因为他了解奥古斯塔斯。

“你愿意给他钱就给，反正我不干。”她说，“杰克是我的情人。”

“我没打算代替他。”奥古斯塔斯说，“我只想和你睡一觉。”

罗丽娜沉默了。这是应付当前局面的唯一办法。她坐了几分钟，不说话，希望他走开，但是不起作用。他只是坐着喝酒，显得既友好又从容。她想过答应他，这笔钱太可观了。人家出五十块钱，可不简单。若换了别人，她还以为那人精神失常了，但奥古斯塔斯显然清醒得很。从某种意义上来说，他肯为此给她五十块钱，是对她的恭维。

“去找个墨西哥女人吧。”她说，“干吗浪费钱？”

“因为我喜欢你。”奥古斯塔斯说，“我对你说怎么办吧，咱们抓牌。你的牌大，我白给你五十块；我的牌大，我给你钱，你陪我睡一觉。”

罗丽娜想，玩就玩吧，反正只是赌博，杰克也这么干。假如她赢了，这一切就是个笑话，只当是奥古斯塔斯为消磨时间想出的花招。此外，有了五十块钱，她就可以去圣安东尼奥买新衣服，杰克也就不会再挑剔她的衣柜了。她就可以对他说，她总共赢了奥古斯塔斯五十块钱，他将为此大吃一惊，因为他虽常与奥古斯塔斯打牌，但很少能赢几块钱。

结果，眨眼之间奥古斯塔斯就赢了她——她抽了张黑桃十，他拿了张红桃皇后。她意识到受了骗，但说不清楚是怎么回事。她事先没有想到他这么坚决。他是带着目的进来的，而她不够机灵，没有防住他。他立即给了她五十块钱，这可不是假的。事情结束后，他便开始穿衣服，她感到兴致勃勃，一点儿催他走的意思也没有。不管怎么说，奥古斯塔斯常来，没有一次不叫她满意的。五十块钱可真不少，另外，奥古斯塔斯虽是杰克最好的朋友，但她这么受他宠爱，她感到相当满意。她不再沉默，还心满意足地与他依偎了几分钟。

“你和杰克打算结婚吗？”他高兴地看着她说。

“他没提过，”她说，“可他要带我去旧金山。”

奥古斯塔斯哼了一声：“我看那是他的把戏。”

“他保证了。”罗丽娜说，“我一定让他说话算数。”

“你一定会需要我的帮助。”奥古斯塔斯说，“杰克是条滑泥鳅，唯一能拴住他的办法是把他绑在马车上。”

“我能拴住他。”罗丽娜信心十足地说。

“哦，他爱你，”奥古斯塔斯说，“这不等于他会待在你身边。我猜等时间一到，他会用赶牛北上当借口。”

“他要是跟去，那我也去。”她说。

“哈，罗丽娜，欢迎你呀，至少我是这样的。”奥古斯塔斯说，“麻烦的是考尔，他受不了女人。”

这不是什么新闻。考尔是这一带少有的几个不找她的男人之一。事实上，据她所知，他根本没来过酒吧。

“这是个自由的国家，不是吗？”她说，“我看我想去哪儿就去哪儿。”

奥古斯塔斯从床上下来，系好裤子。

“一旦你替考尔干活儿，就不那么自由了。”他说。

“你觉得大嘴唇会把咱们的事说出去吗？”她问。连她都没想到，背着杰克干这种事，她一点儿也不觉得亏心。不管怎么说，她仍是他的情人。发生这种事是因为奥古斯塔斯玩牌时手太快了，这丝毫不影响他们的关系。

“他不会说出去的，”奥古斯塔斯说，“大嘴唇比你想象的有头脑。他的算盘是，如果守口如瓶，他可能再捞十块钱。他算对了，这很可能。”

“那，除非咱们真玩一把，”罗丽娜说，“你洗牌我信不过。”

奥古斯塔斯咧嘴笑了笑。“想和女人睡觉又不肯骗的话，就是想得不够厉害。”他拿帽子的时候说。

第18章

日落后不久，奥古斯塔斯骑马回到营地，心想，这时候那些活儿也该停下来了。他们已经把牛群赶到离河不远的一个狭长山谷里，距孤鸽镇八公里远。考尔每天晚上带着五六个人去河那边，赶回两三百头墨西哥牛——大部分是瘦如竹竿野似鹿的长角牛。不管是什么牛，第二天都会被烙上印记，这项艰苦的收尾工作由头天晚上留下休息的人来完成。只有考尔连干两班，如果睡觉，也只在早饭前或晚饭后睡上一两个小时，其余的时间都用来干活儿。所以，当前人们都知道，工作进度令他满意。他三天两头骑着母夜叉，这匹母马也和他一样，看不出疲劳的样子。

博利瓦对搬到丛林里的这个杂乱无章的大本营极为不满。这里既没有吃饭钟可敲，又没有用来敲钟的撬杠。他把那支枪放在饭桶旁边，双眉紧蹙。两个爱尔兰人吓得总是排在队尾，只能吃到一点儿东西。他们不像刚来时那么胖了。

总的说来，两个爱尔兰人差不多已成为这伙牛仔中的成员。他们一无所知，但是他们的干劲儿与学习的愿望压倒了无知，连考尔也为之感动。一开始他就让他们留下来，因为他太缺人手，不愿意辞掉任何愿意干活儿的人。待高手们到来时，他们俩已经忘记了对马的恐惧，一心一意干起活儿来。由于不是牛仔，他们对在地上干活儿不存有偏见。刚教会他们如何把一只套住的牛按倒，他们便欣喜地扑到牲口身上，也不管牛仔们拖到火旁的是什么——哪怕是只两岁的性情恶劣的长角公牛。他们的技术并不精良，但他们有股犟劲，最终非把它翻倒在地不可。

这种愿意在地上干活儿的精神是必不可少的，因为大部分牛仔宁可吞毒药也不愿被迫下马干活儿。他们自以为是套索手，如果让他们去干有损他们尊严的工作，就会气得像肚子鼓胀的蛤蟆。

因为营地附近没有山羊可偷，博利瓦的食谱便主要是牛肉，外加往常吃的豆子。他带来一袋辣椒，任意往豆子里放，还随便往锅里添东西。在路上碰到什么禽兽他就添什么，多数是响尾蛇，偶尔也用犰狳。

一连几天，人们不言不语地吃着辣得冒火的豆子，只有两个爱尔兰人公开表示不满。肖恩吃不得辣椒，一吃豆子就哭，但是干了那么多活儿，饥肠辘辘，不能不吃豆子。他边吃边哭。大多数人都喜欢这孩子，把他不停地哭泣看成有点儿失常的表现，认为与他的民族性格有关。

然而，有一天，杰斯帕·范特见博利瓦在剥一条响尾蛇的皮，他以为博利瓦不过是想给自己做条蛇皮皮带，可是他偶然扭头，发现博利瓦正往煮肉的锅里放蛇肉，这一景象使他怒不可遏。他听说有人吃蛇，但从没想过自己会吃。他把这件事告诉了伙伴们，他们气得非要把博利瓦吊死不可，或者至少要把他用套索套住，在蒺藜里拖，以使他改变做法。可是他们把这事告诉奥古斯塔斯后，他冲他们大笑起来。

“你们这帮孩子怕是枕着缎子枕头长大的吧。”他说，“你们要是当过保安队员，早就尝过蛇肉了。”

于是，他给他们上了一课，讲的是响尾蛇的烹调艺术。对于这一课，至少杰斯帕听起来是够别扭的。蛇也许比鸡、兔子或者负鼠更高级，就像奥古斯塔斯声称的那样，但这并不意味着他想吃。他不断地去看饭锅，已惹起大家的不满；他甚至在锅里捞了几分钟，挑那些他有把握不是蛇肉的肉。他的一丝不苟更惹恼了队里其他人，因为到了开饭时间，大家早已饿得六神无主了。

考尔和杰克骑马回来时，奥古斯塔斯正在吃饭。见奥古斯塔斯的盘子盛得满满的，杰克有些愠怒。他这一整天都在用烙铁，奥古斯塔斯这段时间却在镇里寻开心。从日出到现在，他们共给四百多头牛打上了烙印，足以让杰克后悔不该建议赶牛上蒙大拿。

“好啊，姑娘们。”奥古斯塔斯说，“你们好像洗了不少衣服。等着，我吃完牛肉就来帮你们下马。”

“我不下马。”杰克说，“给我一盘，进镇的路上吃。”

考尔火了。自从工作开始，杰克今天头一次全天干活儿，而且大部分时间在偷懒。

“怎么？你必须去吗？”他尽量心平气和地问，“咱们今天晚上准备努最后一把力，你知道咱们必须动身了。”

杰克假装没听见，下马吃饭去了。他不想和考尔争吵，能躲就躲。回到孤鸽镇以来，他还没往长远考虑。他经常想，在蒙大拿养牛会发大财，可是想归想，完全不必真的去做。赶牛北上的唯一好处是比在阿肯色被吊死强，或者比在牢里发臭好些。

还有罗丽娜，到目前为止，她没发过脾气，可一旦知道他要离开，她不一定会不生气。他不能带她同去——他不记得有谁曾带女人到过考尔的营地。

心中有待决定的事可真烦人，况且他没有时间认真考虑。他给自己盛了一大块牛肉和一些老墨西哥炖的辣椒豆子，回到考尔和奥古斯塔斯坐的地方。他对考尔尤其不满——凡是人们需要的东西，好像他都不需要，比如睡觉和女人。对考尔来说，生活就是工作，而且在他看来人人都应该这样。

“怎么啦，杰克？你像有一肚子怨气。”杰克坐下吃饭时，奥古斯塔斯说，“我看，踏踏实实的工作可不适合你干。”

“不适合。我都快跟这牛肉一样给炖烂了。”杰克说。

纽特和那两个爱尔兰人在看守牛群。爱尔兰人是特别好的夜间守牛人，因为他们会唱歌，他们的歌声好像能使牛群保持安静。其实全营地的人都很欣赏他们的歌声。纽特不会唱歌，但已迅速成长为一个熟练的牛仔，考尔为耽误了他这么久而感到内疚。

“我特别喜欢晚上，”奥古斯塔斯说，“晚上和早晨。如果不必非有他妈的白天不可，我就更高兴了。”

“今天晚上要是能多弄些回来，星期一就可以上路了。”考尔说，“你看怎么样，杰克？”

“噢，好哇。”杰克说，“可你们没必要非让我加入你们北上的行列。我一直想在圣安东尼奥住些日子。”

“太叫人失望了。”奥古斯塔斯说，“蒙大拿太远了，我还盘算着让你和我聊天呢。”

“那你就另盘算一个人吧。”杰克说的时候，当即决定不去了。

考尔知道，无须提醒他整个北上行动本是他的主意。在某些方面，这个人就像小孩子一样任性，你对他说该做什么，他就偏不去做。在这件事情上，他这样做特别令人恼火，因为大家都没有到过堪萨斯以北的地方。杰克熟悉那个地方，本来可以大有用处的。

“杰克，我们希望你参加，”他说，“还要靠你指路呢。”

“不，杰克不愿意帮助他的伙伴们。”奥古斯塔斯说，“他有他自己愿意干的事，他引起的这一切对他毫无意义。”

“是我引起的吗？”杰克说。他想敷衍过去。

“当然是你。”奥古斯塔斯说，“是谁说蒙大拿是牧人的天堂来着？”

“就是天堂哟。”杰克说。

“那就该找个牧人去说，”奥古斯塔斯说，“你不该对我们这样的老警察说。”

“扯淡，你们现在就是牧人，”杰克说，“除了牛没别的。”

“你打算和罗丽娜结婚吗？”奥古斯塔斯转移了话题。

“和她结婚？”杰克吃惊地问，“我为什么要和她结婚？”

“你会越来越糟的。”奥古斯塔斯说，“像你这样的老流氓，说不行就不行了。最好有个年轻女人帮你搓背，给你送汤送水。”

“我还没有你老呢。”杰克提醒他，“你为什么不娶她？”他对奥古斯塔斯的话不屑一听。

快腿比尔那天早上被马踢了一下，脑门上的疙瘩像鹅蛋一样大。

“你最好让博利瓦往上擦点儿油膏。”考尔建议道。斯佩特尔家的两个孩子都还娇嫩，但不怕干活儿。

考尔站起身盛饭去了。他刚走开，奥古斯塔斯便伸展双腿，冲着杰克笑了笑。

“下午我跟罗丽娜玩牌了，”他说，“我相信你弄得她坐卧不安了，杰克。”

“怎么回事？”

“她真的盼着去旧金山呢。”奥古斯塔斯说。

杰克意识到自己的坏脾气又上来了。罗丽娜该知道，干什么也不能和奥古斯塔斯玩牌，甚至不能和他谈话，尽管听他讲话是不应被指责的。人人皆知，在找不到人谈话时，奥古斯塔斯甚至会跟树墩子聊天。

“我不相信她会在圣安东尼奥停留。”奥古斯塔斯说，“来这儿之前，她在那里待过，女人不喜欢走回头路。对于走过的路，大部分女人往回倒退一步都不愿意。”

“看不出我们怎么办与你有什么相干。”杰克说，“我想，我说去圣安东尼奥，她准去。她要是不愿意去就走她的。”

“带着她跟我们走吧，”奥古斯塔斯说，“她也许喜欢蒙大拿。要是她不愿意老跟着牛屁股，你们可以在丹佛停下来。”

奥古斯塔斯可真不简单。他具有能说出别人尚未考虑成熟的想法的天赋。杰克不止一次想到过丹佛，不断地懊悔没有留在丹佛，而去了史密斯堡。跟着牛群回丹佛实为良策，当然，这并不能完全满足罗丽娜的要求。

杰克很惊讶，奥古斯塔斯竟会提出这样的建议：“你比我更清楚，考尔从不允许队里有女人。”

“考尔又不是上帝，”奥古斯塔斯说，“不必每天都按他的方式行事。她若是我的情人，我就带上她走。如果考尔不乐意，就让他自己生闷气去吧。”

“你养不起她，古斯，她玩牌还不如你呢。”杰克说着，站了起来，“我现在可要回镇上去了，今天夜里不想去墨西哥乱跑了。”

他二话没说，骑马而去。

考尔看着他走后，回到奥古斯塔斯身边：“你说他会跟牛群走吗？”

“除非你允许他把女朋友带上。”奥古斯塔斯说。

“什么？杰克就那么傻吗？”考尔问，“他想把那个姑娘带上？”

“他过去没那么想，现在想了。”奥古斯塔斯说，“是我请她跟我们走的。”

考尔正不耐烦地想走开，奥古斯塔斯的这句话又使他停了下来。奥古斯塔斯净办些古怪事，可是这件事连他都感到太过分了。

“你怎么说的？”

“我告诉他一定要带上罗丽娜，”奥古斯塔斯说，“她将有助于整个队伍。”

“我不答应。”考尔马上说，“你真他妈的浑蛋，明知我不会干的。”

“你不怕干活儿晚了吗？”奥古斯塔斯问，“我可不愿意整夜跟你吵。”

考尔断定这只不过是个玩笑。就算是奥古斯塔斯，也不至于把事情办到那一步吧。“我走了，”他说，“你照管好这边。”

奥古斯塔斯头枕马鞍躺下了。这是个晴朗的夜晚，星星刚刚露面。织针、伯特、豌豆眼、狄兹和盘子正等待出发去墨西哥，其他人则看守着牛群。博利瓦在往篝火上撒尿，发出嗞嗞的声音。考尔掉转马头，朝河那边骑去。

第19章

纽特的思想开始凝聚在对北方的憧憬上。尤其是在夜晚，他无事可做，便骑上马缓缓地绕着牛群转圈，耳边听着沉寂入寝的牛群发出的轻微声响，或者爱尔兰人的曲曲悲歌，遐想着北方，试图想象出北方的模样。

伴随他成长的是东升的太阳、牧豆树、查帕拉尔树丛、犰狳、土狼、墨西哥人和浅浅的格兰德河。大城市他只去过一次——狄兹去银行时带他去了圣安东尼奥，在那里见到的一切都使他眼花缭乱。

还有一次，他与狄兹、豌豆眼送一小群马去马塔戈达湾，见到了辽阔的灰色海洋。当他凝视那无尽的海水时，同样感到头晕目眩。

然而，连海洋的景色也没能使他像现在想到北方时这样心潮澎湃。他常听人们谈论北方无垠的草原、印第安人、野牛以及草原上的各种生物。古斯先生甚至说过那里的大熊，皮厚得子弹都打不穿。还有一种名叫角鹿的类似鹿的生物，比普通鹿大一倍。

再有几天他就要去北方了，这一前景使他一连数小时想入非非、忘乎所以。他每天仍照常干活儿，却有些心不在焉。他想象自己和耗子如何在海洋般的草原上追逐野牛。他还会因想到大笨熊而把自己吓得忘记呼吸。

两个爱尔兰人来了还不到一个星期，纽特已经和肖恩·奥布赖恩交上了朋友。刚开始谈话是单方面的，因为肖恩总是忧心忡忡的，回话也只是三言两语。一旦他发现纽特确实在听他讲话，并不拿他寻开心，便滔滔不绝地谈起来，主要谈他如何想家。他怀念故去的母亲，还一再说如果母亲不死，他是不会离开爱尔兰的。一想到母亲，他就哭了起来。纽特对他说自己的母亲也故去了，两人变得更加亲密了。

一天，他们给牛打完烙印，在河边休息。“你有爸爸吗？”纽特问道。

“有，有一个，是个浑蛋。”肖恩冷冷地说，“只有在想打我们的时候才回家。”

“为什么要打你们呢？”纽特问。

“他就爱打人，”肖恩说，“他是个混账爹。打妈妈，也打我们，抓住了就打。有一次，我们想给他来一次伏击，准备用铁锹打他的头。可他运气好，那天晚上天太黑了，连他的人影都没见着。”

“后来呢？”纽特问。

“哈，醉鬼，”肖恩说，“他掉进井里淹死了。免得我们杀了他，还得坐牢。”

纽特一直想有个父亲，但肖恩在谈到他父亲时如此冷漠无情，使他对这个问题有了不同的看法。也许他根本就不算是不幸的。

他正骑马绕牛群转时，杰克快马向孤鸽镇驰去。

“回镇上去吗，杰克？”纽特问道。

“是的，回镇上。”杰克说。他马不停蹄，以免耽误时间，一眨眼便消失在黑暗里。纽特的情绪低落了些，杰克回来后还没怎么跟他说过话。纽特不得不承认，杰克对他并不感兴趣，对其他的人也不感兴趣。他给人的印象是，他对帽子溪牧场的一切都看不顺眼。

围在篝火旁听人们聊天时，纽特得知，牛仔们无一例外地敌视杰克，因为他占有了罗丽娜，使她不再当妓女。他知道盘子对此格外恼怒，尽管在别人谈论时，他总是一言不发。

“见鬼，”织针说，“边境一带只有这么一件事还值得一干，现在连这也干不成了。”

“可以去墨西哥猛干，”伯特指出，“还便宜些呢。”

“我就喜欢你这一点，伯特。”奥古斯塔斯说着，把一根牧豆树枝劈成牙签，“你是个讲究实际的人。”

“不，他喜欢那些棕皮肤妓女。”织针说。织针脸上总是那么一副极少改变的严肃神情。

“古斯，我听说你也喜欢那个女人。”杰斯帕·范特说，“我可从没想到像你这样年纪的人也干这种事。”

“你知道什么呀，杰斯帕？”奥古斯塔斯问，“年龄并不妨碍找妓女，影响你的是钱。你是聪明面孔笨肚肠，这些事你还不懂。”

“咱们可不该对着小毛孩子说这种事。”伯特说，“我怀疑他们中间还没有谁试过呢，除非跟奶牛。”

人们大笑不已。

“这些小家伙只有等到了奥加拉拉再说。”奥古斯塔斯说，“我听说那儿是草原上的罪恶之城。”

“那儿如果比沃斯堡还过头，我可有点儿等不及了。”杰斯帕说，“听说你可以和那里的妓女结婚一个星期——要是你能停那么久。”

“咱们停多长时间倒无关紧要。”奥古斯塔斯说，“不等走到那儿，我就把你们几年的工资都赢过来了。如果有人发牌，今天晚上就能赢你们一两个月的工资。”

这就足以开赌了。在纽特看来，这些牛仔除了讲故事、聊妓女，最喜欢的就是打牌。每天晚上只要有四个人不干活儿，就在火堆旁铺开一条毯子，玩上几个小时，大部分是用今后的工资作赌注。他们的赌债已经相当复杂，纽特想起来就头痛。杰斯帕·范特把马鞍输给了盘子波吉特，不过盘子仍让他继续使用。

“一个蠢到拿马鞍打赌的人可够资格吃葫芦了。”奥古斯塔斯听说他们那次打赌后说。

“我吃过秋葵荚，”杰斯帕说，“可从来没吃过葫芦。”

到目前为止，不论是纽特，还是瑞尼家和斯佩特尔家的孩子，都不被允许打牌。大人们觉得，在年轻人事业刚开始时就使他们破产，这无异于犯罪。不过，那副牌没有人玩时，纽特就借来与他们几个一起玩。肖恩·奥布赖恩也参加。他们通常赌鹅卵石，因为谁都没有钱。

与肖恩的谈话使纽特对爱尔兰感到好奇。肖恩说那里的草原绿得像地毯，这一描述不起任何作用，因为纽特从来没有见过地毯。帽子溪的牧人没有地毯一类的东西，也没有任何绿色的东西。纽特绞尽脑汁琢磨，整个国家怎么会全被绿草覆盖呢？

“你在爱尔兰做什么？”他问。

“主要挖土豆。”肖恩说。

“没有马和牛吗？”纽特问。

肖恩想了一会儿，只记得他那靠海的村子附近有十二头奶牛，许多个寒冷的夜晚，他就睡在自家那头老奶牛身旁。他想，他如果在美国睡在一头人们称之为奶牛的牲畜旁，恐怕没等他睡着，那头牛就跑出五十公里远了。

“有牛，”他说，“可是不成群。没地方放它们。”

“那你们的草做什么用？”纽特问。

“嗯？不做什么。”肖恩说，“长着呗。”

第二天早晨，纽特帮着狄兹和豌豆眼生火，准备给牛烙印，他提到了肖恩把奶牛带到屋里，和牛睡在一起。狄兹听到把牛牵进屋子里，忍不住大笑起来。豌豆眼则放下手里的活儿，想了有十分钟之久。他从不贸然说出自己的看法。

“在队长这儿可不能那么干。”他终于说出了自己的看法。

“咱们到北方要花多长时间？”纽特问狄兹这位公认的时间与距离方面的专家。

虽说狄兹为牛进屋笑了一通，可是几天以来他已不是往常那个快乐的狄兹了。他意识到变化正在到来。他们就要离开孤鸽镇。他们在这里的生活一直平静、安逸，他不明白为什么要迁移。队长从不匆忙地采取行动，但狄兹认为收拾一下就往北走的确匆忙了些。过去考虑队长的决定时他总是同意的，可是这次他不能同意。他虽然要去，但心里不踏实。他想起当保安队员的岁月里，队长多次向他们灌输的思想——充足的准备是作战胜利的保证。

而现在，队长好像忘了自己的原则，杰克·斯普恩头一天回来，队长第二天便准备走，手下只有临时凑起的一班人和一大批野牛，那些马大部分半死不活。另外，快到四月了，动身去那么远的地方已经晚了。他曾在夏天去过草原，知道那里的水坑干得有多么快。

狄兹预感他们要进行一次艰苦的远征，纽特此时却满心想着未来，激动得无心工作。

“砍柴吧。”狄兹说，“别为时间操心。我看咱们还没到那儿，就到秋天了。”

狄兹瞧着那孩子，希望他别在砍柴时把脚砍掉。他虽然会用斧子，可一旦心里有事就把它忘了。他没有停下手里的活儿，只是心不在焉的，脑子里想着别的事情。

他和纽特关系不错，他们是朋友。这孩子年轻，大有希望，而他老了，也没什么希望可谈。有时纽特提那么多问题，不能不令狄兹发笑——他简直像个蓄水池，不过流出的不是水，而是问题。他对有些问题做了回答，有些则没有。他不把自己知道的一切都告诉纽特。他没有告诉他，日子好过时亦蕴藏着艰苦。

他知道几个精神崩溃的人，他反复思考，觉得他们可能不会通过对天空和月亮的观察得到快乐，以克服每个人必将经受的低落情绪的打击。

这些情绪还没影响到这孩子。他是个好孩子，温柔得像在马厩后边的地上啄食碎石的灰鸽子。无论叫他干什么，他都力图干好，如果说他有什么过分担忧的事，那就是担忧不能取悦队长。这正是全体成员的担忧，只有古斯先生例外。过去几年里，有几次他未能使队长满意，因而总感觉队长的不悦像一处伤痛似的影响着他。

“我敢说，”豌豆眼说，“杰克准又溜了。他肯定不喜欢干烙印这活儿。”

“杰克先生是不喜欢干活儿，”狄兹咯咯笑着说，“不一定是不喜欢烙印。”

纽特仍在砍柴，心中为杰克在人们中间的坏名声感到隐隐不安。他们都认为他是个逃避责任的人。古斯先生干得更少，可没有人那么想他，这真令人莫名其妙。同时，在纽特看来，也太不公平了。杰克刚刚回来。等他休息好了，也许就愿意干活儿了。

就在他胡思乱想时，一斧头没抡好，把正劈的牧豆树砍飞一片，差点儿打中狄兹的头。狄兹早预料到会有这一手，他迅速地低下头，否则非打着他不可。纽特感到非常狼狈——木块飞出的一刹那，他的思想转悠到了罗丽娜那里。他在想，和罗丽娜在一起过一天到底会是什么样。他们只是坐在酒吧里打牌呢，还是干别的？由于他连句话都没和她说过，因而难以想象两个人一整天都能干些什么，可是他喜欢想这件事。

狄兹什么也没说，连责备地看他一眼也没有，但是纽特仍感到丢脸。有时候狄兹像完全能看透他的心似的，如果他猜出他在想罗丽娜，那他会怎么看？

他提醒自己，罗丽娜是杰克的女人，然后努力集中精力劈那些硬木柴。

第20章

杰克一进干豆酒吧的门，罗丽娜便发现他心绪不佳。她走到柜台前要了一瓶酒和两个杯子。她坐在桌旁，百无聊赖地玩着手中的牌。现在刚到黄昏，除了大嘴唇和夏威尔，酒吧里没有别人，这倒有点儿让人意外。通常这个时候，已有三四个帽子溪的牛仔在这里了。

罗丽娜仔细审视了杰克几分钟，想知道杰克的愠怒是不是因为她。毕竟她今天下午与奥古斯塔斯睡了一次——杰克不是不可能通过别的途径知道这件事。她并不想让杰克知道，不过也不怕他知道。他也许会揍她，也许会把奥古斯塔斯打死。她发现自己猜不到他要干什么，这也是不怕他知道的原因。不管他怎么干，她将更加了解他。

他在桌旁坐下，把杯子放到她面前，她马上意识到使他脸上显出怒容的不是她。从他眼睛里看不出任何不友好的神情。她呷了一两口酒，这时大嘴唇走过来和他们坐在一起，好像他是应邀而来似的。

“啊，我知道你是要来的。”大嘴唇说着，把他的脏圆礼帽从满是皱纹的前额向后推了推。

“我是自己来的，我还想自己待着呢。”杰克气急败坏地说。他站起身，二话没说，拿起瓶子和杯子朝楼梯走去。

这使罗丽娜对大嘴唇极为不满，因为她的房间还很热，她宁愿待在酒吧里，这里至少还有一丝风。

但是杰克如此不悦，她没有别的选择，只好跟上楼去。离开时，她狠狠地瞪了大嘴唇一眼，吓得他嘴唇都耷拉下来了。

“你为什么这样瞪着我？”他问，“我又没说你的坏话。”

罗丽娜没回答。对付大嘴唇，眼睛比语言更有用。

她刚进屋，杰克就想跟她上床，而且迫不及待。上楼时他喝了半杯酒，每一次他一气喝进许多酒时都会产生这种欲望。他身上很脏，与牛群混了一天不可能不脏。通常他会等着洗个澡，至少也会在脸盆里把脸和手上的脏土洗掉，可这次他不等了。他甚至戴着帽子就去吻她，但没成功。他的帽子和他身上其他部分一样脏，尘土飞进她的鼻孔，她打了个喷嚏。他这么急是不寻常的——他本是爱挑剔的人，连床单不够干净也会抱怨。

而这一次他似乎没注意到尘土正从他衣服上往下落。当他解开裤子拉出衬衫时，沙土跟着掉了出来。夜晚又闷又热，加上杰克浑身沙土，一切结束时，床上成了泥堆，跟在地上打滚儿没什么两样，还在她身上留下汗水造成的道道泥印。她对此没有抱怨，至少比烟盆子和蚊子强多了。

杰克坐起身拿酒瓶时才注意到尘土。

“妈的，我身上全是沙子。”他说，“可真该在河里洗个澡。”

他叹了口气，给自己倒了杯酒，背靠墙坐着，懒洋洋地用手抚摸着她的腿。罗丽娜呷上一两口，等待着。杰克累了。

“唉，这些人，”他说，“他们都是些讨厌鬼。”

“哪些人？”她问。

“考尔和古斯。”他说，“只因为我对他们提到了蒙大拿，他们就想让我帮着赶他妈的牛群去那儿。”

罗丽娜看着他。他望着窗外，避开她的目光。

“我要是去就不是人，”他说，“我又不是他妈的牛贩子。考尔一心想去，不知为什么。那让他去好了。”

她清楚，杰克要想对抗奥古斯塔斯和队长绝非易事。

他终于瞧着她，眼里露出悲伤，像是请求她帮他出主意。接着他又笑了，他那微微一笑既精明又懒散。“古斯认为咱们应该结婚。”他说。

“我宁愿去旧金山。”罗丽娜说。

杰克又摸她的大腿。“好啦，咱们要去的。”他说，“古斯还有个主意，他说赶牛北上时我应该把你带上。”

然后他又看了看她，像是要猜出她心里在想什么。罗丽娜任他看着。在他衣衫敞开、一副倦态时，好像这个人一点儿也不可怕。她搞不清楚自己到底怕他什么。在其他男人中间，他傲慢得像只雄火鸡，遇到不顺心的事容易发怒，而衣扣解开坐在她床上时，他全然不像条硬汉子。

“老古斯下午来干什么了？”他问，“直到太阳下山才回去。”

“跟你刚才干的一样。”罗丽娜说。

杰克挑了挑眉，但并不十分惊讶。“我就知道是这么回事，这个流氓。”他说，“让我干活儿，他好来找你的麻烦。”

罗丽娜决定把那件事告诉他，这比他从别人那里知道要好些。此外，她虽然把自己当成他的情人，但并没有把他当作自己的主人。除了干那种事，他也并没有控制她什么，只是教了她一些打牌的技巧。

“古斯给我五十块钱。”她说。

杰克无精打采地又挑了挑眉，似乎对他说什么都不会使他惊讶。她有些生气，看他的表情，就像他事先知道这一切似的。

“在金钱上他是傻瓜。”杰克说。

“我没答应。”罗丽娜说，“我对他说我和你在一起住。”

有那么一瞬间，杰克的眼睛恢复了生机。他打了她一耳光，快得她根本没看清他的手。这一耳光虽然打痛了她，但不带一点儿恼怒的意思——比起汀克斯利的拳头，这根本算不上什么。杰克打她这一下，好像他们游戏中的某一条规则一样。过后，他的两眼又失去了神采，以倦怠的好奇心看着她。

“我想他干成了，”他说，“要不你就揍我。”

“我们摸牌决定，他骗了我。”罗丽娜说，“我不敢保证他骗了我，可是我知道。反正他给了我五十块钱。”

“我真该早告诉你千万别跟那老东西玩牌，”杰克说，“除非你准备按他的主意行事。他是我知道的最鬼的牌手。他不常骗人，可要是骗起来，你根本抓不住他。”

他把她身上的泥擦了擦。“既然你有了钱，就可以借给我二十块了。”他说。

“我为什么借钱给你？”罗丽娜说，“你没挣，又没制止我挣。”

杰克被逗乐了。“那就留着吧。”他说，“如果不是古斯的钱，而是其他人的，我非打死你不可。”

“你怎么能知道？”她说着，站了起来。

杰克站着朝窗外看，她整理着床铺。他呷着酒，不再提赶牛北上的事。

“你跟牛群走吗？”她问他。

“还没定下来，”他说，“他们要到星期一才走。”

“我想好了，你走我也走，”她说，“不管跟不跟牛群。”

杰克看了看四周。她身穿内衣站在那里，被他打过的面颊上有块红印，这一下并没给她造成任何影响。在他看来，跟女人在一起从来就待不长，你还没来得及多看她两眼呢，就要开始吵架，她们就要告诉你应该如何做。

“在赶牛的队伍中你可是个稀罕物，”他说，“反正那些混账牛仔都爱上了你。你要是跟着去，到不了雷德河，我就会把他们打死一半。”

“我倒不担心他们，”罗丽娜说，“只有古斯才有胆量来。”

杰克咯咯笑了：“没错，他还想每天摸两次牌呢。”

随着年龄增长，他发现越来越难找到一种简单的生活方式。一方面有他的朋友，他们对他有所求；另一方面有罗丽娜，她对他另有所求。自己到底该怎么办，他拿不准主意。当然啦，与一个漂亮女人在一起可使生活更加幸福，如果这意味着必须带她去旧金山，那可另当别论了。

他自然可以溜之大吉——他既没被捆在床腿上，也没被系在朋友身上。窗户外边就是墨西哥，但是那将带给他什么？墨西哥比得克萨斯更凶暴。墨西哥人时常吊死得克萨斯人，以补偿被得克萨斯人吊死的墨西哥人。假若他所盼望的就是去那里被吊死，还不如被吊死在阿肯色呢。

罗丽娜正用一种古怪的激动眼神看着他，并非因为他打了她一耳光。他感觉她正在猜他的心思。不知为什么，大多数女人都会猜他的心思。他只在夏延河控制过一个红头发的小个子妓女，她只有感情，没有头脑。罗丽娜可不是随便欺骗得了的，她的目光使他处于劣势。多数男人都会为她这天下午的所作所为把她打个皮开肉绽，她却毫无掩饰的意图。她办事我行我素。他忽然想到，必要的时候，也许她才是杀掉那个阿肯色司法官的人。如果他继续让她需要他，她绝不会犹豫不前。

“你别站在那儿不高兴，”他说，“我不会不带你走的。”

“我没有不高兴，”罗丽娜说，“不高兴的是你。你不想留下来，又不想走。”

杰克温和地看了看她。“我去过北方，”他说，“很辛苦。咱们为什么不上圣安东尼奥赌上一段时间？”

“汀克斯利带我去过那儿，”罗丽娜说，“我不想再回去。”

“让你高兴可真难。”杰克说着，突然变得烦躁起来。

“不难，”罗丽娜说，“你挺使我高兴的。我只是想去旧金山，像你答应过的那样。”

“那好，如果你不喜欢圣安东尼奥，还有奥斯汀呢，或者沃斯堡。”杰克说，“有很多好城市，都不像去旧金山那么艰难。”

“艰难不艰难我不在乎，”罗丽娜说，“咱们去就是了。”

杰克叹了口气，又给她斟了些酒。“躺下，”他说，“我给你揉揉背。”

“我的背不用揉。”她说。

“罗丽娜，咱们今天晚上又走不了。”他说，“我只是想对你好些。”

她本无意催他，但对她来说，做出决定太重要了。撤脏床单时她意识到，在他们现在待的这间闷热小屋里，她熬过了那么多的夜晚。她多次更换床单，因为那些男人和杰克一样脏。这种事重复得太频繁了。现在她不干了，她想把床单从窗口扔出去，甚至连床带垫子一同扔掉。她已经与这间屋子以及与屋子有关的一切一刀两断，杰克·斯普恩应该了解这一点。

“亲爱的，你好像发烧了。”杰克说道。他没有想到这是她急于与孤鸽镇以及它的一切永别而引起的。“你要是一心想去旧金山，那咱们就去，可我不想和牛群同住。考尔无论如何不会答应。咱们白天跟他们一起走，晚上自己宿营。”

罗丽娜很满意，她觉得在什么地方宿营无关紧要。这时杰克谈到了丹佛，他说到了丹佛，再去旧金山非常容易。她只是半心半意地听着。杰克用那个小脸盆尽可能地洗去身上的尘土。她只有一条替换床单，趁他洗的时候，她把它换上了。

“咱们明天就动身。”她说。

“牛群星期一才走。”他提醒她。

杰克不得不承认她与众不同。她有艳丽的脸庞、娇美的身体，同时充满个性，这是他在别的女人那里从未遇到过的。那条路上有好几座山脉，例如比格霍恩山。山区空气格外清新，一连骑马朝它走上几天也觉不出离它近了多少。当然，只要不停地骑，终究会进山的。

他们吹熄了灯，一束月光透过窗户照在他们身上。罗丽娜让他揉背，因为他喜欢这么干。她不困，她的心已经离开了孤鸽镇，她仅仅是在等待黑夜结束，以便真的离开这里。杰克揉累了，想把她翻过来再次求欢，可她不肯。她推开了他，这是他最不高兴的事。

“怎么啦？”他问。

罗丽娜没有回答，没什么可说的。他又试了一次，她又一次把他推开了。明知他不喜欢被拒绝，但她不在意。他必须等待。听着他沉重而失望的呼吸，她想了一会儿，原以为他会为此干一架，但是他没有。他的感情受到了伤害，但不一会儿便打起了哈欠。他不停地翻身，希望她会可怜他。他还不时碰她的臀部，似乎是不小心碰着的。他毕竟干了一天活儿，不久便酣然入睡。罗丽娜醒着，她躺在那里，眼望窗外，期待着动身时刻的来临。

第21章

天亮后不久，杰克醒来了，罗丽娜已经起床了。她神情镇定地坐在床边，望着丛林上空的第一抹红霞。他真想连睡几天，不做任何事，不放牛，只是睡下去。但是连睡眠也不由他掌握了。占据他思想的是起床走人——与罗丽娜一道。这一念头驱散了他的睡意。有一两分钟他享受着睡在床垫上的快乐。虽说这是张用玉米皮填充的可怜的垫子，但较之于今后几个月他能得到的要好得多。今后几个月，无论遇到什么天气，他只能在地上睡。

他看了罗丽娜一会儿，思忖着假如用印第安人的故事吓唬她，或许会改变她的主意。

晨曦朦胧之中，在他用一边胳膊肘撑着去看她时，他那使她回心转意的企图消失了。这是他的弱点，让女人失望他受不了，即使最终是为了她们的利益也不例外。至少他不肯当面使她们灰心丧气。他唯一的出路是离她们而去，可他知道他不打算离开罗丽娜。她的美丽驱散了他的睡意。她正全神贯注地望着窗外，那头金发披散在肩上。磨出线头的棉内衫早就该扔了，她没有体面的、能够衬托她那娇美体态的衣物，可是边境大多数男人都愿意骑几十公里路到这里来，仅仅是为了能坐在酒吧里看看她。她具有尚未步入生活的纯真少女的气质——她脸庞的妩媚是当过妓女的人所没有的。他忽然想到，如果他们俩真能到达旧金山，可能生活会过得不错。那里有富翁，罗丽娜的美将很快使他们倾倒。

“看来你的主意还没变，”他说，“我看该起来给你买马了。”

“拿我的钱去，”她说，“别买太贵的。”

她把奥古斯塔斯给的五十块钱给了他。

“哟，用不着这么多钱。”他说，“镇上的马都不值五十块，除非是考尔的马，可他又不卖。”

不过他还是接过了钱，心想，这真是奥古斯塔斯的一大笑话——用他与罗丽娜睡觉的钱给罗丽娜买马去蒙大拿，或者能走多远走多远。他能想象奥古斯塔斯是会干出这类事的，因为奥古斯塔斯从来不让自己背上女人这么一个包袱。

罗丽娜仍注视着窗外。她的心似乎已远离孤鸽镇，沿着北上的路飞奔。杰克坐起来抱住她的双肩。清晨，他喜欢闻她身上的气味，爱闻她的肩膀和脖子。他又闻了闻。对他清晨的这些轻柔的爱抚，她没有拒绝，但也不鼓励。她等着他去买马，心中盘算着需要随身携带的物品。

可带的东西寥寥无几。她心爱的东西是一把珍珠贝梳子，那是她与汀克斯利刚到圣安东尼奥时他给她买的。她有一只细细的金戒指，是她妈妈留下来的，还有一两样别的小东西。她从来不喜欢买东西——买不买东西在孤鸽镇无关紧要，再说这里也没有什么可买的。

杰克坐着伸了会儿懒腰，闻着罗丽娜的气味，盼着她挑逗他，但她没有。他终于穿好衣服，走出酒吧去准备马和马具了。

杰克走了不到十分钟，罗丽娜被轻轻的敲门声吓了一跳。她把门打开一条缝儿。原来是夏威尔，他满脸泪水，怅然地站在楼梯口。他任凭泪水流过双颊，滴落到衬衣上，似乎世界末日即将来临。她不知如何是好。由于她还没穿好衣服，所以不愿让他进来。

“杰克的话是真的吗？”他问，“你今天就要走了？”

罗丽娜点点头。“我们要去旧金山。”她说。

“我想娶你，”夏威尔说，“别走，你走我就不想活了。我把这儿烧掉。反正这儿是个脏地方。我明天就烧。”

烧吧，反正这儿是你的地方，想烧就烧嘛。可她没说出口。夏威尔没有亏待过她。她身无分文时，他给了她工作，并且对要求她做的一切都及时地付了报酬。他现在就站在楼梯口，激动得两眼发黑。

“我这就走。”她说。

夏威尔绝望地摇了摇头。“可是杰克不可靠。”他说，“我了解他，他会抛弃你，你永远也到不了旧金山。”

“会到的，”罗丽娜说，“如果杰克离开我，我就跟别人走。”

他摇了摇头。“你会死在路上的。”他说，“我会把你带到别的地方去。咱们可以结婚。我把这个地方卖掉。咱们可以去加尔维斯顿，然后坐船去加利福尼亚。咱们可以在那儿开一家饭店，我有苔丽丝的钱。开一家干净的饭店，要有桌布的。你就不必再见男人了。”

那么只有你例外。她想。

“让我进去，”他说，“我什么都可以给你，比古斯给的还多。”

她摇了摇头。“杰克会打死你，”她说，“你现在就走吧。”

“我不能走，”他仍旧哭着说，“我想你都快想死了，他要是把我打死倒好受些。我什么都可以给你。”

她又摇了摇头，思想乱成一团。她见过夏威尔犯病，但通常是因为生气。这次犯病则不同。他胸部猛烈地起伏着，泪流成行。

“你应该嫁给我，”他说，“我会好好待你。我跟那些男人不一样，我懂规矩。你以后会知道我有多么好。我永远不离开你。你能过上好日子。”

罗丽娜只是不停地摇头。他说了那么多，最令她感兴趣的是船。她知道的不多，但她知道加尔维斯顿比丹佛近一些。要是可以坐船，杰克为什么偏要骑马去丹佛？

“你走吧，”她说，“我可不愿看见杰克抓住你。他会一枪打死你的。”

“没门儿！”夏威尔叫道，“我要打死他！我有枪。你要不让我进去，他回来我就打死他！”

罗丽娜简直不知该怎么办。他的举止就像个疯子。夏威尔好像根本不打算离开楼梯。他的确有一支枪。杰克当然不会让夏威尔这样的可怜虫打死自己，可是他若打死了夏威尔，结果同样糟糕。他已经在阿肯色因杀人遇到了麻烦。倘若真的发生枪击事件，他们就不能动身了。看来夏威尔是豁出去了。

这时，夏威尔开始往外掏钱，说不清他掏了多少，但肯定不止五十块，说不定有一百块之多。看他掏钱，她很反感。无论她如何计划，如何设法生活，总有男人盯着她并且给她钱。莫斯比万没料到他开始了一件无法终止的事情。她以为杰克终止了这件事，实际上他也没有。至于杀掉别的男人，只是说说而已。假如他真的那么看重此事，就该把奥古斯塔斯打死，管他是不是朋友呢。连他是否会打死夏威尔也很难说——没准儿他只是再给她一记耳光，然后就忘了。

“求你了，”夏威尔说，“求你了，我需要你。”

她想，让他进来起码能使他安静下来。再说，他找她时总是快得像只兔子。

“我不想把床弄脏，”她说，“这是我最后一条床单了。”

对在不在床上夏威尔毫不介意。他把钱放到衣柜上，向她转过身来。罗丽娜把门插上，靠着门撩起内衣。夏威尔感激地看了看她，两腿立即抖个不停。她担心他会倒下，然而他没有。结束时，他的头在她胸上靠了一会儿，泪水湿了她的乳房。

后来，他倒退了一步，提起了裤子。

“再见。”他说。

“啊，我还没走呢，”她说，“下午才动身。”

夏威尔再次看了看她，转身走了。他的目光使她震惊——和她爸爸死时的目光一样。她目送着他下楼。他在她房间里待了不足两分钟，但她的内衣已被他的泪水浸湿。男人们都够古怪的，但夏威尔比许多男人更怪。

她系好扣子，转身将钱藏了起来。这是她向杰克隐瞒的仅有的一件事。

第 22 章

当天下午，牛仔们都围在博利瓦的炉子旁吃饭，奥古斯塔斯抬头看见杰克与罗丽娜骑着马朝营地走来。他们骑着两匹好马，另有一头骡子驮行李。最令人吃惊的是罗丽娜穿着一条裤子。他自以为是个见多识广的人，但不记得曾见过女人穿裤子。考尔正背对着他们，所以没看见，但是有几个牛仔看见了。见到女人穿着裤子，他们吓得简直不知道眼睛该往哪儿瞧。大多数人都死死地盯着自己盘子里的豆子。盘子波吉特脸色煞白。他站起身，连声招呼都没打，骑上值夜班时骑的马，朝分散在山谷里的牛群跑去。

盘子的走引起了考尔的注意。他扭头看见那一对正朝这边过来。

“可该为这谢谢你。”他冲奥古斯塔斯说。

“我承认，这个主意不错。”奥古斯塔斯说。他明知他的朋友在生闷气，但觉得他们的来访兴许会带来些乐趣。最近逗乐的事太少了，唯一令人发笑的是艾伦·奥布赖恩被一匹小野马甩到一片仙人掌丛里，出来的时候连胡子上都扎了刺。

不过，这种险事是常有的，因为马不可靠，而仙人掌又比比皆是。

女人穿裤子则太不一般了。杰克把马骑到炉子旁。奥古斯塔斯从他的举动看出他很紧张。

“好哇，伙计们，”他说，“吃顿饭行吗？”

“当然可以，欢迎你就像欢迎钞票一样，杰克。”奥古斯塔斯说，“你，还有罗丽娜。”

考尔默默地看着这一切，不知道该冲奥古斯塔斯还是杰克发火。后者很清楚不该把女人带到牛群这儿来。这些男人没有女人可争的时候都很难平静下来。

“考尔，我想你认识罗丽娜。”杰克说。他知道考尔不认识她。考尔的沉默总使他忐忑不安。

“我们没见过面。”考尔说。他用手碰了碰帽子，但没有看那女人。他不想当着全体牛仔的面对杰克发脾气。牛仔中除了盘子和两个瑞尼家的孩子，都懒洋洋地吃着饭，或者刚吃完饭，闲散地坐在一边。他们一下子就像在做礼拜时那样规规矩矩地坐正了，有的像是快瘫了。有那么一会儿，整个营地里只能听到那女人的马摆头时马嚼子发出的轻轻的叮当声。

奥古斯塔斯过去帮罗丽娜下了马。年轻人们正襟危坐的模样使他直想笑。即使突然来个科曼切人，也不至于使他们老实成这个样子。

他认出了罗丽娜的那匹棕色母马，它原先属于那个叫玛丽·潘弗利的年轻寡妇。

“我可没料到玛丽会舍得卖她的马。”他说。

“杰克买的。”罗丽娜说。她感谢奥古斯塔斯过来帮助她。打从到了营地，杰克连看都不看她一眼。她还从来没有离考尔队长这么近过，但她看得出来，杰克在他面前显得很不自在。

刚出发，她就被丢在一边，全靠奥古斯塔斯好心帮助，她感到很沮丧。奥古斯塔斯把她领到炉子旁，看着她盛了一大盘食物，漫不经心地和她说话，主要谈论潘弗利那匹母马的好坏。杰克也过来盛了饭，他始终一言不发。

无论如何，她仍对骑马离开孤鸽镇感到满意。她没有再碰见夏威尔。他们收拾行装时，干豆酒吧里空无一人。穿裤子是杰克的主意。他在蒙大拿认识一个女皮货商，她穿的就是裤子。

杰克往马上捆行李时，大嘴唇出来了，他站在酒吧的台阶上再一次对罗丽娜扇动着嘴唇。

“我从来没在背后说过你的坏话，罗丽娜。”他说，看样子要哭了。你哭吧，她想。他摘下那顶帽子，在手里不停地转动着，直至使她感到不安。

“你只能将就着吃。”奥古斯塔斯说，“博利瓦学会了放佐料，可是没学会烧饭。”

博利瓦舒舒服服地靠在一个马车轮子上，没理会他的俏皮话。他心里正在揣度是走还是留。他讨厌旅行，连想一想都觉得不愉快。然而回到墨西哥的家中也同样不会令人愉快。他老婆对他总不满意，而且每天都设法让他知道她的不满。他从来就搞不清她到底想要什么——他们的孩子都还长得挺漂亮——不管干什么，他都没能使她满意过。女儿们是他的心肝，可她们不久都要出嫁，在老婆面前他将孤立无援，无力保护自己。倘若他回家，说不定会把老婆打死。有好几次他想打死几个帽子溪的人，他要是真那么干了，帽子溪的人自然也会开枪打死他。每天都想着要回家，可始终没有回去。留在这里，每天削几片蛇肉放进锅里煮煮，要比回家听老婆抱怨好过得多。

于是他留了下来，日复一日，别人说些什么他根本不予理睬。这样的日子本身就是一种享受，回家就享受不到了，因为对着一个永不知足的女人，想要不予理睬是根本办不到的。

杰克吃饭都尝不出什么味道了，心中一直在想还不如不回孤鸽镇。要是考尔总这么没好气，那么北上肯定不会有什么快乐。他有心把考尔叫到一边，心平气和地解释一下，但是不知为什么，他想不出对他说些什么才好。考尔的沉默足以使他忘了想好的主意——有些主意可以说是绝妙的。

吃饭的工夫，天色更暗了。肖恩·奥布赖恩在牛群那一边唱起了歌。这是一支爱尔兰歌曲。在这安静的夜晚，歌声飞过满布牛群的原野，传到这边，虽然听不清歌词，但纽特快要哭出来了。他老老实实地坐着，离罗丽娜仅几步远。这是他第一次这么近地看她。他不敢看，但因天色已晚，看看也无妨。她比他想象的更漂亮，但她显得很不快活。见到她不快活，他觉得很痛苦，而肖恩的歌声使他的痛苦更深了。他两眼充满了泪水。难怪肖恩这么爱哭，纽特想，他的歌声使人想哭，哪怕听不清歌词。

“这群牛太有福气了。”奥古斯塔斯说。

“怎么讲？”杰克有些烦躁地说。有的时候，他还能忍受奥古斯塔斯的谈话。而有时，奥古斯塔斯的声音吵得他很想抄起枪给他一发。他嗓门大得简直让你无法继续思考，遇到难题时尤其如此。但更令人恼火的是，奥古斯塔斯总是那么兴高采烈，好像世界上的麻烦都与他无缘似的。当生活中愁云压顶时，奥古斯塔斯那无忧无虑的模样实在令人难以忍受。

“嘿，北上的牛群中只有这一群有两个爱尔兰男中音给它们唱歌。”奥古斯塔斯说。

“他唱得太伤感了。”织针纳尔逊说。肖恩的声音像影响纽特那样影响着他。这歌声使他回忆起他八岁时死去的母亲，还有他疼爱的一个小妹妹，她四岁时在一场热病中夭折了。

“这是爱尔兰人的天性。”奥古斯塔斯说。

“不是，是肖恩自己的。”艾伦·奥布赖恩说，“他就是那样的。”

考尔走了过来，他想知道杰克到底打算怎么办。

“我说，杰克，你有什么计划吗？”他尽量庄重地问道。

“啊，我目前很想去丹佛碰碰运气，”杰克说，“我相信我们俩都喜欢凉快的地方。”

“路上可不好受啊。”考尔说。

“给杰克说这个干吗？”奥古斯塔斯说，“他是个到处走惯了的人，不怕困难，眷恋羽绒床可不是他的生活方式。”

他的本意是要给杰克来个赤裸裸的讽刺，因为杰克就喜欢羽绒床。但是谈话气氛太凝重，他的讽刺没引起注意。

“我们想跟着你们的大队伍走。”杰克说着，双目低垂。

“我们自己支帐篷，以免碍你们的事。路上如果需要，我们也可以过来帮把手。一到大草原就缺水了。”

“我要是那么喜欢水，就会一直在河船上干下去，这些年你们大伙儿也就甭想听到我的高级谈话了。”奥古斯塔斯说。

“见鬼去吧，听你讲话让我少活十年。”杰克说。

“杰克，今晚你吃枪药了？”奥古斯塔斯心平气和地说，“我看在这儿生活挺安逸。一旦要离开，你就没好气了吧。”

豌豆眼一丝不苟地用靴底磨猎刀。虽说他知道他们仍很安全，但他已经开始梦见印第安人了。这些印第安人的凶残使他多年夜不能寐。他做的噩梦太可怕了，睡觉时他开始把猎刀握在手里，以便之后到了印第安人地区，他已习惯握刀睡觉。他的这一防范行为给叫他起来值夜班的年轻牛仔带来了某些不便——他们随时都有挨刀扎的危险。杰斯帕·范特对此尤为担心。杰斯帕对危险格外敏感，他通常用踢豌豆眼脚的办法把他弄醒，但即便这样，也不够安全——豌豆眼人高马大，天晓得他什么时候会突然翻身给你一刀。杰斯帕终于找出了一个最好的办法，他用小石头块砸豌豆眼，哪怕这种小心翼翼的举动会被其他牛仔耻笑。

“我可没有不愿意听你讲话，古斯。”豌豆眼说。其实，若叫他马上说出奥古斯塔斯过去这些年都讲了些什么，他连一句也想不起来。他只记得在奥古斯塔斯的声音里昏昏入睡，夜夜如此。

“如果一定要走，我已经做好动身的准备了。”奥古斯塔斯说，“咱们的牛足够办五个牧场。”

考尔也清楚这一点，但他还是忍不住每过几天就再去墨西哥弄些牛回来。没有皮德罗·弗罗斯的竞争，弄牛更容易了。

“可惜你要单独行动，杰克。”奥古斯塔斯说，“如果和我们在一起，你会成为牛大王。”

“不，我宁可当穷光蛋，也不去吃尘土。”杰克说着，站了起来。罗丽娜也站了起来。她沉默着，这是由于男人们盯着她，又佯装不看她。几乎没有人敢直视她，他们只能鬼鬼祟祟地瞅上一眼。待在营地里的一伙男人中间比在酒吧里更糟——酒吧里至少有她的一间屋子，在营地，她除了坐在那里听他们说话，什么也干不了。

“我看咱们还是找个山脊过夜，”杰克说，“在上风处就闻不到这群牲畜的臭味了。”

“天哪，杰克，你要是这么讲究，可该去当个理发匠。”奥古斯塔斯说，“那么你就可以整天闻头油和香水，也就不生气了。”他过去帮罗丽娜上了马。那匹棕色的马焦躁不安地摆动着头。

“我很可能要当理发匠。”杰克说。奥古斯塔斯再次视帮助罗丽娜为理所当然的事，杰克十分不满。她总该自己学着上马才是，前边有几千公里路要走呢。

“希望你们回来吃早饭。”奥古斯塔斯说，“我们日出前一小时吃饭。伍德罗·考尔喜欢完整的一天，你还记得吧。”

“那样的话，我们打算让旅馆给我们送饭来。”杰克讥讽地说了一声，便催马离开了。

考尔生气地目送他们走开。奥古斯塔斯看见他的样子，咯咯笑起来。

“连你也没法儿阻止这类麻烦事发生呀，考尔。”他说，“杰克嘛，你还可以在某种程度上控制一下，而罗丽娜是个女人，她可一点儿不受控制。”

考尔不想与他争论这个问题，提起他的亨利枪，离开了篝火旁的人群。他想独自待一会儿。绕过马车时，他碰上了纽特。

纽特显然是因为那女人在这里的时候憋了泡尿，现在到这儿小便来了。

“对不起，队长。”他说。

“你去把盘子叫回来，”考尔说，“他干吗骑马走了？又不是他的班。我看咱们明天该动身了，总不能把墨西哥的牛全部都弄到手嘛。”

他默默地站了片刻，失去了散步的心情。

纽特很惊奇。队长之前从来不把决定告诉他，而明天动身的决定好像是刚刚做出的，而且就在这马车后面。

“队长，”他问，“北方有多远？”他没法儿不考虑这个问题，加上队长还没有走开，这一问题便脱口而出。

可是他马上又感觉提出这问题挺蠢。“我想一定很远吧，那个北方。”他说，似乎想免去队长回答的麻烦。

考尔猛地意识到他们对这孩子的教育太不够了，他还以为北方是个地方，而不知道北方是指方向。这是奥古斯塔斯的又一失败——他自以为是个伟大的教育家，却很少把人们该掌握的知识告诉他们。

“那里比你去过的所有地方都远。”考尔说。他不知道这孩子都去过什么地方，也许他们顶多带他去过几次酸菜沟。

“啊，我去过北方。”纽特说，他不想让队长觉得他哪儿也没有去过，“我到过北方的圣安东尼奥，记得吗？”

考尔想起来了——狄兹带他去过一次。

“咱们要去的地方可远多了。”考尔说。

第23章

“唉，我会想念万茨的。”奥古斯塔斯说。他正和考尔在微弱的晨曦中吃腌肉。“我已经想我的荷兰炉子了。我的面已经发好了，你偏想这个时辰走。”

“我知道你烤的饼好吃，”考尔说，“但我有充足的理由认为，找个更好的地方生活比吃你烤的饼更重要。”

“你不得不承认饼好吃，你吃得可不算少。”奥古斯塔斯说，“我还想租下这个镇，带着它一起走呢。这样咱们就有了个好酒保，还有人弹钢琴。”

考尔突然决定当天动身，奥古斯塔斯感到十分惋惜。他已经开始思念周围的一切。过去他虽然对它们没有特殊的好感，可现在一想到将失去它们，他便恋恋不舍。

“那口井怎么办？”他问，“咱们再有一个月就挖好了。”

“咱们？”考尔问他，“你什么时候为那口井动过一根指头？”

他向一旁看去，发现奥古斯塔斯的两头猪在马车底下哼哼，大为惊奇。天色昏暗，先前他以为是博利瓦在打呼噜。“谁把他妈的猪带来了？”他说。

“它们自己找来的，”奥古斯塔斯说，“这可是有创业精神的猪。”

“你打算把它们也捎着上路？”

“这还是个自由国家嘛！”奥古斯塔斯说，“它们要是不嫌别扭，跟着走就是了。不知道杰克在哪儿扎营了。”

这时，一群牛仔骑马归来了。他们是值夜班的纽特、豌豆眼、盘子波吉特和杰斯帕·范特，还有第五位，他可不是夜班成员。

“哟，是稀汤琼斯。”考尔说。

“老天，”奥古斯塔斯说，“这个人肯定是把他仅有的那点儿头脑也丢了。”

他们辞掉保安工作之前，稀汤曾和他们一道干过几个月。他勇敢，但懒惰，玩得一手好牌，而且毫无疑问，是他们认识的人当中最能干的骑手。他爱马爱到不离马背的程度，除非睡觉和吃饭。

牛仔们给值夜班的马卸鞍鞴[1]时，考尔说：“我还以为稀汤结婚了呢。”

“那是谣传，”奥古斯塔斯说，“我还听说他跟一个阔女人结了婚，当上了司法官。谁知道，也许那个女人又跟着个牧师私奔了。要是她没有私奔，他干吗五更天跑出来？”

个子不高的稀汤与豌豆眼一起走了过来。

“瞧，看谁来了。”豌豆眼说，“天那么黑，我差点儿把他当成土匪。”

“哎呀，稀汤，你可该等着我们把灯点上。”奥古斯塔斯说着，站起来与他握手，“我们可是一伙百步穿杨的神枪手，你没被打死真够运气的。”

稀汤只说了声“啊，古斯”，便不知道接下去该说什么了。奥古斯塔斯的机智一向使他穷于应付。

---

1. 马鞍和垫在马鞍下面的东西。——编注

“早安，队长。”队长与他握手时，他说道。

“先吃饭吧。”考尔说。他一向对这个人怀有好感，尽管地上有活儿要干时他也不愿下马。

“你从哪儿来？”奥古斯塔斯问，“我们好像听说你在什么地方当市长，要不就是当总督，是吗？”

“我就住在巴斯特罗普，古斯。”稀汤说，“巴斯特罗普没有市长，也没有总督。那儿连个城市都算不上。”

“虽然这两头非凡的猪昨天晚上入了伙，”奥古斯塔斯说，“我们可连个牧牛公司也够不上。你想找工作吗？”

“是的。我老婆死了。”稀汤说，在一片寂静中他又补充了一句，“她一向很虚弱。”

“啊，至少你已经被雇用了。”考尔说。

“我也死了两个老婆呢。”奥古斯塔斯说。

“听说杰克也在这儿，我还没见到他。”稀汤说。他与杰克曾是一对好伙伴，稀汤想加入帽子溪牧牛公司的部分原因是想知道杰克的近况。

“他是在这儿。”考尔说，但并不急于介绍情况。

“杰克不愿和我们这些老马一起住。”奥古斯塔斯说，“他和一个衣裳架子一块儿旅行，看你知不知道我说的是什么。”

“不知道。如果它和杰克一块儿旅行，那我敢打赌，它准穿着裙子。”稀汤说。不知为什么，他这句话惹得大家都不太高兴，或者说除了奥古斯塔斯，每个人都不高兴。只有奥古斯塔斯笑了好长时间。稀汤有些摸不着头脑，但因为已被雇用，便高兴地与豌豆眼一同去吃饭了。

“我去把那块招牌撬下来带走。”奥古斯塔斯说，“我还要带上荷兰烤炉。”

“博利瓦没说他也去。”考尔说。这句话暗示了他的焦虑。假如博利瓦不干，他们全队人马就要靠奥古斯塔斯掌勺了。这么一来，整个北上行动就会出现危机，因为除了烤饼，他做的饭叫人一尝就想发火。

其实，博利瓦就在炉子旁站着，盯着炉火，情绪低落。他也许听见了考尔的话，但没有任何表示。

“哦，博利瓦有冒险精神。”奥古斯塔斯说，“他会去的，要是不去，就只能回家磨老婆，不管他愿意不愿意。”

说完，他去牵那两头拉车的骡子。那头灰骡子大些，名叫油腻；小的那头是棕色的，他们叫它踢腾鬼，这一雅号来自它那两只闪电般的后蹄。它们不怎么干活儿，很少用得着它们套车外出。理论上讲，篷车是供出租的，但一年难得租出去一两次。油腻和踢腾鬼是古怪的一对，前者比后者高许多。奥古斯塔斯把它们套进篷车，考尔则去检查坐骑，准备剔除病弱的马匹。

“别扔掉太多，”奥古斯塔斯说，“很可能得吃它们。”

盘子波吉特没睡够，就算睡了一会儿也没有睡好，所以一听这句话便蹿了起来。

“守着三千头牛，干吗要吃他妈的马肉？”他问道。他一直骑马围着牲口群转，窝了一肚子火。

“我说不清，盘子。”奥古斯塔斯说，“我只知道咱们也许想换换胃口，也可能苏族人会把咱们的牛都抢走。当然啦，他们也会把马抢去的。”

“石头房子战役时就发生过这种事。”豌豆眼说，“他们放火烧草，弄得我他妈的什么也看不见。”

“我可不像你，”盘子对他说，“我敢说有火也好，没火也好，我总能看见我的马。”

“我要到镇上去。”奥古斯塔斯说，“你们就站在这儿说上一整天吧。有人想要什么东西吗？必须是车上能装的。”

“给我带五百块钱来吧，马车装得下。”杰斯帕说。

人们都笑了，奥古斯塔斯并不在意。“我得弄几口棺材来，”他说，“到不了保德河，你们这帮小子就差不多全给淹死了。”

“那你买几个罐子吧，要是能看见。”杰斯帕说。他特别怕淹死，奥古斯塔斯的话影响了他的情绪。

“杰斯帕，我要是看见条船，就给你买回来。”奥古斯塔斯说。他忽然看见博利瓦在恶狠狠地瞪着他。

“你要是想回家就走吧，博利瓦。”他说，“不必到北边去淹死。”

博利瓦的心情极坏。他们只说走，从不说回来的事。他若是走了，就可能永远见不到墨西哥了，也无法再见到他可爱的女儿们。当他朝河那边望去，想到自己的村庄时，同样感到厌倦。与一个沮丧的女人打交道实在令人烦恼，而去当土匪则更令他烦恼。

他没有上马车，而是转身坐到了猪的旁边。两头猪在滴着水的水槽边找到一块凉爽的地盘，肚子贴地卧着，机警地观察着这一切。

“我要是一个月内回不来，你们这帮小妞儿就自己出发。”奥古斯塔斯说完，赶车离去。盘子丧魂落魄的样子令他觉得好笑。他仅仅是为了一个并不爱他的女人而这样的。这种灾难十分平常，不必认真对待。

在离大本营一公里的地方，他遇见了那位给盘子带来痛苦的女人。她正试着煎腌肉。杰克不过去帮忙，连像样的火也没有给她准备。杰克坐在被褥上，正在用小刀挑手上的刺。

奥古斯塔斯停住马车，打算下来聊一会儿天。

“杰克，你不会是用拿顶的姿势睡的吧？”他说，“挑的是子弹吗？她已经朝你开枪了？”

“谁请你来吃午饭的？”杰克说。

“我吃过了。”奥古斯塔斯说，“我只是来帮你们摆摆桌子，这样你们俩就可以吃得像个样子。”

“喂，古斯。”罗丽娜说。

“别跟他说话，要不他会在这儿待上一整天。”杰克说，“我忘了你有多讨人嫌了，古斯。”

头天晚上用绳子捆马腿时，他的拇指扎进了一根刺，因为天黑，没能把它挑出来。绿牧豆树刺的毒性仅次于响尾蛇，现在，那根拇指肿得粗了一倍。此外，在石头地上他没睡好觉，想让罗丽娜给他点儿愉快，罗丽娜又不干，其实他只想借此忘记那根扎刺的指头。他们离镇上只有三公里远，本可以骑马回去在干豆酒吧里舒舒服服睡上一觉，可是在他提出这一建议时，罗丽娜倔强地拒绝了。就这样，他留了下来，一夜都没睡好，一直在为蛇担惊受怕。他在野外宿营的时间不算少，但一直未能消除对蛇的恐惧心理。

“瞧瞧你生的那堆火，那些年没把你冻死可真怪了。”奥古斯塔斯说完，便开始捡树枝。

“别麻烦了，”罗丽娜说，“我已经把肉煎煳了。”奥古斯塔斯停下来是对的，因为杰克正为她头天晚上的事而怒气冲冲。他的自尊心很强，任何拒绝都会惹他生气。在地上睡她倒不在乎，至少凉快得多。

“我可没想到都这时候了你还在床上，杰克。”奥古斯塔斯说，“你要是不改变习惯，可就跟不上我们了。还有，稀汤今天早上到我们那儿找工作了，他还打听你呢。”

“这样一来，花钱可容易了，”杰克说，“稀汤会让你们把今后十年挣的钱输个精光。都说他能赢我，其实不那么容易。”

“好啦，我要回镇上去。”奥古斯塔斯说，“要我给你带本《圣经》或者赞美诗什么的吗？”

“用不着，我们这就动身。”杰克说，“一收拾好就走。”

“没那么快吧。”奥古斯塔斯说，“扎这么个小营地，你们把东西摊得有三亩地大。”

这话不假。他们摸黑扎营，弄得乱七八糟的。杰克想找一瓶威士忌，但没有找到。宿营可不是件简单的事。没有地方洗澡，带的水又少，她拒绝他主要是因为这个。她喜欢洗澡，心想这事可以到离河近的地方宿营时再说。在那里，睡觉前还可以往地上洒些水，压压尘土。

奥古斯塔斯瞅着他们吃那可怜的煳腌肉。人世间事物的发展实在妙不可言，有谁会想到把罗丽娜带出孤鸽镇的竟是杰克？她从到镇上那天起就想着离开，而杰克呢，他曾从所有结识他的女人手中逃脱出来，现在却被一个年轻妓女牢牢地抓住了。

他从罗丽娜手中接过一杯咖啡，看了看杰克肿胀变白的拇指。

“你最好把刺全挑出来，”奥古斯塔斯说，“要不然那只手就毁了，没准儿会失去整条胳膊。”

“我不会失去胳膊，就是丢了胳膊，我一只手照样能打败你。”杰克说，“希望你哪天请我们去吃一次早饭，还还情。”

奥古斯塔斯到达孤鸽镇时，唯一的那条街上依然空空荡荡的，只有一匹马在潘弗利的店前甩着尾巴。他的马车掀起的尘土久久滞留在空中，形成一条尘带。奥古斯塔斯在被遗弃了的铁匠铺前停下车。铁匠叫罗埃·罗埃斯，他少言寡语，几个月前骑马离开了孤鸽镇，再也没有回来。

奥古斯塔斯从铁匠慷慨遗留下的工具堆中找到一根小撬杠，赶车穿过街道，来到帽子溪牧牛公司的畜栏处，轻而易举地将那块招牌从栏杆上撬了下来。荷兰烤炉却不好办，它连动都不动，他只好作罢，反正路上也没有时间做烤饼吃。

他从房子里走过，看了看没顶的马厩。他们在这里住了十年，一朝离开，留下的痕迹却如此之少，使他暗自发笑。住在这里的时候，他们好像随时都可能离开，现在可是真的要离开了。马厩依然没有顶，井只挖了一半。让响尾蛇占领冷房吧，反正他已经把酒罐搬走了。他并不觉得悲伤。对得克萨斯，有一点他是了解的，那就是他幸运地活着离开了——实际上，在实现这一目标之前，他还有很长的路要走。

他把车赶到酒吧，想与夏威尔最后再说几句话。起初他以为酒吧空着，但后来他发现夏威尔正坐在柜台靠里那一头的小桌子旁边。他两天没有刮脸，极度颓唐、消沉。

“妈的，万茨，你的样子真难看。”奥古斯塔斯说，“看来上午的繁忙时刻还没到来吧。”

“永远到不了了。”夏威尔绝望地说。

“失去那个妓女并不等于太阳也不再升起嘛。”奥古斯塔斯说，“去圣安东尼奥再雇个妓女回来。”

“我本来可以跟她结婚的。”他心灰意冷地说。时至今日，他不再掩饰自己绝望的心情。

“这并不奇怪。”奥古斯塔斯温和地说。对年轻人失恋的痛苦，你可以不在意，而夏威尔这把年纪受失恋之苦，你就不得不认真对待了。有些男人战胜不了女人给他们造成的痛苦，他很庆幸自己不属于这一类人，尽管如此，克拉拉结婚后的整整一年，他的情绪一直很低落。事情也真让人琢磨不透，夏威尔有足够的勇气应付像苔丽丝那样的泼妇，罗丽娜的离开却能将他摧垮，虽然她完全有理由不在一个酒吧楼上的屋子里度过一辈子。

“我本来可以带她去旧金山，”夏威尔说，“可以给她钱，给她买衣服。”

“依我看，那个女人这宗买卖没做好。”奥古斯塔斯说，“一小时前我看见她了，她正烟熏火燎地在那儿做饭。但咱们不能像女人那样对待生活，万茨。她们并不单是为图个方便。”

夏威尔耸耸肩膀。奥古斯塔斯经常谈论女人，他从未洗耳恭听过，也不打算从现在开始聆听。听他的话无法使罗丽娜回来，也无法减轻他的失望情绪。那天，她奇迹般地走进来，带来的全是美。一开始他就打算将来某个时候与她结婚，她是妓女也无妨。她有才智，而他断定总有一天她会向他走来。她终将发现，他对她的爱超过任何男人；她会承认，他待她好得多，对她的爱也深沉得多。

可是，事与愿违。他若要求她，她愿意，但也同样愿意满足其他男人。随后，杰克就把她带走了，就这样带走了，容易得很，如同从衣帽架上取顶帽子。

他记得，在他向她表露爱情时，她的眼神一点儿也没有变化，好像他只是在请她大模大样地走出他的酒吧一样。她勉强答应他的要求只是为了不让杰克看见，而且她好像还不知道为那一次，他给了她近两百块钱，是奥古斯塔斯给她的四倍。这么多钱足够送她去旧金山。但她就这么把钱拿走，关上了门。爱情真是残酷无情。

“是呀，可惜你不是个牛仔！”奥古斯塔斯说，“看来你该换工作了。大嘴唇在哪儿？”

夏威尔耸了耸肩。大嘴唇在哪儿与他毫无关系。

奥古斯塔斯喝了一杯酒，没有再说什么。他知道，劝说无法解除夏威尔的痛苦。

“如果杰克被人杀了，告诉她我会去的。”夏威尔说。他任何时候都存着这种愿望。他之所以找到苔丽丝，就是因为她丈夫从房顶上掉下来，把脖子摔断了。像杰克这样的人——一个浪荡鬼、一个赌棍——随时都可能遇到更惨的结局。

“我不大相信这样的事。”奥古斯塔斯这么说，是因为他不愿意鼓励他抱着虚无渺茫的幻想。

他出来后，见大嘴唇戴着他那顶帽子，坐在篷车上。

“你怎么上了我的马车？”奥古斯塔斯问道。

“从房顶上跳下来就落到这儿了。”大嘴唇喜欢寻开心。

“那你还是蹦回房顶上去吧，”奥古斯塔斯说，“我要去蒙大拿。”

“我要给你们干活儿，”大嘴唇说，“在这儿弹钢琴的日子结束了。万茨不养活我，我又不会做饭，我会饿死的。”

“你会在里帕布利肯河里淹死。”奥古斯塔斯说。大嘴唇两腿中间夹着一个小包袱，他显然已经准备就绪。

“咱们走吧。”他说。

“也罢。我们有了两个爱尔兰人，也需要一个肚子上有窟窿的人。”大嘴唇曾经是个好骑手，考尔可以让他看守坐骑。

篷车出镇时，寡妇科尔正在外面晒衣裳。太阳这么毒，奥古斯塔斯心想，没等她将衣服搭到绳上就干了。她养了几只羊，有一只正在啃装衣服的篮子的提手。她是位仪表端庄的女人，奥古斯塔斯每想到他与她不能很好地相处，便感到一阵懊悔。事实是他们连在大街上也免不了争吵。这也许是因为她丈夫乔·科尔使她厌烦了二十年，养成了她喜欢吵嘴的毛病。他本人也喜欢争吵，但不能与一个一生都烦闷的女人吵，否则生活就太紧张了。

就在他们离开镇子的工夫，大嘴唇忽然伤感起来。骄阳之下，小镇沐浴在白光中，全镇唯一的活物就是那位寡妇和她的山羊。全镇只有十座建筑，几乎不足以构成一个小镇，然而大嘴唇还是伤感起来。他还记得这里有过另一个酒吧，里面有五个墨西哥妓女。在肚子上被打出窟窿以前，他经常出入那里，也风流过一些日子。他从未忘记那些乐呵呵的娼姐儿，她们总是坐在他的腿上。其中一个叫玛利亚的姑娘愿意与他睡觉，只是因为她爱听他弹钢琴。那是什么样的岁月啊！

想到这里，他热泪盈眶，因而他泪汪汪地看了孤鸽镇最后一眼。尘土满布的街道在他的视野里，好像正处于倾盆大雨之中。

奥古斯塔斯碰巧发现大嘴唇在哭，眼泪顺着鼻子两边流淌，灌进他那耷拉的嘴里。大嘴唇通常一喝酒就哭，所以哭并不新鲜，但他现在好像没有喝酒。“你要是生病了，就别去了，”他严肃地说，“我们可不要有病的牛仔。”

“我没病。”大嘴唇说。他为流泪而感到不好意思。过了片刻，他觉得好些了。孤鸽镇渐渐远去了——越过棘丛，他已看不见小教堂的尖顶了。

“离开一个地方挺别扭的，不是吗？”他说，“你真不知道什么时候能再回来。”

第24章

纽特虽然知道，在白天最热的时候过去之前他们不会动身，但他还是兴奋得吃不好、睡不安。队长已经下达最后命令——当天出发。他通知所有手下人，叫他们务必检查好各种工具及设备，一旦上路就没有机会修理了。

其实这一劝告只对装备较好的牛仔——盘子、杰斯帕、稀汤琼斯和织针纳尔逊——起作用。就说斯佩特尔哥儿俩吧，他们根本就无装备可言，除非你把那支只有半截撞针的手枪也叫作装备。纽特的装备也多不到哪儿去。他的马鞍是旧的，没有雨衣，只有一床毯子当铺盖。两个爱尔兰人除了租的东西便一无所有。

豌豆眼的那把猎刀是仅有的重要装备。他从早到晚不停地磨它。狄兹呢，就知道用针将一块块生牛皮缝到他那条旧棉被裤子上。

他们看见奥古斯塔斯和大嘴唇一道回来，有些人以为是在开玩笑，但队长立即派大嘴唇去负责马匹。盘子波吉特对此持轻蔑态度。

“要是那些马见他扇嘴唇，会逃掉一半的。”他说。

奥古斯塔斯在查看他那匹主要坐骑的四条腿。这是匹鹿皮色大马，取名疟疾。虽然貌不惊人，但靠得住。

“你会感到奇怪，盘子。”他说，“不过，大嘴唇曾经是把好手。我要是你，就不会那么说。有朝一日你的肚子上也可能穿个窟窿，你不得不靠在妓院里弹钢琴过日子。”

“我要是那样，非饿死不可，”盘子说，“我从来没有机会学钢琴。”

当盘子知道他不必经常碰见杰克和罗丽娜时，情绪有所好转。由于他们在同一条路上走，他也许有机会展示他比杰克·斯普恩更能干。也许她需要有人把她从洪水中或灰熊嘴里救出来——灰熊是人们夜间围着篝火聊天的传统话题。谁也没有见过灰熊，但一致认为杀死它几乎是不可能的事。杰斯帕·范特若是不想淹死的事，就会想到灰熊。

“其实咱们要是碰上灰熊，豌豆眼可以用他的猎刀把熊扎死，他一直在磨那把刀。”伯特·博罗姆说，“那把刀快得能杀死他妈的一头象。”

豌豆眼对这种评论置若罔闻。“有备无患嘛。”他引用队长的一句老话说。

考尔与狄兹骑在马上，把瘦弱的马和牛挑拣出来，准备淘汰。中午时分，他们在一棵牧豆树下纳凉。狄兹在看不远处的一头小得克萨斯公牛。小公牛不是从墨西哥来的，有天早上，它自己逛到这儿来了，身上没有烙印。没多久，它就把三头向它挑战的大个头儿公牛斗得落荒而逃。它的颜色虽不如彩虹，但非常丰富——有的部位是棕色的，有的是红色的或白色的，还夹杂着星星点点的黄色和黑色。看上去不伦不类，却是一头标准的公牛。晚上常能听到它叫。两个爱尔兰人已经开始讨厌它了，因为它的叫声盖住了他们的歌声。

老实说，没有一个牛仔喜欢它。它发起脾气来就去顶马，要是人在地上走，它顶得更凶。一次，织针想下马溜达一会儿，撒泡尿，那头小公牛突然向他顶来，织针边尿边爬上马去。他的那副狼狈相使大伙儿笑得前仰后合。织针气急败坏，想把它套住宰了，但队长制止了他。考尔认为它的毛色虽然古怪，但是头好牛，应该留下。

“随它去吧。”他说，“到蒙大拿以后，咱们需要公牛。”

奥古斯塔斯感到十分可笑。“我的妈呀，考尔，”他说，“你打算用这种模样的动物打扮咱们要去的天堂吗？”

“要是不去管它的毛色，它的样子并不难看。”考尔说。

“让毛色见鬼去吧，样子也见鬼去吧。”织针说。他知道，今后长时间内，他将不得不在马背上过日子，连撒尿都不能下地。

“我看该动身了，”考尔对狄兹说，“不动身永远也到不了。”

狄兹怀疑他们最终能否到达目的地，但他将这一狐疑压在了心底。队长通常能设法达到他的目的。

“我想让你当侦察员。”队长说，“看管牛群的人够多了，你给大家找水，每天晚上找个好宿营地。”

狄兹谦逊地点点头，内心不胜自豪。让他当侦察员比把名字写在招牌上更光荣。这证明队长承认他有能力。

他们回到马车那里时，奥古斯塔斯正在擦枪。大嘴唇正用礼帽扇风，其他人则百无聊赖地坐在那里，盼着快点儿凉爽下来。

“你点牲口数了吗？”考尔问奥古斯塔斯。他身怀数牛绝技，只要骑马穿过牛群，就能得出牛的头数。这一招考尔根本不会。

“没有，我不打算那么干，”奥古斯塔斯说，“你要是对我讲讲数和不数有什么区别，我也许会去。”

“知道咱们上路前有多少头牛，有好处。”考尔说，“如果咱们到那里时还剩下百分之九十，就算运气好。”

“可不，如果咱们的人能剩下百分之九十，就算运气好。”奥古斯塔斯说，“那是你的事，考尔。我嘛，我只是想去看看那块地方。”

盘子波吉特一直在车下打盹儿，他起来得太猛，头砰的一声磕在车板上。他做了个噩梦，梦见自己从悬崖上掉了下去，就在要摔得粉身碎骨的一刹那，他醒了过来，惊出一身冷汗。

“明白我说的了吗？”奥古斯塔斯说，“还没动身呢，盘子就磕着脑袋了。”

考尔端着一盘饭独自到一旁去吃了。这是他的老习惯——离开人群，这样他可以独自考虑问题。在过去的岁月里，他刚养成这一习惯时，人们不理解。偶尔有人会跟着他，想跟他聊天。不久他们便学乖了——在考尔想自己单独待着的时候，没有什么比有人跟着他并且不停地说话更能使他沉默不语的了。他一生都在当一伙人的头儿，但事实上他从来就不喜欢跟人群在一起。他欣赏某些人在战斗中表现出来的本事，但如果他不得不坐下来听他们空谈，或者看着他们喝酒、玩牌、追逐女人，他们在他心中的地位就降低了。听人们谈话通常使他感到更加孤独——比他只身一人坐在两公里外的树下更孤独。

他离开大家的时间越长，人们见到他时就越惴惴不安。

“一般人在你身边很难轻松一下，考尔。”有一次，奥古斯塔斯对他这样说，“你自己就从来没有放松过，所以你不知道你失去的是什么。”

“嗯，”考尔说，“豌豆眼在我身边的一半时间在睡觉，这该算放松吧。”

“不对，那是累垮了。”奥古斯塔斯说，“要不是你每天叫他干十六个小时，他也会像别人一样紧张的。”

考尔吃罢，把盘子送还给博利瓦。博利瓦好像决定一道走了，但他没有任何表示。考尔想让他一同去，但感觉这样做不大合适。让一个有老婆、女儿的人离开这里，又不去和家人说一声，似乎不近人情，何况这一去他也许永远不会返回了。这个墨西哥老枪手并不欠帽子溪牧牛公司什么。考尔勉强地向他提出了这个问题。

“博利瓦，我们今天就要走了。”他说，“你要是愿意，可以把工钱取走。”

博利瓦生气地摇摇头，没有说话。

“博利瓦，我很高兴你和我们在一起。”奥古斯塔斯说，“你会成为像样的加拿大人的。”

“加拿大是什么？”本·瑞尼问道。他始终不明白加拿大是什么。

“是有极光的地方。”奥古斯塔斯说。天气热得连话都少了，所以什么样的问题他都欢迎。

“极光又是什么？”那个孩子莫名其妙地问。

“嗯，是天上的光，”奥古斯塔斯说，“我不知道你在蒙大拿能不能看见它。”

“不知道还能不能再看见杰克，”豌豆眼说，“杰克这个人从来不安分。”

“他昨天还在这儿，咱们又不必跟他结婚。”盘子说。一提到这个人的名字，他就按捺不住心头的怒火。

“好啦，我的枪上好油了。”奥古斯塔斯说，“咱们走吧，去科曼切人住的地方把他们撵跑——要是军队还没有赶跑他们。”

考尔没有搭腔。

“离开这个地方，你不觉得可惜吗？咱们已经把这儿变成这么安宁的地方了。”奥古斯塔斯问。

“不。”考尔说，“咱们一到这儿就该马上离开。”

他说的是真心话。他对边境没有好感，虽说草原上有危险，但他喜欢到那儿去。

“生活真有趣，”奥古斯塔斯说，“全部的牛、百分之九十的马是偷来的，而我们自己曾经是受人尊敬的执法人。到了蒙大拿，我们不得不参与政治。一旦那块鬼地方成立一个州，你肯定会当州长。这么一来，你就要花全部时间通过法律来反对偷牛贼。”

“我倒希望我能通过一条反对你的法律呢。”考尔说。

“我真不知道咱们走后万茨怎么办。”奥古斯塔斯说。

第 25 章

后半晌，他们用绳子把坐骑都圈起来，以便让每个人为自己挑选一组加鞍备用马，每人可选四匹。这项工作进行得很慢，因为杰斯帕·范特和织针纳尔逊老是拿不定主意。两个爱尔兰人和那几个孩子只得用有经验的牛仔们挑剩的马。

奥古斯塔斯不想屈尊前去挑选。“我打算一路上都骑老疟疾，”他说，“要么就骑油腻。”

选好了马，就该分岗位了。

“盘子，你在右边。”考尔说，“稀汤在左边，伯特和织针当你们的助手。”

盘子早就预料到这种安排。作为高手，他独当一面，无人对他的权力提出异议。但伯特与织针对稀汤占了另一面颇感不快。他俩在公司里待的时间更长，对此安排感到有些委屈。

斯佩特尔兄弟被派去协助大嘴唇看管马群，纽特、瑞尼兄弟和爱尔兰人在牛群尾部压阵。考尔看好了，每人都有一块大围巾，因为牲口群尾部尘烟滚滚，十分呛人。

他们花了一个小时修补篷车。奥古斯塔斯看不上这辆车，他说："这辆倒霉车连布拉索斯都到不了。"

"可这是咱们唯一的马车。"考尔说。

"你还没给我派活儿干，你自己也没有。"奥古斯塔斯指出。

"这容易，"考尔说，"我来吓唬土匪，你去跟印第安酋长聊天。"

"你们把牛群赶开吧，"他对手下人说，"咱们要抓紧时间啊。"

奥古斯塔斯已经在牛群里走了一圈，他得出的数目是两千六百头多一点儿。

"就算两千六百头外加两头猪吧。"他说，"咱们这是最后一次看见格兰德河了。得有人讲讲话，考尔。想想咱们在这条河上经历了多少事啊。"

考尔没有心思陶醉在戏剧性的场面中。他跨上马，过去帮牛仔们赶牛群。这并不难，大部分牛仍然野得像羚羊，本能地离开了骑手们。几分钟后便来到了北去的路上，首尾相距二公里远。两边的牛仔们很快就在矮树丛中消失了。

大嘴唇和斯佩特尔兄弟与马车在一起。尘土太大了，他们故意让马群离牛群尾部远一些。

博利瓦坐在马车上，腿上摆着那支枪。经验告诉他，麻烦通常来得很迅速，一旦有麻烦，他就可以用这支枪来对付。

纽特常听人们说到尘土，直到牛群出发前的一刻，他从来没有认真对待过。现在他可不能再不把它当回事了，眼下，除了尘土，没有别的可以引起他注意的事发生。草很稀疏，每只牛蹄都会掀起一点儿土。还没走两公里，他浑身上下都成了灰白色。尘土这么厚，他甚至觉得不可理解。他只得将大围巾围到鼻子上，才能好好吸口气。现在他才明白，为什么盘子和别人总那么急于得到靠近牛群前边的任务。如果一路上尘土都这么大，他干脆闭着眼睛骑到蒙大拿算了。他只能看见自己的马和碰巧跑到离他十米内的地方的牛。大灰熊完全能够过来连他带马一起吃掉，到不了明天早饭时间，谁也不会再想起他了。

但他不抱怨。上路了，他是其中一员。这一刻他等待了那么久，一点儿尘土又算得了什么呢?

尽管如此，他还是每隔一会儿就离牛群远一些。他的围巾被汗水打湿了，尘土沾在上面，一呼吸就像是在吸泥巴。他不得不经常摘下围巾在腿上拍打几下。他骑的是耗子，好像它也希望能有块围巾似的。尘土加剧了酷热，或者说，酷热加剧了尘土。

他第二次停下来拍打围巾时，忽然发现肖恩靠在马背上好像要呕吐。肖恩骑的是棕红马，可这时他和马都成了白色的，像是在面粉里打过滚儿一样。

“碰着了吗? ”他焦急地问。

“没有，我想吐唾沫，”肖恩说，“嘴里尽是泥。可没想到会是这个样子。”

“我也没想到。”纽特说。

“咱们还是跟上去吧。”他心情紧张地加了一句——他不想失职。就在这时，他向后看了一眼，惊慌地发现身后站着二三十头牛。刚才他是在尘土中从它们身边骑过来的。他立即拨过马头，回去赶牛，希望队长没有发现。他刚转回去，两头小牛撒蹄就跑。耗子真是匹好牧马，它抖了抖身子，跃过一片不小的查帕拉尔树丛，抢到了牛前边。纽特没料到它这一跃，两只脚镫全踩空了，但幸运的是把这群野东西赶回了牛群。他发现自己心跳加快了，一方面因为他差点儿被甩下马；另一方面，他差点儿弄丢三十头牛。他想，有了这个开端，在去蒙大拿的路上他就不会再丢脸了。

考尔与奥古斯塔斯骑马并行，他们与牛群相隔一段距离。他们正行进在开阔的地方，沿途只有片片查帕拉尔树丛和零落的牧豆树。但情况很快就变了——丛林地带是第一场挑战，一片几乎无法通过的茂密的牧豆树林拦在他们与圣安东尼奥之间。只有少数几个牛仔有过这种丛林的经验，没经验的人弄不好就会弄丢几百头牛。

“你看怎么办，古斯？”考尔问，“从林子里过去呢，还是绕道走？”

奥古斯塔斯笑了。“嘿，这些牛都跟鹿一样，只不过比鹿快些。”他说，“它们过去没问题，怕的是咱们的牛仔，怕有一半人会把眼珠子扎穿。”

“我可不明白你的意思。”考尔说。

“问题是，我不习惯人家征求我的意见。”奥古斯塔斯说，“平时这个时候我正坐在走廊上喝酒。要说这丛林，依我看，从它里面穿过去吧。这是个主意。要么绕到海边让蚊子吃掉。”

“你想杰克会怎么样？”考尔问。

“在地上的一个洞里，跟你我一样。”

“我也不知道为什么要问你问题。”考尔说。

“嘿，我上次看见杰克，他手上扎了根刺。”奥古斯塔斯说，“他觉得还不如留在阿肯色让人吊死呢。”

他们骑上一个小山包，停下来观看牛群。夕阳透过尘烟，形成一片玫瑰色尘团。两侧的骑手相距很远，给牛群留了大量空间。大部分牛长着角，体态轻快，各种颜色的都有。尾部的骑手则完全淹没在玫瑰色尘团中。

“牛群后边的孩子们怕都下不了马了，除非咱们用锹把他们挖出来。”奥古斯塔斯说。

“没坏处，”考尔说，“他们年轻。”

在这晴朗的黄昏时刻，他们回首望去，看到了孤鸽镇，看到了那条河，看到了墨西哥。奥古斯塔斯后悔没把他的酒罐放在马鞍上——他很想坐在这里喝上一小时。虽说孤鸽镇算不上什么城镇，但他相信，若是喝一点儿酒，他一定会为它而伤感。

考尔只是坐在那里审视牛群。奥古斯塔斯看得出来，考尔对离开边境、离开小镇无动于衷。

“真奇怪我竟能和你这样的人做伴，考尔。”奥古斯塔斯说，“假如咱们不是在那个时候而是现在见的面，真不知道你我能不能说上两句话。”

“但愿如此，要真能把住你的嘴，只说两句就好了。”考尔说。尽管一切都很顺利，但他一想起他们干的这些事，便产生一种说不清、道不明的感觉。但他很快就使自己相信，这次迁移是必要的。人们要在得克萨斯落户，打印第安人就是必要的；保卫边境也是必要的，否则墨西哥人就会把南得克萨斯夺回去。

考虑到将会面临的问题，这次北上不一定非去不可。他冒险的意识淡了。一旦远离有人居住的地方，还要冒险。

总能看透他心思的奥古斯塔斯，此时在这个小山包上差不多猜透了他在想什么。

“但愿对你来说，这算得上艰苦，考尔。”他说，“但愿能使你高兴。要是还不能使你高兴，我就不干了。赶着这么一群瘦牛去那么远的地方以寻找生活的乐趣，这个办法也太少见了，这就是我要说的——要是你问我。”

“我不问。”考尔说。

“不错。不过你也很少问。”奥古斯塔斯说，“你真该在执行任务时死去，你知道如何执行任务，麻烦在于你不知道该如何生活。”

“这么说你知道如何生活？”考尔问道。

“毫无疑问，”奥古斯塔斯说，“我比你会生活一百倍。要是死在这个岗位上，我可不愿意，因为这不是我的任务，也不是你的任务。这纯粹是碰运气。”

“可是，在孤鸽镇，咱们并没有交好运。”考尔说。他见狄兹从东北方向回来了，要带他们去宿营地。见到他，考尔很高兴——对奥古斯塔斯的谈话他已厌倦了。他刺了一下马肚子，向山下奔去。只是等他与狄兹到了一起时，才发现奥古斯塔斯没有随他下山。他仍骑在老疟疾背上，在小山包上观望日落及牛群。

Larry McMurtry

[美] 拉里 · 麦克默特里 著　王约西 袁凤珠 译

Lonesome Dove

孤　独　鸽

2

北京联合出版公司
Beijing United Publishing Co.,Ltd.

Lonesome Dove

孤独鸽·卷二

第26章

从小到大，七月约翰逊所受的教育都是不要抱怨，他也的确不抱怨，可他面临的事实是，今年是他有生以来最艰难的时候。这一年，许多事情都被搅得乱七八糟的，他简直不知道同一时期到底该关注哪一件事。

他的副手罗斯科·布朗——他四十八岁，七月二十四岁——兴冲冲地劝说他，最好学会应付这越来越多的麻烦事。

“是呀，你今年已满二十四岁，”罗斯科说，“不能寄希望于别人怜悯了。”

“我并不想要什么怜悯，”七月说，“只是希望一次只出一件麻烦事。我相信，那样的话，我就能应付了。”

“那样呀，你可不该结婚。”罗斯科说。

这句话在七月听来简直是奇谈怪论。他和罗斯科正坐在监狱门前。这里在史密斯堡算得上是一座监狱，只有一间牢房，门上的锁还不管用。关押犯人时，他们就用铁链子把栅栏捆住。

“我不明白这和结婚有什么关系？”七月说，“你知道什么？你又没结过婚。”

“我是没结婚，但我有眼睛。”罗斯科说，“对周围发生的事，我看得一清二楚。婚后你的头一件大事就是脸色变黄了。我挺高兴还打着光棍儿，可你脸色蜡黄。”他接着指出。

“我得黄疸病不怨爱尔迈拉，”七月说，“我是在密苏里那次倒霉的审讯时染上的。”

他的脸色的确仍很黄，体质也虚弱，爱尔迈拉对他的这两种情况越来越没有耐心。

“你的脸色要是能恢复正常就好了。”那天早晨她对他说。其实他比两个星期前好多了。爱尔迈拉个子不高，很瘦，肤色浅黑，缺乏耐心。结婚才四个月，七月发现她时常会意想不到地烦躁起来。她希望一切家务活儿都能一蹴而就，而七月干活儿一向井井有条。结婚才两天，她就因为嫌他干活儿慢而发了第一次脾气。如果说她曾对他有所尊重，现在则一点儿也不尊重他了。有时候他想，她可能从来就没尊重过他，既然如此，又何必要嫁给他呢？

“哎呀，桃子来了。”罗斯科说，“本·约翰逊一定是精神不正常才跟这个女人结婚的。”

“依你这么说，我们约翰逊家的人都有精神病。”七月略有不满地说。即便桃子根本算不上个好嫂子，也轮不着罗斯科来评论他死去的哥哥。他至今弄不明白本为什么给她起了“桃子”这么个绰号，因为她个子高又好吵架，怎么看也不像只桃子。

桃子正在史密斯堡的大街上拣着好路走。由于近来天旱，街上不像往常那样泥泞。不知为什么，她抱着只大红公鸡。她身高一米八，是城里最高大的女人，相反，本是约翰逊家族的小个子。还有，桃子说起话来没完没了，而本呢，别看他是一市之长，一个星期也说不了三句话。本死了，可她还是整天说个不停。

她肯定是为那件事来找七月的。过去的六个星期里，那件事已家喻户晓。

“喂，七月。”桃子说。那只公鸡扑棱了好几次，都让桃子把它摇晃得安静下来。

七月摘了摘帽子以示问候，罗斯科也同样做了。

“在哪儿弄的这只鸡？”罗斯科问。

“我的鸡，它就是不愿意在家里待着。”桃子说。“我在商店旁边找到了它。它要是不小心，就会让臭鼬给吃了。”

“要是它自己不小心，那是活该。”罗斯科说。

桃子一向认为罗斯科是个令人生厌的家伙，他本该懂礼貌些。在她看来，他比犯人好不了多少。她一直反对他当副司法官，但是在史密斯堡这地方，实在没有什么合适的人选。

她问七月：“你什么时候去追捕那个杀人犯？”

“啊，马上就去。”他嘴上这么说，可是一想到要去追捕什么人，心里就烦。

“你呀，要是在这儿再坐上几天，他就逃到墨西哥去了。”桃子说。

“我想，在圣安东尼奥能找到他。”七月说，“我知道他在那儿有朋友。”

罗斯科不得不对他这句话嗤之以鼻。“对了，”他说，“有两个有史以来最著名的得克萨斯保安队员，都是他的朋友。七月自己不让人家给吊死就算走运。我看哪，追杰克·斯普恩可不值得。”

“他值不值得去算什么，”桃子说，“为了本就值得。他是我丈夫、七月的哥哥、这个城市的市长。你以为谁在操心给你发工资的事？”

“我那点儿工资用不着谁来操心，”罗斯科说，“一个他妈的小矮子操操心就足够了。”他认为一个月只给三十块钱，简直少得可怜。

“你要是真的在挣那份工资，那个人根本不会逃掉。”桃子接着说，“你本来可以开枪把他打死，那才是他罪有应得呢。”

罗斯科不安地意识到，对于杰克的逃跑，在某种程度上他确实负有不可推卸的责任。当时，市长的死使他慌了神，因为他喜欢市长，但更喜欢杰克。再者，发现本躺在大街上，身上有个大窟窿，他吓蒙了。当时人人都惊呆了，桃子都昏了过去。酒吧里有一半人都认为是那个驴贩子开枪打死了本，等罗斯科听完他们的讲述，杰克早已无影无踪。这显然是个意外事件，但桃子不那么认为，除了将杰克吊死，她什么也不答应。杰克若不是机警过人，及时逃走，恐怕已被吊死了。

这件事七月已听说了二三十遍，内容各不相同，一个人一个说法。他深知自己在这件事上的失职，因为去参加密苏里审讯之前，他做的努力不够，没有把杰克撵出城去。如果罗斯科当即逮捕那个人，事情也就顺利得多。但罗斯科除了抓过一个叫达顿的老人，从未逮捕过任何人。达顿在野外喝醉了，罗斯科知道自己有能力对付他。

七月有把握将杰克捉拿归案，因为赌棍们总要在某个城市的某个地方聚集，找到他们并不难。要是没染上黄疸病，他当时就去追捕他了。但是已经耽搁了六个星期，意味着这将是一次长途跋涉的追捕。

为难的是，爱尔迈拉不让他去。她认为连让他抓杰克的想法对他都是一种侮辱。桃子不喜欢她，并且三番五次地怠慢她，她自然不会支持桃子。爱尔迈拉指出，那只是意外事件，还明确地告诉他，不能让桃子约翰逊这么欺负他，逼迫他跑那么远的路。

七月盼着桃子离开。这时，那只公鸡嫌桃子把它挟得太紧了，狠狠地在她手上啄了几口。桃子毫不犹豫地攥住它的头拧了几圈，把头揪了下来。鸡身子被抛出几米远，落到地上还不停地颤动。桃子把鸡头扔到监狱走廊旁边的草丛里。她身上滴血未沾——无头鸡脖子里喷出的血全洒在街上的尘土里。

“让它知道知道啄我的下场。”桃子说，“至少我要把它吃了，免得臭鼬沾光。”

她过去拎起鸡身子，伸出胳膊等了一会儿，直到鸡不再颤动。

“我说，七月，”她说，“你别再磨蹭了，动身吧。不能因为有点儿黄疸就说骑不了马。”

她走远后，罗斯科说：“你们约翰逊弟兄讨的老婆都是他妈的混账女人。”

“你这是什么意思？”七月严厉地问。他不能容忍他的副手批评他老婆。

罗斯科后悔自己不该快言快语。七月对谈论他的新婚妻子很敏感，可能是因为她比他大几岁，并且结过婚。在史密斯堡，虽说人们对她的过去不大了解，但普遍认为她骗了他。

“我指的是本和西尔威斯特。”罗斯科说，“因为你是司法官，我就忘了你是约翰逊家的人。”

全都是废话——罗斯科常说废话。但七月心事重重，无心理他。七月似乎每天都面临着难以决断的问题。有时在饭桌旁，他甚至拿不定主意是否要与爱尔迈拉说话。其实，要弄清爱尔迈拉是否高兴并不困难。她双唇紧闭，眼睛死死地盯着他，却似乎根本没看见他。问题在于，得搞清楚她为什么不高兴。有几次他鼓足勇气问她出了什么事，结果惹来了对他缺点的一顿尖刻、无情的数落。令人难堪的是，她总当着她十二岁的儿子——他的继子乔·布特——的面责怪他。爱尔迈拉曾在密苏里与一个叫迪·布特的人结婚，她只说他得天花死了，除此之外很少谈及别的情况。

爱尔迈拉数落乔和数落七月一样随心所欲，使乔与七月成了盟友，他们俩大部分时间都尽量避免激怒爱尔迈拉。小乔整天待在监狱前，都快成第二副司法官了。他和爱尔迈拉一样瘦得皮包骨，那张瘦小的脸上有两只向外鼓起的大眼睛。

罗斯科也挺喜欢这孩子，常带他去河里钓鲇鱼。有时钓得多了，七月就请罗斯科到家里吃饭，但每次请客都不愉快。虽然罗斯科尽量友好地对待爱尔迈拉，但她总是很瞧不起他。鱼肴晚餐变成了沉默、紧张的应酬。

“七月呀，我看你是进退两难啊，”罗斯科说，“你要么动身去跟那些得克萨斯保安队员斗，要么留下来跟桃子斗。”

“我该派你去追他。”七月说，“是你把他放跑的。”

这只能是句玩笑话。因为罗斯科只能勉强降住年近八旬的老达顿，要他去对付杰克·斯普恩和他的朋友，等于以卵击石。

可是罗斯科听了这话，吓得差点儿从椅子上跌下来。七月竟让他去干这种活儿，简直荒唐透顶。如果七月真有此打算，只能说明，他和爱尔迈拉住在一起，精神出毛病了。

“桃子不会就此罢休。”七月对罗斯科，也对自己说道。

“可不是嘛，去抓杰克是你的责任。”罗斯科说，他尽可能不使自己上钩，“本虽说是个牙医，可他毕竟是你哥哥。”

七月即使决定去，也不是因为本是他哥哥，但他没有说出来。本是他哥哥与他决定去追捕杰克·斯普恩风马牛不相及。本是约翰逊家十个男孩子中最大的，他则是最小的。除了他们俩，其他兄弟长大后都离开了。他本想叫七月也到别处去。司法官的职位空缺时，他不愿意让七月干，可当时的候选人除了罗斯科，没有第二个人。七月得了这一职位，但本一直对此不满，故意制造困难，连给全市唯一的牢房配把新锁都不肯。事实上，七月就不记得本对他做过一件好事。有一次他替七月拔了颗牙，还收了全价。

七月的责任感是对这座城市的，不是对那个死去的人的。从他两年前戴上司法官徽章以来，他对该城的责任感便与日俱增。他认为，别看本是市长，作为司法官，他为公民的安全与福利做的事情远远多于本做的。河工是最大的麻烦——他们经常酗酒斗殴，互相残杀。有时他不得不将五六个人塞进这间小牢房里。

近来路过城里的牛仔越来越多。一次，上海皮尔斯那帮野蛮人路过这里，差点儿毁掉两家酒吧。他们倒不是坏人，只是粗野点儿，一见城市便得意忘形。他们企图惊吓老百姓的牲畜，并把它们套走，对任何限制他们行动的做法都不肯忍受。他们不动刀枪，但会拳术。七月被迫把他们中的一两个人的下颌击碎，并关了他们一夜。

小乔对牛仔们崇拜得五体投地。七月很清楚，一旦有机会，乔肯定会跟着他们跑掉。家务活儿干完了，他就一连几个小时用他找来的一根旧套索练习套树桩或套圈里的小牛。

对那些路过城里的不守规矩的牛仔，七月觉得还可以容忍，但对杰克·斯普恩这类赌徒，他没有任何好感。赌徒的行为令他恼火，他赶走了好几个。

七月认识的人当中，唯独罗斯科喜欢削东西玩。他时常一坐下就削手里拿的小木棍。他并不是要削成个什么东西，只是想把棍子削尽。这个毛病越来越使七月恼火。

“我想，要是我出差了，不等我回来，你就把整个城市给削光了。”

罗斯科全然不动声色，他知道七月正没好气。这不能怪他，瞧瞧他那个老婆爱尔迈拉和嫂子桃子吧。他喜欢削东西，但绝不会削房子。七月一生气就爱夸大事实。

七月站了起来。他个子不高，但力大无比。他还是孩子的时候，罗斯科就见过他把铁匠铺的铁砧子掀倒在地上。

“我回去了。”七月说。

“嗯，小乔要是不忙，叫他来这儿。”罗斯科说，“我们玩会儿骨牌。”

“正是挤奶的时间，”七月说，“他必须挤奶。反正爱尔迈拉不喜欢他跟你玩骨牌。她说玩牌会使他变成懒骨头。”

“算了吧，”罗斯科说，“我玩了一辈子骨牌也没有变懒嘛。”

七月明白，他的话站不住脚。正因为他懒，才只能当个副司法官。七月最不愿意被卷进的事情就是与罗斯科争论他到底懒不懒，于是他向罗斯科挥了挥手，走了。

第27章

七月到家时天色已晚。所谓家，只是城边的一间陋室。路过马圈时，他见小乔又在用套索套那头小牛。套住它很容易，因为它一动也不动。

“你已经把小牛驯好了。”七月说，“要是你愿意，没准儿给它备上鞍子就能骑呢。”

“我挤完奶了。”乔说。他拎上桶，两人一起进屋去了。小屋倒挺不错，只是还没有铺地板，地面用泥土夯得结结实实的。将新娘带回一间没铺地板的屋子，七月总为此感到难过，不过司法官月收入低微，他已尽了最大努力。

屋子很高，有个睡觉的阁楼。七月原计划让孩子在上边睡，但爱尔迈拉坚持他们俩睡在上面，给孩子在地上搭了张小床。

他们进屋时晚饭已经做好了，只有熏肉和玉米饼。她坐在阁楼上，两只脚耷拉下来。爱尔迈拉喜欢坐在上面，两只脚耷拉着悬在半空中。除了偶尔做些针线活儿，她大部分时间都独自待在阁楼上。

“别把奶洒了。”乔拎着桶进来时，她说。

“没多少奶，洒不出来。”乔说。

这倒是真的——奶牛已经精疲力竭了。乔把套索放到小床上，套索可是他的宝贝。一天早上，一群牛仔骑马走过，他在街上捡到了它。一连几天他都不敢把套索亮出来，怕丢失它的牛仔回来找。可是没有人来找，他便慢慢地开始练习套小牛。如果他套的是一匹马，他肯定会认真考虑，是否要骑上它离家去找一家牧牛公司入伙。但是他们只有两匹马，都是七月要用的。

“饭做好了。”爱尔迈拉说着，仍在上边坐着不动，丝毫没有下来与他们共进晚餐的意思。她很少与他们一同吃饭，这使七月很不高兴，但他从不抱怨。小饭桌就在阁楼下面，吃饭时，他一抬头就能看见她的两只脚。他觉得这太不正常了。七月六岁丧母，但他尚记得，母亲总是与全家人同桌吃饭，从不坐在上面，更别说两只脚几乎耷拉到丈夫头顶上。他在不少人家里吃过饭，一次也没遇见过吃饭时谁的老婆在阁楼上坐着。这种事太出格了，七月一辈子都不喜欢越轨的事。他的工作毕竟是让惯例——公民不被枪杀，银行不被抢劫——得以发扬光大。

他曾抓过不少越轨的人，可对自己老婆的出格行为不敢批评一句。

乔并没有因妈妈不和他们一同吃饭而产生七月的那种不安。她要是真的下来一同吃饭，通常会骂他，而他挨骂已经挨够了。此外，他喜欢和七月一同吃饭，一同干任何一件事。对他来说，与七月结婚是他妈妈干的第一件好事。她骂七月跟骂他一样，乔感觉她这样做很不应该，但七月一向逆来顺受，从不反驳。于是，他认为这便是世道——女人骂街，男人忍受，并且尽量别碍她们的事。

“要点儿酸奶吗？”七月边说边向盛酸奶的瓦罐走去。

“不，先生。”乔说。他讨厌酸奶，可七月顶喜欢吃，每次都要问他。

“你那天晚上问过他了。”爱尔迈拉在阁楼沿上说。七月每天回家后干的那几件事总是一成不变，这使她讨厌。

“别再问他了。”她声色俱厉地说，“他想喝，让他自己拿去。四个月了，他一口也没喝过，你别老这么问个没完没了的！”

她的肝火之盛令七月惶恐不安。好像任何事情都能使爱尔迈拉发脾气。他让孩子喝点儿酸奶怎么了？他不喝就说不喝好了，何况他已经这么说了。

“啊，酸奶可是好东西。”七月低声说道。

乔真想喝上一杯替七月解围，但为时已晚。

七月说完这句话后，饭吃得很顺利，主要是因为谁也不再吭声了。七月和乔吃玉米饼和熏肉，爱尔迈拉仍把脚耷拉在半空中。

七月刚放下碗，她就冲他说：“把药吃了，要是不吃，你就等着黄一辈子吧。”

“他已经没有从前那么黄了。”乔说。他觉得，对七月稍加袒护，是他义不容辞的义务，因为七月从来不知道替自己辩护。他并不真的怕她妈妈，虽然她常打他，可她的气很快就消了，倘若她动真格的，他总有办法制住她。

“我看他太黄了，”爱尔迈拉说，“我要是想要个黄皮肤的人做丈夫，还不如和中国人结婚呢。”

“中国人是干什么的？”乔问她。

“提桶水去。”爱尔迈拉说。

孩子去打水时，七月在桌子旁边坐着，心里很难过。他们总算有了口井——河离家二公里地，去那里打水远多了。

小屋里太闷，乔把水打来，又到屋外去了。外边有很多萤火虫，他捉了几只在手里玩。

“洗澡吗？”七月问他妻子，“洗的话，我再去打些水来。”

爱尔迈拉没有回答，因为她没听见他的话。说来也怪，结婚以来，七月说的话她几乎一句也没有听见，就像她听见他说的最后一句话是那句结婚誓词，从此以后，她能听见他的声音，却听不见他说了什么。他与迪·布特不同。迪能说上一个星期，内容不会重复；而七月呢，在她看来，自打结婚到现在，他从没说过内容不同的话。

这倒一点儿也不使她不安，因为如果有那么一件事是她不必做的，那就是与男人说话。

“我一直在想，我最好还是去追捕杰克·斯普恩。”七月说。他不论说什么，总是用那么一种调子，越发难以使她注意他在说什么，但爱尔迈拉明白了他的意思。

“去干什么？”她问道。

“去抓杰克·斯普恩。”七月说，“我的黄疸病已经好了，可以骑马了。”

“随他去吧。”爱尔迈拉说，“到底谁想抓他？”

七月不打算告诉她是桃子想抓他。“啊，他打死了本。”他说。

“我说了，别管他的事。”爱尔迈拉说，“那是意外事故。”

她走下梯子，把脸浸在冷水里，然后用一块当毛巾使的口袋布把脸擦了擦。

“他不该逃跑，”七月说，“有可能会获释。”

“不对，桃子会把他打死的，”爱尔迈拉说，“她可是个目无法纪的女人。”

这种可能性是有的。桃子的脾气一上来就控制不住。

“可我必须去抓他，那是我的工作。”七月说。

爱尔迈拉直想笑。七月太高看自己了，以为自己能抓住像杰克·斯普恩这样的人。但她若笑出来，就等于自己坦白了。七月根本就不知道她认识杰克·斯普恩，实际上，在认识迪之前她就认识杰克。他与迪在堪萨斯时是伙伴。有一次，杰克开玩笑似的向她求婚。但杰克不是那种可以结婚过日子的人，而且她当时也没有要结婚的意思。她在道奇当妓女时，他常和她开玩笑，说她有朝一日会落个好名声，其实连他都没料到，她会与一个司法官结婚。他知道后笑个没完。他来史密斯堡后，她在街上见过他两次，从他咧嘴一笑和行脱帽礼的行为可以看出，他认为这是天底下头号大笑话。如果他来这间小屋，看到这脏乎乎的泥土地，就会明白，这个笑话并不那么值得一笑。

但是，七月向她求婚时，她没有犹豫，尽管当时她认识他才三天。是野牛猎人使她改换生活道路的。有个猎人对她很感兴趣，那人个子高又粗野。她本应拒绝他——长这么大还从来没受到过这样的糟蹋，可是她不敢。野牛猎人那么多，若不是迪，他们恐怕早把她结果了。迪对她一向另眼看待，借给她足够的钱，使她在密苏里的圣约瑟夫站住脚跟，但她在那儿没什么名气。就在这个时候，七月到那里出庭作证。当时她穷极无聊，便去看审讯打发时光，在法庭上认识了七月。

她在圣约瑟夫只有一间尘土满地的木板房，她的孩子在阁楼上有个小间。迪只在半夜偷偷地来过两次，为的是不败坏她的名声。他也喜欢乔，认为他长大后能成器。她与迪见最后一面时，他们编了天花这个故事。

“我要去北边了，爱尔迈拉。我出汗出够了。”他说。

“你去南方吧，你会过得好一些。要是有人问起你丈夫，就说他得天花死了。你可以当一个寡妇。我很可能得天花，除非我运气好。”

“我跟你一块儿去北边，迪。”她轻轻地说。她不想给他施加压力，况且，即使施加压力也不会对迪起作用。

然而迪只笑了笑，捋了捋他的黄胡子。

“不，”他说，“你该有个好名声。我敢说你能当个女教师。”

说完，他甜甜地吻了她一下，告诉她好好照看他的儿子，给她留下了十块钱，以及对他们在阿比林和道奇共同度过的不平静的日日夜夜的回忆。她知道他不会带她去北方——迪总是独来独往。只有在城里待着赌博时，他才喜欢女人。他主动提出要去找那个把她糟蹋得不成样子的野牛猎人。她佯装不知道那个人的姓名，因为迪不够粗野，肯定不是那个人的对手，到头来被杀的一定是他。

至于七月，与他结婚没有要什么手段。他和那些年轻牛仔一样，从未碰过女人，甚至从来没有和女人说过话。只两天工夫，他便成了她的。她很快发现他没给她什么好印象。他习惯于墨守成规，日复一日干同样的事情。十天里有九天他忘记把沾在嘴唇上的酸奶抹掉。但他不像猎人那样粗野，和他在一起至少不会遭受那种对待。

她听说杰克在城里时，心想，何不跟着他逃之夭夭，尽管她知道杰克不如迪可靠。可在他打死本之后，她便将这个小小的梦收了起来。这是她心中唯一的小小的梦。

从此，生活变得非常无聊。大部分时间她都坐在阁楼上，耷拉着两条腿，回忆与迪和杰克在一起的日子。

七月正坐在暗处耐心地瞧她，老实得像头小牛，嘴上仍沾着酸奶。他这副耐心的样子使她极想用一切可能的办法来折磨他。

七月明白他因某种缘故惹恼了爱尔迈拉，她对他的一言一行都看不顺眼。有时他想，是不是所有的男人都只会让老婆反感、心情郁闷。

他一直竭尽全力表现得好些。他和小乔分担了全部家务杂活儿，力争不让她有所不便。然而他越是彬彬有礼，差错出得越多，不是说错了话，就是办错了事，要么就平白无故地惹她生气。晚上也是如此，她冷冰冰地看着他，使他不敢用手碰她。她睡在离他三十厘米的地方，使他觉得好像离她有几公里远。凡此种种，使他心情极坏，因为他爱她胜过了一切。

“把嘴擦一擦，七月。”她说，“希望你学着点儿，要不就别再喝酸奶了。”

他难为情地擦了擦嘴。每当爱尔迈拉的脾气上来，他便紧张得连是否吃过饭，或者到底吃的是什么都记不清了。

“你没生病吧？”他问。这一带热病正流行，如果她得了病，就能弄明白她为什么如此暴躁了。

“没病。”她说。

他想，既然已经谈到杰克的事，不如一口气说完，反正她迟早是要生气的。

“要是现在出发去抓斯普恩，我想一个月后我就能回来。”

爱尔迈拉目不转睛地看着他。他就是离开一年她也不在乎。她反对这件事是因为她知道桃子在幕后怂恿。倘若让谁来吩咐他去干什么，这个人应该是她，而不是桃子。

“把乔带上。”她说。

七月未曾考虑过这一点，他倒是想过不妨把罗斯科带上。

“那怎么行，你需要他。”七月说，“你有家务活儿要干。”

爱尔迈拉耸耸肩。“我会给那头老牛挤奶，”她说，“杂活儿也不重。咱们又没种棉花。我想让你把乔带上，他该见见世面了。”

在长途旅行中，这孩子也许是个帮手，这倒是真的。如果抓住犯人，就要有人帮着看管。可这么一来，就意味着把爱尔迈拉独自留在家里，他不愿这么做。

她好像看透了他的心思，便坐在桌子旁边看着他。

“我以前就一个人待过，七月。”她说，“没有什么不便的。要是有拿不动的东西，罗斯科可以帮忙。”

这固然不错——这当然不是说罗斯科对此特别负有责任——但罗斯科说他背痛，如果迫使他干点儿类似体力活儿的工作，他便会一连几天抱怨不休。

“可能会打起来，”七月说。他想起人们说，杰克·斯普恩有几位朋友，挺难对付。“我并不盼着打起来，不过，一个赌徒，你是很难捉摸透的。”

“我不信他们会朝孩子开枪。”爱尔迈拉说，“你把乔带上，他迟早要长大。”

说完，她嫌屋里太闷，便到屋外坐到一截树桩上。萤火虫四处飞舞。接着，她听见七月也出来了。他坐在那里一言不发。

尽管他一直这么有礼貌，这么和气，爱尔迈拉仍旧痛恨他。她怀孕了，这件事他还不知道。如果她想办法，以后他也不会知道。她完全是由于害怕才结婚的，其实她既不喜欢他，也不想要孩子。但是她不敢终止妊娠。在阿比林，她认识一个叫作詹妮的姑娘，试图终止妊娠，结果因流血过多而死去了。在一个刺骨的寒夜，她死在爱尔迈拉屋外的台阶上。血顺着台阶往下流，冻成了红色的冰。死去的姑娘詹妮牢牢地冻在台阶上，人们不得不浇些热水才能将尸体移开。

这景象足以使她放弃终止妊娠的打算。但是想到将来多个累赘，又十分痛苦。她不想从头至尾再经历一遍，也不想和七月约翰逊过下去。只是因为那个猎野牛的过于粗野，她才吓得想要改变一下生活方式。

在史密斯堡，她的生活太不同了——无聊得很，大多数日子里，她简直不知道为什么要离开被窝。城里的女人们虽然没有理由猜疑她，但对她都是满腹狐疑，而把她一个人晾在一边。有时她实在忍受不住，想闯进酒吧，与里面的一两个姑娘谈谈话，但她还是给冷漠让了步。她整天什么也不干，只是呆呆地坐在阁楼边沿上。

爱尔迈拉看着屋后林中萤火虫闪闪的荧光，等着、听着。果然，几秒后她听到了金属发出的咔咔声——在回城值勤前，七月又在慢慢拨弄他那把手枪的弹膛了。他天天这么干，恨得她直咬牙。

“我要去看看，”他说，“时间长不了。”

他天天晚上都这么说，而且说的是实话。除非河工们打起来，否则他从不在外久留。他主要是盼望他上床时她想要他。但是她不想要。从她确信自己已有身孕以来，总与他保持一定距离。他的感情受到了伤害，但她对此无动于衷。

听着他在黑暗中走远，她的情绪更加低落了。生活好像没有希望。她盼望七月与乔马上就走，这样她就不必每天与他们打交道。他们的需求十分简单，但她已不想见他们。

随着时光流逝，她越来越思念迪·布特了。他与七月约翰逊截然不同。七月的一举一动都可以猜透，迪却经常干意料不到的事。在阿比林，一次，迪想报复一位他不喜欢的夫人，便假装送给她一个从面包房买来的精制馅饼。他让面包师烤了个馅饼皮，看上去完美无缺，又来到车马店，在馅饼皮里填上刚拉的马粪。那位夫人——一个名叫萨尔的女人，大个子，坏心眼——直到把饼切开才发现这是个恶作剧。

想起迪干的那些事，爱尔迈拉暗自笑了。她是在堪萨斯陷入困境时与迪相识的。当时她还是个姑娘，从那时起，到现在已有十五年之久。她认识的当然不止迪一个人，还有很多其他人。有的只认识几分钟，有的一两个星期或一个月。但她与迪时常来往。他就这么捋捋胡子，心满意足地独自扭头去了北边，这使她很受刺激。他或许以为，这样一来她便可以极容易地落个好名声。选择七月是她自己的过错，可她并没料到他的彬彬有礼到头来竟会如此激怒她。

夜深了，月亮已升到松树梢。爱尔迈拉坐在树桩上望着明月，为能独自一人待着而庆幸。想到七月和乔即将离开，她的精神倒好了些。她想，一旦他们离开，什么也无法阻挡她的出走。差不多每个星期都有船去阿肯色。迪·布特或许同样在思念着她呢。他不会在乎她怀孕了——他从不把这类事放在心上。

想到去找迪，她不由自主地笑了。当七月去寻找一个赌徒时，她将去寻找另一个赌徒，但去的方向恰恰相反。等七月回来，不管抓没抓到杰克，发现自己的老婆已远走高飞，他或许会惊诧得连酸奶都想不起喝了。

第28章

次日清晨，离天亮还有一小时，七月和乔离开小屋去牵马。当乔知道可以与七月一同前往时，简直惊呆了。路过监狱，告诉他的朋友罗斯科时，罗斯科也为这一消息所震惊。

“我连骨牌都来不及教会他，你就去让人家把他打死。”罗斯科说。七月竟会干出这等事，真使他大惑不解。

乔才不怀疑这奇迹般的决定呢，最使他不安的是还没有马鞍。七月从桃子约翰逊那儿借来一副旧马鞍，解决了问题。桃子见七月终于要去抓杀她丈夫的凶手，高兴极了，因而愿意把马鞍给他们——反正老鼠已经啃得差不多了。

爱尔迈拉起床给他们准备早餐，但七月的沉重心情丝毫没有因饭菜而有所减轻。整整一夜他都在盼着她回心转意，过来和他亲近亲近，这是近期在家的最后一个夜晚了，可她没有过来。在他们睡觉的床上，他翻身时不小心碰了她一下，她却不为所动。七月明白，她是不会想念他的，别看他肯定会十分想她。虽说有点儿荒诞，可她对乔的离开，居然也没有显露出舍不得的样子。乔是她的儿子，他是她的丈夫——她若既不爱丈夫又不爱儿子，那么她究竟爱的是谁？她完全知道，这一走就是几个月，可她像平时任何一天那样对他们冷若冰霜。乔走之前，她让他打了桶水，紧接着又因七月差点儿忘记吃黄疸药而大发雷霆。

唯一使他得到安慰的，是他认识到他在干分内的工作。他每月挣着这个城市付给他的三十块钱。有些吝啬的市民认为，在史密斯堡每个月花三十块钱雇个司法官不值得。人们认为追捕杀死市长的凶手是司法官责无旁贷的任务，尽管这也许比制止河工用刀子互相厮杀还要安全些。

爱尔迈拉在小屋门前站着。他们骑上马，穿过昏暗的城市来到监狱前。刚到那里，乔骑的那匹叫阿红的马突然来了脾气，乱蹦乱踢一通，把乔甩了下来。乔没有伤着，但感到非常难堪，因为他刚开始执行这么重要的任务，就被摔了下来。

“阿红就是这样的，”七月说，“它总是乱蹦。它也甩过我一两次。”

罗斯科睡在一张长椅上。他们俩到达时，他站起身，光着脚到处走。七月摘下一支步枪和两盒子弹，然后又拿了一支手枪。

“那是我的手枪。”罗斯科说。他正没好气，天还没亮就搅得他无法睡觉。

“我们需要吃饭。”七月说，“要是见不着鹿，乔可以打只兔子充饥。”

“你们可能遇上科曼切人，让他把你们俩都当成他妈的一窝兔子宰了吃肉。”罗斯科说。

“得了吧，我看他们被杀得差不多了。”七月说。

“差不多？”罗斯科说，“哼，去年我差不多杀了一窝科曼切人，有两个逃了的差不多把我活活扎死。对科曼切人可不能用

‘差不多’这个词。你们今天动身够早的，准是计划好了一天内赶到圣安东尼奥吧？”他补充道，同时还在为被从椅子上叫起来生气。

七月由着他生气，把另一个枪套摘下来，以便把手枪放进去。

晨曦照到河上时，他们准备动身了。罗斯科忧心忡忡。七月在身边时，当个副司法官轻松自在，七月一旦离开，他便感到责任重大。什么事情都可能发生，他只好一个人应对。

“但愿科曼切人别来史密斯堡。”他忧郁地说。他曾多次梦见坐在牢房前削木头时，野蛮的科曼切人从大街上蜂拥而至，他们在他身上射满了箭。

“不会来的。”七月说。他想趁罗斯科还没有想到别的什么可怕事情时赶紧离开。

罗斯科发现乔光着头，这是七月的又一疏忽。他想起他有一顶黑色的旧毡帽就挂在墙上，便转身去拿，给了孩子。

“喏，把这个戴上。”他为自己的慷慨感到吃惊。

乔戴上它，把鼻子都扣住了，只露出那张正龇牙笑的嘴巴。

这孩子的确需要一顶帽子，但七月说：“戴上这顶帽子，他非从山崖上掉下去不可。”

“他可以用根绳子什么的系上，”罗斯科说，“有顶帽子就可以不让他妈的太阳照他的眼睛了。”

待到一切就绪，可以出发时，七月又莫名其妙地不愿离开了。天已大亮，街道尽头河水闪闪发光，再远处，地平线上泛着红光。黎明时分，城市显得宁静、可爱。一只公鸡开始啼叫。

七月总感觉有些事情极不正常。他不止一次怀疑爱尔迈拉也许得了什么怪病，使她变得举止失常。就拿吃饭来说吧，她比大多数人吃得都少——只吃一星半点儿。现在他除了把她托付给罗斯科照料，再没有别人可以信赖了，而罗斯科怕她并不亚于怕科曼切人。

“你照顾一下爱尔迈拉。”他斩钉截铁地说，“如果她需要买什么东西，你替她拿着。”

“没问题，七月。”罗斯科说。

七月上马后又把行李检查了一遍，便坐在马上凝视着那条河。天气渐暖，所以行李不多。

他说：“要是弄到鱼，就给她送一两条去。”

对罗斯科来说，这可真是个奇怪的指示。爱尔迈拉明确无误地表示过，她不喜欢吃鱼。

“没问题，七月。”他又说了一句，其实他并不打算浪费时间把鱼送给一个不爱吃鱼的女人。

七月再想不起吩咐什么了，罗斯科和他一样了解这个城市。

“乔，小心点儿。”罗斯科说。不知为什么，看着这孩子走，他心情很不平静。乔的那副马鞍又旧又破，但他仍在那顶大帽子下面咧嘴笑着。

“我们会抓到他的。”乔自豪地说。

“啊，我可不能再让人打死牙医了。”罗斯科说。

七月觉得罗斯科的话简直不着边际。他明知道本死了，城里没有牙医了。“看好老达顿，”他说，“可别让他从轮渡上掉下河去。”

那个老人在河北岸的一个小窝棚里住，只有买酒时才过河。

他总躲着罗斯科，已经两次掉进河里。轮渡上的河工都不喜欢他，要是他再掉下水，他们恐怕会听凭他淹死而不管的。

“我会对付那老东西的。”罗斯科信心十足地说，因为对付老达顿是他唯一感到有把握的责任。

“好啦，罗斯科，咱们下次见面的时候再说吧。”说完，七月掉转马头，不再去看那条河及越来越明亮的天际，与小乔一道很快地出了城。

第29章

六天后，一个责任——一个罗斯科感到空前重大的责任——落到了他头上。像往常一样，这一重大责任从天而降。这天天气格外好，波光粼粼的阿肯色河在街那头缓缓流过。罗斯科无事可做，便坐在监狱前削木头。这时他见桃子约翰逊沿街走过来，身边是小个子查理·巴恩斯。查理是位银行家，也是全城唯一整天系着领带的人。他还是教堂的主管执事。人们普遍认为，如果桃子再婚，最可能娶她的便是他。查理是个鳏夫，比本富有得多。谁都不喜欢他，连桃子也是如此。但由于她很实际，哪怕她不喜欢他，一旦她想结婚，也会嫁给他。

罗斯科见他们过来了，赶忙合起折刀，把他削的那根棍子放进衬衫口袋里。削木头并不违法，可他不愿从此落个整天无所事事的名声，尤其不愿当着一个很可能成为下一任市长的人的面削木头玩。

“早安，二位。”两人走近时，他对他们俩说。

“罗斯科，我想七月吩咐过让你照顾爱尔迈拉吧。”桃子说。

“是的，他说过要是抓到鱼就给她送一条去，可这几天我没弄到鱼。”罗斯科说。自从七月走后，他从没有想到过爱尔迈拉。现在连发生了什么事他都不清楚，感到很内疚。

“如果我了解七月——我还真了解他——我敢说他交代的比这要多。”桃子说。

“啊，他说要是她叫我帮着提东西，我就去，可她没说。”他说。

“你什么时候见她的？”查理·巴恩斯问。他的样子一本正经，而像他这么个又矮又胖的人，摆出一副严肃的样子并不容易。

这个问题给了罗斯科当头一棒。他最近可能见过爱尔迈拉，可怎么也想不起来是什么时候。这个女人很少到城里闲逛。婚后那阵子，她有时还到商店里花花七月的钱，可他不记得最近在商店里见过她。

“你了解爱尔迈拉，”他说，“她不常出来，老是待在家里。”

“可她现在没待在家里。”桃子说。

“我们想，她不在了。”查理·巴恩斯说。

“什么？她能去哪儿？”罗斯科说。

桃子和查理没有说话，沉默了一会儿。

“没准儿她只是想散散步。”罗斯科虽然这么说，但也感觉不怎么在理。

“我昨天就是这么想的，”桃子说，“她昨天就不在家，今天还是不在。我想她总不至于转悠一整夜吧。”

罗斯科不得不承认这种可能性不大。最近的镇子是鲇鱼林，离这儿二十公里，她不大可能去那里。

“没准儿她不想开门。”他说，“她常在白天睡觉。”

“没有，我进去看了，”桃子说，“里面连个人影都没有，昨天也没见人。”

“我们想她不在了。”查理·巴恩斯又说。他从不多说话。

罗斯科从他那张舒适的椅子上起身，站了起来。如果爱尔迈拉真走了，问题可就严重了。桃子和查理站在那儿，好像在等他采取什么行动，或者对他们说出她的去向。

“我怕她是遇上什么东西了。”他脑子里的想法脱口而出。森林里熊不少，据说还有豹子，尽管他自己一头也没有见过。

“要是她到处走，什么东西会把她抓了的。”桃子说，“也许是头动物，也可能是个男人。”

“咳，桃子，我不明白男人要她干吗。”罗斯科说。说完之后，才发现这话说得很可笑。不管怎么说，桃子终归与她有点儿关系嘛。

“我也不明白，可我不是男人。”桃子说着，瞪了瞪查理·巴恩斯。罗斯科认为查理未必想要爱尔迈拉，他可能连桃子也不想要。

他走到房廊边，朝街上望去，盼着能看见爱尔迈拉在街上站着。当副司法官这么多年，他从来没听说过一个女人就这么丢了，这件事发生在七月的老婆身上就更不公平了。街上只有一个农民和一队骡子。

“那么我去看看，”他说，“她可能出去串门了。”

“她会上哪儿串门？”桃子问道，“她和七月结婚以后，出门总共不过两次，城里人的名字她连五个都叫不上来。七月走了，我给她送了点儿苹果布丁去。我要是不给她送布丁，怕是谁也想不起她来。”

从她的话音里罗斯科明白他失职了。事实上，他原来是打算去看看爱尔迈拉的，可是时间过得太快，他竟然忘了这码事。

“我这就去她家。”他尽量轻松地说，“我想她会在的。”

“我们想她不在了。”查理·巴恩斯第三次这样说。

罗斯科立刻走了。他可不想整个上午光听查理·巴恩斯重复这句话。他向桃子行了个脱帽礼，便朝那房子走去，没想到桃子和查理居然紧紧地跟着他。他讨厌有人跟着他，可没有别的办法。他纳闷儿桃子为什么会给爱尔迈拉送布丁，因为这两个女人关系并不好。他估计爱尔迈拉一定是见桃子去找她就躲了起来。

屋子里果然空无一人，也找不出近一两天住过人的迹象。炉子上放着一块玉米饼，已被老鼠啃得不成样子。

“她常在阁楼上坐着。”罗斯科说。他只听见自己讲话，听自己讲总比听桃子讲好些。

“上面除了一张床，什么也没有。”桃子说。

这也是事实。床上只有两床被子，算不上什么铺盖。七月是约翰逊家的小儿子，一向没有钱，也没置办过什么东西。

罗斯科绞尽脑汁，企图想出这里究竟少了什么东西，可是他以前没有上过阁楼，不可能知道这里少了些什么——只少了爱尔迈拉。

“他们俩结婚的时候不是穿着鞋吗？”他问道。

桃子厌恶地说：“当然穿着鞋。她还没有那么傻。”

“啊，屋子里没有发现鞋，无论是男人的鞋还是女人的鞋，”罗斯科说，“她要是走了，我想她肯定把鞋也穿走了。”

他们来到屋外，绕着房子转了一圈。罗斯科希望能找出点儿线索，然而房子四周尽是沾满露水的草，除了弄湿了两条裤腿，他一无所获。他越来越感到不安。倘若爱尔迈拉只是为了躲避桃子，他希望她不要再躲了，赶紧出来。如果七月回来发现新婚妻子丢了，他的悲伤是可想而知的。

在他看来，最恰当的解释是熊，尽管他也知道这一解释未必圆满。假如一只熊走进来把她抓了去，地板上总会有血迹。再说，还从来没有发生过熊到史密斯堡抓女人的事件，倒是有一只熊在鲇鱼林附近的一所房子里抓走过一个婴儿。

“我看她要不是藏了起来，就是让熊抓走了。”他闷闷不乐地说。他这个副司法官的担子顷刻间加重了。

“我们想她不在了。”查理·巴恩斯不耐烦地说。如果熊把她吃了，她当然就不在了。

“他的意思是她出走了。”桃子说。

这根本说不通，因为她刚和七月结婚不久。

“出走去哪儿？”他说，“出走去干什么？”

“罗斯科呀，上帝赐给火鸡的聪明都比你的多。”桃子说道，她已顾不得斯文，“她要是出走就是出走，出走。我看她是跟七月住腻了。”

这种看法太极端，连这么想一想都让罗斯科头痛。

“天啊，桃子！”他目瞪口呆地说。

“没有必要赌咒，罗斯科。”桃子说，“我们已经看出早晚要出事。七月是个蠢货，要不然就不会跟她结婚。”

“可能是熊。”罗斯科说。他突然意识到，她死掉倒比跑掉更好些。如果爱尔迈拉死了，七月迟早会渡过难关；如果她跑了，那就无法预料七月会怎么办。

“照你这么说，痕迹在哪儿呢？”桃子问道，“如果熊来了，城里的狗就会叫个不停，马也会吓跑一半。可现在跑掉的只有爱尔迈拉一个人。”

“天哪！”罗斯科又叫了一声。他知道无论如何他都要受责备了。

“我断定她是坐那条运酒船跑了。”桃子说。就在七月走后的一两天，曾有一条船逆流而上。

这是唯一合乎逻辑的解释。上个星期，城里没有马车经过。有一队士兵路过城里，向西行去，但士兵不会把爱尔迈拉带走。那条船上尽是酒商，是开往本特堡[1]的。罗斯科曾看见那条船上的两个船工踉踉跄跄地在街上走过。船开走后，没有得到关于斗殴的报告，他松了口气。酒商们都是些粗鲁人，一个结了婚的女人当然不该跟他们一同旅行。

“罗斯科，你最好去了解一下。”桃子说，“如果她出走了，七月肯定想知道事情的经过。”

此话当然不错，七月太爱他的妻子了。

他到河边走了一趟，证实了桃子的怀疑。船工老沙宾在运酒船开走的那天看见一个女人上了船。

“天哪，干吗不早点儿告诉我？”罗斯科问。

1. 十九世纪美国西南部主要贸易站，位于美国科罗拉多州东南部的奥特罗县，如今是美国国家级自然保护区。——编注老沙宾只耸了耸肩。除了他自己的事，什么人上了船与他毫不相干。

“我还以为是个妓女呢。”他说。

罗斯科慢慢地回到监狱，感觉摸不着头脑。他真希望这一切只是个误会。在回来的路上，每家商店他都进去看了看，希望能在某家店里看到爱尔迈拉正像其他女人一样在买东西。可是她不在商店里。路过那家酒吧时，他还问了店主兰弗罗是否知道最近有个妓女离城走了，但城里只有两个妓女，而且兰弗罗说她们俩都在楼上睡觉。

真倒霉透了。他曾设想过七月走后可能会发生哪些糟糕的事情，但他无论如何也没想到爱尔迈拉会失踪。男人的妻子坐运酒船出走的事毕竟不多。他听说有的女人不满婚后生活而回娘家去的，但爱尔迈拉连娘家都没有。再者，她也没有理由对婚后生活不满意，因为七月从来没有让她干过重活儿。

她显然出走了，他感觉自己陷入了进退维谷的境地。七月也走了，只知道他去的大致方向是圣安东尼奥。他一个月后就可能回来，到那时总得有人将这个坏消息告诉他。罗斯科可不愿意充当这个角色，但只有他的工作是待在监狱周围，看来他不得不把这个坏消息告诉七月。

更糟糕的是，他必须在监狱周围坐上一两个月，整天为七月回来后会对此事作何反应而发愁。他也许三个月或半年后才回来——他的慢条斯理是尽人皆知的。罗斯科知道自己受不了六个月忧虑的压力。当然，这件事证明七月结婚是办了件傻事，然而这个结论并不能使自己的处境有丝毫改善。

不到半小时，史密斯堡全城的居民便都知道七月约翰逊的老婆坐着一条运酒船出走了。约翰逊一家好像为全城提供了最耸人听闻的谈资。上一件事是本的死。前来询问罗斯科失踪案的人接踵而至，迫使他放弃了削木头的念头。可现在正是他需要借削木头使自己安下心来的时刻。

很多从来对爱尔迈拉不闻不问的人，也突然来到监狱问及她的生活习惯，似乎他是这方面的权威，其实他只见过那个女人烧一两条鲇鱼。

他们之中最烦人的是老太婆哈克尼斯。她曾在密西西比的某个地方教过书，从此以后，她对待大人也像对待小孩子一样。她在她儿子开的杂货店里干点儿事情，而那儿的活儿显然不够她忙的。她好像是受了上帝的派遣前来调查整个事件一样，雄赳赳气昂昂地从大街上朝这儿走来。罗斯科已经找铁匠、驿站站长和几个棉农讨论过这件事，正希望有点儿空闲好好思考一下。但老太婆哈克尼斯不吃他这一套。

“罗斯科，你要是当我的副手，我就把你抓起来。”她说，“你让人和七月的老婆私奔，盘算着干什么？”

“没有人和她一同出走，”罗斯科说，“她自己一个人走的，我想。”

“你怎么知道？”老太婆哈克尼斯说，“我看要不是她喜欢上了船上的某个人，就不会跟着整船人跑掉。你打算什么时候去找她？”

“我没打算去。”罗斯科大吃一惊地说。他可没想过去找她。

“哦，我看你应该去，除非你是个饭桶。”老太婆说，“城里发生了这样的事，要是副司法官就这么坐着而不去管，这个城就太不像个城了。”

“这里从来就不像个城。”罗斯科提醒她。这一看法虽说是真的，但只能把老太婆哈克尼斯激怒。

“你要是不去找那个女人，就去找七月。”她说，“他也许想早点儿把妻子找回来呢，免得她在什么地方叫人把头皮剥了。”

她说完便雄赳赳气昂昂地走了，罗斯斯科这才松了口气。他走进屋里，拿出威士忌喝了一两口。这瓶酒常放在长椅下面，平时只在牙痛时喝。他小心地不让自己喝过量，因为他最不愿意让史密斯堡的人以为他是个醉鬼。虽然小心翼翼地不多喝，他还是发现酒瓶子空了。他好像把酒喝了个精光，可是并没感觉到有醉意。天气闷热，他昏昏沉沉的，便倒在长椅上睡着了。一觉醒来，看见桃子和查理·巴恩斯正瞪着他。

这可真恼人，刚醒来就见桃子和查理这么瞪着他。

“她还是不在吗？”他问道。真希望在他睡觉时出现了使爱尔迈拉露面的奇迹。

“当然还是不在。”桃子说，“你放着公事不办，反倒喝醉了。起来找七月去。”

“七月去得克萨斯了。”罗斯科说，“我只去过小石城，方向不同。”

“罗斯科，你要是连得克萨斯也找不到，就太不称职了。”桃子说。

桃子惯于误解人，哪怕人家的意思已经一清二楚。

“我找得到得克萨斯。”他说，“问题是我能找到七月吗？”

“他是和那个男孩子一同骑马往圣安东尼奥去的。”桃子说，“你勤打听着点儿，别人会告诉你的。”

“我要是错过他了呢？”罗斯科问。

“那你就到加利福尼亚去。”她说。

罗斯科本来就头痛，听桃子讲话，他的头更痛了。

“他的妻子不在了。”查理·巴恩斯说。

“真浑蛋，查理，闭上嘴！”桃子说，“他知道，我不信他连这个都忘了。”

罗斯科没有忘记这一点。一夜之间，这件事便成了他生活的主宰。爱尔迈拉失踪了，他必须采取行动，而且没有别的选择。要么到北边去找爱尔迈拉，要么去得克萨斯找七月。他自己也不知道哪一种选择更明智。

他想恢复平静，可是很难做到。现在他头很痛，加上桃子和查理·巴恩斯一天之内两次来这里瞪着他，他只能抱怨七月使他落到这么个处境。在罗斯科看来，七月不结婚时一直生活得挺好；即便一定要结婚，他也应该谨慎一些，至少娶个有心在史密斯堡住下来的人——无论谁都应该要求妻子做到这一点吧。相反，他做了最糟糕的选择，并且让罗斯科来尝这个选择结下的苦果。

“我对旅行一窍不通。”罗斯科说。那次去小石城简直是他生活中的一场噩梦。他在寒冷的雨中骑马走了一整天，结果发了一个月高烧。

百般无奈之下，他次日一早便给骑了十年的马装置鞍鞯。这是一匹阉了的白马，名叫曼菲斯。好几位市民聚在监狱前观看他理行李、捆枪套，谁也没有因为他要外出，剩下他们无人保护而流露出不安的神情。别看罗斯科寡言少语，其实他对史密斯堡的市民满腹抱怨，对桃子约翰逊和查理·巴恩斯尤其如此。要是桃子别那么好管闲事，那么要等到七月回来时才能发现爱尔迈拉失踪。到那时，七月自己就可以处理，再说这本来就是他的事。

“好了，但愿我外出的时候没有人来抢银行。”他对旁观的一圈人说。他还想提醒他们注意更坏的事，比如印第安人来犯什么的，但事实上印第安人已多年不来骚扰史密斯堡了。虽然如此，他骑白马的主要原因是，他曾在什么地方听说印第安人很害怕白马。

关于抢银行的话是冲着查理·巴恩斯说的。查理的反应是眨了几下眼睛。银行从未遭过抢劫，但是万一被抢，查理兴许会当即倒地而死。倒地不是因为他害怕，而是因为他舍不得损失哪怕一个子儿。

罗斯科把这座小小的监狱当成了家，因为他过去几年一直住在这里。它从来没有像现在这样令他神往过。说实在的，每看它一眼他都想哭。当然，当着全城半数市民的面，他可不能哭。这天早上天气十分晴朗，已经有了夏日的征兆。罗斯科一向喜暑恶寒，他不知道是否能赶回来享受七八月间那美妙的时光。到那时，连那条河都好像不再流动了。他一直相信预感。他现在就有预感——他不会再回来了。他感觉这是他看史密斯堡的最后一眼，但城里的人并不打算给他在这里多待一会儿的机会，让他抒发伤感的情绪。

“你还没动身，爱尔迈拉可能到加拿大了。”桃子指出。

罗斯科很不情愿地爬上了曼菲斯。马很高，若不是为了观察四周，根本没有必要骑它。“唉，我不愿意离开这儿，让你们连个副司法官也没有。”他说，“不知道七月会不会让我这么做，他叫我对这个城负责。”

没有人对他的话做出任何反应。

“七月回来的时候，如果我不在，你们就对他说我找他去了。”罗斯科说，“我没准儿会跟七月到处绕上一段时间呢。我先去找他，之后他再找我。在这期间，如果城里乱成一团，可别怪我罗斯科·布朗啊。”

“罗斯科，一公里以外就是碉堡。”桃子说，“军队会像你那样照顾我们。”

此话当然不假。要是当初没有一个什么碉堡，就不会有这个史密斯堡，但是士兵们对这个城从来就不关心。

“要是爱尔迈拉回来了怎么办？”罗斯科问。没有人认为会有这种可能性。“我一走就不知道了。”

“她回来干吗？”桃子问，“她走就是走了呗。”

罗斯科现在连爱尔迈拉也想不起来了。虽然在过去二十四小时内，除了她，他什么也没想过。他只知道他不愿意离开这个他视之为家的城市。现在，每个人都焦急地盼着他快些走，真使他伤心透了。

“可是如果老达顿拼命喝酒，那些大兵是不会过来帮忙的。”他说，“七月再三嘱咐我，要我照顾好他。”

这一小群公民丝毫不为老达顿可能做些什么操心。他们依然鸦雀无声地望着他。

罗斯科已经技穷，再也想不起什么警告或理由能使自己留下来为他们工作了。于是他狠狠地踢了曼菲斯一下——走起来时它是匹好马，让它起步却不容易——这匹四蹄宽大的白马便撒腿上了路，踢起的泥土落到了查理·巴恩斯那锃亮的皮鞋上。罗斯科最后看了一眼那条河，直奔得克萨斯而去。

第30章

罗丽娜在努埃塞斯河里第一次痛痛快快地洗了个澡。他们已经在牧豆树的荆棘丛中苦苦搏斗了一整天，所以一见这条河她便决定停下来，何况她还找到了一片周围既没有牧豆树也没有仙人掌的阴凉地。

杰克已经喝得烂醉，因此对这一决定干脆不拿主意。一路上他不停地灌威士忌，在马鞍上东倒西歪，罗丽娜甚至不知道他们走的方向是否正确。她只知道还在牲口群前边走——每到开阔地带，她都向后观望，总能看见后面的滚滚尘烟。牛群虽然离他们很远，但只要还在正后方，她便放心了。杰克醉成这个样子，要是迷路就糟糕了。

杰克喝酒只是因为他的手太痛了。手上的刺很可能没有挑干净，拇指肿得很大，已经由白变紫了。她盼望能路过一个城镇，找个医生，但一路上除了牧豆树和仙人掌，一无所有。

刚上路，杰克就出了事故，虽说只是扎了根刺，可也够倒霉的。罗丽娜估计最坏的结果不过是化脓，但杰克下马后两条腿已经站不稳了。他摇摇晃晃地朝前走，几乎到不了阴凉地。她不得不自己把马拴住，并扎好营，杰克则靠在树上接着喝酒。

“妈的，真热。”她过来看他的手指时，他说，“不知道那伙人今天夜里在哪儿宿营。咱们过去打牌吧。”

“你会输的，”她说，“你醉得连牌都拿不住。”

杰克的眼睛闪出怒色。他不喜欢人家批评他，但没有反驳。

“我洗个澡去。”罗丽娜说。

“别淹死了。”他说，“还没到旧金山就淹死，太可惜了。”

不难看出他是在生气。他既不愿意罗丽娜拒绝他，也不愿意她什么事都干在他前头。罗丽娜没搭理他，知道他气不了多久。

河水清澈、碧绿，水里冰冰凉凉的。她朝河里走去，让河水齐胸流过，冲掉身上的尘土与汗水。当她干净、轻松地往河岸走去时，蓦地吓了一跳——一只又大又难看的乌龟卧在她刚才下水的地方。那只乌龟大得像个澡盆，罗丽娜嫌它难看，不想走近它，便向上游走去。刚走上岸便听到一声枪响——杰克用左轮手枪朝乌龟开了一枪。他也下了水，可能是因为他喜欢见她赤裸着身体吧。

“你真好看。”他笑着说。说罢又朝乌龟开了一枪，还是没有命中。他一连开了四枪，子弹全部射进了泥里，一点儿也没伤着乌龟。后来，乌龟溜下了水。

“我从来没用左手打过枪。”杰克说。

罗丽娜坐在阳光下翠绿的草地上，让水顺着腿往下淌。她刚坐下，杰克便过来抚摸她的脊背，眼睛里流露出狂热的神色。

“不知道我怎么这么喜欢你。”他说，“你真好看。”

他在她身边躺下，把她拽倒在草地上。越过他的头，她看到的是明朗的天空，而不是干豆酒吧那间小屋顶上龟裂的天花板。

此时，一种不可名状的感觉油然而生。不同寻常的是，她觉得自己飘然而去——远离杰克和她正干的这一切。在那间狭窄的小屋里，她很难找到自我。而头顶蓝天、背靠草地，找到自我竟是这般容易。

可是杰克想完成他正干的事并不那么容易——他的病比她估计的要严重得多。他两腿发抖，身体一个劲儿地抽搐。她看着他的脸，见他有些惊恐。他呻吟着，企图用那只发痛的手抓她的肩。然而，他不由自主地滑了下来。他试图再来一次，结果又失败了。最后他不再努力，瘫倒在她身上，累得像要昏过去一样。

他坐起来后，她便从他身体下面移开。他向四周看了看，认不出是在什么地方。她穿好衣服，又帮他把衣服穿上，然后搀着他走到一棵大树下面。她想，喝点儿咖啡也许对他有好处，因而生起了火。正当她从行李包里取锅时，她听到溅水的声音。抬头一看，只见一个黑人正骑马从河对岸蹚水过河来。一会儿工夫，马便在水里游了起来，但那个黑人丝毫不慌乱。马上岸后，全身不住地往下淌水。黑人下了马，让马抖动身体，把水甩掉。

“小姐，你好。”黑人说。杰克正昏昏沉沉的，根本不知道来了人。

“杰克先生睡了？”他问。

“他病了。”罗丽娜说。

这个人走过去，在杰克身旁蹲了一会儿，轻轻抬起他的手。杰克醒了。

“嘿，是老狄兹呀。”他说，“这下可好了，罗丽娜，狄兹会帮助咱们的。”

“我在给牛群选路。”狄兹说，“队长让我当探路的。”

“嗯，他做得对。”杰克说，“要是没有你，我们早在二十年前就迷路了。”

“你浑身发烫。”狄兹说，“我来帮你把刺挑出来吧。”

“那天我还以为把刺全挑出来了呢。”杰克说，“与其让你在我手指上剜个洞，还不如叫你把我的手剁下来呢。”

“啊，不。”狄兹说，“你必须留着这只手，要是有土匪追我，还需要你开枪打他呢。”

他走过去，在鞍袋里摸索了一会儿，取来一根大针。

“我必须随身带着针，”他对罗丽娜说，“常常要补我的裤子。”

他用火把针烤了烤，凉了以后便用它挑杰克那肿着的拇指根部的刺。他开始挑的时候，杰克喊叫了一声，不久又叫了一声，但没有拒绝。

“这刺真他妈的……”他有气无力地说。

这时，狄兹笑了。他举起那根针，上面沾着那根刺的黄尖。“好啦，你可以打牌了。”他说。

杰克虽然还在发烧，但放心多了。

“我现在就跟你玩牌，狄兹。”他说，“你是他妈的整个公司里唯一还有点儿钱的人。”

那个黑人只笑了笑。他把针放回一个小布包里，接过罗丽娜递给他的咖啡。

“小姐，你必须把他弄过河去。”他还杯子时说。

“为什么？”罗丽娜问道，“我们已经支好了帐篷，他需要休息。”

“到河那边去休息吧。”狄兹说，“今天晚上有暴风雨，明天河水就要暴涨。”

这话简直令人难以置信。天空没有一丝云，但这个人说话的口气表明他很有把握。

狄兹发现姑娘在发愁。他瞥了一眼太阳，它正渐渐西沉。

“我来帮你，”他说，“我可以帮你安置好。”那黑人不费什么劲便帮他们收拾停当了，并把行李捆得高高的，以免被河水浸湿。

“妈的，还没怎么用这个营地呢。”杰克意识到要搬走时说。由于狄兹提到了暴风雨，他什么也没说便骑上马下了河，很快渡了过去。

对他们来说，有狄兹帮忙真是雪中送炭。罗丽娜那匹母马逡巡不前，不肯涉水。水一没到它的胸部，它就转身回到岸上，翻着白眼企图逃跑。罗丽娜自己虽然也害怕，但更明显地感觉到她那匹马的恐惧。有一次，她的马还差点儿摔倒，如果它真倒下去了，肯定会把罗丽娜压到水里。她力图控制住自己的恐慌——若要去旧金山，她还需要过许多河呢——但那马一次又一次转身回到岸上，她不由得害怕起来。她看了看对岸的杰克，他表现出一副漠不关心的样子。

马第三次往回走时，那个黑人突然来到她身边。“把它给我。”他说。

他接过缰绳，罗丽娜感到一种从未有过的恐怖。她紧紧地揪住马鬃，把眼睛紧紧地闭上——她不能眼看着河水没过头顶。那马向前蹿了一下，她立即有了一种不同的感觉。他们在游泳。她听见黑人轻轻地与母马说着话。水到了她的脚部，但没有再上升。不久，她睁开眼睛，发现他们快到对岸了。黑人小心地向后看了看，把缰绳举高了些，使马头露出水面。他们开始向岸上走去，裤子紧紧地贴在她的腿上。黑人笑着把缰绳递给她。她很费了点儿劲才把抓马鬃的手松开，因为她抓得太紧了。

“嘿，它还是个游泳的好手呢。”狄兹说，“骑这匹马没问题，小姐。”

罗丽娜十分感激这个人，但由于刚才牙关节咬得太紧，现在竟说不出一句表示感谢的话来。如果没有他的帮助，她非淹死不可。杰克已经在解行李，把它们扔到一棵大牧豆树下。她过河时他就不闻不问，这会儿虽说她已不那么紧张，可是四肢仍旧不听使唤，不能像平时那样下马和走路。而杰克对这一切竟然这么无动于衷，着实令她生气。

狄兹耐心地朝罗丽娜笑着，并将自己的马掉转头，准备再次过河。

“快生火做饭，”他说，“做完就把火弄灭。要刮大风了，不小心着火就麻烦了。”

他朝南边的天空扫了一眼。

“太阳下山的时候风就会过来。”他说，“先是飞沙，后是闪电。别把马拴在大树底下。”

罗丽娜的情绪顿时沉重起来。她最怕闪电，现在连个躲避闪电的房子都没有，事情比她想象的要困难得多。这才第二天，她就快吓死了。现在雷电就要过来，有一阵子好像一切都没了指望，还不如待在干豆酒吧挨日子，或者和夏威尔结婚。她那么快就选择了杰克，而事实上夏威尔对她的照顾或许会更好。愚蠢的旧金山梦。

她再一次看了看那个黑人，想为他帮她过河而表示感谢。见他正慈祥地望着她，她便什么也没有说。

“我必须回到队长那儿，带他去渡口。”他说。罗丽娜点了点头。“问古斯好。”她说。

“我会告诉他的。”狄兹说罢，骑上马第三次渡过努埃塞斯河。

第31章

“嘿，是不是真正的牛仔就看这一回了。”奥古斯塔斯说。他深信狄兹预报的风暴将很快被证实是千真万确的。“糟的是没有给你们这些娃娃留出一两天时间先实践一下。”他补充道，“只怕天不亮，你们中的一半人就会叫牛踩死，连向你们讨债都讨不成了。”

“咱们应该预料到，”考尔说，“眼下正是一年里风暴频繁的季节。”

然而，眼前是一大群尚不习惯长途赶路的牛和一伙初出茅庐的牛仔。在这种情况下，夜间袭来的风暴就更不受欢迎了。

“依你看，暴风雨到来之前，咱们能设法过河吗？”他问狄兹。狄兹摇摇头。他们离努埃塞斯河还有数公里之遥，而太阳已经偏西了。

“河水很深，”狄兹说，“总不能摸黑过河吧？”

纽特从牛群后部过来喝水，他听到的第一件事就是沙暴。他以为有没有沙暴都一样，反正这个世界上到处都是沙子。吃饭前他总要漱上五六次口，不然，嚼豆子时就会连沙子一起嚼了。

考尔很不放心。他不得不筹划如何带着一群刚上路的牛躲过丛林区沙暴的袭击，这是他从未遇到过的事情。有这么多因素要考虑，他一时间感到犹豫不决——这是他多年在保安队生活时常常产生的一种感觉。情况紧迫时，他常因为过度思虑而感到精神疲倦。他的思维会短时间内坠入一片空白，只有在遇上不曾事先计划的某一情况而采取行动时，才恢复正常。

他已经感觉到了风的变化。虽说一切仍很平静，但是从南边过来的一股热流正吹拂着他的面颊。在孤鸽镇时，他曾多次等待过这种沙暴，它从墨西哥卷起沙土，风驰电掣般吹来，沙子打在皮肤上如同鸟粪一般。母夜叉不安地四处张望，它很明白将要发生什么事情。

“孩子们，今天可要看乌烟瘴气的日落了。”奥古斯塔斯说。

这时，太阳几乎看不到了，呈黄色的边缘尚能看见，但它本身黑得如同日食。西边和南边，黄沙已经腾起，晴朗的天空挂起了一块棕黄色的帘子，而在帘子上方，傍晚的星群仍在闪闪发光。

博利瓦停下篷车，回过头去在行李堆中找他的披肩。

“去告诉盘子和稀汤，看好牛群。”考尔对纽特说。这孩子为能负点儿责任而感到自豪。他催马绕着牛群一直跑到守牛员那里。牛群很安静，它们边走边找草吃。盘子无精打采地坐在马上。

“这么说，你升职了，”纽特骑马过来时，盘子说，“要么是我降职了。”

“沙暴马上就要过来。”纽特说，“队长让把牛群看好。”

盘子看看天空，解开了他的围巾。“但愿风暴学乖点儿，以后白天再来。”他龇牙笑着说，“不知道怎么回事，它们总是在我要睡的时候来。”

他对风暴所持的蔑视态度恰恰符合他作为牛仔中第一把手的身份。纽特试图模仿他的举动，但总学不会。他从来没有在野外的夜里遇到过风暴，何况还看守着几千头牛。他对这种即将开始的经历也从来没有期望过。他还没有赶到稀汤那儿，风沙就席卷过来了。太阳刹那间消失得无影无踪，像是有人突然用盖子把它扣住了一样。有那么几分钟，大地笼罩在晦暗的光线中。

“天哪，来势不小哇！”稀汤说着，用围巾把鼻子围住，系好之后又把帽子往下拉了拉，使它紧紧地戴在头上。帽子被强风刮丢引起的严重后果要比纽特所能想象的严重得多。刮飞的帽子会吓着牛群或马群，甚至使它们四处逃窜。他感谢狄兹在他的帽子上穿了根生牛皮条，这样便不会在紧急关头因丢帽子而自责。

纽特本想回到他的岗位上去，可是来不及了。就在稀汤系围巾的当儿，他们环顾四周，发现条条小沙流就像低飞的云，正穿过南边的牧豆树丛，向他们扑来。这些沙流像是被赋予了生命，奔跑起来犹如狼群。它们绕过牧豆树，穿过查帕拉尔树丛，钻到牛肚子底下，再顺肚皮爬上来，越过牛背而去。然而，紧跟这些小沙流的是“大河”——由沙而不是水汇成的大河。为了确定方向，纽特睁了睁眼，结果被沙迷了眼睛，马上就像瞎了一样，什么也看不见了。

就在他无法睁眼的一刹那，牛群开始奔跑，好像被沙的河流冲跑了似的。纽特听见稀汤的马飞快地跑走了，几乎是同时，耗子也跑了起来，至于奔向何处，纽特无法知道。他用手指揉了揉眼睛，想把沙子弄出来，结果眼睛如同被砂纸打磨一样疼痛。泪水流出来，把沙土和成泥，粘在眼睫毛上。他只能不时地用一只眼模模糊糊地看一下。他第一次睁眼就发现自己处在牛群的包围中，这使他大惊失色。一只牛角顶了一下他的腿，耗子躲开了，因而没有出事。纽特再也顾不得看，全神贯注地坐在马上。他知道耗子随时可能跳过与他一样高的各种树丛。他认为自己没有完成任务，失败使他感到恐惧。队长没有派他到牛群前部来，他之所以在这个位置上，是因为他行动不够敏捷。他要是死在这里，只能怪他自己。他感到他就要死了。有一次，他似乎听到了呼唤声，精神为之一振，但那呼唤声旋即被风声淹没了。风声伴着牛群狂奔的蹄声轰鸣着。当纽特终于把眼睛睁开时，已经没用了，天地间已是漆黑一团。

在风的怒吼声和牛群奔跑的隆隆声中，他忽然听见树枝折断的声音。说时迟那时快，一根牧豆树枝正打在他的脸上，枝杈上的刺从四面八方向他扎来。他发现自己闯进了荆棘丛，心想，这下可完了。耗子一个踉跄，险些摔倒在地，费了很大劲才恢复平衡。纽特只好把身体趴得低低的，差不多挨着马鞍角，同时用一只胳膊把脸挡住。

谢天谢地，牛群终于慢了下来。树丛太密了，阻止了牛群前进，但是荆棘丛很快把牛群分隔成几部分。纽特附近的那部分牛群先是慢跑，然后成了慢走。耗子全身湿透了。纽特感觉自己能活下来就是奇迹。这时，他听到了从右前方传来的枪声，一连数枪，枪声马上被大风吞没了。风好像有增无减。他想在马背上直起身子，可是后背如同顶着一块大门板。他想让耗子掉转头，回到牛群后部属于他的岗位上去，但耗子怎么也不听话。纽特很恼火——做决定的应该是他，而不是耗子。耗子只在原地打转，不肯逆风行进。纽特放弃了这一打算，反正他未必能找到篷车或者牛群的主体部分。

在大风短暂的停息期间，他听到了咔咔的响声，那是牛群在黑暗中走动时牛角相撞发出的声音。牛群缓缓地走着，纽特让耗子走在牛群旁边。他已操够了心，现在他只顾着骑马，脑子里空空的，什么也不再想。他好像已经骑了长长的一夜，天早该亮了，但是没有亮，沙子仍朝他飞来。西边天空突然出现了一道闪光，吓了他一跳。闪光消失得那么快，一开始他竟没有认出那是闪电。很快那亮光又闪了一次，接着便间断地闪了起来。闪电离得还很远。开始纽特还挺喜欢它，因为它不仅能使他看见自己仍与数百头牛同在，还能使他避开荆棘丛。然而，随着闪电越来越近，滚雷也跟了过来。隆隆的雷声如同巨石从头顶滚过。耗子很害怕，纽特也开始胆怯。不久，闪电已不像蛇的芯子一样在地平线上吞吐，而是像利剑一样从天上直直插入地下，同时发出骇人的霹雳声。

借着一道闪电，纽特看见了盘子波吉特，离他不到三十米远。盘子也看见了他，便骑了过来。又一道闪电，纽特见盘子正在穿一件黄雨衣。

“稀汤在哪儿？”盘子问道。纽特不知道。

“他肯定走错了方向。”盘子说，“咱们保住了大部分牛。你应该穿上雨衣，要下雨了。”

闪电一道接一道，纽特使劲盯着盘子的身影不放，可是不久便看不见了。他惊讶地发现，牛好像把闪电抓住了——一个个蓝蓝的火球在牛角上滚动。正当他观看这一奇景时，一匹马冲到他的马跟前。是狄兹。

“离牛群远一些，”他说，“牛角上有电时，不要靠近它们。离它们远点儿。”

纽特用不着提醒。这一令人毛骨悚然的景象使他想起了盘子时常说的那件事——一个他认识的牛仔就是被闪电击中而烧焦的。他想问狄兹几个问题，但是当下一道闪电出现时，狄兹已经没了踪影。

风变得断断续续的，刮一会儿，停一会儿。沙子也不再不停地打到他背上，而是偶尔从他身边旋转而过。闪电划过时他看见东边天空已经晴朗，西边却乌云密布，闪电在云层下面不停地闪着。

沙子刚刚停止抽打他的眼睛，豆大的雨点便落了下来。经历过大风沙后，纽特觉得雨比风沙要好受些。但是雨滴越来越密，瞬即便成了倾盆大雨，随着阵风的方向到处冲刷，茫茫大地变成了水的世界。在刺眼的闪光中，纽特看见一只受惊的土狼从耗子前边跑过去。此后再没看见什么东西。雨水拍打的力度比风沙还重，砸在他身上，顺着帽檐流下条条小溪。他再一次放弃了努力，坐在马上任凭耗子决定怎么办。他估计自己完全迷了路，因为刚才躲避闪电时他离开了牛群，现在不知道自己距牛群究竟有多远。暴雨一阵猛似一阵地倾注着，有时他感到，即便坐在马背上，也有被淹死的危险。雨水扑打在他的脸上，从帽檐流下的小溪灌进他的嘴里。他虽然听人家说过，牛仔会经历各种不同的气候，但怎么也想不到各种不同的气候竟在一个晚上都经历了。仅仅一个小时之前，他还热得以为再也不会凉快下来，而现在他浑身透湿，冻得瑟瑟发抖。

耗子和他一样沮丧、迷惘。四周已被大水覆盖，除了蹚水前进，没有别的办法可想。更糟糕的是，他们又碰到了一个荆棘丛，不得不倒退回来。湿牧豆树丛根本无法穿过。他们好不容易绕过树丛，雨更大了。耗子停下不走了，纽特则由它去——反正也不知道该向哪儿走，那又何必走呢？雨水不仅从帽檐前边往下流，还从后边往下淌。前边的往鼻子上浇，后边的往脖子里灌，使他前后为难。

耗子又走了起来。这时，纽特听到前边有马蹄溅水的声音。他不知道马上坐着的是不是好人，可是耗子似乎知道，蹚着齐踝深的水向前跑去，试图找出那匹马的位置。在一道已经变弱的闪电的亮光中，纽特看见牛群正在右边五十米处跑动着。猛然间，耗子滑倒了，连个预兆也没有。它后蹄失控，几乎跪扑下去。他们掉进了河沟，纽特感觉水没过了他的腿。幸亏河沟不算深，耗子恢复平衡后挣扎着走了出去。耗子和纽特都吓得魂飞胆丧。

无论如何，还得继续艰难地向前走。纽特记得第一次去墨西哥的那天晚上，黎明来临时他是何等欢快。倘若有幸再目睹那样一个黎明，他肯定知道如何珍惜它。他湿得像只落汤鸡，不敢相信自己还能变干，或者像坐在明媚的阳光下体会太阳的温暖这样简单的事还能再出现。他也不知道能否再次躺在草地上美美地睡上一觉。现在呢，就连打个哈欠都会把雨水灌进嘴里。

久而久之，他累得懒得思考了，只巴望着天快点儿亮。然而，长夜漫漫，没有尽头。雷电息了，暴雨停了，小雨仍下个没完。他们碰到断断续续的树丛便不得不退回来，另寻一条路，继续往前走。过河沟时，他的靴子里灌满了水。纽特想停下来把水倒掉，但又一想，天这么黑，万一把靴子弄掉了，找不回来怎么办？或者脱下来穿不上又怎么办？如果他光着一只脚，手里拎着一只靴子去营地，那可真够难堪的。想到那副模样可能惹起的讥讽和揶揄，他宁可让靴子就那么湿着。

不管怎么说，他仍为耗子感到骄傲。在那种情况下，许多马都会像它一样摔倒，栽进河沟里。

“好马呀。”他说，“只要咱们继续前进，天就会亮的。”

耗子摇了摇头，甩开前额遮住眼睛的湿鬃毛，继续在泥泞中跋涉前进。

第32章

杰克忘了拴马。当第一道闪电劈来，罗丽娜的小母马突然挣脱缰绳跑掉时，他才想起来。这时天色已晚，风沙吹个不停。他只顾得上拴他的马和驮行李的骡子，因而不得不让那匹母马跑掉。

“它走不远。”他回到罗丽娜身边时说道。她躺在一条毯子下面，背靠一棵牧豆树，两条腿全埋在沙子里。“在沙地上跑并不比游泳好受些。我看准能在河边找到它。”杰克说。

罗丽娜不吭声。闪电使她的每一根神经都紧张起来，她怕自己无力承受这种紧张。她感觉如果电闪雷鸣继续下去，准会把她拧成麻花。

她死死抓住包在身上的毯子，就像过河时咬紧牙关那样。她想忘掉雷电，想些别的事情，但是怎么也办不到。她不断地想象，被雷电击中会是怎样的感受。人们说像烧伤一样，但怎么会刹那间就烧焦呢？

接着，闪电开始袭击附近的树，发出震耳欲聋的响声，她被震得耳鸣起来。淋湿了倒没什么关系。杰克做了个防雨篷，不过不够大。

一声炸雷在他们身后响起，吓得她一下子噎住了。我要回去，她在心里说。她哭出来后才恢复了呼吸，泪水夹着雨水顺着面颊往下流。

“咱们必须离开他妈的这棵树！”杰克叫道。

罗丽娜一动也不动。他疯了吗？全靠这棵树他们才免于一死。一到露天的地方，他们马上就会让雷电劈死。

但是杰克开始拽她。“走哇！”他说，“到河岸下面去。这棵树会被雷电击中的！”

雷电越来越频繁，借着闪电的亮光，她能看清楚杰克脸上的每一根胡须。他显得衰老。他执意不让她待在树底下。借着亮光，她还能看见那条河。刚才它差点儿要了她的命，可现在他又叫她回到河边去。他拉她，她就与他厮打。这棵树是她唯一的避难所，因而她不想离开它。

“妈的，走哇！”杰克说，“这儿不是打雷的时候待的地方。”

他每拉她一次，她内心的紧张就加剧一点儿，于是她就打他。第一拳正中他的眼睛，他踉跄了一下，滑倒在泥水里。接着便是一团漆黑。闪电再起时，她看见杰克挣扎着站起来，脸上显出吃惊的样子。但是在黑暗中，他抓住了她，并且拽着她离开那棵树。她朝他踢去，结果两个人一同滚倒在地上。就在此时，一声响雷在附近炸开，吓得她忘记了打架。她由着他连她带防雨篷一同朝河边拖去。又是一声炸雷，它离得太近了，震得大地都摇晃起来，杰克险些掉进水里。岸边可蔽身的向河里延伸的土崖不多。那个防雨篷沾满了泥，扯也扯不动。他终于把它拽开了，支在他们头上。他靠着她坐下来，浑身抖个不停。闪电的光极其强烈，她甚至能看见河面上的条条波纹。她心想，不知那只乌龟爬到哪里去了。可还没来得及四下看一看，黑暗又笼罩了一切。又一道闪电划破夜空时，她看见那匹马和骡子正蹦跳着想挣脱绳索。她闭上眼睛，仍能透过眼皮感觉到闪电的光亮。除了等死，她无计可施。杰克靠着她一个劲儿地颤抖。她觉得自己浑身的肌肉都在收缩，越收越紧。

“唉，要是带着鸭绒床该多好。”他想装出满不在乎的样子。

在黑暗中，她睁开了眼，接着便看见河对岸一道闪电正好击中了他们原先扎营时靠着的那棵树。大树从顶端裂开，接着便是一片黑暗。闪电再度亮起时，劈开的那部分已经倒在了地上。

“咱们还活着，该感谢老狄兹呀。”杰克说，“如果我们原地不动，就会恰好让这个雷劈着。”

你并不感谢他。罗丽娜心想。她把头埋在两膝间等待着。

第33章

破晓时分，雨霁天晴，万里无云。第一缕阳光将挂满水珠的荆棘丛照得晶莹耀眼。它照在散布于荆棘丛之间的小水坑上，照在浑身湿透的牛群和仍在滴水的马匹身上。

考尔在牛群前方视察了情况后，心情平静下来。除非有人被雷电击毙，否则他们就算安全度过了这场暴风雨。牛群已走得筋疲力尽，眼下变得非常温顺。狄兹到各处查看去了。稀汤、杰斯帕和织针看守着东边两三公里外的另一群牛。篷车掉进了河沟，大家一同过去用绳子将它拉了出来。人们往外拉车时，博利瓦怎么也不肯离开车座。大嘴唇也下来帮忙推车，结果弄成个泥人儿，连下嘴唇都糊满了泥。

纽特万万没有想到，天亮时他居然回到了自己的岗位——牛群尾部。但他疲劳过度，连高兴也顾不得了，只想躺下睡一觉。他在马背上坐着打了几次盹儿，耗子也累得懒懒地走着。

狄兹报告，所有人都安然无恙，只是缺了古斯先生。他曾和牛群大部队在一起，现在却不知去向。

“他可能去咖啡店吃早饭了。”盘子波吉特说，“要么就是到圣安东尼奥刮胡子去了。”

“他可能去看杰克了。”狄兹说，“要我去看看吗？”

“去看看吧。”考尔说，“我想尽快过河，古斯在场方便一些。”

“这可算不上什么河。”盘子说，“要是有匹长腿马，我就能蹦过去。”

考尔问他总共丢失了多少头牛，盘子说顶多二十五头。

“得了吧，你差点儿把我都丢了。”大家围在篷车旁边时，杰斯帕·范特说道。博利瓦在雨布下存了些干柴，但由于饭食准备得太慢，难以满足大家的要求。

杰斯帕说：“我真累坏啦，一个星期内什么也干不成了。”

“你什么时候干过活儿？”盘子问。他心情很好。只要他的本领得到承认——像这次一样，人人都认为他本事不小——他的情绪就会好起来。他努力将牛群大部队从最可怕的荆棘丛处赶开，而不使牛群走散，连考尔队长都表示了赞许。

只有一个牛仔在紧急关头没能出力，那就是肖恩·奥布赖恩。暴风雨来临时，他徒步找他的夜班马去了。他的套马技术可笑得很，通常纽特在场时会替他套，而这一次纽特不在跟前。斯佩特尔兄弟负责坐骑。他们唯恐肖恩那蹩脚的套马术会将整群马搅散，于是比尔给他套了一匹，但那匹马不能骑。肖恩骑上去，一下子就被扔了下来，马群一散，那匹马也跟着跑掉了。肖恩不得不在篷车里待了一夜。比起他的名声来，他更担心自己的命。博利瓦明确地告诉肖恩，他不喜欢别人搭车。

早饭前，大部分牛仔都将衬衫脱下来，搁在树丛上晾晒，还有几个把裤子也脱了下来，当然，这只限于那几个穿着长内裤的。只有少数几个人的替换衣服是用油布包着的，盘子波吉特便是一个，所以没多久他就换上了干衣裤。这一行动也多少使其他成员领略到了他的权威。

“你们这帮人看起来就像他妈的一群落汤鸡。”他说。

老实说，这帮人马的样子也确实不怎么好看，虽说纽特绝不会用“落汤鸡”这个词。大部分人的脸、脖子和手都晒得黝黑，身上那些太阳晒不到的部分则很白皙。伯特·博罗姆脱了衬衫后样子最古怪——挺着肥大的肚子，肚子上长长的卷毛一直长到裤子里。

豌豆眼身穿一件连衣内裤，到处走着。这件内衣他穿了好几年。他把刀和枪都挎在内衣上，以防万一。

“没必要晒那么干，”他指出，“等一会儿就要过河了。”

“我还不如趁早过去呢。”织针说，“我过河多次了，每次都挺幸运的。”

“我也喜欢过河——也许我能洗个澡。”大嘴唇说，“浑身是泥，都没法儿干活儿了。”

“那不是河，只是条小溪。”盘子说，“上次我过去的时候，根本没把它放在心上。”

“要是有五六个漂亮姑娘骑在你头上，你就放在心上了。”杰斯帕说。

“这不过是好些河里的一条。”伯特说，“你们说从这儿到黄石河，中间还有多少条河？”

这一问题引起了大家的一番争吵，因为刚刚数出个准确的河流数来，又有人说出一条小溪的名字，于是大家便讨论该不该把它也算进去。

瑞尼兄弟正在篷车下睡觉。他们俩一下马，便像两块石头一样躺倒在地，全然不顾身上的衣服有多湿，累得甚至连饭都不想吃了。瑞尼兄弟喜欢睡觉，斯佩特尔兄弟则恰恰相反，一夜的紧张好像没有给他们造成什么影响，他们仍像往常一样在一边坐着。

“我愿意听他们说话，这样就知道他们在想什么了。”肖恩说。斯佩特尔兄弟的沉默使他心中不安。

奥古斯塔斯还没有回来，考尔大为不满。豌豆眼说，天亮后他见奥古斯塔斯骑马朝东走了，他显然安然无恙。考尔注意到站在五十米外的那头得克萨斯公牛，它正盯着在牧豆树丛中到处乱拱的那两头猪。它们想拱出只地鼠或一条响尾蛇什么的。公牛朝它们走近了些，但两头猪没理它。

织针纳尔逊害怕这头牛，一看见它，便过去把步枪从马鞍袋里掏出来。“它要是冲着我过来，我就打它。”他说，“要是它不让我安生，它就别想活着过黄石河。”

大嘴唇也不喜欢这头牛。只要见它离近了，他便往篷车上爬。

“它不会来惹咱们。”考尔说。其实，它会不会惹他们，他也没把握。

“哼，他顶过织针。”杰斯帕说，“织针只好赶紧逃命，连撒尿都顾不上。”

说到这儿，大伙儿都笑了，只有织针纳尔逊没笑。他边吃东西边把枪靠在篷车轮子上。

公牛还在盯着那两头猪。

第34章

太阳虽然刚升起不久，但使人觉得暖烘烘的。罗丽娜把他们的湿衣裳晒到树枝上。经过那样一个夜晚，她居然还活着，而且没有受一点儿伤，真使她惊奇万分。她的精神很饱满，即便让她骑那头驮东西的骡子，她都肯答应。但是杰克不听她那一套，他仍然萎靡不振。

“我可不喜欢在水窝里行动。”他说，“在这些地方可不该湿成这个样子。”

恐惧既然已经过去，东西湿不湿，罗丽娜就不在乎了。在她看来，这总比大热天好受些。唯一令人扫兴的是，他们买的那一点儿食品全浸透了——面粉坏了，盐结成了一个大坨子。幸好熏肉和咖啡还没有毁掉，他们吃了些肉，喝了点儿咖啡，杰克便去寻找他们的马了。

他走后，罗丽娜便到河里把腿上的泥洗掉。然后，因为天热了起来，她便找了一块不太湿的草地躺下睡觉。仰望苍穹，她的精神更好了。晴空万里，碧蓝如洗，东边因阳光强烈而显得发白。来到这野外，她心旷神怡——在那间小屋里，她看天花板实在看够了。

她正休息的时候，奥古斯塔斯竟然骑着她的马走了过来。

“但愿壶里还有点儿热咖啡。”他下马后说，“要是在往常，我这时候早已吃完十块烤饼了，更不用说蜂蜜和那么多鸡蛋。有鸡蛋吗，罗丽娜？”

“没有，可是有熏肉。”她说，“我来给你煎点儿。”

奥古斯塔斯兴致勃勃地环顾着他们这个泥巴营地。

“怎么没见杰克这位年轻人？”他说，“出去布道了，还是叫水冲走了？”

“他找马去了。我猜他走错了方向。”罗丽娜说。

奥古斯塔斯取出折刀，帮助她切熏肉。作为一个女人，她经历了这么一夜，浑身湿透了，可看上去反倒更加清秀淡雅、年轻美丽。她的头发还没干，发梢湿着，颜色深一些。水不时地顺着她赤裸的手臂往下流。她弯下身在火上做饭时，脸上的表情显得如此轻松自如，是他从未见过的。她在孤鸽镇时的紧张神态——那种紧张总使她惶恐——消失得无影无踪，看上去真像个小姑娘。

“嘿，罗丽娜，”他说，“看来旅行挺合你的意呀。你就像清晨一样美。”

罗丽娜嫣然一笑。真奇怪，在旷野里，她和奥古斯塔斯在一起比在酒吧里要自然得多。

“杰克走多久了？”他问。

“时间不长。”她说，“他骑马往下游走，去找这匹马了。”

奥古斯塔斯乐了。“他呀，就是十步以外有头象也发现不了。”他说，“依我看，趁他没走丢，咱们把他叫回来算了。”

他抽出手枪，朝天打了两下。

几分钟后，他快吃完熏肉时，杰克快马跑了回来，手里提着枪。罗丽娜这时正在树丛那边收晒干的衣物。

“古斯，我可没想到这一路上天天早晨都要请你吃早饭啊。”杰克说。

“你这个人从来就不知道感谢感谢人家，杰克。”奥古斯塔斯说，“我把价值五十块钱的马给你送了回来，你却嫌我到这儿来。要是你去找，只怕花一个星期也找不回来。”

“是呀，你来这儿让我付出的代价太大了。”他边说边瞅着罗丽娜，想知道她是否会听见。

“你忌妒还是怎么着？”奥古斯塔斯问道。

“怎么能不忌妒？凡是我喜欢的女人，你都去找她们过夜。”杰克说。

“得了，得了，没那么回事儿。”奥古斯塔斯说，“我只不过在吃我那份熏肉。可我想对你说，你要是不打算让罗丽娜这样的快乐姑娘在这种天气里受罪，就该带顶帐篷来。”

杰克可不打算与他在拿女人寻开心上耗费时间，当然，找回了他们的马仍不失为一件好事。“我看咱们收拾一下，去圣安东尼奥吧。”罗丽娜收了一大抱衣服回来时，他说道。

“我不想去圣安东尼奥。”她说，“我去过那里了。”

杰克大吃一惊。“你呀，那儿可是赌博的好去处。”他说，“咱们的钱不多了。趁他们这伙人赶牛上路的工夫，在那儿待上一星期没坏处。咱们还能追上他们嘛。”

“我不喜欢吃回头草，”罗丽娜说，“那么做晦气。”

“是的，可上路后没有钱就更晦气了。”

“算啦，算啦，杰克。”奥古斯塔斯说着，把喝剩的咖啡泼到树丛里，“我来照顾罗丽娜，你去城里输钱好了。”

“你怎么知道我会输？”杰克说着，脸沉了下来。

“我和你在一块儿，你就要输。”奥古斯塔斯说，“可我要是不在，你就可能又和人家吵架，再打死个牙医。除此之外，如果真有个戴徽章的人来抓你，圣安东尼奥可是他们找你的最好地方。”

“假如有哪个戴徽章的人来抓我，他要得到的可比他想得到的多得多。”杰克说，“罗丽娜，理行李吧。咱们要是快点儿，明天就能赶到城里。”

“我不想去圣安东尼奥。”罗丽娜又说了一遍。她知道杰克不喜欢人家和他顶嘴，但是她不在乎。

他转身便给了她一耳光——她还没有反应过来——力量虽然不大，但确实是一个耳光。

“真他妈的，我说去哪儿你就得去哪儿。”他说。他的脸都气红了。

当着奥古斯塔斯的面挨打使她很难堪，但他装得好像对她和杰克之间的事丝毫不感兴趣。这当然是出于礼貌，否则他又能怎么办?

她想起了夏威尔塞给她的钱，并暗中庆幸自己有这笔钱。她又看了奥古斯塔斯一眼，见他不动声地瞧着，等着看她如何对付杰克。杰克对她怒目而视，也许是在盼她哭。然而，除了暴风雨的肆虐能使她哭，她是绝不会再哭了。对那轻轻的一耳光，她只当没有感觉到。她转过身去，背对着他走开了，开始打包行李。

杰克很快便消了气，走过去将篝火熄灭。“罗丽娜不知道怎么了，”他说，“脾气越来越坏。”

奥古斯塔斯笑呵呵地说：“明明是你脾气坏吧，她可没打你耳光啊。”

“老天爷，她凭什么顶嘴？”杰克说，“上哪儿去，在哪儿停，该由我做主。”

“由你做主，也不由你做主。”奥古斯塔斯说，“事情也许并不那么简单。”

“就是那么简单，要不她就别想再见我。”杰克说。

“没准儿她并不那么想见你呢，杰克。”奥古斯塔斯说，“你有吸引力，可我也有。她和你顶嘴，你要是认为已经受够了，那我就来跟她一起宿营。我可不像你这么野蛮。”

“我又没伤着她。”杰克说。他对打她一耳光感到有些内疚。刚才他骑马回来时见她和奥古斯塔斯在一起，心里就很不愉快，何况后来她又和他顶嘴。不论他和女人之间发生了什么事，奥古斯塔斯总要使情况恶化。

“我该走了。”奥古斯塔斯说，“我不回去，队长准会气得像只大黄蜂。谢谢你们的早餐。”

“你欠我们两顿了。”杰克说，“希望你们进趟城，进城时想着给我们买点儿吃的。”

“怎么，你们俩都不进城了？”奥古斯塔斯说。他骑到罗丽娜理行李的地方，她正闷声不响地收拾东西。

“别忘了把马拴好。”他说，“咱们在孤鸽镇住腻了，它可没有。我碰到它的时候它正往回走呢。”

“我会拴住它的。”罗丽娜说。她朝奥古斯塔斯笑了笑。看来杰克的那点儿火气并没有影响她的情绪。

“你要是长得再漂亮点儿，和我在一起可就不安全了。”奥古斯塔斯说，“我就会忍不住再跟你摸牌赌输赢。”

“不玩那个，我说过咱们要在一起正经玩一次的。”罗丽娜说，“再玩的话，我就有机会赢了。”

“还是好好照顾你自己吧。”奥古斯塔斯说，“要是那家伙扔下你溜了，就来找我们。哪儿有尘土，我们就在哪儿。”

“他不会离开我的。”罗丽娜说，“他没事。”

她看着他过了那条泥水河。他在河那边向她招了招手，不久便消失在树丛中。她继续打包行李。过了一会儿，杰克忍不住了，便朝她走过去。

“你不该那么顶撞我。”他有点儿低三下四地说。他企图把手放到罗丽娜身上，可她躲开了，走到骡子的另一侧去。

“我没顶撞你，”她说，“我只是说我不再去圣安东尼奥了。”

“妈的，我想在到丹佛之前再赌几次。”杰克说。

“去赌吧。”她说，“我从来没有说过不让你去。我只想待在宿营地。”

“啊，你肯定是跟古斯约好了。”杰克说，“他准是打算来教你玩牌吧。”他痛苦地说完，转身而去。

罗丽娜没有理他。天气太好了。奥古斯塔斯找到了她的马是个好兆头。尽管到处都是树丛，但她觉得她还是愿意骑马，愿意骑着马慢慢地跑。杰克如果想生气，就由他去吧，她可是盼望上路了。

第35章

天气越来越热，走了一夜的牛群此时行进缓慢、艰难。考尔不得不让一半人在牛群后边轰赶它们前进。他仍决心渡过努埃塞斯河，因为狄兹预报当天晚上还会有暴风雨。

想避开荆棘丛是不可能的，但狄兹带他们往下游方向走了一段，绕过了丛林最稠密的地带。靠近那条河时，他们开始遇到成团的蚊子，它们连人带马一齐叮咬，落满全身，抹掉它们就像抹掉一层厚厚的铁锈一样。大家都尽量把脸遮住，有手套的几个人还戴上了手套。落满了蚊子的马匹很快就踏蹄甩尾，变得不安。蚊虫叮咬着牛的眼睛和鼻子，因而牛群也烦躁地骚动着。

不一会儿，纽特便全身都是拍蚊子留下的血斑，好像在战斗中负了伤一样。肖恩骑马走在离他不远的地方，情况并不比他好。肖恩一遇到麻烦就会想家——蚊子是一个大麻烦。

“现在要是能回爱尔兰就好了。”他对纽特说，“要是我知道哪儿有船，我就回去。”他的脸已被蚊子咬得肿起成片的疙瘩。

“进河里就能把蚊子全淹死。”纽特说。这是唯一能使他得到安慰的想法。他一向害怕过河，可那是在碰上蚊子之前。

更糟的是，有一只性情怪僻的红母牛也开始惹他生气，他简直不能忍受。那头母牛有一套捣乱的本领，钻到荆棘丛里便一动也不动，冲它叫喊也无济于事。它待在荆棘丛里看着他，知道自己安全无比。有一次纽特下了马，想在地上吓唬吓唬它，可它居然低下头来威胁他，使他不得不放弃他的办法。

母牛一次又一次地钻进荆棘丛里，纽特则一次又一次地吆喝它，直至把嗓子喊哑了。他不得不停止喊叫，骑马进入荆棘丛，把它赶出来。这时，母牛猛地冲出来，牛角碰得树干啪啪作响。它跑的架势就像要去当群牛之首似的。而当它再次碰见荆棘丛时，便又一次钻了进去。这头牛如此令人恼火，他真想扔下它不管。别的人都在赶牛群，而他好像只赶了这一头红母牛。

由于蚊子的叮咬，纽特对这头牛的拖拉行为更是忍无可忍。它站在荆棘丛里，傻乎乎地瞅着他。它只在不得不动时才动一下，而一旦找到合适的荆棘丛，便又钻了进去。纽特真想掏出枪给它一下，教训教训这个贱货，但他终于尽了最大努力，把这一冒失的想法压了下去。纽特还不曾被单独的一头牲口这么激怒过。然而他既不能开枪，也不能扔下它不管，因为任何一种解决方法都不会使队长满意。他已经喊得声嘶力竭，而唯一能做到的，就是把它从一个又一个荆棘丛里赶出来。

考尔已做好准备——他从潘弗利家买了一头会领头的公牛。那是一头又大又驯良的长角牛，他们叫它老狗。它从来没有去过蒙大拿，但是它曾经数次领着牛群到过马塔戈达湾。考尔估计，这头老牛至少会活到使牛群熟悉长途迁移的生活的时候。

“老狗跟我一个样。”奥古斯塔斯边说边看着盘子将老公牛赶到牛群前边，为过河做准备。

“哪方面一样？”考尔问，“你是说懒吗？”

“我是指成熟和老练。”奥古斯塔斯说，“它不为区区小事而激动。”

“你对什么事也不激动。”考尔说，“除非看见烤饼和娼姐儿。杰克到底想干什么？”他问道。杰克这个人什么忙也帮不上，令他痛心。在当保安队员的年月里，杰克就干过不少令人恼火的事情，但都没有他带着妓女跟着牛群走这件事令人恼火。

“杰克想当杰克呗。”奥古斯塔斯说，“这可是个全日制工作。他需要一个女人帮忙。”

盘子毫不费力地将老狗赶到牛群前边。这群牛大部分是骨瘦如柴、不满周岁的小牛，老公牛的个头儿有它们的两倍那么大。它的角很长，而且不规则地弯着，差不多绞到了一起。

快到河边时，他们来到一片两公里宽的开阔地带。在和牧豆树及查帕拉尔树丛不停地长时间搏斗后能见到这样一块地带，真是一种快慰。这里的草又高又肥。考尔和狄兹骑着马穿过草地去查看渡口。盘子骑着他那匹鬃毛整洁的名叫小胡子的栗色马，一路小跑来到奥古斯塔斯跟前。小胡子是一匹好牧牛马，一双眼睛总盯着牛群，不准任何一头牛溜号。盘子解开套索，对着一棵矮小的牧豆树练习了一会儿套马，还开玩笑地去套一只刚从一具犰狳尸体上飞起来的小虫。

“我看你这么不停地练习，为的是到奥加拉拉套住个女人吧——要是咱们能到那儿。”奥古斯塔斯说。

“我听说在那个城里你不必去套女人。”盘子说，“她们会来套你。”

“离内布拉斯加还远着呢。”奥古斯塔斯说，“到那时，你早就做好让她们套走的准备了，盘子。”

“今天上午大半天你去哪儿了？”盘子问道。他希望奥古斯塔斯能谈点儿关于罗丽娜的事，尽管有关她的事情他并不完全想听，因为这势必牵涉杰克·斯普恩。

“啊，罗丽娜小姐和我喜欢在早晨一块儿喝咖啡。”奥古斯塔斯说。

“但愿坏天气没有使她太受罪。”盘子说。他突然产生了一种渴望感，因为他实在想不出有比清晨与罗丽娜一起喝咖啡更美好的事情。

“没有，她挺好。”奥古斯塔斯说，“新鲜空气对她很有好处。”

盘子没再说什么，奥古斯塔斯也决定不再揶揄他。青年人的年轻无知偶尔也会勾起他的怜悯之心。他们对人生的短暂毫无感觉，对生活之局限也一无所知。他们没有意识到，一年又一年会像一周又一周那样消逝，就连爱情也会消逝，否则就会变得乏味。年轻的盘子——一个能干的牛仔——也许不会活着见到奥加拉拉的妓女们，他对罗丽娜的脉脉深情也许是他所能表达的最甜蜜的感情。

看着盘子——他如饥似渴地希望得到罗丽娜，但也许永远不会得到她——奥古斯塔斯想起了自己对克拉拉·艾伦的爱，这爱曾经使他又悲又喜。在她的少女时期，她是那般娇柔、温存，男人只要看她一眼就会沉沦。那时，她的生活虽然并不顺利，但她无时无刻不在笑。尽管她眼里总是熠熠闪光，却时常转喜为怒，并且十分忧伤。这时，无论他怎么说或怎么做，都无法使她开口，甚至连让她看他一眼都办不到。当她与马贩子结婚时，他深深感到他错过了一生中最好的机会。在他们愉快的交往中，无论是在她高兴时还是忧伤时，他都无法碰她一下。这倒不是因为他的妻子碍事，而是因为克拉拉在处理他们之间的关系时，选择了这么一种态度。她爱他的某些方面，而且出于某种目的，她需要他，但他无论怎样使尽浑身解数，不管如何施展手段，哪怕加上他的容貌及练达的处世经验，都丝毫不能改变她的这种态度。

那天，她告诉他，她要与一个从肯塔基来的马贩子结婚。听了这句话，他简直像挨了一记闷棍，什么话也说不出来了。她不慌不忙、简明扼要地告诉他，鲍勃正是她需要的那种人，正是因为这一点，她才要与他结婚。他现在仍能回忆起当时的情景，那还是在奥斯汀，他们俩站在她的小商店前面，她拉着他的手，握了好一阵子。

“那好吧，克拉拉。”他茫然地说，“虽然我认为你这么做不明智，但还是祝你幸福。我会经常去看你的。”

“我要是能应付，你就不必来，古斯。”她说，“十年之内你别理我，十年以后再来看我。”

“为什么要十年？”他不解地问。

克拉拉淡然一笑。她的好情绪向来是短暂的。“啊，我要当妻子了。”她说，“我不想受到像你这样的人的引诱，而一旦我过够了婚后生活，就会想你的。”

奥古斯塔斯一点儿也不明白她的意思。“为什么？”他问，“十年以后就出走吗？到底是为什么？”

“不，”克拉拉说，“我想让我的孩子们认识你，让他们得到你的友谊。”

他猛然发现，他已经耽搁了好几年——从克拉拉在商店前拉着他的手那天到现在，已经过了差不多十六载。他没有怎么留心过时间，但不要紧，这也许只意味着她又多了几个孩子，正等待他去交朋友呢。

“我可以在奥加拉拉歇歇马。”他不由自主地大声说道。

盘子感到莫名其妙。他说：“嗯，你什么时候想停都可以停嘛，古斯。”

奥古斯塔斯为自己将思想暴露出来感到不快。再有，跟着考尔到另一个更荒凉的地方去定居，远不如在离克拉拉近的地方定居有吸引力。克拉拉思维敏捷，还是姑娘的时候就开始阅读各种报纸。他希望能和别人谈论这些年来发生的事件，而考尔对此不感兴趣，豌豆眼这样的人则连什么是事件都搞不清楚。若能定期与一个跟得上时代的女人聊聊天，无疑是一件令人愉快的事。当然，过去十六年的边陲生活，也许已经把克拉拉那好奇的棱角磨钝了。

“你识字吗，盘子？”他问。

“嗯，我认识自己的名字。”盘子说，“我识几个字，可还有很多字我不太认识。”

这时，他们看见数百米以外，考尔与狄兹正骑着马沿河分析情况。

“真希望咱们是在过北边的雷德河。”盘子说，“我不喜欢这地方。”

“我倒希望咱们已经到了黄石河。”奥古斯塔斯说，“那样的话，考尔队长也就该满意了。”

他们抵达河边时，以为过这条河再安全不过了。老狗似乎与狄兹挺有缘分，它连停下来喘口气都不肯，紧紧跟着他走下水去。考尔、盘子、奥古斯塔斯、豌豆眼和织针纳尔逊在河的下游一字排开，但牛群似乎只愿意跟在老狗后面走。

河水泥沙含量很大，呈现棕色，水流湍急，但牛只要游上数米便能过去。有两小群牛想打退堂鼓，由于被大部分牛团团围住，所以没有造成严重的威胁。

虽说一切都很顺利，但纽特在他的马游泳时还是有点儿害怕，不由得闭上了眼睛。马游泳的那几秒里，水没了马鞍，再往上的部位没湿。他睁开眼时，已经快游到对岸了。他与一头瘦瘦的长角牛几乎同时登上岸，耗子与这头牛肩并肩，使劲往岸上爬去。

就在纽特回头观望剩下的那部分牛过河时，一声撕心裂肺的惊叫传了过来。那叫声令人头皮发麻，吓得他差点儿昏过去。他还没来得及朝叫声传来的方向看上一眼，豌豆眼已经从他身边飞驰而过，队长也紧随其后。他们驱马返回水里时，手中都拿着盘好的绳子。纽特不知道他们拿绳子干什么用。这时，他看见了肖恩。肖恩一声接一声地叫着，声音那么凄厉，纽特直想把耳朵捂住。他看见肖恩几乎要从马上摔下去，还看见他身上和周围有许多咖啡色的东西在扭动。肖恩开始喊叫时，纽特没能弄清那些咖啡色的东西是什么——看上去挺像大蚯蚓。他想了想，才认出它们来。原来那些“大蚯蚓”是一种美洲水生毒蛇——水生噬鱼腹蛇。就在他认出它们的那一刻，奥古斯塔斯和狄兹也紧跟在豌豆眼和队长后面走进了河里。纽特奇怪他们怎么那么快就到了那里，因为惨叫声传来时耗子和那头公牛刚踏上岸，那头牛近在咫尺，纽特连牛角上滴下的水都看得一清二楚。

肖恩落水的一刹那，叫声停止了，代替他叫声的是他那匹马疯狂的嘶鸣。马在水中乱窜，很快便游回了岸边。它在前蹄踏上岸、将身体露出水面时，把身上的三条蛇抖了下来，还有一条从它的脖子上滑了下来。

豌豆眼与队长用手里的绳子猛烈地抽打身体四周。纽特看见肖恩在河下游浮出了水面，但他不再呼喊了。豌豆眼在马上将身子探出很远，去抓肖恩的手臂，但他的马一看见蛇就害怕，豌豆眼抓空了。狄兹也在那里。肖恩再次浮上来时，豌豆眼抓住了他的衣领，不再放手。纽特见肖恩张着嘴巴，已经一声不吭了。狄兹抓住豌豆眼骑的那匹马的鞍辔，使它安静下来，豌豆眼这才设法把手伸到肖恩的胳膊下面，把他拽到了马上。大部分蛇已经散去，但是还能看见几条蛇在河面上游动。盘子波吉特虽然把枪掏了出来，可是眼前的情景吓得他手直发抖，无法开枪。狄兹挥了挥手，让他退回去。突然传来一声枪响——奥古斯塔斯用他的柯尔特枪打死了一条蛇。接着又是两枪，又有两条蛇不见了。这时，队长来到豌豆眼跟前，帮助他扶住肖恩。

没过多久，豌豆眼的马过了深水处，踏上了河床。考尔与狄兹稳住马，豌豆眼抱起肖恩，由狄兹把马牵上了岸。奥古斯塔斯跟在考尔后面也上了岸。牛群还在过河，可是没有人照管它们。伯特、瑞尼兄弟和艾伦·奥布赖恩还在河南岸，他们已无意下水。再往南两公里的开阔地带，篷车和马群刚刚进入视野。

豌豆眼把肖恩交给盘子和狄兹，考尔连忙从马鞍上取下他的雨衣，他们便把肖恩放在雨衣上。肖恩两眼紧闭，身体轻轻地抽搐着。奥古斯塔斯用刀子把他的衬衣割开，看见他身上有八处毒蛇牙印，其中一处在脖子上。

"还没算腿上的呢，"奥古斯塔斯说，"不过也不需要数了。"

"是什么咬的？"盘子问道。他明明看见是蛇，甚至还想朝它们开枪，可他无法相信，也不能理解这一事实。

"我看是他运气不佳，碰着蛇窝了。"奥古斯塔斯说，"我曾上百次过这条河，从来没碰见过蛇。在别的河里也没见过这么多。"

"是风暴把它们惊起来了。"狄兹说。

考尔跪在肖恩身旁，束手无策。他从爱尔兰千里迢迢来到这里，接着便骑马踩着了毒蛇窝，他可真倒霉。考尔想起多年前一个干旱的夏天，他在布拉索斯河上游的一个几乎干涸的湖里饮马。他把马骑到湖边，让马喝水时，无意中发现湖底一个个浅泥坑里尽是棉口蛇。泥坑就像一个个蛇窝，蛇在里面蠕动着，把水染成了巧克力色。幸好他没骑到坑里去。当时的景象使他浑身起鸡皮疙瘩。他掏出手枪打死了一条，以便使自己镇定下来。其实那么做毫无用处——打死一条还有几百条呢。

他在边境的河里也见过蛇，但至多不过一两条，肖恩周围却有二十多条。肖恩那匹马在南岸的地上来回翻滚着，心惊胆战的牛仔们都不理睬它。看来那匹马也被蛇咬伤了。

豌豆眼是头一个骑马冲进蛇群去救肖恩的。他现在忽然感到浑身无力，觉得要从马上掉下去，于是他下了马，用手扶住鞍角，以防两腿不支，跌倒在地。

奥古斯塔斯见他脸色苍白，便向他走来。

“你被蛇咬了吗，豌豆眼？”他问道。在极度混乱之中，一个人受了伤也未必会感觉得到。他就知道不少人中弹后仍一无所知。有一个保安队员中弹之后没有死，但在人家指出他的伤后，反倒给吓死了。

“没有咬着吧。”豌豆眼说，“我想我把它们都赶跑了。”

“把裤子脱下来，”考尔说，“也许咬着下边了。”

他们在豌豆眼身上没有发现伤口。这时，由于正在过河的牛群无人看管，它们开始往下游漂去。有的牛在下游一百米处上了岸。南岸的牛仔们还没有过河。

“古斯，你和狄兹守着他。”考尔说着，上了马，“不能让牛再往远处走了。”

他发现豌豆眼那匹马旁边的纽特正坐在马背上，面如土色。

“过来帮帮忙。”豌豆眼和盘子朝牛群跑去时，考尔对纽特说。

纽特掉转马头，跟着队长去了，可又感觉自己就这么走开是不对的。肖恩当然不会再听见他说话了，但他还是应该对他说几句。不管队长怎么想，他要告诉肖恩，去找条船，快点儿回爱尔兰去。他知道肖恩快死了，现在找船为时已晚，可他还是想对他说。他曾有对他说这话的机会，但是他错过了。

他的马在队长旁边跑着，他觉得要吐，同时感觉自己对肖恩不够朋友。

“他想回爱尔兰！”他突然说了一声，接着泪水涌出了眼眶。他已经伤心得什么也顾不得了。

“是呀，但愿他能回爱尔兰去。”队长静静地说。

纽特哭着拉住缰绳，让耗子去赶牛。他想起了肖恩的号叫，想起那些蛇多么像一条条蠕动的大蚯蚓。走到远处的牛开始回到牛群时，队长又骑马下了河，纽特惊奇得不得了。他简直不理解，队长怎么能立即回到随时都会聚满毒蛇的河里去。然而，这一次没有出现蛇。纽特见奥古斯塔斯先生和狄兹没有动，他想知道肖恩是否已经死去。他还在想，他应该撇下牛群，去和肖恩说几句话，哪怕为时已晚。但是他不敢去。他六神无主，坐在马背上痛哭，直哭得呕吐起来。他只好俯下身去，朝马脖子下边吐个不止。

他一心希望用某种办法使已经发生的事情不发生，使时间倒退，回到他们在孤鸽镇的日子。他想象肖恩仍然活着，生活得挺好，他就可以做他以前来不及做的事——告诉肖恩，到加尔维斯顿找一条船回家。然而每当他回头看，见到的只是狄兹和奥古斯塔斯先生跪在肖恩身旁。他多么希望看见肖恩安然无恙地坐起来，但是肖恩没有坐起来，他只好绝望地骑在马上，守护着牛群。

奥古斯塔斯与狄兹除了在肖恩弥留之际陪伴着他，已不能再为他做什么了。

“我看豌豆眼还不如让他淹死呢。”奥古斯塔斯说，“这小家伙的运气太坏了。”

“太倒霉了。”狄兹说。他感觉自己四肢发软。虽然他见过许多暴死的人，但刚刚发生的这件事远比过去任何一件都凄惨。他想，今后无论过哪条河，他都不能不想起这件事来。

肖恩的哥哥还没有到河这边，肖恩便死了。奥古斯塔斯用自己的雨衣把尸体盖住，马群这时才刚刚往岸上走。马群离狄兹很近，它们上岸抖身上的水时，把狄兹的背都淋湿了。斯佩特尔兄弟上岸后吓得目瞪口呆，坐在湿淋淋的马上不肯下来。河对岸，考尔正叫其他人帮着篷车从陡坡上下到河里。

“这会子要是蛇去找博利瓦，他就有机会开枪了。”奥古斯塔斯说，“他带着那支枪呢。”

“是风暴惊动了它们。”狄兹又说了一遍。他感到内疚，因为是他选中上游这个位置过河的，现在一个孩子死在这里了。

“是啊，狄兹，生命是短暂的。”奥古斯塔斯说，“对某些人来说，生命就更短些。以这作为旅程的开端也太糟糕了。”

博利瓦很不高兴。他想，篷车恐怕过不去河了。别看这条河不宽，但他不愿下车，牛仔们用绳子拴篷车时，他脸色阴沉地坐在座位上，旁边是大嘴唇。

“你是说肖恩死了吗？”艾伦·奥布赖恩问队长，他受的刺激太大，甚至连话都不会说了。

“是的，他死了。”考尔回答道。因为他看见奥古斯塔斯在盖尸体。

眼泪挂满了艾伦的双颊。他说：“都是我的错。我不该把这孩子带来，他太小了。”

考尔没有再说什么。那孩子的年龄与刚发生的事毫不相干，即便是有经验的人，遇上那么一窝蛇也别想活下来。他从来就不担心蛇，可如果让他碰上，他也活不了。这件事只说明了一个他早已明白的道理——生活中的危险远比任何深思熟虑的人预料的要多。艾伦·奥布赖恩大可不必在内疚上花费精力，因为尽管爱尔兰看起来很安全，但在爱尔兰，一个孩子也照样会死去，像在其他地方一样。

杰斯帕和伯特都看见了蛇，杰斯帕吓得连河水都不愿意再看一眼。稀汤琼斯也同样害怕。瑞尼兄弟更是吓得几乎从马上摔下来。

杰斯帕的反应最强烈，他不想干了。他曾多次过努埃塞斯河，但是当他不得不再次渡过它时，他感觉这一次怕是过不去了。在他看来，已经过了河的豌豆眼、盘子及其他人是世界上最幸运的人。

“队长，你说已经没蛇了吗？”他问道。

“嗯，它们已经散了。”考尔回答。

开始过河时，杰斯帕掏出了手枪，但考尔摇了摇头。“别开枪。”他说。他知道，没有人能像奥古斯塔斯那样坐在正游泳的马的背上打中目标。

“看见蛇就用绳子抽他。”他又说。

“可别有蛇爬到车上来。”大嘴唇说这话时，吓得两腿直发抖。

篷车过河时比想象的要顺利，博利瓦只把脚弄湿了。杰斯帕看见了一根树枝，他以为是蛇，在马上打了个趔趄。事实上，蛇已经游散了，再也没有露面。

艾伦·奥布赖恩下马后驻足良久，为自己的弟弟哭泣。杰斯帕·范特也哭了，但主要是庆幸自己仍安然活在世上。

在别人哭的时候，狄兹和豌豆眼从篷车上拿出铁锹，在离河一百米远的一棵橡树下挖了个墓坑。接着，他们剪下一块篷车苫布，把肖恩的尸体裹好，放在车上，运到墓坑那里。他们把他放进墓坑，狄兹和豌豆眼立即用土盖上。其他人站在四周，不知道该做些什么或者该说些什么。

“你要是想唱首歌什么的，就唱吧。”考尔说。艾伦站了一会儿，用颤抖的声音唱起一支爱尔兰歌曲，但后来禁不住痛哭失声，再也无法唱下去。

“我没有钢琴，要不然我能给他弹一首《圣歌》。”大嘴唇说。

“我说几句吧。”奥古斯塔斯说，“他是一个好孩子，很勇敢。咱们都看到了，他克服了恐惧，学会了骑马。他还有一副美妙的男中音嗓子，咱们都怀念他的歌声。但是，他不适应世界上的这块地方。生活中总会有不少事故发生，他遇上了一桩很糟糕的事故。咱们若是不小心，也会碰上的。”

说完，他转身跨上那匹老疟疾。“尘归尘，土归土。”他说，“剩下的人，继续朝蒙大拿走吧。”

考尔想，他说得对。人死了，他们能做的最好的事便是继续前进。牛仔们一一上马，随牛群而去。很多人都迅速地回头，朝树下那座泥土堆起的新坟看上最后一眼。

艾伦·奥布赖恩最后一个上马，奥古斯塔斯一直在等他。这一打击使艾伦虚弱不堪，几乎连马都上不去了，但他最终还是跨上马走了。他一直在扭头看那座坟，直到它被高高的干草遮住。“太快了。”他说，“太快了，就这么扔下他走了。他是我们家的宝贝啊。”

“咱们要是在城里，就给他开个像样的追悼会。”奥古斯塔斯说，“但是你也明白，咱们不在城里，除了策马赶路，没有别的办法。”

“我要是把那首歌唱完就好了。”艾伦说。

第36章

运酒船臭气熏天，船上的人也臭气熏天，但爱尔迈拉并不为搭这条船而后悔。在酒桶之间，她得到一个小小的空位，上面用一大块木板和野牛皮盖着防雨。她大部分时间坐在船尾，看着那没有尽头的浑水浊流。有时天气热得很，河面上的水汽蒸腾上升，河岸隐在水汽中，变得模糊不清。在其他的日子里，当凉飕飕的雨随风吹来时，她便用野牛皮披肩裹住自己，以防淋湿。她喜欢这样的雨，因为一下雨跳蚤就不那么猖獗了。跳蚤搅得她无法安寝，但这不过是为了逃出史密斯堡而付出的轻微代价。她曾在有跳蚤的地方住过，还在有比跳蚤更坏的东西的地方住过。

船缓慢地溯阿肯色河而上，河道越来越狭窄了。随着河道变窄，船工和酒贩子也越来越不安生。他们拼命地喝酒，爱尔迈拉怀疑到头来他们还会不会有酒可卖。她坐在船尾时虽然觉察出他们总在看她，但他们并没有惹她，只有酒贩子的头头儿福勒对她说过一两句话。福勒是个彪形大汉，留着又黄又脏的胡子，有一边眼皮不会像正常人的那样开合。它忽而收上去，忽而垂下来，让人感到很别扭——他一会儿用两只眼看你；一会儿一边眼皮垂下来时，又用一只半眼看着你。

据爱尔迈拉所知，福勒从早到晚不停地喝酒。每次她被跳蚤咬醒或被船晃醒，总能听到福勒的粗嗓门儿。他不住地讲，也不管别人听不听。他抱着一支沉重的步枪，两眼不断地瞥着河岸。

福勒谈论的主要是印第安人，因为他对印第安人有刻骨的仇恨。他曾经是一个野牛猎人，与印第安人多次发生摩擦。野牛打尽后，他便改行贩酒。到目前为止，无论是他还是他的手下，都没有找过爱尔迈拉的麻烦，她暗自感到吃惊。他们那一伙人粗野丑陋，她上这条船纯粹是一场赌博。她认为离开史密斯堡时没有人看见，因而船上的人完全可以神不知鬼不觉地把她杀了，扔到河里喂甲鱼。刚上船的那几夜，她在小篷子里一直不敢睡觉，心中确实害怕，唯恐他们中间有人会突然跌跌撞撞地闯进来，扑到她身上。她等待着那一时刻，心想，如果这种事情发生，那她只不过是重操旧业罢了，而这也正是她出走的部分原因。至少她可以不再当七月约翰逊的老婆。短时间内生活会苦一些，但她最终肯定会找到迪，到那时，生活就会好起来的。

所有的人日夜都躲着她，只有福勒例外，他不断地在船上溜达。有一次他站在她旁边，突然跪下来拉了下枪栓，但后来发现他原以为是印第安人的东西，其实只是一个树丛。“热得我眼皮子直跳。”他说完，朝河里吐了一口黏黏糊糊的烟叶。

爱尔迈拉也总是瞅着被春风吹绿的河岸。随着河道变窄，她看见了许多动物，有鹿、土狼、牛，但没有看见印第安人。她想起了这些年来听到的印第安人抢女人的故事。在堪萨斯的时候，她就见过一个这样的女人。那个女人告诉她，她是被人搭救才回到白人社会的。那个女人与其他女人没什么两样，只是看上去的确受了惊吓。其实，许多女人只为一些极其一般的事也会受到惊吓。印第安人并不见得比野牛猎人坏，船上就有两个这样的猎人。他们使她回忆起痛苦的往事。他们都身高体壮，穿着野牛皮做的外衣，长着又粗又长、乱蓬蓬的头发，就像他们的猎物一样。夜间，她在小篷子里能听到他们站在船边解手的声音。他们就站在酒桶旁边，朝阿肯色河里尿。

不知怎的，这声音倒使她想起了七月，也许是因为她从未听过七月解手吧。七月对这种事格外谨慎，总是到林子深处去解手，以免使她难堪。他这种小心谨慎和害臊倒惹得她心烦，有时候她都想把她结婚前干过的事告诉他，但她还是没有把实话讲出来。她什么实话也不讲，久而久之，她干脆不再与七月约翰逊说话了。

在这些漫长的日日夜夜里，除了福勒偶尔来和她说几句话，没有任何人与她交谈，因而她更加思念迪。她不挂念乔，连想都不想。虽说乔是她生的，但实际上好像根本不是她的孩子似的。事实上，第一眼看见他时，她就对他没有什么感情与兴趣。从那时起，她一直等了十二年，盼着有朝一日可以把他打发了，以便自己一个人过日子。她想，与七月结婚唯一的好处是他会把乔带走。

她与迪在一起就可以无拘无束地生活——如果有哪个男人生活无拘无束，那个男人就是迪。你永远无法知道迪从何处来，到何处去。而只要他在，他便与你纵情欢乐。但是就在你转身的工夫，他又会突然从你身边消失，或者去了别的城市，或者去找别的姑娘。

不久，船开出森林区，到了平原地带，天空顿时豁亮起来。夜间很凉，早上则很快转暖，所以，爱尔迈拉醒来时，船后的河面上布满晨雾，船完全隐匿在雾中，直至太阳将雾气驱散。她身裹野牛皮披肩站在船尾时，雾中飞起的野鸭和野鹅好几次差点儿撞到她身上。浓雾迷漫时，鸟儿的扑水声和鱼儿跃出水面的溅水声常常使她惊恐不安。有一次，一只巨大的灰鹤拍打着翅膀从船上边低低飞过，吓了她一大跳。雾气变薄后，她看见一只只鹤庄重地站在浅水滩里，对身边成串游过的鸭子不屑一顾。太阳升起，万里晴空下仍有片片薄雾逗留在水面，迟迟不散。

夜间，岸上传来各种各样的叫声，最常听到的是土狼那凄厉的嚎叫。白天间或也能看见岸上的一只土狼或灰狼，这时猎手们便用这些小兽练习枪法。他们很少打中，因为河面很宽，爱尔迈拉有时可以看见子弹掀起的泥土。

在无雨的日子里，她尤其喜欢夜晚的景致，喜欢在这样的夜里走到船尾，聆听河水的汩汩声和漩涡的啜泣声。夜空繁星密布。一天晚上，满月像是从灰蒙蒙的河里升起来的，刚开始大得能挨着河岸，夜雾被月光染成珍珠色。月亮升高后，变得金黄，犹如一个圆鼓鼓的大南瓜。

就在这个满月夜的第二天清晨，一个酒贩子与一个野牛猎人打起来了。爱尔迈拉醒来后，听见了吵架的声音。这没什么奇怪的，他们每天晚上喝醉后都这样吵闹不休。有一两次，他们殴斗时甚至撞到了她用来搭小篷子的酒桶。人们对这种殴斗一贯采取听之任之的态度。由于她常见这种殴斗，所以并不感到担忧。

但是，这天早晨的殴斗不同以往，她是被大声尖叫吵醒的。随着一声呻吟，她听到一个人倒在甲板上。接着便听见胜利者那深深的喘气声。不一会儿，这个胜利者便走开了。船上死一般地寂静，她怀疑船上的人是否都走掉了。她的心怦怦直跳——是不是印第安人上船把所有的酒贩子都杀了？她紧紧地缩在被子里，不知如何是好。这时她听见了福勒那粗暴的声音，原来这只是一场普通的殴斗。

太阳升起，她又来到船尾她常待的地方，现在一切都异常安静。人们都起床了，并且聚在船的另一端。她朝那边望去，看见一个人脸朝下，一动不动地趴在刚才殴斗的地方。她从他的红头发认出那是酒贩子中的一个。

不久，福勒与另外两个人走过去，站在那儿瞅着尸体。随后，爱尔迈拉见他们解下了他的皮带，脱了他的皮靴，还将他翻过身来，掏空了他所有的口袋。尸体上沾满了凝固的血。他们把他身上所有值钱的东西都拿走后，便抬起他扔进了河里。爱尔迈拉看见死尸脸朝下浮在水上，碰撞着行进中的船帮，心想，你就这么完了。她不知道那个人的名字，只盼着他快点儿沉下去，好不再看见他。由于晨雾尚未散尽，所以尸体很快消失在雾中。

又过了一会儿，福勒给她送来一盘早饭。

“为什么打架？”她问道。

“为你。”福勒说着，眼皮垂了下来。

这可真没想到。那个人好像对她不怎么感兴趣，再说，如果是为了她而打架，那么那个死去的人并没有来找过她。事情可真蹊跷。

“怎么为我？”她问道。

福勒用一只半眼看着她。

“嗯，我们只有你这么一个女人。”他说，“有人想占你的便宜，最想占便宜的人死了。”

“我猜是他。”她说，“谁把他打死了？”

“大刺猬。”福勒说。

大刺猬是野牛猎人里最难看的一个。他的胡子又油又腻，指甲漆黑。她早与野牛猎人断绝来往，现在竟有个野牛猎人保护了她，真稀罕。

“他干吗打死那个人？”她问道，“我要是出了事，与他有什么相干？”

“他喜欢你，”福勒说，“他说他想娶你。”

“娶我？”爱尔迈拉说，“他不能娶我。”

福勒咯咯笑了。“他不懂事，”他说，“大刺猬有点儿不正常。”

爱尔迈拉心想：“你们这一伙人都不正常。我肯定也不正常，不然就不会在这儿待着了。”

“你上我们这样的人的船，太冒险了。”福勒说。

爱尔迈拉没答话。从此以后，她总感觉大刺猬在看她，虽然他并不与她说话，也从不走近她。其他人也都不走近来与她搭话，也许是怕被打死了扔进河里。大刺猬有时会花上一小时坐在船的另一端看着她，这使她很痛苦。他认为她已经属于他了，其他人也这么想，因而谁都不敢靠近她。在他们眼里，她已不是自由人——她已经属于一个从来没有和她说过话的野牛猎人。

其他人的胆怯令她鄙夷，只要发现有人看她，她就冷眼以对。她从此不再与任何人说话，只是望着那不断退去的浑浊的河水，在沉默中度日。

第 37 章

罗斯科已经料到外出是要受罪的，而他实际经历的比他预料的糟糕得多。

离开史密斯堡才三个多小时，他就噩运临头了——碰上了一群野猪。不知怎的，他的马曼菲斯对野猪有一种莫名其妙的恐惧，而这群野猪又很别扭，对白马尤其厌恶，或者说是对副司法官尤其厌恶。还没等罗斯科看清野猪群，他的马就跑了起来。幸亏松林不密，否则他肯定凶多吉少，罗斯科心想。野猪群由一只特大的公野猪率领，它的行动比其他野猪都敏捷。曼菲斯加速之前，那头野猪差点儿咬着他们。罗斯科掏出手枪，朝公野猪连连开枪，子弹打光了也没有命中。而他在一大群野猪的追赶下，骑在奔跑的马上装子弹时，又把子弹弄掉了。他还有支步枪，但不敢用，怕步枪也掉了。

幸运的是，那帮野猪追赶的决心不大，所以追了一会儿便停下了。可是曼菲斯一直跑到它跑不动为止。这样一来，曼菲斯这天就不能再赶路了。下午在一条小溪旁停下喝水时，它又陷进了齐膝深的泥淖里。罗斯科不得不下来用绳索抽打它的尾部，打了五六下，它才费劲地从泥里退出来，而这时罗斯科已弄得满身都是泥污，还掉了一只靴子。那只靴子在泥里陷得太深，他几乎够不着。他没有多带一双靴子来——实际上他根本没有第二双。于是他被迫花了差不多一个下午的时间，清理这唯一的一双靴子上的泥。

第一次夜宿，他离城只有六十公里远。令他担心的倒不是离城太近，而是离那群野猪太近。他只知道野猪还在跟踪他，一想到刚睡着，野猪就会找来，他便无法入睡，直到天快亮时才勉强睡着。罗斯科是城里人，很少在林子里过夜。他在监狱的那张长椅上能睡得鼾声如雷，是因为他不必担心蛇、野猪和印第安人，也不必怕土匪、狗熊或者其他威胁。有的犯人会大吵大闹，但对他们，他可以置之不理。夜深了，树林里的吵闹声并不亚于酒吧间，只是罗斯科说不清都是些什么声音。所有的声音对他来说都是威胁。整整一夜，他背靠大树坐着，手里握着手枪，腿上搁着步枪。天快亮时，他实在太累了，顾不得怕熊和野猪来吃他，才躺下睡了一会儿。

第二天，他累得在马上连坐都坐不稳，曼菲斯也和他一样累。头一天的紧张把他和马都折腾垮了，谁也不再关心周围的事情，罗斯科甚至连自己是否离七月近了一些都不知道。幸好从史密斯堡到得克萨斯有条军队踏出的小径，清晰可辨，于是他与曼菲斯顺着小径不紧不慢地走着，还不时地停下来休息一下。

日落时分，他似乎交了好运。他听见有人在吆喝，骑入一小块空地时，发现有个农夫砍倒了一片树。那个农夫正在清理这片空地，套着一队骡子拔树桩，骡子拉着绳索拔树桩的时候，农夫在一旁呐喊助威。

罗斯科对砍树不感兴趣，但对眼前这个农夫很注意，因为这意味着附近肯定有间房子，这样他就有可能在屋子里睡上一夜。他骑了过去，在离农夫还有一段距离的地方停住了，免得惊了骡子。那个树桩只拔出了一部分，很多粗根仍旧在土里扎着。

农夫戴着帽子，帽檐耷拉下来。罗斯科停下时，农夫看见了他。他骑近了些，想做一番自我介绍。这时，农夫摘下了帽子，他不由得大吃一惊，原来农夫不是个男人，而是一个穿着男人衣裳的魁梧女子。她的头发是棕黄色的，衬衫已被汗水浸湿。

她一边擦额头上的汗水，一边问他："喂，你是打算下来搭把手呢，还是就这么傻乎乎地待着？"

"我是副司法官。"罗斯科说。他以为这个回答可以解释清楚一切。

"要是你那颗徽星太重，摘掉它算了。"女人说，"帮我把树根砍断。我想在天黑前把活儿干完，要不晚上就要加班了。我可不想浪费煤油。"

罗斯科一时傻了眼，他这辈子没拔过树桩，也不想从现在开始干这一行。话又说回来，只要有可能，他便不想在树林里过夜。

女人一边停下喘口气，一边瞅着曼菲斯。"咱们还能把那匹马套到骡子队里，"她说，"我的骡子不认生。"

"算了吧，你就是套上它，它也不知道该怎么干。"罗斯科说，“它是匹骑的马。”

“啊，我明白了。”女人说，“你是说它太蠢，要么就是太懒，不愿干活儿。”

世界上好像到处都有心直口快的女人。这个女人使罗斯科想起了桃子。

他勉强下了马，把曼菲斯拴到一棵矮树上。那个女人不耐烦地等着。她递给罗斯科一把斧头。他砍着又粗又硬的树根，女人吆喝着骡子。树桩又被拽出来一些，但仍连着根。过去这几年，罗斯科很少用斧头，使起来笨手笨脚的。砍树根和劈柴不一样。砍树根的时候斧子要是下得不对，就会弹起来。有一次他没砍好，斧子震脱了手，差点儿砸着那女人的脚。

“妈的，我可没打算叫它从手里溜走。”罗斯科说。

女人很不耐烦地说：“要是有根生牛皮绳，就把斧子绑到你手上，那么你们俩愿意往哪儿蹦就往哪儿蹦。到底是哪个城雇你当副司法官的？”

“啊，史密斯堡。”罗斯科说，“七月约翰逊是正的。”

“还不如到这儿来呢。”女人说，“他没准儿会砍树根。”

接着她冲骡子甩起了响鞭。罗斯科为了不让斧子再次脱手，使劲用手攥着，拼命朝树根抡去。没过多久，他流的汗就比那个女人流的还多。汗直往他眼睛里流，鼻子上的汗也不断地往下淌。虽说他多年没这样流汗了，可他对此并不欣赏。

汗水蜇得他什么也看不清楚。就在这个时候，骡子猛地往前一蹿，他想砍但还没来得及砍的那条树根噌的一声从土里拔了出来，像条鞭子一样抽在他膝盖上方，打得他向后翻仰，斧子又掉了。他虽然挣扎着想保持平衡，还是摔了个四仰八叉。那条树根依然在空中一弯一直地摆动着，活脱儿是个有生命的东西。

那女人连看也不看他。骡子把树桩拖走了，她也跟了去，边甩响鞭边吆喝，好像那队骡子全都耳背似的。罗斯科躺在地上，瞅着树桩慢慢地从它待了多年的坑里被拖出来。尽管还有几条细根扎在土里，但树桩最终还是被骡子整个儿拽了出来。

罗斯科慢慢地站起来，才发现他走不了了。他一瘸一拐地跳着，想活动一下两条腿，那个女人被他的举动逗笑了。

“他们派你出来抓谁？”她问，“是不是他们看你是个白吃饭的，把你从城里赶出来了？”

罗斯科伤心透了，连生人也看他像个白吃饭的，可他自己认为在监狱里他干得很不错。

“我要追七月约翰逊，”他说，“他的老婆逃走了。”

“我倒愿意她跑到这儿来呢。”女人说，“那我就能让她帮我清理这块地。一个人干太慢了。”

其实这个女人的工作还是挺有成绩的，在拴着曼菲斯的地头南边，已经摆了四五十个树桩。

“你的男人们呢？”罗斯科问。

“有的死了，有的走了。”女人说，“我找不到一个能活下来的丈夫。我的男孩子们不干这些活儿，打仗的时候走了就再没回来。你叫什么，副司法官？”

“罗斯科・布朗。”罗斯科说。

“我叫路易莎，”女人说，“路易莎・布鲁克斯。我是在亚拉巴马出生的，要是一直住在那儿就好了。那里埋了我两个丈夫，这块地上又埋了一个，就在房子后头，他叫吉姆。”她又说，“他太胖了，我没办法把他装上马车，只好就在那儿挖个坑把他埋掉。”

“唉，真不幸。”罗斯科说。

“没啥，我们过不到一块儿。”路易莎说，“他爱喝酒不说，还老讲《圣经》。我愿意男人们要么干这，要么干那。有一次我对他说，你就是倒在地上死了我也不管，没到三个星期，那蠢货真的就那么死了。”

罗斯科虽然很想在这里过夜，但这时也开始犹豫了。路易莎·布鲁克斯几乎跟野猪一样可怕。骡子把大树桩拉到了放树桩的地方，罗斯科过去帮她卸下来。

“罗斯科，我请你吃晚饭。”他还没来得及下决心离开这里，她就说话了，“我敢说你吃起饭来准比砍树根强。”

“啊，可我得去追七月，”罗斯科半心半意地说，“他的老婆逃走了。”

“吉姆死以前我也打算逃跑。”路易莎说，“要是逃了，就不用埋他了。吉姆太胖了，我不得不用骡子把他从屋子里拖出来。白天挖了一整天树桩，晚上还得把丈夫‘种’在地里。——你多大岁数了？”

“啊，四十八岁了。”罗斯科没提防她问这个问题。

路易莎摘掉帽子，边扇风边跟着骡子沿空地边沿走，罗斯科牵着自己的马。

“瘦子比胖子活得长，”路易莎说，“你没准儿能活到六十岁。”

“不止六十岁。”罗斯科说。

“会做饭吗？”路易莎问。别看她个头儿大，但长得不难看。

“不会，”罗斯科如实地说，“我平常都在酒吧里吃饭，要么就跟七月回家吃。”

“我也不会，”路易莎说，“从来就不感兴趣。我喜欢干农活儿。要不是怕费煤油，我能白天黑夜地干。”

这可真是怪事，罗斯科虽然知道很多黑人妇女在农忙季节采摘棉花，但还从来没有听说过女人种田。他们来到一大块整理得干干净净的空地，这里没有树桩。空地上有一所大房子和一圈畜栏。路易莎把挽具卸下来，把骡子圈好。

“我倒想把它们拴在外面，可是它们总想跑。”她说，“它们不像我那么喜欢干农活儿。咱们晚饭吃玉米饼，这是我家的家常饭。”

“为什么不吃腌肉？”罗斯科问她。他饥肠辘辘，真想来一大块腌肉或别的什么肉。周围有好几只鸡，随便一只都能煮来美餐一顿，可他是客人，不好意思提出来。

“我可不养猪，”路易莎说，“它们太精了，我不愿意费事和它们周旋。我只愿种地。”

没错，路易莎准备的饭只有玉米饼加凉井水。屋里又宽敞又干净，可惜吃的东西不多。罗斯科心中纳闷儿，路易莎怎么能只靠玉米饼过日子。他这才想起来没见她养奶牛，这表明她连牛奶和奶油这样的福都不肯享。

她心满意足地吞下一盘玉米饼，一边吃一边不停地用扇子扇着。屋子里又闷又热。

“我不大相信你能追上那个司法官。”她看着对面的罗斯科说。

罗斯科也没有把握，可他至少得装着去试一试。更有可能的是，待他在外边转悠的时间长了，七月反倒会来找他。

“嗯，他去得克萨斯了。”他说，“我也许会碰上见过他的人。”

“不错，你也许还会碰上一伙科曼切人呢。”路易莎说，“要是碰上他们，你可就再也不能吃这么香的玉米饼了。”

罗斯科假装没听见。对他来说，越少谈论印第安人越好。他大口大口地吃着饼，尽量不想去得克萨斯的路上可能会碰到的种种遭遇。

“你结过婚吗？”路易莎问。

“没有，夫人，”他说，“还从来没订过婚呢。”

“也就是说你这辈子白过了。”路易莎说。

“啊，我当副司法官很久了，”罗斯科说，“我负责看守监狱。”

路易莎死死盯着他看，那样子叫他很不自在。屋子里唯一的光源是饭桌上的一盏煤油灯。几只小虫绕灯飞着，把影子投到饭桌上。玉米饼很硬，罗斯科只好用大瓢的凉水把饼冲下肚去。

“罗斯科，你干错行了。”路易莎说，“你要是能学会用斧子，就可以当个好农夫。”

罗斯科不知该说什么才好，没有什么比他当农夫更不可能的了。

“那个司法官的老婆为什么逃走？”路易莎问。

“她没说。”罗斯科说，“她可能对七月说过，不过我看也不一定，因为他比她走得还早。”

“我看她是不喜欢阿肯色吧，”路易莎说，“要是这样，让她走就是了。我喜欢这儿，别看这儿不是亚拉巴马。”

谈话停了下来。罗斯科盼着有点儿别的东西吃，但是没有。路易莎还在桌子另一边看着他。

“罗斯科，你和女人发生过关系吗？”过了一会儿，她问道。

罗斯科想，这个问题问得太露骨了，他不急于回答她。二十年前，他喜欢一个叫贝齐的姑娘，他想找一个晚上邀她出去溜达溜达，可又不好意思。就在他磨磨蹭蹭的工夫，贝齐得天花死了。他一直后悔他们没能一块儿散散步。打那以后，他再也没有与女人打过交道。

“啊，没有。”他终于回答道。

“我有个两全其美的办法，”路易莎说，“你让那个司法官自己去找老婆，你留下来，咱们结婚。”

她说话时用的还是平常那种表示肯定的语调，声音很高，可能是吆喝了一天骡子，不习惯小声说话吧。

虽然她的嗓门儿挺大，但罗斯科还是以为他听错了。一个女人是不会就这么叫一个男人和她结婚的。他仔细分析她的话，想搞清楚他什么地方误解了她。他无言以对，只好慢慢地嚼最后一口玉米饼。

后来，他问她：“你说什么来着？”

“我说咱俩应该结婚，”路易莎大声地说，“我喜欢你是因为你不多说话。吉姆要是手里没有酒瓶，他的嘴一分钟也不闲着，我都听腻了。还有，你长得瘦，就算你活不长，埋起来也容易些。我埋的丈夫太多了，不得不把这也当成一件事考虑。你说呢？”

“我不想结婚。”罗斯科说。他知道这么说不礼貌，但是他吓得不知道该怎么说才好。

“啊，你是没有时间考虑，”路易莎说，“趁你吃饼的工夫，再考虑一下。我不喜欢埋葬自己的丈夫，也不喜欢一个人过日子。吉姆什么也不会干，但至少床上有个人。我有六个男孩子，一个也不在家；还有过两个女儿，都死了。一共八个孩子。我总想凑够十个，还欠两个，可是时间不多了。”

她吃了很长时间的玉米饼。她显得挺快活，可罗斯科不知道她为什么这么快活。

“你家里有几口人？”她问道。

“只有弟兄四个，”罗斯科说，“妈死得早。”

路易莎目不转睛地盯着他，使他紧张起来。他想起她叫他边吃饼边考虑是否肯娶她，但是他已经没有胃口了，仅仅是把饼硬往肚子里填。他对越来越多的人感到越来越深的怨恨。首先是杰克·斯普恩，一开始他就不该到史密斯堡来。接着就埋怨一连串他认识的人，他们的行为太欠思考，导致他现在困在野外的这么一所房子里，对付这么一个难以对付的寡妇。杰克应该随时准备好手枪，不该用猎野牛的枪。本·约翰逊也一样，他本该干他的牙医，不该大白天上大街溜达。要是爱尔迈拉打算逃跑，七月当初就不该娶她。当然，爱尔迈拉上那条运酒船也是无事生非。

在整个过程中，就没有一个人肯替他考虑一下，更别说史密斯堡全城市民了。桃子约翰逊和查理·巴恩斯尤其如此，他们想尽一切办法让他离开了史密斯堡。

说史密斯堡的人们不关心他倒还可以，但不能这么说路易莎·布鲁克斯。她对他的关心已远远超过他惯于接受的。

“我向来就很少吃肉，”她说，“靠玉米饼过日子能使你脚下生风。”

罗斯科并没有感到脚下生起了什么风，相反，因为刚才被树根抽了一下，现在脚仍然隐隐作痛。他把最后一口饼塞下去，又喝了一两口凉井水。

“你长得不难看。”路易莎说，“吉姆长了很多疣子，手上、脖子上都有。我看你没有长疣子。”

“没有，我没有长。”罗斯科说。

“好啦，这就是晚饭。”路易莎说，“我的建议你考虑好了吗？”

“我不能。”罗斯科尽量使自己说得礼貌些，“我要是不接着去找七月，就会失业。”

路易莎火了。“你可真是个好客人，”她说，“我告诉你怎么办吧，咱们先试试。你还没有跟女人睡过，所以不知道结婚是怎么回事。没准结婚很适合你呢。要是结了婚，你就用不着过副司法官的冒险生活了。”

罗斯科不得不承认，当副司法官是够冒险的，可是七月的经验证明，结婚也得冒险。

由于他们直接从锅里拿饼吃，所以连盘子都不用洗。路易莎站起来，把饼渣扔到门外喂鸡，它们一拥而上，有两只还跑进了屋里。

“你不吃鸡吗？”罗斯科问。他心想，要是有鸡肉就饼吃，该有多香啊。

“不吃，我喂鸡是为了让它们吃虫子。”路易莎说，“在亚拉巴马，我把一辈子的鸡都吃了。”

罗斯科又紧张起来，因为马上就要考虑怎么睡觉的事了。他曾想着能在屋里睡，以免为蛇和野猪担惊受怕，但这一希望已经化为泡影。他一辈子都不曾单独与女人在一块儿睡过一夜，也不打算从路易莎开始。路易莎正站在门口用瓢喝水。她漱了漱口，把水吐到门外，然后把水瓢放回桶里，便向罗斯科靠了过来。她离罗斯科这么近，吓得他险些连椅子带人向后仰翻在地。

“罗斯科，你浪费的日子够多了。”她说，“咱们试试吧。”

“可我连怎么试也不知道。”罗斯科说，“我打了一辈子光棍儿。”

路易莎直起身来。“我遇见的男人个个都是废物，简直蠢透了。”她说，“想想看，你现在拼命去追一个司法官，可你也许永远追不上他。他现在到了美国最危险的一个州，就算你把他找到了，可他马上就会去找他的老婆，而他的老婆根本就不愿意再和他过下去。可能没等这一切结束，你早已被印第安人剥了头皮或者吊死，也可能被墨西哥人用刀子捅死了。实际上，你干的是费力不讨好的事。可我呢，我在这里有一块地，身体又好。虽然你一不会种地，二不会过有老婆的日子，可我愿意要你。你对那个司法官一点儿用处也没有，对那个城镇也没有用处，可对我有用。我能教会你使斧子、赶骡子，保证有玉米饼叫你吃。今年晚些时候咱们还能有豆子就饼吃。我会做豆子。再说，这一带没有几个人有鸭绒垫子，但我有一张，睡在上面又软又舒服。可你吓得连试都不敢试。你不是个胆小鬼又是什么？”

罗斯科可没想到能听见这种长篇大论，也不知道该怎么回答她。他观察过那么多结了婚的人，路易莎对待结婚的态度与别人的都不一样，当然，他以前确实没有花时间探讨过结婚问题。然而，他日落前才骑马来到路易莎的地里，现在天才黑了不到一小时，不管怎么说，她的建议太仓促了。

“可是咱们互相还不了解，”他说，“你怎么知道咱们能过到一块儿？”

“我没说咱们能一块儿过，”路易莎说，“所以我说咱们先试试。要是不喜欢，你就走。我要是没法儿跟你过，我当然会赶你走。可你连试试的胆子都没有。我看你是怕女人。”

罗斯科不得不承认她说得对，偶尔找妓女则属例外。可他只在内心承认，不明着对路易莎说。思索了一会儿，他决定最好对她的逼问不做回答。

“我看我还是到房后去睡吧。”他说。

“可以，挺好。”路易莎说，“可是要当心埃德。”

“埃德是谁？”他吓了一跳。

“埃德是一条蛇，”路易莎说，“一条大响尾蛇。我用我舅舅的名字称呼它，因为它和我舅舅一样懒。我让埃德待在这儿，为的是消灭老鼠什么的。我不去惹它，它也不来伤害我。它就在屋后边，整铺盖的时候你可要留点儿神。”

罗斯科的确万分留神，走起路来都蹑手蹑脚的，花了近二十分钟才小心翼翼地把铺盖准备好。但是他没法儿不想那条蛇。他从未听说过有人给蛇起名字，可她干的那些事确实没有一件是他熟悉的。她告诉他那里有条蛇，就等于不让他睡觉。他曾听人家说蛇喜欢钻到人的被窝里，而他当然不愿意与蛇睡在一块儿。他紧紧地把毯子裹在身上，以防埃德钻进来。天气又闷又热，时间不长，他便全身被汗浸湿，结果还是无法入睡。他的周围长满了高高的草，一有什么动静，他就以为是那条大蛇来了。那条蛇可能与路易莎合得来，可它未必喜欢生人。

他虽然已经累得要命，但是躺下后，一连几个小时也睡不着。他很清楚，他若是总睡不着觉，不等他回到史密斯堡，就会早早地死在路上。他虽然困得连眼都睁不开，但一听到有点儿声响，立即就惊醒了。就这样，一直到困得置生死于不顾时，他才睡着。他原来背靠房子后墙坐着，睡着后才慢慢地躺在地上。

一觉醒来，他可给吓坏了，恐怕连响尾蛇盘在他胸脯上也不会被吓成这个样子——路易莎正跨在他身上。若在别的时候，罗斯科发现有什么人跨在他身上，他肯定会极迅速地做出反应，何况还是个女人。但是这一次，他醒来后四肢仍旧沉重得动弹不了，就连睁眼也那么费劲。太阳快要升起来了，空气很潮湿。他看见路易莎光着脚，从膝盖到脚面都被露水打湿了。他看不见她的脸，也无法判断她的意图，但他真想回到监狱，躺在那张长椅上，因为那里不会发生这类稀奇古怪的事情。他虽然只穿着连身睡衣，可毯子一直盖到胸部，所以还不至于在她面前失礼。

有一阵子他还为此感到迷迷糊糊的满足，但很快他的满足便宣告落空——路易莎把一只湿乎乎的脚伸进毯子里，陡然将毯子踢开。罗斯科到现在还因太疲乏而没反应过来。但是他万万没有想到，路易莎紧接着在他半身处蹲了下来，并把手伸进他的睡衣里。这对他来说可真是破天荒的事，他惊恐万状。

“嘿，你是只公火鸡，不是吗？”路易莎说。

更令罗斯科惊讶的是，路易莎蹲得更低了，现在盖在他身上的不是毯子，而是她的裙子。此时此刻，太阳已冲破迷雾，照亮了空地，这使他更加难为情，因为随时都可能有人骑马过来，看见这儿正在发生极不规矩的行为。

再有就是路易莎的那几只鸡，虽说只有三四只，可它们站在一边观望，使他觉得狼狈不堪。那几只鸡或许并没有看他们，可又好像是在看。与此同时，路易莎不停地扭动着身子，并不关心他对这一切的看法。罗斯科想，最好把这当成一场梦，虽然他很明白这不是梦。她在他身上坐了几分钟，并替他搔湿脚踝上被沙虱咬的疙瘩。她还不时吆喝那些鸡。当一群草蚊子在他的脸颊上方飞舞时，路易莎关切地把它们轰开了。

“埃德来了。”路易莎说。不错，一条大响尾蛇正在十米远的地方从一根木头上爬过来，但路易莎仍旧坐着，对那条蛇和其他的任何东西都视而不见。

路易莎叹了口气。“你并不是废物，但肯定不能连着来。”过了一会儿，她说，同时用衣袖擦去脸上的汗，“咱们去看看玉米饼好了没有。”

她站起身回到屋里去了。罗斯科连忙起来穿上衣服，把铺盖拖过屋角，扔在门口，堆成一堆。

他进屋时，路易莎已经准备好了另一锅玉米饼，他们开始吃早饭。

“喂，怎么着，结婚还是去得克萨斯？”过了一会儿，路易莎问。

罗斯科知道，他一定得去得克萨斯，但现在说出来可不如路易莎在外面坐到他身上之前那么轻松了。一则他并不很愿意去得克萨斯，二则他对找到七月不抱什么希望，而七月要找到爱尔迈拉更是大海捞针。与此同时，他越来越看出路易莎有她的迷人之处，而且在试验中将她的美全部给了他，这实在太诱人了。他开始感觉路易莎是对的——他过去的日子几乎全白过了。他也许比任何人——包括他自己在内——所想象的都更加有劲儿干那种事呢。他如果去得克萨斯，这一本领似乎没有用武之地。

“真难决定。”他说。其实他心里明白，至少有一点可以使他做出决定，那就是，除了她的鸭绒床，与路易莎生活还有别的内容，这也包括整天刨树桩，而他对那种活儿既不喜欢也不感兴趣。

“我向来说话算数，”路易莎明确地说，“你们男人全是饭桶。你也只能隔几天干一次这种事，就那么点儿本事。干起农活儿来我看你就不行了。”

罗斯科感到一种莫名其妙的惆怅。路易莎虽然说话声音大些，但总还没有像他想象的那样令他生厌。他想，如果他说话的方式得当，也许能说服她弃农，进城开个花圃。但他没有说话，因为还有七月的问题。七月不仅给了他一份工作，而且一向待他挺好。现在的问题是他欠七月人情。即使他永远找不到七月，至少他是费了气力的，否则就太不够朋友了。若不是他有此义务在身，他就会多停留一两天，考虑考虑路易莎的建议。

“我不是没有责任的人，”他说，“我有责任，就是为了他妈的七月。即便爱尔迈拉不回来，我也得把这件事告诉他。这也是我他妈的工作。除了乔，七月是我在城里唯一的朋友。乔是爱尔迈拉的儿子。”

说完，他突然产生了一个令他高兴的想法——七月或许开始几天走得不快，可能就在前边不远处；七月的黄疸病也许又犯了，不得不歇几天。如果他运气好，或许会在一两周内找到七月，并把这消息告诉他。一旦这件事办成，他便无债一身轻，什么也无法阻止他回来找路易莎——当然啦，如果他还能找到这个农场。

“我回来时路过这里，还会来的。”他说，“七月一直生病，他可能不得不停下来，也许用不了一个月就找着他了。”

路易莎耸了耸肩膀。“你愿意怎么着就怎么着，你可别盼着我会等你。”她说，“说不定明天就会有比你更来劲儿的人骑马到这里来。”

罗斯科词穷了。他这样做显然是在冒险。

“说说七月吧，到底是怎么回事？”路易莎说，“他那个老婆像是个名声不好的女人。哪有司法官会跟一个名声不好的女人结婚呢？”

“唉，七月是个慢性子，”罗斯科说，“他是那种很少说话的人。”

“啊，是那种人。”路易莎说，“跟我死了的丈夫吉姆正相反。”

她从桌旁拿起一双男人的靴子穿到脚上。

“不喜欢说话的人往往不怎么学习。”路易莎说。她从墙上的钉子上取下遮阳帽，扣住她那厚厚的棕黄色头发。

“你的话也不多，但我相信你会学习的。”她说，“我要干活儿去了。”

“我欠你的饭钱怎么办？”罗斯科问。

“我讨厌向人家要玉米饼钱。”路易莎说完，他们出了门。罗斯科开始收拾铺盖。由于心不在焉，他把行李捆得松松散散的，路易莎忍不住大笑起来，而且笑得十分开心。包行李的雨布的一个角耷拉到马屁股上。

“罗斯科，你可真丢人。”路易莎说，“我敢说，到不了得克萨斯，你的行李就得丢。”

“啊，我回去的时候还能再来你这儿吗？”他这样问是因为她这会儿好像心情挺好。

“来吧。”路易莎说，“我从前跟比你更糟的人一起生活过，以后也有可能。”

罗斯科跨上马动身了，那块搭在马屁股上的雨布使曼菲斯烦躁不安，于是他不得不下马重新将铺盖卷儿捆好。等他弄好了，再上马时，看见路易莎已经将骡子套好，开始拔树桩。骡子用力地拉，她大声地吆喝着。他还从来没有遇到过像她这么古怪的女人呢。他向她招了招手，她没看见。他骑着马离开时，心情十分复杂，时而为能离开这里而高兴，时而又变得沉重不堪。有一两次，他突然感到惆怅，不禁流下了眼泪。他的忧伤究竟是因不得不与路易莎离别而引起的，还是由前途渺茫、心中无底所致，谁也说不清楚。

第38章

乔一眼便看出七月心事重重，因为他不怎么想说话。七月不是个像罗斯科那样爱说话的人，情绪好时就说个没完，可是他过去也没有像上路的头一个星期这样寡言少语。往常他会谈论马匹、钓鱼、牛仔或者天气什么的，但这次西行途中他什么也不想说。

起初，这给乔带来些不便，因为乔第一次参加这么重要的旅行，有许多事情要问，比如，他急于了解怎样才能抓到杰克·斯普恩，他很想知道关于印第安人的故事，还有罗斯科曾提到的那几个保护杰克的著名得克萨斯保安队员的情况。他也想了解去得克萨斯要走多远、路上能不能看见海等问题。

有一次，他问了一个诸如此类的问题，七月显然没有听进去，更不用说回答他了。他花了好大气力才对乔的问题做出反应，乔马上打住，不再问了，只是安静地骑马跟着走，等待周围环境的改变和印第安人的出现。

由于日夜兼程地赶路，乔很快就对谈话不感兴趣了。虽然他仍感到很新鲜，但发现旅行比他原来预料的要艰辛得多。七月除了不愿意讲话，似乎也不愿意停下来。只有在遇到小河时，七月才让马喝口水，他自己偶尔下马解手。除此以外，他们从破晓一直走到天黑得看不见路，在有月亮的夜晚，就干脆一直骑到半夜。

乔的结论是——旅行是件很奇特的事情。尽管七月把这次旅行安排得苦不堪言，他还是一分钟也不愿意待在家里。与七月结伴旅行是他有生以来最兴奋的事。

他们路过了好几个农场，每次都向农民打听看见过杰克没有。有两次，农民回答说见过，还说杰克在农场里过了夜。但是他们俩从不在农场里过夜，连顿饭都没吃过。只有一次，在一个炎热的下午，七月喝了一个农民的老婆端给他的一杯酸奶，乔也喝了一杯。那个农场里有好几个小姑娘，一看见乔就嘻嘻地笑，但乔没有理她们。尽管农民的老婆一再请他们留宿，他们还是继续赶路，在一个蚊子成堆的地方扎营过夜。

“得克萨斯也有蚊子吗？”乔问。

七月没有答话。他知道这孩子想聊天，也知道自己不是他理想的伙伴，但是他真的无话可说。他愁肠满腹，若想忍受，只有保持沉默，集中精力赶路。他明知没有必要这样催着孩子和马匹走，但他没有办法。只有马不停蹄地拼命赶路，才能把忧愁压制住，而这一切愁事都与爱尔迈拉有关。

几乎是从离开家的头一天起，他就预感到要出事。他意识到糟糕的事已经发生，因而无论怎样企图集中精力完成自己的工作，这一忧虑始终与他形影不离。他现在唯一能做的就是不掉转马头回史密斯堡去。

刚离家时，乔欢欣雀跃，但这孩子身体不好，每天不停地骑十六个小时实在受不了。他虽然没有抱怨，但是一停下来便倒头就睡，第二天要动身时，他睡得那么死，七月简直叫不醒他。他常常在马背上打盹儿，一瞌睡就是几公里。有一两次，路过农场时，七月很想把他留下。乔不怕卖力气，在农场干活儿吃饭没有问题，等回家时再把乔带回去。他这样安排的唯一理由是，没有乔他可以走得更快，但是那样马又受不了。何况，如果将乔撇下，将是对乔自尊心的一个严重打击。乔还从来没有像这次旅行这样感到自豪过呢。

他们一连数日在松林中向西南方走去。时值多雨的春季，令他们大为头痛的是蚊子。树上不停地往下滴水，地面上，水坑星罗棋布。七月自己倒没怎么注意蚊子，但乔和马吃不消，尤其是在晚上。

“过不了多久，我就会满身都是疙瘩。”他们费力地穿过一块空地时，乔笑着对七月说。他们看见前边有一条宽宽的泥水河从北边蜿蜒而下。

“我看这就是雷德河。”七月说，“也就是说，咱们快到得克萨斯了。”

他们骑到河岸时，看到一幅令人惊异的景象。河水不深，但水流很急，河床显然十分泥泞。一个高个子男人待在河里离对岸不远的地方，他的情况完全证实了这一点——他站在齐膝深的水里，前头是一匹憔悴的马，后面是一头骡子。马和骡子都陷在泥水里，水没到它们的踝关节。

“我听说这是条半流沙河。”七月说。

乔曾听罗斯科讲过许多有关流沙的恐怖故事，据说流沙会连人带马——甚至是篷车——慢慢地吞下去。他曾怀疑那些故事是否过于夸张，但那个人和他的牲口证明了故事的真实性。然而，他的东西虽然都陷住了，但是没有一件在往下沉。那个人头戴一顶高礼帽，身穿一件长长的罩袍。两头牲口背上本来都驮着包裹，那人寻开心一样地把包裹一件件解下来扔进河里，凭它们顺水漂去。使他们目瞪口呆的是，那个人居然连自己的铺盖卷儿也一股脑儿地扔掉了。

“那人八成是个精神病，”七月说，“他一定以为，把东西扔了马就会漂起来，可马根本漂不起来。”

那个人看见了他们，并向他们友好地招了招手，接着又解下骡子身上的东西扔进水里。有些东西漂走了，有些则留在了浅水滩上。

七月向河上游骑去，直到他找着一个鹿与牛过河的地方。这地方的水不过三十厘米深。他们在一条红土带上向对岸走去。在一个地方，他们差点儿陷进泥里，但七月向南拐了一点儿，马上找到了硬河床，他们很快就到达了河南岸。刚才那个戴礼帽的人仍待在原地不动。他对自己的困境一点儿也不着急，使人怀疑他到底想不想往前走。

“把你的绳子给我。”七月对乔说。他把乔的绳子和自己的那根接在一起，将一头扔给那个人。他用这个办法，没费什么力便把两头牲口都拖出了泥淖，那个人也慢慢蹚了过来。

“谢谢你们。”他说，“我那头骡子要是出不来，我敢说它不得不靠吃鱼过日子了。骡子都会自力更生。”

“我叫七月约翰逊，这是乔。”七月说，“你没必要把行李都扔掉。”

“我没损失什么，”那个人说，“能找条河把那些玩意儿扔了，我还挺高兴呢。那些东西可能对鱼和蝌蚪比对我更有用哩。”

“可是我从来没见过鱼用铺盖卷儿。”七月说。

乔可没有遇见过这么没头脑的人，竟把自己的东西往河里扔，但是眼前这个人美滋滋的，好像刚赢了一桶金币似的。

“我叫塞奇威克，”他说，“在这一带找虫子。”

“你一定找了不少。”七月说。

“你要虫子干什么？”乔问道。他想，这个人简直是他见过的最稀奇的人。

“我研究它们。”那个人说。

乔傻眼了。虫子要么咬人，要么不咬，这有什么可研究的。

“我在小石城留下了大约一千条小虫。”那个人说，“要不我干吗把设备都扔了呢？我不想再研究虫子了，想去得克萨斯传福音。听说得克萨斯人知道如何利用货真价实的福音。”

“研究虫子干什么？”乔又问了一句，他太想知道其中的奥妙了。

“世界上的虫子有上百万种，而人类只有一种。”那个人说，“人类灭亡之后，世界就是虫子的了。这个世界看起来这么美好，你可能就不会去想这件事，但是人类的存在是有时间限制的，虫子正等着取而代之呢。”

七月断定此人有点儿不正常，但不会对自己或任何人构成威胁。“我要是你，就到渡口过河，从鹿过河的地方过去，保证安全。”七月说。

那个人用他的蓝眼睛看了七月一会儿。“孩子呀，我挺好的。”他说，“是你遇到了难处。我能看出你心事重重，你在匆匆忙忙干一件你本不想干的工作。从你的徽章看出你是个司法人员，但是，法律认为是罪恶的，并不是最大的罪恶。我比最坏的杀人犯的罪孽还要大，但我仍力争在行善中生活。”

七月惊讶得不知说什么好。这位塞奇威克先生是他见过的最古怪的人。

“这个孩子有点儿瘦弱。”塞奇威克说，“你愿意的话，就把他留给我，我带着他慢慢走，让他长胖些，边走边教他小虫王国的知识。我看他没有什么机会受教育。”

七月有些动心。这个陌生人看上去很善良，但他的衣服里藏着随身武器，也许他并不如他显得的那么好。

“咱们以后会在路上见面的。”七月没有理睬他的建议。

“可能吧。”塞奇威克说，“我知道你急着要去什么地方。着急就不对。”

“为什么？”乔问道。无论这个人说什么，他都感到不可思议。

“因为我们的目的地是坟墓，”塞奇威克说，“那些着急的人比不着急的人先到坟墓。就拿我来说吧，我到底要在什么时候到什么地方，谁也说不清。你们要是不来，我没准儿会再在那儿停上一两个小时。流水就很值得一看嘛。”

塞奇威克没有再说什么，转身向河下游走去，还不时地蹲下去朝地上看。

“他一定又找到小虫子了。”乔说。

七月没有说话。不管那个高个子是否精神失常，他能猜出史密斯堡的司法官心事重重，就还算精明。

第 39 章

爱尔兰少年的死给整个队伍罩上了一层阴影，考尔对此无能为力。一个星期以来，人们除了谈论他的夭折，什么也不想说。

夜晚，牛仔们吃饭也罢，等着值夜班也罢，总是没完没了地谈论他们遇见过的或者听说过的各种死亡。他们大多数都有一段艰难的经历，也目睹过死亡。但在他们认识的人里，还没有一个人是因骑到河心蛇窝里而死的。他们没办法避开这个话题。

到目前为止，情况最糟的是杰斯帕·范特。他被听到的故事吓得魂不附体，有一两天考尔真担心他会精神失常。杰斯帕一向不会保持沉默，现在更憋不住，滔滔不绝地说话，以压住内心的恐惧。

艾伦·奥布赖恩的反应恰恰相反。他骑在马上，整天一句话也不说，与斯佩特尔兄弟一样紧张、消沉。别人谈论死亡时，他则独自坐在篝火旁哭泣。

牛群仍不习惯赶路，所以十分不好管理。荆棘丛总坏事儿，天气也与人过不去。大雨连降三天，蚊蚋叮得人们胆战心惊。大家都不习惯晚上干活儿，一个个脾气暴躁。伯特·博罗姆与稀汤琼斯为了争论如何捆住马腿，几乎动了拳头。大嘴唇的任务是拾柴，但他拾的柴不合博利瓦的意，于是博利瓦一见大嘴唇气就不打一处来。狄兹的情绪也空前地低落，也许是因为他感觉自己对那孩子的死负有一部分责任吧。

盘子波吉特不愧是一个好牛仔。他终日守在自己的位置上，兢兢业业的。无论牛群出什么麻烦，都逃不过他的眼睛。

相比之下，瑞尼兄弟很令人失望。他们都想家了，想念他们那位愉快的母亲，想念她烧的满桌饭菜。他们心神不定地跟在牛群后部，虽说不拒绝干活儿，但干得很慢。

奥古斯塔斯则自由自在地在这群牛仔之间来回转悠。有时他骑到牛群前边去，这使盘子波吉特不悦，因为除了侦察员，谁也不该走在他前边；有时候，奥古斯塔斯与他的猪混在一起。那两头猪不停地在水坑里打滚儿，或者从田鼠洞里拱田鼠。

人人都在担心下一条河——圣安东尼奥河。人们对毒水蛇生存的北限在哪里意见分歧很大——是锡马龙河、阿肯色河还是普拉特河？然而有一点大家看法一致，即圣安东尼奥河里有不少这种蛇。

一天早饭后，狄兹回来说他找到了一个浅渡口，离营地只有两三公里远。

“有多少条蛇？”奥古斯塔斯问他。天空灰蒙蒙的，他穿上了那件宽大的黄雨衣。

“只见了几只乌龟，没见别的。”狄兹说，“就是有也都藏着呢。”

“但愿这条河里没蛇。”奥古斯塔斯说，“现在就是出来一条食鼠蛇，也会有一半人往树上爬。”

“我更担心印第安人。”豌豆眼说。

这话不假，自打离开孤鸽镇那天起，他便开始做大个子印第安人梦。过去那些年里，他常梦见的那个大个头儿印第安人，又回来打扰他的睡眠了。有时在马背上打个盹儿也会梦见印第安人，因而他总睡不好觉。他认为，等他到达蒙大拿，非累垮不可。到那时，什么事也干不成了。

“不知道有些东西是怎么钻到脑子里去的？”他说，“有一个印第安人钻进了我的脑子。”

“我猜你小的时候你妈准对你说过你会被印第安人偷走。”奥古斯塔斯说。

他和考尔骑到渡口，仔细查看了一番，没有发现蛇。

“我希望你别再谈那个孩子的死。”考尔说，“你要是不说，他们也许就会忘掉。”

“荒谬的理论。”奥古斯塔斯说，“只有常说，才能让人不怕它，不论什么头痛的事都一样，连死也是如此。”

他们坐在岸边等牛群过来。牛群过来时，那头得克萨斯公牛走在老狗旁边。有的时候它喜欢领头，有的时候它什么事也不做，专门寻事打架或者去惹小母牛。

“这次北上没有计划好，”奥古斯塔斯说，“就算到了蒙大拿，又能把牛卖给谁？”

“问题不是下星期就卖牛，”考尔说，“而是要那块地。人们会找上门来买的。”

“干吗要带上那头难看的公牛？”奥古斯塔斯问，“要是那块土地很美，可不能让这么丑的牛给糟蹋掉。”

令人欣慰的是，渡河很顺利，只有杰斯帕引起了一点儿波澜——他骑马跑下了河，马打了个趔趄，差点儿栽倒了。

“要是有座桥，你想快马跑过去还行。”稀汤琼斯哈哈笑着说。

杰斯帕感到十分窘迫。他知道马是不能跑着过河的，但是在最后一分钟，对蛇的恐惧占了上风，使他失去了理智。

纽特累得连害怕都顾不得了。他还不适应在夜里赶牛。饮马时，奥古斯塔斯来到他身边。西边的云层已经消散。

“但愿太阳出来，把蚊子都烤干。”奥古斯塔斯说。

篷车缓缓地来到河边。博利瓦赶着车，大嘴唇在车后部坐着。后面紧跟着马群和斯佩特尔兄弟。

纽特心想，事情可真怪，一条河这么平静，另一条河则会突然冒出大批毒蛇咬死肖恩。有很多次，他以为肖恩还活着，疲倦已使他分不清哪些是梦，哪些是现实。甚至在他与别人谈话时也像是在梦里说话一样。他过去根本不知道失去朋友会让人这么伤心，于是开始考虑在他们前面还有多少路要走。

“希望别再死人了。”他说。

“唉，在这种情况下，很难估计会出什么事。”奥古斯塔斯说，“以后的路上也许不会有人受伤，也许会死掉一半。咱们要是运气不好，恐怕连我也应付不了。”

“为什么？”纽特听他说出这样的话，大吃一惊。

“因为我不像以前那样灵巧了。”奥古斯塔斯说，“从前什么麻烦我都能躲过，能像闪电一样从马背上翻下来。现在我的行动仍比一些人快，但没有我自己以前那么快了。”

篷车也轻而易举地过了河，连那两头紧跟在车后的猪也下到河里，游到了对岸。

“瞧呀，”奥古斯塔斯兴致勃勃地说，“谁说它们不像游泳运动员？”

第40章

随着时间的推移，罗丽娜越来越喜欢旅行了。晚上并不好过——不是闪电就是雷鸣，瓢泼大雨说来就来。她与杰克睡觉时，常有大滴大滴的雨点打到脸上，迫使他们匆忙去抓雨衣。没过多久，毯子就变得湿乎乎的，总也干不了。杰克对此抱怨个不停。雨衣穿起来又闷又热，他从不想着把它放在手边，她只好在黑暗里跌跌撞撞地摸索，杰克则在一边咒骂老天爷。

可是无论晚上如何难过，一到早晨，天便放晴。她喜欢坐在毯子上感受那逐渐变暖的太阳。她看见自己的胳膊被太阳晒得越来越黑，心想，她需要的就是过旅行生活。她的马也习惯了旅行，不再往孤鸽镇跑了。

虽然罗丽娜喜欢旅行，但杰克并不喜欢。他变得越来越容易动怒。她拒绝与他同去圣安东尼奥，这就像拇指的那根刺一样，使他气急败坏。他每天都提去圣安东尼奥的事，她说她对此事已经表过态，因而只把头一摇，算是回答，全然不顾杰克的抱怨。

“妈的，你不会说话吗？”一天晚上她生火时，他问道。狄兹几乎每天都来看看他们是否安然无恙。他教会了她如何生火，还教她如何给骡子上驮和其他杂活儿，而杰克根本不把这些事放在眼里。

“我会说。”罗丽娜说。

“可你不说，”杰克说，“我从来没见过一个女人这么不肯说话。”

他语气粗暴——实际上旅途的大部分时间里他都对她心怀不满。他总想挑起一场争吵，而罗丽娜不想和他吵。她并非存心与杰克闹别扭，但她认为没有必要事事对杰克唯命是从，而杰克的目的又恰恰是想让她一切都顺从他。杰克整天唠叨个没完，一会儿说她做熏肉的方法不对，一会儿又嫌她不会铺毯子，她置若罔闻。他若对她干的活儿不满意，完全可以自己换个样子干，可他又不干，只在一旁数落她。

“今天晚上咱们完全可以在一个好旅店里睡一夜。”他说，“去圣安东尼奥骑马用不了一小时。”

“你想去就去，”罗丽娜说，“我在营地睡。”

“我看你是想让我走，”杰克说，“这么着你就可以跟头一个找你来的牛仔睡觉。”

他的话太蠢了，根本不值得回答。自打她遇见他那天起，她再没干过妓女那一行，除非把奥古斯塔斯和夏威尔算在内。她默默地呷着咖啡。

“这就是你的把戏，是吗？”杰克说着，眼睛红了。

“不是。”罗丽娜说。

“那，那你就是个说谎话的浑蛋。”杰克说，“一旦当了妓女，就一辈子是妓女。我可受不了这个，下一次我非好好教训教训你不可。”

他吃完熏肉，二话没说，翻身上马而去。她想他一定是去赌博了。她不仅不怕，反而感到放心，因为虽说杰克的火气比起她认识的一些人要小些，但在他生气的时候待在他身边同样使人不愉快。他可能以为，他匆匆离开，剩下她一人留在营地，她一定会害怕，其实她一点儿也不怕。牛群和牛仔们离她只有两公里远。守着牛群这么近，谁也不会来找她的麻烦。

她坐在毯子上享受着夜的宁静。夜幕降临，小鸟——小夜莺——嗖嗖地飞过。她能看见它们的身影在渐渐黑下来的天空中瞬息即逝。她正呷着咖啡，一只负鼠走到距她三米远的地方，停下来呆呆地望着她，然后走开了。过了一会儿，她听见远处传来的歌声，那个爱尔兰人又在为牛群唱歌。狄兹已经把他弟弟死亡的可怕经过告诉了他们。

她还没睡着，一匹马向她奔了过来。是杰克，他想用这个办法吓唬吓唬她。他一直骑到营地里，这样做很让人讨厌，因为马踢起的尘土落到了毯子上。他骑马进城买了些威士忌便飞马赶回来，想捉住她与奥古斯塔斯或别的牛仔。他每时每刻都在忌妒。

他猛一使劲，将鞍鞘从马背上取下来，把酒瓶递给她。瓶子已经空了一半。

“我不想喝。”她说。

“看来我让你干的事你一件也不愿意干。”杰克说，“我真希望他妈的古斯来，至少咱们能玩牌。”

罗丽娜在她的毯子上躺下来，不回答他的话。不管她说什么，都只能使他的情绪更坏。

见她一声不响地躺在那里，杰克很绝望，拿起酒瓶又一连喝了几口。他自以为精明能干，却使自己落到这般境地，连傻子也会感到难堪。他犯不着与一个像罗丽娜这样的女人往北去。她有自己的主意，连他最简单的命令也不照着办，除非这命令合她的意。他越喝越可怜自己，真希望当初对她说声“不”，任她待在孤鸽镇热得大汗淋漓。这样他至少可以跟着牛群走，晚上还能玩玩牌，何况还能受到保护呢。他不由自主地担心起七月约翰逊来。

他又想起了爱尔迈拉。他与她在堪萨斯住过几夜。七月与一个妓女结了婚，自己还蒙在鼓里，他可上了个大当。

他再次将酒瓶递给罗丽娜，可她只是默默地躺着。

“你为什么不喝？”杰克问她，“你就那么正经，连酒都不喝吗？”

“我不想喝，”她说，“你自己喝醉就够咱们受的了。”

“老天爷，我想知道天底下还有没有你喜欢干的事。”杰克说着，滚到了她身上。

罗丽娜由着他，心想这样也许会使他情绪好一些。她两眼望着星空。杰克结束后便伸手去拿酒瓶，并不比刚才高兴多少。她感到嗓子发干，便取过酒瓶喝了一口。杰克不再生气了，但情绪仍很低落。

“躺下睡吧，”罗丽娜说，“你休息得不够。”

杰克正在想，离奥斯汀只剩两天的路程。他或许可以把她带到那儿去，再偷偷溜走，把她留在那里。一旦他重新回到老伙计中间，她就拿他没办法了。她在奥斯汀终究比在路上安全一些。像她这样的美貌女子，在那里会生活得不错。

然而她的娇媚非同一般，他又是那么喜欢漂亮的女人——爱美女一直是他的麻烦所在。美赋予了她一种权利，虽说他并不欣赏这种权利，但又拒绝不了，否则他是不会答应她的要求，进行这次近乎荒唐的长途跋涉的。他现在被这样一个谁见谁爱的女人缠着，走得比考尔的牛群还慢。即使是这样，他也没有把握说自己愿意离开她。虽然她很难相处，但他需要她。一想到她会与奥古斯塔斯或别的什么男人在一起，他就受不了。他思忖着，如果路上出现困难的情况，她会紧紧跟着他的。他不愿意孤身一人，或被迫听从考尔的命令。

“你见过吊死人吗？”他问道。

“没有。”他的问题使罗丽娜猝不及防。

杰克把酒瓶递给罗丽娜，她又喝了一口。“我想有朝一日他们会把我吊死的。”他说，“一个算命先生对我说过，这是我的命。”

“可能算命先生也不知道。”罗丽娜说。

“我见的绞刑太多了。”杰克说，“我们当保安队员的时候，时常吊死墨西哥人。每次该吊死人时，考尔都迫不及待。”

“我看他不会的。”罗丽娜说。

杰克嘿嘿地笑了。“在孤鸽镇住的那些日子，他去找过你吗？”他问。

“没有。”罗丽娜说。

“啊，他从前也有一个姘头。”杰克说，“他总是偷偷摸摸的，可我和古斯还是发现了。我们俩都找过那个女人，所以我们都知道。我估计他还以为没人发现呢。”

罗丽娜了解这类人。很多找她的男人都希望别人不知道。

“她叫玛吉，”杰克说，“纽特是她生的。她死的时候我不在。古斯说她想和考尔结婚，不再当妓女，可我不知道是不是真的——古斯什么都说。”

“这么说，纽特是谁的孩子？”罗丽娜问道。她曾见过那个孩子朝她的窗口张望。论年龄，他已经可以来找她了，但他可能没钱，或者太害羞。

“纽特吗？这谁知道？”杰克说，“玛吉是个妓女。”

说完，他叹了口气，在她身边躺了下来，用手抚摸着她的身体。“罗丽娜，我和你都是睡羽绒床的人，”他说，“而不是盖这种沾满泥土的毯子的人。咱们如果能找一间舒适的旅店，我给你露几手。”

罗丽娜没有回答。她宁愿继续旅行。杰克摸够之后便入睡了。

第41章

牛群通过圣安东尼奥之前，他们差点儿在一次意外的事故中失去大嘴唇。

这天，赤日炎炎，牛群缓慢地行进着。蚊子少了些，大家都挺高兴。正当牛仔们骑马迷迷糊糊地朝前走时，事故发生了。

牛群刚过一条小溪，纽特便听见牲口奔跑的声音。他回过头，只见大篷车正飞快地朝小溪驰来，好像后面有科曼切人在追赶一样。车座上没见博利瓦，拉车的骡子飞奔着，没有人管。大嘴唇虽然在车座上，但他手里没有缰绳，无法控制驾辕的骡子。

吉米·瑞尼在牛群后边，想过去帮忙，便拨马回去引导骡子，但骡子根本不理他，反倒脱离了牛群走过的平坦道路，从一个高一米的坎上栽进了河里。纽特眼看一场恶性事故即将发生，可又没办法阻止，除非把骡子打死。他不明白大嘴唇为什么不跳车，就那么呆呆地坐在车上，任凭篷车从土坎上栽下去。

篷车掉下河的瞬间，纽特才发现，大嘴唇那件旧褐色上衣的后摆挂在篷车座上了，这才明白了他为什么不跳车。篷车冲下河岸，弹了一下，在刚接触水面时翻了个底朝天。仍在车上套着的几头骡子则落在一堆凌乱不堪的东西上面。纽特和瑞尼兄弟跳下马时，篷车的轮子还在空中转个不停。现在的问题是，他们不知道该怎么办。

幸好这一混乱场面被奥古斯塔斯看见了。他飞快地骑着老疟疾下了河，用套索套住一个车轮，拼命用马刺刺他的马，车被拉成侧面向上的样子。

“伙计们，快把他捞起来，不然去蒙大拿的路上就没有钢琴师了。”他嘴上这么说，心里却在嘀咕，这么干有用没有？篷车把大嘴唇扣在下面，即使他没有淹死，恐怕脖子也被砸断了。

篷车翻个儿时，纽特看见了大嘴唇的腿，便与瑞尼兄弟下水拉他，可他的上衣还在马车上挂着呢。他们唯一的办法是先将他的头扶出水面。他的头上糊满了泥，很难判断他是死是活。这时，亏得豌豆眼过来，用那把猎刀将他的上衣割断了。

“他成泥巴脑袋了，你们瞧。”豌豆眼说着，在裤腿上擦了擦刀，“这样一来，今后十年里他都会恨我，因为我把他的上衣弄破了。”

大嘴唇浑身软绵绵的，一动不动。纽特见状，有些恶心。天气这样好，一切都按部就班地行动着，死亡却再次降临，夺走了他另一个好友的性命。从他记事起，大嘴唇就是他生活中的一部分。孩提时代，大嘴唇曾带他到酒吧里玩钢琴，现在他们却不得不像掩埋肖恩一样将他埋掉。

奇怪的是，豌豆眼与奥古斯塔斯先生谁都不着急。几头骡子都站在浅水里，甩着尾巴，像是在睡觉。此时，考尔骑马过来了。他一直与盘子波吉特走在牛群前边。

“谁都不给骡子卸套吗？”他问道。从篷车上掉下来的一大袋面粉泡在水里，毁了。若不是队长指了指那袋面，纽特还没看见呢。

“我不去，”奥古斯塔斯说，“小伙子们可以去，他们的脚反正已经湿了。”

在纽特看来，所有的人都对躺在河岸上的大嘴唇漠不关心。

突然，大嘴唇意想不到地翻了个身，开始向外吐水，头上仍旧被泥巴糊着。他一连呕吐了好几分钟，不断发出可怕的声音，但纽特还挺喜欢那声音，因为这证明他还没有死，纽特觉得很安慰。他走到河里，协助瑞尼兄弟把几头骡子卸了套。

篷车底部显然因这一事故而坏得不能再修复了。车拉正了，车上的所有物资都还在水里泡着。

“真是个触礁的好地方。”奥古斯塔斯说。

“我还从来没见过摔成两半的篷车呢。”豌豆眼说。

篷车那又旧又破的底部在撞击河床的一刹那震得粉碎，几个牛仔走过来，在水里捞他们的铺盖。

“博利瓦哪儿去了？”豌豆眼问了一声，“不是他在赶车吗？”

大嘴唇坐了起来，拭去头上的泥，并伸了一根指头去掏耷拉着的下嘴唇，似乎希望从那里抓出蝌蚪或小鱼什么的，但除了烂泥，什么也没有。这时，斯佩特尔兄弟从马群中骑马过来了。

“见着大师傅了吗？”奥古斯塔斯问道。

“别提了，他正拎着枪走路呢，”比尔·斯佩特尔说，“那两头猪跟着他。”

博利瓦很快便在几百米外出现了，两头黑猪在他旁边走着。

“我听到一声枪响，”大嘴唇说，“枪一响，骡子就跑了起来。我猜是土匪朝我们开的枪。”

“哪个有本事的土匪也不会在你们俩身上浪费子弹。”奥古斯塔斯说，“打你们任何一个人都得不到什么好处。”

“是猎枪的声音。”比尔·斯佩特尔主动提供情况。

“可能是博利瓦在练枪吧，”奥古斯塔斯说，“他可能是朝牛粪堆开枪哩。”

“不管他打什么，”考尔说，“反正造成了损失。”

奥古斯塔斯正在享受这一事故带来的暂时休息。整天在牛群旁边走太枯燥乏味了——任何一种有规律的工作对他来说都显得枯燥乏味。在他看来，生活中的乐趣主要是这样或那样的事故带来的。没有这些各种各样的事故，一切都不过是周而复始的重复，这时生活的乐趣只好靠偶尔打打牌来获得。

几分钟后，更有趣的事情发生了——博利瓦走过来提出辞职。他连看都不看那辆破篷车。

“我不想朝前走了，”他对队长说，“我要回去。”

“嘿，博利瓦，你可不该冒这个险。”奥古斯塔斯说，“你是个声名狼藉的土匪，一些想成名的年轻司法官不等你回到边境，就会把你吊死的。”

“我不在乎，”博利瓦说，“我要回去。”

事实是，他正盼着把他开除呢。他刚才正在篷车上坐着打盹儿，梦见了他的女儿们，一不小心，他那支枪走了火。枪的后坐力把他弹出了篷车。即使在那种时刻，他也没有从梦中完全清醒过来。看见骡子拉着车飞奔起来时，他还梦见他老婆发脾气呢。两头猪正在一棵大仙人掌下拱田鼠洞。骡子的表现使博利瓦气急败坏，若不是篷车已跑出去很远，他肯定会打死其中一头骡子。

他没有看见车从河岸掉下去，但他对篷车被摔成这个样子并不感到奇怪。骡子跑得太快，即使用步枪也未必能打中，何况他还没从梦中醒过来呢。

篷车的这一摔使他坚信他与美国佬一起生活的时间该结束

了。他们不是他的战友，他的战友大部分都逝去了，但他的国家尚未消亡。在他的村子里，仍然有几个人愿意讨论他们的往事，谈论他们从前如何花去毕生精力偷得克萨斯的牛。在那些年月里，他老婆的脾气没有那么坏。他走近那辆粉身碎骨的篷车和那一小伙人时，决意要回去了。他不愿意只在梦里与家人团聚。这一次他回去，他老婆也许会欢迎他。

不管怎么说，这些美国佬走得太靠北了。起初奥古斯塔斯说他们将一连走几个月，那时他并不相信他的话，因为奥古斯塔斯无论说什么都像是在刮风。他估计他们至多走上几天便会把牛卖掉，或者自己开办一个牧场。他一生在边境赶着牛走，从没有连续走过两天。现在已经走了一星期，这帮美国佬仍没有停下来的意思。他已经离那条河够远的了，他思念亲人。够了就是够了。

考尔并不感到意外。“那好吧，博利瓦，你需要一匹马吧？”他问道。这个老人给他们做了十年饭，该送给他一匹马。

“行。”博利瓦说。他想到往回走的路途很遥远，回村里去还要再走三天。

考尔为这位老人捉来一匹驯服的阉马。“我没有马鞍给你。”他把马交给博利瓦时说。

博利瓦耸耸肩。他有一条备用的披身毛毯，不一会儿便将它变成了鞍鞯。除了那支枪，这是他唯一的财产。说话间，他已做好了回去的准备。

“这样吧，博利瓦，你要是变了主意，就去蒙大拿找我们。”奥古斯塔斯说，“你老婆对你来说可能太锈了。你也可能想回来再给我们煮些山羊和蛇什么的。”

“谢谢，队长。”队长把缰绳交给博利瓦时，他说。谢罢，他没有和其他任何人打招呼便上马走了。奥古斯塔斯对此毫不感到奇怪，因为在博利瓦给他们做饭的这么多年里，除非万不得已被扯进对话中，他是从不主动与任何人交谈的。引他说话的通常是奥古斯塔斯。

然而，他的离去不仅使纽特吃惊，还使他伤心。博利瓦的离去破坏了因大嘴唇活过来而感到的快慰——结果是一样的，他还是失去了一个好朋友，大嘴唇也罢，博利瓦也罢。他宁可失去大嘴唇，但他没有说。他当然不是想让大嘴唇死，而是说如果他决心回孤鸽镇，他倒不在意。

博利瓦骑马离开了他们，那支旧枪横放在马背上。纽特心里难过了好一阵子，差点儿哭出来，丢了面子。他觉得两眼热乎乎的。博利瓦怎么就这样走了呢？他一直是个大师傅，而顷刻之间他便不见了，好像已经死了一样。纽特转过身去装作要打开铺盖卷儿，其实是想掩饰自己的忧伤。人们如果这样一个个离去，到不了北得克萨斯，就一个都不剩了。

博利瓦骑马离开时同样感到悲伤。一旦真的走了，他又闹不清为什么要做出这一决定。也许是因为他不想面对眼前的难堪，毕竟是他开枪惊了骡子。再者，也许他不想向北走得太远，否则他回来时找不到那条河。他边走边想，这是他做出的又一愚蠢的决定。他心想，这辈子他所有的决定都是蠢而又蠢的。他并不那么想念他老婆，他们两个都已不习惯在一起过日子，也许再也不会在一起过了。骑马离开的那一刻，他感到很痛苦。队长不该让他走，因为他是全队唯一会做饭的人。他并不喜欢美国佬，只不过已经习惯了。糟的是他们突然决定弄来这么多牛，还要到北方去。孤鸽镇的生活一直很安逸，山羊又多又容易捉到，他的老婆离得也不远不近。若是无聊，他可以用那根断撬杠敲那口吃饭钟。不知为什么，敲那口钟，他会感到心满意足。敲钟本与吃饭毫不相干，与什么都不相干，他只是喜欢敲罢了。停止敲击后，还可以听见回声在空中回荡，直至消失在墨西哥远方。

他又想出一个主意——因为他不急于回村，所以路过孤鸽镇时可以再去敲几下钟。他可以对人说这是队长的命令。想到这里，他的心情平静了许多。他一生中大部分的决定是愚蠢的，这一个将予以补偿。他头也不回，径直向南骑去。

第 42 章

“我看哪，如果说咱们刚出发的时候劫数还未到，现在可算到了。”奥古斯塔斯目送博利瓦离开时说道。他抓住每一个可诅咒的机会不放，少了个做饭的自然是个好机会。

“我看没了大师傅，走不了多远咱们都会食物中毒，”他说，“我盼着杰斯帕头一个中毒。”

“我反正从来不喜欢吃那老家伙做的饭。”杰斯帕说。

“要是你中了毒，就会觉得他做的饭不错。”奥古斯塔斯说。

上午发生的这件事使考尔很沮丧。篷车坏了倒没什么，反正它不过是辆用铁丝扎在一起的破车，使他惋惜的是博利瓦走了。他一旦组织起一队人马，便一个也不想失去，不论什么原因。现在必须有人多干一份活儿，而无论谁来干都不容易干好。博利瓦和他们在一起生活了十年，考尔没想过会突然失去他，即便他首次宣布北上时没有想到博利瓦会跟大家一起来。博利瓦是墨西哥人，他即使不想念家庭，也会像那个爱尔兰人一样想念祖国。就在此时此刻，奥布赖恩正为牛群唱思乡曲。歌声使牛群安静下来，却在人们心中激起了乡怨——歌声太悲怆了。

奥古斯塔斯发现考尔面色阴沉地站在一旁。考尔有的时候忧郁、沮丧，每逢这样的时刻，他会被从未说出口的疑虑折磨得一筹莫展。但他从来不在真正的危机时刻愁眉苦脸，危机出现时，考尔反倒精神振奋。他只会为小的事故发愁，比如这辆篷车摔散了。

“大嘴唇也许会做饭。”奥古斯塔斯提出建议，他想以此解开考尔的心结。

大嘴唇找到一块旧口袋布，擦着脸上的泥。“不干。我从来没有学过做饭，只学过吃饭。”他说。

考尔踏镫上马，想摆脱心中的不快。说来说去，人员并没有伤亡，牛群亦安然无恙，博利瓦离开也算不上什么大损失。但他的情绪依然不高，两条腿像灌了铅一般沉重。

“你试着让那些骡子驮上东西。”他对豌豆眼说。

“咱们没准儿可以做一辆两轮篷车，”豌豆眼说，“车的前半部分没怎么坏，只是后半部分彻底坏了。”

“妈的，豌豆眼，就你聪明，想出这么个招儿来。”奥古斯塔斯说。

“我看我还是去趟圣安东尼奥。”考尔说，“去雇个厨子，再买辆车。”

“好，我跟你去。”奥古斯塔斯说。

“你去干什么？”考尔问道。

“帮你找大师傅啊，”奥古斯塔斯说，“你饿极了能吃火炉盖子，我可要吃得好些。在你决定雇谁以前，我先考一考他。”

“我看没什么必要，反正在咱们营地，怎么也做不出比炉盖更松软的饭食来。”杰斯帕说。他对伙食的质量感到十分失望。

“可别再找个煮蛇肉的人来，”他警告说，“要是再让我吃蛇，我可要有所表示了。”

“你少吓唬人吧，杰斯帕。”奥古斯塔斯说，“你要是辞职不干，连往哪儿去都不知道。别的不说，连条河你都过不去。”

“你不要老提他那件事。”他俩骑了一段路之后，考尔说道。杰斯帕怕过河的事是开不得玩笑的。考尔知道有不少成年人就是怕过河，所以每次过河都要把他们打晕送过去。胆怯的人还容易惊慌失措，扰乱牲口群。一般情况下，杰斯帕·范特干活儿还不错，经常提及他怕水的毛病不会有任何好处。

在去圣安东尼奥的路上，他们经过了两个居民点——顶多有一所教堂和几间小店，但总算是居民点，而且两处相距不足二十公里。

“你瞧，”奥古斯塔斯说，“那些混账的人到处建城市。这都是咱们的过错，你知道吗？”

“不是咱们的错，也不关咱们的事。”考尔说，“人们愿意干什么就可以干什么。”

“当然是咱们的错啦，因为是咱们赶走了印第安人，吊死了可爱的土匪们。”奥古斯塔斯说，“你难道从来没有想过咱们从前干的一切都错了吗？要站在大自然的角度看待这个问题。蛇多了，你就不会受老鼠和虫子的害。依我看，印第安人和土匪就和蛇一样，要是不把他们消灭，你就不会老是碰见这些浑蛋居民点。”

“你不一定非到居民点来不可嘛。”考尔说，“居民点有什么不好？”

“我要是喜欢文明，就留在田纳西靠写诗过日子了。”奥古斯塔斯说，“我和你的工作干得太好了。是咱们首先杀死了大部分使这块土地变得可爱的人。”

考尔没有搭腔。这是奥古斯塔斯的拿手话题，要是给他机会，他能一连说上几个小时。他的话当然是胡说八道，任何有正常思维的人也不会同意让印第安人或者土匪卷土重来。奥古斯塔斯的思维是否正常，实在让人怀疑。

“考尔，你应该结婚，生他七八个孩子。”奥古斯塔斯说道。若是一个话题谈不起来，他就立即转移到别的上面去。考尔的心情还没有好多少，情绪低落时他很难开口。

“我真不知道你为什么这么想。”考尔说，“不知道杰克怎么样了。”

“啊，杰克正磨磨蹭蹭地走着呢，可能想打牌了。”奥古斯塔斯说。

“他应该把那个姑娘扔下，到咱们这里来。”考尔说。

“你没听见我在说什么，”奥古斯塔斯说，“我在解释你为什么应该结婚。你要是有一帮孩子，那你想什么时候当头儿就可以当，你有一支现成的队伍。这么一来，就占住了你的心，不会老生闷气了。”

“没准儿结婚比听你讲话更糟糕呢。”考尔说，“恐怕这还不足以说明问题。”

傍晚时分，他们经过了一座旧教堂，来到圣安东尼奥。一个身穿褐色上衣的墨西哥男孩赶着一小群山羊进了城。

“咱们可能需要带几只山羊去蒙大拿。”奥古斯塔斯说，“山羊的咩咩叫可比你的牛群叫唤悦耳得多。它们正好和爱尔兰人做伴，咱们也就能多举办几场音乐会了。”

“我更想买一辆大篷车。”考尔说。

幸运的是，他们没费什么周折便在河北的一家车马店里买到一辆车，但还需要买两头骡子把车拉回去。幸而骡子不贵，二十块钱一头。开车马店的大个子德国人还额外送给他们一套马具。

奥古斯塔斯主动提出赶车回去，但条件是先让他喝一顿。他已经多年没来圣安东尼奥了，这里新建的鳞次栉比的建筑使他感到格外兴奋。

“嘿，这地方要是不停地发展下去，不久就能赶上新奥尔良。”他说，“十年前咱们要是在这里开间理发店，到这会儿也发了大财。”

在那条主要的大街上有一家规模相当大的酒吧，当保安队员时他们常常光顾这里。酒吧的名字叫鹿角，因为老板有用鹿角当衣帽架的嗜好。老板名叫威利·蒙哥马利，曾经是奥古斯塔斯的挚友。考尔认为他不是个赌牌的行家，即使是，也只是个谨小慎微的行家。

“我估计威利看见咱们一定很高兴，至少会请咱们吃顿饭。”他们慢慢向酒吧骑去时，奥古斯塔斯说，“要是他生意好，没准儿会免费给我找个娼妞儿。”

然而，他们走进去之后没有看见威利，其他人也一个都不认识。刚进门时，一个头发油亮、打着细领结的侍者看了他们一眼，却一点儿没有招待他们的意思。他一边用小白毛巾擦玻璃杯，一边把它们逐个小心地摆到柜子里。酒吧里很空，只有几个人在打牌。

在一边耐心等待跑堂儿的过来侍候可不是奥古斯塔斯的脾气。“劳驾给我来杯威士忌，给我的伙伴也来一杯。”

那个侍者头也不回，擦完手里的杯子才说：“没有威士忌了，二位。来点儿麦酒或别的酒吧。”

“麦酒也行，只是要快点儿。”奥古斯塔斯尽量礼貌地说。

侍者仍旧爱搭不理，但他到底送过来两只玻璃杯，然后又慢条斯理地取来一瓶酒。

“你们他妈的这些牛仔进来以前应该先把身上的土掸一掸，”他趾高气扬地瞥了他们一眼，“你们就是不带沙土进来，我们这儿的也够多了。酒钱两块。”

奥古斯塔斯往柜台上扔了一枚十块的金币，侍者伸手拿钱的时候，奥古斯塔斯突然探过身去一把抓住他的头，他还没来得及反应，奥古斯塔斯就把他的头往柜台上撞去，随后迅速地掏出了他那支大柯尔特手枪。侍者抬起头时，血从鼻孔里涌了出来，流到白衬衫上。就在这工夫，他发现自己正面对一把大手枪。

“除了酒，我们还想受点儿尊重。”他说，“我是麦克克里队长，这位是考尔队长。你扭过头去就会瞧见我们年轻时候的照片。我们最不能忍受的事情也包括你这种懒懒散散的招待。威利会雇你这种好吃懒做的年轻人干活儿，真奇怪。”

那几个打牌的人兴致勃勃地看着这一切，侍者则因鼻子突然出血而惊得目瞪口呆，一句话也说不出来。他用手里的毛巾捂住血流如注的鼻子。奥古斯塔斯若无其事地绕到柜台里取他提到的那张照片。照片镶在镜框里，由三四个葡萄酒瓶支着。他把照片放在柜台上，拿过一个侍者刚擦干净的玻璃杯，漫不经心地把它朝那几个打牌人的上空扔去，紧跟着，他那支柯尔特手枪的轰鸣声便响起来了。

考尔转过头来，正好看见那个杯子被打得粉碎。奥古斯塔斯一向是个非同凡响的神枪手，见他技艺不减当年，确实令人高兴。牌友们慌忙找地方躲了起来，只有一个头戴大帽子的胖子例外。考尔仔细看了看，想起了他。他叫内德·蒂姆，是个久经沙场的赌棍，一个朝他飞过去的玻璃杯不过是小菜一碟罢了。当碎玻璃片落地时，内德·蒂姆不慌不忙地摘下帽子，吹去帽檐上的碎玻璃渣。

“嘿，得克萨斯保安队员又回城了。”他说，“你好哇，古斯。下次要是碰见马戏团，我就去问问他们要不要表演绝技的枪手。”

“哈，内德，是你呀？”奥古斯塔斯说，“我的眼睛不行了。我要是早认出你来，就会省下杯子而打你的帽子。这些年你在哪儿混日子？”

内德·蒂姆还没来得及答话，一个身穿黑上衣的人从酒吧后面的楼梯上跑了下来。他的年纪并不比那个侍者大。

“内德，出什么事了？”那人问道。他小心翼翼地站到牌桌旁边，奥古斯塔斯手里还握着手枪。

“啊，没事，约翰尼。”内德说，“麦克克里队长和考尔队长路过这里，麦克克里队长给大家露了两手，就这么回事。”

“根本不是那么回事，”那个侍者高声叫道，“那个老王八蛋把我的鼻子都打破了。”

奥古斯塔斯做了个既潇洒又优雅的动作，来到柜台前。他用枪筒在侍者耳朵上方敲了一下。仅这么一下，那侍者便滑进了柜台下面，再也没有露面。

“你为什么打他？”黑衣人问。他与其说是生气，倒不如说是震惊。考尔瞥了他一眼，判断此人不会构成什么威胁，便呷着酒走开，让奥古斯塔斯自己表演。

“没想到你还来问我为什么，”奥古斯塔斯说着，将手枪放进枪套里，“你听见他骂我了，这个城里的人就习惯这个，我可不习惯。再说他是个好吃懒做的家伙，也该揍他一下。这家店是你的？你是干什么的？”

“这是我的店，”那人说道，“我不准在这儿开枪。”

“威利·蒙哥马利哪儿去了？”奥古斯塔斯问，“他当老板的时候根本用不着为了一杯酒打跑堂儿的。”

“威利的女人跑了，”内德·蒂姆对他说，“他决心去追她，就把这个地方卖给约翰尼了。”

“是呀，我不能说他没选对老婆，”奥古斯塔斯说着，又回到柜台前边，“也许是选了个不怎么样的女人吧。那个女人要是跑了，算他走运。”

“不是，他们一直在史密斯堡住，”内德说，“他决心把她找回来。”

考尔审视着奥古斯塔斯从柜台背后取下的那张照片，上面有他、奥古斯塔斯和杰克·斯普恩，是多年前的照片。杰克龇牙咧嘴地笑着，皮带上挎着那把珍珠柄手枪，他与奥古斯塔斯神态端庄。拍这张照片的那年，他们正在追赶外号踢腿狼的一伙土匪，共打死了他们二十个人，还把他们一直赶回了加拿大河[1]。踢腿狼曾到布拉索斯河一带践踏了好几户人家，使那个小居民点的人们心惊胆战。这几个保安队员则因把那伙土匪赶回加拿大河而被视为英雄豪杰。但考尔心里明白，那些赞扬名不副实，把踢腿狼赶跑并不等于抓住或者打死了他。他不可能在那里长久地待下去。然而在那几个星期，无论他们走到什么地方，都有摄影师带着相机等着给他们拍照。其中一位把他们堵在鹿角酒吧，让他们规规矩矩地站着照了一张。

穿黑衣的年轻人到柜台后面看了看倒在地上的招待。

“你干吗非打破他的鼻子不可？”他问道。

“有朝一日他会感谢我，”奥古斯塔斯说，“这样将使他更受女士们欢迎。他看上去简直像只长尾巴耗子——我是说刚才那副样子。他的态度要是不往好处变一变，我看他得打一辈子光棍儿。”

“得了，我可不吃这个。”年轻人大声说，“我不明白你们这

---

1. 阿肯色河最长的支流，约1458千米长，源于美国科罗拉多州，流经新墨西哥州、得克萨斯州，在俄克拉何马州注入阿肯色河。——编注

些老牛仔凭什么以为你们可以进来为所欲为。这跟酒吧里那张照片有何相干？”

“嘿，是我们几个伙计的照片，那年头他们想选我们当参议员呢。”奥古斯塔斯说，“威利把它摆在酒吧里，为的是等我们再来的时候看看我们当年长得多么英俊。”

“我要叫司法官把你们抓起来。”年轻人说，“在我的酒吧里开枪就是犯罪。我不管你们二十年前怎么样，你们现在要走就赶快出去，要不就得在监狱里过夜了。”他越说越恼火。

“喂，喂，约翰尼，我要是你，就不这么威胁这两位先生。”内德·蒂姆说，他听见年轻人说那种话吓坏了，“这位是考尔队长，这位是麦克克里队长。”

“那跟我有什么关系？”年轻人猛地转过身来冲着内德说，“我从来没听说过，也不想让这些老牛仔进我的酒吧，把这里弄得乌烟瘴气的。”

“他们不是什么老牛仔，”内德说，“他们是得克萨斯保安队员。你听说过，准是忘了。”

“我干吗要听说他们的事？”那个人说，“我在这儿才两年——倒霉的两年。我没有必要记住每一个朝印第安人开过枪的老枪手，反正都是吹牛皮，是那些老家伙自吹自擂。”

“约翰尼，你别再胡说八道了。”内德更加吃惊了，“考尔队长和麦克克里队长可从来不吹牛。”

“那是你的看法。”约翰尼说，“我就看他们像牛皮精。”

考尔有些恼了，这个年轻人不但瞧他们时极其无礼，而且说起话来也简直不把他们放在眼里。然而奥古斯塔斯也有一部分责任。那个酒吧招待即使行动慢了点儿，态度傲慢一些，也不一定非要打破他的鼻子不可。但是奥古斯塔斯对上述事情颇为反感。他愿意让人们知道他是个大名鼎鼎的得克萨斯保安队员，要是得不到他认为应该得到的赞扬，就会怒火中烧。

奥古斯塔斯把照片举起来，让那个年轻人看。

“你总该承认照片上的人是我们吧。”他说，“你为什么一方面把我们的照片高高地摆在柜台背后，另一方面又认为我们进来以后就该在那儿站着，拿我们不当人？”

“嘀，我从来就没注意过那张混账照片，”约翰尼说，“我本该把这些破玩意儿都扔掉，可惜没有工夫。快把你们的酒喝完，然后滚蛋吧，要不就等着去蹲监狱。这不，司法官来了。”

可不是，没过多久，托比·沃克进了酒吧。他虎背熊腰，蓄着海狮胡子，看上去比实际年纪大些。考尔一见这个人就乐了，因为这个怒发冲冠的年轻人不知道，在他与奥古斯塔斯辞掉保安队的工作之前，托比曾在他们队上干过四年。那时他才十六岁，已经是个很好的队员。托比看着他们两个，像是见了天神一样。他似乎不像是来抓他们的。他瞪着大眼睛端详着他们。

“哎呀，考尔队长？”他问，“真是你吗？”

“啊，托比。”考尔说完，握了握他的手。

奥古斯塔斯也为事情的转变而高兴起来。

“天哪，托比。”他说，“我看你是来铐我们上监狱的。”

“我为什么那么干？”托比问，“有的时候我想我自己倒该进监狱，但不知道为什么要送你们进去。”

“因为你受雇维持安宁，而这些老不死的破坏了安宁。”约翰尼说。他发现托比认识他们，更加怒不可遏。

托比当即变得不耐烦起来。“你说什么，约翰尼？”他问。

“我想你听见我说什么了，司法官，要么你就是个聋子。”约翰尼说，“这两个人进来打破了我那个招待的鼻子，其中一个又无缘无故地开了一枪，还用手枪敲我的招待。我叫他们走开，他们一直不肯走。我正想写张控告信，让法律处置他们呢。”

他说话时那自命不凡的神气使这三个人感到十分滑稽。奥古斯塔斯开怀大笑，考尔与托比也笑起来，连内德·蒂姆也笑得合不拢嘴。

“年轻人，你可太低估我们的名誉了。”奥古斯塔斯说，“我们在这一带执法的时候，你还在吃奶呢。多少人因为我们赶走了印第安人，救了他们的命而感谢我们，可你现在倒要控告我们。要是让哪个跟我们一起当保安队员的人知道了，非吊死你不可。再说，敲一下这个好吃懒做的堂倌也算不了什么罪过。”

“约翰尼，我劝你别再骂了。”托比说，“你的行为太过火了，最好道个歉，再给我拿瓶威士忌来。”

“我要是听你的话，就他妈的不是人。”约翰尼说完，便跨过倒在地上的侍者到楼上去了。

“楼上有什么？娼妞儿吗？”奥古斯塔斯满怀希望地问道。他一直感到心烦意乱，正想找个女人做伴。

“是的，约翰尼有个墨西哥小姐。”托比说，“我看原谅他算了。他是莫比尔人，听说那里的人性情比较暴躁。”

“哼，这跟水土没关系。”奥古斯塔斯说，“我们那伙人也有烈性子的，但都不是亚拉巴马莫比尔人。”

他们拿了一瓶酒，围着桌子坐下，聊起了往事。托比向他们打听杰克，他们俩小心翼翼地回答他，避而不谈杰克正在逃亡的事。他们正聊的时候，那个招待从地上爬起来，踉踉跄跄地贴着墙边出去了。他的鼻子不流血了，但衬衫上沾满了血迹。

“哈，他好像叫人宰了一样。”托比兴冲冲地说。

内德·蒂姆与他的朋友们很快就玩起牌来，可是那几个人惊魂未定，不一会儿内德便把他们的钱洗劫一空。

听说他们正赶着一群牛去蒙大拿，托比·沃克若有所思地说：“我要是没有结婚，肯定跟你们一块儿去，那里准有好草场。这个时候的司法官主要是抓醉汉，无聊极了。”

他们离开酒吧，他又照惯例巡逻去了。奥古斯塔斯把刚买的骡子套到车上。他们往回走时，圣安东尼奥的街上已空无一人，寂静得很。明月高悬，两只无主的山羊在一棵老白杨树下找草吃。四十年代他们刚到得克萨斯时，人们谈论的唯一话题是特拉维斯以及他那一场英勇的败仗。然而时过境迁，战斗已被遗忘，工事也被遗弃了。

“喂，考尔，我看他们把咱们忘了，就像他们忘了那棵白杨树一样。”奥古斯塔斯说。

“他们怎么能不忘？”考尔问道，“咱们又没有在这儿待下来。”

“这不是理由，理由是咱们没死。”奥古斯塔斯说，“特拉维斯败了，人们写地方史的时候就把他写到书里。如果有上千个科曼切人把咱们围困到一个山沟里，把咱们消灭光，就像卡斯特被苏族人消灭一样，那他们就会给咱们写赞歌，还要唱上一百年。”

考尔觉得这些全是废话。“我怀疑科曼切人不会上千人一齐出动。”他说，“如果会，他们早就占领华盛顿特区了。”

奥古斯塔斯越想他们在酒吧里受的气，心里就越窝火。要知道，他们曾在这家酒吧里被誉为英雄呢。

“我真该敲那个兔崽子莫比尔两下。”他说。

“他真的害怕了。”考尔说，“我相信托比下次见到他肯定会教训教训他。”

“这不是问题的要点，伍德罗。”奥古斯塔斯说，“你从来就抓不住要点。”

“那么要点是什么，他妈的？”考尔问。

“像这样下去，过不了二十年，咱们的处境就跟印第安人一样了。”奥古斯塔斯说，“这些地方像这样发展下去，就神不知鬼不觉地到处成了教堂和干货店，紧接着，等你明白过来的时候，他们就把咱们这些吵吵闹闹的老家伙抓起来，送到印第安人保留地去，省得咱们吓唬他们的夫人们。”

“依我看，这种可能性不大。”考尔说。

“太他妈的可能了。”奥古斯塔斯说，“假如我能找个我喜欢的印第安女人，就和她结婚，因为他们既然把我当成印第安人，我干脆就像印第安人那么干。看来咱们把最好的年华用来打仗，还站错队了。”

考尔不想为他的胡诌和他争论。他们正路过几间墨西哥穷人住的土坯房，快到城边了。从一间土坯屋里传来了婴儿的啼哭声。一离开城，考尔就放心了，因为奥古斯塔斯在气头上时，什么都干得出来。一旦到了野外，他即使生气开枪，至多不过打死一条蛇，而不会是一个蛮不讲理的侍者。

“咱们打仗时没站错队，”考尔说，“稀罕的是你一直站在正确的立场为法律而战斗。杰克胆子太小，成不了歹徒，可是你的胆子并不小。”

“我也可能成为歹徒。”奥古斯塔斯说，“那也比像托比·沃克那样靠抓醉鬼过日子强。你看见了吗？分手的时候他是真心想跟咱们一块儿来，都快哭了。托比从前挺灵巧的，可你瞧他现在的样子，胖得像只鼹鼠。”

“他是胖多了，他本来就是个矮胖子。”考尔说。但他承认，在那件事上，奥古斯塔斯说对了。他们上马离开时，托比的确显得很伤感。

第 43 章

对罗斯科来说，这次旅行出师不利，越到后来则越糟糕。就拿一件事来说吧，他一直在担心根本找不到得克萨斯。人人都说得克萨斯地方很大，若是找不到它，定要被全史密斯堡的人耻笑——如果他有幸能回到史密斯堡。

刚出发时，他以为找到得克萨斯最简便的办法就是向遇到的居民打听。然而，他发现这些居民简直无知到了极点。他们中的大部分似乎从未走出过住处附近的区域，很多人连下一个居民点的方向都不知道，更不用说让他们指出遥远的得克萨斯的方向。有些人倒能说出得克萨斯大致的方向，但当他走上几公里并在荆棘丛里摸来摸去时、当他在好几条河边找渡口时，他很怀疑走的方向是否正确。

一天下午，他恰好碰上了一小队赶着骡子车的士兵，问题才得以解决。这些人声称他们要去一个叫野牛泉的地方，就在得克萨斯。他们一共四人，两个骑着马，两个坐车，为了消除旅途的烦闷，他们都喝得烂醉。他们十分好客，因而罗斯科不久也酩酊大醉。他找到了知道得克萨斯在何处的人，便开怀畅饮，结果肚子开始难受起来。士兵们关心地让他坐到车上去，其实坐车对他的肚子并没有什么益处，因为车上没有弹簧。他越来越恶心，不得不卧在车上，将头伸出车外，以便在难受的时候可随时吐出来。

整个下午，罗斯科一会儿趴着呕吐，一会儿平躺在车上，以恢复体内各器官的平衡。毒辣的太阳照在头顶，晒得他头疼，唯一能遮挡太阳的办法是将帽子盖在脸上，但这么一来又闷又热，帽子的头油味又令他更想呕吐。头油是皮特·彼得斯牌的，史密斯堡的那个理发匠用起它来毫不吝惜。

除了五脏六腑，罗斯科很快便没有什么可以往外吐的了。他盼着士兵过来看看他。当他最后虚弱地坐起来时，发现他们已来到一条河面很宽、河水很浅的大河边。士兵们可以不理睬他的病，但不能无视这条河。

“这是雷德河，”一个士兵说，“河那边就是得克萨斯。”

罗斯科从篷车里爬出来，想骑上曼菲斯过河，但他连马都上不去。曼菲斯虽然又高又大，一般情况下他还是能上去的。突然，马鞍在热浪中晃动起来——其实马鞍并没有晃动，是罗斯科的腿支持不住了。他用手抓住一只马镫，坐到地上。

士兵们看见他的窘相，哈哈大笑起来，并将他像一口袋土豆一样抬到曼菲斯背上。

“副司法官，碰上我们算你走运。”一个士兵说，“要是你一直往西走，那些他妈的印第安人早就把你的头皮剥了。”

“把我的什么剥了？”罗斯科禁不住问了一句。那个士兵如此轻松地说着这么可怕的事情，他简直不理解。

“我听说你要是让他们活捉了，他们就这么干。”那个士兵说。

“啊，得克萨斯的印第安人情况怎么样？”罗斯科问道。但那几个士兵对这一情况好像一无所知，他们是从密苏里来的，只知道印第安人喜欢虐待他们抓到的人。其中一个人还讲了他认识的一个士兵，说他被印第安人用箭射死的时候，因为离得太近，箭从一只耳朵进去，箭头从另一只耳朵钻了出来。

士兵们特别喜欢谈论这类事情，但罗斯科难以分享他们的快乐。晚上他几乎无法入睡，满脑子都是剥头皮和穿透脑袋的箭。

第二天下午，士兵们向西拐去时告诉他，他只要朝西南一直走，便会到达圣安东尼奥。罗斯科虽然已经清醒，但仍然感觉不太有力量，同时，失眠似乎正渐渐消耗着他的体力。

当晚，天黑后，他又打算背靠大树将就着睡一夜。他并不喜欢坐着睡，但这样才能使他在必要时可以马上站起来逃命。他还没有找到合适的树，却看见了前方有一所小木屋。

他走近木屋，看见一个胡子上沾满烟草汁的老人正坐在一个树墩上剥一只小动物的皮，后来他才看清那是只负鼠。罗斯科感到放心，也有了信心。这位老者是他到得克萨斯后遇到的第一个人，可能会准确地告诉他下一步怎么走。

“你好哇。”他大声说道。罗斯科见这位老人一直在剥皮，始终没有抬头，心想，和人打招呼，把人家吓一跳的做法是不可取的。

那个老人没有抬头，却见木屋门口出现了一个人影。夜色中，罗斯科看出那像是个小姑娘，可是看不太清楚。

“我可以在这儿过夜吗？”罗斯科问道，然后下了马。

老人用眼斜了他一下。“想吃饭就去杀一只野兽来。”他说，“别动我那个姑娘，她是我的，掏钱买来的。”

罗斯科感到莫名其妙，这个老人的举止太不友善了。“嘿，现在去打负鼠太晚了。”罗斯科尽量使谈话变得轻松一些，“我有一个饼，吃饼就行了。”

“别碰那个姑娘。”老人又说了一句。

这个老人有一副冷酷无情的面孔，他剥完负鼠皮才把头抬起来，罗斯科只好忐忑不安地站在一边，沉默压得他喘不过气来。他想，还不如一直往前骑，找棵树靠着过一夜呢。如果这个老人是个典型的得克萨斯人，那说明得克萨斯的文明程度肯定不高。

“过来把这东西拿去。”老人对小姑娘说。

她悄悄地走出来把血淋淋的负鼠拿走了，一句话也没有说。天很黑，罗斯科无法看清她的样子，只知道她很瘦。她光着脚，身上那件衣裳好像是用装棉花的布袋做的。

“为了买她，我花了二十八张臭鼬皮。”老人冷不防地说了一句，“你有酒吗？”

罗斯科有酒，是他从那几个士兵手里买的。他已经闻到了煎肉味——肯定是煎负鼠肉——他的胃口来了。他的肚子瘪瘪的，想不起有比煎负鼠肉更好吃的东西。在史密斯堡一带，黑人把负鼠打得差不多绝迹了，白人的饭桌上很少见到负鼠肉。

“我的袋子里有一瓶，”罗斯科说，“可以请你喝点儿。”

他估计他的好意会使他在餐桌上占有一席之地，但他估计错了。他把酒瓶递过去，老人接过酒瓶，一屁股坐到树墩上，把酒喝得差不多光了，然后站起来，一声不吭地进了黑乎乎的木屋，再也没有出来。罗斯科坐在唯一可以坐的那个树墩上，这时天更黑了，在五米外已经很难看清那间木屋。老人与小姑娘显然没有灯，因为屋子里是黑的。

当罗斯科断定他不会被请去吃饭时，便把他省下来的两个饼吃了。他觉得那个老人待他太坏，却毫无办法。吃完饼，他把铺盖卷儿放到木屋的墙根下。打开铺盖时，月亮已经升起来了，把这片小小的空地照得明如白昼。月光这么亮，他更无法入睡。

不久，他听见那个老人说：“把床铺好。”木屋盖得很粗糙，圆木与圆木之间留有很大的缝隙。罗斯科心想，连负鼠都能从缝里钻过去。“妈的，你过来。”老人说。罗斯科对自己在这里停留深感不快。这时，他听到打人的声音，好像是老人在用皮带抽打小姑娘。紧接着是一阵厮打声，又是两声抽打。他只能听着，无能为力。小姑娘哭了起来。

“怎么回事？”罗斯科问。他心想，这么一插嘴，那个老人兴许不再打小姑娘了，实际上不顶事。厮打仍在进行，小姑娘还在哭。后来，他们好像一同倒在了墙上，就在罗斯科头上方的不远处。“你要是不好好躺着，我明天狠狠地抽你，叫你后悔没听我的话。”老人上气不接下气地说。罗斯科思忖着，如果是七月，他在这种情况下会如何行动。七月常警告他少管家务事。他声称执法人管家庭纠纷是最危险的。七月曾因企图阻止一个手拿钢叉的女人追她的丈夫，而使自己腿部受了伤。

罗斯科搞不清目前他听到的情况是否算家庭纠纷。那个老人刚才说他买了那个姑娘，可是奴隶制已经结束多年，况且那个姑娘还是个白人。姑娘虽然在哭，但她似乎拼命在与老人搏斗，因为老人只要喘过气来就破口大骂。罗斯科更加后悔自己不该在这里过夜。那个老人是个卑鄙的家伙，姑娘和他一起生活肯定很悲惨。

老人终于制服了小姑娘，她不停地哭泣，不由自主地哭泣，那哭声就像一只梦魇中的狗发出的声音。罗斯科心中无法平静下来。她太年轻，受不了这种粗暴的对待，但他知道在战后饥饿的年月里，不少多子女家庭都把刚能干活儿的孩子送给人家，只要人家愿意收留。

罗斯科起来时，浑身上下都湿透了，那不是雨水，而是夜里他把毯子掀掉了，露水打湿了他。太阳升起时，眼前的草叶上闪着颗颗露珠，木屋里传来老人的鼾声，听不到小姑娘的任何动静。

由于被请去吃早饭的可能性几乎不存在，罗斯科便翻身上马走了，心里很可怜那个小姑娘。那个老人是个老浑蛋，喝了他的酒连声谢谢都不说。如果得克萨斯人都像他一样，这一趟就太不值得了。

走出两三公里后，曼菲斯变得焦躁不安，竖着耳朵四处张望。罗斯科向周围看了看，没有发现什么。这一带的树林很密，罗斯科心想，也许有狼尾随着他，要么是只野猪，但他什么也没看见。就这样，他与曼菲斯轻松地走出十公里远。

罗斯科迷迷糊糊地骑在马背上朝前走时，倒霉的事情发生了。曼菲斯的身体蹭着了一根大树枝，树枝上掉下来一个马蜂窝，落到罗斯科的腿上，滚了下去，里面飞出了二三十只马蜂。罗斯科醒来时，眼前全是马蜂。他招架不住，结果脖子被蜇了两下，脸上两下，手上一下。

他彻底清醒了，赶紧催曼菲斯快跑，甩掉了马蜂群，但有两只钻进了他的衬衣，蜇了他好几下后才被他隔着衣服拍死。他连忙下马，脱下衬衣看看里面是否还藏着马蜂。

就在他站在那里被马蜂蜇得疼痛难忍时，他看见了那个小姑娘——木屋里的瘦瘦的小姑娘。她连忙把头缩进一片树丛，但罗斯科偏巧在这时看见了她。罗斯科慌忙把衬衣穿好。马蜂蜇的地方火辣辣的，他本该多少往上面抹点儿唾沫，但一个男人是不能当着一个女孩子的面往自己身上抹唾沫的。

“既然来了，就出来吧。”罗斯科说。他对这个小姑娘挺感兴趣。她竟然能跟着曼菲斯跑十公里。他猜想，那个老人许是派她来跟他要酒什么的。

小姑娘慢慢走近他，像兔子一样害羞。她仍旧光着脚，两条腿已被这无情的荒野割出条条伤痕。离他还有五六米时，她停了下来，似乎不知道该走多近才合适。在罗斯科看来，她是个很漂亮的姑娘，尽管她的棕黄色头发很脏，手臂上还带着那个老人打她时留下的红肿伤痕。

“你是怎么跟来的？”罗斯科问道。这时，他第一次仔细地看了看她。她不过十四五岁。

小姑娘只是站着，不好意思说话。

“我还不知道你的名字呢。”罗斯科力图说得礼貌些。

“妈妈叫我‘她的珍妮’。”姑娘说，“我从老山姆那里逃出来了。”

“啊？”罗斯科说。他真希望马蜂换个别的时间蜇他，要么这个叫珍妮的姑娘换个时间逃跑。

“我今天早晨差点儿把他杀了，”姑娘说，“他使唤我使唤得太厉害了。我并不是他的，他给了比尔几张臭鼬皮买了我，就这么回事儿。我本来想用斧子砍死他，可你经过了这里，我就想逃出去，跟你走。”

姑娘的嗓音沙哑，比男孩子的声音还低，一旦不那么害羞了，她便滔滔不绝地说起话来。

“我看见你挨蜇了，”她说，“那边有条小溪，泥巴膏药治马蜂蜇最好。用唾沫拌拌，一抹就好。”

这当然是普通常识，但小姑娘对他这么说也是一片好意。他认为最好先处理一下她逃跑的事。

“我是个副司法官，”罗斯科说，“我要去得克萨斯找一个人。我必须赶快走，可我只有一匹马。”

他不再往下说了，心想小姑娘能领会他的意思，可是，小姑娘的脸上浮现出一种像微笑的表情。

“你说这叫快走吗？”她问道，“我用两条腿跑也能比你快出三公里去。我是从圣安东尼奥走来的，只要你不撒马快跑，我就能跟上你。”

听了小姑娘的话，罗斯科几乎想把她留下来。她如果去过圣安东尼奥，那她一定知道怎么走才能到那儿。他一开始就发愁找不到路，现在有了个向导，当然值得欢迎。

但他心目中的向导不是一个逃跑的小姑娘。要知道，他找七月的唯一目的就是告诉他一个女人逃跑的事。他若是与另一个逃跑的女人一同去，人们该怎么看待他？七月会说他这么做有失身份，史密斯堡的人若是隐约听到这件事，很快就会把事情弄得满城风雨。再说老山姆把她留在身边，不单是因为她会在黑暗里煎负鼠肉。

一想起那油煎负鼠，他便感到饥肠辘辘。刚才也许是马蜂蜇的疼痛使他忘了饥饿吧，他也说不清楚，连考虑一下也感到困难。

姑娘好像从他的表情看出他饿了，便抓住时机为自己辩护。“我会捉小动物，”她说，“比尔教过我。我追得上它们。你要是有个钩子，我还会钓鱼呢。”

“啊，”罗斯科说，“这么说那只负鼠是你抓住的。”

小姑娘耸了耸肩。“我走得比负鼠跑得都快。”她说，“咱们去那条小溪吧，我帮你治马蜂蜇的伤。”

马蜂蜇的地方火烧火燎的。罗斯科想，让这姑娘走到小溪那么远没有什么不可以。他想让她上马，两人一同骑过去，但他还没来得及说，她就在前面跑了起来。她不仅走得比负鼠跑得快，而且跑起来比曼菲斯走得快。为了跟上她，他不得不让马一路小跑。他们来到小溪边时，罗斯科已被饥饿和疼痛折磨得有些晕眩，思绪又开始飘移，像喝醉了一样。马蜂在他的一只眼睛旁边蜇了一下，那边眼皮肿了起来，挡住了视线。他的头好像也比平时大了许多。这样的日子真不好过。每当他旅行遇到倒霉事的时候，就抱怨七月，怪他不该和一个打算逃跑的女人结婚。

小姑娘在前面带路，领他来到小溪边，开始用唾沫拌泥巴制作膏药。她马上拆了两个小龙虾窝，得到她配药用的泥。小溪的岸挺高，有点儿阴凉。罗斯科坐在阴凉里，让小姑娘往他脸上被蜇的伤处涂泥巴膏药。她还在靠近眼睛的肿块上也涂了一些。

“你把衬衣脱下来，”她说。罗斯科吃了一惊，但还是照办了。泥巴抹到身上凉乎乎的。

“老山姆吃小龙虾，”她说完，便坐在他后面审视着她的手艺，“他的枪法臭极了，全靠我抓小动物过日子。”

“喂，我希望你能给咱们捉只肥兔子来。”罗斯科说，“我饿坏了。”

他的话音刚落，小姑娘便离开了，消失在河岸上。罗斯科发现自己办了件蠢事，因为他并没有打算叫她去捉什么兔子。她跑得也许不慢，但兔子肯定跑得更快。

他的头又晕了起来，便躺到阴凉里，心想，睡一会儿没有坏处。他闭上眼睛，过了片刻，待他再睁开眼时，眼前出现了一件——或者说两件——令人惊讶的事。一件是他身边放着一只死了的白尾野兔，另一件是小姑娘正拿着一根木棍从岸上走下来。说时迟那时快，一只青蛙从岸上跳了起来，趁青蛙还在空中的当儿，小姑娘手起棍落，一棒将它打到了岸上。她爬到岸上去找青蛙，罗斯科也站起来用一只眼寻找它。青蛙落到了草丛里，跳不快，从草丛里跳出来后，蹦得也不那么高，她立即用棍子结果了它。不一会儿，她便掂着那只青蛙的腿走过来，青蛙那条粉红色的舌头耷拉在外面。

“弄来一只兔子、一只青蛙。”她说，“现在就烧吗？”

“我从来没吃过青蛙。”罗斯科说，“谁吃青蛙呀？”

“只吃腿。”姑娘说，“把你的刀子给我。”

罗斯科将刀子递给她，她很快便把兔子的皮剥了。这只兔子还真够肥的。然后她把青蛙的上半截一刀切去，扔进溪里，又用牙齿把青蛙腿上的皮剥去。罗斯科的鞍袋里有几件做饭的用具，姑娘也没问他，便去拿了过来。罗斯科觉得自己好像在做梦，估计是挨了马蜂蜇的缘故。他不困，但懒得动。水中的那半截青蛙身子连同发白的内脏漂到了岸边。两只灰色的乌龟浮上水面，一点儿一点儿地吃青蛙肠子。罗斯科全神贯注地看着乌龟，小姑娘则生起了一小堆火，开始煎兔子和青蛙腿。使他惊奇的是那条青蛙腿不停地往锅外跳，好像青蛙还活着一样。

她把青蛙腿做熟了，罗斯科吃了一条，而且很喜欢它的味道。后来，他与小姑娘把兔子分了分，吃了个精光，把骨头扔进小溪里。兔子骨头与青蛙的内脏引来了大批乌龟。

“黑鬼们吃乌龟。”小姑娘说着，用牙齿咬劈了一根兔子骨头。

“他们什么都吃，”罗斯科说，“他们不能太挑剔。”

饭后，罗斯科的头晕轻了些。小姑娘坐在距他一米远的地方望着溪水。她还是个小孩子呢。她的腿上还带着刚才下水时沾上的泥，手臂上留着被老山姆打出来的肿块，有的仍是深紫色，有的变成了浅黄色。棉花布袋做的衣服撕破了好几处。

罗斯科又开始为如何安置她发愁了。她给他做饭是件好事，但这解决不了如何安置她这个问题。老山姆绝不是那种明知他视为自己财产的东西丢了也漠不关心的人，他也许此时正在跟踪他们，而且，由于他们离木屋并不远，他很可能马上就会追上他们。

“那个老人肯定会来追你的。”罗斯科神情紧张地说。

“不会的。”姑娘说。

“可是他说你是他的，”罗斯科说，“怎么能不追你呢？”

“他的膝盖有风湿。”姑娘说。

“他没有马吗？”

“没有，马病了。”她说，“还有，我用了个大平底锅朝他的膝盖砸了一下，够他老实几天的。”

“天哪，”罗斯科说，“我看你也是个厉害人啊。”

姑娘摇摇头。“我不厉害，”她说，“老山姆厉害。”

她把餐具拿到溪水里洗干净，放回鞍袋里。

罗斯科深深感到，他现在必须拿个主意。快到中午了，他才走出几公里远。他不得不承认，有这个小姑娘在路上做伴很方便，但她是个逃出来的人，这使他实在难以向七月解释。

“你家里没有别人吗？”他问道。他希望前边什么地方能有她的亲戚，这样就可以把她留给他们了。

她摇摇头。“他们都死了，”她说，“我有一个哥哥，印第安人把他带走了。妈死了以后，爸疯了，用枪打死了自己。我一直跟一个荷兰人住，直到比尔把我带走。”

“上帝啊，”罗斯科说，“比尔又是谁？”

小姑娘脸上掠过一片愁云。“比尔正带我去沃斯堡，”她说，

“后来他在韦科遇上老山姆，两个人都喝醉了，山姆就买了我。”

她始终没有说比尔是何人，罗斯科也没有再问。他决定推迟对她的安置做出安排——至少推迟一天。这是因为，一方面马蜂蜇得他疼痛难耐，另一方面一只眼看东西也难做出像样的决断。他们或许会路过一个居民点，他可以找一户需要她干活儿的好人家，他们就能把她从他身边带走。

唯一的困难之处是只有一匹马，他骑马，却让她步行，这不像话。当然，她几乎没有什么重量，让曼菲斯驮他们二人也许不会有什么困难。

“你最好跟我走一两天。”他说，“咱们也许能找个地方，比你原来住的强些。我不想让你回去。”

“我才不回去呢，”姑娘说，“老山姆会杀死我的。”

罗斯科把马镫让给她，好踩着上马，她莫名其妙地望着他。

“我不怕走路。”她说。

“可是咱们要走快点儿。”他说，“七月在前边很远呢，跳上来吧。”

姑娘上了马。曼菲斯有些不高兴，但又懒得折腾。姑娘用脚指头钩住马肚带，用手抓住马鞍上的绳子。

“这马可真高，不是吗？”她说，“我能看到树林那边。”

“我要是走错路了，你就对我说一声。”罗斯科在他们过小溪时说，“可不能错过圣安东尼奥。”

第44章

大家感到放心的是，到了圣安东尼奥以北，地面终于变得开阔了。在牧豆树荆棘丛里整整走了两个星期，每个人都厌烦到了极点。现在，牧豆树渐渐稀疏了，原野上的树林也少了许多。草变多了，牛群也就较易控制。它们在大多数日子里，总是慢慢悠悠地边吃草边向北走，纽特心想，像这样走下去，永远也出不了得克萨斯，更别说去蒙大拿。

他的任务仍然是殿后，由于牧草增多，尘土也就少了许多。他主要与瑞尼兄弟在一起，谈论一路上的所见所闻。谈话的一个中心议题是，印第安人是否确实被消灭了。

一到晚上，人们便围着火堆讲印第安人的故事，多数时间是奥古斯塔斯讲。晚上，当牛仔们开始有节奏地进行各种活动时，考尔便去干他的老一套——远离人群。他几乎每晚都要捉住母夜叉骑出去，有的人对他的这一举动迷惑不解。

“你说他是不是不喜欢咱们的气味？”伯特·博罗姆问道。

“如果是为这个，我可不怪他。”杰斯帕说，“豌豆眼的内衣一年只洗两次，太少了。”

“队长就喜欢出去走。”豌豆眼说。他没有理睬有关他内衣的话。

奥古斯塔斯正与爱尔兰人和大嘴唇打牌，赌注只是理论上的，因为他已经把他们半年的工钱都赢过来了。

“伍德罗喜欢出去闻风的气味，”他说，“这样他就能感觉到自己的智慧。当然啦，如果还有活下来的比他更聪明的印第安人，他就会头一个被他们打死。”

“我可不希望有那种印第安人。”大嘴唇说。

“他们不会来杀你，”奥古斯塔斯说，“他们犯不着杀蠢货。”

“我希望咱们有个大师傅。”杰斯帕说，“我吃泔水都他妈的吃腻了。”

这是大家共同的抱怨。自从博利瓦走后，大家都插手做饭，饮食不那么有规律了。考尔到好几个居民点去雇厨子，但一无所获。奥古斯塔斯通常负责做早饭，他完全按自己的口味做，招来不少怨言，因为他喜欢吃炒鸡蛋，而有几个人——尤其是盘子波吉特——一见炒鸡蛋就倒胃口。

每天早晨，奥古斯塔斯都把鸡蛋打匀，倒进平底锅里。这时，盘子总要说：“我喜欢吃软荷包蛋。”他眼睁睁看着奥古斯塔斯炒蛋，却毫无办法。“别那么炒，”他说，“你把蛋白和蛋黄都混到一块儿了。”

“反正它们到你肚子里也要混在一起。”奥古斯塔斯指出。

盘子并不是唯一不喜欢吃炒蛋的人。“要是可能，我就不吃蛋白。”杰斯帕说，“我听说蛋白会叫人眼瞎。”

“你从哪儿听来这胡说八道的？”奥古斯塔斯问他，但他想不起来了。

然而，饭做熟了的时候，人人都狼吞虎咽起来，有什么吃什么，尽管边吃边抱怨。

“这咖啡里的咖啡粒太多了。”一天早上，考尔说。一到吃早饭的时候，他就骑马回来了。

“我总是用勺子喝。”大嘴唇说。

“咱们生活在一个自由的国家，”奥古斯塔斯提醒他们，“哪位不喜欢喝这种咖啡，可以倒了自己煮。”

谁也不想干那种极端的事。考尔因为不想中午停下来吃午饭，所以早饭必须吃饱了，不管谁做的都可以。

“咱们务必找个大师傅，哪怕是个笨厨子也行。”奥古斯塔斯说，“我这么有用的人干这个活儿太危险了，说不定哪天为了鸡蛋被打死哩。”

“是呀，离奥斯汀不远了，到那儿找找看。”考尔说。

天气很好，牛群正常地行进着，盘子在前面领头，好像他一生注定只干这一行似的。奥斯汀在正东二十公里处，考尔已经准备好出发了，可奥古斯塔斯执意要换件衬衫。

“我可能要见一位女士，”他说，“你去找厨子。”

他们朝东骑了不久，便走上了去奥斯汀的大车道。他们刚走了不远，奥古斯塔斯却拨马向北骑去。

“那条路不去奥斯汀。”考尔说。

“我想起了一件事。”奥古斯塔斯说。

他没有再说什么，催马便跑，考尔也掉转母夜叉的方向跟了去。他以为奥古斯塔斯口渴了，因为前边不远处有条小溪，注入瓜达卢佩河。

果然如此，奥古斯塔斯正是为了这条小溪而来。小溪流过一小片橡树林，又沿着一座形状很美的小山流走。奥古斯塔斯和老疟疾在山顶停了下来，朝山下树林里的小溪和它积成的大小水潭望去。奥古斯塔斯坐在马背上呆呆地望着，真怪呀——奥古斯塔斯本来就是个古怪人。考尔骑上山顶，想搞明白是什么把奥古斯塔斯吸引了。当他发现奥古斯塔斯两眼含着泪花时，猛地一惊。泪水打湿了他的双颊，泪珠在他的胡子梢上闪闪发光。

考尔不知道说什么好，因为他摸不清出了什么事。奥古斯塔斯有时会笑得哭起来，但很少有不笑光哭的时候，何况天气这么好。尽管令人难以捉摸，但他不打算刨根问底。

奥古斯塔斯坐在马上默默无言达五分钟，考尔下了马去解手，以消磨时间。他听见奥古斯塔斯一声长叹，便抬头看他，见他正用方巾擦眼泪。

“你怎么了？”考尔终于开口问道。

奥古斯塔斯摘下帽子，使头脑冷静下来。“伍德罗，我看你是不会懂的。”他说着，两眼仍注视着小溪和水潭。

“是呀，不懂就是不懂，”考尔说，“到目前为止我是不懂。”

“我把这儿叫作克拉拉果园。”奥古斯塔斯说，“有一天，我和她坐着篷车兜风，发现了这个地方，我们好几次来这儿野餐。”

“啊，”考尔说，“我早该明白这地方和她有关系，除了她，我看你是不会为任何人流泪的。”

奥古斯塔斯用手指抹了一下眼睛。“唉，克拉拉真可爱。”他说，“我知道让她走掉是我一生犯的主要错误。可是你不懂，因为你不懂得女人。”

“要是她不想嫁给你，我看你也没有什么办法。”考尔局促地说。他从不善于谈论与婚姻有关的事。

“问题没那么简单。”奥古斯塔斯说。他目不转睛地望着小溪和树林，心中回忆着他在那里享受过的幸福。他拨过老疟疾，两人便朝奥斯汀骑去。他记忆中的克拉拉栩栩如生，如在眼前，好像在他旁边伴他骑马的不是考尔而是克拉拉。她有虚荣心，主要表现在衣着上。他常开玩笑说，他从未见她穿过重样的衣裳，可她只以微微一笑作为回答。他的第二个妻子死后，他可以求婚了。一次，在被他们叫作克拉拉果园的这个地方野餐时，他向她求婚，但她立即拒绝了他，而且好像什么也没发生一样，依然那么高兴、快活。

“为什么不同意？”他问道。

“我习惯自己的生活方式。”她说，“你可能会让我做我不喜欢做的事。”

“我不是满足了你的每一个稀奇古怪的要求吗？”他问道。

“是的，但那是因为你还没有得到我。”克拉拉说，“我敢说一旦让你掌握了我，你马上就会变的。”

就这样，她从来没有被他掌握，在他看来，她却轻而易举地把自己交给了一个从肯塔基来的呆头呆脑的马贩子。

考尔为奥古斯塔斯感到难为情。

“你过去什么时候最幸福，伍德罗？”奥古斯塔斯问。

“对什么感到最幸福？”考尔问。

“就是作为一个人，世界上的一个自由人。”奥古斯塔斯说。

“这个嘛，很难说出具体的时间。”考尔说。

“我可不同，”奥古斯塔斯说，“我最幸福的时候就是在刚才的小溪那里。我没打中靶子，丢了那个女人，但那些日子是甜蜜的。”

考尔认为他对最幸福的日子的选择是不正常的，因为无论如何，奥古斯塔斯结过两次婚。

“你那两个老婆怎么样呢？”他问道。

“这就怪了。”奥古斯塔斯说，“我从来就不喜欢胖女人，可两个老婆都是胖子。人们常办些怪事，可你除外，反正我看你永远也不想得到幸福。幸福和你无缘，所以你想方设法躲开它。”

“那是瞎说。”考尔说。

“不是瞎说，”奥古斯塔斯说，“过去三十年，我眼瞅着你惩罚自己，我不认为这有什么不对，只是不明白你到底做了什么值得惩罚的事。”

“你的想法太个人了。”考尔说。

他们骑了不到五公里，在一面石灰石峭崖脚下发现一个小小的营地，旁边是一片水塘和几株树。

“准是杰克。”考尔说。

“不，只有罗丽娜。”奥古斯塔斯说，“她正在树旁休息。我敢肯定杰克把她撂下，自己进城了。”

考尔又看了看，但由于营地在两公里外，他只看见马匹和骡子。在他当保安队员的时代，奥古斯塔斯敏锐的眼力是有名的。不论在高原上还是在佩科斯地区，他一次又一次地证明他比别人看得都远。在远处闪闪烁烁的影子中，人们常常将山艾当成印第安人，考尔也眯起眼来瞧，同样看不出名堂，而奥古斯塔斯只要朝被认为是印第安人的东西瞧上一会儿，就哈哈大笑着走回去接着打牌、喝酒，或干他正在干的事。

“没错，是一个大部落——山艾部落。”他会这么说。

豌豆眼十分佩服奥古斯塔斯的眼力，因为他自己的眼力格外差。有时出去打猎，奥古斯塔斯指给他看一只羚羊或一只鹿，可总是白费劲。

豌豆眼这时就会说："走近点儿就看见了。"

而奥古斯塔斯则会说："豌豆眼，我真不知道你怎么会掉不到山崖下面去。靠近动物，它们还不走得更远？"

"咱们雇罗丽娜来做饭吧。"奥古斯塔斯说。

"可别雇她。"考尔说，"一旦把她带到咱们的营地，那就该天天打架了，尽管她可能是个规矩女人。"

"我不明白你怎么这么瞧不起妓女，伍德罗。"奥古斯塔斯说，"你也和她们交往过，我还记得呢。"

"是交往过，那是我的错误。"考尔说。他对奥古斯塔斯提起这件事大为不满。

"也许过一过人的日子算不上错误。"奥古斯塔斯说，"可怜的玛吉心都碎了，但在她洗手不干以前给你生了一个好儿子。"

"你明知道我不想谈这件事。"考尔说，"他可能是你的儿子，可能是杰克的，也可能是任何一个混账赌棍的。"

"你说得不错，可他不是别人的儿子，他是你的。"奥古斯塔斯说，"明眼人一看就明白。另外，玛吉对我说过。她是我的好朋友。"

"我不知道朋友不朋友，"考尔说，"我只知道你是个好顾客。"

"二者互相渗透。"奥古斯塔斯指出。他知道他的朋友很不愿意谈论这件事。一开始考尔就对这件事只字不提，从那以后他更是守口如瓶。

他们来到小营地前时，罗丽娜正在一棵树下休息，安详地看着他们。她显然刚刚在水塘里洗过澡，因为她那长长的金发还湿着，她还不时用手指挤头发上的水。她的一只眼睛下方青了一大块。

“天哪，罗丽娜，看来你的生活挺安逸嘛。”奥古斯塔斯说，“还有私人游泳池呢。杰克哪儿去了？”

“他进城了，”罗丽娜说，“已经去了两天。”

“肯定是牌打得顺手了。”奥古斯塔斯说，“杰克只要打顺了手，能一连打上一星期。”

考尔心想，把一个女人独自扔在这么荒凉的地方，太不像话了。“他什么时候回来？”他问道。

“他说他不回来了。”罗丽娜说，“他生着气离开的。他一路上都在生气，说我可以要这匹马和那头骡子，愿去哪儿就去哪儿。”

“我看他不是当真说的。”奥古斯塔斯说，“你说呢？”

“他会回来的。”罗丽娜说。

考尔感觉没有把握。杰克从不肯承担他认为不必要的责任。

令他生气的是，奥古斯塔斯下了马，把马拴到一棵树上，然后卸了马鞍。

“我想你是要去奥斯汀的。”考尔说。

“伍德罗，你去吧。”奥古斯塔斯说，“我现在没心思想城市生活。我留在这里跟罗丽娜打会儿牌，等那个无赖回来。”

考尔火冒三丈——奥古斯塔斯最糟糕的特性之一就是没有常性。考尔花一整夜计划好的一件事，奥古斯塔斯可能只执行十分钟便失去耐心，转而去做他突然想起的什么事。诚然，进城雇厨子不是什么大事，但奥古斯塔斯说不干就不干了，也确实叫人生气。然而，考尔知道与他争论是没用的。

“好吧，我希望你今天晚上赶回去，万一我回去晚了，”他说，“那儿总得有个有经验的人。”

“噢，我可不知道回不回得去，”奥古斯塔斯说，“该让那伙人自己锻炼锻炼吧。他们还以为，要是你不在那儿让太阳升起来，太阳就不升了呢。”

考尔可不想又回到时常争论的老问题上去，便掉转了母夜叉的方向。若是没有人领导，即使是有经验的人也会在关键时刻犯错误。他就见过一些有经验的人，危机到来时手足无措，而一旦有人告诉他们该怎么干，他们便会干得十分出色。帽子溪这伙人松松散散，如果他与奥古斯塔斯都不在场，他们连如何做出决定、谁来拿主意都不知道。

他让母夜叉快跑起来。看着这匹母马轻快地向前奔驰，他心里美滋滋的。胯下有这样一匹马，他很快便忘却了一切苦恼。

突然间，母夜叉在跑动中无缘无故地失去了原来轻松自如的步态，跳腾了几下。考尔在马上正全身放松，还没来得及抬头看看，便踩空了一个马镫，他知道自己被抛下来了。“嘿，妈的，你到底把我扔下来了。”他心里这么想着。眨眼间，他已摔到地上。在马上的时候，他把缰绳在手上缠了两圈，现在他死死拉住一根缰绳，心想，可千万别断了。缰绳没有断，考尔站起来抓住了另一根。

“哈哈，你的小阴谋失败了。”他对母马说。他知道，这马的运气如果再好一点儿，就可能挣脱缰绳溜掉。他再次骑上去时，母马没有挣扎，也没有要再尥蹶子的样子。考尔先让它慢慢跑了几公里，才让它大步跑起来。他想，它不会再要那一套了，它聪明得很，绝不会在他有准备的时候浪费自己的气力。不知它刚才怎么发现了他有心事，便给了他个冷不防。正因如此，它才让他喜欢——他从来就不喜欢温顺的马，而喜欢像他一样机智的牲口。这匹马比他还机智。它刚才注意到他心不在焉，他却没有察觉它的意图。

现在，母夜叉心满意足，因而不把自己的失败放在心上。然而他深知，一旦它判断时机成熟，还会再如法炮制一次。他决定到奥斯汀后，一定要买根马鬃编的缰绳——现在他用的那根细细的皮绳很容易断。他若再次被甩下马，马鬃编的缰绳保险些，因为一旦马尥蹶子，他一定会被抛下来。

“你尽管试着来吧。”他说。他已养成了单独与它在一起时大声说话的习惯，而且声音越来越大：“我告诉你，我决心骑着你过黄石河，要是我做不到，那肯定是因为咱俩有一个先叫人家打死了。”

灰母马再次扬蹄朝奥斯汀奔去，轻松地跑过一公里又一公里。

第 45 章

奥古斯塔斯留下来，罗丽娜很高兴。他是不肯放过任何一个机会的人。如果他想再次骗她，就必须费些劲，但他能留下来足以使她放心。杰克不在的这两天很枯燥乏味。虽然她知道他早晚会回来，但对此已越来越不关心了，因为杰克已厌倦了她，估计短时期内他不会有什么改变。回首往事，令她迷惑不解，她不明白她为什么那么快就相信了他。他竟然使她相信他将解决她的一切问题。从他坐下来，与她十分友好地谈话的那一刹那起，她就感到一股需要他、信任他的不可抗拒的力量。他显得那么渴望听她讲话，就像她渴望听他讲话一样。

他们相识仅仅一个月，而在一个月的后几天里，他已明确无误地表示不再对她的话感兴趣，甚至希望她什么都不说才好。她很伤心。如果她在认识男人方面一错再错，那她若能到达旧金山，才算真有运气呢。

在等待杰克回来的日子里，她几乎产生过这样的念头——骑上马，带上骡子，回孤鸽镇去。夏威尔说过要娶她，并且她想去哪里他就带她去哪里。那天他到她房间去的情景仍记忆犹新——他圆瞪的大眼睛和要打死杰克的威胁。当她百无聊赖地坐在那里左思右想时，她自己犯的错误使她心灰意冷，甚至想跳进水塘一死了之。然而天气很好，清晨也很美，她走进水塘时，只在冰凉的水里洗了洗头发。有一阵子她把头没入水中，睁开眼睛，又觉得太蠢了——死在这种环境里太荒唐。她开始怀疑自己是不是疯了。这也许就是她屡屡犯错的原因。她母亲就疯了，经常念叨一些谁也不认识的人。她还同死去的亲戚、孩子说话，就像他们都还活着一样。罗丽娜不知道她妈妈的所作所为是否由她的错误造成。也许经过无数的错误，人的思想便不再稳定，因而会在过去与现在之间来回飘荡。

“罗丽娜，你的情绪很低落呀。”奥古斯塔斯说，“四五天前，你还好好的，比那蓝天还美呢。那个无赖是怎么搞的，使你成了这个样子？”

“我不知道，古斯。”罗丽娜说，“我好像天天都在变。”

“啊，跟大多数人一样。”他看着她说。她眼睛里流露出悲伤的神情。

“我不习惯在孤鸽镇住，”她说，“在那儿每天都一样。”

“是的，没有希望。”奥古斯塔斯说，“你原来并没有盼望什么，可杰克的到来使你开始盼望了。”

“我可没有盼望这个。”罗丽娜说。

“对，但他至少使你有了希望。”奥古斯塔斯说，“问题是，杰克除了自己的希望，谁的希望他也不会帮助实现。”

罗丽娜耸了耸肩。这不是杰克的错，他并没有要求她投入他的怀抱，虽然她这样做时他十分愿意地接受了。

“我看，我的处境不妙。”她说，“他不打算带我去加利福尼亚。”

“是呀。”奥古斯塔斯说，“糟糕的是考尔对女人的顽固态度，要不我们就能雇你当厨娘，那里所有的人都会爱上你的。就说盘子吧，他爱你爱得都快疯了。”

“那他不一定就会成功。”罗丽娜说。盘子是她在杰克之前接待的最后一位顾客。他和别人一样，全身白皙，和她在一起时十分激动，事情很快就会结束。

“啊，他总想着你。”奥古斯塔斯说，“这可比你想象的重要得多，一个年轻人需要有一个女人可想。”

“他愿怎么想就怎么想，他有自由。”罗丽娜说，“你为什么留下来，古斯？”

“想和你睡觉。”奥古斯塔斯说，“这次怎么办，还抽牌吗？”

“不，咱们玩二十一点。”罗丽娜说，“玩这个我手气好些。

我要是赢了呢？”

奥古斯塔斯咧嘴笑了笑。“我当你的妓女，”他说，“你可以要求我跟你睡觉。”

“我干吗要求那个？”罗丽娜问道。男人当妓女的想法让她快活起来，这一想法太不一般了。

“你想一下，”奥古斯塔斯说，“想想看，要是事情翻个个儿，男人当妓女，你走到酒吧里，扔下钱买一个你愿意要的。这么一来，他就得脱了衣裳按你的要求办。”

“我从来没见过一个叫我喜欢的，”罗丽娜说，“只有杰克。即使是这样，时间也不长。”

“我知道那样想是很难的，”奥古斯塔斯说，“一直是别人要你。你站在男人的角度想想，你能像他们一样买你想要的。”

罗丽娜断定奥古斯塔斯是她认识的最不正常的人。他看上去不怪，但他的想法疯狂得很。

“想想看，假装我是妓女，”他说，“我常想我能当个好妓女。如果你赢了，你和我睡觉，我不要你的钱，你只想着怎么享受就行了。”

“我才不会享受呢。”罗丽娜说。她从来就不认为这是什么享受，奥古斯塔斯的这几句话是不能改变她的看法的。

“你从来不玩什么游戏吗？”奥古斯塔斯问。

“我玩过转瓶子。”罗丽娜说。她想起她曾和她哥哥玩过转瓶子，那时他有病，住在亚拉巴马的姥姥家。

“我说的是另一种游戏。”奥古斯塔斯说，“游戏是为高兴才玩的，长久以来，你一直把它当成正经事看待。如果你赢了牌，就应该假装你是旧金山的一位贵妇人，什么也不用做，只躺在丝绸床单上，每过一会儿，就有一个黑奴给你送点儿酸奶来。我的目的就是让你感到自在。”

“我不喜欢酸奶。”罗丽娜说。突然，奥古斯塔斯用手摸了一下她的脸，吓了她一跳。她连忙将头埋进双膝里。奥古斯塔斯伸手去抚摸她的湿头发和后脖颈儿。

“是呀，这就是你的问题所在。”他说，“你不喜欢酸奶，你什么也不喜欢。你像一个饿肚子的人，胃已经萎缩得不再接受任何食物了。你也由于对什么都不喜欢而萎缩了。”

“我想去旧金山，”罗丽娜说，“人家说那儿凉快。”

“你要是每过一段时间享受一次与男人睡觉，情况就会好些。”奥古斯塔斯说着，抓过她的一只手，抚摸着她的手指，“旧金山的生活也是生活，你要是一心只盼着一件事，就容易失望。一个好办法就是学着喜欢日常的普通事情，像软床啦、酸奶啦，还有劲头足的先生们。”

罗丽娜没有说话。她闭上眼睛，任凭奥古斯塔斯摸她的手。她担心他不给钱也不玩牌就要她，但他没有。这是个十分宁静的早晨，奥古斯塔斯好像对于静静地握着她的手坐着感到满足。她能听见马甩尾巴的声音。

不久，奥古斯塔斯松开她的手，站起来脱去衬衣与裤子。罗丽娜正纳闷儿奥古斯塔斯今天怎么这般精神不正常——他们原打算先玩牌的。奥古斯塔斯穿着法兰绒内衣。内衣本来是粉红色的，太旧了，已经快褪成白色了。上面还满是窟窿，他胸部的汗毛从破洞里扎了出来。接着他又脱去靴子和袜子。

“你洗过澡了，我还没呢。”说完，他便穿着内衣下水，向深处走去。水冰凉冰凉的，奥古斯塔斯扑打着到了对面。他几次将头没入水中，然后游了回来。

“妈的，水太凉了。”他说。他坐到一块大岩石上等着晒干。这时，他显然在她身后看见了什么。

“罗丽娜，把我的枪皮带拿来好吗？”他说。

“干什么？”她问。

“我看见了个印第安人，不知道是不是好人。”奥古斯塔斯说，“他骑着匹快马，不是好兆头。”

他的手枪太重了，她不得不用双手把枪皮带递给他。

“杰克骑的就是匹快马。”她说。

“是的，他还是个无赖。”奥古斯塔斯说。

罗丽娜朝两边看了看，什么也没有看见。一马平川，空无一人。

“他在哪儿？”她问。

“还要过一会儿呢。”奥古斯塔斯说。

“他离得那么远，你怎么知道是个印第安人？”她问道。

“印第安人有他们独特的骑马姿势，这就是原因。”奥古斯塔斯说，“这一个可能杀了个墨西哥人，要么至少偷了他们一匹马。”

“你怎么知道？”她问。

“他的马鞍上镶着银子，像是墨西哥人的。”奥古斯塔斯说，“我看见反射的光了。”

罗丽娜再次看了看，瞧见了一个小黑点。“我不明白你怎么能看那么远，古斯。”她说。

“考尔也不明白，”奥古斯塔斯说，“快把他气疯了。他比我受的训练好，但没有我眼力好。”

他冲她笑了笑，戴上帽子以便遮住光线。他紧盯着西边，那架势使她感到惊慌。

“要长枪吗？”她问。

“不用，我用这支手枪打死过不少胆大包天的土匪。”他说，“有这顶帽子太好了，光着头打仗可不行。”

骑马人已经近得连她都能看见偶尔闪一下光的马鞍了。没过多久，他就骑到了营地。这个人身材魁梧，骑着一匹红棕色公马。奥古斯塔斯说对了，他是印第安人，没有戴帽子，头发又长又乱，只在头上围了块方巾。皮绑腿上满是油垢，靴子虽然很旧，却有一副银马刺，带着个大齿轮。一把大匕首吊在一条腿上，长枪横放在鞍头。

他看见他们时面无表情，事实上，与其说是看他们，不如说是看他们的马。罗丽娜希望奥古斯塔斯说话，可是他一声不吭地坐在那里，旧帽檐下的一双眼睛盯着那个人。那个印第安人长着一个硕大的头，像个沉甸甸的南瓜。

“我想喝点儿水。”他终于开口了。他的声音与他的头一样沉重。

“喝水不要钱，”奥古斯塔斯说，“希望你喜欢喝凉的，我们没工夫给你烧。”

“只要是水就好。”那个人说着，从他们面前快步骑到水塘边。下马后，他立即蹲下，用一只手舀水喝。

“你这办法高明，”奥古斯塔斯说，“人们总是趴下直接用嘴喝，要么用帽子舀着喝，喝的水是头发味的。”

红棕公马走到深处畅饮起来。

那个人等马喝足了便走回来，马刺发出轻微的撞击声。他又一次看了看他们的马，才转向他们。

“这位是伍德小姐，”奥古斯塔斯说，“我是麦克克里队长。希望你吃过早饭，我们的食物不多了。”

来人冷冷地看着奥古斯塔斯，甚至有些无礼，罗丽娜这么认为。

“我是蓝鸭。”他说，“听说过你，麦克克里，可我没想到你这么老了。”

“啊，最近才老的。”奥古斯塔斯说。罗丽娜看得出来，他也持同样无礼的态度。尽管奥古斯塔斯身穿内衣坐在那里显得很轻松，但眼前的气氛丝毫不轻松。这个名叫蓝鸭的印第安人使人望而生畏，他站得离他们这么近，他的头和手显得格外大。他把步枪撂在臂窝里，像在摆弄玩具。

“你要是麦克克里，那么考尔呢？”蓝鸭问道。

“考尔队长进城了，”奥古斯塔斯说，“找厨子去了。”

“我听说要杀就把你们两个一块儿杀了。”印第安人说，“这回算我运气不好，他不在。”

“嗯，他会回来的，”奥古斯塔斯说，话音显得更不礼貌，“你要是想跟我们两个较量较量，就在那边阴凉里坐着等一会儿。”

蓝鸭向他的眼睛凝视了片刻，一纵身便跳上了马。

“我不能整天这么等着，就为了打死你们这一对老朽不堪的保安队员。”他说，“除了你们俩，还有很多要杀的呢。”

“我看你是让查理·古德耐特追得丧魂落魄了吧。”奥古斯塔斯说，“否则你绝不会骑一个墨西哥死人的马到这么好的地方来。”

那人脸上浮出一丝狞笑。“有朝一日，你到了加拿大河以北，我就把你他妈的那条混账舌头割下来喂狼鬼子。”他说，“连你的头皮一块儿给剥了。”

他没有再看他们一眼，打马从他们中间走过，离开了营地。

罗丽娜看着奥古斯塔斯，心里有点儿盼着他开枪打死那个人，但奥古斯塔斯仅仅把帽檐向上推了推，目送他远去。他虽然没有朝她看过一眼，似乎对她不感兴趣，但她预感到了危险。有时男人只要一跨进她的门槛，她就能判断出他是个危险人物，如果给他机会，他就会伤害她。连汀克斯利亦不例外。有时候他很正常，而有的时候他很危险。这时，即使她背对着他，也能觉察出来他是否要抽打她。此时，无论她怎样谨慎行事，也难逃脱挨打的噩运。但是她并不真的怕他——他发怒的时间向来不长。他下手狠，但只打一下。

这个叫蓝鸭的人可怕得多。他也许不打人，但会干出更阴毒的事来。

“收拾一下，罗丽娜，”奥古斯塔斯说，“这一两天晚上你最好离我们近些。”

“他是谁？”她问。

“一个十年前就该被我们吊死的人，”奥古斯塔斯说，“没能抓住他。他是科曼切人，手下有一帮杀人不眨眼的刽子手和偷小孩的能手。他过去一直在雷德河流域一带活动，从新墨西哥一直到阿肯色，骚扰居民。他们把大人杀了，把马和小孩抢走。”

“你们为什么抓不住他？”她问。

“他比我们更能忍受干旱。”奥古斯塔斯说，“他熟悉那些干旱的大草原地带，而我们不熟悉。后来军队又碍了我们的事。麦克肯齐说过要抓他，不过并没有抓住他。”

“考尔队长要是在这儿，他会把你们打死吗？”

“我看未必。”奥古斯塔斯说，“他以为他有那么大本事。”

“你说他有那本事吗？”她问。

“难说。”奥古斯塔斯说，“我并不低估他，但他要是想对付我和考尔，必须非常敏捷才行。”

“他连看都没看我一眼。”罗丽娜说，“我想他不会回来了。”

“我猜他离咱们营地老远的时候，就看见你了。”奥古斯塔斯说，“世界上不只是我的眼力好。”

“我要等杰克，”罗丽娜说，“我对他说过我等他。”

“别当傻子了。”奥古斯塔斯说，“你告诉他的时候并不知道蓝鸭在附近。那家伙可能会拿你当钓饵。”

罗丽娜心想，这是对杰克的一次考验。她怕那个人，有心与奥古斯塔斯一同走，但她已经将自己交给了杰克，并盼着他变好。

“我不想到牛群里去。”她说，“他们都瞅我。”

奥古斯塔斯朝蓝鸭消失的山丘望去。“我真该打死他，”他说，“要么他该把我打死。他是我最不愿意碰见的人。我们听说他已经死了，这么多年一直听说他死了，可这个人偏偏就是他。”

罗丽娜不相信那个人会对她打什么主意。男人如果对她有兴趣，即使他们不看她，她也能感觉出来。那个叫蓝鸭的人更关心他们的马。

“即使杰克回来，我也不敢说他会保护你。”奥古斯塔斯说。

杰克所有的朋友都怀疑他的能力，她因此为他感到可悲。没有人尊敬他。奥古斯塔斯也许是正确的——她应该离开杰克。她相信奥古斯塔斯是个能力强得多的人。他有可能带她去加利福尼亚。他曾清楚地对她说，他对赶牛北上不感兴趣。他经常瞎说，但从不卑鄙。他仍坐在那块大石头上，懒洋洋地透过一个湿内衣的破洞挠痒。

“古斯，咱们去加利福尼亚吧。”她说，“我跟你去，让杰克自己去闯吧。”

奥古斯塔斯看着她笑了。“嘿，我可不敢当，罗丽娜。”他说，“实在不敢当啊。”

“那咱们这就走吧。”她顿时变得不耐烦起来。

“不行啊，我非去奥加拉拉不可，亲爱的。”他说。

“那是哪儿？”

“在内布拉斯加。”他说。

“那儿有谁？”罗丽娜问。她还从未听人提到过那个地方呢。

“那儿有个叫克拉拉的女人。”奥古斯塔斯说。

她等着听下文，但他没有往下说。她也不想再问，心想，总会有些事情妨碍她到她想去的地方。她回忆起自她认识奥古斯塔斯以来，他对她讲过的那些话，感到极其痛苦。

“我看你并不是个讲实际的人。”她说。

奥古斯塔斯觉得她的话挺有意思。“我说过我讲实际吗？”

他问道。

“你说过，可你不是。”罗丽娜说，“你走这么远去内布拉斯加，就为了个女人。我就是个女人，而且就在这儿。如果只是为了和她睡觉，跟我睡就是了。”

“天哪，我总算让你说话了。”奥古斯塔斯说，“我从来没想过我这么幸运。”

罗丽娜的那点儿怒气消了，固有的消极情绪又控制了她，她感到自己再次孤独地待在一个炎热的地方，依附于别有用心的男人。生活好像丝毫没有改变。失望牢牢地攫住了她，她哭了。奥古斯塔斯顿时心软了，他用一只手臂搂住她，用手指为她拭去眼泪。

“唉，看来你是真想去加利福尼亚，”他说，“让我想个主意。要是咱们俩都能到丹佛，我就给你买张火车票。”

“我永远也到不了丹佛。”她说，“连得克萨斯也出不去。”

“怎么？我们已经走了一半了。”奥古斯塔斯说，“得克萨斯的世界就在沃斯堡以北。再说你还年轻，这是咱俩大不相同的地方。你年轻，我老了。”他说完，站起来穿衣服。

“妈的，不知道那个滑头土匪去哪儿了。”他说，“我听说他在加尔维斯顿一带杀人，他可能去那儿了。我还不如趁他刚才喝水的时候打死他呢。”

他又一次劝罗丽娜随他到牛群营地去，但她只是一个劲儿地摇头。她哪里也不去了。她甚至不再说话了。说话没有好处，从来就没有好处。

“情况真叫人担心。”奥古斯塔斯说，“我也许应该跟踪那个人，要么叫狄兹去。狄兹比我会跟踪人。杰克还没有回来，我不像你那样对他有信心。最好的办法是我派伙计来给你放哨，直到我们弄清那个人的去向。”

“别派盘子来，”罗丽娜说，“我不喜欢他在身边。”

奥古斯塔斯嘿嘿地笑了。“你们女孩子对爱你们的男孩子真是铁石心肠。”他说，“盘子波吉特比杰克·斯普恩更诚心，别看他们两个都没有什么头脑。”

“把那个黑人派来，”她说，“别的我不要。”

“可能派他，”奥古斯塔斯说，“也可能我自己回来，怎么样？”

罗丽娜没有回答。她心中的怒火再次燃烧起来。就因为有那么一个叫克拉拉的女人，她才无法前往旧金山，要不然奥古斯塔斯就带她去了。她坐在石头上不言不语。

“罗丽娜，你真够可以的。”他说，“我看我又把事情搞糟了。你一定会想，我这个经验丰富的人变得更滑头了。”

她仍旧保持沉默，快看不见奥古斯塔斯时才把头抬起来，心中仍愤愤不平。

第46章

“纽特，你像刚从面粉袋里拱出来一样。”豌豆眼说。他近来每天晚上都这么说。纽特与瑞尼兄弟骑马走在牛群后边，他们满身尘土，骑马过来时，引起了豌豆眼的好奇，因而他总这么说。纽特则有些不高兴，但还没来得及发火，就先被奥古斯塔斯先生告诉他的一件事吓得魂飞胆丧。奥古斯塔斯叫他快马加鞭，到杰克的营地去守护罗丽娜，一直守到杰克回去。

“我先把身上掸干净。”纽特说。他知道身上很脏。

“他没派你去跟她结婚。”盘子波吉特说。他对奥古斯塔斯挑选纽特执行这一任务感到十分不快。杰克·斯普恩自己走了，把罗丽娜扔下不管，这也使他极为恼火。

“我怕纽特找都找不到她。”纽特走后，他对奥古斯塔斯说。

“她离这儿只有两公里，”奥古斯塔斯说，“他能找到她。”

“这种小事我也喜欢干。”盘子说。

“我不怀疑，”奥古斯塔斯说，“可是杰克回到营地后，你们俩之间就会有一场枪战。你们谁也不一定会打中谁，可是会打伤马或者别的什么。我们可不能少了像你这样的高手。”他说着，心想他对盘子的恭维也许能安抚他，可是没有成功。盘子生气地转身走了。

纽特正要走的时候，考尔队长骑马回来了。

“新厨子呢？”奥古斯塔斯问。

“他明天来。”考尔说，“你为什么把那孩子派出去？”

纽特听到这个问题，心中有些不悦。几乎人人都叫他纽特，唯独队长仍叫他“那孩子”。

“今天晚上不能让罗丽娜一个人过夜，”奥古斯塔斯说，“我敢说你没有见到杰克。”

“我压根儿就没去酒吧。”考尔说，“我是去请厨子的。可他的确在那儿，有几次我听见人们在谈论他。”

“听见人们说蓝鸭了吗？”奥古斯塔斯问他。

考尔正在卸马鞍，一听说这个科曼切人的名字，他停了下来。

“没有呀，我怎么会听说他？”他问道。

“他待了一会儿，做了个自我介绍，”奥古斯塔斯说，“在杰克的营地旁边。”

考尔难以相信这一消息是真的。他仔细打量着奥古斯塔斯，想看他是不是开玩笑。蓝鸭偷了白人的孩子，就把他们当礼品送给科曼切人。他割人的头皮，糟蹋妇女，把男人大卸八块，凡是偷不走的，就放火烧掉。他总是逃往西部缺水的平原，逃到保安队和士兵都不愿去的地区。他与考尔当保安队员时，一直未能把蓝鸭除掉。有关蓝鸭的罪恶的传说，连远至孤鸽镇的人们都知道。

“你见到他了？”考尔问。那些年他一直没有亲眼见过蓝鸭。

“见了。”奥古斯塔斯说。

“也许不是他吧，”考尔说，“没准儿是别人假冒他的名字。这里不是他的地盘。”

“是他。”奥古斯塔斯说。

“那你为什么不打死他？”考尔问，“你为什么不把那个女人带到营地来？他要是再回来，准把她宰了不可，连纽特一块儿。”

“这是两个问题。”奥古斯塔斯说，“他起初没有报姓名，等到通报姓名时，他已经有了准备。在那种情况下，谁打死谁都是一眨眼的事。我可能把他打死，少说把他打伤，但混战中我也可能受伤，我可不愿意带着伤旅行。”

“你为什么把那个女人留在那儿？”

“她不想来。我琢磨着他来不是为她，”奥古斯塔斯说，“他是找马来了。我派狄兹跟踪他去了——有狄兹跟踪，他是不会把罗丽娜抢走的。如果他想兜圈子来偷咱们的马，狄兹就会发现。”

“可能吧，”考尔说，“也可能那个杀人不眨眼的家伙先发现狄兹，然后埋伏好等着他。我可舍不得丢了狄兹。”

豌豆眼正在一旁等爱尔兰人做晚饭，转眼间没了胃口。听起来蓝鸭就像他梦中的那个印第安人——那个他醒来时正准备用刀杀他的人。

考尔将母夜叉送回马群，然后回到做饭的篷车这边。奥古斯塔斯正在吃牛排和满满的一盘豆子。

“你雇的厨子是墨西哥人吗？”奥古斯塔斯问。

考尔点点头。“我不愿意派那孩子和妓女待在一起。”他说。

“他又年轻又幼稚，”奥古斯塔斯说，“所以我挑了他。他只会对她稍稍有点儿倾心。我要是派一个成年的流氓去，杰克回去就会开枪打死他。我想他不会打纽特。”

“我甚至觉得他根本不会回来。”考尔说，“那个姑娘真该留在孤鸽镇。”

“假如你是一个年轻女子，很有前途，你愿意在孤鸽镇安家吗？”奥古斯塔斯问，“玛吉就是那么干的，可她才活了几天？”

“她可能在任何一个地方死去，”考尔说，“我也可能在任何一个地方死去，你也一样，而且不一定比孤鸽镇更好。”

“我现在说的不是死亡，而是生存。”奥古斯塔斯说，“你在哪里死去并不重要，重要的是你在哪里活过。”

考尔站起来，牵他的夜班马去了，但他连想都没想就把母夜叉牵了过来，尽管他刚把它放回去。斯佩特尔兄弟莫名其妙地望着他，但没有说话。考尔给母夜叉放上鞍鞯，骑上它到牛群走了一遭，一切正常。牛群很安静，许多牛卧在地上睡觉。一年到头都瞌睡的织针纳尔逊正在马上打盹儿。

天色渐渐暗了下来。考尔见一个人骑马过来了。来人是狄兹，考尔放了心。他越来越觉得，在整个队伍里，他只能与狄兹时而说几句知心话。奥古斯塔斯总是一开口便争吵。与其他人谈话容易得多，但他们什么都不知道。如果仔细想想，就会沮丧地发现，多数人都懒得进取，一生掌握的知识少得可怜。豌豆眼是个最典型的例子。他虽然忠诚、能干而且勇敢，但他从来就不知道从自己的经验里学习点儿什么，尽管他的经验十分丰富。他上马时不止一次走到会被马踢着的一边，而一旦挨了踢又感到愕然。

狄兹则不同。狄兹善于观察，而且记忆力强。他极少主动提出建议，而一旦问到他，他的看法总能言而中的。他对天气的敏感程度与印第安人一样强，而且是个超级跟踪手。

考尔焦急地等他过来，希望知道蓝鸭的去向，也想知道那个人到底是不是蓝鸭。“有什么消息吗？”他问。

狄兹神情严肃。“我把他跟丢了，”他说，“他向南走了大约十六公里，然后不见了。他下到一条小溪里就再也没有出来。”

“怪呀。”考尔说，“你想他是蓝鸭吗？”

狄兹摇了摇头。“不知道，队长，”他说，“咱们最好看住马群。”

“妈的，”考尔说，“我还以为咱们能安安生生地过一夜呢。”

“今天晚上是个满月夜，”狄兹说，“他要是来捣乱，咱们能发现他。”

他们一同坐下，观看月亮升起。不一会儿，月亮便将冷冷的光洒在宿营地。那头得克萨斯公牛叫了起来。它待在牛群另一边的树荫下，但在这万籁俱寂的夜晚，它那低沉的吼叫声一直传进小山谷，回荡在西边的石灰石山崖间。

“这样吧，你去吃点儿东西。”考尔对狄兹说，“我到山崖那边去。他也许有一帮人，也许只有他自己。你在咱们的营地和杰克的营地中间守着，如果他来抢那个姑娘，你就能帮帮她。留点儿神。”

他骑马朝大约两公里外的山崖跑去，沿着一条路上到崖顶，在崖边打开了铺盖。在这明月当空的夜晚，他能清楚地看见正在安歇的牛群，看到篝火的光亮，还能看到有人牵马走过时火光被挡住的样子。

身后，那匹母马像是生了气，不安地踢着土，踢了一会儿便吃起草来。

考尔把步枪从枪套里取出来，擦拭干净。其实枪本来就准备好了，无须擦拭。有时候，擦枪这一动作——这一重复过上千遍的动作——可以使他的思路从纷繁杂乱的思考与回忆中解脱出来，但这一次没起作用。由于奥古斯塔斯提到了玛吉，他的思想现在又混乱了。对玛吉的回忆是他一生中最痛苦的事情。她十二年前死在孤鸽镇，他对她的记忆却不减分毫。回首往事，依旧痛苦万分，只因为发生在她身上的事本来没有必要发生，而现在已无法挽回。战斗中他犯过错误，死掉了不少手下，但他的心从不在那些错误上停留。那些战斗至少是必要的，而且他的手下都是战士。在那样严酷的前线，他认为任何一个指挥者都会像他那样做。

然而玛吉不是战士，她只是一个有需求的年轻妓女。她为了某种原因盯住了他，把他看作有办法将她从火坑中搭救出来的人。奥古斯塔斯最早认识她，然后是杰克和其他的许多人。而他只是出于好奇才去找她。他想明白他长期以来听人们谈论和盘算的到底是怎么回事。结果，在他看来，并非像人们说的那么美好——它只是一段令人窘迫的经历，欢乐瞬即被尴尬与悲伤淹没。他不该去第二次，更不用说第三次了。但是，有一股力量吸引他去，这股力量并不是他肉体上不可抗拒的对女人的需求。她总是两眼流露着惊恐的神色。他从未在酒吧里与她见过面，通常是天黑后从后楼梯上去。她总是焦急地站在门内等待着他。每过几天，他的软弱便驱使他去一次，一直持续了两个多月。他很少跟她说话，可是她对他说了许多。她说话的声音很小、很快，甚至带着孩子的稚气。她不停地说下去，似乎要掩饰他为他们要干的事所显出的尴尬。有些夜晚，他会坐上半小时，因为他越来越喜欢听她说话，虽然他不记得她都说了些什么。她只要讲起话来，脸上的神情就不那么紧张，双眸里的惊恐也会暂时消失。她说话时总是紧握着他的手，一天晚上她还替他系上了衬衫。他要离开时——一直都想离开她，走得远远的，他被这远离她的想法支配着——她就又开始用那种惶恐的眼神看他，好像有什么话要说却无法说出口似的。

“你怎么了？”有一天晚上，他在楼梯上转过身问她，似乎是她的渴求将他的问题扯了出来。

“你就不能叫我的名字吗？”她问，“连叫一遍也不行吗？”

他万万没有料到她会问这样的问题。她说过那么多，唯独这一句多年来始终印刻在他的记忆中。叫她的名字为什么如此重要?

“啊，对，”他糊里糊涂地说，“你叫玛吉。”

“可你从来就不叫我玛吉。”她说，“你为什么不叫我？我只希望你每次来的时候叫我一声。”

“我不明白这有什么要紧。”他诚实地说。

玛吉叹了口气。“你叫我的名字我就感到高兴，”她说，“我就觉得那么幸福。”

她讲这些话的神态使他心乱如麻，她似乎要哭着跟他跑到楼下来。他见过绝望的男人与女人，但他不希望在那种情况下看见玛吉的绝望。然而他见到的确确实实是绝望的表情。

两天后，他已出发往她那里去了，又迫使自己停下来。他带着枪走出孤鸽镇，来到科曼切渡口，在那里整整坐了一夜。后来，他再也不去看玛吉了，虽然有时在街上会遇见她。她有了个孩子，四年后便死了。据奥古斯塔斯说，她生前最后一年终日酗酒。她一度与杰克打得火热，但后来杰克也走了。

在逝去的年月里，他一直记得他走进她的屋子时，或他要离开时，她那饱含希望的双眸如何死死地盯着他。这是所有记忆中最扎心的一页。他没有期望她那么喜欢他，然而她的确爱着他。他只给她买过一些一般男人送给女人的东西，可她偏偏选中了他，他至今不能理解这是为什么。

他感到深深的内疚，因为那些年他一而再地去找她，任凭自己的欲望不断膨胀，而从未认真想过它或者承认过它。后来，他离开了她。

“你伤了她的心。”奥古斯塔斯不止一次这样说。

“你说什么呀？”考尔说，“她是个妓女。”

“妓女也有心啊。”奥古斯塔斯说。

令人感到心痛的是，奥古斯塔斯的话说对了。玛吉根本不像个妓女。她丝毫不与人为难，事实上人人都清楚，她过于软弱，不适合过这种日子。她的行为举止比所有他见过的女人都文雅、温顺。他仍能回忆起她的举动——胜于言语的举动。她的头发老也梳不整齐，总垂下来，她不好意思地把它们拢在一起。“这头发太不听话了。”她说，那口气就像是在数落小孩子。

“你要是那么惦记她，你去照顾她好了。”他对奥古斯塔斯说。但奥古斯塔斯耸耸肩膀，并且指出：“她爱的不是我，而是你。”

那些年，为了这一看法，他与奥古斯塔斯几乎分道扬镳，因为奥古斯塔斯丝毫不退让。他要求考尔回去看看玛吉。

“回去干什么？”考尔问道，他气急了，“我又不想结婚。”

“是因为她没向你求婚，对吗？”奥古斯塔斯话中带刺地说。

“哼，回去干什么？”考尔问。

“坐着，就跟她一块儿坐着。”奥古斯塔斯说，“她喜欢让你做伴。我也不明白是怎么回事。”

然而，考尔只是夜复一夜地坐在河边。有段时期他曾想到玛吉那里去，与她一起坐上几分钟，看她用手拢头发，但是他选择了河边和他的孤独。他想，这种感情早晚会消逝，直至他把玛吉忘却，玛吉也将把他忘掉，反正世界上比他健谈的人多的是，比如奥古斯塔斯与杰克这两个人。

但是，他的感情并没有消逝，消逝的只是年华。每当听到她喝醉了，有了困难，他就感到不安，感到问心有愧，好像他应该受到谴责。奥古斯塔斯对他的批评并不起作用。有两次他的批评言辞激烈，考尔几乎要和他打起来。“你就喜欢人人都需要你，而你对什么样的人能使你满意却百般挑剔。”奥古斯塔斯在他俩争吵最激烈的时候说。

“我一点儿也不想让谁需要我。”考尔说。

“那你为什么一直带领着这么一帮你称作‘得克萨斯保安队员’的亡命徒在这一带到处转悠？这里面有的人，你不给他指个地方他连尿都不会撒。而当玛吉这个可怜人——她不是世上的强者——需要你的时候，你却跑到河边去擦枪。”

“哦，我需要枪。”考尔嘴上这么说，心里却明白，他们每次争吵，奥古斯塔斯都占上风。

他一辈子都谨小慎微地尽最大努力制约自己的生活，但是，突然发生的一件事情闯入了他的生活圈，使他无力控制自己，而这只是由于他想搞清楚男人与女人之间的奥秘。多年来，他洁身自好，对经常光顾妓院的男人一向持批评态度，然而，后来自己也随波逐流，无情地嘲讽了自己的处世原则。有关她的一切——她的羞涩，她的孤僻，以及她倚坐窗口的倩影——无一不吸引着他。可是也说不清为什么，在这些小小的快乐里，隐藏着巨大的痛苦。这种痛苦给他带来的创伤，远远超过他在那个年代的战斗中挨过的三颗子弹带给他的。

孩子生下来后，情况更严重了。头两年里，他处在极度的苦恼中，不知如何是好。奥古斯塔斯说玛吉告诉他孩子是考尔的，可她又怎么能有如此大的把握呢？玛吉怀着孩子时并没有拒绝过别的男人，从而考尔认定单是这一点就可证明她是个妓女——任何形式的爱她都无法拒之门外。在他看来，她肯定是将一切都当成了爱情，无论是牛仔们的，还是赌徒们的。她也许以为这是她能得到的最好的爱情。

他曾多次动摇，几乎要回去与她结婚，尽管这意味着丢脸。这也意味着要离开保安队。但孩子也许是他的，那么，结婚就再合适不过了。有一两次，他甚至已经站起来要去找她，但他的决心总是半途而废，他无论如何都去不成。那天晚上，听说她死了，他没有与任何人打招呼，独自一人骑马沿河而上，走了一个星期。他立刻明白，他已经永远失去了改正错误的机会，他将永远无法再成为自己希望成为的那个人。首先，他希望成为的那个人已永远无法去找玛吉了。他感觉这简直是个骗局——他是边境最受尊敬的人，却被一个妓女爱上了。他一直无视这种爱情。那个女人虽已死去，她的爱却留存下来，如同一副他必须永远背负的重担。

那个孩子成了他失败的活生生的证据。他是在乡村长大的，起初在一户墨西哥人家里生活，后来到了帽子溪牧牛公司。有了这个孩子，他便永远摆脱不了对往事的回忆与内疚。只要能让他将往事抹去，不让它成为自己历史的一部分，他愿付出任何代价，不过他绝对办不到。孩子永远是他的，如同他背上那条长长的疤痕一样。一次他被马甩了出去，撞碎了一扇玻璃窗，留下了那条疤痕。

有时，奥古斯塔斯叫他去要回那个孩子，但考尔不肯去。他知道或许他应该去，即便不是因为他确有把握那孩子是他的，也不是因为那样做体面而应该去，但是他不能去。那样做就证明他委屈了别人，而他怎么也不能承认这一点。在战斗中他都不曾有过这样的败绩。然而，这一失败是因为一个连头发都梳不好的小个子女人，发生在酒吧楼上的一间小屋里。这样的失败太可怕了，说起来真是荒诞可笑，可这是事实。每每想起这件事，他便被折磨得受不了，以至于后来他竭力逃避任何涉及女人的场合——只有这样，他才能将这件事置之脑后。

然而，这件事依然时常回到他的脑海里，因为人们总要围在篝火周围、篷车旁边，或者牛群附近，并且一围到一起便谈论妓女，这时对玛吉的回忆便像汗水蜇伤口一样刺痛着他的心。他与她见面的时间只有几个月，按说对她的记忆理应已消逝，事实上并没有。这一回忆有别于对其他事情的回忆。在过去的战斗中，他见过不少可怕的事，大多已经忘却，可是他不能忘记玛吉渴望他称呼她的名字时那双悲伤的眼睛。她那句话居然搅扰了他这么多年，太没意义了。但是随着他年龄的增长，这句话非但没有显得无关紧要，反而变得更加重要了。它似乎损害了他这个人，或者说破坏了他在人们印象中的形象。他过去的一切努力、工作与纪律，都因为这件事而变得虚伪，甚至促使他思考他这一生过得究竟有没有意义。

这件事如若压根儿就不曾发生，那该有多好，这是他最欲求的，偏偏又是永远无法实现的。他宁可从未尝试过那种快活，也不愿经受随之而来的痛苦。玛吉是个软弱的女人，而她的软弱偏偏扼杀了他的力量。有时一想到她，就使他觉得不应该再假惺惺地领导这一伙人了。

坐在低崖上，望着月亮爬上黑暗的天空，再次体验一遍过去的悲哀。他感觉自己已不属于他领导的这伙人，他该离开了——向西边骑去，不再理睬牛群，不再去想蒙大拿，一劳永逸地结束领导别人的差事。在别人眼里他显得如此高不可攀，而他每每想到自己，就感到无比空虚与忧伤，事情就是这么怪。

考尔勉强能听到爱尔兰人对牛群唱歌的声音，那头得克萨斯公牛也再次叫了起来。他无从知道是否所有的人回忆往事时都同样感到失望。也许大多数人从来不想自己的过去，也许豌豆眼从来就不考虑自己的一生，就像他上马时不知道该从哪边上一样。也可能是豌豆眼没有玛吉——这对他的领导权来说只能是又一个讽刺。豌豆眼忠贞不渝地遵守他的信条，自己却没有做到。

但是，考尔记得就在这一天，他看见奥古斯塔斯·麦克克里为一个十五六年前离去的女人洒泪——在他认识的人里边，奥古斯塔斯是最冷漠无情的。

他终于感到舒服了。他单独待上较长的一段时间，就会感到好过一些。晚风轻轻掠过小山崖，母夜叉不时地用蹄踏地。平时到了晚上，他总把绳子放得长长的，让它吃草，这一次他却把绳子的一头绑在腰上，然后才躺下，枕着马鞍睡觉。如果蓝鸭真的在这一带徘徊，小心些没有坏处。

第47章

纽特在暮色中骑马朝前走着，急得头都痛了。每当他感到责任重大时就头痛。走了三公里后，他开始发愁了——要是找不到罗丽娜的营地该怎么办？奥古斯塔斯先生说营地就在正东，可他没有把握他是朝正东走的。他心想，要是错过了营地，那可就丢脸了。这件事将成为一个永久的笑柄，盘子波吉特也许再也不与他来往，因为谁都知道盘子特别喜欢罗丽娜。

耗子嘶鸣一声，罗丽娜的马也嘶鸣起来，他那颗忐忑的心终于安定下来了——至少自己没有丢脸。他打马跑进那个小小的营地，却未能看见罗丽娜，只看见马和那头骡子。后来他才发现她正靠树坐着。

一路上他都在练习要对她说的话，但现在一见她的面就忘得一干二净。他让马走慢些，以便在他开口之前还能想起几句。不知怎的，他的脑袋不灵了。他还发现自己连呼吸都有些困难。

罗丽娜抬起头来看着他走近，但没有站起来。她背靠树坐着等他讲他来的目的。纽特虽然能看见她那张苍白的脸，但因天色太晚，无法看清她的表情。

“是我。”纽特费了好大劲儿才说，“我叫纽特。”他又补充道，因为他想罗丽娜也许还不知道他的名字。

罗丽娜不答话。纽特这才想起人们常议论，说她不爱说话，他们没说错。营地里唯一的声音是蟋蟀的叫声。他因能承担如此重任而产生的自豪感开始消失。

“古斯先生叫我来的。”他说。

罗丽娜对奥古斯塔斯派纽特来感到失望。那个土匪没有再出现，她并不觉得有什么危险。她认为杰克会回来，哪怕是生着气回来，因为他不能一连三个晚上没有她。她不想让这个孩子在这儿。她的孤独感又回来了，这一感情已伴随了她生活的大部分时间。从某些方面说，她喜欢这种感受回来，因为独自待着简单一些，比起不得不与一个小孩子谈话要清静得多。干吗要派个孩子来？他连土匪都对付不了。

“你回去吧。”她说。一想起这孩子要在这里待一夜，她心里就烦。

纽特的心情一落千丈，这正是他担心她要说的话。他是受委派到此照顾她的，不能随便地违抗命令，但他也不想违背罗丽娜的话。他坐在耗子背上，不知所措。他甚至盼着出点儿什么意外，比如有墨西哥人或别的什么来骚扰。他也许会被打死，但至少不必在古斯先生和罗丽娜之间选择他应该违背谁。

“古斯先生说我必须留在这儿。”他紧张地说。

“古斯不会把你怎么样的。”罗丽娜说，“你回去。”

“我就对他说你挺好的。”纽特已感到毫无希望。

“你几岁了？”罗丽娜突然问道，吓得他魂不附体。

“十七岁。”纽特说，“我很小的时候就认识杰克。”

“啊，你回去吧。”她说，“我不需要照顾。”

她的话音和气多了，但事情仍旧难办。她双腿并拢坐着，月光下，他能清楚地看到她。

“那么，再见。”他说。罗丽娜没有回答。他往回走时感到这是一次空前的失败。

这时纽特才想到他完全可以骗她。他可以不让她知道他在守着她，这样他就不必回去大本营，不必承认罗丽娜不愿意和他在一起。只要他承认，那些牛仔就会笑话他，一直笑到蒙大拿，会说他准是想干他从来没有想着要干的事。他连人家说的想要干的事究竟是怎么回事也不知道，他只有一种朦朦胧胧的认识。

待耗子跑到离罗丽娜的营地大约八百米远的地方，他下了马。他守护罗丽娜的新计划包括把耗子拴远一点儿。如果他骑着耗子偷偷回去，罗丽娜的马就会叫。他现在不得不把耗子拴在一个地方，自己悄悄步行回去。这违反了当牛仔的一条重要原则——任何时候都不能离开你的坐骑。但是纽特想，这条原则也许只与打印第安人有关，因为如果徒步打仗，让印第安人逮住就完蛋了。

但是今天晚上这么美好，这么静谧，一轮明月高挂天空，纽特决定试一试。多么安静的夜啊。罗丽娜可能已经睡着了。在这样的夜晚，让耗子在一边待几小时不会有什么危险的。他将缰绳绕在一根树枝上，便向罗丽娜的营地走去，在离营地一百米的一棵小树旁停了下来。他背靠小树坐下，掏出了手枪。

靠着树休息时，纽特的思绪又飘回从前那熟悉的白日梦中——他当牛仔的本领日趋高超，后来连队长都不得不承认他是个高手，罗丽娜也为他的非凡本领倾心。他倒没有梦见他们结婚，但确实梦见她让他从马背上下来和她谈一会儿话。

就在他们谈话时，他蓦然意识到出事了。罗丽娜的脸时隐时现。白日梦成了夜里的梦，并且正在结束。他惊恐地醒了过来，一开始并不知道为什么如此惊慌，只知道出事了。他还在树下坐着，枪还在手里，但有一个声音不对头，一种像擂鼓的声音。一时间他昏了头，继而他明白了——牛群在奔跑。几乎是同时，他朝耗子跑去。他不知道牛群离他有多远，也不知道是否正朝他的方向跑来，但他没有停下来细听。他知道他务必找到耗子，骑上它赶快去找罗丽娜，万一牛群洪水似的冲过来，他还能帮她的忙。他听到西边传来人们的喊叫声，显然人们正在努力拦住牛群。突然，他前方跑过来五六十头牛。它们从他身边跑过，向山崖冲去。

纽特拼命地跑起来，倒不是怕被牛群踩，而是必须找到耗子，好过去帮忙。他一直跑得汗流浃背，上气不接下气。他不希望牛仔们看见他在地上跑。跑的时候他手里紧握着枪。

后来他越跑越慢，腿不听使唤了。于是在离耗子还有两百米时，他只能朝拴耗子的地方小跑过去。马不在了！纽特向四周望了望，以确定这里是不是原来拴耗子的地方。他曾用一块石头当路标，石头仍在原地，但马没有了。纽特知道牛群跑过时可能把它吓得挣断缰绳跑掉了，但拴马的地方没有留下挣断的缰绳。

纽特还没有收住脚步就哭了起来。他把耗子丢了，这可是个不可饶恕的过失，都怪他自以为想出了个照顾罗丽娜的好主意。他不愿去想当他向队长认错时，队长会怎么说。他朝不同的方向来回跑了几次，心想也许有两块完全相同的石头，他的马或许还在那里，但他是白费力气。马就是不见了。他在拴耗子的那棵树下坐下，知道除非出现奇迹，否则他的牛仔生涯便从此毁掉了。他想，奇迹不会出现了。

牛还在奔跑。他感觉大地在颤动，虽仍能听到牛蹄子的轰响，但它们已经跑远了。他的同伴们也许已经拢住了牛群。

纽特终于缓过气来，不再哭了。他没有起来，因为没有站起来的必要。耗子擅自跑掉，使他处于这种被动局面，他怒不可遏。如果耗子这时突然回来，纽特觉得他定会很高兴地把它打死。

然而耗子没有回来。纽特听到北边的几声枪响，是他们在鸣枪轰赶牛群。轰隆隆的声音渐渐变弱，直至完全消失，牛群不再跑了。他坐在那里，不明白为什么这么多人中间唯有他倒霉。这时他发现天快亮了。他肯定是在罗丽娜营地附近睡了大半夜。

他站起来，在淡淡的晨曦里，步履蹒跚地朝篷车走去。走了大约四百米的时候，他听见一匹马奔跑的声音。他转过身，看见豌豆眼正从一个山包上朝他骑马过来。纽特虽然被人发现在徒步行走，但他还是感到了某种安慰。豌豆眼是他的朋友，不会让他太难堪。

清晨凉丝丝的，豌豆眼的马却浑身淌着汗水，可见刚才赶牛群的艰辛。

“妈的，你到底还活着。”豌豆眼说，“我猜你还活着。队长都要疯了，他以为你让牛群踩了。他正为这和古斯吵呢，因为是古斯派你来的，他该负责。”

“他为什么会想到我叫牛群踩死了？”纽特问。

“因为我们把牛群拢回来后发现你的马混在里边。”豌豆眼说，“他们都认为你是个死了的英雄。要是告诉他们是我把你找回来的，我也要成英雄了。”

纽特爬上豌豆眼那匹疲倦的马。面子总算保住了，但他已经累得无心考虑。

“它怎么着你了？跳树丛的时候把你扔下来了吧？”豌豆眼问，“我一向害怕那些小马，它们能飞快地从你胯底下溜走。”

“它要再那么干，我就不客气了。”纽特非常生耗子的气。他通常不在豌豆眼面前说这样的气话，也不在别的大人面前这么说，但这一次他实在气急败坏。豌豆眼的解释比实际发生的事更值得一听，连他自己也有点儿相信是那么回事了。让马抛到地上当然不值得称赞，但当牛仔的早晚都会碰上，何况这么说比承认事实更容易。

他们的那匹马小步跑过小山包，纽特看见了两公里外的牛群。队长会因为他被踩死而不安，真奇怪。他若是自己不小心被马抛下来而被踩死，那是他活该。但他太困了，已顾不得人们怎么想。

“你看那儿，”豌豆眼说，“我猜那个人一定是新来的大师傅。”

纽特的眼皮已经合上了，就算是瞧瞧新大师傅，要把眼皮抬起来也一样需要费很大力气。即使睁开了眼睛，也是困得眼前一片混沌。他看见一头驴驮着一件行李缓缓地走着。

“我还不知道驴会做饭呢。”他不耐烦地说，嫌豌豆眼在他困惫不堪时打扰他。

“不是，大师傅在那边。”豌豆眼说，“他在驴前边很远的地方。”

果然，有一个个头儿不高的人在驴前边约五十米处的草丛里走着。他走得很慢，但驴更慢。那个人头戴一顶墨西哥帽子，正头顶上有一个洞。

“我看队长又给咱们找了个老土匪。”豌豆眼说，“他还没有一块石头高呢。”

这是真的，新来的厨子个子的确很矮，看上去却很健壮。他漫不经心地在肩上扛着一支枪，手握着枪筒。听见他们骑马过来，他停下脚步，跟驴打了个呼哨，但驴没有理他。

纽特发现新大师傅年纪很大，棕红色脸膛儿布满皱纹。他们的马过来后，他停下来客气地脱下帽子。他的短发已经灰白，眼神很友好。

“早哇，”豌豆眼说，“我们是帽子溪牧牛公司的，你就是那个新大师傅吧？”

“我叫波·坎波。”那人说道。

“你骑上驴就能走快点儿，早点儿到那儿。”豌豆眼说，“老实说，我们正在挨饿。”

波·坎波朝纽特笑了笑。

“我要是骑那头驴，它就站住不走，那我永远也到不了。”波·坎波说，“再说，我从不骑牲口。”

“为什么不骑？”豌豆眼不解地问道。

“骑牲口不文明。”波·坎波说，“咱们也是动物，要是有人骑你，你会怎么想？”

这样一个问题可够豌豆眼受的。他从来没有把自己当成牲口，这辈子也不曾想过被人骑。

“这么说，你去哪儿都步行吗？”纽特问。一个人不骑马，实在稀罕，令人难以置信。这么一个人又偏要去给一伙牛仔做饭，就更奇怪了，因为那伙人里有的连吃饭都不愿意下马。

波·坎波笑了笑，说：“这是个步行的好地方。”

“我们必须赶快走。”豌豆眼说。他对这样的对话十分不理解。

“下来跟我一同走吧，年轻人。”波·坎波说，“只要留点儿神，就会看见有趣的东西。你们可以帮我找到一些东西当早点。”

“你要是不快点儿，队长会让你好看的。”豌豆眼说，“队长可没耐心等早饭。”

纽特从马上溜了下来。豌豆眼没有想到他会下马，他自己也没想到，但他毕竟下来了。离篷车只有二三百米了，走回去也花不了多少时间，还能晚几分钟解释他是怎么把马丢了的。

“我跟他走一会儿。”他对豌豆眼说。

“上帝啊，像这样下去，要不了多久咱们可都要用脚走了。”豌豆眼说，“我先骑马回去跟队长说一声，你们俩谁都没有死。”

他刚要催马走开，又看了看波·坎波，问道：“你做饭用的辣椒多吗？”

“有多少放多少。”波·坎波说。

“嗯，没事，我们已经习惯了。”豌豆眼说。

使纽特惊奇的是，波·坎波友好地将一只手搭在他的肩上。他差点儿把肩缩回去，因为从来没有人这么友好地碰过他。要是有人碰他，也只是他与瑞尼兄弟进行摔跤比赛的时候。

“我喜欢慢慢走。”波·坎波说，“走快了就会错过好东西。”

“这儿没有什么可错过的，”纽特说，“只有草。”

“但草就很有趣，”波·坎波说，“它和我的披肩一样，只不过它盖的是大地。它什么都盖，有那么一天它会把我也盖上。”

波·坎波说话时虽然乐呵呵的，但他的话使纽特感到忧伤。他想起了肖恩·奥布赖恩。他不知道草是否已经将他盖上。他暗暗祈祷，但愿草已将他盖上——他不能克制自己不去想努埃塞斯河畔肖恩的那座孤坟。

“公司里有几个人？”波·坎波问。

纽特用脑子数了数，但大脑太累了，他知道数得不够。

“一大帮呢，”他说，“比十个多。”

“你们有糖浆吗？”波·坎波问。

“车上有一桶，还没吃呢。”纽特说，“可能是留到圣诞节才吃。”

“今天晚上我给你们炸蚱蜢吃。”波·坎波说，“要是把蚱蜢炸酥了，蘸上点儿糖浆，可好吃啦。”

一想起人吃蚱蜢，纽特忍不住大笑起来。波·坎波显然是个爱说笑话的人。

“你的驴叫什么名字？”他问。大笑之后，他感到不那么困乏了。

“玛利亚，我用了我妹妹的名字。”波·坎波说，“我妹妹就是慢性子。”

“你当真要炸蚱蜢吃吗？”纽特问。

“能捉到就炸。”波·坎波说，“大的比小的好吃，这只适用于蚱蜢，不适用于别的动物。大蚱蜢脆些，跟老人一样，一炸就酥。”

“恐怕没有人想吃。”纽特说。他开始相信波·坎波的话是当真说的了。过去那么多年他一直为菜里有蛇而腻烦，现在波·坎波又要炸蚱蜢吃，真不知道会是个什么光景。

纽特挺喜欢这个老人，不想让他在这群人里惹是非，因为这群人的脾气都不算好。

“我看你最好炸点儿牛肉吃。”他建议道，“我们吃惯了牛肉。”

波·坎波又哧哧地笑了。“虫子能做高级黄油，你知道吗？”他说，“尤其是鼻涕虫。”

纽特简直无言以对。他想，队长挑大师傅时肯定太着急了。波·坎波比博利瓦友好些，不过，如果一个人让你用蚱蜢蘸糖浆吃，让你用虫子做黄油，那他恐怕难以与杰斯帕·范特这样的人合得来——杰斯帕只吃牛肉。

“古斯先生从前做烤饼，但他无法把烤箱带上。”纽特说。他饿了，想起在孤鸽镇时奥古斯塔斯先生做的烤饼的香甜味道，有那么几秒，他简直馋坏了。

波·坎波很快看了纽特一眼，揪住了他的裤子。“我要给你做比烤饼还好吃的东西。”他说，但他没有说是什么。

“但愿不是虫子。”纽特说。

第48章

“你是说，那个印第安人就在附近吗？”考尔问。

“我怎么知道？”奥古斯塔斯说，“他又没有向我报告。他只说如果咱们到加拿大河以北，他就把咱们的头皮割下来。”

“我想知道牛群为什么跑。”考尔说，“晚上安静得很，牛又都睡了。”

“牛不只在雨天才跑。”奥古斯塔斯说，“安静的晚上它们也会跑。”

“狄兹把那个人跟丢了，我不放心。”考尔说，“要是狄兹盯不住他，那他一定是个老滑头。”

“扯淡。”奥古斯塔斯说，“狄兹不灵了，你也不灵了。你们俩的本领用尽了。开车马店可没训练你们跟踪科曼切人的本事。”

“我看你还灵吧。”考尔说。

“我主要的本事是说话和做烤饼。”奥古斯塔斯说，“再有就是在前廊上喝个烂醉。过去几天里我烤饼的技术可能差了些，别看前廊没有了，我说话的本领还是挺好的。”

“说不定是最坏的。”考尔说。

他们俩站在篷车旁边，盼着新厨子来做早餐。豌豆眼骑马跑了过来，下马时跌了个仰八叉。

“你下马的动作使我想起老鹤降落在泥坑里。”奥古斯塔斯说。

豌豆眼没有理睬他的话——对大部分奥古斯塔斯说的话，最好置之不理，否则就没法儿谈正经事。

“嘿，纽特还活着。”他说，“他让马掀下来了，就这么回事。”

“你为什么不把他带回来？”考尔放心了。

“我们碰见了大师傅，他想有个伴儿。”豌豆眼说，“那个大师傅说他不骑牲口，所以他们走回来。这不，他们来了。”

不错，他们看见了二百米外的那个孩子与那个老人。他们基本上在朝营地的方向走，但是走得不快。

“这个厨子和纽特这么慢慢磨蹭，下个星期也到不了这儿。”奥古斯塔斯说。

“他们在干什么？”考尔问道。他们肯定在做些什么，因为他们没有直接朝营地走来，而是转着圈子走，好像在找丢失的东西。

“那个大师傅有头驴，可他不骑。”豌豆眼说，“他说骑牲口不文明。”

“哟，这个人还是个哲学家呢。”奥古斯塔斯说。

“没错，我是雇他来跟你聊天的。”考尔说，“这样就能让我解脱，多干点儿活儿。”

过了几分钟，纽特和波·坎波到了篷车跟前。他们把那头驴远远地抛在后面。

原来他们刚才在捡鸟蛋。他们把蛋放在老人的披肩毯里，然后一人抓住一边，像个吊床一样。

“各位早安。”波·坎波对大家说，“等驴到了，咱们就吃早饭。”

“现在为什么不能吃？”奥古斯塔斯问，“你已经来了，还带来了鸟蛋。”

“是的，可我得有长柄锅。”波·坎波说，“找到这些鸻蛋可不容易。不是每天都能找到鸻蛋的。”

“我可不每天都吃鸻蛋。”奥古斯塔斯说，“你说你叫什么来着？”

“波·坎波。”他说，“我喜欢这孩子，他虽然让马掀了下来，磕肿了，可还是帮我捡了这么多鸟蛋。”

“啊，我叫奥古斯塔斯·麦克克里。”奥古斯塔斯说，“你必须尽最大努力和这伙不好对付的人配合好。”

波·坎波向他的驴打了个呼哨。“鸻蛋比鹌鹑蛋好，”他说，“味道浓些。当然啦，鹌鹑蛋也不错，只要煮熟了，凉下来再吃。”

他一个一个地与全体成员握手，这时，毛驴也到了。他在极短的时间内将长柄锅解下来，用两根给马烙印的铁条支在两块木柴上，搅好了六七十只鸻蛋，又从行李里取出几种调料撒在蛋上，将蛋炒得能够切开，像一个个蛋饼。他先尝了尝自己的手艺，然后嘴里念念有词地给每个人分了一份。有几个人，例如杰斯帕，不怎么愿意尝这种具有异邦味道的食品，可是吃了一口以后，也就不那么勉强了。

“妈的，这是我吃过的最好吃的鸟蛋，”杰斯帕承认，“比鸡蛋还好吃。”

“就是见了鸡蛋饼，你认得出来吗，杰斯帕？”奥古斯塔斯说。这个新来的厨子五分钟内便成了英雄，而多年来他一直烤出上乘的饼，却没有人夸过他，他有些不满。

“这不过是没放其他东西的蛋饼，只不过是用鸻蛋做的。”他又强调，“我要是知道你们这伙人喜欢吃这玩意儿，早就给你们做了。”

“今天晚上我打算炸点儿蚱蜢。”波·坎波说。他正瞅着那两头黑猪——它们刚刚从篷车底下出来吃蛋壳。它们也正瞅着他。

“你要是说喂猪，那就不必劳驾了。”奥古斯塔斯说，“想吃蚱蜢，让它们自己去抓吧。它们快得像兔子。”

“不，我要给纽特炸几个。”波·坎波说，“他说他还从来没有吃过蘸糖浆的炸蚱蜢呢。要是炸酥点儿，可以代替上等甜食。”

听他说吃蚱蜢，人们笑得前仰后合，波·坎波也咯咯笑了。这时，他已经把小火炉拆掉，并且抓了一把草，将锅擦了擦。

考尔放心了，因为波·坎波与大家很合得来。大家也都很高兴，只有奥古斯塔斯除外，因为他曾被认为是个好厨子。不管做什么，他总想争第一。

“我喜欢吃鸟蛋饼，但绝不吃虫子。”杰斯帕说。

“我倒想吃点儿甜土豆。”奥古斯塔斯说，“我要教你们这伙人怎么做馅饼。”

“听说你做的烤饼很好吃。”波·坎波微笑着对他说。

“不错。”奥古斯塔斯说，“做烤饼可是一门技术，我已经掌握了。”

“我老婆烤得也挺好。”波·坎波说，“我喜欢吃她烤的饼。她烤的饼从来不煳底。”

“她在哪儿住，墨西哥吗？”奥古斯塔斯说。他想知道这个矬老头是哪里人。

“不，她在地狱里住，我送她去的。”波·坎波平静地说。他的话使大家为之一震。“她很厉害，但烤得一手好饼。”

人们都静了下来，考虑是否应该相信他们刚才听到的话。

“啊，如果她在那儿，我看咱们迟早都会去吃她的烤饼。”奥古斯塔斯说。他也有些诧异。他知道有些人把老婆杀了，但还没有见过像波·坎波这样冷漠地公开承认杀了老婆的人。

“所以我想去天堂。”波·坎波说，“我再也不想跟那个女人有任何来往了。”

“这儿还不是蒙大拿呢。”考尔说，“赶起牛来，走。”

当天晚上，波·坎波的话真的兑现了——他炸了一些蚱蜢。他在让大家吃蚱蜢之前，先让他们吃了一顿常规的饭——牛排和豆子——还炖了个菜，菜的成分虽然很神秘，但大家交口称赞。艾伦·奥布赖恩认为这个菜岂止是好吃，简直改变了他的人生。他逼着波·坎波告诉他那是什么。

“我捡的时候你看见了。”波·坎波说，“你应该再细心看着点儿。”

他果然严格遵守他的原则——既不骑驴也不与大嘴唇一同坐车。“我最好步行，”他说，“要不我会错过什么的。”

“可能会错过挨蛇咬呢。”大嘴唇说。努埃塞斯河事件后，他对蛇产生了巨大的恐惧，不仅在车上睡，连撒尿都站在车上。

波·坎波整天在牛群西边约一百米处跟着牛群走。他的皮带下掖着两个口袋，他不时地往里面放些东西。谁也不知道放的是什么，只有猪知道，因为它们紧紧尾随着他。大家只知道他炖的菜味道鲜美，狄兹吃个没完，并为自己的胃口感到不好意思。

狄兹壮着胆子头一个尝了一只炸蚱蜢。糖浆本来是为特殊场合准备的，但考尔允许新厨子用了一些，因为他已使全体成员的情绪好起来。再说，有人能做出像样的伙食，这就是一种特殊场合，但他本人也与大家一样，对吃蚱蜢没有兴趣。

波·坎波捉了足足一大口袋。油热了以后，他把蚱蜢撒到锅里，每次炸五六只。估计炸熟了，便用刀子把它们拨到一块包干酪的布上，没过多久，他炸好了四五十只，但没有人急于品尝。

“吃呀，”他说，“比土豆好吃。”

“可能吧，可是看上去不像土豆，”艾伦·奥布赖恩说，“看上去像虫子。

“盘子，你是高手，理当领先，吃呀。”奥古斯塔斯说，“我们都不愿意占你的先。”

“请你来占他妈的这个先吧。”盘子说，“这个位置我放弃了。”

“是什么让你往后退了，古斯？”织针纳尔逊问道。

“智慧。”奥古斯塔斯说。

后来，还是狄兹走过去拿了一只。他对能做出美味佳肴的大师傅很信任。他嘿嘿笑了笑，但没有马上吃。

“往上面抹点儿糖浆。”波·坎波说。

狄兹将蚱蜢在一个盛着糖浆的小碟子里蘸了一下。

“他吃下去倒不至于死，但我敢说肯定会恶心。”大嘴唇说。他坐在篷车的保险座上，观察着整个过程。

“我盼着你能炸点儿蚊子吃，”奥古斯塔斯说，“我虽然不相信蚊子好吃，但至少能让我们摆脱蚊子的烦扰。”

狄兹把蚱蜢放进嘴里，细细地嚼了嚼，吃了下去，然后龇牙笑着又拿了一只：“吃起来像糖果。”

吃了三四只，他拿了一只给纽特，纽特往上面抹了许多糖浆。没想到还挺好吃的，尽管他尝到的主要是糖浆的味道。蚱蜢吃起来脆脆的，像鲇鱼的尾鳍。

纽特主动地又拿了一只，狄兹则又吃了四五只。后来，狄兹劝豌豆眼也尝了一只，他吃了两三只。谁也没有料到，考尔也走过去吃了两只。事实上，考尔好吃甜食，他受不了糖浆的引诱。盘子也吃了一只，为的是维护自己的名声。接着是瑞尼兄弟，他们学着纽特，每人吃了两只。皮特·斯佩特尔也走过去吃了两只，随后是稀汤、织针和伯特，每人吃了一只。剩下的几只蚱蜢没得很快，没等杰斯帕决定是否吃上一只，所有的蚱蜢便已告罄。

“妈的，你们全都是贪嘴猪。”他说。他本来盼着人们给他剩一点儿，哪怕剩下一只也好。

“这回我可什么都看见了，”奥古斯塔斯说，“牛仔们吃虫子。”他的傲气让他没有过去尝，因为吃上一只就意味着波·坎波的又一次胜利。

“我不是对你们说过，虫子能做黄油吗？”波·坎波说。

“谁要是想拿虫子当黄油往我的烤饼上放，那他最好跑得快点儿。”稀汤琼斯说，“这帮人越来越有病了。”

正当人们站着谈论蚱蜢的味道时，他们听见一匹快马向营地跑来的声响。

“希望是个邮差。”奥古斯塔斯说。

“是杰克先生。”狄兹说。他还没见到马就听出来了。

杰克·斯普恩一直骑到篝火旁才跳下马，马已大汗淋漓。他慌慌张张地向四周顾望，像是要找什么人。

“罗丽娜不在这儿？”他问。

“不在。”奥古斯塔斯顿时感到了忧虑。昨夜牛群奔跑，使他全然忘记了罗丽娜。他甚至连杰克进城赌钱的事也忘了。他整整一天懵懵懂懂的，见纽特回来了，就以为罗丽娜也安然无恙，否则纽特是不会离开她的。

“古斯，你别藏着她了。”杰克声音发颤地说着，嘴里带着酒味儿。

“我们没藏她，”考尔不动声色地说，“她不在这儿。”

纽特准备去值夜班，他正在修理一条磨坏了的马肚带。一见杰克，便又深深地担忧起来。整整一天，他一直相信他已经度过了因愚蠢地离开他的马而造成的危机，而现在，一件更可怕的事发生了。他被派去看护的那个女人出事了。

“唉，天哪，她没了，我想知道她去哪儿了。”杰克说。

“她可能挪地方了，”奥古斯塔斯说，他不想面对他已料到的事，“或者你没有找到营地，你像是喝了不少。”

“我喝了一瓶，可没有醉。”杰克说，“就是醉了，我也能找到自己那个混账营地。营地的东西都还在，只是罗丽娜和两匹牲口没有了。”

考尔发出一声喟叹。“马蹄印呢？”他问。

杰克烦了。“我根本没看马蹄印。”他说，“我以为她到这儿来和古斯结婚了呢。他们俩那么要好，每天早晨都必须在一起吃早餐。不管怎么说，她会去哪儿？连张地图都没有。”

杰克又疲惫又虚弱，显得很忧悒。

“她会去哪个该死的地方呢？”他问面前的一群人，“她走不远，我想明天就能找到她。”

奥古斯塔斯的马鞍离他不远。他原打算在它旁边铺一块油布，用马鞍当枕头。现在他把它拿起来，过去解下他的绳索，没说一句话，朝马群走去。

“他这是去哪儿？”杰克问，“我真捉摸不透他。”

杰克那副又醉又无能的模样令考尔十分厌恶。无能的人给别人造成的麻烦，向来比给自己造成的多。杰克非但不参加他们的工作，还带了个妓女跟着他们，现在又把她弄丢了。

“她昨天晚上还在那里。”纽特万分焦虑地说，“古斯先生派我去守着她，我一直守到牛群跑起来。”

奥古斯塔斯牵来一匹他称作洁丽的栗色马。这匹马性情乖戾，但以速度与灵敏而著称。

“你应该等一等，看看蹄印再说。”考尔说，“你不知道出了什么事。她可能骑马进城了，杰克可能没看见她。”

“不，蓝鸭把她劫走了。”奥古斯塔斯说，“是我的错，我没有趁他喝水的时候把他打死。我当时不知道他是谁，但我应该一怀疑就打死他。今天一天刚巧又把这件事忘了。我傻得越来越没法儿活了。”

“蓝鸭在这儿？”杰克大惊失色地问。

“是的。”奥古斯塔斯说着，跨上了栗色马，“我没有重视，因为狄兹跟着他往南去了，看来他把我们两个都骗了。”

“啊，怪不得呢，沃斯堡的人正说他呢。”杰克说，“他领着一大帮杀人狂，埋伏在路边，一见过路人就杀，有什么抢什么。你要是知道蓝鸭在附近，为什么不把她带到营地来？”

“我当然应该这么做，”奥古斯塔斯说，“可她不来。不知道她为什么那么信任你。”

“更气人的是，”杰克说，“她也不肯进城。在城里她就安全了，可她就是不去。”

“你打算怎么办，古斯？”见奥古斯塔斯一切就绪，准备出发，他问道。

“我打算把她找回来。”奥古斯塔斯说。

“但愿你在那个人回到老窝前就抓住他，”考尔说，“否则你就会寡不敌众。”

奥古斯塔斯耸了耸肩。“不就是一帮人嘛。”他说。

“我跟你去。”盘子波吉特说。他的话使大家吃了一惊。

“我没有请志愿人员，我也不需要。”奥古斯塔斯说。

“没有你什么事，臭小子！”杰克狂怒地说。

“我不是臭小子，你才是个下贱赌棍，让别人把她劫走了。”盘子冷冷地说。他与杰克怒目相视，剑拔弩张。奥古斯塔斯骑马从他们俩中间走过。

“听着，小子们，”他说，“可不准交火，我要走了，你们俩待在这儿。”

“这是个自由的国家。”盘子生气地向上望着奥古斯塔斯。

“对你来说不自由，”奥古斯塔斯说，“你必须待在这儿，保证牛群朝北极星的方向走。”

“对。”考尔马上说。缺了奥古斯塔斯算不了什么，他反正很少干活儿，而盘子则是他最好的助手。他已经两次制止了牛群惊散，这队人里还没有第二个人有这种本领。

盘子不愿意，但在队长的命令面前他毫无办法。想起罗丽娜落在一个亡命徒手里，他感到恶心。杰克·斯普恩让她遭受这种危险，盘子心中的怒火无法平息。他转身走开了。

“咱们今天晚上就动身吗？”杰克说，“我的马已经累垮了。”

“你根本不必去，杰克。”奥古斯塔斯说，“至少不必跟我去。我可能要没命地赶路，没工夫聊天。”

杰克暴跳如雷。“妈的，我想去就去，”他说，“她是我的女人。”

奥古斯塔斯把他的话当成了耳旁风。“真不愿意在你训练新厨子的时候离开。”他对考尔说，“等我回来，你们就该吃蜘蛛和蜈蚣了。”

狄兹走了过来，满脸愁云。“你一定要当心。”他说，“他让我栽了个跟头，可能也会让你栽的。”

“嗯，你的心可能在蚱蜢或者别的什么上，狄兹。”奥古斯塔斯说。

“子弹够吗？”考尔问他。

“不知道，我还没有数那帮人有几个，”奥古斯塔斯说，“子弹打光了就用石头砸他们。”

说完，他点了点头，打马离开了。考尔的心情很复杂。他对那个女人虽然不负任何责任，但总觉得自己也应该去。他在这里守着一群牛，让奥古斯塔斯一个人骑马出去做他们早就该做的事，太不公平。

与此同时，杰克正为奥古斯塔斯的行动大发雷霆。

“我该把他打死！”他说，“老天爷，让我留下来，什么意思？那个女人是我带来的，我有义务把她找回来。”

“你们应该守在一起。”考尔说道。

“我是那么想的。”杰克心虚地说，“我原来只打算在奥斯汀待一夜，可后来我赌顺了手，想多待一夜。她本来可以跟我一起去，可她不去。借给我一匹马，为什么不行？我不想让古斯一开始就占先。”

“他说他不要你，”考尔说，“你知道他这个人。他说不要就不会带你去。”

“他不让我们安生。”杰克好像在自言自语，“他老去吃早饭。”

过了一会儿，他看见了纽特。纽特正感到问心有愧。“派你去是让你守着她，”杰克说，“我不得不说，这活儿你干得糟透了。”

纽特没有说话。这是实话，他没有干好，但这话出自杰克之口，他更感到不安。他骑上夜班马，匆匆地走出营地。他知道自己快要哭了，可是不想让别的牛仔看见。不久，他真的哭了，泪如泉涌，从脸上滴下来，打湿了马鞍。

杰克仍旧气急败坏地待在营地。“那孩子还不值他的工钱呢，”他说，“我真该抽他几下。”

考尔不喜欢听他那口气。“你坐下。”他说，“他用不着你来抽。他回来帮着拢牲口了，这是他的工作。可能是蓝鸭想办法惊动了牛群，然后趁乱过去把那个女人带走了。这不是他的错。”

这时，杰克发现了波·坎波，他正用披肩围着自己，背靠篷车轮子坐着。

“这是谁？又一个土匪吗？”杰克问道。

“不是，是厨子。”波·坎波说。

“哼，我看你像个土匪，”杰克说，“兴许那个浑蛋印第安人派你来毒死我们。”

“杰克，你要么坐下，要么滚蛋。”考尔说，“我不想听你满嘴胡说八道。”

“天哪，我是要滚蛋的，”杰克说，“借给我一匹马。”

“不，先生，”考尔说，“所有的马我们都有用，你可以去奥斯汀买一匹。”

杰克看上去像快要因紧张和愤怒而瘫倒在地。不值夜班的人鸦雀无声地看着他，从他们的脸上能看出他们对他的轻蔑。但他心烦意乱，顾不得这么多。

“天哪，你跟古斯两个人可真了不起。”杰克说，“我可从来没想到你们会这样对待我。”他爬上了自己的马，骑出了营地，嘴里还不停地嘟囔着。

“杰克的精神垮了。”豌豆眼淡然地说。

“骑着那匹马可走不远。”狄兹说。

“他也不会走太远，”考尔说，“我看他只想出去睡一夜，醒醒酒，天一亮就回来了。”

“你不想让我跟古斯先生去吗？”狄兹问道。很明显，他十分担心。

考尔考虑了他的意见。狄兹是个跟踪能手，更是一个头脑冷静的帮手。他对奥古斯塔斯会有所帮助，但那个姑娘与他无关，他们这里还需要他探路。一旦到了平原，水便会日益减少，找水就成了一桩大事。

“咱们不想失去古斯先生。”狄兹说。

“古斯不会出什么问题。”豌豆眼说。他没有想到竟会有人认为奥古斯塔斯会出事。奥古斯塔斯一直在他们中间，是他们中间嗓门儿最高的人。豌豆眼试图想象奥古斯塔斯可能会遇到什么麻烦，但什么也想不出来，他的脑子里怎么也想象不出奥古斯塔斯遇到意外的任何迹象。

考尔同意豌豆眼的看法。奥古斯塔斯一向显得比大多数亡命徒都技高一筹，包括有名气的匪徒。

“不，你跟我们在一起，狄兹。”考尔说，“古斯就喜欢一个人战胜整整一帮土匪。”

狄兹同意了，但心中仍惴惴不安。他为没能盯住那个土匪而焦虑，这证明那个印第安人绝非等闲之辈。他可能比奥古斯塔斯先生还强。队长常说两个人一起干最好，一个注意前边，一个注意后边，但现在没有人替奥古斯塔斯先生注意后边了。

翌日，狄兹整天都很担心。奥古斯塔斯没有回来，也没有再见到杰克·斯普恩。

第49章

罗丽娜没有发现那个人过来了，她当时还没睡着，也没有想睡的意思。她想的是杰克什么时候回来。他喜欢打牌，但他更喜欢他的那东西，他很快就会回来的。

就在这时，蓝鸭站到了她面前，手里握着长枪，像拿了把玩具枪一样，而在这以前她没有听见脚步声，也没有预料到任何危险。她抬起头，看见他的腿和那支枪。当时，一片乌云遮住了月亮，看不清他的脸。

一股凉气透过她的身体。她知道没有去考尔的营地是个错误，她甚至把那个孩子也打发走了。她本应离开这里，但是她荒唐地认为杰克会回来，而一旦他回来，就会吓跑土匪。

“走吧。”蓝鸭说。

他已经把她的马牵了过来，可她一点儿动静也没有听见。罗丽娜惊恐万状，心想自己恐怕不会走了。她不想看那个人，她想干脆逃跑，让那个人把她打死算了。他的声音是她听到的最可怕的，低沉得如同她每天晚上听到的那头公牛的吼声一样，不同的是，他的声音里隐伏着死亡。

她看了一会儿她的铺盖，刚才梳头时用的那个小木匣子还在那里。那个人将她推到马跟前。

“不，谢谢，咱们要轻装赶路。”他说。

她双腿颤抖着爬上了马，这时她感觉他的手握住了她的脚踝。他用生牛皮绳将她的一只脚踝与马镫绑在一起，又转到另一边将那只脚也绑住。

“我看这样你就掉不下来了。”说完，他过去牵骡子。

随后他们就上路了。她的那匹马被一根短绳子系在他的马上。她听见从西边牛群营地那里传来的呼喊声和牛群惊逃的蹄声。转眼间他们便混进了狂奔的牛群里。罗丽娜吓得两眼紧闭，她能感觉到牛身上的热气。后来，他们脱离了牛群。她睁开眼，希望看见奥古斯塔斯或别的牛仔，任何一个人都能帮她的忙，但是一个人也没有看到。

牛群奔跑的声音消失后，罗丽娜失去了一切希望。她让一个人劫走了，奥古斯塔斯说这个人很坏。他让马迅疾跑了起来，罗丽娜觉得他们似乎会永不停止地像这样跑下去。蓝鸭既不往后看，也不说话。开始时她只顾害怕，虽然也多少有点儿生杰克的气，怨他导致了这一切。她知道她自己的错误与杰克的一样大，但很快便不再考虑谁是谁非了。她明白她的处境与死了是一样的，她永远也到不了她日夜盼望着要去的地方——旧金山。后来连这一想法也消失了，死亡也变得无所谓，她太累了。她从来没有这样艰苦地骑过马。天亮前，她一心盼着停下来，但她清楚，他们一旦停下来，就会有更糟的事发生。但此时此刻，即使会发生不测，停下来也值得。

当他们真的在微弱的晨曦中停下来时，仅仅逗留了五分钟。一夜间他们蹚过了不少溪流，她的腿湿了好几次。在一条不足一米五宽的小溪里，他饮了饮马。他把罗丽娜的双脚解开，示意她下来。她四肢无力，浑身麻木，下来时几乎要跌倒。溪底黑乎乎的，但周围的山岗上已有了光亮。她站在马旁，用手扶着马镫，直至两条腿恢复知觉。马喝水时，蓝鸭解开裤子撒了泡尿。

“想尿就尿吧。”他看也不看地对她说。

罗丽娜解不了手，她吓坏了。当时连喝水都没有想起来，后来她后悔极了。蓝鸭喝完水又示意她上马，并很快绑住了她的脚。天亮时，他们又上路了。起初，天明给她带来了希望。杰克或其他什么人可能正骑马追来。他们也许会路过一个城镇或农场，这样就会有人发现她被人劫走了。

然而，他们骑过的地方一片荒芜——除了石头山和石头岗，便是万里无云的炽热天空。她那愚蠢的盼望已被茫然无望所代替。蓝鸭从不往后看，他好像把马骑进了他能找到的最荒芜的地带，但他一点儿也不肯减速。

天气越来越热。她嗓子冒烟，这时才痛苦地想起她站在小溪边时竟然连口水都没有喝。她仍记得小溪的水流过石头发出的潺潺声响。有时候这一幻象打扰着她，但更多的时候她疲倦得什么也记不得。她想，这样整天跑下去，她的马非累死不可。他们仍在骑马疾驰。她时不时地后悔在溪边时没有解手，那时她太恐慌了。随着时间流逝，他们经过了一条又一条溪流，可是那个人都没有停下，只是一直往前骑着。解手的需求也给她造成了痛苦，这一痛苦与干渴、疲惫交织在一起，直至她分不清哪一件更厉害。忽然她觉得裤子湿了，大腿蜇得发痛——她刚才打盹儿时尿了，由于与马鞍不断地摩擦，大腿已经开始脱皮。但比起口渴，疼痛倒是次要的。下午，太阳火辣辣的，她的衬衫已经被汗水浸湿，就像刚在河里游过泳一样。她觉得自己再也支持不住，不得不向那个人讨水喝了。她的嘴唇已干裂，汗水淌到上面，蜇得钻心地疼。她用舌头舔了舔嘴唇，至少汗水是湿的，让舌头得到哪怕瞬间的湿润也好。她一辈子也没有这么口渴过，也从来没想过口渴会是这般痛苦难熬。最可怕的时刻是他们蹚水的时候。他们蹚过了无数条小溪，每次过小溪时，她只能眼巴巴地瞅着那清澈诱人的水，真想求他停下来。当他们涉过一条较深的小河时，她弯下腰去，企图用手摸水。但是，尽管水在马肚子下四处飞溅，她却怎么也够不着。她哭了，汗水与泪水夹杂在一起。骄阳下，她的头阵阵悸痛，时常一连几分钟失去知觉。她觉得她简直活不下去了。如果那个人把她带到了他想带她去的什么地方，发现她已经死了，这对他来说该是个多大的玩笑。她的死亡对他不会有任何好处。

然而她没有死，只是越来越渴。舌头也开始和她过不去，因为舌头好像占据了整个口腔。当她用它舔汗水时，她感到舌头大得就像巴掌一样。

然而，就在梦想着水的时候，她睁开眼睛，发现他们在一条相当宽的溪流边停了下来，蓝鸭正在给她松脚踝上的绳子。

“你尿裤子了。”他说。

罗丽娜已顾不得他说什么。她的腿已经无法行走，对水的强烈渴求驱使她向溪水爬去，裤子与胳膊全沾上了泥。她怎么也喝不快——往嘴里送水时鼻子里也进了水。她正喝着，蓝鸭来到她身边，揪住她的头发把她拉了起来。

“不要喝得太快，”他说，“会呛死你。”

后来，他把她的头按进水里，不让她动。罗丽娜想，他要溺死她，便抓住他的脚挣扎，但是后来才明白他只是想让她洗个澡，因为他随后就回到马旁边去了。罗丽娜坐在水里，衣裳湿了她也不管。她一直喝到再也喝不下为止。蓝鸭给两匹马卸下鞍，由它们下到河里去喝水。

她走出水面时，蓝鸭正在一棵树下坐着嚼牛肉干。他又从鞍袋里摸出一块给了她。罗丽娜不觉得饿，但她想起当天早晨她也并不感到渴时，便接过了那块牛肉干。

“歇一会儿，天黑了再走。”他说。

她看了看太阳，已经不高了，休息的时间不会太长。她一点儿一点儿地啃着牛肉干，肉硬得咬都咬不动。她走到河边的一棵小树的阴凉里坐了下来。

蓝鸭将马拴好，走过来看看她，漫不经心地说：“要是想逃跑，我有办法处置你。我会在你的肚子上挖个洞，把肠子都掏出来，缠到树枝上，然后把你拖出一二十米并捆住，你就可以看着土狼吃你的肠子了。”

他走回去，躺在一棵树下，把鞍袋放好当枕头，很快便睡熟了。

罗丽娜累得连对她的恐吓也不觉得害怕了。她不打算逃跑，不愿让他得到在她肚子上挖洞的借口，但她确实以为这一次非死不可了。她觉得她会按这个科曼切人的方式死去，她活不到被分尸或被土狼吃掉的那个时候了。她想，一旦他来动她，她将必死无疑。她已心力交瘁，对一切都无所谓了。头脑里所想的唯一的事是当初她应该与夏威尔结婚。他是个说话算数的人，在许多方面他并不比其他的男人坏。可是她毅然跟着杰克骑马走了，而这三个星期以来，杰克根本没有照顾她。杰克可能还在奥斯汀打牌呢。她并不特别责怪他，因为打牌必然会葬送人的事业。

蓝鸭把她摇醒时，她觉得睡了不过一分钟。傍晚了，太阳已西沉。

“上马吧，”他说，“别错过晚上的凉爽。”

他们又骑了整整一个晚上。罗丽娜在马上睡着了，如果不是因为两个脚踝都绑在马镫上，她很有可能会摔下去。东方发白时，他又在一条小河边让她下了马。这一次，她和他一样，又解手又喝水。整整一天，他们骑马走在空荡荡的旷野里，没见到一个骑马人，没有城镇，连只动物也没见到。她注意到唯一的变化是树木渐渐稀少了。极度的疲惫使她恨不得死去，因为死亡意味着这一切的终结。她想睡觉的愿望比过去想要任何东西的愿望都更加强烈。白天，太阳一直晒着，她打盹儿时，汗水凝滞在眼皮上；醒过来时，便淌湿了她的脸。

蓝鸭对她没有任何兴趣，因而她不明白他为什么劫她。从早到晚，他始终不向后看一眼。停下来时，他替她解开绳子，上马后又将她绑上。有一次，在一条很浅的小溪里喝水时，她的手滑了一下，鼻子上沾了泥，她的模样似乎把他逗乐了。

“猴子约翰会喜欢你的黄头发的，”他说，“他看见你的头发就会跟你结婚。”

后来，他帮她上马时，又一次提到了她的头发。

“可惜我的部落没了，”他说，“早几年的话，我一定会把你的头皮剥下来。我会弄到一捆长着你这种头发的头皮。”

他举起手，用指头轻轻地抚摸她的头发。“我希望那个老浑蛋保安队员快点儿来，”他说，“他还欠我几条命呢。”

“古斯吗？”她说，“古斯不会来的，我不是他的人。”

“他来了。”蓝鸭说，“我不知道他来是为了你还是为了我，可他来了。我真应该把你的肠子挖出来，把你扔在这里，让他来埋秃鹫和野兽吃剩的碎尸。”

罗丽娜没有看他，怕他真要那么干。

“我只对伙计们说，我要给他们带个女人回去，”他说，“我想他们不会料到我能找到像你这样的。他们看见你，就会把他们的大部分钱给我，外加所有的牛皮。”

那天，她的母马垮了，它累得越来越频繁地踉跄起来，它的头终于在下午的热浪中垂了下去，停住不走了。

“谁要挑这匹马，一定是打算骑着它去教堂。”蓝鸭说。他解开罗丽娜的脚，让她骑上骡子，抛下那匹母马走了。骡子也只走了一天，它走不动时，蓝鸭让她也骑到那匹高大的栗色马上，坐在他后面。那匹马即使不愿意，也无所表示。罗丽娜紧握鞍带，避免接触蓝鸭，其实他根本没有理会她。

坐在他身后，她发现了原来没有见到的东西——一条白项链。项链由骨头制成。经过仔细打量，她才意识到它是用人的指骨做成的。

当天傍晚，他们停下来时，蓝鸭看见她用眼睛瞥他的项链，便狞笑起来。他那副样子马上使她联想到死亡。

“把戒指弄下来最容易了，”他说，“把手指掰下来就成了。

如果你知道怎么掰，掰起来比撅小木棍还容易。”

晚上，他把她的手和脚都绑上，便骑马离开了。罗丽娜没有说话，也没有问为什么。他也许想把她扔在这里喂秃鹫，但她宁可死也不愿说使他生气的话。她也不试图为自己松绑，因为她怕他在一边盯着看她是不是打算逃走。她睡着了，醒来时，他正在解绑她的绳子，旁边又多了一匹马。

“算不上匹马，只要能走上一天就行。”他说。

这匹马没有鞍，他事先不愿费事把那匹快死的骡子的鞍取下来。他用一根绳子从马肚子下边穿过来，把她的脚绑住。

她原来觉得，坐在马鞍上很辛苦，但是她很快便发觉坐在马鞍上可太舒服了。她在裸马背上不住地往两边滑来滑去，不得不揪住马鬃，以防掉下去。蓝鸭一如既往地骑马前行，很少向后看一眼。入夜后，她累得很，却不能打盹儿。尽管她紧抓马鬃，有几次还是差点儿滑下去。她想，若是滑下去，因为脚被绑着，她刚巧掉在马肚子底下，会被马踢死。马的背很窄，走路也不平稳，她无论怎么坐也免不了硌得疼。离天亮还早，但她想，如果他们不停下来，她很有可能被切成两半。

她并没有被切成两半，但她的手因紧揪马鬃而刺扎般疼痛。每一分钟，她都觉得她坚持不住了，干脆让自己滑到马肚子下面算了，因为既然已落到蓝鸭手里，活下去也没有意思。

在一条小溪边，他把她解了下来。她踉踉跄跄地急忙跳进水里狂饮起来，全然不顾湿与泥。他再次递给她一块牛肉干。上马时她一点儿力气也没有了，不得不揪住马鬃爬上去。蓝鸭什么忙也不帮，又把她的脚绑了起来，尽管她已没有逃跑的精力。她心中升起一股怒火，她连走都走不动了，为什么还要绑？

地面平坦了些，草也长得比她见过的都高，她抬起头来将汗水从眼眉上甩掉时，看得也比以前远得多。腾升的热浪在草地上空闪动，有一次她抬头看见远处好像有一棵大树，但当她再次朝前看时，树消失了。

蓝鸭在深草中骑着，既不放慢速度，也不回头看。她感到在她的恐惧中，仇恨在膨胀。就算她摔下马，恐怕他也不肯停下来。他一心想着把她交给他的手下人，根本不考虑她的痛苦与劳累。他一开始就没有想着把她的马鞍留下来，连鞍毯也不给她拿着，否则鞍毯也能防止她被坚硬的马背硌伤。她觉得现在的心绪与她想枪杀汀克斯利时差不多，只要有机会，她一定要杀死这个人，为她在这段时间里经受的这些痛苦报仇。

离日落还早，他们来到一处宽宽的河床，广阔的红色沙质河床上蜿蜒着一条细带状的浑黄水流。

"跟着我这匹马的蹄印走，"蓝鸭说，"不然你会陷下去。"

就在他催马朝河滩上走时，突然勒住了马。罗丽娜看见河对岸有四个骑马人正望着他们。

"是厄莫克和他的三个手下。"蓝鸭说，"我看他们是出来剥头皮的。"

一见那几个骑马人，罗丽娜全身都凉透了。杰克说过，从原部落逃出来的印第安人，大部分是叛逆者。他瞧不起这些人，他说他从前与他们打过交道，还能对付他们。但是，这里出现了这些叛逆者，他却在奥斯汀打牌。

她想拨转马头逃之夭夭，尽管这样做无济于事，然而就在她吓得直冒冷汗时，蓝鸭转过身来抓住了她那匹马的马勒子，并把缰绳捆在他的马鞍角上。

他们小心翼翼地走着，蓝鸭时常往回走几米，找他认为可行的路。罗丽娜低着头，不想看河对岸那几个等着他们的人。

纵使蓝鸭小心谨慎，有两次他们还是走错了地方。他的马开始往下陷，紧跟着她的马也陷了下去。但每一次蓝鸭都猛地刺马肚子，使大栗色马向前冲几步，拔出腿来，然后把她的马也从沙里拉出来。其中一次马向前冲时，她被抛到了马脖子上。但是他们终于找到了坚实的河滩，马一路小跑，过了数米宽的棕黄色河水。

他们从河里上来后，那四个人便打马跑过来见他们。其中一个人手持一柄长矛，上面挑着几束头发。罗丽娜从未见过带发头皮，但她断定那些就是。它们大部分看上去又旧又脏，但其中一绺乌黑油亮，上面还带着血迹。这几个人都是全副武装的印第安人。

他们的头目就是拿着带发头皮的人，一脸桀骜不驯的神情，稀疏的小胡子挂在嘴角，像是从嘴里长出的毛。她只瞥了他们一眼，便再也不去看他们，因为他们不仅都在看她，而且目光不善。她知道她来到了野蛮的地方，而且孤立无援。她听见那个头目向蓝鸭说了些什么，然后将他们的马骑到她四周。有好几只手伸出来摸她的头发，拽她的头发。她能闻到他们的气味，能感觉到他们，但她始终不抬头，她不愿意看他们。这几个人的汗臭味叫她恶心。其中一个人被她的头发吸引，用力地拽，把她的头皮都拽疼了，那个人却发出了傻乎乎的笑声。他们紧紧地围住她，一时间她几乎昏厥过去。她从来没有到过如此野蛮的地方，连莫斯比的姐妹们关她的那个地窖也没有这里这么坏。

两个人下了马，走过来解她脚踝上的绳子。蓝鸭吹了声口哨。

“咱们走吧。”他说，“我想她能活到太阳下山。”

头目厄莫克——就是那个嘴角长着几根毛的人——又将她的脚绑上了。因为绑得太紧，生牛皮绳勒进了肉里。他抓住马勒了，一直牵着马走，其他三个人则紧紧跟在她后边。

看见这一景象，蓝鸭大笑起来。“看来他们一点儿也不愿意你逃走，”他说，“这一带很少见到年轻女人。”

罗丽娜真希望有个什么办法立即死去。如果能找出办法来，她一定死，但是被人家绑着，她没有任何办法。

他们一直骑到太阳落山，西天泛红。这时，蓝鸭收住了缰绳，很快卸下了鞍鞯。

“好吧，厄莫克，”他说，“过去玩玩吧，月亮一出来就动身。”

他话音未落，那几个人就割断了她脚上的绳子，将她从马上拉了下来，连他们的马都来不及拴。罗丽娜再次睁了一下眼，穿过马腿看见了渐渐暗下来的天空。傻笑的那个人叫喇叭，他比其他人的欲望少些，奸污她一次后，便到一边吹喇叭去了。他看着身边发生的事，不时发出怪诞的笑声。罗丽娜则盼着死亡降临，但她得到的不是死亡，而是四个男人。头目厄莫克占住她不放，其他几个人开始抱怨起来。她睁开眼睛寻找月亮，但月亮上来晚了，她只看见还停在她身边的那些马腿。蓝鸭不在，当他回来时，厄莫克又在她身上。

“走吧，”蓝鸭说，“该玩够了。”

厄莫克没理他。蓝鸭走过来朝他的脊背狠狠踢了一脚，连罗丽娜也随着那个印第安人滚翻起来。

“你当心点儿。”蓝鸭说。厄莫克站了起来，用手摸着脊背。

他们往她脚上绑绳子时，那个爱笑的喇叭又吹了几声。

第50章

七月约翰逊认为，所有的赌棍都很懒，他们大部分人还挺自负，而杰克·斯普恩则又懒又自负。七月想，与其直接去得克萨斯，还不如先到沃斯堡去试试运气。那是一座规模相当大的牛集镇。

七月认为值得去调查一下，如果他能在那里遇上杰克，就会省下几百公里的路程，也将使他早日回到爱尔迈拉身边。回到爱尔迈拉身边比逮捕杰克·斯普恩在他思想中占的分量大得多，他在马上终日牵肠挂肚地思念她。乔和他这么个人搭伴真倒霉，乔一点儿也不想她。

事实上，七月想在沃斯堡停一下，最主要的原因是把他给她写的信寄出去。他想她或许很孤单，希望见到他的亲笔信。然而他花了好几个晚上的心血写成的那篇东西，拙劣得连他自己也决定不了是否可以寄出去。他之所以犹豫不决，是因为怕她发现信写得这么不好而讥笑他。但他感觉需要写这封家书，同时对自己的拙劣文笔感到伤心。信写得很短。

爱尔迈拉：

你好，我们平安无事，天气很好，一直是晴天。

还没有看见杰克·斯普恩，但我们已经过了雷德河，到了得克萨斯。乔很喜欢这里。他的马表现很好，我们俩都没有病。

愿你一切如意，没有挨蚊子咬。

你亲爱的丈夫

七月

几天来，他一直在反复思考那封信，想加上些他思念她的话，或是称她为亲爱的，结果还是认为加上这些字眼就太危险了——爱尔迈拉对这种话很反感。他还为自己的拼写担心，不知道有没有写错别字。有几个词他看着不顺眼，但无从查证，除非问乔。而乔呢，到目前为止只上过一两年学。他特别担心“蚊子（skeeters）”这个词。一天晚上，他们宿营时，他把这个词写在地上，问乔对不对。

“看起来长了点儿，”乔说，有人问他字，他很高兴，“我写的话，就删掉一两个字母。”

七月将他的意见考虑了好几分钟，最后决定删掉一个“e”。但删掉这个字母，看上去又太短了，于是他将信抄了一遍，又把那个字母补了上去。

“她收到信一定很喜欢。”乔想用这样的话使七月高兴起来，因为自离开史密斯堡以来，他一直很颓丧。

其实他知道，他妈妈收不收到七月的信都无所谓。她曾多次很肯定地对他说，她一点儿也不把七月放在心上。

乔对离开史密斯堡非常满意，只是有点儿想念罗斯科。除此以外，他对路上见到的一切都充满兴致，哪怕有时见到的只有树。渐渐地，他们进入了开阔地带。一天，他们惊动了一小群野牛，共八头。野牛仓皇逃走，他与七月催马紧紧追了一程，想把它们看清楚些。跑了几公里，他们来到一条河边，便停下来观看野牛过河。看着这些满身泥污的庞然大物，连七月都暂时忘记了心中的烦恼。

“能剩下几头就不错，”他说，“听说野牛猎人快把它们打尽了。”

黄昏时，他们进了沃斯堡。瞧见那无数的马匹、灰色的宽阔街道、比比皆是的大篷车与四轮单座马车，乔只觉得眼花缭乱。七月决心先去邮局，但在最后一分钟又对自己写的那封信放心不下，不想邮寄了。他很想寄出去，却不敢。

在找邮局的途中，乔觉得好像路过了五十家酒吧。史密斯堡只有三家酒吧和一家车马店，而沃斯堡却有一个那么大的停车场和数不尽的店铺。他们甚至还遇见四个牛仔赶着一小群野性十足的长角牛从街上走过。那些牛虽说看上去野性十足，但走得规规矩矩的，他们俩没看见一头牛挨绳子抽打。乔十分欣赏这一场面。

到了邮局，七月又犹豫了几分钟，终于拿着信走进去，买了张邮票将信邮了出去。邮局职员是个戴眼镜的老头儿，他审慎地检查了信封上的地址，看着七月说：“阿肯色，你是从那里来的吗？”

“啊，是的。”七月说。

“你叫约翰逊？”那个人问。

“啊，是的，”七月又说，“没想到你知道我的名字。”

“我是瞎猜的，”那个人说，“我好像见过一封给你的信，就在这儿的什么地方放着。”

七月想起来，他们曾对桃子和查理说，可能在沃斯堡停停脚，探听一下杰克的消息，也想知道爱尔迈拉的情况。他当时只不过随便说说罢了，根本没想过有人会给他写信。想到那封信可能是爱尔迈拉寄来的，七月的心跳得都快了。如果是她写的，他想把刚才邮寄的信要回来，再给她写封像样的信。

老职员花了很长时间找那封信，七月有些紧张。他本来没有指望有他的信，现在有了这种可能性，他反倒迫不及待，恨不得马上就知道信是谁写的，都写了些什么。

然而他不得不等着那个老人在成堆的旧报纸和二十来个信格里找那封信。“妈的，”老人说，“我记得有你的一封信，但愿别叫哪个蠢货把它当废纸扔了。”

这时进来了三个牛仔，每人手里拿着一封信，或是给姐妹的，或是给情人的。他们也不得不耐心地等老人找那封信。七月的心有点儿凉了——这个老人的记性可能不太好，即使有过一封信，也是给别人的吧。

有一个长胡子的牛仔脾气很暴躁，终于有些不耐烦了。“你在找你的胶鞋呢，还是找什么？”他问那个老人。

老人要么是没听见他说什么，要么是听见了也不理他，继续边找边哼小曲。

“邮局的人干活儿这么慢慢腾腾的，都该吊死。”那个没有耐心的家伙说，“我自己亲自去送信也比这省时间。”

他刚说完，老人在一个大邮包下找到了七月的信。“哪个蠢东西在上面放了个邮包。”他说着，把信交给了七月。

“我看在这儿就是等到老，等到死，也买不上一张邮票了。”那个脾气火暴的家伙说。

“你想骂街，就去外面骂。”老职员镇定地说。

“这是个自由的国家，”那个牛仔说，“反正我没有骂街。”

“但愿你还买得起一张邮票，”老人说，“我们不赊账。”

七月无心听他们吵出个究竟来。根据笔迹，他认出信是桃子写的，不是爱尔迈拉，他的情绪低落下来。他很清楚，一开始就不该盼着爱尔迈拉给他写信，但他始终盼着见她，就连想一想她会给他来信，心里都感到快慰。

乔在邮局门外宽宽的便道上坐着，目不转睛地看着街上的车水马龙。

七月进邮局时神采奕奕，出来时却换了个人。“是桃子来的信。”他说。他打开信，靠在一根拴马柱上，费劲地读着，那信写得歪七扭八，简直像是鸡爪子划出来的。

七月：

你好，你一走，爱尔迈拉就走了。我想她不会回来了，查理也是这么想的。

罗斯科是个饭桶副司法官，就凭这件事，你就该减他的工资。我要是不去告诉他，他连她走了都不知道。

罗斯科追你去了，他要把这个消息告诉你，但他不一定能找得到你，他是个白吃饭的。他不在城里倒好些。

爱尔迈拉是坐运酒船走的，我想她是自己要走的。如果是这样，去找她也是白费时间，查理也是这个看法。你

最好还是接着去抓杰克·斯普恩，他该还账。

嫂子

玛利·约翰逊

七月已经忘了，他哥哥给他嫂子取外号以前，她还有个正式名字玛利。本是在小石城发现她的，为了向她求婚，他花了近两个月的时间。

“信上说什么？”小乔问。

七月不愿意想信上说的话，有意避开它。不去想倒心静些——这一件事正是他最不愿想的。爱尔迈拉走了，她不愿当他的老婆，但是她为什么要和他结婚？他百思不解，也不明白她为什么离家出走。

他看看乔，一时间对他十分恼火，但他知道这样做是不对的。如果乔留在史密斯堡，爱尔迈拉就不会那么容易地走掉，可他记得是爱尔迈拉坚持让乔跟着来的，乔并没有错。

“坏消息。”七月说。

“妈妈走了？”乔问。

七月惊疑地点了点头。如若一个孩子都能轻而易举地觉察出这一点，那足以说明他是个大笨蛋，因为他长期以来竟没有发现连小孩子都能看出来的事。

“你怎么猜出来她走了？”他问道。

“她不喜欢在一个地方待很久，”乔说，“她就是那么个人。”

七月长叹一声，看了看那封信。他不相信有关运酒船的那段话，即使爱尔迈拉自己要走，也不会坐运酒船。他给她留了钱，她可以乘驿车走。

“咱们怎么办？”乔问。

七月摇摇头。“我还没想好呢，”他说，“罗斯科来了。”

乔的脸上浮现出喜悦的神色。“罗斯科？”他说，“他干吗要来？”

“我想不是他自己要来的，”七月说，“准是桃子叫他来的。”

“他什么时候能到？”乔问。

“没说。”七月说，“没说什么时候，也没说他在哪儿。他连方向都搞不清，完全可能往东去了。”

这一可能性使得进退维谷的局面更难应付了。他的老婆去哪里了，他不知道；他的副手去哪里了，他也不知道；他要去抓的那个人在哪里，他还是不知道。

事实上，七月相信他已到了生活中的这一时刻——什么都不知道。他与乔正待在沃斯堡的一条街上，这就是他所知道的一切。

“我看咱们最好去找你妈妈。”他说。话虽这么说，但他知道这意味着让杰克·斯普恩跑掉，也意味着让罗斯科·布朗迷路，不管丢在什么地方。

“爱尔迈拉有可能会遇上麻烦。”他几乎是在自言自语。

“没准儿罗斯科知道她在哪儿。”乔说。

“很难说，”七月说，“罗斯科连他自己在哪儿都不知道。”

“妈妈可能只是去找迪了。”乔说。

“谁？”七月惊奇地问道。

“迪，”乔说，“迪·布特。”

“可他已经死了，”七月心乱如麻地说，“爱尔迈拉对我说他得天花死了。”

乔从七月脸上的表情看出来他不该提到迪。当然，这是他妈妈的错，她从来没有对他说过迪已经死了——如果他真的死了。乔也不相信迪死了。他妈妈这样对七月说，可能是出于她自己的什么理由。

“他是你爸爸吗？”七月问道。

“是。”乔不胜自豪地说。

“她说他死于天花，”七月说，“她说他死在道奇城了。”

乔不知道如何纠正他的这一大失误，看样子七月在为这一消息而苦恼。

“她不会对我说瞎话的。”七月大声地说，又像在自言自语。他并没有打算说，不知道怎么就说出来了。她可能一直在撒谎，诸如她想结婚，等等。迪·布特也许还活着，如果是真的，爱尔迈拉就同时嫁给了两个人。这真令人难以置信，因为她好像对婚姻生活并不感兴趣。

“咱们走吧，”七月说，“这么乱哄哄的，我没有办法思考问题。”

“你不去酒吧找杰克了吗？”乔问。是呀，这本是他们来沃斯堡的目的。

但是七月跨上马飞快地走了，乔担心自己在这车马的洪流中找不到他，只好连忙跳上马，快步跟了上去。

他们向东骑去，那是他们进城的方向。乔什么问题也没有问，七月也没给他提问的机会。离开沃斯堡时已近黄昏，天黑后他们又骑了两小时才宿营。

“咱们还是去找罗斯科吧，”晚上宿营时，七月说，“他知道的也许比桃子认为他知道的要多。”

他顿时强烈地希望尽快见到罗斯科——一个多年来天天让他生气的人。罗斯科也许知道关于爱尔迈拉的事——她可能向他解释过为什么要跑，而罗斯科也许出于某种原因对桃子隐瞒了实情。他极有可能了解她去的具体地点以及她出走的原因。

待他躺下睡觉时，更加相信罗斯科知道实情，本来可以放心了，但他的心情仍平静不了。他很生桃子的气，因为她说话太直率，尤其是她那么肯定爱尔迈拉将一去不复返。

乔睡觉时，嘴微微张开，轻轻地打着鼾。七月感到莫名其妙，妈妈都丢了，他怎么还能睡得如此安然?

七月躺在那里，眼望满天星斗，整夜没合眼，一直在想下一步该怎么办。他想，爱尔迈拉也许就在同样的星空下面宿营呢。他头脑中开始出现稀奇古怪的想法。星星们好像互相靠得很近。孩提时代，他喜欢在小溪里那一块块石头或岩石上跳来跳去，并能使身体保持平衡。要是能到天上去，把星星当成石头该多好，这样用不了多久他就可以找到爱尔迈拉。如果她朝堪萨斯去了，那踏着星星往北走几步就能找到她，而在地上行走，要花好几天时间。

大地一片沉寂，甚至安静得让七月认为，只要他开口说话，爱尔迈拉就能听见。如果她也像他一样在观望星辰，难道她就不会思忖他正在思念她吗?

他醒着躺的时间越长，想的就越多。他感觉这些压力简直要使他的精神崩溃。如果真到了那一步，星星也无能为力。它们是星星，不是镜子，无法把他的感情传给爱尔迈拉。他打了一会儿盹儿，还梦见她回来了，他们俩坐在他们那间小木屋里的阁楼上，她正对着他微笑。

醒来后，他才知道那不过是黄粱一梦，他失望地哭了。梦里的一切何等真实啊，爱尔迈拉甚至微笑着抚摸了他。他试图重新入睡，再返梦境，然而不可能了。他不断回味着那个甜蜜的梦，直至天明。

第51章

第二天清晨，七月正煮咖啡，突然听到了牛群的骚动声。他们的营地在一条小河边，四周浓雾弥漫，什么也看不见，只能听见大雾深处传来的牛叫声与牛仔的吆喝声。很可能那群牛就在附近过的夜，现在牛仔们正驱赶它们启程。

乔打着哈欠力图醒过来。旅途中最难熬的就是一早动身，七月总要在他睡得正甜时，起来给他的马备鞍。

太阳开始驱散迷雾。他们喝完咖啡，吃了点儿腌肉，坐到马背上，这时已经能看见牛群了。他们发现这群牛在原野上绵延五六公里，足有几千头。不论七月还是乔，都没有见过这么庞大的牛群，于是他们停下来观看了一会儿。清晨，草原上的露水仍然很重。

“有多少头？”乔问道。他连做梦都没有想到，一个地方居然会有这么多牛。

“不知道，有几千头吧。”七月说，“我听说南得克萨斯除了牛没别的。”

牛群虽然已经走了起来，可是赶牛的人还没有动，厨子还在往篷车里装锅和炉子。

“问问他们见过罗斯科没有。”七月说，“他可能在咱们南边，或许他们还知道杰克的消息。”

他们骑过去时，管马的牛仔刚刚把马群疏散开。那五六十匹马知道要上路，兴奋得又蹦又跳，边踢边一齐嘶鸣。七月和乔在一旁，等着牛仔们将马匹赶向北去，才打马小跑来到篷车那里。那位厨子头戴一顶黑帽子，胡子又长又脏。

“你们来晚了，伙计，”他说，“他们刚吃完早饭。”

“哦，我们吃过了。”七月说。这时他才发现火堆旁的一块油布上坐着一个人。与众不同的是，那人正在看书。他那匹黑色的骏马已备好鞍，在几米外吃草。

“老板在哪儿？”七月问那个老厨子。

“我是老板，所以才有工夫读书。”读书人说，“我叫威尔巴杰。”他戴着一副铁边眼镜。

“我想读一会儿英国诗人弥尔顿先生的书，清晨是我唯一有希望读书的时间。”威尔巴杰补充道，“晚上牛群容易惊散，在牛群乱跑的时候，你是没法儿读弥尔顿先生的书的。你不能体会他的意思。白天又要跟呆子们打交道，还有坏天气、病马。只有在早饭后，有时才能有点儿清静的时间。”

这个人透过眼镜严肃地看着他们。乔对他所上的有限的几天学深恶痛绝，自然不懂得一个大人为什么在这么美好的一天坐在那里看书。

“对不起，打扰您了。”七月说。

“你是司法官吗？”威尔巴杰不耐烦地问。

“我是。”七月说。

“那你应该听听人们对这个州的法律的意见。”威尔巴杰说，“我从来没见过哪个州的法律这么不健全。越往南走，偷马贼越猖獗。到了边境一带，他们就比芒刺还多。”

“啊，我不是从得克萨斯来的，我是从阿肯色来的。”七月说。

“没有说服力的借口，”威尔巴杰说着，拽了片草叶夹在书里当书签，然后站了起来，“在阿肯色我也没见法律健全多少。在新奥尔良还多少有点儿法，在这里则是各人顾各人。”

“啊，这儿有得克萨斯保安队，不过我想他们主要是打印第安人。”七月说着，心想这种谈话何时才能了。

“不错，我遇见过两个，”威尔巴杰说，“他们自己就是高明的偷马贼。他们从几个狡猾的墨西哥人手里把我的马偷了回来。你是来找杀人犯还是什么人？”

“杀人犯，叫杰克·斯普恩，”七月说，“他在史密斯堡杀了个牙医。”

威尔巴杰把他的书小心谨慎地塞进铺盖里，又把铺盖卷儿扔到篷车后部。

“你们赶到斯普恩先生前头了。”他说，“最近，人们在孤鸽镇见过他，他在那里赢了我们一个伙计二十块钱。不管怎么样，他顺这条路来了，跟那几位把我的马偷回来的先生做伴。我要是你，就在这儿扎营，把这孩子送去上学。过两三个星期他们就来了。”

“谢谢你提供的线索。”七月说，“你也许没有遇见一个叫罗斯科·布朗的人。”

“没有，他杀谁了？”威尔巴杰问。

“没杀人。”七月说，“他是我的副手，可能迷了路。”

“罗斯科这个名字不能使人产生信心。”威尔巴杰说，“叫罗斯科的人应该当职员。不管怎么说，现在是夏天，那个人不会冻死的。还找别的人吗？”

“没有了，就这两个。”七月说。他没有提爱尔迈拉。

威尔巴杰上了马。“但愿你刻不容缓地把斯普恩吊死，”他说，“我看他是个玩牌的骗子，而牌骗子对社会的破坏力大于一切。要是找着了你的副手，看看能不能让他改行去当职员。”

说完，他催马跑到厨子身边。“你跟我们去吗，鲍勃？”

“不，”厨子说，“我想在北得克萨斯结婚定居。”

“但愿你能跟一个会做饭的人结婚，”威尔巴杰说，“结婚后给我说一声。等她把你甩了，我就来雇她。”

他扭头看了看乔。“想找份工作吗，孩子？”他问道，“我们需要一个不爱提问题的伙计，要会使斧子。我不知道你劈柴的本事怎么样，但至少还没有问过问题。”

威尔巴杰样子很认真，七月有些想让乔去干，跟着牛群去北边是个学习的好机会。但主要的好处是他可以一个人赶路，只有自己的思想伴随自己。如果不必照顾乔，他就能更好地完成他的主要任务——找到爱尔迈拉。

乔为之一震。他还从来没有想过有人会给他一份赶牛北上的工作，光是听见这话就令人振奋。但是他当然不能接受这份工作，他是跟七月出来的。

“非常感谢，”他说，“我想我干不了。”

“什么时候来都行，”威尔巴杰说，“咱们可能还会见面。我必须去雷德河，看看水是不是清凉，清凉的话就饮饮我的牛。”

“要是水不清凉，你怎么办？”他从来没有遇见过威尔巴杰这样的人，一件接一件地净讲些古里古怪的事。对牛来说，河里的水有什么清凉不清凉的？

“啊，我才不去管那份儿穷事呢。”威尔巴杰说。

“愿意要个伴吗？”七月问，“我们也往北走。”

“嗯，我一向喜欢谈话，要是有人能谈。”威尔巴杰说，“我生来就期望高雅的谈话，自从我到这野地里，就很少有机会了。你要找的人在南边，为什么要往北走？”

“我还有别的工作。”七月说，但他没打算说是什么事。他并没有盘算着问威尔巴杰他们能否骑马同行，在正常情况下他是不会这样做的，但他现在的生活已经不正常了。他的老婆丢了，副手也丢了。他比过去任何时候都迷惘，而威尔巴杰则是个比大多数人都清醒的人。无论七月问他什么问题，他好像都能猜透七月的心思。

威尔巴杰很快便催马迅跑起来，一口气跑出数公里。在这期间，他一句话也没有说。乔紧紧地跟在他身后。土地很开阔，星星点点地散布着榆树与栎树。他们来到一条很宽的溪边，威尔巴杰停下来饮他的马。

“你去过科罗拉多吗？”七月问他。

“去过一次。”威尔巴杰说，“丹佛并不比这里的城市坏，但我有意躲避着那个地方。那里的印第安人没有改造好，土匪比印第安人更卑鄙、更无理。”

当一个人的老婆正坐着运酒船离开阿肯色往北走时，这样的谈话令人感到很不愉快。

“打算去一趟科罗拉多吗？”威尔巴杰问。

“不知道，”七月说，“可能吧。”

“阿肯色更无法无天，你到了那里的大草原，就会叫人把头皮剥去，”威尔巴杰说，“但是现在阿肯色也许没有那么高的犯罪率，大多数犯罪案件可能都集中到得克萨斯了。”

七月心不在焉地听着。他很想使自己相信桃子说的不对，使自己相信爱尔迈拉只不过是出去玩几天。威尔巴杰打马走时，七月没有动。

“谢谢你做伴，”他说，“我看我还是去找我的副手吧。”

“从史密斯堡有一条笔直的路直通得克萨斯，”威尔巴杰说，“是马西队长开辟的。如果你那个副手连顺着一条直路走的本领都没有，我看你就应该解雇他。”

他们分手时，连句“再见”也没有说。乔倒希望能随他同去。仅仅在数小时内，这个人就几次赞扬了他，还主动提出要雇他。他觉得自己对七月和罗斯科都不满意。七月似乎不知道该如何行事，至于罗斯科，如果他连顺着一条路走的本领都没有，丢了也活该。现在他真希望威尔巴杰给他工作时，他开口把那件工作应承下来了。

但是机会已经失去，威尔巴杰已经走远，而他还在那里坐着。七月十分沮丧，离开史密斯堡以来，他一直情绪低落。他一句话也没说，终于拨马往东，朝返回阿肯色的方向走去。乔由衷地希望自己的年龄大一些，那他就能向七月指出，他做的事没有一件是有道理的。可他清楚，七月在目前这种景况下，绝不会听他的看法。乔满腹牢骚，但还是默默地跟着他走了。

第 52 章

罗斯科对珍妮认路的本领惊叹不已，就像对她喜欢走路一样感到叹服。头一两天，她步行，而他骑马。她只是个小妞儿，他却是个成年人，何况还是个副司法官，因此他总有些过意不去。他对她说，他欢迎她骑到马背上来。她几乎没有什么重量，再说，他们走得很慢，不用担心累着马。

然而珍妮不想骑马。“我在地上走，你只要能跟上就行。”她说。自然，一个骑马的人跟上一个步行的小姑娘，是不成问题的。罗斯科感到挺松心，对这次出门也有点儿兴趣了。天气很好，他只需要在马小跑着的时候，思考一下问题。他考虑得最多的是，当他突然碰到七月并把消息告诉他时，他会怎样地大吃一惊。

珍妮不仅能指出该怎么走，而且在捕捉猎物时更能显示出她的高超本领。晚上他们一停下来宿营，她就不见了，五分钟后她回来时，不是带回来一只兔子，便是一只负鼠或者两只松鼠什么的。她还会捉鸟。有一次，她回来时提了一只罗斯科从未见过的肥肥的灰鸟。

“这是什么鸟？”他问。

"草原鸡，"珍妮说，"有两只，跑了一只。"

他们把那只草原鸡吃了，鲜美的味道赶得上罗斯科吃过的普通鸡的味道。珍妮用牙把骨头咬碎，吸里面的骨髓。

从罗斯科的角度看，她唯一的麻烦是，一到晚上就被噩梦折磨，啜泣不止。罗斯科以为她冷，就把毯子借给她，结果无济于事。即使用毯子裹着，她还是哭泣。正因如此，她睡眠不足。黎明前，当他醒来时，总看到珍妮已经坐起来，边拨弄火边用手指抓脚踝。她当然是光着脚的，因而每天走路时脚踝和小腿就被粗糙的草叶割破了。

"你从来没穿过鞋吗？"有一次他问道。

"从来没有。"珍妮若无其事地说。

只有在过较宽的河时她才爬上马来，因为她不喜欢涉深水。

"怕那些咬人的乌龟，"她说，"要是让龟咬了，我就得死。"

"它们爬得很慢，"罗斯科说，"很容易就能把它们掀翻。"

"我老梦见它们，"珍妮将信将疑地说，"它们不停地朝我爬，我跑不动。"

除了咬人的乌龟和睡眠，她似乎无所畏惧。有许多次他们走着走着，就会见到响尾蛇盘卧在路上，并向他们发出嗞嗞的叫声，而珍妮连看都不看它们一眼。老曼菲斯可比她怕蛇，罗斯科则比他们二者更怕。他曾听说一个人被一条爬到树上的响尾蛇咬了。据说那条蛇从一根树枝上掉下来，恰巧掉到那个人身上，咬了他的脖子。罗斯科想象着让一条蛇掉到脖子上该有多瘆人。他尽量少从树枝下边走，越往西走树木越少，他便放心了。

他们走的这条路相当好，因为他们每天总能遇上三四个过路人，有的时候更多。有一次他们还遇见一家人坐在大篷车里慢慢走着。那是一个大家庭，简直像一座小城在搬家，把家畜也算上就更像了。赶车的老人不喜欢说话，可他老婆很喜欢说。

“我们从密苏里来，”她说，“我们要往西去，什么时候想停，就停下来。我们有十四个孩子，想办个农场。”

马车上坐着八九个小孩子，他们目不转睛地看着罗斯科和珍妮，安静得如同猫头鹰。

有几次他们遇见了往东去史密斯堡的士兵，士兵们寡言少语，见面时没有说什么话便过去了。罗斯科曾试着打听七月的去向，但士兵们说他们要做的事比注意一个阿肯色的司法官重要得多。

珍妮很怕见人。她眼力好，行路人过来时，通常罗斯科还没有看见，她就先发现了。一见有人过来，她立即飞身离开大道，躲到深深的草丛里，直至他们走远。

“你干吗躲起来？”罗斯科问，“那些兵又不是抓你的。”

“比尔可能和他们在一起。”珍妮说。

“比尔是谁？”

“比尔，”她又说了一遍，“他把我卖给了老山姆，我再也不跟他了。”

她坚持见人就躲，而罗斯科有时则不得不承认她躲得好。一路上遇见了不少粗野的人。有一天，他们碰到两个肮脏不堪的人，胡子上满是油垢，带着六七支枪。他们叫住罗斯科，问他要烟叶，罗斯科当时很忧虑。他没有带烟叶，那两个人不相信，而且好像为那件事要与他发生争执。

“我看你是在骗人。”一个人说。他是个小个子，有一双阴毒的小眼睛，看上去比他的大个子伙伴更可怖。他的伙伴个头儿大得像头公牛，但对他们的对话不感兴趣。

“一个人赶路怎么能没有烟抽呢。”小个子说。

“我一抽烟就不舒服，”罗斯科说，“我不得不戒掉。”

“你要是真的什么都没有，那我们就把你当烟抽了。”小个子心怀叵测地说。

那两个人走后，罗斯科很快就忘记了他们。天气异常闷热，偶尔还能看见西边的闪电。他没精打采，只想睡会儿觉。

过了一会儿，他觉得像是少了什么，这才发现珍妮不见了。一般说来，生人一走她就出来了，曼菲斯很信任她，总像只老实的山羊似的跟在她后面。

但这一次它跟丢了所跟的人。罗斯科向四周看了看，连个人影也没有。原野一望无际，他能看到数公里以外的地方。剩下他一个人，连方向都搞不清了，他害怕起来。虽然珍妮睡觉不安生，但他现在很依赖她。他喊了一两声，没有回答。能看到那么远的地方反倒使他有些惊慌。他生长在树繁林茂的地区，很不习惯这一望无际的平川。他心中思忖，在这么空旷的地方，怎么能把珍妮丢了呢？他在马背上坐着等了一阵子，希望她会冒出来，但她没有出现。最后，他只好慢慢悠悠地朝前走去。

一小时过去了，又是一小时，罗斯科再三思考是如何把珍妮丢了的。她肯定是被蛇咬了，她从来不把蛇放在心上。她可能就在他身后这条路的什么地方，正在死去。

如果她再不出现，他就有责任把她找回来，同时，太阳即将消失，暴风雨迫在眉睫，事不宜迟。

他掉转马头，一路往回跑，还没出二十步，珍妮便从一个树丛后面蹿出来，跳上了马。

“他们跟着呢，”她说，“我一直在看着，他们想杀你。”

“啊，就是杀了我，也找不到烟叶。”罗斯科说。

诚然，就凭小个子那贼眉鼠眼的样子，罗斯科也不难相信他们会来伤害他。他掉转马头，让它快跑起来，但珍妮猛地拉住了缰绳。

“他们在咱们前边，”她说，“你刚才慢慢走的时候，他们绕到前边去了。”

罗斯科比以往任何时候都更不知所措。视野内没有一棵树，离史密斯堡又那么远，他真不知道他们在这么空旷的地方怎么打埋伏。

“妈的，”他失望地说，“我连往哪儿都定不下来。”

珍妮指了指北边。“上那儿去，”她说，“那儿有个溪谷。”

罗斯科看不出一个溪谷有什么用处，但他还是采纳了她的建议，没命地往北骑去。曼菲斯被马刺刺了一下，猛地一惊，一旦跑起来，它便专心致志地向前奔去。

珍妮再一次说对了。跑了约一公里，他们便到了一个小溪谷。罗斯科停住马，向周围望了望，这里空无一人，他又茫然了。下一步该怎么办？

“你会打枪吗？”珍妮问。

“哦，我打过枪，”罗斯科说，“在史密斯堡没有什么人可以打。有的时候我和七月打打南瓜或者瓶子什么的。七月的枪法好，我的一般。我想我能打中那个大个子，对那小个子没有把握。”

“把手枪给我，我替你打他们。”珍妮说。

“你打过什么？”他怀疑地问道。

“把它给我。”珍妮说。他慢慢地把枪交给她，她立即跳下马，爬出溪谷，消失了。

五分钟后，他还没来得及解开油布，就下起雨了。闪电直刺地面，大雨滂沱，罗斯科浑身湿了个透。十分钟后，溪谷中间便汇成一条小河，其实他们骑马进来时谷底还干得起粉尘哩。雷电交加，天黑了下来。

罗斯科对出远门还从来没有这般厌恶过，连野猪追他时也没有这样讨厌过。只剩他独自一人，天不亮他就会被淹死，或者叫人打死，或许这一切马上就会发生。

他回忆起史密斯堡监狱，那里是何等安全、舒适啊，微醉之后还有把舒服的睡椅，那生活又是何等惬意。他多么希望永远也不要离开那种生活啊！

雨更大了，罗斯科感觉这雨下得不能比这再大了。他没有寻找避雨的处所，因为根本没有可以避雨的地方。浑身让雨水浇透的滋味并不好受，不过可能正是由于这雨，他才免遭那个长着阴毒眼睛的小个子的杀害呢，再抱怨岂不是太蠢了。罗斯科坐着，心里盼着溪谷里的水千万不要升得太高，不然就会把他淹死。

暴风雨实际上只是一场阵雨。十分钟后，雨便小了许多，又过了片刻，连雨点也没有了。太阳已经落山，西边天空的云层下还能看到一条光带。云层越来越薄，那条光带被太阳的余晖映得泛红。随着云层的消失，出现了一抹白光，随即又转变为蓝色，黄昏时的星星已在那里出现。罗斯科下马后站在那里，身上的水一个劲儿地往下滴。他知道必须采取一定的防卫措施，但什么措施也想不出来。他想，这场雨也许已经使那两个人改变了主意，也许其中一个已经被雷电击中。

他还没来得及从这种猜想中得到什么安慰，便听见自己的手枪响了一声。一两秒后又是一声，接着又一声。枪声就在溪谷的北边。既然他身上不会比现在更湿，他便忍不住要弄个水落石出。在这一想法的引诱下，他蹚过谷底的小溪流，爬到溪谷对面。快爬到顶时才发现，一支猎枪的枪口正对着他的脸，离他不足一米远。那个个头儿如公牛的人正拿着猎枪等他。枪在那人手里小如草芥，对着他脸的枪筒却粗如大炮。

“爬上来吧，旅行家。”大个子说。

七月对他说过，绝不可跟子弹上膛的枪闹别扭，他也无意违背七月的指示。他爬到顶上时，看见珍妮与小个子土匪正扭打在一起。他把她按倒在地，骑在她身上想把她捆起来，但珍妮拼命地挣扎。她全身是泥，在又湿又滑的草地里表现出绝不屈服的气概。那个人打了她两巴掌，但在罗斯科看来，那两下子根本无济于事。

握枪的大个子似乎对那两个人的扭打很感兴趣，他走近去看，手里的枪一直指着罗斯科。

“你为什么不开枪打死她？”他问小个子，“她总想打死你。”

小个子没有回答。他气喘吁吁，继续费力地企图将她的手腕捆住。

罗斯科不得不赞扬珍妮的勇气。整个情况已显得没有什么希望了，但她仍在挣扎，一得手就抓那个人。最后，大个子用脚踩住了她的一条胳膊，他的伙伴才捆住了她的手腕。小个子又捆了两下，然后坐到一边喘气。他转过头来看着罗斯科，两只眼睛和原来一样阴毒。

“你从哪儿弄来的这个兔崽子？”他问，“我他妈的差点儿叫她打中，哈托就叫她打中了。”

“我们从阿肯色来。”罗斯科说。他想，他真蠢，让珍妮把他的枪拿去，因为他毕竟是个副司法官。可话又说回来，如果他开枪，那两个人准会还击。

“咱们把他们毙了，把马带走吧。”大个子哈托说，“咱们今天下午就该这么干的，那样就省事多了。”

“是呀，那么一来，浑蛋士兵就会发现他们，”另一个说，“你可再也不能把尸体随便扔到路上了，早晚会叫人发现。”

“吉姆，你太神经质了，”哈托说，“这儿不是大路，而且离印第安人保留地那么近。干脆把他们打死，看看他们还有什么，拿走得了。”

“他们有东西吗？妈的，”吉姆说，“去把马牵来。”

哈托把曼菲斯牵了过来，然后两个人花了好几分钟时间，翻他的铺盖卷儿和鞍袋。其中一个用枪指着罗斯科，另一个则把鞍袋里的东西胡乱倒在湿草上。结果令他们大失所望。

“好啦，吉姆，我说过在他们身上打主意是白费力气。”哈托说。

“至少还有匹马呢。”吉姆说。说完，他阴毒地看了看罗斯科。“把衣裳脱了。”他说。

“什么？”罗斯科问。

“把衣裳脱下来。”那个人重复了一句。他把掉在地上的罗斯科的枪拾了起来，指着他。

“干吗要脱衣裳？”罗斯科问。

“哦，你的内衣也许我能穿，”吉姆说，“你没有什么值钱的东西。”

罗斯科被迫脱去所有的外衣。脱皮靴时，他万分焦虑，因为靴子湿成这样，一旦脱下来，再穿就难了。可是，要是他死了也就无所谓了。当他脱连裤内衣时，感到十分尴尬，因为珍妮正坐在一旁看着。她遍身泥污，默不作声。

小个子怀疑罗斯科在内衣里藏着钱，坚持让他脱掉。哈托用枪口捅了捅他，这可不能不认真对待。他把内衣脱了下来，赤条条地站着，希望珍妮别看他。

他们叫他脱光衣服之前，就发现了他那个旧钱包里的三十块钱——他一个月的工资，也是这次出门的全部盘缠。但他们不死心，认为他肯定不止那点儿钱，于是用小刀把他的衣服一件件都割开了。

“我只有那三十块钱。”他说了许多遍。

“你可不是头一个撒谎的人。”吉姆边说边用手摸他的裤缝，看看里面是否缝着钞票。

罗斯科吓坏了，因为这些被拆毁的衣物是他的全部财产。可当他想到他反正快要死了，心里又好受了些。不过他们让他一丝不挂地站着，实在太叫人难堪了。

那两个人没有看守珍妮，因为他们想从他的鞍袋里搜出钱来，干得太专心致志了。就在他们把她抛在脑后时，她悄悄地迅速进了深草丛。吉姆背对着她，哈托正在给罗斯科那块旧怀表上发条。罗斯科恰巧发现珍妮神不知鬼不觉地爬走了。他们捆住了她的手，却忽视了她的脚。说时迟那时快，她撒腿便跑。趁着天黑，一转眼她便钻进了溪谷北边深深的草里。她逃走时无声无息，但哈托肯定意识到出了什么事，因为他突然转身打了一枪。罗斯科吓得倒退了两步。哈托的枪又响了，吉姆也转过身去，拔出别在皮带上的枪——罗斯科的左轮——连开三枪。

罗斯科朝昏暗的野外看了看，没有珍妮的身影。两个土匪也看了看，一无所获。

“你说咱们打着她了吗？”吉姆问道。

“没有，”哈托说，“她跑到深草窝里去了。”

“那，有可能打着她。”吉姆说。

“我还可能是李将军呢，可我不是。”哈托厌恶地说，“你为什么不把她的脚绑上？”

“你为什么不去绑？”吉姆反驳道。

“我又没坐在她身上。”哈托说。

“你看着这个，我去抓她，”吉姆说，“我发誓抓住她以后她就别想再逃跑。”

“算了吧，你抓不住她。”哈托说，“天这么黑，你去抓？忘了她是怎么打咱们埋伏的吗？要是她的枪法稍好一点儿，咱们早成死尸了，要是她在哪儿藏着支枪，咱们还是要成死尸的。”

“我不怕她，”吉姆说，“妈的，我真该用枪筒敲她两下。”

“你早该打死她，”哈托说，“我知道你想打她的主意，可你看结果是什么。那姑娘跑了，这个副司法官只有三十块钱，还有这么件脏衣裳。”

“她走不远，”吉姆说，“咱们在这儿扎营，明天一早去找她。”

“你找吧，我走了，”哈托说，“那么个小个头儿姑娘不值得追。”

他话音未落，一块不大不小的石头风驰电掣般飞了过来，正好打中他的嘴。惊恐之下，他一屁股坐到地上。石头砸烂了他的嘴唇，鲜血顺着下巴直往下淌。又一块石头砸在吉姆的肋骨上，他掏出手枪朝石头飞来的方向一连开了几枪。

“哎，别浪费子弹了。”哈托说完，吐出满满一口血来。

又飞过来两块石头，都是朝吉姆打来的，一块击中他的胳膊肘儿，使他疼痛难忍，另一块从他头顶飞了过去。

哈托觉得这件事挺古怪，他坐在泥泞不堪的地上边狂笑边往外吐血。吉姆为了躲避石头，猫起了腰，手枪也收了回来。

“这下子可全完了，”哈托说，“咱们跟一个小不点儿姑娘打石头仗，让她赢了咱们。消息一旦传出去，咱俩就别想再干这一行了。”

他朝罗斯科看了看，他站在那里呆若木鸡。有块石头差点儿打中他，但他不想动，以免影响珍妮瞄准。

“妈的，我要是逮住她，非让她后悔跑得太慢不可。”吉姆说完，手又扣住扳机。又飞过来一块石头打在他肩膀上，他的枪走了火。盛怒之下，他朝黑暗里连连开枪，直至子弹打尽。

“看来咱们非打死这个副司法官不可，”哈托说，他用一根带血的指头摸了摸一颗松动的牙齿，“他要是把这件事张扬出去，咱们劫道的名声可就彻底给毁了。”

“那你为什么不起来帮我去追她？”吉姆生气地问。

“我想，咱们干脆坐着，让她把咱们砸死算了，”哈托说，“谁叫咱们这么窝囊呢。你老是怕这个副司法官，可他还没有一只鸡厉害呢，下次你也许就会听我的话，叫你开枪就开枪了。”

吉姆把手枪弹膛打开，想再装上些子弹。他一边躲着石头，一边眯着眼往黑暗里张望。又一块石头低低地飞了过来，他连忙转身，石头打在屁股上，打掉了三颗子弹。

罗斯科感到有了希望。他想起珍妮带回营地的那些猎物，也许恰是它们使她的技艺达到如此高超的地步。他盼望在他们杀死他之前，她最好朝他们的脑袋打。

哈托比吉姆镇定得多。他走过去，拿起手枪准备改变局势。

“告诉你，吉姆。”他说，“你在这儿坐着吸引她的火力，我来上几颗大型铅弹。月亮出来以前，她要是还没有把你的脑袋打烂，我就能找个好角度打她，至少也能把她赶得远些，让她的石头扔不到这儿。”

就在他把手伸进鹿皮外衣口袋取子弹时，奇迹——罗斯科认为的奇迹——发生了。他站在那儿，全身是水，一丝不挂，心想用不了多大工夫他就会被人害死——除非那个瘦小的、手里只有石头的姑娘能打败两个持枪的汉子。他相信自己定死无疑，因而对眼前发生的事漠不关心，对珍妮救他的可能性几乎不抱什么希望。

谁也没有看见七月过来。哈托从口袋里往外掏子弹；吉姆正摸他刚才掉到泥里的那三颗子弹；罗斯科则正瞅着最让他讨厌的吉姆，并盼着能有块石头飞来砸在吉姆的天灵盖上，把他的头砸开瓢。这虽然阻止不了哈托把他打死，但看见吉姆的头首先开瓢总是一点儿安慰吧。

吉姆、哈托和他几乎同时发现突然出现了一个原来并不在场的人。是七月约翰逊。他站在吉姆身后，手枪的保险打开了。

“你用不着那些子弹了，”七月冷冷地说，“让它们在那儿搁着吧。”

“喂，你这个婊子养的，”吉姆说，“谁给你权利用枪对着我？”

吉姆抬头看了看，而就在这一刹那，罗斯科一直在等待的那块石头飞了过来，正中吉姆的咽喉。他的手枪脱了手，他也向后倒在地上，躺在那里用手紧紧地捂着脖子，拼命地吸气。

哈托手里有两颗子弹，但还没有来得及装进枪里。“我从前也有过坏运气，可都没有糟成这个样子。”他没理七月，而是对着罗斯科说，“你就不能叫那个姑娘别再扔了吗？”

罗斯科无论如何也没法儿相信眼前的一切，他觉得他的思想好像慢了一两步，整个过程怎么也连接不起来。

“你是打算穿上衣裳，还是就那么站着？”七月问道。

那声音像七月，模样也像七月，罗斯科这才被迫承认自己获救了。他刚才一直在使自己适应即将到来的死亡，他身体的一部分肯定已经到彼岸去了，因为他现在感到又茫然又迟钝。一般情况下，他准不会就这样赤条条地站在泥泞的草原上，但是，从某些方面来说，这样站着要比把他那支离破碎的生命捡回来容易些。这意味着，他要实实在在地先把支离破碎的衣服捡起来。

“他们把我的衣服割烂了，”他对七月说，“我不知道靴子湿成这样还能不能穿上。”

“乔，把手铐拿来。”七月说。

乔拿着两副手铐走了过来。看见光着身子的罗斯科，他吓了一跳。

“我还从来没见过这么些个小孩子呢，”哈托说，“这个也会扔石头吗？”

“谁在扔石头？”七月问。刚才他正要走过来时，石头便开始往这边飞过来。扔石头的准确性使他暗暗惊叹，他在一旁观察了几分钟，看看她扔的结果如何。

“是珍妮，”罗斯科说着，把他那件最好的衬衣——多少还残存着些布片——系上，“她是在打野兽的时候练出来的。我们吃的东西全靠她去找。”

七月立即将吉姆铐起来，这时他正疼得在草丛里打滚儿。那一下好像打坏了他的气管，因为他像个将要淹死的人一样，拼命地吸气。

“你可以把我打死，但不能用他妈的铐子铐我。”七月走近时，哈托说。

“这位是七月约翰逊，我绝不跟他斗。”罗斯科说。罗斯科说不出来为什么对哈托还挺友好，尽管哈托一直想把他打死。

哈托没有反抗，也没有上铐，原因很简单，他的手腕太粗，手铐不够大。七月不得不用一根马鞍上的绳子将他捆住，而用绳子捆人是七月一贯忌讳的。像哈托这么大的个子，如果他不停地用力，什么样的绳索或生牛皮绳也早晚会被挣断。

虽然罗斯科的裤子尽是窟窿，可他还是设法将它穿在了身上。正如他预见的那样，靴子怎么也穿不上了。乔过来帮他的忙，两个人穿也不见得更有效些。

“你开枪开对了，”乔说，“我们已经宿营了，可是七月听出了你那支枪的声音。”

“啊，是吗？”罗斯科说。他不想承认那几枪是珍妮打的。

将那两个人铐绑后，七月把他们弄到马背上，又把他们的脚捆在马镫上。他久闻吉姆与哈托的大名，因为这两个人在过去一两年里，一直在东得克萨斯剪径，主要抢劫当地居民，有时也杀害进行反抗的人。七月原以为他总算找到了罗斯科，并没有料到会捉住这两个土匪。现在，在他向罗斯科询问他一直想问的有关爱尔迈拉的问题之前，必须先处理这两个人。还有那个扔石头的——罗斯科叫她珍妮。珍妮为何跟着罗斯科走？她在何处？石头不飞了，却没有人露面。

危机既然已经过去，罗斯科开始感到有许多难以说清楚的事有待他做出解释。这几天他已将爱尔迈拉和她过去的事忘到了九霄云外，而他来得克萨斯的主要原因偏偏又是为了此事。他还不得不向七月说明他为什么和一个小姑娘同行。虽然最好是先谈七月出现的这一奇迹，但七月不想多谈。

“我当时根本没想到你会来，”罗斯科说，“可你真来了，还用枪对着他们。”

“这条路是从史密斯堡去得克萨斯的主要通道，”七月指出，“我要找你，非走这条路不可。”

“是的，可我并不知道你在找我呀，”罗斯科说，“你平常又不怎么找我。”

“桃子给我来了信，说你来了。”七月说。在能与罗斯科单独谈话之前，他只打算说这么多。

“我们叫你抓住了，下一步怎么办？”哈托说。他不喜欢别人谈话时把他搁在一边。吉姆还在使劲喘气，没有心思说话。

“你说有个小姑娘？”七月问。

“嗯，珍妮。”

“把她叫出来。”七月说。

罗斯科憋足了劲儿，别别扭扭地大声冲着黑暗说：“出来吧，七月在这儿！”接着又同样大声地补充道，“没事了，他是司法官，我就是给他干活儿的。”

黑暗里没有动静，也没有珍妮的影子。罗斯科看出七月有些不耐烦，这使他紧张起来。他记得这天下午珍妮失踪的那两个小时。她要是以为七月会等她两个小时，那她对这个人可以说是一无所知。

“出来吧，我们把那两个人捆住了。”他虽然这样说，心里可没有期望珍妮会听他的话。

她没有出来。除了两公里外的几只土狼在嚎叫，什么声音也听不见。

“我怀疑那个姑娘身上有印第安人的血，”哈托说，“老实说，她打了我们的埋伏，她的枪法要是和她的石头一样准，我们早就死了。”

“她怎么了？”七月问，“她干吗不出来？”

“不知道，”罗斯科说，“她也许不喜欢见生人吧。”

七月心想，这件事真蹊跷。罗斯科从来就不是那种与女人在一起瞎混的人，事实上，在史密斯堡，他躲避某些寡妇的本事还得到了好评呢。现在，他却和一个小姑娘在一起，她扔石头的准确度都能超过大多数男人的枪法。

“我可不想在这儿过夜，”七月说，“她有马吗？”

“没有，可她能走很远，”罗斯科说，“她一直不费什么力气地在我前边走。咱们去哪儿？”

“去沃斯堡，”七月说，“那儿的司法官见抓住了这两个人，一定会满意的。”

“那可不，那个龟孙子当然满意啦。”哈托说。

罗斯科极不情愿撇下珍妮离开，但他又想不出别的办法来。七月用一根绳子把那两个土匪的马拴在一起，由他牵着，并吩咐罗斯科与乔紧紧跟在他们后边。阴云又布满了天空，黑得几乎伸手不见五指，但这没有妨碍七月急促赶路。为了使这两个土匪伏法，他不得不偏离自己前进的方向，但不这么做又能怎么办？

约莫走了一小时，突然有人从后面跳上了罗斯科的马，吓得他头发都奓了起来。在那可怕的一刹那，他还以为吉姆逃脱了，要过来把他掐死或用刀把他捅死呢。曼菲斯也吃了一惊，跳到了乔的马旁边。

这时，他听见身后有人喘气，他知道是珍妮。

“我实在跟不上了，”她说，“心想他会慢下来，可他一直这么快。”

乔看见了罗斯科身后的小姑娘，惊异得话都说不出来。他难以相信，扔石头的那个人竟是个小姑娘，但他亲眼看见石头打中了那两个人。一个小姑娘怎么能扔得那么有劲儿、那么准？

七月挺欣赏哈托那支枪，他给它上了子弹，把它横放在马上，心想这么一来，这两个俘虏想闹事的话，就不得不三思了。他只有一个想法——回沃斯堡把这两个人交给当地司法官，然后立即去找爱尔迈拉。

他们骑了一个通宵，天蒙蒙亮时，离沃斯堡只有不到八公里了。他回头看了看两个俘虏，惊讶地发现了罗斯科身后多了个小姑娘。她年龄很小，两条光腿瘦得像鸟腿一样。她握着缰绳，罗斯科则歪在鞍角上睡觉。她还目不转睛地盯着那两个毫无困意的俘虏。七月下马检查，发现捆哈托的绳扣真的有些松了。

“你就是珍妮吧。”他对姑娘说。她点了点头。七月将那支枪交给她，然后把哈托再捆了一次。

“天哪，别给她，她会把我们打成两半的。”吉姆说。他的嗓子发出了沙哑的抱怨声，他说话时仍然很痛苦，但小姑娘手里的那支枪显然使他更痛苦。

乔挣扎着醒了过来，一看见七月把那支枪交给了那个小姑娘，心里便愤愤不平。她并不比自己大，还是个女的。他想，枪应该交给他才是。

“你一点儿也不给人方便，是吗？”再次被七月捆住时，哈托说。血污沾满了他的嘴和胡子，弄得一塌糊涂，但他好像很乐和。

“不给。”七月说。

“他们要是不吊死我们，你可得防着吉姆，”哈托说，“吉姆可不喜欢人家用枪指着他，他复仇心挺强。”

吉姆的确像个复仇心切的人。他盯着那个小姑娘，眼睛里闪烁着仇恨。他的目光能令许多人避而旁视，小姑娘却横眉冷对地盯着他。

罗斯科一直瘫在马上，鼾声如雷。他醒过来时，已经到了沃斯堡城郊。直到七月把两个俘虏交给司法官，罗斯科才明白自己还活着。

刚进城时，珍妮总想跳下马逃走。见到行人与车马熙来攘往，她显得局促不安，但还是坚持住了。七月找到一家车马店，他感觉该歇歇马了。开店的是个女人，她好心地主动为两个小孩准备了早餐。早餐是玉米饼和腌肉，他们坐在门外的大澡盆上把早餐吃了。

罗斯科那身衣服简直成了布条条，老板娘看见他时忍俊不禁。她说如果再给她五毛钱，她就把衣服补一补，但罗斯科拒绝了，因为让她补衣服的话，他没有可替换的。

“这个城看上去可真大，”罗斯科说，“我还是买几件衣服穿吧。”

“五毛钱可买不来，”那个女人说，“这个姑娘穿的也是‘麻包袋’。你买衣服的时候也给她买件像样的穿。”

“啊，我会买的。”罗斯科说，因为珍妮的衣服确实不像样。

珍妮感到沃斯堡不同寻常，她已经不再害怕，而且兴致勃勃地观察着这一切。

“那姑娘是你的女儿吗？”女人问。

“不是，”罗斯科说，“上星期我才遇见她。”

“呵，她是人家的女儿，更该穿得好一点儿。”女人说，“那个男孩子穿得还可以，你怎么待姑娘那么小气？”

“没有机会，”罗斯科说，“我是在野地里找到她的。”

那个女人的脸本来就红，听他这么一说，她气得脸更红了，“我简直不明白你们这些男人。”说完，她走进屋里，砰的一声关上了门。

“你在哪儿找到她的？”七月说。

“其实我没找她。”罗斯科说。他感到自己的处境不佳，不管他干什么，人们显然总往最坏处想。毫无疑问，倘若在沃斯堡，准会传出这样的流言——他不按命令行事，反而与他能找到的第一个年轻姑娘一同逃走了。

“她逃出来后就跟我来了。”他补充道。七月对此不置可否。

“一个混账老头子打她，狠狠地使唤她，她就逃出来了。”罗斯科进一步解释道，“咱们去酒吧行吗？我太馋啤酒了。”

七月带他到一家酒吧，给他买了瓶啤酒。虽然现在他已与罗斯科单独在一起，可他迟迟不愿意提及爱尔迈拉，连听到她的名字都让他痛苦。

“爱尔迈拉怎么了？”他终于开口说道，“桃子说她走了。”

“嗯，桃子没说错，”罗斯科说，“她要是没有走，就是藏起来了，或是让熊吃了。”

“你见有熊去过的迹象吗？”七月问。

“没有。”罗斯科承认。

“这么说熊没有吃她。”七月说。

“她可能坐运酒船走了。”罗斯科边说边往酒杯后面躲。

“我不明白，为什么？”七月低声地说，像是在喃喃自语。他想不出为什么。在他的记忆中，他从未做过令她不高兴的事，从未打过她，甚至从来没有对她粗声粗气地说过话。若是什么理由都没有，一个女人又为什么要走呢？当然，说什么理由都没有，也不尽然，一定是有理由的，只是他不知道罢了。他已意识到她不喜欢他，但既然不喜欢他，那又为什么嫁给他，他无从知道。有几次桃子的确暗示过，人们结婚是出于某种动机而不是出于喜欢。不过人人都知道，桃子这个人一向愤世嫉俗。

直到在这个酒吧里，他才想起了桃子的暗示。爱尔迈拉也许从来就不喜欢他，她也许是出于某种她不愿言表的动机才与他结婚的。想到这里，他感到十分悲伤。

“我走以后，你跟她说过话吗？”他问罗斯科。

“没有。”罗斯科说。

一连五分钟，七月一声不吭。罗斯科心里翻来覆去想找个借口，说明他为什么没有去见爱尔迈拉，但事实是，他压根儿就没有想到去看她。他只好慢慢地品酒。

“杰克呢？”他问道。

“到南方去了，”七月说，“他正和一个牛群往这儿来吧。我想去找爱尔迈拉，找到她以后再找杰克。”

他从兜里摸出零钱，付了酒钱。“你最好带着小家伙们回阿肯色去，”他说，“我去追爱尔迈拉。”

“我跟你一块儿去。”罗斯科说。他好容易才找到七月，万不能再离开他了。来的路上已经遇到了许多麻烦，如果他一个人回去，也许会遇上更糟的麻烦事。

“如果咱们出房钱，那个女人就会让小姑娘住下。”七月说，“你去买几件衣服，穿着你这身衣服上路，还不让人笑掉大牙。”

车马店的那个女人同意让珍妮留宿，每月三块钱。七月预付了两个月的费用。当珍妮知道她要待在沃斯堡时，没有说话。那女人兴高采烈地对珍妮说要给她买新衣服，但她坐在澡盆上一言不发。

女人还建议让乔也住下，而且免费，只要他肯帮着干些车马店里的杂活儿就行。七月有意这样办，但看见乔那副不高兴的样子，便决定带他同行。罗斯科回来了，身上的新衣服紧绷绷的。要是能穿着这种衣服走路，那才怪呢。

"我看哪，到不了圣诞节你就把衣裳撑破了。"车马店老板娘大笑着说，"你穿着它，就像穿了一身烟筒。"

"要买黑的就只能这样，"罗斯科说，"这是最合身的了。"

离开珍妮，他心里很难过。如果老山姆康复后跟踪他们，来到沃斯堡找到了她，那该怎么办？他给了她两块钱，但珍妮摇了摇头。他们骑马离去时，她仍旧坐在澡盆上。

她没有跟着来，乔感到高兴，因为有她在场总显得他办事水平不高。

但他高兴的时候并不长。当天晚上，他们在离沃斯堡三十公里的草原上宿营。因为他们两边都有赶牛群的牛仔扎营，七月认为睡觉时可以不必有人警戒。他们能听见值夜班的牛仔对牛群唱歌的声音。

清晨，乔睁开眼时，看见珍妮正在火堆旁蹲着，身上还穿着那件"麻包袋"。连七月都没有听见她来。七月睡醒时，她把他给那个女人的六块钱交给他，七月惊愕地把钱接过来。乔觉得气不打一处来。一个小姑娘没有得到七月的许可就来了，太不像话。如果印第安人把她抓走，他是第一个不会可怜她的人。但是他想，假如真有印第安人，他自己可能更容易被抓走。小姑娘敢在夜间跟着他们在草原上走，他可做不到。

整整一天，小姑娘自己在后面跟着，从不掉在后面太远。这个小姑娘跟乔在史密斯堡见到的所有的小姑娘都不一样。那些小姑娘没有一个能跟他们走上五分钟的。乔不知道该拿她怎么办，七月也不知道，就连当初找到她的罗斯科也同样束手无策。不久，他们便在草原上走了很远，人人都知道他们后面跟着个小姑娘。

第 53 章

早在运酒船停泊之前，爱尔迈拉就知道大刺猬迟早要找她的麻烦。此人从未接近过她，也从来没有与她说过话。但是，每当她从小窝篷出来，坐在船尾看水时，她都能感到他在盯着她看。他们将酒桶装上篷车，越过草原去本特堡时，她坐上哪辆车，他的目光便跟到哪辆车上。

她想，也许是她瘦小的身材引起了大刺猬的兴趣吧。她从前有过这种麻烦，大个子男人喜欢她就是因为她个子小。大刺猬的块头比那个迫使她投奔七月的野牛猎人的还大。

黄昏时分，福勒有时来给她送吃的，他会坐下来与她聊上一会儿。他的脸上有道疤，从鼻子上边经过嘴唇，一直延伸到胡子里。他样子粗野，但眼神比较柔和。

“这种走私酒的买卖越来越干不下去了，”一天晚上，他说，

“原来印第安人接了酒后往各处运，但现在白人把这一带的印第安人都圈起来了。我可能要往北走。”

“北边城市多吗？”她问道。她想起迪曾说他要去北边。迪就喜欢享受，诸如去旅店、理发馆等地方。有一次，她主动给他剪了个头，结果剪得一团糟。迪那次态度虽然挺好，但他的确告诉她，还是找理发匠更好。他对外表极为讲究。

“有奥加拉拉，”福勒说，“在普拉特河上。蒙大拿也有些城市，可是都太远了。”

大刺猬声音浑厚，即使在篷车隆隆的响声里，她有时也能听到他与别人谈话的声音。他穿一件野牛皮衣，很少脱下来，天气很热时也一样穿着。

一天早晨，发生了一阵大骚动。晨雾刚刚开始消散，值班岗哨说他看见山岗上有六个印第安人。报告人很年轻，他显得十分紧张。印第安人一直没有再出现。白天，三头野牛被惊动了，他们打死了其中一头。当晚，福勒给爱尔迈拉送来了据说最好吃的部位——几块牛肝和牛舌。

他们一直在谈论本特堡，爱尔迈拉还以为那是座城市，其实那里只零星地坐落着几间房子，全部破旧不堪。那里只有一个女人，还是个疯子。她是一个铁匠的老婆，因为五个孩子相继死去，就疯了。她终日在一张椅子上坐着，不与任何人交谈。

福勒尽力安排好爱尔迈拉的住所——他让酒商为她安排了一间小屋。其实那仅仅是一间又小又脏的屋子，在一间堆放野牛皮的仓库旁边，牛皮的臭味比在河上遇到的任何一件事都糟糕。她那间小屋里还满是从牛皮上冒出来的跳蚤，她总在不停地挠痒。

这个堡虽说看上去不怎么好，但很繁忙，南来北往的人骑着马路过这里。看着这一情景，爱尔迈拉多么希望她是个男人，这样她便可以买匹马，骑上走人。人们不来打扰她，但只要她一出来，他们都会不约而同地望着她。有几个野性十足的墨西哥人比那些野牛猎人更使她害怕。

挠了一周痒，她开始感到乘运酒船这件事办得相当不妥。在史密斯堡时，她要离开的愿望压倒了一切，离开史密斯堡那天，她感到自己的生死都取决于她当天是否能离开那里——她真怕七月会突然回家。

离开史密斯堡，她并不后悔，但在一个像本特堡这样糟的地方落脚，是她始料不及的。在那些牛集镇，至少有驿车常来常往，你若不喜欢道奇，随时可去阿比林。但是，没有驿车到本特堡来，这里只有一条车道，没多远便消失在广袤空旷的草原上。

虽然还没有人跟她捣乱，但本特堡的人看上去都相当粗野。“他们认为你不值得他们来抢。”福勒说。她不知道他的话是否真实。有几个墨西哥人，看样子如果他们的情绪上来，会干出比抢劫更坏的勾当。有一次，她在那间小房子外的棚子下面坐着，见两个墨西哥人在殴斗。她听见一声大叫，两个人都拔出了刀，立即像屠夫一样厮打起来。紧接着他们的衣服便血迹斑斑了。不过，刀伤显然不重，因为打了一会儿，他们就停了手，一同回去赌上了。

福勒说有一队猎人要往北走，他们可以把她带走，但是一周已经过去，还没有见到猎人。后来有一天，福勒给她送食物时，怯怯地瞅着她，似乎有什么话要说而不愿说。

“大刺猬想和你结婚。”他以略带歉意的口吻说。

“嗯，我已经结婚了。”她说。

“要是他只跟你暂时结婚呢？”福勒问道。

“结婚就是暂时的。”爱尔迈拉说，“他为什么不自己来问？”

“大刺猬不是那种爱说话的人。”福勒说。

“我听过他说话，”她说，“他总对男人说话。”

福勒笑了笑，没有再往下说什么。爱尔迈拉很生气，有人想娶她，她可真的进退两难了。有人刚往仓库里扔了一张新剥下来的野牛皮，坐在棚子底下就能听见苍蝇的嗡嗡声。

“你要是嫁给他，他会带你去奥加拉拉。”福勒说，“你可以考虑考虑。他不像别的人那么坏。”

“你怎么知道？”她问，“你又没有跟他结过婚。”

福勒耸了耸肩膀。“恐怕你也只能把赌注压在他身上了。”他说，“我下星期就要回河下游去，有两个运皮子的人去堪萨斯，他们也可以带上你，但路上肯定很艰苦，你要一路闻皮子味。另外，运皮子的人很粗鲁。”他说，“我想大刺猬会待你很好。”

“我不想去堪萨斯，”她说，“我到过堪萨斯。”

她不能去堪萨斯的原因是，她怀孕了，并且日益明显。对这样的事，有的酒吧不怎么在乎。不过，只要有身孕，找工作总归是困难的。另外，她不想再干那种工作了。她想念迪，迪不会在乎她怀孕的。

大刺猬开始盯着她，一盯就是几个小时。他并不假装在赌博或干别的什么事，只是直愣愣地盯着她。她坐在一块阴凉里，他就坐在约三十米外的地方看她。

有一次，他正盯着她看，几个骑马的人发现了一小群野牛，其他猎手一窝蜂地去追牛，他却没有动。他们冲他大喊大叫，还和他争吵，但他只是坐着，后来他们丢下他走了。有个猎手想借大刺猬的枪使，他坚决不让。他坐在那里，把枪摆在腿上，依然看着爱尔迈拉。

她在那个男人身上所产生的力量引起了她的兴趣。他从来没有与她说过话，一个字也没有，可他能在三十米外一坐就是几小时。在男人的脑子里，一定有一个部位与女人有关，一旦有什么想法到了那里，就会使男人行为失常。

一天早晨，她出屋的时间比平常早了些，因为她有些不正常的反应，想吸点儿新鲜空气。她打开门，差点儿与大刺猬撞了个满怀。他一直在她门外站着，她的突然出现使他狼狈不堪。他吃惊地看了她一眼，转身走开了，确切地说是跑开的，直到在他们之间留下了一段安全的距离。他样子很笨，跑动时的那副模样逗得她开怀大笑。她许久没有这样笑过了。他头也不回，一直跑到原来那个安全地点才惶惶然地转过身来，好像在等着挨枪弹，因为他在她门口站过。

“对他说，我跟他去。”那天晚上，她对福勒说，“看来他人不坏。”

“你去对他说。”福勒说。

次日早晨，她走到大刺猬坐的地方。他见她过来，好像马上要逃掉，但她已经走得很近了。他瘫了似的坐在地上，眼睛流露出恐惧。

“要是你认为能带我去奥加拉拉，我就跟你去，”她说，“我绝不少给你钱。”

大刺猬没有吱声。

“咱们怎么去？”她问道，“我不大会骑马。”

有那么一分钟，大刺猬没有回答她。爱尔迈拉正要不耐烦时，他用手擦了擦嘴，好像要把嘴擦干净。

“可以坐那辆运皮子的篷车。”他说着，指了指几米外的一辆破旧的车。爱尔迈拉心想，那玩意儿连十米也走不出去，更别说一直走到内布拉斯加。

“可以叫铁匠修理修理。”大刺猬说。现在他已经开始和她说话了，而且并没有遭到雷击，他放心了些。

“你是说，只有咱俩去吗？”爱尔迈拉问。这一问题使他久久没有开口，她几乎后悔问了这么个问题。他又默然了，六神无主。

“可能带上路加。”他说。

路加是个像黄鼠狼一样的小个子猎人，左手只剩拇指和小指。他随身带着骰子，见人就拉着人家赌。有一次她向福勒打听过这个人，福勒说为了点儿什么事儿，一个屠夫用菜刀把他的几根指头剁了。

“咱们什么时候能走？”她问。大刺猬似乎不能马上做出决定。他思量了一阵子，没有结论。

“我想离开这儿，”她说，“我闻牛皮闻够了。”

“叫那个铁匠修修这辆车。”大刺猬说。他站起身来，拉起车辕便向一百米外的铁匠铺走去。第二天上午，多少算是修理过的那辆车停在她那间小屋外。她走过去看车，只见路加正醉醺醺地在里面睡觉。他张着嘴，露出为数不多的几粒黑牙。

乘船来的时候，路加对她不闻不问，但现在他一醒，便跳出篷车朝她走过来，黄鼠狼似的脸上带着狞笑。

“大刺猬和我搭伴了，”他说，“你会赶车吗？”

“要是走慢点儿，还行吧。”她说。

路加长着一头针状的头发，指向各个方向。一边肩膀挎着带鞘的剥皮刀，刀身长三十厘米。他不停地嘿嘿傻笑，亮出那几粒黑牙。与大刺猬不同，他一点儿也不怕面对面地看她。他举止粗俗，还经常在说话时嚼烟草叶。

“大刺猬买骡子去了，”他说，“我们有两匹马，可不会拉车。反正有你赶车，我们还可以弄几张牛皮呢。”

“我不喜欢牛皮的味。”她明确地说，但说得还不够明确，路加没能领会她的意思。

“时间一长，你就闻不到味了。”他说，“我根本就闻不出味，我闻得太多了。”

路加有一根短鞭，他不时神经质地用它在腿上啪地抽一下。“你怕不怕印第安人？”他问。

“我不知道，”爱尔迈拉说，“反正我不喜欢他们。”

“我已经杀了五个印第安人。”路加说。

大刺猬终于回来了。他牵着买来的两头瘦骨嶙峋的骡子，肩上扛着新买的套具。套具十分破旧，他们捡起地上到处都有的生牛皮，很快便把它捆了个结实。路加那只只有拇指和小指的手干活儿十分灵巧，比大刺猬干得还好。大刺猬的手太大了，手指不够灵活。

她很快便掌握了赶骡子的技术。其实很简单，因为它们愿意跟在两个骑马人后面。只有在他们两个去打猎时，骡子才有点儿想停下。第二天上路后，那两个人走了，她赶车过一条小溪，溪岸又陡又不平，她心想篷车肯定会翻。就在她打算跳下来逃命时，篷车不仅没有翻，还奇迹般地停住了。

那天他们猎到了二十头野牛，爱尔迈拉只好在太阳底下停了一天，等他们把牛皮剥下来。后来她干脆下车坐在车底，只有那里还有点儿阴凉。他们俩把带血的牛皮堆放到车里，引起了骡子的不满，它们和她一样不喜欢生牛皮的气味。

大刺猬又恢复了沉默，路加一个人说个不停。他滔滔不绝地讲着，也不管是否有人爱听。

爱尔迈拉常常感到恶心，对篷车的颠簸还需要一段时间才能适应。草原看上去很平坦，走在上面才觉出坎坷不平。大刺猬给了她一条毯子垫着。毯子能使她不至于磨出泡来，却无法使她的臀部免受颠簸之苦。

她只身一人与两个男人在这片广漠的草原上赶路，这使她感到忧虑。在牛集镇，身边有许多姑娘，只要有一个男人发坏，她就可以喊叫。在船上也没有这类危险，因为他们总在打架和赌博。但是，这片草原上只有他们三人，而且都无事可干。大刺猬坐在火堆旁看着她，路加也一边不停地说一边看着她。她不了解大刺猬是否已认为他在某种程度上娶了她。虽然到目前为止，他还羞得连话都不对她说，但她担心他会突然走过来迫使结婚成为事实。据她猜测，他也许让她也嫁给路加，而她绝不愿意这么做。一想到这些，她便惊恐不安，连他们给她的野牛肉也吃不下了。而且，这种野牛肉比她嚼过的任何牛肉都硬，她咬了一口，嚼了半天，直至下巴累得不愿再动，将肉吐了。

然而，当她走到篷车那里，将毯子铺成床时，两个人谁也没有跟着她去。她担心地躺了许久，那两个人仍坐在火堆旁边，偶尔朝她睡的方向看看，却无意打扰她。路加拿出他的骰子，两个人便赌了起来。爱尔迈拉睡着了，只睡了几小时便被雷声惊醒了。那两个人睡在即将熄灭的火堆旁。她能看见草原深处闪电从天而降，几分钟后，豆大的雨点打在她身上，瞬间便全身都湿透了。她跳下来钻到篷车底下，虽说防不了什么雨，但总比车上好点儿。接着，四面八方都响起雷声，那巨大的轰响犹如房倒屋塌。她吓得紧搂双膝，直打哆嗦。闪电亮起时，整个草原便短时间沐浴在亮光中。

风暴旋即过去，但她一直躺在车底，听着从车上往下滴水的声音。天黑得伸手不见五指，她不知道那两个人现在怎么样了。

清晨，他们还在原地待着，湿得像两只麝鼠，但他们已经准备喝咖啡了。他们只字不提昨夜的暴风雨，爱尔迈拉知道，他们习惯了这种艰苦的旅行，她自己最好也尽快适应。

上路不久，她便开始对骡子说起话来。她的话不多，骡子也不作答，但这样可以使漫长、酷热的白昼过得快一些。

第54章

第一天，奥古斯塔斯花了半天时间寻找蓝鸭的踪迹。蓝鸭很有胆略，那天晚上他带着罗丽娜从惊散的牛群里穿过，他们的足迹已被上千头牛的蹄子破坏了。这一招相当高明，敢用这一办法的人实在不多。

奥古斯塔斯多年没有这样下功夫追踪人了。他骑马走了整整一个上午，边找边回想他最后一次追踪的人，为的是给自己增添些成功的希望。最后一个人好像是韦布斯特·威特，一个本领不大的盗马贼。此人曾一度在布兰科一带偷马。一天，他与考尔去追这个人，并在日落前抓住他，将他吊死了。那一次跟踪很容易，因为他带着偷来的四十匹马。

关于韦布斯特·威特，他记得最清楚的是，这个人个子很高，他们是在一片灌木地带抓获他的，因而只能在一棵低矮的树上吊死他。当时的情况是要么就在那棵树上吊死他，要么带他回去。考尔反对将他带回去，他认为立即实施的制裁，才是真正合理的判决。在那些年月里，他的看法是正确的，因为他们若不处置，就只有依靠巡回法官，而那些法官往往走不到那里。

“咱们把他带回去，他就会贿赂狱卒，或者挖洞逃跑，或者出别的差错，那就要再一次去抓他。”考尔说。考尔对于能用绞刑的人绝不实行枪决。而在当时的情况下，奥古斯塔斯也不反对，因为他们匆匆出发，弹药不够充足，所在的地区也十分不安全。

幸运的是，当他们把韦布斯特的坐骑赶开时，他的脖子断了，否则他就会站在那里笑话他们，因为那牧豆树枝垂得很低，他的两只脚都在地上拖着。

这件事至少发生在十二年前，奥古斯塔斯很快发现，他追踪的技术已经荒疏。头三个小时里他发现的马蹄印都是帽子溪牧牛公司的马留下的。他真想回去把狄兹叫来，尽管他知道考尔是不会轻易放他来的。

后来，在向西北转大圈察看时，奥古斯塔斯找到了蓝鸭那三四马的蹄印。蓝鸭只用了一个计谋——从惊逃的牛群中穿过。此后，马蹄印一直引向西北，路线笔直，奥古斯塔斯很快就发现他不必费什么神便可跟着走。即使一时找不到，一公里内还可以再次发现它。

他放胆策马飞奔，但又不敢把马跑坏了，因为他只有这一匹。每过一条溪流，他都让马停下来休息片刻。他一夜马不停蹄，到了次日早上，看见蹄子印仍旧向西北伸延。他一直没有追上他们，所以很懊丧。罗丽娜尝到了她连想都没有想过的艰苦赶路的滋味。除非她运气好，否则她还会遭到比艰苦赶路更坏的待遇。奥古斯塔斯知道这是他的过错。他完全应该在知道那个人就是蓝鸭时，马上把她带回大本营。现在回想当时的情况，他不知道为什么竟没有那样做。这是他一生中常有的失误——即使是很明显的危险也不足以使他挂在心上。

他力图克制自己的悔恨心情，专心致志地将她找回来，因为反正事情已经发生，至于他为什么听任它发生，已经无所谓了。蓝鸭这个名字是他过去生活中很熟悉的，十五年后的现在又出现在他的生活里，使他感到无法解释。

第二天，他不再追了，因为显而易见，蓝鸭是朝印第安人保留地大平原去了。毫无疑问，那块地方很大，但奥古斯塔斯觉得他知道蓝鸭会上哪里去。他会去帕洛杜罗峡谷西北一带，过去每次被追赶时，蓝鸭总是逃往那里。

一次，他与考尔坐在峡谷西边的岩脊上，朝西边棕色的大片无水区望去。他们终于决定，趁还能活着回去，放弃向西追踪。比起印第安人来，他们更怕缺水。时值仲夏，原野上如炽如灼，仅有的几棵草也已变得焦黄。考尔很沮丧，他最不愿意在抓到他追踪的人之前就收兵。

“那里肯定有水，”考尔说，“他们过去了，他们又不能喝土。”

“不错，但他们知道水在哪儿，咱们不知道。”奥古斯塔斯指出，“他们还可以杀死马，弄点儿血喝，他们的马很多。咱们要是把马杀掉，走回圣安东尼奥，可就他妈的死定了。”

下午，他经过克利尔河，还路过一间盖了一半的木屋。木屋已被人遗弃，它作为一件生动的实物，将科曼切人的力量告诉人们——他们的屠杀曾使多少来这里落户的人，在他们还能走路时，识时务地后退了。考尔与他都亲眼看到，在整个五十年代里，西部边境是如何向前推进，又如何在短时期内全线崩溃的。到特里尼蒂和布拉索斯这里来的男男女女对艰苦并不陌生，但艰苦是一码事，恐怖又是另一码事。这里的土地广袤无际，他们可以拥有它，但土地不能排除恐惧——考尔对这一现实根本不理解。白人就这么弃之而去，考尔对此大为恼火。

“他们要能坚持下来就好了，”他曾多次这样说道，“那样一来，人很快就会多起来，足够打败印第安人。”

“谁也不想整夜跟一个吓得没魂的女人在床上睡。”奥古斯塔斯说，“如果你不得不终日待在碉堡里，还怎么种地？开办农场的人都是一家一户分开住的，更容易叫印第安人把他们分隔开来，然后杀死。”

“其实他们可以先把女人送走一段时间，”考尔说，“等安全了再叫她们回来。”

“办法倒是不错，但是，好不容易才讨到老婆的人可不想离开她不管，”奥古斯塔斯说，“否则他们自己就要干所有的杂活儿。还有，身边没有老婆也就没有孩子，而孩子是了不起的免费劳动力，比他妈的雇别人干活儿便宜多了。”

他们对这一问题的争论持续了数年之久，毫无结果，因为考尔对人类的弱点从不给予任何同情。奥古斯塔斯则认为他缺乏想象力。考尔从来就不知道害怕是何物。他们经历过严峻的时刻，而那通常意味着行动。在战斗中，一切都会在瞬间发生，没有时间使一个像考尔这样的人因害怕而头脑发晕。有的人每天晚上睡觉时，都害怕天亮前会感觉到科曼切人的刀子向自己刺来。那种感觉到底是什么滋味，考尔怎么也想象不出来。

那天晚上，奥古斯塔斯停下来歇歇马，在一处小山崖上宿营。他没有生火，只吃了些牛肉干。这个地方离布拉索斯河不远，周围是一片矮小的栎树，从山崖上张望，可以一直看到被月光照亮的山谷群。

他惊异地发现，他已经忘记了现在正包围着他的这种空旷。多年来，在他住的地方能听到干豆酒吧的钢琴声、孤鸽镇那所小教堂传出的钟声，还有博利瓦敲吃饭钟的声音。甚至他睡觉时也要伴随豌豆眼的鼾声，那声音就像钟表的声音一样有规律。

然而，这里没有声音，任何声音都没有。没有土狼的嚎叫，没有蟋蟀的鸣唱，没有纺织娘或猫头鹰的叫声，只有他自己那匹马吃草的声音。在他与繁星之间，在所有的方向之内，只有寂静与虚无——听不到人们打牌时的争论声，什么也听不到。他虽然骑马骑得很累，但在这寂静中得到了非同寻常的休息。

第二天，他发现了罗丽娜那匹马的尸骸。天黑之前，他已走出丛林地带。过了威奇托河，他便向西骑去。已经两天未见蓝鸭的踪迹了，但他不在乎，他一贯相信自己的直觉，知道那个人会在哪里停留。他可能向“土坯墙”去了，那是本特旧堡之一。那个碉堡在加拿大河上，一直没有起什么作用，于是本特兄弟放弃了它。后来，那里便成了野牛猎人及一切过河的人聚集的场所。

春季到来，仅剩的一些野牛已向北迁移，仅剩的猎人也将在老碉堡处集结，准备进行最后一次围猎。猎人们对于和什么人在一起并不特别挑剔。虽说在以往的年月里，蓝鸭和他的手下一个个地打死了不少野牛猎人，但新一代猎人见到蓝鸭带回像罗丽娜这样的战利品时，也就忘记了这一事实。

再者，草原上还有一些肆无忌惮的基奥瓦部落和科曼切部落的叛逆者。据说——至少在南得克萨斯，人们这样说——这些人马分散在各处，买卖俘虏的活动已不复存在。

但是，奥古斯塔斯现在不是在南得克萨斯。他在这渺无人烟的草原上行动时，有足够的时间去考虑，那些传言也许根本不准确，因为道听途说经常是不准确的。那些人马势必灭亡，但也可能再持续一两年才完蛋，而他现在已经走进了他们所在的地区。他并不为自己担惊受怕，而是为罗丽娜担心。蓝鸭可能用罗丽娜做筹码，与喜欢白种女人的叛逆印第安人首领做交易。罗丽娜被擒将最终导致他们偷窃孩子的罪恶行径结束。

假如蓝鸭有意将她卖给印第安人，那他就可能带她去西边更远的地方，通过一个叫基塔奎的地区，然后往北到加拿大河上的一个渡口。在那里，科曼切人买卖俘虏已有几十年的历史。那附近便是有名的眼泪谷。人们遇到曾被带到那里去的俘虏时，他们就会痛苦地说到那个峡谷。在那里，科曼切人将俘虏分开，将母亲与孩子分别卖给不同的团伙，理由是将他们分开，他们就不容易组织逃跑。

奥古斯塔斯向基塔奎走去。这是一块焦枯的土地，浅浅的红色峡谷向西延伸到帕洛杜罗。在这里，他看见远方鬼怪般的尘土呈螺旋状从地面升起。在白天的热浪中，会出现海市蜃楼，能看到广阔的湖泊。虽然明明知道那是幻景，但它们太逼真了，他几乎相信前边真的有湖泊存在。

他决定先到加拿大河上的那个大渡口去。如果他在那里找不到蓝鸭，便可以沿河去防御工事。过了雷德河上游的野狗河——他的确在那里见过不少野狗——奥古斯塔斯骑马向西，来到帕洛杜罗的山脊上。他好几次看见小群野牛，两次从白骨遍地的山谷里走过，猎人们曾在此屠宰过数百头野牛。还算幸运，他找到了一处清泉，便就地过夜，歇歇马，以做最后的努力。

次日下午，他已进入加拿大河的断层地带，这里遍布风化的浅谷。他能看见加拿大河蜿蜒向东流过平原。他向东骑了几公里，希望找到蓝鸭的踪迹，但没有找到。他相信自己走得太靠西。那个人可能直接去了“土坯墙”，将罗丽娜扔到一帮野牛猎人的脚下。

他还来不及对自己这一过失感到悔恨，便看见远处有什么东西，于是他忘掉了一切。在他的视野里，一个正在移动的斑点出现在平原北部，它正在向河边挪动。乍一看，他还以为是蓝鸭，而如果是蓝鸭，就说明罗丽娜没有和他在一起——因为只有一个斑点。他的马也看见了那个斑点。奥古斯塔斯把枪准备好，以防那个斑点怀有敌意。他骑到近处才发现是一个白胡子老翁。他的胡子很脏，手推一辆独轮车走在平原上，车上装的是野牛骨头。更令人难以置信的是，奥古斯塔斯发现原来他早就认识这个人。

他叫奥斯·福兰克，最初在山里靠猎河狸为生。他曾在韦科拥有一爿商店，后来不知由于什么原因发了疯，抢了商店隔壁的一家银行。在他走进银行抢劫之前，那家银行一向认为与他相处得不错。当时奥古斯塔斯与考尔也在韦科，但考尔不想接手这件银行抢劫案，他认为那些开银行的愚不可及，被抢了也活该。不过，他们后来还是被说服去追捕他。他们很快就抓住了他，但也不是容易得不费一枪一弹。枪战发生在布拉索斯河的一片荆棘丛里，当时奥斯·福兰克正在那里烧鹿肉吃。他们足足打了两小时，没有伤亡。后来，奥斯·福兰克子弹耗尽，束手就擒。回韦科时，他一路大骂，在他们离开城里的那天便越狱逃走了，奥古斯塔斯从此再也没有听到他的消息。然而，他现在正用独轮车推着牛骨，在这片大草原上走着。

他好像没有带武器，于是奥古斯塔斯一直骑到他身边，那杆枪横在马鞍上。老强盗很可能在牛骨里藏着手枪，但是除非他的枪法有所长进，否则即使他开枪也不会构成什么威胁。

“喂，奥斯。”奥古斯塔斯骑马过去时说，“你在做牛骨生意呢，还是干吗？”

奥斯眯着眼睛看了他一会儿，没有搭腔。他继续推着小车在坎坷不平的草原上走着。他的胡须已被嘴里流出的烟草汁染成了棕红色。

“我怕你是记不得我了，”奥古斯塔斯说着，走到他身边，“我是麦克克里队长，有一次咱们互相打了一个下午，就在布拉索斯河上游。你在一片树林里，我和考尔队长在另一片树林里。咱们的子弹把所有的栎树都削断了。后来我们把你关进监狱，可你随后就逃了出来。”

“我不喜欢你，”奥斯一边推着车一边说，“把我关到他妈的那个牢里。”

“是呀，你干吗抢那家银行？”奥古斯塔斯说，“一个好基督徒是不抢邻居的，好基督徒也不记仇。你不是生来就信基督教吗？”

“不是。”奥斯说，“你在找什么？”

“一个白人姑娘，”奥古斯塔斯说，“很漂亮。一个土匪把她抢走了，你可能知道他，他叫蓝鸭。”

奥斯把小车停了下来。他要吐口水，便前倾身子把一大口烟草汁直接吐到一个红蚂蚁窝里，恼火的红蚂蚁四散而逃。

奥古斯塔斯放声大笑。奥斯·福兰克一向与众不同。他记得在韦科时，他曾引起人们的不满，因为他好像从不睡觉。他铺子里的灯整夜通明，凌晨三点他便在街上游逛，谁也不知道他在找什么，也无人知道他是否找到了他要找的东西。

“这又是一个新招儿，”奥古斯塔斯说，“朝蚂蚁吐唾沫。我看除了运骨头，你没别的事可干了。”

奥斯继续走了起来，奥古斯塔斯紧随其后，并对生活中发生的微妙变化感到有趣。他们不久便来到加拿大河的山谷里。奥古斯塔斯被那庞大的牛骨堆成的“金字塔”惊呆了。骨堆离河水大约五十米远，骨头堆了那么高，奥斯在堆放它们时肯定要用梯子，而实际上他没有看见周围有梯子。河下游几百米处的地方还有一座牛骨“金字塔”，和这个一般大。

“喂，奥斯，看来你很忙啊。”奥古斯塔斯说，“过不了几天你就要发大财了，那时候银行就该来抢你了。你想把它们卖给谁？”

奥斯没有理会他的问题。他把小车推到骨堆下，便开始将牛骨使劲往骨堆的高处扔。奥古斯塔斯在一旁看着。有一两次他把腿骨或股骨径直扔到了顶部，但大多数的骨头落在骨堆中部。五分钟后，小车便空了，这时奥斯又一声不吭地推起小车朝草原走去。

奥古斯塔斯决定在那个老汉工作时休息片刻。那里的宿营地极不完善。奥斯在河南岸的红山崖上挖了个洞，洞前放着他的铺盖，此外便只有一支野牛猎枪、几个罐子和锅。主渡口在河下游两公里处，奥古斯塔斯骑马过去检查完毕，才卸下鞍鞯。那里有无数马蹄印，但没有他要寻找的。在奥斯的营地与渡口之间，他看见五座骨头“金字塔”，每座都有好几吨重。

奥古斯塔斯在营地的小山崖阴凉处休息时，奥斯继续运牛骨，一直运到日落。将最后一车牛骨扔上“金字塔”后，他把小车推回营地，把它翻过来，坐到上面，然后目不转睛地默默看着奥古斯塔斯，足有两三分钟。

“嘿，不准备请我吃晚饭？”奥古斯塔斯问道。

“你们不该抓我，”奥斯说，“我不喜欢那个混账银行。”

“你在牢里总共没待上四小时。”奥古斯塔斯提醒他，“你工作那么卖力气，我想你也许该休息休息。你可以在牢里学点儿英语什么的。我发现你终于学了点儿。”

“我不喜欢那个混账银行。”奥斯重复说。

“咱们谈点儿别的吧，”奥古斯塔斯说，“你没有因为那个银行事件挨枪子儿就算幸运了。我和考尔当时都是好枪手，救了你的是那片丛林。”

“我不会说话，他们骗了我。”奥斯说。

“你死心眼儿，奥斯。”奥古斯塔斯说，“你，还有世界上一半的人都死心眼儿。你在加拿大河这块地方多久了？”

“我来五年了，”奥斯说，“我想开个铺子。”

“那好，你来得太早了，”奥古斯塔斯说，“再过十年别人也到不了这儿。到那时候，你就有数不清的野牛骨头。但愿有人需要它们。”

“我有过一辆篷车，”奥斯说，“叫人偷了。叫阿帕切人偷走了。”

“是吗？”奥古斯塔斯说，“我还不知道这附近有阿帕切人呢。”

“在佩科斯河一带，”奥斯说道，“我从山里出来了。我不喜欢雪。”

“我要是有机会，就从雪上走。”奥古斯塔斯说，“你待的这个地方够偏僻的。印第安人不来惹你吗？”

“他们不管我，”奥斯说，“你追的那个人是个阴险的家伙，他把鲍勃杀了，在他下面点了把火，把他烤死了。”

“可他不惹我，”他补充道，“杀了鲍勃，没理我。”

“鲍勃是谁？”

“老鲍勃，跟我一起上山的一个人。”奥斯说。

“他要是让我找到了，他那可耻的日子就到头了。”奥古斯塔斯说。

“他的行动很快，那个蓝鸭。”奥斯说，“有几个基奥瓦人跟他在一起，他们把我的狗吃了。”

“有几个基奥瓦人？”奥古斯塔斯问。

“那是条大狗，”奥斯说，“咬死过两只狼。我有过几只羊，可是都叫墨西哥人偷了。”

“在这样的高原上住可有些冒险，”奥古斯塔斯说，“冬天你一定很冷吧。”

“那些基奥瓦人把那条狗吃了，”奥斯又说，“好狗哇。”

“蓝鸭怎么不杀你呢？”奥古斯塔斯问道。

“他笑话我。”奥斯说，“笑话我的牛骨头。他说他准备好了就杀我。”

“跟他在一起的有几个基奥瓦人？”奥古斯塔斯又问了一遍。这个老汉显然已不习惯与人谈话，他说话都带着颤音。

“六个。”奥斯说。

“‘土坯墙’那儿有谁？”奥古斯塔斯问。

老汉没有回答。夜已降临，他坐在小车上，奥古斯塔斯几乎看不见他。

“这条河里没有河狸。”数分钟后，奥斯说。

“是呀，只有傻瓜河狸才在这条河里住哩。”奥古斯塔斯说，“三十公里内连棵树都没有，而河狸最喜欢啃树。你要是喜欢河狸，就应该住在北边。”

“我宁愿捡这些骨头，”老汉说，“湿不了我的脚。”

“你猎河狸的时候到过蒙大拿吗？”

奥古斯塔斯等了几分钟，不见老汉回答。月亮升起时，奥古斯塔斯发现他已在小车上睡熟了，头耷拉在手臂上。

奥古斯塔斯又累又饿，他躺着不动，心里想着最好有点儿吃的东西，不过即使有什么可以做来吃，他也无心起来准备了。

深夜，他被一个声音惊醒，马上掏出手枪。看月亮的位置，他知道已近黎明。那声音很生疏。

他小心地翻过身，发现声音来自奥斯。他已经在黑夜里爬了起来，并且收集了一车野牛骨头，正在往骨头堆上扔。骨头从骨头堆上滚下时发出咔咔的声音，正是这种声音吵醒了奥古斯塔斯。

奥古斯塔斯收起手枪，过去看老汉。

“你这人可真怪，奥斯，”他说，“白天黑夜地干。你应该跟伍德罗·考尔搭档，他干活儿跟你一样不要命。要是能把他叫上，你们俩就能占有全世界了。”

奥斯·福兰克没有任何反应。他把小车卸空，推着它又上了坡，从河边走开。

奥古斯塔斯牵过马，向东骑去，路上又遇见了奥斯，他正在月光里干活儿。他有的是活儿干，因为平原上遍布野牛骨头。看上去像是有一整群野牛被杀了，因为有一条白骨带在平原上绵亘不断，直至远方。

他想起很多年前他首次来到这片高原时的情景。一连两天，他、考尔和其他保安队员与那一大群南方野牛并肩走着。成千上万的野牛缓缓地吃着草向北走去。夜间很难入睡，因为在数不清的野兽旁边，马匹十分紧张。野牛群发出的声音也不绝于耳。他们骑马走出上百公里，差不多没有看不到野牛群的时候。

他们虽然听说野牛群即将被消灭殆尽，但由于他对那群南方野牛记忆犹新，难以相信那种消息是真的。他们在孤鸽镇谈论这些消息时，一致认为太夸张了。野牛少了一些是可能的，被消灭光则不可能。所以，眼前这在草原上绵延的白骨带确实令他震惊。也许剩下的只有这条白骨带。这一看法给草原上坟地般的寂静增添了异样的感觉。随着数以百万计野兽的消失，随着在此期间大部分印第安人的消失，这片广阔的草原实实在在地空了，没有人烟，也没有吃草的牛。

当然，不久白人就会来，在他眼帘里出现的一切只是过渡时期的景象。这不是他们见到的草原的本来面目，也不是草原将要变成的样子，而是真正的空空荡荡——一望无际的草没有人用，占领这片土地的只有残存的野牛、印第安人和猎人。奥古斯塔斯想，这些残存者大部分癫狂、失常，就像那个从山里来的老汉，他夜以继日、无目的地收集牛骨。

“怪不得你在韦科的时候没有被累垮，奥斯。”他既像是对老汉说，又像是对自己说。奥斯既不想说，也不想听。他已装满小车，启程回去了。

“我现在去‘土坯墙’替你杀那个大土匪，”奥古斯塔斯说，“需要什么吗？”

奥斯停了下来，若有所思。

“但愿他们没有杀死那条狗，”他说，“我喜欢那条狗。是基奥瓦人把它杀了，不是墨西哥人。六个基奥瓦人。”

“那好，我有六发子弹，”奥古斯塔斯说，“也许我会打发他们到你那条狗去了的地方。”

“那些基奥瓦人打死了鲍勃的马，”奥斯补充道，“他们就那么过来把他抓住，在他下面生火，把他给烧死了。他们就是那么干的。”

说完，他便推起那车骨头向加拿大河走去。

天近破晓，原野上仍是一片黑暗，天地接壤处已呈灰白色。虽然黎明是奥古斯塔斯最喜欢的时刻，可是眼下这一时刻却使他感到了自己的愚蠢。单枪匹马走在加拿大河边，随时可能被一伙嗜血成性的土匪擒获，外加饥饿的折磨，这不是愚蠢又是什么？一连串的愚蠢导致他落到这个地步——考尔仓促地决定成为一个牧牛人，他则同样仓促地决定来救一个被杰克·斯普恩捉弄的蠢透了的姑娘。没有一项决定是明智的，然而在这些愚蠢中也有他喜爱的成分。他一生中追求过明智的决定，但往往不出三五天就被证明是那么无聊。对他来说，明智并没有给他带来什么好处，只有毫无例外的醉酒与肆无忌惮的赌博，反倒是某些愚蠢的行为带来的成就更多些似的。

阳光照亮了草地，他沿着白骨铺就的路，向东方骑去。

第55章

罗丽娜不肯讲话，猴子约翰对此愤怒极了。“妈的，你要是不用你的舌头，我就把它割下来。”有一次他这样说。说完，他把她打倒在地，坐到她身上，把他那柄大刀放在离她的脸很近的地方，直到狗脸威胁说他要是还不放手，就开枪打死他，他才停手。罗丽娜盼着狗脸开枪。猴子约翰是她见过的最坏的男人，甚至比厄莫克和基奥瓦人更过，尽管他们坏透了。她闭上眼睛等着挨刀子，这时，狗脸打开了手枪保险，猴子约翰才收敛些。他仍坐在她的胸上，就她的沉默与狗脸争执不休。

“她说不说话与你有什么相干？”狗脸说，“我也不愿意跟你说话，你这个老矬子。”

“妈的，她会说话。”猴子约翰说，“鸭子说，她跟他说过话。”

“她说不说是她自己的事。”狗脸坚持道。他瘦得像个稻草人，有一双疯狂的眼睛，猴子约翰从不敢逼他太甚。

“天哪，她是咱们买的。”猴子约翰说，“为了她，所有的牛皮都给了人家，她应该听咱们吩咐。”

“你他妈的已经够本了，”狗脸说，“大部分牛皮是我的。”

“你这个老不死的矬子。”他又加了一句。

猴子约翰年纪不小了，满头白发污秽不堪。他个子矮小，身高不足一米五，但这并不妨碍他为人阴险毒辣。他曾两次从火堆里抽出树枝打她。她的唯一防御办法是尽量蜷缩成一团。她的背部与双脚即刻被烧破，红肿起来。她知道，如若猴子约翰单独和她在一起，时间久了，他会用更恶毒的办法折磨她。由于她的一半归狗脸所有，因而他时刻注意不让自己的投资遭到过分损伤。

虽然她亲眼看见狗脸和猴子约翰用牛皮从蓝鸭手里换了她，但他们两个好像并没有完全拥有她，因为每过两三天，只要那几个基奥瓦人来，他们就把她拖到自己的营地里供他们享受，两个白人从不制止。两个白人与基奥瓦人互相憎恨，但由于都畏惧蓝鸭，所以从不殴斗。

在整伙人里，蓝鸭对她最无兴趣。他劫她是为了卖，而且已经卖了，对于别人如何对待她，他显然无动于衷。他只要待在营地，不是擦枪，就是吸烟，很少看她一眼。猴子约翰很坏，但最使她害怕的是蓝鸭。他那双冷若冰霜、毫无表情的眼睛远比猴子约翰的盛怒或狗脸的疯狂更令她毛骨悚然。蓝鸭把她吓得什么话都不敢说。她虽然一向寡言少语，但在这里所表现出的沉默有别于她以往的沉默。在孤鸽镇时她也经常缄口不语，不过只要她想说，可以随时开口。杰克来找她时，她一下子说了那么多。

现在，语言已为恐惧所取代。两个白人不停地表示要杀她，蓝鸭虽不说话，但她知道只要他愿意，他们什么都干得出来。她不指望能够活到天黑，事实是，那些人还没有对她厌倦，还让她活下去。待他们厌倦了，便会杀死她。她只企盼最后结束她生命的人不是蓝鸭。她全身又脏又臭，但那些男人还是要她，使她感到奇怪。其实那些男人比她更肮脏，更臭气熏天。他们的营地就坐落在一条溪流边，然而他们没有一个人肯去小溪里洗一洗。猴子约翰屡次对她说，如果她企图逃跑，他就想法子整治她。

就在猴子喋喋不休时，罗丽娜力图关闭思想的闸门。她掌握了不说话的本领，而且正在练习不听别人说话的本事。夜晚她想，有朝一日要把死亡的本领也学会。她想死，并且想象如果哪天早上他们醒来后发现她已经死了，他们再也无法从她那里得到好处时，他们会多么气急败坏。

但她学不到死亡的本领。她可以想到死亡，却死不了。她也无意逃跑。她对自己身在何处一无所知，她所见到的只是向四面八方延伸的平原，空旷、荒芜。他们有马，能抓住她，然后惩治她或把她交给基奥瓦人。猴子约翰就这样威胁过她，还向她描述，如果落到基奥瓦人手里，他们将会怎样惩治她。晚上，他们尽是谈论印第安人如何处置被他们俘获的人。她相信他们说的话，与基奥瓦人在一起时，她总有一种不可名状的恐惧。他们在满足欲望之后，仍觉得不满意。她看见他们事后依然贪婪地盯着她。他们的目光比猴子约翰的威胁更令她害怕。基奥瓦人盯着她时，目光中隐藏着某种东西，那可怕的目光使她恨不得马上死掉，这样就不必去想他们可能会对她怎么样了。

蓝鸭时来时往。有些日子他来到营地，只顾磨他的短刀，有些日子他骑马离开。那几个基奥瓦人有时与他同行，有时则坐在营地周围无所事事。猴子约翰咒骂他们，他们只当听不见。他们嘲笑那个老头子，用盯着罗丽娜的那种目光盯着他。他们并不是只对女人才干那种事。

一天，那几个基奥瓦人找到了一头被遗弃的瘸母牛。母牛的一只蹄子撕裂了，只能用三条腿蹦着走。基奥瓦人用长矛扎它，把它赶到营地，其中一人用斧子砍它的头，把它砍死了。然后，他们将牛的肚皮划开，把肠子扯出来。他们将白白的肠子切成一段段，挤出里面的东西，然后就贪婪地大吃起来。罗丽娜想起蓝鸭说过的话，他要把她的肠子像牛肠子一样拉出来，用这种办法整治她。

“瞧瞧那些吃肠子的人，”狗脸说，“我要是吃生肠子，我就不是人。”

“你要是饿了，你也会吃。”猴子约翰说。

“他们才不饿呢，放着整头牛不吃。”狗脸提醒他。

罗丽娜思忖：如果还有什么希望，就在狗脸身上。此人粗野、疯狂，但没有那个年纪大的心肠硬。她令他失望时，他顶多用巴掌打她，但不会像那个老的那样，用着火的树枝抽她或踢她的肚子。他对她越来越友好了，所以他不愿见猴子约翰伤害她，甚至不喜欢他碰她。他说话十分谨慎，否则那个老的会立刻怒气冲冲。而每逢猴子约翰找她的麻烦时，狗脸总是心绪不安，拎起枪离开营地。不管营地里有没有人，猴子约翰总是粗暴地耍弄她。

一天晚上，蓝鸭神秘地从外面回来，带回了一些酒。他将酒无偿地分给两个白人和那几个基奥瓦人。蓝鸭只喝了一点儿。晚上天气很热，但他们还是生了堆火，坐在火周围轮番喝酒。一小时后，猴子约翰、狗脸和几个基奥瓦人都醉了。

罗丽娜开始害怕了。虽然蓝鸭连看都不看她，但她意识到要发生什么事了。他带回来好几瓶酒，那几个人喝完一瓶，他便递过去一瓶。猴子约翰喝酒时格外放肆，酒从嘴角流出来，淌到他那肮脏的胡子上。他起来小便时连身子都不转过去。

“你走远点儿，”狗脸说，“我不想坐在你的尿上。”

那老家伙还在尿，他的尿浇在火堆上发出噗噗的声音，狗脸坐的地方也溅了一些。

“我能走远，可我不愿意。”猴子约翰说，“要是连这么点儿尿都怕，那你就滚远点儿。”

蓝鸭在火堆旁铺了条毯子，开始在上面扔骰子。基奥瓦人马上兴奋起来。厄莫克夺过骰子，一连掷了数遍，每个基奥瓦人都试了试，但猴子约翰瞧不起他们的本事。

“他们这些吃肠子的家伙哪里会掷骰子呀。”他说。

“你可当心点儿，”蓝鸭说，“厄莫克可不反对油炸你的心肝。”

“他敢来试试的话，我就在他身上打个窟窿，雨水都能透过去。”猴子约翰说。

“咱们赌吧，”蓝鸭说，“我好一阵子没赌了。”

“赌什么？”狗脸问，“我只有这支枪，没了它我可什么也干不成。除了它就是我那几匹马。”

“把你的马押上吧，”蓝鸭说，“你可能赢。”

狗脸摇摇头。“别看我知道的不多，”狗脸说，“我至少知道不能用我他妈的那些马当赌注。要是步行从加拿大河出去，就哪儿也别想去。”

但是，一个小时后，他还是将马全都输给了蓝鸭。猴子约翰在第一轮就把他的马输光了。一转眼的工夫，蓝鸭便赢了他们所有的马，而大部分印第安人醉得连发生了什么事都稀里糊涂的。

蓝鸭有一张阴沉的方脸，他接连不断地用他的大手摇动骰子，有时还像女孩子那样玩自己蓬松的头发。罗丽娜有时想抓过一支枪来把他打死，他们的枪就在旁边放着。但她打汀克斯利时枪就没有响，要是打蓝鸭时枪还不响，她非完蛋不可。她反正是要完蛋的，但其他几个人似乎也很害怕蓝鸭，只要他在场，连猴子约翰也谨小慎微起来，他们看见他死去也许会高兴。但她没有那么做。因为她怕他，就想打死他，也正因为她怕他，才不敢打死他。

“嘿，我把牲口都赢了，”蓝鸭说，“或者说大部分牲口都让我赢了。”

“大部分，妈的，全都叫你赢了。”猴子约翰说，“我们可陷在他妈的这条河上了。”

“那个丫头呢，我还没有赢到手。”蓝鸭说。

“女人又不是牲口。”狗脸说。

“这个女人是，”蓝鸭说，“比她还好的牲口我都买卖过多次了。”

“可她是我们的。”猴子约翰说。

“有你们的一半，”蓝鸭提醒他，“厄莫克和他的伙计也有一半。”

“我们打算把她整个儿买过来。”狗脸说。

蓝鸭听后狂笑不止。“等你凑够了钱，也就没有什么可买的了，”他说，“你只好去买只羊了。”

“才不要他妈的羊哩。”狗脸说。他对话题的改变感到紧张。

“咱们再赌，”蓝鸭说着，冲着厄莫克摇骰子，“用你在这个女人身上投下的一半资本做赌注，你要是赢了，我就把马还给你。”

厄莫克摇摇头，越过篝火看了罗丽娜一眼。

“不，”他说，“我们要那个女人。”

“接着来，赌吧。”蓝鸭说，他话里带着威胁。所有的基奥瓦人都望着他，两个白人则缄口不语。

基奥瓦人之间开始了争吵。罗丽娜虽听不懂他们说些什么，但很明显有人同意赌，有人不同意。有人想要回他们的马。最后，厄莫克变了主意，尽管他不住地越过火堆看她。他的目光似乎表明他打算要她，但现在要拿她做赌注了。

除了一个最年轻的，所有的基奥瓦人都赞成赌一赌。最年轻的超不过十六岁，瘦得皮包骨，但他比别人对她更感兴趣。在基奥瓦人营地时，他自己有时要一连找她两三次。年纪大的人笑话他的欲望，还试图引开他的注意力，但他一概不理睬。

这时候他不同意了。他头也不抬，眼睛盯着地，不住地摇头。别的基奥瓦人吆喝他，他也不管，只是摇头。他不想用他在她身上的利益冒险。

“让那个浑小子搅得赌不成了。”蓝鸭对厄莫克说。他站起来朝黑暗里走去，接着便听见他撒尿的声音。其余的基奥瓦人还在喝酒。厄莫克现在非常想赌。他走过去使劲摇晃那个年轻人，想让他同意，但年轻人只是沉着脸看着他。

突然一声枪响，所有的人都吓了一跳，接着年轻人便脸朝下倒了下去。蓝鸭手里拿着步枪，回到火堆旁。印第安人个个吓得噤若寒蝉。蓝鸭坐下来，将枪放到腿上，又开始摇骰子。那年轻人的脚还留在火光下，但已经不动了。

“天哪，他妈的加拿大河上的人命真不值钱。”猴子约翰说。

“不值钱，还可能更不值钱呢。”蓝鸭说。

赌博又开始了，没有人理会那个死孩子。蓝鸭很快将她赢了过来，不仅赢了印第安人的那一半，还有白人的那一半。狗脸本不想赌，但也不想死。他赌了，输了。猴子约翰也不例外。

“我看你是他妈的骗子，”猴子约翰说，他醉意上来后胆大包天，“你骗了我们的马，又骗了我们的女人。”

“我不要这个女人，”蓝鸭说，“我可以把她当礼物送给你们，还有你们的马，可是你们必须帮我一个忙。”

“这可真是个他妈的大忙，”狗脸说，“你想叫我们干什么？打碉堡吗？”

蓝鸭嘿嘿地奸笑起来。“有个老家伙在跟踪我，”他说，“他往西去了，这几天他就会来。我想叫你们杀了他。”

“听见了吗，厄莫克？”他又说，“你的马又归你了，还有那个女人，只要你杀了那个老家伙。我听说他顺着河下来了。”

“我倒想知道你是听谁说的。”猴子约翰说。

“从我偷这个女人那天起，他就一直在追我。”蓝鸭说，“可他不是个跟踪能手，他到基塔奎那边去了。现在他猜出了我在哪儿，很快就会找来。”

“上帝呀，他一定太想她了，走了这么远，上这儿来。”猴子约翰说。

“明天就把他杀了，”蓝鸭看着厄莫克说，“牵几匹马去，找些人帮忙。”

厄莫克又醉又恼。“我们去干，”他说，“那这个女人就是我们的了。”

“你们的个屁，”狗脸说，“我们就是为了这个来的，她有一半是我们的，你不准把她带走。”

“你给我闭上嘴，要不我就打死你，跟那个小浑蛋一样。”蓝鸭说。

“找些人帮忙。”他看着厄莫克，又说了一遍，“我不信你们五个人能干掉那个老家伙。”

“妈的，他是干什么的？”猴子约翰说，“五个对一个，足够了。”

“这五个人不会打枪，”蓝鸭说，“就会大喊大叫，不会打枪，可那个人会。”

“这就不一样了，”狗脸说，“我会打枪，要是厄莫克斗不过他，我来要他的命。”

“总得有人打死他才行，”蓝鸭说，“要不然你们会全都没命的。”

基奥瓦人站起来，把那个死孩子拖到一边。罗丽娜听见他们在黑暗里争吵不休。蓝鸭在原地坐着，枪横放在脚上。他好像半睡半醒。

猴子约翰站起身，向她走过来。“那个老家伙是谁？”他问道，“你有丈夫？”

罗丽娜仍旧不说话。猴子约翰火冒三丈。他揪住她的头发，打了她几巴掌，把她打倒在地，然后抄起一根木棍就要打她，这时狗脸过来干预了。

“把棍子放下，”他说，“你打她打得够多了。”

“那你让她回答我，”猴子约翰说，“她会说。蓝鸭说她会。”

狗脸拿起了枪，猴子约翰手里还拿着那根棍子。

“为了个妓女，你就要和我动枪吗？”猴子约翰说。

“我不一定要打死你，可你要是不由她去，我就砸烂你的脑袋。”狗脸说。

猴子约翰已经醉得不听任何人的了，他用那根棍子朝狗脸抡去。狗脸并没有醉成猴子约翰那样，他用枪筒打了猴子一下，老家伙两腿一歪，手里的棍子掉到地上，跟着他也倒了，正压在棍子上。

“要是我，就让他打她。”蓝鸭说。

“我又不是你。”狗脸说。

深夜，罗丽娜绞尽脑汁想把事情理出个头绪来，但由于过于饥饿与疲惫，也过于恐慌，她已经无法很好地思考问题了。她有时试图回忆起些什么，但是办不到，好像她的思维及记忆力都藏了起来，直至情况好转才能恢复。狗脸给了她一条旧毯子，否则她就只能带着身上剩下的破衣残片在地上睡觉。她用毯子将自己裹住，力图回忆刚才听到的谈话。也就是说，奥古斯塔斯来了，蓝鸭想叫基奥瓦人去杀的便是奥古斯塔斯。由于这些日子备受痛苦的煎熬，她几乎完全忘了奥古斯塔斯在找她。现在蓝鸭派那几个基奥瓦人去杀奥古斯塔斯，他也许永远到不了这里，因而很难相信奥古斯塔斯能带她走——眼前的困难情况与当初他们相识时的景况不可同日而语。她已失去了逃脱的信心。蓝鸭实在坏透了。狗脸是她的唯一机会，可是他也怕蓝鸭。蓝鸭迟早会将她送给厄莫克或者跟他们一样惨无人道的人。假如事情真会如此，那她情愿让自己的记忆与思维完全丧失。

在灰蒙蒙的黎明里，她看见几个基奥瓦人出发了，蓝鸭用印第安语和他们说了些什么，还给了他们几颗子弹。他将狗脸叫醒，又摇了摇猴子约翰，让他也醒过来。“厄莫克要是打不过他，就由你们两个上去杀了他。”他说完便走了。

猴子约翰的样子十分可怕。他仍有酒后不适的感觉，头上还有个大血疱。一整夜他的脸都埋在土里，被蚂蚁咬了几口，他的一只眼肿得几乎睁不开。他挣扎着爬起来，却怎么也站不稳。

“他怎么知道我能打枪？”他问狗脸，“我一只眼怎么看东西？还是只坏眼。”

“往上面抹点儿泥。不就是让蚂蚁咬了几口嘛。”正在擦枪的狗脸说。

第56章

奥古斯塔斯为自己不善于追踪感到恼火。他断定蓝鸭往西去了，但实际上他一过雷德河便去了北边。考尔是不会干这种事的，他肯定会跟着蓝鸭的踪迹一直走下去，或者让狄兹来追。

靠近加拿大河时，地面坎坷不平，他便向南绕行，那里平坦得多，因为他想尽量不把他的马累垮。

他垂头丧气地骑了一个上午，原打算一天之内抓住蓝鸭，但没能如愿，看来那个坏蛋比他更有计谋。这样的旅途对罗丽娜来说太苦了。他本该借考尔那匹母马，但待他意识到这一点，已为时太晚。事到如今，罗丽娜可能已经死去，或者被毁了。当保安队员的时候，他曾协助救过几个被科曼切人掳去的人，巧的是如果被掳的是女人，他总是晚到一步。她们往往已失去思维能力，一心只想死。这些人一旦回到自己人中间，便会真的死掉，而她们周围的人也肯让她们死。

正在他思索时，印第安人向他发难了。他估计不出来这些印第安人在什么地方藏着，因为他正走在一望无际的平原上。开始他只听到一声类似子弹飞入草丛的声音，那声音来自离他的马十米远的地方。后来，这种子弹穿过草丛的声音比打枪的声音更清晰可辨。在听到枪声之前，他已经催马飞快地向南奔去。他觉得一共有十一二个印第安人，但他无心去数，因为尽快跑开更重要。但是，几分钟后，他便知道他无论如何也跑不掉了，因为他的马体力不支，跑得很慢。

马越跑越慢。他希望能找到一条溪流、一片河岸或者一条沟壕，这样他便可以有个隐蔽之处，但在他的视野内，只有无尽的辽阔草原。他很想从他们中间杀过去，如果能打死他们中的三四个人，他们就无心恋战了。然而，假如他们中有一个会动脑子的人，他们就会打他的马，这么一来他将插翅难逃。

他在草原的偏东方向隐约看见了个白色的东西，便朝它骑去，原来是一大堆野牛骨头。这又是一个人们成批宰杀过野牛的地方。奥古斯塔斯从白骨中驰过时，看见一片过去野兽打滚儿留下的泥淖地。这里比平原地面稍微低一些，不足三十厘米深。但他知道，这是他能找到的最佳地点。这时，印第安人离他不远了。他跳下马，从马背上取下步枪及子弹袋，扔进低洼地里，然后抽出刀子，将缰绳紧紧缠在一只手上，将刀子扎进马脖子，切断了马的颈静脉。血如泉水般涌出，马拼命地挣扎，血溅了奥古斯塔斯一身，但他死死拉住缰绳不放。马倒下时，他设法让它倒在洼地的一边，血流如注，淌进土里。马再次挣扎着要站起来，但奥古斯塔斯使劲拉了它一下，它便不再动了。

这是破釜沉舟的一招，也是他能想到的唯一使他有机会取胜的一招。对方的马闻到新鲜血味会却步不前。再者，他必须用马体做胸墙。他本可以用枪打死它，但这样做可省下一发子弹，而且马血的气味也能起些作用。

马不再动弹了，他便立即拿起步枪。印第安人还在射击，但仍在有效射程之外。他再次听到子弹打进草丛里的声音。奥古斯塔斯将枪架在垂死的马的背上，等待着。印第安人朝他追来时大喊大叫，其中一两个人手中举着长矛。长矛只能用来虚张声势，要么在他们将他活捉后用来把他刺死。

果然，当他们离他二三十米远时，他们的马嗅到了血腥味。这时，血还在从快死的马的脖子里往外流。它们不仅慢了下来，而且开始逡巡不前或者向后退缩。与此同时，奥古斯塔斯的枪响了。印第安人惊慌起来，他们用枪狠抽他们的马，但它们已经惊恐到了极点。有两匹马卧在地上死活不肯动。他便不失时机地朝马背上的人开枪。没有什么目标比五十米处坐在一匹不动弹的马背上的印第安人更好瞄准的了。那两个人立即倒地死去了。奥古斯塔斯补充了两发子弹，擦了擦眼睛上的汗水。马血给了他机会，否则他即使开枪再快，枪法再准，也难免不被他们追上打死。这时，印第安人又在试图策马组织进攻，但是马不听话，它们不停地向两边蹦跳和向后退。有几个人想绕到南边包抄，就在他们拨马转身时，奥古斯塔斯又打死了两个。后来，一个印第安人干了件胆大包天的事——用一条毯子将马的眼睛蒙住，让那匹不知所措的马盲目地向前冲。那个人好像是位首领，至少他手里的矛最长。他一手持枪，一手握矛向奥古斯塔斯冲来时，想把枪举平，结果枪脱了手。奥古斯塔斯差点儿笑出声来。那个印第安人居然用矛向他进攻，真够勇敢的。奥古斯塔斯在他跑到离自己不足十米的地方时把他打死了。奥古斯塔斯让他跑得这么近，是为了利用这个机会夺过他那匹马，不料那个印第安人落马之后，马惊恐地逃走了，奥古斯塔斯不敢去追它。

剩下的印第安人失去了进攻的勇气。战斗持续了不到五分钟，他已经打死了五个印第安人。奥古斯塔斯装上子弹后又打死一个落荒而逃的印第安人。他完全有可能再打死一两个，但还是决定不冒这个险了，因为他的处境很危险。周围也许会有更多的印第安人，尽管他认为可能性不大。他们也许已经倾巢出动，这么一来，他已打死了一半。

暂时用不着开枪了，奥古斯塔斯仔细审视了当下的情况，发现最糟糕的是没有人与他谈话。在过去几分钟里，他遇到了生死的考验，这可不能说没意思，但是，即便是一场你死我活的战斗，如果没有人与你谈论，也应算是件憾事。在过去的岁月里，使战斗津津有味的不是敌人，而是战友。看看与他并肩作战的人在遭到进攻时都作何反应，是很吸引人的事，至少对他来说是这样的。

就拿豌豆眼来说吧，他最关心的是不能把子弹打光。他在找射击目标时总那么小心翼翼的，有时整场战斗里他都只瞄准而从不扣动扳机。

如果有人指出他的毛病，他就说："白白浪费一发子弹。"但话又说回来，只要他开枪，很少有打空的时候，这也是因为他从不打三十米外的目标的缘故。

观察考尔打仗也颇有趣。战斗出英雄，他便是这种英雄。考尔骁勇善战，一旦发现了敌人，他便穷追不舍，全然不顾这样做会有什么危险。战前他会拟订缜密的计划，战斗一旦打响，他便千方百计冲上去，把他们消灭。考尔的性情里蕴藏着杀机，他会不停地杀下去，甚至当情况已不需要时，仍不肯罢休。他一旦杀红了眼，便难以冷静下来。考尔从未被彻底打败过——只有死亡才能做到这一点。他的理由是：只要还有一个人活着，就不能说被打败了——不能说被彻底地打败了。

奥古斯塔斯认为考尔的理由不够准确。人们可能打仗打厌了，于是就想退出战场，也有些人甚至会竭尽全力避开战斗带来的恐怖。

狄兹了解这一点。他从不朝逃跑的人开枪。考尔则不然，只要那人向考尔进攻过，哪怕追出七十公里，他也要把那个人打死。狄兹打起仗来既谨慎又精明。他可能也知道鲜血的计策。但狄兹的绝招儿是反埋伏。在没有任何线索的情况下，敌人到来的前一两天，他似乎就能预感到。“你是怎么知道的？”人们问狄兹时，他无法回答。“就是知道呗。”他说。

剩下的六个印第安人虽然逃出了步枪射程，但没有离去。奥古斯塔斯看见他们正在讨论什么。他们远在三百米外，热浪在他与他们之间形成了飘浮不定的幻影。

奥古斯塔斯不认为自己的处境有多么严峻，除非还有更多的印第安人。天气酷热，血滩上嗡嗡地飞着成群的大苍蝇，这点儿小事算不得什么。那天早晨他在罐子里装满了水，而且加拿大河就在北边不足二十公里处。那几个印第安人似乎没有败退的意思，他们好像并不认为他们已经没有取胜的希望了。他们也许会在晚上来抓他，但他并不打算一直留在这里，天一黑他就要到河边去。

六个印第安人整个下午坐在那里一动不动，他们间或朝他的方向开一枪，希望碰上好运气。后来，有一个人骑马往东去了。大约一小时后，他与一个白人一同回到原处。白人支起一个三脚架，用大口径猎牛枪朝他射击。

事情的发展不妙。奥古斯塔斯不得不连忙在马的另一侧为自己挖了个浅坑。这里的马血与苍蝇更多，但总不至于带来像大口径子弹那么大的威胁。一小时内，马被好几发这样的子弹击中了。奥古斯塔斯不停地挖，幸运的是那个人的枪法并不准，有些子弹从他头上呼啸而过，也有一两颗打在他的马鞍上，又弹到一边去。

在野牛猎手装子弹的工夫，奥古斯塔斯以极快的速度开了一枪。他将枪口微微抬高，以弥补远距离造成的误差。这一枪没有击中那个人，但打伤了他们的一匹马。马的嘶叫使那个射手心神不定，他将三脚架后撤了五十米。奥古斯塔斯继续伏在坑里，等待天黑。离天黑只有一小时了。

那个射手一直把他困在那里，但天黑了他不能再射击时，奥古斯塔斯马上从他那匹死马身体下面将马鞍拽了出来，然后向西走去。他还从被他打死的印第安人身上搜寻了一些子弹。那几个人身上的子弹都不多，可是有一个人的枪不错，于是奥古斯塔斯带上了那支枪，以防不测。他讨厌拿着马鞍走路，但是它多少可以用来暂时抵挡一下。如果他在野外被包围，马鞍便是他唯一的防身之物。

就在他一具尸体一具尸体地搜罗弹药时，东边突然传来啪啪的枪声，他心头咯噔一震。真奇怪。也许是印第安人之间发生了火并，或者是别的什么人来了。枪声停息后，他听见了马跑的声音——很可能是印第安人在撤退。

新的情况使他进退维谷。他本打算拎着沉重的马鞍步行去河边，如果附近有刚来的人，他们可能很友好，他也就不必再拎着这个马鞍了。可能是某个牛群的侦察员偶然碰上了这伙敌人，虽说那条赶牛的大道更靠东一些。

不管怎么说，他不能放过这个偶然的机会，于是便朝枪声走去。草原黑了下来，天空仍有一抹灰白。他不停地止步倾听，但一开始什么也听不见，草原上一片宁静。

第三次停下来时，他好像听到了什么声音。那声音很弱，听得出是白人的声音，这是个令人鼓舞的征兆。他蹑手蹑脚地朝他们走去，尽量不发出声来。拿着个马鞍走路很难不发出声响，但他不敢扔掉它，怕在黑暗中回不到原来的地方。这时，他听到了马打响鼻的声音及马嚼子的晃动声。他离他们越来越近了。他站了一会儿，等月亮出来。月亮升起后，他又向着有声音的方向走近了些，希望能看见什么，结果只听见人们在压低声音说话，像是在争论不休。

“我们不知道有多少人，”一个声音说，“据我所知，这儿可能有五百个印第安人。”

“我去找他们。”又一个声音说。那声音像是小姑娘的，令奥古斯塔斯百思不解。

“算了吧，”第一个声音说，“你会捉野兽不等于你会捉印第安人。”

“我能找到他们。”小姑娘说。

“要是你运气不好，他们就会抓住你煮汤喝。”那个人回答道。

“我不信这儿有五百个印第安人，”第三个声音说，“我不信这地方还能剩下五百个印第安人。”

“是呀，即使只有一百个，也够咱们应付的。”第一个声音指出。

“我想知道咱们来的时候他们在朝谁打枪。”另一个人说，“虽然是打野牛的枪，但我不信是在打野牛。”

奥古斯塔斯知道这是个再好不过的机会，于是便清了清嗓子，既不可大声喊，又必须使声音够大。

“他们在向我开枪，”他说，“我是麦克克里队长，我过来了。”

他向一边跨了几步，因为他知道，精神高度紧张的人对事物的反应就是盲目开枪，没有什么比走近一伙思想极为紧张的人更危险的了。

“别太紧张，别朝我开枪，我是你们的朋友。”他说。这时他看见了那几匹马的轮廓。

“我讨厌在黑夜里走路。”他大声补充道。他这样说倒不是为了说明什么问题，只是想借此让这几个生人别害怕。

他看见四个人站在他们的马旁边，黑暗里他很难看出他们的样子。他把马鞍扔到地上，然后走上前去与他们握手。

“你们好。”他说。那几个人虽然与他握了手，但没有一个人说话。他的意外出现显然吓得他们说不出话了。

“好啦，算见过面了。”奥古斯塔斯说，“我是奥古斯塔斯·麦克克里，我在追一个叫蓝鸭的土匪，你们有他的什么消息吗？”

“没有，我们刚到这儿。”其中一人说。

“我知道这个人，”七月说，“我叫七月约翰逊，史密斯堡的司法官，从阿肯色来。这是我的副手罗斯科·布朗。”

“七月约翰逊？”奥古斯塔斯问道。

“是的。”七月回答说。

“天哪，你是个好人，”奥古斯塔斯说，“我们正盼着你去孤鸽镇呢，你还真来得克萨斯了。你如果还在追杰克·斯普恩，那你可错过他五百公里了。”

“我有更要紧的事要办。”七月十分严肃地说。

奥古斯塔斯觉得这个人还年轻，虽说天黑了，他看不清，但听他的声音很年轻。

“看来你把全家人都带上了。”奥古斯塔斯说，“一般来说，司法官是不带孩子上路的。你是在路上捡的这两个小东西吗？”

没有人回答。他们静静地站在那儿，似乎这个问题过于复杂，难以回答。

“印第安人把你的马打死了？”七月问。

“不是。是我把它杀了，”奥古斯塔斯说，“用它当掩体。平原上没有地方藏身。我听见你们打枪了。打死他们了吗？”

“不像，”七月说，“我也许打中了那个野牛猎人。我们从来没想到会碰上印第安人。”

“下午我打死了六个，”奥古斯塔斯说，“一开始他们有十二个，不算那个打野牛的。我判断他们是替蓝鸭干的。他劫了一个女人，我在追他。我看他派这些人来是要把我拖住。”

“希望他们人不要太多，”罗斯科说，“我还从来没有打死过一个印第安人呢。”

其实他什么人也没有打死过，连打死人的可能性也没有想过。在史密斯堡，人们不是不知道什么是突然死亡，但这种事不常发生。当印第安人把枪口对着他们并朝他们开枪时，他惊呆了，直到七月拿起步枪开火时，他才明白过来，知道他们受到了袭击。他慌慌张张地拔出手枪打了几下，不仅没有打中印第安人，反而惹得七月生了气。

“你纯粹是在浪费子弹，手枪根本打不了那么远。”他说。后来印第安人逃了回去，这件事情也就平息下来。

“你的计划是什么，约翰逊先生？”奥古斯塔斯礼貌地问道，“如果你有紧急公务在身，恐怕不能耽误时间来帮我抓蓝鸭吧。”

的确如此。在找到爱尔迈拉之前，七月不愿耽误时间。如果只有他自己，他就会用二十个小时赶路，用四个小时休息。但他并不是只身一人。罗斯科紧张得像只猫，终日絮絮叨叨地述说自己的忧虑。乔不抱怨，但艰苦的旅途耗尽了他的精力，在马上的大多数时间他都在打盹儿，一旦停下来，就睡得像死人一样。

对这种匆匆的行动唯一不感到为难的是珍妮。尽管她一路上主要是步行，七月不得不承认她是个极有用的人。停下来时，不用吩咐她便去干该干的活儿。早上动身时，只要他准备好了，她也从不例外，而罗斯科和乔早晨疲疲沓沓的，仅仅备马鞍就要花半小时。

现在，犹如晴天一声霹雳，来了个得克萨斯保安队员——杰克·斯普恩一伙人中的一个。他没有马，四处无援，他们不能不管他而自己骑马离开。此外，周围还有充满敌意的印第安人，这使整个情况变得更令人焦虑不安。

“我还没有什么计划呢。”七月老实地说，“每一次我做好计划，总会发生别的事情使它改变。”

“啊，生活就是一条弯弯曲曲的河流。”奥古斯塔斯说。

“说到河流，加拿大河就在北边不远处，那些家伙可能就在那儿的什么地方宿营。”

“你有什么建议吗？”七月问，“你熟悉这里。”

“那条河的河岸很陡，”奥古斯塔斯说，“如果非打印第安人不可，咱们在那里比在平原上的位置好得多。”

“你是说那个人劫了一个女人？”七月问道。

“是的，”奥古斯塔斯说，“一个跟我们一起北上的姑娘。”

“我看咱们最好去河边，”七月说，“你跟我一同骑马过去，罗斯科可以替你背马鞍。”

“这孩子要是没有武器，他准喜欢有一支步枪，”奥古斯塔斯说，“被我打死的人里，有一个人带着一支挺好的长枪，这孩子的年龄大了，可以打枪了。”

他把那支步枪交给乔，乔被这件礼物吓愣了，连句感谢的话也说不出来。“已经上好子弹了？”他边抚摸光溜溜的枪托边问。

“他妈的，没错，上好子弹了。”奥古斯塔斯说，“可千万弄清楚，要打他们，别打我们。”

奥古斯塔斯上了七月的马，坐在他后面向北走去。乔有了件武器，顿时感到无上荣耀。他用一只手摸着枪托，盼着印第安人随时来进攻。

但是在向河边走去的路上没有出事。他们没骑多久便看见了月光照耀下的那条银色河流。七月猛地勒住了马，乔差点儿撞到他的马上。七月与奥古斯塔斯正在朝河下游的什么东西张望。刚开始乔什么也没有看见，后来才发现河下游远处有一点儿火光。

“那就是他们，”奥古斯塔斯说，“他们根本没想到咱们会来，否则他们是不会大胆地把篝火点着的。他们不知道，上帝的愤怒即将降临到他们身上。我讨厌那些狗胆包天的罪人，不论什么种族都一样。我要过去让他们偿还他们欠的债。”

“我最好跟你一起去，”七月说，“你不知道他们有多少人。”

“咱们先扎下营，”奥古斯塔斯说，“再想办法。”

他们朝河上游骑了近两公里远，在一个峡谷口与河床相接之处停了下来。

“这是最好的地方。”奥古斯塔斯说，“我今天晚上只想借匹马用用，吃早饭的时候把它送回来，还可能多带几匹回来呢。”

“你想一个人去吗？”七月问。

“这是我的工作，”奥古斯塔斯说，“我看他们人不太多，只希望蓝鸭也在那儿。”

罗斯科简直不敢相信自己听到的这一切。他吓得心惊肉跳，这个生人却打算单枪匹马地冲上去。

“我说，他们可能有十个人呢，”他说，“你一个人能打死十个吗？”

“夜里他们很容易被吓住。”奥古斯塔斯说，“我只想把他们大部分人吓跑。不过，蓝鸭先生要是让我看见了，我非打死他不可，这是他劫的最后一个女人了。”

“我想我必须去，”七月说，“我能帮忙。罗斯科可以和这些小孩子在一起。”

“不，依我说，你还是跟你的人在一起，约翰逊先生，”奥古斯塔斯说，“这样我心里踏实些。你的副司法官没有经验，还要照顾两个孩子。另外，你说你有紧急公事要办。今天晚上的事要冒险。有可能吃子弹，那就永远完不成你的公事了。”

“我想我还是去吧。”七月说。他心里的想法是，爱尔迈拉也可能在那个营地里，有人可能像劫那个得克萨斯女人一样把她也劫来了。酒贩子们是不会怎么反抗的。她当然也可能不在那儿，但还会有什么可能呢？他感觉他至少应该前去看看。

无论发生什么事，这个人都可能需要帮助，而且剩下的人都极需要休息，让罗斯科和两个孩子在营地待几个小时，是不会有什么问题的。

奥古斯塔斯也认为他可能需要助手，因为他毕竟不知道对方究竟有多少人。然而他对一般人能否成为一位好战士信心不大。大部分人根本就不会打仗，一旦交起火来，就连土匪也显得十分外行。枪法好的人不多，而会动脑筋想策略的人则更少。

麻烦的是蓝鸭属于那种为数不多的较有心计的人。他劫罗丽娜的计划无懈可击。还有，他在这块野蛮的土地上进行这种野蛮的赌博长达二十余年，并且活了下来。如果他在场，无疑是一个很难对付的家伙。

也许他不在那里，也许他卖掉那个女人后就走了，派了几个基奥瓦人到大路上来，碰见谁就抢劫谁。此去很可能仅仅打死几个猎野牛的浑蛋，这些人在大批牛群北上之后懒得找份像样的工作干。

奥古斯塔斯举棋不定，不知道该自己单独前去，还是与这位史密斯堡司法官同去。他只知道杰克·斯普恩就是从这个司法官手下逃掉的，这么说来，他的本领很有限。这个年轻人没有在平原上打仗的经验，也许很少打仗，真正打起来他是否能照顾好自己还是个未知数。如果他连这都办不到，趁早走开。但是在战斗打响之前又怎么知道他是个什么样的人呢?

“要是你们两个都叫人打死了，我们怎么办?”罗斯科问。这是压在他心头最大的一个问题。

“以最快的速度回东南去，”奥古斯塔斯说，“只要到了雷德河以南，就不会有什么问题。如果去东边，也必然会遇到上路的牛群。”

“嘿，我们会回来的。”七月说，“我必须帮助麦克克里队长，但是肯定能回来。”

奥古斯塔斯心里总觉得这样做不大合适，但没有再拒绝七月约翰逊。他们让马休息了一个小时，把奥古斯塔斯的马鞍放到罗斯科那匹高大的阉马上，一起离开了。他们骑到河边的一个山丘上时，又看见了那点儿火光，便朝它骑去。

“别嫌我好打听，你有什么公事要办?”奥古斯塔斯问道。

七月犹豫着，没有马上回答。他刚才离开时，罗斯科和乔都用那样的目光看着他，好像他们俩都是他的孩子一样，需要他的照顾，这使他很不安。只有珍妮例外，把她撇在加拿大河上，她好像若无其事。

“啊，先生，是我老婆。”七月说，“她离家出走了，她可能也是让别人劫走的。”

奥古斯塔斯觉得这倒很有意思，他们都在平原上追赶女人。他没有再说什么。丢了老婆的人一般脾气不会太好，容易生气。他立即改了话题。

“杰克杀的是你哥哥吗？”他问道。

“是，”七月说，“我猜是偶然事故，但我必须把他找回来。可是我想先找到爱尔迈拉。”

他们在凹凸不平的地带骑了十几公里。奥古斯塔斯心里正在想杰克，女人被人偷去了，他依旧打牌，或接着干原来正在干的事，这种人真少见。

每次到了高处，他们都能看见那个火光。七月力图使自己的心情平静下来，并且提醒自己，如果爱尔迈拉在那里，那才是个奇迹呢。然而他仍抱着希望。有时他的情绪极坏，甚至担心他若是仍弄不清她在哪里，是否还愿意继续往前走。

离对方营地只有一公里了，奥古斯塔斯勒住马。他下了马，仔细聆听。在这样寂静的夜晚，在这样开阔的平原上，声音传得很远，他有可能猜出他的对手有多少人。

七月也下了马，等候奥古斯塔斯将他的计划说出来。他们距离那条河不到一百米，正当他们仔细聆听时，从他们旁边的河里传来向下游去的哗哗溅水声。

“可能是野牛，”七月低声说，“我们见过一些。”

“我看更像匹马，”奥古斯塔斯说，“野牛不会在离营地这么近的地方过河。”

他从身边这位年轻人的声音里发现了他的紧张与不安，这使他担心起来。“你以前干过这种事吗，约翰逊先生？”他问道。

“没有，”七月承认道，“一次也没有。在阿肯色最坏的就是土匪。”

“咱们牵着马走近些，”奥古斯塔斯说，“不要让它们叫。如果能走到离营地一百米的地方就好办了，那时我看咱们就向他们冲过去，他们在看见咱们以前先听见声音，就会害怕起来。他们来不及思考，咱们就到他们身边了。不要用步枪，用手枪——这是近距离战斗。如果没有全打死，咱们转回来再冲一次。”

“咱们可不能把那些女人也打死。”七月说。

“不会的。”奥古斯塔斯说，“你打死过人吗？”

“没有。”七月说，“从来就不需要。”

真希望你跟你那伙人待在一起，奥古斯塔斯心想，但他没有说出来。

第 57 章

狗脸快死了，他自己也明白这一点。一颗子弹打中了他的肋骨，向下穿入腹腔。那颗子弹还没有取出来，没有人替他取。他躺在一张鞍毯上，浑身冒虚汗，而蓝鸭唯一关心的是朝他们开枪的那一伙一共有多少人。

“三匹马。”一个基奥瓦人说。但狗脸记不清是两匹还是三匹。

“天快黑了。”他说。他的半边身子已全是血。他想看看那姑娘，但蓝鸭在他身边蹲着，挡住了他的视线。

“你们没有打着麦克克里？”蓝鸭问。

“他藏在马后头，”狗脸说，“我可能打中了他。我不知道。”

“我们明天就打死他，”猴子约翰说，“他没有马，还有，他可能已经瘸了。”

“不一定，”蓝鸭说，“只怕他明天就会到这儿来把你们这几个剩下的全杀了，也有可能他今天晚上就来。”

“我疼得厉害，”狗脸说，“再朝我开一枪吧。”

蓝鸭奸笑不已。“你别骗我在你身上浪费子弹。”他说，“猴子要是愿意，让他来抹你的脖子吧。”

但是猴子不愿走近他。猴子和那几个基奥瓦人一样坐卧不安，不停地将手枪保险打开又合上。他们向蓝鸭要酒喝，蓝鸭一点儿也不给他们。

狗脸看着那姑娘，她双手抱膝坐着。蓝鸭给他的马备上鞍，走到火堆旁，朝那姑娘踢去。他一连踢了好几下，直踢得她躺倒在地，蜷缩成一团。

“她犯了什么错？”狗脸问。

蓝鸭走过来朝他的腰也踢了一脚，他疼得惨叫一声，滚出了毯子。

“少管闲事。”蓝鸭说。

“你要走吗？”猴子约翰不安地问道。

“没错，”蓝鸭说，“我去找几个能干的助手。你们这一帮子连一个人都打不死，对第二拨人连枪都没有开。他们可能只是一两个牛仔。”

狗脸想再滚回毯子上去，但是没有力气了。几个基奥瓦人将他的枪拿走了，正在分他的子弹，所以他连朝自己开枪也不可能了。他的铺盖卷儿里有把剃刀，他可以设法割断自己的喉管，可是铺盖卷儿在火堆的另一边，他知道自己无论如何也爬不到那里去。

蓝鸭又踢了罗丽娜两脚。“你不值得卖了，”蓝鸭说，“让基奥瓦人要了你吧。”

“那我呢？”猴子约翰问道，“我花的那一半钱呢？”

“我已经把你那一半赢了，”蓝鸭说，“我把基奥瓦人的那一半也赢了。”

“那你为什么把她给了他妈的基奥瓦人？”猴子约翰说，“把她给我吧。”

“不给你。我想让他们把她的肉分了，”蓝鸭说，“他们明天就会有精神拼命去追那个老保安队员了。”

“扯淡，我跟他们一样能干。”猴子约翰说，“他要是来这儿，我也能杀了他。”

蓝鸭上了马。“你连他们的一半也比不上。”他说，“麦克克里要是上这儿来，你最好赶快逃命吧，不然准得叫他打死。厄莫克叫他打死了，厄莫克一个人顶你三个。”

他打开一个袋子，取出一瓶酒扔给那几个印第安人，然后用印第安语对他们说了些什么，便朝河边骑去。

罗丽娜还躺在那里，听着狗脸呻吟。他每次呼吸都伴随着喉咙里发出的混浊的咕噜声。他伤口的表面是一层血淋淋的气泡。罗丽娜吓得直恶心，她用手支撑着身体呕吐起来。几个喝酒的基奥瓦人在一旁看着她。她想逃跑，可是身体过于虚弱。即使她能跑，他们也会追上她。她从呕吐的地方爬开，又倒在地上，疲倦与恐惧使她一动也动不了。猴子约翰坐得离火远了些，手里紧紧握着枪。他连看也不看她，更不会去帮助她。她快完了。

“去帮帮她，猴子。”狗脸有气无力地说。

“妈的，我才不呢，”猴子约翰说，“你也听见了，他已经把她给了他们。”

有一个基奥瓦人听懂了他们说的话，气不打一处来。他拔出刀子，站在狗脸旁边威胁他。狗脸继续呻吟。接着，这个基奥瓦人坐到狗脸的胸上，他凄厉地叫了一声，但声音十分微弱。其他几个印第安人一起跳到他身上，而他连抬手的力气也没有。一个基奥瓦人割断了他的皮带，又有两个脱去他的裤子。罗丽娜还未来得及转过脸去，一个人就用刀划开他的前额，开始剥他的头皮。狗脸又叫了一声，但很快便不再听见他的声音了，因为基奥瓦人抓住他的头，用刀捅进了他的喉咙。他的头皮很快便被剥了下来，那个基奥瓦人将它系在自己的长矛上。狗脸挣扎着喘气，两腿之间流了一大摊血，可他还没有死。罗丽娜用胳膊挡住眼睛，却仍能听见他的呻吟及发自喉咙的咕噜声。她盼望他快点儿死——死本来不应该花这么长时间的。

她随时等着他们跳到她身上来，但他们没有。他们对狗脸的处置已使他们心满意足，便又递着瓶子轮番喝起酒来。

猴子约翰可能和她一样吓得魂不附体。他抱着枪一声不吭地在火堆旁边坐着，一边捋他那脏胡子。基奥瓦人用他们的话对他说了些什么，但他没有回答。

罗丽娜躺在地上，脸差不多贴着地面。她首先听到了马蹄声，但不知道是谁，也不抱任何希望。是马跑的声音，可能是蓝鸭又回来找她了。

基奥瓦人又是喝酒又是唱歌，其中两个人手里还拿着带血的刀。他们没听见马蹄声，但猴子约翰突然听见了。他猛地蹿起来举起了枪。说时迟那时快，他还没来得及开枪，罗丽娜就听到黑暗里一声枪响，猴子约翰的枪便跌落在地上，他也瘫坐在那里，张着嘴好像有什么话要说。

罗丽娜看见了这一切。这时两匹马冲了过来，路过猴子约翰时，他们没有理他，直奔基奥瓦人而去。一个基奥瓦人大叫一声，那是绝望与恐怖的叫声，比狗脸的声音更令人毛骨悚然。就在她想可能是奥古斯塔斯时，他已经将马骑到了基奥瓦人中间。他在马上先打死了那个喊叫的人，接着又打死了两个手中拿刀的人，子弹正中他们的前胸。另一个基奥瓦人抓过系着狗脸头皮的长矛，尚未举起来便挨了奥古斯塔斯一枪。还有一个人正要伸手拿枪时也中弹倒地。最后一个基奥瓦人向黑暗里逃去，奥古斯塔斯拨马便追。“一个也不要剩。”他对另一个人说。那个人还未下马，黑暗里便传来了枪声。他站在马旁听着。又是一声枪响，接着便听见马往回跑的声音。罗丽娜想，事情终于结束了，但是猴子约翰用手枪朝马旁边的那个人开了一枪。他没有打中，那个人慢慢地举起了手枪。他还没有扣扳机，奥古斯塔斯已经骑马回到了篝火旁。他用步枪朝猴子约翰开了一枪，猴子约翰便倒在了火堆上。

奥古斯塔斯转过身来，把她抱在怀里，他手里还拿着枪。

“蓝鸭在哪儿，罗丽娜？”他问道，“他今天晚上到过这儿吗？”

罗丽娜费了好大劲才使思想回到蓝鸭身上。她已经许久没有说话了，现在想讲又讲不出来。她看着奥古斯塔斯，啜泣起来，无法回答他的问题。

“他今天晚上来过这儿吗？”奥古斯塔斯又问了一遍，“只回答这个问题。我不再问别的了，等你好一些再说。”

罗丽娜点了点头。蓝鸭到过这里。这是她能做到的一切。

奥古斯塔斯站了起来。“回到你的人那里去，”他对另一个人说，“马上去。”

“我一个也没打死，”那个人说，“你把他们都打死了。”

“这无关紧要，”奥古斯塔斯说，“我不能离开这姑娘，她还走不快。你快到他们那儿去，等罗丽娜能骑马的时候，我们也去。”

“你把那个逃跑的也打死了吗？”七月问道。

“打死了，”奥古斯塔斯说，“人跑不过马。你快走吧，有一个危险的家伙在这一带，你的副手未必能对付他。”

七月看着狗脸，心想：“我要是也对付不了呢？”他已经把刀从狗脸嘴里掏了出来，狗脸仍在喘气。看着狗脸身边的那些血，七月感觉胃里的东西直往上翻。他连忙走开，以防呕吐出来。

“我来处理这些死人，”奥古斯塔斯说，“我知道你不习惯这样的事，约翰逊先生。这跟在阿肯色的酒吧里打仗不一样，但你必须忘掉它，赶快回到他们那儿去。”

“你要把他打死吗？”七月指的是狗脸。

“要是他迟迟死不了，我就打死他。”奥古斯塔斯说。

七月还未翻过第二座山丘，就又听到了一声枪响。

第58章

“他们打起来的时候，你觉得咱们能听见吗？”乔问道。

“不会听见什么的，”罗斯科说，“那堆篝火远着呢。再说，如果是牛仔们的火堆，就打不起来了。”

“咱们可是看见印第安人了，”乔说，“我敢肯定是他们。”

“可能是他们，”罗斯科说，“不过他们可能一见人来就逃跑。”

“但愿他们别朝咱们这儿逃。”乔说。他不愿承认自己害怕，事实上他比任何时候都胆战心惊。通常一停下来宿营，他总高兴万分，铺开一条毯子倒地便睡。而今天，他虽然也铺开了毯子，但无法入睡。上路这么多天以来，他第一次与七月分开，同时也惊诧地发现，分开多么叫人担惊受怕。他们已被告知不准生火，所以只好在黑暗里坐着，天气虽然不冷，但有火总能使人精神振奋一些。

“我猜七月会把他们打死。”这句话他说了好几次。

“那个得克萨斯保安队长已经打死六个了，”罗斯科说，“他也许能把他们都打死，七月就可以省下几颗子弹。”

乔拿着他那支新得到的步枪，无数次打开保险，又无数次将保险合上。如果印第安人要来，他希望他们白天再来，这样他打枪时可以看得清楚些。

珍妮自己在一旁坐着。是她头一个看见那几个印第安人，跑回去向七月报告的。罗斯科一开始不相信，但七月相信她。印第安人开火后他打了好几枪。

周围没有树，罗斯科深感不安。他一生都在树林里度过，可并没意识到有树的生活是那么舒适。树是极普通的东西，一旦来到大平原，才发现世界上居然有些地方没有树，真不可思议。他们在河边也偶然见过几棵树，但它们与其说是树，倒不如说是灌木，你都没法儿往上靠。可他就喜欢背靠着树。正因为他喜欢，所以他甚至能靠着树美美地睡上一觉。

可眼下七月把他们扔在连棵灌木也没有的地方，他要么就在这平地上躺着睡，要么就直挺挺地坐一夜。月亮将天空照成灰白色，却无法使人看清东西。时间不长，罗斯科就开始精神紧张了。不管他朝什么方向看，好像都能看见可能是印第安人的什么东西。他决定把手枪的保险打开，以防万一。

他打开手枪的保险，乔也跟着把他的步枪保险打开。“你看见了？”他问。

“可能是。”罗斯科说。

“在哪儿？”珍妮问。

罗斯科指了指，她便立刻朝他指的方向跑过去。罗斯科简直不敢相信自己的眼睛——可她一向就是个野姑娘。

“是棵小树。”珍妮回来后说。

“是棵树就对了，”他说，“要是印第安人，你的头皮早叫他们剥了。”

“你说他们打起来了吗？”乔问道，“他们回来就好了。”

“等他们回来，恐怕天就亮了。”罗斯科说，“咱们还是休息吧，七月一回来就该接着去找你妈妈了。”

“我猜她准找到迪了，”乔说，“她喜欢迪。”

“妈的，那她为什么和七月结婚？”罗斯科问，“事情全都是从这一点开始的，你要知道。她要是不跟七月结婚，咱们现在正在阿肯色玩骨牌呢。”

每当罗斯科回想起往事——这些往事使他来到这块无树可靠的地方——他的思想就乱成一团，一切事件全搅在一起了。还是不去想生活中发生的一桩桩事为好。

“不知道为什么，我睡不着。”乔说。

罗斯科暗自庆幸没有随那两个人去。他记得那天下午，当他意识到周围飞过的子弹时，他是怎样地四肢瘫软无力。那声音就像蜜蜂采蜜时发出的声音，但它确实是子弹飞过的呼啸。

就在他回忆这一切时，他瞌睡了几分钟——好像只有几分钟——瞌睡时手枪的保险仍然开着。他做了个短梦，梦见了野猪，但不可怕，它们不如现实生活中的野猪那样野性十足。它们并没有打算伤害他，只在一间木屋旁边到处拱着，但他还是吓醒了，并且对眼前的事情全然不能理解。珍妮在他身边一米远的地方站着，将一块大石头高高举过头顶。半夜三更她举石头干什么？她一动不动，只是举着石头站在他身边。直到她把石头掷出去，他才意识到准是有人来了。是的，有人来了，一个身材高大的人。惊慌之中，罗斯科竟把他的手枪忘记了。他连忙站起身来。他没看见珍妮手里的石头向哪里飞去，却见她双膝跪地瘫倒了。她扭过头来看他。“用枪打他。”她说。罗斯科这才想起他那打开了保险的手枪。然而，未等他举起枪来，那个身材高大的人已经走近，搡了他一下。劲儿不大，但他的手枪掉了。他知道现在不是在做梦，可是就在他想赶快行动的时刻，他却像在梦中那样软弱无力。他看见那个高大的身影在他身边站着，此时他已经不知道害怕，那个身影也没有再揍他。罗斯科感到浑身暖烘烘的，又感到困倦，坐在了地上。他感觉自己在洗温水浴。他一生中很少洗温水浴，这一次不仅在洗，而且打算洗完之后稍微睡一会儿。珍妮正在地上爬，从他腿上爬了过去。“你要干什么？”他问了一句，才发现她两眼正盯着那支掉在地上的手枪。她想要那支枪，可不知是什么原因，她要从他腿上爬过去拿。枪还没拿到手，那个身影走了过来。“呵，你还是个勇士呢，是吗？”黑影说，“要不是情况紧急，我非叫你尝尝我的招数不可。”说完，他举起手臂将她击倒了。罗斯科看不清是不是一把斧子，不过他听到的是用斧子劈木柴的声音。珍妮倒在他的腿上，不再动弹了。“乔？”罗斯科说。他这时才想起，刚才他还叫他别老是不停地扳动步枪保险，赶快睡觉呢。

“这是他的名字吗？”黑影问。罗斯科知道说话的肯定是个男人，因为声音浑厚，但他看不清他的面目，只能看见一个黑影。罗斯科的思想怎么也集中不了，也无法考虑乔在哪里，七月何时回来。他感到极其温暖与困乏，什么也不会思考了。那个身影跨在他身上，站在那里，弯下腰来摘他的皮带。罗斯科任凭他摘。太累了。他感到一切都将中止一段时间，黑暗似乎正抚摸他的眼皮，将它轻轻合上。不久，他便进入了温暖的睡眠中。

一小时后，七月找到了他们。他们死了，已经僵了。他骑着马在那高低不平的路上拼命往回赶。他并不想花时间顺着河边走，可是不这样走又怕把自己丢了。他不时勒马停一下，听听有没有枪声，但这片黑沉沉的平原显得异常寂静。然而，就在这块宁静的土地上，他刚刚目睹了他从未见过的惨绝人寰的暴力。现在，这无垠的大地上唯一能听见的，是春夜的和风吹拂荒草的声音。

七月连自己能否找得到他们几个也没有把握，他从来没有像现在这样觉得自己是这么无能。他是一个司法官，受禄在必要时持枪战斗，但他太缺乏经验，对刚才见到的屠杀一点儿思想准备都没有。麦克克里队长打死了六个歹徒，可他自己呢？那个老土匪已经瞄准了他，可他还不开枪。死亡发生在瞬间，太快了。麦克克里队长应付自如，可他头脑麻木，丧失了思考能力。在阿肯色，他也遇到过不讲理的人，也制伏过几个，并把他们抓了起来。而这里发生的事截然不同——奄奄一息的野牛猎人除了那一大片血，什么也没有了。平原上，死亡与比死亡更可怕的事情正在发生。

他把那三个人留在一个峡谷附近，当他看见那个峡谷时，停下来听了听，什么也没听见。他慌了神，因为乔的马一见到他的马总要咴儿咴儿地叫，这回他没有听见马的叫声，而且也没有看见马。他下马后慢慢地走下峡谷。可能是他们忘了拴马，它吃草走远了吧，因为罗斯科对这类事情总记不住。

“罗斯科？”他一走近营地便喊起来。

他看见了地上的三个人。他们好像在睡觉，但他知道这是不可能的，因为珍妮正躺在罗斯科的腿上。

营地上唯一听到的是苍蝇在血迹上飞来飞去的嗡嗡声。

七月不愿意看到这一切，然而他清楚，他不想看也得看。

他追悔莫及，痛切地盼望一切都倒转回去，回到他、罗斯科、乔和爱尔迈拉在阿肯色时的情景中去，但他知道这纯粹是空想。眼下发生了他将终生难忘的事，他连与他的伙伴一同死的机会也失去了。麦克克里队长给过他这一机会。他说过：“你还是跟你的人在一起，约翰逊先生，这样我心里踏实些。”

他没有留下来，可是他虽然去了，并没有参与战斗。他只不过骑着马在同一片草原上往返了一趟，而两边的营地上都有死神降临。他深信，如果他与罗斯科和孩子们待在一起，死亡同样会发生在他身上。杀死他们的那个人一定是麦克克里队长要追拿的人。

七月久久不想进入营地，他不能。他愣在那里，听着苍蝇的嗡嗡声。他不愿看到他们遭受的不幸。现在，就算他真的找到了爱尔迈拉，也只是为了告诉她，她的儿子死了。同时，有朝一日他能活着回到史密斯堡的话，将再没有罗斯科·布朗——一个忠实的、从没有非分要求的人——与他为伴了。那个能抓兔子的怪姑娘，再不能抓兔子了。

又过了一会儿，七月取出刀，动手挖墓穴。他走出峡谷，将墓穴挖在平原上。用刀挖土太慢了，可这是他唯一的工具。他边挖边用手将土扔出去。太阳升起来了，他还在挖，然而只挖了几个浅得可怜的坑。他必须再挖深些，否则土狼会把他们的尸体吃掉。他不时地看谷底那几具尸体。乔躺卧在离另外两个人不远的毯子上，好像在睡觉。

七月开始敛石头，准备堆在坟墓上。峡谷一带石头不少，有一些需要从土里挖出来。搬石头时，他看见平原远处骑马过来了两个人，他们在阳光下如同两个黑点。他的马嘶鸣着，渴望着伙伴的到来。

奥古斯塔斯与罗丽娜骑到跟前时，这位阿肯色司法官还在挖。奥古斯塔斯骑到崖边往下看了看。

“还得再埋几口子哩。”他说着，下了马。他把罗斯科的马给了罗丽娜，那匹马步履轻快，他自己选了印第安人那几匹小马中最好的一匹色彩斑驳的瘦杂种马。

“都是我的错，”七月说，“我要是听你的话，他们可能还活着。”

“可能连你也死了，那我就要多埋一个。”奥古斯塔斯说，“别跟自己过不去。咱们谁也不能准确地判断下一步该怎么做。”

“你对我说过，让我留下来。”七月说。

“我是说过，小兄弟。”奥古斯塔斯说，“我敢说你是在后悔没按我的话去做，可是昨天已经顺着河漂走了，你没有办法叫它再回来。接着挖吧，我来帮你收拾。”

他转身把罗丽娜扶下马：“你待在这儿，亲爱的。”

他走下峡谷时，罗丽娜跟了下去，她不愿意奥古斯塔斯离她太远。

“别下来，我不想让你看见那一堆。”奥古斯塔斯说，“你坐在能看见我的地方，我不会走远。”

他又对七月说：“陪她坐一会儿，约翰逊先生。她现在不会说什么话，陪她坐着就是了。”

七月停下了手里的工作。那女人不看他，只是死盯着麦克克里队长走下峡谷。她腿上青一块紫一块的，脸颊上也肿起一块青包。她既不回头，也不看七月。

“我叫七月约翰逊。”他彬彬有礼地说，但那女人似乎没有听见他的话。

奥古斯塔斯迅速地下到谷底，用一条毯子包一具尸体。蓝鸭十分了解他要杀的人，所以连枪都没有用。副司法官和小姑娘都被剖了腹，刀口从肚脐直开到胸骨，他显然认为这样处置小姑娘还不够，因为她的头被砸得凹陷下去了。男孩子的头也凹陷了，可能是被奥古斯塔斯给他的那支枪的枪托砸的，奥古斯塔斯用鞍绳尽量将毯子捆牢。事情就是怪，这样的三个人竟然来到了加拿大河上。这里毕竟是边境——人们总好到与己无关的地方去闲逛。他自己就曾经那样做过，后来才停止。他曾宁可去当得克萨斯保安队员，也不愿在田纳西当律师。正被他裹进毯子里的这三个人没他运气好。

他将尸体搬上草原，并把他们安放在浅浅的墓穴里，然后协助七月把石头码在墓上。这种简易的安葬是不可能长久防止野兽把尸体吃掉的。在另一边的那个营地里，他只把那两个野牛猎人的尸体与那几个基奥瓦人的并排摆在一起了事。

“他把乔的马抢走了。”七月说。

“是的，还有他的生命。”奥古斯塔斯说，“我敢说他对马更感兴趣。”

“你要想去追他，我愿意帮助你。”七月说。

“我没有好马，没法儿追他。”奥古斯塔斯说，“他骑的马比咱们的都好。在这样的地方，根本没有办法追上坐骑比自己强的人。他这次肯定回‘炼狱河’[1]了。”

“哪儿？”七月问。

“科罗拉多的一条河。”奥古斯塔斯说，“那里可能还有他的一帮人。这回最好由他去吧。”

“我可不愿意。”七月说。他已开始想象与那个人对峙并将他打死的场面了。

“小兄弟，这是件惨事。”奥古斯塔斯说，“失去生命永远是悲惨的，但他们已经死了，可别光想着报仇。你还有更重要的事要办呢。我要是碰见蓝鸭，我就把他打死。我要是见不到他，别人也会打死他的。他个头儿大，本领强，但早晚会有比他个头儿更大、本领更强的人。他或者会被蛇咬死，或者被马踏死，或者被人吊死，他的同伙也可能从背后把他打死，或者到头来会老死。”

他走过去将马肚带紧了紧。

“不要想着以眼还眼，以牙还牙。”他说，“干这种事，你可别想打平手。最好还是去找你老婆吧。”

七月朝河对岸那一眼望不到边的草原看去。他心想，等我找到她，她会更恨我的。

奥古斯塔斯看着他上了马，心想：“他看上去多年轻啊。他不超过二十岁，却足以使他刚娶个老婆，又把她失去。其实，丢老婆并不用花多长时间。”

“‘土坯墙’在哪儿？”七月问道。

---

1. 珀加图瓦尔河，美国科罗拉多州东南部的一条河流。该河在当地也被称为“炼狱河”或“铁丝网河”。——编注

“在河的下游，离这儿不远。”奥古斯塔斯说，“要是我，我就不去那儿。你的老婆不在那儿。她要是到了阿肯色北部我想她就会去堪萨斯，去那里的某一个城市。”

“我不想错过了。”七月说。

如果她真在“土坯墙”那里，你还是让她丢了的好，奥古斯塔斯心里这样想，但没有说出来。他与这位年轻的司法官握了手，目送他过了河，不久他便消失在北边荒凉的溪谷里。待他再次出现时，只剩一个小小的黑点了。

奥古斯塔斯向罗丽娜走去。他几乎整夜都搂着她，希望他身体的热量能使她不再浑身战栗。她虽然没有再说什么，不过倒是肯看着他的脸，这是个好兆头。他见过一些被掳去的女人，她们往往孱弱得连眼都睁不开。

“走吧，罗丽娜。”他说，“咱们再骑一会儿吧。”

她像个孩子似的驯服地站了起来。

“咱们只朝东走一段路，看看能不能找个阴凉地。”奥古斯塔斯说，“然后就休息几个星期，等着考尔和伙计们追上来。他们很快就会赶着牛群过来的。我想，到那个时候你就会好多了。”

罗丽娜没有答话，但她自己上了马，在他身边骑着，行进了整整一天。

第59章

考尔原以为奥古斯塔斯过一两天就会回来，要么带着那姑娘，要么不带，不管带不带她回来，时间都不会很久。奥古斯塔斯能赶路，过去不论追谁，总能马到成功，把要追的人活捉或者处决，然后立即返回。

头一两天，奥古斯塔斯不在身边，他没怎么在意，只是对杰克·斯普恩一再惹乱子和他为人不可靠而大动肝火。但是他自己也负有一定的责任，在离开孤鸽镇之前，就该直截了当地对杰克讲清楚，不许带着那个姑娘同行。

第三天过去了，奥古斯塔斯还没有回来，考尔开始不安。奥古斯塔斯无数次大难临头，均能安然无恙，所以考尔并不为他的安全担心。连一生对突然死亡司空见惯的人，也不认为这种事会落在奥古斯塔斯·麦克克里头上。别的人随时都可能在路旁倒下，不论他们的死亡是平和的或是悲惨的，唯独奥古斯塔斯还是奥古斯塔斯，依然生龙活虎。

但是五天过去了，一周过去了，他还没露面。牛群顺利地过了布拉索斯河，又过了特里尼蒂河，奥古斯塔斯仍旧没有归来。

在沃斯堡宿营时，考尔让牛仔们进城去了。过了沃斯堡，下一个城便是奥加拉拉，而他们中有的人未必能活着进奥加拉拉。他让那些会喝酒的人进城，孩子们留下来照顾牛群。

盘子也主动提出要留下，因为他还惦记着罗丽娜，只要奥古斯塔斯有可能带她回来，他就不离开营地。

“妈的，他这会儿倒像个牧师了，”稀汤说，“我看说不定哪天就该听他布道了。”

织针纳尔逊则对盘子很同情。“他只不过是恋爱了，”他说，“他不想跟咱们到处去鬼混。”

“天哪，到不了内布拉斯加，他就会后悔的。”杰斯帕·范特说，“我可等不及了，过那些冰水河以前，我一定要好好喝上几瓶子。我听说北边的河都冰冷冰冷的，只怕有的河还结冰呢。”

“要是在河上看见冰块，我就套它一块，用来冰咱们的酒。”伯特·博罗姆说。

人们都认为伯特对自己的套马技术骄傲得过了头。他的确套得又快又准，但他们已经不愿再听他自吹自擂了，并且都瞪大了眼睛，盼着有朝一日他会失手。有一次伯特套土狼，套索第一次出手便套中了，这使他们一伙人全天都哑口无言，但是这帮人根本不会长时间保持沉默。

“你要是那么高明，去把那头他妈的公牛套住吧。”织针纳尔逊说。他指的是那头得克萨斯公牛。牛仔们一伙伙地坐在一起时，那头公牛就不满意。它待在离他们五十米远的地方，又是用蹄子蹬地，又是哞哞叫个不止。织针真想一枪结果了它，可是考尔不允许。

“我套那个王八蛋倒不成问题，”伯特说，“问题是套索可就难取下来了。”

“问题是你要是套那头公牛，就到埋你的时刻了。”盘子说。盘子的行为近来有所收敛，也不去沃斯堡喝个酩酊大醉，这多少增加了他的权威性，有些牛仔也在很大程度上承认他的权威，更何况他的克制是为了爱一个对他不屑一顾的年轻女子。

“你那么爱她，为什么不让古斯留下，你去把她找回来？”杰斯帕问道，“古斯可比你他妈的能叫人家高兴，盘子。”

一听他说这话，盘子朝他蹿了过去，但考尔马上说：“想打架的话，先收拾好行李。”

瑞尼兄弟感到自己已经长大了，想让纽特请求队长准许他们进城。“我想试试妓女。”本·瑞尼说。

纽特不肯去请求。

“去问问队长吧。”本说。

“到了内布拉斯加我再问。”纽特说。

“行啊，可我要是在雷德河里淹死，就永远别想找妓女了。”本说。

考尔开始为奥古斯塔斯忧虑了。只为了追一个人而这么久不回来，这样的事非同一般。是呀，蓝鸭可能有一帮人在等着奥古斯塔斯，他可能骑进了埋伏圈。他有许多年不打大仗了，连豌豆眼也开始为他担心。

“咱们都到了沃斯堡，可古斯还没有回来。”豌豆眼说。

波·坎波也不去沃斯堡。他背靠车轮坐着，慢慢地雕他喜爱的小女人像。白天走路时，他时常留心那些有用的木块，只要看见，就把它们扔到车上，到了晚上就开始雕木块，一星期左右就能雕成个大约五厘米高的女人像。

“我希望他回来。”波·坎波说，“虽然他不喜欢我做的饭，可我喜欢有他做伴。”

“嗯，你刚来的时候我们不习惯吃你做的虫子什么的，”豌豆眼说，“我想他回来后也要过些时候才会喜欢吃。从前他抓土匪，从来没有用过这么长的时间。”

“他捉不住蓝鸭。”波·坎波说。

“怎么，你认识那个人？”考尔吃惊地问道。

“我认识他，”波·坎波说，“没有比他更坏的了，只有魔鬼才比他坏，可魔鬼不会在路上跟咱们捣乱。”

他这一席话真出人意料。考尔仔细地看着这位老汉，但波·坎波只是靠着车轮坐着，木屑落满了他的两条短腿。他发现了考尔的目光，笑了。

“我在大草原上住过，”他说，“我傻呵呵地想在那里养羊。结果羊不是让狼吃掉，就是叫科曼切人抢走，或是被坏天气给毁了，后来，蓝鸭杀了我的三个儿子。从那以后，我就离开了大草原。”

“你为什么说古斯抓不住他？”考尔问。

波·坎波思考了一会儿，狄兹在他一旁坐着。他喜欢看这位老人削木头。他能把一块普普通通的木头雕成一个小女人像，这对他来说就简直是个奇迹。他仔细观察着，想弄清楚这一切是怎样完成的，但到目前为止，还没有看出个眉目来。波·坎波不停地转动手中那块木头，木屑不断地落在大腿上，女人像不久就会完成。

“我看不中古斯队长骑的那匹马。”波·坎波说，“骑着那样的马，别想追上蓝鸭。蓝鸭骑的马是这一带最好的，所以他总能逃脱。”

“他并没有这一带最好的马，”考尔说，“我有。”

“是的，没错，那匹母马是匹好马。”波说，“你有可能追上他，但古斯队长不行。蓝鸭会把那个姑娘卖掉。如果他没有让印第安人打死，就有可能把那姑娘带回来。我不敢打赌他一定会回来。”

“我敢打，要是我有钱。”狄兹说，“古斯先生准没事。”

“我想印第安人剩得不多了。”考尔说。

“还有一些流落在各地的年轻人，”波说，“蓝鸭总能找到他们。总有一些剩下的，草原太大了。”

此话千真万确。考尔还记得那几次他们到大草原冒险的情景。到草原上一两天之后，人们便会因为它的极度空旷而心神不安。“空死了，什么也没有。”豌豆眼说。这句话他每天要说上两三遍，像歌曲的副歌一样。无尽头的大地上浮现着海市蜃楼。因为地表没有任何东西可以作为标记，所以连方位意识很强的人也会迷失方向。缺水是常事。

“我想古斯了，”豌豆眼说，“我老想听他说话。他不在这儿，我的耳朵都有点儿空了。”

考尔不得不承认他也想念他，而且替他担心。在他记得的那些岁月里，他每天至少在一件事上与奥古斯塔斯意见不一致。奥古斯塔斯从不直截了当地回答问题，但你若是能猜出他在说什么，就能想出反驳他的话来。奥古斯塔斯不在身边，考尔心里越来越感到空荡荡的，幸而牛群都已疲劳，没有发生什么麻烦，一切平安无事。队上大部分牛仔也都安分守己，比其他任何一个牧牛队伍发生的争吵和反目都少。天气也很理想，水源充足，春天的牧草最适合放牧。

他让奥古斯塔斯单枪匹马去干这件事，而这个担子对他来说太重了——它本该由两个人共同承担，这一想法一直在折磨考尔。白天，他骑马走在牲口群前行进时，总是向西北方向张望，以期看见奥古斯塔斯归来。他越来越觉得奥古斯塔斯已经死了。在大草原上，人们会随随便便地消失并且死去，连个坟墓都没有，骨头被野兽拖得到处都是。可是，奥古斯塔斯是个闻名遐迩的人，如果蓝鸭打死了他，蓝鸭会为此而大肆吹嘘，那么消息早晚会传过来。可是，如果他被那些根本不知道奥古斯塔斯是个什么人物的年轻印第安人打死了怎么办？奥古斯塔斯就这么悄然无声地完了。

想到奥古斯塔斯的死，考尔的心情沉重起来。这一想法时常出现，他一天要想好几次，使他感到空虚与迷惘。奥古斯塔斯离开之前，他们没有好好地谈一谈，他也没有留下什么话。他盼望事情能够结束得圆满些。他当然明白死亡从不偏袒任何人，人死了就是死了，没有什么圆满与否可言。尽管如此，他依旧被奥古斯塔斯可能一去不复返的念头缠绕着。每当他放眼散布在草原上的牛群，便感到这一切实在没有意义，甚至还有些荒唐。有几天，他甚至想，还不如把牛群驱散，把工钱分发给牛仔们，就此散伙算了。那他就带上豌豆眼、狄兹，或许还有那个孩子，一同去寻找奥古斯塔斯，直至找到他。

牛仔们从沃斯堡回来时，一个个踉踉跄跄、四肢无力。杰斯帕·范特的头痛得似乎要裂开，连骑马都让他受不了。他下马步行了足足三公里，还不时停下来呕吐。他想让别的小伙子帮帮他——他说他这个样子，很容易遭抢劫或者挨打——但是他的伙伴们对他的命运漠不关心，他们自己的头也痛得不可收拾。

“你就是走到中国，我也管不着。”织针的话表达了那伙人的看法。他们骑马继续朝前走，留下杰斯帕自己在后边挣扎。

波·坎波已预见到会发生目前的状况，并且准备好了他们意想不到的东西——一种用他采集的黑莓做的甜果饼。

“糖是解酒的好东西。”他说，“多吃点儿，再躺下休息几分钟。”

“杰斯帕不干了？”考尔问道。

“没有啊，他正在回来的路上的什么地方享受干呕呢。”稀汤琼斯说，“我最后一次见他吐的时候，他好像连肠子都快吐出来了。”

“有杰克的消息吗？”考尔问。

这一问题使所有人的脸色难看起来。

“他真是个婊子养的，”伯特说，“他好像根本不认识我们。”

“他对我说，我身上的味像牛屎，”织针说，“他在那儿坐着赌博，旁边有好几个妓女。”

“我看他一点儿也不想那个被抢走的姑娘。”稀汤说。

杰斯帕终于跌跌撞撞地回来了，一圈人都在咧着嘴笑，他有点儿莫名其妙。

“肯定有比我刚才的样子更有趣的事。”他说。

“比你呕吐更有趣的事太多了。”豌豆眼说。

“杰斯帕没吃上甜果饼，所以他们笑了。”艾伦·奥布赖恩说，他感到浑身还在发酸，“我从前醒酒醒得可快了，在爱尔兰的时候，我每天醉一次，”他说，“我受过这方面的训练。”

当杰斯帕知道自己错过了他最喜欢吃的甜果饼时，想威胁说不干了，因为他们太无情无义。但他软弱得连说出这一威胁的力气都没有。波·坎波逼着他吃了一勺蜜糖，以缓解他的头痛。其他人赶着牛群继续前进。

“我看下一件热闹事，是过那条老雷德河。”盘子波吉特朝牛群前方骑去时说道。

第 60 章

近来天气持续晴朗，纽特刚刚开始觉得赶牛北上的生活挺有意思，结果整片大地又突然淫雨成灾。他们到达雷德河的前两天，西北方天空的乌云如同油锅里冒出的浓烟，滚滚而来。早晨还春光明媚，不到下午，大地便泡汤了。

大雨一连下了两小时，在滂沱大雨中，难以看清楚牛群。纽特骑着耗子郁郁不乐地走着，又冷又愁。此时他们已经来到连一棵树也没有的光秃秃的草原上，没有任何藏身之处，只有无垠的天空。他们湿漉漉地扎了营。波·坎波虽然给他们煮了成桶的热咖啡，仍然缓解不了这一晚难熬的苦楚。波·坎波和狄兹这两位公认的气象专家经过一番讨论，不得不承认他们也说不清这雨何时才能停。

“可能下不了一个星期。”波·坎波说。他的话并没有使人们打起精神来。

“妈的，千万别下一星期。”杰斯帕说，“再下大，河就变成大海了。”

那天夜里，所有的人都在看守牛群，倒不是因为牛群格外不老实，而是因为坐在马背上比下到地面好受一些。纽特心想，早知湿得这么难受，还不如不离开孤鸽镇呢。他回想过去那几天，天气是那么干燥、晴朗。他与耗子深一脚浅一脚地走了一整夜，东方发亮时他困得要命，生活顿时变得乏味了。

第二天也好不了多少，天空黑如锅底，奥古斯塔斯还未回来。他好像走了很长时间，还有罗丽娜。盘子波吉特越来越放心不下，不时地来找纽特谈谈心里话。纽特尊重他的这种思想感情，但其他人一说到盘子的情感，便都明显地冷淡起来。

“就是因为杰克，咱们才把他们两个丢了。”盘子说，“杰克真是个他妈的浑蛋。”

纽特对他这样看待杰克感到痛心。他还记得在他孩提时代，杰克时常带他玩耍的情景。那时，杰克能使他妈妈脸上露出欢乐的神色。在杰克外出的那些年里，纽特亲切地思念着他，并认为他一旦归来，肯定是个英雄。然而，他不得不承认，杰克这段时间的表现一点儿也不够英雄。他的行为近乎卑怯，尤其是罗丽娜被人劫走后，他竟若无其事地去玩牌。

“如果她还活着，并且古斯能把她带回来，我还是要和她结婚。”盘子说。大雨从他的帽子上流下来，形成条条溪流。

“妈的，咱们都快成养鱼的了。”过了一会儿，他又说。他虽然这么说，其实心里并不认为他们不是牛仔。假如罗丽娜真的死了，他打算躲开一切女人，终生为她悲伤。

他们来到雷德河那不高的岸边时，雨还没有停。河水上涨了些，但河面还不算宽，水也不深。令考尔担忧的是通向河心的那一百米潮湿的铁锈色的沙地。雷德河的流沙是尽人皆知的。

狄兹与他并肩坐着，望着雷德河深思。这里很早以前便是他们活动的北限，而暗红色沙滩对面的土地对他们来说则是陌生的。

“你看咱们是不是等河水降一降再过去？”考尔问。

“不会降的，”狄兹说，“雨还在下呢。”

狄兹探路找渡口时，盘子过来看着他。狄兹好几次勒住马，然后向旁边移动，选择坚实些的路走。

“我看这又要倒杰斯帕的胃口了。”他说，因为杰斯帕对于过河越来越神经过敏，“就在这条河里，我们把皮尔斯先生的六十头牛陷住了，那次是去阿肯色。把牛赶出来以后，我身上足足挂了三十公斤泥。”

狄兹骑马走进了汹涌奔流的河水里，不久便过了河道。但到了河那边，又花费了很长时间才试探着走过了北岸的流沙滩。他显然不喜欢这个渡口，因为他打手势让人们退回去，然后策马向河下游跑去。他很快便消失在雨里，大约一小时后才返回，说下游有更好的渡口。大部分牛仔这时的心情都很紧张，因为人们传说，雷德河专门淹死牛仔，加上他们浑身湿淋淋的，百无聊赖地等待过河，所以愈加焦虑不安。

其实他们的恐惧是没有必要的。当他们把牛群缓缓地从泥泞的草原上朝河边赶去时，雨小了，太阳也出来了。狄兹找到了一片砾石地，过河就像走路一样容易。老狗领着牛群走进河里，很快便过了河，牛群吃起了俄克拉何马领地[1]那高高的湿草。五六头较弱的母牛陷进泥里，但不久就被拉了出来。盘子和稀汤脱掉衣服，走到泥里把母牛套上，伯特·博罗姆把它们拽了出来。

太阳出来了，所有人脸上都绽开了笑容——他们不是已经活着渡过了雷德河，而且可以大谈特谈了吗？晚上，爱尔兰人的歌声持续了好几个小时。有几个学会了三两首爱尔兰民歌的牛仔也跟着唱了起来。

---

1. 美国历史上的一个合并建制领土，存在于1890年5月2日至1907年11月16日之间，之后和印第安领地合并，升为俄克拉何马州。——编注

有时波·坎波也用西班牙语唱上两嗓子，他的歌声深沉、压抑，总像呼吸不畅，快要憋死似的。有几个牛仔被他的歌弄得心烦意乱，因为歌声太悲怆了。

“波，你是个乐天派，怎么老唱关于死亡的歌？”稀汤问道。波有一个用葫芦做的小沙槌，他边唱边摇。他低沉的嗓音加上沙槌的伴奏，产生的效果格外不同。

这歌声使豌豆眼后脖颈儿的毛发都竖了起来。“没错，波，你可是个高兴的人，可你唱的歌这么悲伤。”有一次，豌豆眼在那位老人摇动葫芦时说。

“我唱的不是我自己，”波·坎波说，“我唱的是人生。我快活，可人生是悲惨的。这些歌不属于我。”

“嗯，是你在唱它们啊，这些歌到底是谁的？”豌豆眼问道。

“是听歌人的。”波说。他送了一个自己雕的小巧精致的女人像给狄兹，狄兹为之感到由衷的骄傲。他将它保存在他的旧皮护腿上的口袋里。

“别对我唱这些，”豌豆眼说，“太伤心了，我听了要做噩梦。”

“如果你听了，就是你的。”波说。人们很难看清他的眼睛，一则他的眼窝很深，二则他很少摘掉那顶宽边帽。

“咱们要是有把提琴就好了。”织针说，“有了琴，咱们就可以跳舞。”

“跟谁跳？”伯特问，“又没有女伴。”

“跟咱们自己跳。”织针说。

然而他们没有提琴，只有波·坎波摇动沙槌和爱尔兰人歌唱姑娘们。

即使在晴朗的夜晚，那悲切的歌声和缺少女伴的事实，也足以使他们情绪低落。后来在大多数夜晚，那些有姐妹的就谈论自己的姐妹。

考尔很少听见他们说什么，也听不见歌声，因为他一如既往单独宿营。他认为这样做再好不过了，如果牛群跑起来，他就能尽快地发现。

古斯的缺席让他感到沮丧。肯定出了什么问题，他们也许永远查不出原因。

一天夜里，他擦枪时被自己的声音吓了一跳。他从不自言自语，可他擦枪时，脑海里响起了他在奥古斯塔斯离开时未曾有时间与他说的话。“你当初抓住时机打死那个人该多好。”他说，“你要是没有鼓励杰克把那姑娘带来该多好。”

这些话突然脱口而出，这时他更庆幸自己单独待在一处。若让牛仔们听见，该说他疯了。

除了母夜叉，没有人听见他说话。母夜叉在长长的绳子另一端吃着草。每天晚上他都将绳子的一头系在皮带底下，缠到腰上，这样它就不会因突然受惊而跑掉。考尔对它的动作十分敏感，即使它抬起头嗅嗅空气，他也会醒来。哪怕是只鹿或者过路的狼，也会引起它的注意，考尔睡得更安稳了，因为他知道它警戒着周围的一切。

第61章

奥古斯塔斯估摸着往东骑上两三天就会到达牛群的必经之

路，但是上路的第二天便下起了大雨，赶路变得有些困难。他把从野牛猎人的营地捡来的雨布割下来一块，给罗丽娜做了件简易雨衣，即使是这样，路途仍然相当艰苦。雨水很凉，而且看样子雨还将持续一段时间，于是他决定冒险去一趟“土坯墙”，因为只有那里才可能有避雨的地方。

他们到达那里时，才发现那里已彻底被人遗弃，大部分建筑物已被毁坏。

“野牛不多了，”奥古斯塔斯说，“他们那次大围猎到现在还不到两年，可你看看，这儿好像有五十年没人住了。”留在这里的生物是大量的响尾蛇，还有大量的老鼠——这就是蛇多的原因。几只猫头鹰在与蛇争着吃老鼠。

他们找到一所房子，房顶还算完整，屋里的壁炉内有个猫头鹰窝。奥古斯塔斯将那个窝捅下来，发现壁炉还能用，他便将一辆破篷车拆了，用来生火。

“这种天气会使考尔他们慢下来，”奥古斯塔斯说，“我想他们准以为咱们现在已经死了。”

罗丽娜还没开始说话。她感觉她难以改变不说话的状况——这是她对抗一切可能发生的事情的最好办法。情况变坏时，说话也无济于事，她即使把嗓子喊哑也没人能听见。

对她的沉默，奥古斯塔斯非常耐心，而且丝毫不介意。他照常说话，好像在与她交谈一样，不停地说这道那，他只字不提前几天的事，仍像在孤鸽镇时那样对待她。

虽然她不说话，但她一看不见奥古斯塔斯就受不了。夜间她和奥古斯塔斯睡在一条毯子里，只有这样她才感到暖和。一旦他起来干活儿，她就盯着他，如果他到屋外边去做点儿什么，她也紧跟其后。

第二天，雨仍淅淅沥沥地下个不停。奥古斯塔斯在“土坯墙”附近胡乱翻着，看看能否找到一些有用的东西。后来他找到了一大盒纽扣。

“看来在那次大围猎时，这里有过一个女人，”他说，“她走得太仓促，把这盒纽扣丢下了。”

纽扣各式各样，倒给了奥古斯塔斯一个主意。他的鞍袋里有一副牌，他连忙拿了过来。“咱们玩几把吧，”他说，“用纽扣当钱。”他在靠近壁炉处铺了条毯子，将纽扣按大小分开。有几个大牛角做的纽扣可能是大衣上的。

“那些大纽扣每个当五十块钱的金币用，”他说，“这些是十块钱的，那些小的是五块钱的。咱们玩的是大赌注。”

“你可别耍赖，古斯。”罗丽娜突然说，“耍赖我就不跟你睡了。”

奥古斯塔斯听见她说话，高兴得眼里噙满了泪水。“咱们玩的是纽扣，亲爱的。”

头一两把她没玩好，她忘了玩牌是怎么回事，但她很快便回忆起来，并且兴高采烈地玩个不停。一次，她赢了后还笑了，可是时间不长她便厌倦了——无论做什么，时间一长她就厌倦，而且任何小事都会使她颤抖。

奥古斯塔斯见她已经疲倦，便在壁炉旁给她打开铺盖，让她睡觉。她睡的时候，他就坐在她身边。她身上的伤已开始愈合。她比被蓝鸭抢来前瘦多了，两颊深陷。屋外，滂沱大雨冲刷着广袤的草原。屋顶一角正在漏雨，水像小溪似的顺着墙往下淌。

他们干燥、舒适地在“土坯墙”停了两天。第二天夜里，奥古斯塔斯幸运地发现了一只鹿在车场外吃草。当晚，他们吃了鹿肉，罗丽娜多日来首次痛痛快快地饱餐了一顿。

“像这样吃，用不了多久你又会成为得克萨斯最美的女郎。”奥古斯塔斯说。

罗丽娜没有说什么。那天夜里她醒来时又是抽噎又是哆嗦，奥古斯塔斯搂着她，给她哼歌，仿佛她是个孩子。她无法再睡，只是睁着两眼躺在地铺上。天亮前一两个小时，雨停了，不久太阳便照耀在湿漉漉的草原上。

“咱们就住在这儿吧。”罗丽娜看见奥古斯塔斯打点行装准备离开时说。

“咱们在这儿待不长，”奥古斯塔斯说，“所有在外边流散的印第安坏蛋都知道这儿。如果他们来一伙人，咱们就麻烦了。”

罗丽娜心里虽然明白，但她不想走。只要能单独与奥古斯塔斯在一起，睡地铺、用纽扣当钱玩牌就很好。不管出于什么理由，反正她不想见别的男人。她不想让他们看见她，她内心深处正被躲藏起来的强烈愿望冲击着。她想让奥古斯塔斯将她藏起来。

“我不想见他们。”她看着奥古斯塔斯说。

“你不一定非跟他们在一起不可，”奥古斯塔斯说，“我会叫他们不来打扰你的。但咱们不能待在这儿，猎物不多，而且说不定什么人会闯来。”

骑到马背上时，罗丽娜哭了，她再也控制不住眼里的泪水，然而这随时都要流出的眼泪也如同说话一样于事无补。不管哭得多么厉害，事情发生了就是发生了。

“罗丽娜，不要过分伤心，”奥古斯塔斯说，“咱们一到牛仔们那里就好了，你还要去旧金山呢。”

罗丽娜几乎忘记旧金山是什么了，后来她才想起那是个有帆船的天气凉爽的地方。那里就是杰克答应要带她去的地方。在她思想混乱的时候，杰克已彻底被她遗忘，现在想到他时，感觉是那么陌生，她不明白这是为什么。想起他就如同想起某个已经死去的人一样。

“杰克在哪儿？”她问道。

“不知道，”奥古斯塔斯说，“他想跟我一块儿来，可我不想跟那个二流子打交道。”

他们骑马一直走到下午，始终不远离加拿大河。因为下雨，河水涨了。傍晚时分，他们来到一个小山包上，看见一幅意想不到的景象——四大群牛在草原上散开，一直延伸到地平线。

“河水把他们挡住了，”奥古斯塔斯说，“他们在等着河水降下去。”

牛仔们离他们还有两公里远，但罗丽娜一见他们就开始发抖——那里有更多男人。

“他们不会怎么你的，亲爱的。”奥古斯塔斯说，“事实上，他们怕你比你怕他们更厉害。大多数人恐怕已经忘记女人是什么模样了。”

罗丽娜又沉默了。她别无他路可走。

他们走向最近的一群牛时，有一个人骑马跑过来见他们。

“上帝呀，是那个从耶鲁大学来的人，他还懂我那块招牌上的拉丁文呢。”奥古斯塔斯说，“我认识他的马，是我们在皮德罗暴死以前偷回来的那匹漂亮的红棕马。”

罗丽娜不看那个人。

威尔巴杰与奥古斯塔斯一样惊讶。他见到两个人骑马过来，还以为是别的牛群的探路人。“上帝呀，麦克克里，真没想到。”他说，“我还以为你在我后边有三个星期的路程呢，可你已经从西边向我进攻了。你的牛群还有多远？你有牛群吗？”

“你不是看见了吗？我一头牛也没有。”奥古斯塔斯说，“考尔可能还有一群，如果他没有把它们丢了或者赶散了。”

“他要是那么干，就是个十足的傻瓜，可他办事不像傻瓜，”威尔巴杰说，“他不肯把那匹母马卖给我。”

他向罗丽娜行了个脱帽礼。“我肯定没有见过这位年轻的女士。”他说。

“她是罗丽娜·伍德小姐，”奥古斯塔斯说，“她不幸被拐走了，我又把她拐了回来。我们吃的东西不多了，如果你有多的，我想买一点儿。”

威尔巴杰又向罗丽娜瞟了一眼，她在马上低头坐着。

“我还没有混账到卖吃的的地步。”他说，“如果你不嫌弃我那伙粗人的话，到营地上去吃就是了。”

“只怕不能去，”奥古斯塔斯静静地说，“我们都不大好意思。”

“啊，我懂了，”威尔巴杰说着，又看了看罗丽娜，“见你没有牛群，我真他妈的高兴。你还以为这些草原有足够的地方让人们都来呢，可你瞧，人越来越多了。我原想今天过河，可又打算明天再说。”

他沉默了片刻，思量着他们不大好意思的问题。

“我们就要吃饭了。”他说，“这是个自由的国家，我的建议是，你们愿在哪儿宿营都可以。我从我的大师傅那里借口锅，等你们安顿下来，就给你们送点儿吃的来。”

“太谢谢了。”奥古斯塔斯说，“这一带有树吗？”

“没有哇，先生。”威尔巴杰说，“要是有，我应该还在下面坐着呢。”

他们在草原上扎了营。威尔巴杰说话算数，一小时后，他回来了，带来一头骡子。除了满满一锅牛排和豆子，还带来一顶帐篷。

“我基本上不用这个帐篷，”威尔巴杰说着，把帐篷卸到篝火旁边，“你们拿去用好了，这位年轻女士也许想有块地方独自待会儿。”

“我看哪，你这么客气一定是因为你学了拉丁文。”奥古斯塔斯说，“天有不测风云，有顶帐篷太好了。”

“我还带了一瓶喝的，”威尔巴杰说，“我好像记得你是个好喝酒的人。”

帐篷一支好，罗丽娜便走了进去。奥古斯塔斯给她打好地铺，她坐到一个可以从小窗口看见奥古斯塔斯的地方。外面那两个人则喝起酒来。

“一路上还好？”奥古斯塔斯问道。

“不，先生。”威尔巴杰说，“我的副手死了，在沃斯堡以南。在前头还有我的一群牛，可我不能离开这里去查看一下，不知道还能不能见到那群牛，也许能。”

“他是怎么死的？”奥古斯塔斯问道，“这一路上天气还不错嘛。”

“马失前蹄，压到他身上。”威尔巴杰说，“他硬要去驯烈马。”

“傻瓜，”奥古斯塔斯说，“一个成年人应该知道找匹温顺的马骑。”

“很多人不那么干。”威尔巴杰指出，“考尔队长不肯卖给我的那匹母马看上去就不温顺，可考尔也是个成年人。”

“是成年人，可是不能算正常人。”奥古斯塔斯说，“我认为这是因为受教育不够，如果他也经过拉丁文训练，可能就把那匹马卖给你了。”

“这么说你认为你自己是正常的？”威尔巴杰问。

“那当然，”奥古斯塔斯说，“这个世界上我还没有遇到过比我更正常的人呢。”

“可你在这儿坐着，在这个光秃秃的草原深处，陪着一个你不得不救的羞答答的女人。”威尔巴杰说，“为了救她，你杀了几只臭鼬？”

“一大批。”奥古斯塔斯说，“打死的是当差的，老板溜了，那个叫蓝鸭的土匪。我劝你躲着他点儿，除非你打枪的技术超群。”

“你说他就在这一带吗？我听说过那个恶棍。”

“不在这儿，我想他去‘炼狱河’了。”奥古斯塔斯说，“有一次我没把他放在眼里，结果这位女士就被他绑去了。我多年没有在判断土匪这方面有过什么训练了。”

“那姑娘有点儿憔悴，”威尔巴杰说，“你一定要带她回沃斯堡，这里以北的地方没有好的居住条件和医疗条件。”

“我们慢慢走吧。”奥古斯塔斯说，“我到哪儿还你这顶帐篷？”

“我去丹佛做买卖，今年下半年。”威尔巴杰说，“当然啦，要是我还活着。你有机会就送到丹佛去吧。我很少用这玩意儿，但如果今年冬天我还在野外，可能要用。”

“这酒真好，”奥古斯塔斯说，“人也真傻，放着安安稳稳的高兴日子不过，偏要跟着一群牛走路。”

“你的这一看法我也常有，”威尔巴杰说，“如果你那么正常，干吗还这么做？”

“在内布拉斯加的奥加拉拉还有没办完的事，”奥古斯塔斯说，“我想在年纪大了之前办完它。”

“啊，我明白了，”威尔巴杰说，“还有一个不好意思的姑娘叫人绑走了。”

他们一直喝到酒瓶空空。

“你要是有两瓶酒，希望都拿来，”奥古斯塔斯说，“我要重操旧业了。”

“行啊，要是明天还过不了那条混账河，我看能不能再弄一瓶。”威尔巴杰说完，站了起来，“我很少听到有人像你这样谈话的呢。我不敢说我是不是喜欢你讲的这些话，可我承认这才叫谈话，比我在我那伙人里听到的强多了。”

他跨上马，准备离去。

“我会让厨子送早点来的。”他说，“顺便问一下，你在路上没有碰见一个从阿肯色来的年轻司法官吧？他就在这条路上的什么地方。我一直在为他担心呢。”

“你说的那个人肯定是七月约翰逊。”奥古斯塔斯说。

“我们四天前和他分的手，他往北去了。”

“哦，他手下那几个人都很怪，我总有点儿放心不下。”威尔巴杰说，“他挺可爱，就是没有经验。”

“他现在有经验了，”奥古斯塔斯说，“蓝鸭把他的人全都杀了。”

“都杀了？”威尔巴杰惊讶地问道，“我还给过那个小家伙一份工作呢。”

“他可该接受那份工作，”奥古斯塔斯说，“我们把他们埋在西边了。”

“那个蓝鸭是个臭婊子养的。”威尔巴杰说。

他在马背上停了一会儿，向黑暗望去。“我就知道小约翰逊没有经验。”说完便骑马跑走了。

第二天清晨，威尔巴杰的老厨子送来了早饭。这天早上天气很好，红日东升，草原已不那么潮湿。奥古斯塔斯走出帐篷，但罗丽娜只在里面从小窗口往外看。

“这跟住在旅店里一样，罗丽娜。”奥古斯塔斯说，“刚吃完上顿，用人就把下顿送来了。”

这时，那个老厨子有点儿心不在焉，那头小骡子尥了个蹶子，差点儿踢着他。

“这一路它走烦了。”老厨子说。

“也可能是对他的伙伴厌烦了，”奥古斯塔斯说，“如果你卖，我买它。骡子和我一向相处得很好。”

“这头骡子不卖。”老厨子说着，朝帐篷看了看，“我倒希望待在帐篷里什么也不干。”说完便径直回去了。

他离开后，罗丽娜走出帐篷，坐在阳光下。他们吃饭时，威尔巴杰的牛仔们开始赶牛群过河了。

“那个威尔巴杰真是个古怪人物，”奥古斯塔斯说，“他说话直率，可我看他人不错。”

中午时分，所有的牛都过了河，篷车及最后一群坐骑也消失在北方的地平线上。

“咱们也趁现在容易的时候过河吧，”奥古斯塔斯说，“可能还要下雨。”

他收起帐篷，放到马背上，看上去有点儿不伦不类。起初马也不喜欢驮它，总是蹦，但奥古斯塔斯最终制服了它。河水降了些，他们没有费什么力气便过了河，并在河北边三公里左右的一条长长的高岭上扎了营。

“现在咱们必须等着，”奥古斯塔斯将帐篷支好后说，“伙计们再有一个星期就来了。”

他们就是永远不来，罗丽娜也不在乎，可她为有了顶帐篷而感到高兴。刚支好帐篷，西北的天空又翻起了乌云。

“让它下吧，咱们准备好了。”奥古斯塔斯说，他从鞍袋里拿出那盒纽扣，“下雨也挡不住咱们玩牌。”

威尔巴杰想得很周到，给了他们一些咖啡和半头腌猪肉，有了这些给养，加上帐篷和纽扣，他们过了一个星期。罗丽娜的脸颊不再那么凹陷，身上的伤也痊愈了。晚上她仍紧靠着奥古斯塔斯睡觉，平时当他到外边牵马、干杂活儿时，她仍旧眼不离他。有一两次在美好的夜晚，他们还骑马去河边玩。奥古斯塔斯曾在“土坯墙”那里找到一些粗线，他把它做成钓鱼线，还把一根针做成鱼钩，用蝌蚪当饵，但是什么鱼也没有钓到。每次到河边，他总要脱了衣服洗个澡。

“下来，罗丽娜。”他几次对她说，“洗个澡没坏处。”

后来她终于下水了。她已很久没有洗澡，洗一下感到很舒服。奥古斯塔斯坐在不远的石头上，等太阳把他身上的水晒干。水流很急，她没有往深处走。她看见自己那洗去泥污的皮肤时，吃了一惊。看着自己棕色的腿和白色的腹部，又吃一惊，并哭了起来，而且再也无法止住，好像要永远哭下去似的。奥古斯塔斯见她站在深及大腿的水里哭个不停，便过去拉她从河里走了出来。

奥古斯塔斯没有责怪她。“我想你最好把心里的一切都哭出来，罗丽娜。”他说，“你要记住，你今后的日子还长着呢。”

“他们不该把我劫走。”罗丽娜不再哭时说道。她穿上那件破衣服进了帐篷。

第62章

刚进入印第安人保留地，纽特便开始担心起印第安人来。担心的不止他，那个爱尔兰人由于听到有关剥头皮的故事太多，常常摸自己的头发，为的是使自己放心，剥头皮并不那么容易。豌豆眼把大部分时间用来磨刀和为自己准备充足的弹药。那个爱尔兰人竟然连一个被剥了头皮的人都没见过，他感到特别惊讶。在豌豆眼当保安队员的年月里，常常看见被剥了头皮的拓荒者，而且，他的几个伙伴也遭遇了同样的命运。

斯佩特尔兄弟渐渐变得喜欢说话了，他们常常对纽特吐露心里话，说他们要不是怕迷路，早就逃回家去了。

“可是你必须赶马呀，”纽特说，“队长雇了你们。”

“之前可不知道我们要到有印第安人的地方来。”比尔·斯佩特尔说。

也就是说，实际上一日接一日他们既碰不上印第安人，也见不到其他牛仔，除了偶尔遇到狼，连个人影都看不见。在纽特看来，每过一天，天空就变得更广阔，大地也变得更空旷。极目望去，除了天空便是草地。空间如此浩渺，使人难以想象天地间还会有城市或人存在。

爱尔兰人对这无际的空间感到尤为不安。“咱们已经离开世上的人了吧。”他经常这样说。或者说：“什么时候才能再见到人呢？”

谁也没有把握何时才能遇到下一个人。“古斯不在，真倒霉。”豌豆眼说，“古斯知道，他是个行家，他知道哪儿是哪儿。”

“得了吧，再往北什么都没有了，”盘子说，他奇怪人们怎么会有其他想法，“要找城市，必须往东走。”

“我想咱们会到奥加拉拉的。”织针提醒他。

“我没说咱们不会，”盘子说，“这取决于队长。要是它还没道奇城大，错过它是很容易的事。”

波·坎波的饭做得很香，因而人们都很喜欢他。他对每个人都友好，但和队长一样不合群。波的方式不同，他有时会用他的低音为大家唱歌，但他仍旧是个神秘莫测、稀奇古怪的人。他整天跟在篷车后边走，夜晚则用木头削小巧玲珑的女人像。时间不长，每个牧工都有了一尊他的佳作。

“它能使你想起你的姐妹们。”波说。

离加拿大河还有一天半的路程时，又下起了大雨。一看见西边压过来的大片乌云，人们的情绪便立即低落下来。他们打开雨衣，以便度过寒冷、漫长和危机四伏的夜晚。

距加拿大河还有半天路程的时候，暴风雨袭来了。由于雷电格外密集，这场暴风雨显得不太正常。下午，照例殿后的纽特对西边过来的隆隆雷声及耀眼的闪电提高了警惕。他见狄兹在与队长商议着什么，但不知道他们有什么指示。他们正走在草原中间，没有任何隐蔽物。

整个后半晌，西边天空的闪电从不间断。日落时，纽特目睹了从未见过的景象——一道电光从南到北划过天空，好像沿着西边地平线一直横穿过去，发出又尖又脆的响声。纽特真以为太阳会像个红色的瓜一样被切成两半。

那道闪电过后，乌云便像一片黑色的牛群奔腾而来，压向他们，五分钟内便将晚霞吞噬殆尽。马群恐慌起来，纽特连忙骑马过去帮助皮特·斯佩特尔。就在这个时候，一声炸雷裹着闪电在他身边响起，他的马疯狂地高高跃起，把他抛了下来。由于他紧攥缰绳，马才未跑掉。纽特及时将它稳住，又骑到了它背上。连续不断的雷声震得他两耳直鸣。牛群停了下来，牛仔们尽量紧紧地围在牛群四周，形成一个包围圈。

纽特刚跨上马，就有一道闪电在离队长约三十米的牛群旁亮起，许多头牛即刻倒了下去，好像被同一根棍子敲倒了一样。这些牛本来像一堵墙一样围在牛群外侧，现在却像无数砖块坍塌在地上。

紧接着牛群便跑起来。它们潮水般地向西涌去，仿佛那里根本没有牛仔看守。尽管盘子、队长和狄兹都试图将它们赶回来，它们却全然不顾。就在牛群开始奔跑的一刻，大雨瓢泼而下。纽特连忙刺马，想赶到牛群前头，因为他离那里比任何人都近。他看见一道长长的闪电从天而降，但牛群并没有停下来。牛碰牛时，数以千计的牛角互相撞击，发出的咔咔声不绝于耳。他又一次看见牛角尖上滚动的淡蓝色的电光，并且为倾盆大雨的来临而兴奋。他放心地向牛群前头赶去。下雨顶多把身上淋湿，可他不怕，他知道雨大到一定程度，雷电就会停止。

牛群跑了数公里，不久风暴便到了牛群东边，他只需要与黑暗和雨搏斗。他像往常那样在牛群旁边跟着它们，辛苦了大半夜。他偶然能听到别的牛仔的呼唤声，但由于天黑雨大，什么也看不见。如此漫漫长夜简直是一种折磨。他上百次、上千次地向他认为的东方眺望，希冀看到预示黎明的灰白色，然而所有的方向都是同样的漆黑，似乎黑夜已经持续了三十个小时。

黎明真的到来的时候，却阴霾蒙蒙，昏暗的乌云满布苍穹。纽特、盘子、爱尔兰人和织针纳尔逊守着大部分牛，约有一千头。谁也说不清其余的牛群在哪里。牛群体力耗尽，不会再制造什么麻烦了，于是盘子策马到前边去了解情况，一去便是半天。他回来的时候，狄兹与他做伴。牛群大部分在东边十公里处。

“雷电劈死了几头？”纽特想起牛倒下时的情景，便问道。

“十三头。”盘子说，“这倒没什么，可是把比尔·斯佩特尔也击死了，把他从马上打了下来。他们正埋他呢。”

纽特本来饥肠辘辘，但是听到这一消息，他立即失去了食欲。暴风雨前不到两个小时，他还在和比尔·斯佩特尔聊天，他经过了数百公里的沉默，刚刚变得有一些爱讲话。

“他们说电都把他烧黑了，”盘子说，“我没看见。”

纽特永远也无法见到比尔·斯佩特尔葬在哪里了。他回到牛群的大部队中时，牛群已开始走动，墓就在这泥泞的草原上的某个地方。没有人知道该对皮特·斯佩特尔说点儿什么。他这一整夜总算守住了马群，现在他仍守护着它们，但他显得那样憔悴和呆滞。

人们都饿了。考尔让大家停下来吃点儿东西，一定要快点儿吃，因为看样子又要下雨了。他知道加拿大河已经不远了。他想赶在一场场雨到来之前过河，否则就会陷在这里一个星期。

“不打算休息一下吗？”杰斯帕说。听说考尔要求他们在经过那样艰辛的一夜之后继续赶路，他实在有点儿发怵。

“到河北再休息。”考尔说。

被派去找渡口的狄兹转眼就回来了。加拿大河只有六公里远，那里有一个渡口，显然已有多批牛群曾在那里渡河。

“咱们都必须游过去。”他说。

杰斯帕听罢大惊失色。“但愿别冒着暴风雨游。”他望着重重乌云，说道。

“我看不出有什么区别，”织针说，“顶多是弄湿呗，游泳反正是要湿的。”

“雨该停了，下得够多了。”豌豆眼说。但是老天爷没有听他的。

考尔比任何时候都不安，他们那天已经失去了一个孩子，现在又一个孩子被匆匆埋掉了。他再也看不见他的家乡了。他不想再冒险，然而这河必须过。他骑马跑到渡口看了看，见很安全，这才放下心来。河水虽深，但不是很宽，他们不必游得很远。

他骑马回到牛群。这时，很多人已经换上了干衣服，河水涨了，他们这样做白费力。

“到河边时你们最好脱光了，不然这些衣服也都会弄湿。”考尔说，“用雨布把衣服包好，过河后就有干衣服穿了。”

“光着身子骑马？”听说队长那样要求他们，杰斯帕愣了。赶牛北上比他想象的要糟得多。他们找到比尔·斯佩特尔时，他已经全身僵硬，根本无法使他恢复原样——他们只用一条床单把他包住，草草地塞进了一个坑里。

“那好，我宁可光一会儿身子也不愿意像昨天那样整夜穿着湿衣服赶路。”豌豆眼说。

来到河边时，他们让牛群停下来，以便脱去衣服。天气奇冷，纽特脱掉衣裳后浑身都起了鸡皮疙瘩。他把衣服包好，连靴子一同高高地绑在马鞍上。若不是他太累，过河的时候又太紧张，看着人们赤条条地骑在马上的那模样，倒是挺可笑的。人人身上都白得像鱼的肚皮，只有手和脸是棕色的。

“天哪，咱们可真是一伙美人呀，”盘子看着牛仔们说，“这么多人里头狄兹最好看，至少他身上只有一种颜色，咱们其余的人都带着花斑呢。”

谁也没有料到天气会变得更坏，好像草原上的气候随时都能出人意料一样。牛群开始下水时，刮起了大风。老狗过河的时候，盘子和考尔分别守在它两边。当它游过深水时，天空突然喷下了无数小小的“弹丸”。盘子没有骑马，而是拉着鞍绳与他的马一同渡河。他刚看见溅落到水面的“弹丸”时，猛然一惊，还以为是子弹。他抬头向上看的时候，一颗冰雹正打在他脸上。这时他才明白过来是怎么回事。

考尔也看见了打在河面上的冰雹。开始他见雹子不大，也就不以为意，因为他经历过狂风加冰雹，知道只要五分钟便会过去。

然而，他与盘子到达北岸，又坐到湿马鞍上时，才意识到这不仅仅是一场狂风。冰雹从四面八方袭来，打在他的手臂上，打在马鞍和马身上又弹开，雹子的个头儿也大多了。盘子赤条条地骑马跑过来，试图用胳膊挡住脸。冰雹无处不落，有的落入河里溅起水花，有的打在牛背上又弹开，有的则砸在泥泞的河岸上。

“咱们怎么办，队长？”盘子问，“越来越大了。会砸死咱们吗？”

考尔还未听过冰雹砸死人的事，尽管他的耳朵背后刚刚让一颗鸡蛋大小的雹子击了一下。然而他们不能停下来。有两个小伙子还在水里游着，牛群还在徐徐渡河。

“要是受不了，就躲到马肚子底下，”他说，“用马鞍挡一挡。”

“那么干这匹马非踢死我不可。”盘子说。他迅速取下马鞍，拿起鞍毯来应急。

冰雹刚落下时，纽特不知道那是什么东西。他看见无数个小白球在草地上蹦跳不停时，他想他终于看见雪了。

“瞧，下雪了。”他兴奋地对身边的织针纳尔逊说。

“这不是雪，是雹子。”织针说。

“我还以为雪是白的呢。”纽特失望地说。

“它们都是白的。”织针说，“不同的是，雹子硬些。”

不出几分钟，纽特便尝到了雹子有多硬。从天而降的冰球刚开始个头儿很小，后来就不那么小了。

“老天爷，咱们还不如待在河里呢。”织针说。他戴了一顶大帽子，想用它挡冰雹，但是身上照样挨雹子砸。

纽特四处张望，想找那辆篷车，但冰雹太密，什么也看不见。后来连织针也不见了。他催马快跑，向河边冲去，可他也不知道到了河里会怎样。他的马差点儿踩着杰斯帕，因为杰斯帕这时正蹲在他用雨布和马鞍搭起的小篷下的泥里。

因为冰雹太密，来到河岸的时候，耗子从两米高的岸上跳了下去，把纽特甩了下来。他再次设法牢牢地握住了缰绳。他一丝不挂，冰雹从四面八方打在他的身上，这时他才注意到耗子倒可以当作一堵墙。他紧靠耗子蹲下，便躲过了大部分雹子——耗子把它们挡住了。耗子对他这样做很不高兴，但因为它跳下河岸时把他抛了下来，他也就不可怜它了。

他在马身边一直蹲到冰雹下不了为止。这场冰雹下了不足十分钟，但河岸及周围的草地上铺满了冰雹，牛和马走在上面吱吱作响。不时地还会掉下一两颗，砸到地面的雹子上又弹起来。

纽特看着牛群在没有牛仔帮助的情况下渡过了那条令人谈虎色变的桀骜不驯的加拿大河，牛仔们都还赤身露体地分散在各地，或躲在马鞍下，或藏在马肚子下面。眼前这番景象真是妙不可言。纽特想到自己还活着，高兴得突然想放声大笑。最有趣的还是豌豆眼。他在十米外的水里站着，只露着个脑袋，上面扣了顶帽子。他纹丝不动地站在那里等候冰雹停止。

“你干吗钻到水里？”豌豆眼从水里出来后，纽特问他。

“水里是很好的藏身的地方，”豌豆眼说，“雹子打不透。”

刚才还呈灰黄色的草原，一下子差不多成了白色的，纽特对此景象感到十分惊奇。

爱尔兰人牵着马，边走边用脚踢开雹子，后来又捡起它们往河里扔。接着好几个牛仔也都学他的样子扔了起来，看谁扔得远，或用雹子打水漂。

这时他们看见了一件古怪的事——波·坎波正往桶里装冰雹，两头猪像狗一样跟在他后面。

“你说他要那玩意儿干什么？”织针纳尔逊问。

“可能要给我们炖雹子吃吧，”豌豆眼说，“他拾雹子就像在拾豆子。”

“明天咱们可别再光着身子了，”杰斯帕说，“身上准是青一块紫一块的。有一颗打在我胳膊肘儿上，到现在我还伸不直胳膊呢。”

“就是伸直了，你也干不了什么。”伯特毫不同情地说。

“他套马套得不如你好，不等于他不想用胳膊。”豌豆眼说。人人都奚落杰斯帕，有时豌豆眼感觉自己不得不出来说几句话。他跳上马去，好半天才把另一只冻僵的脚伸进马镫。他无意中朝河那边望了一眼，发现有个人骑马朝他们过来。在北岸的人因为都背朝那个走过来的人，所以没有看见他。

“嘿，我发誓是古斯，”豌豆眼说，“他根本没有死。”

他们都朝后面看去，见那个人骑马过来了。

“你怎么知道是他？”伯特想知道其中的奥妙。

“离得那么远，也可能是个印第安人头目呢。”

“我想我认得古斯。”豌豆眼说，“不知道这些日子他在哪儿。”

第 63 章

考尔和盘子刚穿上干裤子，奥古斯塔斯就来到了跟前。他们听见了马踩冰雹的声音，才扭过头去看。考尔立即发现奥古斯塔斯骑的马不是他离开时骑的那匹，但他本人看上去还好。

“天哪，真没想到伙计们开始光屁股干活儿了。”奥古斯塔斯说，“我看我一离开你们，情况就一天不如一天了吧。瞧你们这群鲣鸟，从这儿哩哩啦啦一直排到了沃斯堡。”

“嘿，河水深，我们的衣服又不多。”考尔说，“你怎么了？”

“没什么，”奥古斯塔斯说，“我上个星期就到这儿了，觉着没有必要往南骑，不然我还要回来。”

“你找到罗丽娜了吗？”盘子问。

“啊，那当然，”奥古斯塔斯说，“找到她了。她可能就在帐篷外面坐着，看你们光着腚来回跑呢。”

听到这里，盘子的脸一下子红到了耳根，连忙把其他衣服也穿上。其实奥古斯塔斯指帐篷给他看时，盘子知道罗丽娜离这里远得很，什么也看不见。

这时，南岸的几个牛仔激动得忘记了一切，扑通扑通地跳进河里游了过来。

“我发誓，古斯，我们一直都盼着你回来呢。”豌豆眼说，“你抓住那个土匪了吗？”

“没有，希望有一天我会抓住他。”奥古斯塔斯说，“我遇见了很多他手下的人，偏偏就他从我身边溜了。”

“你进城了还是怎么的？”盘子问，“你走的时候没带帐篷呀。”

“威尔巴杰先生借给我的。”奥古斯塔斯说，“罗丽娜有些不好意思，想一个人待着。”

“咱们最好把篷车弄过来，”考尔说，“以后再听古斯的故事。没穿衣裳的人回去帮个忙。”

太阳出来了，奥古斯塔斯的归来又使大家精神倍增，就连平时对过河忧心忡忡的杰斯帕，这会儿也忘记了害怕，跳下水游回南岸去帮助大篷车过河。一周前他们还为过这条河而顾虑重重，现在他们在里面游泳，如同戏水一般。不久，篷车就过河了。他们把那两头猪都放到了车上，但那头小黑猪跳出来，游过了河。

“这头猪有独立性。”奥古斯塔斯说，“你们还用着那个老厨子呢？”

“嗯，他做的饭非常可口。”考尔说，“那姑娘好吗？”

“她可受了罪，但她还年轻，”奥古斯塔斯说，“她虽说忘不了这一切，她会克服的。”

“咱们离哪儿都太远，没办法把她送到一个什么地方去。”考尔说。

“啊，我没打算让她走，”奥古斯塔斯说，“我们有威尔巴杰的帐篷。我们跟你们一块儿走，到内布拉斯加再说。”

“到那儿以后呢？”考尔问。

“不知道，不是还没到嘛。”奥古斯塔斯说，“杰克怎么样了？”

“我们路过沃斯堡的时候，他在那儿，”考尔说，“我猜他就是玩玩牌吧。”

“我碰到追捕他的那个司法官了，”奥古斯塔斯说，“他就在咱们前边的什么地方。他的老婆跑了，蓝鸭杀了他的副手和两个跟他一路的小孩子。除了杰克，他还有其他心事呢。”

“欢迎他来抓杰克，如果他想抓。”考尔说，“我不想再保护像杰克那样的人，自己的女人让人家抢走了，居然不闻不问，照样玩牌。”

“这是他的智慧，”奥古斯塔斯说，“他要是遇上蓝鸭，蓝鸭准会把他大卸八块，叫他死无葬身之地。”

“我说他是胆小鬼。”考尔说，“你怎么没打死蓝鸭？”

“他行动太快了，”奥古斯塔斯说，“骑着这块‘肥皂’没法儿追上他，再说我还要照顾罗丽娜。”

“我可不想让他那样的人逃掉。”考尔说。

“你去抓他吧，伍德罗。”奥古斯塔斯说，“他就在西边，可能在科罗拉多。你去抓他，我赶牛等你回来。那个老厨子在干什么呢？”

他们见所有的牛仔都聚在大篷车旁边。篷车刚过了河，还在滴水。

“他喜欢给那帮孩子做点儿新鲜玩意儿，”考尔说，“他总有新鲜招儿。”

他们俩骑马跑过去一看，原来波·坎波将冰雹做成了冰棍，往蜜糖里蘸蘸，给每人一根舔着吃。

“啊，先生，”他对奥古斯塔斯说，“你刚好赶上吃甜食。”

“我刚好赶上看咱们的牛仔光屁股过河，”奥古斯塔斯说，

“我还以为你们都变成了印第安人，正要剥杰斯帕的头皮呢。小比尔·斯佩特尔在哪儿？他藏哪儿去了？”

人们顿时异样地安静下来。大嘴唇在篷车上坐着，不再舔给他的甜冰雹。

“没有藏，先生，埋了，”波·坎波说，“他成了雷电的牺牲品。”

“太可惜了，”奥古斯塔斯说，“他还年轻，前途无量。”

“一场雷电就劈死了十三头牛。”豌豆眼说，“你从来没有见过那种闪电，古斯。”

“我见过，”奥古斯塔斯说，“我们也遇上这怪天气了。”

纽特感到又暖和又快活，因为一则穿上了衣服，二则奥古斯塔斯回到了队里。天空已放晴，带来可怕冰雹的那片云彩只在东方地平线处剩下了小小的几块。在这明媚的阳光下，纽特感觉生活很美好，因为一方面过了河，牛群正在湿润的草地上吃着草，另一方面罗丽娜获救了。然而他还是不断地想到比尔·斯佩特尔，他就埋在后面数公里远的泥里；或是想到肖恩，他留在了更远的努埃塞斯河畔——温暖的阳光和清新的空气并不能带给他们欢乐。波·坎波也给了他一根蘸了蜜糖的冰棍，人们穿上衣服，准备恢复牛仔的样子时，他一边吃冰棍一边交替地感到高兴与伤心。

“前面的草原上有树吗？还是一直到加拿大都这个样子？”伯特·博罗姆问道。

“几个月的路程之内我可不敢说有树。”奥古斯塔斯说。

人们都想知道罗丽娜的情况，她的美貌至今还留在很多人心中。她出什么事了？她现在怎样？她是他们大部分人见过的最美的女人，现在她就在附近，这又唤醒了他们清晰的回忆，使他们急于见到她。尤其是盘子，他的两只眼睛根本无法离开那顶小帐篷。他渴望能瞥见她一下，并且不停地想象她随时都可能走出帐篷向他的方向看上一眼。她当然还记得他，没准儿她还会向他招手，叫他过去呢。

罗丽娜知道牛仔们离近了，但她不往帐篷外面看。奥古斯塔斯答应很快就回来，她相信他，尽管在他偶尔外出打猎的那一小时内，还禁不住要发抖。蓝鸭还没有死，奥古斯塔斯如果稍有疏忽，他可能会回来，再次把她带走。她仍记得蓝鸭踢她时的那张脸和他的狞笑。只有奥古斯塔斯才能使她摆脱这种回忆。有时这种回忆太清晰、太恐怖，吓得她真想死去，以使她的头脑停止思维，使她得到安详与宁静。但是她的头脑不能停止思维，只有奥古斯塔斯的谈话和玩牌才能使她的思想负担得到解脱，只有他在跟前时她才能放心入睡。

她不时地往外看看，见到了那辆篷车，见到奥古斯塔斯在篷车旁边站着。由于他有白头发，很容易辨认出来。只要她能找到他，她便不再担心。

考尔让大家扎营休息，他们在过去二十四小时内受了不少苦。过河时有一头公牛瘸了，伯特把它套了来，波·坎波用一把利斧熟练地将它杀死，紧接着又熟练地将它宰了。没过多久，牛排就煮上了。牛肉的香味使人们想起自己正在挨饿，因而吃起肉来个个狼吞虎咽。

“牛跟着这帮子人就别想走远。”奥古斯塔斯说，“你们这伙小子要不学着控制一下胃口，不然到不了保德河就把整群牛吃他妈光了。那才是你的一个大笑话呢，考尔。”他又加了一句。

“是什么？”考尔问。他一直在想蓝鸭。

“你想想，”奥古斯塔斯说，“你开始向蒙大拿进发的时候，有一群牛和几个大肚汉。等你到了那儿，他们就把牛吃光了，你什么也剩不下。然后夏安人或者苏族人把你的牛仔都杀掉，到头来就只剩下你这个光杆儿司令了。”

“你呢？”考尔问，“你还在啊。”

“我可能结婚，不再走了，”奥古斯塔斯说，“是我成家的时候了。”

“你打算和罗丽娜结婚吗，古斯？”盘子问。他顿时惊慌失措。他明白是奥古斯塔斯将她从危难中救了出来，她也许会因感谢他而与他结婚。

“不，盘子，我还有别的心上人，”奥古斯塔斯说，“但你可不要抱太大希望。罗丽娜近几年内都会怕见男人的。”

“妈的，她一向如此。”织针说，“有两次我愿意给她很多钱，可她就那么直愣愣地看着我，好像我是个玻璃窗什么的。”

“唉，你太瘦了，”奥古斯塔斯说，“再说你也太高，不合女人的意。总的来说，女人宁可要小个子。”

这句话使人们感到莫名其妙——女人为什么宁可要小个子？奥古斯塔斯又怎么会知道？然而这话也使他们听了很自在，因为唯有奥古斯塔斯这样的人才会说出使人意料不到的话来，值夜班的人可以花几个小时议论他那句话，并且互相提出赞成与否定的看法，争论那句话的真实性。

“妈的，古斯，我没赶上听你说。”奥古斯塔斯上马离开时，豌豆眼说。

考尔与奥古斯塔斯在营地外骑了一程。一群鹤落到河岸上。

“一路上让孩子们吃了不少苦，”奥古斯塔斯说，“咱们丢了两个，那个年轻司法官也失去了一个男孩和一个女孩。”

他们停下来吸支烟，远处，值夜班的牛仔已经向牛群骑马而去。

“咱们应该还当保安队员，让这些孩子在家里待着。”奥古斯塔斯说，“到不了蒙大拿，就会有一半人淹死或者被雷电击死。咱俩应该找个不开化的城镇，使它文明起来，这是当前成名的好办法。”

“我不要成名，”考尔说，“我挨土匪的枪子儿已经够多了，我宁可开牧场。”

“嗯，我承认我还想打仗，”奥古斯塔斯说，“打仗能使我增长智慧，还有一件愿意干的事就是跟女人谈话，不过这通常会更危险一些。”

“到头来，你成了那个姑娘的保护人，”考尔说，“她又不是你追求的女人。”

“不是，她不是。”奥古斯塔斯说。他自己也一直在思考这一问题。诚然，据他所知，克拉拉仍旧是一个幸福的结了婚的女人，他对她的一切想法无异于白日做梦。他早就想与她结婚，但生活总在他与她之间塞进其他女人，他那两个前妻便是。

“你要是结婚了就好了。”他对考尔说。

“为什么？”考尔问。

“我喜欢听你对这个问题的看法，就为这。”奥古斯塔斯说，

“只因为你缺乏经验，所以你帮不了我什么忙。”

“啊，我从来没有想过，”考尔说，“我也不知道为什么。”

“不感兴趣。”奥古斯塔斯说，“还有，你从来不了解自己，你不喜欢冒险。”

“这我可不同意，”考尔说，“我冒的险够多了，我想。”

“在战场上，不是在情场上，”奥古斯塔斯说，“除非把你和玛吉的事也算成冒险。”

“你怎么总说那件事？”考尔说。

“因为那是你做的唯一一件正常的事。”奥古斯塔斯说，“我只做合乎常规的事。现在你带着这些牛一路到了这里，给我和大家造成这么多的不方便。在这个世界上，你没有理由这么干。”

考尔不回答，只是坐着抽烟。那个爱尔兰人又开始给牛群唱歌了。

“你那么了解我，那你有什么建议吗？”他问道。

“当然有啦，”奥古斯塔斯说，“把牛赶到最近的一个城里卖掉，把工钱发给还活着的孩子们，让他们走人。”

“然后呢？”

“我花一段时间应付一下女人，”奥古斯塔斯说，“你带着豌豆眼和狄兹骑马到珀加图瓦尔去，直到找着蓝鸭，那么不是你们把他打死，就是他把你们都打死。”

“那个孩子呢？”考尔问。

“纽特跟我学着做一个女人喜欢的男人，”奥古斯塔斯说，“你反正不打算要他。最后一个接近蓝鸭的孩子被他用枪托砸烂了脑袋。”

“不,”考尔说,“我的最大愿望是看见蒙大拿。如果咱们第一批到那儿，就能挑块好地。”

“你挑你的吧,”奥古斯塔斯说,“我只是想旅行。一旦你们这些伙计安定下来，我就可能去中国了，你知道我会去的。”

说完，他骑马走了。考尔又吸着烟过了片刻，感到既别扭又伤感，杰克原来是个胆小鬼，再也不是老队员的一分子了。当然，他十年来就没有在队上——那个老保安队基本上只存在于回忆中，尽管豌豆眼和狄兹还在。还有奥古斯塔斯，他叫人捉摸不透。一切都在变。

他看见奥古斯塔斯下马时，那个姑娘从帐篷里走了出来。在晚霞里只能见到她的身影。奥古斯塔斯说过，她很少说话，对他也如此。考尔无意与她讲话。他骑马向西跑出两三公里，又任凭母马自己走了起来。天空仍旧有些光亮，半圆的月亮悬在夜空。

第 64 章

杰克大部分时间在一个酒吧里混日子，它的名字是比尔的酒吧。这是一间装有护墙板的小房子，共两层，建在特里尼蒂河的一处峭崖上。妓女住在楼上，赌徒和牛仔使用下面的房间。在楼上可以经常看见往北去的大大小小的牛群。间或有牛群老板来喝酒，并与杰克会面。当知道他曾去过蒙大拿，有的人便想雇他，但杰克只是笑话他们。他离开帽子溪牧牛公司的牛群后，这一星期过得不错，一直没有抽到坏牌，一星期刚过，他手头的钱就足够一两个月花的了。

“我看我还是在这里待着吧，”他对老板说，“我喜欢这儿的景致。”

他还喜欢一个叫莎莉·斯卡尔的长腿妓女。她替开酒吧的比尔·斯隆管理妓院。那里共有五个姑娘，却只有三个房间。由于过往的牛群太多，过往的牛仔终日不断。莎莉在房间外面放了个闹钟，给每个人二十分钟时间，时间一到，那个大闹钟就会发出火警般的响声。这时莎莉便把房门打开，看着牛仔们穿衣裳。莎莉又高又瘦，留着一头短短的黑头发。没有几个牛仔长得比她高。看见她往那里一站，大部分人会被吓得连扣子都不会系了。他们中的大多数还是孩子，对妓院的规矩和闹钟很不习惯。

一两个胆子大些的曾经抱怨过，但莎莉不予理睬，她丝毫不肯让步。

“你要是在二十分钟内还完不了事，那你需要的是大夫而不是妓女。”她说。

莎莉一睡醒便开始大量饮酒，直至喝得不省人事。她在三个房间里留出一间自己用——一间有个小凉台的。杰克打牌打累了就来这里坐着，把脚支在凉台栏杆上，观看沃斯堡街上的人来马往。莎莉把闹钟对好后，也会端着一杯酒来待上几分钟，与他一同往外看。他便和她亲热起来，她也让他在她的床上睡，但那张床和在床上睡的优待，一天要花去他十块钱。他当即答应了这个价钱，因为他牌运正顺。他得到了第一个十块钱买到的价值后，便毫无顾忌地协商下一步的安排。

“咱们只睡觉，不干别的，怎么样？”他问道，“还是十块钱吗？”

“是。”莎莉说。

“我可以买比你他妈的这张便宜得多的床过夜。”杰克对她说。

“要是我也在床上，那就不只是一张床的问题了。”莎莉说，“还有，你随时都可以坐在我的凉台上，除非我的一个情人在城里。”

原来，莎莉有不少心上人，有的体臭熏天，杰克真不知道她怎么能受得了。不管是皮货商还是野牛猎人，她都不在乎，事实上她好像更喜欢他们。

“见鬼，我是你的顾客里唯一今年洗过澡的人。”杰克抱怨着，“你可以找律师和银行家，这样你的床单就不会臭成这样了。”

“我喜欢他们又脏又臭。”莎莉说，“我不是好人，这也不是个好地方，生活也不是好生活。要是能找到用两条腿走路的猪，我也要。”

杰克的确见过比莎莉·斯卡尔在楼上接过的男人还干净的猪，但她身上的某种粗野行为打动了他，他与她住在一起，每天给她十块钱。来赌钱的牛仔牌技都不高，所以他一小时就能把钱挣回来。他试过在别的酒吧找妓女，胖的瘦的都找过，但和她们在一起，他就会想起罗丽娜，而一想起她，他马上就会失去兴趣。罗丽娜是他见过的最美的女人，她的美一直留在他的记忆里。每当想起她，既感到阵阵痛楚，又感到恼怒，因为在他看来，都是由于她的过错，她才被人劫走的。不管在她身上会发生什么事，都是对她的桀骜不驯的惩罚。她本可以舒适地与他一起住在奥斯汀或者沃斯堡有排场的旅店里。

莎莉·斯卡尔的牙齿长得很不好，身体又瘦，谈不上美。她的长腿细得像鸟腿一样，胸部则根本无法与罗丽娜的相比。如果有谁对她说了一句错话，就要挨她一顿数落，连最不讲究的人也要脸红。如果她手下的姑娘对哪个牛仔过于亲密——在她干的这一行里这种事常有——莎莉就会立即解雇她，把她从酒吧后门赶到尘土厚厚的大街上去。“别在我身边恋爱，”她会说，“要是想爱，就到胡同里干去。”有一次她一天内解雇了三个姑娘，因为她们和男孩子们在一起混，不好好接客。此后的一个星期内，大部分客人由她一个人来接待。

杰克认为自己与莎莉混在一起是昏了头。对他来说，她的生活太粗野了。除了酗酒和男人，她还从一个毒贩子手里买各种粉末来吸。她躺在他旁边吸白面儿时两眼圆睁，一连几个小时都不说话。天一亮她就会醒。她的酒瓶总是放在床头，清晨，他总会被拔酒瓶木塞的声音吵醒。她喝上几口，清醒一下头脑，就来找他，全然不顾头天夜里她刚刚接待过二十个牛仔。他说不出他喜欢她什么，可他无法拒绝她。她每天都能挣一百多块钱，有时更多，但大部分钱花在买白面儿或衣服上。她的衣服多数只穿一两次。

帽子溪牧牛公司的牛群路过这里时，有几个人来到酒吧，还与他打了招呼，但他极其冷淡地把他们打发走了。就是因为他们的过错，罗丽娜才丢了，他不再需要他们了。但是有关他的故事传开了，不久也传到了莎莉的耳朵里。

“你为什么让那个印第安人把你的妓女劫走？”她直截了当地问。

“他是个诡计多端的土匪，”杰克说，“据我所知，她可能喜欢他。她从来就不怎么喜欢我。”

莎莉有一双绿眼睛，她一吸白面儿它们便凸出来。她瞧他时的样子就像一只要跳起来抓蜥蜴的恶猫。太阳刚刚升起，他们就云雨起来，污秽不堪的床单被汗水浸透。

“她根本不把我放在心上。”杰克说。他暗自抱怨帽子溪的人们，嫌他们太饶舌。

“我也没把你放心上，杰克。”莎莉说，“我真想和她换个位置。”

“你什么？”杰克极度愕然地问。

“我跟过一个黑鬼，但从来没跟过印第安人，”她说，“我倒想试试。”

杰克完全没有料到她竟然与黑鬼在一起过。她很野，可没想到她会野到这步田地。她脸上的表情有些令他害怕。

“还有你不知道的呢，我给那个黑鬼钱。”她说，“我给他十块钱让他当男妓，后来他一直没有花那十块钱。”

“为什么不花？”杰克问。

“他到处吹牛，结果让人家吊死在一棵树上了。”莎莉说，“在佐治亚可不该张扬这种事。有些人还想吊死我，但他们没有胆量吊死女人，后来我就逃出了城。”

就在那天晚上，意外事故发生了。一个年轻的牧牛老板遭到莎莉拒绝，骂了她几句，她就用放在枕头下面的大口径短筒手枪打伤了他的肩部。伤势不重，但他告了她，结果司法官把莎莉抓去坐牢。杰克想把她保出来，但司法官不要他的钱。“让她坐牢吧。”他说。莎莉并不老老实实地坐牢，她买通了一个副司法官，给她往牢里带粉末。她看上去邋里邋遢的，而正是这种邋遢使得男人难以拒绝她。杰克就无法拒绝她。不知为什么她能迷住他，虽然她的牙齿不整齐，浑身洋葱头味，别的方面也不怎么样。她还迷住了那个副司法官。本来她若肯等，过一两天司法官就会放她出去，但是她偏要抢那个副司法官的枪，企图越狱。谁也说不清是怎么回事，他们两个都用那支枪打了对方，两个人都半裸着身体，一同死在牢房地板上的血泊里。

这个副司法官有九个孩子，他的死激起了反对娼妓与赌博的呼声。呼声日益高涨，于是杰克认为最好离开这里。他动身前翻了翻莎莉的房间，在一个帽盒里找到六百块钱。由于莎莉已经死去，并且已经被埋葬了，他便将钱拿走了。剩下的几个妓女也惶惶然地雇了一辆篷车，与他一同来到达拉斯，她们很快便在另一家酒吧里找到了工作。

在达拉斯，杰克从一个士兵那里赢了些钱。那个士兵说他曾遇到一个从阿肯色来的副司法官，他正在找一个司法官，那个司法官又在找一个杀了他哥哥的人。士兵把所有的名字都忘了，杰克没有说他就是那个司法官要抓的人，但这一消息确实令他神情紧张。那个从阿肯色来的司法官就在得克萨斯的什么地方，随时都可能出现。

就在他左思右想下一步该怎么办时，几个面目不善的人出现在他玩牌的酒吧里。他们是萨格斯兄弟三人。丹·萨格斯是老大，最爱说话，两个小的是埃德和罗伊。这两个人郁郁不乐，坐卧不安，总瞅着门口，想认出来人是谁。丹对门口不感兴趣，只关心把自己的酒杯斟满，除此以外什么也不管。三个人都胡子拉碴的。

“你不是保安队员吗？”丹听到杰克的名字后问道。

“当过几天。”杰克说。

“你跟考尔、麦克克里在一起，是吗？”丹问，“我从前没有见过考尔和麦克克里，但听说他们都很厉害。”

他们俩竟享有如此好的声誉，杰克觉得厌烦。他想，在那些年月里，他和他们干的一样多，何况他把那个边境上最有名的土匪打死了。

他们一边玩牌一边聊天，罗伊不住地往酒吧间的地上吐烟叶，引起了酒吧老板拉尔夫的不满。他拿过一个痰盂，放在罗伊的椅子旁边，但罗伊斜着眼睛看了他一下，依旧往地上吐。

“罗伊想往哪儿吐就往哪儿吐。”丹边说边阴险地狞笑着。

“斯普恩，你来当个管理员怎么样？”过了一会儿，他问道，“记得人们传说你的枪法不错。”

“管理员是干什么的？”杰克问，“我没听说过这个词。”

“堪萨斯的人不愿意得克萨斯人没完没了地赶牛路过这里，”丹说，“他们想把那些卖牛的管理起来。”

“怎么管理？”

“啊，收税。”丹说，“人们不能赶着牛到处乱走，他们要是想在什么河上的哪一个渡口过河，就要为这种权利交钱。他们要是不想交钱，就必须交牛。”

“这是堪萨斯的法律呢，还是什么？”杰克问道。

“不是法律，可有些人说必须这么做。”丹说。

“主要是咱们几个。”罗伊边吐边说。

“原来如此，”杰克说，“如果考尔和古斯想赶牛过你管理的河，你就让他们停下来，对他们说必须交钱，是吗？你们就打算这么做？”

“没错。”丹说。

“我倒想看你试试对考尔说不交钱不能过河。”杰克说，“我并不是他的好朋友，他近来待我很不好，但是除非有这条法律，你能拿出来让他看，要不然你根本要不来‘双鹰’（一种美元金币）。”

“那他到头来就要吃苦头了。”丹说。

杰克哈哈大笑。“到头来就要有人替你挖坟墓了。”他说，“就是考尔不打死你，古斯也会的。他们才不会听你们这管理员的命令呢。”

“妈的，那他们就学着点儿。”罗伊说。

“可能吧，但你想教他们，没门儿。”杰克说，“你要是想试试，不等你下马就得死。”他虽说在生考尔和奥古斯塔斯的气，但这三个肮脏土匪以为自己能打败他们，他觉得实在好笑。

丹也不爱听这种对话。“我还以为你是个有胆子的人呢，”他说，“看来我看错人了。”

“我的胆子足够用，”杰克说，“可我不和没经验的人合伙。如果你们以为骑着马走到考尔和麦克克里面前威胁几句就能要到钱，那我看你们太没经验了。”

丹沉默了片刻。“嗯，他们只是其中的一伙人，”他说，“这条路上有很多赶牛的人呢。”

“这倒不错，”杰克说，“我要是你，就去管理那些不是得克萨斯保安队员的人的牛群。”

罗伊和埃德满怀敌意地看着他，他们不愿意听杰克说他们不够资格干这件事。丹毕竟冷静些，玩了一阵子牌，喝尽一瓶酒后，他说有关管理的打算是他刚刚想出来的。

“我的看法是，大部分牛仔都不会打仗，”丹说，“妈的，他们都是帮孩子。来这里落户的人也不会打。他们也可以花钱让我们保护他们的玉米地不被牛糟蹋。”

“他们可能会吧，可这听起来像是在搞投机。”杰克说，“放弃这里的好生活去让人打死之前，我要想条较好的出路。”

“如果管理这行干不得，抢银行怎么样？”丹毫不掩饰地说，“你反对抢银行吗？”

“决定权在银行，”杰克说，“要是对我不利的法律太多，我也不想干。我想你们不如到小城镇去试试。”

他们商量了几个小时，罗伊执意要往地板上吐烟叶。丹指出，所有的钱好像都集中在堪萨斯，如果他们上那儿去，而又肯不择手段，总会有机会弄到钱。

杰克并不怎么欣赏萨格斯兄弟。他们都长着冷酷无情、阴险毒辣的眼睛，互相之间也没有什么感情。他主动提出给他们找妓女，因为他已与从沃斯堡来的几个姑娘厮混熟了，但萨格斯兄弟对此不感兴趣，他们更爱酒与牌。

如若不是七月约翰逊就在附近给他造成了威胁，杰克就让萨格斯兄弟他们自己去堪萨斯了。他在这里悠然自得，无心骑马与枪战，但达拉斯离史密斯堡不远，七月约翰逊随时可能到来。这一想法使他如坐针毡，故三天后，他已与萨格斯三兄弟骑马走在北去的路上。与他们同行的还有一个高个子黑人，他们叫他青蛙嘴。杰克临行前用一支新步枪将自己武装起来。他并没有向萨格斯兄弟许过什么诺，只是打算一旦在堪萨斯找到一个合意的酒吧，就与他们分道扬镳，自己留下来。

青蛙嘴有五支枪，口径各异，他将大部分时间都花在擦枪上。这个人枪法高超，出发的第一天他就打中了一只鹿。他离鹿那么远，在杰克看来要打着它简直是不可能的，而青蛙嘴则认为打中它是理所当然的。杰克强烈地感觉这个黑人的枪不仅仅会打鹿，他很快就会对准别的什么，可他并不打算亲自领教。

第65章

七月骑马一连走了几天，一个人都没看见，至于其他有生命的东西，最多的便是在草原上空的蓝天翱翔的鹰隼。只有一次他看见一只狼在山丘上跑，晚上也常听到土狼的叫声。唯一可猎取的是长耳大野兔，因而兔肉成了他的主要食物。

他继续向北走去，心中不断提醒自己，无论往哪个城镇去，路途都相当遥远。他的三个人被埋在了加拿大河旁，为此他心乱如麻，不久，这单调至极的空旷大地更加深了他的焦躁与不安。他几乎一天到晚想那几个死去的人。在昏暗的黎明中醒来时，罗斯科的脸会出现在他脑海中。他一做梦，准出现罗斯科、乔和那个小女孩。他好几次为他们的悲惨结局痛哭。他渴望能把他们带回他们原来的地方去——罗斯科与乔回史密斯堡，虽然不知道那个小女孩应该回何处，但绝不会是加拿大河边的那座坟墓。

他正做的事情，乃至他一生所做的一切，现在看起来都毫无意义。他骑马走在这空荡荡的土地上，并不是因为他有任何希望，只是因为他总得做点儿什么。他一边在草原上越走越远，一边感到他也许再也不会回到一个叫史密斯堡的地方去了。他回去干什么？坐在他曾与罗斯科一起工作的监狱前？还是回到他曾与爱尔迈拉住过的那间木屋？

他失去了妻子，并把三个人引向了死亡，他看不出事情还会怎样朝更坏处发展。然而在他离开奥古斯塔斯四天后，他的马瘸了。藏在草里的长满刺的仙人掌比毒蛇还凶，有一根刺直直扎进了马蹄里。七月把马绑住，给它挑刺，但他当时没有把握是否全部挑了出来。在离开加拿大河的第三天后，事情发生了。水极稀少，马也很快就瘸得无法再骑了。他牵着马慢慢地走，希望那只蹄子会好起来，但马仍旧瘸着，蹄子不能着地。

后来，七月将鞍鞯卸下，开枪把马打死，悲伤地与他的最后一位伙伴诀别了。他扔下马鞍，拿着枪向东边走去。第二天，他在一个高岗上看到无数秃鹫在那匹死马上空盘旋，这一景象使他痛哭失声。

他走了整整一天，盼望着能过条小河，但没有河。他虽有半罐水，可还不够他回到锡马龙河的路上用。吃的也没有了。他在干旱的大地上宿营时，整夜坐在毯子上，头脑十分清醒，他觉得恐怕再也无法睡觉了。他一连坐了几个小时，仰望着月亮爬上群星璀璨的夜空，回忆起儿时他在阿肯色的那间木屋里度过的寒冷的夜晚——妈妈如何往他和兄弟们身上盖被子，在被子里躺着又是何等舒服自在。那时候，睡觉是生活中最美好的事情之一。

七月不知道长眠是否也像他孩提时睡觉那样安逸与温暖。他有一支长枪和一支手枪，只要扣动扳机便可以使他得到他想得到的永久的睡眠。在当司法人员时，他虽然有着危险的斗士的声誉，但五年间从未打死过任何人。如果他打死的唯一的人正是他自己，那么无论谁听说了都会笑掉大牙。他一向认为自杀是懦夫行为。他的舅舅就以极其痛苦的方法结束了自己的生命——喝碱水。他负债太重了。

此时此刻，当他坐在这里遥望明月，把自己杀掉似乎是明智之举。他的一生已被毁掉，确确实实地毁掉了，是那样地始料不及、莫名其妙和迅捷无比。他一错再错，导致了三个人的死亡。自杀可以使他成为罗斯科、珍妮和乔中的一员。他们一同出发，那么同死一地自然也是言之成理的事。

他开始思量用哪支枪——步枪的枪筒在月光下闪闪发亮，手枪则沉甸甸地装在枪套里。他拿出手枪，转动弹膛，倾听它发出的咔咔声，但他没有用它对准自己的脑袋。他想到了爱尔迈拉。他应该找到她，把她儿子的事告诉她。诚然，她从来就不喜欢那孩子——爱尔迈拉从来就不喜欢任何人——但乔毕竟是她的儿子，她或许想知道他的情况。

七月沉思了一夜，想到只要把手枪举高些，他便能得到一些安宁。但是他必须先找到爱尔迈拉，向她解释一下他从来没有打算做任何导致她出逃的事。一旦这件事完成，他便可以扣响手枪，走到他那几个死了的伙伴中间去。

翌日清晨，他又开始步行赶路，但他的感觉不同于以前了。他觉得生命已不复存在，如果有成群的秃鹫在他上空盘旋，他是不会惊讶的。他的灵魂已经去拜访罗斯科了。在摇曳的灰黄色荒草上走了一整天，他携带的饮用水告罄了。他企图打一只鹿，但没有打中。第二天一早，他被乌鸦的叫声吵醒，在昏暗的晨曦里，他看见几只乌鸦在他头顶拍打着翅膀。他走了一天路，疲惫不堪，所以没有马上起来。起来又图什么呢？除了烈日与闪烁不定的草原，这里一无所有。他继续听着乌鸦在近处哇哇乱叫。站起身后，他发现不到二百米的地方有一片矮树丛——树虽然不多，但的确是树，乌鸦就在那里栖息。

他在树丛中找到一股清泉，细流涓涓，形成了三米宽的小水塘。水边的一块岩石上盘卧着一条黑蛇——乌鸦也许正是为它才哇哇不休地抱怨吧。

七月在泉水边待了一天。他喝足后又洗了个澡，并把脏衣服也洗了洗，把它们搭在草地上晒干。休息的时候，一只大獾来到泉边，他拿起手枪打死了它。他不曾吃过獾肉，但他还是就着泉水把这一只吃下去了。树比食物更重要，重新待在阴凉里使他的精神平稳了些。他舒适地待在这块阴凉里，向那酷热的草原望去，一眼能看出好几公里远。只要在树下待着，太阳便拿他无可奈何。

然而他不能只靠一只獾和一池清泉过一辈子，再说他还有工作要干。等到黄昏天凉了些，他上路了。第二天，他看到一道从南边过来的篷车的车辙。顺着车辙，他来到一条水流湍急的小溪，但没有见到篷车。又过了一天，他看见了一团尘烟，原来是一小群牛。牛仔们看见一个人孤零零地从西边向他们走来时惊奇万分，听说他是个从阿肯色来的司法官时，他们个个瞠目结舌。

“你从加利福尼亚，还是从别的什么地方来？”牛群老板问他。这个白胡子老头叫约翰斯，他开始有些疑虑，能步行出得克萨斯的人可不多。但不久七月便设法说服他卖给了自己一匹马。这是坐骑中最差的一匹，但好歹是匹马。七月花了四十块钱买下它。约翰斯没有马鞍给他，但给他指了路。他们想让他与他们一同过夜，因为他们在路上已经走了六个星期，一个陌生人的到来可以增加点儿新鲜感。

一骑上马，七月便被一种紧迫感所驱使。他为能与他们共同进餐而再次表示感谢，然后在月亮升起时离开了他们。他在这匹瘦小的栗色马的裸背上骑了四天，只觉得浑身酸痛，但还是骑着它，一路小跑着进了道奇城。

第66章

爱尔迈拉还没有走到里帕布利肯河便开始怀疑她此行是否值得。他们在大草原上的那两个星期里天气极坏，又是惊雷闪电，又是暴雨冰雹。她的一切都湿了个透。路加和大刺猬对此满不在乎，可她不想终日湿得像只落汤鸡。晚上格外冷，在破篷车的湿毯子里睡一夜，醒来后她感觉比睡前更加疲倦。草原的泥土已经浸透，篷车一次又一次地陷在泥里。牛皮恶臭熏天，食物日渐短缺。即使有时路好走一些，篷车本身也叫人难以忍受。由于从早到晚在车上颠簸，她觉得腹中很不舒适。她想，如果在这么个地方流产，那她就非死不可了。

她还想，如果只是为了逃离七月，那她走的这条路实在过于艰难。她为自己的愚蠢感到后悔——她一向以为自己是有心眼的人，可瞧瞧自己现在的处境吧。假使迪·布特看见她，准会大笑不止。他惯于取笑人们以不成理由的理由干出的荒唐事，她为了找他而干出的这一蠢事肯定会加倍地使他感到可笑。迪会对她说她应该回到道奇城，让那儿的妓女给她找份工作。

眼下，她却赶着辆篷车穿越堪萨斯北部。虽然到目前为止，他们还没有遇见印第安人，但这并不意味着不会碰到他们，何况她很快便发现路加必将像印第安人一样来找她的麻烦。对这一点，大刺猬尚未发觉，大刺猬很仁义地照顾着她——如果说他果真在哪方面照顾过她。能让她随他一起上路已使他心满意足了。她什么也不必做，只要跟着他们就行，而她主动提出要为他们做饭时，他们一点儿也没有料到。她这样做一是为了解闷，二是因为大刺猬和路加太邋遢，她怕吃了他们做的饭会中毒，所以还不如自己动手。大刺猬没有显出有任何欲望，他只满足于一天结束后能直愣愣地看着她。

路加则相反，他就像只发情期的小兔子，无时无刻不对她有所表示。清晨，他总当着她的面解手，还对着她狞笑。睡得像石头一般的大刺猬对他的这种异常举止一无所知。

想打消路加的念头是很困难的。不久，他又想出了新计策。他对大刺猬说他们再去打猎时应该分头行动。猎物少是事实，但这并不能成为路加独自打猎的理由，他的狩猎目标只不过是爱尔迈拉罢了。一旦大刺猬离开马车有五六公里远，他就转个圈子回来向她提出要求，而且直截了当。他把马拴在车上，便爬上车，搂住她，向她提出粗鲁的要求。

“不，”爱尔迈拉说，“我是跟着大刺猬来的，他说过不准别人找我的麻烦。”

“什么麻烦？”路加问道。

“我快生孩子了。”她说，希望这会打消他的念头。

路加看看她的肚子。“还早着呢，”他说，“干这事又用不了一个月，恐怕连六分钟也用不了。我给你钱，在本特堡我玩牌赢了很多钱。”

“不，”爱尔迈拉说，“我怕大刺猬。”

其实她并不真的怕他，不过这倒是个现成的理由。她更怕路加。他有着阴鸷的眼睛，目光里隐埋着疯狂。他还有一个令人厌恶的毛病——爱吸吮自己的手指。晚上一坐到火堆边，他就像吮糖果一样吮手指。

路加不断地爬到马车上用手按住她，而她一次次地拒绝他。她间或会梦见迪，除此之外对男人没有半点儿兴趣。她有心把路加惹她的事告诉大刺猬，但和大刺猬说话很不容易，而且还可能招致一场殴斗。路加一旦获胜，她的末日就到了。大刺猬强壮但行动迟缓；路加呢，不像是一个打起架来手段光明磊落的人。

于是，当路加偷偷回来爬上车座时，爱尔迈拉便佯装不知道。她虽然无法使他停手，但可以将身子紧紧地缩成一团，专心致志地赶骡子。

路加见他无论用语言还是金钱都无法使她让步，便开始威胁她。他两次打她耳光，还有一次把她整个从车上推了下来。她狠狠地摔在地上，险些被车压着。她立即想到孩子，但没有流产。

路加骂骂咧咧地骑马走了，她爬上大篷车，接着赶起车来。

第二天，他吓唬她说，如果她不答应，他就把大刺猬杀掉。“大刺猬傻，”他说，“他还不如野牛聪明，趁他睡觉我就打死他。”

“我非告诉他不可，”爱尔迈拉说，“那他就不睡觉了，也许你打他的时候他先打死你。”

“你为什么总跟我过不去？”路加说，“总的来说，我待你不错嘛。”

“你把我从篷车上推了下去，”她说，“我可不信那是待我好。”

“我的要求不多，”路加说，“只一次。咱们离内布拉斯加还远着呢，我等不了那么久。”

次日，他冷不防地将她推搡到篷车里的牛皮旁，像只狗一样骑在她身上。她又抓又踢，使他无法得手。就在这时，骡子惊了，飞也似的跑了起来。路加连裤子都顾不得提便去勒缰绳，爱尔迈拉抓起大刺猬的另一支步枪，待路加把车停下，他发现一支猎牛枪正对着自己。

路加阴毒地笑了笑：“你要是开枪，非把你的肩膀震断不可。”

“不错，可想想它会对你怎么样。”她说。

“等我抓住你，你就后悔没把枪给我了。”路加气急败坏地说。说完便骑上马走了。

日落前，大刺猬带回来一只野火鸡。路加没有回来。爱尔迈拉决定把事情告诉大刺猬，因为她再也无法忍受路加了。大刺猬见路加不在，感到有些奇怪。

“我用那支枪把他赶跑了。”爱尔迈拉说。

大刺猬大吃一惊，他张着大嘴，愕然的表情出现在脸上。

“用枪？”他问，“为什么？”

“他想欺负我，”爱尔迈拉说，“只要你不在，他天天都来找我的麻烦。”

大刺猬将这句话反复思考了许久。这只火鸡烧得非常糟糕，然而总算有东西可以下肚了。他边思考边啃鸡腿。

“是不是他想和你结婚？”他问道。

“你要是愿意那么想，可以这么说。”她说，“他想欺负我，我让他别惹我。”

大刺猬一直到啃完那只鸡腿都没有再说什么。他用牙把骨头咬裂，好一会儿才把里面的骨髓吸完，然后把它扔到黑暗里。

“他要是那样干，我看把他杀了算了。”他说。

“你可以像从前那样，打猎的时候带着他，”她说，“他要是和你在一起，就不会来折腾我了。”

话音未落便传来一声枪响，子弹从他们俩中间飞过，正好打中那只火鸡，它被从木棍上打下来，掉进火灰里。他们俩连忙爬到篷车那里，隐蔽起来等待着。等了足足一个小时，枪声没有再响，路加也没有露面。

“奇怪，他干吗打那只火鸡？”大刺猬说，“那是只已经烤熟的鸡。”

“他打的不是火鸡，他没打中你。”爱尔迈拉说。

他们从隐蔽处爬出来，拿起那只已经冷了的火鸡时，大刺猬说：“嗯，可他把火鸡打烂了。”

当天晚上，他拿着打开保险的手枪睡在车底下，但没有遭到攻击。第二天早饭时，他们把剩下的凉火鸡肉吃了。

两天后，路加回来了，而且装得好像什么事都不曾发生过一样。

爱尔迈拉忧心忡忡，怕会发生一场恶斗，但大刺猬好像全然忘记了那件事。就在路加骑马回来后不久，他们发现了两三头野牛。他们立即追上去打，留下爱尔迈拉赶车。天黑后他们才回来，并兴致勃勃地带回了三张牛皮。路加几乎连看都不看她，他和大刺猬边煮牛肝边坐着，一直到深夜。他俩浑身血淋淋的，好像他们自己刚叫人剥了皮一样。爱尔迈拉讨厌血腥味，尽量躲得远远的。

次日破晓前，她被血腥味激醒，睁眼一看，路加正骑在她身上，用满是血污的手在她胸上乱摸。一闻到血腥味，她便感觉胃里有东西直往上翻。

路加又去揪她的毯子，把它掀开。他站起来脱衣服时，爱尔迈拉翻过身，脸朝下趴在那里，心想这样他就会作罢。这可激怒了他，他俯身趴在她身上，她感觉到他的呼吸就在耳边。

“你跟一只母狗一样，那咱们就照狗的样子干吧。”他说。她紧并双腿，毫不放松，路加掐她，她也不肯松开。接着她便见大刺猬把路加从篷车一侧拉了下去。大刺猬边拖路加边笑，好像在和一个小孩子玩耍。他抓起路加的头向车轮子上磕，一连几次把他的头碰到铁辐条上，然后像扔一根木料一样把他扔在地上。大刺猬并不是真生气，他站在车旁看着爱尔迈拉，她的衣服已被路加扒去一半。

“他别再那么干就行了，”大刺猬说，“我要是把他杀了，就没有人做伴打猎了。”

他低下头看了看路加。路加的头和脸肿得像熟烂了的浆果，可他还在呼吸。

“他还老想和你结婚，”大刺猬说，“这下子他可结不成了。”

在这一问题上，路加的确罢休了。他在篷车里整整躺了四天，吃力地用那个豁了的鼻子呼吸。他的一只耳朵几乎完全被撕了下来，嘴唇烂得不成样子，牙也磕掉了几颗。起初他的脸肿得太厉害，很难说清他的下颌是否磕碎了，后来才发现没有碎。头一天他只会嘟哝着说话，但他还是央求爱尔迈拉将他那只快掉下来的耳朵缝上。大刺猬则倾向于把那只耳朵割下来，因为只连着一点儿皮了。但爱尔迈拉可怜路加，便替他缝上了。活儿干得不甚理想，主要是因为她每缝一针路加就号叫着动个不停。缝好后，这只耳朵并没有长在原来的位置上，比另一只低了些。再说她缝得太紧，看上去都不怎么像耳朵了。不过它总还在脑袋上长着。

路加的鼻子也歪到了一旁。大刺猬为这场搏斗笑得前仰后合，好像他与路加是两个小孩在嬉戏。随后路加又发冷又发热，在车里来回翻滚，大汗淋漓，呻吟不止。他们没有药物，无能为力。他的脸肿得发黑，难看极了。爱尔迈拉心想事情真怪，他仅仅是为了想欺负她，便给自己招来了如此惩罚。

不会再有那种危险了。路加的高烧下去后，身体弱得连翻身都不能。大刺猬像往常一样去打猎，爱尔迈拉赶车。有两次车陷在小河里，她只能等大刺猬找到她帮着把车拉出来。他壮得跟那几头骡子一样。

离开本特堡后，他们连个人影都没见到。有一次她以为她看见了一个印第安人站在一个小山岗上正朝她望着，其实那是一只羚羊。

两个星期后，路加才能从篷车里爬出来，这段时间全靠爱尔迈拉给他送饭并且喂他吃。他的一切欲望都被磕得无影无踪。然而，有一次他确实看着大刺猬说了一句：“早晚我要把他杀了。”

“你那一枪可不该打偏。”爱尔迈拉想拿他寻开心。

“哪一枪？”他问道。

她把那只火鸡被他一枪打掉的事告诉他，但他摇了摇头。

“我从来没打过火鸡，”他说，“我本想骑马离开你们，可是又变了主意。”

“那么是谁开的枪？”她问。路加没有回答。

她把这件事告诉大刺猬时，他已经忘记了。他对这件事一点儿也不感兴趣。

然而，从那以后她便对黑夜惧怕起来——不管是谁打了那只火鸡，那个人可能还在。她战战兢兢地整天蜷缩在篷车里，盼望早日到达奥加拉拉。

第 67 章

在通过印第安人保留地的路上，纽特一直在想他们可能会遇到印第安人——所有的牛仔都在谈论这一可能发生的事情。盘子声称这块土地上还生存着各种不同部落的印第安人。这种说法使纽特心烦意乱，因为他原以为与印第安人打仗的日子早已结束了。

“他们不会再打咱们了，”他说，“古斯先生说政府给他们钱，让他们停战。”

“是的，可是谁听说过印第安人会按人家的要求办事？”大嘴唇说，“可能有些人还认为给的钱不够呢。”

“你怎么知道，”杰斯帕说，“你什么时候见过印第安人？”

“我见得多了，”大嘴唇说，“你看见我肚子上这个窟窿了吗？是叫一个阿帕切人打的。”

“阿帕切人？”盘子说，“你在哪儿碰见的阿帕切人？”

“在圣达菲，”大嘴唇说，“我过去在那一带做生意，你知道吗？我就是在那儿学会弹钢琴的。”

“要是不等咱们找到一个有钢琴的地方你就忘了怎么弹，那我可不觉得奇怪。”豌豆眼说。眼前这无边无垠的草原使他越来越颓丧。在他当保安队员的日子里，正常的情况是，在一段时间内穿越一种环境的地区，然后走过不同环境的地区。赶牛北上的路途也的确是这样——最初是丛林，继而是石灰石丘陵地带，接着又是不同种类的丛林，然后是草原。但是，此后就只有草原了，更多的草原，无穷无尽的草原。他问过狄兹一两回他们何时能看见草原的尽头，因为人们公认狄兹是测算距离的行家，然而这一次连他也不得不承认遇到了难题，他也不知道这片草原绵延到什么地方：“大概有一千多公里吧。”

“一千公里？”豌豆眼说。“那走不到头咱们就都长胡子了。”

杰斯帕向他指出，如果每天平均走二十多公里，走完一千多公里只用两个月左右。用月数考虑这个问题比用公里数令人心里安稳得多，于是豌豆眼便采用以月为计算单位的办法。

“什么时候过完一个月？”有一天晚上，他问波·坎波。波是另一个提供可靠消息的人士。

“别担心月数，”波·坎波说，“月数没有什么问题，我担心的是干旱。”

“天哪，这可不算旱，”豌豆眼说，“雨下得够多了。”

“我知道，”波说，“可是咱们总会走到一个老天爷忘记下雨的地方的。”

他很早就受到奥古斯塔斯那两头猪的青睐，那头长得又高又瘦的小母猪与他形影不离。奥古斯塔斯见他的猪对他如此不忠诚，大为恼火。当他来到营地，看见那头母猪睡在波·坎波身边时，很想说几句刻薄话。另外，很多人都开始把波·坎波看作有口才的人，这又是一件令他不满的事。

“波，别看你个子矮，看不远，可我听说你会算命。”一天早上他骑马过来吃饭时说。

“我会算一些，”波承认道，“可我不知道会不会给你算。”

“我可不想让人给我算命，”杰斯帕说，“给我算的结果可能是我会在里帕布利肯河里淹死。”

“我想知道我的命，”奥古斯塔斯说，“在新奥尔良的时候我让黑老太婆们给我算了几次，结果都一样。”

“她们可能说你永远发不了财，可也永远成不了穷光蛋吧？”波一边打鸡蛋一边说。

“正是这样，”奥古斯塔斯说，“太没劲了。再说我看看自己的口袋也就知道了。的确，不算富，也不穷。”

“你还想知道什么？”波·坎波彬彬有礼地问道。

“我还会再结几次婚？”奥古斯塔斯说，“这是唯一有趣的问题，不是吗？在哪条河里淹死我倒不在乎，那是杰斯帕关心的事。我只想了解我的婚姻前景。”

“吐口唾沫。”波说，“吐在篷车这儿。”

奥古斯塔斯在车板上吐了一口唾沫。前几天波·坎波不知为什么抓了六只刚孵出来的草原野鸡，它们正在车里跑着、叫着。波走过去看了一会儿奥古斯塔斯的唾沫。

“你不会再有老婆了。”他马上说道。说完便转身去炒蛋。

“太叫人失望了，”奥古斯塔斯说，“到目前为止，我只有过两个老婆，没有一个命长的。我算着应该再有一个。”

“你并不真想再娶个老婆，”波说，“你跟我一样，自由人。天就是你的老婆。”

“嗬，这么说是个干老婆。”奥古斯塔斯望着万里无云的天空说。

那头母猪用后腿站着，前蹄趴在车边，想看看那些小鸡。

“我要知道你原来这么三心二意，早就把你做成腌肉了。”奥古斯塔斯对着母猪说。

“你能从一个人的口水里看出他的命运吗？”豌豆眼问道。他听说过算命的，只知道他们用纸牌算命。

“能。”波·坎波说，但没有进一步解释。

就在他们即将进入堪萨斯时，有几个印第安人露面了。他们只有五个人，来的时候神不知鬼不觉，谁也没有注意他们。纽特当时正守在牛群尾部，尘土翻起了一会儿，他朝起尘土的方向望去，见队长正与几个骑马人说话。开始他以为那几个人是别的牛群的牛仔，直到队长与他们一同骑马跑过来，他才发现他们原来是印第安人。队长指着一头蹄子裂开了的公牛说：“把它带走吧。”这头公牛一直在牛群后头一瘸一拐地走着。

等他弄清楚这些人真的是印第安人时，他们已经把那头公牛从牛群里赶出来带走了。队长坐在马上看着这一切。纽特几乎害怕得连看都不看他们，待他终于朝他们看时，才知道他们又瘦又难看，作为头目的那个老人只剩皮包骨了。他骑到纽特旁边时，纽特看见他的一只眼球是灰白色的。其他几个印第安人都还年轻。他们骑的马跟他们一样瘦，背上没有马鞍，只有鞍毯。他们总共只有一支枪，是一支旧卡宾枪。几个印第安人将那头牛赶出牛群时熟练得像牛仔一样。不久，他们便赶上它朝空空的大草原走去，离开时那个老人举起手向队长示意，队长还了礼。

那天晚上，牛仔们就这件事议论纷纷。

“嘿，他们并不叫人害怕，”吉米·瑞尼说，“我敢说咱们不用费什么事就能打败他们。”

波·坎波扑哧一声笑了。“他们又不是来打仗的，”他说，“他们饿了。要是来打仗，他们的样子就不同了。”

“没错，”大嘴唇说，“用不了一秒钟就会把你的肚子打个窟窿。我就是这样的。”

考尔已经养成了陪奥古斯塔斯骑马给罗丽娜送晚饭的习惯。奥古斯塔斯平时在离牛群两公里远处宿营，这么一来就为他们提供了一点儿谈话的时间。奥古斯塔斯没有见到那几个印第安人，但听说了把牛当礼物送给他们的事。

“我看你老了之后，心肠倒好了，”他说，“你已经在养活印第安人了。”

“他们是威奇托人，”考尔说，“他们在挨饿。那头牛反正跟不上牛群了，还有，我认识那个老人。”他补充道，“记得腌肉莱恩德吗？反正咱们是这么叫他的。”

“记得，他从来就不会打仗，”奥古斯塔斯说，“没想到他还活着。”

“有一次他给了咱们一些野牛肉，”考尔说，“给点儿牛肉报答他，公平、合理。”

离帐篷五十米时，考尔收住了缰绳。他没有看见那姑娘，但他还是处处小心着不离她太近。奥古斯塔斯说她心境不好。

“你瞧，太阳下山的时候它有多蓝，”奥古斯塔斯说，“我听说人们把那些山叫蓝山，我想就是指它。”

辽阔的草原望不到尽头，天边所见之处隆起一座座圆丘，尽管天空被落日的余晖映得发出明快的黄光，前面的群峰看上去却呈闪电般的蓝色，好像被聚而不散的蓝光笼罩着。

黎明时分，蓝山在北方隐约闪动。奥古斯塔斯通常很早就出了帐篷，所以他能见到日出。罗丽娜不再为梦魇所纠缠，而且睡得很香，早上很难叫醒她。奥古斯塔斯从来不催她。她的胃口也已经好转，并且开始胖了。他认为她睡得沉是健康的表现。草地已被露水打湿，他只好坐在鞍毯上望着盘子波吉特将牛群向蓝色的远方赶去。盘子总是尽量走得离帐篷近些，以期看一眼罗丽娜，但他这一企盼很少能够实现。

罗丽娜走出帐篷时，牛群快从视野内消失了，只有大嘴唇和篷车离他们稍近些。波·坎波和两头猪在篷车前一百米处四处观望着往前走。

奥古斯塔斯给罗丽娜让了个位置，她一声不吭地坐在毯子上，看着那个古怪的老头儿与猪同行。太阳升起后，北边的蓝色便不复存在，群山看上去只是些低矮的褐色山包。

“肯定是草浪让那些山看上去发蓝的，要不就是空气。”奥古斯塔斯说。

罗丽娜什么也没有说。她困得坐都坐不住，不久便靠在奥古斯塔斯身上，合上了眼睛。他把她搂住，用他的怀抱温暖着她，照在她脸上的阳光也温暖着她。近来她总是瞌睡，似乎再也不能完全醒过来，但只要奥古斯塔斯在这儿和她谈话，并且在靠近她的地方睡着，一切都可以放心。只要他在，她就可以随时入睡。他一点儿不介意。她经常睡在他怀里，他搂着她，对她说着什么。由于她似听非听，因此他好像是在自言自语。只是在接近城市时她才感到不安，这时她就尽量多睡觉，以免为此而忧虑。

她靠着奥古斯塔斯躺着，他便抚摸她的头发。他心想，生活是多么离奇——他与罗丽娜在堪萨斯南部边缘的一块鞍毯上坐着，看着考尔的牛群渐渐消失在北方。

在阿肯色的一局牌中响起一枪，导致了这一切的发生——他尚未看到事情的结局。那一枪并没有终止在一个牙医的死亡上，到目前为止，肖恩·奥布赖恩、比尔·斯佩特尔，还有与七月约翰逊同行的三个人都已死去，而蒙大拿则连个影儿都没有见到。

“他真该让人家吊死。”奥古斯塔斯不由得大声说道。

老实说，为他们中任何一个人的死亡而责备杰克都是不公平的，但在奥古斯塔斯看来，单就他给罗丽娜带来的这一切遭遇，就活该吊死他。

“谁该？”罗丽娜问道。她睁开了眼睛，但仍躺在奥古斯塔斯怀里。

“杰克，”他说，“你瞧瞧他回来后发生的这一系列倒霉事。”

“他想带我进城，”罗丽娜说，“我不去。我不想进城。”

“我还是不想进城，”过了一会儿她又说。她一想到会在那里遇见那么多男人，便又开始颤抖。

奥古斯塔斯紧紧地搂着她，不和她谈论这个问题。过了片刻，她便不再颤抖了。两只大鹰在不远处的草原上低低地翱翔。

“你看那些鸟，”奥古斯塔斯说，“要是能让我像那样飞，要什么我给什么。”

罗丽娜心里有点儿不安。自从奥古斯塔斯把她救出来，日日夜夜搂着她，但是从来不提与她同床的事。她知道这是他的仁慈——他让她很好地恢复健康。她并不希望他提要求，她不愿意任何男人那样做，然而她又觉得不安。她知道男人为什么要她，那仅仅是床上的伙伴而已。如果奥古斯塔斯不再要她，那意味着什么？他会不会有朝一日把她带到一个地方，对她说再见呢？

“天哪，罗丽娜，你的气味像露水一样清新，”他边闻她的头发边说，“你能在这么荒凉的地方保持娇艳真是个奇迹。”

他衬衫的一颗扣子掉了，胸部的几缕白毛冒了出来。她想说点儿什么，但不敢，便用手把露出来的汗毛捅进衬衫里。

奥古斯塔斯见她如此讲究整洁，哈哈大笑起来。“我知道我的样子看不得，”他说，“都是考尔的错，他不让我把我的裁缝带来。”

罗丽娜虽不说话，但内心的恐惧与日俱增。奥古斯塔斯对她来说已如布帛菽粟，一想到有一天他会离开她，她心中总是惴惴不安。她想让他告诉她个准信儿，但不知如何开口。不管怎么说，他已经告诉过她，有一个女人在奥加拉拉。这一突然的恐惧再次使她颤抖起来。

“怎么回事？”他问，“早晨这么美，你却在发抖。”

她不敢说，便哭了起来。

“罗丽娜，咱俩都是诚实人，”他说，“你为什么不能对我说说，什么事叫你担心？”

他的态度十分和善，这使她安定了一些。“你可以跟我睡觉，”她说，“我不向你要钱。”

奥古斯塔斯乐了。“你是个好人，”他说，“可是像你这样的美人为什么要跌价？你应该提价，因为你变得更美了。我从来不觉得为一个女人掏钱有什么不对。”

“你想的话，可以要一次。”她说着，抖得更厉害了。

“假如我想要五六次呢？”他边问边用他那暖和的手抚摸她的脖子。这使她放了心——他依然如故，她能从他的眼神里看出来。

“问题是你不想在最近这个阶段干那种事，”奥古斯塔斯说，“这是理所当然的。别着急。”

“时间长短没关系。”她说着，又哭了。奥古斯塔斯搂住了她。

“幸亏咱们没收帐篷，”他说，“北边黑云过来了。马上就要下大雨，我敢说那些牛仔已经漂起来了。”

她觉得下雨更好，这样他们俩待在一起的时间可以长一些。

她不想离牛仔们太近，跟奥古斯塔斯在一起更踏实。只要有他在，就可以不去想过去的事。

不知为什么，奥古斯塔斯一直目不转睛地望着北边的云。在她看来，那块云彩与其他的没有什么两样，他却聚精会神地看着它。

“那块云真他妈的怪。”他说。

“我不怕下雨，”罗丽娜说，“咱们有帐篷。”

“怪的是我能听见那块云，”奥古斯塔斯说，“以前我从来没听见过云彩有声音。”

罗丽娜也听了听，好像真的听见了点儿什么，但那声音极其遥远、微弱。

“可能是起风了。”她说。

奥古斯塔斯还在听。“我从来没听见过这种风的声音。”说着，他站了起来。两匹马也望着那块云，神情显得紧张。棕黄色的云发出的声音大了些，但仍然远在天边，难以辨认。

猛然间，奥古斯塔斯明白是怎么回事了。“上帝呀，”他说，“是蚱蜢，罗丽娜。我听说它们在草原上飞的时候和云块一样，还真是这么回事。那是蚱蜢呀。”

两匹拴着长长的牵马绳的马正在吃草，由于没有拴马的树，他只好挖土将绳头埋住。因为这两匹马很老实，所以一般说来，这样就可以了。可是现在它们不仅眼珠直转，而且不停地扯动绳子。奥古斯塔斯抓住绳子，他必须亲自牵住它们。

罗丽娜看着那块比任何雨云来得都快的云。她已能听到亿万只小虫发出的嗡嗡声响。这块云在高高的天空遮住了他们前面的土地，像一个盖子扣在大地上。

“进帐篷，”奥古斯塔斯说，他手里牵着两匹惊恐万状的马，“进去后把帐篷下边堵住，有什么用什么，挡住它们。”

罗丽娜跑了进去，奥古斯塔斯还没来得及进去，蚱蜢已盖住了帐篷，密密麻麻地铺开，没有一点儿缝隙。奥古斯塔斯的帽子上落了有五十只，他拼命地拍打它们，想在进帐篷前将它们摔打掉，但衣服上落的蚱蜢更多。他倒退着进了帐篷，手里牵着企图挣脱的马。

“把小窗口的帘子放下来。”他说。罗丽娜照办了。很快便只剩下绳子穿过的两个小洞。蚱蜢在帐篷上越落越多，一层压一层，帐篷里变得又暗又黑。散布在草原上的蚱蜢发出震耳的轰鸣，罗丽娜不得不咬紧牙关。帐篷里越来越黑了，她呜咽着，颤抖起来。生活里的麻烦与恐惧总是接踵而至。

“没事，亲爱的，不过是虫子罢了。”奥古斯塔斯说，“抓住我，一会儿就没事了。有这么多草，它们不会吃帐篷的。”

罗丽娜紧紧地搂住他，闭上了眼睛。奥古斯塔斯从小洞里往外看，见两根绳子上也落满了蚱蜢。

“嘿，这回至少考尔那个喜欢炸蚱蜢吃的老厨子要高兴了，”他说，“今天晚上他可以炸上他妈的满满一篷车。”

蚱蜢云袭击帽子溪牧牛公司的人马时，他们正在毫无遮蔽的野地里，眼睁睁地看着那块云来临，一个个既惊慌又害怕。大嘴唇坐在篷车上，惊骇得目瞪口呆。

“那是蚱蜢吗？”他问道。

“是，要是不想让蚱蜢噎死，赶快闭上嘴。”波·坎波说。他不失时机地爬进马车，拉低帽子，用披肩把自己包得严严实实的。

马背上的牛仔们看见这块灾难之云后都很恐慌。盘子波吉特快马跑到队长跟前，队长正与狄兹瞅着那块云过来。

“队长，怎么办？”他问，“成千上万，数不清啊，怎么办？”

“活下去呗，”考尔说，“这是唯一的办法。”

“这可是场灾难呀，”狄兹说，“《圣经》上不是说过吗？”

“嗯，那上面说的是蝗虫。”考尔说。

狄兹惊愕地望着那些小昆虫潮水般地向他们压过来——一场昆虫风暴铺天盖地地袭来了。他虽然有些害怕，但更令他吃惊的是其中的奥秘。它们从何而来，到何处去？阳光透过亿万只蚱蜢，发出异乎寻常的光亮。

“可能是印第安人让它们来的。”他说。

“更可能是它们把印第安人都吃光了，”考尔说，“包括印第安人在内的所有的东西。”

蚱蜢云来临时，纽特的第一个想法是他将被闷死。眨眼间，蚱蜢已落满了他的手、脸、衣服和马鞍。耗子的鬃毛上落了有上百只。纽特屏住呼吸，以免把它们吸进嘴里和鼻子里。空气中充斥着蚱蜢，他既看不见牛群，也看不见地面。耗子每走一步蹄下便踩碎许多。豌豆眼和本·瑞尼都离他只有几米远，但蚱蜢发出的嗡嗡声大得要命，他想他就是大叫一声，也不会有人听见。纽特弯起两臂护住头。耗子突然跑了起来，这意味着牛群跑了起来，但他没有抬头看。他不敢睁眼，怕蚱蜢抓破他的眼睛。耗子带着他飞驰时，他能感受到蚱蜢凶猛地撞在他身上。当他明白自己还能呼吸，才放下心来。

这时，耗子开始又尥蹶子又急转弯，想把身上的蚱蜢甩掉一些，但这么一来差点儿把纽特也甩下来。纽特紧紧攥住鞍角不放，怕自己掉下去后被蚱蜢闷死。他感觉大地在颤动，因而判断牛群在奔跑。不久，耗子不再尥蹶子了，它也跑了起来。纽特冒险瞧了一眼，视野之内全是蚱蜢。马驮着他飞奔时它们仍然趴在他的衬衫上。他想把缰绳倒倒手，结果一把抓住了几只蚱蜢，缰绳几乎脱了手。在这个时刻，哪怕能看见一个牛仔也是某种安慰，但是连一个也看不见。就这一点而言，他冲过这片蚱蜢云与他冲过暴雨没什么两样——孤苦伶仃，前途茫茫。

那次冰雹袭来时，他的苦闷达到了顶点，尔后苦闷为疲倦与听天由命所取代。眼下天空变成了蚱蜢，事情竟如此简单。那天它变成了冰雹，现在是蚱蜢。他无能为力，只有忍受——你总不能用枪打它们吧。牛群终于慢了下来，耗子也放慢了步子。纽特任马向前走去，待衬衫上面落上两三层蚱蜢时，他就拍打一下。他不知道这一场蚱蜢风暴能持续多久。

这一次它持续了好几小时。纽特一心盼望它不要延续一整夜，如果他必须在蚱蜢里骑上一天一夜，那他就不干了。虽然是中午时分，但蚱蜢云把一切搅得天昏地暗。

末了，像其他风暴一样，蚱蜢风暴终于过去了，空气也清新了些——虽说仍有成千上万只蚱蜢在空中飞来飞去，但成千上万只总比亿万只好些。地面仍为蚱蜢所覆盖，耗子还是边走边碾死它们，但纽特至少能看出去一段距离了，尽管他见到的景象并不令人鼓舞。他独自一人与五六十头牛在一起，根本不知其他人和大批牛群现在在什么地方，也不知道自己在哪里。他的衬衫上和耗子的鬃毛上还停着几十只蚱蜢。他能听见蚱蜢嚼草的声音，它们把剩下的那一点儿草一直啃到根部。

他任耗子自己走着，希望它知道篷车在何处，但耗子和他一样茫然。这一小群牛刚才跑得筋疲力尽，现在正无精打采地走着。有几头牛想停下来吃口草，但是地上除了蚱蜢，已一无所有。

北边两公里外扬起了尘土，纽特便朝那个方向骑去。谢天谢地，他看见几个人正骑马向他奔来。他挥动帽子，以便让他们看见他。蚱蜢咬破了他的衣服，但幸而还不至于使他光着身子。

他转身去赶牛时看了看来人。他们样子古怪，都没有戴帽子。顿时，他意识到是怎么一回事了——他们是印第安人，全都是。纽特恐惧万分，只觉得全身瘫软。他恨透了草原生活，它一会儿美好，一会儿飞来蚱蜢云，现在又来了印第安人。最糟的是他现在只身一人。他经常落得孑然一身，他相信这完全怪耗子，只要牛群跑起来，他总不能与其他牛仔在一起，只能独自到处转悠。这一次情况可就严重了——五个印第安人离他已不足五十米远。他想，他必须开枪，但他心里有数，他的枪法还好不到能把他们五个人全部打死。再说，那个长着白眼珠的老酋长问队长要牛肉时，队长就没有开枪。他们或许是友好的呢。

果然如此。但是他们的气味实在难闻，在纽特看来，他们过于亲热。他们的气味就像博利瓦抹在头发上的油脂。他们把纽特团团围住，有几个还用纽特听不懂的话向他说着什么。他们都有旧步枪，虽然那些枪没有怎么很好地保养，但如果这几个印第安人想打死他，它们还是够用的。纽特断定他们是来要牛的，因为他们与第一拨印第安人一样瘦得皮包骨。

他开始盘算给他们多少头牛才不至于使自己在伙伴们面前丢脸。如果他们想把牛全部要去，那他只好与他们打一仗，并且定死无疑，因为如果他要为丢失这五十头牛承担责任，他将永远无脸再见队长。而如果只给他们两三头就可以打发他们走，那当然就另当别论了。

果然，一个小个子印第安人指着那群牛哇啦哇啦说了许久，纽特确信他们想把牛全部要走。

“听不懂。”他说，心想印第安人也许懂墨西哥语。但那个小个子印第安人还是指着西边哇啦个没完没了，纽特不知道他在说什么。与此同时，另外几个人离他更近了，他们不但不可怕，反而对他很亲热。他们用手指摸完他的帽子，又去摸他的绳子，还摸他的短柄皮梢马鞭，弄得他简直无法思考这到底是怎么回事。有一个人还把纽特的手枪从枪套里抽了出来，吓得纽特心脏都要停止跳动了。他想，这下非被自己的枪打死不可了，并且后悔不该让他那么容易地把他的手枪拿去。但那几个人轮着看过枪后，又把它塞回他的枪套里。纽特向他们笑笑，放了心。他们如果能把枪还给他，就表明无意害他。

但当他们又指牛群时，他摇了摇头，因为他以为他们要把牛群赶到西边去。然而，见他摇头，他们大笑起来。这几个印第安人似乎认为他做的每一件事都滑稽可笑。他们哇啦哇啦地指着西边，笑个不停。出乎意料的是，三个印第安人开始吆喝牛群向西走去，他们要把牛群带走了。纽特被这乱哄哄的一切折腾得心烦意乱，他想，是拔出枪来制止他们的时候了，但他不能那样做。

这几个印第安人不住地笑，态度又那么友好，使他难以下手。你如何能打死哈哈大笑的人？队长或许会，但队长不在这里。

印第安人示意纽特跟着他们走，纽特勉强地照办了。他心想必须停止这一切，去找伙计们来帮他要回这五六十头牛。他若跑了，印第安人准会朝他开枪，但真正使他没有那样做的原因是他根本不知道其他人究竟在哪里。他这么一跑，可能会永远迷失方向。

于是他心情沉重地慢慢跟在那五个印第安人与牛群后面，这样做至少说明他并没有擅离职守，他仍然与牛群在一起，不论他将付出什么样的代价。

走出两三公里后，他想最好能再想出个办法来，草原本来就空空荡荡的，现在草也被蚱蜢吃得一干二净，他自己又束手就擒，这片草原就更显得空旷了。他回忆起过去听说的印第安人诡计多端的故事，心想这几个人是用笑脸算计他哩。他们的营地也许就在附近，一旦到达营地他们就不再笑了，就会连他同牛一道宰了。叫人惊异的是他们都很年轻，看上去没有一个比本·瑞尼大。

后来，他们骑过一道小得称不上是山梁的山梁。这时，他看见了牛群和牛仔们。他们在三四公里外，但的确是他们。他看见了那辆大篷车。这几个印第安人非但没有偷他的牛，反而帮他回到了大本营。他刚才走错了方向，这时他才意识到他们笑是因为他蠢得连自己的牛群在什么地方都不知道。他不怪他们，现在安全归来，他也想开怀大笑。他想感谢印第安人，但不懂他们的话，只能以微笑向他们表示感谢。

盘子波吉特和稀汤琼斯骑马过来帮他赶牛，他们的衣服也都被蚱蜢咬成了筛子。

“还真不错，他们找到你了，我们没有工夫去找你。”稀汤说，“咱们要是朝北走，还有八十公里才有水，这几个印第安人说。大部分牛走不了八十公里了。”

“大部分人也走不到。”盘子说。

“蚱蜢伤着谁了吗？”纽特问道。他还在为蚱蜢的事感到困惑。

“没有，但把我的礼拜衬衫给毁了。”稀汤说，“杰斯帕的马惊了，把他摔了下来，他说他锁骨摔断了，可是狄兹和波说没事。”

“但愿罗丽娜没有受罪。”盘子说，“他们的马也许惊了。他们可能不得不步行，可能要走很远的路才有饭吃。”

“这么说，你想去确认一下他们的安全？”稀汤问。

“总得有人去吧。”盘子说。

“问问队长，”稀汤说，“我想队长会派你去的。”

盘子可不这么想。队长已经在看他，好像在催他赶快回到岗位上去，尽管牛群走得很好。

“你去问问，纽特。”盘子说。

“纽特？”稀汤说，“得了吧，纽特刚把自己丢了，他去找古斯还会再丢了的。”

“纽特，去问问他。”盘子又说了一遍。见他如此心切，纽特感觉非问不可。他知道盘子叫他前去询问是信任自己。

队长正在与十一二个印第安人用手势说话。后来，印第安人走过去，从牛群里赶出了三头牛。纽特傻呆呆地骑马过去，他本不想问队长，但又不愿意无视盘子的请求。

“你说我是不是应该去看看古斯先生？”纽特问道，“伙计们说他们可能遇到了困难。”考尔见这孩子神情紧张，便知道是别人怂恿他来问这个问题的。

“不用，咱们还是都去赶牛吧，”他说，“古斯有帐篷，我敢说他高兴得像只獾，没准儿他们正坐着打牌呢。”

尽管纽特早就料到队长会这样说，但他回到牛群后仍郁郁不乐。他觉得他在队长面前永远也学不会不说错话。

第68章

他们一伙人尚未走出得克萨斯，杰克已开始后悔不该与萨格斯三兄弟同行。第一天晚上，他与他们在达拉斯以北不到五十公里的地方宿营。听到他们的谈论，他心惊肉跳。他们说有两个土匪被关押在沃斯堡监狱，等待处以绞刑。丹·萨格斯还说是七月约翰逊把他们抓去的。那两个土匪说，与七月同行的一个小女孩投掷石头的技术，比大多数男人的枪法还高超。

“她扔石头的技术比青蛙嘴的枪法还好，我倒想见识见识，”罗伊·萨格斯说，“我想青蛙嘴能制服她。”

青蛙嘴不怎么爱说话。他是个黑人，杰克却不见人们命令他做事，例如，埃德·萨格斯做晚饭时，青蛙嘴就闲坐着，连柴都不管劈。他骑的那匹阉白马是他们所有坐骑中最优良的一匹。土匪骑白马实属罕见，因为白马太显眼，而青蛙嘴显然不在乎。

“咱们应该把那两个伙伴从监狱里弄出来，”罗伊说，“他们来当管理员兴许干得挺出色呢。”

“如果一个小妞儿和一个司法官就能把他们抓住，我可不要他们。”丹说，“再说有一次吉姆还跟我过不去，我要去看他吊死。要是来得及，就再咒咒他。”

他们谈话的内容几乎全是关于凶杀，连年龄最小的埃德也自我标榜杀过三个人——两个农夫和一个墨西哥人。其他两个土匪没有说他们杀过几个，但杰克断定自己是在与几个杀人如麻的凶手同行。丹似乎痛恨他知道的每一个人。他用最恶毒的语言议论所有的人，而且尤其憎恶牛仔。他曾赶一群牛去北边卖，但没有成功，因而憎恶比他干得好的人。

“我真想把整群牛偷去卖掉。”丹说。

“咱们只有五个人，”埃迪提醒他，“赶一群牛，五个人可不够。”

丹的眼睛露出一丝阴险的目光。他刚才只是信口说说，可是一旦他想到一个主意，这个主意就具有了重要意义。“咱们可以雇些人嘛。”他说。

“我记得上次咱们曾经试着赶过一群，”罗伊说，“结果叫印第安人抢走了一半，咱们也都差点儿淹死在那些河里，为什么又要干？”

“你没听明白我的计划就别插嘴，”丹有些气恼地说，“上次咱们错在太老实了。我再也不当老实人了。在这里人人都为自己，所以我喜欢这个国家，它的法律不健全，大部分法律也很容易让人钻空子。”

“你去偷谁的牛？”杰克问道。

“啊，离道奇最近的那群呗，”丹说，“偷那些刚到的，离城还有一两天路的，咱们只需要把牛赶到城里卖掉就走人。这么一来，咱们又得了钱又不用费什么力气。”

“那些一路赶牛来的牛仔怎么办？”杰克问道，“他们可能不会那么轻易地放弃他们的利益。”

“杀了他们，”丹说，“打死他们，把他们的牛卖掉，等人们想起他们的时候事情早过去了。”

“如果有一个没打死呢？”罗伊说，“只要有一个人把消息传出去就够咱们受的，那就非打仗不可了。”

“青蛙嘴有匹快马，”丹说，“他能追上任何逃跑的人。”

“我情愿去抢银行，”埃德说，“抢银行得到的是钱，根本不用卖什么牛。”

“哎呀，你真懒，埃德。”丹说。他看着他弟弟，恨不得一枪毙了他。说实在的，这三个萨格斯兄弟就处在相互残杀的边缘。

“你们知道蓝鸭吗？”杰克问道，目的是改变一下话题。

“我们只知道别搭理他，”丹说，“青蛙嘴不喜欢他。”

“为什么？”

“他偷了我的马。”青蛙嘴说，但没有进一步解释。他们轮流用一个瓶子喝酒，他也像白人那样喝。酒对他们没有任何影响，只有埃德例外，五六轮后他的眼睛就红了，脚底也没了根。

杰克心绪烦躁，喝起酒来也就没了节制。一方面他没想到自己已加入这般粗暴野蛮的一伙人，另一方面他很担心，因为一旦上了贼船，下来可就不那么容易了。他听见他们说曾经杀了整整一批牛仔，数起所杀的人来就像在数从狗身上捉的扁虱一样。他这一生加入过不少性质可疑的团伙，但萨格斯一伙的暴戾恣睢是毋庸置疑的。更令人担心的是，那个叫青蛙嘴的黑人有一匹千里驹，想从他们手里逃脱是要费一番心机的。他知道他们不信任他，他们看他时的眼光总是冷冰冰的。他决定谨慎行事，不到对自己有利的时刻绝不采取任何可能激怒他们的行动。这一时刻只有到堪萨斯的城市里才会到来，那里人多，容易溜掉。

此外，杀人与被杀总是一半对一半。奥古斯塔斯喜欢说连最恶毒的坏人也常常遇到比自己更恶毒、更敏捷的对手。丹·萨格斯也许会有一个悲惨的结局，到那时就树倒猢狲散了。

第二天，他们向雷德河岸边的都恩商店骑去，并且在那里买了些酒，讨论了一下行进的路线。离他们两公里多的地方有一群牛正在过河。

“有一群牛咱们可以偷，就在那儿。”埃德说。

“那批牛还没到印第安人保留地，”丹说，“咱们要跟踪一个月才能下手，我可没那份耐心。”

“依我看，咱们先去阿肯色，”罗伊说，“先去抢一两家银行再说。”

杰克并没有认真地听他们闲扯。四辆大篷车拉着一批农民在商店前边停了下来，农民们到商店里去买给养。他们从密苏里来，去得克萨斯碰运气。大部分男人正在店里买东西，还有几个人在修理车轮或修马掌。多数女人都戴着无边帽，一个个看上去都像在挨饿。只有一个女人没戴帽子，也不像挨饿的样子。她大约十七岁，一头长长的黑发，光着脚坐在篷车上等候家人买东西。

杰克看她长得很美，心想，如果他的确需要什么，他真正的需要是美女。他百思不解，究竟是什么力量使他与像萨格斯这样一伙野蛮之徒为伍的。就在得克萨斯，这里就有他尚未遇见过的美女，包括这个坐在篷车上的女人。他对那个姑娘凝视良久，见她的家人还未回来，便决定走过去搭讪几句。虽说他离开达拉斯才一天多，但已经渴望与女人谈话了。

他原来在商店的阴凉里坐着，想到这里便站起身来，细心地掸了掸裤子。

“你要上教堂，还是怎么的？”丹问道。

“不是，只是想过去跟篷车上的那个黑头发姑娘说几句话，”杰克说，“我还从来没有和从密苏里来的女人说过话呢，我想去说几句。”

“她们跟别的女人讲话有什么不一样？”罗伊问道。

“我可是听说你是个一见娘儿们就着迷的人。”丹说，他的话里带着某种谴责。

“你是在一家窑子里遇见我的，还不信吗？”杰克说，他厌烦这小子那带刺儿的话，“我要是喜欢那个姑娘，没准儿会跟她私奔。”他这样说只是想提醒人们他仍然是个自由人。

离那姑娘越近，他就越喜欢她的模样。她身材苗条，窄小破旧的连衣裙下隐藏着她那隆起的青春的乳房。她见杰克朝她走过来，有些不知所措，便转过脸去佯装没有看见他。

走近些再看时，发现她还要年轻些，也许只有十五六岁。她或许连情人也没有，即便有也只能是个没见过世面的农村小伙子。她的上唇微微翘起，他喜欢这样的嘴唇，因为这表明她有个性。假如她当过妓女，他就会因为那有力量的嘴唇和乳房的线条而与她混上一星期。但她仅仅是一个打赤脚的姑娘，正坐在篷车上，脚上沾满了尘土。

“你好哇，小姐，”他走上去说道，“到远处去吗？”

那姑娘看了看他。从她的目光中他看得出，他与她说话使她很不安。

“我叫杰克·斯普恩，”他说，“你呢？”

“露。”她说。她的声音又低又细，他真喜欢她那微微翘起的红唇。他想再说几句，然而还没来得及开口，背上便挨了一下，打得他脸朝下趴在了地上，由于摔得太狠，嘴唇都破裂了。

他翻过身来，还以为是被骡子踢了一下，因为他不止一次遭骡子暗算。但他边向上看边眨眼以挤出眼里的尘土时，看见一个怒气冲冲的老汉在他身边站着。老汉长着粗糙的胡子，手拿猎枪。他是被那支枪敲倒在地的，那个老呆子用它朝他的肩胛骨敲了一下。那个人肯定就在篷车后边站着。

杰克的脑袋嗡嗡作响，眼睛也看不太清，但他知道那个老汉就像握棒子一样正握着那支枪。他并没有打算开枪。杰克跪了一会儿，想等自己清醒一些。

“浑蛋，”那个老汉说，“不准跟我老婆说话！”

杰克吃惊地抬头瞧了瞧老汉——他一直以为他是那姑娘的父亲。这种见面礼着实粗暴，但并不比可能从一个父亲那里得到的待遇更坏，因为在过去，那些当父亲的一见他与他们的女儿说话就怒气冲天。然而篷车上的那个姑娘已经当妻子了。他又看见了她，心里暗自惊奇——一个妙龄女郎竟然嫁给了一个看上去至少七十岁的人。姑娘坐在车上，依旧那么娇艳，她不动声色地看着这一切。

杰克再一次无耻地看那姑娘，更加激怒了那位老汉，他摆出架势，准备再给杰克一下。

“慢着，先生。”杰克说。挨一下打也就算了，但他不能忍受第二下。再说那支猎枪相当重，若当棍棒用会把肩胛骨打碎，甚至会更糟。

杰克说话时，老汉迟疑了一下，还朝车上的姑娘看了一眼。一见那姑娘，他便骂了一句，又举起了手中的枪。

还没等他再次打着杰克，杰克已朝他开了一枪。对这一枪，他和那个老汉一样没有料到，因为他根本没有想到自己已经抽出了手枪。子弹打中了老汉的胸部，把他打倒在篷车轮子上。他慢慢地倒下去，手里的枪也掉了。杰克又打了一枪，这第二枪与第一枪一样使他吃惊。他的手臂与枪似乎受了别人的控制。第二枪也打在那个老汉的胸部上，他倒在地上，压住了他的猎枪。

“他根本不该打我。”杰克对那姑娘说。他原以为她会尖叫，但她没有。枪声好像没有影响到她。杰克看了看那个人，他已经死了，灰色的工作服上有一大片血。一股血顺着他身体下面那支猎枪的枪柄流了满地。

农民们潮水般地从商店里涌出来，约有二三十人。看见这种情况，杰克心虚了，这使他想起，史密斯堡的人看见本·约翰逊在泥土里躺着时也是这样涌出来的。现在又一个人躺在地上，同样是个偶然事故——假如那个老汉当时礼貌地告诉他，自己是那姑娘的丈夫，杰克本会行个脱帽礼就走开的，但是那个老汉不仅打了他一下，还要打第二下，他不得不打死他以自卫。

这次他面对着二三十个农民，他们成群结队地站在商店门前，被眼前发生的事弄得糊里糊涂的。杰克把枪放回枪套，又朝那姑娘看了一眼。

“告诉他们，我是不得已才打他的，”他说，“那个老头儿很可能会用那支枪把我的脑袋砸烂。”

说完，他转身朝萨格斯兄弟走去。他再次回头看那姑娘时，见她正冲他微笑——从那以后，每当他想起这件事，她的微笑总使他迷惑不解。她甚至不下车看看她的丈夫是否死了，反而冲他那样笑，何况当时篷车旁边已经围满了农民。

萨格斯三兄弟已上了马，埃德把缰绳交给杰克。

“我看这就是这场罗曼史的结局吧。”丹说。

“妈的，我只不过问了问她的名字，”杰克说，“根本不知道她结了婚。”

农民们全都围在尸体旁边，那个姑娘仍旧在篷车上坐着。

“咱们过河去吧，”丹说，“要么过河，要么你去请个律师。我说，你干吗要浪费钱呢？”

“那家商店又不卖律师。”罗伊说。

杰克上了马，但不愿离开。他想，如果他回到那些农民那里去，也许可以吓唬吓唬他们就把事情了结，因为他毕竟是出于自卫——连从密苏里来的乡巴佬也会明白的。所有的农民都看着他，没有一个人想和他打一架。他若是骑到印第安人保留地，那他的名下就会记上两条人命。他并不是真心想把他们打死，他甚至根本不认识被他打死的人。这都怪运气不好，这一次是他看了看一个篷车上的姑娘引起的。

当然，法律并不这样看问题。倘若他与萨格斯这样一伙亡命徒骑马过河，他就成了土匪；如若留下来，那些人就会把他吊死，至少会把他送交沃斯堡监狱或达拉斯监狱，这样他就会为两条人命中的任何一条而受到审判。

在他看来，做这样的选择实在太可悲了。然而，萨格斯三兄弟骑马走开时，他也跟了去，十五分钟后便过了雷德河。他回头看去，见那些篷车仍停在商店旁边。他想起了那姑娘最后时刻的微笑——他打死了一个人之后才见到她的笑容。那些农民没有来追他。

“那些人真尿包。”丹轻蔑地说，“他们要是跟来，咱们一下子就把他们收拾了。”

杰克十分消沉——他好像没有做对过一件事。一生中他除了需要一家干净的酒吧供他赌牌，一个漂亮的妓女供他睡觉，一点儿威士忌供他享用，他并没有什么过分的要求。他没有杀人的欲望，即使在当保安队员的日子里，他也没有真正地朝谁瞄准过，尽管他曾朝敌人的方向兴高采烈地开过火。他根本不以为自己是个杀手——打起仗来考尔和奥古斯塔斯杀死的人是他杀的十倍。

可是现在考尔与奥古斯塔斯都是体面的牧牛商，无论到什么地方都昂首挺胸，他却与一伙狼心狗肺的匪徒混在一起。不管怎么说，他的生活已经不那么体面了。他虽然从来就不是一个宗教信徒，但也从来没有像现在这样畏惧过法律。

萨格斯兄弟带着大量的酒，杰克便没完没了地喝起来，在向北骑去的时候，他大部分时间处于半醉状态。别看他当着萨格斯三兄弟的面杀了人，他们并没有因此而比过去更尊敬他。当然，他们兄弟之间本来谁也不尊敬谁。如果埃德干活儿失了手或说了他们不愿意听的话，丹与罗伊就拼命地挖苦他。这伙人里唯一不挨他们讥讽的是青蛙嘴。他们很少与他说话，他也很少说话，然而大家都知道有这么一个人。

通过印第安人保留地时平安无事。他们不断遇到北上的牛群，但总是绕着走过去。丹·萨格斯有一架旧望远镜，是他从内战战场上带回来的。他不时地用它寻找牛群，看看有没有自己的敌人或者他认识的牛仔。

杰克也在不断地观察牛群，他仍想摆脱目前的处境。虽说考尔和奥古斯塔斯待他很粗暴，但总不失为他的战友。如果他能看见帽子溪牧牛公司的牛群，他就打算逃走，回到他们中间去。他虽然又闯了祸，可伙计们也许不会知道，消息也许永远传不到蒙大拿。不得已时他可以当一个一般的牛仔，这也比与萨格斯在一起碰运气好些。

他极其谨慎地不让这种思想流露出来。他从不打听牛群的事，即使谈及考尔与麦克克里，他也清楚地表明自己对他们怀有刻骨的仇恨，那两个人如果遭遇不测，他绝不会感到惋惜。

进入堪萨斯后，他们便不断地见到分散居住的拓荒者。他们大多数人住在草皮顶窑洞里。杰克不相信这些人带的钱值得他们去抢，但两个小萨格斯兄弟总想试一试。

“咱们不是要管理这些外来户吗？”一天晚上，罗伊说，“那还等什么？”

“等一户带的东西比一头奶牛和一堆野牛粪多点儿的外来户，”丹·萨格斯说，“等那些有钱的。”

“他要是有钱，也不会到堪萨斯来挖窑洞住了，”杰克说，“我在那种洞里住过一夜，顶上不停地往下掉土，半夜醒来发现都快被埋了。”

“那也不能证明他们手里没有金子，”小埃德说，“我先练习着管理一下，下次遇见有钱的就摸着窍门了。”

“反正我们只让你看着，”丹说，“光看着是不需要什么练习的。”

“我已经杀过外来户了。”埃德提醒他，“杀了两个。他们要是不给钱，就杀第三个。”

“主要是吓唬他们，让他们交出钱来，并不是为了打死他们。”丹说，“要是杀人太多，法律很快就会来惩办你。咱们为的是钱，不是为了叫人把你吊死。”

“他这么小，根本不知道自己在说什么。”罗伊说。

“那，我不打死他们就是了，我只吓唬吓唬他们。”小埃德说。

“不，那是青蛙嘴的活儿，他去吓唬那些乡巴佬，”丹说，“他比你会吓唬人。”

第二天，青蛙嘴的机会来了。他们看见一个人赶着一队马在耕地，一个女人和一个小男孩正用小车运干野牛粪，然后把它们堆到一个傍山坡盖的低矮的草皮顶窑洞旁边。两头奶牛正在附近吃草。

“他能喂得起高头大马，”罗伊说，“他准有钱。”

丹已经快骑过去了，杰克也盼着他继续朝前骑，他希望在抵达道奇城之前他们不要干出收税的事来。到了道奇城，他就可以获得自由。两次事故并不意味着他的生活已成定局，但如果他继续跟萨格斯三兄弟这样一伙持枪土匪混下去，他将难以度过安宁的晚年——也许不管是什么样的晚年，他都将难以得到。

然而，丹转眼间决定去抢那个农夫，不管他是否值得一抢。

“他们经常把钱藏在烟囱里，”他说，“也有藏在果园里的，可我没见这里有什么果园。”

青蛙嘴的鞍袋里备有另一支手枪。他们向农夫骑过去时，他把枪掖进皮带里。

农夫正在大草原坚硬的草地上犁出一道浅浅的沟，见有人骑马过来，便停下了手中的活计。他是一个中年人，长着卷曲的黑胡子，全身被汗水浸透。他的老婆和孩子看着萨格斯兄弟过来。他们小车上的干牛粪快装满了。

“喂，要是他妈的得克萨斯牛不来吃，到了七月你就有好收成了。”丹说。

农夫友善地点点头，好像是同意刚才的话。

“我们到这儿来是让你种瓜得瓜，种豆得豆。”丹继续说道，“我们来替你赶走那些牛，保护你的庄稼，只要你掏四十块钱金币就行。”

“不会英语。”那个人一边说一边还在和气地微笑。

“嘿，见鬼，一个他妈的德国佬。”丹说，“看来是白费力气。把那个女人和孩子抓起来，青蛙嘴。这个荷兰老东西可能娶了个美国娘儿们。”

青蛙嘴打马跑过去把那个女人和孩子赶到农夫跟前。青蛙嘴的马站得离他们那么近，如果他们中有人倒下去，简直就会被马踩死。他已经把手枪从皮带里抽了出来，其实根本没有必要，女人和孩子惊恐万状，那个农夫也不例外。他用双手搂住妻子和孩子，三个人都站在那里不住地抽噎。

“瞧他们那副德行，”小埃德说，“我从来没见过这种胆小鬼。”

“你少瞎扯淡，”丹说，“他们干吗不怕？我要是遇到这种事也会害怕。我就是想让那个女人害怕，看她会不会说英语。”

女人什么话也没有说，她要么是不会说，要么是不能说。她骨瘦如柴，站在丈夫身边不停地哭。显然三个人都以为他们的末日到了。

丹又说了一遍，只有那个男孩子似乎懂得他说的是什么，有那么一会儿他不哭了。

“对了，孩子，我们就是要现钱，”丹说，“对你爸爸说，让他给我们钱，我们帮你们看守庄稼。”

杰克根本不相信一个吓得六神无主的孩子会信他的话，然而那孩子不哭了。他用家乡话对那个泪流满面的人说了些什么，那个人便努力控制住自己，对孩子说了几句。

那孩子转身便朝小窑洞跑去。

“跟着他，看能找到些什么，伙计们。”丹说，“我跟杰克在这儿看着这两个人就可以了，他们不像是野蛮人。”

十分钟后，那个孩子跑了过来，又哭了。他后面跟着青蛙嘴和萨格斯兄弟俩。他们手里拿着一个小钱包，罗伊把它扔给了丹。钱包里有两枚小金币。

“怎么只有四块钱？”丹说，“你们找仔细了吗？”

“找了，把烟囱拆开看了，所有的箱子也都翻了，”罗伊说，“钱包在他们睡觉的床下面。除了这个，什么值钱的东西都他妈的没有。”

“看来他们也只有这四块钱，”丹说，“对他们也没有多大用处，咱们拿走算了。”他把两枚金币拿出来，把钱包扔到那个人脚前。

“咱们走吧。”他说。

杰克庆幸事情没有发展到更坏的地步，可是正当他们要骑马离开时，青蛙嘴又拨马朝那两头奶牛跑了过去。

“他去干吗，要打死奶牛吗？”埃德问道，因为他见青蛙嘴手里拿着手枪。

“我没问他，他也没说。”丹回答道。

青蛙嘴骑到牛跟前，朝天开了两枪。牛一跑，他便熟练地把牛赶到那个窑洞顶上去。洞顶上长着草，跟草原上的草没什么两样。两头奶牛朝前走了一两步，前腿便一下子消失了，好像掉进了一个洞里。接着后腿也不见了。青蛙嘴勒住马，看着两头牛从窑洞顶掉进去。不久，一头牛从小门里钻了出来，另一头也跟了出来。两头牛又跑回原来吃草的地方去了。

“这个青蛙嘴，”丹说，“他准是想给窑洞通通风。”

“咱们只弄到四块钱。”埃德说。

“嗯，这正是你的主意，”丹说，“你想练习一下，现在可看见了。”

“他生气是因为他没有机会用枪打人，”罗伊说，“他觉得自己是个枪手。”

“可不，咱们是一伙带枪的土匪，不是吗？”埃德说，“咱们又不是牛仔，那咱们是什么？”

“是游客，”丹说，“现在正朝堪萨斯走，寻找要找的东西。”

青蛙嘴回来时与刚才走开时一样，什么也没有说。杰克不由自主地对这个人产生了无名的恐惧。青蛙嘴这么久以来从未对他说过任何含有敌意的话，甚至看都不看他，然而即使如此，每当杰克走近这个人时仍不寒而栗。他在西部走过这么多地方，很少遇到这样令人畏惧的人，连印第安人都没有给他造成过这么大的威胁，当然，他走近印第安人的次数并不多。

“不知道他们这些乡巴佬在下一场雨到来前能不能把洞顶修好，”丹说，“他们要是多有几块钱，青蛙嘴也不会去理他们的。”

青蛙嘴对他的话没有做任何评论。

第 69 章

七月只用了一两天便知道了爱尔迈拉不在道奇城。他万万没有料到，这个城市里几乎所有的女人都是妓女，所有的商店都是酒吧。他不住地提醒自己不要少见多怪，因为多年来他一直听说堪萨斯的城市很不成体统。他去密苏里为那件案子作证时就听见人们不断谈论堪萨斯。密苏里的人们认为，他们已经根除了牛集镇的一切乌烟瘴气。七月很快就承认这种看法是正确的。在密苏里可能仍有坏的因素，但堪萨斯给他的印象是没有任何因素不是坏的。道奇城里自然也有一些商店、车马店，还有一间像旅店的地方，但由于妓女在旅店进进出出，从不间断，使它看起来更像一间妓院。赌徒们占据着酒吧。他从未见过什么地方有这么多人带着枪。

七月首先要买一匹好马。他去了趟邮局，因为他觉得他有义务向史密斯堡的人解释一下自己为什么还不回去。他向邮局走去时不知怎么突然产生了一股乐观的劲头。既然他已经闯过了大草原，那他最终找到爱尔迈拉的可能性还是有的。他已失去了寻找杰克·斯普恩的兴趣，一心只想找到自己的老婆，然后回家去。假如桃子不喜欢他这样做——她肯定不喜欢——那她只能忍着了。爱尔迈拉如果不在道奇城，就很可能在阿比林，他赶上她已为期不远。

然而，他没料到，在踏进邮局的一刹那，他的乐观情绪变成了痛苦的悲观情绪。为了考虑在信中写些什么，他想起了刚刚发生的一切。罗斯科死了，乔死了，那个小女孩死了，爱尔迈拉还未找到，她可能也已经死了。他能报告的只有死亡与失败。一想到可怜的罗斯科被埋在身后草原上的一小堆石头下面，伤心的泪水便夺眶而出，他不得不连忙从邮局退了出来，以免丢脸。

他顺着尘土飞扬的街道走了几分钟，用袖子擦眼泪。有一两个人好奇地望着他。他显然遇到了难处，但没有人理会他。他想起了在沃斯堡走进邮局时得到有爱尔迈拉消息的那封信，从那以后，令人困惑不解和痛苦不堪的事便接踵而至。他感觉与其如此，还不如与其他几个人一同死在草原上。四处漂泊与寻觅已使他厌倦到极点。

但是他毕竟还未死。末了，他转身回到邮局。邮局里除了一个白胡子职员，空无一人。

“啊，你回来了，”职员说，“刚才你来过这儿，是吗？”

“是我。”七月说。

他买了一个信封、一张邮票和几张信纸。那个职员还好心地借给他一支铅笔写信。

“你可以在窗口这里写，”职员说，“今天不忙。”

七月拿起笔写信时又哭了，他感到很难为情。他不得不把一些事情写在纸上，可是这样做又如负重担，因为这勾起了他的回忆，而他的回忆太悲惨，前途又太渺茫。

“是不是有人死了，你不得不把消息告诉他的家人？”

“是的，”七月说，“但有两个是没有家人的。”他隐约记得罗斯科有几个兄弟，但没有一个在史密斯堡附近住，多年没听说他们了。他又用袖子擦了擦泪，心想，他一辈子也没有像这两个星期里哭得这么多。

他呆呆地看着信纸，等了很久才提笔给桃子写了封短信。

桃子:

你好，罗斯科·布朗被一个歹徒杀了，乔也被杀了，还有一个叫珍妮的小女孩被杀了。我不知道这个小女孩是谁，罗斯科说他是在一个林子里遇见她的。

我不知道什么时候回去——如果大家愿意，可以再雇一个司法官，总得有人维护城市秩序。

姻弟　七月约翰逊

他已经到过所有的公共场所，都没有见到爱尔迈拉，因此他深信她不在道奇城，不过那个老职员看起来很和气，他便想不妨问一下，没准儿她曾来这里投过信。

“我在找一个叫爱尔迈拉的女人，”他说，“她长着棕黄头发，个头儿不大。”

“爱尔迈拉吗？”职员说，“哎呀，有两三年没见她了，听说她迁到阿比林去了。”

“就是她。”七月说。希望突然来了。她搬到圣约瑟夫之前一直住在阿比林。“我想她又回来了。”

“没有，一直没见她。”职员说，“你可以去问问甄妮，她在那边的第三家酒吧里。她和爱尔迈拉过去是好朋友。我记得她们俩都嫁过同一个男人布特——如果你管那叫结婚。”

“啊，布特先生？”七月问。

“对，迪·布特，是那个浑蛋。”职员说。

“他怎么能同时和她们两个人结婚呢？”七月问道。他本不想知道这件事，但遇到了一个能向他提供有关爱尔迈拉情况的人，他便不能不问。

“哼，迪·布特能跟负鼠睡觉，只要是只母负鼠就行。他是个迷惑女人的妖精。”

“他不是害天花死了吗？”七月又问。

职员摇了摇头。“据我所知，他没死，”他说，“他在奥加拉拉或戴德伍德或别的什么地方，在妓女多、法律少的地方。我猜他现在正和五六个妓女厮混哩。他当然可能已经死了，但他是我的外甥，我还没听到他死的消息。”

“谢谢你把铅笔借给我。”七月说。说完，他转身出了邮局，走到一家车马店买了匹马，它叫皮特。爱尔迈拉如果不在道奇城，就可能在阿比林，那他就马上动身。但他没有。他即将骑出城时，又回来向邮局那边的第三家酒吧骑去，想找那个叫甄妮的女人询问一下。人们说她已经搬到另一家酒吧去了，有一个牛仔还给他指了指那家酒吧。上午有一群牛在这里被卖了，正被往有围栏的火车厢里装。七月骑马过去看了一阵子。工作进行得很慢，牛的长角使工作进展得更慢。人们把它们赶进一条狭窄的引桥通道时，牛角总是钩在一起。牛仔们大声吆喝着，把皮鞭甩得啪啪作响，马匹们配合得倒也很默契。虽然如此，但每装一车厢都要花去很长时间。

七月喜欢牛仔们的样子，他一向很欣赏他们，即使他们有时像在史密斯堡那样不守规矩，他还是喜欢他们。他们年轻、友好，生活无忧无虑。他们骑马的时候就像长在马背上。牛群不听话炸了窝时，他们全队人马互相配合的情景更加好看。他见一个牛仔正用绳索套一头跑开的小公牛，套索套在牛角上后，牛仔熟练地将绳子一抖，牛便重重地倒在地上。它站起来后，老老实实地走进了车厢。

看了一会儿装车，他便去那家酒吧找那个叫甄妮的女人，人家说她在接客。他便走到柜台去打听，这时，酒保——一个侏儒——问他要不要酒。七月很少喝酒，但他说要，主要是为了客气。他想如果自己在酒吧里占了一席之地，就应该付钱。他慢慢地呷着酒，喝完后又要了一杯。不久他便觉得身子发沉，如果有什么情况需要他快走，恐怕他走不成了。事实上他没有快走的必要。女人们在酒吧里来来往往，给他斟酒的酒保却一再对他说甄妮马上就会下来。七月不停地喝着，并且感到自己在迅速地发胖，觉得自己胖得连从椅子里出去恐怕都困难了。

酒保不断地给他上酒，七月心想他花的钱一定不少，但他并不在乎。偶尔有牛仔从他身边走过，马刺碰得叮当作响。有几个朝他看了看，但没有人与他打招呼。在酒吧里坐着真惬意，而作为司法官，过去他除非有公务，总尽量避免到这种场合来。从前他一直不明白有些人怎么会每天坐在酒吧里喝酒，现在他开始多少明白一点儿了。喝酒很自在，喝酒时身上产生的沉重感在某种程度上消失了。过去几个星期，他一直在拼命地做超出他能力的事情。他知道他应该接着做下去，即使不会成功，暂时休息一下也确实叫人感到愉快。

这时他抬头看了看，只见一个女人站在他的桌子旁边。她和爱尔迈拉一样瘦，长着一头又硬又黑的头发。

“走吧，牛仔，”她说，“在这儿坐着可什么事也办不成。”

“去哪儿？”他措手不及地问道。以前没有人叫过他“牛仔”，出现这种错误是很自然的。几天前他已经把司法官的徽章摘了下来，作为进入一座陌生城市的防范措施。

“我是甄妮，”她说，“山姆说你在找我，是我找错人了吗？”

“啊。”七月狼狈地回答。他竟然忘记了自己正在等一个叫甄妮的女人。

“不是那个牛仔也没关系，同样可以去嘛，”甄妮说，“你要是有钱喝那么多酒，就有钱给我。你要是想礼貌一点儿，可以给我也买一杯酒。”

七月生平从未给女人买过酒，也从未与一个喜欢喝酒的女人在一起坐过。若是在别的时候，这种要求会使他惊讶，但在目前的情况下，这一请求只能使他觉得自己的举止太不入时。甄妮那双褐色的大眼睛与那张瘦脸不相称，她正不耐烦地盯着他。

“好的，喝一杯吧，”他说，“反正我花的钱已经不少了。”

甄妮坐下向酒保招了招手，他迅速托着一瓶酒走了过来。“这家伙喝酒就像鱼喝水一样，”酒保眉开眼笑地说，“肯定是赶牛路上很久没摸着酒喝了。”

七月猛然想起了他为什么在这里等这个叫甄妮的女人。

“你认识爱尔迈拉吗？”他问道，“听说你认识她。”

这回轮到甄妮大吃一惊了。爱尔迈拉与她曾是三年的挚友，她根本没料到一个年轻的醉牛仔会提到她的名字。

“你是说爱尔迈拉·蒂姆斯吗？”她问。

“是的，”七月说，“就是那个爱尔迈拉，希望你知道她的消息。我不知道她在哪儿。”

“啊，她搬到密苏里去了，”甄妮说，“后来我听说她和一个阿肯色的司法官结了婚，但我不相信那种谣言。我不相信爱尔迈拉会跟什么司法官结婚过日子。”

“她没有，”七月说，“我去追杰克·斯普恩的时候她跑了。从我开始找她到现在，已经死了三个人。”

甄妮更加仔细地看了看这个年轻人。她一眼就看出来他醉了，但醉鬼在这里多如牛毛，她从来没有仔细地看过他们。这个人很年轻，怪不得她把他当成牛仔了。牛仔大多数是些小伙子。待她仔细看后才发现，这个人没有一般牛仔的那副样子。他脸色严肃，眼神凄凉，是她多时不曾见过的最凄凉的眼神。只看这双眼睛就知道他不像是个爱尔迈拉愿意嫁的人——爱尔迈拉喜欢纵情作乐，然而人们往往做出出乎意料的事情来。

“你是司法官吗？”她边问边呷山姆给她倒的酒。

“从前是，”七月说，“我很可能干不下去了。”

“为什么？”甄妮问。

“我不会打枪，”七月说，“我可以敲一个醉鬼的头，把他抓进监狱，但并不真的会打枪。我们骑马到那个营地的时候，那个跟我一起去的人打死了六七个人，可我一个也没打死。我把罗斯科和另外两个人撇下走开了，结果还没等我回去，他们就都叫人杀死了。我为了追杰克·斯普恩一个人，结果把事情弄了个乱七八糟。我现在不想当司法官了。”

他没打算把这些事讲出来——不知怎的，他突然控制不住自己。

“他们说爱尔迈拉是坐一条运酒船跑的。”七月说，“我不明白她为什么那么做，可是人家都是那样说的。罗斯科说她可能叫熊吃了，但又找不到痕迹。”

“你叫什么？”甄妮说。

“七月约翰逊。”他说。他感到很高兴，因为她已经不再那样不耐烦地看着他了。

“听起来像是爱尔迈拉干的事。”甄妮说，“爱尔迈拉在一个地方待够了就一分钟也不停，跳上第一辆过来的篷车就走。我还记得她去阿比林那一次。她走以前，我一点儿也不知道她想走，可是第二天还没开始干活儿，她就花钱让皮货商把她带走了，就这么走了。”

“我一定要找到她。”七月直截了当地说。

“你找错地方了，先生，”甄妮说，“她不在道奇。”

“那我就接着找。”七月说。

他想到了那一望无际的大草原，并庆幸自己安全地走了过来，但对爱尔迈拉来说，她未必能幸运地通过它。

“我怕她已经死了。”他说。

“她在找迪，我看是的。”甄妮说，“你认识迪吗？”

“啊，不认识。”七月说，“听说他得天花死了。”

甄妮扑哧一声笑了。“迪没有死！”她说，“他在奥加拉拉。对面坐着的那个赌徒两个月前还见他了呢。”

“哪儿？”七月问道。甄妮指了指一个矮胖子。他身穿一件白衬衫，黑外衣，独自坐在一张桌子旁边洗牌。

“他叫韦伯斯特·韦特，”甄妮说，“他常跟迪·布特在一块儿。我从前也跟迪要好，后来我不干了。”

“为什么？”七月问道。他感到自己这样问太唐突，但实际情况是舌头已经不再听使唤，而且越来越不听话了。

“跟着他就像跟着滚草一样。”甄妮说，“迪在一个地方待腻了就换地方，我不，我喜欢安定。我在道奇这个地方已经五年了，看来会永远待下去的。”

“我不明白她为什么要跟我结婚，”七月说，“我整个被蒙在了鼓里。”

甄妮看了他一会儿。“你常像这样喝酒吗？”她问。

“不，很少喝，”七月说，“可冬天我喜欢喝点儿加热水的威士忌。”

甄妮又看了他一会儿。“你干脆别为爱尔迈拉操心了，先生。”她说，“没有人能长时间地吸引她，连迪也不能。”

“她嫁给我了。”七月说。他想他务必坚持这一点。

“嘿，我自己还嫁过迪一次呢，”甄妮说，“我那样做是因为他英俊。后来我又迷上了别人，就是这么回事。爱尔迈拉在这一点上跟我差不多。”

七月忧伤地看着她。甄妮叹了口气。她没料到下午会遇上这种叫人伤心的事。

“你长得很好看，”她说，“我想这正是她嫁给你的原因。我要是你，就慢慢忘记这码事算了。”

“我一定要找到她，”七月说，“我一定要把乔的事告诉她。他在加拿大河边叫人杀了。”

“她根本不该有那孩子。”甄妮说，“我对她说过别要。我自己说什么也不要孩子，我也怀过孕。”

七月又喝了两杯，但没有再说什么。

“得了，酒吧挣了钱，可我还没有，”甄妮说，“你不想痛快一下，散散心吗？”

七月觉得与其说他是在椅子里坐着还不如说是在水里面浮着。世界好像充满了水，但是不要紧，他觉得自己很容易就能漂起来。

甄妮咯咯地笑了，她的笑声突然使七月高兴起来，因为他很久没有听到女人这样的笑声了。爱尔迈拉从不这样笑。他站起来跟着甄妮向楼上走去，小心翼翼的，以免出丑。上楼时还好，但还未走到甄妮的房间就受不住了。他胃里的东西开始向上翻，喝下去的酒又从嘴里冒了出来。

甄妮一直在注意他，见他这样便连忙把他引到楼梯外侧，七月便跪在驻足处向外边呕吐起来。接着，他干脆趴在地上吐，身子一起一伏地抽搐着，像马跳起来一样。他扶住楼梯栏杆，以免昏死过去。天气很好，堪萨斯的太阳普照大地，七月却感觉四周一片黑暗。街上的牛仔南来北往，有人听见他呕吐的声音便向上看，见到他的样子大笑不已。篷车也川流不息，但车夫们不瞧他。有一次，在他喘气的时候，两个牛仔停下来看他。

“我看咱们套住他，拉到坟地里去吧，”一个说，“他像是死了。”

“妈的，我还想躺在楼梯上吐呢，”另一个说，“那也比往车上装长角牛好受。”

七月脸朝下趴了许久，后来便不再抽搐了。他不时地抬起头来吐口水，清清嗓子。夕阳西下时他才感觉自己能坐起来，但也只能背靠墙坐着。他坐的地方很高，能看到大街、牛栏和草原尽头日落的地方。太阳正在离城两三公里远的一大群牛那边落下。那群牛足有几千头，却只有不多的几个牛仔照看着，其他人都正朝城里快马跑来。马踢起的尘土在夕阳下形成金黄色的烟团。毋庸置疑，他们刚刚被允许离开牛群，便迫不及待地到道奇来品尝他刚刚呕出来的那种东西。从牛仔们踢起的尘土里透过最后一抹夕阳。

七月坐在那里，一直等到晚霞消失在地平线上，只余下一线灰白色的光亮。银白色的月光照在从城里蜿蜒伸向东方的铁轨上。他虚弱得连站起来的力气都没有了，只好坐在原处听背后酒吧里传出的笑声。

他最终站起来了，又不知道下一步该怎么办，不知道是该走进去谢谢甄妮，还是溜出去继续找爱尔迈拉。他一心想赶快骑上马向黑茫茫的大地走去，因为他觉得再待在城里就不合适了。一伙伙又说又笑的牛仔到来，使他感到更加孤单，他在草原上孑然一身时，也没有像现在这样寂寞过。

后来，为了礼貌起见，他还是决定进去向甄妮告别。他刚跨进门，就有一个牛仔眉飞色舞地从里面走出来，轻快地下了楼梯。不久甄妮也出来了，她没有注意到七月就站在那里。她停下来撩起裙子，使他看见了她那修长的腿，他不胜惊愕。这时她才看见七月。七月想，还不如不到门里来呢。他从来没有见过一个女人干这种私事，吓得他不知所措，好像胃里的东西又要向上翻。

甄妮看见他时并不显得尴尬，只是微微笑着放下了裙子。“嘿，叫你白看了，可我不在乎。”她说，“看来你还没死。”

“没有。”七月说。

甄妮仔细地看了看他，似乎要搞清楚他确实好了。她的脸色憔悴，但他还挺喜欢她那双棕褐色的大眼睛。

“玩儿会吧？”她说，“你浪费了整整一下午。”

“啊，”七月说，“我不怎么喜欢玩儿。”

“看来也是，都快把肠子吐出来了。”甄妮说，“但我不能等，先生。今天来了三群牛，牛仔们正排队等着爱我呢。”她朝楼梯下面看去，酒吧里的声音混乱、嘈杂。

“我就是这么爱上爱尔迈拉的。”七月说。遇见了她的朋友，使他顿时看清了他的生活。他与这些牛仔一样简单——他爱上了一个妓女。

甄妮看了他一会儿。她从屋里匆匆出来，为的是多拉些客，但七月眼睛里有些什么使她慢了下来。她从未见过蕴含着这么深沉的悲戚的眼睛，这么一看使她的心直往下沉。

“爱尔迈拉厌倦了这种工作，”她说，“是打野牛的人使她放弃这行的。你来得正是时候。”

“是的。”七月说。

两个人相视不语。甄妮不想走到下面那乱哄哄的声音里去，七月也不想迈出门到车马店去。

“你不想干这行吗？”七月问道。

“怎么，你也要爱我了吗？”甄妮用她那直爽的方式问道。

七月知道，如果他稍一大意，就会那样的。他太孤寂了，并且缺乏自制力。

“你不想干这行吗？”他又问了一遍。

甄妮摇了摇头。“我喜欢牛仔们来。”她说，“在道奇这个地方，人们不断往这儿来。牛仔比打野牛的人强多了，但打野牛的也是人哪。”

她想了片刻。“我可不能整天在一间房子里闲坐着，”她说，“要是有谁跟我结婚，恐怕我也会跑的。我一到冬天就不高兴，冬天没有什么人来。”

七月想起了爱尔迈拉。她终日坐在阁楼上，两条腿向下耷拉着，除了他和乔，没有人来，罗斯科也只在捉到鲇鱼时才偶尔来一次。听了甄妮的话，使他对他与爱尔迈拉的生活有了新的认识。

“你应该马上回家去，”甄妮说，“就算找到了爱尔迈拉，也没有什么好处。”

七月也认为怕是没有什么好处，但他不想回去。他呆呆地站在那里，这一举动使甄妮突然不耐烦起来。

“我要走了，”她说，“你要是找到了爱尔迈拉，就告诉她，我还保存着她给我的那条裙子呢。她什么时候想要回去，就给我来封信。”

七月点点头。甄妮最后望了他一眼，一半可怜，一半无可奈何，然后匆忙下楼去了。

她离开后，七月心里很不是滋味儿，他觉得他失去了一个机会，尽管他也说不清是个什么机会。街上的牛仔熙熙攘攘，从一个酒吧到另一个酒吧，拴马桩上拴满了马。

他走到车马店给新买的马放上鞍鞯。店主是个老头，他背靠一个装马蹄铁钉的桶坐着，不时从放在两腿之间的罐子里倒酒喝。七月付了钱，老头没有站起来。

“你是哪个牛群的？”老头问道。

“我自己一个人。”七月说。

“啊，”那个人说，“是个小牛群。这个时候动身可少见啊。你说呢？”

“可不是嘛。”七月说着，走开了。

第 70 章

一旦走出蚱蜢地区，到了西边，牛群便有上好的牧草可吃。好天气一连持续了两星期，一切都空前地顺利。牛群走走停停，向阿肯色方向行进，没有发生惊群或其他事故，只有一次例外——一个莫名其妙的意外，使纽特失去了他心爱的耗子。

事情发生时骑着耗子的不是纽特，那天他与本·瑞尼互相换了坐骑。干完一天活儿，本得到考尔的允许，骑上耗子去牛群，为大师傅弄头牛来准备食用。他骑到一头上着辔头的小个子母牛身边，打算把它刚满一岁的小牛牵走。他把小牛犊慢慢地赶开时，母牛忽然大发雷霆，向耗子的肚带后边顶去。小个子母牛的角格外锐利，它顶得又太猛，把耗子的两条后腿都顶离了地，本·瑞尼也掉了下来。他慌忙爬起来，生怕自己也被母牛顶着。稀汤琼斯看见后，快马骑过来，把发了疯的母牛引开，但是事故已经发生了——耗子的血泉水般地从腹部向外涌个不停。

“叫狄兹来。”稀汤说。狄兹是全队最好的兽医，当然，波·坎波也不错。两个人过来看了看，都摇了摇头。牛群另一边的纽特看见人们向他招手，便骑马跑了过来。他一见耗子血流如注，吓得几乎昏倒。

“我不知道那头母牛是怎么了，”本·瑞尼内疚地说，“我又没惹它，可它把马给顶了，后来又要顶我。它的角又尖又弯。”

耗子的腿颤抖起来。

“我看，你最好把它打死，”考尔看着纽特说，“它不行了。”

纽特正要伸手去抓缰绳，盘子波吉特制止了他。“嘿，我说，队长，”他心平气和地说，“要是周围有别人可以打死他，就不该让他自己打。”说完，他便把流血的马牵出一百米，用枪把它打死了。他把马鞍拿了回来。纽特十分感激——他知道如果叫他亲自打死耗子，他实在下不去手。

“咱们要是没有换马骑就好了，”本·瑞尼说，“我一点儿也没有想到会出事。”

当天晚上人们都在谈论赶牛的危险性。人人都说有危险，但谁都不曾听说一匹马竟被一头个子不大的母牛把肚子顶破而丧命的。纽特和爱尔兰人换了个班，四小时后又换了班——他想待在黑暗里，这样人家就不会发现他在哭。耗子一向与别的马行动不一致，现在死得也与众不同。纽特骑着耗子已有八年之久，乍一失去它，使他感到格外痛心。上路以来他第一次希望天不要亮得那么早。

然而，太阳还是缓缓地升了起来，而且是那样地美。他知道他非回去吃早饭不可了，于是便使劲地擦去脸上的泪痕，拨马朝篷车走去。他看见奥古斯塔斯先生站在小帐篷前向他招手，便骑马过去。路过帐篷时，他透过开着的那个小窗口，看见罗丽娜正在里面的地铺上坐着，头发披散在肩上，美极了。

奥古斯塔斯用干野牛粪生了个火，他正为此抱怨着。“妈的，真不愿意用牛屎做饭。”他说，“听说你的马没了。”

“没了。本骑着它，可那不是他的错。”纽特说。

“坐下来喝杯咖啡，压压心里的难受劲儿。”奥古斯塔斯说。

在他喝咖啡的当儿，罗丽娜从帐篷里走了出来，出乎纽特意料之外，她向他笑了笑。她没有说话，但是笑了笑。这一笑使他高兴得立即觉得好受多了。从得克萨斯到这里的一路上，他一直暗自担心罗丽娜会因她被抢走而埋怨他，不管怎么说，在她被抢走的那天晚上，是派他去照顾她的。看来她并没有记仇。她站在帐篷前，观看这美好的清晨。

“能看得那么远，我太喜欢看了。”她说。奥古斯塔斯递给她一杯咖啡，她用双手捧着它，咖啡的热气从她脸上飘过。纽特知道自己从未见过像她这样美丽的人，他能与她共进早餐简直是奇迹。盘子和其他任何一个人都会愿意用马刺加上马鞍来换取他现在的机会的。

她坐在帐篷前，吹着咖啡，等它凉了再喝。纽特喝完之后，感觉好多了。可怜的耗子不在了，但是今天天气异常好，而且他正在享受难得与古斯先生和罗丽娜共进早餐的特权。草原那边的牛群已经向北进发，篷车与备用马群在它们后边两公里远。波·坎波看上去只是草原上的一个小黑点，他紧紧跟在篷车后边走着。

“那个老厨子真特别，”奥古斯塔斯说，“看来他要一路步行到加拿大了。”

“他喜欢观察草丛，”纽特解释道，“他总能找到点儿什么。不管他捡到什么东西，都能做来吃。”

“他把草也做来吃吗？”罗丽娜饶有兴致地问道。她从未在近处看过波·坎波，只是日复一日地见他那小小的身影在辽阔的草原上走着，使她产生了极大的兴趣。

“没有，可他有时候炸蚱蜢什么的。”纽特说。

罗丽娜放声大笑起来。在纽特听来，她的笑声是那么快活。

她吹咖啡的时候目不转睛地看着奥古斯塔斯。自从他救了她，她每天都花几个小时看他。与他一同旅行她很安心，因为他与别的男人不同，既不生气也不斥责她。在她哭泣颤抖的那几个星期里，他没有表现出任何烦躁之情，没有向她提任何要求。她已完全习惯了与他在一起，甚至希望旅途越长越好。旅途对她来说已经变得那样单纯和愉快。没有人干扰她，在初夏的阳光下骑马，观看那一望无际的草浪，都已成为一种享受。奥古斯塔斯不停地说呀说，有的话有趣，有的话没趣，但这表明他喜欢与她说话。

生活像这样就很好，比她过去任何时候的日子都好。然而她无法忘记奥古斯塔斯提过的另一个女人。那个女人是他唯一不谈论的事。当然，她也没有问过他，可是她无法忘记她。她害怕终有一天他们会到达那个女人住的城市，那时候这种单纯的生活就会结束。

以前她从来没有考虑过结婚的事，因为这种事看来根本不可能。她已经受够了到酒吧里来的男人，他们中就有些人想娶她——当然了，他们大多数是些年轻的牛仔。她从没有认真地对待他们。奥古斯塔斯却不同，他从来没有提出要娶她，但他过去对她的美貌恭维得最多。他现在仍在赞扬她，说她是草原上最美的女人。他们两个很合得来，从不吵嘴。她想，这一切都表明一旦他们停下来，他也许就会与她结婚。她对他叫这孩子过来吃早饭感到满意，这个小男孩不仅无害，而且长得很甜，挺招人爱的。假如她对这男孩好些，奥古斯塔斯或许会对她作为一个未来的妻子的印象好些。他虽然还没有对她提过他的欲望，但晚上他们睡觉时如果靠得很近，她就能感到他有些睡不安稳，所以她打算在他们到达奥加拉拉之前让他向她提出要求。她决心尽一切努力使他忘记那个女人。

纽特骑马回牛群时实际上是飘着回去的，因为他太兴奋了。他心里只有罗丽娜，全然忘记了耗子的死。他上马离开时，她又对他莞尔一笑。

牛仔们都知道纽特受到了千载难逢的邀请，当他快马回到牛群尾部时，许多张脸朝他看过来。由于这时牛群已经开拔，人们没有机会来问他这件事，直到晚上吃晚饭时他们才捞到机会。

盘子作为纽特的朋友，解了他枪杀自己的坐骑之难，对他见到罗丽娜也最好奇。

“你去看罗丽娜了？”盘子开门见山地问。他对罗丽娜仍有爱慕之心，有时一提到她的名字心里还会发痒。

“我见她了，她当时在喝咖啡。”纽特说。

“是的，她早上总喝咖啡。”大嘴唇说。他想显示一下自己对罗丽娜很熟悉，但这惹恼了盘子。

“是啊，你只要有机会就偷看她。”他连讽刺带挖苦地说。

“根本用不着偷看，她就在酒吧里喝咖啡，”大嘴唇说，“只有瞎子才看不见呢。”

他与所有的人一样都知道盘子在害单相思，但盘子又不是头一个爱上妓女的牛仔，大嘴唇想，自己没有必要对此做出任何让步。

“盘子觉得咱们这号低级人物连看一眼那个姑娘都不配。”杰斯帕说。他从罗丽娜那里除了遭到拒绝，什么也没有得到，对此他仍旧耿耿于怀。

“我敢说纽特看得很清楚，”稀汤说，“纽特年龄大了，有资格朝姑娘瞧了。”

纽特窘得一言不发。他本想炫耀一下这次见到罗丽娜的情况，甚至想谈谈罗丽娜说过的话，但是由于盘子对自己没有受到邀请本来就很失落，他若再那样说，肯定会刺痛盘子。

“罗丽娜还那么漂亮吗？经过这一段路程是不是不那么好看了？”织针纳尔逊问道。

“好像人家会变丑一样。”盘子怒气冲冲地说。

“她真的还是那么漂亮。”纽特说，“主要是古斯先生说话。”

“那可不，古斯总是说得最多。”豌豆眼说，“如果他们把帐篷搭得近点儿，咱们也能听见。古斯有副大嗓门儿。”

“我才不去听呢。”盘子说。奥古斯塔斯一天又一天地与罗丽娜做伴，刺痛了盘子的心。

“我从来没见过忌妒心像你这么强的人。”杰斯帕说。

考尔匆匆吃完饭，便与狄兹走开了。阿肯色河只剩几公里远，他想去看看渡口。他们在草原漫长的暮色里飞马跑到河边，在那里坐了一会儿。即便在月光下，他们也可以看出水流十分湍急。

“我常听人说阿肯色河水急浪高，”考尔说，“你试过吗？”

“嗯，试过。”狄兹说，“直把我往下冲。”

“它和格兰德河发源于同一座山，”考尔说，“只是流经不同的两侧。”

“你说咱们还会再回去吗，队长？”狄兹问道。他并没有打算问，但队长提到格兰德河的名字，勾起了他的乡愁。他曾在格兰德河上来来回回渡过无数次，想起自己也许永远不可能再回去时便感到很伤感。格兰德河很浅，水很暖，越到北边河水越凉，流得越急。

这一问题使考尔为之一震。“啊，有几个小伙子是要回去的，我想，”他说，“我自己可不知道回不回去。”他又说。他心里盼着狄兹也别回去，他太信赖狄兹了，其他人谁也没有他这样强的判断力。

狄兹没再说什么。他十分思念得克萨斯，所以心情十分沉重。

考尔朝河上游的科罗拉多望去。“那个混账土匪就在那边的什么地方，”他说，“古斯当初要是打死他就好了。”

从考尔遥望群山那深沉严肃的表情中，狄兹看得出他准是在想他若能去追那个人就好了。追踪是他和队长的特点，因而队长现在想去追蓝鸭。

狄兹有桩心事，原不打算说出来，但为了把队长的思想从土匪那里引开，便说了出来。这件事是他前一天到前边探路时注意到的。

“杰克先生如果在这一带可并不奇怪。”他说。

“杰克？”考尔问，“他怎么会在这一带？”

“可能不是他，可他的马在这一带，”狄兹说，“我昨天见到它的踪迹了。是他骑着回家的那匹快马。”

“真活见鬼，”考尔说，“你有把握是那匹马吗？”

“嗯，有把握。”狄兹说，“我知道是他的马，和其他的四匹马在一起。杰克先生可能把马卖掉了。”

“不一定，”考尔说，“杰克就喜欢快马。”

在回牛群的路上，他认真思考了这一情况。他一直就想告诉奥古斯塔斯他再不想与杰克·斯普恩来往了。杰克回孤鸽镇仅仅是为了寻求他们的庇护，如果他再遇到麻烦，肯定还会来找他们，而且下一次的麻烦或许更严重。一旦一个像杰克这样的人——一个一辈子除了胡闯蛮干，其他什么也不会的人——开始往坡下滑，就会越滑越快。

“啊，”考尔说，“咱们离道奇城不远了，他可能正等着夏季赌博呢。可你还是注意着他点儿。”他加了一句，“要是再发现他的踪迹，就告诉我。”

狄兹回营地去了，考尔在离营地两公里处停下来喂马。他考虑是否要骑过去把这件事告诉奥古斯塔斯，后来决定还是等第二天上午再说。杰克的消息会使那个姑娘不安。如果他的判断不错，杰克只是要去道奇，那就没有什么可担心的了。

他坐了大半夜，听着爱尔兰人对牛群唱歌。正听的时候，一只臭鼬从他和母夜叉中间走过。臭鼬走走停停，不时地刨土。考尔一动不动地坐在那里，臭鼬不久便走开了。母夜叉没有理会臭鼬，只顾自己吃草。

第 71 章

“到了道奇，我就高兴了。”杰克说，“我要洗个澡，找个娼姐儿，再请个理发匠好好给我修剪修剪。那儿有一个我喜欢的理发匠叫桑迪，要是还没叫人杀了，我就去找他。”

“明天你就知道了，”丹·萨格斯说，“我从来就不喜欢剃头的。”

“丹连娼姐儿都不喜欢，”罗伊说，“让丹高兴可真难。”

道奇城已经不远，杰克满心欢喜。空旷的草原和死气沉沉的萨格斯三兄弟已经使他厌烦，他渴望能有几个快活的伙伴，玩上几手牌。他一心一意想在道奇城摆脱萨格斯兄弟，打牌或许是一个途径。待他赢够了钱，就对他们说他不想过漂泊不定的生活了，他毕竟并不从属于他们。

天气晴朗，杰克骑着马，心中美滋滋的。有时他觉得自己吉星高照——他生来就是为着财富与美女，而且无论在他身上发生什么事，也总是很快地化险为夷。在他行进的路程中，这种幸福感油然而生，他之所以感到幸运，主要是估计他不久将脱离萨格斯兄弟。这三个人冷漠无情，与他们为伍实在是不高明，但到目前为止，还没有发生什么可怕的事，再说他们快到道奇城了。在阿肯色时他运气不好，无意中打死了一个牙医，现在他在堪萨斯将时来运转，可以重过他认为该过的享福日子了。青蛙嘴骑马正好走在他前边，他想他很快就不必再与这个人打交道，那该有多好啊。青蛙嘴一声不吭地走着，就像他这一路上一样默默不语，但在他的沉默里潜伏着威胁。而杰克急于找到的是一个与之相随使他感到轻松愉快的伴侣——特别是妓女。道奇城的妓女一定很多。

丹虽然很难取悦，但是那天下午他看到了他感兴趣的东西——三个人赶着一群马，约二十五匹。他是在山岗上用望远镜看到的，回来时面带喜色。一听见这个，杰克那点儿幸运感顷刻间便化为乌有。

“是老威尔巴杰，”丹说，“身边只有两个人。”

“啊，我听说过他，”杰克说，“我们在墨西哥把他的一些马还给了他，是皮德罗·弗罗斯抢去的。我还没见着这个人呢。”

“我见过他，那个王八蛋，”丹说，“我给他干过活儿。”

“他赶着马去哪儿？回得克萨斯？”罗伊问道。

“他可能把他先头赶来的一批牛在道奇卖掉了，可能还有一两批准备去丹佛卖。他这是给手下人新买了几匹坐骑。”

威尔巴杰和那些马一会儿就不见了。然而丹并没有继续去道奇城的意思。

“我看丹要动家伙了。”罗伊边观察他哥哥边说。

“我想威尔巴杰很难对付。”埃德说。

“他是很难对付，可我也很难对付。”丹说，“我从来就不喜欢这个人，咱们为什么不把他的马弄到手？”

罗伊对他哥哥的这一行动并不满意。“把马弄来又能怎么办？”他问道，“要是威尔巴杰刚刚去过道奇，咱们可不能在那儿把马卖掉。”

“堪萨斯又不是只有道奇这一个城市，”丹说，“咱们到阿比林去卖。”

他没容人们再说什么，便拨马朝西南方向慢跑而去，两个弟弟跟着他走了。杰克停了一会儿，他的幸运感早已不知踪影，取而代之的是恐惧。他想，萨格斯兄弟可能会忘了他，那他就可以骑马去道奇城。可是就在这时，他见青蛙嘴正盯着他，这个黑人冷若冰霜。

“你来吗？”他问。这是他这么久以来第一次直接与杰克说话。他的话音里带着傲慢，这使杰克不由得火冒三丈。

“用不着问，你只要看着就知道了。”他说。此人就这样和他说话，他心中极为不快。

青蛙嘴看着他，不笑也不恼，他目光中的骄横神情是那么明显。有那么一会儿，杰克真想与他枪战一场，用枪把他脸上的骄横劲儿打掉。但他还是轻轻刺了一下马，跟着萨格斯三兄弟朝草原走去。他满腹怒气——一直企盼的理发店和妓女又要推迟了。不久，他听见那个黑人的马跟在他身后走。

丹不慌不忙地策马走着，当天他们没有再看见威尔巴杰，也没有见他的马。来到一条附近长着矮树的小溪边时，丹还停下来睡了一觉。

“偷马不能在白天，”他醒过来后说，“晚上干便利些。你要是运气好，还可以嫁祸于印第安人。”

“那咱们最好把马掌都摘掉，”罗伊说，“印第安人不怎么给马上掌。”

“你可真细致，”丹说，“谁会追咱们？”说完，他又躺在阴凉里，用帽子盖上了眼睛。

“威尔巴杰会追，他那么好斗。”埃德说。

丹只一个劲儿地嘿嘿笑。

“妈的，我还以为咱们来这儿是为了抢银行和当管理员呢，”杰克说，“我可不记得你们让我来偷马。据我所知，偷马是要处以绞刑的。”

“我还从来没见过你们这么一帮小姐呢，”丹说，“在堪萨斯这个地方干什么都是绞死罪。他们还没来得及在这儿施行法律呢。”

“那倒可能，”杰克说，“但是偷马不是我的行当。”

“你年轻，可以学着干干新行当嘛。”丹用一边胳膊肘儿支撑着身体说，“你要是不想学，那我们让你死在这里就是了，我见不得中途退缩的人。”说完，又把帽子盖在脸上睡了。

杰克知道自己上了当，他对付不了四个人。萨格斯三兄弟都睡了，但青蛙嘴整个下午都坐在溪边擦枪。

傍晚，丹起来后在溪边撒了泡尿，然后趴下，饱饱地喝了一顿溪水。喝完后他翻身上马，没有跟任何人打招呼，径直骑马走了。他的两个弟弟急忙上马跟了上去，杰克没有其他的选择，只有照办，青蛙嘴像往常一样走在最后边。

“丹可要大开杀戒了。”埃德说。

“嗯，他会那么干的。”罗伊说，“你总不能让我去给他布道吧。”

“他并不想要那些马，”埃德说，“他想打死那个人。”

“如果能把不要钱的马弄到手，他不会不要的。”罗伊说。

这一天情况竟然恶化到了这个地步，杰克的心情十分不安。他的噩运又到了，而他好像无法制止它。如果威尔巴杰再往西一公里，那他们就不会看见他和他的马，或许现在已到了道奇城里，即将享受城市生活的安逸。在那么个大草原上发现三个人和几匹马纯粹是偶然的，正如那颗子弹把本·约翰逊打死一样。然而两件事竟然都发生了。诸如此类的事频频发生，足以使一个人变得悲观、失望。

他们很快发现了威尔巴杰的踪迹，于是在漫长的黄昏里顺着它向西走去。威尔巴杰走过的痕迹一直向西北阿肯色河延伸而去，即使在傍晚时分也能轻而易举地跟着它走。丹一路上快速前进。他们来到河边，在月色下游过去。杰克不喜欢把自己弄成个落汤鸡，但又无能为力，因为丹连停都不肯停。来到河边时，没有人说话，过河后还是没有人说话。等丹收住缰绳时，月亮已经偏西了。

“去找找他们，青蛙嘴。”他说，“不知道还有多远。”

“我开不开枪？”黑人问道。

“妈的，不，别开枪。”丹说，“你以为我走这么远，还游过一条河，就是为了把这件美事误了吗？找到他们就回来。”

青蛙嘴几分钟后就回来了。

“咱们差点儿跟他们撞上，”他说，“他们离得非常近。”

丹一直在抽烟，一听这话，连忙熄了烟，从马上下来。

“你守着这几匹马，”他对埃德说，“一听见枪声就过来。”

“我打枪跟罗伊一样好。”埃德抗议道。

“扯淡，就是把罗伊的脚钉到树上，他自己也打不中它。”丹说，“没关系，咱们叫杰克开枪打他们，他是个有名的枪手。”

他拿起步枪走了，杰克和其他的人尾随他。看不见营地的火光，除了黑乎乎的草原，什么也看不见。虽然青蛙嘴说他们离得很近，可杰克觉得像是走了很久。直到他差点儿撞到一匹马身上时，他才看见那些马。有那么一会儿，他真想跳上一匹裸背马逃掉，那样一来也许能给威尔巴杰一个警告，萨格斯三兄弟也许会有一两个被打死。但是那匹马很快跑开了，这一机会也就随之消失。他拔出手枪，不知该怎么办。他们虽然找到了马匹，但不知营地在哪里。青蛙嘴离他很近，杰克想，他一定是在盯着他。

第一声枪响的时候，杰克只见一道火光从一支步枪筒里喷出，但他并不知道是谁开的枪。这一枪离得极其遥远，他感觉像是另一场战斗里的枪声。就在这时，他跟前的枪也响了起来，枪声如此密集，简直不像只有三个人在开枪。成片的枪声使他惊慌了片刻，他也朝黑暗里打了两枪，并不知道是打谁。他身后也响起了枪声，是青蛙嘴打的。就在这时，五六声枪声惊雷般同时响了起来，还传来马跑的声音。杰克几乎什么也看不见，有时他以为他看见了一个人影，但又没有把握是否真的看见了。

“青蛙嘴，打中他了吗？”他听见丹在问。

“没有，他打中我了，妈的。”他听见黑人说。

“我敢说我打中了他三枪，可他还是上了那匹马，”丹说，“你还活着吗，罗伊？”

“还活着呢。”罗伊在后边靠近马群的地方说。

“嘿，你在那儿干什么？”丹问道，“仗都打完了。”

“咱们不是想要这些马吗？”罗伊说，话音里充满气愤。

“我更想要那个浑蛋威尔巴杰，”丹说，“你呢，斯普恩？”

“没伤着。”杰克说。

“妈的，你和罗伊天一黑就什么也干不成了，还不如留在道奇呢。”丹说。

杰克没有答话，他为自己没有被迫打死人而高兴。在黑夜里朝人开枪荒唐透顶，连印第安人也要等到天亮。他认为黑灯瞎火的，怎么会知道该朝哪儿开枪呢？然而青蛙嘴说他被打中了，这唤起了杰克的希望。

“那个他妈的小崽子呢？”丹问，“我告诉过他让他把马带过来，老威尔巴杰溜了。打着你哪儿了，青蛙嘴？”

青蛙嘴没有回答。

“他妈的，那个浑蛋，”丹说，“他准是把青蛙嘴打死了，去把埃德叫来，罗伊。”

“你对他说了让他来，我想他会来的。”罗伊说。

“你最好去找他，除非你以为你是刀枪不入的。”丹杀气腾腾地说。

“要是威尔巴杰在那儿，我就不去，”罗伊说，“你反正不会打死我，我是你弟弟。”

又是两声枪响，很近，杰克吓得跳了起来。

“打着你了吗？”丹问道。

“没有，别再打了，”罗伊惊魂未定地说，“你干吗朝我开枪？”

“这儿除了杰克，没有别人可打了，而他的声望你是知道的。”丹不无讥讽地说。

他们听见马过来了。“伙计们。”埃德叫道。

“没有伙计，今天晚上这儿只有大姑娘。”丹说，“你在等选举日还是怎么的？把他妈的马牵过来。”

埃德把几匹马牵了过来。这时黎明已在他们身后出现，虽然很朦胧，但正在到来，他们很快便知道了战斗的结果。威尔巴杰手下的两个人死了，毯子还在身上裹着，其中一个是鸡仔。杰克记得他们从墨西哥弄到马赶回去的第二天上午的情景，他见过这个臭小子。他的脖子上中了一颗步枪子弹，丹说是青蛙嘴打的。他的头被子弹打得几乎脱离了身体。那尸体使杰克想起了死兔子，也许是因为鸡仔的牙长得像兔牙一样，他咧着嘴，那牙正好露在外面。

死去的另一个人是个小孩子，可能是威尔巴杰雇的养马手。

威尔巴杰本人则无影无踪。

“我知道我打中了他三枪，”丹说，“他一定是手里握着缰绳睡的，要不然他不可能找到他的马。”

青蛙嘴躺在地上，两眼圆睁，手里还握着他的步枪，像刚跑了一大段路的马一样大口大口地喘着气。他的伤口在大腿根部，裤子已被鲜血浸透。初升的太阳照在他那张满是汗污的脸上。

“是谁把青蛙嘴打成这样的？”埃德大惊失色地问道。

“谁？除了威尔巴杰那个浑蛋，还能是谁？”丹说。他连看都不看青蛙嘴，就拿起望远镜在草原上搜索起来，希望能发现那个牛贩子。但是，草原上空无一人。

“我可没想到有人会把青蛙嘴打死。”埃德说。眼前的情景把他吓坏了。

丹失望地嘟哝着。他瞪着他的两个弟弟，似乎威尔巴杰逃走是他们的责任。

“你们干脆回家去教书吧，”他说，“你们只配干那一行。”

“你让我们怎么办？”罗伊问，“我在黑夜里什么也看不见。”

丹走过去向下看了看青蛙嘴，不再理睬那两个弟弟。他蹲在青蛙嘴身边，把黑人沾满血的衬衫从裤子里抽出来，露出了伤口。片刻之后，他站了起来。

“青蛙嘴，我看今天是你的倒霉日子，”他说，“我们最好是把你毙了。”

青蛙嘴什么也没说，他一动不动，连眼睛都不眨一下。

“给他一枪，咱们走人。”丹看着埃德说。

“打死青蛙嘴？”埃德说。他仿佛没有听懂。

“没错，青蛙嘴肚子里有颗子弹，”丹说，“他需要快点儿死。给他一枪咱们就走。”

“我可不愿意打他。”埃德都吓傻了。

“你要是这么脓包，那就把他留给秃鹫吧。”丹说。他从黑人手里拿过步枪，还把那支大手枪也从皮带上解了下来。

“你不让他带着他的枪吗？”罗伊问道。

“不。”丹说，“他不需要了，咱们倒用得着。”

说完他跨上坐骑，过去瞧他们弄到手的那群马。

“你去打他，罗伊。”埃德说，“我不想去。”

“我不去，丹在生我的气。”罗伊说，“如果我去干他命令你干的事，他准会把我打死。”

说完，他也骑马走了。杰克走到他的马旁，心想这一天是他遇到萨格斯三兄弟以来最黑暗的一天。

“你想去打死青蛙嘴吗，杰克？”埃德问，“我从生下来就认识他。”

“我才不呢。”他说。他想起青蛙嘴前一天还那么傲慢、骄横，那时他就想把他打死。转眼间事情就变了。这个人躺在地上，受了致命的伤，与他同行的人却谁都不想为他解除痛苦。

“好吧，妈的，”埃德说，“谁都不肯帮忙。”

他耸耸肩，端起枪，二话不说地走过去朝青蛙嘴的头开了一枪。青蛙嘴的身体抖了一下，便一命呜呼了。

“把他的钱拿上。”丹叫道，“我忘了。”

埃德把尸体那满是血污的口袋摸了个遍，这才上了马。

杰克估计他们可能要去追赶威尔巴杰，因为他已经受伤了，但是丹带着马群朝北走去。

“咱们不去追那个人了？”罗伊问道。

“我连头象都追踪不了，你们也不会。”丹说，“咱们跟踪要靠青蛙嘴。我打中了威尔巴杰三枪，他会死的。”

“我还以为咱们要去阿比林呢，”埃德说，“去阿比林不这么走。”

丹挖苦地对他的弟弟说：“还不如威尔巴杰打死的是你而不

是青蛙嘴呢。青蛙嘴比你强得多。”

杰克心想，这可能是他见到的最后一次杀人了，情况还没到最糟糕的地步。射击是在伸手不见五指的黑暗里进行的，威尔巴杰没有看见他，因而他就与这次袭击无关，这多少也算得上是走运吧。只要他能从萨格斯三兄弟手中逃脱，这件令人绝望的麻烦事就与他无关了。

他赶着那二十五匹马，心想最好是离开这西部。他可以骑马到圣路易斯，搭条船到新奥尔良，甚至再往东到纽约。听说那些地方都是赌徒的乐园。不管在哪里他都会得到安全，并能追求他欣赏的生活方式。回首往事，他认为自己算得上是个幸运者，因为在他过去所有待过的地方，天天都有凶杀案件发生。而在这么恶劣的环境里他居然活了下来。没有任何人能够一辈子吉星高照，他与萨格斯三兄弟混在一起说明他行将倒霉。

他绞尽脑汁决心一抓住机会就脱离他们。青蛙嘴一死，事情就好办了些，因为丹说过青蛙嘴是这伙人里唯一会追踪的人，他只要遇上好机会就有可能溜掉。一旦成功，他将一口气跑到密西西比去。

决心既下，他的情绪便高涨起来——人在设法摆脱死亡之时总会精神百倍。阳光明媚，他还能活着看见它。只要再有一点儿运气，他便可以一劳永逸地摆脱困境了。

他的好情绪只持续了两小时。后来发生的一件事使他的希望化为泡影。天底下似乎除了他们与马匹，一切都被遗弃了。他眼前突然出现了一个帐篷。帐篷在他们正前方，支在孤零零的一棵树下，旁边有两个人正在用四头骡子犁地。丹走在马群前边，杰克见他催马朝那两个人跑了过去。他并没有在意，因为他关心的是附近有没有女人。这时他听见一声沉闷的枪声，他抬起头，只见一个耕地人已倒在了地上。另外一个人站在那里，赤手空拳，没有武器。他呆若木鸡地站着，转瞬间也被丹打死了。丹快马跑到帐篷旁边，下马走了进去。

杰克茫然、不知所措。他刚刚目睹了两个人在几秒内相继被杀害，他不明白究竟是为什么。待他走近帐篷时，丹已从里面拖出一个小箱子，并朝锁开了一枪，打开了箱盖。他把箱子里的衣物倒在草地上，他的两个弟弟连忙过去凑热闹。他们拣出几件外衣，在自己身上比了比，看看是否合身。杰克精神紧张地骑马走了过去。丹显然杀红了眼。两个农民躺在骡子旁边，骡子静静地吃着草。他们的枪伤都在前额上，因为丹朝他们开枪时近在咫尺。

“哼，他们什么都没有，只有这么一块表，”丹说着，举起一块精巧的银怀表，“我就要这块表算了。”

他的两个弟弟把帐篷里外搜了个遍，也没有找到可以与怀表相比的东西。在他们搜寻的时候，丹已经找到了煤油，生起火煮咖啡了。

“依我说，咱们把他们吊起来。”说着，他骑马跑到那两具尸体跟前。那两个死人都是四十岁左右，长着乱蓬蓬的胡子。

罗伊感到莫名其妙。“你干吗要吊他们？”他问道，“他们都已经死了。”

“我知道，可是有树不用太浪费了，”丹说，“这片地方只有这一棵树，有了树不吊人，要树干什么？”

这个主意使埃德神经质地咯咯笑了起来。

“丹，真有你的，”他说，“我从来没听说还有吊死人的。”

可是丹执意要这样做。他用绳子套住两个死人的脖子，叫两个弟弟把他们拽到树下，吊了起来。那棵树不大，两个死人的脚离地面只有几厘米。他们没有叫杰克帮忙，杰克也没有插手。

两具尸体被吊起后，在绳子上来回晃着。丹倒退了几步，审视着效果。他显然并不满意。他的两个弟弟神情紧张地看着他——从他的面部表情可以清楚地看出他的怒气还未消。

“这些混账乡巴佬，”他说，“我恨透他们了。”

“嘿，这就挺好，丹。”罗伊说，“他们已经死了。”

“没有，没死，”丹说，“他妈的乡巴佬怎么死我也不满意。”

说完，他走过去把生火用的煤油拎了过来，接着便向尸体的衣服上浇去。

“干什么？”埃德问道，“你已经把他们吊起来了。”

“是的，可我现在还想把他们烧掉。”丹说，“你们这些教书匠不同意吗？”他用挑衅的目光瞪着另外三个人。他们全都不说话。杰克被眼前的事扰得心里很不是滋味，但他没有出来制止。丹疯了，这是毫无疑问的，但他的疯狂并不影响他达到自己的目的。唯一能制止他的方法是把他打死，而这种做法在光天化日之下是极端冒险的。

丹用火点燃死人的衣服时，埃德又发出了神经质的咯咯笑声。即使用了煤油，烧着这两个死人也不容易，丹不得不连续泼了几次油，才让衣服燃起熊熊大火。可怕的景象。杰克本不想看，但还是不由自主地看着。死人的衣服立刻烧没了，乱蓬蓬的胡子也烧光了，衣服的碎片掉在尸体脚下。裤子也着了，腰间只剩下皮带和一些碎布片。

“丹，真有你的。”埃德一次又一次地说。他还不停地发出咯咯的笑声——他吓坏了。罗伊好不容易才把帐篷撕开，翻那两个死人的遗物，希望能发现什么值钱的东西。

“他们什么都没有，”他说，“我真不知道你干吗要把他们打死。”

“今天该他们倒霉，跟青蛙嘴一样。”丹说，“咱们一定会想念青蛙嘴，他这个人枪法好。那个浑蛋威尔巴杰要是在这儿就好了，我非把他煮了吃不可。”

丹又喝了些咖啡，然后翻身上马。两具尸体还在树上吊着，身体都烧黑了。

“你不打算把他们埋了？”杰克问道，“要知道，总会有人看见的，到那个时候可就要吃官司了。”

丹一个劲儿地狂笑。“我倒想见识一下谁能让我吃官司。”他说，“在堪萨斯还没有人有这本事，再说我还想去看看内布拉斯加呢。”

他的两个弟弟还在没精打采地翻腾着，想找点儿值钱的东西。他翻身对他们说：“把那四头骡子牵走，伙计，丢下这么好的骡子不要就太傻了。”

说完，他骑马扬长而去。

“他今天杀红眼了。”罗伊过去牵骡子时说，“要是哪个乡巴佬再让咱们遇上，就该他们倒霉了。”

杰克那点儿愉快的情绪早已消失殆尽，尽管阳光仍和早晨时一样明媚。他知道唯一的希望是逃离萨格斯三兄弟，而且越快越好。丹这种杀红眼的脾气随时都会爆发，如果下一次身边没有乡下人供他发泄，情况就危急了。他在马群后边骑马跑了一天，力图忘却那两具烧黑了的尸体——他们离开时，尸体的鞋还冒着烟呢。

第72章

狄兹跟着威尔巴杰的马找到了他。那匹马在阿肯色河北岸等着他们，它的鞍子和鬃毛都沾着干了的血迹。他们将牛群赶向渡口的时候，那匹马几次朝他们这边游过来，而后又游了回去。狄兹走在老狗前面，头一个渡过了河。他在到达北岸之前就认出了那匹马。它就是数月前威尔巴杰去孤鸽镇时骑的那匹高大的栗色马。

他骑马过去，很容易地抓住了它，然而牛群过河这件本来极平常的事情，此次进行得不那么顺利。盘子波吉特那匹马屡次过河都镇定自如，这次却在河中心惊了，几乎将盘子淹死。它在水里像着了魔一样，如果不是盘子水性好，恐怕早就被它踩进水里了。即便如此，若不是狄兹眼疾手快地冲过去将马赶开，使盘子有足够的时间游上岸，盘子恐怕也难逃厄运。

这一意外事故使正在过河的牛仔们的队伍出现一个空当，结果近三百头牛偏离了方向，朝河下游游去。这么一来，牛群被分开了，不久它们便分散得七零八落。牛仔们力图将它们赶回来，但它们无视主人的努力，仍朝阿肯色河下游冲去。纽特被一小群牛挡在河中央，他跟着牛群朝河下游游出二百米后，又回到了原来的岸上。

后来，牛群分成了五六群。奥古斯塔斯想帮个忙，可是无从下手。大部分牛回到了南岸，还有不少牛仍在顺水向下游漂去。

“看样子你的牛要漂走了，伍德罗。”奥古斯塔斯说。

“我知道，可奇怪的是一没有冰雹，二没有雷电。”考尔说。牛群离散虽然叫人恼火，但他并不那么着急，因为河水很浅，他们渡河的地点河岸也不高，花不了多少时间就可以把回到南岸的牛群再次赶过河。幸运的是，没有牛陷进泥里，也没有牛仔淹死。

“老天爷，”狄兹带着那匹栗色马过来时，奥古斯塔斯说道，“威尔巴杰先生在哪儿？他怎么能让马跑了呢？”

“只怕他已经死了吧，”考尔说，“瞧瞧马鬃上的血。”

“妈的，我喜欢威尔巴杰这个人，”奥古斯塔斯说，“他要是死了，可太叫人难过了，我要去看看。”

“你走了，谁管那姑娘？”考尔问。

奥古斯塔斯停下了。“你说得对，”他说，“我这么一走，她准会着急。还是让狄兹去看看吧。”

“可能是印第安人干的，”考尔说，“我看你最好把她搬到离篷车近一些的地方。”

狄兹直到后半晌才回来，这时牛群已经离开阿肯色河向北走出了几公里。

“我看这草压根儿就不是让牛群吃光的，”奥古斯塔斯说，“谁会把牛群朝道奇城西边赶出这么远来呀，准是野牛在这儿吃过草。”

考尔一心想着威尔巴杰，他是考尔见过的最能干的人，如果连这样的人都会遭到不测，那他们的前途就难以预卜了。

“据说你会闻印第安人，”他对奥古斯塔斯说，“你闻见了吧？”

“没有。”奥古斯塔斯说，“我只闻见了牛粪味。要是总闻牛屎，到不了目的地我的嗅觉就完蛋了。”

“《圣经》里可没提到野牛呀。”奥古斯塔斯又说。

“嗯，《圣经》里提野牛干什么？”考尔问。

“野牛可能也是一种牛，只是颜色更深些。”奥古斯塔斯说，“《圣经》里说过牛。”

“什么事让你想起了《圣经》？”考尔问道。

“无聊呗，”奥古斯塔斯说，“争论一下宗教总比什么也不争强些。”

“要是疯狂的印第安人就在附近，你该争的可比你想要争的多多了。”考尔说。

罗丽娜骑马走在他们后边，听到了他们的谈话。一听见他们谈印第安人，就唤起对往事的回忆，她又开始紧张起来。

狄兹终于回来了。他是沿河从东南方向回来的，从马身上的汗水可以看出他这一程骑得很苦。

“不管他们是谁，反正没把狄兹怎么样。”奥古斯塔斯说。

“我找到他了，”狄兹收起缰绳说，“叫人用枪打了。”

“死了？”考尔问。

“我看他快死了，”狄兹说，“我挪不动他，他挨了三枪。”

“有多远？”

“十六公里左右，”狄兹说，“我让他坐起来，可是带不回来。”

“他说什么了吗？”奥古斯塔斯问。

“要是你不忙，他想见见你。”狄兹说，“他说你要是忙就别去了。”

“我怎么会忙到那种地步？”奥古斯塔斯说。

狄兹看着他。“他真客气，那位先生。”他说，“我猜他准认为等不到见你他就会死的。”

“啊，我懂了，他还是不愿意给人找麻烦，”奥古斯塔斯说，“我无论如何也要去，我喜欢和他谈话。”

“换换马。”考尔对狄兹说。狄兹骑马跑开了。考尔考虑应带谁一同前去，最后决定带上豌豆眼、狄兹和那个孩子。要是出了问题，那孩子可以看着马。这次行动意味着要远离牛群，但是没有别的选择。牧草很好，牛群也很安静，盘子和其余的牛仔管好它们应该是不成问题的。

“他是让印第安人打的吗？”狄兹骑马回来时，考尔问道。

狄兹摇了摇头。“白人，”他说，“盗马贼。”

“啊？”考尔说，“还是杀人的盗马贼呢。”他放心了些，因为盗马贼是不会袭击像他们这样一支庞大的队伍的。

奥古斯塔斯晚走了一会儿，向罗丽娜讲明情况。她忧虑地望着他。

“听话，罗丽娜，放心，”他说，“反正不是印第安人。”

“那是什么？”她问道。

“借给咱们帐篷的那个人叫人用枪打了，”他说，“他的情况不妙，我们去看看能不能帮他做点儿什么。”

“要去多久？”罗丽娜问道。已经后半晌了，也就是说她将在没有奥古斯塔斯陪伴的情况下度过这一夜。自奥古斯塔斯救了她以来，她还从未一人过夜呢。

“不知道，亲爱的。”他说，“如果需要去追那些杀害他的盗马贼，就可能花上几天工夫。要是有可能，我们一定要抓住他们。考尔从来不放过一个盗马贼，他这样做是对的。”

“我也去。”罗丽娜说，“我跟得上，咱们可以用帐篷。”

“不行，”奥古斯塔斯说，“你跟篷车在一起——这样绝对安全。我让盘子照顾你。”

罗丽娜开始发抖了。奥古斯塔斯之所以走，可能是因为他讨厌她了，他此去也许永远不再回来，他可能要偷偷地去内布拉斯加找那个女人。

没想到奥古斯塔斯竟猜出了她的心思。他对她鬼头鬼脑地咧嘴笑了笑。“我不是去找女人，如果你担心的是这个。”他说。

“没说你去找女人，”她说，“我就是不想让你走，古斯。”

“我必须走。”奥古斯塔斯说，“一个快死的人叫我去一趟。我们总算是朋友。想想看，要是没有这顶帐篷，遇到那群蚱蜢时咱们会成什么样子。我会回来的，在这期间我会让盘子来照顾你。”

“为什么叫他来？”她问道，“我用不着他。告诉他别管我。”

“盘子最能干。”奥古斯塔斯说，“遇上暴风雨什么的，不能因为他爱你就不能帮忙。他爱你，这不是过错，他是被你迷住了，就是这么回事。”

“我才不管他呢，”罗丽娜说，“我要你回来。”

“我会回来的，好罗丽娜。”他边说边检查步枪。

当奥古斯塔斯告诉盘子叫他照顾罗丽娜并给她送饭时，盘子简直不敢相信会有这般好运气。一想起准许他到她的帐篷那里去，他就感到天旋地转。

“你看她会和我说话吗？”他看着帐篷说。罗丽娜进了帐篷，而且把帘子放了下来，也不管天气多么热。

“今天是不会的，”奥古斯塔斯说，“她今天不高兴，我要是你，我就给她唱歌。”

“给罗丽娜唱歌？”盘子满腹疑虑地说，“可不行。还不把我吓得噎死。”

“是啊，遇上了腼腆女人，我也帮不上你的忙。”奥古斯塔斯说，“晚上好好看着她，别让人家把她绑走。”

考尔不想离开牛群，大多数牛仔也不想让他离开。虽然时值仲夏，天空晴朗，草原上平静安宁，然而看见他们这几个人准备离开，大部分人都心神不安。他们都坐在那里愁容满面，只有波·坎波例外，他边准备晚饭边用他那沙哑的声音唱着歌。连大嘴唇也不安起来。在某些事情上他很谨慎，他刚刚步行了两公里，为的是找个没人的地方解个手。

“你要是看见树丛，就给我捎棵树回来，”他对已经上马的人说，“要是咱们有一两棵小树的话，我就用不着为办点儿私事走那么远了。”

“我不懂你为什么那么小心，”奥古斯塔斯说，“蹲到一头牛后头不就行了，反正你的肚子上已经有个洞了。”

“要是把那架钢琴带来就好了，”大嘴唇说，“现在来段钢琴曲才好呢。”

考尔叫盘子负责整个牛群，这意味着盘子突然肩负起两项重任——罗丽娜与牛群。只要想想这一点，他就变得老实了。无论是那个姑娘还是牛群出了差错，都会使他这辈子再也抬不起头来。

“让牛群慢慢走，”考尔对盘子说，“伯特到前边去探路，要保证有水。”

如果说盘子变得老实了，而纽特则因自己被选中与他们同去而感到无上光荣。他知道有几个伙计忌妒他，尤其是瑞尼兄弟，但这是队长的命令，谁也不敢吱声。当队长将两盒步枪子弹放进他的鞍袋里时，他更加感到自豪，因为这表明他要去参加战斗了。队长能带他参加这样的活动，肯定说明自己已经长大成人。只有原先老帽子溪的几个人——队长、古斯先生、豌豆眼和狄兹——才能去，自己也是他们中的一员。他们往东骑时，他每隔几分钟就用手摸一摸，看看枪是不是还在。

他们来到威尔巴杰跟前时，太阳刚刚落下去，草原上漫长的黄昏正渐渐消失。威尔巴杰一直到了阿肯色河边才倒下。他躺在河岸阴凉处的一条毯子上，毯子是狄兹给他的。他们过来的时候，他虚弱得只能稍微抬一下头，即使只是这样，也使他费了不少力气。

“哎呀，你们马不停蹄地赶来了。”他对奥古斯塔斯说，脸上露出惨淡的微笑，“我尽量躺着不动，不让血流到你们的人留给我的这条好毯子上。”

奥古斯塔斯猫下腰看了看，立即知道他没有希望了。

“流血太多，我一定白得像雪一样了。”威尔巴杰说，“太糟糕了，肺部中了一枪，另一枪像是把我的胯部打坏了，第三枪只伤了点儿皮。”

“肺上那一枪我们怕是爱莫能助了。”考尔说。

威尔巴杰笑了笑。“是的，连波士顿的外科大夫也束手无策。”

他又抬了抬头。“还骑着那匹母马呢。”他说，“要是当初我能说服你把它卖给我的话，我就不会挨枪躺在这儿了。它肯定会闻出那些混账盗马贼的。我的确认为它是匹好马。”

“他们一共有多少人？”考尔问，“你来得及数吗？”

“我想是丹·萨格斯和他的两个弟弟，还有一个可恶的黑鬼和他们在一起。”威尔巴杰说，“我想我打中那个黑鬼了。”

“我没听说过萨格斯兄弟。”考尔说。

“在沃斯堡一带，他们是臭名昭著的杀人魔鬼。”威尔巴杰说，“我可没有料到我竟蠢得死在他们手里，这太丢人了。我经历了最残酷的战斗而平安无事，到头来却死在一个偷偷摸摸的他妈的盗马贼手里，真叫我无地自容。”

“咱们谁都可能睡过头的。”奥古斯塔斯静静地说道，“你别说话，老老实实躺着，肺部的伤也许能好。”

“不会好的，先生，不会。”威尔巴杰说，“在和南军打仗的时候，肺部受伤死去的士兵我见得太多了，还不如再多说会儿话呢。”

他将目光转向了母夜叉，笑了起来——看到它比他看见任何别的东西都兴奋。

“我实在喜欢那匹母马，”他说，“劳驾收留一下我那匹不像样的马吧，它虽然不算上等马，走起路来也还稳当。”

他躺下后沉默了片刻，天更黑了。

“知道吧，我生在哈德孙河上，”过了不久，他说，“我真想死在那条河上，不过现在这条混账阿肯色河也将就了。”

“不要总说自己的死吧，”奥古斯塔斯用开玩笑的口吻说道，“这样做不够绅士派头。”

威尔巴杰看着他，嘿嘿地笑了起来，这一笑将肺里的血带了出来。“是呀，就是因为我不够绅士派头，才在这阿肯色河上流这么多血，快要死了。”他说，“我本来可以跟我的弟弟一样当个律师，那我说不定现在正在纽约吃牡蛎呢。”

直到夜幕完全降临，他没有再说什么。纽特与几匹马守在一起，他尽量不让自己哭出来。他不太了解威尔巴杰先生，起初还认为这个人说话很生硬。但是，他现在正躺在一条沾满血污的毯子上安详地死去，这一景象对他的冲击太大了，远远超出他的预料。草原越来越黑，愈加显得空空荡荡的，他被这种气氛强烈地感染着，一种悲怆的感觉浮上心头，眼泪也随即夺眶而出。考尔队长与古斯先生在即将死去的那个人身边坐着，狄兹正在近百米外的河边警戒，豌豆眼和纽特与马站在一起，想着各自的事情。

“他还有多久才死？”纽特问道。他觉得他无法整夜忍受这种思想压力。

“我见过有些人持续好几天。”豌豆眼悄悄地说——他一向认为在一个人身边谈论他的死是不礼貌的。奥古斯塔斯刚才那个笑话就使他很吃惊。

“但是有的时候他们很快就死了，”他又说，“他们准备好了就死，甚至没准备好也死。这个人流血太多，很快就会死的。”

考尔与奥古斯塔斯知道，除了等待死神降临，没有任何别的办法，于是他们便坐在威尔巴杰那条毯子旁边，默默不语。两小时过去了，只能听到威尔巴杰微弱的呼吸声。

这时，威尔巴杰竟抓住考尔的手握了一会儿，考尔一点儿防备也没有。

“咱们握握手吧，谢谢你对我的帮助。”威尔巴杰有气无力地说。考尔与他轻轻地握过手后，威尔巴杰又向奥古斯塔斯伸出手，奥古斯塔斯也与他握了手。

“麦克克里，为你写的那块他妈的滑稽招牌，我要给你记一功，”他说，“我多次为那块招牌发笑，笑一笑十年少嘛。我的鞍袋里有两本好书，一本是弥尔顿先生的，一本是古罗马诗人维吉尔的。我想请你把那两本书拿去，维吉尔那本书对你的拉丁文会有帮助的。”

“我承认我的拉丁文荒疏了，”奥古斯塔斯说，“我要努力学习，太感谢你了。”

“说老实话，我也读不懂。”威尔巴杰说，“我以前会，后来就忘了。我只是喜欢看看它，这能使我想起哈德孙河，想起我上学的日子和一切。偶尔我还能认得一两个字。”

威尔巴杰又吐出大量的血，考尔和奥古斯塔斯都以为他要死了，但他没有死，仍在呼吸，只是呼吸十分微弱。考尔走过去叫豌豆眼和纽特动手挖墓穴——他想等天一亮就去追那几个盗马贼。他心绪烦躁，于是便到狄兹那里与他一同警戒。

令奥古斯塔斯吃惊的是，威尔巴杰听到挖墓的声音后，把头抬了起来。“你那位朋友的效率真高呀，不是吗？”他说。

“是的，”奥古斯塔斯说，“他还喜欢追盗马贼。威尔巴杰，看样子我们总要帮你把马追回来，这一次你想把马送到哪儿？”

“啊，妈的，卖了它们。”威尔巴杰用颤抖的声音说，“我的牧牛事业终于完蛋了。把钱寄给我弟弟，他叫约翰·威尔巴杰，住纽约市百老汇五十街。”

他又咳嗽起来。“留下那顶帐篷吧，”他说，“那个腼腆姑娘情况怎么样？”

“她好些了。”奥古斯塔斯说。

“咱们相见恨晚啊，麦克克里。”威尔巴杰说，“我很喜欢和你谈话。希望你把我的伙计鸡仔也埋掉，还有那个和我在一起的小孩子。真不如不雇那个孩子呢。”

“我们会料理好这一切的。”奥古斯塔斯说。

一小时后，威尔巴杰仍在呼吸。奥古斯塔斯离开了一会儿，解了个手，回来后见威尔巴杰滚到毯子外边，死了。考尔正在河边吸着烟等待着，奥古斯塔斯过来时，他抬起头来。

“他死了。”奥古斯塔斯说。

“是啊。”考尔说。

“他说和他在一起的还有一个大人和一个小孩。”奥古斯塔斯说。

“那咱们走吧，”考尔说着，站了起来，“咱们用不着顺原路回去找那个人，只要看看秃鹫在哪儿就知道了。”

奥古斯塔斯正为找不到什么东西可以做威尔巴杰的墓标而发愁——草原上空空如也，他只好作罢。当他来到坟墓那里的时候，豌豆眼和狄兹正在往坟坑里填土。

“如果他有家人，他们就是想来看他，也找不着地方。”奥古斯塔斯说。

“嗯，我也没办法。”考尔说。

“我有办法。”狄兹说。他说完便翻身上马跑开了，大家都感到莫名其妙。几分钟后，他骑马跑了回来，并带回一个母野牛头骨。“我刚才见过这块骨头。”他说。

“总比什么都没有好些。”奥古斯塔斯说着，将头骨安放在坟头上。当然，有它也好不了多少——过来一只土狼就会把头骨拖走，或许连威尔巴杰的尸体一同拖走。

狄兹找到威尔巴杰的步枪，把它交给奥古斯塔斯。

“把它给纽特吧。”奥古斯塔斯说，“我有步枪了。”

纽特接过了枪。他虽然一直都想有一支步枪，但现在并不感到高兴——人不断地死去，太叫人受不了。他头痛，想哭，恶心，他想睡觉——他说不清到底想干什么。他只感觉思想压力非常大，后悔自己没有留在篷车那里，尽管数小时前他还为自己被选中来这里而感到无比自豪。

奥古斯塔斯骑马走在他身边，发现这孩子情绪低落。“不好受啦？”他问。

纽特不知道说什么才好。古斯先生居然还在注意他，他觉得很惊奇。

“你参加的葬礼太多了，”奥古斯塔斯说，“老威尔巴杰富有幽默感，如果他知道他的墓标是一块母野牛头骨的话，准会笑破肚皮。他也许是耶鲁大学毕业生里边唯一被埋在野牛头骨下面的人。”

纽特则认为威尔巴杰的死一点儿都不可笑。

“其实这没有什么，”奥古斯塔斯说，“反正咱们骑马走过的地方到处都是骨头。可不是嘛，想想在这些草原上死去的野牛吧，还有其他动物。再说，印第安人世世代代住在这里，这地下就有他们的骨头。我听说在印第安人的老家，就别想找到挖两米深见不着头骨和腿骨的地方。有史以来他们就在那里住，他们的骨头把大地都盖严了。想想地底下的那些骨头，也怪有趣的。本是同类，没有什么可厌恶的。”

这种想法真是惊人——在他们脚下，在高高的野草下面，有着数不清的白骨——纽特的思想压力小了些。在当晚余下的时间里，纽特骑马走在古斯先生旁边，思考着这一问题。

第73章

一旦牛群完全安顿下来，盘子便开始考虑他能为罗丽娜做点儿什么。数月前的那天下午，他在孤鸽镇喝了个酩酊大醉，到现在为止，他还没有与她说过一句话。他缺乏练习——事实上他从来就没有真正练习过与她说话，可这不是他的错。对他来说，他愿意与罗丽娜一口气说上一天一夜，可她不愿意，因而他们顶多只是说上一两句而已。当他走近她的帐篷，他的心怦怦直跳，好像要过一条水流湍急的大河。

帐篷是奥古斯塔斯临行前搭起来的，现在是吃晚饭的时候，于是盘子端了一盘牛肉给罗丽娜送去。他严肃认真地对待自己的这一任务，想挑拣一块最好的肉送给她，但是由于大家都在排队，他的做法把他们惹恼了。他们中间没有一个人不对他的这种责任感嗤之以鼻的。

“那个姑娘根本用不着吃牛排。盘子，她要是饿了，吃你就能解决问题。”杰斯帕说，“像她这么个女人，你足够她好好吃上三口的。”

听到杰斯帕这几句作贱人的话，盘子气不打一处来，但是由于手里端着吃的，无法与他打架。

“等我回来收拾你，杰斯帕。”他说，“你找碴儿的次数太多了。”

“见鬼，杰斯帕，你还是快朝边境线跑吧，”稀汤琼斯说，“要是让盘子这么个高手追上，你可就死定了。”

盘子不得不一只手端着那盘肉上马，虽然很艰难，但谁都不过去帮帮他。

“你为什么不步行去？”波·坎波建议道，“帐篷离这儿又不远。”

帐篷的确不太远，但盘子还是想骑马，他不但骑了上去，而且没有弄撒罗丽娜的晚饭。她坐在帐篷里，小窗口开着。

“我拿了点儿吃的来。”盘子在马背上说。

“我不饿。”罗丽娜说，“我要等古斯回来再吃。”

盘子发现她的话音与往常一样带着愤懑。他手托一盘牛排坐在马背上，觉得很别扭，于是下了马。

“古斯追盗马贼去了，”他说，“一两天内不一定能回来，他叫我来照顾你。”

“叫纽特来。”罗丽娜说。

“啊，他也去了。”盘子说。

罗丽娜走出帐篷，站了一会儿，把牛肉接了过去。相隔几个月，再次站得离她这么近，使他神魂飘荡。她转身回到帐篷里。“你没有必要待在这儿，”她说，“我没事。”

“早上我来帮你收帐篷。”他说，“队长让我们慢慢往北走。”

罗丽娜没有答话，她把帐篷小窗口的帘子放了下来。

盘子回头朝篝火走去，中途他收住了缰绳。他不想回去，也不想吃东西，如果他回去，必然要揍杰斯帕一顿。天色已晚，但是叫他恼火的是大嘴唇不仅找到了他，而且还凑过来搭话。

“你看清她了吗，盘子？”大嘴唇问道。

“哦，当然啦。”盘子说，“你要是不介意，是我把晚饭给她送去的。”

“她还那么美吗？”大嘴唇问。他想起了他们一起在干豆酒吧里的日子，那时她每天接近中午的时候就从楼上下来，他与夏威尔都过去招待她。只要看见她从楼上走下来，他们便感到极大的快慰。

“当然，很美。”盘子嘴里虽然这么说，但心里并不想谈论这一话题，虽然从大嘴唇说话的态度看出他还是尊敬他的。

“嗯，那个古斯，到头来会跟她结婚的。”大嘴唇说，“古斯对待姑娘们的办法可狡猾了。”

“我倒想问你这话是什么意思？”盘子说。

“我见他骗过她一次。”大嘴唇说，他想起了他亲眼看见的那次罕见的赌注，“他提出用摸牌定输赢和她睡觉，他赢了，后来他又给了她五十块钱，还给了我十块钱，叫我不对杰克说。可是盘子，他没有给钱让我不对你说。”大嘴唇说。他忽然想起奥古斯塔斯也许会认为他这样做是失信行为。

“五十块钱？”盘子说。他实实在在地吓了一跳。他这辈子也没听说过这样的挥霍。“他真把钱给她了？”

“嗯，他反正给了我十块钱，”大嘴唇说，“我想他会把那五十块钱给她的。不是古斯太不值钱了，是他精神不正常。”

盘子想起他受雇于帽子溪牧牛公司前夕，奥古斯塔斯曾借给他钱，让他如愿以偿，而奥古斯塔斯本人显然为了同样的目的花了五十块钱。奥古斯塔斯这个人真叫人捉摸不透。

“你可不该到处乱说。”他对大嘴唇说。

“我没对别人说过。”大嘴唇说。他已意识到自己不该把这件事张扬出去。

大嘴唇回到篷车那里，心里为自己言语不慎而闷闷不乐，而在他要求盘子不要把这件事宣扬出去之前，还没有这种感觉呢。

盘子卸下鞍鞯，取过铺盖卷儿。他头枕马鞍，在毯子上整整思念了罗丽娜一夜，不知道他与她结合的机会是否有可能到来。

堪萨斯的夜空群星璀璨，他静静地听着爱尔兰人那忧郁的歌声，歌声安抚着牛群。他通宵达旦地想着近处帐篷里的那个女人，想象将来到达蒙大拿，结束整个赶牛北上的任务后可能发生的事情。他睡不着，也不想睡，因为他不知道何时才能再有机会在距她咫尺的地方度过一夜。他的马在近处吃着肥美的草。随着清晨的到来，草渐渐被露水打湿。

日出之前，盘子到牛群那里转了一下，牛群十分安静。然后他又来到篷车那里。他没有理睬杰斯帕和稀汤，这两个人仍像以往那样蛮横无理。他想好好教训一下他们两个，但是没有工夫。牛群必须前进，必须有人在前边领路。情况很棘手，因为他不能既领牛群又照顾罗丽娜。他为罗丽娜准备好一盘吃的，自己只抓了一块腌肉。

“哎哟，瞧瞧人家，又给她送早点去了。”杰斯帕说，“盘子，你端菜的技术这么好，可该在饭店里混饭吃。”

盘子对他的挖苦置若罔闻，端着那盘早餐向帐篷走去。他希望她有兴致谈谈话。他躺在那里整整一夜，考虑他要对她说些什么才能使她知道他何等爱她，使她相信他将使她如何幸福。如果他有办法叫她与自己谈上哪怕五分钟，他就有机会使一切大为改观。

然而，他来到帐篷跟前时，罗丽娜已经到了外面，正在那里系衬衣扣子。见他过来，她急忙转过身去。他立刻停下脚步，满脸通红，生怕因为自己来的时刻不对而把一切都毁了。他准备了一夜的话顿时烟消云散，一个字也没剩下。

“我给你送早饭来了。”他说。

其实她刚才只剩下最后一颗衬衣扣子没有系，可她发现他的样子十分狼狈，那副狼狈相虽然只持续了短短的一瞬间，但使她想起了旧时的生活。那时候她曾经为使男人们狼狈而高兴。他们会付给她钱，却常因狼狈不堪而永远得不到相应的报酬。只需要死死盯着他们的眼睛就可以使他们尴尬难堪，这是她复仇的手段。这种办法虽然对奥古斯塔斯不起作用，但像奥古斯塔斯这样的人毕竟很少。

“趁你吃饭的工夫，我来收拾帐篷。”盘子说。

罗丽娜坐在马鞍上吃着，盘子只花了几分钟便将帐篷卷好，送到了篷车上，然后又回来为她备鞍。

“我必须去领牛群，”他说，“跟着篷车就行，大嘴唇和厨子会照顾你的。你有什么要求，就叫人去找我。”

“我要古斯。”罗丽娜说，“他要是不走就好了，你说他会回来吗？”

“啊，他当然会回来。”盘子说。她虽然在说奥古斯塔斯，可这是她与他说话以来最和善的一次。

“我直发抖，”她说，“古斯知道是怎么回事。我想叫他今天晚上就回来。”

“这要看那伙盗马贼有多少人。”盘子说。

一天过去了，还没有见奥古斯塔斯的影子。罗丽娜骑马紧紧地跟在篷车后面，大嘴唇转过身来看着她，好像从来没见过她似的。他每朝她看一眼，都要行一次脱帽礼。他那顶帽子比他在酒吧工作时更肮脏了。罗丽娜对他视而不见——她记得每当她从楼梯上下来时，他总要抬头看她的裙子。她轻轻地骑马走着，并试图在地平线上寻觅归来的奥古斯塔斯，但是地平线上一片朦胧，即便奥古斯塔斯在那里，她也无法发现。

中午时分，他们过了一条小河。河两岸长着些稀疏的灌木。罗丽娜没有注意到它们，但波·坎波注意到了。牛群继续往前走时，他走到她那里，布袋里盛满了野梅子。

“这些梅子甜着呢。”他说着，递给她一些。

她下马吃了几个，的确很甜。她又走到河边，在清澈、冰凉的河水里洗了把脸。

“是雪水。”波·坎波说。

“我没见雪呀。”她说。

“是从那边流过来的，”波·坎波指着西边说，“从看不到的山上流下来的。”

罗丽娜朝西边望了望，除了褐色的草原，什么也看不见。

“我还找到些野洋葱，”波说，“味道很好，我要把它和豆子放在一起做。”

我真希望你能找到奥古斯塔斯，她心想。然而这当然不可能。他们一直走到天黑，还是没有见奥古斯塔斯的面。牛群刚安顿下来，盘子便来帮她支帐篷了。从她的脸色可以看出她非常忧虑。她已经下了马，正靠着马鞍坐在草地上休息。见她这般疲惫、孤寂，他的心里隐隐作痛。他很想说点儿什么，好使她打起精神来，但他再次感到词穷。他讲话的能力总是在他最需要时不翼而飞。

“我估计那些盗马贼人数一定不少。”他说。

“他可能死了。”罗丽娜说。

“不，古斯不会死的，”盘子说，“他有丰富的经验对付盗马贼，再说他和队长在一起，他们都是打仗的行家。”

罗丽娜明白这一点。她亲眼看见奥古斯塔斯打死了基奥瓦人和野牛猎人，但这无法减轻她的恐惧，她整夜躺在帐篷里为他担心。她知道子弹打人是没有选择的，也会打中奥古斯塔斯。如果他回不来，她就会失去保护。

“喏，我能帮你，只要你肯让我帮忙。”盘子说，“我什么事都能替你做，罗丽娜。”

罗丽娜早就知道这一点，但她什么事都不想让他做。她既不回答，也不吃东西。她回到帐篷里，可是无法入睡，一躺就是一夜，盘子则在附近坐着守护她。他感到前所未有的孤单。她近在咫尺，又远在天涯，更加深了他的孤独感。他在伙计们中间打开毯子时不会这么想念她，所以能够入睡，但现在她离他仅有数米之遥，他可以爬到帐篷旁边去听她呼吸，可是他似乎永远也无法消除这一短短的距离。罗丽娜与他之间的距离犹如堪萨斯的星斗一样遥不可及。有时他想，还不如不爱她，因为对她的爱给他带来的是永远不得安宁。如果爱是如此的痛苦，爱又为什么呢？然而就在这天，她曾和气地与他说过话，只要有可能，他绝不放弃对她的爱。

他头枕马鞍，醒着躺了一夜，想着罗丽娜——他睡不着，也不想睡。

第 74 章

他们找到威尔巴杰的助手鸡仔和那个雇来的孩子的尸体时，发现已不剩什么可埋的部分了，土狼和秃鹫已经围着尸体吃了一整天。他们骑马朝秃鹫群集的小丘走去的时候，看见一只肥墩墩的老獾正叼着一只人手——一只黑人的手。纽特吓得魂不附体。他估计他们会开枪把那只獾打死，以便将那只手埋掉，但是没有人对它叼着的一只人手表示关心。

“它吃的是一只人的手。”他指给豌豆眼看。

“嗯，不管是谁的手，反正没有什么用了，可那只老獾还要从他妈的那些秃鹫嘴里去抢、去夺。”豌豆眼说，“反正手上只有骨头。”

纽特不知道他的话与眼前的事有何相干——那毕竟是只人手啊。

“是呀，很有意思。”奥古斯塔斯说，“那只獾费了半天劲才抢到点儿东西，结果是几块骨头。但是过不了几年，大地也会要它的骨头。这就像我昨天晚上对你说的一样，孩子，地球不过是个大坟场罢了。”

“但是地球在阳光下还是蛮漂亮的。”他又补充道。

天气很好、阳光灿烂，但纽特并不感到有什么漂亮可言。他想追上那只獾，把它打死，但他没有那么做。小丘上聚集着数以百计的秃鹫，突然间一只巨大的土狼从秃鹫群中蹿了出来，嘴里叼了点儿东西，纽特看不清它叼的是什么。

“在这一带，秃鹫比土狼多，”奥古斯塔斯说，“通常秃鹫要等土狼吃完才过去吃。”

来到小丘上时，恶臭扑鼻而来。有几只秃鹫飞走了，大部分则在四周不怀好意地站着，有的甚至还在继续吃。考尔队长收住缰绳，但奥古斯塔斯一直骑到秃鹫群边，并开枪打死了两只，其余的才恋恋不舍地飞开了。

“你们喜欢吃，也得尝尝被吃的滋味。”他对那两只死秃鹫说，“那个黑人坏小子在这儿，威尔巴杰真的打中了他。”

纽特猛地闻到了臭味，感到恶心，便连忙下了马。豌豆眼用他们带来的小锹挖了个浅浅的墓坑。他们把剩下的尸骨推到坑里，在众多秃鹫的监视之下用土埋了。一些秃鹫在天空盘旋，剩下的那些站在草原上，像支黑压压的队伍。狄兹寻找那几个贼的行踪去了。纽特呕吐得太厉害，他感到头晕目眩，但即便这样不舒服，他还是注意到狄兹回来的时候面色十分难看。

“需要对付几个人？”考尔问道。

“四个，”狄兹说，“只有四个。”

“妈的，咱们有五个人，”奥古斯塔斯说，“还不够每人一个呢，那你干吗这么不高兴？”

狄兹指着一串马蹄印说：“杰克先生跟他们在一块儿，那是他的马蹄印。”

他们都盯着马蹄印看了一会儿。

“可别忘了，他们既是盗马贼，又是凶手。”奥古斯塔斯提醒道，“他们很可能偷了杰克的马，甚至可能为了这匹马把他杀了呢。”

狄兹默不作声。他们愿怎么想就怎么想，反正他心里有数。不同的人留下的踪迹不同。杰克先生习惯在马上偏着点儿身子骑，这一点可以从马蹄印看出来。这不仅是他的马，而且骑马的也是他本人。

这一消息给了考尔沉重的一击。他早已不再对杰克·斯普恩抱有什么希望了，他估计在有生之年他们将各奔前程。杰克将继续赌博和逛妓院——他一贯如此。没有谁会希望他变好，但是也没有谁会想到他会变得更坏。考尔断定杰克没有犯罪的胆量。但是眼前夹杂在另外三个杀人犯的马蹄印中的就是他的马蹄印。

“不过，我希望你判断错了。”他对狄兹说。

狄兹没说话。奥古斯塔斯也有一阵子没说话。假如杰克已与杀人犯为伍，那他就不可救药了。

“他要是有和罗丽娜待在一起的心就好了，”奥古斯塔斯说，“罗丽娜顶多惹他不高兴，但绝不会把他带到这步田地。”

“只因为他太懒了。”考尔说，“杰克是棵墙头草，什么风都能把他刮倒。”

他碰了碰马，接着往前骑——顺着三十四马的踪迹走，就用不着狄兹帮忙了。他让他的马小步跑着，如果有必要，这匹马可以整天用这种步伐跑下去。

纽特骑马走在豌豆眼旁边，豌豆眼也显得严肃起来。“你觉得会是杰克吗？”纽特问。

“我他妈的不会认蹄印，”豌豆眼说，“从来就不会。可是狄兹认蹄印比我认报纸上的字还容易。我猜是杰克，要是该咱们把他吊死就不好了。”过了一会儿他又说。

“咱们不会的。”纽特心惊肉跳地说。他还没有明白为什么杰克使自己落到了非常糟糕的地步。

豌豆眼看了看纽特，脸上露出不愉快的神情。豌豆眼脸上的表情是不轻易发生变化的，平时顶多显得困惑不解而已。

“你要是偷了马让队长抓住，他会把你也吊死。”豌豆眼说，“古斯也会的。”

几小时后，他们见到了那两个遇害的拓荒者，他们的尸体仍在树上吊着，烧焦了的衣服还挂在身上。一只土狼正往下拽其中一个人的脚，想把尸体拉下来，这班人马过来时它跑掉了。纽特又想呕吐，但胃里实在没有可吐的了。他根本没有想到，会碰见比这天早上他们刚埋掉的被秃鹫啄食过的尸体更可怕的景象，然而就在同一天，此刻这更可怕的景象出现在眼前，看来他们越朝草原深处走，事情越往坏处发展。

“那几个家伙真是坏透了，不管他们是谁。”奥古斯塔斯说，“他们先把这两个可怜的家伙吊死，接着又把他们烧了。”

考尔骑近些看了看。“不，”他说，“先用枪打死了他们，然后把他们吊起来，最后用火烧的。”

他们把那两个人放到地上，埋进一个坑里。

“妈的，挖坟的人在这一带准能赚大钱。”奥古斯塔斯说，“豌豆眼，你可真该买把大点儿的锹干这个行当。”

“不，古斯，我可不干。”豌豆眼谨慎地说，“我宁愿去挖井。”

考尔一直在想杰克的事：他曾与保安队共同度过那么长的时间，竟会容忍这样的事情发生？当然，他人少力薄，但这不能成为理由。他一发现他的伙伴是群什么东西就应该立即与他们拼命或者跑掉。

狄兹一直向前骑，以便对跟踪的情况做出判断。两三个小时后，他们撵上了他。他的脸色很难看。

“那伙人就在近处，”他说，“在一条小河边。”

“可能是在互相施洗礼吧，”奥古斯塔斯说，“你是看见了，还是闻见了？”

“我看见他们了，”狄兹说，“四个人。”

“有杰克吗？”考尔问。

“他算一个。”狄兹说。

“他们是在饮马还是扎营了？”考尔又问。

“扎营了，”狄兹说，“他们把一个赶篷车的人打死了，他有威士忌。”

“挖坟的人又有活儿干了，”奥古斯塔斯边检查步枪边说，“趁他们还没有把堪萨斯整个杀光，咱们最好先动手。”

豌豆眼与纽特留下来看守马匹，狄兹带着考尔和奥古斯塔斯步行了一程。他们爬上一个山丘，看见威尔巴杰的马正在五六公里外那无垠的草原上吃草。在他们与马群之间有一条河岸陡峭的小河，靠近河岸的地方停着一辆篷车，那四个人在各自的鞍毯上休息，其中一个便是杰克·斯普恩。赶车人的尸体在五十米外躺着，毯子上的人不时用手枪朝接近尸体的秃鹫射击，聊以自娱。有一个人没有射中，便生气地抄起步枪打死了一只秃鹫。

“他们也太目中无人了，”考尔说，“居然连个站岗的都没有。”

“可不是，他们把这一带的人都杀绝了，只有咱们例外，而咱们也不过才走到这儿。”奥古斯塔斯说。

“先等等，”考尔说，“他们喝得差不多的时候，咱们顺河床给他们个突然袭击。”

奥古斯塔斯看了片刻，说：“真希望杰克起来跟咱们开火。”

“他不会的，这你知道。”考尔说。

“问题是我宁可开枪打死他也不想吊死他。”奥古斯塔斯说。

“我也没有吊死他的兴致，”考尔说，“可他就在那儿。”

他回来向豌豆眼和纽特讲了讲情况，对他们俩提出要求——一听见枪响就把马牵过去。

“杰克和他们在一起吗？”豌豆眼问道。

“他在那儿。”考尔说，“这个情况很不妙，可谁叫他把自己卷进去了呢。”

他们一直等到太阳偏西，才绕了个大圈子来到东边距那几个人的营地两公里远的河下游地带，然后悄悄地顺河床向上游走去。陡峭的河岸形成良好的掩体。他们看见三匹马在河里喝水，考尔怕那些马会将他们暴露，但那几匹马并没有受到惊吓。

不久他们便听见那几个人含糊的说话声——他们仍懒洋洋地在鞍毯上歇着。

考尔在最前边，他向前爬近了些。

“咱们在这儿过夜吧，”他听见一个人说，“我满肚子的酒，不能在夜里骑马赶路。”

“晚上你就会醒过来的，”另一个声音说，“晚上赶路凉快。”

“干吗要赶路？”第一个人说，“还会有大篷车过来，咱们抢就是了，这比抢银行便当。”

“埃德，你跟杰克一样懒，”第二个声音说，“你们俩谁都不肯替咱们出把力。”

“丹·萨格斯，在杀人方面我想超过你还要花些工夫呢。”埃德说。

考尔与奥古斯塔斯互相交换了一下眼神。威尔巴杰提到的就是丹·萨格斯这个名字——他准确无误地说出了枪杀他的凶手的名字。

杰克醉醺醺地躺在毯子上，情绪低落。丹是在距赶车的老汉一百米处把他打死的，开枪之前连个招呼都没打。丹躲在河边的树丛里，因此那个老汉根本没有想到自己处于危险之中。他身上只有三十块钱，但车上有四罐酒。分酒的时候丹说他应该分两罐，因为是他开的枪，但后来还是均分了。杰克不停地喝，心想等他醉得不省人事时，萨格斯兄弟便会撇下他离去。可他又知道他们是不会那样做的。就拿一件事来说吧，他身上有八百块钱，是他在沃斯堡时赌赢的和死去的莎莉的，丹即使不知道，他也会猜到这一点。他们离开前肯定会将他洗劫一空，或者只抢他而不杀他，因而目前他最好还是跟着走而不去惹丹。

他感到十分疲劳，所以一直平躺在毯子上。当他用胳膊肘儿支撑着起来喝酒时，他与埃德同时看见了那三个人——三个手托步枪的人，背对太阳光射来的方向站在河岸上。杰克已将挂枪的皮带摘了下来，因为系着它睡觉不舒服。埃德的手枪随身带着，于是他伸手去抓枪，但是随着一声枪响，一发步枪子弹打中了他的肩膀，使他弹了出去。

丹和罗伊都背对河坐着，两腿间夹着酒罐。他们被打了个猝不及防，而他们的步枪都在马鞍上靠着，够不到。

“老实坐着吧，伙计。”枪声一落，考尔便说。狄兹打中了埃德，因为他站的角度最好。

丹猛地一蹿，站了起来。他转过身时看见的是在强烈的阳光下闪闪发光的三支步枪筒。

“你们是谁？”他问，“我们是贩马商，收起你们的混账枪。”

虽说他吃了一惊，加上喝了那么多酒，一时有些站不稳，但他还能意识到现在掏枪等于自杀，最好的办法还是先唬一阵子。就在他摇摇晃晃站立不稳的工夫，一个黑人手端步枪走到他背后摘走了他的手枪。罗伊在原地坐着，大张着口，吓得呆若木鸡。埃德也被肩上的枪伤吓愣了，脸朝上躺在地上。

奥古斯塔斯从埃德身上跨过时顺手摘走了他的手枪，又过来摘了罗伊的。狄兹则收缴了全部步枪。考尔一直用枪对着丹。太阳光太刺眼，丹仍看不清眼前的人是谁。

狄兹两眼向下看着，捡起了杰克挂枪的皮带。

“嘿，狄兹，你想我会打你吗？”杰克问道。他当然明白他所站的位置，如果他行动敏捷些，完全可以开枪，不管这样做的代价是什么。干脆的一枪比粗糙的绞索好得多。如果他的朋友们愿意，他们可以一枪结果了他。

狄兹没有说什么，他从杰克马鞍上的枪套里拿走了步枪。

“把你们的靴子脱下来，伙计。”考尔走近了些说。

“我们要是脱靴子，就他妈的不是人。”丹说，他的气越来越大，“听见了吗？我对你们说过我们是贩马的。”

“我们更相信那边那个死人，”奥古斯塔斯说，“他说你们是凶手。此外，威尔巴杰的那些好马还说你们是盗马贼。”

“妈的，你根本不知道你在胡说些什么。”丹说。他的确因一枪未发就被擒获而怒火中烧，并且试图借怒气来虚张声势。

“这些马是我从威尔巴杰手里买来的，”他说，“每匹马三十块钱。”

“你是个撒谎不脸红的人。”奥古斯塔斯不动声色地说，“照考尔队长说的，把你的靴子脱下来，该没收你靴子里的枪了。”

丹站在那里气得直发抖。被人生擒已经使他感到耻辱，现在别人又向他发号施令，更使他怒不可遏，哪怕这命令是出自奥古斯塔斯·麦克克里之口。此外，他的右靴里藏着一支大口径短筒手枪，那是他的最后一线希望。他的一个弟弟吃了一枪，另一个则连醉带吓，根本不知道发生了什么事。

“我要是肯听你或任何人的话光脚走路，就他妈的不是人。”丹说。

奥古斯塔斯拔出他那支巨大的骑兵柯尔特左轮手枪顶住了丹的肚子。

“如果你那么娇嫩，可以穿袜子嘛。”他说。

考尔迅速地在丹后面单腿跪下，收缴了那支大口径短筒手枪。

“你们去问问杰克，那马是不是我们买的。”丹说，“杰克是你们的朋友，不是吗？”

“你们买那个老人了吗？”考尔问道，“你们买那两个被你们烧了的农民了吗？你们买威尔巴杰和他的助手，还有那个孩子了吗？”

埃德坐了起来，他看见自己的衬衫被血浸透了，吓得脸色煞白。“我流血了，丹。”他说。

杰克看着考尔和奥古斯塔斯，盼望他们俩有哪一个会显出对他的关心，但他们两人连看都不看他。考尔用枪对着罗伊，狄兹用罗伊的鞍索把他捆了起来。奥古斯塔斯不动声色地站着，那支大柯尔特左轮手枪还顶着丹的肚子。丹的脸不停地抽搐着，杰克知道他想去够他的枪——可是他现在没有枪。丹很可能会不顾一切地去够枪，他的全身已为此激烈地颤抖起来。即使去拿枪意味着他会在咫尺之内被打死，他也将孤注一掷。

“我这支枪留下的窟窿有碗口大，萨格斯先生，”奥古斯塔斯说，“你要想带着碗大的窟窿下地狱，那就试试吧。”

丹还在发抖，眼球因仇恨而暴了出来。当狄兹手拿生牛皮绳走过去时，丹对他咬牙切齿地吼了起来：“别捆我，黑鬼。”他说，“你要是捆我，我可要记你一辈子。”

“你是不是真想试试，嗯？”奥古斯塔斯说，“来吧，试试吧，尝尝肋骨中间留个大窟窿是什么滋味。”

狄兹把他结结实实地捆了起来，丹仍颤抖、吼叫着，但老实多了。

“捆杰克。”丹被捆牢后，考尔说。奥古斯塔斯把柯尔特左轮手枪放回了枪套里。

“我看你并不像你说的那么有骨气，萨格斯先生。”他说。

“你这个婊子养的，你算老几？”丹说。

“用不着狄兹捆我。”杰克说。奥古斯塔斯说话的声调使他的精神一时振作了起来。他们是考尔和奥古斯塔斯，是他的老战友，现在唯一要做的是让他们知道他与萨格斯三兄弟同行纯粹是偶然的，是他在离开酒吧要走的时候，正巧遇上了他们。如果他的头脑能清醒过来，他就立即向他们解释这一切。

埃德无法相信自己挨了一枪，无法相信他的哥哥丹被捆了起来。他脸色苍白，全身发抖，疑惑地望着丹。

“你说过在堪萨斯没有人能捉住你，丹。”埃德说，“你干吗不打？”

奥古斯塔斯走过去，跪在埃德身边，把他的衬衫撕开，让他看看自己的伤。

“你不该听你哥哥的话，小子，”他说，“抓他还不是易如反掌？你只伤了皮肉，让子弹穿透了。”

考尔走到杰克跟前。狄兹捆杰克时有些迟疑，但考尔向他点了点头，并用步枪对准了杰克，让狄兹把他的手捆了起来。正当他捆杰克时，豌豆眼和纽特带着马从山丘那边走了过来。

“考尔，他不用捆我，”杰克说，“我什么也没干，我只想跟这几个人一起通过印第安人保留地。我打算一有机会就离开他们。”

考尔见杰克醉得连坐都坐不起来了。

“你该早点儿找机会，杰克。”奥古斯塔斯说，“一个人眼看着六个人被杀，怕是逃得晚了点儿吧。”

“我要等机会呀，古斯。”杰克说，“谁也别想就这么骑马从丹·萨格斯身边走开。”

“闭上你他妈的臭嘴，斯普恩，”丹说，“你这群朋友纯粹是一伙土匪，他们没戴着徽章。他们狗胆包天，想把我们送到监狱里去。”

豌豆眼和纽特停了下来，并且下了马。纽特发现杰克和其他人一样被捆了起来。

“把他们的马鞍备好。”考尔对那孩子说，然后他朝离他们最近的树走去。

“他要去哪儿？”罗伊问。他终于说话了。

“去找一棵树，好把你们都吊死，孩子。”奥古斯塔斯温和地说。他转过身朝丹看去时，丹正咬牙切齿地冲他破口大骂。“我真不明白你怎么会以为我们要把你们从这么远的地方送到监狱去。”奥古斯塔斯说。

“我对你说，马是我们买的。”丹说。

“得了，别瞎咋呼了。”奥古斯塔斯说，“我亲手埋的威尔巴杰，还有他那两个牛仔。我们埋了那两个农民，还要去埋那边那具尸体。我看这都是你干的。你的弟弟们看上去不那么野蛮，杰克也不是个杀人犯。”

奥古斯塔斯看看杰克，他还在地上坐着：“那个人是怎么回事，杰克？”

“嘿，我只和一个姑娘打了个招呼。”杰克说，“我不知道她是人家的老婆，那个老王八蛋就用枪把我敲倒在地上，他还会做出更凶的事来。我只是为了自卫。没有法官会因为自卫把人吊死的。”

奥古斯塔斯没有再说话。杰克的手被捆着，别扭地站起来。他看了看一声不吭地站在狄兹旁边的豌豆眼。

“豌豆眼，你了解我，”杰克说，“你知道我不是杀人凶手。老狄兹也知道。我希望你们不会吊死一个朋友。”

“我干了很多我不愿干的事，杰克。”豌豆眼说。

杰克走到奥古斯塔斯跟前说：“我不是罪犯，古斯。”他说，“所有的事都是丹一个人干的。他打死了那边那个老人，还打死了那两个农民，他打死了威尔巴杰和他手下的人。我和其他两个人没有杀害任何人。”

“那我们就把他作为杀人犯吊死，把你们其余几个作为偷马贼吊死。”奥古斯塔斯说，“在这些地方惩罚是一样的，你很清楚。”

“跟土匪同行的与他们同罪。”他又说，“这种说法不太合适，我承认。但你跟他们在一起的时间太长了，也该知道这是怎么一回事。可我还是为你的行为越过了线而感到惋惜。”

杰克一时的乐观情绪消失了，他感到又疲倦又失望。他真想在妓院里要张好床，痛痛快快睡上一夜。

“我从来没想过什么线，古斯。”他说，“我一心只想走过堪萨斯而不叫人把头皮剥了去。”

纽特把那几个人的马备上鞍，考尔过去解下了四个马鞍上的绳子。

“在这些树附近捉住他们还算幸运。”他说。纽特对眼前的一切则感到麻木。

“咱们一定要吊死杰克吗？”他问，“他是我妈妈的朋友。”

这句话使考尔大为吃惊。纽特自己也愕然了——这句话不由自主地脱口而出。他还记得那个时候杰克多么快活，只有在杰克来家里时他才能听到妈妈的欢声笑语，想不到光阴似箭，竟将他们从那么快乐的日子带到眼下这可怕的光景之中。为此他感到十分迷惘。

“要的，他和其他几个人同样有罪。”考尔说，“任何法官都会把他们吊死的。”

他向前走去了。纽特把脸颊靠在他刚刚放好马鞍的那匹马温暖的脖子上依偎了一会儿。马脖子的温暖使他直想哭。在他们刚认识杰克的那些年里，他的妈妈也很温暖，但他不能使时光倒转回去。杰克就待在离自己不足二十米的地方，醉得摇摇晃晃，双手被缚，脸上愁眉不展。纽特克制住自己的感情，将马牵了过去。

那几个人由于双手反剪，所以要人帮忙才能上马。埃德则由于失血过多，几乎无法在鞍上坐稳。

“我来牵你的马，杰克。”纽特说。他希望杰克能明白他这一友好的表示。杰克几天没有刮脸了，看上去又脏又累，两只眼睛怠惰无神，好像只想睡觉。

考尔手握丹·萨格斯那匹马的缰绳，以防他做什么手脚——尽管丹已经没有什么活动能力了。奥古斯塔斯跟在后面走，豌豆眼牵着另外两匹马。狄兹已经到前边去做绞索的圈套了，他是打绳结的好手。

“丹，你不准备打了吗？”埃德不住地问。他从未见过他哥哥被人捆绑过，所以无法相信这一事实。丹一枪不放就叫人生擒活捉了，这件事比他自己马上就要被吊死还令他惊讶。

“住嘴，你他妈的哭哭啼啼的小崽子，”丹说，“你要是早点儿去站岗，就不会出事了。”

“你根本就没有叫他站岗。”罗伊说。他自己也感到头昏脑涨，一则是害怕，一则是酒劲未消。他见丹企图把责任推到小埃德身上，便出来打抱不平。

“你是说我应该什么都干？”丹说。他一直在窥测时机，等待考尔的思想松懈下来。他打算踢马从考尔身上踏过去。这样一来大家都会惊慌失措，他就有时间从马上跳到河床上，那时再朝他开枪就难了。他刚才那么说仅仅是为了引开大家的注意力，但是没有成功。考尔牢牢地控制着马，不久便来到树下，树上挂着四副绞索。

狄兹花了一些时间才把绳结打好，想把它们打得尽量令人满意。这时晚霞已经消失，大地变得昏暗了。

杰克力图使自己的思维恢复，可是大脑不肯听话。他仍然觉得他总能说些什么来打动考尔与奥古斯塔斯，使他们同情自己。他们两人轻而易举地活捉了丹·萨格斯，他引以为豪，尽管这也使他自己的处境更艰难。不管怎么说，丹的锐气已经被打掉了。

杰克想回忆当保安队员的日子，想找出一件他们欠他人情债的事情，从而打动他们的心，但他的思维似乎正处于睡眠状态，他什么也想不起来。唯一关心他的是纽特这孩子。杰克记得他——玛吉的儿子。玛吉的两条腿胖胖的，她一向很友好，在他认识的所有妓女中，她最容易交往。这时他想，他真该与她结婚而不再漂泊。倘若真的那么做了，就不会有今天的绝境。生活已经滑出了轨道。这太不公平了，太糟糕了，但他已经没有任何力量与之抗争。

狄兹终于打好了绞索绳结，然后上马骑到每个人后面去，小心翼翼地为他们套上绞索。埃德静静地听从了安排，但是当狄兹来给丹套绞索时，他像只野猪一样拼命摇头，不肯服刑。

“黑崽子，别走近我，”他说，“我不能让黑鬼把我吊死。”

考尔与奥古斯塔斯不得不过来抓住他的手臂使他动弹不得。丹低下头，使下巴贴在胸前，狄兹只好揪住他的头发，把他的头拉得向后仰起，将绞索套上他的脖子。

“你真蠢，萨格斯，”奥古斯塔斯说，“遇上了个行家你也不会赏识。我见过那么多吊死的，唯有狄兹吊死的人不会挂在绳子上跳舞。”

“你们是胆小鬼，你们两个，否则你们就会跟我较量一下的。”丹朝下瞪着眼说，“你要是放我下去，我空手来跟你们打。我现在就跟你们两个打，再加上那个黑鬼。”

“你还是跟你的弟弟们说声再见吧，”考尔说，“是你把他们领到这一步的。”

“他们连个屁都不值，你们也不值。”丹说。

“我来替你说吧，萨格斯，你就是那种人们专喜欢吊死的王八羔子，”奥古斯塔斯说，“你只会说废话，留着去跟鬼说好了。”

他用盘着的绳子朝丹的马抽了一下，那匹马便从他胯下蹿了出去。丹的马蹿出去时，埃德的马也跳了起来。转眼间，两个人都在树上吊死了。

罗伊感到很痛心，哥哥与弟弟，一边吊死一个。“我应该是第二个，”他说，“埃德最年轻。”

“你说得对，很对不起。”奥古斯塔斯说，“我根本没打算吓唬那孩子的马。”

“那匹马从来就不懂事，”罗伊说，“我要是埃德，早就不要它了。”

“他等着换马的时间太久了，”奥古斯塔斯说，“你准备好了吗，先生？”

“准备好了，反正他们两个已经死了，”罗伊说，“对也好，错也好，他们是我的兄弟。”

“你有个像丹·萨格斯这样的哥哥，运气太坏了。”奥古斯塔斯说。罗伊也步了他兄弟的后尘。

他走到杰克身边，把一只手搁在他的腿上，停了片刻。

“杰克，你也许想知道，我把罗丽娜找回来了。”他说。

“谁？”杰克问道。他的思想异常迟钝，一时间竟想不起这个名字代表什么。后来他才想起那个金发妓女，她曾给他带来无数麻烦，曾多次拒绝过他。

“罗丽娜呀！你的美人太多了，真的忘记了吗？”奥古斯塔斯说，“那个浑蛋土匪把她抢走了。”

对杰克来说，这一切都像当年当保安队员时那么遥远——他几乎难以使思想再回到过去了。考尔也走了过来。一旦真正到了吊死杰克的时刻，他也感到深深的惋惜。杰克曾与他们一同在河上巡逻过，曾经是这伙人中的一员，虽说不是整个队伍中最能干、最可靠的，却极为活跃与和气。

“是呀，天快黑了。”他说，“真遗憾是我们，杰克，我真希望这件事落到别人头上。”

杰克龇牙笑了笑。考尔说这句话的韵味使他想笑，顿时他固有的喜欢炫耀的劲头又表现出来了。

“妈的，伙计们，不要惋惜。”他说，“我宁可让朋友把我吊死，也不愿让一伙生人把我吊死。问题是我从来没有盘算过害人，”他又说，“我不知道他们是一伙杀人犯。”

他朝下看了看豌豆眼与狄兹，还有那个孩子。没有一个人说话，连手里拿着盘绳的奥古斯塔斯也没有说什么，他们都望着他，似乎都不会说话了。在这段时间内，杰克感到好受了些。他又回到了老朋友身边——这些人曾使他做过噩梦，但离开他们是他最大的错误。

“得了，再见吧，伙计们，”他说，“希望你们不要因为这件事记我的仇。”

他等了一会儿，奥古斯塔斯却手拿绳子，迷惘地呆立不动。

杰克又低下头，看见那孩子眼睛里闪动着泪花。至少还有小纽特为他难过。

“纽特，你为什么不把这匹小马拿去。”他看着那孩子说，“它是匹快马，步伐可轻快了。其余的人可以把我口袋里的钱分了。”

想象着他们发现他有那么多钱时的吃惊模样，他笑了。他该谢谢沃斯堡，因为他在那一个星期内交了好运。

“好的，杰克，谢谢你。”纽特呜咽着说。

他的“谢谢”还没说出口，杰克·斯普恩已闪电般地用两脚同时刺了一下坐骑的后胯。绞索与树皮摩擦，发出吱吱的响声，奥古斯塔斯赶忙上前扶住了前后摆动的尸体。

“我发誓，”豌豆眼说，“他没等你，古斯。”

“没有，他死得有骨气。”奥古斯塔斯说，“去挖个坟坑好吗，豌豆眼？”

他们在月光下将杰克·斯普恩葬在河岸的一个高坡上。经过反复讨论，又割断了罗伊和埃德的绞索，连同那个被丹打死的老人，一同埋了。那个老人叫柯林斯，是个流动推销员，他赶着满满一车专卖药品。除了药品，篷车上还有一盏好油灯和一个笼子，里面装着四只白兔。老人显然曾做过推销药品的表演，变过小魔术。篷车上有许多印刷粗糙的传单，是为表演做宣传用的。

“我想他是去丹佛的。”考尔说。

他们让丹·萨格斯在树上吊着。奥古斯塔斯拿过一张传单，在背面写上“丹·萨格斯，杀人犯与盗马贼”。他又骑马过去，将传单别在丹·萨格斯的衬衣上。

“要是有哪个执法人在追捕他，看见这个就可以停手了。”奥古斯塔斯说。

他们把威尔巴杰的马赶到一起，解下拉车的两头骡子。奥古斯塔斯还想带上那四只白兔，但因笼子太大，只好作罢。后来狄兹往鞍袋里放了两只，奥古斯塔斯也要了两只。他还尝了几种药，装了几瓶。

“那些药是治什么的，古斯？”豌豆眼问。

“醒酒的，要是你喝多了。”奥古斯塔斯说，“我看这只不过是酒和糖浆而已。”

由于篷车太破旧，他们决定把它留在那里。考尔把车后门打破，取了一块木板作为杰克的墓碑。他借着篷车上的油灯，用小刀在木板上草草刻上了杰克的名字。他用在篷车上找到的一把斧头将木板钉进坟头松散的土里。奥古斯塔斯骑马将考尔的那匹母马带了过去。

“我再也不想干执法的事了，你呢？”他问道。

“嗯，他在选择同路人方面太不小心了，”考尔说，“只是为这才要了他的命。”

“生活中常出些怪事，”奥古斯塔斯说，“他要是没劝你搞这次大迁移，咱们今天也不会把他吊死，他就依然待在孤鸽镇，坐在那里和万茨打牌。”

“话又说回来，正是因为赌博才使他堕落成这样的，”考尔说，“这才是根本原因。”

狄兹、豌豆眼和纽特守着那一小群马。纽特牵着杰克给他的那匹马，不知道该不该在杰克刚死时就要了它。

“你可以骑这匹小快马，”狄兹说，“杰克先生说了给你的。”

“马鞍怎么办？”纽特问，“他没提马鞍。”

“这副鞍比你那个破鞍子强多了。”豌豆眼说，“要了吧，杰克已经不用了。”

“你们俩谁都不想要它吗？”纽特问。因为杰克没有说马鞍的事，纽特感到要了它心中不安。

“啊，我们不要，”狄兹说，“马鞍应该和马在一起。”

纽特虽然有点儿紧张，并且有点儿不大情愿，但还是骑上了杰克的马。马镫长了些，但狄兹很快便帮他调整好了。他刚绑好带子，考尔与奥古斯塔斯便骑马走了过来。狄兹从纽特的另一匹马头上取下缰辔，只留下马鞍，把它送到了马群里。好像谁都没有什么话要说。

他们赶起威尔巴杰的马，在黑暗的草原上朝牛群的方向走去。考尔队长领头，奥古斯塔斯与狄兹在两旁，豌豆眼和纽特殿后。纽特不得不承认杰克的马步伐很平稳，虽然如此，他还是认为不该把马换了——至少不该换得这么快。经过这一连串的事故，他认为享受杰克的马和那副好马鞍是不对的。但是他太累了，连悲痛的情感都持续不了多久。他很快便低下了头，在那匹阉马背上酣然入睡。豌豆眼连忙过来走在他身边，以便在这个筋疲力尽的孩子掉下马时帮他一把。

Larry McMurtry　　[美] 拉里·麦克默特里 著　王约西 袁凤珠 译

Lonesome Dove

孤　独　鸽

3

北京联合出版公司
Beijing United Publishing Co.,Ltd.

Lonesome Dove

孤独鸽·卷三

第 75 章

克拉拉正在畜栏里给一匹母马挤奶，这时大女儿莎莉飞也似的跑了过来。

“妈，有人来了。”莎莉欢欣雀跃地说。莎莉十岁了，好交际，喜欢有客人来。

年轻的母马由于早产，生下的小雄驹弱得站不起来，所以克拉拉要挤奶喂小马。小马驹要从一块布上吸奶汁，但是克拉拉决心尽力养活它。莎莉跑过来时母马惊了一下，马奶溅了克拉拉一胳膊。

“我不是说过，到马跟前来的时候不要跑吗？”克拉拉说着，站了起来，擦了擦正在往下滴奶的胳膊。

“对不起，妈。”莎莉说。她与其说在表示对不起，还不如说是激动。“瞧，来了辆大篷车。”

这时，才七岁的贝特西也从屋里飞了出来，跑到畜栏前，她的一头棕发飘在脑后。贝特西和她姐姐一样喜欢客人。

“谁来了？”她问。

那辆篷车是从西边顺着普拉特河驶过来的，刚刚能看见。

“我想我是叫你们去搅牛奶的。”克拉拉说，“看来你们一直在窗户边寻找过路人。”

这当然不能怪她们，她们的伙伴太少了。她们住的地方离城三十公里，何况奥加拉拉又是座不怎么样的城市。她们即使进城，也只是上教堂，就连教堂也很少去。她们的客人大部分是来找她丈夫鲍勃买马的人，然而现在他受了伤，来的人更少了。他们的马比过去的还要多。事实上，关于马的知识，克拉拉知道的比鲍勃还多。可是男人一般都不愿和一个女人讲价钱，而克拉拉也不愿轻易把马给他们。她要价说一不二，男人们通常不买她的账，拒绝买她的马。

“我看他们只不过是打野牛的，”克拉拉边说边望着远处那辆篷车在棕黄色的草原上徐徐爬行，“女孩子们从他们那儿学不到什么的，除非你们想学嚼烟叶。”

“我不嚼。”贝特西说。

“你是想说你不学吧？”莎莉说，“我听人家说野牛都死光了，他们怎么还去打猎？”

“因为人们的见识长得太慢了，跟你妹妹一样。”克拉拉冲贝特西笑了笑，想以此缓和一下对她的批评。

“你打算请他们在这儿过夜吗？”莎莉问道，“要我去杀鸡吗？”

“还不到时候呢，他们也许没心思在这里停留，”克拉拉说，“再说，咱俩对鸡的看法不一致。你可能会把我喜欢的鸡杀掉。”

“妈，鸡就是喂来吃的嘛。”莎莉说。

“不，我喂鸡是为了在寂寞的时候聊天，”克拉拉说，“我吃的都是些不会聊天的鸡。”

贝特西的鼻子皱了起来，妈妈的话逗得她直乐。“哎呀，妈，”她说，“鸡不会说话。”

“它们会说。”克拉拉说，“你不懂鸡的话。我自己就是只老母鸡，我可是明白鸡在说什么。”

“你不老，妈。”莎莉说。

“篷车再有一个小时也到不了。”克拉拉说，“看看你爸去，他下午又发烧了。把毛巾打湿，给他擦擦脸。”

两个孩子一声不吭地站在那儿瞅着她，她们不愿意到病人房间里去。两个孩子都长着浅蓝色的眼睛，是从鲍勃那里遗传的，但她们的头发像她，身材也像她，连大膝盖也一样。鲍勃决心驯服一匹野马，结果被它踢中了头部。克拉拉曾阻止他那样干，但他不听。她目睹了这一事故的发生——他用粗绳子将那匹野母马拴在一根桩子上，刚背过身来没多久，那匹母马就用前蹄闪电般地踢了他一下。当时鲍勃正弯腰捡另一根绳子，马蹄正踢到他右耳后边，发出的声音像开枪一样响。克拉拉把他拖出来之前，母马又踩了他三四下。踩的那几下倒不太严重，耳朵后边挨的那一下几乎要了他的命。他们认定他必死无疑，连坟墓都挖好了，就在房子东边那个小山包上，那里埋着她的三个男孩——吉姆、杰夫和约翰尼。三个孩子的死几乎把克拉拉的心变成了石头。其实她倒真想变成一块石头，因为石头不会为这种损失而遭受任何折磨。

然而鲍勃既没有死，也没有康复。他睁着眼，不会说话，也不能动弹。如果把他的头抬起一些，他还能咽汤。出事三个多月以来，正是鸡汤使他活到了今天。他只是躺在床上，两只大大的蓝眼睛盯着上方。他有时发高烧，大部分时间一动也不动，就像死人一样。他个子很高，体重超过九十公斤，她每天都要用全部力气给他翻身擦洗。他大小便失禁，克拉拉日复一日地给他换脏床单，扔进洗衣盆，盆里已事先接满了水。她从不让女儿们看见她做这一切，也不让她们帮忙。她想，鲍勃不久便会死去，所以只要有可能，她就不想让女儿们对他产生厌恶感。她只指派她们每天给他洗一次脸，希望他看到女儿，病情能有所好转。

“爹爹快死了吗？”贝特西常常问。她哥哥约翰尼死的时候她才一岁，不记得死是怎么回事，所以对此十分好奇。

“我不知道，贝特西，”克拉拉说，“我一点儿也不知道。但愿他别死。”

“可是，他不能说话了吗？”莎莉问道，“他的眼睛还睁着呢，为什么就不会说话？”

“他的头受伤了，”克拉拉说，“伤着里边了，如果咱们照顾得好点儿，他有可能好。到那时他就会说话了。”

“你说我弹钢琴他听得见吗？”贝特西问。

“请快点儿给他洗脸吧，我不知道他能听见什么。”她说。她知道她的眼泪快流出来了，而她不想让女儿们看见。那架钢琴是她与鲍勃争了两年才买回来的，这是她的一次胜利，但才买回来两星期鲍勃就出事了，因而这也是一次悲惨的胜利。她在遥远的圣路易斯买了这架钢琴。最终将它运到家里时，音调全都不准了，她花五块钱请了一个在城里酒吧间弹琴的法国人给它定了定音。她虽然估计他是妓院里的琴师，但还是以每周两块钱的高价请他骑马来教她的女儿弹琴。

那个法国人名叫朱尔斯。他实际上是法裔加拿大人，曾在北雷德河上做买卖。天花袭击印第安人部落后，他的买卖破产，便漂泊南下，路过达科他州，来到奥加拉拉以弹琴谋生。他喜欢出城教这两个姑娘。他说她们使他想起了他的表兄弟们。他曾在蒙特利尔的祖母家与他们一起弹钢琴。他每次来都穿着黑外衣，胡子打过蜡。两个姑娘都说，他是她们见过的最讲究的人，他也的确是这么一个人。

克拉拉买钢琴花的还是她卖掉父母在得克萨斯经营的店铺得的那笔钱。这么多年来，她一直没舍得花，也一直也不让鲍勃动用它——这是他们俩争吵的又一焦点。她想把钱花在孩子身上，等他们长大就送他们去上学，不至于在这个野蛮、荒僻的地方度过他们的青春。这笔钱的第一部分花在三年前盖这栋木质结构的两层楼房上。在这以前，她与鲍勃在一座草皮顶窑洞里住了整整十五年。那座窑洞是鲍勃在普拉特河边的一个山坡上为她挖的。克拉拉一向讨厌住这种窑洞——顶部终年往床单上掉土。就是因为灰尘太大，她的大儿子吉姆一生下来就咳嗽不止，一年后就夭折了。克拉拉每天早晨都要到普拉特河那冰凉的水里洗头，然而到了晚饭前后，她要是偶然抓一下头皮，指甲缝里又会塞满白天落到头上的灰尘。不知怎的，无论她把床挪到哪里，总会有土从窑洞顶上掉下来。起初她用厚棉布，后来又用帆布支在床上方，但仍不能长期挡住尘土，土照样会渗过来。她觉得她的孩子都是她在满是尘土的环境中生的——到处是床单上飞起的尘土或者窑顶掉下的尘土。蜈蚣和一些昆虫很喜欢她的窑顶。它们每天都顺墙爬下来，钻进她的饭锅、平底锅，或是爬到她存放衣物的箱子里。

“我宁可住在一顶帐篷里，像印第安人一样。”她多次对鲍勃说，“那里面起码能干净些，脏了还能一烧了之。”

如果说世界上还有墨守成规的人，鲍勃便是一个，所以他被她的这一想法吓了一跳。他不能相信他讨了一个愿意像印第安人那样生活的女人。他辛辛苦苦地劳动，为的是能让她过上体面的生活，她却说出那样的话来，而且真的想那么办。多年来，她还一直顽固地守着自己的钱——她说是为了孩子们受教育，尽管他们的三个男孩相继死去时，都远不到上学的年龄。后两个活得久一些，克拉拉还教过他们认字，她给他们读沃尔特·司各特的《艾凡赫》，那时杰夫六岁，约翰尼七岁。那年冬天，两个孩子都得了肺炎，一个月内就相继夭折了。那是个可怕的冬天，大地冻得结结实实，无法挖墓坑，他们只好把两个孩子用篷车苫布牢牢地包好，捆上，安置在那间放柴火的小棚子里，等着开春解冻后再埋葬他们。鲍勃给军队送马——军队是他的主顾。许多次他回来时都发现克拉拉坐在冰窖似的小棚子里，守着两具小尸体，哭得像个泪人儿似的，眼泪在她脸颊上结成了冰，鲍勃不得不烧点儿热水，帮她擦去脸上结冰的泪。他试图劝她不要那样做——气温在零度以下，寒风从普拉特河上长驱直入，她像这样坐在这么一间小棚子里，准会冻死。“要是我能冻死就好了，”克拉拉想，“那样我就能和孩子在一起了。”

然而她并没有冻死。杰夫和约翰尼埋在了吉姆旁边。她虽然决心不让这种痛心的事再发生，但后来还是有了两个女儿，她们俩顶多患患感冒。鲍勃无法相信自己的命运如此不幸。他一直想有一两个身强力壮的男孩帮他养马。

不过，他以他不善言辞的方式爱着他的女儿们。他的爱大多以尴尬的方式表现出来，因为她们的娇弱让他感到害怕。他不停地提醒她们注意身体，总叫她们裹得严严实实的。看到她们的放肆，有时吓得他心脏几乎停止跳动。她们是这样一种孩子，只要她们高兴，就会光脚跑到雪地里去。他为她们担惊受怕，更怕一旦她们其中一个死去，将给妻子造成可怕的影响。原先他自己对气候从不关心，现在却害怕冬天。他怕冬天会夺走他幸存的家庭成员。几个男孩个个体质虚弱，然而女儿们恰恰相反，都壮得和她们的母亲一样。鲍勃一点儿也不明白这究竟是为什么。他只盼望再有个男孩，长大后能成为他的助手。

他们唯一的助手是一个老墨西哥牛仔，名叫柯罗。这个老人年纪虽大，但瘦而强壮。他留下来主要是出于对克拉拉的忠心。是柯罗教会她爱马、识马，而不是她丈夫。柯罗曾不失时机地告诉她，她丈夫永远也驯服不了那匹野母马。他曾催促她劝说鲍勃把那匹不可驯服的野马卖掉，要么就放它跑掉。鲍勃成年以来，虽然一直从事马匹买卖，但他并没有掌握养马的真正本领。如果马不听话，他就打它们。每逢她丈夫打马，克拉拉便厌恶地转过身去。她知道打马说明了他的无能，而不是马的无能，不论他打马的原因是什么。每次鲍勃被马激怒，便无法克制自己的怒气。

而他对待她则截然不同。虽然她时常激烈地顶撞他，可他从未动过她一根手指头。这也许是由于他从未想过她会嫁给他，也从来不明白她为什么嫁给了他。在他们相爱期间，奥古斯塔斯·麦克克里的影子一直笼罩着他们。鲍勃始终不懂，她为什么守着个那么出名的保安队员不要而选择了他。可供她选择的男人太多了。她年轻时是得克萨斯男人们追求的对象，然而她与他结了婚，随他来到内布拉斯加大草原，并且留了下来，在他身边陪伴他劳动。鲍勃知道这个地方对女人来说太艰苦了，她们不是死去便是发疯或者走掉。他们的近邻莫德·琼斯在一天早晨用猎枪打死了自己，留下了一张条子，上面简单地写着：“听够了这风声。”尽管莫德有丈夫和四个孩子，但还是把自己打死了。有一段时间，克拉拉把那几个孩子接过来哺养，后来他们的祖父从密苏里来把他们接走了。莫德的丈夫兰·琼斯很快便开始酗酒，直到把财产喝干。一天晚上，他醉醺醺地从篷车上摔下来，冻死在离酒吧约二百米的地方。

克拉拉不仅留了下来，而且还活着，但在她灰色的眼睛里，有一种使鲍勃每次看见都心惊胆战的目光。他看不透那目光是什么意思，但他认为那目光表明，如果他不留心，她就会出走。他们初到内布拉斯加时，他有喝酒的习惯，那时奥加拉拉还算不上个城市，只有少数几户邻居，极少有社交活动。印第安人是最大的威胁，但克拉拉好像并不怕他们。若有客人来，也只是士兵。士兵们饮酒，他也饮。克拉拉很不喜欢他们的狂饮。一天晚上，他喝了个酩酊大醉，第二天早上他起床后，便看见了她的那种目光。她为他做好早饭，冷冷地看着他，并威胁道：“我不准你再喝了，这个星期你醉了三次。我豁出去让头发脏着，在这儿住下来，要是只图爱一个醉鬼，那我可不愿意。”

她只威胁过这一次。鲍勃那一天整天都在担心。他看着那无垠的草原，心想，在这么个地方没有了她，他将如何过下去。从此以后，他再没有碰过酒，他喝酒的那个罐子在厨柜里一放就是多年。后来，克拉拉往酒里拌了些高粱糖浆，用来当咳嗽药服用。

他们很少吵架，即便吵也是为了钱。克拉拉是一位好妻子，干活儿十分卖力气。她从不刚愎自用，也从不干丢面子的事，但她手中攒的那笔得克萨斯钱总不能使他安下心来。不管他们穷到何等地步，她自己既不肯拿出来用，也不让他用。她并不把钱用在自己身上，除了订些杂志和买点儿书，克拉拉从不为自己花一分钱。她说她攒钱是为了孩子，但鲍勃总觉得她存着那笔钱为的是她想离家出走时，可以很方便地拿起来就走。他知道他的想法很蠢，因为克拉拉如果真的要走，有钱没钱都一样，但他无论如何也摆脱不了这种想法。她那么想有一所房子，却不把钱花在盖房子上，他们不得不自己动手从三百公里外把木板运回来。当然，他有盖房子的钱，因为他的贩马业很兴旺，主要是因为有军队来买马。即便这样，他仍不愿意她自己留着钱。她对他说那钱只是为了孩子们受教育用，可她用那钱干的那些事是他没有料到的。前年冬天，她给柯罗买了一件野牛皮大衣，这一举动对鲍勃来说犹如晴天霹雳。他从未听过一个结了婚的女人给一个墨西哥牛仔买那么昂贵的大衣。后来她又买了那架钢琴。钢琴是她亲自订的货，花了二百块钱外加四十块钱运费。可他倒也真乐意看着他的女儿们坐在钢琴旁学习弹琴。后来在迪斯默尔河上，柯罗遇到四月的暴风雪时，那件野牛皮大衣救了他的命。克拉拉有她自己的处事方法，而且她的方法大多合情合理，鲍勃却感觉她的处事方法越来越令人捉摸不透。他不能指出她在哪一方面忽视了他，女儿们也都爱他，但他还是常常感到他被他们这个家庭拒之门外。他从来没有对克拉拉谈过他的这一感受。他不善言辞，人家若不对他说话，他就很少主动与别人说，除非谈买卖。他观察他的妻子时，他总有一种孤独感。克拉拉体会到了他的这种感情，常常走过来对他表示亲热，或者讲些女儿办的可笑的事来引他发笑。但是他仍旧感到孤独，哪怕是在他们的床上。

现在鲍勃就在那张床上躺着，瞪着那双什么也不看的眼睛。她们把他的床挪到了靠窗户的地方，以便使他能领受夏天的微风。如果他愿意，还可以看看窗外他那些在草原上吃草的马，或者看看在天空中盘旋的鹰隼或别的东西。然而，鲍勃连头都不扭，谁也不知道他是否感觉到了微风的吹拂。克拉拉在一张小帆布床上睡觉。他们的房子有一个小阳台，天气好时她就把帆布床抬到阳台上去睡。她常常醒着躺在那儿，听着，心中存着一线希望，希望鲍勃能醒过来呼唤她的名字。但是鲍勃没有呼唤她，她之所以一次又一次地走到他床前，是因为她闻到了他的大小便的气味。即使如此，她仍对他在夜间拉尿感到高兴，因为这样一来，换床单时她可以不让女儿们看见。

一个月来，她不断地换床单，鲍勃的体重好像也被她换走了一些。他的体重轻了许多，而且每天早晨他都好像又瘦了一点儿。他那庞大的身躯曾在她身边度过了多少个夜晚。在一个个冰冷的夜，它曾温暖过她；在过去的年月里，与她一同生下了五个孩子。而现在，这副身躯像腐肉一样在渐渐地消失，她却束手无策。奥加拉拉的医生说鲍勃的头颅碎裂了，他们无法给头骨上夹板，他有可能死去。但他没有死。有时她洗他那弄脏了的身体，一见这种情景便哭起来，因为她认为鲍勃一直想要一个男孩。他不会说，也不会翻身，更不会再打他的马了，但他仍渴望得到一个男孩。夜复一夜，每当她为他这具将死的躯体洗去污秽时，它就让她了解他这一愿望。她把鲍勃的身体翻转到一边，扶着他停一会儿，因为他的背部和腿上都长了可怕的褥疮。她不敢让他脸朝下，怕他闷死，就扶着他侧身躺上一小时，有时扶着扶着就打起盹儿来。然后再让他躺下，给他盖好，回到帆布床上去。她经常这样醒着，望着草原，一躺就是半夜，生活的痛苦不再使她流泪了。鲍勃躺在这儿，苟延残喘，肋骨日益突出，然而仍在想男孩。“我办得到，”她想，“如果我做到了，能救活他吗？我能再经历一次怀孕、恐惧、酸痛的乳头、忧虑，可能会生个男孩子。”她虽然生了五个孩子，但她躺在帆布床上的时候，总觉得自己没有生育能力。她感到自己正在忽视丈夫的最后一个愿望，而她若有一副慈善心肠，本来是能满足他这一愿望的。她如何能夜复一夜地无视一个濒死的人那无声的愿望？这个人对她只有慈爱，以古怪、可笑的方式表达出来的慈爱。鲍勃啊，你在走向死亡的途中还想要个小鲍勃。在那静谧的长夜里，她有时会想，自己这般考虑问题，是否说明精神已经不正常了。后来，她简直怕在夜间到他身边去，到他跟前去成了她结婚以来最困难的事。有时她感到十分为难，甚至会想，他如果好不了，还不如快点儿死了呢。事实上，她不想再生孩子了，尤其不想再生男孩。她对把女儿们养大成人还多少有些信心，对男孩却缺乏这种信心。她不能忘记在那些日子里，听着吉姆咳嗽至死时那冰冷的恐惧与坐卧不宁的痛苦。她还记得在高烧夺去杰夫与约翰尼的生命之前，她是如何痛恨那高烧，又对它无可奈何。“可不能再来一次了，”她想，“我绝不再过那种日子，哪怕为了你，鲍勃。”她的那几个儿子步入死亡给她带来的恐惧已将她的心撕得粉碎，对那种恐惧的回忆成了她生活中最活生生的事实。她还能记得那咳嗽声和痛苦的呼吸声，她再也不想绝望地听着那种声音。

再者，鲍勃这时也并不是真正地活着，他的眼睛连眨都不眨，他吞咽她喂的汤仅仅是条件反射。她与他结了婚，跟随他，给他做饭，在他身边干活儿，给他生了孩子——然而就在她给他换床单时，她觉察到了她内心深处那从来未能控制住的自私。她对他有所保留，而到底是什么，反观她的一切所作所为，又很难说清楚。这种判断是否正确暂且不说，可她确实感觉到了。她在帆布床上醒着，一躺就是半夜，由于自责而感到精神紧张。

早上，她裹着被子躺在床上，直到柯罗的咖啡味把她弄醒。她已养成让柯罗煮咖啡的习惯，主要是因为他煮的咖啡比自己煮的好喝。她总爱躺在被子里，眼望普拉特河上浮动的晨雾，直到一个女儿或两个都蹑手蹑脚地从房里溜出来。她们总是轻轻地走路，好像怕惊醒她们的爸爸，其实他的眼睛睁得和以前一样大。

“妈，你起来了吗？”莎莉会说，“我们起床好一会儿了。”

“想拾鸡蛋吗？”贝特西问道。拾鸡蛋是她喜欢干的活儿，但她喜欢与妈妈一起干，因为贝特西从母鸡肚子底下掏蛋的时候，有的鸡会生气地啄她，但是它们从来不啄克拉拉。

“我想拾你们两个。”克拉拉说着，把两个女儿都拉到了帆布床上。阳光洒在广阔的草原上，两个女儿也都在她的床上，这时她就没有夜里那种孤独感，自我感觉也就不那么坏了。

“你不想起床吗？”莎莉说。她比贝特西更爱爸爸，见妈妈在太阳出来后还在床上赖着不起，有点儿不高兴。她觉得这样不对——至少她爸爸常常抱怨这一点。

“啊，嘘——”克拉拉说，“太阳才出来五分钟。”

她想这也许就是她向他保留的事情吧。她从来就不习惯早起，怎么练习也不行。她出于责任感而起来给鲍勃和偶尔来帮工的人准备早餐，但总干得不好。早餐总不能按鲍勃要求的那样，按时送上桌去。他若长途跋涉去贩马，她就感到轻松了许多，就能多睡一会儿，或者就那么躺在床上，边考虑问题边读她从东部或英国订的杂志。

妇女杂志上有故事和长篇小说的某些章节，那里面描述的大部分妇人的生活与她的迥然不同，使她感到自己好像生活在别的星球上一样。比起狄更斯笔下的妇女，她更喜欢那个住在英国的印度人萨克雷写的，而最喜欢的还是乔治·艾略特的——可惜邮件来得太少，她十分扫兴。有时候她不得不等上两三个月才能看到《布莱克伍德杂志》[1]，在这期间就一直在想故事中的人怎样了。她读所有妇女写的小说，不仅仅是乔治·艾略特的，还有戈尔夫人[2]、盖斯凯尔夫人[3]、夏洛蒂·玛丽·杨果[4]的。她有时渴望自己也干一干那些女人干的事——写短篇小说。但是那些女人都在城市或镇子里住，身边有许多亲戚、朋友。一看到窗外那空空荡荡的草原，她便想，尽管她有写作的能力，甚至有时间，可是没有什么值得写的事情。莫德·琼斯死后，她极少看见女人，除了

---

1. 英国文学杂志，由出版商威廉·布莱克伍德创办，1817—1980年间发行，拥有大批忠实读者。——编注

2. 凯瑟琳·格蕾丝·弗朗西斯·戈尔（1798—1861），一位多产的英国小说家和剧作家，她的作品主要描写上层阶级和贵族的生活。——编注

3. 伊丽莎白·盖斯凯尔（1810—1865），英国小说家，代表作有《玛丽·巴顿》《克兰福德》《夏洛蒂·勃朗特传》《希尔维亚的情人》《妻子与女儿》等。——编注

4. 夏洛蒂·玛丽·杨果（1823—1901），英国小说家，她的写作主要为教会服务。——编注

她的丈夫和孩子，她没有任何亲戚。在辛辛那提有个姑姑，但她们每年只通一两次信。如果她真的写点儿什么，她笔下的人物只能是马匹与母鸡，因为在她看来，过路的男人们都不值得写进书里。他们中没有一个像英国小说里描写的男人那样健谈。

她强烈地希望能与一个写过短篇小说并在杂志上发表过作品的人谈谈话，想见识一下写小说是怎么一回事——是用他们知道的人还是杜撰人物呢？有一次她甚至订购了稿纸，虽然她并不知道如何下笔，但她想不妨试一试。不过那是在男孩们夭折前那充满生机的日子里发生的事。由于有干不完的活儿，她始终无法踏踏实实坐下来写点儿东西。后来，几个男孩相继离开人世，她的思想也发生了变化。那些稿纸曾激起她的希望，但经历了几次孩子的死亡，稿纸对她再也不起什么作用了。那些稿纸成了对她的又一谴责，对她执着追求的自以为是的东西的谴责。一天，她将稿纸付之一炬，烧的时候她由于气恼而全身发抖，似乎她那几个孩子的夭亡不是因为坏天气，而是这些稿纸造成的。此后的一段时间里，她连杂志也不读了，杂志中的故事变得可恨起来——当你的孩子一个个地死掉并等着你去埋葬他们，你怎么能还用那种方式讲话，而且还去跳舞、参加宴会？

然而，几年后，克拉拉又开始读杂志里的故事。她喜欢朗读，等她的孩子大了，会听故事了，她就给他们读小说的片段。鲍勃对此不以为然，但他忍受了她的这种做法。他认识的女人中，没有一个像他的妻子那样读过这么多书，他认为这也许就是造成她一些虚荣感的根源——例如她对头发很关心，每天都要梳洗。他觉得这是浪费时间——不管怎么梳洗，头发也还是头发。

克拉拉望着女儿们发现的那辆篷车渐渐走近，她还看见柯罗骑着马，带着两匹即将分娩的母马回来了。柯罗也看见了那辆篷车，所以赶回来照顾她。他是个小心谨慎的老人，他对克拉拉的忠诚与他对她的不理解一样深。她的粗心大意使他很不安。在一匹危险的马面前她谨慎得很，但她好像对危险人物从来就不担心。当柯罗试图劝导她时，她只是笑笑而已。她甚至不怕印第安人，尽管柯罗让她看过自己中印第安人的箭留下的伤疤，她仍然不害怕。

他将两匹母马赶进畜栏，便骑马跑了过来，不管篷车上坐的是什么人，他必须保护她不受威胁。他们在放马鞍的小棚子里备有一支猎枪，她只用它打蛇，而打蛇也只是因为它们常来偷她的鸡蛋。有时她的那些母鸡给她造成的麻烦远远大于它们的好处，因为经常要替它们提防土狼、臭鼬、獾，甚至鹰隼。

“我只看见两个人，柯罗。”克拉拉望着篷车说。

“要是坏人，两个就不少了。”柯罗说。

“要是坏人，就会是一大帮了，”克拉拉说，“找到马驹了吗？”柯罗摇摇头。他的头发已全白了——克拉拉从来就问不出他的年纪，可她估计他有七十五岁或者八十岁了。夜晚围在火旁时，柯罗喜欢用马鬃编绳索。克拉拉很喜欢看他编绳索时手指的动作。马死了或宰了之后，他就把马鬃和马尾留下，用来编绳子。他还会用生牛皮编绳子。有一次他给她编了一根，但她不会套马。鲍勃对送给她这一礼物很不理解，他说：“克拉拉连木桩子都不会套。”但是克拉拉很理解。她十分高兴，这可是件美好的礼品，柯罗的做法十分得体。她知道，正像她尊重柯罗一样，柯罗也尊重她。这是她给他买大衣那年的事了。有时候她读着读着杂志，就会抬头看柯罗编绳索，心想如果她要写小说，就写他。他的故事将大大不同于她在英国杂志上读到的任何一个故事。柯罗一点儿也不像个英国绅士，但在对待马匹上，他却那么温和。与他相比，鲍勃就显得逊色多了。正是由于柯罗的温和与技术，才使她极力想把他留下来，与他们在一起。他的话不多，如果她把他写入小说，就会有麻烦，因为她读的小说里的人物都有说不完的话。他幼年时被科曼切人偷去，后来慢慢到了北方，被从一个部落卖到另一个部落，他在一次战斗中逃了出来。他的一生是在印第安人与白人中度过的，现在虽然年事已高，可他还是喜欢讲西班牙语。克拉拉小的时候在得克萨斯学过一点儿西班牙语，便试着跟他讲。一听到西班牙语，他那满布皱纹的脸便会顿时高兴得舒展开来。克拉拉还劝他教她的女儿讲西班牙语。他不会读书，但他是个好老师。他爱那两个姑娘，时常带她们去骑马，同时指着四周的东西，告诉她们那些东西的西班牙语名称。

不久，畜栏里的母马便将耳朵竖了起来，瞅着渐渐走近的篷车。一个大个子男人穿的那件大衣比柯罗的那件还要重，他骑马走在篷车旁边。那是一匹褐色马，看样子如果再走下去，它就要栽倒在地了。另一个男人坐在车座上，满脸疤痕。还有一个女人，身孕已重。那个女人带着这一队人马。他们三个累得毫无表情，肯定经过了长途跋涉，所以现在累得即使遇到人家也没有表现出激动。篷车上还堆放着几张野牛皮。柯罗警惕地看着这几个来人，但他们好像不会有什么威胁。那个女人收住缰绳，朝下看了看他们，似乎有些茫然。

“我们到内布拉斯加了吗？”她问。

“到了，”克拉拉说，“离城只有三十公里了，不下车休息休息吗？”

“你知道迪·布特吗？”女人问，“我在找他。”

“知道——是个歹徒。”柯罗不动声色地用西班牙语说。牧场所有的东西都由他买，所以奥加拉拉城里的人他几乎都认识。

爱尔迈拉听见了他的话，也知道他是什么意思，但她根本不关心别人管迪叫什么，她唯一关心的是他就在附近。如果迪就在近处，这就意味着她已经安全了，而且很快就可以甩掉路加和大刺猬。她终于不必再整天坐在上下跳动的篷车座上，不必再整夜提心吊胆，害怕遇见印第安人。

“下来吧，你们总要饮饮牲口吧。”克拉拉说，“如果想在这儿过夜，我们也欢迎。明天进城肯定没有问题。我看你们都该休息一下。”

“那是什么城？”路加从篷车座上慢慢蹭下来时问道。几天前，他为了打一只羚羊，跑了几步，结果扭伤了腿，现在只能这样走路。

尽管眼前这女人已经告诉她，还有多半天的路程才能到奥加拉拉，可是爱尔迈拉仍然不想停下来。然而大刺猬已经下了马，给马松了缰绳。她想，我要找到迪，可又一想，多等一天也不算什么，这才慢慢地从篷车上下来。

“到家里来吧，”克拉拉说，“我这就叫两个女儿去打水。你们一定是远道而来的吧。”

“阿肯色。”爱尔迈拉说。那所房子看着离得不远，但当她向它走去时，它在她眼前来回晃动起来。

“天哪，那可远了，”克拉拉说，“我在得克萨斯住过。”她转过身来时，见那个女人坐在地上。克拉拉还没来得及去扶她，她已仰倒在从马厩通向房子的小路旁边。

克拉拉并不惊慌。她想，她不过是过度劳累。坐着那么一辆篷车从阿肯色到这里，谁也受不了。她给那个女人的脸扇了扇风，没起什么作用。柯罗一见她倒地，便过去拉她，但那个大个子男人已经将她扶了起来，并像抱小孩子一样把她抱进了屋子。

“我还不知道你的名字呢，还有她的。”克拉拉说。

大个子男人呆呆地看着她，一声不吭。克拉拉想，他大概是个哑巴。后来，那个满脸伤疤的人进屋时，说他不哑，只是很少说话。“他叫刺猬，”他说，“大刺猬。我叫路加，来的时候把脸磕了，现在又他妈的伤了腿。她叫爱尔迈拉。”

“她是迪·布特的朋友吗？”克拉拉问道。他们把她放到床上时，她仍没有睁眼。

“不清楚，她嫁给了一个司法官。”路加说。经过这么久的野外生活，他进屋后很不自在，便到屋外去，与大刺猬一同坐在篷车上。他无意中抬头看见了那两个姑娘，她们正从窗口向外张望。他想，这家的男人在哪儿呢？因为这么一个漂亮的女人，肯定不会嫁给这个老墨西哥人。

那天晚上，她问他们要不要进屋吃饭，大刺猬不来，他太腼腆，于是她把晚饭送到外边，他们俩便在篷车上吃了起来。

两个姑娘对此颇感失望。她们很少见到外人，想好好看看那两个男人。

“叫他们进来吧，妈。”莎莉悄悄地说。她对那个满脸伤疤的人格外感兴趣。

“我不能命令人家干这干那，”克拉拉说，“反正你们从前见过打野牛的人，也熟悉他们身上的气味。这些人的气味跟别的猎人没有什么两样。”

“有一个人的块头真大，”贝特西说，“他是她的丈夫吗？”

“我看不是，别管那么多闲事，”克拉拉说，“她累了，明天可能会说话。”

可是，两个孩子在天亮前就听到了那个女人的声音，坐在篷车上的两个人也听见了——长长的尖叫声撕破了草原的夜空，一连持续了几小时。

克拉拉再次为有柯罗在身边而高兴，因为他为女人接生和为马接生一样熟练。一般来说，难产能把大部分男人和许多女人吓住，但是吓不住他。爱尔迈拉也是难产。草原上的旅行耗尽了她的体力，分娩时已毫无气力。她一晚上几次不省人事。克拉拉除了给她用水槽里的冷水擦脸，没有任何其他办法。天亮时分，爱尔迈拉连喊叫的力气都没有了。这个女人失血太多，克拉拉十分担心。

“妈妈，爸病了，很难闻。”莎莉朝病人的房间里窥视了一会儿后说。她们俩在楼下打了地铺，以便离喊叫声远些。

“别管了，我去照顾他。”克拉拉说。

“可是他病了，他很难闻。”莎莉重复说，流露出害怕的目光。

“他还活着呢——生活并不都那么好闻。”克拉拉说，“做点儿早饭给那两个人送去，他们一定饿了。”

几分钟后，爱尔迈拉又昏了过去。

“她太弱了。”柯罗说。

“可怜哪，”克拉拉说，“我要是从那么远来，肯定也会昏过去的。看来小娃娃等不到她强健的时候了。”

“是呀，他都快把她折腾死了。”柯罗说。

“那么，至少救下这个孩子。”克拉拉说完便走出了房间，她的情绪太坏了。她提了个水桶走到屋外，想给鲍勃打点儿水。

这是一个美好的清晨，阳光照到了草原尽头。克拉拉注意到了这清晨的美，并对自己居然还能有所反应而感到奇怪，因为她不仅十分疲倦，而且屋里还有两个将死的人——也许是三个。然而她爱草原上的曙光。在过去的岁月里，当她眼看就要被尘土、寒冷与死亡碾得粉碎时，晨曦一次又一次地使她得以复活。只要看着那光亮一直向怀俄明延伸过去，她就感到无比快乐。这种景象给她增添了力量，她便乐于去干活儿。

她最喜欢干的活儿是种花，花会在曙光中盛开。她种了些花，还从东部订购了球茎与花籽。那曙光抚养了它们，风却把它们从她身边夺去。她讨厌尘土，更恨狂风。尘土是可以对付的，她可以每天早上清扫，风却无穷无尽，而且凛冽刺骨。它一次又一次地从北方刮来，将花一瓣一瓣地从她身边掠走，最后只留下可怜巴巴的花茎。然而克拉拉还是坚持要种。她把花种在防风条件最好的地方，风虽然还是能吹到它们，但花朵毕竟能开上几天才被风带走。这是一场她绝不肯放弃的搏斗。每年冬天，她都要与女儿们一同翻阅花种介绍，向她们讲解春天那些花开放时的样子。

提水从水槽回来时，她发现那两个肮脏男人还默默地在篷车上坐着——她到井边去时，压根儿就没有注意他们便走过去了。

“生了吗？”路加问道。

“还没呢，”克拉拉说，“她太弱了，没有办法。”

大个子男人的目光一直跟着她，但他什么也没有说。

“你们把炉子里的火弄得太旺了，会把什么都烤煳的。”克拉拉见女儿们那样做饭便说道。

“哎呀，妈，我们会做饭。”莎莉说。她喜欢让妈妈离开厨房，这样她就可以指派妹妹。

“那个女人病得厉害吗？”贝特西问，“她干吗一个劲儿地喊叫？”

“她在干重活儿。”克拉拉说，“别把粥煮煳了，我想喝点儿。”

她将水拎到楼上的卧室里，撤掉鲍勃身下的脏床单，给他洗了身子。鲍勃还像往常一样，瞪着上面。平时她总要把水热一下，可是这一次她的确没有时间。水很凉，他腿上起了鸡皮疙瘩。他那粗大的肋骨好像一天比一天突出。她又忘了带干净床单来——她很难做到经常把干净床单预备在手头——于是她用毯子将他盖好，来到阳台上站了一会儿。她听见爱尔迈拉在一声接一声地呻吟。她知道该去替替柯罗了，可她并没有急着去。孩子生下来恐怕还需要一天的工夫。做某件事情花的时间总比应该花费的时间不是长得多，就是短得多。她那几个儿子的生命像喘了一口气一样转瞬即逝，而她的丈夫这样不省人事地躺着，已有数月之久，可是仍旧活着。要适应生活要求的各种节奏，可真是件让人费神的事。

她在凉爽的阳台上停了一会儿，便到楼下的厅里去，刚赶上把爱尔迈拉按住，看着柯罗接出婴儿。

婴儿像死了一样，爱尔迈拉也像快死了，而实际上两个人都还活着。柯罗抱起婴儿，脸对脸地吹气，直到婴儿动了一下，哭出声来。哭声十分微弱，比老鼠的叫声大不了多少。爱尔迈拉又昏了过去，但仍在呼吸。

克拉拉来到楼下烧热水，看见两个姑娘已经把早饭给那两个人送去了。那两个人吃的时候，她们俩在一旁站着，即使他们两个是野牛猎人，她们也要和他们说话，两个猎人中还有一个不肯说话的。她突然要哭出来——孩子们太缺伙伴了，连两个死气沉沉的男人也使她们感到兴奋，因为终于有人跟她们玩了。她没有搭理孩子们，烧水去了。虽然路加与两个小丫头谈得很高兴，但他们也许马上就会走。路加可能和她们俩一样感到孤单。

她提着热水上去时，爱尔迈拉已经醒了，瞪着两只大眼睛。她脸色苍白，几乎没有血色。

“你能赶到这里，真是个奇迹，”克拉拉说，“要是把孩子生到草原上，你们俩恐怕要死一个。”

老墨西哥人将新生儿用一块法兰绒布裹好，抱到爱尔迈拉跟前让她看，她却不肯看。她既不说话，也不看孩子。

她不想要这个孩子。她想他也许会死的，迪也不会要他。

克拉拉见那个女人把目光移到一旁，二话不说，从柯罗手里接过婴儿，便下楼来到阳光下。两个男人还在吃饭，两个丫头在篷车旁边站着。她用布遮住婴儿的眼睛，把他抱到了他们那里。

“啊，妈，”贝特西说——她还没有见过刚生下来的小孩子呢，“叫什么？”

“那位夫人太累了，现在没心思给孩子起名字，”克拉拉说，“可他是个男孩。”

“我们能赶到这儿真够幸运的，不是吗？”路加说。

“是的，很幸运。”克拉拉说。

大刺猬默默地看了看婴儿：“是红的，路加，”他终于说话了，“准是个印第安人。”

克拉拉大笑起来：“不是印第安人，”她说，“刚生下来的孩子多数都是红色的。”

“我能抱抱吗？”莎莉问，“我抱过贝特西，我知道怎么抱。”

克拉拉让她把孩子抱了过去。柯罗下了楼，站在后廊上，手里端着一杯咖啡。

“大刺猬要进城，”路加说，“爱尔迈拉能去吗？”

“啊，不能，”克拉拉说，“她整整折腾了一夜，太弱了。要是今天上路，她准会死的。她需要休息一星期左右。你们可以回来接她，要么等她好了，我们用我们那辆小篷车送她去。”

但是大刺猬不肯走，他记得爱尔迈拉想进城，所以他决心等到她能去的时候再离开。他整天坐在篷车的阴凉里，教那两个姑娘玩掷刀游戏。克拉拉间或从楼上的窗口往下看看她们，那个男人好像不会做什么坏事。路加百无聊赖，跟着柯罗骑马出去察看母马了。

当克拉拉把婴儿送给爱尔迈拉喂奶时，发现她不想要孩子。克拉拉把孩子送过去的时候，她把两只大眼睛转到了一边，而婴儿饿得直哭叫。

"夫人，孩子是一定要喂的。"克拉拉说。她把孩子送到爱尔迈拉的乳房前时，爱尔迈拉并不拒绝，但这样喂奶十分困难。首先是没有奶。克拉拉真怕在奶下来之前孩子就会死去。后来总算让孩子吃了点儿奶，可是奶水不足，一小时后婴儿又饿哭了。

奶太稀了——不足为怪，这个女人几个月来恐怕没有吃过像样的饭食。即使把孩子放在她的乳头前，她也不看他。克拉拉不得不抱着孩子，给孩子的小嘴唇上抹了点儿奶，想法子叫他吃点儿。

"他们说你嫁给了一个司法官？"克拉拉说。她想，谈谈话也许有好处。她还想，那个男人也许是她出走的原因，她也许一开始就不喜欢他，所以也不想要这个孩子。

爱尔迈拉没有回答，她不想与面前这个女人说话。她的乳房因涨奶而疼痛，她不在乎那个孩子吃她的奶，但她就是不看他。她想起床，让大刺猬带她进城去找迪，但她知道她还不能那样做。她的腿弱得在床上挪动都困难，她根本无法下楼，除非爬下去。

克拉拉对着爱尔迈拉看了一阵子，不再说话。这个女人不想要自己的孩子对她来说并不值得大惊小怪。她就曾经不想要莎莉，因为怕她死去。这个女人也肯定有自己的恐惧——无论怎样，她已在草原上跟着两个野牛猎人走了数月之久。她也许是在逃离一个男人，也许是在寻找一个男人，也许就是逃跑——没有必要刨根问底，这个女人也许根本不知道自己为什么要逃。

此外，克拉拉还记得生下贝特西后，她那副筋疲力尽的样子。贝特西虽然是最后一胎，却是最难生的一个。生了她之后的三小时内，克拉拉连头都抬不起来，连说话都要用尽吃奶的力气。而爱尔迈拉比她那时更困难。最好让她休息，待她精力恢复了，也许就不会对孩子如此冷漠了。

克拉拉把孩子抱到楼下，让女儿们看着，自己到外边杀了一只半大的母鸡。她飞快地将鸡头拧下来，拔去毛，洗干净。大刺猬坐在篷车上，默默地看着她做这一切。

“这些天家里只有鸡汤可喝。”她把鸡拿回屋里时说。他们还有剩鸡汤，便热了一些给爱尔迈拉送去。她看见爱尔迈拉已经站了起来，朝窗外看着，吓了一跳。

“老天爷，你还是躺下吧，”克拉拉说，“你流血太多了，必须补补身子。”

爱尔迈拉勉强地听了话。她让克拉拉喂她喝了满满几勺汤。

“离城还有多远？”她问。

“远得你走不到，也骑不到。”克拉拉说，“那个城又不会跑掉，你就不能休息一两天？”

爱尔迈拉不回答。那个老人说过迪是个歹徒。虽说她不关心迪到底是什么，只要能找到他就行，但这一消息还是令她不安。在她到达之前，也许会有人把他打死；他可能会走掉，也许已经走了。她经受不住这种想法。她的归宿只有一个——迪·布特。如果找不到他，她只有自尽。

白天克拉拉几次想引起爱尔迈拉对孩子的兴趣，但都没成功。爱尔迈拉让孩子吃奶，但就连这也不很成功。奶水太稀，孩子吃了以后，睡上一个小时便饿得哭起来。她的女儿想知道小娃娃为什么总哭。“他饿了。”克拉拉说。

“我可以早点儿去给牛挤奶，”莎莉说，“咱们可以喂他吃牛奶。”

“看来也许不得不那么办，”克拉拉说，“需要先把牛奶煮一下。”牛奶对孩子来说太浓了，吃了肚子痛，那他就会死，她想。一天的大部分时间里，她都抱着这个无依无靠的孩子，轻声地和他说话。孩子从红色的变成了苍白的，个头儿很小，她估计只有两公斤多，她自己也异常劳累。当黄昏到来，夕阳西下时，她发现自己的脾气很坏——一会儿因为女儿们吵闹而说些难听话，一会儿又自己抱着孩子到阳台去，几乎要哭出来。或许孩子还是死了好，她想，反正她也不想要他。可是一旦孩子的眼睁开一会儿，她又感到心满意足。然后她就为自己的铁石心肠而责备自己。

天黑之后，她到爱尔迈拉躺着的房间里点上了灯。见爱尔迈拉睁着眼，她就把孩子抱过去，但她又一次把头扭开了。

“你丈夫叫什么？”克拉拉问道。

“我要找迪·布特。”爱尔迈拉说。她不想提七月的名字。孩子在细声哭着，但她无动于衷。他是七月的孩子，而她不想和与七月有关的任何东西发生关系。

克拉拉让婴儿吃了点儿奶，就把他抱到自己的房间里，在床上躺了一会儿。她知道他睡不长，可她自己必须睡，又不敢把孩子交给他的母亲。

听到孩子的哭声时，她累得起不来。她心里知道该起来喂鲍勃吃饭了，但由于她太困倦，怎么也起不来。

后来她感觉肩膀上有只手，只见柯罗跪在床边。

“怎么回事？”她问。

“他们走了。”柯罗说。

克拉拉连忙跳下床，跑到爱尔迈拉原来待的房间——果然，她走了。她走到窗前，看见篷车已走到畜栏北边，而她身后又传来了婴儿的啼哭声。

“夫人，我拦不住他们。”柯罗说。

“我看你就是请他们留下，他们也不会留的，咱们又不想和他们枪战。”克拉拉说，“让他们去吧，如果她活着，也许会回来。挤奶了吗？”

柯罗点了点头。

“咱们要是有只山羊就好了，”克拉拉说，“听说孩子喝山羊奶比喝牛奶好。下次你进城要是看见山羊，就买两只回来。”

这时她又感到有些不好意思。有时候她跟柯罗说话就好像自己的丈夫不是鲍勃而是柯罗一样。她来到楼下点着炉火，开始煮牛奶。奶煮好后，她给孩子倒了一点儿，用一块棉布蘸着牛奶让孩子吸吮。这种办法很慢，需要耐心。孩子太弱，不会这样吃，但她知道如果她不坚持这样喂，他就会更弱，乃至死去。于是她继续喂他，等孩子吸累了，她就往他嘴里滴奶。

“我知道这很慢。”她对孩子轻轻地说。孩子吃饱后，她就抱着他去散步。这是一个美好的月夜，她到阳台上待了一会儿。孩子睡熟了，卧在她胸前。她看着他，心想：“你的情况完全可能比这更糟。你妈妈安排得真好，她到了有人照顾你的地方才生下了你。”

这时她才想起还没有喂鲍勃吃饭。她抱着孩子来到楼下厨房，把鸡汤热了热。“想想吧，要是东西都不用热，那该省我多少时间。”她对熟睡的孩子说。

她把孩子放到鲍勃床头，开始给鲍勃喂饭。她把他的头稍稍抬起，他就能咽了。她感到奇怪——他连眼都不会闭，却会咽东西。他是个大个子，头也大，每次喂他时胳膊都会因支撑他的头而又酸又痛。

“你瞧，咱们有男孩了，鲍勃。”她说。医生们都要她和他说话，他们认为这样会有所不同，但克拉拉发现，不同的只是使她感到更加忧郁。令她忧郁的是这使她清楚地回忆起他们在一起的岁月——她太好说话，而鲍勃从不开口。她一年又一年地对他说这说那，可从来听不见他答话。只有谈到钱的时候他才肯说。她就是一连说上两小时，他也说不了一句。所以只要这种谈话继续下去，他们的夫妻生活就与过去没有什么不同，只不过在钱的安排上自由了些，可这只能使她感到悲伤。

她把孩子抱在怀里，心想，如果鲍勃看见这是个男孩，或许会醒过来。鲍勃也许能看见他，会想这是他们的，那么这孩子就会使他活过来。

据她所知，一个母亲生下孩子才一天就拂袖而去是不多见的。当然，照顾孩子的工作无穷无尽。在你不想要他们的时候，他们来了；他们有诸多需求，而你又不想全部予以满足。更坏的是，无论你怎样爱他们，他们还是死了——她自己孩子的夭折，就使她内心的希望冻结得比冬天的土地还要硬。她的希望已经冻僵，她也想就让它那样封冻起来，然而她没能做到——希望解冻了。她对女儿们充满了希望，也许对怀里的孩子——另一个母亲的孩子——同样抱有希望。虽然这个孩子很瘦弱，生存的可能性不大，但她喜欢把他抱在怀里。她想：“我把你偷来了。我不经任何痛苦就得到了你。你的妈妈不要你，她是个傻瓜，可是她又明智地意识到，你若是跟着她和那两个打野牛的人，那你就不会有生存下来的希望。”

她又想，并不是那个女人明智，她只不过是不在乎罢了。

她低头看了看鲍勃，知道这孩子并没有起什么作用。他还像以前那样躺着，除了本能的需要，什么也不知道。克拉拉突然生起气来，因为这个人蠢得居然以为自己能驯服那匹野马，而她和柯罗都警告过他不要去理睬它。她也生自己的气，竟然与一个见识莫过于此的马贩子过了一辈子。

但是这就是他，两眼朝上看着，与这孩子一样不能自理。她放下孩子，又去喂鲍勃，直到扶他头的那只手发酸。她把鲍勃的头放到枕头上，自己把剩下的汤喝了。

第 76 章

爱尔迈拉把孩子搁下了，大刺猬很不放心。她出了屋子，来到篷车前时没有带着孩子。“驾上牲口，咱们走。”她只说了这么一句。他虽然照办了，可心中感到莫名其妙。

“咱们不带孩子吗？”临行前，他羞涩地问道。

爱尔迈拉没有回答，她太累了，连回答的力气都没了。从楼上走下来，再走到篷车这里已经耗尽了她的力气。大刺猬不得不把她架到车上。一爬上篷车，她就靠在野牛皮上，累得连牛皮的臭味都不顾了。她已累得感觉不出是在车上，连说声“出发”的力气都没有，路加不得不替她告诉大刺猬。

“咱们走吧，大刺猬。”他说，“她不要那个孩子了。”

大刺猬赶动篷车，那所房子很快便消失在身后，但他感到十分不安。他不住地向后瞧爱尔迈拉，她靠在牛皮上，睁着两只大眼睛。她为什么不要那孩子？真猜不透。他对这一切从来就弄不懂，但他知道母亲要照顾孩子，就像丈夫要照顾妻子一样。他以为他已经娶了爱尔迈拉，并且非常精心地照顾她，他觉得自己就是她的丈夫。他们从那么远的地方乘同一辆车来到了这里。路加也曾想娶她，但他制止了他，从那以后路加的表现好多了。

路加把马拴在篷车一边，他和大刺猬一同坐在车上。大刺猬时时转身看爱尔迈拉，看她睡着了没有。她一动也不动，仍然睁着眼。

“你看什么呢？”路加问道。

“我想让她带上那孩子，”大刺猬说，“我一直想有个我们的孩子。”

大刺猬说话的口气使路加十分惊奇，大刺猬似乎已经认定那个孩子就是他们的。

“你操那份心干什么？又不是你的。”路加说道，为的是想解开疑团。即使大刺猬有胆量接近爱尔迈拉——就连这一点他都怀疑——路上这段时间也不够生个孩子。

“我们结婚了，”大刺猬答道，“我想那孩子是我们的。”

路加的疑团终于解开了，但这更使他诧异，他怀疑大刺猬连男人和女人之间是怎么回事都搞不清楚。他们曾在野牛群边待过很久，公牛与母牛时常交配，但大刺猬显然没有将那种事与人联系起来。路加记得大刺猬从不找妓女。别的猎人进城时，他总留下看守篷车。人们向来就认为大刺猬是呆子里最呆的人，但是在路加所认识的猎人中，绝不会有人想到他竟然傻到如此地步。大刺猬这般愚蠢，路加觉得难以置信，他决心弄清楚自己是不是听错了。

“嘿，慢着，大刺猬。”他说，“你为什么说那孩子是你们的？”

大刺猬半天没说话。路加笑了，每当他拿大刺猬开心时都这么笑。路加拿他开心时大刺猬通常不介意，但他不愿意路加拿孩子开心，他不想让路加谈论孩子。她生了个孩子又扔下不要，已经够使他痛心的了，他决心不回答他。

“你怎么啦，大刺猬？”路加说，“你跟爱尔迈拉并没有真的结婚。一个女人跟你一同赶路并不等于她嫁给你了。”

大刺猬开始感到伤心——路加说的话可能是对的。然而他愿意认为爱尔迈拉嫁给了他。

“嗯，我们结婚了。”他终于说了句话。

路加哈哈大笑起来。他朝爱尔迈拉转过身去，她正背靠牛皮坐着。

“他以为那个孩子是他的，”路加说，“他真的那么想。他可能认为只要老看着你就可以有孩子。”

路加又大笑不已。大刺猬感到忧伤，但他什么也不说了。路加总能找碴儿笑话他。

爱尔迈拉觉得冷，她开始发抖，于是去够那叠毛毯，但她太弱，连抖开毯子的劲儿都没有。

“帮帮我的忙，伙计。”她说，“我冷得要命。”

大刺猬立即把缰绳交给路加，到车上去帮她盖好。夜里很暖和，但爱尔迈拉仍感到冷。他把毯子给她盖上，她还是不停地颤抖。路加坐在篷车上，一想到大刺猬的孩子就大笑一阵子。刚走出七八公里，爱尔迈拉便陷入了谵妄状态。她在毯子里缩成一团，自言自语，主要是关于那个叫迪·布特的男人。她的样子格外难看，大刺猬开始害怕了。一次他的手不小心碰到了她的皮肤，发现她烫得好像被太阳烤了一样。

“路加，她发烧了。”大刺猬说。

“我又不是医生，”路加说，“咱们就不该离开那所房子。”

大刺猬用水给她洗脸，就像往火炉上泼水一样。她烧得太厉害，大刺猬不知道如何是好。一个人烧成这个样子会死的。他见过不少人死于高烧。他不明白，如果生孩子会病成这个样子，她为什么还要生。就在他给她洗脸的时候，她直挺挺地坐起来看着他，眼睛睁得很大。

“迪，是你吗？”她问，“你去哪儿了？”说完，又倒在牛皮上。

路加尽力让篷车走快些，但前边的路还很远。东方发亮时，他们终于找到了马车道，顺着它进了奥加拉拉。

这个城市不大。它坐落在普拉特河北边的山坡上，只有一条长长的街道，两旁是酒吧与商店，还有几个棚子。有一家酒吧仍然在营业。三个牛仔正在外面站着，准备上马回去干活儿。两个较清醒的在笑话第三个人，他醉得不成样子，想摸着马的另一侧上去。

“妈的，乔下决心要倒着骑马了。”一个说。篷车过来时他们并不感兴趣。那个醉牛仔从马上掉下来，摔倒在街上。另外两个牛仔觉得这太好笑了，其中一个笑得太厉害了，赶紧跑到一边呕吐起来。

“医生在哪儿住？”路加问那个最清醒的牛仔，“我们有个生病的女人。”

一听这句话，牛仔们停下来看着来人。他们只能看见爱尔迈拉的头发，她的身子都盖在毯子里。

“她从哪儿来？”一个牛仔问道。

“阿肯色。”路加说，“医生在哪儿？”

爱尔迈拉烧得迷迷糊糊。她睁开眼看见了房子。这里肯定就是迪所在的地方，于是她掀掉了毯子。

“你们知道迪·布特吗？”她问牛仔们，“我是来找迪·布特的。”

牛仔们瞪着她，好像没听见她说什么。她只穿一件睡衣，头发又长又乱，身边坐着一个大块头猎人。

“夫人，迪·布特在牢里。”一个牛仔彬彬有礼地说，“那边那所房子就是。”

晨曦刚刚穿过黑乎乎的房屋间隙，射到街上。

“哪儿有医生？”路加又问了一句。

“我不知道这儿有没有医生，”那个牛仔说，“我们昨天晚上才到这儿。我知道布特是因为人们在酒吧里谈到了他。”

爱尔迈拉开始往车帮上爬。“帮帮我，大刺猬。”她说，“我要去看迪。”她的一条腿跨出了篷车，但立即支持不住了，便颤抖着趴在车上。

“帮帮我，大刺猬。”她又说。

大刺猬像提布娃娃一样把她从车上提了下来。爱尔迈拉走了两步便停了下来，她知道再走一步她就要跌倒。但迪·布特就在街那边。她想，只要见到迪，她就会好起来。

大刺猬在她身边站着，个头儿大得像牛仔们骑的马。

“把我抱起来。”她说。

大刺猬害怕了。他从未抱过女人，更没有抱过爱尔迈拉。

他想，要是不小心，就会把她摔碎。然而她在看他，他感到非抱不可了。他把她抱在怀里，再次发现她像个布娃娃一样轻。她的味道也和他抱过的任何东西都不一样。他抱过的东西尽是些皮子和猎物的尸体。

就在他抱着她的时候，从监狱里走出来一个人，他从屋角转了过来，正要去解手。那人是副司法官，名叫里昂。见到一个大汉抱着一个身穿睡衣的瘦小女人站在那里，他吓得一愣。在他当副司法官期间，还没有碰到过这么令人吃惊的事呢。眼前的事一下子打断了他的思路。

“我要见迪·布特。”那个女人说，声音轻得像是在哼哼。

“迪·布特？”里昂惊异地说，“啊，那好，我们把他抓住了，不过我不知道他起来了没有。”

“我是他的妻子。”爱尔迈拉说。

他又吓得一愣。“还不知道他结没结婚呢。”里昂说。

里昂正在观察那个野牛猎人——一个彪形大汉。他想，这两个人也许是来帮迪·布特越狱的吧。

“我是他的妻子，我要见迪。”女人说，“大刺猬不必去。”

“迪也许能听见，他就在这间牢房里。”里昂指着监狱边上的一个小铁窗说。

“抱我过去，大刺猬。”爱尔迈拉说。大刺猬照办了。

窗口很小，牢房里还黑着，但爱尔迈拉能看出有个人躺在一张窄小的床上。他的手臂放在眼睛上，起初她怀疑那不是迪——如果是他，那他就是长胖了。而那又不像是迪，因为他常为自己的苗条与敏捷而自豪。

“迪，”她说，“迪，是我。”她的声音近乎耳语，那个人没有醒。爱尔迈拉生气了，她千里迢迢到了这里，并且找到了他，竟不能使他听见自己的声音。

“对他说点儿什么，大刺猬。”她声音微弱地说，“你的声音大些。”

大刺猬很茫然。他从来没有见过迪·布特，不知道该对他说什么。这一要求可真使他狼狈。

“不知道说什么。”他说。

幸好他不说也没关系，那个副司法官已经走回去，并亲自到里面把迪叫醒了。

“醒醒，布特，”他说，“你有客人。”

睡觉的那个人马上惊慌地跳了起来。爱尔迈拉看见那个人就是迪，虽然他已经不是她印象中那个衣冠楚楚的人了。他惊骇地朝窗口扫了一眼，然后怔怔地站在那里。

“谁？”他问。

“是你老婆。”里昂说。

迪走到窗前，他距离那儿只有两步路。爱尔迈拉发现他已有好几天没刮脸，她的确没想到。迪格外讲究刮脸，总是把城里最好的理发匠每天请到家里来。在那漫长的旅途中，她心目中的他的那双眼睛——那双快活的眼睛——现在看上去又惊恐又忧伤。

“是我呀，迪。”她说。

迪只是呆呆地看着她和那个把她抱在怀里的大个子。爱尔迈拉意识到他可能对大刺猬产生了误解，尽管他并不是那种易忌妒的人。

“他是大刺猬，”她小声说道，“他和路加用篷车送我来的。”

“没有别人吗？”迪说着，走近窗口往外窥视。

爱尔迈拉不知道出了什么事。他看得见那是她，却不怎么瞅她，像是很害怕的样子。他的头发上还沾着垫子上掉下来的一小块棉花。邋遢的胡须使他看起来比她记忆中的样子苍老许多。

“只有我。”爱尔迈拉说。她也开始感到害怕了。她已经弱得连眼皮都抬不起来，但与迪说话的愿望胜过一切。她不想在他们谈话前就昏厥过去，但她担心随时都可能昏过去。

“我离开七月了，”她说，“我不能跟他过，我一心只想着你，天天都在想。我当初应该跟你走，不该跟七月。我搭了条运酒船，后来大刺猬和路加用篷车把我送到了这儿。我生了个孩子，没有要。我要尽快来见你，迪。”

迪仍在不断地四处张望，似乎周围的实际人数比他能看到的要多。后来他才不再四处瞧，而是看着她，她盼望着见到他从前的那种微笑，但他笑不出来。

“他们要吊死我，爱尔迈拉，”他说，“我正等着对我施私刑的人，所以我刚才跳了起来。”

爱尔迈拉简直不能相信这件事，因为迪从来没干过错事，更没有干过会让人家吊死的事。他赌博，跟女人厮混，但都够不上施绞刑。

“为什么，迪？”她问道。

迪耸了耸肩：“打死了一个孩子。”他说，“我想吓唬他，可他跑错了方向。”

爱尔迈拉感到迷惑不解。她不知道迪·布特开过枪。他像所有的人那样总带着枪，但据她所知，他连练都没有练过。他为什么要去吓唬一个小孩？

“他惹你了，还是怎么的？”她问。

迪再次耸了耸肩：“是一个拓荒者的孩子，”他说，“有一个养牛的老板雇我去把拓荒者赶走。通常朝他们头上放一两枪，他们就会离开，可那孩子跑错了方向。”

“我们帮你逃出去，”爱尔迈拉说，“大刺猬和路加可以帮我。”

迪看了看抱着爱尔迈拉的那个彪形大汉，看上去他的个头儿足以将这座小小的监狱掀翻，但他抱着一个生病的女人，当然干不了这种事。

“我下星期五就会被吊死，可是他们有可能先动私刑。”迪说。

大刺猬感觉手臂湿了。爱尔迈拉很轻，抱着她没有什么感觉。太阳已经升起，小牢房里可以看清楚了。大刺猬不知道为什么会觉得这么湿，他把爱尔迈拉抱高了些，吃惊地发现原来是血。

“她在流血。”他说。

迪朝外看了看，血正顺着爱尔迈拉的睡衣往下滴。

“快送她去见医生，”迪说，“里昂知道他在哪儿住。”

迪大声呼叫副司法官，里昂急忙跑了进来。爱尔迈拉不想走，她要留下来和迪说话，想告诉他事情会好起来的，他们要把他从牢里救出来。她绝不让人们把迪·布特吊死。她看着他，但说不出话来，说不出想说的心里话。她努力试了试，还是说不出。她的眼睛快要闭上了，不管她怎样试图让它们睁开，仍无济于事。大刺猬把她抱开时，她想再看迪一眼，然而迪的脸躲在一束强烈的阳光后面。太阳明亮地照在监牢的墙上，看不见迪的脸了。她的头不由自主地向后垂了下去，靠在大刺猬的胳膊上，眼睛看到的只有蓝天。

第 77 章

七月寻找爱尔迈拉的路上，倒霉的事接踵而至，简直像《圣经》中的约伯一样。尽管他百般小心，还是接二连三地出事故，遇到挫折，他在史密斯堡时从来没有碰到过这类事情。骑着那匹刚买的马离开道奇第三天时，他的马想挣脱缰绳，结果倒在地上摔伤了腿，原来这匹马没有被驯好。七月等了一天，希望它的伤不像他想象的那样严重，然而第二天，情况更坏了。出门一次就失去两匹马，似乎是不可能的事，因为在此之前，他连一匹马都没有失去过，但事实就是事实，他不得不正视它。

另一事实是，除非他走回道奇去，否则根本不可能再搞到一匹马。他前方是大草原，一直延伸到普拉特河，路程遥远得很。

七月极不愿意走回头路，但无可选择。道奇城就像块磁铁，他离开后又把他吸回去。他像打死头一匹马那样把第二匹也打死了，扛起马鞍，然后往回走。他神情严肃地走着，力图不去想在这段时间内爱尔迈拉会离他越来越远。

来到阿肯色河，他游了过去，穿着湿衣服进了城，又买了一匹马，一小时后便离开了。那个老马贩子喝得半醉，还一心要高价，但七月打断了他的话。

“年轻人，你去哪儿都走得不快呀，对吧？”老人呵呵笑着说。七月想，这句话一个钱也不值。他立即返回阿肯色河，骑马蹚了过去。

在整个旅途中，七月一直在被多年前发生在史密斯堡的一件事袭扰。有一个棉花商——城里最好的人之一——因做买卖去了孟菲斯，他一走，他的妻子就病了。人们给他拍了封电报，但他已经在回来的路上，所以没收到电报。那个人叫约翰·菲希尔。他骑马回到史密斯堡时，看见教堂后面在举行葬礼。他本是个热心人，因而骑马过去看看是谁死了。人们见他过来，都愣住了，因为被埋葬的人正是他的妻子。七月正在帮着往棺上盖土，他永远也不会忘记约翰·菲希尔意识到自己晚了一天时脸上的那副表情。他的妻子死在他回来的前一天下午。约翰·菲希尔是个健康人，但此后只活了一年。只要在街上遇到见过他病榻上的妻子的人，他就会问：“你想我要是早点儿回来，我的妻子会活下来吗？”人人都对他说不会，但他不相信。

七月没有理由以为爱尔迈拉病了，但实在放心不下，每耽误一次都使他心急如焚。幸而这匹新买的马很强壮，能赶路。七月催马急行，只有在他感到马需要休息时自己才跟着休息一下。他细心观察着那匹马，因为他经不起再失去一匹了。他只剩下两块钱，外加一点儿咖啡、腌猪肉和步枪。他想打死一只羚羊，但打不中，只好以吃腌肉为主。

接近里帕布利肯河时，又遇到了一件倒霉事。他在河的陡岸宿营，因为极度疲劳，把马拴好便鼾然大睡了。他睡得并不好，晚上他觉得腿上叫什么蜇了一下，但因为太困而没有去管它，因为红蚂蚁咬过他好几次了。

他醒来时感觉到难以忍受的疼痛，原来右腿已肿得很大，他不得不把裤子割开，看看是怎么回事。裤子割开后，他发现膝盖上方有蛇咬的牙印，一定是有条蛇在夜里爬到他身边，他睡觉不老实，翻身时吓着了它。他没有听见蛇发出的响声，但那也许是条小蛇，要么就是它的尾部断了。

起初他心中非常恐慌。蛇是半夜咬的他，蛇毒在体内已经好几个小时了，现在就是把咬伤的地方切去，放出毒液，都为时已晚。他身边又没有药，真是一筹莫展。他觉得头部轻飘飘的，心想自己快要死了。他从陡岸那里向北越过里帕布利肯河可以看到很远的地方，他估计一直能看到内布拉斯加。在即将到达他要去的地方时被蛇咬了，真正是走霉运。他的水也不多了，因为离河近，他没有节省他的水。

陡岸没有阴凉，他用帽子把脸盖住，半躺半靠在马鞍上，大汗淋漓。他为自己的粗心大意深感羞愧。他开始神智昏迷并说胡话，与罗斯科进行长时间的交谈。他看见了罗斯科的脸，一清二楚。罗斯科已经死了，但他好像并不因为自己的死而责备他。如果他自己现在也死了，就没什么关系了。

七月没有死，但他的腿痛得厉害。晚上下了一场大暴雨，他除了缩在鞍毯里，没有任何办法。他的上下牙开始打架，怎么也止不住。他真想以死来得到解脱，这种罪太难受了。

次日早晨，太阳很毒，他的衣物很快就干了。他身体虚弱，但没有要死的感觉，只是他必须尽量不看自己的腿，那条腿太难看了，看了以后心里真不是滋味。如果医生见了它，准会把它锯掉了事。他试着轻轻地弯了弯腿，钻心的疼痛顷刻传遍全身。然而他必须到下面的河边去，否则他就会渴死。虽说刚下过雨，可他实在太弱了，没能接下一些雨水。

那天下午，他站了起来，但右脚不能触地。他想方设法地趴到马背上，来到河边。三天后，他才有了点儿力气回去取马鞍。到河边去一趟耗尽了他的力气，连解扣子的力气都没有了。一天清晨，他用手枪打死了一只鹤，鹤肉给了他一些力气。他的腿既没有复原，也没有烂掉。他的右腿已稍微能用点儿力了，但只是一点儿而已。

被蛇咬的第五天，七月骑马过了里帕布利肯河。离开道奇以来，他一个人也没遇见过。他很担心印第安人，因为他伤成这个样子，很容易成为牺牲品，但是后来由于过度孤寂，他甚至觉得如果能遇见一两个印第安人，他也会高兴。他开始怀疑偌大的北方是不是有人居住。

接近内布拉斯加时，草原变成了一片灰黄。他知道自己肯定不会死，但仍不断地感到头昏，眼前的东西飘忽不定，胃里的东西直往上翻。夜里醒来时，他发现自己在与罗斯科说话，虽然周围并没有人听他说，可是他还是感到尴尬。

他仍坚持向前走去。溪流越来越多了，他不必再为水操心。有一次他仿佛看见了远处骑马的人，当他朝他们走去时，发现那原来是两头野牛。它们在草原上待着不动，好像迷了路。七月准备打死一头，但他吃不完那么多肉，再说如果他打死一头，另一头就会像他一样形影相吊，因而他放下了枪。当天晚上他用石头打死了一只大草原鸡。

又过了三天，他见到了普拉特河。它从两面棕黄色的高坡之间蜿蜒而过。不久，他又遇到了车辙，便顺着它向西走去。

中午前后，他看见在普拉特河南边约一公里处，有一所孤零零的木头房子，附近有畜栏和几个小棚子。房子附近有一大群马在吃草。七月都要哭了，因为这说明他迷路的日子终于结束了。城市肯定离这里不远，不然是不会有人在这里盖一所木房子的。独自在草原上度过了几个星期，七月多么想到城里去啊，虽然回忆起自己一路上的遭遇，觉得在城里找到爱尔迈拉的希望并不大——一个女人如何能走这么远的路?

他向房子走去时，北边出现了一个老汉，他刚从普拉特河上来，马身还在往下淌水。七月发现河北边的马更多。老人一头白发，像是个墨西哥人。他的枪横放在马鞍上。七月不愿意显得不友好，便停下来等着他。

老汉不住地看他的那条腿。七月忘了他那条腿有多难看，甚至忘了腿的颜色仍泛黄，而且还光着，那是因为他把裤腿割掉了。

“疼吗？”老人用英语问道。七月听到英语很高兴。

“没之前疼了。”七月说，“奥加拉拉在附近吗？”

“离这里三十公里。”老人说，“我叫柯罗，到我家来吧，你一定饿了。”

七月没有表示反对。他这时才想起人们在家里是坐在桌子旁边吃饭的。长时间以来，他吃的东西全是半熟的腌肉或半生的野味，现在一想起要坐到排场的饭桌旁，他便感到很羞愧，他深知他的样子可够寒酸的。

离房子近了时，他猛然听到尖厉的笑声，一个小姑娘从房角飞也似的跑了出来，另一个比她稍大点儿的姑娘在后面紧追不舍。前边的那个跑到房子与畜栏之间的一个小棚子里去，想躲起来，但她的姐姐已经抓住了她，两人边扭斗边尖声叫嚷着。大点儿的姑娘想把什么东西塞进小姑娘的脖领里，并且终于成功了。这时小姑娘急得直蹦，大点儿的姑娘则笑着跑开了。

这两个骑马人过来时，看见房后石阶上出现了一个女人。她穿一件灰色罩衣和一条围裙，抱着一个婴儿。她显然在生气，因为她冲那两个姑娘喊了句什么，她们便不再大声喊叫，停下来面面相觑，慢慢地朝房子走去。那个女人手里抱着的婴儿哭闹个不停，但声音比那两个姑娘的小得多。她对大点儿的姑娘说了几句话，那姑娘解释了几句，而那个小点儿的姑娘指着小棚子为自己辩护。那个女人听了一会儿，很快地说着什么。七月想，她一定是在责备她们。

七月独自过了这么久，乍一见到女人，他觉得有些紧张，何况这个女人正生着气。但他走近时才知道，不管她生气不生气，他都情不自禁地想看她。她教训女儿们时眼睛炯炯有神，两个孩子都不是安安静静地听她说，而是不停地还嘴，但这位母亲根本就不理睬她们的争辩。她薄薄的棕发在脖子后面绾成了髻，一部分头发已经披散下来。

那个墨西哥老人对这一切无动于衷，事实上还觉得挺有趣。他若无其事地骑到她们跟前才下了马。

“可她要往我脖子里放蚱蜢，”小姑娘说，“我恨死她了。”

“我不管谁恨谁，”女人说，“为了这孩子，我一夜没睡，你们知道他有肚子痛的病。为什么偏在我的窗户底下吵，好像这么大个草原，除了我的窗户底下就没有地方让你们闹了。这儿没别的，还没有地方吗？”

“是只蚱蜢。”小姑娘还要犟嘴。

“啊，这是你见的头一只蚱蜢，是吗？”那个女人说，“要是把孩子吵醒了，叫你操心的事可就不止一只蚱蜢了。”

这个女人很瘦，但怒气使她的脸色红乎乎的。姑娘们终于老实下来，这时她才抬起头看见了七月。她略带敌意地翘起下巴，似乎也要与他干一仗。而当她看见他那条露在外面的腿时，她的脸色一下子变了。她那双灰褐色的眼睛突然死死地盯住了他。

“下马吧，先生。”老人说。

两个姑娘四处望了望，才意识到来了生人。她们立即停止了耍笑，雕像般地站着不动。

那个女人笑了笑，像是从愤怒转向了高兴。

“你好，我是克拉拉。”她说，“对不起，乱成一团了。我们这儿的人都会喊叫。下来吧，先生，欢迎你来。”

七月长时间没有开口讲话了，只是刚才与柯罗说过两句，再就是说梦话时和罗斯科·布朗说过。他一开口，声音很沙哑。

“谢谢，我真不愿意麻烦你。”他说。

克拉拉哈哈大笑：“你弱成这个样子，怕连谁都麻烦不了，”她说，“我们净给自己找麻烦。要是还有什么我们没有见过的麻烦，那才稀罕呢。这是我的两个女儿，莎莉和贝特西。”

七月对两个姑娘点了点头，下了马。他的那条腿骑马骑得已经僵了，他不得不蹦跳着走到前廊。婴儿还在哭，那个女人一边看着七月下马，一边摇着怀里的婴儿。

“他叫蛇咬了。”柯罗说。

“我想是我压到蛇身上了，”七月说，“我一直没发现，早上起来腿已经肿了。”

“啊，你要是能活这么久，我看就用不着害怕了。”克拉拉说，“我们给你弄点儿吃的。最近常有病人来，有时候我想还不如不卖马，开个医院算了。到屋里来。姑娘们，你们给他腾个地方。”

老人带他来到宽敞的厨房里，克拉拉抱着婴儿，拨旺炉膛里的火。

“我叫两个女儿去打点儿水，你先洗一洗，”克拉拉说，“还不知道你的名字呢。”

“我叫七月约翰逊，”七月说，“阿肯色人。”

克拉拉差点儿把拨火棍弄掉了。女儿们对她说过，那个满脸伤疤的小个子男人告诉她们，和他们在一起的那个女人嫁给了一个司法官，叫约翰逊，是阿肯色人。她没有注意她们的话——在她看来，那个女人不像是嫁人的那类人。再者，小个子男人曾悄悄说过，那个大个子野牛猎人以为他已经娶了她。两个女儿认为家里来了这么个同时嫁给了两个男人的女人，真是件有意思的事。而这还不算完，因为那个女人自己说她与迪·布特——人们上星期吊死的那个人——结了婚。吊死他时，柯罗正在城里，柯罗说绞刑进行得很顺利。

克拉拉更加仔细地看了看厨房里的这个人。他很瘦，有点儿迷惘，可能是不大相信经过那么一段跋涉还能活着的缘故。她自己与鲍勃穿过大草原来到奥加拉拉时，就有过那种感觉，何况她还没有被蛇咬伤或经受过格外惊险的遭遇。

如果他确实与那个女人结了婚，那么她怀里这个流着涎水的小娃娃就可能是他的孩子。克拉拉感到一阵恼火，主要是对自己。她已经离不开这个孩子了，她喜欢与他一同躺在床上，看着他那双小手乱抓乱动。他也会长时间看着她，眉头紧皱，似乎要弄清人生是怎么一回事。但当克拉拉冲着他笑，并把手指伸给他让他抓时，他就不再皱眉头，而是高兴地咯咯笑起来。除了肚子痛，他是个健康孩子。她知道孩子的母亲可能还在奥加拉拉，她本该把孩子带到城里去，看看那个女人是否已回心转意，想认自己的儿子，但她一次次推迟动身。如果不得不把这孩子还给人家，那可太让她伤心了。她对自己说，如果那个当母亲的不因想孩子想得要死而前来把他领走，那么那个母亲可就太愚蠢了，根本不配要他。她提醒自己，她该摆脱养儿育女的繁重琐事，好像也不能再那么干了。她明白她应该通过别的途径使自己快乐地生活。可是她就喜欢小娃娃，没有任何一件事能像小娃娃那样使她愉快、幸福。

她还没有认真想过他会有一个爸爸到这儿来，然而才三个星期，就有一个肮脏、疲倦的拖着一条变了色的坏腿的爸爸，出现在她的厨房里。

克拉拉又拨了一两次火，稳定了一下情绪，然后转过身来看着七月。

“约翰逊先生，”她说，“你也许是来找你妻子的吧？”

七月几乎吓得跌倒在地：“是的，她叫爱……爱尔迈拉，”他说，“你怎么知道？”

他发抖了。克拉拉过来扶着他的胳膊，带他坐到一把椅子上。两个姑娘在门口站着，观察他的每一个动作。

“我一直在找她，”七月说，“我根本不知道她到这儿来了。她身材不高大，恐怕她已经死了吧。你见她了吗？”

“见了，”克拉拉说，“三个星期前她在这儿停过，和两个野牛猎人一道。”

七月心想，就是奇迹也不会这样巧——在这么大的草原上，他和爱尔迈拉居然都来到了这所房子。一直在看着他的这个女人似乎看透了他的心思。

“很多过路人到我这儿来，”她说，好像没有听见他刚才说的话，“把房子盖在这里，是我丈夫干的最聪明的事情之一。凡是从普拉特河来的人，要买马的话，非来我们这儿不可。这是唯一的一条路。我们要不是住在这条路上，早就饿死了。”

“这……”七月说不下去了。盼着有一天能找到爱尔迈拉，是他唯一的希望。为了寻找她，他冒了多少险，还丢了三条人命。尽管爱尔迈拉现在不在这里，但她肯定在城里。他颤抖着，情不自禁地哭了起来。他的愿望终于快实现了。

克拉拉默默地递给他一条粗糙的洗碗巾，并严厉地瞪着女儿们。她们退出去后，她也跟着她们出了后门，以便让这个男人单独待一会儿，恢复一下精神。

“他干吗哭？”贝特西问。

“他太紧张了——他从很远的地方来，恐怕他本来没打算成功。”克拉拉说。

“可他是个男人。”莎莉说。据她了解，她们的爸爸从来不哭。

“男人跟你们一样，也有眼泪。”克拉拉说。

“去打点儿水来，让他洗个澡吧。”

说完她又回到厨房。七月还没有平静下来，思想的陡然松弛使他难以接受。那婴儿现在不哭闹了，正吸吮自己的手指头，眼珠子滚来滚去，落到了她身上。她想，还是对这个人说了吧。她拉过一把椅子，坐到饭桌旁。

“约翰逊先生，我还有一件事要对你说。”克拉拉说。她看看孩子的脸，又看看七月的，想找出点儿相似的地方。她觉得他们俩的前额很相像，只是孩子的头发稀少，不过仅有的那几根头发的颜色和七月的是一样的。他长得并不难看，只是旅途上的经历使他变得又黑又瘦。她心想，待他休息好了，刮刮脸，就可以与孩子比比脸庞了。他可以用鲍勃的剃刀。一周前她为了给鲍勃刮脸，才把它磨快了。

七月看着她和婴儿逗着玩。他不哭了，只是感到有些茫然。他太感激这个女人了，哪怕仅仅是为了让他进来，何况她还给了他如此无微不至的照顾。他觉得一旦他开口说话，没准儿还会哭。这个女人如此漂亮，如此好心肠，实在让人难以相信这是真的。很显然，她年纪大了，嘴角已经有了细细的皱纹，但她的皮肤仍然很柔软，当她用一根手指拨动婴儿的小手时，她的面貌美极了。刚才她说还有一件事，使他感到不安，也许爱尔迈拉的一个同伴偷了东西，或者做了坏事。

“如果那个女人是你的妻子，那么我想这孩子就是你的。”克拉拉说，“她在这儿的那天晚上生的，后来她走了。她急着进城。她肯定不知道她生了个多好的孩子。这儿所有的人马上就喜欢上他了。”

七月还没有认真看过孩子，他以为他是克拉拉的——她说过她叫克拉拉。她正用那双慈善的灰眼睛仔细地望着他。然而她的话太不可能了，他不相信这是真的。爱尔迈拉从来没有对他说过要孩子，或者打算要个孩子，她什么都没有说过。他累得连坐都坐不直，这件事对他来说太不可思议了。也许这就是爱尔迈拉跑掉的原因——然而他觉得不是。至于在克拉拉腿上玩耍的这个小娃娃，他不知道对他该作何想法。他有了个孩子，这个概念太突然了，他的思想无法往那方面想。这一概念再次使他茫然不知所措，如同滞留在草原上一样。

克拉拉发现他现在不想谈这孩子。

“对不起，约翰逊先生。”她立刻站起身说，“我本该去做饭，不该说些让你操心的事，你太累了。吃完饭你就去休息。这孩子就在这儿，咱们明天再说。”

七月没有回答，但他觉得自己太不懂礼貌了。克拉拉不仅张罗着给他做饭吃，连她照顾的那个孩子都可能是他的。他挖空心思想做点儿什么或说点儿什么，但心里空荡荡的。克拉拉喜气洋洋地做着饭，大部分时间都把孩子抱在怀里，只有在需要两只手干活儿时才把他放到桌子上。

“见他翻身就抓住他，”她说，“就做这么一件事。”

她给他做了牛排、土豆和豆子。七月怕自己累得连饭也吃不下，但一闻到饭菜的香味，食欲马上来了。他把饭菜吃了个精光。

“我让鲍勃给我做了个防风篱笆，”她说，“过去十几年，我眼瞅着狂风老是把我的花园毁掉，实在受不了。”

七月用询问的目光望着她。

“鲍勃是我丈夫，”她说，“受伤了，我们对他不抱什么希望了。”

她过滤了些牛奶，煮了煮。七月吃饭时她就喂孩子。她在一个果汁瓶上安了个奶嘴。

“我们用这个奶嘴喂马驹，”她说，“有的时候母马的奶当时下不来。幸好这孩子长了个大嘴巴。”

孩子用奶嘴贪婪地吸着奶。七月心想，这个奶嘴可真够大的。

“我一直叫他马丁，”克拉拉说，“因为是你的孩子，你可以给他改个名字。我想男人叫马丁好听。叫马丁的男人可能成个法官，也可能搞政治。我的两个姑娘也喜欢这个名字。”

“我看这孩子不是我的，”七月说，“爱尔迈拉从来没有对我提过这件事。”

克拉拉大笑起来，把他吓了一跳。“你们结婚的时间长吗？”她问。

“大约六个月，”七月说，“到她走的时候。”

“啊，是呀，你们是新婚，”克拉拉说，“她可能不想跟你过了，没告诉你。”

“她还有个男孩，乔。”七月说，“我去追捕杰克·斯普恩的时候，他跟着我去了。乔后来在草原上叫人杀了。爱尔迈拉还不知道呢。”

“你是说杰克·斯普恩吗？”克拉拉说，“我认识他。我们还相爱过呢。大约一年前，我在奥加拉拉见过他，和他在一起的那个女人不喜欢我的样子，所以没怎么说话。你为什么追杰克？”

七月已经记不起来了，那仿佛是很久以前的事了。

“杰克赌博的时候和人打起来，”他说，“他开了一枪，子弹穿过墙壁，打死了我哥哥。我那个时候不在城里，我嫂子桃子叫我去追杰克。现在想起来，还不如不去追他。”

“听起来好像是偶然事故，”克拉拉说，“当然，我明白这样说对你的家庭可不是一种安慰。杰克不是杀人惯犯。”

“嗯，反正我没抓住他。”七月说，“爱尔迈拉跑了以后，罗斯科赶来告诉了我。现在罗斯科也死了。这不可能是我的孩子。”

克拉拉还在端详这两张脸——娃娃的脸和那张憔悴、疲乏的脸。她很想知道父亲能够遗传给孩子些什么。

“你妻子什么时候跑掉的？”她问道。

“啊，四个月了，”七月说，“很久了。”

克拉拉咯咯笑着：“约翰逊先生，你的算术学得可不好。”她说，“我认为你瞅着的这个小家伙正是小约翰逊先生。我算出来了，不知道日期也没关系，可实际上日期挺吻合。”

七月不知该说什么好。克拉拉好像对自己的结论很得意，但他一点儿也高兴不起来。这实在是个谜。

“看来我有点儿不像话，”克拉拉说，“客人一来，我就成了这个样子。你这么累，我不该打扰你。两个闺女打水去了，你洗了澡，就睡在她们那间屋里吧，房间不错。”

七月洗过澡便睡着了，睡得那么死，一连几个小时都没有翻身。克拉拉抱着孩子进了屋，看着七月。他没有刮脸，但至少洗干净了。洗干净后他显得年轻得多，比她的大儿子大不了几岁——如果她的大儿子还活着。

她又回去看了看鲍勃。从他头上的缝合处流出许多肮脏的血水，渗到枕头里。虽然已拆了线，但头颅里面的伤好像更坏了。也许已再次感染了。克拉拉尽量给他擦干净，然后把孩子抱到了她那小小的阳台上。

“嘿，马丁，你爸来了。”她说着，冲孩子嘻嘻笑了笑，“幸亏咱们的房子在大路上，不知道你爸头脑清楚后会怎么想咱们。”

孩子在温暖的空中挥了挥手。在畜栏里，两个女儿正在看柯罗调理一匹两岁的小母马。

克拉拉看了看孩子，把手指伸给他。“咱们才不管你爸怎么看咱们呢，是吗，马丁？”她说，“咱们可是已经知道怎么看他了。”

第78章

奥古斯塔斯回来时，罗丽娜正在帐篷里坐着，一心想着他千万别死。奥古斯塔斯会死的想法是没有道理的。他才走了三天，可她觉得不止三天。牛仔们没有来打扰她，但她还是坐卧不宁。盘子波吉特晚上为她支起帐篷后，就在近处待着，但她对此不闻不问。她只想让奥古斯塔斯一个人照顾她。

天黑前，她听见马蹄声就往外瞧，只见奥古斯塔斯正骑马朝她走来。她高兴得真想跑着迎上去，但是盘子波吉特就在附近，所以她没有动。

“她挺好，古斯。”奥古斯塔斯下马后，盘子说，“我尽了我的力量照顾好她。”

“谢谢你。”奥古斯塔斯说。

“她连看都不看我。”盘子说。他说话时显得若无其事，心里却不这么想。罗丽娜对他的冷落比任何事情都更使他痛苦。

“你们抓到盗马贼了吗？”他问。

“抓到了，可是在他们杀了威尔巴杰和其他四个人之后。”奥古斯塔斯说。

“把他们吊死了？”

“嗯，都吊死了，包括杰克·斯普恩。”

“哦，天哪。”盘子大吃一惊，“我不喜欢那个人，但我从来没有料到他是个杀人犯。”

“他不是杀人犯，”奥古斯塔斯说，“杰克就图清闲，不喜欢干活儿，跟我的毛病一模一样。我没被吊死算我运气好。”

他将马鞍从累坏的马的身上拿了下来，马躺在地上痛痛快快地打着滚儿，蹭着汗津津的脊背。

“你好哇，小姐。”奥古斯塔斯掀开帐篷说，“搂搂我。”

罗丽娜拥抱了他。他一进来就提出这个要求，罗丽娜脸红了。

“要是拥抱还要请，那吻吻我怎么样？”奥古斯塔斯问。

罗丽娜抬起了头，她触到了他的胡子，很想哭一场，于是紧紧地把他搂住。

“咱们要是带着澡盆就好了，”奥古斯塔斯笑嘻嘻地说，“我身上脏极了，就像吻一只土拨鼠一样。”

后来他去做饭的篷车那里带回了一些吃的。他们俩在帐篷外面吃着，远处爱尔兰人在唱歌。奥古斯塔斯将杰克的事告诉了罗丽娜，但她并不怎么关心。杰克没有去找她。一连几天她都盼着他去，但他没有去。她的希望破灭了，对杰克的记忆也随之消失。奥古斯塔斯给她讲述杰克的故事时，就像在说一个她从不认识的人一样。她对夏威尔·万茨的印象要深得多。她有时还梦见夏威尔在干豆酒吧里，手拿抹布站在那里。她仍然记得她离开的那天早上，他痛哭的情景，记得他答应带她去加尔维斯顿。

但她并不怎么记得杰克，他融入了其他的过客中。她只记得他的大拇指扎了根刺，其他的就记不得了。对于他的死，她并不怎么放在心上——他不是像奥古斯塔斯一样的好人。

使她恐惧的是死亡。现在她找到了奥古斯塔斯，一想到他可能会死，她便心惊肉跳。她不能没有他。可是就在当天晚上，她梦见他死了，连尸体都无法找到。她从梦中醒来，听到了他的呼吸声，便一把将他死死搂住，结果把他惊醒了。天气很热，在她紧紧的拥抱下，两个人都出了一身汗。

“又是什么吓着你了？”奥古斯塔斯问道。

“我梦见你死了。”罗丽娜说，“把你吵醒了，真对不起。”

“别往心里去，”他说，“我反正要去浇浇草。”

他走出帐篷，小便后在月光下站了一阵子，使自己凉快下来。帐篷里一点儿风也进不去，所以罗丽娜也走了出来。

“幸亏这些草不靠我，”奥古斯塔斯说，“它需要的远比我能浇的多得多。”草原如此广袤，很难想象草原以外还有个世界。

整个牛群，连同他们自己，简直就像无尽草原上的一个个小黑点。罗丽娜也喜欢上这个广阔的空间了——在小小的酒吧里挤了那么多年后，这是一种解脱。

奥古斯塔斯一边凝视着月亮一边搔痒："我一直在想，咱们快看见山了。"他说，"知道吧，我是在山里长大的，田纳西。我听说落基山比大雾山高得多。人们说落基山顶终年积雪，这在田纳西可看不到。"

他坐到草地上。"咱们在外边坐坐吧，"他说，"上午再睡，我要气气考尔。"

"他为什么夜里总要走开？"罗丽娜问。

"他走开是想自己一个人待着，"奥古斯塔斯说，"伍德罗不喜欢社交。"

罗丽娜又想起了她担心的另一件事——内布拉斯加的那个女人。"咱们什么时候到那儿，古斯？"她问道，"我是说内布拉斯加。"

"没把握，"他说，"内布拉斯加在里帕布利肯河以北，咱们还没到那条河呢。大概还要三个星期吧。"

罗丽娜怎么也摆脱不了她的恐惧——到达那个女人那里后，她可能会失去他。奇怪的颤抖又发生了，她无法控制自己。奥古斯塔斯把她抱在怀里，她才不再发抖。

"是呀，担心是很自然的，"他说，"生活太冒险了。你最担心的是什么？"

"我怕你死。"罗丽娜说。

奥古斯塔斯嘿嘿笑了："对极了，我会死的。"他说，"还有呢？”

“我怕你和那个女人结婚。”她说。

“我怀疑这一点，”奥古斯塔斯说，“那个女人有两三次和我结婚的机会，但她没有。她是个独立的人，跟你从前一样。”

是的，罗丽娜想。过去她一向我行我素，可现在她的一切思想就是不让奥古斯塔斯离开她。她并不为此而害羞，她愿为拥有他而付出代价。

“奇怪，人们都那么喜欢白天，”他说，“很多动物宁可晚上干活儿。”

罗丽娜很想让他要她，她知道他需要她，但他没有任何表示。她对这一点并不操心，但是如果她能有把握知道他需要她，那她就不会因担心失去他而害怕了。

“咱们进去吧。”她轻轻地说，希望他能明白她的意思。他立即咧嘴向她走过来。

“哎呀，”他说，“世道是变了。我还记得为了和你睡觉，我不得不玩牌骗你。咱们不必到那顶又旧又热的帐篷里去，我去把铺盖拖出来。”

罗丽娜才不管牛仔们看不看呢，谁看都没关系，奥古斯塔斯才是她关心的中心。整个世界都可以来看。然而奥古斯塔斯只是搂了搂她，给了她一个吻。后来他就把她紧紧抱住，直到天明。太阳把她唤醒时，牛群已经开拔了。

“有人看见咱们了吗？”她问。

“要是能看见，就是他们的福气，”奥古斯塔斯说，“他们没有多少机会能看见像你这样的美人。”

说罢，他大笑着站起身，煮咖啡去了。

第79章

纽特无法将杰克从头脑里清除，他忘不掉他临终时的微笑及送给他这匹马的经过。他每三天骑一次这匹马。他很欣赏这匹马的步伐，不久它便成了他心爱的坐骑。杰克没有告诉他马的名字，纽特可犯了愁。马必须有个名字才行。

杰克吊死的一刹那一晃而过，没有留下什么记忆，就像一场噩梦，只能记住它的片段。他还记得当他看到杰克双手被绑，在马上坐着，脖子上套着绞索的那一刻，他自己害怕的样子。他记得杰克极度疲乏，连自己就要被吊死也顾不得了。还有，当时谁都没有说什么。纽特觉得应该商量一下，杰克或许有他充足的理由，但是人们连问都没有问。

人们不但在吊死他时没有说什么，他死后到现在这么长时间，也没有人说过什么。考尔队长还是自己行动，骑马走在离牛群很远的地方，晚上一个人在别处睡。古斯先生在后面与罗丽娜一起，吃饭的时候才来。狄兹在身边的时候很少开口，他也很少在身边——他天天都在牛群前边很远的地方探路，以保证牛群顺利前进。那头得克萨斯公牛几乎每天都赶到老狗前边去领头，只有在遇到对它感兴趣的母牛时，它才放弃领导地位，去闻母牛的尾巴。它好斗的习性丝毫未改。走在前边的盘子变得比织针纳尔逊还讨厌它。

“我真不明白咱们为什么不杀了它，”盘子说，“迟早它会把咱们中的一个人弄死。”

“它要是把我弄死，那就让它跟我一块儿死。”织针冷冷地说。

所有的牛仔自然都对杰克的事好奇，他们的问题没完没了。那两个农民被烧的事尤其使他们感到不可理解。“你说他们是不是想让人们以为是印第安人干的？”杰斯帕问。

“不，丹·萨格斯那样干只是因为他愿意那么干，”豌豆眼说，“还有，他是在他们死了以后才把他们吊起来的。先打死他们，又吊起来，然后才烧的。”

“他一定是个没有心肝的人，那个丹。”杰斯帕说，“我见过他一次，他的眼睛有点儿斜。”

“他要是也那样冲着白人斜眼，那他还从来没有冲我斜过，我可真高兴。”织针说，“杰克跟着那么一伙人干什么？”

“要是问我，我就要说，现在跟了古斯的那个妓女是杰克倒霉的开始。”伯特·博罗姆头一个说。

“你要是那么认为，干脆把你的看法收回去。”盘子说。他仍对谈论罗丽娜的事很敏感。

“你喜欢那个妓女并不意味着我不能发表意见。”伯特反击道。

“你能发表意见，我也能把你的浑蛋牙齿敲到你肚子里去。”盘子说，“罗丽娜没有叫杰克·斯普恩犯罪。”

伯特一贯认为让盘子占据高手的地位是不公平的，也不能忍受他对自己的无礼。他摘下了枪皮带，盘子也照样做了。他们摆开了阵势，但没有立即动拳头。两个人都小心翼翼地面对面转着，寻找机会。他们这种谨慎劲儿引发了旁观者的阵阵笑声。

“瞧他们那副装蒜样儿。”织针纳尔逊说，“我以前养过一只公鸡，它都能把这二位打趴下。”

“按这种节奏打架，到了冬天也打不出第一拳。”杰斯帕说。

盘子终于朝伯特冲了过去，但是两个人没有动拳头，而是扭打在一起，不久便在地上滚了起来，谁也占不了上风。考尔看见他们摆出了打架的阵势，便骑马走了过去。到那里时，两个人还在地上滚来滚去，面红耳赤，但都没有给对方造成什么伤害。他把母夜叉一直骑到他们跟前。他们一见他，便都住了手。他本想好好训斥他们一顿，但看见周围的人都在嘲笑他们那没有分出胜负的搏斗，便想这也许足够了。再说，这两个人在能力上是天然的对手，在一些事情上表现些傲气也是意料之中的。于是他什么也没说，拨马离开了。

纽特见他离开，心情很沉重。队长和他说话越来越少了，和别人也一样。纽特更加感觉需要找人谈谈杰克的事。杰克曾经是队长的朋友，也是古斯先生的朋友。就那样把他吊死、埋掉，而后便再没有人提到他，这样做好像不对头。

后来还是狄兹明白了他的心思，帮了他的忙。狄兹擅长修补东西，一天晚上，他为纽特修马勒子时，纽特把心里话掏给了他：“我想咱们至少可以把他送进监狱。”

“他们照样会吊死他，”狄兹说，“我想他宁可让咱们动手。”

“咱们要是根本没来北方就好了，”纽特说，“死的人太多了，我没想到咱们会把杰克吊死。这跟出事故不一样。”

“他要是没有杀人，这么做就不公平。”他又补充道。

“那，还有马呢？”狄兹说。

“他只是喜欢快马，”纽特说，“他只要有一匹马骑，才不去偷马呢。跟偷马贼在一起并不等于他就是个偷马贼。”

“对队长来说就是偷马贼，”狄兹说，“对古斯先生来说也是。”

“他们都没跟他谈一谈，”纽特痛苦地说，“就那么把他吊死了。看他们后来的样子，好像对那件事根本不难过。”

“他们难过，”狄兹说，“说说又改变不了事实。他已经死了，别再操他的心。他已经到了一个太平的地方。”

他将手在纽特的肩上放了一会儿。“你的思想该歇歇了，”他说，“不要再为睡着的人苦恼。”

怎么能不苦恼？纽特不明白。这又不是一件可以轻易忘掉的事。豌豆眼提起这件事时如同在谈天气、谈一种自然界现象，发生了，随即又消失。可是对纽特来说，它消失不了。它每天都在心中出现，除非有什么别的事将他吸引。

其实纽特不知道，考尔也整天在想杰克·斯普恩。他每次想到他就感到心里难受。他无法在干活儿时集中精力，有人对他讲话，他也没有任何反应。他想使时间倒退回去，回到他能挽救杰克的那一时间。他多次想挽救杰克，主要是让他留在牛群，和他在一起。牛群走近里帕布里肯河时，他的心却回到了布拉索斯河。在那里，他们任杰克步入了歧途。

深夜他独自待着时，便为自己有那么多无聊的想法而感到痛苦，就像奥古斯塔斯常提到的他与玛吉的关系一样。他心里总想改变现实，让事情以不同的方式发展，但心里想的都是无稽之谈。嘴上说的与心中想的没有区别，何况奥古斯塔斯把全部时间都花在那个女人身上，他就更没有什么可说的了。奥古斯塔斯间或过来与他一道走上几公里，但他们从不谈论杰克·斯普恩。对他这件事的处理还算比较容易的。他记得对有些绞刑的处理很棘手——一次，他们不得不吊死一个孩子，而那孩子干的事是他父亲唆使的。

他们看见了里帕布利肯河，此时奥古斯塔斯与他在一起。从远处看，它并不像条河。“这就是那条淹死潘弗利家孩子的河吧？”奥古斯塔斯说，“但愿它别淹死咱们的人，咱们的人手够少了。”

“你要是干点儿活儿就不会了，”考尔说，“你打算把她留在奥加拉拉呢，还是有别的打算？”

“你是说罗丽娜，还是说我骑的这匹母马？”奥古斯塔斯问道，“要是指罗丽娜，说出她的名字你也死不了。”

“我看说不说名字不要紧。”考尔说。他虽然这么说，但他心里记得这对玛吉来说好像很要紧——她曾要求他叫她的名字。

“你也有个名字，”奥古斯塔斯说，“人们用不用它对你都不要紧吗？”

“不怎么要紧。”考尔说。

“是呀，我猜也不要紧。”奥古斯塔斯说，“你一贯确信自己是正确的，对于人家和不和你说话都不在乎。我很高兴在这方面我是错误的。”

“那你为什么还坚持错误？你还是避免它的好。”

“你不可能逃避错事，只能学着掌握它。”奥古斯塔斯说，“如果你总想着一生中做过的一两件错事，就会给自己带来巨大的痛苦。我每天都正视我的错误，这样它们给我造成的痛苦就不会比干着刮脸更大。”

“不管怎么说，我希望你把她留在什么地方，”考尔说，“到蒙大拿以前，咱们可能会遇到印第安人。”

“我要等等看，”奥古斯塔斯说，“我们俩相处得挺好。除非我有把握把她交给一个好人，否则我不会撇下她。”

“你打算结婚？”

“我也许会干出更坏的事来，”奥古斯塔斯说，“事实上，我已经办过两次了。但是婚姻是件大事，咱们不要谈它。”

“当然啦，你还没有看见那一位呢。”考尔说。

“那一位也有名字——克拉拉，”奥古斯塔斯向他指出，“你是决心不用女人的名字了，可奇怪的是你倒给你那匹母马起了个名字。”

“是豌豆眼起的。”考尔说。他说得不错。它第一次咬他的时候，豌豆眼给了它这么个名字。

下午他们过里帕布利肯河的时候，没有遭受任何损失。晚饭过后，杰斯帕·范特的精神格外好，因为他对里帕布里肯河有一种无缘无故的恐惧感，并认为一旦他能活着渡过它，就可以万寿无疆。高兴之余，他居然跳起了即兴的吉格舞。

“你选错职业了，杰斯帕。”奥古斯塔斯被他的表现逗乐了，“你应该到妓院去跳舞，那你就可能找上一两个你平时花不起钱的姑娘了。”

“到内布拉斯加以后，你说队长会让咱们进城去吗？”织针问道，“好长时间没有路过城市了。”

“他要是不让去，我就娶只小母牛。”伯特说。

波·坎波背靠篷车轮子，打着铃鼓。“快到干旱地带了。”

他说。

“那才好呢，”稀汤说，“我在雷德河湿够了，能受用一辈子。”

“湿比干好。”波·坎波说。一向喜气洋洋的他现在也死气沉沉了。

“淹死你，你就不那么说了。”豌豆眼说。

“天太旱，做饭就难了。”波说。

纽特与瑞尼兄弟在谈论妓女的事。到奥加拉拉时，队长当然会让他们与其他人一样进城去，问题是，找妓女要花多少钱，人们在篷车周围说那种事时总不谈这一点。瑞尼兄弟一直在记录他们的工资，计算钱是否够用。使问题复杂化的是，他们北行这一路上都在赊账赌博。老手们也是这么干的，而所欠的账也相当复杂。随着奥加拉拉日趋靠近，钱的问题也就成了谈话的中心，所欠的债如果以现金支付，就可以打折扣。

“他们要是不给我们钱怎么办？”一天晚上，悲观派织针问，“咱们订好合同去蒙大拿，到内布拉斯加可能不发钱。”

“队长会给我们钱的。”盘子说。他虽然一心想着罗丽娜，但他也和别人一样，提到进城就兴奋不已。

“他为什么要给？”大嘴唇问，“他才不管你找不找娼姐儿呢，盘子。”

这句话听起来好像毋庸置疑地正确，因而也就引起了普遍的忧虑。等他们渡过臭水河[1]，这一忧虑已成为大家沉重的负担，许

1. 美国怀俄明州北部的一条河流，长约160千米，发源于肖松尼国家森林阿布萨罗卡岭。它在怀俄明州的老版地图上被标注为“臭水河”，于1901年更名为“肖松尼河”。——编注

多人除了这件事，什么都不想了。最后，一个以杰斯帕为首的代表团为此事来到了奥古斯塔斯那里。他们将他团团围住，表达了他们的忧虑。

奥古斯塔斯弄清是什么在困扰他们以后，笑得前仰后合："哎呀，姑娘们，"他说，"你们不就是想大喝一顿嘛。"

"不是，我们想找妓女。"杰斯帕有点儿恼火地说，"你当然可以笑啦，你有罗丽娜。"

"是的，可对我来说是好事，对软弱的人未必就是好事。"奥古斯塔斯说。

不管怎么说，第二天他传出话说，到奥加拉拉时每人先发一半工资。考尔对这件事不甚积极，但考虑到大家一直干得不错，也没有理由不让他们去城里玩一天。

大家一听到这个承诺，精神面貌大为改观，只有波·坎波例外，他坚持认为快到干旱地区了。

第 80 章

爱尔迈拉退烧后，已经虚弱得连在枕头上挪一挪头都做不到了。她首先看见的便是大刺猬，他正从医生那间小屋的窗口往里看。外面下着雨，大刺猬披着野牛皮大衣看着她。

第二天他还在那里，接着是第三天。她想大声问，问他有没有迪的消息，但由于体质太虚弱，她的声音很小。照看她的医生个子不高，长着胡子，看上去比她健壮不了多少。他咳嗽得很厉害，有时不得不把药放下，以免泼洒出来。他叫帕特里克·阿兰多，每次咳完手都发颤。然而他收留了她，并且在第一个星期里不停地照料她。他一直以为她会死。

“他像条狗一样老实。”等她恢复到能听懂话时，他对她悄悄地说道。他对她说话时，她只是盯着他，没有反应。他指的当然是大刺猬。

“我都没办法叫他去吃饭，”医生告诉她，“‘我吃点儿茶点就够了。’他对我说。可他是个大汉，靠茶点可维持不住。他问了我一千次你还能不能活。”

医生在她床边的一把简易椅子上坐下，给了她满满一勺药。“是补药，”他说，“你刚来的时候身上根本没有血。”

爱尔迈拉真盼望窗户上有块帘子，不让大刺猬看着她。他一看就是几个小时。她能感到他在看她，但弱得无法把头扭开。路加好像走了，至少他从来没有露过面。

“迪在哪儿？”能说话时，她用微弱的声音说。她说话的声音太小，医生没有听见，可他碰巧见她的嘴唇在动。她又说了一遍。

“迪·布特。”她说。

“啊，你还关心那件事？”医生说，“他们把你送来一星期后，人们按时把他绞死了，埋在布特山。他的姓也是布特，这可真是跟他开了个玩笑。他打死了一个九岁的男孩，这一带没有人怀念他。”

爱尔迈拉闭上眼睛，恨不得死去。此后，她把医生喂给她的药都吐出来，任凭它们流到睡衣上。刚开始他不明白是什么原因。

“胃里难受吗？”他问，“很正常。喝点儿汤试试吧。”

他喂了她一天汤，她吐了一天汤。然而她太虚弱，较量不过医生，他几乎与大刺猬一样耐心。当她一心想死去时，他们用耐心控制住了她。她历尽千辛万苦找到了迪，迪却走了。如果大刺猬与路加不把她送到医生这里来，她肯定会死在大街上，尽管如此，她仍对他们把她送来怨恨不已。康复与活下去是她最不希望的事——然而光阴一天天过去，医生坐在椅子上喂她喝汤，大刺猬从窗口往里看她，尽管她连看都不看他一眼。

就是不看，她也能闻到大刺猬身上的气味。时值盛夏，医生整天让窗户开着。她能听到街上马匹走过的声音，能闻到离她一米的大刺猬的气味。苍蝇也使她烦恼。医生问她愿不愿意让大刺猬进来，因为他肯定乐意坐在这里为她轰赶苍蝇，但爱尔迈拉不回答。既然迪已死去，她也就不再说话了。

一天晚上，她想，她可以叫大刺猬用枪把她打死，当然他也可以给她一支枪，但她觉得她连扣动扳机的力气都没有，最好还是请他开枪，这样就能解决问题。如果大刺猬对人们说明是应她的请求打的，别人就不会把他怎么样。

让大刺猬把她打死，对这种办法只要想一想，她就能放松一些。可是随着时间流逝，她可以在床上坐起来了，但她还没有那样做。她的思想不断回到使迪的脸消失的那束阳光那里。他的脸消失在阳光里了。她无法不想，就是晚上做梦，她也能清楚地看见那束阳光，而惊醒以后，听到的却是大刺猬的鼾声。他就睡在窗外，背靠着房子的墙。他的鼾声大得人们以为是头公牛在那儿睡呢。

“路加哪儿去了？”一天，她问他。

“去圣达菲了。”大刺猬说。一个月来她头一次与他说话，他还以为她再也不与他说话了呢。

“跟着买卖人当伙计去了，”他说，“走了这么远的路，现在又要回去。”

“我怕你的孩子没活下来吧，”一天，医生说，“在草原上生的，我看难活，连你都是死里逃生。”

爱尔迈拉没有答话。她只记得乳房疼痛，再多就记不得了。她已经忘了那个孩子，那个有两个女儿的女人以及那所房子。那孩子可能死了。她又想起了七月、阿肯色，以及许多已经忘却的事。忘就忘了吧，什么都比不上迪。一切都过去了，彻底过去了。有朝一日，她会请大刺猬把她打死，那她就不必再回想这一切了。

然而她一推再推，后来已能下地走路。她走不远，只能走到门口，或是去拿尿盆，或是把它送出去。天气很热，味儿更大了。连大刺猬都把那件野牛皮大衣脱了下来。他穿一件旧衬衫站在窗口，胸前的毛从衬衣上的破洞里伸了出来。

医生从没问她要过钱，她已经好了，他还是没有要。隔着墙她就能听见他咳嗽，有时还看见他往手帕里吐痰。他的手剧烈地颤抖着，身上总带着酒味。他不问她要钱使她不安，她从不拖欠债务。她终于向医生提出了这个问题，她知道，如果她叫大刺猬去干活儿挣钱，他一定会去的。

“我欠多少钱，你必须告诉我。”她问。但帕特里克·阿兰多只摇了摇头。

“我是为了逃避钱才到这儿来的，”他说，“也办到了，我离开了它。从钱眼里逃出来可不容易。”

爱尔迈拉便没有再提钱的事。如果他要钱，他就可以提出来。她说过了。

后来有一天，她的房门突然被打开，七月跨进了门槛，事先没有任何人来对她说。他进门时，大刺猬正在窗外站着。七月憔悴了。

“我可找到你了，爱尔迈拉。”他眼里噙着泪花说。大刺猬正看着他，由于七月在暗处，她不知道他是否看见七月哭了。

爱尔迈拉把目光移到一旁。她不知道如何是好，只是后悔没有让大刺猬把她打死，现在七月找到了她。他没有走近床前，只在半开着的门那里站着，等她叫他走近。

她没有叫他走进来，也不说话。他居然走过了大草原，找到了她，她只能说自己运气太坏。

后来，七月走了进来，并关上了门。

“医生说你已经恢复得能说话了，”七月边说边用袖子擦泪，“可你不必说话，你只管躺着养病吧。我待不长，只想让你知道我来了。”

爱尔迈拉看了他一眼，又去瞅墙。她想，那好，那你就是个傻瓜，你真不该来，应该对人们说我死了。

“我带来一条坏消息，”七月说着，眼里又充满了泪水，“很糟糕，是我的错。乔让人家杀了，他和罗斯科，还有一个小姑娘。一个土匪把他们都打死了。我应该跟他们在一起的，不过即使是那样，会不会有不同的结果，我也不知道。”

那你就不会到这里来对我说了。爱尔迈拉心想。

乔的消息对她一点儿影响也没有，她从来就不把乔放在心上。他是在她有其他操心事的时候来的，她从来就没有关心他的习惯，不过他给她带来的麻烦比七月带来的少一些。乔至少能意识到她不愿意他去打扰她而不理她。如果他死了，也就算了。他很少讲话，她也就不怎么记得他。他是在草原上倒了霉。她也差点儿倒了霉，果真如此就好了。

“爱尔迈拉，那个孩子挺好。”七月说，“我根本不知道是咱们的，真奇怪。我看见克拉拉抱着他，但不知道是咱们的。她给他起了个名字叫马丁，不知道你愿不愿意。”

“咱们现在有自己的家了。”七月又说。他的心情沉重，几乎连话都说不出来，因为爱尔迈拉连头都不扭，连个招呼都没有打，也不说话。他想把这解释为她太虚弱，但他清楚远不止这一点。他找到了她，她并不高兴。她不关心那个孩子，连乔的死她都不关心。她刚见到他时那副惊讶的样子一直没改变。

那个穿着窟窿衬衫的大汉自始至终都站在窗外，默默地往里面看，七月估计他就是两个野牛猎人之一。医生赞扬了那个人，说他对爱尔迈拉如何忠诚。他不明白那个人为什么站在那里，而且他的情绪越来越差，因为爱尔迈拉根本不看他。他也走了那么远的路啊，可她就是不看他。他知道这并非因为她有病。

“等你想孩子的时候，我就把他抱来，”七月说，“我可以租间房，等你康复。他很结实，克拉拉说带他来不会伤害他，他们有一辆小篷车。”

爱尔迈拉等待着，如果她始终不开口，那他迟早会走开的。

他的声音颤抖了。他坐在床边那把医生常坐的椅子上，过了一会儿，他抓起了她的一只手。大刺猬还在看着。过了片刻，七月放下了她的手，站了起来。

“我每过一两天来看你一次，爱尔迈拉。”他说，“你如果叫我，就让医生对我说一声。”

他停了一下，面对她的沉默，他不知道说什么才好。她背靠枕头坐着，一声不吭，就像个死人。这使他想起了在阿肯色的时候，那时她在阁楼上待着，他则感到好像自己并不存在。当他得知她还活着，在奥加拉拉的一个医生这里，他去屋外躲到克拉拉家的棚子后面，欣慰地哭了足足一小时。历经如此多的忧愁与艰辛，他终于找到了她。

可是转瞬间，欣慰化为乌有。他又想起了她是何等难以相处，他无论做什么都无法取悦她，连在奥加拉拉找到她也不能使她高兴。他也不知道还能再做些什么或者说些什么。她和他结了婚，有了孩子，却不屑转过头来看上他一眼。

他愁肠满腹、若有所失地从医生的房子里跌跌撞撞地走了出来。他想，可能是太急于求成了吧。那个大汉还在那里看着。

“谢谢你给了爱尔迈拉那么多帮助，”他说，“对你所做的一切，我都将给予报答。”

大刺猬没有说话。七月离开他牵马去了。

爱尔迈拉看见七月骑马从窗前走过，她站起身来看着他，直至看不见。大刺猬也站着看他。

“大刺猬，”爱尔迈拉说，“把篷车赶来，我想走。”

大刺猬感到很突然。他已习惯于她躺在医生的房子里，他喜欢站在温暖的阳光下看着她。她躺在床上的样子太美了。

“你的病好了？”他问道。

“好了，赶车去，”她说，“我今天就要走。”

“去哪儿？”他问。

“走，”爱尔迈拉说，“离开这儿，我不管去哪儿。去圣路易斯也行。”

“我不知道去圣路易斯的路。”大刺猬说。

“哎呀，去把车赶来，咱们会找到路的，”她说，“我想总有路的。”她对男人已失去了耐心，他们都是问问题的大人物，就连话都不会说的大刺猬也会问问题。

大刺猬照她的话办了。医生不在，去给一个伤了臀部的农民看病了。爱尔迈拉想给他留个条子，后来还是没有留。医生很精明，很快就会猜到她离开了这里。日落以前，他们已经离开奥加拉拉向东走去。爱尔迈拉坐在篷车里的一张野牛皮上，大刺猬赶车，他的马在车后拴着。她要求他带她走，这使他感到自豪。路加总想跟他捣乱，现在路加走了，那个去看爱尔迈拉的男人被甩在了后面。她叫他带她，没有叫别人。这肯定意味着他们结了婚，正如他盼望的那样。她很少和他说话，但她叫他带她走，单这一点就使他觉得幸福，无论她叫他带她去哪儿，他都干。

唯一使他担心的是车马店里那个人对他说的话。那人是个干瘪小个子，比路加的个头儿还小。他问他们去哪儿，大刺猬指了指东边，他知道圣路易斯在东边。

“那你们还不如把头皮留在这儿，”那个人说，“你们到那里之后再寄过去。”

“为什么？”大刺猬莫名其妙地问道。他从来没有听说过头皮还能邮寄。

“因为苏族人呗。”那个人说。

“从得克萨斯到这儿，我们还从来没有见过印第安人呢。”大刺猬说。

“你可能也看不见苏族人，”那个人说，“可他们能看见你。你带着个女人往东走，真是傻透了。”

大刺猬帮助爱尔迈拉上车时，对她说了这件事。

“路上可能有印第安人。”他说。

“我才不在乎呢，”爱尔迈拉说，“咱们走吧。”

从得克萨斯来时，一路上有多少个夜晚她都因惧怕印第安人而不能安寝，虽然他们一个也没有碰到，但这种恐惧一直伴随着她，直到到达内布拉斯加。她听到的故事太多了。

现在她不怕了，疾病，还有迪的死，改变了她，她已失去了恐惧感。在离城几公里的地方，他们停下来宿营，夜里大部分时间她都睁着眼躺在篷车上。大刺猬睡在地上打着呼噜，两只大手紧紧攥着步枪。她既不困，也不怕。天气阴晦，草原上一片漆黑，任何东西都可能从黑暗中走出来——印第安人、土匪或蛇，医生还说那里有豹子，而她只听见风吹野草发出的沙沙声。她只担心七月会追来。他一路从得克萨斯追了来，就可能接着追下去。他若是来了，大刺猬也许会打死他。她说不上来为什么这么恨七月，可她就是恨。如果他总缠着她，她就叫大刺猬把他打死。

大刺猬一早就醒了，车马店那个人的话让他心神不定。他与印第安人交战过三次，但每次都是几个人在一起，而现在如果打起来，他一个人要对付所有的人。他真希望路加没有那么快去圣达菲。虽说路加的表现有时不怎么好，但他是个好枪手。车马店那个人的话无异于给他们判了死刑。天已大亮，他们还没有死，但大刺猬很不放心，他感觉他没有把事情向爱尔迈拉讲明白。

“是那些奥加拉拉的苏族人。”他瞅着篷车对她说。天气很暖和，她掀开了毯子。“他说军队把他们惹恼了。”他又说。

“你要是还对我没完没了地说印第安人，我就要恼了你了，”爱尔迈拉说，“我昨天对你说过，我要在七月再次回到城里之前，走得远远的。”

她说话时就像得病前一样怒视着他。大刺猬为惹她生气而觉得羞愧，便去拨弄咖啡锅下面的火。

第81章

七月从城里归来后，懊丧得连话都不会说了。进城之前，克拉拉叫他顺便办几件小事，可是见过爱尔迈拉后，他心里乱成一团，把要办的事忘得一干二净，甚至回到牧场时还没想起来。

克拉拉一眼就看出他受了打击。她见他没有带邮件回来，就想埋怨几句他的坏记性。她与女儿们一直在盼着杂志和花卉介绍的到来，而有人从邮局门前走过，竟没有把它们取回来，真令人扫兴。但她发现七月如此沮丧、失意，便没有说什么。晚饭时她几次想引他说话，可是他只是坐着，桌上的饭他几乎连碰都不碰。自他到这里以来，他吃饭总是狼吞虎咽的，所以这次不管是什么打击，肯定很严重。

她知道他是一个对别人的关怀有感激之心的人。她对他的关心已经不少，现在要再一次以不开口说话的方式表示对他的体贴，给他时间，使他得以从城里发生的事中恢复过来，不管发生了什么事。但是他的沉默和他那死气沉沉的样子令她不高兴。

“样样事都让人不痛快。”贝特西说。她很容易发火。

“可不。”克拉拉说。她怀里抱着孩子，他一边嘟哝着一边啃着小拳头。

“幸亏咱们有马丁，”她说，“咱们这儿只有他还会说话。”

“他不说话，”莎莉说，“那不是说话。”

“是呀，可至少有个声音吧。”克拉拉说。

“我看你心眼儿不正。”莎莉说。她攻击起妈妈来口齿很伶俐，对妹妹也一样。“爸病了，要不然他会说话的。”

“好啦，”克拉拉说，“我收回那句话。”其实她和鲍勃一起吃过上千次饭，也不记得他说过一句话。

“我看你心眼儿不正。”莎莉仍觉得不满意，又说了一遍。

“是的，你跟我一样。”克拉拉看着女儿说。

七月意识到这一切都与他有关系，但他的思绪收不回来。他把他吃饭的盘子送到洗碗池，并且为那顿饭向克拉拉表示了感谢，然后便坐到外边的前廊上。漆黑的夜使他满意。他想哭。这件事太费解了，他很茫然，不知所措。他从来没听说有谁家的妻子干过爱尔迈拉干的这些事。他坐在前廊的台阶上，比他那天晚上回到河边见到那三具尸体时更伤心、迷惑。对死人他无能为力，可爱尔迈拉还活着。他必须采取行动，但不知道怎么办。

两个姑娘出来在他背后说了一会儿话，他也没有注意。他头痛，应该躺下，但心里明白他通常躺下后头会更痛。

克拉拉抱着孩子出来，坐在一张摇椅上。“你好像很难过，约翰逊先生。”她说。

“就叫我七月吧。”他说。

“那太好了，”她说，“你也可以把‘夫人’这个称呼去掉，我想咱们已经很了解对方，到了只叫名字的程度。”

七月可不认为他很了解她，可他没有说。他想他对任何女人都不了解。

“想请你帮个忙，”她说，“你能帮我丈夫翻个身吗？你是不是太难过了？”

他当然要帮她，她给她丈夫换洗床单时他已帮过几次忙。那个人的体重轻了那么多，克拉拉换床单时，七月可以把他整个提起来。头一次他很讨厌那个人，因为他从不把眼睛闭上。那天晚上他很担心，不知道那个人会怎么想——另一个男人与他的妻子进来了。克拉拉像办公事一般，七月的动作稍慢些，她就对他说该如何做。七月不知道那个人是不是听见了，如果他听见了，会怎么想呢？

克拉拉递给他一盏提灯，他们进了屋。她把孩子暂时交给两个女儿。走到他的卧室门口时，她停下来听了听才进去。

“每次来我都想，他可能停止呼吸了，”她说，“我总要停下来听听。”

那个人还在呼吸。七月把他提了起来，克拉拉换了床单。

“糟糕，我忘拿水了，”她说着，走到门口，“莎莉，提桶水上来。”没过多久，那姑娘便打来了水。

“贝特西差点儿让孩子从床上掉下去，”她说，“她根本不会抱小孩。”

“哼，还是让她学学吧，”克拉拉说，“你们两个丫头不要再为那孩子争了。”

这个赤身露体的病人在七月的扶持下，由妻子用海绵沾着温水擦洗身子，这使七月很难为情。他认为这样做不大合适。克拉拉似乎看穿了他的心思，便很快地将床收拾好。

“护理病人就需要这么干，约翰逊先生，”她说，“我试过让他穿着衣服，可是没有好处。这个可怜的人控制不了自己。”

她停下来看了看他。“我忘了，我该叫你七月。”她说。

七月觉得他的头要炸了，她叫他什么都没有关系。他头疼得在楼梯上都走不稳，下到楼梯底处时头撞到了门上，那个孩子正在他们上头大声哭闹。

克拉拉刚要去看孩子，一见七月撞到门上就变了主意。他回到前廊，一屁股坐在台阶上，好像用尽了最后一点儿力气。克拉拉探过身去，把手心放在他的前额上，他好像被人抽打了一下，猛地跳了起来。

“天哪，你跟马驹一样怕羞，”她说，“我还以为你发烧了呢。你不烧。”

“就是头不舒服。”他说。

“那你需要一块凉毛巾。”她说。

她回到屋里，拿来一块毛巾和一点儿水，并说服了他，让她给他擦洗了前额和太阳穴。他不得不承认，凉水使他好受了些。

“谢谢。”他说。

“得了，用不着为一块毛巾谢我。”克拉拉说，“我不会照顾人，这是我的失败，我太不耐心了。我耐住性子一两个星期还行，如果还不好，我就想他还不如快点儿死了呢。”

“对孩子可不这样，”她很快补充道，“我对孩子不那么急躁。我宁可让他们病上五年也不愿意死掉一个。据我看，护理的用处并不那么大。人要是能恢复自然就好了，恢复不了就会死。”

有那么几分钟，谁都没说话。

“找到你的妻子了吗？”克拉拉问，“我知道我不该管这事，可还是要问。”

“找到了，”七月说，“她在医生那里。”

“她一定不喜欢见你吧。”克拉拉说。

七月真想让她别管他的事。她把他请进家来，给他吃的，救了他的妻子，照顾他的孩子，可是实在希望她能让他自己待一会儿。他感到全身无力，如果不是抱住了走廊栏杆，就可能从台阶上跌下去。他没有什么可说的，也没有什么需要帮忙的。可是克拉拉身上有一股永不疲倦的力量，她可以永不停口地说下去。他头疼得只想用枪把自己打死。孩子就在头顶哭，可她还是问个没完。

“我想她还病着吧，”他说，“她的话不多。”

“她想要这孩子吗？”

“她没说。”七月说。

“关于这孩子，她问什么了吗？”

“没有。”七月承认道，“她一句话都没有说。”

孩子不哭了。他们听见一匹马从河里哗哗地走了上来——柯罗回来晚了。即使在没有月亮的夜晚，他骑马跑向畜栏时，他们也能看见他的白发。

“七月，我知道你累了，”克拉拉说，“我估计你有头痛病。我要对你说几句难听的话。我过去也很像个有教养的夫人，但内布拉斯加使我变粗鲁了。我看那个女人既不想要你，也不想要孩子。我不知道她到底想要什么，但是，她离开孩子的时候连看都没看他一眼。”

“她一定是头脑发昏了，”七月说，“她这一路上太苦了。”

克拉拉叹了口气。“她在路上很辛苦，但并没有发昏，”她说，“不是所有的女人都喜欢孩子，还有很多女人不喜欢她们的丈夫。”

“这是你和她的孩子，”她又说，“可她不喜欢他，如果她要证明我说得不对，那就快一点儿。”

七月不懂她的话的意思，也没打算弄懂。他实在打不起精神认真听她讲话。

“我喜欢小东西，”克拉拉说，“小孩子和小马，我一见就喜欢。他们不一定非得是我的。”

她停了片刻。她知道他想让她住嘴，但她决心把心里的话和盘托出。

“我越来越喜欢马丁了，”她说，“他不是我的，你也不再是你妻子的。小东西主要属于他们自己。他们怎么长大取决于他们跟谁在一起。我要抚养马丁，不管她愿不愿意，也不管你愿不愿意。”

“可你丈夫还病着呢。”七月说。这个女人已经有两个女儿需要照管，还经营着一个大牧场，她为什么还要照顾一个婴儿？

“我丈夫快死了，”克拉拉说，“可是不管他是死是活，我反正要养活这孩子。”

“我不知道怎么办，”七月说，“即便我做过什么正确的事情，那也是老早以前的事，已经记不得了。我不知道我能不能让爱尔迈拉回到史密斯堡。现在他们可能已经雇到新的司法官了。”

“找工作不成问题，”克拉拉说，“你如果想工作，我给你。柯罗一直在干鲍勃和他自己两个人的工作，不能长久这么干下去。”

“我一直在阿肯色住。”七月说。他从未考虑过在别处安家落户。

克拉拉笑了。“睡觉去吧，”她说，“我一个晚上给你的麻烦够多了。”

他去了，但第二天早上吃早饭时，他并没有觉得有所好转。他没怎么与两个小姑娘说话，她们俩却格外喜爱他。克拉拉把她们俩打发到一边，让她们去拾鸡蛋，这样她就可以与七月单独说几句话。

“我昨天晚上说的话你听明白了吗，关于抚养马丁的事？”她问。

七月没弄明白。他只希望她安静些。他不知道下一步应该做什么，自从几个月前离开史密斯堡以来，他就不知道下一步该怎么办。有时候他只想回家，如果爱尔迈拉不愿做他的妻子，就由她去吧；要是克拉拉那么想要这孩子，就让她要了吧。他曾感觉自己有能力胜任司法官的工作，如果他回去接着干，早晚还会发现自己是有能力的。他不知道像这样忍受挫折，他还能坚持多久。

“如果你妻子不要马丁，你有没有母亲或姐妹愿意收养他？”克拉拉说，“问题是我不想养他一两年后又让他走掉。如果不得不让他走，我宁可现在就不要他。”

“没有，我妈死了。”七月说，“我只有兄弟。”

“我已经丢了三个男孩，”克拉拉说，“我可不想把这个孩子交给一个三心二意的女人。”

“我去问问她，”七月说，“我过一两天就去，也许她感觉好些了。”

可他一刻也不想等了——他务必去见她，哪怕她看也不愿看他。至少他能看看她，知道自己终于把她找到了。如果他耐住性子，她没准儿会转变过来。

他备好马便向城里骑去，然而当他来到医生那里时，一个人也没见着。爱尔迈拉住过的房间空着，那个大汉也看不见了。

他四处打听，才知道医生在一家妓院里接生。

“她走了，”医生说，“我昨天回去的时候她就走了，连个条子都没留。”

“可她还病着呢。”七月说。

“只是不愉快。”帕特里克·阿兰多说。他可怜这个年轻人。五个无所事事的妓女听他们说话，另一间屋里她们的一个伙伴正要分娩。

“他们把那个杀人犯吊死以后，她太伤心了，”他又说，“那件事加上生孩子，差点儿要了她的命。我以为她会死——我还从来没见过像她那样烧得那么厉害的人呢。她走了是好现象，说明她想多活些日子。”

当七月问车马店的那个人他们朝什么方向走了时，那个人摇了摇头。

“方向错了，”他说，“他们要是运气好，也许能通过苏族人的地方。”

七月都快发疯了。他进城时连步枪都没有带，也没带铺盖，什么都没有。虽然他们坐的是篷车，走不快，但他们已经走了一天。他要是回去取东西，还要耽误半天。他打算只带随身手枪去追，甚至走到了城东边，但眼前是一片广阔无垠的草原，它几乎当时就把他吞噬了。

他掉头飞快地往马场赶去。他把马累了个半死，后来想起这匹马是借来的，才慢了下来。他回到克拉拉那里时，已经走得慢多了。他一点儿力气也没有，头又疼了起来。他勉强从马上爬下来，但没有进屋，而是到放马鞍的棚屋后面，坐在地上哭了起来。爱尔迈拉为什么一而再地跑掉？他该怎么办？她难道不知道有印第安人？他似乎注定要永远在她后面追下去，但是，即便找到了她，也没有用。

他站起来时看见了克拉拉，她提着一篮菜从菜园回来。天气很热，她将衣袖挽得高高的。她的胳膊很细，却很有力量，看上去好像全是骨头。

“她走了？”克拉拉问。

七月点了点头。他不想说话。

“来帮我把玉米皮剥了，”克拉拉说，“烤好的玉米棒快吃完了，冬天我最喜欢吃这东西，能吃上一打。”

她提着沉重的菜篮子朝房子走去。当她发现身后没有脚步声时，便回过头来看了看他。七月擦了擦脸，随她回去了。

第 82 章

第二天清晨，七月很吃力地起了床，来到厨房，看见柯罗在磨一把薄刃刀。孩子在饭桌上踢腾着光脚丫子，克拉拉头戴一顶男式帽子，正跟女儿们交代着什么。

“别一听见他闹就喂，”她说，“要到时间再喂。”

她看看七月，他感到很尴尬。他没有生病，却像长时间高烧后那样倦怠无力。一个大盘子里有几个放凉了的鸡蛋，桌上还摆着一块腌肉——这无疑是他的早餐。由于他最后一个起床，心中十分不安。

柯罗站了起来，显然他与克拉拉要去干什么活儿。七月明白他应该去帮忙，可是他的腿连桌边都走不到。他闹不清怎么回事，他早已不害黄疸了，但仍然没有力气。

“我们得去阉几匹马，”克拉拉说，“拖的时候太长了。我们一直盼着鲍勃能起来。”

“我不喜欢你们干那种事。”莎莉说。

“要是咱们弄一群种马到处乱跑，你就更不喜欢了。”克拉拉说，“它们会像踢你爸爸那样踢你们的头。”

她站在饭桌旁停了一下，抓了抓孩子的脚心。

“我也帮着干。”七月说。

“你这样子可不像有劲儿干活儿的。”她说。

“我没有病，”七月说，“我一定是睡得太死了。”

“我看是你办事太死心眼儿了。”她说，“在家里待着跟孩子们说说话，这工作比阉马难得多。”

七月虽然和她们说话不多，但很喜欢她们。她们总在说话，在七月看来她们都是好孩子。她们大部分时间是在争论该由谁来照顾小娃娃。

克拉拉与柯罗离开后，七月慢慢地吃了早饭，觉得有点儿问心有愧。这时他才想起了发生的事——爱尔迈拉走了，进入了印第安人地区。他吃完就要去追她。那个孩子还在饭桌上，正向他咯咯笑着。看来是个挺好的孩子，可他很少看他。克拉拉要他，两个姑娘争他，爱尔迈拉却离开了他。想到这里，他更困惑不解。

早饭后，他拿起步枪，但没有离开，而是朝马场走去。每隔一会儿就传来小马的叫声。走着走着，他不感到那么软弱无力了，他想他必须帮个忙，完事了再去追赶爱尔迈拉。

天气很热，小马在马场上踢起阵阵尘土。他没料到柯罗拽着绳子，克拉拉操刀。这工作很苦，小马很壮，他们非常需要再有一个男人。七月连忙爬过栏杆，帮着老人稳住一匹小棕红马的腿。

克拉拉停下手，用衬衫下摆擦了擦额头上的汗。她的手上尽是血。

“咱俩中的一个去干不行吗？”七月问。

“不行，”柯罗说，“她干得好。”

“鲍勃教我的，”克拉拉说，“才到这里的时候，没有人帮忙。我力气不够，按不住马，所以干脆干脏活儿。”

他们阉了十五匹小马，把它们都圈在畜栏里，以便于观察。七月不再感到软弱无力，即使如此，他仍旧惊叹克拉拉和那个老汉干活儿竟这么卖力气。他们一会儿也没停，直到把活儿干完，而这时两个人都大汗淋漓，汗水浸透了衬衫。克拉拉从饮马槽里往外撩水洗手和胳膊，洗完便立即朝家里走去。

“但愿两个没有用的闺女正在做饭，”她说，“我可是饿了。”

“你了解印第安人的什么情况吗？”七月问道。

“我认识红云族的人，”克拉拉说，“鲍勃待他们很好。四年前的那个冬天很艰难，他们找不到野牛，全靠我们的马过日子。”

“我听说他们很危险。”七月说。

“是的，”克拉拉说，“我们养活了红云族人。鲍勃待他们很好，我们从不怕他们。我当姑娘的时候特别怕他们。科曼切人一直闯进奥斯汀市里抢小孩。我老怕他们把我抢走，那我就要生红孩子了。”

七月感到空前的举棋不定。他该走了，可又不动身。他干完活儿挺累，却没有食欲，而且饭后他花了很长时间擦他的枪。

枪擦好后，他就把它靠到走廊的栏杆上，对自己说这就动身。然而还未等他站起来，克拉拉已来到前廊上，连个招呼都不打就把孩子塞到他手里。实际上她是把孩子扔到了他大腿上。七月觉得她的这种举动太莽撞了，他不得不把孩子抓住。

“这是好事，”克拉拉说，“要是有人把他从房顶上扔下来，至少你可以把他接住。”

孩子睁大眼睛看着七月，显然跟他一样感到吃惊。七月看了看克拉拉，她像是在生气。

“是你看他一眼的时候啦，”她说，“他是你的孩子，会喜欢你的，那样的话，他带给你的幸福会比那个女人给你的多得多。他也比她更需要你。”

七月真怕万一有个闪失弄伤了孩子，他也有点儿怕克拉拉。

“我一点儿也不知道怎么照顾孩子。”他说。

“不错，除了阿肯色，你还哪儿也没有住过呢。”克拉拉说，“可你并不笨，也没有被钉死在一个地方。你能在其他地方住，就能学会照顾孩子，比你蠢得多的人都能学会。”

七月再次被克拉拉那不知疲倦的劲头折腾得受不了了。爱尔迈拉虽说不看他，可她也不像克拉拉这样无止境地用话逼他。

“在这儿住下。”她说，“听见了吗？在这儿住下！马丁要有个爸爸，我需要个好助手。要是去追那个女人，那你即使不让印第安人杀掉，也会让那个猎野牛的打死，要么就是迷路饿死。你能走这么远真是奇迹。你不了解草原，我相信你也不了解你的老婆。你们结婚前认识了多久？”

七月费力地回忆着。密苏里的审判持续了三天，在那以前大约一个星期，他遇到了爱尔迈拉。

“我想是两个星期。”他说。

“认识的时间够短的，”克拉拉说，“任何一个最精明的男人也不可能在两个星期内了解一个女人。”

“嗯，是她要结婚的。”七月说。这是他记得的全部经过。爱尔迈拉说得清清楚楚，她想和他结婚。

“那也可能是她想换换环境的另一种说法。”克拉拉说，“人们总盼着辞掉正在干的事情，试试别的环境。我就是这样，有一半时间我都在想带上女儿们去跟我姑妈住在一起。她在弗吉尼亚的里士满。”

“你去那儿干什么？”七月问。

“我可以写书。”克拉拉说，“我一直渴望写点儿什么。可是遇上早晨天气特别美好，又看见马儿吃着青草，我就想，我一定会想念它们。所以我怕我难以到里士满去了。”

这时婴儿哭了起来，在他手里局促不安地扭动着。七月看看克拉拉，可她没有把孩子抱走的意思。七月慌了手脚，怕把孩子掉到地上，因为他像只兔子一样，在他手里挣扎着大声哭叫，脸涨得通红，像个甜菜头。

“他病了吗？”七月问道。

“没有，他没事，”克拉拉说，“他可能是在批评你这么长时间以来，一直没搭理他。他没有错。”

说完，她转身回到屋里，只剩下他与孩子，这时他哭得更凶了。七月急切地盼着哪个小姑娘会来帮个忙，但两个人谁都不在。他想，克拉拉随随便便把孩子扔给他，也太不负责任了。他再次感觉她不是个帮得上忙的女人，不过爱尔迈拉也什么忙都帮不上。

孩子非常不安生，七月一动也不敢动，唯恐把他弄掉了，只好老老实实地坐着，心中纳闷儿世界上的人为什么喜欢孩子。谁知道一个婴孩想要什么或者能为他做些什么？

可是，像突然开始啼哭一样，孩子突然停止了哭泣。他又呜咽了一两声，便把拳头塞进嘴里，像一开始那样瞪着七月。七月感到无限快慰，也就更不敢动了。

“跟他说说话。”克拉拉站在他身后说道。

“你都说些什么？”

她哼了一声，表示不满。“要是什么也想不起来，就介绍介绍你自己，”她说，“要么给他唱首歌。他喜欢人，喜欢人跟他聊天。”

七月记得一首酒吧的歌，歌名叫《罗丽娜》，他一直都挺喜欢。他试着哼了几句。一直在不停地踢腾的孩子马上静了下来，聚精会神地望着他。七月认为哼歌挺荒唐，可是歌声使孩子安静下来，他便接着哼下去。抱着孩子的两只胳膊伸得直直的。

“把他靠在你肩上，”克拉拉说，“不要那样抱孩子，他又不是张报纸。”

七月试了试。孩子的涎水马上就把他的衬衫弄湿了，但是孩子没有再哭闹。七月继续哼着《罗丽娜》。

后来，克拉拉把孩子接过去，他才彻底解放了。

“有进步，”她说，“罗马不是一天建成的。”

夜幕降下时，七月还没有走。他在前廊上坐着，步枪横放在腿上。他要下决心走了。他知道他必须走，不管爱尔迈拉多么不通人情，她毕竟是自己的妻子。她可能遇到危险，他有责任去解救她。如果他不去，那他就是永远放弃了她。他也许会永远不知道她的死活，他不能让自己的妻子像一根草一样，被风从生活中吹卷而去。他不是那种人，然而他目前正那样行事。他太累了，没有任何别的办法。即使他和他们都没有遭到印第安人的杀害，即使他没有在草原上迷失方向，他可能在什么地方的一间屋子里把她找到，可她仍把头扭向一边，那么，然后呢？她会接着跑，而他就要接着追赶，一直到大祸临头。

克拉拉出来叫他回去吃饭的时候，他已经因为考虑过多而筋疲力尽。听到克拉拉的脚步声，他直往后缩，因为他觉得她老挑他的错，这次又要对他说些尖刻话了。但他又没有猜对。她走下台阶后，停下来看那三只正飞过天空的鹤。它们沿着普拉特河那银色的小径飞去。

“多美丽的鸟啊，”她温和地说，“我要是搬走的话，真不知道最想念谁，是它们还是马呢？”

七月认为她是不会迁走的，因为她已经深深地爱上了这个地方。

鹤远去后，她看了看他，好像刚刚发现他还在那里似的。

“你愿意留下了吗？”她问。

七月心想，你还不如不问呢——还不如就这样下去算了。他并不认为自己已经做出了留下的决定，但他也没有离开。

“我看我还是不要再去追她了，”他终于说道，“我看就让她去吧。”

“除非人家希望你做出牺牲，要不然就是白牺牲，”克拉拉说，“毫无意义！”

“妈，饭快好了。”贝特西在门口说。

“夏天的这个时候真美，我只不过待了一小会儿。”克拉拉说。

“可你总说你最讨厌吃凉饭。”贝特西说。

克拉拉看了看女儿，上了台阶。

“来吧，七月，”她说，“两个姑娘想让咱们保持咱们原来的样子。”

他把步枪装回马鞍上的枪套里，随着她走进屋去。

第83章

牛群在草原上蜿蜒前进，向普拉特河走去的时候，逛妓院成了大家谈话的中心议题。当然，他们一贯喜欢谈论这种事情，但是在不同的时候他们还谈些其他的事，比如天气、打牌、马匹的习性以及他们经历过的种种艰难困苦。杰克死后，他们又大谈法律的不合理性，以及是什么因素使一个本来挺好的人变坏。有时候他们也会谈到各自的家庭，谈论家庭的结果是大家都得了思乡病。家庭这一话题虽然受到大家的欢迎，可是谈着谈着就谈不下去了。

离奥加拉拉只剩一星期的路程了，逛妓院以外的话题都成为多余的。纽特和瑞尼兄弟对此感到非常好奇，他们对去妓院也挺感兴趣，不过只是模模糊糊地知道个大概，由于听到大人们每天晚上谈论或者只要牛群停下来就谈，他们估计逛妓院一定比他们想象的内容多。找妓女似乎立即成为生活向他们提供的最令人兴奋的前景。

“要是队长在奥加拉拉连停都不停，那怎么办？”一天晚上，大嘴唇问道，“他可不是那种愿意停留的人。”

“谁也没有叫他停下，”织针说，“他想走可以继续走嘛，需要停的是咱们。”

“他不喜欢妓女，”大嘴唇说，“我记得他没怎么去过那个酒吧。”

杰斯帕对大嘴唇的悲观情绪十分不耐烦，任何有关他们可能去不成奥加拉拉的话，都会引起他的反感。

“你能不能闭上嘴？”他说，“我们才不管队长想干什么呢。我们只想叫他别管我们的事儿。”

波·坎波的杂活儿干完后，也时不时地给他们这种讨论泼点儿冷水。

“我看哪，你们都该去理理发，把妓女忘了，”他说，“她们就是要赚你们的钱，你们又能得到什么？”

“好东西。”织针说。

“剪个头能保持一个月，找妓女只是一会儿的事儿，”波说，“除非她给你留下了你不想要的东西。”

他那句话引起了强烈的反应，纽特从中总结出，原来妓女并不总能使人高兴，结果也可能是染上疾病，尽管人们往往不怎么注意这一点。

波·坎波丝毫不动摇，他坚持宣传去理发店比去逛妓院好。

“要是以为我去剪个头比找妓女好，那你就是个跟屎壳郎一样的蠢货。”杰斯帕说。

纽特和瑞尼兄弟撇开那些捉摸不透的神秘问题不去考虑，把大部分时间用在分析进城的花销这个问题上。夏季白天漫长，气候酷热，牛群平安无事。只要想想奥加拉拉，时间就过得快一些。

有时候，瑞尼兄弟中的一个会骑马来找纽特，让他提供一些新情报。“稀汤说她们把衣服都脱光了。”一天，本·瑞尼说。

有一次，纽特看见一个墨西哥姑娘蹚过格兰特河的时候撩起了裙子，裙子里面什么都没有穿。她发现他在看她时，只是哧哧地笑了笑。从那以后，要是没有什么事可干，他就到河边去，想再次看她过河，但是再也没有看见。直到现在，一说到裸体女人，他就会想起那件事。他想得太多了，已经不觉得新鲜。

“肯定要花一大笔钱。”他说。

“大概要一个月的工资。”吉米·瑞尼估算着说。

下午晚些时候，狄兹骑马过来报告，普拉特河离他们只有十六公里远了，人群中响起一片欢呼声。

“上帝啊，不知道进城走哪条路，”稀汤说，“我已经准备好了。”

考尔知道大家一心一意要进城。狄兹虽然带回了好消息，但他很消沉。杰克被绞死后，狄兹一反常态。

“你不好受吗？”考尔问道。

“不喜欢这北方。”狄兹说。

“是放牧的好地方。”考尔说。

“不喜欢，”狄兹说，“光线太弱。”

看到狄兹恍惚的眼神，考尔很纳闷儿。在比这艰苦得多的岁月里，他总是高高兴兴的，而现在考尔经常见他坐在马背上，遥望南方，遥望他们走过的茫茫路途。有时候吃着早饭，考尔见他呆呆地注视着火堆，如同一只老兽临死前那样，好像在凝望另一个世界。狄兹的目光使考尔极度不安，他对奥古斯塔斯讲了这件事。一天早上，考尔骑马来到帐篷那里。奥古斯塔斯坐在一张鞍毯上，光着脚，正用锋利的小刀割腿子。他没有看见那个女人，但他还是老远就停了下来，以免惊动她。

“你想跟我说话就走近一点儿，”奥古斯塔斯说，“我光着脚走不了那么远。”

考尔下马走到他跟前。“不知道狄兹怎么了。”他说。

“嗯，狄兹神经过敏。”奥古斯塔斯说，“可能是你办事太不讲究，伤了他的心。”

“我没有伤他的心，”考尔说，“我一直对他格外好。他是咱们找到的最好的帮手。”

“是咱们历来最好的助手，”奥古斯塔斯说，“他也许生病了。”

“没病。”考尔说。

“但愿他没打算离开咱们，”奥古斯塔斯说，“其余的人连水源都找不到。”

“他说他不喜欢北方，”考尔说，“他只说了这个。”

“听说明天就到普拉特河了，”奥古斯塔斯说，“所有的人都准备去得性病。”

“我知道，”考尔说，“我也跟他们一样想进城。咱们需要买些给养。”

“让他们去热闹一下吧，”奥古斯塔斯说，“这也许是他们的最后一次机会。”

“为什么是最后一次机会？”

“老狄兹可能知道点儿什么事，”奥古斯塔斯说，“因为他很敏感。在未来的一两个星期里，咱们可能都让印第安人杀死。”

“我不相信，”考尔说，“你也不比他高兴多少。”

“是的。”奥古斯塔斯说。他知道离克拉拉的家不远了，这使罗丽娜十分紧张。

“你打算把我怎么办？”她这样问道，“看她的时候把我留在帐篷里？”

“不，小姐。”他说，“我要带上你，把你郑重地介绍给她。你可不是一件行李，你知道。克拉拉可能有一个月没看见别的女人了，她准喜欢与女人谈谈话。”

“可她也许知道我是个什么样的人。”罗丽娜说。

“是的，她会知道你是个什么样的人，”奥古斯塔斯说，“你根本不需要向任何人低头。在这个国家，恐怕有一半女人一开始都跟你一样，在酒吧里工作。”

“她没有，”罗丽娜说，“我敢说她一直是个有教养的妇人，所以你才想要她。”

奥古斯塔斯扑哧一声笑了。“一个割你的喉咙跟科曼切人一样利索的妇人。”他说，“克拉拉的嘴厉害得像把刀子，从前她可不止一次噎过我。”

“那我就更怕去见她了，”罗丽娜说，“我怕她说话。”

“啊，她会对你很礼貌的，”奥古斯塔斯告诉她，“我才需要小心行事呢。”

然而，无论他对她说什么，都无法使她的焦虑平息下来。她怕他丢弃她，就怕这一点。她把自己的肉体交给了他，她知道这是她唯一可做到的。她的行为使他痛心，尽管他接受了。在他们拥抱的时候，她认为他是爱她的，但事后不久，她又开始伤心。

“你担心成这个样子，一点儿道理都没有。”他说，“克拉拉的丈夫也许会活到九十六岁，再说她和我都不会对对方有什么用处了。我没有她精力充沛，从来就没有。”

当天晚上，待她好不容易入睡以后，他便坐在帐篷里反复地思考这一切。他能看见篝火，没上夜班的成员站在火堆四周，边说笑话边开怀大笑。他们所有的人都羡慕他，因为他有个女人，而他们没有。然而恰恰相反，他也羡慕他们，因为他们无忧无虑，他则不是。爱情一旦开始，便不能轻易地加以制止。他已开始爱罗丽娜，也许永远也无法制止这种爱了。他若是能再像他们一样坐在火堆旁说说笑笑，像他们那样自由自在，那他才是个幸运儿呢。他虽然深深地爱上了她，但觉得有一种强烈的欲望——离开她，什么都不干了，只一心赢牌。

第二天清晨，他离开罗丽娜一会儿，碰上了狄兹。

“狄兹，你有没有什么盼望得到而还没有得到的东西？”他问道。他打算直截了当地与他开始对话。

“我想我的生活挺好。”狄兹说，“队长给我的工资很高，我只病过两次，有一次是在那条河上叫人打了一枪。”

“这不是我要问的问题。”奥古斯塔斯说。

“盼望太花时间了，”狄兹说，“我宁愿干活儿。”

“是的，可是现在你要是能得到你想要的东西，你要什么？”

狄兹骑马走了一会儿才说：“回到那条河那边去。”

“妈的，格兰德河又不是唯一的一条河。”奥古斯塔斯评论道。但是没等他们接着往下讨论，他们看见北边远处的高岗上过来了一伙骑马的人。奥古斯塔斯即刻知道他们是士兵。

“天哪，咱们至少遇到骑兵了。”他说。

那里大约有四十个士兵。马群里的小马看见来了那么多生马，便嘶叫起来。考尔与奥古斯塔斯便赶忙催马迎了上去，在一公里以外的地方与他们见面，因为牛群看见那么多骑马的人，有些骚动。

队伍中为首的是一个蓄着灰白胡须的矮个子，戴着队长徽章，他看见牛群以后有些恼火。不久便发现，原来他喝醉了。

旁边一个骑马的是个大个子，穿着一件肮脏不堪的鹿皮衣，显而易见他是个侦察兵。他也长着胡子，嘴里叼着烟叶。

“我是队长威沃，这位是侦察员狄克逊。”队长说，“你们这帮人知道在把这群牛往他妈的哪儿赶吗？”

“我想我们正在往蒙大拿走吧。”奥古斯塔斯俏皮地说。

“我们在哪儿，伊利诺伊吗？”

奥古斯塔斯在这种情况下还开玩笑，考尔很不以为然。

“不是，可是等红云人找到你们的时候，你们就巴不得这儿是伊利诺伊了。”威沃队长说，“你们正好在和印第安人打仗的地方，知道在哪儿了吧？”

“谁知道他们为什么把牛群往他妈的蒙大拿赶？”那个侦察员狄克逊说。他摆出了一副目空一切的架势。

“我们认为那儿是我们坐着看牛拉屎的好地方。”别人的傲慢最能引起奥古斯塔斯的诙谐，考尔对此了如指掌。

“我们听说蒙大拿有好草场。”考尔说。他想改变奥古斯塔斯给他们造成的坏印象。

“好草场倒是会有，可你们这帮牛仔是不会活着看见那里的。”狄克逊说。

“是吗？别忘了，”奥古斯塔斯说，“我们并没有一直当牛仔。

我们有二十多年的时间是和科曼切人打仗打过来的，在得克萨斯。难道这儿的印第安人不和别处的印第安人一样？挨了枪子儿不会从马上栽下来吗？”

“有栽下来的，可有的继续朝你扑来。”威沃队长说，“我可不是来这儿花一个上午的时间跟你们聊天的。你们发现什么线索了吗？”

“我们的侦察员没说有什么发现。”考尔说着，向狄兹招了招手。

“嗬，你们找了个黑鬼当侦察员，无怪乎你们迷了路呢。”

“我们没迷路，”考尔忽然发火了，“那个黑人能在他妈的煤山上跟踪你们。”

“还能用长柄杈把你们叉回来，要是我们叫他做。”奥古斯塔斯又加了一句。

“你们怎么能这样对我们讲话？”威沃队长顿时火冒三丈地说。

“这难道不是一个自由的国家吗？”奥古斯塔斯问道，“谁让你到这儿来骂我们的侦察员？”

狄兹骑马跑了过来，考尔问他是否见到了印第安人的行踪。

“从这儿到河边没有见。”狄兹说。

一个面色苍白的年轻少尉突然冒出一句话：“我想他们往东去了。”

“咱们往东去过了，”威沃说，“你说咱们上个星期去哪儿了？”

“他们可能跑得更快更远，”奥古斯塔斯说，“印第安人通常是那样的。看看你们骑的那些马就知道，他们步行都能超过你们。”

“你这个人真无礼。”威沃说，“那些印第安人一两天前才杀了一个打野牛的和一个女人。三个星期前，他们在西南方把一家子人杀了个精光。你们要是见了他们，就会后悔没有把他妈的这些牛肉保存在得克萨斯。”

“咱们走吧。”考尔说完，便猛地拨转马头。

“我们需要马，”威沃队长说，“我们的马都快累趴下了。”

“我刚才说的时候，你不是还说我无礼吗？”奥古斯塔斯说。

“我见你们有多余的马，”威沃说，“我们要了。奥加拉拉以西有个卖马的，你们去他那儿买几匹就是了，给军队寄张账单。”

“不，谢谢了，”考尔说，“我们还是喜欢自己的马。”

“我不是在请求你给我，”威沃说，“我是在征用你们的马。”

奥古斯塔斯哈哈大笑起来，但考尔没有笑，他发觉那个人的话是当真说的。

“我们需要马，”狄克逊说，“我们必须保卫边境。”

奥古斯塔斯又笑了。“你们最近都保护了谁？”他问道，“刚才你对我们说的那些人，你们就没有保护。”

“我不想再说了，”威沃说，“去把马弄过来，吉姆。带一两个人去，要拣好的挑。”

“你连一匹马也要不走，”考尔说，“无权征用我们的牲口。”

“天哪，我或者要你的马，或者要你的皮。”威沃说，“去赶马，吉姆。”

年轻的少尉很紧张，但他还是掉转马头，像是要朝马群走去。

“慢着，小子，咱们还没把话说完呢。”奥古斯塔斯说。

“你公然反抗美国军队的军官吗？”威沃问道。

“你们跟我们离奥加拉拉的那个马贩子一样远。”考尔指出。

“是的，可是我们还要到别的地方去。”威沃说。

“你们看见我们的时候不是也正朝这个方向走吗？”奥古斯塔斯说，“你什么时候变的主意？”

大个子侦察员狄克逊听着他们这样的对话，表现出一副不屑一顾的样子，这种蔑视的态度既是针对威沃，也是针对他们。

威沃队长转过身去，对那个年轻人说道：“这帮人纯粹是在虚张声势，其实他们只不过是牛仔。赶马去。”

当那个年轻人走过身边时，奥古斯塔斯伸手拉住了他那匹马的马勒子。

“你如果要那些马，为什么自己不去赶？”他说，“你是队长。”

“你们这是叛国，”威沃队长说，“冲这一点，就该把你们都吊死。”

考尔一直在观察军队队伍中其余的那些人。在他作为保安队员的年代里，他常常为骑兵那种萎靡不振的表现感到气愤，可眼前这伙围观的士兵好像更加怠惰、懒散。队伍刚刚停下来，就有一半人在马背上昏昏入睡了。所有的马都需要一个月好草好料的调养。

“奥加拉拉离这里有多远？”考尔问。

“我对奥加拉拉不感兴趣，”威沃说，“我感兴趣的是红云族人。”

“我们不认识什么叫红云族的人，”奥古斯塔斯说，“不过，如果他是个好战的头人，你们最好不要去抓他。我都怀疑那些印第安人会乐意吃你们的那些小马。我还没见过装备如此不成样子的队伍呢。”

“算了，我们出来十天了，不过这与你没有什么关系。”威沃说着，气得浑身发抖。虽然到现在为止，大部分时间是奥古斯塔斯在说话，他却在对考尔生气。

“咱们走，”考尔说，“白费唾沫。”他见小个子队长正在激他发火，知道再多说一点儿就会使他大发雷霆。

“吉姆，去赶马。”威沃说。

“不准去，”考尔说，“你们要是不赶走我的马，我倒要告诫你们几句。你们这支队伍消耗得太厉害了，要是真能找到印第安人，你们就是那些最可能遭到杀害的人。你需要的不只是几匹壮马，你需要的是精力充沛的人。”

“我不需要一个浑蛋牛仔给我的什么劝告。”威沃说。

“我们过去二十年打过科曼切人、基奥瓦人和墨西哥土匪，可我们还在这儿。”考尔说，“听听对你有好处。”

“要是让我在城里碰见你，非抽你耳光不可。”狄克逊对考尔说道。

考尔没有理睬那个人，转身骑马走了。奥古斯塔斯放了那个年轻少尉的马勒子。

“把那个黑鬼留给我，”威沃说，“我听说他能闻出印第安人。他们只不过是红鬼和黑鬼罢了。”

“甭想，”考尔说，“我怕你虐待他。”

他们回到了篷车跟前，回头看时，见那支骑兵还在原地坐着。

“他们会进攻吗？”奥古斯塔斯问。

“进攻牛群？”考尔说，“我看不会。威沃是疯了点儿，但还没疯到那种地步。”

他们等着，那支骑兵队伍在高岗上停了几分钟后，就向别的地方走去了。

第84章

就在当天下午，他们在奥加拉拉城东渡过了普拉特河，接着便将牛群向西北方向赶去。在河北边的山坡上，他们可以看见组成那座小城的一些棚子和木屋。牛仔们一看见这一景象便欣喜若狂，简直无法再继续干手里的活计，连将牛群赶到一块较好的安歇地都等不及了。

考尔想让他们小心些，想让他们知道这一带的印第安人闹得正凶，但是人们根本听不进去，连盘子波吉特也迫不及待地要进城去。考尔让盘子、稀汤、伯特、杰斯帕、织针及那个爱尔兰人先去。他们立即换上新衬衫，飞快地骑马离开了，好像后面有一百个科曼切人在追赶他们似的。

“快瞧他们进城的样子，罗丽娜。”奥古斯塔斯说，“简直等不及了。”

罗丽娜对这些不感兴趣，她只有一桩心事。

“你什么时候去看她？”她问。

“啊，明天就去，”奥古斯塔斯说，“咱俩都去。”

“我留在这儿，”罗丽娜说，“听了你的话，我害怕了。”

一提到那个女人，她的手就颤抖，但她还是帮着奥古斯塔斯支起了帐篷。

“我想自己去奥加拉拉一趟，”奥古斯塔斯说，“你想跟我去吗？”

“你为什么想去？”她问。

“啊，那总还算得上是个城市，”他说，“我想去做点儿文明的事情，比如到餐馆吃顿饭什么的。如果这个要求过高，那我至少可以找个酒吧，喝上一杯威士忌。”

“跟我去吧，”他补了一句，“他们那儿也许有一两家商店，我可以给你买几件衣服。”

罗丽娜考虑了一下。自从奥古斯塔斯救了她，她一直穿着男人的衣服。她若与奥古斯塔斯一同前去看望那个女人，那就需要一条连衣裙。虽然她对她的好奇心越来越大，但仍然不知道她是不是有心前去看她。好奇心固然不小，但更多的还是害怕。虽说就像目前这样待在帐篷里，只与奥古斯塔斯一个人说话，日子过得也没什么意思，但她已经习惯了。想到城镇，就像想到那个女人一样使她不安。

“你是想找妓女，还是为别的事？”她看见他准备走了，便问道。

“我有你，还找妓女干什么？”他问道，“你们妇道人家的思想真奇怪。我只是想坐在椅子上喝一杯威士忌，打一两局牌我也没意见。”

“可是，有了我，你还是想要那个女人。”罗丽娜说，“你可以要我们两个，再要上一个妓女。想要你就去，我不在乎。”

她还真希望他去，因为这将加强她在那个女人面前的地位。

“跟我去吧，”奥古斯塔斯说，“我给你买几件新衣服。”

“你自己去给我买一件吧，”罗丽娜说，“买件你喜欢的。”

“可我不知道你的尺寸，”他说，“你为什么那样怕城市？城里连一个见过你的人都没有。”

她不去，所以他也就不再叫她，自己一个人走了。路过篷车时他停了停，让波·坎波记住给她送饭。考尔也在那里，显得很不安。由于大部分有经验的人都走了，他便决定自己与牛群在一起，等第二天有人回来，他再去购买给养。

牛群在接连不断的山坡上平静地吃着草。能干的人们都进城了，留下的几个大部分是孩子。他们想要得到那渴望已久的机会，一个个正愁眉苦脸。

“跟我骑马进城去吧，”奥古斯塔斯对考尔说，“这儿静得像星期一的教堂。我请你吃顿饭，咱们可以坐下来谈谈哲学。”

“不，我得留下，”考尔说，“我一点儿哲学也不懂。”

“你的哲学是操心过度。”奥古斯塔斯说，“杰克要是没有让咱们绞死，他会马上跟我进城去。”

“扯淡，他那是咎由自取。”考尔说。

“我明白，可我记得每到一个城市，他总是个一起吃饭的好伙伴。”奥古斯塔斯说。

他策马一口气跑了八九公里来到奥加拉拉。他奇怪地发现，自己仍旧很想念杰克·斯普恩。多少次从布拉索斯河巡逻回来时，他们两个总是尽快赶到奥斯汀，将整个晚上都花在酒、牌和女人身上。克拉拉与考尔总要为他们的纵酒作乐生一个星期闷气，而且克拉拉比考尔更难平息下来。

现在，杰克走了，离克拉拉却近了。他想，也许不去看她是明智的——一直到蒙大拿去，就让过去的事情永远过去算了。在他的生活里，从未有第二个女人给他的思想造成的影响像她造成的这样大。对往事的回忆如此甜蜜，他竟然不敢去看克拉拉变成了什么样子，生怕会破坏他那美好的回忆。她或许已经成为一个暴君，她在少女时代就具有那种潜在的能量。她也可能仅仅成了一个被劳苦折磨得疲惫不堪的拓荒者，美貌已不复存在，精力业已耗尽。见到她以后，他也许什么也感觉不到，如果真是这样，他就将失去他珍惜的东西。另一方面，他也可能在看到她以后，重新体会到他们年轻时的一切，而如果真是那样，骑马离开她可就不那么容易了。

还有罗丽娜。在过去的几个星期内，她成了他认识的最甜蜜的女人，比他的妻子更体谅人，比克拉拉更和气。她的美已复苏，牛仔们总要找各种各样的借口，骑马来到离他们二三十米的地方，为的是看上她一眼。他理应认为自己是幸运的。他知道全队的人——也许考尔除外——都认为他是个幸运儿。他务必让那过去继续闪光，不要与现有的混淆在一起。

然而，他深深地知道，他不能就这么从克拉拉身边骑马而过，不管他将受到什么样的混乱与失望的威胁。在他认识的女人中间，她最不一般，从某些方面来说，只有她才是他一生中最思念的女人。

他记得，在她告诉他，她要与鲍勃结婚时说的话——为了儿女，她需要他的友谊。他至少要去贡献一点儿友谊。此外，也要看看她的女儿们是否与她一样令人神往。

他感到始料未及的是，对奥加拉拉的访问并不使他感到愉快。他来到杂货店的时候，老板正要关门，他说服老板打开店门，给罗丽娜买了一大堆衣服。他几乎什么都买，衬裙、连衣裙、帽子，还有一件很暖和的大衣，因为他们到蒙大拿后肯定会遇上冷天。他甚至给她买了一件黑色长礼服，还买了一个细窄的真丝横领结。那个老板马上便不再想着关门了，他主动给奥古斯塔斯拿出皮手笼、手套，还有一双毡靴，以及其他零碎物品。末了，奥古斯塔斯见买的东西太多，便不打算带回去——反正他们明天还要来，把这些东西装上篷车带回去就是了。不过他还是挑了几件，以备罗丽娜去看克拉拉的时候穿用。他给她买了梳子、刷子和镜子——他知道女人都喜欢照镜子，而自从在沃斯堡出事到现在，她一直没有照镜子的机会。

找到那家唯一的旅店并不难，但旅店里的饭店是一间不起眼的烟雾弥漫的小房子，只供应一种饭食。里面有一个垂头丧气的侍者，脸颊两边蓄着上窄下宽的络腮胡子。奥古斯塔斯决定去找一家欢快些的酒吧，可是并不容易找到。

他走进了一家酒吧，门上有一个巨大的鹿角，顾客大多数是为军队运货的皮货商。门外虽然拴着两匹帽子溪牧牛公司的马，但是没有见他们的人，他判断他们已经直接到隔壁那家妓院去了。他要了一瓶酒和一个杯子，但是那些吵吵嚷嚷的皮货商喧闹不堪，使他没有心思品尝他的酒。一个中年赌棍立即发现了他，便走了过来。他留着稀疏的胡须，打着肮脏的领结。

“看样子你是个能玩牌的人，”赌徒说，“我叫肖。”

“两个人打牌，我不感兴趣。”奥古斯塔斯说，“这儿太吵闹了，乱成这个样子，连喝醉都难。”

“这又不是城里唯一的酒吧，”肖说，“咱们可以找个你认为安静点儿的。”

就在这个时候，一个浓妆艳抹的姑娘走了进来，好几个皮货商冲她尖声喊叫，但她来到奥古斯塔斯坐的地方。她很瘦，年龄不过十七岁。

“嘿，奈莉，别打扰我们。”赌徒说，“我们正要玩牌呢。”

姑娘还没有答话，旁边那张桌子上的一个皮货商背朝下从椅子上栽了下来。他在椅子上睡着了，摔在地板上，把一圈人都逗乐了，然而就是这样摔了一下，也没有把他摔醒，他就势趴在酒吧的地板上，烂醉如泥。

“哎呀，算了吧，肖。”姑娘说，“你们只有两个人，能打什么牌？”

“我也对他说了。”奥古斯塔斯说。

一个侍者过来抓住醉鬼的领子，把他拖了出去。

奥古斯塔斯没有料到那个赌徒突然打了那姑娘一记耳光——虽然打得不重，但把她吓了一跳，弄得她极难为情。

“嘿，我说，”奥古斯塔斯说，“你没有道理这么干。这位年轻女士讲话够有礼貌了。”

“她根本不是什么女士，她是破鞋，我不能让她干扰咱们的兴致。”肖说。

奥古斯塔斯站起来，并给奈莉拉过来一把椅子。

“坐下吧，小姐。”他说，然后转身对那个赌徒说，“你这个贱东西，我不跟虐待女人的人玩牌。”

赌徒听后，露出了凶相，他没有理睬奥古斯塔斯，却用眼睛瞪着那姑娘。“我对你说什么来着？”他说，“你要是再打扰我，我就把你打得让你一辈子也忘不了。”

姑娘颤抖着，快要哭了。

奥古斯塔斯朝肖的胸口狠狠地打了一拳，把他打得向身后的一张桌子倒去，倒在了三四个皮货商中间。他们惊愕地抬起头来——肖被这一拳打得灵魂出窍，在空中挥舞着胳膊，张着大嘴，生怕自己一口气喘不上来而死去。

奥古斯塔斯没再理他。那个姑娘过了一会儿才坐下，但她仍然惶惶不安地不断朝那个赌徒看去。一个大个子皮货商把他从桌子上推了下来，他两手着地，跪在地板上，还在大口大口地喘着气。

“没伤着他，”奥古斯塔斯对姑娘说，“你不想喝点儿酒吗？”

“想。”姑娘说。侍者把酒送过来，她将奥古斯塔斯给她倒的酒一饮而尽。她的两只眼睛还在看那个赌徒。他好不容易才恢复了正常呼吸，站在柜台前，捂着胸口。

“你从前和他有过什么麻烦吗？”奥古斯塔斯问道。

“他是露西的丈夫，”她说，“露西是我的老板娘，他们俩关系不好，露西一让我出来拉客，他就轰我。”

她竭力从恐惧中恢复过来，使自己看上去富有诱惑力。她的努力显得如此勉强，致使奥古斯塔斯心里十分难过。她已成了惊弓之鸟。

“给露西干活儿不容易，”她说，“你想到隔壁去吗？我必须马上找到客人，如果肖对她说这件事，她就又要抽打我了。露西比肖还要阴险。”

“你应该换一个老板娘，”奥古斯塔斯说。他又给她斟了些酒，她再次一饮而尽。

“总共只有两个老板娘，另一个同样坏。”奈莉说，“你当真不去隔壁吗？我必须去找客人了。”

“如果是这样，那我看最好的办法是贿赂一下那个肖。”奥古斯塔斯说，“给他五块钱，给露西五块钱，剩下的你自己得。”说着，他给了她二十块钱。

姑娘不胜惊愕，但她还是接过了钱，又将一杯酒灌进肚子里，然后走到柜台前让侍者把钱换成了零的。不久她便与肖聊起天来，似乎什么事情都不曾发生。奥古斯塔斯感到很压抑，于是买了一瓶酒，带着它出了城。

皓月当空，草原朦胧。豌豆眼卖力地为牛群唱歌，但他那两嗓子根本无法与爱尔兰人的歌声相比。

出乎意料的是，奥古斯塔斯看见罗丽娜在帐篷外边坐着——平时她总在里面等。他下马后，用手抚摸她时，发现她两颊湿润——她一直坐在那里哭泣。

“怎么了，罗丽娜，怎么回事？”他问。

“我怕她，”她简单地说了一句，声音里充满了沮丧，“我怕她把你要走。”

奥古斯塔斯没有劝她。她这种顾虑是他过去毫无顾忌地谈论那个他爱过的女人造成的。他将马鞍卸下，坐到她身边的草地上。

“我以为你去看她了，”她说，“我不信你进了城。”

“多美的月亮啊，不是吗？”他说，“草原在月光下显得格外美好。”

罗丽娜没有抬头，她没有心思看月亮，她只想解决有关那个女人的事。倘若奥古斯塔斯真要离开她，她想知道，尽管她无法想象那将是一种什么样的生活。

“你过去喜欢唱歌吗？”他问道，试图让她谈些别的事。她没有回答。

“我想，唱歌一定要有天赋。”他说，“我要是能像那个爱尔兰人那样唱得那么好，那我就骑在马上整天唱，我能在酒吧里找份工作，跟大嘴唇从前一样。”

罗丽娜不想和他说话。她恨自己考虑问题的方法。还不如发生点儿什么事，使我们两个人都死掉呢。她想，那样我至少还能有个伴儿。

第 85 章

纽特、瑞尼兄弟与豌豆眼是第二天下午进城的，头一批人三三两两回来时那副可怕的模样丝毫没有使他们气馁。杰斯帕在马上一路呕吐回来，身体垮得连马都下不来，也不会弯腰了。

“你太可怜了。”杰斯帕回来时，波·坎波严肃地对他说，“我对你说过会落这么个结果的，现在钱花光了还不算，你还要受苦。”

杰斯帕对此未置可否。

织针纳尔逊和稀汤第二拨儿回来，与杰斯帕没有什么两样，但他们的马还算干净。

“前边不再有城市可太好了，”织针下马时说道，“要是再有城市，我可就活不了啦！”

“如果这就是内布拉斯加最大的好处，我可再也不敢领教了。”稀汤说。

听了所有回来人的报告，波·坎波更加坚定了自己的信念，所以不愿意让奥古斯塔斯借篷车用。

“城里净是贼，”他争辩着说，“别让人把车偷走了。”

“我在里面坐着，要偷连我一块儿偷就是了，”奥古斯塔斯说，“我倒想看看谁有这种本事。”

他答应让大嘴唇坐车进城，大嘴唇很思念他在家乡时干的老行当，希望这一次到城里至少能听听钢琴的声音。

考尔也决定骑马进城帮着购买些给养。他想到一张购物清单，但由于波·坎波正在气头上，他的不合作态度使事情不能一下子决定下来。

“夏天到了，”波说，“用不着什么东西。买一个大水桶，从河里装些水，快到干旱地带了。”

“你怎么知道快到干旱地带了？”奥古斯塔斯问。

“反正会到的，”波·坎波说，“要是不走运，很可能要喝马血了。”

“我昨天晚上喝的怕就是马血吧，”杰斯帕说，“我从来没有在马背上那么恶心地吐过呢。”

纽特和其他几个小孩子急忙往城里赶，将豌豆眼远远抛在了后面，但等他们真的来到城里，又不知道首先该干什么。有那么一两个小时，他们只是在长长的街道上走来走去，观望过往行人。长期以来，他们没有在房子里面待过，乍要进去倒觉得不好意思。他们朝一家五金店的橱窗看了看，但没有进去。街道本身就够热闹了，能看见许多士兵、赶车的人，甚至有几个印第安人。他们没有看见妓女，街上的那几个女人都是买东西的主妇。

城里当然到处都是酒吧，但一开始这几个孩子吓得哪一家也不敢问津，因为他们年龄小，里面的人们肯定会看着他们。再说他们又没有钱买酒喝，手头仅有的那一点儿钱还要留着给妓女呢——至少这是他们几个人的打算。第四次或者第五次路过那家大百货公司的时候，他们的打算动摇了，便都溜了进去，以期一睹那琳琅满目的商品。他们仔细地看着那些枪支——野牛猎枪、枪筒发蓝的长筒手枪，都是他们的财力远不及的。出来时他们手里唯一的东西只是一袋薄荷糖。因为他们几个月来头一次尝到糖的滋味，所以感到格外好吃。他们坐在阴凉里，一口气将那袋糖吃了个精光。

“要是队长肯装一车这种糖就好了。”本·瑞尼说着，机会就来了，因为奥古斯塔斯刚把马车赶到杂货店，队长骑着母夜叉走在篷车旁边。

“别做好梦了，他才不让咱们装一车糖呢。”吉米·瑞尼说。不管怎么说，由于有了经验，他们便回到那家百货公司，又买了两袋糖。

“咱们省下一袋，到蒙大拿再吃吧，”纽特说，“一路上可能再也没有城市了。”然而他的这一警告犹如石沉大海，皮特·斯佩特尔和另外两个人把他们那份糖嚼得一块也没有剩下。

“咱们问问他妓院在哪儿，”本建议，“恐怕咱们自己一个也找不到。”

他们在车马店那里赶上了盘子。他不太高兴，但至少走起路来还算稳当，就这一点而言，他比已经回营地的那几位强得多。

“你们这些娃娃来城里干啥？”他问道。

“我们要找妓女。”本说。

“绕到那家酒吧后面去，”盘子说，“那里有很多。”

盘子现在骑的是一匹名叫白糖的漂亮的小母马，就性情来说，它与母夜叉正相反。它几乎就像只驯养的小动物，盘子能从自己的盘子里拿些吃的，用手喂它。他说这匹马是他见过的马里眼神最好的。每一次牛群狂乱奔跑的时候，它都没有往坑里踩过。

他十分钟爱它，每次为它备鞍之前总要为它刷刷毛，为此他的鞍袋里专门备有一把小刷子。

“她们要多少钱？”吉米・瑞尼问道。他指的是妓女。想到有些妓女就离他们几步远，他们都有些紧张。

“那取决于你想在楼上待多久。”盘子说，“我看见一个挺好的，叫玛利，可是她们并不都像她一样。有一个人们管她叫小母野牛的，要是没有人给我一个月的工钱，我就不会盘算着去找她，可我想她会接你们这样的小孩子。头一次出来可不要指望得到上等招待。”

就在他们说话的时候，从街上走过来一队士兵，一共六个人，为首的是大个子侦察兵狄克逊。

“那些兵又来了。”纽特说。

盘子连看都不看他们。“其余的人准是走丢了。”他已经刷好了马，正要备鞍时，那几个士兵朝他们这里冲了过来。

纽特很紧张，他意识到要与这些士兵发生纠纷了。他看了一眼队长和古斯先生，他们正往篷车上装一个大水桶，显然他们采纳了波·坎波的建议。

纽特觉得狄克逊的个头儿大得可怕。他骑着那匹黑色的阉马一直到了盘子身边才停下。盘子极其冷静，根本不去理会他，而是将马鞍放到了马背上。

“那匹母驹多少钱？”狄克逊问道，“它倒长得像模像样的。”

“不卖。”盘子说完，便伸手下去拉马勒子。

就在他弯腰的工夫，狄克逊探过身子朝他的脖子后边吐了一大口烟草汁。烟草汁吐在盘子的头发旁边，顺着他那件大衬衫的领子往下淌。

盘子直起腰来，用手摸了摸脖子，当他发现是烟草汁的时候，脸都气红了。

“你们这些浑蛋牛仔就那么喜欢你们的马，”狄克逊说，“听你们说不卖马都听烦了。”

“这匹马就是他妈的不卖，等我收拾了你，你就别想再骑马了。”盘子简直无法控制自己的声音，“我可不能让别人吐完了我扭头就走。”

狄克逊又吐了一口。这次因为盘子面对着他，烟草汁正好吐在他的前胸上。狄克逊和士兵们见状，一个个笑得前仰后合。

“是你自己下来呢，还是要我把你从你骑的那匹骨头架子上揪下来？”盘子看着大个子的眼睛说。

“呀哈，瞧你那副𡟪包样儿。”狄克逊狞笑着说。他又朝盘子吐了一口，盘子借低头躲过烟草汁的工夫，猛地朝那个人扑了过去。他本打算把那个侦察兵从马的另一侧推下去，但是狄克逊不仅强壮，而且还很灵巧。谁也没有注意到他的另一只手里握着一支长筒手枪，在盘子与他扭打的时候，他就像使棒子一样用枪把在盘子头部狠狠地击了两下。

盘子一声没吭就顺着狄克逊的马肚子瘫倒下去，脸朝上躺在了地上。纽特万分惊慌。血从盘子耳边的大裂口往外涌，浸湿了他的黑头发。他的帽子也掉在了地上，纽特把它捡起来，但不知如何是好。

狄克逊把枪装回枪套，又朝盘子吐了一口，便去抓那匹小母驹的马勒子。他探下身，解开马肚带后，将盘子的马鞍扔到地上。

“我叫你顶嘴，放牛的，”他说，又看了看那几个孩子，“他醒来后，可以往美国陆军部队寄账单讨这匹马的钱——如果他还记得有过一匹母马。”

纽特简直要急死了。他眼看着盘子挨了两手枪把，知道盘子肯定死了。事情发生得如此快，本·瑞尼的手还在那个糖袋子里，来不及抽出来。

纽特只知道绝不能让那个人把盘子的马牵走。狄克逊转身要走的时候，纽特一把攥住马嚼子不放手。白糖由于被朝两个不同的方向拉，便向后退，几乎将纽特拽倒在地上，可他仍抓住不放。

狄克逊猛地拉了一下马，想使纽特松手，然而纽特死活不松手。

“妈的，这帮牛仔都这么讨厌，”狄克逊说，“连这小崽子也一个样儿。”

狄克逊身边那个士兵的马鞍角上挂着一根短柄生牛皮鞭，他伸手抄过鞭子，二话不说便骑到盘子的母马身边，朝纽特抽去。

皮特·斯佩特尔的脸都气青了，他飞身跃过去抓鞭子，但狄克逊反手一击，皮特便倒下了，鼻子流血不止。

纽特猫下腰，想靠近母马。狄克逊抽的头几鞭子主要打在纽特手上，想让他松手。他见这样不成功，便向纽特身上胡乱抽打起来。呼呼作响的鞭子有一下打在他耳朵上，他想弯下腰，但是白糖由于惊恐而不停地乱转，使他完全暴露在皮鞭下，狄克逊便朝他的脖子和背部猛抽一气。纽特紧闭双眼，死死握住马嚼子不放手。有一次他看了狄克逊一眼，见他正在狞笑——他那双恶毒的眼睛酷似野猪的眼睛。狄克逊又朝他脸上打来时，纽特连忙再次猫下腰去，结果这一鞭打在白糖身上，白糖嘶鸣着向后倒退。

马的嘶鸣引起了考尔的注意。他与奥古斯塔斯把那个大木水桶装上车后，又回到商店里停了片刻。奥古斯塔斯在考虑买支轻些的手枪替下他那把大柯尔特，但是又变了主意。他拿着一些给罗丽娜买的东西，考尔则正往外搬一袋面粉。听见马叫的时候，他们还都在商店里。他们出来后才看见狄克逊在抽打纽特，盘子波吉特的马正不停地转来转去，地上躺着两个牛仔，其中一个是盘子。

“我说过，那个婊子养的不是好东西。”奥古斯塔斯说。他把东西塞进篷车，拔出了手枪。

考尔把那袋面粉扔到篷车后边，飞快地翻身骑上了母夜叉。

“别开枪，”他说，“防着那几个兵就行了。”

他看见狄克逊还在用鞭子野蛮地抽打纽特的背部和脖子，顿时气不打一处来，感觉到多年未有过的愤怒。他狠狠地刺了母夜叉一下，它便从街上飞也似的跑了过去，从士兵中间穿过，把他们吓了一跳。狄克逊正一心用鞭子抽人，根本没有看见考尔过来，考尔也根本没有让母夜叉停下来的意思。在最后的一刹那，狄克逊才猛地拉了一下马，试图躲到一边去，但他那匹吃惊的马正巧转身与母夜叉撞在了一起。考尔牢牢地在马上坐着，母夜叉也稳稳地站在那里，狄克逊的马却倒了，把他重重地摔到地上。白糖试图躲开这场混乱，险些踩了纽特。狄克逊的马在白糖的蹄子底下挣扎着想站起来。街上尘土飞扬，一片混沌。

狄克逊急忙爬起来，他没有跌伤，但有些晕头转向。他转过身时，考尔已经下了马，朝他跑了过来。考尔看上去个头儿不大，因而狄克逊对他就这样向自己进攻感到不可理解。他伸手去掏手枪，却忘了皮鞭还在手腕上套着，妨碍了他掏手枪的动作。考尔径直向他撞来，就像他的马撞向狄克逊的马一样。狄克逊再一次倒在地上，待他扭过头向上看时，只见一只皮靴正朝他的眼睛踢过来。

“别……”他想说“别踢”，但那句话还没有说完，那只靴子已经踢到了他脸上。

那六个士兵在一旁看着，吓得一动也不敢动。那个看上去个头儿不大的牧场主踢起狄克逊的脸来力量可真大，狄克逊的脑袋简直要被他踢飞了。后来他又跨到狄克逊身上，狄克逊正连血带牙一齐往外吐。狄克逊挣扎着起来后，小个子立刻又一次把他击倒在地，然后用一只脚踩着他的头，狠狠地蹶他的脸。

“他要打死他了，”一个脸色苍白的士兵说，“他要把狄克逊打死了。”

纽特也这么想。在队长打那个大个子侦察兵之前，他从队长的脸上看到了他从未见过的愤怒。狄克逊虽然个头儿很大，但显然没有捞到还手的机会。狄克逊一下也没有还击，连试都来不及试。纽特看着队长惩罚那个人的手段，真怕自己又要呕吐。

盘子波吉特坐起来，用手抱着头，正看见考尔揪着大个子侦察兵的鹿皮衣拖着走。争斗发生在离街上一家铁匠铺几米远的地方，铺子前面有一个铁砧子，盘子惊愕地发现队长正骑在狄克逊身上，把他的头往铁砧子上磕。

“他会打死他的。”他脱口而出，竟然忘了几分钟前他也曾想把那个侦察兵打死。

这时，他又见奥古斯塔斯跑了过去，骑上母夜叉，拿起了考尔的套索。

奥古斯塔斯骑马朝铁匠铺小跑了几步，用套索套住考尔的手臂，接着把套索另一端缠在鞍角上，掉转马头朝街的另一头骑去。刚开始考尔还不肯把狄克逊放下，一直将他从铁砧子那里拖出了几步远。然而奥古斯塔斯仍旧紧紧地拉住套索，让马慢慢朝前走。考尔终于松开了那个人，却朝着套他的人——不管是谁——冲了过去，满脸愤怒与狂暴。他并不知道套他的是什么人。他打狄克逊那几拳把手指关节上的皮整个打脱落了，但他在盛怒之下，全然没有在意，一心想着对付第二次进攻。他决心要置敌人于死地——他不知道狄克逊是否已经死了，但他决心要打死这第二个人。

“伍德罗！”考尔正要向奥古斯塔斯扑过来时，他才严厉地喊了一声。

考尔听见了自己的名字，也看见了自己那匹母马。奥古斯塔斯正朝他过来，把套索松开。考尔发现是他才收住脚步。他转身瞧那几个士兵，他们都骑马站在那里，面如土色，噤若寒蝉。他朝他们走了一步，扔掉了套索。

“伍德罗！”奥古斯塔斯又喊了一声，接着便掏出他的那把大柯尔特，心想为了阻止他走到士兵跟前去，他将不得不用它敲考尔。但是考尔站住了。有那么一会儿，万物死一般地静止不动。

奥古斯塔斯跳下马，把套索挂在马鞍角上。考尔还在街上站着喘粗气。奥古斯塔斯向士兵走了过去。

“带上你们的这个人走吧。”他平静地说。

狄克逊躺在铁砧子旁边，一直没有动。

“他死了吗？”一个中士问道。

“不死就算他走运。”奥古斯塔斯说。

考尔顺着街走了几步，捡起掉在地上的帽子。那几个士兵骑马缓缓地从他身边走过。有两个人从马上下来，开始把狄克逊往马上抬，后来六个士兵全部下马了——这个人太重了，需要他们所有的人动手，才能把他抬起来放到他的马背上。考尔看着，一见狄克逊他的火又冒了起来，如果那个人再动一动，他就会再次冲上去。

然而狄克逊没有动。他在马背上悬垂着，血从头部和脸上往下流淌，滴在尘土里。士兵们上马后，慢慢地把那匹马牵走了。

考尔看了看，见盘子波吉特坐在他的马鞍旁边的地上，耳朵后边有一道伤口。他慢慢走了过去。

“伤得重吗？”他问。

“不重，队长。”盘子说，“我的头太硬了。”

考尔又看了看纽特。他脖子和脸颊上的鞭痕肿了起来，耳后的一个伤口里渗着血。盘子这时才发现纽特还紧紧地抓着白糖的马嚼子。他站了起来。

“伤着了吗？”考尔问那孩子。

“没有，先生，”纽特说，“他只是抽了我几下。我可不能让他把盘子的马牵走。”

“好了，你可以放开它了。”盘子说，“他走了，真该为刚才的事谢谢你，纽特。”

由于攥马嚼子用的力量太大，纽特松手时感觉手很痛，马嚼子在他手掌上勒出了印，手指也攥得没了血色。他松开母马，盘子接过缰绳，在它的脖子上拍了拍。

奥古斯塔斯走过去，弯下腰看皮特。皮特正往外擤鼻子里那带泡的血。

“我最好送你见医生。”奥古斯塔斯说。

“不要医生。”皮特说。

“天哪，这伙人都是铜头铁脑袋。”奥古斯塔斯说着，向本·瑞尼走去，他拿起糖袋子吃了一块，“你们谁也不会听劝告的。”

考尔骑上母夜叉，不慌不忙地把套索盘了起来。有几个城里人目睹了这场战斗，大多数人还站在那里望着骑在那匹灰色母马上的那个人。

考尔把绳子盘好，骑马来到奥古斯塔斯那里。“你把粮食带回去，好吗？”他问。

“好的，”奥古斯塔斯说，“我带回去。”

考尔发现所有的人都在看他，包括他的助手们、牛仔们和城里的人们。他的怒气已经消失，剩下的是疲倦。他已不怎么记得刚才的打斗了，但人们都还目瞪口呆地望着他。他觉得虽然整个事情很简单，但是他还是有必要解释一下。

“我讨厌那些说话蛮不讲理的人，”他说，“我受不了。”

说完，他便骑马出了城，围观的人仍然鸦雀无声。尽管这里是个野蛮的地方，他们也习惯了突然发生的死亡，但他们仍觉得刚才目睹的事件非同一般，还不如不看。

“天哪，古斯。”盘子目送队长离开的时候说。与别人一样，他也被队长爆发的狂怒吓呆了。他多次看见人们打架，但都不像这一次这样。他自己虽然憎恨狄克逊，但是当他看到狄克逊这样被毁掉时，还是感觉心里乱哄哄的——连枪都没用。

“你从前见过他这样打死人吗？”他问奥古斯塔斯。

“见过一次。”奥古斯塔斯说，“有一次我没来得及制止他，他就是那样把一个墨西哥土匪打死的。那个墨西哥人把三个人分了尸，不过不是那件事引起的，是因为那个人骂了考尔。”

他又吃了一块糖。“骂伍德罗·考尔是绝对不行的。”他说。

“是为我吗？”纽特问。他想，也许他应该把那件事处理得更好些。“是因为他用鞭子打我吗？”

“那只是一部分原因，”奥古斯塔斯说，“考尔自己也不知道其余的原因是什么。”

“哎呀，你要是不制止他，他非把那个人打死不可，”盘子说，“他能把任何人打死，任何人。”

奥古斯塔斯吃着糖，没有表示不同意见。

第 86 章

几个孩子后来能去妓院还是因为那场殴斗。盘子备好马便离开了，奥古斯塔斯把车装好后也开始往城外走。他把篷车掉转了个头，发现纽特和瑞尼兄弟正和豌豆眼说话，豌豆眼刚才在街的另一头理发，因而错过了那场殴斗。他头上擦的花露水太多，奥古斯塔斯离他三米远都能闻到。他与几个孩子正围在血迹斑斑的铁砧子四周，几个孩子正给他讲述那件事的经过。豌豆眼倒不显得特别惊讶。

“是的，他是个会打斗的好手，队长是。”他淡淡地说，“如果谁惹恼了他，他就用拳头对付。”

“用拳头？”本·瑞尼说，“他没用拳头，他用马把那个人撞到地上，然后趁他还在地上躺着的工夫，差点儿把他的脑袋踢掉。”

“嘿，那就是拳头，对队长来说就是。”豌豆眼说。

奥古斯塔斯把车停了下来。“你们几个孩子打算在这儿转转吗？”他问道。

几个孩子你看看我，我看看你。刚才那场架吓得他们差不多把原来的计划忘了，这并不是因为他们的计划太多。

“可是，这是我们见到城市的最后一次机会。”纽特说。他还以为古斯先生打算叫他们回去呢。

其实奥古斯塔斯没有那个意思。他口袋里有四枚十元的金币，本来想偷偷地分给这几个孩子，但是现在因为考尔已经离开了，也就没有必要偷偷地给了。他扔给纽特一枚，把另外三枚分给其他孩子。

“这是奖赏，”奥古斯塔斯说，“两囊空空就别想享受像这样的大城市生活。”

“妈的，你要是发钱，也给我来点儿，古斯。”豌豆眼说。

“不给，你把钱都花在剪头上了。”奥古斯塔斯说，“这几个孩子会把钱用到更好的地方。去北方之前，他们应该痛痛快快地玩一玩。”

他抖了抖缰绳，赶着车出了城，心想，这几个孩子还太年轻。年龄对他从来不重要，他只感到——如果有什么感受——随着时间的推移，他确实增长了不少本领。但是当他想到这几个孩子的时候，不由得心里酸溜溜的。无论他比他们能干多少，他也不再能与他们站在一起，准备首次去逛妓院了。女人的世界就要向他们开放。当然，如果奥加拉拉妓院的大门是他们不得不通过的地方，那么其中一些就会被吓得退回到安全的篷车及牛仔中间去，可是有些则不然。

几个孩子站在铁匠铺门前，谈论着奥古斯塔斯给他们的钱。转瞬间，他们过去所做的精打细算变得没有必要了。他们现在有了钱，这种感觉既令人心花怒放，又令人有点儿惶然。

“十块钱够找个妓女了吧，是吗？”本·瑞尼问豌豆眼。

“我从来没找过她们，不知道价钱。”豌豆眼说。他因为找了个错误的时间去剪头，误了那场打斗，心里懊恼不堪。

“你为什么不去，豌豆眼？”纽特问道。他感到奇怪，因为所有人都一窝蜂地拥进了妓院，连盘子都去了，据说他还爱着罗丽娜呢。然而豌豆眼没有为这一切触动，即使人们在篝火旁议论女人，他也保持沉默。豌豆眼是纽特的老朋友之一，因而了解一下豌豆眼对这件事的看法是至关重要的。

但是豌豆眼不太乐意跟他说这件事。“啊，大部分时间我都和篷车在一起。”他说。他根本没有回答纽特的问题。他们几个站在那里摆弄手中的钱，以使自己适应一下有钱花的滋味，这时，豌豆眼牵马过来，骑上便离开了。除了大嘴唇和爱尔兰人，帽子溪牧牛公司的人只有他们几个还在城里。

然而几个孩子的胆子都不够大，谁也不敢像盘子指的那样径直走上后楼梯。于是他们决定去找大嘴唇，人家说他是妓院的常客。

他们找到大嘴唇时，他正在一家酒吧门前站着，神情沮丧。“城里只有一架钢琴，还是坏的，”他说，“一个皮货商把它弄坏了。我骑了这么远赶来，结果连个音符都没听到。”

“你进妓院以后都做些什么？”吉米·瑞尼问道。他觉得自己再也无法忍受更多的失望了。

“哎呀，这个问题可真傻，”大嘴唇说，“就像公牛在母牛身上那样，你们要愿意，就在前边嘛。”

他的话非但没有把问题说清楚，反倒使事情更加复杂化了，至少对纽特说来是这么回事，他对找妓女的技术性活动了解得最少，现在大嘴唇又指出方法不止一个，这对没有任何经验的人来说毫无裨益。

“是的，不过，你一见面就问吗？”他问道，“我们想知道要花多少钱。”

“啊，一个娘儿们跟另一个娘儿们要的钱都不一样，或者说一个夫人跟另一个夫人。”大嘴唇说，“古斯有一次给了罗丽娜五十块钱。不过那太出格了。”

这时他才意识到他又把不该说的说出来了，而且是说给了孩子们听。孩子们在保守秘密方面是不可靠的。

“我不该对你们说，”他说，“古斯说，如果我说出来，他就要在我的肚子上再打一个窟窿。”

“我们不说。”纽特对他保证。

“你们会说的。”大嘴唇说。由于钢琴的事，他的情绪正低落，他爱好音乐，他来奥加拉拉时确有把握能弹上一曲，至少能听一听，然而到目前为止，他至多听到了一个侍者吹了吹口琴，而且吹得还不怎么样。现在又说出了奥古斯塔斯的秘密，事情都让他搞糟了。

这时，他脑子里闪过一个念头，他想，解除目前思想紧张状况的最佳方法是把这些孩子灌醉。他们年轻，没有喝惯酒，让他们喝得酩酊大醉就会忘掉奥加拉拉，甚至忘掉内布拉斯加，这么一来他们自然也就不会再记得他脱口说出的话。他发现他们到现在为止最大的享受只是吃了些薄荷糖。

“当然了，你们这几个孩子这么清醒地去见妓女是不行的。”他说，“你们去见她们以前必须先喝点儿啤酒。”

“为什么？”纽特问道。纽特知道妓女多在酒吧里才能找到，但还不知道她们接客的先决条件是顾客要喝醉。

“啊，那是因为呀，那些姑娘经常又腥又臭。”大嘴唇说，“妈的，她们和猎野牛的那一类人混在一块儿，这就需要你肚子里先有酒，要不然你可就一点儿力气都没有了。”

他这一说可真吓人，几个孩子面面相觑。

“我还是不去吧。”皮特·斯佩特尔哭丧着脸说。他在城里玩了这么久，并不感到高兴，只有奇迹般得到奥古斯塔斯十块钱这件事例外。

“怎么啦？你这是扯后腿。”吉米·瑞尼说，“怎么能打退堂鼓呢？”

“哎呀，如果事情跟我说的不一样，那就让我的肚子流水流得更厉害。”大嘴唇说，“你们一定要听我的。你们还没出生，我就和妓女们过上了。”

“我们怎么弄酒？”纽特问。他对啤酒的好奇几乎与对妓女的一样了。他一直不敢到酒吧去，怕队长进去看见他。

“嗯，我给你们买。”大嘴唇说，“有零钱吗？”

几个孩子互相看着，都不愿意向大嘴唇吐露他们财富的数量，以防大嘴唇用某种方式盘剥他们。幸而除了奥古斯塔斯给他们的钱，他们还有三块钱。他们掏出零钱，交给了大嘴唇。他们知道喝酒是牛仔的本色，于是都跃跃欲试。

“够吗？”纽特问。

“嗬，你怎么不问问青蛙会蹦吗？”大嘴唇说，“我能给你们买很多啤酒，再买一瓶威士忌换换样儿。”

大嘴唇说到做到。十分钟后，他买来了不少啤酒和一升多威士忌。大嘴唇脸上带着鬼鬼祟祟的神情，但他们一个个都为能喝上酒而欣喜若狂，没有留意他的眼神。大嘴唇把酒给他们后，马上朝街心走去。

“你去哪儿？”纽特问道。

“理发匠说在一家旅店里住着一个鼓手，他有一把手风琴，”大嘴唇说，“他要是不太喜欢手风琴，我就买了它。有了手风琴，咱们回去后就可以欣赏音乐了。”

“你真应该买顶帽子。”吉米·瑞尼大胆地说了一句，因为大嘴唇戴的还是他在孤鸽镇戴的那顶丢人现眼的破圆顶高帽。

“那顶帽子看上去像是让满嘴绿沫的母牛嚼过一样。”纽特说。他为自己说话的智慧感到骄傲，可是大嘴唇已经走远，他的这点儿智慧也就浪费了。

然而啤酒并没有浪费。几个孩子觉得在大街上喝酒有失体面，便拎着酒绕到车马店后面喝去了。起初他们小心地呷着，发现啤酒是苦的，可是越喝那苦味就越算不得什么。

“尝尝威士忌吧。”本·瑞尼说。这一建议立即为大家所采纳。刚喝过凉啤酒，威士忌的味道就像液体状态的火，而且它的效果也如同火一般迅速。他们开怀畅饮威士忌，几杯下肚，纽特便觉得世界突然变了。他们开始喝酒的时候太阳正在快速西沉，喝了几口威士忌，一切似乎都静止了。他们背靠车马店的后墙，遥望悬挂在棕黄色草原上空的那一轮娇艳的红日。纽特心想，离太阳下山还有几个小时呢，便又往肚子里灌了两瓶啤酒，这时，他觉得自己变轻了，而且简直轻得不得不用手扶着地，因为他感到自己好像要飘走一样。他可能会飘到太阳悬着的地方。几口酒居然能让人产生这样的感觉，真不可思议。这种想法虽然很荒唐，可是时间不长，他就很想躺在地上，用手抱着肚子，抱着大地，使自己不至于飘走。

吉米·瑞尼似乎根本没有盛酒的胃，他几乎是在喝酒的那一刻就开始呕吐了。皮特·斯佩特尔喝酒倒没问题，只是变得更加忧郁、消沉。本·瑞尼极欣赏这酒，他喝得比皮特那份多得多。

没用多大工夫，他们便把啤酒消灭了，而太阳也不知道怎么的，在没有人注意时溜了下去，连晚霞也在逐渐消逝。星星已经出来了，这四个人还在车马店后面坐着，烂醉如泥，与他们刚刚进城的时候相比，并没有离妓女近一点儿。

纽特感觉照这样下去不行，他站了起来，发现自己并没有飘走，但是，当他试着走路时，才发现把一只脚放到另一只脚前边去并不是一件轻而易举的事。他有些生气，因为他从来没有在走路上遇到过麻烦，同时也因自己的脚表现如此反常而恨起它们来。

他还能走，不管走得像个什么样子。于是他大胆地向酒吧后面的楼梯走去。

“我无论如何也要去一次。”他说。他不停地走，唯恐停下来整个计划会化为泡影。其他几人也想法子站起来，跟在他后边。本·瑞尼拎着那个威士忌瓶子。其实这倒没有什么必要，因为瓶子早就空了。

纽特没费什么劲便上了楼梯，把楼梯踩得嘎吱嘎吱响。他并没有真打算走在最前边，心都堆到嗓子眼儿了。他勉强维持着平衡，似乎一步不小心，连胃也会冒到嗓子眼儿里来。

从下面看，楼梯显得又陡又长，其实他很快就上到了顶部。门开着道缝儿，他看见里面有人，但只能看见一个高大的影子。

纽特还没开口，就见一个几乎什么都没有穿的女人从影子后面的一间屋子里走了出来。这个女人裸露着两条腿，纽特被这一景象吓了一跳，简直不相信自己的眼睛。

“谁呀，巴芙？”光腿的姑娘问道。

“他的舌头叫猫叼走了吧，”影子用沙哑的声音说，“他没做自我介绍。”

“我叫纽特。”他说。这时他对整个事情都感到没有把握了。

其他几个孩子也陆续登上了楼梯。

那个影子——也是一个女人——从门里探出半个身子，打量着楼梯上的那一队人。她是个大个子，身上带着大嘴唇刚从理发店出来时的那股气味。纽特没想到她也光着腿。

“是一伙小家伙，”她对厅里的伙伴说，“一定是刚放学。”

“那他们还是趁咱们不忙的时候再来吧，”她的朋友说，“我是说如果他们有钱。”

“啊，我们有钱，”纽特自告奋勇地说，“我们赶着牛群来的，刚拿到工钱。”

“我可不知道有这么年轻的牛仔。”大个子女人说，“让我看看钱。”

纽特掏出那枚金币，那个女人身体靠着墙在灯下看了看那枚金币。

“算我没说，”她对伙伴说，“是一伙有钱的放牛娃。”

纽特发现她没有把那枚金币还给他，可他又觉得不该问，也许到门里边看看光身子女人就值十块钱吧。

大个子女人把门打开，他从她前面走过，小心翼翼地不让自己摔跟头，因为他脚底下越来越站不稳了。其他几个孩子在他后面一个一个走了进来，到了一个空空的厅里，两个女人瞪着他们。

“她是玛利，我是巴芙。”大个子女人说。纽特觉得她的乳房大得像要把她身上那件睡衣撑破似的。在灯光下可以清楚地看出她并不老，只是个头儿很大。相较之下，另一个姑娘则瘦得像根杆子。

“这一个给钱了，”巴芙说着，随便地将一只手搭到纽特肩上，“但愿你的那几个伙计跟你一样富，要不然就请顺着楼梯下去。”

瑞尼兄弟立刻把钱递过去，但皮特·斯佩特尔没有。他把手放进口袋里，但没有把钱掏出来，而是空着手。他一句话不说，转身向门口走去，他们听见了他下楼的声音。

“这两个像是兄弟。”巴芙说。她很快地打量着瑞尼兄弟。

“你要他们，巴芙，”玛利说，“我要这头一个进来的。”

“那可说不定谁要谁不要呢，”巴芙说，“是我先看见他的，该由我先挑。”

纽特也差点儿学皮特·斯佩特尔的样子出去。晚上的天气很热，厅里又闷，他感觉可能会恶心。从她们说的话来看，他知道这就是盘子说过的那两个人，那个大的就是小母野牛，另一个就是盘子说待他不错的那个。小母野牛瞧着他们时，那只大手还搭在他肩上。她中间的门牙里有一颗黑牙。她那庞大的身体散发出阵阵热浪，犹如一个火炉，她身上的花露水味呛得他直倒胃口。

“咱们还得干一夜呢，”玛利说，“不能在这些小蝌蚪身上浪费时间。”她拉起本·瑞尼的手，急忙离开中厅，进了一间屋子。

“要是一会儿不出点儿什么事，玛利就不高兴。”巴芙说，“来吧，纽特。”

吉米·瑞尼不喜欢独自一人留在厅里。

“我跟谁？”他毫不掩饰地问道。

“老老实实地站在这儿，”巴芙说，“玛利很快，和小男孩儿更快，她一会儿就来。”吉米站在那里，一副可怜巴巴的样子。

她把纽特带到一间小屋里，里面没有什么东西，只有一张铁床，一个小脸盆放在一个小盆架上。窗台上放着一盏煤油灯，没有灯罩。窗户敞开着，草原的地平线上还有一抹绯红，像是顺着草原的边沿撒了一把燃煤。

“从远处来的？”巴芙用粗哑的声音问道。

“是的，夫人，从得克萨斯来。”纽特说。

“那好，把裤子脱下来吧，得克萨斯。”她说完，便把睡衣前边的那三颗扣子解开，把睡衣扔到床上，纽特惊惶万分。她一丝不挂地站在他面前，由于他过于惊愕，只是一动不动地站着，她便弯下身去动手解他的裤扣。

“你们牛仔最麻烦的就是花那么长时间脱靴子，”她一边帮他解裤扣一边闲聊，“我可不是被雇来看他们和靴子摔跤的，所以我就把床单撤了下来。他们要是脱得不够快，我就让他们穿着干。”

这时，她已经替他解开了裤子，并伸手去摸。“我怀疑你过去是不是有机会试一试，还是检查一下的好。”她说。

她把他带到窗口，点着了煤油灯。瞬间，她那肥大的乳房在墙上投下了古怪的影子。纽特还来不及控制自己，就完事了。

他大为惊慌，知道自己办了一件极不合适的事，这比不能很快地脱掉靴子更糟。

巴芙咯咯笑了，露出那颗黑牙。

“我忘了你们这些小蝌蚪太性急，经不住诱惑。”她说完，用一块布给他擦了擦。

她朝床走去，躺在玉米皮芯垫子上，压得垫子吱吱作响。

“来，试试，”她说，“你可以来第二次。”

“要我脱靴子吗？”纽特问。他感觉自己太缺乏经验，生怕再次出错。

“不用了，像你这么快，用不着费那个事。”巴芙边说边使劲给自己挠痒，“你还可以再来一次痛快的。”

他跪在她面前，不知该怎么办。

“过来，你在床脚待着，什么事也办不成。”她说，“花了十块钱，至少要试试，有些姑娘只让你看看就要你十块钱，玛利和我不干那个，我们讲公道。”

纽特又头昏脑涨起来，觉得快滑下床了。他又有了要从地球上飞出去的感觉，便死死地揪住她的胳膊，不让自己掉到床底下。

“下次发了工资再来吧，”她说，“穿上裤子，去把那个小蝌蚪叫进来。”

纽特从床上下来时，忽然想起了罗丽娜。她在干豆酒吧的那几个月就是干这个的，她和任何发了工资的男人都这样干。他极懊悔那个时候他没有十块钱。虽然不能说小母野牛对他不好，但他宁可找罗丽娜，尽管他知道如果真的是罗丽娜，他未必有那个胆量。

“就你们两个人吗？”他边系裤扣边问。他已对玛利产生了好奇，而且顾不得这一切难堪，决定如果再有十块钱就来找她。

“我和玛利，”巴芙说，“我接喜欢胖子的客人，她接喜欢瘦子的客人，如果有的人两种类型都喜欢，那就看我们当时谁有空闲。”

她还赤裸裸地在床上躺着。

“我去叫吉米。”他说。他打开房门时，吉米离门只有三十厘米远。他也许一直在门外听，这使纽特很不高兴，但在昏暗的厅里，他显得病态十足，纽特也就无法生气了。

“该你了。”纽特说。吉米走了进去，纽特笨重地从楼梯上下来，碰见了正在等他们的皮特·斯佩特尔。

“你干吗退出？”纽特问道。

“我对妈说过要省钱。”皮特说。

“要是还有啤酒就好了。”纽特说。虽然他与小母野牛的经验使他异常狼狈，但他不感到失望，使他大为失望的是他只剩下两毛五分钱，不能再回去找玛利。尽管刚才的事进行得极不正常，但是挺有趣的。他觉得花上十块钱根本算不了什么。但是持他这种态度的人只有他自己。本·瑞尼紧随他下了楼，他一直在抱怨十块钱太贵了。

不久，吉米·瑞尼也下来了，他对自己的事守口如瓶。他仍觉得恶心，他们在城里到处寻找大嘴唇的时候，他不时地在后面停下来呕吐。

“妈的，妓女可比牛仔挣得多。”本·瑞尼不停地说，好像他心里很烦，“咱们一个月都挣不了三十块钱，可她们两个人只花三分钟就从咱们手里挣去了三十块，要是皮特没有退出，就会挣到四十块。”

纽特则以为他这一说法太不着边儿。妓女们出卖的是独一无二的，所以她们挣的比最好的牛仔还多，这不足为怪。他想，等他长大有了钱，他可能会成为一个像杰克和古斯先生那样经常去妓院的人。

他们顺着手风琴的声音找到了大嘴唇。他已经设法买下了琴，但还没有学会弹，正坐在挂着驼鹿角的那家酒吧的阶梯上使劲地往外挤《野牛姑娘》那首歌。他的听众是一个皮货商和艾伦·奥布赖恩，这个爱尔兰人对大嘴唇这般乱弹琴直皱眉头。

“他永远也弹不出个调子来，”皮货商说，“听起来就像他妈的驴叫唤。”

“我才买的这把手风琴，”大嘴唇说，“等到了蒙大拿，我就会弹了。”

“是呀，要是苏族人把你抓去，你就叫得比那个音匣子还难听。”皮货商说。

艾伦·奥布赖恩好心地给几个孩子每人买了一瓶啤酒。天虽然早已黑了，但人们还在奥加拉拉街上溜达。他们听到了一声枪响，却没有人去打听出了什么事。

一瓶啤酒就足以使吉米·瑞尼再次呕吐。他们骑马回去时，纽特有些不愉快——不知道何年何月他才能有再次到妓院去的机会。

他正骑马走着，心里盼望再有十块钱的时候，不知道什么东西吓惊了他们的马。皮特·斯佩特尔说可能是只豹子，但始终没弄个水落石出。不管是什么，反正纽特和本还没闹清楚是怎么回事就都被抛下了马，皮特与吉米则被吃惊的马带进了黑暗中。

“要是是印第安人可怎么办？”他们站起来时，本说。

在明亮的月光下，他们没有看见印第安人，但是他们两个人还是拔出了手枪以防不测。他们蹲在地上，听着他们的马向远处跑去，一个个干着急。

除了步行回营地，没有任何别的办法了。他们紧握手枪，随时准备——但是紧张得太过分了，吉米过来看他们有没有出事的时候，本差点儿朝他开枪。

“皮特在哪儿？”纽特问。吉米不知道。

吉米的马只能两个人骑，不能三个人同时骑，所以最后三公里纽特不得不步行。他深深地为自己当时没有抓牢缰绳而恼火，这是他北上以来第二次步行回去，第二天人们肯定会议论的。

可是当他回到营地时，他的马正与其他的马在一起吃草，只有波·坎波醒着，知道这件事。波很少睡觉，不论是谁值夜班回来，他大多数时候已经起来了，不是切牛肉就是给自己倒咖啡。

“痛痛快快地散了散步吧？”他问道，并且递给纽特一块凉肉。纽特接过了肉，坐下后发现困得根本吃不下去，于是便拿着一块肉，进入了梦乡。

第87章

克拉拉看见那几个骑马人时正待在楼上，婴儿在楼下由她的女儿们照顾着。她刚刚给丈夫擦洗完毕，无意间向窗外望了一眼，正好瞧见他们。但是他们还离得很远，仍在普拉特河北岸。在这一带，任何靠近的骑马人都值得留心。那些年间，只要看见骑马人她就害怕，一定要看看鲍勃在哪里，或者看看步枪是不是在手边。人们都知道印第安人常常穿着白人的衣服来麻痹到这里安家落户的人。此外，在印第安人保留地还有许多和印第安人一样坏的白人，因此剩下她一个人的时候，骑马人一出现她就会吓一跳。

然而，幸运的是，过去她遇到的来客都挺不错，久而久之，当地平线上有人骑着马过来时，她已经不再惊慌了。他们家的不幸主要是气候与疾病造成的，而不是意外的袭击造成的。但是她仍保持着仔细观察来人的习惯。她手里拿着一条干净床单，转过身来朝窗外望去，那几个人已经从河对岸的斜坡上走了下去，消失在河边的丛林里。

骑马人的一些动作引起了她的注意。多年来，她已练就了一双好眼睛，善于观察马匹及马背上的人。从北边过来的几个骑马人勾起了她的某些回忆，然而这种回忆过于淡薄。她只把手里的活儿停了片刻，想了一下过来的人可能是谁。工作干完后她洗过脸了，因为风沙大，她从马场回来时又满脸是灰。这里的尘土能渗到衣服里面去，她本想换件衣服，但是她知道如果她愿意换衣服，接着就要每天上午洗个澡，而且要像位娇嫩的贵妇人一样每天得换三次衣服。一则她的衣服没有那么多，二则她认为自己并不那么娇贵。于是只是洗了把脸，把刚才见到的那几个骑马人忘得一干二净。柯罗和七月都在马场干活儿，一定也会发现他们的。也许只是几个想买马的士兵，红云族人一直在袭击他们，每过两三个星期就有军人来买马。

是他们中间的一个人把七月妻子的消息带给了七月。当然，那个士兵在谈到他们发现一具女尸和一具野牛猎人尸体的时候，并不知道那女人是七月的妻子。当时克拉拉正在洗衣服，没有听见那段故事，她后来到养马场时才发现出了问题。七月在栏杆旁边站着，脸色苍白。

“你病了？”她问道。柯罗这时已经和那两个士兵骑马去看牲口了。

“没有，夫人。”克拉拉几乎听不见他的声音。有时候她对他称呼她“夫人”很恼火，而这时，他的思想往往很混乱。

“是爱尔迈拉，”他又说，“那个士兵说在城东一百公里的地方，印第安人杀了一个女人和一个野牛猎人。我敢肯定那是她。他们就是朝那个方向去的。”

“回家去吧。”她说。他虚弱得几乎不会走路，一连几天什么也不会干，为了那么个女人而痛苦欲绝——从结婚那天起，她就不断地辱骂他，要么就从他身边逃走。

此时，两个小姑娘对七月已经很喜爱了，她们不停地照顾他，给他送去一碗又一碗汤，还为了得到照顾他的权利而争吵。克拉拉任凭她们去争，这个男人的愚蠢已经够她生气的了。但是孩子们不了解她为什么是这个态度。

“他的妻子叫人家杀了，妈！”贝特西抗议道。

“我知道。”克拉拉说。

“你那么严厉，”莎莉说，“你不喜欢七月吗？”

“我很喜欢他。”克拉拉说。

“他觉得你在生他的气。”贝特西说。

“他操这份心干什么？”克拉拉面带微笑地说，“他有你们两个细心照顾呢。你们两个比我待他好多了。”

“我们想让你喜欢他。”贝特西说。她是姐妹俩中较为直爽的一个。

“我说过，我喜欢他。”克拉拉说，“我知道人都不够聪明，常常会爱那些一点儿也不爱自己的人。在一定程度上我能忍受，但做得太过分我就不能再忍受了。替那些半点儿也不关心你的人伤心是一种病态。”

有那么一阵子，两个孩子都没有说话。

“你们可都要记住，”克拉拉说，“万一你们爱上了一个傻子，就要好好过日子，我会同情你们的。有的人宣扬说只要一个女人和一个男人订了终身，就有义务永远不脱离他。我说那是愚蠢。义务是双方的，如果男方不遵守他的义务，那就到脱离他的时候了。”

她在桌子旁边坐下来，看着两个姑娘。七月在屋外，根本听不见她的话。“七月不愿意正视他的妻子从来就不爱他这一事实。”她说。

“她应该爱他。”莎莉说。

“说到爱情，‘应该’是一点儿也不顶用的。”克拉拉说，“她不爱他。你们见到她了，她连马丁都不闻不问。咱们给他和马丁的爱比那个可怜的女人给他的全部的爱都多。我这么说的意思不是要责备她，我知道她有她的难处，我甚至怀疑她头脑是不是正常。她不能控制自己的行为，从自己丈夫和孩子身边跑掉，结果叫人家杀了。我为她难过。”

她停顿下来，给孩子们一点儿时间考虑这一系列问题。她想知道她们会把哪一点当成大事来思考。

“我们想让七月留下来，”最后，贝特西说，“你要是那么厉害，那只能让他也跑掉，叫人家把他杀死。”

“你们以为我就那么坏呀。”克拉拉笑着说。

“你就是很坏。”贝特西说。

克拉拉大笑起来。“你们要是不改改，就跟我一样坏了。”她说，“要知道我有权利表达我的感情。照顾七月约翰逊是咱们做的一件好事。叫我痛心的是他叫别人随心所欲地踩在脚底下，却不知道这是错的，不知道他自己并不喜欢这样下去。”

“你就不能耐心点儿？”莎莉说，“你对爸挺耐心。”

“爸的头给踢着了，”克拉拉说，“他不能照顾自己。”

“他遵守他的义务了吗？”贝特西问道。

“遵守了，十六年。”克拉拉说，“尽管我从来就不喜欢他喝酒。”

“我希望他能好起来。”莎莉说。她是她爸爸最宠爱的女儿，她也最为他伤心。

“他快死了吗？”贝特西问道。

“我怕是的。”克拉拉说。她一直小心不让孩子们产生这个想法，但她怀疑那样做是否恰当，因为鲍勃没有好转，而且也没有好转的迹象。

莎莉哭了起来，克拉拉连忙把她搂在怀里。

“反正我们还有七月呢。”贝特西说。

“要是我不赶走他的话。”克拉拉说。

“你最好别赶他走！”贝特西的眼睛都冒火了。

“他要是住厌了，会自己要求离开的。”克拉拉指出。

“他怎么会厌呢？要干的活儿还多着呢。”莎莉说。

“别对他太厉害了，妈。”贝特西央求着，“我们不想让他走。”

“让他学会一两件事对他没有坏处。”克拉拉说，“要是他打算在这儿留下来，最好开始学习如何对待女人。”

“他对我们挺好。”莎莉指出。

“你们还不是女人呢，”克拉拉说，“在这一带，只有我一个女人，如果他想让我满意，他最好使自己打起精神来。”

七月很快就去干活儿了，但是情绪并没有改变多少。他没有半点儿幽默感，无法跟他嬉笑，这一点很让克拉拉生气。她一贯喜欢揶揄人，然而她经常遇到这样一些男人，她即使狠狠地取笑他们，他们也意识不到。她认为这是对她的生活的讽刺。鲍勃从来就对她的揶揄没有反应，连理都不理会，所以她这方面的能力因为没多少机会练习而荒疏了。她也拿女儿们开心，但与取笑成年男人们当然不同——她常因鲍勃思想反应迟钝而用手掐他。七月并不比鲍勃好些——事实上，他与鲍勃是从同一个模子里刻出来的，一个顽固的、缺乏想象力的模子。

她洗过脸下楼时，听到从房后边传来的谈话声，立即在楼梯上愣住了，因为她听出了是谁在讲话。刚才被远处那几个骑马人微微拨动的记忆的琴弦，顿时像风琴的声音一样回响起来。没有任何声音能像这个声音那样令她感到快活，因为她听出了奥古斯塔斯·麦克克里的声音——一个不同于其他人的声音。他的声音与过去毫无两样。十六年后意外地听见他的声音，她的两眼立即被热泪淹没。这声音顷刻将年华倒转了回去。她在楼梯上站着，一时激动得竟不知道现在是何年何月，也不知道自己身在何处。她想起从前，奥古斯塔斯常常意外地出现，她在商店上面她的那间小屋里，能听见他与她的父母亲谈话。

不过现在他是在与她的女儿们谈话。克拉拉后悔没有换一件上衣，奥古斯塔斯一向欣赏她的外表。她走下楼梯，从厨房的窗户朝外看去。一点儿也不错，奥古斯塔斯正在房前与贝特西和莎莉说话，考尔还在马上坐着，守在他旁边。除了考尔，有一个身穿男人服装的金发女人坐在一匹红棕马上。最后一个是一位英俊少年，骑的是一匹褐色母马。

克拉拉发觉奥古斯塔斯已经把女儿们吸引住了。只要奥古斯塔斯在场，七月若是还能从她们那里弄到一碗汤，就算他走运。

她站在窗户旁边看了一会儿，在她看来，他并没有老多少，因为他年轻的时候头发就已经开始灰白。他——奥古斯塔斯，能使她感到心满意足，他说话的瘾头可与她相媲美。她在厨房门口站了片刻，嘴角挂着微笑——只要看看他就使她心花怒放。她在暗处站着，他没有看见她，等她向前走了一两步时，奥古斯塔斯才扭头看见了她。他们的目光相遇的时候，他笑了。

“嘿，还是那么美。”他说。

令两个姑娘大为震惊的是，克拉拉从走廊里出来，径直走进了这个陌生人的怀抱里。她的眼里带着她们从来没有见过的神情。她向陌生人仰起脸，吻了一下他的嘴唇。她的这一举动来得如此出乎意料，如此令人惊愕，必将成为她们在以后的年月里永远忘不掉的一刹那。

纽特则吃惊得两只眼睛都不知道往什么地方看。

克拉拉吻奥古斯塔斯时，罗丽娜的目光向下看去，心里充满了失望。眼前就是那个女人，奥古斯塔斯爱她，她自己已被遗弃。她真应该留在帐篷里，不到这里来见她——可是她想来，而一旦来了，她又想，如果能待在别的任何一个地方，她愿意付出巨大的代价。当然，已经太晚了。她再抬起头时，见克拉拉退后了一点儿，还在看着奥古斯塔斯，她的脸上闪耀着幸福。罗丽娜发现她的胳膊很细，手很大。两个男人看见这一伙人后，也从养马场走了过来。

“哎，介绍一下你的朋友吧，古斯。”克拉拉说。她一只手挽着他的手臂，与他一同向那几匹马走去。

“啊，你认识伍德罗。”奥古斯塔斯说。

“你好！”考尔说着，不知道如何是好。

“这位是罗丽娜·伍德小姐。”奥古斯塔斯说着，伸手帮她下马，“她从老远的地方跟我们来的，事实上是从孤鸽镇来的。这位年轻的先生是纽特。”

“纽特什么？”克拉拉问道。

“纽特·多布斯。”奥古斯塔斯停了一下后才说。

“你好，伍德小姐。”克拉拉说。罗丽娜没想到她挺友好，比大多数女人对她都好。

“我真不知道该忌妒你还是可怜你，伍德小姐。”克拉拉说，“我是说跟着麦克克里先生走了那么长的路。我知道他很风趣，但他的风趣能叫人一辈子不自在。”

说完，克拉拉大笑起来，笑得那么开心，因为她感觉十分有趣。奥古斯塔斯与一个女人一起来到这里，一点儿也不觉得不合适，还有就是她对奥古斯塔斯的一吻吓呆了她的两个女儿。另外，考尔这个她从来就不喜欢的人，这个她认为还不如一个树桩有趣的人，十六年后看见她时竟然除了“你好”便什么也说不出来。这些都为她的那本书增添了一些生活情趣。她觉得她在内布拉斯加住的时间够长了，应该享受一下生活的情趣。

她发现那个年轻女子十分怕她。她虽然下了马，但眼睛一直朝下瞧着。这时，七月与柯罗走了过来，七月的脸上一副惊诧的表情。

“哟，司法官约翰逊，”奥古斯塔斯说，“我看这正像人们说的，这个世界真小嘛。”

“只对你来说是这样，古斯。我相信到目前为止，地球上的人你一定都见过了。”克拉拉说。她扫了七月一眼，他还是没有开口。他一直在看她，她心想，也许是她还挽着奥古斯塔斯的手臂的缘故吧。跟以往一样，奥古斯塔斯·麦克克里的到来很快就使所有的人都相互熟识起来。她与奥古斯塔斯之间的友谊始终是不寻常的，从来就没有人明白她是否爱他，她的父母被这一问题困扰了多年。这件事已经成了他们争论的中心，取代了对《圣经》的争论。甚至在她接受了鲍勃之后，奥古斯塔斯继续闯入她的生活中，把大多数人都搞糊涂了，因为从她的表情看，好像她根本没有因为自己计划结婚而有放弃奥古斯塔斯的打算。更加可笑的是，鲍勃本人十分崇拜奥古斯塔斯，如果他的头脑稍微敏锐些的话，就应该意识到如果她想要奥古斯塔斯，她就一定会得到他，那么鲍勃就应该为她没有选择奥古斯塔斯而选择了他而感到不合情理。

然而他这只是单方面的敬慕，因为奥古斯塔斯一向认为鲍勃是最愚笨的人，并且经常这样说。他经常这样问她："你为什么要和那个呆子结婚？"

"他配我，"她说，"咱们这样的两匹快马在一起是过不到一块儿的，我想说了算，你也想说了算。"

"我可没想到你会找一个连句话都不说的人。"他说。

"说话不是一切。"她说。然而在那些年里，当鲍勃一个月也说不上两句话的时候，她对自己当初的结论追悔莫及。

现在奥古斯塔斯来了，并且显而易见，他立即博得了她的女儿们的欢心。见到这位白发男人骑马过来吻了她们的妈妈，贝特西与莎莉与其说是觉得不好意思，倒不如说是着了迷。

"罗伯特呢？"奥古斯塔斯出于礼貌问了一声。

"在楼上，病了。"克拉拉说，"让马把头踢了，伤势很重。"

有那么一会儿，她想起了楼上那个默默不语的男人，觉得生活多么不公平啊！鲍勃正渐渐地离开人世，但这并不能减弱她见到奥古斯塔斯和他的朋友时的欢乐。这是一个美好的夏日，是进行社交活动的好时光。

"你们两个去捉三只母鸡，"她说，"伍德小姐想必吃腻了牛肉。今天天气好，咱们等会儿去野餐。”

“好吧，妈，我们这就去抓。”莎莉说。她喜欢野餐。

克拉拉想和奥古斯塔斯单独聊聊，但她知道这要等一切都安顿下来才行。伍德小姐大部分时间眼睛朝下，一言不发，要是抬头，也只是望着奥古斯塔斯。克拉拉把他们带进厨房后离开了一会儿，因为她听见婴儿哭了。

“你瞧，你的担心是没有用的，”奥古斯塔斯悄悄地对罗丽娜说，“她又有了小娃娃。”

罗丽娜仍然保持沉默。这个女人很和气，还让她去洗澡，可她还是怕。她想与奥古斯塔斯继续向北走。她心里盼望的是什么时候这次访问结束，那她又能与奥古斯塔斯单独在一起，想到这里，她就不那么害怕了。

克拉拉下来时抱着个娃娃。

“是七月的儿子。”她说。说完，她像递一件礼物一样把孩子交给了奥古斯塔斯。

“嘿，我要他干什么？”奥古斯塔斯问道。他没怎么抱过孩子，所以有些不知所措。

“抱着他，要么把他给伍德小姐，”克拉拉说，“我不能抱着他做饭。”

考尔、七月和柯罗到养马场去了，考尔想再买几匹马，再说他无意坐在厨房里聊天。

罗丽娜见奥古斯塔斯被婴儿困住，感到挺有意思。那个女人就那么漫不经心地把婴儿交给奥古斯塔斯，使她放了心。她不再紧张了，而是看着那孩子咬自己胖胖的拳头。

“如果这孩子是约翰逊司法官的，那他的妻子呢？”奥古斯塔斯问道。

“死了，”克拉拉说，“她和两个猎野牛的在这儿停留过，生下孩子就走了。七月是两个星期后赶到的，他都快愁死了。”

“所以你把他们俩都要了，”奥古斯塔斯说，“你还是那么财迷。”

“听听，”克拉拉说，“十六年没见我了，他还随便挖苦人。”

“我主要是喜欢马丁，”她接着说，“随着日子一天天消逝，成年男人对我的用处越来越小了。”

罗丽娜忍不住笑了，克拉拉说话时的那股唐突劲儿逗乐了她。难怪奥古斯塔斯赞赏她，因为他自己就喜欢说个没完。

“我来抱吧。”她说着，伸手接过了孩子。奥古斯塔斯高兴地把孩子递了过去。他一直在观察克拉拉，不喜欢让那个小孩子没完没了地乱动，影响他的注意力。就精神面貌而言，她还是原来的克拉拉，只是体形变了，胸部更加丰满，脸瘦了许多。最大的变化是她那双手。当姑娘时，她有一双纤细的手，长长的指头，细细的手腕。现在，还是她那双手吸引着他的注意力——她干的那些活儿使她的手肿胀了，使它们有了力量，手的关节部位像男人的一样大。她在用那双手削马铃薯，用起刀来熟练得就像猎人挖陷阱一样。她的手不再那么美了，却很引人注意——那双手属于一位令人敬畏的女性，也许太令人敬畏了。

虽然他只对她的手扫了一眼，但被克拉拉看见了。她以往那极善于洞察奥古斯塔斯心思的本领重新起作用了。

“是呀，古斯。”她说，“我变得粗糙了，这个地方真能把人的青春消磨掉。”

“并没有磨掉你的青春。”他这样说是希望她明白，当他发现她在许多方面与从前一样时，他有多高兴。每当他想起从前的她，就感到无限的甜蜜。

克拉拉笑了笑，逗了一会儿孩子。她还对纽特笑了笑，把纽特的脸都笑红了。对夫人们的笑，他很不习惯，何况两个小姑娘正在不住地看着他。

“你必须原谅我们，伍德小姐。”她说，“古斯和我是一对老情人，想想我们过的日子，我们居然还都活着，真是奇迹。我们要弥补过去丢失的大量时间，请别见怪。”

罗丽娜发现自己一点儿都不介意，几分钟前她曾以为她会吃醋，其实不然。抱着个婴儿坐在厨房里很惬意，就连听克拉拉与奥古斯塔斯闲扯也别有一番乐趣。

“那么约翰逊先生的妻子怎么样了，她走了之后？”奥古斯塔斯说。

“她在找她从前的情人，”克拉拉说，“他杀了人，叫人家吊死了。那时候她刚生了孩子，正需要休息。七月去看她，可她根本不理他。她后来跟着一个猎野牛的接着往前走，结果让苏族人杀了。你们可要多加小心，要不然他们也会找你们的麻烦。”她又说。

“我看没有印第安人敢来打扰你，”奥古斯塔斯说，“他们知道不是你的对手。”

“野牛打光了，过去几个冬天我们救了他们中的一些人，”克拉拉说，“鲍勃把老马给了他们，马肉总比没吃的好。”

她往瓶子里装了点儿牛奶，告诉罗丽娜如何喂。孩子边喝奶边严肃地瞪着罗丽娜。

“他喜欢上你了，伍德小姐。”克拉拉说，“他还从没见过金发女郎呢。”

孩子打了个喷嚏，罗丽娜担心自己做错了什么事，克拉拉则对她的焦虑付之一笑。孩子很快便安静下来。

过了不久，克拉拉正在炸鸡，考尔从养马场回来了。他想买马，并且看中了几匹，但是柯罗和七月都不做主。他们很乐意让他看马，但是说所有的价钱都由克拉拉定。他觉得这太反常了，那里有两个男人，可他被迫与一个女人交涉。

“听说卖马的事由你决定。”他说。

“是的，”克拉拉说，“由我决定。你们两个接着把鸡炸完，我去看看考尔队长挑了些什么。”

她又一次看了看那个她一看就脸红的男孩子。他正在和莎莉说什么，没有注意她的目光。在她看来，他简直就是考尔队长的翻版，身材一样，举止一样。可他为什么姓多布斯呢？她在心里默默地想。

去养马场的路上，考尔想说点儿什么，但一时又想不起来。“你这个庄园挺好，”他说，“希望到蒙大拿后，我们也能干得么好。”

“我只希望你们能活着到那里，”克拉拉说，“你们应该在附近先安顿下来，等上五年，到了那个时候，蒙大拿就安全多了。现在那里很不安全。”

“我们想当头一批到那里的人，”考尔说，“那里总不会像从前的得克萨斯那样野蛮。”

克拉拉给马定的价太死，考尔不想买了。他觉得若是她的丈夫在这儿，事情就好办了。克拉拉定价时露出一副寸步不让的神情。她好像根本不怕他讨价。他用他讲价的办法买马不知道有多少次，但还从来没有与一个女人讲过价。他不好意思。更坏的是，他觉得她不喜欢他，尽管在他的记忆里，不记得做过任何惹她生气的事。他默默地考虑了几分钟，克拉拉不耐烦起来。

纽特跟着他们来了，因为他想队长买了马，一定需要他帮忙。他看得出队长在生这个女人的气，但令他奇怪的是，她好像根本不在乎。当队长对手下人不高兴的时候，他们都要小心行事，然而这个女人站在那里，棕色的头发在风里飘荡着，丝毫不在意，也一点儿不肯让步。这太难以置信了——他还没有见过有谁能与队长平起平坐呢，恐怕只有古斯先生可以。

“我把朋友都冷落了，”克拉拉说，“不知道什么时候才能再见到奥古斯塔斯·麦克克里。你想考虑多久就考虑多久吧。”

纽特更加惊讶了。那个女人简直就是在向他下达命令，但队长一句话也不说。

那个女人正要转身走时，看见了纽特。纽特还没来得及把眼睛垂下，她已经看见他在瞧她，他感到十分窘迫。没想到克拉拉又对他微微一笑，这一友好的微笑在她转过身去看队长时立即消失了。

“嗯，价钱定得太死，但马确实不错。”考尔说。他心里在想那两个人怎么能在这样一位暴躁的女人手下工作呢。

这时，他想起那个年轻些的就是那个追捕杰克的司法官。“你从阿肯色来，是吗？”他问道。

“史密斯堡。”七月说。

“我们把你追的那个人绞死了，”考尔说，“他偶然加入了一个坏蛋集团。我们是在堪萨斯追上他们的。”

有那么一会儿，七月全然记不起他说的这件事了。他从史密斯堡出来追捕杰克·斯普恩好像是上辈子的事，他早已不想那个人了，他对那个人的死讯无动于衷。

“恐怕我自己是抓不住他的，”七月说，“走到道奇，我的马出了问题。”

克拉拉回到家时满面通红。考尔站着一声不吭，既不问问题，也不给个价，单等她把价钱降下来，而她认为考尔这样做是瞧不起人。她越这样想，就对这个人越不热情。

“我可不能说我喜欢你那个伙伴。”她对奥古斯塔斯说。他已经说服两个姑娘给他盛了一盘鸡杂，正吃着。

“在夫人们面前，他的本事就全没了。”奥古斯塔斯说。他见她生气了，反而高兴起来。只要她不生他的气，那她生起气来就变得更加好看。

“妈，要我们去弄点儿酸奶吗？”贝特西问道。她和莎莉未经母亲许可就换上了新衣服，并且为能出去野餐而兴奋得坐立不宁。

“要，今天咱们要大吃一顿。”克拉拉说，“我已经叫柯罗准备篷车了。你们俩去一个给孩子换换衣裳，他的气味够好闻了。”

“我来帮忙。”罗丽娜说。奥古斯塔斯感到很惊奇，可她已经与两个姑娘上楼去了。克拉拉站在那里，听着她们上楼梯的脚步声，然后把她那深灰色的双眸转向奥古斯塔斯。

“她比我的女儿大不了多少。”克拉拉说。

“你别骂我，”他说，“你离开我去结婚可不是我的错。”

“我要是嫁了你，恐怕你早就扔下我去找更年轻、更傻的姑娘了，我敢说。”克拉拉说。她走过来在他身边站着，把她的一只大手放在他肩上。

“我喜欢你的这个姑娘，”她说，“我不喜欢的是这么多年以来你一直和考尔在一起。我憎恶那个人，一想到他从你那里得到那么多，我从你那里得到那么少，心里就有怨气。我认为我应该得到更多。”

奥古斯塔斯吓了一跳。她固有的愤怒又从她眼睛里出现了，这一次是冲着他来的。

“过去这十六年，你在什么地方？”她问。

“孤鸽镇，大部分时间，”他说，“我给你写过三封信。”

“我都收到了。”她说，“你这么长时间都干了些什么？”

“喝了不少威士忌。”奥古斯塔斯说。

克拉拉点了点头，回去接着准备野餐的东西。“如果那就是你的事业，你完全可以在奥加拉拉干，我也可以有个朋友，”她说，“我丢了三个男孩，古斯，我需要朋友。”

“那你可该给我写信，”他说，“我根本不知道。”

克拉拉严肃起来。“在我生活中的某些时刻，我需要一个能对这类事情拿个主意的男人。”她说，“我给你写过信，后来又都撕了。我想如果你不主动来，就算来了对我也没有好处。”

“可是你已经结了婚。”他说。他不明白自己为什么要和她争辩。

“我从来没有把结婚看成大事，相反，我把交朋友看得更重。”她说，“我希望你走以前去看看鲍勃，那个可怜人在那儿躺了三个月，正慢慢地死去。”

她眼中的恼怒神情消失了。她走过来坐到椅子上，用她那固有的、专心致志的目光看他，似乎要从他的脸上找出他离开她这十六年来的经历。

“你在哪儿遇到伍德小姐的？”她问道。

“她在孤鸽镇待了一段时间。”他说。

“做什么？”

“做她能做的，可你不要为这瞧不起她。”他说。

克拉拉冷冷地看了看他。“我对女人从来就不那么不讲理，”她说，“在某种情况下我也可能那么干。”

“我不信。”他说。

“是的，可你并不像你以为的那样了解女人，”克拉拉说，“在这方面你把我估计得过高了。”

“天哪，你说话可真随便。”奥古斯塔斯说。

克拉拉只是微微一笑——还是过去那种叫人捉摸不透的微笑。“我说的是真心话，”她说，“大多数男人却认为这是粗俗。”

“啊，你可能想知道，刚出发来北边的时候，罗丽娜是和你的老朋友杰克·斯普恩在一起的。”奥古斯塔斯说，“他还是那样大大咧咧，让一个真正邪恶的人把她抢走了。”

“啊，这么说是你救了她？”克拉拉说，“怪不得她那么崇拜你呢。杰克现在在哪里？”

“结局很坏，”奥古斯塔斯说，“我们把他吊死了，他和一伙歹徒混在一起。”

克拉拉对这一消息没有什么反应。这时她听见两个姑娘从楼上下来了。罗丽娜抱着孩子，克拉拉站起来，让罗丽娜坐下，孩子的眼睛一直跟着这位客人。

“贝特西，去找找七月和另外几个人，问问他们走以前想不想洗一洗。”她说。

“我怀疑你能不能叫伍德罗·考尔跟你一起去野餐，”奥古斯塔斯说，“他一定在想着去干活儿呢。”

然而考尔和他们一同去了。他正往屋里走，盘算着有什么办法能使克拉拉把马价往下降一降，但他看见的是两个小姑娘正往一辆小篷车上装东西，罗丽娜抱着婴儿，奥古斯塔斯提着一瓦罐酸奶。

“你来给咱们赶车好吗，队长？”他还没有来得及回答，克拉拉已经把缰绳递到了他手里。众目睽睽之下，他不能说不，于是便赶着那辆小篷车来到离普拉特河四五公里的一个地方，那里有一片白杨树。

“这儿可不如咱们在瓜达卢普的那个地方好，古斯，但这是我能找到的最好的地方了。”克拉拉说。

“啊，你是说你的果园吗？”奥古斯塔斯问。

克拉拉愣了一会儿，她忘记了那就是他们对瓜达卢普那个野餐地的称呼。

天气一直很好，野餐也十分令人满意，只有考尔队长和七月约翰逊例外。他们两个都很不自在，一心等着野餐结束。两个姑娘想劝七月下普拉特河蹚水玩，但他严肃地拒绝了。纽特去了，罗丽娜接着也去了。他们把裤子挽得高高的，罗丽娜和贝特西向河下游蹚去，一直走到大家看不见她们。婴儿在阴凉里睡觉，克拉拉与奥古斯塔斯互相开着玩笑。十六年的分离并没有在他们之间造成隔阂。后来，奥古斯塔斯也挽起他的裤腿，与两个姑娘去蹚水，克拉拉与罗丽娜在一旁观望。所有的食物都吃完了，考尔一个人把酸奶喝掉了一半。他一向喜欢酸奶，很久没有喝到了。

“你不打算回阿肯色了吗，约翰逊先生？”他问道。

“我想我不回去了。”七月说，其实他根本就没有考虑将来的事。

奥古斯塔斯吃掉了大部分炸鸡。他对罗丽娜轻松自如的表现颇为赞赏。她很喜欢那两个小姑娘。看见她与她们在一起使他想到，除了她的经历，她自己也只是个姑娘而已。他知道现在她再享受一下少女的欢乐还不算太晚——尽管已经有点儿晚了——她过早地步入了生活。

准备回庄园的时候，他扶罗丽娜和两个姑娘上了车，自己与克拉拉在车后步行。纽特尽情地享受了一顿野餐后，骑马走在车旁与莎莉交谈着。罗丽娜也不再有所顾忌，她与贝特西已经很快地交上了朋友，正欢乐地说笑着。

“你可该把那个姑娘留在这儿。”克拉拉说。她的话使他暗暗吃惊，因为他也在考虑这个问题。

“我想她不一定愿意留下。”他说。

“你要是不阻挠，她兴许想留下。”克拉拉说，“我去问她。你没有权利把这么个姑娘带到蒙大拿去，她恐怕活不下去。”

“在某些方面她已经不是生活的新手了。”他说。

克拉拉没有理睬他说的话。“我喜欢她。”她说，“我猜你会和她结婚，那我就会看到你在老了的时候养五六个娃娃。我会生气的，但能忍受。不要带她去蒙大拿，她会死的，也可能叫人杀了，或者像我一样，过早地衰老。”

“我看你倒没怎么变。”奥古斯塔斯说。

“你才跟我待了一天，”克拉拉说，“有些事我还能做，有些做不来了。”

“什么做不来了？”他问。

“跟我待久了就能发现。”她说。

“我发现你对年轻的约翰逊先生有好感，”奥古斯塔斯说，“我猜我要是待久了，他准会把我赶走。”

“他和伍德罗·考尔差不多死心眼，但人比他好，”克拉拉说，“几乎是让他干什么他就干什么，我越来越喜欢男人的这一品质了。要是叫你做点儿什么，那可靠不住。”

“这么说你要和他结婚？”

“不，这是我不会再干的一桩事。”克拉拉说，“当然，现在还谈不上——可怜的鲍勃还没有死。如果他死了，我也不会再结婚了。”

克拉拉微笑着，奥古斯塔斯则略微笑了笑。“希望你不要做出什么非常的安排。”他说。

克拉拉又笑了。“收留一个寄宿的人也算非常的安排吗？”她问道，“很多穷寡妇接受寄宿的人。其实他很喜欢我的女儿们，倒不怎么喜欢我。莎莉长大后，他就可能考虑再结婚了。”

这时，莎莉正在与年轻的纽特聊天，纽特头一次尝到与一位活泼的少女谈话的滋味。

“他妈妈是谁？”克拉拉问道，她喜欢纽特的相貌和他的举止，“我可从来不知道考尔接近过女人。”

“啊，伍德罗是那种人，”奥古斯塔斯说，“他就没在离你五十米以内的地方站过。”

“这我知道，”克拉拉说，“因为我不愿意把我的那些马的价钱降下来，他一整天都不自在。我的价就是我的价。可那个孩子是他的，你别想对我说他不是。他们走路像，站着像，长的样子也像。”

“你说得不错。”奥古斯塔斯说。

“我说得当然不错，”克拉拉说，“你还没有回答我的问题呢。”

“他母亲是一个叫玛吉的女人，”他说，“一个妓女。纽特六岁的时候她就死了。”

“我喜欢那孩子，”克拉拉说，“只要我有机会，我也要把他留下来。我的杰夫要是还活着，也有他这么大了。”

“纽特是个好孩子。”奥古斯塔斯说。

“一个人能长大，还长得这么好，真是奇迹，是吧。”克拉拉说，“那孩子很文静，我喜欢他。他爸爸是考尔队长，可他那么文静，叫人不敢相信。”

“啊，纽特并不知道考尔是他的父亲。”奥古斯塔斯说，“我猜他可能听到了些风声，可他并不知道。”

“别人都看出来了，考尔也不认他吗？”克拉拉惊异地问道，“过去我对考尔的看法就不好，现在更不好了。”

“伍德罗不愿意承认错误，”奥古斯塔斯说，“他就是那么一个人。”

“什么错误？”克拉拉说，“我要是能养活这么好的孩子，我可不说那是错误。我的杰夫六岁就死了，但他生性很野，我管不了他。我想他将来会落个杰克的下场。他的野脾气是从哪儿来的？我不野，鲍勃也不野。”

“我说不上来。”奥古斯塔斯说。

“可我也有过几个可爱的男孩，”克拉拉说，“约翰尼最可爱。自从他死了，我就变了个人。两个女儿不比他们差。真不容易。可是我觉得我对她们的感情始终不正常。杰夫和约翰尼死后，我就没有了那种感情。”

他们默默不语地走了一程。

“你为什么不告诉那孩子他的爸爸是谁？”克拉拉说，“如果他在这儿多住些时候，我就告诉他。他应该知道他爸爸是谁。他会猜疑的。”

“我总认为考尔最终会对他说的，”奥古斯塔斯说，“我现在还是这么想。”

“我可不。”克拉拉说。

从河边跑过来一只大灰狼，它站在那里看了他们一会儿又跑走了。

婴儿在前边啼哭起来，两个姑娘和罗丽娜正在哄他。

回到庄园，考尔让了步。他对克拉拉说，他打算按她的价买那几匹马。他不愿意这么做，但他不能永远待在那里，再说那几匹马比他在奥加拉拉见的那几匹瘦马健壮得多。

“那好，去帮帮他，伙计们。”克拉拉说。柯罗与七月去帮忙了，纽特则帮两个姑娘收拾野餐的东西。

他们就要走了，他很有点儿舍不得。莎莉对他说了她长大以后的全部计划。她要到东部去上学，然后打算当专业钢琴手。对纽特来说，这可太不一般了。他知道的唯一一个音乐家是大嘴唇，他很难想象莎莉与大嘴唇做同样的工作。然而，听她讲未来的生活，他觉得很痛快。

他走下台阶时，克拉拉拦住了他。她用一只胳膊搂住他的肩，与他一同走到他的马跟前，还从来没有女人这样对待过他呢。

“纽特，我们和你在一起很高兴。”克拉拉说，“我想让你知道，如果你住不惯蒙大拿，就回我这儿来，我给你你力所能及的工作。”

“我很愿意。”纽特说。他也真的这样想。见了那两个小女孩和这个牧场后，他开始怀疑他们为什么要把牛群赶到那么远的地方去，内布拉斯加有的是地方嘛。

纽特这一路几乎没有怀疑过世界上还有什么比能让他当牛仔更好的事情，但是现在他们到了内布拉斯加，他的观点开始转变了。比较一下奥加拉拉的小母野牛和别的妓女，以及克拉拉的那两个朝气蓬勃的女儿，他发现，一个有女人的世界更加富有乐趣。他对这个世界的体验太少了。虽然他这一整天都有点儿害怕克拉拉，现在仍然有点儿怕，但她身上也有着一股强大的吸引力。

“谢谢你的野餐，”他说，“我以前从来没有这样野餐过。”

这孩子身上有些什么打动了克拉拉——男孩总能打动她的心，女孩就差远了。这个孩子虽然常常微笑，但他的眼睛里流露着孤独的神情。

“能回来就回来，我们在这里还要住很久，”她说，“我敢说莎莉挺喜欢你。”

对她的话，纽特不知道该怎么回答。他上了马。“我该去帮忙了，夫人。”他说。

“要是准你挑马的话，就挑那匹前额上有颗星的栗色马，”克拉拉说，“它是那群马里最好的一匹。”

“啊，我想会是盘子头一个挑的，”纽特说，“盘子是我们牛仔里的第一把手。”

“啊，我不想让盘子要它，”克拉拉说，“我想让你要它。来吧。”

她朝养马场走去，直奔考尔而来。

“队长，”她说，“你买的那群马里面有一匹三岁的阉过的栗色马，它前额上有个白星。我想把那匹马给纽特，不要把它给别人。你可以把那匹马的钱扣去。”

“把它送给他？”考尔吃惊地问道。纽特听了也感到愕然。这个女人要价的时候一点儿不留情面，现在居然要送他一匹马。

“是的，我要送他一件礼物，”克拉拉说，“如果你当真要带纽特去蒙大拿，他骑上那匹好马我才放心些。”她说完便回家了。

考尔看着那孩子，问道：“她为什么这么做？”这孩子得到这匹马当然好了——可以省下五十块钱。

“我不知道。”纽特说。

“这就是和女人打交道的麻烦，”考尔好像还在自言自语，“她们办事叫人摸不着头脑。对别的马她一个子儿也不肯少要。大多数马商都会少要一块钱，把买卖做成。”

第88章

考尔与纽特将那批马带走以后，克拉拉点燃了马灯，提到楼上她丈夫那间屋里。罗丽娜在厨房的饭桌旁坐着，与两个小姑娘玩拉网，七月在一旁看着，她们叫他一起玩，他就是不去，连他喜欢的贝特西也劝不动他。通常贝特西叫他干什么他就干什么。有罗丽娜在场，他很不好意思，但他喜欢坐在那里看着灯下的她。他觉得他不曾见过像她这么美的人。他只见过她一面，是在草原上那个可怜的早晨，当时他不得不把罗斯科、乔和珍妮埋葬。那时他心烦意乱，无暇留意她。她当时很瘦，身上还带着受蓝鸭和基奥瓦人折磨肿起的一块块青紫的伤痕。现在她既不那么瘦，身上也没了伤。

克拉拉与奥古斯塔斯在鲍勃的房间里坐了一个小时。奥古斯塔斯对那个人睁着眼睛很不习惯，克拉拉却不再把他睁眼放在心上，甚至不再注意了。

“他像这样已经有三个月了，”她说，“我猜他能看见点儿，可是听不见。”

“这使我想起了老汤姆·穆斯塔德，”奥古斯塔斯说，“我们队伍刚成立的时候他跟我们一起当保安队员。一天晚上，在布拉索斯河的咸水支流上，他的马从一处陡岸上摔下去，把他压在底下，他的脊梁摔断了。从那以后，汤姆一动也不能动。但是我们找到他的时候，他还睁着眼。我们用马拉橇把他送回了奥斯汀，过了一个星期才死。据我所知，他死以前一直没合眼。”

“我看鲍勃还是走了吧，”克拉拉说，“成了这个样子，他什么也干不成了。鲍勃喜欢的就是干活儿，现在他干不了了。”

他们走到那个小小的阳台上，那里凉快一些。“你来这儿干什么，古斯？”她问道，“你又不是牛仔。”

“说实话，我起初盼着找到你的时候，你已经成了寡妇。”他说，“看来我并没有错过这个机会。”

克拉拉对她这位老情人说话依然这样直截了当很感兴趣。“你错过的年华太多了，”她说，“反正我现在已经成了一个骨瘦如柴的老太婆，而你又是个骗子。你一向就是个骗子。我看你最好把你的新娘放在我这里，看我能不能教她学得文雅一些。”

“我可没有打算使自己陷于今天这个局面，老实说。”奥古斯塔斯说。

“是的。可是你已经成了这个样子，那你对这个局面也就喜欢了。”克拉拉说着，握住了他的手，“她对你的敬仰很快就赶上你对你自己的敬仰了。我不能和她相比，我太了解你的性格。她又年轻又漂亮，这是你们男人总在考虑的一个因素。”

奥古斯塔斯这时才想起她多么喜欢用话刺他，甚至就在她的丈夫在一旁即将死去的时候，她还能这么做。要想与克拉拉共处，只有变得和她一样泼辣。他看着她，想吻她一下。

克拉拉看到他的目光后暗暗吃惊。她虽然每天都吻她的女儿们，对那个婴儿更是吻个不够，但多年以来没有被一个男人吻过了。鲍勃偶尔会在她的面颊上吻一下，那也是他出远门归来时才有的事，若不是这种情况，他认为在婚后生活中亲吻是无关紧要的事。奥古斯塔斯站在克拉拉身旁，她从阳台向外看去，心里很难过。她清楚地记得，她得到的吻主要是恋爱时期从奥古斯塔斯和杰克那里得到的，那已是许多年前的事了。

她再次看了看奥古斯塔斯，不知道他是否真的如此大胆，或者说如此愚蠢。他没有吻她，但他仍旧离她很近，并且凝视着她的脸。

“琴老曲妙嘛。”他微笑着说。

“如果你这么想，那就更证明你是个骗子了。”她说，“别看你走了这么远，还是一无所获。”

“啊，不。”他说，“能看见你就很幸福。”

克拉拉突然火了。“你以为你能要我们两个吗？”她说，“我丈夫还没死呢，我也有十六年没见你。这么多年来，我主要是养孩子和养马。三个孩子死了，很多马也死了。如果你希望的是风流艳事，那我现在可是一无所有，我虽然还能在杂志里读到这种事，但是早在离开奥斯汀的时候，我就已经把它丢在了九霄云外。”

“你不后悔吗？”奥古斯塔斯问道。

“啊，”克拉拉说，“也后悔，也不后悔。对一般的男人来说，我是个相当刚强的人，而在感情被激起来之后又是个太爱吃醋的人。你居然敢把另一个女人带到我家里来，我可真没有想到。”

“你说过你喜欢她。”他说。

“我是喜欢她，”克拉拉说，“可我不满意你这种做法。这就是人的天性，你难道还不懂吗？她比我年轻，比我漂亮。”

“我刚才说过，这只是偶然发生的。”奥古斯塔斯说。

“但是我从来没有发现你和长得丑的姑娘也发生过这样的偶然，”克拉拉说，“怎么发生的我不管。你一直是我的梦，古斯。

我从前每天都要花上两三个小时思念你。”

“你要是那时候写信给我就好了。”他说。

“我不想让你在这儿，”她说，“我需要梦想。我明明知道你是个见异思迁和喜新厌旧的人，可是我当你只爱我一个人，因而感到很幸福。”

“我真的只爱你一个人，克拉拉。”他说，“我的确喜欢上了罗丽娜，但那种感情和我对你的不一样。”

“啊，她爱你。”克拉拉说，“我若是要你，就把她毁了，你明白这个道理吗？”

“是的，我明白。”奥古斯塔斯说。他心想，永远也不会再有像她这样的女人了。此时，她正愤愤地瞅着他。

“如果我说让你留下，那你情愿毁了她吗？”克拉拉问道。

“我想是的。”奥古斯塔斯说。

“这不是回答。”

“是的，你知道我会情愿的。”他说，“我会替你把鲍勃闷死，把罗丽娜送进地狱。”

克拉拉长长地叹了口气，叹尽了她的愤怒。

“都是空话，”她说，“鲍勃什么时候死，他自己知道，我也会考虑能为你的新娘做些什么。是她的美貌惹我生气。从前我是最年轻、最漂亮的，现在不是了。”

“你很漂亮，再说美貌并不是一切。”他说。

“像你这样的男人考虑的问题，百分之九十九是这一点。”她说，“你没有时间仔细看我，我已经不是最好看的人了，那最好看的人在楼下呢。”

“我还是想亲吻你。”他说。

她感到有些可笑。他见她笑了，便以为她在鼓励他，然而当他弯下身，才发觉结果索然无味、缺乏感情。过了一会儿，克拉拉仰着头大笑起来。

“你不远万里骑马而来，就是为了这样没精打采地求爱呀。”她说。此刻她的心情反倒好了些。奥古斯塔斯则因自己的失败而显得十分颓丧——他的这副神情是她见过的有数的几次之一。

“你真让男人泄气，没有哪个女人能比得上你。”奥古斯塔斯说。他有些不知所措。但是尽管有了这种种复杂的情况，他仍感到对她固有的爱恢复了过去的力量。仅仅看一看她就使他心潮澎湃，使他战栗。他不明白怎么会产生这样的感情，因为她的确瘦了许多，脸也凹陷了不少，而且她还是个日夜操劳的女人。但是他心中的这种感情使他全身颤抖不已。

“我太粗鲁了吧，古斯？”她笑着问他。

“我还没叫雷电击中过，但我相信遭电击也不会有你的触击那么热。”他说。

“还在想着和我结婚吗？”

“不知道。”他如实地说。

克拉拉大笑着，挽起他的胳膊朝楼下走去。

“那个年轻司法官的事呢？”他让她停下来后，问道。他不想这么快就结束他们这一次的会面。

“什么司法官？”

“啊，七月约翰逊。”他说，“你好像收留他了。”

“我主要是想要那个娃娃，我想把当爸爸的也收留下来才合理。”她说。

“留下他怎么办？”

“还操这份闲心干什么？”克拉拉说，“你已经订了婚。你既然能和一个美女一块儿走上千山万水，那就应该允许我留一个男人，我把你的忌妒心忘了。那次我和杰克只不过闹着玩，可你就忌妒上了杰克。”

“你总听他说话。”奥古斯塔斯说。

“咱俩谁也不能再听他说了，”克拉拉说，“我也不会再结婚。”

“你怎么那么肯定？”

“我瞧不起男人们，”她说，“我没见过几个忠诚老实的男人，你不属于那种人。”

“我大概属于半个诚实人。”奥古斯塔斯说。

“对了。”她说完，便带他来到楼下。

他没想到克拉拉径直走进厨房，对罗丽娜说，他们去蒙大拿时请她留下来。

“你可以帮帮我们的忙，我们真心欢迎你留下。”她说，“蒙大拿可不是淑女们待的地方。”

罗丽娜听她这么说，脸都红了——还从来没有人把她当“淑女”看待过呢，她知道自己不配。她不像克拉拉那样有教养，她也不曾遇到像克拉拉这样有教养的女人，而且只一天时间就对她产生了从未对任何人——奥古斯塔斯除外——产生过的敬仰。克拉拉对她非常礼貌，而且使她在这个家庭里受到欢迎，而其他的高贵妇人们则因为她过的那种生活而躲避她。

罗丽娜与两个小姑娘，还有那个婴儿一起坐在厨房里，她感到一种新奇的幸福。这勾起了她那遥远的记忆——四岁时在莫比尔住在外婆家的日子。外婆家的房子和克拉拉的一样。她只记得去过一次。外婆把她放到一张软床上——那是她睡过的最软的一张床——给她唱歌，哄她入睡。这是她最幸福的一段回忆，她极珍惜它。在她漂泊的年月里，几乎不敢回忆它，唯恐有一天当她想要回忆它的时候，忽然发现那美好的记忆已经淡薄。她十分害怕失去这唯一美好、温暖的记忆，如果失去它，她就会悲伤得失去生活的勇气。

但在克拉拉的家里，她不怕回忆外婆和那张软床了。克拉拉的房子就是她想过她有朝一日会住的那种房子——至少在孩提时代她这样希望过。后来，她的双亲先后病逝，她再也没了住这种房子的愿望。莫斯比的家与这样的房子毫无共同之处，后来她便开始住在旅店或狭小的房间里。久而久之，她就忘记了好房子和与好房子紧密相关的东西，比如小姑娘与婴儿。

于是，克拉拉从楼上下来请她留下的时候，好像是件什么东西被归还回来——它遗失了许久，她已经不再想它了。克拉拉与奥古斯塔斯进来时，两个小姑娘正在央求她教她们做针线活儿。罗丽娜的针线活儿很好。两个小姑娘抱怨她们的母亲从不肯花点儿时间教她们做针线活儿。她们对母亲非常不满，因为她只对马有兴趣，对针线活儿没有兴趣。

克拉拉请罗丽娜住下来的时候，两个姑娘一点儿也不感到意外。

“啊，留下来吧，”莎莉说，“你要是肯住在这儿，我们就能学着做点儿针线活儿了。”

“我们可以做新衣裳，我们从来就没有新衣裳。”贝特西说。

罗丽娜看着奥古斯塔斯，他显得有些迷惘不安，而这在他脸上是不多见的。她想，可能是她留下来的想法把他搅得心烦意乱吧。

“你还回来吗，古斯？”她问道。她觉得当着克拉拉和两个小姑娘的面问他这个问题没有什么关系。克拉拉发出这一邀请后就做咖啡去了。

奥古斯塔斯看出她有意住下来。如果那天早晨问他这样的事会不会发生，他一定会说这是绝对不可能的。自打他救了她，她一直与他形影不离，但是来到克拉拉家里之后，她在极短的时间里改变了主意。她曾拒绝去奥加拉拉，一想到进商店就害怕，可她不怕克拉拉。

“我当然还回来，”他微笑着说，“像我这样一个喜欢贵妇人的人，当然不会拒绝这一伙贵妇人啦。”

“好，就这么定了，不过我可警告你，罗丽娜，这些姑娘会把你缠死的，”克拉拉说，“不久你就会后悔，还不如回到牛群营地去呢。我可是准备把她们交给你了。要知道，她们只想着跟我吵嘴，我已经烦了。你来和她们吵，我去驯马。”

喝过咖啡，克拉拉打发两个女儿上了床，她也趁机上了楼，以便让奥古斯塔斯与罗丽娜单独待一会儿。她知道奥古斯塔斯对她如此轻易地把罗丽娜从他身边劝开感到愕然。

罗丽娜有些局促不安。她没有预料到克拉拉会请她留下，也没有想过要留下，但这两件事都发生了。开始，她怕这会伤奥古斯塔斯的心。她有点儿胆怯地望着他，不知道如何向他解释自己要留在克拉拉家这一古怪的愿望。就在那天早上，她还说不管要吃多少苦，她也要跟着奥古斯塔斯呢。

“古斯，你要是想叫我走，我就走。”她说，“可是这里太好了，她们都很亲切。”

“你能安顿下来，我很高兴，”奥古斯塔斯说，“你可以帮克拉拉的忙，两个姑娘会让你愉快的。你在威尔巴杰那个脏帐篷里待的时间够长了。再说蒙大拿的冬天可不好过。”

“我没想过我会住下来，”罗丽娜承认道，“直到她问我，我才考虑了这个问题。你不想和她结婚吗，古斯？”

“不。”奥古斯塔斯撒谎了。

“我不明白你为什么不。”她说。在对克拉拉有所了解之后，她明白了奥古斯塔斯想和克拉拉结婚是很合乎情理的。

“嗯，时间把我们都改变了。”他说。这种谈话使他感到不安。罗丽娜正严肃地看着他。以前也有过女人严肃地看他的情况，也都使他不安，因为这意味着她们要猜破他的谎言。

“我可没有想过还有谁能改变你，古斯。”她说，“你再回来的时候可能就想和她结婚了。”

“我要是回来也是为你，罗丽娜。”奥古斯塔斯说，“当然，到那时你可能也变了，不要我了。”

“我为什么会那样？”

“因为你将会发现世界上除了我，还有更多东西，”他说，“会发现还有别人待你很好。”

他的话把罗丽娜弄糊涂了。自从她被救出来，生活过得非常简单——身边只有奥古斯塔斯。他走后，生活就会发生变化，而到他回来的时候，生活就会发生更大的变化，也许永远不会那么简单了。

但是，在生活简单的时候，她一直担忧奥古斯塔斯并不喜欢那样的日子，他只不过是出于好心肠。她不明白——不明白事情都意味着什么或者不意味着什么。她从来没有想过，在整个世界上，会有这么一个地方，那里会有人请她留下来——即便在她的旧金山梦里，也不曾有人挽留过她。在孤鸽镇的那些日子里，她没有与任何女人说过话，也不盼着有什么女人会与她说话。克拉拉的主动使得一切都有异于从前。

“你不能等到天亮再走吗？”她问道。

“不，备好马就走。”奥古斯塔斯说，“要离开一屋子贵妇人，而去和几个瘦猴一样的牛仔们走在一起，是需要些意志的。我如果打算走，那还是现在就走的好。”

克拉拉下楼送他。她抱着婴儿，他的精神十足，一点儿也不老实。她们与奥古斯塔斯一同走到屋外，罗丽娜感觉自己在战栗，闹不清自己都干了些什么。柯罗要与奥古斯塔斯到奥加拉拉去，把他给她买的所有衣物取回来。

克拉拉花了整整五分钟劝他在普拉特河的某个地方安定下来。“从这儿骑马走不到三天就有更便宜的地了，”她指出，“你想要的话，可以把这个州的整个北边都买下来。去蒙大拿干什么？”

“啊，那是我们要去的目的地。”他说，“我和考尔一旦看准了什么地方，那就非去不可，哪怕他妈的一点儿意义也没有。”

“去蒙大拿就没有意义，我真想找个办法让你脱离那个人，”克拉拉说，“他不值得你陪他，古斯。除此以外，蒙大拿的印第安人能打败你们。”

“你用马收买了这里的印第安人，”他说，“我们就可能用牛肉收买蒙大拿的印第安人。”

“我还是不放心，”克拉拉说，“你又不是养牛的人，为什么要这么顽固？你已经走得够远了。你可以在这附近定居，这样对我对罗丽娜都有好处。”

奥古斯塔斯很开心，因为他的罗丽娜已经被他的旧情人招为同党了。旧情人与新情人站在他那匹马的两边，都很激动。事实上克拉拉有点儿生气，罗丽娜则很伤心。他把她们搂住，给了她们每人一个吻。

“我们听说蒙大拿是最后一个还没有人定居的地方，”奥古斯塔斯说，“趁我还没有老得坐在摇椅上不能动，我想再看一个还没有住过人的地方。”

“你是说内布拉斯加算是有人住？”克拉拉说。

“嘿，你们不就住在这儿嘛，”他说，“这种现象长不了。过不了多久到处就都成学校了。”

说完，他翻身上马，向她们行了个脱帽礼，朝普拉特河骑去。

两个女人站在原地，一直听着马蹄声消失。罗丽娜感到内疚，她部分地认为应该伴随他、照顾他，但是她也知道这种想法是可笑的——要是说到照顾自己，那奥古斯塔斯就是最会照顾自己的人。

她没有眼泪，只感到茫然。克拉拉却哭了，流出的是苦恼、长久的爱与悔恨交织在一起的泪水。

“他总是那么犟。”她说，想以此来控制自己。

“他走得太快了，”罗丽娜说，“你说我应该跟着他走吗？我不知道怎么办才好。”

“你不该走，你留下来我很高兴，”克拉拉说，“你已经过够苦日子了。这并不是说这里的生活不苦，但起码不会像你到蒙大拿那样苦。”

她用胳膊搂住那个姑娘，一同朝屋里走去。

“到这儿来，”她说，“我告诉你在哪儿睡。我们有一个挺好的小房间，可能适合你住。”

第 89 章

盘子见奥古斯塔斯没有把罗丽娜带回来，心里十分不快。奥古斯塔斯竟然会撇下她不管，使他大吃一惊，虽然一路上他都在为她只与奥古斯塔斯在一起而忌妒，但她至少还在附近。晚上他可以时常看见她坐在帐篷外边。他常常梦见她——有一次甚至梦见她睡在他身边。梦中的她是那么美丽，致使他醒过来后心中隐隐作痛。奥古斯塔斯认为应该把她留在普拉特河一带，他因此郁郁不乐。

纽特有了一匹新马，心中十分高兴，他给它起名糖果。这是他有生以来第一次收到别人馈赠的真正礼品，同时，只要有人愿意听，他就对他们讲述普拉特河上那个女人如何如何与众不同，她不仅知道怎样驯马，而且还会安排美味的野餐。他的热情很快便招致了牛仔们的忌妒，因为他们在奥加拉拉除去喝了一顿酒，什么都没有捞着。他们未能参加野餐，也没有机会见到那两个小姑娘。

奥古斯塔斯坚信他把罗丽娜留下是正确之举，但是没过多久，他便发现他思念她的程度比当初预料的要强烈得多。他同样想念克拉拉，他的情绪因此低沉了好几天。他已养成晚睡的习惯，并且喜欢在早晨与罗丽娜在帐篷外面稍坐一会儿。在一望无际的大草原上，没有牛仔来打扰她，她是一位美丽的伴侣，现在再看这群牛仔每天早上围在波·坎波那个做饭的火炉周围，哪里有什么美可言。

盛夏，酷热一直持续到太阳接触地平线才能有所收敛。牛群根本驱赶不动，那些牛随时都可能停下来吃草，甚至干脆站着不动。他们沿普拉特河向西走了数日，但当河朝南向科罗拉多流去时，考尔将牛群赶向了西北。

波·坎波不愿意离开那条河。那天早晨，他们告别那条河流出发的时候，他仍恋恋不舍。牛群已从视野里消失，他与篷车还在后面磨蹭，迟迟没跟上去。赶车的大嘴唇非常慌恐。他们毕竟走在印第安人居住的地盘上，印第安人随时都可能神不知鬼不觉地过来把他们的头皮剥去，谁也无法阻止他们。

“咱们还等什么？”大嘴唇问道，“已经落在后头五公里了。”

波·坎波站在水边，越过普拉特河向南眺望。他在想念他死去的孩子们，他们在加拿大河上被蓝鸭杀害了。他不常想他的孩子们，但是一旦想到他们，他的心便被不可名状的忧伤攫住，沉重的心情使他每挪动一步都要付出极大的努力。想起他们躺在新墨西哥的坟茔里，他便觉得自己对他们不够忠心，觉得应该开枪打死自己，与他们葬在一处——难道与孩子们在一起不是父亲的义务吗？然而他离开了他们，先到南边杀死了不忠诚的妻子，现在又来到北方，而杀人凶犯蓝鸭仍在草原上逍遥法外——除非有人已经把他杀掉，不过波·坎波不相信他已被人家打死。大嘴唇对印第安人的恐惧打动不了他，流淌的河水却使他深受感动，在他心底激起了悲伤的、深沉的感情的波涛。在这种感情的驱使下，他真想唱他那曲最忧伤的歌。

他终于转过身，随着牛群而去，大嘴唇在他身后慢慢地赶着车。波·坎波认为他们离开河流是犯了一个错误。他变得郁郁寡欢，也不再为自己做得一手好饭而自豪了。对牛仔们的抱怨，他也不再说话。同时，他对水也变得吝惜起来，为此惹得牛仔们愤愤不满。他们回来的时候浑身尘土、嗓子冒烟，极想找口水喝，但波·坎波只给他们每人一瓢水。

“等你渴得喝自己的尿的时候，你就知道这瓢水的宝贵了。”一天晚上，他对杰斯帕说。

“我压根儿没打算喝自己的尿，更不想喝别人的尿。”杰斯帕说。

“那是因为你还没有渴到那个地步，”波说，“有一次喝了骡子尿，才救了我一命。”

“嘿，那也不会比奥加拉拉的啤酒难喝多少，”织针说，“打那以后，我的舌头一直在脱皮。”

“不是你喝的东西让你舌头脱皮的，”奥古斯塔斯说，“是让那个和你睡觉的人折腾的。”

这一席话在人们中间引起了很大的忧虑。他们本来就顾虑重重，主要是因为他们在奥加拉拉时，凡是遇到的人都郑重地告诉他们，如果去蒙大拿，他们必死无疑。他们徐徐进入怀俄明的时候，大地又变得凄凉起来，草已不再像他们在堪萨斯或内布拉斯加见到的那般肥美，再往北，成了黄沙波，草只是一丛丛稀稀落落地长着。狄兹白天要走很远的路去寻找水源。他总能找到，但水流变得越来越细，水质也更加碱化。“快像佩科斯河的水一样糟了。”奥古斯塔斯说。

考尔对日趋严重的干旱似乎不太关心。的确，考尔反倒显得兴高采烈，对人比过去更加随和。他表现出一副悠然自得的样子。

“你这么高兴是不是因为我把罗丽娜撇到后边了？”一天早上，他们骑马同行时奥古斯塔斯这样问考尔。极目南眺，他们看见一片黑色的山脉，往北看去，则只见尘土蒙蒙的平原。

“那是你的事，”考尔说，“虽然这是最理想的安排，可我并没有要求你把她留在后面。”

“我看咱们应该听那个厨子的话，”奥古斯塔斯说，“我也觉得咱们快到旱区了。”

“只要能赶到保德河，我看就不会出问题。”考尔说。

“要是杰克对咱们撒了谎呢？”奥古斯塔斯说，“要是蒙大拿并不像他说的那样是个天堂呢？那咱们这一趟长途跋涉到头来可就落个一场空了。”

“我想看看蒙大拿，”考尔说，“我们可是头一批在那儿放牛的人，难道你不觉得很有意思吗？”

“觉不出有什么意思，”奥古斯塔斯说，“我已经看够了他妈的牛吃草。”

第二天，狄兹侦察回来的时候满面愁容。“干得冒烟，队长。”他说。

“你走了多远？”

“三十多公里。”狄兹说。

炽热的平原发出刺眼的光亮。牛群再往前走三十公里没有困难，但最好还是停下来，等天黑了再走。

“我听说如果一直朝西走，就会到咸水河，然后顺着它就能到保德河，”考尔说，“不会太远。”

“不用走太远就够受的了，这么热的天。”奥古斯塔斯说。

“朝正北走试试看。”考尔说。

狄兹换了匹马又走了，直到天黑才回来。考尔已经让牛群停下，人们慵倦倦地围在篷车旁打着牌。他们玩牌的时候，那头得克萨斯公牛在母牛中间转来转去，奥古斯塔斯一只眼看着手里的牌，另一只眼盯着那头公牛，大致计算着自己赢的钱和公牛转悠的次数。

“从咱们开始玩牌到现在，它转悠了六次，”他说，“那个色鬼比我的劲头还大。”

“机会也比你多呢。”艾伦·奥布赖恩说。他虽然已经习惯了牛仔生活，但仍旧忘不了爱尔兰。每当想起他那纤小的妻子，便禁不住流下思乡之泪。而他唱给牛群的歌曲又往往勾起他对她的思念。

狄兹回来后，报告北边也没有水。“没见到羚羊，队长。”他说。在内布拉斯加西部草原地区，羚羊是随时可见的。

“明天一早我去看看，”考尔说，“你休息吧，狄兹。”

考尔无法入睡，凌晨三点便起来给母夜叉备鞍。波·坎波已经起床了，正在拔炉子里的煤火。考尔走过去喝了一杯咖啡。

“你以前来过这儿吗？”他问。老厨子的漂泊经历对他们来说很有参考价值。波·坎波常常透露出星星点点引人好奇的消息。比如有一次他讲述了哥伦比亚河的大峡谷，还有一次他随随便便地提到了西部的开拓者吉姆·布里杰。

“没有。”波·坎波说，“我不熟悉这块地方，可我要告诉你，这里很旱，动身以前好好饮饮你的马。”

考尔心想这个老汉太婆婆妈妈——他当然知道在走进茫茫大漠之前要饮马。

“吃饭不要等我。”他说。

他朝西骑了整整一天，大地越来越荒凉。考尔心想，这个地方连放羊都不行，恐怕连蜥蜴都难以养活。他见到的唯一的生命是一只小灰蜥蜴。晚上他在沙地上扎了个旱营。沙土的颜色浅得很，几乎呈白色。他估计他只走了差不多一百多公里，思忖着牛群未必能走得了这么远，尽管母夜叉不显得疲倦。睡了几个小时后，他起来接着走，天明时来到了咸水河边。河里没有流淌的河水，但储在星罗棋布的浅水坑里的水还是够用的。水质也不好，但毕竟是水。现在的困难是，牛群离这里尚有一百三十公里——在正常情况下也需要四天才可抵达。但眼下的路程处于无水状态，因而情况不能说是正常的。

考尔让马休息了一会儿，任它在地上打滚儿，然后便往回赶。一路上他几乎马不停蹄，中途只休息了两小时。半晌午时他回到了营地，发现人们多数仍然在打牌。

他下马的时候，奥古斯塔斯的一头猪直朝他哼哼。两头猪都在篷车底下躺着，与大嘴唇分享那块阴凉地。大嘴唇鼾声如雷。那只小猪已经长成大猪了，但长途旅行把它累得精瘦。考尔总感觉牛群里夹杂着猪有些荒唐，但事实证明它们既会觅食又会游泳。它们过河时根本不需要任何人帮助。

奥古斯塔斯正在擦枪。“你骑那匹马走了多远？”他问道。

“到了下一个水源又回来，”考尔说，“你见过像它这样的马吗？连累都不累。”

“离水源多远？”奥古斯塔斯说。

“大约一百三十公里，”考尔说，“你说怎么办？”

“到目前为止，我还根本没想过。”奥古斯塔斯说。

“咱们不能老是在这儿坐着。”考尔说。

“哦，当然能啦。”奥古斯塔斯说，“这一路上到处都可以停下来，正是你的顽固才让我们走了这么远的。现在看你怎么带我们走完下面这一百三十公里吧。那才有意思呢。”

考尔拿过饭盘，饱饱地吃了一顿。他希望波·坎波能对他们的困境说几句话，但这老厨子只管给他盛饭，什么也不说。狄兹正在帮助豌豆眼为他的马修掌，豌豆眼干这种活儿总是不够熟练。

“找到水了，队长？”狄兹笑着问道。

“找到了，大约离这儿一百三十公里。”考尔说。

“那么远呀。”豌豆眼说。

牛群停扎在狄兹找到的最后一条小河旁，现在考尔顺河向下游走去，思考着眼前的情况。他看见一只灰狼，很像在内布拉斯加野餐后见到的那只，但他对自己说，这种想法太可笑了——一只灰狼是不会与牛群结伴同行的。

狄兹修完马掌后，用衣袖擦了擦脸上的汗水。豌豆眼一声不吭地在旁边站着。这两个人虽然是大半辈子的战友，但从来没有什么话可说，似乎说话是多余的。他们之间除了交换情报，没有别的话可说。确实，豌豆眼一向喜欢狄兹，尊敬狄兹，现在也为他帮助自己修马掌而感激他，但他总有点儿担心与黑人谈话是否恰当。他知道在许多方面狄兹比自己能干百倍，比如跟踪。他知道如果没有狄兹找水的本领，他们早在多年前南部高原的战役中就渴死了。他还知道为了救他的命，狄兹曾经多次冒险，然而当他们两人肩并肩站在一起的时候，他唯一想到要说的是队长对母夜叉的疼爱。

“哼，别看他那么喜欢那匹马，”他说，“说不定哪天它会要了他的命。”

“它不会伤害队长的。”狄兹说。他很伤感地意识到情况不妙。他们好像要永远向北走下去，也不知道究竟为了什么。在得克萨斯时，生活本来很有规律，他自己尤其喜欢为了存钱定期去趟圣安东尼奥。得克萨斯一直是他们生活的地方，他简直不明白他们为什么要换地方。要去的那个地方一定非常不开化，甚至可能连个能存钱的银行都没有。

“都走得这么靠北了，可这里还不是咱们要去的地方。”他看着豌豆眼说。最好待在你熟悉的地方，不要到你一不知道河流二不知道水源的地方漂泊——这是问题的核心。

“到了这北边，天气要冷起来了。”他又说，好像这句话是对他们此行荒谬的有力论证。

“是呀，盼着咱们能在河面结冰前赶到那儿，”豌豆眼说，“我一向怕在薄冰上走。”

说完他走开了，结束了这次枯燥乏味的长谈。

下午，考尔散步回来，决定继续走，或者往前走，或者向后走，但他根本没有向后走的意思。要赶着牛群走一百三十公里滴水没有的旱路，听起来不近情理，但是多年追赶印第安人的经验告诉他，许多看上去不可能实现的事情，其实未必不可能。只有当一个人思虑过多而被恐惧压倒时才真的无法实现。现在要做的事情就是走。也许一部分牛走不到，然而他从来就没有期望把每一头牛都赶到蒙大拿。

他让牛仔们把牛和马都赶到水里去待着。

奥古斯塔斯一句话也不说地走到河边，脱去衣服，在河里洗了好半天。看守牛群的牛仔们看见他坐在浅浅的河水里，不时地往他那长长的白头发上撩水。

“我看古斯有时候怪里怪气的，”稀汤琼斯说，“他干吗在水里坐着？”

“没准儿在摸鱼吧。”盘子波吉特谐谑地说。他从不把稀汤琼斯放在眼里，他认为奥古斯塔斯要是愿意洗澡，为什么不能洗呢?

奥古斯塔斯朝篷车走去时，他的头发滴着水。

“前边像是沙漠了，”他说，“考尔，你的预见太高明了，你总想把我们往沙漠里领。”

“嘿，那里有水，”考尔说，“我看见了。等把它们赶到离水不远的地方，它们一闻见水，不用赶就去了。你说牛在多远外就能闻见水呢？”

“反正到不了一百三十公里。”奥古斯塔斯说。

日落前两小时，他们赶着牛群出发了，在寸草不生的土地上走了一整夜。牛仔们有夜间赶牛上路的经验，所以趁凉快上路他们感到很高兴。大家估计考尔会让他们停下来吃早饭，然而他没有。他在牛群前边不停地朝前走着。有的牛仔觉得肚子空了，他们那充满希望的眼睛不住地望着考尔，希望能看见他慢下来，让波·坎波给他们做饭吃，但考尔没有减速的意思。他们赶着牛群一直走到中午，这时羸弱的牛已经远远落后于牛群。领头的牛也很疲倦，显得十分暴躁。

考尔终于停了下来。“咱们休息一会儿，一凉快下来就动身，”他说，“然后再走上一夜，这样就近多了。”

然而他并没有什么把握。尽管他们做了很大的努力，结果只走了五十到六十公里。后面的路程还要加快才行。

后半晌，牛仔们正在地上躺着休息，忽然从西边刮来一阵风。一开始风就热得如同从煤火上刮过来的一样。等到考尔准备再次赶牛起程，风势加强了，狂烈的沙暴铺天盖地呼啸而来。风势太凶猛，牛群不肯迎着风头往前走。

纽特与瑞尼像往常一样守在牛群尾部。狂风在旷野里怒吼，飞沙掠过地面奏出恐怖的音符。纽特刚一朝风沙看去便迷了眼，因而他几乎是低着头、闭着眼往前走。马也不喜欢风沙。它们开始乱窜乱跳，因被迫在风沙中行进而狂怒。

“运气真坏。”奥古斯塔斯对考尔说。他又系了系压在鼻子上的围巾，把帽子拉得尽量低些。

“咱们不能在这儿停，”考尔说，“离有水的地方还有一半路要走。”

“是呀，等风不刮的时候，有些牛还在一半路的地方待着呢。”奥古斯塔斯说。

考尔帮助大嘴唇和厨子把车上的全部物件捆牢。大嘴唇最讨厌风，他有些惊慌失措。波·坎波什么话也不说。

“今天晚上你还是坐车吧，”考尔对波·坎波说，“要是再步行，就有可能迷路。”

“今天晚上咱们都可能迷路。”波·坎波说。他手里拿了把旧斧头柄，他有时用它当拐杖。他还是步行，但至少同意紧紧跟在篷车旁边走了。

大家对风沙都不生疏，但是无论谁都没有见过这样的日落。太阳离地平线还很远，可是它的边缘已经变黑，像一块即将燃尽的煤。日落后，大地边缘有那么几分钟呈现血红色，接着那红色便融入黑色之中。短暂的晚霞旋即被沙所吞噬。杰斯帕·范特已是第一千次表示希望自己没有离开得克萨斯。盘子波吉特则感觉像有条沙的河流从头顶掠过，他为此而困扰。当他仰起脸，借着那古怪的昏暗的光亮看到它的时候，觉得大地好像翻转了过来。本来应该在脚下的路现在到了头顶。如果暴风停息，那么这条沙河就会从天而降，将他们埋葬在下面。

考尔告诉他们，要尽可能地靠近牛群，不要让牛停下来。任何远离牛群的牛都会饿死。

奥古斯塔斯觉得这一命令实在滑稽。“将牛群拢在一起的唯一办法是用根绳子把牛群围住，可我们没有那么长的绳子。”他说。

天黑后不久便证明奥古斯塔斯说对了——没有哪头牲畜肯往风里走。牛仔们立即发现他们必须用夹克衫或者衬衫将马的眼睛蒙上才行。尽管大家加倍谨慎，可还是阻止不了小群的牛向别处走去。纽特竭尽全力想把两群牛赶回来，但终究是徒劳，即使他用马去碰它们，它们还是毫不理会。末了，他只好由它们去。他虽然感到内疚，但他不敢冒迷路的风险。他深知，如果找不到牛群的大部队，他就完蛋了，因为他知道这里离水还很远，他不可能找到它，尽管他骑的是克拉拉赠送的那匹良种栗色马。

考尔操心操得肚子都疼了——遇上沙暴算是最倒霉的事，沙暴既减慢牛群行进的速度，又消耗牛的体力，而现在为了到达水源，速度与体力恰恰都是它们需要的。然而他无能为力。他试着用一件旧衬衫把母夜叉的眼睛蒙上，但它拼命地摇头，考尔不得不听任它去。

在风沙最猛烈的时候，牛群像是要被分割得七零八落。三米外便看不见东西，人们发现不了从大群跑出来的小股牛群，它们从牛仔们身边溜过去了。狄兹相信自己认路的能力超过大多数人。他骑到西边离牛群很远的地方，只要发现走散的牛群，就把它们赶回来。然而天很快就变得漆黑一团，连狄兹也一筹莫展。

奥古斯塔斯漠不关心地迎着风沙朝前骑着，他正在想他刚刚离开的那两个女人。他对牛群跑散的事不感兴趣，那是考尔的事。他觉得，自己既然蠢到了离开那两个女人的地步，那就活该在怀俄明的平原上遭受沙暴之苦。他是个从不后悔的堂堂男子汉，有时也生自己的气，但只是在他认为自己做了错误判断的时候。

使考尔感到欣慰的是，风沙刮了三个小时就停息了。风渐渐消失，沙尘也不再往身上抽打，而是重新躺在了脚下。月亮很快便出来了，天空布满了明亮的星斗。要清点有多少头牛脱离了牛群，必须等到天亮，但至少牛群的大部分仍在他们的控制之下。

但是，这场沙暴及头一天不停的跋涉已经耗尽了大家的精力，黎明时分，半数牛仔都在马背上睡着了。他们想停下来，但考尔再次要求大家往前走。他知道他们已经少走了许多路，可是不打算因为大家困倦难熬就停止前进。整个上午他都骑马在牛群里走来走去，鼓励手下的人驱赶牛群继续前进。他们到底走了多远，他心中没有把握，但他知道至少还需要一天的路程。马匹已显出缺水的迹象，更不耐旱的牛则在后面跌跌撞撞地走着。

狄兹一人将大部分走散的一伙一伙的牛赶了回来，它们都没有走远。平原非常广阔、平坦，牛群即使跑到数公里外，也能被发现，至少逃不出奥古斯塔斯与狄兹这样的视力冠军的视野。

“你还丢了一群。”奥古斯塔斯指着西北方向说。狄兹看了看，点了点头，驱马而去。杰斯帕也看了看，但除了蓝天与热浪，什么也没有看见。“看来我该用眼镜了，”他说，“我什么也没有看见。”

“有迟钝的大脑就有迟钝的视力。”奥古斯塔斯说。

“咱们的头脑都够迟钝的，要不然就不会在这儿了。”稀汤没好气地说。他近几个星期以来对什么都不满意，谁也不知道是什么缘故。

直到正晌午，考尔才宣布停止前进。这时，马匹因驱赶落伍的牛而耗尽了体力。牛仔们来到篷车跟前，他们大部分人喝完那杯水后便倒地而睡，顾不得打开铺盖，连鞍毯也不要了。波·坎波异常小心地分配用水，只给每人三口喝。纽特觉得他能喝下一千口水。他从来没有尝到过如此甘美的东西，从来没有想到这普通的清水竟会如此清爽可口。他记得从前他每次都不加思索地喝个饱，如果他能再次得到那种机会的话，一定要好好地品品滋味。

考尔准许大家休息三个小时，然后又让他们骑上各自最好的马。有些羸弱的牛卧着不动，牛仔们只好下马去拉它们的尾巴把它们吆喝起来。考尔清楚，如果经过第二次驱赶，牛群还是到不了有水的地方，那么他们就不得不为保存马匹而放弃牛群。虽然已经休息过了，可许多牛依然伸着舌头。它们脾气乖戾，不愿意动。经过精疲力竭的牛仔们不懈的努力，牛群终于再次走了起来。

从后半晌到深夜，牛群在平原上蹒跚前进，羸弱的牛离群越落越远，天亮的时候牛群断断续续延伸了八公里之远。多数人也和牛一样无精打采。天气热得比得上得克萨斯的任何一个热天。昨天送来一场大沙暴，现在却连一丝风都不肯给。牛仔们只感到连他们体内的最后一点儿潮气也正在变成汗水向体外排泄。他们都企盼着夜晚降临，因而不停地抬头看太阳，可是太阳像是被铁丝缚着，悬在天空中纹丝不动。

中午，很多牛开始掉头朝两天前它们喝水的地方走去。纽特正与一小股牛纠缠，这时候有三头公牛朝他奔过来，差点儿让他从马上摔下来。他惊慌地发现那些牛根本看不见他，它们踉踉跄跄地走着，眼球都成了白色。他十分恐惧，连忙骑马赶到队长那里。

“队长，它们都瞎了。”他说。

考尔神情严肃。“不是真瞎，”他说，“它们渴到一定程度就成了这样。它们想回去找原来的那个水源。”

他命令手下人丢弃羸弱的牛，保证健壮的牛向前走。

“咱们今天晚上必须赶到有水的地方。”他说。

“如果晚上能到。”奥古斯塔斯说。

“绝不能停下来等死。”考尔说。

“我可没那打算，”奥古斯塔斯说，“有些人可能有。那个爱尔兰人已经精神错乱了，他适应不了这么干旱的地方。”

的确是这样，酷热已使艾伦·奥布赖恩失去了理智，尽管他舌头肿胀，嘴唇干裂，仍不断地要唱歌。

“你不要唱了。”考尔说。

艾伦·奥布赖恩生气地看着他。“我要哭，可没有眼泪，”他说，“这个混账地方把我的眼泪都烤干了。”

考尔已经三天三夜没有合眼，开始感到昏昏然了。他虽然知道已经离水不远，但远与近又有什么区别，困乏使他产生了疑惑。也许不是一百三十公里，而是一百六十公里，如果真是那样，他们将永远无法到达。他绞尽脑汁，试图想起那条河有多远，但在这枯焦的平原上，什么标志也没有。他愈使劲集中精力，他的思维就愈不听使唤。他骑的是母夜叉，但有很长的一段时间他想象自己又骑上了老本。老本是他在南部高原作战时常依赖的一头骡子。老本有着可靠的方向感和灵敏的嗅水本领。它跑得不快，但十分稳健。那时候有人笑话他骑骡子，他只当没有听见。在那生与死的赌博中，就算老本不漂亮，却是他见过的最可靠的牲口。

那天早上，人们喝尽了波·坎波携带的最后一点儿水，连湿湿喉咙都不够。波·坎波严格地把水分给大家，不让任何一个人得到的水超过他应得的那一份。老人尽量用那根旧斧头柄作拐杖走了一整天，但并不显得格外疲劳。

可是考尔累得连思想都无法集中了，无论他怎样努力，也不能保持头脑清醒。有一次，他睡了有几步远，惊醒过来之后，确信自己又在打幻影山堡那一仗。他四处寻找印第安人，见到的却是患渴盲症的一群牛，它们伸着舌头，大口大口地喘着气。不知不觉，他的大脑又进入了昏迷状态。等他再次醒过来的时候，天已经黑了下来。母夜叉正小步朝前跑着。他睁开眼睛，见那头得克萨斯公牛正从他身边跑过。他收了一下缰绳，但缰绳不在手里，手是空的。这时他才惊异地发现狄兹正握着他的缰绳，领着母夜叉行进。

以前还从来没有人领过他的马，考尔有些不好意思："我醒了。"他的声音小得几乎让人听不见。

狄兹停下马，把缰绳还给了他。"不想让你掉下来或是落到后边，队长。"他说，"离水不远了。"

是的，牛已加快了步子，马竖起了耳朵，这都证实了这一点。考尔虽然想摆脱困乏，但好像被困乏黏住了似的。他看得见，却不能迅速行动起来，尚无法立即指挥大家。

奥古斯塔斯骑马跑了过来，看上去很精神。"最好让每个人都到前边去，”他说，“到水边的时候必须尽量让牛散开，否则它们会都挤到第一个泥坑里，把它们自己踩死。”

大多数牛已不能大步奔跑，只能小跑着往前奔去。考尔终于从困倦中挣脱出来，协助盘子、狄兹和奥古斯塔斯分散牛群。他们的努力成效不大，因为牛的鼻子一旦闻到了水，便如一支指挥失灵的部队向前冲去。幸运的是，他们来到了考尔发现的水源的上游，这里的水多些，牛群也就自然而然地散开了。

考尔还未从被人家领马的窘境中恢复过来，但他知道狄兹那样做是对的。他刚才仍在梦见老本和幻影山堡上的那个大热天。如果他从马上掉下来，就可能躺在那里接着睡下去。这是他一生中第一次未能在执行任务时自始至终保持头脑清醒，为此他很苦恼。

这一整夜和第二天，牛接连不断跌跌撞撞地往水里走，那些考尔估计会变成尸骸的牛，也从后面跟了上来。这一天在水边的停歇对牛群产生了奇迹般的效果。后面不再有牛赶上来的时候，奥古斯塔斯与盘子数一下，结果发现他们一共只损失了六头牛。

爱尔兰人在一个小水坑旁边坐了整整一天，才慢慢地从精神错乱中恢复过来。他不记得自己精神错乱的事，当别人和他开玩笑时，他火冒三丈。纽特曾打算到有水的地方就喝上一整天，结果只喝了一会儿就再也喝不下了。后来，他专心致志地与瑞尼兄弟玩起了复杂的掷刀游戏。

狄兹继续去前方侦察。他报告说，西边没有什么变化，在那个方向，草像水一样匮乏。往北边，他们能看见山脉的轮廓，人们便纷纷议论那是什么山。

“是落基山。”奥古斯塔斯说。

“那咱们必须爬山？”杰斯帕问道。他虽然已从河流与干旱中幸存下来，但并不盼着爬山。

“不，”考尔说，“咱们一直往北走，去保德河，直接进入蒙大拿。”

“从现在起，还需要几天？”纽特问道。他几乎已经忘记了蒙大拿是一个他们有朝一日可能到达的真实的地方。

“我估计再有三个星期或者多一点儿的时间咱们就到黄石河了。”考尔说。

“已经到黄石河了？”盘子说。那是最后一条河了，或者说是人们知道的最后一条河。一提到它，全体人员都静了下来，默默地遥望着那绵亘不断的群山。

第 90 章

他们在咸水河休整了两天，给牲口和人足够的时间养精蓄锐。大家把大部分时间用于猜测山那边都有些什么，他们到达那里要花多少时间。

考尔按照他的老习惯，睡在离营地有段距离的地方。他知道大家的情绪很好，因为他听见他们晚上大部分时间都在唱歌。按说现在他可以安逸地睡觉了，但一直睡不成，至少睡不久。过去他曾认为他有精力对付任何情况，然而现在开始怀疑这一点。疲倦折磨着他的筋骨，却一点儿也不能使他入睡。他觉得精力已经消耗殆尽，恨不得他们已经到达蒙大拿。剩下的路只有几百公里了，但是这段距离对他来说比已经走过的路程仿佛还要远些。

一天早上，他骑马跑回营地的时候，见篝火旁边的人们个个神情紧张，有几个人还拿着步枪。这一景象吓了他一跳，因为夜里好像很平静。

“丢了十二匹马，队长。”盘子波吉特报告，“叫印第安人偷走了。”

狄兹垂头丧气，小伙子斯佩特尔只会摇头，他们说什么动静都没有听到。

“得了，你们这帮孩子表演歌剧的声音那么大，连聋子都能吵醒，”奥古斯塔斯说，“我看他们没有把整群牛带走是他们有德。谁也不会注意到他们的。”

考尔很苦恼。他几乎彻夜未眠，却不曾想到可能会来印第安人，那么多年来他时刻保持警惕的做法竟然没有起作用。“他们一定很有偷马的经验。”他说。

狄兹觉得这主要是他的过失，因为注意观察印第安人的迹象是他的工作。他有一副分辨印第安人的好耳朵，但他在篷车旁坐着只顾听人们唱歌，以至于没有听到任何可疑的声音。

“他们是步行来的，队长。”他说。后来他总算找到了他们的足迹。

“胆子真够大的，”考尔说，“可他们现在已经不步行了。”

他决定带着奥古斯塔斯和狄兹去，可是万一这次盗马的行动是声东击西，营地可就没了真正能对付印第安人的干将了。另一方面，无论是谁偷马，附近必定有许多人协助。如果必须去攻打印第安人营地，三个人是可望取胜的最少人数。

十分钟后，三个人已准备就绪。考尔深知他们留在营地的全是惊慌失措的人。

奥古斯塔斯见此状况，大笑起来。“你们这伙小子们要是再不放松，就要哭鼻子了。”他说。

“他们现在有了他妈的马，那就可能回来抓我们。”杰斯帕指出，“他们抓住了那个将军——卡斯特，不是吗？他还和印第安人打了一辈子仗呢。”

考尔越来越担心草不够吃，草长得如此稀疏，不能使牛群维持很久。

“把它们赶到河上游去喂，”他说，“我们要是能赶回来，明天咱们就出发。别使劲赶它们，让它们边走边吃，用不了几天就到保德河了。”

纽特见那三个人要骑马离开，心里十分不安。全是大嘴唇的过错，他整个上午没干别的，只在谈论被人家剥头皮时的感受。大嘴唇并没有让人剥过头皮，也不可能知道那是什么滋味，但这并没有妨碍他用奇谈怪论吓唬大家。

盗马贼向正南方向去了，考尔原想，如果走运，一天内就能追上他们，而一旦追起来他就失望了。他们越往前骑就越荒凉，唯一的生命是偶然看到的秃鹫及大量的响尾蛇。

“如果在这里定居，那咱们必须从兴办养蛇场开始。”奥古斯塔斯说。

夜间他们只休息了片刻，第二天半晌午的时候，他们已远离牛群一百六十公里，但依然不见盗马贼的踪影。

“妈的，不等咱们撵上，他们早过温德河了。”奥古斯塔斯说，

“我常听人说，到了旱季，温德河一带比佩科斯河一带更可怕。”

“咱们的马比他们的马好，”考尔说，“会追上的。”

又追了长长的一天，才缩短了他们之间的距离。

“你认为为了十二匹马这么干值得吗？”奥古斯塔斯问道，“这里可是我见过的最穷的地方，连沙蚤也会饿死。”

的确是这样，土地贫瘠，地表带着盐碱。到处是赭色丘陵，赤地千里，寸草不生。

“不能就此容忍偷马贼。”考尔说。

狄兹在前边侦察，直到下午才见他返回。闪闪的热浪使他看起来比本人高大得多。

“营地就在前边，”他说，“他们在一道小山沟里。”

“多少人？”考尔问。

“没有数，”狄兹说，“不多。在这儿住的人不多了。”

“依我说，等天黑了再去把那几匹马偷回来，”奥古斯塔斯说，“现在太热，没法儿打仗。咱们偷回来，让那些印第安人也追一阵子白人。”

“要是等到晚上，就可能损失一半马，”考尔说，“他们的岗哨也许比咱们的还强。”

“天这么热，我不跟你争。”奥古斯塔斯说，“你想现在就去，好哇，咱们这就骑过去杀死他们。”

“男人不多，”狄兹说，“大部分是女人和孩子。他们真可怜，队长。”

“什么意思，真可怜？”

“我是说他们在挨饿，”狄兹说，“他们已经宰了一匹马。”

“天哪，”奥古斯塔斯说，“你是说他们偷马为的是吃肉？”

事实证明正是这样。他们小心地接近那个小山谷，看见整个小部落的人都聚在那匹死马旁边。只有大约二十个印第安人，大部分是女人、儿童和老人。考尔看见只有两个人稍强壮一些，从年龄看还能打一打，其实他们两个比孩子也大不了多少。印第安人已经把死马的内脏拉了出来，用斧子剁成碎块吃着。通常印第安部落周围总会有狗，但是他们这个部落没有。

“我看这些人不是咱们听说的那伙强大的平原印第安人。”奥古斯塔斯说。整个部落安静极了，人人都在专心地吃着。他们都瘦得很。两个上了年纪的女人正从马的腰部往下切肉，打算晒肉干。两个年轻人——马可能就是他们偷的——又牵过一匹马，准备切断它的喉咙。考尔拔出手枪朝天开了一枪，想制止他们。

“嘿，别理他们，”奥古斯塔斯说，“咱们可不打算打这些人，尽管这是一种怜悯。我看他们连枪都没有。”

“我没朝任何人开枪，”考尔说，“那马是咱们的。”

听到枪声，整个部落的人都抬起头，他们都愣住了。一个年轻人抓过一支旧单发步枪，但没有开枪，这也许是整个部落唯一的火器。考尔又朝空中打了一枪，以驱散围在马周围的人们。这一枪的效果比预料的好得多，正吃着的那些人站了起来，有的人手里还拿着马内脏，他们都向搭在小山谷里的四个破烂的小屋里逃去。拿枪的年轻人也撤退了，还帮助一个年长的女人一起走。她吃得浑身上下都是血。

“他们正在野餐，”奥古斯塔斯说，“那天我们也去野餐了，可是没有人朝我们开枪。”

“可以给他们留下两三匹马，”考尔说，“我是不想丢掉那匹他们就要杀的栗色马。”

部落逃跑时忘了一个小孩子——一个小男孩，刚会走路。他站在死马的脖子旁边哭着要找妈妈。全部落的人聚在小屋前面，一声不吭。一时间，能听到的唯一声音就是那个孩子的哭声。

“他是瞎子。”狄兹说。

奥古斯塔斯也发现了。那小孩看不见自己在向哪里走，刚起步就踏在一堆血淋淋的马内脏上，跌倒在上面。

狄兹离死马最近，便走过去把小孩抱了起来，小孩还在哭。

“啊，啊，”狄兹说，“瞧你这样子，你摔到那堆血上了。”

就在这一时刻，从小屋那里传来一声狂吼，狄兹抬头看时，只见一个勇士朝他冲了过来。他就是那个抓枪的人，但他撂下了枪，只握一支旧长矛，边跑边呐喊着助威。狄兹向部落的人们举着孩子，相信这个年轻的勇士会意识到他是友好的。年轻人其实无须用他的长矛，他只要把哭闹的孩子抱给他的妈妈就可以了。

考尔与奥古斯塔斯也想，当那个年轻人看见狄兹没有恶意的时候就会停下来，否则，狄兹也可以把他打倒——狄兹是个徒手搏斗的好手。

到了最后一秒，他们才意识到那个年轻人并无停下的打算。他拼了，对狄兹的友好态度，他根本没有注意。他越跑越近。

“开枪，狄兹！”考尔喊着，举起了枪。

狄兹也在最后一刻发现那个小伙子并不打算停步。那位年轻的斗士并不瞎，但他的眼睛好像和那个小孩子的一样看不见东西。他还在拼命地吼叫着助威——那喊声在寂静里令人毛骨悚然——他的心里充满了仇恨。那支旧长矛显得那么可怜。狄兹看出那个小伙子还没有明白他的意图，又把孩子举向前去。

“喂，抱走他，我只不过想帮帮他。”他说。这时他才发现太晚了，小伙子既不收住脚步，也不终止仇恨，他的眼睛闪着仇恨的怒火。狄兹深感遗憾，他丝毫没有恶意，这个瘦骨嶙峋的年轻人不该对他如此憎恶。他向一旁躲去，想再争取些时间把孩子放下，然后再与这个印第安人较量，这样可以使他冷静下来。

然而，就在狄兹转身的一刹那，小伙子将矛刺入了他的腰部，向上直插胸膛。

考尔和奥古斯塔斯几乎同时开了枪，那个小伙子死的时候手里还握着长矛。他们朝狄兹跑过去。虽然狄兹体内刺进了三十厘米长的矛，但他手中仍举着那个小孩。

“你抱上他，好吗，队长？”狄兹问，他把小孩递给考尔，“不想再把他放回血窝里。”

接着，狄兹便跪跌在地，他惊异地发现那个年轻的印第安人离他很近，已经死了。他当时还怕是他把那个年轻人打死了，但他看见自己的枪的保险并没有打开。一定是队长或者古斯先生开的枪。这太可悲了——那个年轻人仅仅由于不明白他们的友好态度而丢掉了性命。也许那个小伙子只是因为极度饥饿而失去理智的，如果是这样，又是一个遗憾。

当他发现自己在地上跪着，便想站起来，但是古斯先生把一只手放到他的肩上叫他等一等。

“不，不必起来，狄兹，”奥古斯塔斯说，“休息一会儿吧。”

狄兹发现了从他腰间刺入的那支矛，知道是那个年轻人干的，但他什么感觉也没有。队长站在他面前，很不自然地抱着那个小孩子。狄兹忧伤地望着队长，他希望队长现在终能明白，他为离开得克萨斯而担心是对的。来到别人的土地上是一个错误，这样做的结果只能骚扰他们，导致像那个已经死去的小伙子这样的结局。人们不能理解，也不可能知道他们是友好的。

如若一直住在他们原来住的地方，在那条古老的河边，情况会好得多。狄兹渴望回去，渴望夜里坐在畜栏旁探讨月亮的奥秘。他曾多次在探索月亮的奥秘时打起盹儿来。他不知道印第安人是不是已经设法登上了月亮。有时他梦见自己也上去了——一个可笑的梦。他想着想着就困了，再次用痛惜的目光看了看那个仍然不明白他没有恶意的已经死去的年轻人，谨慎地侧身躺下。古斯先生跪在他身边。狄兹这会儿想试着自己把长矛拔出来，但他所做的一切只是握住矛柄使它不再颤动而已。

“小纽特在哪儿？”狄兹问道。

“啊，纽特没有来，狄兹。”奥古斯塔斯说，“他和其他人在一起。”

此时，狄兹觉得古斯先生的头正在发生变化，它变大了。他看不清楚，好像是在透过水看——好像他已回到原先那条河里，躺在水底，透过浅浅的浑黄河水看着古斯先生。古斯先生的头变大了，漂走了，如同月亮一样向天穹升去。他快看不见它了，继而便完全看不见了，但是水又分开了片刻，他又看见了眼睛旁边有一两片草叶；接着，水又合拢到一起将他淹没，这一次又深又暖和，他感到无限的欣慰。

“你不能把矛拔出来吗？”考尔问道。狄兹躺在那里要死了，他不知道该如何处置那个小孩子。

“过一会儿我就拔，伍德罗。”奥古斯塔斯说，“让他死一会儿再说。”

“他已经死了？”考尔问。凭着长期的经验他知道这类事情发生得很快，但是现在发生在狄兹身上，他无论如何都不能接受。“大概是扎到心脏了。”他毫无目的地补了一句。

奥古斯塔斯没有回答。他休息了片刻，不知道自己是否能把矛拔出来，或者应该把它折断，他拿不定主意到底该怎么办。如果硬拔，那会把半个狄兹都拔出来。当然，狄兹已经死去，从这个角度看倒没有什么关系。然而，事实上很有关系。如果有什么事情是他不愿意干的，那就是把狄兹撕碎。

“就不能把这个又哭又闹的孩子还给那些女人吗？”他问，“把他放到地上，她们就会过来把他抱走。”

考尔往聚成一团的印第安人那边走了几步，朝他们举了举小孩子。没有一个印第安人动身。他又朝前走了几步，把孩子放到地上。他回来的时候，见奥古斯塔斯一只脚踩在狄兹的腰上，试图将矛拔出来，但长矛纹丝不动。

奥古斯塔斯停下手，坐到那个已经死去的人旁边。“今天我不能干了，狄兹。”他说，“要干也得别人来干。”

考尔也跪在狄兹身边，无法从惊愕中恢复过来。他虽然在战斗中目睹过无数的出人意料的惊奇事件，但眼前这件事是最叫人震惊的了。一个恐怕连十五岁都不到的印第安小伙子，居然跑过来把狄兹杀了。

这件事好像同样使奥古斯塔斯震惊，因为他没有话可说了。

“是咱们的错，”考尔说，“咱们本该早点儿开枪。”

“我可不愿意多想为了他还活着咱们本来应该怎么办。”奥古斯塔斯说，“如果还有力气骑马，咱们就离开这儿。”

为了不让长矛在空中摇晃，他们设法把它弄断了，然后把狄兹的尸体放到他的马上。趁奥古斯塔斯把尸体捆牢的时候，考尔把那几匹马赶了回来。印第安人看着他，默不作声。他后来改变了想法，分出三匹用处不大的马，把它们赶回印第安人那里。

“你们最好把那三匹马捆住，”他说，“要不它们就跟我们走了。”

“我看他们不会说英语，伍德罗，”奥古斯塔斯说，“我猜他们说的是犹特语。不管怎么说，咱们把他们最好的战将打死了。他们现在完蛋了，除非他们换个好点儿的地方。三匹马可不够他们过一个冬天的。”

他向四周焦枯的土地望去，满目都是那些因干旱而龟裂的光秃秃的山丘。山丘颜色斑驳，到处都涂抹着红色与白色的盐斑块，似乎地底下所有的流动物质全从那些裂缝里渗了出来。

“蒙大拿可别是这个模样，”他说，“要是真的像这儿一样，我就回去把他妈的杰克·斯普恩的坟挖开，把他的骨头扔了。”

他们马不停蹄地骑了一夜一天，又骑了一夜。奥古斯塔斯骑在马上，脑子里几乎一片空白，什么也不想，考尔却因自责而感到恶心。他常常说的那些关于有备无患的话，他的一切准备都无济于事——他竟闯到了印第安人的营地，让乔舒亚·狄兹被他们杀掉。他知道该怎么办，他们都知道该怎么办。他见过不满十岁的印第安男孩杀人，也见过看上去连路都走不动的印第安老妪杀人。任何印第安人都可能将你杀死——这是保安队的头条注意事项。可是他们两天前就那么走近印第安人，现在乔舒亚·狄兹死了。他过去从没有称呼过这个人的名字，但现在他想起了奥古斯塔斯那块可笑的招牌，想起狄兹为它发的愁。狄兹终于想起来他的名字是乔舒亚——考尔要从现在起就这样记住他。他叫乔舒亚·狄兹。就在几天前的那场沙暴中，乔舒亚·狄兹发现他精疲力竭时，关心地牵过他的那匹马。想到这里，他更加感到自己不可饶恕。

他双手端着枪，却眼巴巴地让这条汉子被杀害了。当时他们都估计那些印第安人已经饿得无力反抗。为了这个错误，他永远也不会原谅自己。

他们穿过犬牙交错的谷地向咸水河骑去的时候，奥古斯塔斯说了一句考尔意想不到的话。“我觉得他知道要出事了。”奥古斯塔斯说。

“知道？这话什么意思？”考尔问道，“他不可能知道。是那个年轻人要打。”

“我看他知道，”奥古斯塔斯说，“他就站在那儿等着。”

“他手里抱着那个小孩子呢。”考尔提醒他。

“他可以把那个小孩子扔到地上嘛。”奥古斯塔斯说。

晚上他们才回到牛群原来停留的地方，但牛群已经不见了。乔舒亚·狄兹已经开始发臭。

“咱们可以把他埋在这里。”奥古斯塔斯说。

考尔看了看光秃秃的四周。

“别想找到教堂墓地，如果你找的就是那个。”奥古斯塔斯说。

“咱们必须带上他走，”考尔说，“大家还想向他告别呢。我看今天夜里就能赶上他们。”

天刚破晓，他们赶上了牛群。值夜班的盘子波吉特看见他们回来，那颗沉重的心才放了下来，因为他们俩走后，负责牛群成了他的任务。由于他不熟悉这个地方，所以感到责任重大。他没有预料到两位老板会这么快回来。一见他们归来，他感到有些自豪，因为他一直让牛有草吃，并且赶着牛群走得很顺利。

“早上好，队长。”他说。这时他才发觉，不算被偷走的马，一共三匹，只有两个人骑在马上，第三匹马的背上有件什么东西，但不是骑马的人。那是一具尸体。

“那是什么，古斯？”他心神不定地问道。

“是狄兹的遗体，”奥古斯塔斯说，“但愿大师傅醒了。”两天来，他一直麻木不仁，现在才感觉到饿。

纽特夜里值中班，天放亮的时候他睡得正香。他用马鞍当枕头，身上盖着一张鞍毯，因为夜间已开始凉了。

他被说话声吵醒了，一个声音是队长的，另一个是古斯先生的。也能听到波·坎波的声音，盘子波吉特也说了些什么。纽特的眼睛睁了一会儿，看见他们都跪在地上，围在什么东西旁边。他们也许打死了一只羚羊吧。他的脑子昏昏沉沉的，想接着睡，但刚闭上眼又睁开了。不是羚羊。他坐了起来，看见波·坎波正跪着拧什么东西。有人受了伤，波正把根棍子之类的东西从他身上拔出来。他费了很大力气，还是拔不出来。他停了下来。盘子一直跪在那里扶着那个受伤的人，这时他突然站起来离开了。他脸色苍白，像是要呕吐。

盘子一离开，纽特看见了狄兹。他看见狄兹的时候正在打哈欠。他没有跳起来，而是又躺了下去，用毯子把自己紧紧包住。他睁开眼睛看了看，又紧紧地闭上了眼。刚才人们说话的声音那么大，把他吵醒了，他很生气。他们要是只会在那里大声吵吵嚷嚷，还不如都死了呢。他想再回到睡梦中去，希望见到的这些只是一场梦，一旦梦发展到最坏处，就会醒过来。他觉得这或许就是一场那样的梦，等他睁开眼的时候，他就再也看不到狄兹的尸体躺在离他只有几米远的篷车苫布上了。

然而那不起作用。他无法再次入睡，等他又坐起来的时候，那具尸体还在原处——它若不是黑色的，他也不会知道是狄兹。

他呆呆地望着，见豌豆眼在尸体的另一侧跪着，也在发呆。远处，在靠近河的地方，队长和大嘴唇正在挖坑。古斯先生独自坐在火炉旁吃饭。三匹马都卸了鞍，但没有人把它们送回马群去，它们在一旁吃草。大部分人站在狄兹的脚边，看着波·坎波工作。

后来，波·坎波放弃了努力。“还是带着它埋了吧，”他说，“我倒很想见见那个年轻人，这矛一直插进他的锁骨，穿透了他的心脏。”

纽特在毯子上坐着，一时间感到异常孤单。没有人注意他，也没有人与他说话。没有人向他解释狄兹的死。纽特哭了起来，也没有人注意他的哭泣。太阳已经升起来了，每个人都在忙自己的活儿，古斯先生在吃饭，队长和大嘴唇正在挖坟。稀汤琼斯在修理马镫，用压抑的声音与伯特·博罗姆说着话。纽特坐在那里哭，怀疑狄兹是否知道他身边正发生什么事。那爱尔兰人和织针，还有瑞尼兄弟守着牛群。又是一个美丽的早晨，山脉好像更近了些。狄兹还能知道这一切吗？纽特心里想弄明白。他不再朝尸体看了，但他不知道狄兹是否多少有些感知。他觉得他有。他知道，如果有什么人在注意他，那就是狄兹，狄兹一直是他的朋友。只要想到狄兹仍然注意着他，也只有想到这里，他才不再感到那么孤独。

但是，即便是这样，那个狄兹，那个在过去的年月里日复一日走来走去，总是对他微笑、给他关怀的狄兹死了。纽特坐在毯子上不停地哭，直到哭得他自己也怕永远止不住时才不哭了。没有人注意他。在准备埋葬狄兹的整个过程里，没有人过来与他说话。

豌豆眼没有哭，但他受到的震动太大了，两条腿直发软。

“啊，上帝呀，”他一次又一次地说，“上帝呀！”队长说是个印第安小伙子杀了他。狄兹还穿着那条他长期以来一直喜爱的补丁摞补丁的棉被裤子。豌豆眼简直不知道该怎么看待眼前这件事。自成立帽子溪牧牛公司的时候起，他与狄兹就是两个主要雇员，现在只剩下他一个人了。这意味着要干的杂活儿更多了，因为有些杂活儿队长只信得过他们两个。他记得他和狄兹有过一次很好的交谈。他心中模模糊糊地有个计划，等机会到来的时候再和狄兹谈一次话。现在这一切当然已成往事。豌豆眼走过去，靠在篷车上，希望他的两腿不再发软。

别的牛仔也都忧郁不堪。稀汤琼斯和伯特·博罗姆虽然认为白人与黑人说话太多不合适，但他们两个在交换看法时，也都认为不管怎么说，这个黑人格外值得敬重。织针纳尔逊主动要求协助挖坟，因为那一天得克萨斯公牛追赶他的时候，是狄兹把它引开的。盘子波吉特平时与狄兹说话也不多，但当他守在自己的岗位上，看见狄兹从热浪中骑马回来时，曾多次受到鼓舞，因为他的归来表明他走的路是对的，离水不远了。盘子巴不得自己过去和这个人说的话多一些。

大嘴唇主动要求帮助挖坟，考尔准许他干了。挖坟的工作以前一向是派给狄兹干的。考尔埋过许多战友，包括杰克·斯普恩，都埋在乔舒亚·狄兹挖的坟里。大嘴唇不会挖，事实上碍手碍脚的，但考尔容忍了他。大嘴唇还在不住嘴地说，尽管什么意思也表达不出来。他们把坟挖在咸水河与保德河交汇处以北的一个小高岗上。

奥古斯塔斯细心地用一块篷车苫布将狄兹包裹起来，用一根结实的绳子牢牢地捆好。

“旅途寿衣。”奥古斯塔斯说。

别的人什么都没有说。他把狄兹放到篷车上，这时纽特站了起来，哭得眼都快瞎了。

波·坎波领着大队人来到墓地，大家把狄兹安放在坟里，迅速地用土掩埋好。爱尔兰人自动唱起了挽歌，歌声婉转悲切，所有的牛仔立即恸哭起来，就连斯佩特尔家的那个孩子也哭了，他连自己的弟弟下葬时都没有落泪。

奥古斯塔斯转身走开了。“我讨厌葬礼，”他说，“尤其是这一次。”

“按照这种速度减员，到蒙大拿的时候就剩不下几个人了。”

他们返回营地时，大嘴唇说。

他们估计当天就会起程，因为考尔队长从来就不肯无故逗留。然而，这一次他依依不舍。从墓地回来后，他用一把大榔头把车帮上一块松动的木板敲下来。他没有对任何人说要做什么，而他那副表情吓得人们都不敢问。他拿起木板来到墓地，在那一天剩下的时间里，一直坐在狄兹的墓旁，用小刀在板子上刻着什么。阳光照在他那把小刀上闪烁不定，牛仔们困惑不解地看着。他们简直不明白什么事能花去队长那么长的时间。

“他的名字并不长。”大嘴唇说。

“那不是他的全名。”纽特指出。他不再哭了，但仍感到空虚。

“另一个名字是什么？”杰斯帕问。

“乔舒亚。”

“啊，我打赌。”杰斯帕说，“那是个好名字，第一个字母是J，跟我的一样。要是早知道，我们会一直叫他那个名字。”

后来，他们听到了榔头声。那把榔头很大，他们常用它来敲篷车轮子，把轮子校正。考尔队长把那块木板深深地钉进坟头的土里。

奥古斯塔斯独自一人坐了大半天。纽特在离他不远的地方坐着，他走过来蹲到纽特身边。纽特因为怕自己又哭起来，就想自己单独待一会儿。

“咱们去看看他给老狄兹写了些什么，”奥古斯塔斯说，“你的父亲埋过很多人，我都见了，可从来没有见过他这么用心过。”

纽特心不在焉地听着，他坐在那里，麻木得很。当他听见奥古斯塔斯提到他父亲的时候，那几个字一时沉没在他的麻木中，没有引起他的注意。

后来他才注意到。“我的什么？”纽特问道。

“你的父亲，”奥古斯塔斯说，“你爸爸。”

纽特心想，古斯先生开玩笑也不挑个时候。队长不是他爸爸。也许狄兹的死对古斯先生的影响太大，他有点儿精神错乱了。纽特站起来。他想最好不去理会他那句话——他不想在这么个时候使古斯先生感到难堪。队长还在用榔头敲着，把那块长长的木板钉进硬土地。

他们走到坟墓跟前，考尔已经钉好了板子，正在休息。有两三个牛仔也慢慢地向墓地走去，他们有点儿犹豫，不知道队长欢迎不欢迎他们过去。

考尔队长在那块粗糙的木板上把字刻得深深的，这样，风沙就不会很快将它们侵蚀掉。

乔舒亚·狄兹

与我共事三十年，与科曼切人和基奥瓦人战斗二十一次。任何情况下都不气馁，从不拒绝接受任务。品行优秀。

伍德罗·考尔队长

牛仔们一个一个走过来，默默地看着木板。波·坎波在胸前画了个十字。奥古斯塔斯从口袋里掏出一件东西。那是他在边境服役的那些艰苦卓绝的年月里，得克萨斯总督授予他的勋章。考尔也有一枚。勋章上有条绿色缎带，颜色差不多已褪去。奥古斯塔斯将缎带系了个圈，把它套在坟墓的那块木板上，牢牢地系好。考尔队长走开了，去把榔头放下。奥古斯塔斯跟在后面。大嘴唇一天都没有哭，现在突然呜咽起来，泪水流进他那个耷拉着的嘴唇里。

“真希望我一直待在孤鸽镇。”他不再哭的时候说道。

第91章

他们赶着牛群沿保德河而上，没有一个牛仔喜欢保德河的水，有几个人抱怨得了肠梗阻，有的则说河水影响了肠子蠕动。杰斯帕·范特尤其注意仔细观察自己的大便。拉出来的大便差不多是白色的，这似乎是个不祥的兆头。

“连我见过的那些女人都没有你这么讲究，杰斯帕。”奥古斯塔斯说，但他不愿把杰斯帕挖苦得太过火。全体人员还都因狄兹的逝去而精神压抑。大部分人并不是十分思念狄兹，而是发愁再往北去，究竟什么样的命运在等着他们。

渡过保德河，他们便看见了西边依稀可辨的比格霍恩山。比格霍恩山离得不算近，但能看到那被皑皑白雪覆盖的山顶。夜晚开始冷了，很多人后悔在奥加拉拉的时候没有买件好大衣，那是一次很好的机会。

篝火旁的话题开始集中到风暴上。很多牛仔经历过大平原上的北风，也遇到过偶尔袭来的带着冰晶的风暴。由于他们都是南得克萨斯的牧牛人，因此很少见到雪。有几个说要快马跑近那些山脉，好好观察一下雪到底是什么样子的。

纽特向来就对雪感兴趣，他常常眺望那些山脉，但在狄兹死后的那几个星期里，他觉得对什么都不太关心了，连雪也一样。他对有关风暴的谈话不闻不问，即使他们都冻死，连牛带牛仔统统死掉，他也不在乎。

有时，古斯先生说过的那句话会回到他的脑海里。他不知道应该如何理解那句话——明显的意思是说考尔队长是他的父亲。纽特觉得这不足以说明问题，因为如果队长是他的父亲，那么在过去的十七年间，他肯定会在某个场合提到的。

如果是在别的时候，这一问题会使他激动，但在目前的情况下，他的感觉太迟钝，也就对它不怎么在意。与狄兹死去这一现实相比，它显得不太重要。

再说，即使纽特想就这个问题问一问队长，也难以找到他，因为队长接过了狄兹的工作，每天都在前方很远的地方侦察。平时他到天黑才回到牛群来，然后带领他们到扎营的地方去。有一次他大白天骑马跑回来说，他发现了大约四十个印第安人的踪迹，那些印第安人一直朝西北去了，与他们走的方向一致。

此后一连数天，人人都紧张不安，等着印第安人来进攻。有的人看见山艾树或小灌木也惊恐不迭。到了晚上，谁也睡不着，连不值夜班的牛仔也同样花上大半宿反复检查他们的枪支弹药。爱尔兰人不再唱夜歌，害怕将印第安人引到他们这里来。事实上，值夜班已成了人人都发怵的工作。人们不再为赢钱而赌博，而是为确定谁值什么班而赌。半夜那一班人们最不愿意干，没有人愿意远离篝火。值夜班回来的人感受到莫大的快慰，而即将去值班的人则认为他们是在走向死亡。有的人都快哭出来了。织针纳尔逊怕得直发抖，连脚都伸不进马镫。轮到杰斯帕·范特在牛群另一侧值班的时候，他有时甚至下马步行，理由是在地上走不易被印第安人发现。

然而，一个星期过去了，没有见到印第安人，大家这才稍稍放松下来。羚羊越来越多，有两次还遇见了小群野牛。有一次马群在夜里受了惊动，次日清晨队长发现了一只美洲豹的爪印。

环境开始变得好些了，草况渐渐好转，在河岸两边还能偶尔见到树丛及灌木丛。下午仍然很热，但上午很凉爽。

后来，考尔决定离开保德河的谷地，因为他觉得干旱的威胁业已过去。草又高又密，溪流河川也多了起来。离开保德河不久，他们便来到了克雷齐伍曼河。山上的积雪好像一天比一天多。旅行相对来说也容易了些，那些牛经过艰苦跋涉，掉了膘，现在大部分也补上了。

从那次发现印第安人的踪迹起，考尔几乎每天都看见他们的踪迹，但是一直没有看见那些印第安人，这使他有些放心不下。他与印第安人交战过很长时间，从不低估他们的能力，但也从不过高地估计他们。在他看来，有关印第安人的说法永远是不准确的。那些说法要么把印第安人说得很坏，要么把他们说得很好，他却情愿用自己的眼睛来判断北方的印第安人。不过，眼下他的这一愿望无法得到满足。

“咱们赶着三千头牛，”考尔说，“他们肯定会发现的。”

“他们要的不是牛，”奥古斯塔斯说，“以前这里从来没有牛。他们也许只是出来打猎，想储备过冬的肉。”

“看来咱们很快就会碰上他们。”考尔说。

“会的。他们任何时候都可能从他们待的山里冲出来，把咱们消灭，那他们可就有足够的肉过冬了。他们成了印第安阔佬，咱们可就成了死傻子。”

“什么傻子？”考尔问道，“这块地方越来越好了。”

“过咱们这种日子的傻子呗。”奥古斯塔斯说。

“我过得挺好的，”考尔说，“你过得怎么不好？”

“我应该再结一次婚，”奥古斯塔斯说，“两个老婆可不算太多，所罗门比我多好几百个，我可以想办法弄到八个到十个。我不明白为什么要死跟着这一伙乌七八糟的队伍不放。”

“我看是因为你用不着非干活儿不可，”考尔说，“你只管东坐坐西站站，干活儿的是我们。”

“要知道我的脑袋可一直在工作，”奥古斯塔斯说，“我在努力思考生活到底是怎么一回事。要是再有两个丰满的女人在我旁边躺着，我也许就解开生活这个谜了。”

“我一直不明白，你家里果真有钱的话，当初为什么不留在田纳西。”

“嘿，太乏味了，就为这。”奥古斯塔斯说，“我一不想当医生，二不想当律师，可是在那些地方，除此以外没有别的什么可干。我宁可当亡命徒也不当医生或律师。”

第二天，他们正沿着克雷齐伍曼河的一条支流前进的时候，盘子波吉特的马突然仰起头猛地跑起来。盘子吃了一惊，感到很狼狈。这是一个平静的早晨，他在马背上半睡半醒，突然发现自己的马奔跑起来，朝大篷车的方向而去。他用尽全力来回地拉缰绳，但马嚼子似乎对那匹马不起什么作用。

牛群也开始掉头往回跑，只有那头得克萨斯公牛例外，它拉长声音大叫了一声。

考尔一开始只看见牛群奔跑起来，却不知道是什么引起的。他与奥古斯塔斯当时正骑马走在一起，讨论着往西再走多远就该转向正北走这个问题。

“你说那匹马是吃疯草了，还是怎么回事？”考尔问了一句，便刺马前去帮着把牛拢住。他身体前倾，准备向前冲，但是他那匹母马一动也不动，差点儿把他从马脖子上翻下来。这太出人意料了，近来它很听话，也从来没有耍过花招。

“伍德罗，快瞧。”奥古斯塔斯说。

河边有一丛矮树，这时正从里面走出一只橙棕色的大型动物。

“天哪，是只灰熊。”考尔说。

奥古斯塔斯来不及答话，因为他的马也突然跳了一下。所有牛仔的马都出了麻烦，它们转过头便奔跑起来，像是要一气跑回得克萨斯去。奥古斯塔斯的马已经多年没有像这样突然腾跳过了，他毫无防备，差点儿跌下马。

大部分牛不跑了，而是转过身看着那只熊。得克萨斯公牛站在牛群最前边。

考尔拿起步枪，想让母夜叉走得离熊近些，可是它不干。它动了动，但只是向一旁动了一下，眼睛始终盯着那只熊，其实它离熊足有一百五十米远。不论他如何刺它，母马只肯向一旁挪动，好像草原上有一条无形的无法跨越的界线。

“妈的，吃的东西送上门来了。”奥古斯塔斯说，他已设法控制住了坐骑。

考尔朝那边望去，只见几头骡子正朝来的方向往保德河飞奔。大嘴唇徒劳地拼命拉扯缰绳，他一次次在车上被颠起来，离开座位足有三十厘米高。

“队长，是只熊！”盘子波吉特说。他想法子让马绕了一个大圈子，但不能使它停下来，所以他在跑过他们身边时喊了这么一声。

到处都是一片混乱。马群向南跑了，把小伙子斯佩特尔卷带了去。有两三个牛仔从马上甩了下来，他们的坐骑也向南仓皇而逃。摔下来的牛仔还弄不清是谁在向他们进攻，可都准备好随时死去。他们趴在地上，掏出了手枪。

“我看他们马上就要互相开枪了，”奥古斯塔斯说，“若不赶快制止他们，就会把自己人当成土匪。”

“去制止他们。”考尔说。他除了盯住那只熊，并且稳住他的马，使它停在原地不动，什么也干不成。到目前为止，那只熊仅用后腿站着，鼻子在空中不停地嗅着。熊很大，在考尔看来，它比一头野牛还大。

“见鬼，我才不担心他们互相开枪呢，”奥古斯塔斯说，“他们什么也打不中。我只怕损失的牛太多。”

他仔细看了一会儿那只熊。它并没有惹麻烦，但它也没有离开的意思。“我怀疑那只熊从前根本没见过花牛，”奥古斯塔斯说，“它也许是吓坏了，这不能怪它。”

“妈的，那可是只大熊啊。”考尔说。

“可不，它只不过刚刚从河里走上来，就把整个队伍吓跑了。”奥古斯塔斯说。

这话不假，整个帽子溪牧牛公司乱成了一团——大篷车和马群还在向南奔跑，半数牛仔都从马上摔了下来，没有掉下来的还在与坐骑搏斗。牛群虽然没有跑，但它们都战战兢兢的。纽特被克拉拉给他的那匹栗色马高高抛起，狠狠地掉在地上，摔疼了尾椎骨。他一瘸一拐地正要向篷车走去，才发现车已不翼而飞。停车的地方只剩下波·坎波，他显得困惑不解。波因个子太矮，看不到牛群那一侧，因而不知道附近出现了一只熊。

“是印第安人吗？”纽特问。他也还没看见那只熊呢。

“不知道是什么，”波·坎波说，“肯定是让骡子讨厌的东西。”

相比之下，那两头猪倒没有受到什么干扰。一袋土豆从奔跑的篷车上颠了下来，它们两个正心平气和地吃着土豆，还不时地哼两声以示满意。

那头得克萨斯公牛是唯一敢于直面那只灰熊的动物。公牛发出一声挑战式的长叫，用蹄子不住地刨地。它向前走了几步，又刨，尘土在身后高高扬起。

“你总不会以为那头小公牛会蠢得去顶那只熊吧，你说呢？”奥古斯塔斯问道，“顶织针纳尔逊是一回事。这只熊能把它开膛。”

“你要是想把它套住拉到圈里，你自己去吧。”考尔说。

“我算是拿这匹马没有一点儿办法。”公牛又向前跑了几步，然后停了下来，这时它离熊只有三四十米远。那熊四脚着地，看着它。灰熊用它那低沉粗哑的声音吼了一声，吓得上百头牛四散而逃，向后退了一小段距离。它们停住之后，继续观望着。公牛又哞了一声，一串涎水甩到了背上。它气急败坏，又一次刨地，然后低下头向灰熊冲了过去。

那只熊竟然把得克萨斯公牛一掌击到了一边，看到这一幕的人无不大惊失色。熊又用后腿站起来，用前爪猛击公牛，把它打翻在地。公牛迅速站起来，再次向灰熊顶去，这一次灰熊差不多将公牛活剥了。它一爪子抓在公牛的肩上，把像披肩那么大的一块皮撕得离了肉。然而，尽管这样，公牛还是再次向熊冲了过去，并且将一只角刺进熊的腰窝。灰熊大叫一声，用牙咬住牛的脖子，但牛仍在扭动，不久熊与公牛便在尘土中翻滚起来。公牛的叫声与熊的吼声震天动地，牛群吓得炸了窝，又开始奔逃起来。母夜叉向后高高跃起，奥古斯塔斯的马则猛踢后腿，把他扔了下来，但奥古斯塔斯紧紧抓着缰绳，在马挣脱之前设法从枪袋里取出了步枪。接着，考尔也发现自己被抛了下来——母夜叉像只猫一样，干净利落地从他胯下溜掉了。

他掉下来的时间太凑巧了，因为这时公牛与熊一边像两只猫一样撕打着，一边离开了河岸，朝牛群的方向滚过来。由于搏斗扬起的尘土太大，没有人看得清到底谁占了上风。考尔看着，心想公牛正在被熊的利齿巨爪撕成碎片，可是至少有一次小公牛将熊顶得直倒退，还把一只角扎进了熊体内。

“你说咱们开不开枪？”奥古斯塔斯说，“真见鬼，要是像这样不停地打下去，这队人马就都逃回雷德河了。”

“要开枪就有可能打着公牛，”考尔说，“那咱们就得自己跟那只熊斗，我可没把握降住它。那只熊真够野的。”

波·坎波端着枪走了过来，纽特跟在他后面几步远。被摔下来的人都神情紧张地观望着这场战斗，人人手里都握着枪。

两只动物发出的声音十分可怖，牛仔们都想逃之夭夭。杰斯帕·范特尤其想逃，但他不想自己一个人逃。他时而看见熊的头和龇着的牙，或者它那舞动的大爪子；时而看见公牛把熊顶回去时那浑身绷起的大块肌肉。两只动物都流着血，在酷热的天气里，血腥味闻着格外刺鼻，纽特都快吐了。

战斗停止了。人们都猜想公牛会跌倒在地，然而那头牛没有倒。熊也没有倒。它们分开后，还在尘土里面对面地兜着圈子。人人都警惕着，一旦熊向他们袭来，他们就朝它开枪。可是熊没有冲过来。它向公牛咆哮着，那牛也回了一声，它拖着涎沫发出吼叫。公牛向牛群走了一段，又停下来面对着熊。那只熊再次用后腿站立起来——它的半个身子已被血浸透。尽管那只熊离这些人有五十米远，但在他们看来，它好像就要扑到他们身上似的。没过多久，熊的前爪落了地。它又向公牛吼了一声，才消失在河边的丛林里。

“队长，去追它行吗？”稀汤琼斯手握步枪问道。

“追它干什么？”奥古斯塔斯问，“你疯了？这一切你都看见了，想靠两条腿去追灰熊？你还不够它一口吃的呢。”

灰熊过了河，懒洋洋、慢腾腾地走进了平原开阔地带。

这时，盘子波吉特、稀汤、伯特、爱尔兰人和织针纳尔逊这五个人，置奥古斯塔斯的警告于不顾，把自己的马捉住后迅速向熊追去。此时，熊离他们约两公里远，尚能看得见。在熊远未进入射程之前，他们便开始射击，熊朝着深山的方向跑走了。一小时后，他们才回来，马都累垮了，也没有带回战利品。

“我们打中它了，可它比我们想的跑得快得多，”稀汤解释道，“它朝山上的树林里跑去了。”

“要是再有一只，我们准打得着。”伯特说。

“扯淡，它既然跑进了树林，那你们可该到林子里用手枪托敲它，”奥古斯塔斯说，“那样就把它驯服了。”

“可是马不愿意进林子。”稀汤说。

“我也不想进去，”艾伦·奥布赖恩承认道，“我们进去就出不来了。”

那几头骡子一口气跑了五公里才停下来，但是由于平原很平坦，篷车并没有被损坏。然而大嘴唇可不能说没有被伤害。他在车上颠得六神无主，有一下颠得他差点儿把舌头咬成两半。舌头流的血顺着他那长长的嘴唇滴了几个小时。后来，大家把马群和牛都拢了回来。

当得克萨斯公牛平静到可以靠近的时候，人们看到它的伤势极其严重，考尔甚至考虑要用枪把它打死。它的一只眼睛已被挖去，脖子上的皮都撕下了一大块，像块毯子一样在肩上耷拉着。它的腰窝处有一道深深的伤口，背上有一条长长的爪子印，几乎从脖子一直延伸到尾部。一只角从紧挨头皮的地方折断，像是被一把大铁锤从头颅上敲掉了一样。然而，当几个牛仔骑马离它太近时，它还边刨地边吼叫。

“打死它可惜，”奥古斯塔斯说，“它和灰熊打了个平手，像它这样的牲畜可不多见。”

“有那么一大块皮在肩上耷拉着是走不到蒙大拿的，”考尔说，“伤口上会落满苍蝇，它反正是要死的。”

波·坎波走到距公牛十五米的地方看了看它。

“我能替它缝好，”他说，“它有可能活下去。谁去把它给我捉来。”

“好吧，盘子，套住它，”奥古斯塔斯说，“你是第一把好手。”

盘子必须去，要不然这次退却将使他一路都感到难堪。他的马不愿意靠近公牛，致使他扔出两次套索均因过分紧张而未能套中。他心里思忖着如果真的套住了它，那他就会被它弄死。后来，他终于套住了公牛的头，使它慢了下来，直到又有四个套索套在了它身上。

虽然已将它套住，可是他们费了九牛二虎之力才将它翻倒在地，波·坎波花了两个小时把那一大块撕裂的皮缝回原处。需要给那头牛翻身而又不让它站起来的时候，全体人员都动员起来，外加五匹马与绳索。公牛翻过身去时，又差点儿压到织针纳尔逊身上。他本来就恨这头牛，压根儿不赞成给它做手术，这次它又险些压在他身上，所以他撤退到篷车那里，不肯再走近那头公牛。“我刚才是为熊叫好，”他说，“这样的一头公牛早晚要弄死人，而且死的可能就是我。”

第二天，公牛疼得连路都走不动了，考尔认为手术恐怕是白做了。公牛远远落在牛群后面，看来只好放弃它。那一天，它落后了几公里远。考尔不住地向它望去，看看天上有没有秃鹫出现——如果公牛倒下去，秃鹫就可以美餐一顿。

但是他没有看见秃鹫，而且，那次搏斗过了一周后，公牛又回到了牛群里。它只有一只角，一只眼，而且波·坎波缝得不太匀，有两三处还开了口，但这只公牛保持着往常一样的怪脾气，只要牛仔离它近点儿，它就吼个不停。后来它又恢复了走在牛群前头的能力。受伤使它的脾气变得更加狂躁，牛仔们总是躲之唯恐不及。

由于那场搏斗，值夜班的工作更加没有人乐意干了——既然能有灰熊，也就能有别的什么。一直在担心印第安人的牛仔们，现在又要为熊而感到坐卧不安。几个骑马追过那只灰熊的人一刻不停地谈论它跑得如何快——虽然它看上去是在慢条斯理地跑，可它轻而易举地把他们甩在了后边。“如果它想追，这个公司里的哪一匹马都别想逃脱。”盘子说。

他们的评论加重了杰斯帕·范特的担心，使他食无味寐不安，一连三个晚上躺在毯子上不能入睡，而且，当他实在无法躲避夜班的时候，常常焦虑得吃什么吐什么。他本欲辞职不干，可是辞职就意味着自己将单枪匹马跨过几百公里受灰熊威胁的平原。因而他下定决心，一旦来到有火车的城市，他就坐火车走人，无论往哪里去都无妨。

豌豆眼也为了熊的事而时刻提心吊胆。“要是再碰上熊，咱们就一齐开枪，”他不厌其烦地向人们建议道，“我想咱们大伙儿一块儿开枪，那熊准会倒下。”然而，没有人被他说服，人们也懒得回答他。

第92章

每当莎莉与贝特西问起她的身世时，罗丽娜就感到为难。她们还只是小孩子，她无法对她们说出实情。她们两人把她作为崇拜的偶像，并从她越过大平原的冒险中学到了许多东西。贝特西的好奇心极盛，一小时会问上百个问题。莎莉则较老成，常常因为妹妹打听罗丽娜的私事而呵斥贝特西。

“她用不着非把她的一辈子都告诉你，”莎莉经常这样反对她，“她没准儿忘了呢。我只记得我三岁后的事。”

“你三岁的时候都发生了些什么事？”罗丽娜问道。

“那只老火鸡总啄我，”莎莉说，“后来一只狼把它叼走了，我可高兴了。”

克拉拉无意中听到她们的部分谈话。“我很快就要弄回来大量火鸡，”她说，“罗丽娜很会饲养家禽，我看咱们可以养一些。”

养家禽的工作派给了罗丽娜，主要是喂养那二三十只母鸡，捡捡蛋什么的。起初，这么个小家庭看起来吃不了那么多鸡蛋，但是他们不知不觉地就把蛋消耗完了。七月约翰逊是个吃鸡蛋的能手，还有克拉拉，她极爱吃甜食，经常做蛋糕。她做的蛋糕多得大家都吃腻了，但她自己还是吃个没完。

“我必须吃甜的。”克拉拉说。她上床前吃一块蛋糕，做早饭的时候总要再吃上一块。“甜食对人大有好处。”

罗丽娜则认为克拉拉用不着那么多好处。她干的活儿大部分都是她喜欢干的，而她喜欢干的又多是与马有关的活计。她对家务活儿不感兴趣，尤其不喜欢刷盘子、洗碗，这一类的工作都交给了罗丽娜，不过有两个小姑娘帮着她干。她们干活儿的时候从头到尾都在问问题，罗丽娜想到什么就回答什么，她的回答很少是真实的。她不知道她的回答能不能蒙骗她们，因为她们俩都很机灵。有时候她知道她没能骗住她们。

“你准备和那个男人结婚吗？”有一天，贝特西这样问她，“他的头发已经白了。”

“那不是不跟他结婚的理由。”莎莉说。

“是理由，”贝特西坚持说，“他有了白头发，那他随时都会死的。”

罗丽娜心想，她自己对奥古斯塔斯还从来没有考虑过那么多呢。她为能与克拉拉在一起而感到高兴，因为在她的一生中，她几乎是第一次睡在一张像样的床上，睡在一间干净的屋子里，吃着美味的饭菜，周围的人对她和蔼可亲。她喜欢独自一人住一间屋。当然，她在孤鸽镇也曾经有过一间屋子，但那间屋与这一间不同。男人可以到那间屋里去，而让他们进去是她住那间屋的先决条件。然而她不必非让人进她在克拉拉家的这间屋子不可。她虽然常常让贝特西进去，而那是因为那个小姑娘常做噩梦。有一天晚上，贝特西跌跌撞撞地哭着跑进来，当时克拉拉不在家，她出去散步了。她就喜欢那样古怪地一个人去散步。罗丽娜不知道该怎么办，便说帮她找克拉拉，但贝特西不听。她像只小兽一样爬到她的床上，依偎在她怀里，罗丽娜便让她在那里过了一夜。从那以后，贝特西只要做噩梦，就来罗丽娜屋里，罗丽娜便安慰她，使她安静下来。

她只偶尔想念奥古斯塔斯。当她想到奥古斯塔斯的时候，总感到心中隐隐作痛，恨不得立即见到他。每逢此时，她总为没有跟他走而觉得自己是个胆小鬼，尽管是他劝她留下来的。至于其他的事，她一概不想念，既不想念那些看着她琢磨她的事的牛仔，也不想念那顶闷热的帐篷、无法预测的风暴和没完没了的蚊蚋。

她也不思念过去的恐惧——害怕奥古斯塔斯到别处去时蓝鸭

会回来。那发生过的事已经够坏的了，而她知道如果蓝鸭再次抓住她，事情会更坏。惧怕蓝鸭与她思念奥古斯塔斯交织在一起，因为奥古斯塔斯是唯一能够保护她的人。

克拉拉与两个姑娘不同，她从不问她任何问题。罗丽娜倒希望她问。有一段时间，她心里有一个强烈的愿望，想为自己过去未能自始至终做一个体面的女人而向克拉拉道歉。被允许住在克拉拉的家里，成为她家的一个成员这件事，对她来说依然是个不解之谜。她等待着情况或多或少地向坏处发展，但是没有。唯一的变化是克拉拉在马匹上花的时间越来越多，在家里的时间越来越少。

“你来得正是时候。”一天罗丽娜喂鸡回来时，克拉拉说。罗丽娜喜欢喂鸡，她喜欢鸡咯咯的叫声及抱怨声。

“为什么呢？”罗丽娜问道。

“我催着鲍勃盖了这栋房子，其实我对房子并不关心，”克拉拉说，“我们盖房子是为了女儿们，但那也不是盖这房子的原因。我就是想让他盖，结果我成功了。主要的原因是他不让我干养马的工作，尽管我养马一向比他养得好。我想是因为他认为我养马不合适。可我还是想到那边去养马，现在就没有什么能阻拦我了。”

两周后的一个夜晚，鲍勃死了。克拉拉早上去给他换洗的时候发现他已经死了。他和原来一模一样，只是不再呼吸了。这时他已轻得连她都能把他抱起来。由于早就知道他会死，所以她已经让柯罗从城里运回来一副松木棺材。他是在夜里把它运回来的，放在女儿们看不见的地方，所以说一切都准备好了。

克拉拉将鲍勃的眼睛合上，坐在那里回忆了一小时往事。两个姑娘正在楼下，边吃饭边缠着罗丽娜。她时而还能听到她们那爽朗的笑声。

她们是快活的姑娘，她们经常嬉笑，只要听见她们的笑声，克拉拉总是打心眼儿里高兴。她不知道鲍勃躺在这里，即将逝去的时候是否能听见他这两个活泼可爱的女儿的笑声；她不知道她们的笑声是否有好处，是否能在一定程度上弥补她的坏脾气及三个男孩的死。他对那三个男孩寄予了莫大的希望——男孩，他们将来能当他的好帮手。鲍勃从不多说话，但有一件事他谈得很多——一旦那些孩子长大。能替他们俩干活儿，他们就无忧无虑了。每每听到鲍勃谈论他们要建多少围栏和马厩，或者要买多少头牛时，克拉拉心里常常感到不舒服——鲍勃的谈话使她觉得他们之间是那么疏远，因为他把孩子主要当作无须花钱的雇工。她觉得他对孩子们的态度与自己的完全不同。就她而言，她只是喜欢有他们在身边。她喜欢看着他们围坐在饭桌旁，喜欢看他们在河里游泳嬉戏，有的时候在他们睡觉时还喜欢坐在他们身边，听着他们的呼吸。然而，他们都死了，她与鲍勃都失去了他们钟爱的——鲍勃失去了将来与儿子们一同工作的梦，她则失去了跟前有儿子可看、可摸、可骂、可吻的幸福感受。

她吃惊地发现生命的结束与想象的截然不同。她曾想，鲍勃最终咽气时她将感到如释重负。她已不再觉得他是家中的一个成员，然而一旦他死去，她才感到原来不是那么回事，虽说他是家庭中沉默的一部分，不舒服的一部分，但他人总算还在，还是她的丈夫，还是女儿们的父亲。他变样了，却没有离开大家。

现在他走了，去了她儿子们去的地方。不管她如何了解儿子们，无论她如何爱他们，时间还是从她身边夺走了他们。有时候她发现自己分不清大事与小事，但这种情况并不很严重。她在梦中看见儿子们的脸庞，醒来后就记不得梦见的是哪个儿子了。她不知道会不会梦见鲍勃，十年内如果她梦到他，会梦见他什么。他们的婚姻没有遇到过大的波折，婚后她一直过得很快乐，但不是因为鲍勃所做的努力，她的快乐实际上是从养马中获得的，尽管他是个可尊重的丈夫。据她判断，他比大多数女人的丈夫都好。

她没有哭，只有一种愿望——他既然去了，那么她就别再举行那套令人厌烦的下葬仪式了。尽管如此，还是要派人去请牧师，还要有某种形式的追悼会。他们没有近邻，离得最近的两三户人家也不得不带上吃的来表示哀悼。

她用一条干净床单将鲍勃盖上，下了楼。罗丽娜正教姑娘们玩牌，她们在玩扑克，用扣子当赌注。克拉拉站在暗处，不忍打断她们的欢乐。何必为了不可避免的死亡而打断她们呢？然而死亡是不能无视的，它有它的分量。是一个死人在楼上躺着，而不是一个病人。她最好还是不要养成无视死亡的习惯，因为如果她试着那样做了，死亡就会寻找回报的方法——它会带走她另一个心爱的人，教她懂得尊重死亡。

于是她走进了房间。贝特西刚刚赢了一把，高兴得欢呼起来，因为她喜欢打败她姐姐。她是个美丽的孩子，她那卷曲的头发有朝一日会令小伙子们着魔。“我赢了，妈。”她说。然而她马上就从克拉拉严肃的脸上觉察到出事了。

“那好，”克拉拉说，“这个家里需要的就是一个打牌的好手。

现在必须告诉你们一个坏消息，你们的爸爸死了。”

“啊，他没有！”莎莉说。

“心肝，他刚刚死去。”克拉拉说。

莎莉向她跑了过去，贝特西则扑向了她身边的罗丽娜。罗丽娜吃了一惊，但还是用双臂搂住了孩子。

“你去叫七月回来好吗？”两个孩子稍安静些时，克拉拉对罗丽娜说。

七月现在住在与存放马鞍的小棚连在一起的小屋子里。冬天是不能在里面住的，但目前是夏天，还可以。他对与克拉拉及两个小姑娘同住在那所房子里总是感到不自在，而自从罗丽娜来了，他就更觉得别扭了。罗丽娜很少与他说话，克拉拉和他谈的主要是马匹及牧场上的问题。可是，与她们在一起时他感到挺紧张。他一天到晚都觉得给克拉拉干活儿是一个错误，有时候他强烈地希望回去干他的老行当，哪怕罗斯科已无法出任他的副手。

可他现在有了一个儿子，一个他每天吃早饭和晚饭时都能看见的孩子。他的儿子是庄园的宝贝，两个女人及两个小姑娘将马丁传来传去，好像他属于她们所有人，罗丽娜与他相处得亲密、融洽，克拉拉去照顾马匹时，她就负起看护他的主要责任。这孩子很幸福，其实这也不足为奇，因为有两个女人和两个小姑娘疼爱他。如果他将孩子带回阿肯色抚养，七月简直不能想象这两个女人怎么受得了。这个计划无论如何是不可行的。

他留下来继续工作，既不感到十分满意，也不认为特别不满。他仍旧梦见爱尔迈拉，一想到她就感到极度痛苦与悲怆。

然而，纵使有那种痛苦，最使七月觉得不愉快的是他知道他爱上了克拉拉。这一情感在他得知爱尔迈拉的死之前就萌发了，而且在他觉得他应该为爱尔迈拉感到悲痛的时候，这种感情更加强烈了。他为此而感到内疚，又毫无办法，然而这是千真万确的。他常在晚上想到她，想象她穿着睡衣待在她的房间里。早饭和晚饭时他凝视着她，只要他觉得她没有注意就盯着她看。他有很多机会，因为她完全不理会他。他意识到她对他很失望，但是他不知道究竟是为了什么。而当她真的看他时，他就会被吓一跳。偶尔他发觉克拉拉正在看他，这时他几乎要缩成一团，因为他觉得在她面前是什么也隐藏不了的。她太精明了，他感到她对任何事物都能理解。她的双眸对他来说神秘莫测，有时她好像被他逗乐了，而有时则像是被他激怒了。有时她的眼睛似乎要刺透他，决心了解他的思想，如同她了解一本书一样。过了一会儿，她就会抬起头来，不再搭理他，像是在说他就是那本她已过目的书，而且觉得这本书太乏味，不值得进一步细细研究。

另外，她是个结了婚的人，她的丈夫就病卧在他们头顶，这就使他的爱变得愈加毫无希望。但这并不能使他停止渴望得到她。在幻想中，他开始重新设计过去的生活，想象他不是同爱尔迈拉而是同克拉拉结了婚。那么他的婚后生活会与现在完全两样——克拉拉没有整天坐在阁楼上吊着两条腿，她没有搭运酒船逃跑，也许他对杰克·斯普恩打死本也无所谓。他还想象他们两人共同养马和抚养孩子。

当然，他们现在正共同饲养马匹和抚养孩子，但现实情况与他的幻想毫无共同之处。他们俩没有在一起。他不能在晚上到她的房间去与她谈话。他知道，即使能去，他也想不出什么要说的，即使说出来也只能是些蠢话，那么克拉拉就会尖刻地回答他。然而，他还是渴望地想着这件事，晚上躺在他那间小屋子里辗转不安，无法入睡。

他正想的时候，罗丽娜来告诉他鲍勃死了。当他听到脚步声时，一心希望是克拉拉来了，而且在头脑中显出了她的面孔。她不像平常安排工作时那样，既不严肃，也不冷淡，而是温柔地微笑着，就像她在吃饭的时候与马丁玩耍时的那种表情。

他打开门，吃惊地发现是罗丽娜。

“他死了。”罗丽娜说。

“谁？”七月心不在焉地说。

“她丈夫。”罗丽娜说。

七月想，她总算自由了。他无法为此感到悲伤。

“嗯，我看这样倒好些，”他说，“那个人的病一点儿不见好转。”

罗丽娜发现自从她来到牧场，还从来没有听见他的声音像现在这样轻快过。她明白其中的奥妙，因为她经常见他瞅着克拉拉，眼睛里充满了绝望的爱。她自己根本不把七月约翰逊放在心上，但他对克拉拉的那种痴呆的爱情令她恼火。很多男人都那样对待过她，而那样做根本取悦不了她。那种人假装自己与众不同，还装出她也与众不同的样子，因此他们之间发生的关系也就有异于与以往任何人的。他们假装追求的是悦目的衣服及媚人的笑脸，而事实上他们追求的是让她躺在他们身边。这才是隐藏在男人那些所谓美好的愿望之内的那个真正的愿望。而当她真的躺在他们身边的时候，他们便看着，佯装美好的事发生了，但她看的时候则只看见那一张呆呆的脸，只有紧张、虚伪及一切丑的东西，唯独没有美。

“她想叫你把棺材抬去。”她看着七月说。让克拉拉为这个人的事操心吧，看着他只能使她更想念奥古斯塔斯。奥古斯塔斯做的事是别人不能办到的。他不傻呆呆，他也不为了与她同床而假惺惺地装出喜欢看她微笑的模样。

他们将棺材放在前厅，七月将轻如灯草的尸体抱到楼下，放进棺材里。然后，他按照克拉拉的指示，前去通知那几户邻居，并去找牧师。克拉拉和罗丽娜以及两个小姑娘在尸体旁边坐了整整一夜，柯罗则在马厩那边的一个小丘上挖坟墓。那里埋着那几个儿子。贝特西在罗丽娜的怀里睡了大半夜。她那么喜欢罗丽娜，克拉拉感到十分欣慰。

清晨，克拉拉给柯罗送咖啡时，他已经挖好了坟，正站在即将用来掩埋鲍勃的土堆上面。在晨曦中，克拉拉向山丘走去，此刻一种感觉掠过心头——儿子们和鲍勃都在望着她。这一幻觉只持续了一瞬，其实是柯罗在看她。风，刮着；草，在三个儿子的坟上摇曳——她想，现在是四个了。在记忆中，鲍勃也像是她的一个孩子。尽管他承担着繁重的工作并选择在这么荒凉的地方结婚，但他有着孩子般的天真与无知，并且将这一品质延续到生命的最后一刻。他的天真无知时常惹她生气，她觉得这是一种怠惰，将一切需要动脑筋的事一股脑儿交给了她，她很不满意。可是她也喜欢他那样。他从来就不像奥古斯塔斯，甚至不像杰克·斯普恩那样聪明。当她决定与鲍勃结婚的时候，杰克这个烈性子人马上气红了脸，发了一大顿脾气。他为她相中了他认为是白痴的人而烦恼。奥古斯塔斯的表现好得多，虽然对她做出这样的选择同样感到不可理解。她还记得她挫败他们时她体会到的快慰——让他们知道他们并不符合她的标准。“将来我总能知道他在哪儿。”她对奥古斯塔斯说。这是她所做的唯一解释。

的确，现在她知道他在哪里。

柯罗瞧着她，想看出她是不是过度伤心。他全心全意地爱克拉拉，想使她的生活在每一件细小的事情上都能过得安逸些，尽管他早就得出了结论——她追求的不是安逸。多少个清晨，她来到养马场，神情郁闷，在畜栏边一站就是一个小时，不与任何人说话。有些时候，她内心的活动能影响马匹，使它们惊慌不安。他觉得克拉拉就像天上的云，有时黑云会从北边涌来，在天空滚滚而过，如同滚草一般。在某些早晨，一些事情在她的脑海里翻滚，令她紧张、烦躁。在那样的日子里，她管理不了马匹，因为马也会像她一样烦躁不安。这时柯罗就温和地劝她，说她那样的状况是无法工作的。其他的一些时候，她的精神很好，很平静，马匹也会安静下来。在这样的时候，他们驯马的工作就会一帆风顺。

克拉拉带来两个杯子。她很喜欢来到室外。她给柯罗倒了一杯咖啡，又给自己倒了一杯，然后登上土堆，坐在他旁边，望着刚刚挖就的墓穴。

“有时候我觉得咱们好像老是在挖坟，”她说，“其实不然，如果咱们住在大城市里，就没有这种感觉了。在纽约市，那里有那么多人，大家对死也就不那么关心。人们的生比死快得多，在这里死了人格外明显，尤其是你自己的人。”

“鲍勃先生不了解母马。”柯罗说。他想起是鲍勃对马的无知导致了他的死亡。

“是的，”克拉拉说，“他不了解母马。”

他们静静地坐着，喝着咖啡。柯罗看着克拉拉，心中泛起阵阵忧伤。他不相信她快活过，她好像一直在寻觅根本不存在的什么东西。她会在望着女儿们或者马驹时感到短暂的愉快，但是她的内心世界在高兴的同时又开始翻腾，高兴的样子便为忧伤的表情所取代。

“人死之后会是什么光景？”她问道。这一问题使他怔住了。他耸了耸肩。他见过的死亡太多了，可是还从没怎么对它认真地考虑过，等到死亡来临的时候再考虑也不迟。

“没怎么想过，”他说，“死就死了呗。”

“也许变化并不像咱们想的那么大，”克拉拉说，“也许就在你住的地方待着，在你家附近待着，或者待在曾经使你最幸福的地方。只是到了那个时候，你变成了灵魂，不会再遇到活人所遇到的种种麻烦。”

过了一会儿，她摇了摇头，站起身来。“这些都是瞎想。”她说完，便朝家里走去。

下午，七月与一个牧师一同回了家，还来了两户最近的邻居，都是德国人。克拉拉见这两家的男人们比见他们的女人次数多，因为男人们常来买马，还留下来吃顿饭。她有些后悔，不该通知他们。为什么要为看把鲍勃放进土里而打断人家的工作？他们唱了两首圣歌，德国人用不地道的英语大声地唱。耶恩斯太太是一个德国农民的妻子，体重超过一百四十公斤，两个女儿老想瞧她，怎么也控制不住。她乘坐的那辆篷车被她压得向一边歪斜。他们请牧师在家里过夜，晚饭后他醉了。人们都知道一有机会他准会喝过量。他叫斯宾诺牧师，一只耳朵的下面有块很大的紫色胎记。他是个鳏夫，一见到女人便激动起来。他正在写一本预言书，他们在客厅坐着的时候他便喋喋不休地谈他的书。克拉拉和罗丽娜都很想打断他。

“你想不想搬到城里去住，艾伦太太？”牧师满怀希望地问道。虽然到外边来主持葬礼有诸多不便，但能与这两个女人在一块儿坐上一会儿，总算不虚此行。

“不，我们就在这儿住下去。”克拉拉说。

七月与柯罗把鲍勃睡过的垫子拿出去，需要好好晒一晒。贝特西那天晚上哭了很久，罗丽娜到楼上去陪她，这比听一个牧师没完没了地说他的预言强多了。

牧师喝酒时婴儿又哭又闹，克拉拉不停地摇他。七月进来问她还有没有什么事要做。

“没有了。”克拉拉说。七月便坐了下来。他觉得他应该替克拉拉摇摇孩子，但他知道如果他把他从克拉拉怀里抱走，他会哭得更厉害。牧师终于在沙发上睡着了，后来他竟滚到地板上打起呼噜来。

“要我把他带出去吗？”七月问道，他想帮点儿忙，“他可以在篷车里睡。”

“就让他在这儿躺着吧，”克拉拉说着，心想这一天过得太不平常了，“我猜这不是他头一次在地板上睡了。用不着你来管他。”

她知道七月爱她，她对他爱的方式感到生气。他和鲍勃一样天真，一样无知，但她对七月没有那种耐心。她情愿把耐心留给他的儿子，他正睡在她怀里，不时哭叫两声。过了不久，她便抱着孩子到她的房间去了，剩下七月在默默地坐着，牧师在地板上鼾声如雷。

到了楼上，她便去叫莎莉。莎莉一天都没怎么哭，她来到克拉拉的房间时，显得很疲乏。她一进屋便哭泣起来。克拉拉放下孩子，搂住了女儿。

“啊，我太坏了，”莎莉能够讲话了，她说，“我希望爸死掉，我不想让他睁着眼躺在楼上。他那样子好像一个鬼。可是现在我又希望他没有死。”

“嘘，”克拉拉说，“你不坏，我也想让他死。”

“那你现在不希望他死，是吗，妈？”莎莉问。

“我希望他守在马身边的时候能小心点儿，这就是我的希望。”克拉拉说。

第93章

帽子溪牧牛公司的全体人马驱赶牛群缓缓走出怀俄明大平原，进入蒙大拿的时候，他们感到留在身后的不仅仅是炎热与干旱，还有丑陋与危险。大地已不再干如粉尘，生长的植物也不只是倔强的山艾，无尽的平原为高高的沃草与片片黄花所覆盖。平原继续向远方扩展，他们整个夏天已看腻的热浪现在为凉爽的空气所取代。清晨凉快，夜间寒冷。他们在比格霍恩山旁一连走了几天，山上云雾缭绕，峰峦时隐时现。

清爽的空气好像改善了大家的视力，他们开始猜测到底能看出多远去。平原在他们的视野内向北绵延。他们见到不少种类的动物，最多的是鹿和羚羊。有一次他们遇见一大群麋鹿，还有两次看到小群的野牛。虽然再也没有见过熊，然而他们始终都在想着它。

牛仔们在大锅似的苍穹底下生活了数月之久，现在，蒙大拿的天空好像比得克萨斯和内布拉斯加的都要高得多。天的高远及碧蓝使太阳失去了威力，它在这广阔的宇宙里显得小了许多，即便到了中午，天空也不像在低地平原时那样炽白了。北方的天常常一片湛蓝，飘浮在空中的白云犹如水塘上荡着的瓣瓣落英。

狄兹死了后，考尔极少说话。美丽的草原、丰富的猎物以及上午凉爽的空气终于使大家重新振作起来。杰克·斯普恩虽说在很多方面都大谬不然，但是他对蒙大拿的描述显然是正确无误的。这里确实是牧人的天堂，而他们是这里唯一的牧人。草浪翻滚的大地继续向北伸展，直达天边。奇怪的是，他们还没有与印第安人相遇。他常常对奥古斯塔斯提起这件事。

“卡斯特也没有见过他们，”奥古斯塔斯说，“等到他被抓住了才知道。咱们现在已经到了这里，你是打算停下来呢，还是接着往北，一直走到看见北极熊为止？”

“我打算停下来，但不是现在，”考尔说，“咱们还没有过黄石河呢。我想建立黄石河以北的第一个牧场。”

“可你不是个办牧场的人。”奥古斯塔斯说。

“我想我现在是了。”

“不是，你是个使枪的人。”奥古斯塔斯说，“咱们早该把这些混账牛留在得克萨斯，你只不过是用它们当作来北边的借口罢了，其实你对它们根本不感兴趣，也不用着什么借口。我看如果见了印第安人，就把牛群送给他们算了。”

“给印第安人三千头牛？”考尔被他这位朋友的想法惊呆了，“为什么要那样做？”

“因为那样一来，咱们就可以把它们甩掉，”奥古斯塔斯说，“咱们可以换个方式，不再跟着牛屁股走，而去跟跟咱们自己的鼻子。你还不觉得腻吗？”

“我不像你那样考虑问题。”考尔说，“它们是咱们的，是咱们把它们弄到了手，我可不打算把它们白白送给任何人。”

“我想得克萨斯，想威士忌，”奥古斯塔斯说，“就算已经到了蒙大拿，也很难说咱们会出什么事。”

“迈尔斯城就在北边的什么地方，”考尔说，“你能买到威士忌。”

“是的，可是我不得不关在屋子里喝，”奥古斯塔斯抱怨说，“这里这么冷。”

似乎是为了证实奥古斯塔斯说的话不错，第二天便有一股风暴从比格霍恩山席卷而来。寒风刺骨，夜里还降了雪。值夜班的人把毯子紧紧裹在身上保暖。清晨，大地一片银白色，人们全都惊呆了。小伙子斯佩特尔醒来后看见了雪，吓得不敢从毯子底下爬出来，唯恐发生不测。他躺在那里，圆睁双眼望着那茫茫的雪地，直到看见别的牛仔在雪上来回走动并且没有遭殃，他才敢爬起来。

纽特一路上对雪都抱有极大的好奇心，但他在堪萨斯的时候把夹克衫丢了，现在真的下了雪，他反而冷得无心欣赏。他只盼着天气快点儿暖和起来。睡觉前他脱了靴子，脚上的雪化了后弄湿了他的袜子。他的靴子刚合脚，想把它们穿到湿袜子上简直是不可能的。他光着脚走到篝火旁想把袜子烤干，但是火堆旁边已经挤满了牛仔，他一时挤不进去。

豌豆眼捧起一把雪吃了起来。瑞尼兄弟做了几个雪球，但所有的牛仔都快冻僵了，他们用凶狠的目光瞪着他们俩，兄弟俩只好互相投掷起来。

“雪的味道和冰雹的差不多，就是软一些。”豌豆眼说。

这时，太阳升起来了，把草原照得银光刺眼，有几个人不得不把眼睛遮挡起来。纽特总算在火堆旁边找到个位置，可就在这个时候，队长又下令动身了，纽特连袜子也没有来得及烤干。他想把靴子穿上，但是白费力气。后来还是波·坎波发现了他的难处，走过来往他的靴子里撒了点儿面粉。

“这管用。”他说。不错，虽然靴子穿起来还是很困难，但总算穿上了。

太阳很快便让雪融化了，之后的一个星期，天气又热起来。波·坎波还是整天徒步走在篷车后边，他后面是那两头猪。它们走在深深的草里，像两只鼹鼠。这一景象逗乐了牛仔们，却使奥古斯塔斯担心，他真怕它们走丢了。

“咱们必须把它们放进篷车里。”他向考尔建议道。

“我看没必要。”

“嘿，它们创造了历史。”奥古斯塔斯指出。

“什么时候？”考尔问，“我没见。”

“怎么，它们可是从得克萨斯步行到蒙大拿的头一批猪呀，”奥古斯塔斯说，“这对两头猪来说算得上是丰功伟绩。”

“那有什么用？”考尔问道，“不小心就会叫熊吃掉，或者叫咱们吃了——如果我们想吃。它们走这么远纯粹是徒劳。”

“是的，可是我们也一样。”奥古斯塔斯说。他为自己的朋友不欣赏他的猪而不快。

狄兹死后，奥古斯塔斯与考尔二人轮流担任侦察工作。有一天，奥古斯塔斯叫纽特与他同去，纽特很惊讶。上午他们看见一只灰熊，但由于它在上风处很远的地方，没有嗅到他们。这天天气很好，万里无云。奥古斯塔斯骑着马，将步枪横在马鞍上，精神百倍。他们骑马走到牛群前方大约二十五公里的地方，可是等他们回头看时，仍能看见牛群，它们像散落在草原中心的颗颗黑色珍珠，南部地平线还在它们后面很远的地方。

“我从来没有想过能看这么远。”纽特说。

“不寻常吧，”奥古斯塔斯笑嘻嘻地说，“这是块不多见的地方，这里是蒙大拿。咱们是一伙幸运的家伙。没有比这更好的地方了，可你别把我的话告诉你爸。”

把队长说成他爸爸，这肯定是古斯先生的众多笑话之一，纽特心想。

“我想不断提醒伍德罗，是他制造了一系列麻烦，”奥古斯塔斯说，“我不想让他太莽撞了。但我是不会放弃到这儿来的机会的，我想不出有什么能比骑上匹好马到一个新地方去更美的事。这正是我的意图，也是伍德罗的。”

“你说咱们会碰上印第安人吗？”纽特问。

“当然会啦，”奥古斯塔斯说，“依我看，咱们今天下午就可能统统被他们杀掉，这就是未开化——未开化有未开化的危险，这也是美的一部分，因为印第安人世世代代拥有这块地。他们因为它古老而珍惜它，我们则因为它新鲜而感到兴奋。”

纽特发现古斯先生有一双锐利的眼睛，他的白发长得几乎垂到肩上。没有人能像古斯先生那样自得其乐。

“当然，还有女人，”奥古斯塔斯说，“我的确喜欢她们，但还没有找到一个能阻拦我放弃这一机会的女人。女人们可固执了，她们总想着法让你告诉她们你是不是爱她们，可是要是你不理睬她们，她们也就没有什么办法了——大部分都是这样。”

“你真的知道我爸爸是谁吗？”纽特问道。古斯先生的态度很和善，所以他觉得可以问一问。

“啊，伍德罗·考尔就是你爸爸，孩子。”奥古斯塔斯说。听他的口气，好像这是理所当然的事情，并不足为怪。

纽特第一次认为这也许是真的，尽管极其不可理解。“可他从来没有说过。”他指出。把这件事告诉他是解决不了问题的，它只能引出新的问题——如果队长是他的父亲，那他为什么始终不说？

“这个问题很微妙。”奥古斯塔斯说。

纽特觉得这个回答无济于事，主要是因为他不懂得微妙是什么意思。“好像他应该提一下才好。”他轻轻地说。他不想批评队长，尤其不愿意当着古斯先生的面批评。古斯先生是唯一能批评队长的人。

“他可不是那种人，说到这件事，”奥古斯塔斯说，“伍德罗能不提就不提，你可不能说他是个心里存不住事的人。”

纽特觉得自己堕入了五里雾中。队长如果是他父亲，那他一定知道他的母亲，可他从来没有谈过她。他记得有许多次他曾幻想队长是他的父亲，还带着他到很远的地方去。

今天，从某一方面说，幻想成了现实，队长带他来到了这遥远的地方。然而，他不仅没有感到自豪与幸福，反而感到失望与困惑。如果这是真的，为什么这么久以来没有一个人提这件事？狄兹从来没有说过，豌豆眼从来没有说过。更糟的是连他的母亲也没有说过。她虽然在他很小的时候便死去了，但是他还不至于小到连如此重要的事也记不住的程度。他仍能记得她教他的一些歌，那他就能记得他的父亲是谁。这一切简直把他闹糊涂了。他默默地与古斯先生并行骑了数公里，心里一直为这个难题困扰着。

“你叫我来就是为了告诉我这个吗？”纽特最后问道。

“是的。”奥古斯塔斯承认了。

纽特知道他应当向他表示感谢，但他又觉得没有那种心情向任何人表示感谢。这一消息似乎使他的整个生活更加难以捉摸。他从小到大一直视为最美好的东西被它毁掉了——不仅包括他的母亲，也包括队长，以及整个帽子溪牧牛公司。

“我知道这是个迟到的消息，”奥古斯塔斯说，“伍德罗是个不肯说心里话的人，所以我想，还是让我来告诉你。谁也料不到会出什么事。”

“我要是早点儿知道就好了。”纽特说——这是他唯一确信无疑的。

“是呀，我猜你会这么想的，”奥古斯塔斯说，“我本该早点儿对你说，可这应当由伍德罗告诉你，我一直希望他会对你说，可我也知道他做不到。”

“是因为他不喜欢我吗？”纽特问。他忽然产生了回得克萨斯去的强烈愿望。随着这一消息的到来，蒙大拿立即失去了诱人的光彩。

“不。”奥古斯塔斯说，“你必须明白伍德罗不是一般的人，他喜欢这样想问题，认为事情都按一定的方式进行，认为人人都有各自的职责，他自己尤其是这样。他喜欢认为人是为了尽职而活着。我不知道是什么原因导致他那么看问题的。他一点儿不傻。他完全明白人活着不单是为了尽职，但只要有可能，他就绝不承认他对人的这一看法，尤其不愿意对自己承认这一点。”

纽特知道古斯先生正在绞尽脑汁给他做出解释，然而没有用。据他所知，队长就是为尽职而生存。可那与队长是他的父亲这件事又有何瓜葛?

“伍德罗不想承认他是和咱们一样的人。”奥古斯塔斯见那孩子一筹莫展，便对他说道。

“他就是不一样。”纽特说。这很明显，因为队长与别人的举止言谈的确不同。

“他不一样，这是事实。”奥古斯塔斯说，“可他有过与咱们一样的一次机会，但他把那个机会丢掉了，现在仍不打算承认他做了错误的选择。他宁可把自己杀了。他必须继续按他自己的标准去做人，而且还要显出他一贯就是这么做的。这就是为什么他不能痛痛快快地承认他是你的父亲。”

不久，他们转身向牛群走去。

“真有趣。”奥古斯塔斯说，“我知道我爸，他是个绅士。他不怎么干活儿，就知道养马、喂猎狗和喝酒。他一辈子也没有碰过我一根指头，连大声和我说话的时候都不多。他天天晚上喝酒，我妈很失望，但我的两个妹妹老是宠着他，好像他是独一无二的男人。事实上她们俩中的一个至今还是处女，就是因为她太宠爱我爸了。”

“但是我爸从来就不招我喜欢。”他又说，“我十三岁就离开了那个地方，到如今还没有停下来。我爸怎么样，我不管，我只知道如果一辈子养马、喂猎狗，肯定会腻烦的。我想如果我留在田纳西，就会破坏那儿的每一桩婚姻，或许会在决斗中叫人打死。”

纽特心里明白，古斯先生想安慰他，但对他的话连一句都没听进去。他生活的大部分时间都用来猜想谁是他的父亲，他可能在何处。他以为知道了父亲是谁就会放下心来。现在他知道了，可是并没有放心。这件事有一点使他振奋——他是考尔队长的儿子——但更多的是令他感到忧伤。古斯先生打马快跑起来，纽特很高兴，因为这样他就不必想那么多了。他们踏着青草铺就的平原，朝远处的牛群飞快驰去，牛群看上去如同一群小蚂蚁。

第 94 章

牛仔们开始谈论黄石河了。他们觉得那里似乎已经到了北极，或者至少是他们这次赶牛北上的终点。在他们的脑海里，黄石河具有一股魔力，部分原因是还没有人真正了解它。杰斯帕·范特还相信了一则谣传，说黄石河与密西西比河一样宽，一样深。一路上人人都试图让杰斯帕相信河水深点儿浅点儿没有关系，只要马能游过去就没有问题，但杰斯帕则认为那种理论违背了普通常识——河水越深，危险性就越大。在他看来，这是不言而喻的道理。他听说潜流能把人吸下去。河越深，就会被吸得越靠下，杰斯帕极度害怕被潜流吸下去。他尤其不想在黄石河里被吸下去。他用旧猪油桶给自己做了两个粗糙的漂浮物，万一黄石河与密西西比河一样深，他过河时就可以使用了。

“我走了这么远，不能只为了在他妈的那条河里淹死。”杰斯帕说。

“那可不是最后一条河，”奥古斯塔斯说，“蒙大拿的边界也不在黄石河。密苏里河还靠北边，那才是条大河呢。”

“要是那样，我可没心思过那条河。”杰斯帕说。这一路上他好像有一半时间用来揣摩被吸入河底会是怎么个难受劲儿。他想让人们理解，他是心甘情愿来冒这些风险的。

“我看如果队长想继续往北走，那你不过密苏里河也不行。”盘子说。杰斯帕对河流的恐惧感刺激着每一个人的神经。没有人愿意过河，但是在整整四千多公里的路程里无休止地议论危险是于事无补的。

“啊，杰克谈到过米尔克河，还有一条河叫玛丽亚斯。”奥古斯塔斯说。

“看来你会得到满足的，”杰斯帕说，“咱们还没走够吗？我可是真想进一家古老可爱的沃斯堡的酒吧。我还想趁我的家人还活着的时候回家呢。”

“那不是咱们的计划，”奥古斯塔斯说，“咱们来这儿是要建立牧场，家长里短的事儿我不感兴趣。我们雇了你一辈子，你真该在离开家以前对乡亲们说声永别。”

“咱们已经到这儿了，下一步该干什么？”大嘴唇问道。这是一个挂在每个人嘴边的问题。一般说来，一次赶牛活动结束后，牛仔们就转身回得克萨斯去，但大多数赶牛人到达堪萨斯便停下来，那里比这儿离他们的家近得多。他们中很多人暗暗怀疑能否一路顺风地回到得克萨斯去。他们当然知道方向，可是立即返回就要在冬天赶路，另外还有印第安人，虽说他们没有找麻烦，但他们回去的时候就有可能跟印第安人干上一仗。

“我喜欢城市，”大嘴唇又说，“不一定非圣路易斯不可，是个镇就行，只要有一两个酒吧能让我进去就可以。我可没有露天过冬的打算。”

考尔知道人心浮动，但他仍然无意停下来。杰克说过，最丰美的土地还要靠北，接近加拿大。没有仔细四处看看就停下来不走，太可惜了。他计划将其余的人留下，自己一个人到黄石河以北做一次长途旅行，但又打消了这个念头，主要是怕印第安人骚扰牛群。虽说一切都很平静，但并不意味着他们可以高枕无忧。很可能发生残酷的战斗，而他不想在他离开的时候发生那种事情。

后来，他决定派奥古斯塔斯去。“我不想让你成为头一个看到那个地方的人，但是总得有人去看，”他说，“你想去吗？”

“嘿，当然想啦。”奥古斯塔斯说，“让我离开这些枯燥乏味的谈话人，简直太高兴了。我也许会经过迈尔斯城，看看谁家还保存着香槟酒。”

“还是请你先去看看再说吧。”考尔说，“我看迈尔斯城的大街上未必能办起好牧场，我还怕你一旦到了酒吧，就不想再往远处走了。咱们需要找个地方，在冬天到来之前把房子盖起来。带一个人去，万一遇到麻烦。”考尔建议道。

“我能摆脱麻烦，”奥古斯塔斯说，“可是如果我不得不带上一个像杰斯帕那样的废物，只会误我的事。这些放牛娃没有一个是真正野外干活儿的人。在保德河，咱们把最后一个能干人埋了，还记得吧？”

“记得。”考尔说。

“你可别在这个地方办的错事太多，”奥古斯塔斯说，“否则你就变成熊屎了。”

“带豌豆眼去吧，”考尔说，“豌豆眼服从命令。”

“是的，他会那么做的。”奥古斯塔斯说，“我想我要带他去，尽管他说话不多。”

豌豆眼对与奥古斯塔斯一同到北边去探察并不热心，但因为是队长叫他去的，他便将铺盖卷儿捆在马鞍上，准备出发。除了把铺盖卷儿牢牢捆好，他的准备工作主要是磨他那把刀。有一件事豌豆眼是坚信不疑的，那就是，只有傻瓜才在外出时不带快刀呢。很显然，旅途当中总免不了要用刀切点儿东西，或者剥皮和削刮什么的。只要刀磨好了，豌豆眼就算基本准备就绪了。他知道这一路上也别想休息，因为是与奥古斯塔斯同行，他的嘴老是说个没完。不断地听他唠叨就无法放松下来。此外，奥古斯塔斯还总好问问题，他连懂都不懂，更不必说回答了。

这天上午他们出发时正刮着风，一块乌云已经开始在西北方向形成，人们在谈论下雪的事。

“还在孤鸽镇的时候我就说过，咱们要是不赶快动身，就要在冰上过他妈的黄石河了。”杰斯帕提醒大家，“好时光都过去了，看来还是我说得对。”

“即使你说对了，你也是错的，杰斯帕。”奥古斯塔斯边说边往鞍袋里多塞了两盒子弹。

“我想知道为什么，古斯。”杰斯帕说。奥古斯塔斯总找他的碴儿，杰斯帕十分恼火。

“我回来后再给你解释。”奥古斯塔斯说，“走哇，豌豆眼，看咱们能不能找到加拿大。”

他们俩在全体人员的注视下骑马远去。渐渐逼近的乌云使大家感到压抑。波·坎波到外边找什么植物的根去了。

奥古斯塔斯与豌豆眼离开营地两公里后遇见了他。“波，你是个漫游郎啊，”奥古斯塔斯说，“在这片古老的平原上能找到什么好东西？”

“野洋葱头，”波·坎波说，“我想吃洋葱了。”

“我倒挺想来一罐波本威士忌，”奥古斯塔斯说，“不知道咱们俩谁的愿望先得到满足。”

“再见。”波·坎波说。

一天半以后，他们俩骑过一处野草丛生的绝崖，看到了数公里以外的黄石河。他们骑到河跟前时，约有五六十头野牛正在河边喝水。一见两个骑马人，它们四散而逃。那团黑云已经刮走，在他们的眼力所及的范围内，天空碧蓝清晰。那条河水流湍急，但不算深。奥古斯塔斯过河的时候停了一下，俯身捧起水喝了几口，冰凉的河水沁人心脾。

“好甜的水，但比不上波本威士忌。”他说。

“杰斯帕用不着那两个浮桶了。”豌豆眼说。

“他会用的，”奥古斯塔斯说，“他真的紧张起来，就会从马背上掉下去。咱们追一会儿野牛吧。”

“追野牛干吗？”豌豆眼问。波·坎波给他们装备了不少肉，所以他不明白奥古斯塔斯为什么要费劲去追野牛。剥牛皮很费事，况且他与奥古斯塔斯又用不了那么多肉。

然而，要么跟着奥古斯塔斯追，要么落在后边，因为奥古斯塔斯已经飞马朝野牛群追了过去，它们刚跑出两公里远。他很快就把它们轰得重新跑起来，然后他就在它们一边骑马跑着，和牛群离得很近。豌豆眼毫无防备，因而落后了许多。他一直等着听奥古斯塔斯那支大口径枪的轰鸣，但是没有听见。跑了三公里多之后，奥古斯塔斯在一块小高地上静静地坐了下来。野牛还在跑，离他们约四五公里远。

“打着了吗？”豌豆眼问。

“没有，我不是打猎。”奥古斯塔斯说。

“你就是想把它们赶跑，还是为什么？”豌豆眼问道。与往常一样，奥古斯塔斯的行为完全让人摸不透。

“豌豆眼，你还不理解这次外出的意图。”奥古斯塔斯说，“我只是想再追一次野牛，我不会再有多少机会，别人也不会有了，因为很快就没有野牛可追了。这也是一项了不起的户外运动。”

“那些公牛会挑了你。”豌豆眼提醒他，“还记得老巴娄吗？一头公牛挑了他的马，马摔倒了，压在他身上，把他的胯骨压碎了。”

“巴娄的思维太慢，”奥古斯塔斯说，“他就那么冲着它们骑马跑过去，那还不得叫牛挑啦？”

“胯骨压碎以后，他走路也慢了。”豌豆眼说，“不知道巴娄现在怎么样。”

“他搬到塞金去了，或者在那一带的什么地方，”奥古斯塔斯说，“跟一个胖寡妇结婚，生了一群孩子。你应该像他一样，可你现在到了蒙大拿。”

“啊，不让我当光棍儿，我还不干呢。”豌豆眼说。

“你知道这一点并不等于你会享受这一点，”奥古斯塔斯说，“我记得在孤鸽镇你就有个好机会能找个寡妇。”

又提寡妇的事，豌豆眼感到很遗憾。他差不多已经忘记寡妇科尔和他帮她从晒衣绳上收衣服那天的情景。他不明白为什么这件事没有彻底忘掉——他肯定已经遗忘了很多重要得多的事情，然而这件事依然记得，每过一段时间就会在脑海中浮现。假如他和一个寡妇结了婚，他的脑子里就会被这类事情充斥，那他就连思考问题的时间都没有了，甚至不会再有时间磨刀。

“你见过山地人吗？”奥古斯塔斯说，“他们常到这里来捉水獭。”

“啊，我遇见过老基特，”豌豆眼说，“你应该记得，你在那儿。”

“对，记得，”奥古斯塔斯说，“我向来瞧不起基特·卡森。”

“为什么？基特·卡森怎么了？”豌豆眼问道，“他们说他什么都能跟踪。”

“基特虚荣心强，”奥古斯塔斯说，“我容忍不了男人的虚荣，女人的还可以。我年轻的时候要是到这北边来，也会变成个山地人，可是我上了河船去干活儿。在那个时代河船上的妓女穿的衣服还包不住鞍头呢。”

再往北走，他们遇到了更多的野牛，大部分是二三十头一群的。过了黄石河向北走的第三天，他们打死了一头瘸了的小野牛，把牛肝吃了。次日一早他们动身的时候，许多秃鹫和两三只草原狼在四周转悠，等待他们离开牛的尸体。

这天上午天气晴朗，只有一两个小时很凉，很快便阳光灿烂、温暖异常。大地向北延伸，像他们走过的几千公里一样。极目远眺，一片棕黄，野草随风摇曳。

“天哪，考尔到底想要多少土地？”豌豆眼问道，“瞧这一大片，无论对谁来说都够了。”

“你算说对了，很多人见到这么一大片土地就不再往前走，”奥古斯塔斯说，“考尔也会那么做的。可咱们还是再走一两天吧，还没有见米尔克河呢。”

“那条河里流的是牛奶吗？”豌豆眼问。

“我说豌豆眼，你也好好想想，”奥古斯塔斯说，“北方连奶牛都没有，怎么会有牛奶在河里流呢？”

“那他们为什么叫它米尔克？米尔克就是牛奶。”

“傻瓜就是傻瓜，”奥古斯塔斯说，“听了你说话，我马上也变成了个大傻瓜。”

“啊，杰斯帕要是不停地为过河担心，他的精神早晚会垮的，”豌豆眼说，“我想咱们其余的人还能保持头脑清醒。”

听他说帽子溪牧牛公司的人头脑清醒，奥古斯塔斯笑得前仰后合。“不错，他们可以把清醒的头脑保存在顶针里，”他说，“可是有谁身上带着顶针呢？”

西边有一片小高地，奥古斯塔斯骑马跑上去，想看看那个方向的土地怎么样。豌豆眼还是像刚才那样向北一路小跑，没有注意。奥古斯塔斯时常跑开去看风景——他是这么说的——但豌豆眼感到没有必要每次都跟他去。

这时候，豌豆眼听到了马跑的声音，便四处张望，寻找奥古斯塔斯，他还以为奥古斯塔斯又赶跑了一小群野牛呢。然而，眼前的景象立即使他僵在那里——奥古斯塔斯正从那个小高地的坡上飞快地骑过来，身后有二十个印第安人骑马穷追不舍。他肯定是骑马闯到印第安人中去了。印第安人又开枪又射箭，一颗子弹飞到了豌豆眼前边的草丛里，他端起步枪朝印第安人开了一枪才拨马往回逃。差不多一小时前，奥古斯塔斯和他过了一条相当宽的河，河边有树，岸上长着草和灌木。他以为奥古斯塔斯要向那里跑去，因为在这片开阔的草原上，那里是唯一可以找到掩护的地方。就在他开始逃跑的时候，五六个印第安人向他追了来。他转了个弯，去和奥古斯塔斯会合。奥古斯塔斯腿上已经中了两箭，他用步枪筒抽打着马，马便全速跑起来。

幸而印第安人的坐骑不好，不能与帽子溪牧牛公司的马相比，不久他们与追赶他们的人之间的距离加大了。豌豆眼以为他们已经跑出了弓箭的射程，而且也超过了枪弹的射程，然而还没等他想好，一颗子弹正中他肩胛骨上方。这时他们离那条河只有五六公里了。只要他们能赶到那里，就有时间料理伤口。

奥古斯塔斯边跑边拔腿上的箭，结果没成功。

他们看见三公里外那条弯弯的河流，便改变方向朝那条河最近的拐弯处跑去。印第安人已经落后一公里，但他们仍咬住不放。来到河边，奥古斯塔斯仍沿河岸飞驰，直至找到一块草和灌木丛最密的地方，然后跳下来抓过鞍袋。

“尽量把所有的子弹都拿上，”他说，“免不了要来一场射击比赛了。你去找个最安全的地方，把马拴好，不然他们会把它们打死。在这么个地方靠两条腿走路可就把人走死了。”

他连蹦带跳地朝岸边走去，希望有时间将腿上的两支箭拔下来。但是，如果是毒箭，那么就太晚了，同时，他的枪打得不准也就无所谓了，因为印第安人迟早会追上他们。

豌豆眼把两匹汗淋淋的马牵到灌木丛最密的地方。这时，他听到了那支大口径枪的吼声。树丛虽密，但很低，他估计那两匹马难以幸免。他把马鞍和行李从马背上拉下来，藏在河岸下面。这时，奥古斯塔斯的枪停了一会儿。

“把我的马鞍拿过来，”他说，“我教你一手。”

这时他又开始了射击。他显然把印第安人击退了，否则他们早就到了河边。豌豆眼按照吩咐取来马鞍。

他过来的时候奥古斯塔斯正把子弹压上膛。豌豆眼从岸边向外窥视了一下，看见印第安人已经在远处停下来。他们很多人下了马，站在马后面，用马做掩护。

“打死了几个？”他问。

“不多，三个。”奥古斯塔斯说，“咱们面对的是一伙聪明的家伙，他们知道一直往前冲损失太大。”

豌豆眼看了一会儿印第安人。他们既没有大喊大叫，也不显得激动。

“我看不出他们有多聪明，”他说，“他们不就是站着嘛。”

“是的，可他们在射程以外，”奥古斯塔斯说，“他们想引诱我浪费子弹。”

奥古斯塔斯把马鞍巧妙地支在岸上，这样他就可以从马鞍下面射击，如果印第安人回击，他也能保证安全。支好以后，他闪电般地连打六枪，五个印第安人应声从马背上掉下去，还有一个在草原上边跑边痛苦地尖叫着，倒在几百米外。印第安人回击了几枪，子弹呼啸着飞过头顶，落入了树丛。

后来，那伙印第安人分散开来，几个朝他们北边走去，几个去了南边，还有八九个原地不动。

“得，实际上咱们被包围了，”奥古斯塔斯说，“我估计天黑前不会听到什么动静了。”

“可我讨厌在这儿等到天黑。”豌豆眼说。

“你知道你挨了一枪吗？”奥古斯塔斯问。

豌豆眼已经忘记了这件事。不错，他的衬衫前襟已经被血浸透。他脱下衣服，奥古斯塔斯看了看。伤口很干净，子弹穿过去了。

他们把注意力集中到插在奥古斯塔斯左腿的箭上。奥古斯搭斯只要有时间就拧一拧，有一支箭很快就被拔了出来，但另一支一动不动。

“这支扎得深，”他说，“那个印第安勇士放箭的地方离我不到二十米，我想是扎到骨头下面了。没有毒，有毒的话到现在早该感觉到了。”

豌豆眼试着把箭拔出来，奥古斯塔斯咬紧牙关，用两只手稳住左腿。豌豆眼用了很大的力气连拔带拧，一股血顺着古斯的腿流下来，但箭仍旧转都不转。

他们正拔箭时，马突然发出了可怖的叫声，奥古斯塔斯掏出手枪，一瘸一拐地走过去，看见两匹马都已倒在地上，喉咙被切开了，血淌在绿草及灌木上，鲜红鲜红的。

“往后退，豌豆眼。”他趴下时说。杀马的印第安人就在那里，藏在树丛中，他看不见他。

“注意北边，豌豆眼，”他说，“我看这帮小子也不想等到天黑。”

他迅速擦去额头上的汗水，眼睛一直盯着前面的树丛，慢慢向河岸挪动。河岸很低，只能看到草尖及矮小的树丛。他等了等。两匹马不再蹬动了，一切都安静下来。奥古斯塔斯后悔只顾拔箭，疏忽了对马的保护，这么一来，他们的处境变得十分不妙。黄石河离他们有一百多公里，况且牛群恐怕还没有到达那里。

他将目光集中在树丛顶部。没有一丝风，如果树丛摆动，就证明有人在动。他那支大手枪的保险已经打开。他一动也不动。时间缓缓地过去。又过了几分钟。奥古斯塔斯不断小心翼翼地揩去流到眼睛上的汗水，集中精力继续盯着。寂静，死一般的寂静，静得仿佛你都能摸得着它。没有苍蝇的嗡嗡声，没有飞鸟，什么声音都没有。他估计那个印第安人就在离他不足二十米的地方，但无法确定他的具体地点。

“你不过来了，古斯？”过了片刻，豌豆眼问道。

奥古斯塔斯没有回答，他耐心地看着草尖。现在没有时间着急，更没有时间谈话。耐心是印第安人的美德。在日常生活中他自己正缺少这种美德，但是在他认为必要时就能把它招来。他忽然听到身后有动静，连忙向后瞥了一眼，看看豌豆眼是不是要出去散步。他恰好看见一支步枪的枪口从草丛中伸出了五六厘米，枪口没有对准他，而是对准了豌豆眼。他以迅雷不及掩耳之势连开两枪，一个印第安人便像鱼打挺一样在地上滚了两下。

枪声刚落，他又听见右边数米外咔的一声，他扭转身便朝那里开枪。过了一会儿，灌木丛开始抖动了，好像一条大蟒蛇正从草里面爬过去。奥古斯塔斯跑进草丛，看到一个受伤的印第安人正企图爬走，立即朝他的后脑勺开了一枪，但并没有停下把死人翻个身。从草里走出来的时候，他踩到了刚才那把死火的手枪。那是一把旧的装填式手枪。他把它塞到皮带下，匆匆回到豌豆眼那里。豌豆眼脸色苍白，因为他完全意识到自己刚才差点儿被打死。奥古斯塔斯瞥了一眼那个死去的印第安人。他是个胖小伙子，大约十七岁，用的步枪是支旧夏普斯卡宾枪。奥古斯塔斯把它扔给了豌豆眼。

“咱们必须离开，”他说，“这个掩蔽处对咱们不利，要不是运气好，咱俩早就交待了。咱们需要的是没有遮挡的光秃秃的河岸。”

他们拿着马鞍、鞍袋和枪，紧贴着河岸向河上游走了大约两公里。奥古斯塔斯瘸得很厉害，但他顾不得停下护理伤口。后来，他们来到河的一个拐弯处，那里的河岸陡峭，约三米高。河两旁几乎没有树木。

“挖吧。”奥古斯塔斯说着，用他的刀在河岸下挖了个浅洞。他们拼命地挖了半小时，大汗淋漓，浑身是土。奥古斯塔斯用那个印第安男孩的卡宾枪的枪托当锹使，费力地挖着土，然后将刨下来的土堆到洞的两侧，构成胸墙工事。他们警惕地看着，但见不到印第安人的踪影。

“他们也许不会来了，”豌豆眼说，“你又打死他们五个人呢。”

“这五个人就是他们不肯善罢甘休的原因，”奥古斯塔斯说，“他们要为死了的人报仇，因为他们相信他们以后还会见面。到了现在，你还没学会点儿什么吗？”

豌豆眼不大清楚从印第安人那里他是否学习到了些什么，只知道害怕他们，而且这一点是在他见到印第安人之前就已经知道的。挖洞的工作相当辛苦，但他们不敢停歇，因为印第安人随时都可能再出现。

“咱们打的是哪一族印第安人？”他问。

“他们又没有做自我介绍，豌豆眼，”奥古斯塔斯说，“这些箭上可能写着呢。要是不快点儿把这支箭弄出来，我就会丢一条腿。”

他的话音未落，无数支箭雨点般从南岸飞了过来。“趴进去。”奥古斯塔斯说。他与豌豆眼退缩到洞里，把马鞍放到他们前边。大部分箭飞过河，落到了这边河岸后的草原上，有一两支插在了工事土包上，还有一两支掉进了水里。

“他们想碰碰运气，”奥古斯塔斯说，“要是我的腿好些，我就摸到河对岸去再打死他们几个。”

箭雨很快就停了，但是他们俩还躲在洞里，不敢贸然行事。

“我必须把箭推进去，让它从那边出来，”奥古斯塔斯说，“可能会昏倒，但是要干最好现在干，天一黑咱俩都需要格外留神。”

他不再说什么，仔细听了听。他把手指放到嘴唇上，叫豌豆眼别出声。他们头顶的岸上有人，至少一个，可能更多。他示意豌豆眼准备好手枪，以防印第安人向他们冲来。奥古斯塔斯倒盼着他们冲过来，因为他坚信他们两个人开枪，准能消灭大部分印第安人，生还下来的就会离开。如果不能打掉他们的锐气并且把他们撵跑，情况就严重了。他们两个没有马，牛群又在一百多公里之外，他还瘸着。他们只能顺河而下找到黄石河，有可能到达迈尔斯城。但对他这么个瘸子来说，道路太漫长了。若要由他做出选择，他宁可打一仗，他们或许有可能捉住一匹印第安人的马呢。

但是，印第安人一直没有冲上来，他们头顶的人后来也走了。此时，他们所在的河岸已经隐藏在阴影里，奥古斯塔斯放下手枪保险，又把腿伸了出来。他十分清楚护理伤口是最耽误不得的，于是他抓住箭向肉里推去，疼得他直冒冷汗，但箭终于动了。

“天哪，古斯，你也中了枪弹呢。”豌豆眼说。奥古斯塔斯弯腰去拔箭的时候，豌豆眼发现他那件衬衫上挨近皮带的地方有块血污，挖洞的土糊在上面，但毫无疑问是血。

“一次护理一个伤口。”奥古斯塔斯说。那支箭要用两只手才能推得动，这时腿上的皮开始向外凸起来。

“割，”他对豌豆眼说，“只当我让蛇咬了。”

豌豆眼脸色煞白。那伤口他连看都不愿意看，一想到要割奥古斯塔斯的肉，他直恶心，但是他那柄快刀起了作用，他只轻轻一碰，皮肤便绽开了，带血的箭头凸了出来。奥古斯塔斯拼力把箭往里推，使箭头整个露了出来，他也随即昏了过去。豌豆眼不得不继续往外拔箭。虽然拔起来就像是从木板里往外起钉子一样困难，但他终于将它拔出来了。

这时他才感到恐慌，他深知，如果印第安人现在来进攻，他们必死无疑。他把自己的手枪和奥古斯塔斯的枪都打开保险，一手握一把，直至两手发酸，他的头一下一下地跳动。他放下枪，用水袋里的水浇奥古斯塔斯的前额，想使他醒过来。如果印第安人进攻，他必须快速开枪，而他要想打准，只能慢慢地打。他喜欢从从容容地瞄准。奥古斯塔斯好像再也不会苏醒过来了，豌豆眼想，他可能快死了，尽管他还能听到他的呼吸。

后来，奥古斯塔斯睁开了眼睛。他的呼吸声很粗，但他仿佛刚从酣憩中醒过来一样，立即抓过了他的手枪。豌豆眼惊愕地看着奥古斯塔斯爬出洞去，一跛一跛地走到水边，用小刀挖泥。回来时他手里捧着一团泥巴，大小如同一颗火炮弹丸。

“蒙大拿泥，”他说，“我可不高兴带着伤，用这团泥巴冰一下兴许会舒服些。”

他往伤口上敷了些泥，还给了豌豆眼一点儿。“不要钱的泥，”他说，“用一点儿吧。”然后他用手摸了摸背后，看看豌豆眼说的那个伤口到底是怎么回事。“不是子弹，”他说，“如果是子弹，我能感觉出来。可能是另一支箭，在跑的时候颤掉了。”

天色越来越深，虽然天顶仍有光亮，但河床已完全被阴影隐没。

“我注意西边，你注意东边。”奥古斯塔斯说。他刚说完，一颗子弹便打在他们头顶的岸上，掀起的尘土直往下掉。奥古斯塔斯向河里望去，只见两个人正骑着马过河，由于距离太远，在昏暗的环境中无法瞄准。

“我看咱们彻底被包围了，”他说，“有的人从河下游来，有的从河上游来。”

“我不明白咱们干吗不待在得克萨斯，”豌豆眼说，“那里的印第安人大部分都被消灭了。”

“哎，谁叫咱们的运气坏呢，”奥古斯塔斯说，“咱们偏偏碰上了一小股勇士，这样的人已经像野牛一样稀少了。”

“你说咱们能坚持到队长来找咱们吗？”豌豆眼问。

“会的，如果我的腿不把我拖病，”奥古斯塔斯说，“这条腿的感觉不对劲，要是好不了，你就不得不去求救。”

这个主意吓坏了豌豆眼。去求救？奥古斯塔斯刚才说过，他们被包围了，这简直无异于要他去让人家剥他的头皮。

“我看我要是去，准会叫他们抓住，”豌豆眼说，“队长也许猜出来咱们遇到了麻烦，他会很快赶到的。”

“一个星期内他是不会惦记咱们的，”奥古斯塔斯说，“我可不想在这儿窝上一个星期。”

几分钟后，他们听到东边传来的一个很大、很怪的声音，这是印第安人的战斗呼号。接着又从西边传来一声，对岸也传来几声。然后出现了几分钟的宁静，随即呼叫声再次响起。豌豆眼一向对印第安人打仗时乱喊乱叫很反感——那喊声能使他精神错乱。这次的喊叫也不例外，有几声叫得格外尖厉，他直想用手捂住耳朵。

但是奥古斯塔斯听得津津有味。战斗呼号持续了一个小时。在间歇时，奥古斯塔斯用手做成喇叭状，放到嘴边，也长长地高叫一声，声音一直持续到他把一口气用尽。豌豆眼从来没有听见奥古斯塔斯这样叫喊过，顿时不知如何是好。他的叫声与科曼切人叫的一模一样。

围困他们的印第安人显然也不知道该如何应付了。奥古斯塔斯叫完，他们又叫了起来。

“我只不过想谢谢他们的这场音乐会，”奥古斯塔斯说，“记得从前常在那个堡垒附近转来转去的那个瞎老科曼切人吗？是他教我的。我怀疑他们没在这个地方听过科曼切人叫。那声喊叫可能会镇住他们呢。”

“你说他们会趁黑偷偷摸来吗？”豌豆眼问道。这是他终生的顾虑——在黑暗中被印第安人偷袭。

“未必，”奥古斯塔斯说，“你的眼力比一般印第安人的眼力强多了。他们长年累月在那些烟熏火燎的小棚子里住，大部分人在黑夜看得不如咱们远——顶多一样远。偷袭咱们这样的好枪手，那太冒险了。”

“我可不是个好枪手，”豌豆眼说，“我必须好好瞄准，要不就打不中。”

“你快和杰斯帕·范特一样垂头丧气了。”奥古斯塔斯说。

整个晚上印第安人都没有来，奥古斯塔斯很高兴。他开始感到身上发热，很怕自己发冷。他不得不用鞍毯盖住自己，但仍然保持拿枪的手自由活动。大部分时间他尽力使自己醒着——豌豆眼则不同，已经在他身旁打起了呼噜，睡得那么香，好像睡在一张鸭绒床上似的。

清晨，奥古斯塔斯开始发高烧。虽然他最担心的是那条腿，但是腰上的伤也疼得很厉害。他明白他当初的判断错了，腰上的确是颗子弹。高烧使他感到软弱无力。

他的手枪保险已打开，他等待着，看印第安人会不会冲过来。这时他听到了雷声。不到半小时，四周便电光闪闪，雷声轰鸣。

“哟，妈的，”豌豆眼说，“我看咱们要遭雷击了。”

“你要是只会悲观失望，还不如睡你的觉呢。”奥古斯塔斯说，“我闻到了雨味，上帝保佑，印第安人不喜欢在雨里打仗，只有白人才蠢得不论什么天气都照打不误咧。”

“咱们在雨里打过印第安人。”豌豆眼说。

“是打过，但那是咱们逼着他们干的。”奥古斯塔斯说，“他们只愿意晴天打仗，那才明智呢。”

“他们马上就要把咱们杀了，可你还要赞扬他们。”豌豆眼说。他从来就听不懂奥古斯塔斯的话，永远也不会懂，即使印第安人不杀他们，他也不会懂。

“不论我在哪儿发现智慧，我都称赞。”奥古斯塔斯说。

“那你今天就发现点儿智慧，好让咱们逃出去。”豌豆眼说。

说话间，大雨倾盆而下，天地一片混沌，连话都说不成了。一股浊流就在他们前边几厘米的地方顺着河岸向下倾泻，雨点敲打着地面，力量之大使豌豆眼想起了钉钉子。一般说来，像这样的暴雨不会下太久，但这场雨不同寻常，一连下了几小时，直到天亮还在下，只是小了些。令豌豆眼吃惊的是，这条河原先水流很小，可现在变成了滔滔大江，水深得连马都游不过去。河水上涨了，水面离他们栖身的洞只有二三米，而且很快便冲走了他们那简陋的胸墙。

雨还在下，天开始冷了，幸运的是他们头顶有一处突出的岸，他们才没有淋湿。下雨前奥古斯塔斯就把铺盖卷儿拉了进来。

豌豆眼发现奥古斯塔斯已经不成人样，吓了一跳。他脸色难看，手也不稳。他吃着从鞍袋里取出来的牛肉干，可是连嚼的力气都没有。

“你很难受吗？”豌豆眼问道。

“我该早点儿把那支箭拔出来，”奥古斯塔斯说，“这条腿肯定要给我找麻烦。”他给了豌豆眼一些牛肉干，两人静静地坐了片刻，看着浑黄的河水从眼前汹涌而过。

“见鬼，昨天这条小河连只青蛙都能蹚过去，”豌豆眼说，“现在你瞧，雨还下着呢。咱们不被剥掉头皮也得淹死。幸亏杰斯帕不在这儿。”他又说，“他最怕水了。”

“事实上，这场大雨给了你个好机会，”奥古斯塔斯说，“如果咱们能再坚持一天，今天晚上你就可以游过河去走掉。”

“那么做可不对，“豌豆眼说，“我可不想把你一个人留在这儿。”

“我不会老这么坐着的，要是河水一直上涨，我就漂走了，”奥古斯塔斯说，“涨水好的一方面是有可能使印第安人冷静下来，他们可能会回家去，不理咱们了呢。”

“就算是这么回事，我也不愿意离开你。”豌豆眼说。

“你不可能带我回到牛群去，我怕是走不动了，”奥古斯塔斯说，“我烧得太厉害，随时都可能失去知觉。恐怕你需要跑着回去，带几个人来，或者把篷车赶来，那我就能体面地回去了。”

豌豆眼第一次想到奥古斯塔斯可能会死。他面无血色，浑身颤抖。豌豆眼还从来没想过奥古斯塔斯会死呢。当然，他知道任何人都会死，也亲眼见过不少人死去，却没有将死亡与奥古斯塔斯·麦克克里联系在一起，也从不把它与队长联系在一起。他们不是平凡人——按他对平凡二字的理解——而且想都没有想过他们两个也有死的可能。眼下当他看着奥古斯塔斯，看着他那脸色苍白、浑身战栗的样子，他的脑子里才产生了这一想法，而且再也无法将它去掉。奥古斯塔斯会死的。豌豆眼立刻意识到他必须竭尽全力不让奥古斯塔斯死。假若他回到篷车那里，报告奥古斯塔斯死了，不知道队长会怎么说。

然而他不知道应该做些什么。天下着大雨，他们没有药，还被印第安人包围着，并且离帽子溪牧牛公司的人马有一百多公里远。

“我承认情况不妙，”奥古斯塔斯说，他好像看透了豌豆眼的心思，“但是还没有到致命的时候。我能在这儿再坚持几天，考尔骑他那匹烈性子母马一口气就能跑到这条小河来。你最好晚上走路，白天走的话容易被印第安人发现，那你活下来的机会就跟兔子差不多了。我看你用三个晚上就可以到黄石河，那时他们也该到那里了。”

豌豆眼对这一前景恐惧万分。他讨厌夜间赶路，步行则更糟糕。他希望这场雨会使印第安人放弃战斗，然而他的这一希望只持续了一个小时。白天，印第安人曾三次从河下游向他们开枪，奥古斯塔斯立即予以还击。他的还击把他们镇住了，结果他们打的子弹白白落进了泥里，或者打在水上，或者呼啸着掠过头顶。奥古斯塔斯这么虚弱，还在不停地发抖，豌豆眼担心他不能准确地射击，但这一疑问不久便得出了答案。那天晚些时候，有一个印第安人企图以大雨做掩护，从对岸向他们开枪。枪响后，一颗子弹打中了一个马鞍，当他打完转身往回爬的时候，奥古斯塔斯朝他开了枪。这一枪打得他腾地站了起来，奥古斯塔斯接着又给了他一枪。第二枪仿佛从后面吸住了那个印第安人，他向后倒在河岸上，接着滚进了水里。他还没死，继续在水中挣扎着，于是奥古斯塔斯再次朝他打了一枪，一两分钟后，他便脸朝下从他们面前漂了过去。

“我想他会淹死的。”豌豆眼说。他想奥古斯塔斯朝那个人连打三枪是在浪费子弹。

“他可能会淹死，也可能活着把你的头皮割掉。”奥古斯塔斯说。

那天，印第安人没有再来进攻，但毫无疑问他们还在那里。日落前他们又喊起了战斗呼号，这一次奥古斯塔斯没有回应。

天气一直没有转晴，而且没有转晴的迹象。雨中的黄昏持续了很久，豌豆眼感到异常压抑。由于他们一直蜷缩在洞里，他很想伸伸腿。他对奥古斯塔斯说出自己的想法，实际上是又犯了一个愚蠢的错误。

“等到天完全黑下来再说，”奥古斯塔斯说，“到时候你就能伸了。”

“我要是丢了怎么办？”豌豆眼说，“我从来没有到过这里。”

“朝南走，”奥古斯塔斯说，“你只要记住这一点就可以。如果你搞错方向，走到北边去了，北极熊就会吃掉你。”

“对了，我要往南走的话，灰熊也会吃掉我，”豌豆眼用略带痛苦的口吻说，“不管朝哪儿走都得死。”

他很遗憾奥古斯塔斯提到了熊。自从得克萨斯公牛与那只灰熊大搏斗以来，他的思想一直受着熊的折磨。他想，这北方的事情真难应付啊，奥古斯塔斯三枪才打死一个小小的印第安人，那么打死一只灰熊该需要多少发子弹?

“你该动身了，豌豆眼。”奥古斯塔斯终于说道。天黑下来已经一个多小时，印第安人也安静了。

“这混账水真他妈的凉，”豌豆眼说，“我从来就不喜欢洗冷水澡。”

“是啊，遗憾的是咱们没把澡盆和火炉带来，”奥古斯塔斯说，“不然我可以给你烧点儿水，现在你只好将就一下。雨已经不下了，河水随时都会下落，水越多对你越有好处。在河心游，假装你是只麝鼠。”

豌豆眼对于走的想法半心半意。他一生从来没有违抗过命令，但这一次他实在太为难了。使他迟疑的不仅仅是在凉水里游泳和冒险的旅途，还有一点是要离开奥古斯塔斯。奥古斯塔斯已经快昏厥过去，如果他昏倒，印第安人就有抓住他的大好机会。他坐了一会儿，绞尽脑汁企图找出个什么理由能让奥古斯塔斯答应他留下来。

“也许咱们两个可以一块儿游过去，”他说，“我知道你瘸了，只要一开始走路你就趴到我身上。”

“豌豆眼，走吧，”奥古斯塔斯说，“我好不了，我的伤越来越重。如果你真想帮忙，就去找考尔队长，叫他多带匹马来送我去迈尔斯城。”

豌豆眼怀着沉重的心情做好了离开的准备。一切似乎都错了，如果他们一直留在得克萨斯，这些事恐怕一件也不会发生。

“只带步枪就行了。”奥古斯塔斯说，“要想不让熊靠近，手枪可起不了什么作用。再说我需要两把手枪，这里的战斗都是近距离的。”

“我不会拿着步枪游泳，古斯。”豌豆眼说。

“从皮带里塞进去，插到裤腿里，”奥古斯塔斯说，“你不用怎么游，顺水漂到下游就成了。”

豌豆眼脱下靴子和衬衫，把它们捆在一起，然后按照奥古斯塔斯的命令将步枪装进裤腿里，还在一只靴子里面放了些牛肉干当给养。万事俱备，只要动身，但是真难啊。

“走吧，豌豆眼。”奥古斯塔斯说，“去找队长，别担心我。无论如何也不要让印第安人把你抓住。”奥古斯塔斯伸出一只手，豌豆眼意识到他要和自己握手。豌豆眼握住他的手，心中感到无限痛苦。

“古斯，我从来没有想过会离开你。”他说。

“嗯，你要离开了，”奥古斯塔斯说，“路上多加小心。”

此时此刻，豌豆眼才觉得他再也不能见到奥古斯塔斯活着了，他们卷入的不过是与印第安人打的又一仗，而每次战役都有它的忧患。可是在豌豆眼的记忆里，奥古斯塔斯从来没有受过伤。箭与枪弹错过了他那么多次，现在终于找到了他。

握过手后，奥古斯塔斯只当他已经走了似的，既不再交代什么，也不再说话。豌豆眼还想说点儿别的，但想不起来，于是只好带着深深的哀伤蹚进水里。水比他估计的还要冷得多，腿立刻就有些麻木了。他又一次向后看了看，只能依稀看见那个洞，但看不见奥古斯塔斯。

到了深水区，他不得不游泳前进。这时，由于害怕淹死，他把奥古斯塔斯和其他的一切都忘掉了。冰冷的水旋即把他往水底吸去，漂流也不像奥古斯塔斯说的那么容易。那支步枪成了大累赘，它装在裤子里重得像铅一样，再说他根本没有在那么湍急的水里游泳的经验。一连几次他都被水冲到岸边，差点儿缠到被水淹没的树丛里。

更糟的是，他几乎一下水就丢失了那一小捆东西——一双靴子、裤子、衬衫及所有的给养和部分弹药。他刚把手伸到下面往上拉一拉步枪，那捆东西就被水吸走了，冲到他前边很远的地方。豌豆眼开始意识到，除非他干得比现在强，否则非葬身水底不可。河水数次将他淹没。他很想爬上岸去，但又不知是不是已经漂过了印第安人待的地方。奥古斯塔斯说至少要漂下去两公里远，他没有把握是否漂出了那么远。他不断地被河水向下吸去，因而不得不拼命与之搏斗，水似乎正在吸他的裤子，他着了慌。由于过度忧伤，他下水前竟忘记将皮带扣紧。他屁股上的肉本来就不多，水已经把他的裤子吸到了臀部以下。步枪的准星拉着他的腿，他一去抓枪，人就往下沉。拖拖拉拉的裤子和一条腿上的步枪眼看就要把他淹死，他开始尽力甩掉它们，以便让两条腿能自由活动。他心里直骂奥古斯塔斯给他出了个把枪插进裤管里的馊主意，像现在这个样子，就是真的来了印第安人，他也来不及取出枪来射击。他越想越恼火。他挣扎着浮到水面，又沉了下去，等他再一次浮到水面的时候，他想大声呼救，但他又想起周围能听见他呼叫的只有印第安人。就在这时，他的腿也差点儿被拽掉了——他一直在靠近岸边的地方漂游，那支累赘的步枪绊在了水下的灌木里。河岸离他只有一米多远，他想爬上去，可是怎么也爬不动。就在他挣扎的时候，裤子掉了，他被水冲到了河心。他一会儿看见南河岸，一会儿除了水什么也看不见。他两次张开嘴想吸口气，结果吸进去的是水，一部分水还从他鼻子里喷了出来。腿和胳膊已被冷冰冰的水冻僵，他已经感觉不到它们的存在。

他不记得是怎么从水里出来的，不管怎么样，他总算出来了，因为当他再次往周围瞧时，发现自己躺在泥里，腿仍泡在水中。他身上一丝不挂，河泥又冰又凉，因而他支撑着站起来，费力地向岸边爬去。河岸只有两三米高，但是很滑。

爬上岸后，他很想躺在草上美美地睡一觉，但是他还算清醒，有精力思考一下自己的处境。他这么一思考问题，竟完全清醒过来。他没有淹死，但赤身露体，没有武器，没有食物，离帽子溪牧牛公司的篷车大概还有一百多公里远。他不熟悉这块土地，却遇上了一伙熟悉这个地域的顽强的印第安人。在河上游，奥古斯塔斯正病着，可能即将死去。再有几个小时就要天亮了，到时印第安人会给他造成更大的威胁。

豌豆眼立刻以最快的速度走起来。雨停了，但天还是阴沉沉的，他既看不见星星或月亮，也看不见天上和地上的任何东西。他忽然产生了一个可怖的想法——在河里翻滚了半天，可能已分不清南北，他也许上错了岸，可能正在朝北走。如果真是这样，则无异于已经死去。然而他不能因为担心这个而停步不前，他只有一条路，那就是朝前走。他把行李和枪都丢在了河里，河水一落，那条大河便会成为一条小溪，那些东西就躺在岸边，看得清清楚楚。如果印第安人找到它们，就知道他已经走掉，只剩下奥古斯塔斯一个人，那么奥古斯塔斯可就插翅难逃了。如果他们来追他，他也同样插翅难逃。他们有马，几个小时便可以追上。他走得越快才越有利。

思索了一会儿，豌豆眼由衷地为天黑感到快慰。他希望天永远这样黑下去，或者至少黑到他见到牛群为止。想到他面临的种种灾祸，他连逃跑的力量都没有了。他清晰地回忆起印第安人对白人的种种行为。在他当保安队员的日子里，他帮着掩埋过几个人，他们遭遇了不幸，那被烧焦的和大卸八块的尸体的样子活生生地浮现在他的记忆里，这种记忆又在黑暗中伴随着他，伴随着他的还有他对那只土褐色大熊的令人毛骨悚然的回忆。那只熊几乎把那头得克萨斯公牛开了膛。他记得他们骑马追它时，它跑得何等的快。要是让那么一只熊发现，他干脆躺下等待末日算了。

黑暗没有无休止地延续下去，乌云消散时光亮送来的第一个福音是，豌豆眼看见了北极星，这样他至少知道走的方向是正确的。太阳很快升了起来。他想起奥古斯塔斯的警告，白天不要走，但豌豆眼决定不听他的。就说一点吧，他处在一个绝对平坦开阔的平原上，根本没有可藏身的好地方。走着与坐着没有两样。

他向前望去，感到很沮丧，这个大平原仿佛永无尽头。他可以看出一百多公里远，那里依然是一片空荡荡的平原，而他不得不一步步把它走完。他从来就不是徒步走路的鼓吹者，北上以来，马背上的生活使他对走路更加没有好感。他从没料到要走这么多路，尤其是光着脚走。还没有走几公里，他的脚就被割破了，又酸又痛。乍一看，被深草覆盖着的平原相当平坦，实际上到处散布着小石块，十分硌脚。

身上一丝不挂又使他狼狈不堪。当然，周围并没有人看他，可他自己能够看到自己这副样子，着实使他慌恐。队长见他光着身子回去，肯定会很吃惊，伙计们也无疑会认为这是个天大的笑话，几周内他们都将拿这件事寻开心。

开始的时候，裸体带给他的烦恼一点儿不比脚痛的麻烦少些，但是走了半天后，两只脚疼得他全然顾不得光着身子的羞耻，甚至连死活都已置于九霄云外。他还蹚过了两条小河，在过其中的一条时他踩到了水里带刺的荆棘丛，不久，每一步都伴随钻心般的痛苦。然而他深知他必须继续走，否则将永远找不到伙计们。每次回头看，他都想着可能会看见熊或者印第安人。天快黑了，他仍一瘸一拐地向前挪着步子。不久，他发现一片不错的地方，草长得很茂盛，便躺下睡了片刻。

刺骨的寒冷冻醒了他，他才发现下雪了。暴风雪袭来。忽然，一种古怪的声音传进他的耳朵，过了一会儿他才弄明白，原来是自己的牙在打架。脚疼得一步也走不了，虽说下了雪，也无济于事。下的是雪雨，一到地上就化了，但是这并不让人觉得舒服。

尽管十分艰辛，他还是瘸着向南走了一夜。雪停了，他的双脚冻得冰凉。在黑灯瞎火的环境里，每当踩到石头上，就疼得他禁不住大叫起来。他筋疲力尽，腹内空空，知道自己走得不够快。他没能把牛肉干或者枪或者别的什么东西保留下来，越想越懊丧。奥古斯塔斯若是发现他还没有离开那条河便丢失了一切东西，一定会说他是个彻头彻尾的大笨蛋。

在愁苦中，他甚至有那么一会儿忘了奥古斯塔斯还在那个小小的地洞里。他跌跌撞撞地向前走着的时候，多次与奥古斯塔斯谈话，主要是向奥古斯塔斯询问方向。有一段时间，他觉得奥古斯塔斯就在前面给他引路。要么是狄兹？豌豆眼糊涂了。不管是谁，反正没有人回答他，但是他还是不断地问下去。想到奥古斯塔斯或者狄兹在前面，他就得到些安慰。他们是最优秀的侦察员，他们会带他回去的。

第二天黎明时分，豌豆眼停下来休息。他意识到没有人和他在一起。除非是鬼。然而，也可能真是鬼呢。此时奥古斯塔斯也许已经死去，还有狄兹，他也死了，这是千真万确的。也许他们中的一个，由于无事可做，决定在他前边轻轻地飘动，指引他回到黄石河。

他看着自己的脚，心想恐怕在地上爬或者用手走路也不会比这双脚更慢。脚已肿大了一倍，而且伤痕累累。但是他只有这么一双脚，于是在阳光下睡了一个小时后，又瘸着上路了。他饥肠辘辘，才想起过去应该多注意一下波·坎波，他会一边走一边找可吃的东西。豌豆眼也想找点儿什么吃，但看到的只有高高低低的草。幸运的是，他路过了几条小溪，因而水是足够的。有一次他还设法用手把几条小鱼连水一同泼到岸上去。小鱼又是蹦又是扭，很难捉，而且只够吃几口，不过这总比什么吃的都没有好些。

这一天，他终于交了好运，尽管晚了些。他用一块石头击倒了一只草原鸡。他只伤了鸡的翅膀，所以不得不在草丛里追出很远，把鸡累垮后才把它抓住。他把鸡剥了皮，生吞了。休息了三小时，他又走了一夜。

第三个黎明到来的时候，他简直走不动了。脚痛得更厉害了，而前方的草原仍然没有尽头。为了尽力寻找黄石河，他把眼睛都望疼了，仍然不见踪影。

最使他气馁的是空虚感。他已经快把印第安人和熊忘掉了，现在最担心的是迷路。从北斗星的位置可以判断出他在朝南走，但这里是南边的什么地方？他可以在牛群以东，也可以在牛群以西，这样一来就不会有人发现他。他可能已经错过了他们，如果真是如此，那么希望就渺茫得很——大雪袭来，他就会冻死；即便冻不死，也会饿死。

他一直躺到半晌午，不知道下一步如何是好。有时他想，最好的方案是原地不动，坐着等。蒙大拿的一些地方一定有士兵，如果他坐的时间长一些，也许会有人发现他。

后来，他还是站起身一步一拐地向前走去。假如士兵真的找到什么，也只能是他的骸骨。这一天热得他直对蒙大拿的气候大发雷霆。这算什么地方，一个晚上能把你冻得生冻疮，而两天后又晒得你脱层皮？他见到两只草原狗，就捡起石头打它们，白白浪费了一小时。草原狗机灵得多，它们不肯走近他。

他踉踉跄跄地走着，太阳毒得像是要把他仅剩的那点儿皮也晒掉一样。下午，他几次跌倒在地。他感到头重脚轻，仿佛飘了起来。这时，他那双肿了的脚不再听从指挥，随时都会摔到地上。有一次他醒来后，发现自己脸朝上躺在草地上，阳光直刺眼睛。他连忙爬起来向四周张望，生怕在他睡觉的工夫，牛群已经过去了。他拼命想朝正南方向走下去，但两条腿软得不断地使他偏离路线。

“你他妈的照直线走。”他说。他被自己嘶哑的声音吓了一跳，连生气都忘了。

接下来他感到特别尴尬。他清楚，一个人因为自己的腿软弱无力而诅咒它们，实属罕见。他又有了飘浮的感觉，这一次的飘浮感十分强烈，他很害怕。他以为他就要从自己的身体里飘出去了，他不知道这是不是临死前的感觉。他还没有听说过哪一个人是走着路死去的。可话又说回来，他对死亡了解得太少了。他每朝前走几步就觉得自己开始从躯体里腾升出去，他惊骇不已，一个趔趄倒在地上。他再也不想站起来，于是便开始爬着前进，并且时而抬头看看能否见到牛群。他明白，他是如此孤单与饥饿，是无法再活过一夜的，他将像只受了伤的动物死在草丛里。

天黑下来了，他绝望了，真想大哭一场。他已经走得够远了——伙计们该出现了。天完全黑下来后，他停住脚仔细听着。他觉得牛群就在近处，如果他细心听，准能听见爱尔兰人的歌声。他没有听到歌声，便站起来试着向前蹒跚而行，这时又感觉到了他的向导的存在。他知道这一次是狄兹。他看不见他，天太黑了，狄兹也是黑的。但是现在他不再有飘浮感，走起路来也容易了些，尽管他内心有些害怕。他不懂得与死人在一起有哪些规矩。他想说话，又觉得不该说。如果他说了话，狄兹也许就会离开他，让他自己在黑暗中步履艰辛地向前挪。或许旅行对死人来说不算回事——豌豆眼也说不清楚，他只知道对他来说太困难了。他不愿意再跌倒，因而走得很慢，但毕竟又走了整整一夜。

盘子波吉特被委派到前方探路，日出两小时后他好像看到在北边很远的地方有一个人。起初他不敢断定是人还是羚羊。他想，如果是人，就一定是个印第安人。他飞快地骑回营地，找到了队长。队长在给母马钉掌，这是一件很费力气的活儿。母马不喜欢叫任何人摆弄它的蹄子，要它听话就必须把它捆得结结实实的。

幸好考尔干完了，因而得以与盘子一同骑马去寻找那个人。刚开始他们看不见他，但是盘子有在野外判断方位的好眼力，他知道是在什么地方见到那个人的。考尔自忖那是只羚羊，但还是想亲自查看一下。他们是前一天渡过黄石河的，所有的人与牲口都安然无恙。杰斯帕·范特的情绪最佳，因为他成功地渡过了所有的河流而没有送命。

“在那儿，”盘子突然说，“要不是豌豆眼才怪呢。”

豌豆眼已经不走了，他坐在草里，赤裸着身体，不断地点着头，似乎正与谁对话。盘子吓得目瞪口呆，豌豆眼发现他们到来的时候，只是向四周看了看，一点儿不显得惊喜。可是他们下马后，泪水从他眼里涌了出来。

“你好，队长。”豌豆眼说，他为自己感情冲动而难为情，“你们刚才没看见狄兹吧，我想。”

考尔见豌豆眼受了伤，并且已经精神错乱，伤口的血流到前胸，阳光烤烂了他的身体，他那满是伤痕的脚肿得有牛的膀胱那么大。

“古斯死了吗？”考尔虽然这样问，但害怕听到回答。奥古斯塔斯喜欢惹麻烦，他对此了如指掌，可是看到豌豆眼成了这副样子，仍不免感到愕然。

豌豆眼一直在想狄兹，因为狄兹好心好意地领着他走了一夜。他为自己一丝不挂感到羞愧，同时也发现自己的思想无论如何也恢复不了正常，因此无法回答队长的问题。

“河水涨了，所以我把衣服丢了。”他说。

考尔解开马鞍上的雨衣，给豌豆眼盖在身上，豌豆眼立即感觉好多了。他想把雨衣的扣子扣住，以免羞处露在外面，可是手指直发抖，还是盘子波吉特帮他扣上的。

“古斯死了吗？”考尔又问。

豌豆眼努力使自己的思想慢慢地转了回来，这时他才想起奥古斯塔斯手里拿着两把手枪坐在那里，他下水时奥古斯塔斯一句话也没有说，他的腿上还有重伤。

“我离开他的时候河水涨了，”豌豆眼说，“我不得不往河下游游去，躲过印第安人，我把东西都丢了。古斯拿着我的手枪呢。”

“这些事发生在什么地方？”考尔问道。

“在北边，队长，”豌豆眼说，“我们在河岸上挖了个洞，我就知道这么多。”

“你来的时候他还没死吗？”

“没有，是他派我来的，”豌豆眼说，“他说要你快点儿骑马去那儿帮他打那些印第安人。”

盘子波吉特对豌豆眼光着身子且遍体鳞伤这一事实怎么也接受不了。他们的生活一直很平静，他们已经失去了处在危险地区的概念。

“跟狄兹有什么关系？”他问。

“他帮了我的忙。”豌豆眼简单地说，“咱们去找古斯吗，队长？我们费了好大劲才把那支箭拔出来，他的腿还疼着呢。”

“你回篷车那儿去，”考尔说，“你需要吃点儿东西。那儿有多少印第安人？”

豌豆眼努力想了想：“有一群朝我们冲过来，”他说，“大概有二十个吧。古斯打死了几个。”

一旦知道危险已经过去，他一下子浑身瘫软，考尔与盘子不得不把他抬起来。在骑马回去的路上，他连握马鞍角的力气都没有，盘子只好用手紧紧抓住他。

牛仔们正喜气洋洋地喝着酒为自己庆贺——难道他们不是头一批赶着得克萨斯牛渡过黄石河的吗？可是一见豌豆眼的情况，他们顿时清醒过来。

“嘿，伙计们，你们好。”豌豆眼被扶下马的时候说。他们都围着他表示欢迎，纽特和织针把他搀下马来，波·坎波为他准备好了咖啡。他们让他背靠篷车站着，豌豆眼伸出手去接咖啡，但两手颤抖得太厉害，波只好用勺子喂他喝。刚喝完第一口，豌豆眼便瘫倒在地上不省人事了。他倒得那么快，人们都没来得及去扶他。

“他死了吗？”纽特焦急地问道。

“没有，是饿昏了。”考尔说。

他把子弹装进鞍袋里，暗自庆幸刚刚为母马换了新掌。

“他说狄兹帮了他的忙。”盘子波吉特说。豌豆眼的话使他精神紧张，因为狄兹早就死去，而且被埋在保德河那里。

考尔没有回答，他正考虑是否需要带个人去。

“我想他是头脑发昏了，”盘子说，“我看就是这么回事。”

波·坎波笑了笑。“死人，要是咱们让死人帮忙，他们是会帮忙的——如果他们也愿意帮忙。”

杰斯帕·范特为自己没有变成死人中的一员而高兴。他严肃地看着波说：“除了我爸，没有一个死人帮助过我。”

“他是怎么帮你的？”盘子问。

“在他的遗嘱里给我留了二十块钱，我用钱买了这副马鞍，从那以后我就成了牛仔。”

“你自称是个牛仔，是吗？”稀汤琼斯说。他与杰斯帕关系不好，因为一次玩牌时两人发生过争执。

“我在这儿，不是吗？”杰斯帕说，“你输了那手牌不代表我不会放牛。”

“得了，闭上你的嘴，杰斯帕。”盘子说。他已受够了杰斯帕和稀汤的争吵，而且也觉得有关豌豆眼与狄兹的事处理得太仓促。毕竟，豌豆眼说的头一句话就是他们刚才错过了狄兹。尽管盘子不想承认，实际上他一辈子都怕鬼，不愿意想鬼魂正在到处游逛。即使现在说到的是一个对他很友好的鬼，也将使值夜班成为叫人发怵的事情。

这时，有人发现队长要走。他从篷车上多拿了一支步枪，用毯子把豌豆眼盖上，替下他那件雨衣。

“继续把牲口往北边赶，”他说，“提高警惕。我去找古斯。”

队长的离开使整个营地充满了忧虑与恐惧。虽说他们在某些方面并不完全依赖某个人，但是只要有考尔队长在身边，全体人员就会在各方面活跃起来。如果没有队长，奥古斯塔斯在也可以。就在几小时之前，他们还趾高气扬得俨然一支军队——不管怎么说，他们总算是黄石河的征服者。然而，现在大家眼看着队长为去接奥古斯塔斯回来而捉马，刚才的那种英雄气概荡然无存。平原如此娇美，可它居然把豌豆眼磕得不剩一块好肉，印第安人也把奥古斯塔斯困在了什么地方的一个土坑里。他们可能会杀死他，包括队长。人都要死，而他们则尤其如此。夜幕降临后，可能会来一千个印第安人，他们也许会像扑到卡斯特身上一样扑到他们身上。

考尔没有时间以详尽、周到的指示来宽慰手下人，如果奥古斯塔斯受了重伤，那他的体力就会急剧衰竭，每个小时都是宝贵的。就此而言，晚到达十分钟就等于晚到十天、一年。此外，这些人望着他时的那副哀怜模样令他大为恼火。他们显得那么窝囊，仿佛如若他或奥古斯塔斯不教他们如何呼吸，他们就连气都不会喘了。他们都是有能力的人——他们自己可能不了解这一点，但他对此看得很清楚——然而有的时候他们就像小孩子，总盼着让别人领着走路。他从成年以来就愿意当领导，然而在某些情况下，如果手下人显得格外迷惘与呆傻，他就会怀疑自己到底为什么要领导他们。

他与奥古斯塔斯曾就领导问题讨论过多次。

“这并不复杂，”奥古斯塔斯认为，“很多人怀疑自己的能力，你则不同。难怪他们想叫你在身边。有你在，他们就不必总是为失败担心了。”

“他们大部分人并不是失败者，”考尔指出，“他们自己的事就干得非常出色。”

奥古斯塔斯哧哧地笑了。“你太卖力了，”他说，“这叫大多数人感到羞愧。他们懂得他们赶不上你，进而便觉得除非有你在身边指挥他们，否则他们什么也干不成。”

“我没成他们那样，算我走运。”他补充道，“我才不关心你干活儿多么不要命呢，也不关心你去什么地方。”

“我倒想看看那些能叫你觉得惭愧的事。”考尔说。

他打点好行装，立即上了马，骑到盘子波吉特跟前。“你来负责，”他说，“往北走。只要能回来，我就会马上回来。”

盘子想到自己的责任如此重大，脸都白了。豌豆眼说鬼的事已经够他担惊受怕。

看到队长满面怒容，所有人都对他的离开安心地接受下来。然而他动身后，人与马尚未消失，人们稍得宽慰的心情便为忧愁与恐惧代替。

一小时前还手舞足蹈的杰斯帕，转眼间蔫了下来。“上帝呀，”他说，“咱们在蒙大拿，又有印第安人，又有熊。冬天快到了，队长和奥古斯塔斯又都不在，咱们要是不被人宰了，那才怪呢。”

这一次，稀汤琼斯无话可驳了。

第 95 章

豌豆眼走了后，奥古斯塔斯的手枪整夜开着保险。他仔细地盯着河面，因为他希望对豌豆眼有用的伎俩，对印第安人也有用。他们也许会在水里放一根木头做掩护，顺流而下去追豌豆眼。他竭力用心观察，细心聆听，但是由于他正发高烧，全身颤抖，他的努力效果不大。

他等待着印第安人像蛇一样从他前面的水里爬上岸来，结果一个也没有来。他烧得更厉害了，已经开始说胡话。间或他意识到自己头脑发昏，然而他无能为力。他觉得与其不耐烦地等印第安人来进攻，还不如说胡话的好。一会儿他努力集中精力看着混浊的河水，一会儿他的思想又回到克拉拉家。有时甚至能清清楚楚地看到她的脸庞。

黎明时，天气晴朗。奥古斯塔斯虽然很难受，但是看见出了太阳，他很高兴。阳光使他的头脑清醒过来，并且使他产生了逃跑的念头。他已经在河岸下边这个冰凉的小洞里待烦了。他原打算就这样待下去，等考尔赶来，但越考虑越觉得这个方案不高明。考尔要过好几天才能赶到，而且取决于豌豆眼是否能回到营地。如果豌豆眼没能顺利地回去——他对豌豆眼的成功并不抱太大希望——那么再过一个星期考尔也未必会找到他。

根据他对伤口的研究，他只看了看自己的腿便知道麻烦不小。那条腿皮肤发黄，一道道黑筋暴起。可能是中毒了。他知道，如果近几天得不到药物治疗，他的腿伤就会进一步恶化，恐怕等到天黑都是不明智的。

如果印第安人在开阔地带捉住他，情况当然同样不妙。然而他不需要经过什么慎重的考虑便知道，如果必须做出选择，他宁可选择积极的方案而不是坐以待毙。他这样做了。

太阳高高升起以后，他悄悄地站起来，挪出洞去。那条坏腿一蹦一蹦地痛，脚趾挨到地时疼痛难忍。河水在迅速下落。东边五十米处，有一条野兽踩出的小径直达河岸。奥古斯塔斯决定用从那个印第安男孩手里夺来的卡宾枪当单拐使用。他把马鞍上的马镫割下，绑在枪的两头，然后用一块马鞍皮垫在那根粗糙的拐上。他把一支手枪塞进皮带里，把另一支放进枪套里，然后拿起步枪，装了满满一口袋牛肉干，向河岸那条野兽踩出的小径蹒跚而去。

他小心翼翼地走出河床，并没有看见印第安人。广袤的平原上，数公里内空无一物。印第安人已经撤退。奥古斯塔斯无意花费宝贵的时间观察周围的情况，他当即向东南方的迈尔斯城走去，希望走不了四五公里就能见到那个城市。

他不习惯用单拐，因而走得十分缓慢。有的时候忘记了，那只坏脚就会踩到地上，结果疼得他几乎昏过去。他身体虚弱，每过一小时便不得不停下来稍事休息，虽然强烈的阳光烤得他汗流浃背，但他仍感到冷，生怕打起寒战来。在离他出发的地点约四五公里的地方，他遇到了数量相当大的一群野牛——这也许是那些印第安人离开的原因吧。冬季即将来临，对那伙勇士来说，野牛比两个白人更重要，尽管他们可能在狩猎结束后，回来寻找这两个白人。

他坚持了一整天，拖着步子慢慢地向前走。他停的次数少了，因为他发现一旦停下，再走起来更加困难。休息是很诱人的，而他企图用想象来使自己的情况有所改善的做法，使休息变得更加诱人。也许牛群向北行进的速度比他估计的快，也许第二天考尔就会来救他，使他摆脱拄着单拐缓缓前进的痛苦。

然而他厌恶等待与厌恶走路完全一样。他的习惯是，该前进就前进，去迎接那注定要发生的事情，不要坐等它找到你头上来。

他明白，现在正在到来的是死亡。从前他面对过死亡，并且用自己的行动战胜了它。坐以待毙给死亡带来的机会太多了。他见过许多人死于伤痛。他目睹他们的精神状态由强烈地渴望生存转变为悲观，一旦悲观的意识占了上风，生命亦开始逝去。很少有人能够摆脱这种状况——大多数人失去了动力，不能采取积极的行动，结果很不心甘情愿地投入死神的怀抱。

奥古斯塔斯可不想迎接死亡，所以他挣扎着向前走，歇息的时候也站着，只靠在拐上喘喘气。若坐下来休息，再起步时需要下极大的决心。

他在平原上步履艰难地走了整个长长的下午及黄昏，入夜后，他终于瘫倒在地。他的手一滑，拐掉到地上。他弯腰去拾拐时，脸朝下倒了下去，还没碰着地就失去了知觉。梦中，他正与罗丽娜在炎热的堪萨斯平原上的那个帐篷里待着。他盼着她用她那冰凉的手摸摸他，好让他凉快一些。但是她只是笑，并不过来给他降温。整个世界一片火红，就像太阳膨胀起来将世界吞了进去，此时的太阳如同平时在草原上落下时看到的那样，他正躺在红太阳表面。

他睁开眼时，太阳就在头顶，它不再是红的，而成了白色的。他听到吐唾沫的声音，就像是人在吐唾沫。他以为印第安人来了，便把手伸到皮带那里去掏枪。然而，他转过脸的时候，见到的是一个老迈、瘦小的白人，身穿打着补丁的鹿皮衣。老人的胡须已被烟叶汁染成黑色，他手里拿着一把鲍依刀。一匹花斑马正在近处吃草。老人蹲在那里看着他。奥古斯塔斯手握枪柄，却不把它拔出来，他不知道是否还有力气拔出枪来。

“他们是布拉德印第安人。”老人说，“没让他们抓住你，真了不起。你把他们打得够呛。”

“一共五个。”奥古斯塔斯说着，坐了起来，他不喜欢躺着说话。

“我听说是七个，”老人说，“我和布拉德人、黑脚人是朋友。在猎水獭的时节，我在他们那里买了不少水獭。”

“我叫奥古斯塔斯·麦克克里。”奥古斯塔斯说。

“休·奥尔德，”来人说，“在迈尔斯城，人们叫我老休，其实我猜我连八十岁都不到呢。”

“你想用那把刀杀死我吗？”奥古斯塔斯问道，“我可不想再把你打死。”

老休笑了，又吐了一口。“我正要把你那条烂腿切下来，”他说，“我想在你没醒的时候干。那条腿已经毁了，但我没有锯，要是把骨头切断了，可就费大劲了。另外，你醒过来可能会给我惹麻烦。”

“我想会的。”奥古斯塔斯说着，看了看那条腿，它不再有一条条黑纹，而是整条腿都变黑了。

“必须把它切掉，”老休说，“坏血要是流到另一条腿上，你就会失去两条腿。”

奥古斯塔斯知道他说的每一句话都有道理，这条腿已经坏死，然而猎刀不是理想的截肢工具。

“离迈尔斯城有多远？”他问，“我想他们那儿会有外科医生。”

“有两个，上次我进城见他们了，”老休说，“两个人都是醉鬼。”

“你忘了告诉我距离。”奥古斯塔斯说。

“六十公里多一点儿。”老休说，“我不信你能走到。”

奥古斯塔斯用拐将自己支撑起来。“那你输定了。”他说。其实这只是说大话，他明白自己走不到，连这么站着都觉得恶心。

“你从哪儿来，客人？”老休问道。他站了起来，却没有直起身。他是个驼背，奥古斯塔斯看他顶多一米五高。

“我快老死了，死就死吧。”老休眉飞色舞地说道，“有几个布拉德勇士找到了我，他们觉得挺怪的，可我的背从来就没有直过。”

“咱们都有不幸的事，”奥古斯塔斯说，“我能借你的马骑吗？”

“骑吧，就是不要踢它，”老休说，“你一踢它，它就尥蹶子。我尽量在后边跟着你，防备着你掉下来。”

他牵过那匹带斑点的马，帮助奥古斯塔斯骑上去。奥古斯塔斯唯恐昏过去，尽力克制自己，终于上了马。他看了看老休。

“你有把握你和那些印第安人是朋友吗？”他问道，“要是为了我使你遇到麻烦，我心里可过意不去。”

“不会的，”老休说，“他们正往肚子里填鲜野牛肉呢。他们请我跟他们一起吃，可我想，还是来找你吧，别看我连你从哪儿来都不知道。”

“一个叫孤鸽镇的破地方，”奥古斯塔斯说，“在南得克萨斯，格兰德河上。”

“娘的，”老休说，他深深地被打动了，“你真是个喜欢旅行的浑蛋，是吗？”

“这匹马有名字吗？”奥古斯塔斯说，“我没准儿要跟它说说话。”

“我一直叫它卡斯特，”老休说，“我曾给那位将军当过巡逻兵。”

奥古斯塔斯停了片刻，向下看着这位老捕兽人。“再请你帮个忙，”他说，“把我绑住。我要是掉下去，就再也没有力气骑上来了。”

老人吃惊地说：“你可真有办法，没有白走这么远。”他用生牛皮绳套在奥古斯塔斯腰上，把他固定在马鞍后部。

“咱们走吧，卡斯特。”奥古斯塔斯说着，抖了抖缰绳。他心里铭记千万不要踢它。

五小时后，夕阳西沉时，他催着那匹疲累不堪的马走过黄石河北的一个小高地，看见了正东八公里外小小的迈尔斯城。

赶到城里的时候，天已经黑了，他在一家酒吧门前停下来，发现自己下不了马，这时他才想起自己是绑在马背上的。他解不开生牛皮的绳结，于是设法掏出手枪开了一枪。第一枪似乎没有引起人们的注意，他又连打两枪，这时有几个人从酒吧里走了出来，看着他。

“那是老休的马。”一个人面带愠色地说，他好像怀疑奥古斯塔斯是偷马贼。

“是的，奥尔德先生好心把这匹马借给了我，”奥古斯塔斯盯着下边那个人，说，“我的一条腿坏了，请哪一位尽快帮我找个医生。”

人们走出来围住了他的马。当他们看见他那条腿的时候，有一个人倒吸了一口冷气。

“怎么弄的？”他问道。

“箭。”奥古斯塔斯说。

“你是谁，先生？”年纪最大的那个人较有礼貌地问。

“奥古斯塔斯·麦克克里，得克萨斯保安队长，”奥古斯塔斯说，“请过来位先生帮我把绳子解开。”

人们赶紧过来帮忙，但没等到他们把他扶下马，他的眼前就出现了一片红水。这匹带斑点的卡斯特不喜欢身边围的人太多，它朝其中的一个人咬去，然后又蹦了两下，把刚刚解开绳索的奥古斯塔斯抛了下来，摔到大街上。有两个人想把它捉住，但是它轻松地把他们撞翻，直奔城外而去。

第96章

奥古斯塔斯在红水中漂动。他有时看见面孔，有时听到声音，又看到更多的面孔。他看见了博利瓦与大嘴唇、他的两个妻子和三个姐妹。他还看见了早已死去的与他共同当过保安队员的人们，看见皮德罗·弗罗斯、豌豆眼和一个红头发妓女，他在河船上时曾与她混过一个月。他不由自主地前后晃动，仿佛什么东西在搅动着水。

当红色消失的时候，他又睁开了眼，并且听见了远处传来的钢琴声。他躺在一间又小又热的屋子里，从敞开的窗口能看见蒙大拿草原。他打量了一下四周，只见近处的一把椅子里有一个小个儿胖子在打盹儿。此人身穿一件黑色长袍，上面落着点点头皮屑。在一个小五斗柜上，放着一瓶威士忌，还有一顶旧圆顶高帽，又破又脏，与大嘴唇的那顶一模一样。胖子安详地打着呼噜。

奥古斯塔斯觉得疼得很，这才发现他的左腿不见了，断腿处已缚上了绷带，但血还在往外流，把厚厚的绷带浸透了。

“你要是那个外科医生，就快醒醒，别让血流了。”奥古斯塔斯说。他又气恼又伤心，巴不得够到那瓶威士忌。

小个儿胖子好像挨了一叉似的猛地抖了一下，睁开了眼睛。他的脸上有道道红斑，奥古斯塔斯估计那是过量的酒精造成的。那个人将双手放到头上，似乎对自己的脑袋还长在那里感到奇怪。

“要是肯给我喝点儿，就把威士忌酒瓶递过来，”奥古斯塔斯说，“希望你还没把我的那条腿扔掉。”

医生又抖了一下，仿佛每一句话都像针一样在扎他。

“对一个病人来说，你的声音可真够健康的，”医生说，“在这间屋里，这种声音太不合适了。”

“啊，我只有这么一种声音。”奥古斯塔斯说。

医生又把手放到太阳穴上。“你的声音就像一把五公斤大锤一样砸在我的太阳穴上。”他说，“很对不起，我不该抱怨。事实是我自己也不大舒服。”

“你肯定是喝多了，”奥古斯塔斯说，“你要是把酒给了我，我就能替你减少点儿诱惑物。”

医生自己先喝了一口，然后把酒递给了他。奥古斯塔斯一连灌了几口，这时医生转过身，往窗外看去。街那边有人在弹钢琴。

“那个姑娘弹得真好听，”医生说，“人们说她小的时候在费城学过音乐。”

“她多大了？”奥古斯塔斯问，“没准儿我要送给她一束花。”

医生笑了。“你显然是个注重精神的人，”他说，“那很好。恐怕你还要再忍受一些磨难呢。”

“一些什么？”奥古斯塔斯问道，“你还是先介绍一下自己再说拉丁语吧。”

“莫布利医生，”那个人说，“具体地说，是约瑟夫·C.莫布利。那个‘C’代表辛西内塔斯。”

“拉丁语更多了，”奥古斯塔斯说，“解释一下你说的头几句拉丁语吧。”

“我是说我们必须把另一条腿也锯掉，”莫布利说，“我真该趁你昏过去的时候把它锯掉，但是老实说，把你那条左腿锯下来都快把我累死了。”

“那是件好事，”奥古斯塔斯说，“如果你还要把我的右腿锯掉，那你就成了咱俩之中先死的人。我要我的右腿。”

他的枪皮带就在近处的一把椅子上挂着，他伸手从枪套里掏出了手枪。

医生环顾四周后伸出手来要威士忌。奥古斯塔斯把瓶子给了他，他喝了许久，才把它递给奥古斯塔斯。

“我理解你对自己肢体的感情。”他说着，解开了绷带。看到伤口时，他皱了皱眉头，但仍接着护理。“我还不想在锯你右腿的时候让你把我打死呢。可是你要是不肯慎重地考虑一下，就非死不可了。这是显而易见的事实。”

“再去买点儿威士忌来，”奥古斯塔斯说，“我裤兜里有钱。弹琴的姑娘是个妓女吗？”

“是妓女，她叫多拉，”医生说，“她得肺痨了，我想。她再也见不到费城啦。”说完，他用新绷带给他把刀口包扎好。

奥古斯塔斯突然感觉头发昏。“从我的裤子里给她拿二十块钱，叫她接着弹，”他说，“把这张床往窗口推一推，这儿太闷了。”

医生把床推到靠近窗户的地方，累得他坐进了刚才他打盹儿的那把椅子里。

奥古斯塔斯觉得好了些，他看了一会儿医生。“医生，把你自己治好吧，那句话是这么说的吗？”他说。

莫布利医生不愉快地嘿嘿笑了两声。“是这么说的。”他说。他大口喘了一阵，然后站了起来。

“我去买酒，”他说，“在我走开的时候，我还想劝告你冷静地考虑一下前途。如果你坚持不舍弃右腿，那就再也没有机会冷静地考虑任何问题了。”

“别忘了给那姑娘小费，”奥古斯塔斯说，“赶快把我的威士忌拿回来，捎个杯子来。”

莫布利医生朝门口走去。“咱们今天就可以做手术，”他说，“事实上，是一小时内。如果喝醉了对你有好处，我们可以等你彻底醉过去。这里有的是人来按住你。我想有十五分钟我就能把它锯下来。”

“不准你锯我这条腿，”奥古斯塔斯说，“少了一条腿，我好歹还能活动，不能两条腿都失去。”

“我可要告诉你，这样的选择十分不利，”莫布利医生说，“为什么要把自己的路堵死呢？你嗜好音乐，还挺有钱，为什么不把剩下的几年用来听妓女弹钢琴呢？”

“你说那个姑娘快死了，”奥古斯塔斯说，“买酒去吧。”

莫布利回来的时候带了两瓶威士忌和一个杯子。他身后跟进来一个大个子年轻人，那人个子高得进屋时不得不弯一下腰。

“这位是吉姆，”莫布利神态紧张地说，“他主动在我出去巡诊的工夫在这儿陪你。”

奥古斯塔斯将手枪保险打开，对准了年轻人。“出去，吉姆，”他说，“我不要人陪。”

吉姆连忙走了，他走得太急，忘记弯一下腰，结果头撞到了门楣。莫布利医生显得更加紧张了。他把五斗柜往床边推了推，把两瓶酒放在奥古斯塔斯拿得到的地方。

“太粗野了。”他说。

“听着，”奥古斯塔斯说，“你不能锯我这条腿，如果你想制服我，你就等着死半城人吧。我就是醉着，枪法也好着呢。”

“我只是想救你一命。”莫布利医生说。他拿起第一个酒瓶，先喝了一口，才给奥古斯塔斯斟满那个杯子。

“这该由我来操心，”奥古斯塔斯说，“你申诉了你的案子，但是陪审团反对你——一个人的陪审团。你把钱给那个妓女了吗？”

“给了，”莫布利医生说，“你既然不要人做伴，只好一个人喝酒了，我还要去把一个孩子接到这个不幸的世界上来。”

“这个世界很好嘛，虽然有时候人世间也充满了苦难。”奥古斯塔斯说。

“你如果坚持要那条腿，就再不会为苦难操什么心了。”莫布利医生略带怒气地说。

“对顽固不化的病人，你不会在意的，对吗？”

“不会，他们只让我讨厌。”莫布利医生说，“你本来能活，可是现在你要死了，你的理由说服不了我。”

“那好，我现在就把支票给你，”奥古斯塔斯说，“你关心的不是我的理由。”

“你是个阔佬吧？”医生问道。

“我在圣安东尼奥的银行里有钱，”奥古斯塔斯说，“我还有半群牛，它们现在该到黄石河以北了。”

“我有笔和纸，”医生说，“我要是你，就趁清醒的时候立下遗嘱。”

奥古斯塔斯喝了整整一个下午，没有动那纸和笔。有一段时间，音乐声中断了，他从窗口往外看，见一个孱弱的麻脸姑娘站在街上。她身穿黑色连衣裙，正好奇地望着他。他挥了挥手，但不知道她是否看见了他。他从裤兜里掏出一枚二十块钱的金币，通过窗口向她扔了过去，使那个姑娘大吃一惊。她走过去拾起那枚金币，抬头看了看。

“那是你的，为了音乐。”奥古斯塔斯大声说道。麻脸姑娘笑了笑，转身回酒吧去了。不久，奥古斯塔斯又听到了钢琴声。

过了一会儿，他又发起了高烧，可是他觉得很饿，便用手枪使劲地敲地板，直到一个腼腆的小个子侍者把门打开。侍者长着与盘子波吉特一模一样的海狮胡子。

“这个城里能弄到牛排吗？”奥古斯塔斯问。

“不能，但是我可以给你弄点儿鹿肉。”侍者说。他说到做到。奥古斯塔斯吃下去后，对着一个铜痰盂呕吐起来。他仅存的这条腿与锯掉的那条一样乌黑了。他又接着喝起酒来，并且不时地重新拥有他一向喜爱的那种感觉——一种使他想起田纳西清晨的感觉。他想有个女人做伴，还想叫个人去问问那个麻脸姑娘愿不愿意来坐一坐。但是周围没有人可问，后来他也就失去了这种愿望。

晚上，他正浑身出汗的时候，一个熟悉的脚步声惊醒了他。考尔走进屋来，把提灯放到五斗柜上。

“嘿，到底来了，虽说慢了点儿。”奥古斯塔斯放心地说。

“不算他妈的太慢，”考尔说，“我们昨天才找到豌豆眼。”

他掀开被单，看了看奥古斯塔斯的腿。莫布利医生也在屋里。考尔站在那里，对着那条发乌的腿看了会儿。情况再清楚不过了。

“我真的请求他了，队长。”莫布利医生说，“我对他说必须锯掉。我现在真后悔锯那条腿的时候没有连这条一起锯下来。”

“你应该那么办的，”考尔硬邦邦地说，“连我都知道该那么做，而且我还不是个医生。”

“别责怪他，伍德罗。”奥古斯塔斯说，“要是我醒过来，看见两条腿都没了，准会开枪打死我看见的头一个人，而这第一个人就是约瑟夫·C. 莫布利医生。”

“把枪放在你身边又是一个错误。”考尔说，“当然，他不如我了解你。”

他又看了看那条腿，再看着医生。“咱们现在可以干了，”他说，“他的身体很健康，有可能活下去。”

奥古斯塔斯迅速打开了手枪的保险。“别管我，伍德罗。”他说，“我就是那个你管不了的人。你也管不了女人，不过那与咱们现在没有关系。”

“我想你总不至于为救你的命而打死我吧。”考尔不慌不忙地说。奥古斯塔斯浑身冒汗，连枪都拿不稳，但是距离太近了。

“不打死，”奥古斯塔斯说，“可如果你不听我的，我保证把你打残。”

“我从来不认为你会自杀，古斯，”考尔说，“人没了腿照常活动。很多人在战争里丢了腿。反正你什么也不愿干，就愿意坐在前廊上喝酒，那又用不着腿。”

“不错，可我有的时候还喜欢在冷房周围走走，看看那个罐子是不是够冷了。”奥古斯塔斯说，“猪惹我的时候，我还要踢它们两脚。”

考尔知道，这样下去毫无意义，除非他想冒险打一架。奥古斯塔斯还没有把手枪的保险放下来。考尔看着医生，想知道他有何想法。

“我现在不再麻烦他了，”医生说，“太晚了。我想我错在没有骗过他去。他被送到这儿来的时候不省人事，否则我就会知道他的脾气有多坏。”

奥古斯塔斯笑起来。“请给考尔队长拿个杯子来，还有鹿肉，”他说，“我想他一定饿了。”

考尔并不打算就此罢休，尽管他意识到可能已没有什么指望了。“你在内布拉斯加有两个女人，”他指出，“那两个女人会争着照顾你的。”

“克拉拉已经有一个残疾病人要照顾，她已经够烦了。”奥古斯塔斯说，“罗丽娜会照顾我，但是这样的日子对她来说太可悲了。”

“总不会和你救出她以前的那种生活一样可悲吧。”考尔提醒他。

“你没有抓住要点，伍德罗。”奥古斯塔斯说，“我这么多年一直自豪地在这个世界上生活，如果失去了我的自豪感，那么其他的也跟着失去算了。有些事是我的虚荣心不能忍受的。”

“这就是一切问题的核心，”考尔痛苦地说，“你那混账虚荣心。”他只有奥古斯塔斯受伤的思想准备，却没有预料到他即将死去。眼前的景象强烈地影响了他，他突然感到全身发软。医生离开房间后，他坐在那把椅子里，摘下了帽子。他久久地注视着奥古斯塔斯，想找个理由说服他，然而奥古斯塔斯就是奥古斯塔斯，什么理由都无济于事，也从来没有哪个理由对他起过作用。他或是与奥古斯塔斯打一架，赢了他就能把他的腿锯掉；或是坐在这里眼巴巴地看着他死去。那个医生似乎对他无论如何都会死坚信不疑，但在这类事情上，医生也会误诊。

他想敦促自己和他打架——奥古斯塔斯或许打不中，甚至根本不开枪，尽管这两者都是不可知的——然而他自己的虚弱使他在椅子里动弹不得。他在发抖，但不知道是什么原因。

“伍德罗，我劝你放松一些。”奥古斯塔斯说，“你救不了我，如果咱们在这样的时刻打架，太可惜了。我有可能失手把你打死，这么一来，那些孩子非在平原上干坐着冻死不可。”

考尔没有答话。他感到疲倦，感到衰老，感到凄凉。他曾催马跑了一天一夜，很快就找到了发生殴斗的那条河，找到了豌豆眼的枪，甚至是他的靴子和衬衫，还发现了奥古斯塔斯的马鞍，然后向迈尔斯城飞奔而来。他甘愿冒着毁掉母夜叉的风险——母夜叉没有毁掉，它只是跑得有点儿疲倦——然而他还是来晚了，太晚了。奥古斯塔斯就要死去，而他能做的一切只是看着他死。

那个侍者端来一盘鹿肉，但他一点儿胃口也没有。他接过一杯威士忌，接着又喝了一杯，但没有什么作用。

“希望你别为这件事变成个酒鬼。”奥古斯塔斯说。

“不会的，”考尔说，“你可以把手枪的保险合上了。你要是非死不可，就请便吧。”

奥古斯塔斯爽朗地笑了。“你这样说话，好像在这件事上不赞成我。”他说。

“是的，”考尔说，“你有副好脑子，如果你用它，脑子好的人就是有用的人。”

“有什么用？编绳子？”奥古斯塔斯说，“不是我的作风呀，队长。”

“你的浑蛋作风就是你彻底垮掉。你到现在还活着，真神了。要什么特殊的葬礼吗？”

“要，我一直在思考这件事。”奥古斯塔斯说，“我有件大事请你帮忙，我还要帮你一个大忙。”

“什么忙？”

“我请你帮的忙也就是我要帮你的那个忙。”奥古斯塔斯说，“我想埋在克拉拉果园里。”

“在内布拉斯加？”考尔惊讶地问，“我没有看见什么果园呀。”

奥古斯塔斯扯开嘴角笑了。“不在内布拉斯加，”他说，“在得克萨斯，在南瓜达卢普河边那一小片茂盛的橡树林里。记得吗？咱们还在那儿停过呢。”

“天哪，”考尔说，他想他这个朋友一定是在说胡话，“你要我把你弄回得克萨斯？咱们刚刚到达蒙大拿。”

“我知道你刚到这里，”奥古斯塔斯说，“我不反对在蒙大拿过冬，葬礼可以等些时候。只要把我放在盐里或木炭里，要么你看着怎么办好就怎么办，这样尸体就能保存好，你可以开春再上路。到那时候，你已经成为一个腰缠万贯的牧牛大王，也许需要一次旅行休息一下呢。”

考尔仔细瞧了瞧他的朋友。奥古斯塔斯看上去很清醒，也相当认真。

“去得克萨斯？”他重复了一遍。

“是的，这就是我帮你的忙。”奥古斯塔斯说，“这件工作是专留给你的，别的人不能做，连试都试不成。既然蒙大拿这边的生活就快安定下来了，我真不知道你还有什么可忙的，伍德罗。如果你为我办这件事，就可以再接着忙一年，我想。”

“你这人可真怪，古斯。”考尔叹了口气，“我们都会想念你的。”

“连你也想，伍德罗？”奥古斯塔斯说。

“是的，我也想。”考尔说，“我为什么不想？”

“我收回那句话，伍德罗。”奥古斯塔斯说，“我不怀疑你会想我。这个冬天你也可能会因寂寞而死，那我就永远到不了克拉拉果园了。”

“你干吗这样称呼那个地方？”

“我们在那儿野餐过，”奥古斯塔斯说，“我给它起的名字，克拉拉很高兴。那些年我比别人使她得到了更多的快乐。”

“啊，这就是要去那么远埋葬的原因？”考尔说，“我相信她会答应在内布拉斯加给你块坟地的。”

“会的，可是我们在得克萨斯有过幸福，”奥古斯塔斯说，“也是我最大的幸福。如果你懒得送我去得克萨斯，就把我从这扇窗户扔出去算了。”他激动地说，“她在内布拉斯加有家，”奥古斯塔斯补充道，语气平和了些，“我不想和她嫁的那个蠢马贩子躺在一起。”

“要是有人说书，这可是个好题材。”考尔说，“你想叫我把你的尸体运到四千公里外，只因为你过去常和一个姑娘在南瓜达卢普河野餐？”

“是的，还有就是我想看看你能不能做到。”奥古斯塔斯说。

“可是我办到了你也不知道，”考尔说，“我相信我会做的，因为你提出了要求。”

他没有再说什么。不久，他发现奥古斯塔斯困了，便将椅子挪近了窗户。夜间很凉，但因为有那盏提灯，小屋里的空气闷得很。他将灯吹灭，显出了微弱的月光。他想睡一会儿，但一时睡不着。后来他真的睡着了，醒来的时候发现奥古斯塔斯醒着，身上发烫。考尔把灯点上，但对奥古斯塔斯的病痛一筹莫展。

“你们被拖住的那条河叫马瑟尔谢尔河，”他说，“我遇见了那个老捕兽人，是他告诉我的。咱们可以雇他当侦察员，他对这一带很熟悉。”

“我想来点儿好威士忌，”奥古斯塔斯说，“这是些便宜货。”

“酒吧都关门了吧。”考尔说。

“不管是开是关，他们未必有好酒。”奥古斯塔斯说，“你要是打算听，我还有话要说。”

“当然，太好了。”考尔说，“我猜你一定想好了让我把你埋到南极去。”

“没有，不过一定要在内布拉斯加停一夜，让那两个女人知道，”奥古斯塔斯说，“我把我那一半牛给罗丽娜，别为这跟我吵。照应好，让她拿到该得的钱。我要给你留一张便条，你交给她，还有克拉拉的一张。”

“我会给她们的。”考尔说。

“我对纽特说了你是他爸。”奥古斯塔斯说。

“嗐，你可不该说。”考尔说。

“我不得不说。你从来没有对他说过，所以我才告诉他的。”奥古斯塔斯说，“现在你打死我吧，我想得到这种福气。我非常不舒服，外加尴尬。”

“为什么尴尬？”考尔问道。

“你想想，他们用现代化武器打了咱们五十次，咱们都平安无事，到了这个时候，这把年纪，反倒叫一支箭毒死了。”奥古斯塔斯说，“真不可思议。”

“你总是粗心大意，”考尔说，“豌豆眼说你骑过一个小山包，冲进了他们的队伍里。就这类事情，我警告过你一千次。上山有上山的好办法嘛。”

“是呀，可我喜欢自由自在地活在世界上，”奥古斯塔斯说，“我喜欢在哪儿翻山就在哪儿翻。”

他停了片刻。“你可不要虐待纽特。”他说。

“我虐待过他吗？”考尔问道。

“是的，总那样。”奥古斯塔斯说，“我承认这是你唯一的罪孽，但这是个大罪孽。你必须待他好些，他是你能得到的唯一的孩子——我用一大笔钱打赌——虽然我想你老了的时候会喜欢女人的。”

“不，我不会的，”考尔说，“她们不喜欢我。我从来不记得虐待过那个孩子。”

“这会儿你叫他的方式就是虐待，”奥古斯塔斯说，“把你的姓给他，那样你就会有个引以为傲的儿子。纽特也就会知道你是他的爸爸。”

“连我自己都不知道。”考尔说。

“我知道，你也知道。”奥古斯塔斯说，“你比我更坏，我只在腿的问题上显得顽固，可你呢？女人们不喜欢你算他妈的对了。你从来就不承认你需要她们中的一个，连一时的快活都不需要。你虽然是人，而且你有一次也需要过一个——可是你不想要任何不能只属于你自己的东西。”

考尔没有说话。奥古斯塔斯快死了，与他争吵是不对的，而且总是这件事，他们共事这么久以来，仍旧是这件事。

天亮时，奥古斯塔斯睡得不稳，发着高烧。考尔估计他再也不会醒过来，因而没有离开那间小屋。奥古斯塔斯再次醒过来的时候，他正在吃那盘鹿肉。

“对那些印第安人，你想让我采取什么行动？”考尔问道。

“哪些印第安人？”奥古斯塔斯问。他不知道他的朋友指的是什么。考尔的脸颊塌陷下去了，仿佛一连几天没有进食一样，尽管他问那个问题的时候正在吃东西。

“用箭把你射中的那些印第安人呗。”考尔说。

“啊，不，伍德罗。”奥古斯塔斯说，“咱们把他们赢得够惨的了。他们并没有邀请咱们到这里来，这一点你很明白。咱们可不能报仇，你要是打算干这种事，我可就要倒你的胃口了。”

“我的胃口反正不好。”考尔说。

“我钉在篷车上的那块招牌，就是我在孤鸽镇做的那块招牌，不是曾经让狄兹不高兴吗？”奥古斯塔斯问。

“也让我不高兴过，”考尔说，“那块招牌真是个稀罕物。还在篷车上呢。”

“我认为那是我的杰作。再有就是在这么长的时间里，我没有任你往更坏的地步发展下去，”奥古斯塔斯说，“把那块招牌带上，立在我的坟墓前。”

“你给那两个女人的便条写好了吗？”考尔问道，“你瞧我真不知道该跟她们怎么说才好。”

“妈的，我忘了，还是两个我喜欢的女人呢，”奥古斯塔斯说，“给我找张纸来。”

医生给奥古斯塔斯拿来一本白纸簿，让他写遗嘱。奥古斯塔斯坐起来，慢慢地写了两张便条。

“同时给两个女人写信可是够危险的，”他说，“尤其是我现在这么精神恍惚，难以表达出她们期望从男人身上得到的那种感情。”

可他还是接着写了下去。后来，考尔见他的手垂了下来，以为他死了。其实他没有死，只是太累了，连把第二张便条叠起来的力气都没有。于是考尔便替他叠好了。

“伍德罗，你就是当事人。”奥古斯塔斯说。

“什么？”考尔问。

奥古斯塔斯正看着窗外。“看看蒙大拿吧，”他说，“又美又清新，可是咱们来了，它很快就会被毁掉，像我的腿一样。”

然后他把头转向考尔。“我差点儿忘了，”他说，“把我的马鞍给豌豆眼，我把他的马鞍皮割下来垫我那根拐了。我不想让他对我有个坏印象。”

“啊，他不会的，古斯。”考尔说。

然后，奥古斯塔斯闭上了眼睛。他的眼前烟霭迷漫，开始是红色的，然后宛如田纳西清晨的雾一样，呈现出银白色。

考尔坐在床边，希望他还能再睁开眼睛。奥古斯塔斯的呼吸声尚能听到。太阳落山了，考尔坐在椅子里，倾听着他朋友那粗重的呼吸声。他想保持清醒，可是他太累了。过了一会儿，医生端了盏灯进来，考尔发现血已顺着床单一直流到了地板上。

“床上满是血。你的朋友死了。”医生说。

考尔为自己睡着了深感不安。他看见奥古斯塔斯给那两个女人写的便条中的一张仍放在床上，沾了点儿血，但是不多。考尔在他的裤子上小心地把便条擦了擦，下楼去了。

第97章

考尔告诉莫布利医生，奥古斯塔斯想把自己的尸体运回得克萨斯下葬，小个子医生听后仅仅置之一笑。

“人们都有自己离奇古怪的想法，”他说，“你的朋友是个精神不正常的病人，如果他还活着，我想我们准会吵起来。”

“我想会的，”考尔说，“但是我要满足他的愿望。”

“咱们可以把他放在木炭和盐里，”医生说，“大概要用一两桶盐，幸好有个产天然盐的地方离这儿不远。”

“可能需要保存一个冬天，”考尔说，“有什么地方能让我把他存起来吗？”

“我放马具的小棚子就挺好，”医生说，“空气很流通。越凉的地方就能保存得越好。你想要他的另一条腿吗？”

“要，在哪儿？”考尔惊奇地问道。

“啊，保存着呢，”医生说，“他那个怪僻劲儿，很可能会要我把它再缝上去。腿已经烂了。”

考尔出门后，沿着空空的街道来到车马店。医生劝他去休息，并答应替他找个殡仪人员。

母夜叉就寄养在这里。他进门时，母夜叉抬起了头。他情不自禁地想给它备上鞍鞯，骑到荒郊去，但是疲劳压倒了他。他将铺盖卷儿扔到草上便躺下来，但是翻来覆去地睡不着。他后悔自己没有为救奥古斯塔斯做出更大的努力。他应该解除他的武装，迫使他把另一条腿也截掉。当然，奥古斯塔斯有可能朝他开枪，但他认为冒险也是值得的。

他好像只打了个盹儿，阳光便照进了车马店。考尔并不欢迎这新的一天，他满脑子想的似乎都是错误，错误与死亡。他的老保安队伙伴们差不多都已与他诀别，那么多人里只剩下豌豆眼。杰克死在堪萨斯，狄兹死在怀俄明，奥古斯塔斯死在蒙大拿。

一位名叫吉尔的老人拥有这家车马店。他有风湿病，走起路来既慢又瘸，然而他为人很善良。他长着粗糙的胡子，一只眼有白内障。考尔刚醒了一会儿，他就一瘸一跛地进来了。

“我看你需要一口棺材吧，”老人说，“去找乔·威顿赫默，他会给你打口好棺材。”

“一定要结实。”考尔说。

“我知道。”老人说，“城里人今天都在嚷嚷这件事，说那个人想让人家把自己一直拉到得克萨斯去埋。”

“他认为那是他的家。”考尔说。他知道没有必要提野餐的事。

“我的态度是，如果他能找到人把他送回去，为什么不呢？”老人说，“要是我有办法，我还想埋在佐治亚呢，可是去佐治亚太远，没有人送我，所以我只好埋在这么冷的地方。”他又说，“我不喜欢寒冷。当然，他们说你死后气温就不再影响你了，可谁知道是真是假？”

“不知道。”考尔说。

“人们都有想法，想法只能是想法。”老人嘟囔着，“如果有人走了又回来，他的想法我才肯信呢。”

老人给母夜叉添了些干草料。他站在那里看它吃草，母夜叉扭头便咬，老人连忙倒退了两步，险些绊倒在他的长柄杈上。

“该死，它真不识好歹，”他说，“像条蛇一样凶地咬过来了，我刚刚喂饱它。典型的雌性。我老婆就和它一模一样，干过上百次这种事。我把她埋在密苏里了，那儿很暖和。”

考尔找到那个木匠，订了一口棺材，然后从一个五金店的醉汉那里借了一辆车和牲口，还有一把大铁锹。他刚发现迈尔斯城的人似乎昼夜不停地喝酒，天亮的时候，半座城的人都醉醺醺的。

“盐滩在北边大约十公里的地方，”五金店的那个人说，“顺着野兽走的路就能找到。”

的确如此。几只羚羊正在盐滩上吃盐。他还见到了野牛和角鹿的蹄印。他装车时出了一身汗。

他回到城里的时候，那个殡仪员已经将奥古斯塔斯的遗体整理好了。那个人个子很高，有颤抖病，他全身抖动，即使站着不动也在抖。“这是一种神经的毛病，”他说，“我年轻的时候就得了，一直到现在。往你朋友身上多加了些水，因为我知道他还要在地面上停留很久。”

“是的，一直到明年夏天。”考尔说。

“不知道他想怎么处理。”那个殡仪员说，“他如果不是个人，你就可以用烟把他熏了，像火腿一样。”

“我要用盐和木炭。”考尔说。

棺材做成后，考尔买了一块上好的大围巾，盖在奥古斯塔斯脸上。莫布利医生把奥古斯塔斯截去的那条腿也拿了来。他把那条腿用粗麻布裹上，浸在福尔马林溶液里，以防散发出恶臭气味。一个酒吧侍者和铁匠帮着把木炭摆放在里面。虽然大家都干得很轻松，但是考尔觉得让大家干这种事很过意不去。他们把奥古斯塔斯用木炭盖严，又用盐把棺材填满，一直填到棺材口，再扣上棺盖，钉好。考尔把剩下的盐给了五金店的那个醉汉，算作借用篷车的酬谢。他们抬着棺材来到医生的马具棚，把它放在两只大空桶上面。

“这样就很好，”莫布利医生说，“让他在这里待着吧，如果你变了主意，不打算去了，我们就把他埋掉。他在这里会有很多伴儿的。我们在坟场的人比城里的人还多呢。”

考尔不喜欢医生给他的暗示。他严肃地看着医生，说：“我为什么要变主意？”

医生在奥古斯塔斯入殓的过程中始终拿着个威士忌瓶子喝酒，已经快醉了。“快死的人都糊涂。”他说，“他们忘了，他们已经不能活着享受他们叫人家为他们办的事。人们做出种种许诺，可是当他们意识到他们的许诺是对一个死人做的，心里往往会感到不舒服，接着就忘得一干二净。这就是人性。”

“人家说我根本没有人性。”考尔说，“我该给你多少钱？”

“不用给了，”医生说，“刚死去的那个人自己给过钱了。”

“我春天来取他。”考尔说。

他回到车马店时，发现那个老人吉尔正拿着一个罐子喝酒，喝的时候用一根指头抠住罐子鼻儿，高仰着头。他坐在一辆手推车上，长柄杈横放在大腿上，两眼直瞪着母夜叉。

“下次来的时候，干吗不捉只灰熊骑来？”吉尔说，“我宁可圈一只灰熊也不要这匹母马。”

“它咬你了，还是怎么回事？”

“没咬，它正在打发时间。”老人说，“把它牵走吧，让我放松一下。我好几年没有这么早就醉了，主要就是因为它在这儿。”

“我们这就走。”考尔说。

“我说，你为什么要骑这么个家伙？”考尔备好马，老人说道。

“因为当我骑到了它背上，就喜欢在它背上骑着。”考尔说。

老人并不服气。“那么但愿你死了以后就喜欢死着。”他说，“我敢说它比眼镜蛇还可怕。”

“我敢说你的话太多了。”考尔说。他对迈尔斯城已越来越不感兴趣。

他找到老捕兽人休·奥尔德时，他正在一家杂货店外坐着。天空阴云沉沉，地上寒风阵阵。尽管前一天还很热，但此刻的风已经带点儿冬天的气息了。考尔知道，冬季已为期不远，可是他手下人的装备实在可怜。

“你会赶车吗？”他问老休。

“会，别人怎么抽骡子，我也怎么抽。”老休说。

考尔购置了些越冬用品，不仅有大衣、套靴和手套，还有建筑材料。他设法租到了他用来运盐的篷车，答应在可能的时候归还。

“你是个闲不住的人哪，”老休说，“你去吧，我赶车慢慢走，在马瑟尔谢尔河以北见你。”

考尔朝牛群骑去，走得相当慢。下午，他在一条小溪边坐了几个小时。若在平时，他总为不能及时赶回伙计们中间感到内疚，然而奥古斯塔斯的死改变了他的态度。他本没有指望自己能活过奥古斯塔斯，可是现在奥古斯塔斯已先他而去，这么一来，情况就迥然不同了。奥古斯塔斯一向很走运，人人都这么说，他自己也这么说。问题是奥古斯塔斯的运气枯竭了，杰克的枯竭了，狄兹的也枯竭了。他们两人的死虽说出乎意料，且异常悲惨，但他确信他们死了。他亲眼看见他们死去。既然相信他们已经死去，也就把他们置于脑后了。

他也目睹了奥古斯塔斯的死，甚至是看着他渐渐死去的，但是他似乎还没有开始接受这一事实。奥古斯塔斯走了，永远走了。然而这太令人迷惑，考尔无论如何也想不通，甚至悲伤不起来。奥古斯塔斯直到最后一刻都保持着他的个性，连他的死都不让人们觉得是件大事——给人的感觉像是他们之间的又一次争论，与以往一样，通常过几天便又会重新提起，继续争论下去。

这一回可就不会再提起了，考尔觉得他实在无法适应这一变化。他感到极度孤独，甚至不想再回到牛群里去。牛群和牛仔仿佛已与他毫不相干，除了这匹母马，再无相干之处。按照他的意愿，他恨不得立即只身一人骑马在蒙大拿到处漫游，直到印第安人也向他扑来。这并不是说他想念奥古斯塔斯到了那个地步，不过就在昨天，他们还在谈话，像这样的谈话他们已经进行了三十年之久。

考尔现在很生气，就像以往一想到他的朋友就生气一样。奥古斯塔斯死了，离开了这个世界，却没有带着他一同前去。他再一次留下他一个人做这一切工作。他过去一直在工作，但是转眼间已不再相信他工作的价值了。奥古斯塔斯像玩牌时要花招一样轻而易举地将他从他的信仰里骗了出来。他所做的全部工作，既没能挽救任何人，也没能使他们的死亡推迟哪怕一分钟。

天黑了，他终于骑上马走了起来，并非急于到什么地方去，而是坐烦了。他骑马走着，心中空荡荡的，直到第二天下午见到牛群。

牛群在草原上散开了，悠闲地吃着草。牛仔们见到他，盘子与织针纳尔逊飞快地骑马跑了过来，两个人都很惊慌。

“队长，我们见到印第安人了，”盘子说，“有一大群，不过没有打我们。”

“他们都干了些什么？”考尔问道。

“就坐在小山上望着我们，”织针纳尔逊说，“我们想，他们要是想要咱们的牛，就把那两头走得慢的给他们，可是他们没有来要。”

“一共有多少人？”

“我们没数，”盘子说，“有一大群。”

“有女人和小孩吗？”考尔问。

“啊，有，还不少呢。”织针说。

“他们很少带着女人打仗，”考尔说，“也许是克罗族人，我听说克罗族人很老实。”

“你找到古斯了吗？”盘子问道，“豌豆眼再多一点儿也说不出来。”

“找到了。他死了。”考尔说。

那两个人正要拨马往牛群走，一下子怔住了。

“古斯死了？”织针纳尔逊问。

考尔点了点头。他知道他必须把事情的始末给他们讲一讲，但他不打算说上十几次。他朝篷车跑去，大嘴唇在赶车，豌豆眼正坐在车尾休息。他还光着脚，但考尔一见他的脚就知道他好多了。他看见考尔独自骑马回来，立刻担心起来。

“他们把他抓走了吗，队长？”他问道。

“没有，他到迈尔斯城去了，”考尔说，“但是两条腿都让那些箭弄得血液中毒了。前天死的。”

“唉，他妈的，”豌豆眼说，“他不死就好了。”

“我逃了出来，可古斯死了。”他又伤心地说了一句，“你说颠倒过来是不是好些？”

“要是我不得不选择，我就和他换。”杰斯帕·范特说。他就在附近，连忙骑了过来，正好听见这件事。

纽特是从盘子那里听说这件事的，因为盘子很及时地骑着马到各处把这一消息转达给了大家。很多人快马跑到篷车跟前询问详细情况，但纽特没有去。他的感受就像那天早上看着狄兹死的时候一样，什么也不愿多听了。他尽量在远离牛群尾部的地方骑马走着，哭了整整一个下午，暗自庆幸牛群踢起了尘土。

他想，还不如印第安人一下子袭来，把他们全部杀掉。一次死一个，太叫人无法忍受，何况都发生在最好的人身上。那几个讥笑他、嘲弄他的人，例如伯特和稀汤，快乐得像小猪。连豌豆眼也差点儿丧命。除了队长和自己，豌豆眼是最后一个帽子溪牧牛公司的老员工。

所有人都对考尔队长不满，因为他把奥古斯塔斯死去的经过介绍得过于简单，而且和以往的晚上一样，他给自己弄了点儿吃的，然后骑上马独自走开了。他的介绍让人觉得很神秘，牛仔们整个晚上都在讨论那些解不开的谜。面对如此明确无误的警告，奥古斯塔斯为什么仍拒绝把另一条腿也锯掉？

“我认识一个灵巧的弗吉尼亚小伙子，他用双拐比我用腿走得还快。”大嘴唇对大家说，“他用的是双拐，一旦他掌握好节奏，就能走了。”

“古斯可以给自己做一辆小车，弄只公山羊拉着。”伯特·博罗姆建议道。

“或是一头驴。”织针说。

“或是他的那两头混账猪，它们那么机灵。”稀汤说。两头猪都在篷车下面。豌豆眼睡在车上，不得不整夜听它们连哼哼带打呼噜。

只有爱尔兰人对奥古斯塔斯抱同情态度。“那他就只剩下半个人了，”他说，“谁愿意自己只剩下一半？”

“不对，半个就到大胯那儿了，”杰斯帕说，“只少两条腿不能算一半。”

盘子波吉特没有加入讨论，他为奥古斯塔斯感到悲伤。他想起奥古斯塔斯曾借给他两块钱去找罗丽娜，但这一回忆又勾起他的痛苦。他曾想，奥古斯塔斯会回去看看罗丽娜，但现在他显然不能去了。她在内布拉斯加等候奥古斯塔斯，奥古斯塔斯却永远也去不了了。

悲痛之余，他又产生了一线希望——也许到头来，等赶牛的工作完成，他可以取出工钱，回去找罗丽娜。他还记得堪萨斯平原上她坐在那顶帐篷前的那张脸。他曾多么忌妒奥古斯塔斯啊，罗丽娜只对奥古斯塔斯微笑，对他从来没有微笑过。现在奥古斯塔斯死了，盘子决定向队长说一说，待牛群到达目的地，他就支取他的工钱。

想起奥古斯塔斯，大嘴唇哭了一两次。他认为神秘莫测的是，奥古斯塔斯为什么要把自己运回得克萨斯?

“从那么老远运回得克萨斯，”大嘴唇不止一次地说，“他一定是醉了。”

“我一次都没有见过古斯醉得不知道自己在说什么。”豌豆眼说。他也十分伤心。他总是想，如果当时他能劝服奥古斯塔斯与他一同回来就好了。

“从那么老远运回得克萨斯，”大嘴唇还在说，“我打赌队长不会去。”

“我跟你赌，”盘子说，“他和古斯在一块儿当过保安队员。”

“我也跟你赌，”豌豆眼悲伤地说，“我跟他们一起当过保安队员。”

“如果队长真的送古斯回去，他也会只剩下骨头架子的。”杰斯帕说，“我是不会去的，我准会老想着鬼，非骑到坑里去不可。”

一说到鬼，盘子站起来离开了篝火。他再也受不了有鬼这个看法了。如果狄兹与奥古斯塔斯都四处徘徊，其中一个或许会走近他，这恰是他不愿意想的。一想到鬼，他就脸色发白，并把铺盖铺到了距篷车很近的地方。

其余的人接着议论奥古斯塔斯那稀奇的要求。

“我猜不透为什么非去得克萨斯不可，”稀汤说，“我听说他是田纳西人。”

“不知道古斯对自己的死有什么看法？”织针说，“古斯对什么都有看法。”

波·坎波轻轻地摇起了沙槌，爱尔兰人伤感地哼起了悲歌。

“他还从没有讨过从咱们手里赢的钱呢，”伯特说，“这是好的一方面。”

“嗐，真他妈的。”豌豆眼说。他悲伤得只想去死。

没有人问他在骂谁。

第98章

老休很快便取代了奥古斯塔斯，成了帽子溪牧牛公司里主要爱谈话的人。他赶着一车大衣和给养，在密苏里河附近追上了牛群。他们在离本顿堡不远的地方过了河，那里的士兵看见这伙牛仔，惊奇得如同见到一伙从外星球来的人。当官的是一个名叫科特的瘦子少校，当他抬头看见平原上散开的那无尽的牛群时，简直不相信自己的眼睛。当他得知这些牛是从墨西哥边境以南赶来的，着实吓了一跳——然而还没有吓到忘记买下二百头牛。野牛数量骤减，碉堡里给养匮乏。

考尔对待科特少校的态度很生硬。自从奥古斯塔斯死了，他对谁都这样。人人都想知道，他什么时候才会停下来，不再往北走，但没有人敢问他。已经下过一场小雪，他们渡过密苏里河以后，天冷得出奇，他们只得在河北岸燃起一堆火取暖。杰斯帕·范特一生的恐惧——溺死——差点儿成了事实。他的马被一只水獭吓惊了，他被抛进刺骨的冰水里。多亏本·瑞尼把他抓住，拖上了岸。杰斯帕冻得发紫，尽管他们把他用毯子裹住，抬到火堆旁，过了许久，他仍不敢相信自己还活着。

“你呀，蹚水出来不就得了。”老休说。他很纳闷儿，一个男人竟因为浸湿这么一点儿就吓成这个样子，“要是这水也叫冷，那你明年二月下水装几个抓水獭的夹子试试。”他又说，心想他这样说可能会帮助这个人正确地对待事物。

杰斯帕有一个小时不会说话，大部分人对他那怕水的老一套已经厌倦。他们都走开了，由他自己去烤衣服，能烤多干算多干。晚上，当杰斯帕暖和过来，能够感到痛苦的时候，他起誓宁可在密苏里河以北度过余生，也不肯过河，尽管它只不过是条小河。同时，他对水獭的憎恶也油然而生。在北行的路上，只要见到水坑里有水獭，他就朝它们胡乱开枪，惹得老休生了好几顿气。

“它们是水獭，”老休不断地说，“水獭是捉的，不是打的。子弹会打坏毛皮，值钱的就是那张皮。”

“我讨厌这些尖牙王八蛋，”杰斯帕说，“该死的毛皮。”

考尔一直不停地向西北骑，直至老休发起愁来。西边，落基山脉已清晰可辨。虽说老休是侦察员，但考尔走在最前边。有时老休会向考尔指出个路标，但不好意思提什么建议，因为考尔已经明确说过，他不会采纳任何建议。

人们虽说早已习惯了他的沉默，可不记得他曾如此沉默过。一连几天，他一句话也不说，只是回来拿些吃的便走开了。不少人相信他无意停下，他会把他们带到北边的雪窝里，那他们非成冻死鬼不可。

渡过玛丽亚斯河的第二天，老狗失踪了。它一直作为带头牛走在前边，现在渐渐落到了牛群后边，离牛群两三公里远。通常，它会在第二天早晨回来，但是这天早上它没有回来。纽特与瑞尼兄弟仍然殿后，他们转回去找它，结果看见两只灰熊正在大嚼这只老带头牛。马看见熊，立即跳转身跑回牛群。它们的惊慌马上传染了所有的动物，于是牛群和马匹便都慌乱地狂奔起来。有几个牛仔从马背上摔了下来，包括纽特在内，虽然没有人受伤，但花了他们一个下午才把跑散的牛群收拢到一起。

几天后，他们终于抵达米尔克河。这是一个晴冷的秋日，大部分牛仔都穿上了大衣，西边的山坡银装素裹。

“这是最后一条河，”老休说，“过了河，再往北走就是加拿大。”

考尔让牛群就地吃草，他自己往东骑了一天。这片土地的确很美，除了茂盛的牧草，河床边还有足够的林木可供建造房屋及畜栏。他偶尔遇到一些零散的野牛，一次还遇到了一大群。他还看见许多印第安人住过的痕迹，但是没有见到印第安人。虽说天气很冷，但阳光明媚。他觉得除了野牛、印第安人和帽子溪牧牛公司，蒙大拿的整个北部地区是如此空阔，他想，是停下的时候了，而且还应该赶在风暴到来之前建好一栋房子什么的。风暴随时可能袭来。他本人对气候一向不关心，也不在乎，但他必须替牛仔们着想，对他们大多数人来说，当年秋天回得克萨斯为时已晚，不管他们愿意不愿意，都必须在蒙大拿过冬。

那天夜里，他宿营的时候梦见了奥古斯塔斯。他几次在听到奥古斯塔斯的声音时醒过来。声音如此逼真，他四处张望，以期能看见他。有时候若是梦不见奥古斯塔斯，他就无法入睡。这种情况后来甚至出现在大白天，只要他骑在马上，对周围环境不够注意时，就仿佛见到了奥古斯塔斯。死后的奥古斯塔斯对他思想的影响与他活着时没有区别。他经常像活着时那样走过来和他闲聊、开玩笑。“你不必因为到了这块地的边缘就停下来嘛，”他在一个梦里说，“继续往东走，走到芝加哥再说。”

考尔既不愿意往东拐，也不那么愿意停下来。奥古斯塔斯的死，以及在他之前发生的死亡，使他丧失了目的感，他甚至对于一天天在干些什么都漠不关心了。他不停地往北走，是因为这已经成了他的习惯，然而他们已经来到米尔克河，冬季亦将来临，他不得不中断这一习惯，否则他会丧失大部分牛仔，也许还有整个牛群。

他找到一条小河和一大片防风林，便决定在此建立公司总部，可是他并不急于动手。工作，这件本来属于他的事情，现在似乎无关紧要。他干工作只是因为没有别的什么可做，而不是因为需要。有的时候，他对牛群和牛仔们完全失去了兴趣，真想骑上马一去不还，任凭他们自己看着办。他要对他们负责的那种责任感从他身上彻底消失了，他甚至不明白当初怎么会有那般强烈的责任心。早上，他们等待他下达命令时的那副样子越来越令他恼火。走了四千多公里，又都是成年人，为什么还是每天死等着别人下达命令？

他常常不下任何命令，只顾自己吃早饭，饭后骑上马走开。这时，他们一个个脸上都露出迷惘的神情。一小时后，他往后看去，总会发现他们正紧紧尾随其后，这真使他气不打一处来，他宁可在往后看的时候发现草原上空无一物，所有的人和牛一律化为乌有。

然而这种事情没有发生。他确定了建立总部的地点后，便告诉牛仔们将牛群再向东赶一天，便由它们去吃草。赶牛北上宣告结束，牧场将在米尔克河与密苏里河之间建立，开春之后他就去申请这片土地的所有权。

“我们这些想回得克萨斯的人怎么办？”盘子波吉特问道。

考尔吃了一惊，因为到目前为止，还没有人提出要回得克萨斯呢。

“今年太晚了，”他说，“我劝你还是等到明年春天再走的好。”

盘子倔强地望着他。“你们没雇我在蒙大拿过冬，”他说，“如果发给我工钱，我这就回去。”

“哦，还要你帮着盖房子呢。”考尔说。他不愿意失去盘子，而盘子好像迫不及待，想马上回南方去。“一旦这项工作完成，谁想走就走。”考尔补充道。

盘子波吉特生气了，他没有受雇来当木匠，但他来帽子溪牧牛公司干活儿似乎注定第一件事是挖井，最后一件是抡斧子，而这两件工作没有一件是适合牛仔干的。他已经准备好要求得到自己的那份工钱和作为一个自由人的权利。但是，队长的目光使他失去了勇气。第二天一早，当他们沿着米尔克河将牛群往东赶的时候，他最后一次守在牛群前部。老狗已经死去，那头得克萨斯公牛便升格为群牛之首。它的样子很难看，因为它的伤口缝合得不均匀，又由于只剩了一只眼和一只角，它的脾气变得更加暴戾乖张。不论谁走近它瞎眼的那一侧，它都会立即转过身去，向他进攻。好几个人险些遭到噩运。只是因为考尔队长喜欢它，它才免遭枪杀。

盘子决心已定，房子一落成就飞速赶往内布拉斯加。他怕在他回去之前有人捷足先登，把罗丽娜抢到手。这一想法一直在折磨他，反倒使他从一开始建房便成了伐木组里最卖力的成员。组里的其他人，尤其是杰斯帕和织针，则不那么热心干活儿。他们经常休息，剩下盘子自己砍树，这可气坏了盘子。他们在附近坐着，吸着烟，无时不在防着灰熊，而与此同时，盘子则在一边辛苦工作。伐木声回荡在米尔克河谷深处。

工作进行了一星期后，发生了一件事，彻底改变了牛仔们的态度，那便是暴风雪。整整三天，北风肆虐，只是因为考尔预先料到并准备了足够的木柴，大家才保住性命。牛仔们做梦都没有料到会这么冷，他们生了两大堆火，然后挤在火堆中间，不停地往火上加木柴，即使这样，火烤不着的那一面仍让人感觉刺骨地冷。暴风雪的头一天能见度极低，牛仔们不得不冒着迷路的风险在风雪的旋流中遛马。

“比沙暴还糟。”织针说。

“可不是嘛，还冷得邪门儿呢。”杰斯帕说，“我的脚都快伸到火里了，结果还是把两根浑蛋大脚趾冻坏了。”

盘子发觉自己呼出去的气居然把自己的胡子冻住了，这使他不胜恼怒，因为他从来没有想过会发生这样的事。牛仔们把所有的衣服都穿在身上，仍然冻得瑟瑟发抖。暴风雪过去了，太阳再次普照大地，寒冷却拒绝离去。事实上，天冷得更厉害了。雪的表面结成一层薄冰，虽说到篷车那里只有几米远，人们也要跌好几个跟头。

只有波·坎波在冰天雪地里与以往一样精神饱满。他只靠那条披身毛毯及一条从什么地方捡来的旧围巾御寒，并且总是怂恿人们去猎一只熊来，结果招致了大家的不满。他的理论是，熊肉有助于他们适应那里的气候，即使熊肉没有什么好处，熊皮早晚也会派上用场。

“是呀，那些他妈的熊没准儿也会想，来点儿人肉早晚也会派上用场的。”稀汤说。

全队中个子最高的豌豆眼产生了一种新的恐惧，生怕被大雪吞没。他历来害怕流沙，现在来到了这个地方，方圆几公里内，他极目所见的完全是更冷的风雪。

“我敢说，要是被埋住，你就会冻僵。”他絮絮叨叨地说个没完，听得大家不耐烦起来。人们一个接一个地发牢骚，无非是各自的抱怨，也都互相听得腻烦了。

纽特觉得自己一无说话的愿望，二无听别人说话的兴致，只有待在暖和地方的欲望。只要有可能，他就坐在火堆旁，他现在仅能感觉到自己的手、脚和耳朵，而这些部位也已冻得冰凉。风暴过去后，他们骑马去检查牛群时，他把一件法兰绒上衣包在耳朵上也不管用，仍然觉得快要冻僵了。

牲口都安然无恙地经受了这次暴风雪，只有少数几头牛走到了南边很远的地方，他们不得不把这几头牛赶回米尔克河附近。

条件虽然恶劣，在暴风雪过后的十天内，一栋不小的木屋终于建成了，壁炉及烟囱是波·坎波的杰作。他趁着雪融化的那几天赶制了大批泥砖，它们在第二天上冻时全都冻得结结实实的。装好房顶还不到一天，又一次刮起暴风雪，不过这一次牛仔们觉得暖和多了。

令人费解的是，考尔队长不肯在房子里住，他在河边的一个避风处支起威尔巴杰的那顶小帐篷，在里面过夜，有的时候在帐篷前边生起一堆火。

每天早晨，牛仔们都以为一出门准会发现他冻僵了，可是恰恰相反，倒是他每天早上进屋来，看见他们舍不得离开暖和的毯子，迟迟不肯起床。

还需要建畜栏和一间熏肉储藏室，木屋本身还有多处地方需要改进。考尔把人们的工作安排好，自己负担起巡视牲畜这项主要任务。有时候他与纽特同去。他打死了几头野牛，还教纽特怎样宰杀。

老休骑着那匹带斑点的马，来来去去，随心所欲。虽然他与人们在一起时总是不停地说话，但是也常常产生一种他称之为孤独的感觉，一走就是十天。有一段时间，天气比较暖和，他飞快地骑马回来找到队长，激动地报告南边三十公里处有一群野马在吃草。

由于帽子溪牧牛公司的坐骑情况并不是十分理想，考尔决定前去看看那些马。他们的运气很好，在离总部二十五公里的一个没有出口的峡谷里拦住了那群野马。马的个头儿都不大，但因夏天吃了好草，个个膘肥体壮。伯特·博罗姆是全队最好的套索手。他一个人就套住了十八匹。他们将这些马带回去，用绳子捆住腿，放在原有的马群里。

盘子波吉特言行一致，在捉回野马的第二天，他拿到工钱便离开了。考尔为他支取工钱而恼火，他还以为那几场风雪已经给了盘子一点儿教训，使他不再愚蠢地要求离开呢。

“在一个你不熟悉的地方赶路，现在可不是时候。”考尔说。

“是我一直在最前边带着牛群走到这儿的。”盘子毫不让步，“我想我会找到路，再说我还有大衣呢。”

考尔身上的现款不多，但他已在迈尔斯城那个小银行里存了些钱，于是便把纸簿放在一口平底锅的锅底上，给盘子写了张支取工钱的取款单。这时，大家刚吃罢早饭，很多牛仔都在围观他们俩。前一天晚上下了场小雪，数公里内白皑皑一片。

“妈的，咱们干脆现在就开追悼会吧。”稀汤说，“他连黄石河都到不了，更别说到内布拉斯加了。”

“就是为了那个妓女，”杰斯帕说，“他要在别人到那儿以前赶回去。”

盘子涨红了脸，向杰斯帕冲过去。“她不是妓女，”他说，“赶快收回你的话，要不我就抽你他妈的耳光。”

杰斯帕被这他的动作唬住了。他两脚冰凉，知道与盘子打架占不了上风。他的手也是冰冷的，而且经常是这样，一想到要用其中一只冰冷的手还击一个犟小子，心里便觉得不是个滋味。

“嘿，我是说她年轻的时候，”杰斯帕说，“我并不知道她现在靠什么生活。”

盘子气得浑身冰凉，飞快地走开了。一路上，很多人在谈到罗丽娜时都带着揶揄的口气，他对此很不满意，既然如此，他现在也没有必要和他们道别。波·坎波给他准备好大量的给养，他都快上不去马背了。

盘子认为这没有必要。“我有枪，”他对波说，“猎物多得是。”

“只怕你不愿意在冰天雪地里打猎吧。”波·坎波说。

临行时，考尔让他多带上匹马，盘子到北方来的一路上主要骑的是他的白糖，而且还打算骑着它回去，但考尔坚持让他带上一匹小鹿皮马，以防万一。

“马总会有走瘸的时候。”他说。

所有的牛仔都围在那里，盘子的离去引起大家的不安。纽特真想痛哭一场，生离死别是何等地相似啊。

在这最后的时刻，盘子想到就要离开大家，内心也感到强烈的痛苦。虽说大部分人对他都不够尊敬，他们表现粗暴而且能力不高，但毕竟是自己的老伙伴。他喜欢纽特，也喜欢拿杰斯帕开心，甚至对大嘴唇也有一种难以言表的喜爱。大嘴唇任命自己当厨子的助手后便很少离开炉灶了。

但是事到如今，盘子已经不能停下。他对危险无所顾忌，他必须去看罗丽娜，事情就是这样。他上马后，接过了那匹小鹿皮马的缰绳。

豌豆眼当时在马圈附近解手——蒙大拿对他的主要影响是引起了便秘——没有赶上盘子临行前的准备工作。自从奥古斯塔斯死了，他的情绪一直很低落，看见盘子要骑马离去，他再度难过起来。

“喂，我发誓，盘子。”他说。他眼泪汪汪，不能再往下说了。此情此景使不少人心烦意乱，心想他们自己的表现比豌豆眼也强不了多少。盘子迅速地与周围的人一一握手。

“再见，伙计们。”他说，“你们要是回去，请到布拉索斯河以南找我。”说罢，他刺了一下白糖，没多久便成了雪地里一个小小的黑点。

考尔为是否把奥古斯塔斯给那两个女人的信交给盘子而犹豫了良久，末了还是做了较为稳妥的选择。一旦盘子走失——他很可能走失——那么信也就丢了，而这是奥古斯塔斯的遗言，还是由自己保存，亲手交给她俩的好，尽管这一打算并不使他感到高兴。

当天晚上，他坐在帐篷里，思考着自己的转变。他容忍了那个年轻人无视他的警告而走掉。他本可以命令他留下，命令也可以下得严厉些，就像牛仔们不听话的时候他做的那样。盘子这个人有自己的主见，但还没有到对抗强硬命令的程度。作为队长，他下达过无数这种强硬命令，没有一次行不通的。

但在这种情况下，他没有心思这么做，在需要运用权力的时刻他没有运用。他赞赏盘子波吉特，他在四千多公里的路程里忠实地守在自己的岗位上，他也证实了自己是一个最善于阻止牛群奔散的高手。但考尔还是允许他走了，而且并不十分介意。他知道，除了豌豆眼与那个孩子，其余的人都走了他也不在意。他已经一步也不想再带领他们向前走了。

翌日，天气持续晴好，他打算独自前往本顿堡。科特少校说过，这年冬天如果气候恶劣，部队可能会不断地需要牛肉，因为他们的伙食糟糕得很。归根结底，他们是为卖牛才到蒙大拿来的。他们到达蒙大拿的消息一旦传到得克萨斯，其他人就会蜂拥而至，很可能明年秋天就会到达，因而有必要与军队建立起良好的关系。军队是这一带唯一需要牛肉的买主。

就在队长外出时，纽特显示出了驯马的天赋。本·瑞尼是个优秀的骑手，他接受了驯野马的任务，但是第一天就被一匹烈马甩下来，胳膊脱臼了。波·坎波为他复位后，他说他已经受够了抛人的野马，并打算在队长回来后要求换个工作。纽特一直在做零碎的木活儿，把枯树从河里拖上来，协助豌豆眼与皮特·斯佩特尔把枯树劈成柴。他对本·瑞尼说，他想试试那匹黑马。后来他居然将它骑得老实了，这真出人意料，连他自己也没有想到。

当然，他明白把一匹马骑得不再尥蹶子甩人只是驯马的一小部分，还必须把它们驯服到给它们备鞍时不需要捆绑、服从驾驭才行。如果可能，还要使它们对牛群产生兴趣。

一周后，队长回来了。他带回一张圣诞节前向本顿堡出售三百头牛的订单。这时纽特正在他们刚刚建成的一个小围栏里驯一匹鲁钝的红鬃马。他紧张地看着队长，等着因为私自更换工作而挨训斥，但考尔只是坐在母夜叉的背上瞧他。纽特力图不理会他在那里，他不乐意因思想太紧张而惹恼那匹红鬃马。他发现如果在驯马的时候不断地以安慰的口吻与马说话，就会对马产生良好的影响，于是在队长观看时，他就对那匹红鬃马轻声地说话。后来队长下了马，卸下马鞍，对这孩子驯马的温顺方法感到快慰。他是一个工作时从不说话的人，这是他与奥古斯塔斯的一大不同之处，奥古斯塔斯不说话就什么也干不成。他为这孩子有点儿像他感到快乐。他每次往本顿堡赶牛时，总要带上纽特与其他两个牛仔。

那年冬天，他们为卖牛去了好几次，不仅去本顿堡，还去了布福德堡。一次，他们到达本顿堡时，军队刚从南边买来一群野性未消的半驯化马。每次他们买牛时，碉堡里总是挤满了印第安人，为如何把牛在少校及那个被士兵们称作锯子的黑脚族酋长之间进行分配而争吵不休。他们称他为锯子是因为他的长相十分刁钻。有几个布拉德人也在场，考尔一看见他们便禁不住怒气冲天，他知道他眼前的这几个人就是杀死奥古斯塔斯的那几个勇士。那几个印第安人回去的时候，他真想跟上去，为他的朋友复仇，尽管他并不知道具体是哪几个人干的。他没有跟去，心里却为自己对奥古斯塔斯受到攻击未做出反应而感到不安。

少校发现纽特驯马的技术很好，便问考尔能否将他留在堡内几个星期，驯服新购进的马匹。考尔不想那么做，然而少校给的条件很好，他不便拒绝，再说回到总部后工作也有限。他们现在只是在对木屋进行改良，开始建一座马厩，此外就是在暴风雪后察看牛群。大部分牛仔在空闲的时间里出去打猎，已经打回许多野牛和角鹿，一个冬天也吃不完。

就这样，纽特得到队长的同意，留在堡里驯了一个月的马。天气好了些，白天经常晴空万里，但仍旧很冷。有一次，纽特被吓坏了。那天，当他把一匹矫健的栗色阉马第一次从堡里骑出来时，那匹马咬住马嚼子，一直跑到密苏里河的冰面上。马一上冰就滑倒了，砸破了冰层。幸而水不算深，纽特还能从水里挣扎出来，并把那匹马牵上了岸。几个士兵急忙抱来许多木柴，为他生火烘烤衣服。纽特心想，如果马走到河心才把冰踩破，那可就是另一番情景了。

从此以后，只要他骑未驯服的马外出，一出堡就朝远离河岸的方向骑去。

第99章

新年的第一周，七月约翰逊向克拉拉求婚了。在这之前的几个月，他一直不让自己那么做。后来，一天克拉拉叫他往屋里搬一袋土豆，他终于向她提出请求。天气很冷，土豆上了冻，克拉拉叫他把它们拿进温暖的厨房里消消冻。他进来的时候，儿子马丁正在厨房的地板上乱爬，克拉拉则正在搅由蛋、奶和面粉做成的糊，准备做她最喜爱的蛋糕。他刚放下土豆袋子便提出了自己的请求。“你到底想不想和我结婚？”他是这么说的。说完，他马上觉得说这种话真是个头号大笨蛋。过去几个月他在为她干活儿，关系一直没有改变，他想她一定会以为他喝多了，或者头脑不正常。

相反，克拉拉做出了一件令他震惊的事——她用一根手指蘸了一下甜蛋糕糊，然后把手指伸给他，似乎他应该把她手指上的蛋糕糊吃掉。

“尝尝，七月，”她说，“我想肉桂也许放得太多了。”

七月以为她一定是没有听见，又想她也许仅仅是出于礼貌。尽管他觉得，他很高兴她没有听见，准备再说一遍。正要开口，克拉拉用目光制止了他。

“别重复了，”她说，“我听见了。你想不想给我说说肉桂是不是放得太多？”

七月觉得不大好意思，感到窘促不安。他并没有打算在那个时候提出这么个问题，虽然他迟早是要问的。至于这蛋糕糊该如何处理，他没了主意，但是觉得探过身去从她的手指上舔着尝是不合适的，所以他伸出自己的手指，从她的手指上刮了一些，放在嘴里尝了尝。

“味道挺好。”他说。然而，克拉拉脸上是一副恼怒的神情，也许是蔑视，也许是不高兴。他从来就猜不透她的表情表达了何种感情，只知道她的表情总使他如芒在背。

“我看你根本不会判断甜不甜。”克拉拉说。她的语气激动，那双灰眼睛流露出冷冰冰的神情。

她把手指上剩下的蛋糕糊舔净，转过身去接着搅蛋糕糊。过了片刻，罗丽娜进来把小娃娃抱起来。七月本来盼着她把孩子从厨房抱出去，她却坐下给他唱起了歌。更不好办的是，两个小姑娘也跟进来与孩子玩上了。马丁边笑边抢一个姑娘手中的勺子。克拉拉又朝七月望了一眼，看得他心里直发毛。他还没有得到对他那个问题的答复，可是他不得不退出去干活儿。

那天晚上，他想他是否应该走了。他既不能不抱任何希望地待在这里，又看不出她对他表示关切的任何迹象。有的时候他认为她关心着他，而当他进一步揣摩时，便觉得完全是自己杜撰的。她说话总带着挖苦的口气，然而往往是在他走开以后他才意识到自己又挨了骂。他们一同在养马场干活儿时——天气一好，他们就在那里干活儿——她常给他讲应该如何对待马匹。她认为他的注意力没在马身上。七月真不明白，有她在场，谁还能去注意马。然而他的眼睛越瞅她，他手里的工作就干得越砸锅，因此就越令她厌恶。可是，他的两眼禁不住要看她。她喜欢穿她丈夫的旧上衣及套靴，对她说来，这些衣物太大了。她说马不喜欢手套，所以干活儿时她总不戴手套，那双瘦骨嶙峋的大手也就常常冻僵，不得不伸进上衣里面暖和一下。她戴的帽子样式各异，显而易见，她对帽子的喜好不亚于蛋糕。没有一顶帽子适合内布拉斯加的气候。她最得意的帽子是柯罗从草原上捡回来的那顶军帽。克拉拉有时把一块毛披巾系在帽子外面，好使耳朵不受冷，但是在马场干活儿的时候披巾常常松开，到吃饭的时候，他们往家里走时，她的头发常常散落下来披在那件外衣的领子上。七月禁不住用他那双饥渴的、充满欲望的眼睛盯着她看个不停，觉得她实在漂亮极了。在她情绪好的时候，她那动人的美使他感到只要与她一道从养马场走到家，就足以使他把要离开的想法再推迟一个月。他对自己说，只要能与她一同干活儿就心满意足了。可是不然，他不能满足，所以那个问题才终于脱口而出。

他整整痛苦了一夜，因为她没有答复他提出的问题。他已经把话说出口，再也无法收回，他的思想已经亮了出来。一旦她认真考虑了，那么她对他的看法一定会比之前更坏。

三天后，他们才又有了单独在一起的机会。有几个士兵想买他们的马，克拉拉留他们过夜。他们走后，马丁又咳嗽得很厉害，还发起高烧来。柯罗找医生去了，克拉拉这一天大部分时间坐在孩子身边，孩子每呼吸一次都要咳嗽一下。她把自己知道的全部药方都试过了，可都没有功效，马丁咳嗽得难以入睡。七月一次次来到孩子的房间里，感觉很不自然，而且束手无策。这孩子是他的儿子，可他不知道该怎么办，还觉得自己碍手碍脚的。克拉拉抱着孩子坐在直靠背椅里。早上，他问她有没有什么事要他做，她摇摇头。孩子的病使她对一切都不再关心。七月晚上回来时，她仍坐在那里，马丁已经弱得连大声咳嗽的力气都没有了，呼吸粗重，高烧不退。克拉拉不动声色地摇着孩子，看都不看他。

“我想医生马上就会来。”七月把握不大地说。

“医生也许把方向弄反了，”克拉拉说，“等他到了这儿，一切都过去了，他等于白来一趟。”

“你的意思是孩子快死了？”七月问。

“我是说医生来之前，他该死就会死，不该死也就好了。”克拉拉说着，站了起来，“我已经尽了一切努力，剩下的要看马丁自己了。”

克拉拉看了看他，然后出其不意地朝他走过去，把头靠在他的胸脯上。她紧紧地抱住七月，吓得他几乎失去平衡。他用胳膊把她抱住，以使自己站得稳一些。一连几分钟，克拉拉连头都不抬，他感觉到她的身体在颤动，也能闻到她的头发的气味。

后来，她从他身边走开，就像刚才走到他跟前一样突然，尽管她还拉着他的一只手握了一会儿。眼泪流湿了她的双颊。

“我最恨孩子生病，”她说，“我厌恶，我害怕。就好像……”她停了一下，擦去脸上的泪水，“就好像有什么东西存心和我作对，不让我把男孩养大。”克拉拉大声说道。

七月醒着躺了一夜，回忆着他的手被克拉拉握着时的感觉。她放开他以前，他们俩的手指交织在一起，紧紧地握了一会儿。想到这里，他激动不已，夜不能寐。然而，第二天早上他回到楼上走进孩子的房间时，克拉拉又是那么叫人敬而远之，尽管这天天气很好，孩子的烧也退了下来。孩子的呼吸还带有杂音，但已经睡着了。

“我去给你端杯咖啡来。”七月说。

“不用了，谢谢，我知道厨房在哪儿。”她一边说一边站起来。这一回她既没有拥抱他，也没有拉他的手，甚至连看都不看他一眼便下楼去了，他只好随她来到楼下。罗丽娜和两个姑娘已经做好早餐，柯罗已经进来等着吃饭了，七月却不觉得饿。看到她那不高兴的样子，他一点儿胃口也没有。他试图找出她不悦的缘由，却什么也找不出。他麻木地坐在那里将早餐时间打发掉，走出厨房时他觉得他难以再全神贯注地工作下去。他要修那辆篷车的轮子，因为它转起来有杂音。

卸下车轮之前，他见克拉拉朝工具棚走来。天气虽然晴朗，但冷得刺骨，她呼出的气凝成了团团薄雾。七月还以为孩子的病加重了，实际上孩子好好的。克拉拉过来的时候怒气冲冲。

“我的思想要发疯的时候，你应当和我谈谈话。”她没头没脑地来了这么一句，她的脸颊泛出红晕。

“我这个人不会说话。”七月说。

“你什么也不会，其实你什么都可以会。”她说，“我知道你挺聪明的，因为马丁聪明，他的智慧不会是全部从你可怜的老婆那儿得来的，可是连一根当栏杆用的木头都比你有用。”

七月还以为她在批评他干活儿，其实他干得够细心了。

“这个车轮快修好了。”他说。

“七月，我说的不是干活儿的事，”她说，“我在说我。我在屋里守着你的孩子整整坐了一夜，可你去哪儿了？”

七月倒是想过，他是否应该陪她坐着，现在当然为时已晚。他想对她解释他不好意思进有她在的房间，尤其是她的卧室，除非她叫他进去。即使是厨房，只要她独自在里面，他也不轻易进去，可是他不知道如何向她讲清楚他的这种谨慎表现是因她而产生的。

“我要是去陪你就好了。”他说。

克拉拉的眸子里直冒火。“我对你说了，孩子生病叫我多么害怕，”她说，“我没有一点儿办法，只有眼睁睁地看着孩子受罪，每到这个时候我就想死。”

她的一只手在另一只手里不停地搓着，七月见她在发抖，便脱下外衣递给他，但她没有理睬。

“我一个人在那里坐着，”她说，“我不愿意让女儿们守在那儿，因为我不想让她们的脑子里留下太多有关死亡的印象。我坐在那里，我胡思乱想，我孤独。一点儿办法也没有。如果孩子要死，我眼巴巴地看着，没有任何办法不让他死。我希望他不死。我希望他长大，能过上自己的好日子。我知道如果他死了我会怎么想，恐怕我连自己能再活多久都没有把握，更不用说想什么做饭、照顾女儿和所有活着时不得不干的活儿了。”

克拉拉停顿了片刻。养马场里的那匹栗色种马叫了起来。那是她喜欢的一匹马，但这时她好像没有听见它叫似的。

“我知道，如果再失去一个孩子，我就什么也不再管了，”她说，“我不管了。如果我再死一个孩子，什么对我来说都无所谓了。那就毁了我，也毁了我的女儿们。我绝不会再买一匹马，再做一顿饭，或者理睬一个男人。我要么饿死，要么成个疯子，来欢迎这一切。或者我会去把那个不来给孩子看病的医生杀死，或者因为你不陪我坐着把你杀了。你要是想和我结婚，为什么不来陪陪我？”

七月这时才恍然大悟，原来别看他只是像往常一样回到自己的房间，实际上办了一件可怕的事情。他吃惊地听见克拉拉说她会为那么件事把他杀掉，从她的表情可以看出，她的话绝非戏言。

“你和不和我结婚呢？”他问道，“你从来没有说过。”

“不，我现在还是不说。”克拉拉说，“一年后再问我吧。”

“为什么是一年后？”

“因为该让你受一年的折磨。”克拉拉说，“我昨天晚上遭的罪足抵得上一年受的。你可好，悠闲地躺在床上做洞房花烛梦。”

七月没有回答。他还没有遇到过说话这么毫无顾忌的女人呢。他透过他们呼出的白雾看她，希望她接过那件外衣。她的手腕已冻出了鸡皮疙瘩。

“我想你从前是个司法官吧。”克拉拉说。那匹马又叫了一声。这时她看着七月，向马挥了挥手。七月有一双男孩般可爱又迷茫的眼睛，有着男子汉健壮的身躯。她想让这健壮的身躯靠近她，可又对那迷茫的眼神十分不满。

“嗯，过去是司法官。”他说。

“那么你发过命令吗？”她问。

“嗯，命令过罗斯科打扫监狱。”七月说。

“虽说那不算什么，但也比我们在这儿从你口里听到的要多，”克拉拉说，“以后每过一些时候该打扫什么地方，你就叫我去干，只是为了练习练习。这样我至少能听到从你嗓子里发出来的声音。”

她又一次拒绝接过那件外衣，尽管他很清楚她的气消了不少。她走到种马那里，把它的脖子抚摸了十分钟才回家去。

没过多久，另一个男人盘子波吉特来到这里，捎来了奥古斯塔斯·麦克克里的死讯。他冒着一月的暴风雪，沿着普拉特河来的。他的两匹马都疲惫不堪，但盘子显得不怎么劳累。在他看来，严冬季节遇上暴风雪是理所当然的事情。

七月觉得克拉拉立即喜欢上了盘子波吉特，不由自主地感到愤慨，但很快觉察出盘子是来向罗丽娜求婚的，不是为找克拉拉而来。罗丽娜自从听到奥古斯塔斯的死讯便极少说话。克拉拉给了盘子一份工作干。这年冬天太冷，很多工作都还没有做好。马驹很快就要出生了，那时他们的工作就会更加繁忙，再雇一个人当然是明智的，但是七月很不高兴。他已经习惯了与克拉拉和柯罗一道工作，要适应与盘子合作则很困难。部分原因是盘子养马的技术比他强两倍，盘子的重要作用很快便得到了大家的认可。克拉拉不久就把过去让七月干的养马的活儿交给了盘子，七月则越来越多地干些连小孩子都能干的杂活儿。

更糟的是，盘子波吉特是个不甚友好的人，没有与他交朋友的意思。盘子知道很多扑克牌游戏的玩法，还会玩猜字游戏，因而大大赢得了两个小姑娘的欢心。在这漫长冬季里的许多个夜晚，当克拉拉、盘子与姑娘们在厨房的大饭桌上玩各种游戏时，七月只是背靠墙壁坐着，感觉与大家格格不入。

盘子想尽办法使罗丽娜加入他们的游戏，但她大部分时间只在那里坐着。她默默地坐着，七月也默默地坐着。他一筹莫展，心想盘子波吉特还不如在怀俄明迷了路，或者回到了得克萨斯。他没有一天看不见一些使他认为克拉拉喜欢上了这个男人的迹象。盘子放弃罗丽娜时，他迟早会发现结果。七月束手无策，他对此无能为力。有时他靠近罗丽娜坐着，心想，在这个牧场上，他只与她还有一些共同之处。她爱着一个死去的男人，他是个没有女人理睬的男人。然而，不管有多少共同之处，罗丽娜也不屑向他这边看上一眼。罗丽娜看上去比过去更美了，但是自从听到奥古斯塔斯去世的消息，她的美是那样严峻与冷酷。只有那个一心爱着罗丽娜的小姑娘贝特西，才能使她的眼睛闪烁出一星火花。如果贝特西病了，罗丽娜便不辞辛苦地照顾她，把她带到自己的卧房里为她唱歌。她们一起读故事书，由贝特西朗读。罗丽娜只认得几个字，两个小姑娘打算教她识字，但知道只有待她心情好转后才有可能。

连莎莉——她平时对妹妹得到的任何款待都颇为忌妒——也对贝特西与罗丽娜关系格外亲密这一事实表示尊重。如果她想取笑贝特西，只要看到罗丽娜正用某种目光看她，就不再开口。

克拉拉得知奥古斯塔斯的消息后并不感到扎心般的悲痛，过去多年的分离使他们淡漠了。他来拜访，她看见他时感到无限的喜悦，因为她知道他对她的爱依然如故，她也愿意有他在身边。她赞赏他的涵养与幽默，同时，尽管他们首次相爱已是多年前的事，他仍将她置于众多女人之首，为此她的心灵深处感到一种说不出的满足。

她经常用鲍勃的大衣裹住自己，坐在楼上的阳台上。她喜欢严寒，喜欢那把星辰都冻得暗淡无光的寒冷。回首往事，她确信与奥古斯塔斯分手是有道理的。每次与他接近，她都会与他苦苦抗争。就在他那次短暂的访问期间，她觉得她的抗争又将开始，而它一旦真的开始，像七月和罗丽娜这样的弱者就将被毁掉。

她在漆黑的夜晚坐在薄冰覆盖的阳台上时，偶尔发现冰凉的泪水流了出来。失去奥古斯塔斯，就是失去她最亲近的友人，使她更加感到孤独。然而，她并不像孩子死的时候那般悲痛欲绝。

眼下又有了一个七月约翰逊，他的爱几乎是无声的，他不仅在涉及感情的事情上笨拙、迟钝，在养马方面也愚蠢无能。克拉拉这样爱马，想到为什么要找一个在养马方面还不如鲍勃的男人时，觉得进退维谷。当然，还远远没有到组建新家庭的时候，克拉拉也无意急于求成，建立更亲密的关系很可能只会使她对他更加失去耐心。

使她发笑的是他竟如此忌妒盘子，其实盘子虽然很和气、善于交往，也是一位优秀的助手，但是他对她没有任何兴趣。他每看罗丽娜一眼都显露出对她的痴情，然而他那充满爱的目光没有一次能穿透罗丽娜那忧伤的铁石般的心。克拉拉自己对于罗丽娜的悲伤不能也不想去改变它，悲伤犹如马丁的高烧，要么置她于死地，要么不会。就是从罗丽娜的房间里传出一声枪响，克拉拉也不会觉得惊慌。她知道这个姑娘现在的感觉与她失去三个儿子时的感觉完全一样——无法消除的悲痛。在那种情况下，鲍勃和邻居们善意的劝说只能使她感到羞辱。那时她都不想活了，更不愿意愉快地活下去。好心人对她说活着的人还是应该活着，那她就想告诉他们，如果我的儿子们活不了，我也不活了。可是人们毕竟是正确的，她渐渐地又过起了日子，而且有那么一天，她再次做了一个蛋糕，吃的时候仍旧狼吞虎咽。

罗丽娜每天茫然地坐着，深深地沉浸在痛苦中，只有贝特西逼她动，她才动一下。克拉拉见她这副样子，毫无办法。罗丽娜或是活，或是死，而克拉拉则认为她有可能死。唯一维系罗丽娜生命的是贝特西。她不关心糖果，不关心男人或马匹。她经历的唯一幸福是与奥古斯塔斯在一起。那位英俊的年轻牛仔给她送去无数爱的秋波，她却无动于衷。罗丽娜与欢乐无缘，她对它一无所知，克拉拉亦不打算因此而把她拉回生活中来。那位年轻的牛仔终将醒悟，他的爱被死去的奥古斯塔斯所阻挡，如同奥古斯塔斯还活着的时候那样。贝特西挽救罗丽娜的可能性比盘子的还要大些。贝特西为她焦虑不安，不断地催促母亲想点儿办法。

“她一心想让麦克克里先生再活过来，可我又做不到，”克拉拉说，“你说叫我怎么办？”

“叫她别这么伤心。”贝特西恳求道。

“谁也办不到，”克拉拉说，“就连你伤心的时候我都不能叫你不伤心。”

然而有一天，她还是试了试。她走到罗丽娜身边时，她正站在厅里，没有梳头，看上去像只挨了揍的狗。克拉拉像那次拥抱七月约翰逊似的猛然将她抱住。她的拥抱曾激起了他强烈的希望，对她却不起任何作用。

“我猜你在想还不如跟他一起去呢，”克拉拉说，“那样你就会和他一起多待一些时间。”

罗丽娜有些愕然——这正是那个消息传来后她一直在考虑的事。

“我是该那样做。”她说。

“不，”克拉拉说，“就算你对了，跟他多待一些时间，可是现在你就会陷在蒙大拿，跟一伙男人在一起，他们才不管你爱不爱奥古斯塔斯呢，他们想叫你爱他们。盘子非常想得到你的爱，才顶着风雪到这里来的。”

想到盘子，只能使罗丽娜觉得透心凉。“他在浪费时间。”她说。

“这一点我明白，可是别指望他会看透这一点。”克拉拉说。

“我当妓女的时候，他和我睡过几次。”罗丽娜说。说完又对自己用的那两个字感到惊讶，她还从来没有这样说过。

“古斯就没有吗？”克拉拉说。

罗丽娜不说话了。奥古斯塔斯当然也睡过。她想，如果克拉拉知道她当过妓女，可能会赶她走。

“盘子爱你，那是他让你注意他的唯一途径。”克拉拉说。

“他没有引起我的注意，”罗丽娜说，“他什么也没有得到。”

“可是古斯用同样的办法却什么都得到了。”克拉拉说，“古斯的运气好，盘子的不好。”

“我的也不好。”罗丽娜说。

克拉拉没有再往下说。过了几天，她正在做针线活儿的时候，罗丽娜站到她面前，情绪并不比前几天好些。“你既然知道古斯爱的是你，为什么还让我留下来？”她问道，“你为什么不叫他留下来？要是你把他留下来，他就不会死。”

克拉拉摇了摇头。“咱俩他都爱，”她说，“但是古斯不肯错过任何冒险的机会。不会为你或为我或为任何女人而不去冒险。没有人能把他留在家里，他是一个浪荡公子，一个四处闲逛的人，尽管你和他在一起的时间可能比我长。”

罗丽娜却不以为然，她记得奥古斯塔斯时常谈及克拉拉。自然，这件事不再有什么关系了，任何诸如此类的事都不再有什么关系了，可是她还是不由自主地想到了这件事。

“不对。”她说。她说话时有气无力。

“对。”克拉拉说，“你长得好看，也不那么指手画脚。我对古斯说我要嫁给鲍勃，那是多年前的事，他看上去松了一口气。他想装出很失望的样子，但他真的放了心，我忘不了这件事。他向我求婚至少有三十次，但是他明白，一旦得到了我，生活就成了战斗，那他可不愿意。”

克拉拉沉默了一会儿，看着罗丽娜的眼睛。

“鲍勃太迟钝，意识不到会有斗争。”克拉拉接着说，“我跟他斗的时候，有一半时间他都意识不到，所以我主要是跟自己斗。”

“那可真没意思。”她又说。

她认为这次说话是个好现象，也许罗丽娜已经闯过了难关。然而那是之后的几个月里她们唯一的一次谈话，罗丽娜在沉默中度过了冬天。她只与贝特西谈话，贝特西一如既往地忠于她。

盘子波吉特也同样忠诚，尽管罗丽娜对他的忠诚没有表示过任何兴趣。他把时间越来越多地用在与莎莉玩牌上，并且渐渐地喜欢上了莎莉那女孩子气的谈话。他天天都竭力讨好罗丽娜，可是也开始感到失望。无论他怎样亲热地和她说话，她连瞧都不瞧他；不管他说什么，她均无言相对，与她在孤鸽镇时毫无两样，只是更深沉些。他自忖道，到了春天，如果情况仍无好转，就回得克萨斯去，彻底把她忘掉。

可是春天到来时，盘子对克拉拉说，他愿意留下来帮她照顾小马驹。

第100章

奥古斯塔斯将自己拥有的一半牛群给了那个女人，考尔对此抱怨不已。那个女人在内布拉斯加，没有在他们这里帮忙干活儿。当然，如果她在这里，也只能给他们增添诸多麻烦，这并不能减轻奥古斯塔斯的决定给他带来的烦恼。他完全可以给她钱嘛，他有钱。而这么一来，每当考尔卖给军队一批牛，就不得不把一半的钱给那个女人留出来，而他对那个女人从来就没有满意过。况且，据他对所有这类女人的了解，她或许早已将奥古斯塔斯忘却而与别人结了婚，或许已经重操旧业。

不管怎么说，考尔已经将钱对半分好，无论这样做多么令人恼火，因为这是奥古斯塔斯的意思，他就要照办。然而，他还是计划在把尸体往回运的时候，到她那里看看能否将她特有的那一份买过来。他不喜欢与一个女人搭伙，更不必说是个妓女。虽然他认为她可能已经改过自新。

他在帐篷里住了整整一冬，每天让牛仔们干活儿，对工作的结果却不闻不问。有时候他外出狩猎，骑上母夜叉一直朝大平原驰去。他常常捕到猎物，但他对狩猎并没有兴趣，去狩猎是因为与牛仔们在一起时他觉得很不舒服。印第安人没有来骚扰过，牛仔们自己干活儿也干得很好。盘子走后，稀汤琼斯坐上了牛仔中的第一把交椅，而且进步很快。其他人也干得不错，虽然时有怒气和不断的小争执。休·奥尔德与波·坎波结为好友，经常一同外出一两天，由老休带后者到几个仍有水獭的水塘去，或者去他熟悉的有趣的地方。大嘴唇渴望音乐，不仅吹口琴，还花了几乎整个冬天把一个盛鞋的木盒子改制成一把小提琴。那玩意儿虽说能发出尖锐的声音，但是没有一个牛仔愿意承认那种声音是音乐。

圣诞节期间，大家想吃点儿猪肉，便杀了奥古斯塔斯的那两头猪解馋。最叫人意料不到的是杰斯帕·范特学会了掌厨。起初他做饭纯粹是为了解闷儿，但在波·坎波的点拨下，他进步得很快，波·坎波与老休外出时，大家就不至于断炊了。

早春时节，气候仍旧令人难以捉摸。一天晚上，他们丢了十五匹马。在这么个地方，这么个时间，他们怎么也没有想到会有偷马贼，后来虽然把丢失的马找了回来，但纯属运气好。在此之前，考尔已经采取了防范措施。他与老休去了两个最近的印第安人部落，会见了他们的酋长，并进行了些外交活动，以避免类似导致奥古斯塔斯之死的意外遭遇。几次访问使他心情忧伤，因为那些印第安人并不好战，似乎奥古斯塔斯偏巧在错误的时间以错误的方式撞上了错误的一伙人。这可真是令人沮丧的一大讽刺，因为过去奥古斯塔斯一向主张与印第安人进行外交式的交涉。那些年月里，在许多考尔认为无关紧要的事情上，他都与他们协商过。奥古斯塔斯曾与许多印第安首领交谈，若依着考尔，早把他们打死了。就是这么个奥古斯塔斯，却被杀死在一个大部分印第安人都热心于交谈的地方，他们尤其热心于和一个拥有取之不尽的牛肉的人交谈。

在访问过程中，考尔发现，总的来说，印第安人的马匹比他的好些，他甚至与黑脚人谈妥了一笔交易——五十头牛换十匹马。这一谈判花费了老休两天工夫，把喉咙都说哑了。

所以，当斯佩特尔家的孩子报告马丢了的时候，考尔感到十分震惊。这个偷马贼从何处而来，又向何处而去？

然而事实毕竟是事实——马不见了。考尔带上豌豆眼、纽特、织针纳尔逊和老休去追踪。他们很快便排除了印第安人作案的可能性，因为这些贼走得太慢，而且就在离总部五十公里处扎了营，印第安人绝不会愚蠢到这个地步。他们很快便弄明白了所追的只有两个人。他们第二天进入加拿大，第三天便将贼抓获，在两个人吃早饭的时候给他们来了个措手不及。两人中一个是颤颤巍巍的老者，长着肮脏的灰胡子，还有一个是和纽特年龄相仿的年轻人，身材魁梧。老人有一支单发野牛猎枪，小伙子有支装填式手枪。考尔举着枪来到营地时，年轻人正在煮野味，老人则靠在他的马鞍上读《圣经》，嘴里念念有词。那个孩子虽然壮得像头公牛，可是一见五个持枪人，吓得直哆嗦。

"我对你说过，爸。"他说，"咱们现在叫人家抓住了吧。"

老人的马鞍旁边有一个酒罐，他显然醉了，不清楚身边发生了什么事。

"喂，我是上帝的牧师，"他说，"别用他妈的枪对着我，我们正吃早饭呢。这是我的儿子，汤姆。"

考尔只用一秒钟便缴了他们的枪。那十五匹马正在离营地约一百米的地方吃草。

"我们不知道是你们的马，"那孩子说，他害怕得抖如筛糠，"我们还以为是印第安人的呢。"

"它们都烙了印，"考尔说，"你们可以看嘛，除非你们瞎了。"

"既不是瞎子，也不是罪人。"老人说着，站了起来，醉得东倒西歪。

“那好，你们是偷马贼，在我看来就是有罪。”考尔说，“你们从哪儿来？”

“从上帝那儿，伙计。”老人说。

“究竟从哪儿来，快说。”考尔厌烦地说。他不明白是什么迷住了一个牧师和一个孩子来偷他的马，而且每匹马都有清楚的烙印。他发现这是一桩既愚蠢又毫不值得的罪行，因为他们正把马往北赶，而北边一无城市，二无牧场。很显然，这两个人是穷人，这个老人还精神失常。考尔从他手下人的表情看出来，他们对吊死这样的两个人感到于心不忍，他自己也不是很积极，但他们是偷马贼，他无可选择。他厌恶自己要做的事，而这一情绪导致了一个错误——他没有立即将那老人捆起来，因为他醉得连站都难以站稳。事实上他并不弱，只见他抄起一把短斧，照着织针就抡，若不是织针及时向后躲闪，肯定难逃噩运。即使是这样，斧子还是在他的胳膊上砍了一道深深的伤口。那老人又抡起斧子砍的时候，考尔向他开了一枪。那个小伙子撒腿就朝开阔的草原跑去。捉住他当然不费吹灰之力，他们把他绑住带回来时，老人已经断了气。那孩子见状，便坐在薄薄的雪地里哭泣起来。

“妈和姐姐死以前，他还没事，”他说，“我们本来跟着篷车队，后来他就疯了，硬要我们自己走。我并不想那样干。”

“他要是不偷我们的马就好了。”考尔说。

那孩子一边哆嗦一边哭。“别吊死我，先生，”他说，“我这辈子也没偷过马。我叫他不要管那些马，可他说马是印第安人的。”

“我给你干活儿，”孩子又说，“我会干铁匠的活儿。离开密苏里以前，我在那儿的一家铁匠铺干过两年。”

考尔知道，几公里内没有一棵像样的树，而和这孩子一同骑马走上一天去找棵树把他吊死，对他来说也是件棘手的事。此外，他们需要个铁匠。至于他讲的故事，可能是真的，也可能是假的。那个老人看来是疯了，然而考尔见过许多举止像那样的人，他们那样做只是一种保住性命的伎俩。

“爸说我要是不帮他，他就打死我。”年轻人说。

考尔不相信他的话，本来打算给他松绑，但还是没有给他松。他把汤姆放到一匹他们父子俩偷来的马上，便起程回去。

纽特一想到可能发生的事便恶心，他再也不想看见人被吊死了。

“你去对他说。”他对豌豆眼说。

“说什么？”豌豆眼问。

“别把他吊死。”纽特说。

“他会把他吊死的，”豌豆眼说，“他不是把杰克吊死了吗？”

“是他爸逼他干的。”纽特说。

“有那个可能，”豌豆眼说，“也可能他就是个他妈的偷马贼呢。”

路上他们见到了一棵大树，但考尔继续向前骑，一直骑到帽子溪牧牛公司总部。一到那里，便为那小伙子松了绑。

“干活儿吧。”考尔说。

一连十天，那个大个子年轻人成了公司里最和气、最友好的人。他为所有的马换掌、劈柴，还干别的杂活儿，不管是分派他干的还是没有分派他干的，他都干。他不住地说话，力图表现得亲热，然而没有人喜欢他，连纽特也不那么待见他。汤姆与他说话的时候站得离他非常近，而且总是喋喋不休。他那张大脸经常汗津津的，在最冷的日子里也不例外。甚至波·坎波也不喜欢他，连给他饭吃都很不情愿。

后来，在一天的黎明之前，队长发觉大汤姆——人们都那么称呼他——正在备马准备逃走。他身上有四个牛仔的钱包，他偷得那么高明，那些被偷的人一无所知。他还偷了公司里最好的一副马鞍，是伯特·博罗姆的。

考尔两三天来一直在等待他的这一行动，并且让豌豆眼帮他观察。大汤姆想猛地冲出去，但考尔将他打下马来。牛仔们听见枪声，穿着睡衣从房子里跑了出来。那个小伙子虽然受了伤，仍极力反抗，考尔不得不用那支亨利枪的枪筒狠狠敲他，这才把他捆住。这一次他虽然又哭着求饶，还是当即被吊死了。

"时间都浪费在偷马贼身上了。"考尔把那小伙子的马从他胯下踢跑时说。牛仔们个个缄口不语。

"别看他给马换了掌，还是应该一开始就吊死他。"豌豆眼事后评论道。

考尔又开始考虑奥古斯塔斯及他对奥古斯塔斯的许诺。春天将至，如果他兑现诺言——他当然要兑现——就该上路了。牧场已经开始经营，但很难决定让谁来领导。这一问题他思考了一个冬天。这里已不会有印第安人的威胁或者别的什么严重危险。由谁来经营牧场呢？稀汤在任务明确的情况下干得很出色，但缺乏主动性，也不习惯做计划。牛仔们都我行我素，常常因为他们觉得有人在某一方面想把自己置于他们之上而挑起争斗。豌豆眼显然算是个长辈，但豌豆眼过去三十年一直乐于接受命令，叫他突然开始向他们发布命令是根本不可能的。

考尔时常想到纽特，整个冬天他都在以与日俱增的自豪心情观察他。这个孩子是全公司所有人中他唯一乐意与之相处的人。他为这孩子技艺的提高及锲而不舍的精神感到高兴。他知道把管理一伙成年人的工作交给一个十七岁的孩子多少有些冒险，但他就是在那个年龄开始领导成人的，而且是在更为动乱的年代里。他喜欢那孩子干活儿从不抱怨的作风。一年来，他的身体发育得很健壮，可以终日精力充沛地工作，而且干得比大部分牛仔都多。

有一次，他和豌豆眼看着那孩子驯服了一匹草原野马后走出畜栏，豌豆眼无意中冒出一句："嘿，队长，小纽特走路的架势跟你一样。"

考尔浑身打了个寒噤，幸好豌豆眼没有注意——正如奥古斯塔斯常说的那样，豌豆眼不是个留心观察事物的人。

当晚，考尔坐在威尔巴杰的小帐篷里，回忆着那句话。他还回想起奥古斯塔斯多次主动与他谈论那孩子的事。奥古斯塔斯越是催促他，他出于本能就越是拒绝接受。现在奥古斯塔斯已经故去，想到这孩子是他的时，已没有了不愉快的感觉。他当然去找过他的母亲，尽管回忆这些事是很讨厌的。当然不是玛吉讨厌，他不愿回忆的是她对他那奇怪的需求。

他开始带着那孩子一同前往各个堡，这不仅仅是为了使他熟悉环境，而且还可以让他实践一下如何做买卖。有一次，为了做个试验，他派豌豆眼和那孩子连同瑞尼兄弟去本顿堡送一批数量可观的牛，并指明要那孩子处理买卖的一切细节，然后把钱捎回来。纽特不仅圆满地完成了任务，而且与他干得一样好。他将牛安全赶到，谈了个好价，并把钱带了回来。

纽特被赋予了偌大权柄，稀汤琼斯可忍受不下去。在稀汤看来，他坐上了牛仔的第一把交椅，应该由他把牛群送去，甚至应该得到一笔佣金。稀汤动辄对纽特粗暴无礼，纽特则尽量不理会他。考尔也不动声色，但是两周后，他又让所有人都知道他准备再次派纽特去堡里。这一次稀汤气得怒发冲冠，他认为这是对他的蔑视，并且说如果照这样安排，他就要领工钱不干了。

考尔当场就把工钱付给了稀汤，这使他一下子傻了眼。他完全没有料到会有这样的结局。“嘿，队长，我并不想走，”他哀伤地说，“回到南方，我也没地方可去。”

“那就还把钱给我，老实点儿。”考尔说，“这儿谁干什么工作由我来决定。”

“我知道，队长。”稀汤说。他意识到自己找了个糟糕的时刻让人们看笑话——刚吃罢早饭，大家都凑过来看热闹。

“你如果还有别的不满，我在这儿听着呢。”考尔说，“你好像对纽特有一肚子的不满。”

他的话使纽特的头发都奓了起来。在他的记忆里，这是队长第一次叫他的名字。

“啊，不，我没有。”稀汤说，“他是把好手，但是把好手放到第一把交椅之上好像不公平，除非有理由。”

“他年轻，需要锻炼，你用不着，这就是理由。”考尔说，“要是我叫你听他的命令，你就得听，要不就走。他的命令就是我的命令，我的命令由他下达。”

一想到要听从一个孩子的命令，稀汤的脸都气紫了。他把工钱塞进口袋准备离开，然而经过一个小时的思考，他软了下来，又把工钱还给队长。可是就在那天晚上，当纽特端着满满一盘子饭从他前边走过时，他突然伸出一只脚，把纽特绊了个跟头，纽特脸朝下摔在地上。这一侮辱极大地激怒了他，他果敢地向稀汤连击几拳，直至稀汤以他的体重和经验占了优势——纽特连遭重击，被彻底打蒙了，连这一仗何时结束了都不知道。他坐在地上，吐着嘴里的血，稀汤已经走开了。考尔已预料到会有这一次拳斗，他冷静地观看这次打斗，为那孩子打得如此顽强感到欣慰。要他打赢则超出了他的能力。

这一架没有为稀汤赢得朋友，盘子走后，他处处盛气凌人，因而朋友所剩无几，相反，纽特则为大家所喜爱。人们的反应对稀汤十分不利，所以几天后，他再次取走工钱离开了这里。他带走了伯特。大家认为他们两个人一起，是能够回到得克萨斯的。

有几个星期，考尔为人手短缺而焦虑。后来，他在堡里见过的三个年轻人决定不再当兵，想试试牧场的工作。这三个人都来自肯塔基。刚开始，三个人都笨手笨脚的，但是都很勤奋。不久又来了两个牛仔出身的人，他们听说米尔克河有个牧场，便被吸引来了，他们从迈尔斯城一直北上，到了这里。他们去年放弃牛仔工作，干起皮货买卖，后来发觉他们干错了行当。接着又有一个名叫吉姆的高个子独自摸到了这里。他原先与一个篷车队在一起，后来失去了前往俄勒冈的兴趣。

时间不长，队长发现人手不仅不再短缺，反而有些过剩。他决定提前开始给牛烙印。他们离开得克萨斯以来，已有几百头牛犊出生，很多都在一岁以下，打烙印十分困难。有几个牛仔对这项工作的必要性表示怀疑，因为在这一带，他们是唯一的一个牧牛公司，但考尔明白这种情况不久就会改变，别的公司即将到来。

聚集牛群的工作足足花了十天，因为在冬季牛群寻觅牧草的过程中，它们已在米尔克河与密苏里河之间广阔的地带分散开了。打烙印又用了一星期。起初大家还很喜欢这项工作，并且互相竞赛，看谁能把个头儿最大的牛最先摔倒在地。人们还为谁应该套牛，谁干地上的活儿而争执不休。纽特很快便证实了自己是一个好套牛手，而且马上便与织针纳尔逊一同干起套牛的工作，而织针原是全队唯一会使套索的老队员。

烙印工作圆满完成。春草从薄薄的雪里钻了出来。考尔知道，是他兑现对老朋友的许诺的时候了。把一具死了六个月的尸体运回得克萨斯的确是件别扭事，说实话，也真荒谬，但是就有这种事在等他去做。

然而，五月悄悄地过去，六月即将来临，他还没有走。冰雪消融，雪水渗入平原，有件事阻止了他。不是工作，因为工作已有足够的人在做——他们曾不得不拒绝三四个前来谋职的人。考尔经常用一个下午的时间观看纽特管理他们最近从堡里买来的一群马。他自己对这种工作不是很熟练，他没有那种耐心。他任凭那孩子自己去干，从不指手画脚。他喜欢看那孩子调理马，这已经成了他的一大快事。如果哪个牛仔过来与他说话，他干脆不理，直至那个人没趣地走开。他愿意不受干扰地看那孩子干活儿。他知道这种日子已经不多了。去得克萨斯再回来可是一段遥远、漫长的路程，有时他怀疑自己是不是还能回来。牧场已经经营起来，各种危险到目前为止也比他们原来担心的要少些。有时他觉得他已经没有什么事可干，并且觉得自己比他知道的任何人都衰老。奥古斯塔斯即便在临死的时候也仿佛很年轻，可他感觉自己老了。他对工作的兴致尚未复原，只有在观看那孩子调理马匹时才感觉到自己的存在。

在那几小时里，他沉浸在回忆里，想起与马匹共同生活过的人，想起那些把马驯服、骑到马背上、死在马背上的人。他为那孩子自豪，在自豪的同时，又因他们当初是那样的状况而极度痛苦。然而，那些事已不可逆转。他想他或许可以在什么时候把这件事撇开，正如奥古斯塔斯要求他的那样，但是他什么也没有说。他不能说。一旦他与那孩子单独在一起，他想说的话便荡然无存。每当他想开口，喉咙便会像被一只手掐住了一样发紧。不过，几句话又能改变什么呢？它们无法改变过去的年月。

刚开始，纽特对队长看他驯马感到不解，心中很紧张——他以为队长来看是因为他干的活儿有加以指点的必要，然而一个又一个下午过去了，队长还只是看着，有时一坐就是几个小时，不管下雨或刮风。渐渐地，纽特开始盼着他来看，他意识到队长喜欢看他。通过队长的一些做法——让他负责越来越多的工作——纽特开始感觉奥古斯塔斯的话是正确的，可能队长就是他的父亲。有几个下午，当队长在围栏旁边看他的时候，他几乎对此很有把握，而且开始盼望队长很快就能告诉他。他做好了聆听的准备，等待他把实情告诉自己。他的这一希望日益强烈。即使队长不说话，但只要来看他干活儿，纽特就感到骄傲。

有两个星期，纽特陶醉在春夜里。他从不敢想能与队长共度如此美好的时光。他企盼队长把使他迷惑已久的那一切尽快告诉他。

五月末的一个晚上，考尔无法入睡。他在帐篷前坐了一夜，想着那孩子，想着奥古斯塔斯，想着他不得不开始的旅行。次日清晨，早饭后，他把纽特叫到一边。然而这时他又说不出话来了——那只手又掐住了他的喉咙。那孩子十分耐心地站在那里，等待着。考尔对自己的古怪举动感到恼火，但终于听见了自己的声音。

“我必须送古斯回去，”他说，“我想我可能要去一年，你得当牧场的老板，豌豆眼协助你，其余的人大多数都可靠。我想那个爱尔兰人很想家，他可能要走。”

纽特不知道说什么好。他看着队长。

“卖牲口的时候，有一半钱是那个女人的。”考尔说，“这是古斯的要求，你可以替她把钱存在迈尔斯城。我见到她的时候就对她说钱在那里存着。”

纽特简直不敢相信，队长让他当老板管理牛仔，他等着听进一步的指示，但是队长已经转身走了。

快到晌午时，他与豌豆眼、织针沿米尔克河岸骑马巡逻，看看是否有牛陷在泥里。它们常常陷在泥里，把它们拉出来是件相当艰苦和泥泞的工作，但是必须做，因为一旦下雨，河水上涨，就会把陷住的牛淹死。

这天风大天寒，纽特不得不三次涉进泥里，在织针套住牛头往外拉时，他就推牛的尾部，把牛拖出泥淖。纽特尽量刮干净腿上的泥，穿上裤子，准备回总部。这时他见队长骑马朝他们过来了。他骑着母夜叉，牵着油腻，就是那头从得克萨斯随他们一路来到北方的大骡子，还有一匹叫杰里的四肢修长的黄褐色马。除了母夜叉，队长就喜欢这一匹。奥古斯塔斯的旧招牌捆在那头骡子上。

“我猜队长要走了，”豌豆眼说，“他带着油腻和另一匹马呢。”

纽特的情绪一下子消沉了。他知道队长必须走，但他希望他不要走，至少过几天再走。

考尔骑到他们三人跟前，下了马，而且大出他们所料，他把马鞍从母夜叉的背上卸下来，放到杰里背上，然后把母夜叉牵到纽特站的地方。

“看看你的马鞍合适不合适。”队长说。

纽特惊愕得只知道呆呆地看着队长。他想他肯定是听错了，自从帽子溪牧牛公司有了它，一直是队长一人骑着它。

“做什么？”他终于说道。

“把你的马鞍放到它上面。”考尔说。他感到不耐烦，连说话都困难。他觉得随时随地都会窒息。

“我怕它不喜欢我的马鞍。”纽特说着，看看那匹母马。那匹马对他竖起耳朵，似乎知道他说了些什么。然而队长没有收回他的命令，他只好将马鞍从他骑的那匹克拉拉送给他的栗色马身上取下来，放到那匹母马背上。纽特放鞍的时候，队长为他拉住马勒子。然后他将缰绳交给纽特，并走过去把他那支大亨利枪从枪套里取了出来。他把那孩子的温彻斯特枪从马鞍上取下，把那支大亨利枪装进他的鞍袋里。虽然不完全合适，但掉不出去。

“打大熊的时候，你会用得着的。”他说。

他转身看那孩子时，那种窒息感险些把他压倒。他决心按照奥古斯塔斯的要求对那孩子说他是他的儿子，他还想和他骑马走上一程，这样就可以私下告诉他。

然而，当考尔望着站在瑟瑟寒风中背朝加拿大的纽特时，他才发现他一句话也说不出来。他的整个一生仿佛都堵在了喉头，像是一大口东西卡在那里，吐不出来，咽不下去。他曾看见一个保安队员被一大口野牛肉噎死，而他也觉得就要被噎死了——被自己噎死。他觉得他企图的一切均已失败——面前站着的这个孩子便是个证明。他羞愧、悔恨，难以启齿。他夜复一夜地坐在威尔巴杰的帐篷前，思想激烈地斗争着，甚至感觉不出蒙大拿的酷寒。他毕生都在向他手下的人宣扬诚实与忠厚，并且毫不迟疑地开除了那些做不到这一点的人，而他们大多数只是因为玩忽职守而说谎，或是执行命令不力而找借口。他自己则比他们坏得多，因为他在对待儿子这件事上一直不诚实，而他的儿子手握母夜叉的缰绳，正站在距他三米远的地方。

考尔想，还是说了吧，哪怕有另外两个人在场。想到这里，他颤抖了。他的颤抖及面部的表情使豌豆眼大为震惊，因为他还从来不知道队长有不会说话的时候。队长总是骑马过来便下命令，就是这么简单，然而现在他喉头抽动着，只能呆呆地站在那里望着纽特。

纽特也望着队长，他一生都没有像现在这样伤心。那就走吧，他想说。如果是这般困难，就走吧。他当然不希望队长离开，他感觉自己太年轻，不愿意队长把一切都留给他。他承受不了眼前发生的事，这太令人惊讶了。五分钟前，他还在把两头小牛拖出泥淖，而现在队长已经把他的马和枪给了自己，并且站在这里，脸上流露出痛苦的神情，连肖恩·奥布赖恩被十几条蛇咬死时他的表情都没有这般痛苦。既然如此，那就走吧，纽特想。就这样算了，反正一直就是这样过来的。队长啊，就让它这样吧。

考尔向前走了几步，来到纽特身边，用力抓住他的手臂，力气大得使纽特觉得他的手指已经捏到了骨头。然后他转过身便去上马，上了三次才骑到那匹黄褐色马背上。他真希望自己能与奥古斯塔斯一同死在马瑟尔谢尔河上，那也比知道自己不能做个诚实人容易得多。他的亲生儿子就站在那里——千真万确；经过多年的怀疑，他的心现在一次又一次地告诉自己这是真的——但他不能叫他一声孩子！他已经丧失他的诚实，早已丧失了，他现在一心想走。上马后，他的情绪松弛了一点儿。这时，他发誓要抛弃的老习惯又回来了——领导别人的习惯。

“还有两头小母牛陷在那儿呢，”他说，“它们在河下游一公里处。你们最好去把它们拖出来。”

他骑马来到豌豆眼那里，与他握了握手，豌豆眼惊得呆若木鸡。奥古斯塔斯一直到最后一刻才和他握手，而队长现在就和他握手了。

“帮帮纽特，”考尔说，“他需要一个可靠的人，而你是最合适不过的。”

他又向织针挥了挥手，拨过了马。

“再见，伙计们。”他说。

他再一次看了看纽特。那孩子孤独的样子使他想起他自己的父亲，他与人们在一起时总是很拘谨。他的父亲在密西西比的时候，醉酒后从厩楼上跌下来，折断了脖子。考尔想起了他传给他的那块表，一块薄金壳旧怀表。他从孩提时代就一直带着它。他在马镫上站起身，将表掏出来递给纽特。

“这是我爸的。”他说完，转身而去。

“妈的，纽特。”豌豆眼说，他这辈子都没有这样惊讶过，“他把他的马给了你，还把他的枪和表也给了你。他这么做，好像你是他的孩子似的。”

“不是，在这个世界上，我谁的孩子都不是。”纽特痛楚地说，“我不想是，也不会是。”

他带着一颗绝望的心骑上母夜叉，就好像他已经骑了它多年一样，朝河下游走去。他想他将永远不再对任何事情抱有希望。然而还不到一分钟，他又产生了一个古怪的想法——队长也许又回来了，他也许把什么东西忘了，也许还有要下达的命令。即便这样也好啊。想到队长的离开，他感到无限孤寂。可是，他转身望去，队长已变为偌大平原上的一个黑点。他走了，事情再也不会像纽特盼望的那样——永远不会了。那样要求队长实在太难为他，现在他离开了。

豌豆眼与织针默默地跟在纽特身后，豌豆眼感到了衰老，感到了惊慌，转瞬间他一生的基础发生了变更，他受到了某种预感的冲击。三十年来，队长一直在身边发布命令，那些命令无数次使他得以生还。他一直与队长形影不离，但是现在他和队长不在一起了。他不明白队长为什么要把他的马、他的枪和表送给纽特。那把斧子的事、他去要回斧子时听到的话，已被他忘得一干二净——那件事缠绕了他那么久，在这最后一刻却从他的脑海里溜走了。

“是呀，就这样吧，”他无精打采地说，“看来还是要干活儿呀。”

那头得克萨斯公牛与一群母牛就站在百米以外的地方。他们骑马走近时，它便哞哞地叫起来，还用蹄子刨地。虽然近来它没有顶过任何人，但看到几个人一同骑马走近它，还是一肚子不高兴。

“我可对你说，我早晚要把那头公牛打死，”织针说，“我忍耐那头混账牛的时间够长了。也许队长喜欢它，可我不喜欢。”

纽特听见他在说什么，但没有答话。他知道队长交给他的任务太重了，可是没有说出来。哪怕他已经对一切都不在乎，可他仍不得不尽力工作。

尽管觉得一切都没有意义，但出于习惯，他们还是把那两头陷住的小牛从米尔克河畔的泥淖里拖了出来。

第101章

到迈尔斯城后，考尔才得知棺材里的奥古斯塔斯的遗体已遭破坏。有只什么野兽冲进了棚子，把棺材从木桶上撞了下来。医生说可能是只狼獾，要么就是一只美洲豹。棺材被摔成碎片，那条截下的腿被野兽叼走了。这一失误直到一场暴风雪后才被人发现，所以那条腿再也无法找回来。

考尔听说这一消息时，脸上的表情极为严肃，弄得医生十分紧张。

“我们保存了他的大部分，”他避开考尔的目光说，“我又把他装殓了一次。反正他活着的时候那条腿就没有了。”

“我走的时候，它在棺材里。”考尔说。他无心与那个人就此事争论下去。他把原先做这口棺材的木匠找来，让他用很结实的木板把它加固，加固后的棺材十分沉重。

同一天，考尔幸运地看见一辆要出售的四轮单座篷车。车虽旧了，但车架还相当结实，他便买了下来。第二天，他用帆布将棺材苫好，便抽打牲口向东去了。篷车苫布褴褛不堪，他把它撕了下来。油腻——那头骡子——过去一直拉四轮大篷车，拉上这辆车后像是感觉不到它的分量似的，拉得十分轻快。离开迈尔斯城的那天早晨，天气冷得出奇，阳光透过冰冷的云层，只剩下惨淡的光线。考尔知道只带两头牲口上路是很危险的，但他还是想冒一下险。

第二天，天气有所好转，他与一队近百人的克罗族印第安人一起走了一段时间，他们也是往南去。克罗族人很友好。他们的首领是个小个子干瘪老头，喜欢吸烟，喜欢讲话。他请考尔与他们一同宿营。他们都对带着棺材旅行感兴趣，问了许多关于棺材里面那个人的情况。

“我们一道旅行来着。”考尔说。他不想与这个老人或任何人谈论奥古斯塔斯。他虽想快些赶路，但还是友善地与克罗族人一同朝前骑，因为他如果显得不友好，在他失去这个老酋长的保护后，再往南走，一些年轻的印第安人就会戏弄他。

进入怀俄明后，一连十一天没有见到一个人。那辆篷车走得还可以，但由于考尔赶路的速度太快，油腻已开始掉膘。车经过保德河附近的山谷地带时，棺材受了颠簸，但由于加固了，它还不至于破裂。

接近内布拉斯加时，他见到了第一批人，他们是五个年轻的印第安人，手里拿着从什么地方搞到的酒。他们见他带着口棺材就没有理他，但是他们醉得无法打猎，所以还是来找他，向他讨吃的。看样子他们都不满十八岁，坐骑也很不成样子。刚开始考尔拒绝了他们的要求，可是又想，他们还都是孩子，便对他们说，戒掉酒就给吃的。听到这句话，他们大吵大闹起来，有一个还掏出一支旧手枪，像是要开枪打他，但是考尔没有理会他的威胁。不久他们便走开了。

他后悔不该把奥古斯塔斯的尸体往两个女人那里带，但他又想，将奥古斯塔斯临终写的便条交给她们也是他的一项责任。普拉特河栖居着无数野鸭和鹅，他走在离河两公里处，仍能听见它们嘎嘎的叫声。

他常常想起留在米尔克河的人们及那个孩子。临行前的告别是他没有意料到的，因而思想上总摆脱不了当时的情景。在从蒙大拿到怀俄明的数百公里中，这一切在他脑海里反复出现。他无数次想象他说了他并没有说的话，后来便开始糊涂起来。他怀念坐在畜栏旁看纽特管理马的时光。他不知道那孩子是否能很好地驾驭母夜叉，是否有更多的人离开了牧场。

这一天，他在克拉拉的房子附近看见盘子波吉特正在驯马，还有阿肯色的那个年轻司法官。他到达房子跟前时，那个女人正在外面种不知从哪里弄来的小灌木，她没有戴帽子，脚上穿着套靴。

“这么说，你到底做那件事了，考尔先生？”克拉拉开门见山地说，眼睛里闪着讥讽的光。考尔感到莫名其妙，因为他是在按她长久以来一直爱着的那个人的要求做。盘子肯定把奥古斯塔斯想让自己的遗体运回得克萨斯的事对她讲了。

“是呀，他要我这么做，我也答应了。”考尔说。他不明白她为什么这样讨厌他。他不过才下马。

“古斯是个疯子，而你要把一具尸体运到那么远的地方，就是个傻子。”她毫不掩饰地说，“把他埋在这儿，回到你儿子和牛仔们那里去。他们需要你，古斯可以和我的儿子们埋在一起。”

她说到“儿子”二字时，考尔浑身哆嗦了一下，因为她讲话的口气说明她似乎确信纽特是他的孩子。他自己向来说一不二，现在却手足无措，倒是克拉拉说出的话铿锵有力，掷地有声。

“我对他说过了。”考尔说，“我对他说过你会让他留在这儿的。”

“我想让古斯留在哪儿，就总能使他留在哪儿，考尔先生，”克拉拉说，“我让他在我心里留了十六年。可是咱们现在说的是怎么埋他。把他拉到小山丘那里，我这就叫七月和盘子去挖坟坑。”

“可他没有要求我这么做，”考尔躲开她的目光，说，“他好像愿意躺在你们在得克萨斯野餐的那个地方。”

“古斯是个货真价实的大笨蛋，”克拉拉说，“无论对我还是对任何一个与他交往过的女人，他都够得上是个白痴。正因为他临终时想的是我，才没有理由把他的骨头拉到那么远的地方呢。”

“那是因为你们在那里野餐过。”考尔说。他对她的愤懑丝毫不理解。他还以为一个女人会因为这样的要求而觉得受到了恭维呢，可是克拉拉不那么看问题。

“不错，我记得我们的野餐，”她说，“大部分时间我们在吵架。他想要的我不给他，我想要的他又没有。那是老早以前的事，在我儿子死以前。”

她说这些话时，泪水充满了眼眶。像往常一样，每每想起死去的孩子，她的泪水就要流出来。她意识到自己不太礼貌，也知道那个人听不懂她在说什么。其实她也不明白自己是什么意思，她只知道一看见考尔，就激起她对他无名的憎恨与厌恶。

“他给你们留了便条，”考尔刚想起他来此处的目的，“有你的一张和她的一张。他把我们那群牛属于他的那一半给了她。”他解开鞍袋，取出两张便条交给了克拉拉。

“我本来打算让盘子带来，但他是冬天走的，我不知道他能不能把事情办成。”考尔说。

“可你什么事都办得成，是吧，队长？”克拉拉说。她的目光那么凶狠，他转过身，站在马旁边，心里烦极了。他已打算同意她的看法，奥古斯塔斯叫他办这件事的确太傻了。

他转过身来，看见克拉拉走到骡子油腻身边。她轻轻地抚摸它脖子上的鬃，温柔地说着什么，之后忍不住啜泣起来。她把脸贴在骡子身上，那骡子像根柱子似的站在那里。通常它极易受惊，但是克拉拉贴在它身上哭的时候，它一动也不动。后来，她拿着便条，连看都不看考尔一眼，匆匆地进屋去了。

盘子与七月一直在养马场那边看着。看见奥古斯塔斯的棺材，盘子胃里直往上翻。他还没有从死人对他精神造成的影响中解脱出来。他认为赶快把死人埋掉是躲避他们阴魂的最好办法。

七月也听说了奥古斯塔斯死的过程和他那离奇的要求，他不完全相信，但现在证实了是真的。他想起那次奥古斯塔斯与他一同骑马到那几个基奥瓦人的营地去，奥古斯塔斯把他们杀得一个不剩，而他连扳机都没有扣动。眼下同是那个人，已经死了一个冬天，又来到了内布拉斯加。他确信不疑，这种事情实在是绝无仅有。

“我就知道队长会这么干，”盘子说，“我敢打赌，他来了后，米尔克河的伙计们一个个都吓老实了。”

“听说那儿的冬天很冷。”七月说，其实这并不意味着他们在尼布拉斯加就好过些。

队长好像有些心烦意乱，他朝养马场走了一小段路，然后停了下来。盘子走出养马场，上前欢迎他，七月跟在后边，他对这个人的变化感到震惊。队长已成了个上年纪的人，脸上没有什么肉，胡子花白。

“嘿，队长，你好呀？”盘子说，“那些北方娃干得怎么样啊？”

考尔握了握盘子的手，又握了握七月的。“整个冬天没有失去一个人，也没有损失多少牲口。”他很不耐烦地说。

这时，他见盘子的目光从他那里移开了，他扭头看见那个金发女郎正从屋子里走出来。她走到篷车跟前，站在棺材旁边。克拉拉的两个女儿跟着走出门廊，两人中间跟着个蹒跚学步的小孩。两个姑娘没有跟罗丽娜到篷车那里，她们看了一会儿，便牵着小孩回屋去了。

盘子想，他愿付出任何代价，只要能走近罗丽娜，但他知道那是根本不可能的。相反，他带着队长来到养马场，想用马来宽宽队长的心，可是队长的心并不在这里。

夜幕降临时，他们回去吃晚饭，罗丽娜仍呆呆地站在篷车旁边。吃饭的时候，除了马丁在闹，没有人说话。马丁习惯当人们注意的中心，这天晚上他不明白为什么当他把勺子甩到地上时，没有人笑他，为什么没有人给他唱歌，为什么没有人给他糖果吃。

"咱们不该去叫罗丽娜吗？"吃饭前盘子问道。他对把她一个人留在黑暗里感到痛心。

克拉拉没有回答。两个女儿做的饭，她只是偶尔用目光指挥着上饭、上菜。克拉拉见考尔使用叉子时笨手笨脚的样子，很想就他刚到时她的无礼道个歉，但她没有那么做。尽管她已不再期望七月会和大家谈点儿什么，但对他的沉默还是很不满意。马丁把一口好端端的饭吐出来，克拉拉瞪了他一眼，声色俱厉地说："放规矩点儿。"孩子马上不再闹了。马丁撇撇嘴想哭，又想了想，终于把勺子里的那口饭吃了下去。

饭后，几个男人到屋外吸烟去了，都为躲开了那个阴沉着脸的女人而庆幸。连习惯吃晚饭时叽叽喳喳争着赢得男人们注意的贝特西和莎莉，也被母亲的缄默压得一声不吭，只一心替大家盛饭。

饭后，克拉拉回到她的房间。奥古斯塔斯的便条在五斗柜上，还没有读。她点上灯，拿起便条，把纸上的那点儿血污刮去。"我真不该念它，"她大声说，"我不喜欢听死人说的话。"

“什么，妈？”贝特西问道。她和马丁上楼时听见她在说话。

“没什么，贝特西，”克拉拉说，“一个傻女人在和自己说话。”

“马丁像是肚子痛，”贝特西抱怨着，“你没必要对他那么凶，妈。”

克拉拉转过身来。过了一会儿，她说：“我不能让他把饭吐了。男人们不像话就是因为有些女人把他们宠坏了。马丁要学好，就先学学礼貌吧。”

“我看男人并不都不像话，”贝特西说，“盘子就不是。”

“让我自己待一会儿，贝特西。”克拉拉说，“让马丁睡觉去。”

她打开便条，上面只有草草的几个字：

亲爱的克拉拉：

我很感谢你照顾罗丽娜。我怕她难以适应。我现在只剩一条腿了，生命正在飞快地消逝，所以不能多说。祝你的女儿们好运，祝你的养马业兴旺。

奥古斯塔斯

克拉拉走到凉台上坐下来，揪着自己的手指足足有一个小时。她看见下面的几个男人正在吸烟，谁都不说话。她心想，死亡太多了，为什么都找到我头上来了？

漆黑的苍穹没有给她任何答案。过了一会儿，她站起来下楼去，来到罗丽娜身边。她从考尔到来那时起，一直站在篷车旁。

“我要给你念念信吗？”她说，她知道这姑娘不识字，“字很潦草。”

罗丽娜把便条紧紧地握在手里。“不，我就这么留着它，”她说，“他把我的名字写在上边了，我认识我的名字。我就这么留着它。”

她不想让克拉拉看便条，这是奥古斯塔斯写给她的，上面说的什么则无关紧要。

克拉拉陪她站了片刻便回去了。

月亮很晚才升起。几个男人朝马场旁供他们睡觉的小木屋走去，老墨西哥人不断地咳嗽着。后来，罗丽娜听见队长拿走了他的铺盖。屋子里的灯灭了，男人们也都走了，她感到高兴，她更加相信奥古斯塔斯知道她守在那里。

“他们都会将你忘记，他们都有事要做，”她想，“可是我不，古斯。一到天黑或天亮我就会想到你。你来了，把我从她那里解脱了出来。她可以忘记你，他们都可以忘记你，而我不会，永远不会，古斯。”

第二天早晨，罗丽娜仍然站在篷车旁边，几个男人真不知道该如何看待这件事，考尔更是不知所措。克拉拉准备早饭时就像前一天主持晚饭时一样默默无言。他们从窗口看见那个金发女郎像尊雕塑一样站在车旁，手里紧紧攥着奥古斯塔斯给她的便条。

“为了那个姑娘，还是忘掉你的诺言吧，考尔先生。”克拉拉终于说道。

“对朋友的诺言，我一个也不会忘记，”考尔说，“但是我确实承认这么做是愚蠢的，我自己也这么对他说过。”

“在这类事情上，人们容易丧失理智，”克拉拉说，“古斯就是那姑娘的一切，如果她也丧失了理智，谁来帮我照顾她？”

盘子想说他愿意，但未出口又咽了回去。他见罗丽娜悲痛地站在那里，感到十分扫兴，真希望自己从不曾涉足孤鸽镇。可是他爱她，尽管不能和她接近。

克拉拉明白，与考尔纠缠是不会有结果的，要他停下来，除非开枪打死他。他的表情那么固执，若不是那个姑娘在马车旁站着，他早就动身了。她对奥古斯塔斯如此荒谬地要得到这么一次远行感到气愤。把自己拉出四千多公里，埋到一个野餐过的地方，这种事毫无道理。他当时也许已经精神错乱，如果能让他神志清醒一会儿，他或许会收回这一要求。最使她生气的是奥古斯塔斯对待考尔那个儿子的自私表现。那是一个惹人喜爱的男孩，长着一双孤独的眼睛，很懂礼貌。他就是那种她愿意付出任何代价来抚养的孩子。而在这里，为了某种罗曼蒂克的怪念头，奥古斯塔斯竟然眼巴巴看着他们父子分离。一时间，内心的愤怒再也抑制不住，她简直想朝考尔开一枪，为的是挫败奥古斯塔斯。不把他打死，只把他打得让他走不成，直到将奥古斯塔斯就地埋葬，使这一荒唐的举动被制止。

此时，罗丽娜一下子瘫倒在地上。克拉拉知道，她只是昏过去了，但是男人们不得不连忙把她抬到楼上去。他们刚把她放下，克拉拉便把他们悄悄赶了出去，让贝特西守在她身边。这时，考尔队长已经将那头骡子套到篷车上，并且跨上了马。他要走了。

克拉拉走出来，想再试一次。盘子与七月正和考尔握手道别，一见她过来，他们马上退后了。

“我再对你清清楚楚地说一遍，考尔先生。”克拉拉说，“一个活着的儿子比一个死了的朋友更重要，你明白这一点吗？”

“诺言就是诺言。”考尔说。

“诺言是空话，儿子可是生命。”克拉拉说，“是生命，考尔先生。我比你更适合抚养男孩，可是我失去了三个。我告诉你，没有任何诺言值得你把那孩子自己留在北边。他知道他是你的儿子吗？”

“我想他知道——我把我的马给他了。”考尔说。他想，世界上那么多女人，偏偏要听她谈论这件事，真让人伤脑筋。

“你给的是马，不是姓？”克拉拉说，“你连你的姓都没给他？”

“我更加看重马。”考尔说着，让那匹黄褐色马转过了身。他打马走了，但是克拉拉义愤填膺，大步流星地走在他旁边。

“我要给他写信，”她说，“即使不得不亲自把信送到蒙大拿，我也要让他得到你的姓。我还要再告诉你一件事，你和奥古斯塔斯·麦克克里碰到一起，真叫我遗憾。你们俩的所作所为纯粹是互相毁灭，更不要说你们身边的其他人。我不愿意和他结婚的另一个原因就是，我不想这辈子为了他天天和你吵架。你们男人和你们的诺言，不过是你们要按计划行事的借口罢了——计划就是反正你们要走。你还以为你一贯正确，那只不过是你丑陋的骄傲感，考尔先生。可是你连一件正确的事都没有做过，哪个女人要是看上了你，可就太可悲了。你是一个自负的懦夫，别看你打了一辈子仗。那时候我就为你的所作所为而蔑视你，现在我还是为你正在做的事情蔑视你。”

克拉拉无法克制自己的痛苦——她知道即便是现在，这个人还以为他做得对。她大步跟在马旁，把心中的一切不满统统发泄出来，直至考尔让骡子和黄褐色马跑了起来。篷车带着棺材在高低不平的草原上颠簸，发出嘎吱嘎吱的声音。

第102章

就这样，考尔又回到了普拉特河。克拉拉那蔑视的短鞭抽得他皮开肉绽，他自己的悔恨之火亦烧得他焦头烂额。在沿普拉特河南下，往里帕布利肯河去的那个星期里，他始终不能忘记她的话——他从未做对过一件事，他与奥古斯塔斯互相毁灭，他是懦夫，她要给那孩子写信。他过了一辈子，一直觉得自己知道应该做什么，而现在竟让一个女人唇枪舌剑地道出他并不知道。他发觉克拉拉说的每一个字他都不能轻易地忘记。他只能赶着篷车走在这孤寂的草原上。她的话刺痛着他的心灵。

在他到达堪萨斯之前，消息已经传出——有一个人正往得克萨斯运送一具尸体。时值繁忙的夏季，草原上到处是牛群。牛仔们传递着这一消息，士兵们传递着这一消息。他多次遇到从落基山向东去的捕兽人或没有找到野牛的猎人。印第安人也听说了——波尼族人、阿拉帕霍人，还有奥加拉拉苏族人。有时候他从一群群印第安战士身边骑过，他们骑着被春草喂肥的马，专程赶来看他南下。有些人在好奇心的驱使下骑到他跟前，有的甚至问他一些问题——你为什么不把你的战友埋掉？他是一个灵魂必须住在特定地方的圣人吗？

不。考尔回答。不是圣人。再多他就不解释了。他渐渐认为，奥古斯塔斯在最后阶段可能是头脑发昏了，尽管看上去不像。然而他也昏得可以，做出他现在正付诸行动的保证。

在堪萨斯的一周内，他遇见了八群牛——刚走过一群，又过来一群。他得到的唯一好处是，牛群的主人慷慨地为他提供铁丝和钳子。那辆迈尔斯城的篷车已修理过无数次，差不多快成铁丝车了。他知道篷车绝不可能到达得克萨斯，但他决心让它尽量走远些，至于篷车最终散了架怎么办，他也没有主意。

后来，人们询问奥古斯塔斯以及他此行的目的次数太多，他实在受不了了，便向西进入科罗拉多，打算绕开赶牛人走的大道。他已厌恶再碰见人了。唯一使他得以安静的时刻是每天黄昏时，他累得连思维都停滞了，只顾与奥古斯塔斯一同颠簸前进。

路过丹佛时，他想起他还没有完成给威尔巴杰的弟弟拍电报的许诺，他要把威尔巴杰遇难身亡的消息告诉他。一年已经过去，他觉得他欠下了威尔巴杰的人情债。可他很快就后悔到城里来了，那是一个吵闹的地方，挤满了矿工和牛仔。那辆篷车和棺材引起了大家的好奇，他拍完电报从邮局出来时，车旁已聚集了一大堆人。考尔刚跨出邮局的门槛，一个殡仪馆的人便走了过来。他戴着一顶黑帽子，打着一条黑领带。

“先生，你离坟场不远了。”那个人说。他还在胡子上打了蜡，不过在考尔看来太耀眼了。

“我没找坟场。”考尔上马时说。人们伸手摸着棺材，似乎那是他们应该享有的权利。

“十块钱就能举行一次很好的追悼会，”殡仪员说，“你只要把这家伙交给我，回头慢慢挑石碑就是了。当然，石碑钱另算。”

“又不是在市场上。”考尔说。

“他是谁，先生？”一个小男孩问。

“他叫麦克克里。”考尔说。

使他高兴的是，他终于把那个城市甩在了后边，而且从此以后只在夜间赶路，以回避人群，但这样一来，篷车就坏得更快了，因为他无法让车躲开坑坑洼洼的地方。

这天晚上，路太难走了，他便在珀加图瓦尔河宿营。牛仔们把这条河叫作“铁丝网河”。他听见由远而近的马蹄声，便懒洋洋地握住了步枪。只有一匹马，由于天没有完全黑下来，他尚能看到那骑马人——一个大汉。原来那是头红骡子，骡子背上的大汉是查尔斯·古德耐特。考尔从五十年代起就认识这个出名的牧牛人。他与奥古斯塔斯被派到边境前曾与查尔斯同在边防军团里当过骑兵。考尔从来就不欣赏这个人——古德耐特目无上司，至少不愿意居于任何人之下——但他不得不承认，此人有着非凡的本领。古德耐特一直骑到篝火旁，但他没下来。

“我想知道是谁在外面走，”他说，“我承认我可没想到是你。”

“喝杯咖啡吧。”考尔说，“晚上我不吃别的东西。”他又说道。

“见鬼，我要是晚上不吃饭，就会饿死，”古德耐特说，“平时忙得顾不上吃早饭。”

“那就请下来吧。”考尔说。

“不，忙得连这也顾不上，”古德耐特说，“我在普韦布洛市有很多事要做。再说我从来就不是那种坐着闲聊的人。我想那是麦克克里吧。”他看了看篷车上的棺材，说。

“是他。”考尔说着，心里直怕回答他势必要问的问题。

“我还欠着他一笔账呢，我答应清除加拿大河上那伙贱种。”古德耐特说，“如果他没有消灭他们，我马上就去。”

“是呀，他已经无法讨债了。”考尔说，“不管怎么说，他还是让那个混账杀人犯逃了。”

“不丢麦克克里的面子，”古德耐特说，“我也让那个王八羔子逃脱过，还不止一次呢。可是他让一个运气好的人抓住了。他在博斯克雷东多将两户人家灭门，离开的时候一个副司法官开了一枪，还真巧了，伤了他的马。他们逮捕了他，打算下星期在圣罗莎把他吊死。你走快点儿就能看见。”

“啊，我一定去。”考尔说，“你去吗？”

“不，”古德耐特说，“我不去看绞刑，别看我也主持过一些，绞死的都是那些当地人。这是我十年来谈话时间最长的一次。回头见。”

考尔赶着篷车走过拉顿山口，一路来到辽阔的新墨西哥平原。虽然他一年来看到的尽是平原，但仍为眼前这块广袤无边的土地所惊叹。北边的桑格雷-德克里斯托山上仍有积雪。当他冒着篷车散架的风险，急忙赶到圣罗莎时，才发现绞刑推迟了一周。

似乎印第安人保留地的人们都想看吊死蓝鸭，整个小城挤满了牧场的牛仔，他们带来了女人和孩子，就睡在大篷车里。人们争论不休，大部分人主张立即吊死蓝鸭，以防他逃走。人们组成了各种团体，向司法官提出呈请，或者围攻监狱，但是司法官并不把这一请求放在心上。蓝鸭在大草原上待的时间太长，杀人、强奸、盗窃，无所不为，以致人们对他产生了迷信。

有些人，尤其是妇女，觉得他永远不会死，还觉得他们的生活永远不会安宁。

考尔借此机会叫一个铁匠把篷车彻底检修了一次。铁匠要修的车太多，第三天才得空修理他的车。他让考尔把棺材存在后屋，因为它已经引起了人们的注意。

在城里，除了喝酒，唯一可做的事便是去欣赏法院大楼。楼高三层，顶上安着一具绞架，蓝鸭就要在上面被处以绞刑。法院大楼有很好看的玻璃窗及上蜡地板。

绞刑执行前两天，考尔决定去看看那个犯人。他已经见过了打伤蓝鸭那匹马的副司法官。那人名叫戴克，是个胖子，喝得酩酊大醉。见此情景，考尔估计古德耐特的话是对的——那一枪是瞎猫抓了个死耗子，碰巧了。可是从那以后，印第安人保留地所有的人都坚持要给这位副司法官买酒喝，可能在他成为英雄之前，他的头脑还是清醒的吧。他一想到这一丰功伟业，便感动得哭泣起来，由于哭得太多，嗓子都哭哑了。

司法官是一个名叫欧文斯比的光头。他显然听过考尔这个人，于是便迫不及待地带他去见犯人。监狱里只有三间牢房，蓝鸭在中间那一间里，里面没有窗户。另外两间已经空了，他们干脆把不太重要的罪犯释放了，以降低蓝鸭越狱的可能性。

考尔一见那个人就知道他越狱的可能性太小了。蓝鸭的肩膀和腿部均有枪伤，前额的伤口上缠着一块沾满油污的破布片。考尔还不曾见过一个人被这么多铁链锁着。他的双手上着镣铐，腿上锁着沉重的脚镣，身体被铁链五花大绑，链子的一头固定在墙上。手持温彻斯特枪的两个副司法官目不转睛地盯着他。尽管有那么多的脚镣、手铐和栅栏，考尔看得出来，那两个人还是吓得要死。

蓝鸭本人对外面的狂怒似乎无动于衷。考尔进来时，他正半闭着眼在墙上靠着。

“他在干什么？”欧文斯比司法官问道。他从犯人被带到监狱起就紧张得没有好好吃过一顿饭，虽说防范措施十分严密。

“没干什么，”一位副司法官说，“他能干什么？”

“啊，据说他能从任何一间监狱里逃跑，”司法官提醒他，“咱们必须严加看守。”

“唯一能看严的办法就是到里面去跟他在一块儿，可要是让我那么做，我就辞职。”另一位副司法官说。

蓝鸭睁开惺忪的睡眼看着考尔。

“听说你带你那个发了臭的老朋友来看我吊死。”蓝鸭说。他那低沉、浑厚的声音把司法官和两个副司法官吓了一大跳。

“碰巧。”考尔说。

“我应该趁上次的机会把他烧来吃了。”蓝鸭说。

“他完全可以打死你，”考尔说，他被这个人侮辱的口气激怒了，“必要的话，我也会打死你。”

蓝鸭脸上露出一丝奸笑。“自从你们当执法人以来，我强奸女人、偷小孩子、烧房杀人、偷牛杀马，愿意抢谁就抢谁，都在你们的地盘里，”他说，“可是你直到今天才能好好地看看我的模样。我不认为你们能打死我。”

欧文斯比司法官的脸都气紫了。他为此人侮辱一位大名鼎鼎的保安队长而感到难堪，但他对此毫无办法。考尔知道蓝鸭的话有一定的道理。他站在那里打量着这个人，他比他想象的个子要高，有一个硕大无比的头颅，眼睛如同蛇眼般冷酷。

“我蔑视你们所有这些头发长得挺漂亮的婊子养的，”蓝鸭说，“你们这些保安队员，我还要杀死一批呢。”

“我看未必，”考尔说，“除非你会飞。”

蓝鸭冷笑着说：“我会飞，一个老妇人教我的。你要是不怕等，就等着瞧吧。”

“我会等的。”考尔说。

执行绞刑的那一天，法院前人山人海。考尔把他的牲口拴在百米之外。他想看完蓝鸭吊死就立即上路。他挤在人群前头，看见蓝鸭被装在一辆小篷车里，戒备森严地从监狱拉到法院。考尔猜想，不等蓝鸭吊死，就会有人被打死，因为所有的副司法官都吓得打开了枪的保险。蓝鸭仍被沉重的镣铐锁着，头上的伤口仍包着那块沾了油污的破布。他被带进法院，走上楼梯。行刑人正给绞索做最后的调整。考尔往一旁看去，发现人群里有一个人曾在他手下工作过，而就在这一刹那，他听见了一声尖叫和玻璃的破碎声。他往上一看，头发根都竖起来了——蓝鸭正带着锁链在空中飞。考尔觉得此人往下飞时，脸上好像仍旧带着那残酷的冷笑。他设法撞破了三楼的大玻璃窗，从上面跳了下来，而且不止他一个人。他用戴着镣铐的手抓住了戴克副司法官，并把他一同拽了下来。两个人都摔在法院前的石头地上。蓝鸭头朝地，那个副司法官则背朝下掉了下来，像是被人家从干草垛上推下来的一样。蓝鸭摔下来后再没有动弹，但是那副司法官哭叫个不停。玻璃碎片散落在他们周围。

人们全都惊呆了。欧文斯比司法官高高地站在上面，从窗口往下看，十分羞愧，因为他让好几百个赶来看绞刑的人上了大当。

考尔独自走出人群，跪在那两个人旁边，后来又有几个人围了过来。蓝鸭已经断气，两眼仍然睁着，嘴角还挂着那残酷的冷笑。戴克摔得粉身碎骨，开始吐血。他活不长了。

“看来那个女人还没有真正教会你呀。”考尔对蓝鸭说。

欧文斯比从楼梯上跑下来，坚持要把蓝鸭抬上去，吊在绞刑架上。“真该死，我说要吊死他，就要吊死他。”他说。很多围观的人对那个土匪怕得要命，他都死了也不敢去碰他。六个醉汉醉得不知道什么是害怕，他们把他抬到了上面，将他吊在人群上方。

考尔认为这简直是白费力，但又想，司法官也许需要考虑它的政治意义。

他怎么也忘不掉蓝鸭飞下来时对他发出的冷笑。他走出人群时，听见一个女人说，她看见蓝鸭躺在地上，眼珠子还在动。即便那个人在绞架上吊着，人们还在设法使自己相信他没有死。今后十年里草原上发生的犯罪案件，恐怕有一半要推到他身上了。

考尔正要上马，一位报界人士跑了过来。他是一个还不到二十岁的红头发小伙子，因刚才的所见所闻激动得脸色直发白。

“考尔队长吗？”他问，“我给丹佛报社写稿。他们要我找你。我能跟你说几句话吗？”

考尔跨上黄褐色马，牵着骡子的引绳。“我要赶路，”他说，“去得克萨斯还有很远的一程呢。”

他开始起步，那个报社的人仍不罢休。他大步走在黄褐色马身边，像克拉拉一样说个不停，不同的是这个小伙子只是激动而已。考尔心想，一路上有两个人跟着他跑，真是怪事。

“可是，队长，”小伙子说，“人们说你是最有名的保安队长。他们还说你把麦克克里队长拉了四千多公里，只是为了下葬。他们说你在蒙大拿建立了第一个牧场。我要是不和你谈谈，老板就会解雇我。他们说你是个富有洞察力的人。”

“是呀，太有洞察力了。”考尔说。他被迫刺了一下黄褐色马，让它从小伙子身边跑开了。小伙子还在记事簿上匆匆地写着什么。

这是个旱年，草地是黄褐色的，宽广的草原上闪动着海市蜃楼般的景色。考尔沿着佩科斯河走，过了博斯克雷东多，一直向南通过了新墨西哥。他知道这条路很危险——在这样的年份，印第安人也会沿这条河南下。然而他更担心干旱。夜晚，闪电划破草原夜空，雷声滚滚，却没有雨。白天闷热，一个人也见不到，只偶尔碰到只羚羊。牲口越来越累，他也一样。他想在夜间赶路，但又不得不作罢，因为他常常打盹儿，有一回险些把车轮撞碎。棺材在篷车上颠簸跳动，已经开始漏盐。

一天，在霍斯海德渡口，他正半睡半醒地在寂静的下午缓缓地走着，突然感觉有什么东西打了他两下，便急忙用手去摸腰部。腰流血了，然而他并没有看见一个印第安人，连枪声也没有听到。当他掉转车头，向河边冲过去的时候，瞥见一个棕皮肤的矮个子从一棵大丝兰仙人掌后站了起来。考尔不知道自己伤得有多严重，也不知道自己要面对几个印第安人。这时，由于篷车下河岸时速度太快，车撞在水边的一块大石头上。车散了架，把棺材压在了下边。考尔向后瞧了一眼，看见只有四个印第安人。他下了马，悄悄顺河向北走了一百米，打死了四个人中的一个。他过河后等了一天一夜，也没有再见到另外三个人。他的伤势不重，但子弹还在体内。他知道，只能让子弹留在腰里，等他到达奥斯汀再说。

佩科斯河不宽，河水流淌着，棺材沉在水下。最后，考尔把它从篷车上解开，他和油腻连拉带拽地把它从泥里拖了出来。这回他真遇到了麻烦。离南瓜达卢普河还有八百公里，而篷车已经彻底散架。据他所知，印第安人随时都可能过来，这意味着他必须边干活儿边放哨。他费力地把棺材翻了过来，它已成了一件糊满泥巴的不伦不类的东西。同时，佩科斯河里的水烫得他腹部不适，把他的力气也抽掉了一半。

考尔知道他永远不可能将棺材拖到奥斯汀，如果他自己能通过这片炙热无水的地带，到达科罗拉多城或圣萨巴就算走运。话又说回来，既然已经把奥古斯塔斯运了这么远，他绝不想就此撇下他。他将棺材打开，用一张雨夜用作床单的防水布将遗体包好——以后不必再为雨夜担心了。然后又将包裹与奥古斯塔斯的那块招牌捆在一起。招牌久经风吹日晒，大部分字迹已不复存在。他砍倒一棵小盐地雪松，做了一根粗糙的车轴，把招牌放在两个篷车轮子中间。它与其说是一辆马车，倒不如说是一个印第安人用的橇，但它能走。他感觉自己的伤势每天都在减轻，也知道打中他的是小口径枪弹。如果是大口径的，他早就起不来了，也许已经死了。

有几次他认为他看见山丘后面有印第安人溜过，或者藏在远处的仙人掌后面，但没有什么把握。不久，他觉得思想有些混乱，便不再相信自己的眼睛了。在前方闪动的幻景中，他以为看到了骑马人，但是无论如何也接近不了。还有一次他觉得看见了狄兹，又有一次是蓝鸭。于是他认为自己的思维能力肯定消失了，他把这一切都归罪于奥古斯塔斯。奥古斯塔斯一辈子都想把他拖进使他混乱不清的境地，他终于成功了。

“都是你干的好事，”他大声说了好几次，“杰克让我离开了这个地方，而你让我回到了这个地方。”

第二天，他的饮用水告罄。那头骡子和黄褐色马全靠吃肉叶藜或者能找到的一点儿山艾，两头牲口日见瘦弱。考尔十分想念他那匹基奥瓦母马。还不如把姓氏给那孩子，自己留下那匹母马呢。

后来，油腻不走了，它已决定等死。考尔不得不用黄褐色马拉撬。油腻连跟都不跟他们走。考尔估计黄褐色马也会很快死去，然而它一直走到了科罗拉多城。从那以后，他就没有什么可担忧的了，尽管他的伤口已感染，并且开始往外渗出液体。这使他想起了大嘴唇——他常想起他撇在北方的那几个伙计，而一想到他们，眼泪就止不住流出来。

等他终于来到瓜达卢普那片长着橡树林的小山包时，那块招牌已破败不堪。那句奥古斯塔斯引以为荣的拉丁语箴言，由于在最下边，早已不翼而飞。关于猪的那部分也脱落了，写着他们出租什么、卖什么和狄兹名字的那部分也掉了。豌豆眼的名字也已经大部分剥落，他自己的名字也一样。考尔希望能留下写着奥古斯塔斯名字的那块木板，但是大部分字母都被捆尸体的绳子磨掉了。事实上，那块招牌至多只能算几块木片，在他解下奥古斯塔斯时，还有两块掉到了他手里。只有牌子顶部那部分还勉强可以读出来——帽子溪牧牛公司暨车马出租贸易中心。

考尔用一把小锹挖好了坟坑。由于他目前身体的状况，挖好这个坟坑花了他大半天的时间，中间有一阵子他感到心虚手软，冷汗不止，不得不坐在墓坑里休息——如果有人往坑里填土的话，干脆把他埋在坑里算了。可是他还是爬起来继续挖下去，直到把它挖好，将奥古斯塔斯放了进去。

“好啦，”他说，“这可给了我个教训，以后再许诺，可要小心点儿。”

他将写着“帽子溪牧牛公司暨车马出租贸易中心”的招牌横绑在一根牧豆树枝上，用一块大石头把树枝钉进土里。就在他用两根鞍绳加固那块横板的时候，一辆载着移民的篷车从山丘那边走了过来。他们是一对年轻夫妻，带着三个孩子，他们羞怯地朝他的四周张望，一个个都瘦得像负鼠一样。年轻的男人被太阳晒得红里透紫。他那位年轻的妻子戴着一顶软边帽，帽檐拉到了脸上。显然，那块墓碑使他们感到莫名其妙。年轻人把车停下来，凝望着它。由于没有看见他把奥古斯塔斯放进去，所以他们不知道他们看到的是块墓碑，还是只是一块招牌。

“这个帽子溪牧牛公司在哪儿，先生？”年轻人问道。

“埋了，是不在蒙大拿的那部分。”考尔说。他知道他的话等于没说，但他无心说话。

“妈的，我正想找个有铁匠的地方呢。”年轻人说。后来他见考尔走路很别扭，才发现他受了伤。

“我能帮你的忙吗，先生？”年轻人问。

“谢谢，”考尔说，“要走的路不多了。”

年轻的移民一家接着向圣安东尼奥走去。考尔走到一条小溪边，打算休息片刻，结果睡着了，醒来时已近天亮。招牌那玩意儿叫他犯了愁，这又一次证明了奥古斯塔斯惹人生气的本领——影响已大大超出了坟墓的范围。假如一个年轻人看见它便以为附近有个车马出租贸易中心，别人也会这样想的。人们也许会白白浪费几天工夫，在这些石灰石山丘里转悠，想找那个大部分成员已经成了鬼魂的公司。

再说，这虽然是奥古斯塔斯的墓，牌子上却没有他的名字，也许不会有人知道这是他的墓。考尔走回小山包，掏出小刀，想在木板背面刻上他的名字，可是旧木板已经干裂，劲儿太大就会把整块木板毁掉，于是他只在木板背面刻上了“奥·麦”。他知道这根本不顶用，也保存不了多久。有人会因为那个车马出租贸易中心而气愤地把这块招牌整个拔掉。不管怎么样，奥古斯塔斯反正已经来到了他决心要来的地方，他们俩也都知道很多好人都躺在没有墓碑的墓里。

考尔想起他对那个年轻夫妇说，他要走的路不多了，那说明他的思维可能正在萎缩，因为他并没有什么想去的地方。精疲力竭加上发炎的伤口，他这种身体状况根本无法回蒙大拿，即使他自己能回去，杰里——那匹黄褐色马——是无论如何也走不到的。况且他也没有把握自己是否想回去，他在这个世界上已经没有家了。他想起孩提时便坐着大篷车来到得克萨斯，那时父母已经故去。除去在孤鸽镇的那些日子，大部分时间他都在四处漂泊。

考尔向南朝圣安东尼奥骑去，打算找个医生，然而刚进城，他又转身出来，从城外绕了过去，他不愿见那里的人。他的心震颤不定，他不愿意到人群中去。他骑着黄褐色马继续南行，心想与其去别处，还不如回孤鸽镇呢。

渡过碧绿的努埃塞斯河时，他想起了蛇窝和那个爱尔兰男孩。他想务必去找那个斯佩特尔寡妇一趟，对她说她少了一个儿子，但又想，坏消息可以等一等。这消息已经等了一年，除非她已经从回来的牛仔那里听到了信儿。

八月的一天傍晚，他骑着黄褐色马来到孤鸽镇，突然被刺耳的晚饭钟声惊呆了——那是博利瓦喜欢用半根撬杠敲出的声音。这声音使他觉得他正骑马走过一块鬼魂之地。他一时茫然不知所思，不清楚当他回到家时，伙计们是否都还在。

可是，当他穿过灌木丛朝帽子溪的马厩跑去时，他只看见了博利瓦一个人，正用原来那根撬杠敲着那口小钟。老人的头发全白了，那条披身毯更加肮脏不堪。

博利瓦抬头看见队长在落日的余晖里骑马过来，扔掉了手中那半根撬杠，几乎瘫倒在地。他回墨西哥的结果是一场苦难，是彻底的失望。他的女儿们都已出嫁离家，老婆则因他多年不顾家而气得凶狠无情。她的舌头像把锋利的刀，她的目光使他感到悲伤。于是，有一天他走了，永远离开了家，走回了孤鸽镇，住在美国佬遗弃的房子里。他靠替人磨刀养活自己，只吃豆子和咖啡。老鼠已经将那些旧床啃光了，他就睡在灶上。他感到孤独，不记得自己曾是干什么的。然而，他每天晚上仍拿起那半根撬杠敲击那口钟。钟声响彻全镇，一直传过格兰德河。

考尔下了马，放下缰绳，老博利瓦颤颤巍巍地走了过来，脸上露出不相信的神色。“啊，队长，队长。”他说着，便大哭起来，慰藉的泪水从他那粗糙的脸颊上滚滚而下。他紧紧揪住队长的胳膊，好像精力已经耗尽，随时可能跌倒。

“好啦，博利瓦。”考尔说。他搀着发抖的老人进了屋子。屋里乱七八糟、脏不可言，到处是蜘蛛网和老鼠屎。博利瓦拖着步子在屋里转着，他热好了咖啡，考尔站在前廊上喝了一杯。他朝街上望去时，吃惊地发现小镇已同过去不一样，原先的什么东西现在不见了。起初他想不起是什么，还以为是灰尘太大，或者他的视力有偏差。后来他想起了干豆酒吧。那没了的东西好像就是那家酒吧。

考尔把马牵进那个无顶马厩，卸下鞍鞯。石槽里有满满一槽清凉的水，但光喝水是饱不了的。考尔又把它牵了出来，让它吃草，并在一旁看着它在地上滚了很久。

后来，他很想知道那家酒吧是不是真的没有了，于是走过帽子溪的干河床，来到大街上。

他刚转到那条街上，便见一个只有一条腿的人在夜幕中向他走来。怎么，是奥古斯塔斯？他想，一时间他竟不知道自己是死了还是活着。他只记得在瓜达卢普那小山丘上的墓坑里坐着，却不记得爬出来。

那个一条腿的人原来是狄拉德·布罗利——那个理发匠。他与奥古斯塔斯那次不得不为他切去那条腿时，他喊哑了喉咙。

当狄拉德看到考尔队长站在街上时，吓得差点儿把他费劲从河里捉到的几条鲈鱼掉到地上。天渐渐地黑下来，他不得不走近些才看清楚是队长——只剩下一点儿光亮了。

“怎么，队长，”狄拉德用嘶哑的声音说，“你和伙计们终于回来了吗？”

“伙计们没有，”考尔说，“只有我一个人。那家酒吧怎么了？”

他发现判断对了——杂货铺还在，干豆酒吧却不见了。

“烧了，”狄拉德用嘶哑的声音说，“大约一年了。”

“怎么烧起来的？”考尔问道。

“万茨放的火。他自己也烧死在里边了。他把自己锁在那个妓女的房间里不出来。”

“天啊。”考尔说。

“那架钢琴和他一块儿烧了，”狄拉德说，“教堂的人气坏了。他们说如果他打算把自己烧死，至少应该把钢琴弄到门外来。从那以后，他们就用提琴伴奏唱圣诗。”

考尔走过去，站在酒吧的遗址旁。那里除了灰暗的余烬与烧焦的木头，一无所有。

“她走了之后，万茨受不了。”狄拉德说，“他在她的房间里坐了一个月，后来就把它烧了。”

“谁？”考尔看着废墟问道。

“那个女人。”狄拉德低声说，“那个女人，他们说他忘不掉那个妓女。”

译后记

终于填完了70多万个格子，实感精疲力竭，但还不能搁笔。为了帮助读者更好地欣赏这部小说，我们认为有必要对本书的历史背景及作者概况做一简单介绍。

《孤独鸽》是美国当代著名作家拉里·麦克默特里的力作，荣获1986年美国普利策小说奖，堪称近年来一部成功的美国西部小说。

拉里·麦克默特里是美国得克萨斯州人，出生于1936年，1960年获文学硕士学位。他先后写过13部小说，其中《母女情深》被改编成电影并获得1983年奥斯卡金像奖，《最后一场电影》亦被改编成电影并获得奥斯卡金像奖提名。由于出生在美国西部大牧场主家庭，并且大部分生活是在美国西部度过的，他对西部生活有特殊的感情。"在我的整个青少年时代，时常听到有关西部大开发的具有传奇色彩的故事，"他在回答记者时说，"的确，美国西部激励了我的生活，激发了我的想象力。"这就是他身居华盛顿却以西部生活为其大部分作品的主题的原因。他这部厚达千页的"地道的美国故事"（作者自己的话）被《洛杉矶日报》誉为"激起人们兴趣、令人难以忘怀的史诗"，《芝加哥论坛报》则称它为"西部小说中最伟大的作品之一”。同时，《纽约时报》《费城电讯报》及《纽约每日新闻》等新闻单位还一致评《孤独鸽》为1985年头号畅销书。

美国南北战争之后，西部地区初步得到开发，而西北大部分地带依然人迹罕至。由于1862年公布了《定居法案》，大批美国人迁移到西部定居，所以养牛成为得克萨斯州的重要产业。南北战争后尤为繁荣。为了更大规模地发展养牛业，大胆的牧牛人赶着长角牛从得克萨斯州出发，穿过开放的公共地带——大草原——长驱数千里，到科罗拉多、怀俄明、蒙大拿等地的高原上放牧。《孤独鸽》就以这个历史时期为背景。主人公伍德罗·考尔与奥古斯塔斯·麦克克里原是南北战争时期受政府委派，到得克萨斯州与墨西哥国交界地带维护秩序的保安队队长。在与土匪、盗马贼和印第安人的战争中，他们不仅骁勇善战、机智多谋，而且刚直不阿、事业心强，从而被冠以“得克萨斯保安队员”这个称号，令不法分子闻风丧胆。内战结束，军队从战场上撤下来，接替了保安工作，考尔与奥古斯塔斯便弃甲归牧，在南得克萨斯边境的孤鸽镇办了个小规模的牧场，取名“帽子溪牧牛公司”。开办牧场的十年间，他们二人虽然个性、脾气及对人生的看法截然不同，但事业上的合作天衣无缝。一天，他们在保安队时的一位老友杰克·斯普恩在阿肯色州杀人后回来避难，无意中谈到蒙大拿，并说那里是牧人的天堂。言者无意，听者有心。考尔十年来一直不安于南方平淡的生活，总想到更有开发前景的地方大干一番事业。杰克的一席话坚定了考尔北移的决心，并且让考尔决定立即行动。他们到墨西哥境内偷回被土匪偷去的三千头牛及上百匹马，雇了一批牧工（牛仔），开始北上大迁徙。在迁徙过程中，他们经历了数不清的天灾人祸，队员一个个被枪杀、刀捅、吊死、淹死，被毒蛇咬死或被雷电击毙。这一切都为西部大开发涂上了神秘与恐怖的色彩。

追溯美国西部小说的历史，它是随着对西部领土的开发而发展起来的，在美国文学领域中有很重要的地位。美国独立战争以美英于1783年正式签订和约而宣告结束。当时，美国西部边界南起密西西比，北到俄亥俄一线。1830年，美国人从法国人手中购进路易斯安那后，美国的历史便进入了向西部挺进、开拓的阶段。这一阶段先后经历了半个多世纪，直到1890年才终止。西部的开拓不仅造就了数代美国人，使美国的政治与经济从旧有的模式中解脱出来，打破了保守思想，还创造了具有独特风格的西部文学。《孤独鸽》的成功不仅在于故事情节引人入胜，还在于它具体体现了西部小说要体现的美国人引以为豪的“美国精神”——在与各种困难做斗争，以求开拓、发展、生存的进程中培养起来的勇敢、刚毅、吃苦耐劳与自主的精神，西部大开发时期人们为了共同利益而建立起来的团结互助、忠于友谊的行为准则，以及不屈不挠的进取精神。在小说中，作者还较成功地运用了西部小说的语言特点——西部幽默——使人读来忍俊不禁。例如牛仔们的名字，像“豌豆眼”“盘子”“大嘴唇”等，不仅稀奇古怪、令人发笑，而且起了一定的刻画人物的作用。

西部小说最初的形式是短诗及各种故事传说，由于它们真实地再现了西部开拓者艰苦而浪漫的生活，因而引起了人们的极大兴趣。如大卫·克洛科特（1786—1836）在他的自传里记述了开发边疆森林时的生活，他对当时生活的生动描写至今仍吸引着读者。华盛顿·欧文（1783—1859）则是最先意识到西部具有浪漫色彩的文学价值的文学家之一。他于1832年亲自到密西西比草原旅行，并真实地记录了他的经历，写下了第一部关于西部生活的纪实文学作品《草原游记》。继欧文之后，詹姆斯·费尼莫尔·库柏（1789—1851）写了西部系列小说《皮袜子故事集》，奠定了西部小说的基础。其后还有弗朗西斯·帕克曼（1823—1893）的《俄勒冈小道》、理查德·亨利·达纳（1815—1882）的《航海两年》、赞恩·格雷（1872—1939）的《佩戴独星徽章的保安队员》和《佩科斯以西》，以及马克·吐温的《在密西西比河上》等。这些作品大多采用现实主义和浪漫主义手法，既再现西部生活，使读者与主人公同呼吸、共患难，又使读者尽情领略和想象传奇式生活的神秘与浪漫。近几年出现的西部小说，包括《孤独鸽》也多遵循这一创作方法。

美国读者对西部小说的兴趣历久不衰，究其原因，主要是多数美国人仍旧怀念当年的“美国精神”，重温建国时期那段重要历史，以激励斗志；另一方面也许是对现代化生活的厌倦，愿意回到“大自然”中。这两个因素使西部文学被列入美国民族文学的行列。美国民族文学的精髓是“与（美国）共和制度的精神共呼吸”，它号召作家美化美国这块土地，讴歌美国的草场、丛林、溪流、辽阔的草原、广袤无际的森林和无垠的海洋。从早期西部文学到本世纪的海明威和福克纳的某些作品，读者都能从中享受大自然纯朴的美。

值得一提的是书中对印第安人的描写。在《孤独鸽》一书中，印第安人基本上被描绘成凶残的化身，如印第安人首领蓝鸭。但是奥古斯塔斯对考尔说：“女人、孩子和落户的人只不过是律师和银行家的炮灰，他们是整个阴谋的一部分。当印第安人把他们杀得差不多了，公众舆论就出来说话，咱们就去为那些人驱逐印第安人。如果印第安人不断地回来，军队就会接管，并更凶残地对待他们。末了军队便把印第安人统统赶到一个可以把他们都塞进去的保留地，于是律师和银行家就可以进来开创文明了。”事实正是如此，印第安人之所以反对白人，是因为白人占领了他们世代居住的美丽富饶的土地，还残忍地杀害他们。一个印第安部落首领西雅图在谈到美国政府贱价“购买”印第安人的土地时就曾说：“我们除了失去一切，一无所获。但复仇被年轻的一代视为一种收获，哪怕这种收获将以他们的生命为代价。”印第安人的凶残屡屡出现在西部小说中，因此给人以假象，似乎他们天生嗜血成性。其实不然，正如本书主人公奥古斯塔斯所说的：“他们并没有邀请咱们到这里来……”“因为印第安人世世代代拥有这块地。他们因为它古老而珍惜它……”所以当白人来到这里时，印第安各部落拿起武器并用鲜血和生命捍卫自己的家园是非常自然的。而作者在书中对某些情节的描写或通过书中人物对此的议论，蕴藏着深刻的含义。在分析这一问题时，不能不将它的历史渊源考虑进去。

我们在翻译此书的过程中得到了已故的天津大学教授刘煜宗老师的热情鼓励与帮助，愿借此机会向尊敬的刘老师表达我们深切的怀念与衷心的感谢。

美国专家Schlegel夫妇帮助我们解决了不少翻译中遇到的有关美国西部地方方言与风土人情的困难，在此亦向他们致以谢意。

由于译者水平有限，敬请读者不吝赐教。

译者

作者简介

Larry McMurtry
拉里 · 麦克默特里
（1936—2021）

拉里 · 麦克默特里是一位多产的小说家和编剧，是普利策文学奖、奥斯卡金像奖最佳改编剧本奖、美国国家人文奖章获得者。他一生创作了30多部小说、影视剧剧本，以及许多其他作品。改编自他作品的电影共获得 34 项奥斯卡金像奖提名（13 次获奖）。

他被认为是南北战争后美国西部小说的主要代言人之一。他以对 19 世纪美国边境和当代得克萨斯州小镇生活的非浪漫主义描写，打破了被浪漫化的关于美国西部的神话，重新定义了美国西部小说。他称自己是"（西部）牛仔神话的批评者"。

除了创作者的身份，拉里 · 麦克默特里还是著名的藏书家和书商。他个人的藏书超过3万本，由他创办的Booked Up书店是美国最大的书店之一，店内约有40万册图书。

麦克默特里出生于美国得克萨斯州北部的威奇托福尔斯。他的父亲是一名牧场主，一家人住在阿彻城外，住所被他称为"没有书的牧场房子"。后来，阿彻城成为他小说里常出现的一个叫塔利亚的小镇的原型。

1958年，麦克默特里从北得克萨斯州大学毕业。一年后，他与第一任妻子乔·巴拉德·斯科特结婚。

1960年，获得莱斯大学的硕士学位后，麦克默特里去了斯坦福大学，成为华莱士·斯泰格那创意写作项目的研究生。在他的班里，有未来的作家肯·克西(《飞越疯人院》作者)。2011年，麦克默特里和肯·克西的遗孀诺玛·费伊举办婚礼(与英国威廉王子和凯特王妃的皇家婚礼同天举办)。之后，费伊搬去和麦克默特里及他的写作伙伴黛安娜·奥撒纳同住。关于这段婚姻，麦克默特里曾在采访中说道:“我想我在 51 年里总共见过费伊4次，然后我们结婚了。我们从未有过约会或谈话。”

1961年，麦克默特里的小说处女作《骑士，经过》问世，并在1962年获得了由得克萨斯文学院颁发的杰西·H.琼斯奖。小说通过得克萨斯牧民的视角，阐释了现代与旧西部之间永恒的冲突。小说发表两年后被改编为电影《原野铁汉》，由马丁·里特执导，保罗·纽曼主演，荣获3项奥斯卡金像奖。

1963年，麦克默特里结束了斯坦福大学的写作学习，回到莱斯大学任教。同年，他发表了小说《离开夏延》(后改编为电影)。在莱斯大学任教结束后(1969年)，麦克默特里又先后在乔治梅森大学等其他美国大学担任客座教授。

1966年，麦克默特里发表小说《最后一场电影》。这部小说后来被拍成同名电影，由杰夫·布里吉斯和斯碧尔·谢波德主演，彼得·博格丹诺维奇执导，获得了8项奥斯卡金像奖提名。导演彼得·博格丹诺维奇因这部作品成为好莱坞的风云人物。

1975年，麦克默特里的小说《爱的条款》出版。之后，他进入了他所说的“从1975年持续到1983年的文学阴霾”时期。1983年，根据《爱的条款》改编的电影（又名《母女情深》或《亲密关系》，由詹姆斯·L.布鲁克斯执导）上映，获得了第56届奥斯卡金像奖最佳影片奖。

之后，麦克默特里的创作生涯无法再跟电影分开，他发表的小说大多被改编为影视剧，甚至他自己也成了编剧。

1985年，麦克默特里发表了他最重要的小说《孤独鸽》。这部小说为他赢得了1986年的普利策文学奖；它也是《纽约时报》书评栏目诞生125周年之际，邀请全美50个州以及世界67个国家的读者评选的“过去125年最好的25本书”之一。根据这部小说改编的同名电视剧，获得了18项艾美奖提名（6项获奖）。

麦克默特里作为编剧的代表作是他与黛安娜·奥撒纳合作的电影《断背山》。这部电影改编自安妮·普鲁的同名小说，由李安执导，获得了包括最佳改编剧本奖在内的三项奥斯卡金像奖。

2021年3月26日，麦克默特里死于心力衰竭，陪伴在他身边的是费伊、奥撒纳和他们的三只狗。

致谢

感谢翻译家王约西、袁凤珠两位老师，将这部小说带给中国读者。

本书于1990年首次以简体中文形式出版，书名为《西部牛仔情》。译文由王约西、袁凤珠两位老师于1988年精心翻译完成，是现有的三种译本中，读者评价较高的译本。多年来，许多读者翘首期盼，呼吁它再度出版。

2022年初，我们有幸联系到王约西先生，获允将此译本再次呈现给读者。

此次出版，将原版的意译书名《西部牛仔情》，还原为更具经典感的直译书名《孤独鸽》，请各位读者批评指正。